Weitere Titel des Autors:

Die Bruderschaft der Runen (auch als E-Book erhältlich)
Die Erben der schwarzen Flagge
(auch als E-Book und Lübbe Audio erhältlich)
Der Schatten von Thot (auch als E-Book erhältlich)
Die Flamme von Pharos (auch als E-Book erhältlich)
Am Ufer des Styx (auch als E-Book erhältlich)
Das Licht von Shambala (auch als E-Book erhältlich)
Das verschollene Reich (auch als E-Book erhältlich)

Team X-Treme:
Mission Zero
Mission 1 bis 6

Bei Lübbe Audio erhältlich:

Team X-Treme – Folgen 1 bis 16

Der Fluch von Barataria
Die indische Verschwörung

MICHAEL PEINKOFER

DAS BUCH VON ASCALON

Historischer Roman

BASTEI LÜBBE TASCHENBUCH
Band 16 798

1. Auflage: April 2013

Dieser Titel ist auch als Hörbuch und E-Book erschienen

Vollständige Taschenbuchausgabe
der im Gustav Lübbe Verlag erschienenen Hardcoverausgabe

Copyright © 2011 by Michael Peinkofer
Dieses Werk wurde vermittelt durch die Autoren- und Verlagsagentur
Peter Molden, Köln

Titelillustration: © shutterstock / yampi; © bpk / SBB / Carola Seifert
Zeichnungen: Daniel Ernle
Umschlaggestaltung: Kirstin Osenau
Satz: Bosbach Kommunikation & Design GmbH, Köln
Gesetzt aus der ITC Berkeley Oldstyle
Druck und Verarbeitung: CPI – Ebner & Spiegel, Ulm
Printed in Germany
ISBN 978-3-404-16798-2

Sie finden uns im Internet unter
www.luebbe.de
Bitte beachten Sie auch: www.lesejury.de

Der Preis dieses Bandes versteht sich einschließlich
der gesetzlichen Mehrwertsteuer.

HANDELNDE PERSONEN
(in alphabetischer Reihenfolge)

Adhémar von Monteil	Bischof und päpstlicher Legat
Akiba Bar Akiba	Rabbiner der Kölner Gemeinde
Bahram al-Armeni	armenischer Offizier
Baldric	normannischer Ritter
Berengar	ein Benediktinermönch
Bernier de Castre	provenzalischer Ritter
Bertrand	normannischer Vasall
Bohemund von Tarent	normannischer Heerführer
Bovo	lothringischer Soldat
Brian de Villefort	provenzalischer Ritter
Caleb	Sohn Ezra Ben Salomons
Chaya	eine junge Jüdin
Conwulf, genannt Conn	ein junger Angelsachse
Daniel Bar Levi	Parnes von Köln
Dov Ben Amos	Tuchhändler, Parnes von Acre
Duqaq, Abu Nasr al-Muluk	Emir von Damaskus
Eleanor de Rein	Gattin des Barons de Rein
Eustace de Privas	ein Edler aus der Provence
Ezra Ben Salomon	Kaufmann in Antiochia, Bruder von Isaac Ben Salomon
Godefroy de Bouillon	lothringischer Heerführer
Guillaume de Rein	Sohn des Barons de Rein
Hassan al-Kubh	Kommandant der Garnison von Acre
Hernaut	lothringischer Bogenschütze

Hugh le Chasseur	lothringischer Ritter
Hugo von Monteil	Bruder Adhémars
Jakob Lachisch	Gabbai der Kölner Gemeinde
Jamal Ibn Khallik	Gelehrter und Sterndeuter
Isaac Ben Salomon	jüdischer Kaufmann
Kalonymos Ben Meschullam	Oberrabbiner von Mainz
Kur-Bagha	Atabeg von Mossul
Lethold de Tournaye	lothringischer Ritter
Mordechai Ben Neri	Kaufmann aus Köln
Nia	walisische Sklavin
Ranulf Flambard	Berater von William II.
Remy	normannischer Vasall
Renald de Rein	normannischer Baron
Robert, Herzog der Normandie	Bruder von William II.
Stephen de Blois	sein Schwager
William II. Rufus	König von England
Yaghi Siyan	Emir von Antiochia

PROLOG

Der Schein einer Kerze, die fast herabgebrannt war, spendete nur spärliche Helligkeit. Längst reichte seine Kraft nicht mehr aus, um die ganze Kammer zu beleuchten. Das Zeichen jedoch schien das noch vorhandene Licht auf sich zu ziehen wie süßer Nektar, der die Bienen lockte. Zwei Dreiecke von vollendeter Gleichmäßigkeit und Form. Das eine einer Pyramide gleich, das andere auf dem Kopf stehend, beide ineinander verschlungen, verbunden im Licht der Ewigkeit.

»Nun, da mein Ende naht«, sagte die Stimme, die kraftlos geworden war und ihre einstige Autorität und Stärke nur mehr erahnen ließ, »begreife ich, was einst Abraham fühlen musste, als der Herr ihm auftrug, sein Liebstes zu geben. Denket nicht, dass ich nicht um die Bürde wüsste. In den Jahren, die kommen, werdet ihr oft an sie denken. Ihr werdet euch an diesen Augenblick erinnern und an die Pflicht, die ihr übernommen habt, und ihr werdet euch fragen, wann der Tag kommen wird, da der Herr sein Recht von euch fordert. Ihr werdet euer Leben leben, so wie ich das meine gelebt habe, werdet Familien gründen und Kinder haben. Über den Geschäften und Sorgen des Alltags werdet ihr bisweilen vergessen, was einst gewesen ist, und womöglich, wenn es dem Herrn gefällt, wird euer Leben zu Ende gehen, so wie das meine nun zu Ende geht, ohne dass er diese große Pflicht von euch gefordert hat. Vielleicht aber«, fügte die Stimme hinzu, schwach und kaum noch vernehmbar, »werden einst auch Zeiten kommen, die alles verändern, und auf diese Zeiten müsst ihr vorbereitet sein. Dies sollt ihr nie vergessen. Adonai segne und behüte euch, meine Nachkommen und Erben. Er lasse sein Angesicht über euch leuchten und sei euch gnädig. Er wende sein Angesicht euch zu und gebe euch ...«

Der Segenswunsch erstarb auf den dünnen, blutleer gewordenen Lippen. Im selben Augenblick erlosch die Kerze, und die Kammer fiel in Dunkelheit.

East Sussex, England
Im Jahr der Eroberung, Oktober 1066

Der junge Ritter hatte aufgehört zu zählen. Das wievielte Dorf war es, dessen strohgedeckte Hütten in Flammen standen und dessen Bewohner in heller Panik umherrannten, schreiend und heulend, bis die Klingen oder die Pfeile der Angreifer ihrem Leben ein grausames Ende setzten? Er konnte es nicht sagen. Es war auch nicht seine Aufgabe, darüber nachzudenken oder gar den Befehl des Herzogs anzuzweifeln. Doch war ihm klar, dass sich alles, was seine Augen in diesen Tagen und Nächten erblickten, unauslöschlich in sein Gedächtnis einbrennen würde.

Er sah das Schwein, das quiekend über den Dorfplatz rannte und dabei lichterloh brannte; den Greis, der mit zitternden Händen versuchte, die blutigen Eingeweide, die aus seinem aufgeschlitzten Leib quollen, wieder zurückzustopfen; die blonde Frau, die wie von Sinnen schrie, während ein normannischer Kämpfer sie an den Haaren über den Boden schleifte; den Jüngling, der kaum den Kinderschuhen entwachsen war und sich dennoch mit einer Mistforke widersetzte, ehe ein Schwerthieb ihm den Kopf halb von den Schultern schlug.

Tod und Sterben war überall. Der herbstfeuchte Boden war getränkt von Blut, die kalte Luft erfüllt vom Brausen der Feuer und dem Geschrei derer, die dahingeschlachtet wurden. Bei Sonnenaufgang würden nur noch schwelende Trümmer und verwesende Leichen an das Dorf erinnern, dessen Namen der Ritter noch nicht einmal kannte.

Das Schwert umklammernd, an dessen Schneide das Blut Unschuldiger klebte und das wie Blei in seinen Händen wog, stand er am östlichen Ende des Dorfes, wo es einen schmalen Flusslauf und eine Mühle gab. Ihr Strohdach brannte ebenfalls. Der Müller, dessen Frau und Kinder lagen erschlagen in ihrem Blut. Das Lodern der Flammen warf lange Schatten, die die Angreifer auf ihren schnaubenden Pferden wie Reiter der Apokalypse erscheinen ließen, die Tod und Untergang brachten.

Tränen stiegen ihm in die Augen, und dies lag nicht nur am beißenden Rauch, der von den Häusern herüberzog. Trauer überkam den Ritter, als er das Elend der Dorfbewohner sah, über die so unvermittelt das Verderben hereingebrochen war. Trotz der Tränenschleier, die seinen Blick trübten, bemerkte er plötzlich, dass jemand auf ihn zurannte.

Es war ein junger Mann, ein *iuvenis* wie er selbst, allerdings war sein Haar blond und schulterlang, und er trug die wollene Kleidung eines Bauern. Er war verletzt, blutete aus einer Wunde an der Schläfe, und ein Pfeil, den ein normannischer Bogenschütze auf ihn abgeschossen haben mochte, hatte seinen linken Unterarm durchbohrt.

Hals über Kopf hielt er auf den Fluss zu, den er wohl überqueren wollte, um zu entkommen. Der Ritter tat, was ihm aufgetragen worden war, und stellte sich ihm in den Weg.

Der Jüngling erschrak, aber es war zu spät, um die Laufrichtung zu ändern. Flussaufwärts versperrte die brennende Mühle den Weg, flussabwärts ein hölzerner Zaun, den er in seinem Zustand nicht ohne Weiteres überwinden konnte. Also rannte er weiter, auf den Ritter zu, der Schwert und Schild hob und ihm entgegentrat.

Der Zusammenprall war ebenso kurz wie heftig.

Mit fürchterlichem Gebrüll stürzte der Jüngling sich auf ihn, schien ihn einfach über den Haufen rennen zu wollen. Doch der Ritter hielt dem Ansturm stand und wehrte den Angreifer mit dem Schild ab. Der junge Angelsachse prallte zurück, wankte kurz und ging dann nieder. Sofort war der Ritter über ihm, das Schwert zum Stoß erhoben, um ihn dem Befehl seines Herrn gemäß zu töten – aber er zögerte.

Denn in diesem Moment schaute der Jüngling zu ihm auf, und beider Blicke begegneten sich. Verzweiflung und Todesangst sprachen aus den Augen des Bauern, der wehrlos im Morast lag und aus dessen Pfeil- und Kopfwunde das Blut floss.

Das Schwert verharrte in der Luft, und für einen Moment kam es dem Normannen so vor, als würden die Schreie und das Tosen der Feuer um ihn herum verstummen. In der Stille, die plötzlich eintrat, konnte er den Angelsachsen etwas sagen hören. Der Ritter verstand die Worte nicht, aber sie klangen hilflos und flehend. Noch einen Augenblick lang zögerte er, dann besann er sich seines Eides – und seiner Pflicht.

Northumbria, England
September 1080

»Verdammt.«

Osbert de Rein verzog missbilligend das Gesicht.

Er hatte sorgfältig gezielt und den Pfeil genau ins Ziel gelenkt – und nun sah es doch so aus, als müsste er auf die Beute verzichten.

Er stand am Rand der schroffen Steilwand, die an die zehn Mannslängen tief sein mochte und von Farn und Moos überwuchert war, und blickte hinab, den Bogen noch in der Linken und innerlich bebend vom Jagdeifer, der ihn ergriffen hatte.

Auf dem Grund der Schlucht, unweit des schmalen Wasserlaufs, der sie plätschernd durchfloss, lag der Hirsch. Der Pfeil war beim Aufprall abgebrochen, und der Kopf des Tieres war in grotesker Überstreckung nach hinten gebogen. Ansonsten war der Kadaver jedoch unversehrt – und ganz sicher zu schade, um ihn dort unten verrotten zu lassen. Zumal Osbert Geweih und Fell des Tieres Guillaume versprochen hatte.

Fieberhaft suchten die Augen des Jägers die Felswand ab. Es gab nur eine Reihe schmaler Vorsprünge, die ihm als Tritte dienen konnten. Da es geregnet hatte, war das Gestein glitschig, ebenso wie das Moos, das es an vielen Stellen bedeckte. Er würde sich also vorsehen müssen – oder der arme Guillaume würde an diesem regnerischen Oktobertag mehr als nur eine herbe Enttäuschung erleben.

Ein verwegenes Grinsen zeigte sich in Osbert de Reins glatt rasiertem Gesicht, als er zurück zu seinem Pferd ging und den Strick holte, der am hölzernen Sattelknauf des Tieres hing und den er eigentlich mitgebracht hatte, um seiner Beute die Läufe zusammenzuknoten und sie sicher auf sein Reittier zu packen. Damit musste er sich nun wohl noch gedulden – zunächst einmal galt es, den Hirsch vom Grund der Schlucht zu bergen.

Mit geschultem Blick wählte Osbert einen Baum aus, schlang das eine Ende des Stricks herum und verknotete es. Dann trat er wieder an die Steilwand und ließ sich langsam hinab, indem er den Hanf mit den ledernen Handschuhen umfasste. Dabei kam ihm in den Sinn, wie viel einfacher es gewesen wäre, wenn Guillaume ihn auf der Jagd hätte begleiten dürfen. Den Jungen am Seil hinabzulassen hätte kaum eine Schwierigkeit dargestellt, und Guillaume, der Osberts Begeisterung für die Jagd teilte und darin einiges Geschick besaß, hätte sicher keine Probleme gehabt, die Beute sachgemäß zu verschnüren und sie so zu befestigen, dass Osbert sie mühelos hinaufziehen konnte. Doch sein Bruder hatte anders entschieden, und damit musste Osbert wohl oder übel leben.

Seine Stiefel suchten nach Halt und fanden ihn. Vorsichtig ließ er sich weiter hinab, wobei er das Gewicht seines Körpers gegen die Felswand stemmte.

Plötzlich drangen von oben Geräusche zu Osbert. Pferdeschnauben und das dumpfe Stampfen von Hufen waren deutlich gegen das Plätschern aus der Tiefe auszumachen.

»Wer …?«, rief Osbert hinauf, als über der Steilwandkante ein vertrautes Gesicht erschien.

»Du?«, fragte er verwundert.

Eine Antwort erhielt er nicht, dafür weiteten sich seine Augen, als plötzlich eine Hand erschien, die eine blitzende Klinge hielt.

»Was hast du …?«

Osbert de Rein sprach den Satz nie zu Ende. Der Dolch durchtrennte den gespannten Strick mit einem Streich, und mit einem gellenden Schrei stürzte der Jäger in die Tiefe.

Jerusalem
15. Juli 1099

Die Zeit schien stillzustehen.

Es war, als hätte der Atem Gottes, der die Stadt über Jahrtausende hinweg am Leben gehalten und vor Widrigkeiten bewahrt hatte, plötzlich innegehalten. Der dumpfe Einschlag der Geschosse, die die Katapulte der Angreifer wieder und wieder gegen die nördlichen Mauern und Türme geworfen hatten, war verstummt. Eigenartige Stille hatte sich über die Stadt gebreitet, eine unheilvolle Ruhe, die vom nahen Untergang zu künden schien.

Schon viele Angreifer hatten die Mauern berannt, deren Grundfesten bis in die Tage König Salomons reichten: die Babylonier, die die Stadt geschleift und ihre Bevölkerung in die Sklaverei verkauft hatten; später die Römer, die sie unterworfen und ihrem Herrschaftsbereich eingegliedert hatten; schließlich die Muselmanen, die wie ein Sturm von Südwesten herangefegt waren und ihren Glauben mit Feuer und Schwert verbreitet hatten. Doch weder sie noch das große Beben, das 66 Jahre zuvor über die Stadt gekommen war und einige Viertel dem Erdboden gleichgemacht hatte, waren mit derartiger Zerstörungswut über Jerusalem hereingebrochen wie die fremden Krieger, die im Zeichen des Kreuzes fochten.

Einen Monat währte der Angriff bereits, der vor allem von Norden vorgetragen wurde, aber auch aus südlicher Richtung, wo das Tor von Zion lange Zeit allen Anfechtungen getrotzt hatte. Dann jedoch waren die fremden Aggressoren dazu übergegangen, Steingeschosse und Brandpfeile gegen die Mauern zu schießen, die die Verteidiger einschüchterten und schwächten. Und seit sie große hölzerne Türme errichtet hatten, die sie im Schutz der Nacht heranführten, damit deren Besatzungen die Mauern überwanden, war es nur noch eine Frage der Zeit, bis Jerusalem unter dem Ansturm des Feindes fallen würde.

Die Luft über den Kuppeln und Dächern der Stadt schien von Angst durchsetzt zu sein, und der Wind, der von Norden heranwehte, trieb den bitteren Odem von Rauch und den Gestank des Todes durch die Gassen, als Vorboten der grässlichen Ereignisse, die über die Stadt hereinbrechen würden. Und schließlich wurde die bleierne Stille von entsetzten Schreien durchbrochen …

»Hört ihr das auch?«

»Der Nordwall muss gefallen sein.«

»Dann möge Gott sich dieser Stadt und ihrer Bewohner erbarmen.«

Vier Gestalten hasteten im ersten Licht des Tages durch die schmalen, wie ausgestorben wirkenden Gassen des jüdischen Viertels. Die steinernen Häuser, die sie dabei passierten, waren allesamt verbarrikadiert worden. Die Bewohner versteckten sich in der Dunkelheit und hofften auf die Gnade der Eroberer.

Vergeblich, wie Conwulf vermutete.

Den Griff seines Schwertes fest umfassend, zwang er sich, an etwas anderes zu denken, während er atemlos weiterrannte. Der Auftrag, den das Schicksal ihm erteilt hatte, musste erfüllt werden, um jeden Preis, denn sein Ausgang mochte über Wohl und Wehe entscheiden, nicht nur von Christen, von Juden oder von Sarazenen, sondern über das aller Kinder Gottes.

Ein jeder der vier Gefährten, die an jenem Morgen im Jahr des Herrn 1099 den Weg zum Tempelberg beschritten, fühlte, dass noch ungleich mehr auf dem Spiel stand als das Schicksal einer einzelnen Stadt. Denn während auf den Zinnen und Wehrgängen der Kampf um Jerusalem die entscheidende Wendung genommen hatte, war ein anderer Konflikt, dessen Ursprung weit in die Vergangenheit reichte, bis an den Anbeginn der Zeit, noch längst nicht entschieden.

Buch 1

terra Occidentalis
A.D. 1096

1.

*Drei Jahre zuvor
London Mai 1096*

Es war kühl an diesem Morgen.

Harscher Wind strich von Osten heran, und die zähen Nebelschwaden, die während der Nacht über dem Fluss gelegen hatten, krochen die Uferbänke herauf und in die Gassen der Stadt.

Die ersten, die sich auf dem Richtplatz einfanden, waren die Krähen. Ihr sicheres Gespür dafür, wann und wo es etwas zu fressen gab, lockte sie zu der Wiese, die sich östlich der Stadt erstreckte, zwischen dem hingeworfenen Gewirr der strohgedeckten Häuser und der steinernen Mauer, die vom Fluss gen Norden verlief und noch aus römischer Zeit stammte. Kreischend ließen sich die Vögel auf dem grob gezimmerten Galgenbaum nieder und warteten. Fünf Silhouetten, die sich unheimlich im Nebel abzeichneten, schwarzen Todesboten gleich – bis ein Stein durch die Luft flog und eine von ihnen traf.

Während die anderen Tiere aufschreckten und davonflatterten, kippte die getroffene Krähe rücklings von ihrem hohen Sitz und stürzte auf die morschen Planken. Vergeblich versuchte sie, ihre Schwingen auszubreiten und ihren Artgenossen zu folgen – der Stein hatte ihr einen Flügel gebrochen. Aufgeregt kreischend rannte sie im Kreis, solange, bis ein weiterer Steinwurf sie traf und vom Podest des Galgens fegte.

Johlendes Gelächter war die Folge. Der Straßenjunge, der den Stein mit einer primitiven Schleuder geworfen hatte, riss triumphierend die Arme empor, und seine Kumpane, die alle ebenso zerlumpt, schmutzig und abgemagert waren wie er selbst, beglückwünschten ihn zu dem Meisterschuss. In neugieriger Erwartung des Ereignisses, das sie an diesem frühen Morgen zu sehen bekommen würden, setzten sie sich in das noch feuchte Gras rings um den Galgenbaum.

Sie blieben nicht lange allein.

Weitere Schaulustige – Bauern, Mägde und Tagelöhner, aber auch Handwerker und Händler – fanden sich auf der Henkersweide ein. Unter den wenigen Zerstreuungen, die das Leben den einfachen Leuten bot, war eine Hinrichtung immer noch die aufregendste. Und wenn es, wie an diesem Tag, auch noch eine belustigende Angelegenheit zu werden versprach, dann war dies umso besser. Je mehr Menschen kamen und je höher die Sonne über den Saum des Waldes stieg, der sich jenseits der Stadtmauer erstreckte, desto begieriger blickte jeder Einzelne zu der großen Burg, die südlich des Richtplatzes aufragte und dem König als Herrschersitz diente, sofern er nicht in Winchester oder an anderen Orten des Reiches weilte.

Schon unter seinem Vater William war der Bau begonnen worden, der die alte Römermauer miteinbezog, nach Norden und Westen jedoch von hölzernen Palisaden umgeben war. Inmitten der Ummauerung war im Lauf der vergangenen Jahre ein gewaltiger Turm aus Stein in die Höhe gewachsen, der im Vergleich zu den gedrungenen Häusern der Stadt so trutzig und einschüchternd wirkte, dass man ihn schlicht nur den »Turm von London« nannte. Mehr als fünfzehn Mannslängen maß er bereits, und er war noch immer nicht fertiggestellt – ein weiteres Monument normannischer Baukunst, von denen es in England inzwischen so viele gab, steingewordener Beleg dafür, dass die Eroberer vom Festland ihre Beute niemals wieder aufzugeben gedachten.

Nur die wenigsten Bürger von London wussten, wie es jenseits der Mauern und Palisaden der Burg aussah. Aber wie es hieß, war der große Turm mit allem nur denkbaren Prunk ausgestattet: einer großen Halle, die den Soldaten und Hausbediensteten als Unterkunft diente, und einer weiteren, darüberliegenden, in der der König Hof hielt und seine Getreuen empfing. Sogar eine eigene Kapelle gab es, in der der Herrscher dem Allmächtigen huldigte und in der sein Kaplan Ranulf von Bayeux zum vergangenen Osterfest eine Heilige Messe abgehalten hatte. Zahlreiche Edle des Landes waren zu diesem Anlass nach London gekommen, wohl nicht nur Gott, sondern vor allem dem König zu Ehren, wie Conn feixend vermutete.

Er verstand nicht viel von solchen Dingen, und sie waren ihm auch einerlei. Der Herr, so seine Erfahrung, half jenen, die sich selbst zu helfen wussten – vorausgesetzt, er hatte überhaupt ein Ohr für die Elenden und Niedrigen, die Armen und Unfreien, die in den Gassen der Stadt ein schäbiges Dasein fristeten. Sie vermochten weder die Bibel zu lesen wie die Mönche der Abtei von Westminster, noch konnten sie Kirchen und Klöster stiften wie die normannischen Edlen, um sich ihr Seelenheil zu erwerben. Alles, was ihnen blieb, war das Hier und Jetzt, und das war hart genug – über die Ewigkeit, das war Conns Überzeugung, konnte er sich auch später noch den Kopf zerbrechen.

Inmitten eines weiteren Pulks von Schaulustigen kam er auf der Henkersweide an. In seiner schäbigen Kleidung mit den wollenen, an zahllosen Stellen ausgebesserten Hosen und der löchrigen, von einem Strick zusammengehaltenen Tunika unterschied er sich in nichts von den übrigen Zaungästen, die die angekündigte Hinrichtung auf den Plan gerufen hatte. Eine Gugel bedeckte sein vom langen Winter noch dunkelblondes Haar, das ihm bis in den Nacken reichte, ein verwilderter Kinnbart verbarg seine Jugend. Das blaue Augenpaar jedoch, das unter der Kapuze hervorlugte, blickte nicht in sensationslüsterner Neugier wie bei den anderen, sondern voller Wachsamkeit.

Inzwischen hatte sich der Richtplatz mit Menschen gefüllt. Conn schätzte, dass es gut dreihundert Zuschauer waren, die sich eingefunden hatten, um Tostigs letzten Gang zu begaffen. Aufgeregt tuschelten sie miteinander, lachten und deuteten nach dem Galgen, an dem der glücklose Dieb in Kürze baumeln würde.

Als sich das Nordtor der Burg öffnete, wurde es schlagartig still auf dem Platz. Das Getuschel und das raue Gelächter verstummten, und zwei bewaffnete Wachen traten hervor, gefolgt von einem Mann, der hoch zu Ross saß. Er trug einen Helm mit Nasenschutz und einen wollenen Umhang, um sich vor der Kälte des Morgens zu schützen. Die silberne Fibel, die das Kleidungsstück hielt, erweckte Conns Aufmerksamkeit, aber mit Blick auf die beiden Wachen und das normannische Langschwert, das griffbereit in der Scheide des Reiters steckte, verwarf er den Gedanken gleich wieder.

Sofort bildete sich in der Menge der Schaulustigen eine Gasse, die den Reiter und seine Männer passieren ließ. Ihnen folgte ein Ochsenkarren, wie er gewöhnlich zum Heutransport benutzt wurde. Darauf kauerte eine verloren wirkende Gestalt, der man ein Eisen um den Hals gelegt hatte.

Tostig.

Tostig der Eierdieb, wie er spöttisch genannt wurde, weil sein Mut nie dazu ausgereicht hatte, sich an etwas anderem zu vergreifen als an ein paar Rüben oder Eiern, um seinen hungrigen Bauch zu füllen. Vor ein paar Tagen jedoch hatte er Äpfel von einem Karren gestohlen, der auf dem Weg zur Burg gewesen war. Und wer seine Hand an das Eigentum des Königs legte, den traf die härteste Strafe.

Obwohl Tostig nur wenige Jahre älter war als Conn, war sein Gebiss faulig und sein Haar bereits schütter. Die Flecken und Schrammen, die seine blasse Haut überzogen, verrieten, dass er im Gefängnis geschlagen worden war, und die dunklen Ränder unter seinen Augen ließen darauf schließen, dass er lange nicht geschlafen hatte.

Inmitten der Schaulustigen sah Conn zu, wie der Karren in Richtung Galgen rumpelte. Die Straßenjungen verspotteten Tostig und trieben derbe Scherze mit ihm, indem sie die Hände an die Hälse legten und ihm mit verdrehten Augen und heraushängenden Zungen vorspielten, was ihn erwartete. Die Menge fand das komisch und lachte laut, worauf Tostig in Tränen ausbrach, was die Leute nur noch mehr erheiterte.

Conn lachte nicht.

Er kannte Tostig nicht gut genug, um echtes Mitleid zu fühlen, dennoch verspürte er Beklemmung. Unwillkürlich fragte er sich, ob die Bürger von London ihm einen ähnlich freundlichen Empfang bereiten würden, wenn es zur Richtstatt ging.

Dem Karren folgten ein Mönch der Abtei Westminster, der den Blick gesenkt hatte und ein Kreuz in den Händen hielt, sowie der Büttel, der das Urteil vollstrecken würde – ein fetter, kurzbeiniger Kerl, dessen Augen so tief lagen, dass sie zwischen der vorspringenden Stirn und den feisten Wangen kaum zu sehen waren. Obwohl der Tag noch jung und es entsprechend kühl war, hatte er bereits Schweiß auf der Stirn, dabei verdiente er seinen Lohn auf denkbar einfache Weise. Und genau um diesen Lohn gedachte Conn ihn zu erleichtern.

Die Wachen und der Reiter hatten unterdessen den Galgenbaum erreicht. Ohne vom Pferd abzusteigen, wies der Behelmte seine Schergen an, den Gefangenen aufs Schafott zu führen, was sich als schwieriger erwies als gedacht. Denn sobald Tostig die Schlinge erblickte, begann er laut zu schreien und zerrte mit aller Kraft an den Fesseln, mit denen ihm die Hände auf den Rücken gebunden waren. Da jemand seine Arbeit offenbar nachlässig gemacht hatte und die Stricke locker waren, gelang es ihm tatsächlich, die Hände freizubekommen. Mit aller Kraft klammerte er sich daraufhin an die Gitterstäbe des Heuwagens, sodass die Wachen – sehr zur Erheiterung der Zuschauer – ihn zunächst nicht zu fassen bekamen und der Büttel sich genötigt sah einzugreifen.

»Willst du wohl loslassen?«, rief er schwer atmend, packte das Eisen, das der Gefangene um den Hals trug, und zog mit aller Kraft daran, um ihn wie einen Hund vom Wagen zu zerren. Doch ungeachtet des rostigen Metalls, das in seinen Hals schnitt, schrie Tostig weiter und hielt sich verzweifelt fest, so als könnte ihn dies vor dem traurigen Ende bewahren, das man ihm zugedacht hatte. Die Menge indes lachte nur noch lauter.

Der Normanne auf dem Pferd brüllte ungeduldig, Tostig solle den Unsinn lassen und sich seiner gerechten Strafe stellen, doch sein Appell verhallte ebenso ungehört wie die beruhigenden Worte, die der Mönch dem Verurteilten zusprach. Daraufhin lenkte der Reiter sein Pferd nach vorn und zückte kurzerhand das Schwert.

Conn senkte den Blick.

Er sah nicht, wie die Klinge des Normannen niederfuhr und Tostigs rechtes Handgelenk durchtrennte, er hörte nur den gellenden Schrei, der über den Richtplatz drang. Ein Raunen ging durch die Menge, die nicht damit gerechnet hatte, an diesem Morgen Blut zu sehen, aber auch nichts dagegen einzuwenden hatte.

Seinen Widerstand hatte Tostig aufgegeben, dafür schrie er wie ein Schwein auf der Schlachtbank, den ganzen Weg vom Wagen bis zum Galgenbaum. Blut schoss aus dem Stumpf an seinem rechten Arm und besudelte die Wachen und den Büttel, der ungerührt seiner Arbeit nachging, den Verurteilten erneut fesselte und ihm anschließend den Strick um den Hals legte. Tostig brüllte weiter, auch dann noch, als der Mönch vortrat, um seine sündige Seele dem höchsten Richter zu empfehlen. Erst als der Henker ihn nach vorn ins Leere stieß, verebbte sein Geschrei und ging in ein grässliches Gurgeln über.

Es dauerte lange, bis Tostig von seinen Qualen erlöst wurde, so sehr klammerte er sich an das Leben. Zappelnd hing er am Strick, während weiterhin Blut aus dem Stumpf triefte. Anfangs wurde hier und dort noch gescherzt und schadenfroh gekichert, dann wendeten die Ersten den Blick ab. Als Tostig der Eierdieb sein irdisches Dasein schließlich beendet hatte, lachte niemand mehr – außer dem Büttel, dem der Mann zu Pferd einen Beutel klingenden Geldes zuwarf.

Der Feiste bedankte sich mit einem Nicken, und während der Reiter und seine Schergen sich abwandten und in die Burg zurückkehrten, blieb er zurück, denn auch das Abnehmen und Begraben des Hingerichteten gehörte zu seinen Pflichten.

Die Meute der Gaffenden löste sich ebenfalls auf, nun, da es nichts mehr zu sehen gab, und der Augenblick, auf den Conn gewartet hatte, war gekommen.

Wenn die Erfahrung ihn etwas gelehrt hatte, dann dass es keinen Sinn hat, zu bescheiden zu sein. Natürlich musste man ein offenes Auge haben und sich gut überlegen, wen man um seine Habe erleichtern wollte und wen nicht, aber Tostigs grässliches Schicksal bewies, dass Bescheidenheit nicht vor Strafe schützte, ebenso wie zu große Vorsicht. Wer zögerte, der lief nur Gefahr, entdeckt und womöglich geschnappt zu werden, und beides wollte ein Dieb tunlichst vermeiden.

Die Kapuze tief ins Gesicht gezogen, bahnte sich Conn einen Weg durch die abziehende Menge und arbeitete sich an den Büttel heran, der am Fuß des Galgens stand und, seinem Gesichtsausdruck nach zu urteilen, mit dem Ergebnis seiner Arbeit durchaus zufrieden war. Mit dem Handrücken fuhr er sich über die Stirn und verwischte dabei das Blut, mit dem er besudelt war. Der Feiste jedoch schien es nicht einmal zu bemerken – das Ledersäckchen, das er an seinem Gürtel befestigt hatte, entschädigte ihn für alle Mühen.

Inzwischen war Conn fast heran, nur noch wenige Schritte trennten ihn vom Galgen. Mit flinken Blicken wog er seine Möglichkeiten ab und handelte kurz entschlossen.

Ein vierschrötiger Mann, der an ihm vorbei wollte, wurde unversehens zum Komplizen. Conn tat so, als hätte er ihn nicht gesehen, und rempelte ihn an. Der Fremde, den Schwielen an den Händen und den muskulösen Oberarmen nach ein

Schmied, ließ sich das nicht gefallen und stieß ihn zurück, nicht ohne ihm eine bittere Verwünschung mit auf den Weg zu geben – und Conn, nur dem Augenschein nach von der Macht des Zufalls geleitet, prallte gegen die massige Gestalt des Büttels.

»Verdammt! Kannst du nicht aufpassen?«

»Verzeiht, Herr«, beeilte sich Conn zu versichern und senkte das Haupt in einer Geste, die unterwürfig wirken sollte, in Wahrheit jedoch dazu diente, seine Gesichtszüge zu verbergen. »Es wird nicht wieder vorkommen.«

»Das hoffe ich, du Schmeißfliege! Pack dich fort, hörst du?«

»Natürlich, wie Ihr wollt, Herr«, beteuerte Conn und verbeugte sich noch einmal, während er sich bereits entfernte. Dann wandte er sich blitzschnell um und war im nächsten Moment zwischen anderen Zuschauern verschwunden, die in die Stadt zurückkehrten, um ihr Tagwerk zu beginnen.

Eine Weile lang ging Conn mit ihnen, dann bog er in eine Seitengasse ab, die schmal und dunkel genug war, um kein Aufsehen zu erregen, und in der es so streng roch, dass er sicher unbeobachtet bleiben würde. Erst hier griff er unter seine Tunika, zog den kleinen Beutel aus Wildleder hervor, der unbemerkt seinen Besitzer gewechselt hatte, öffnete ihn und betrachtete den Inhalt.

Es waren fünf Pennys.

So viel also, dachte Conn beklommen, war das Leben eines Diebes wert.

2.

Köln
Zur selben Zeit

Die Stadt hatte sich verändert.

Niemandem, der innerhalb der alten Mauern lebte, die die Römer hinterlassen hatten und die im Lauf der Jahrhunderte zum Fluss hin erweitert worden waren, konnte dies entgangen sein. Chaya war es ebenfalls nicht verborgen geblieben, obwohl sie das Haus seit dem Tod ihrer Mutter nur selten verließ und dann meist nur in Begleitung ihres Vaters.

Auch jetzt ging der alte Isaac neben ihr her, die von schlohweißem Haar umrahmten Züge angespannt und von tiefen Falten durchfurcht. »Was bedrückt dich, meine Tochter?«, wollte er wissen, während sie gemeinsam den Marktplatz passierten, in dessen Budengassen an diesem Morgen rege Betriebsamkeit herrschte.

»Ich weiß nicht, Vater. Die Stadt ist voller Menschen in diesen Tagen.«

»Wie in jedem Frühsommer«, konterte der Alte.

»Dennoch ist etwas anders«, beharrte sie. »Hast du die Kettenhemden nicht gesehen? Die Helme? Die Waffen? Es sind keine Kaufleute, die in Scharen an den Rhein kommen.«

»Nein«, gab Isaac zu, »und ihre Sprache ist auch nicht die des friedlichen Handels. Der Sturm, der in Frankreich entfesselt wurde, hat sich noch längst nicht gelegt.«

»Du glaubst, dass es wie zu Pessach werden könnte?« Chaya

schaute ihren Vater fragend an. Im Frühjahr waren schon einmal Soldaten in die Stadt gekommen, Kämpfer aus dem ganzen Reich, fünfzehntausend an der Zahl, und die Bevölkerung von Köln hatte sich bereit erklärt, sie zu versorgen. Zwar waren die Soldaten schon nach wenigen Tagen wieder abgezogen, aber es hatte fast den Anschein, als wäre dieser erste Aufmarsch nur der Anfang von etwas noch sehr viel Größerem gewesen. Etwas, das vor fünf Monden im fernen Clermont seinen Anfang genommen hatte.

Isaac Ben Salomon erwiderte ihren Blick, und seine ohnehin schon sorgenvollen Züge verfinsterten sich noch mehr. »Ich weiß es nicht, meine Tochter, aber ich ahne, dass unsichere Zeiten vor uns liegen. Und mir missfällt der Gedanke, dass du in jenen Zeiten allein und ohne Schutz sein könntest.«

»Deine Fürsorge ehrt dich, Vater«, erwiderte Chaya, »und ich weiß, worauf du hinauswillst. Aber ich habe meine Entscheidung getroffen, wie du weißt.«

»Deine Entscheidung?« Ein mildes Lächeln spielte um die Lippen des alten Kaufmanns. »Du weißt, dass ich deiner Zustimmung in dieser Sache nicht bedürfte.«

»Das ist mir klar, Vater«, entgegnete sie ohne Zögern. »Aber ich weiß auch, dass dir mein Glück wichtiger ist als alles andere. Und ich würde nicht glücklich an der Seite eines Mannes wie Mordechai.«

»Mordechai Ben Neri entstammt einem guten Haus. Er verfügt über großen Einfluss und ist ein wohlhabender und geachteter Merkant.«

»Genau wie du«, konterte Chaya schnaubend. »Andernfalls hätte er wohl kaum noch am Tag von Mutters Begräbnis um meine Hand angehalten und noch dazu angeboten, dein Kontor für einen Spottpreis von dir zu erwerben.«

»Es war ein guter Preis«, widersprach Isaac ruhig.

»Wofür? Für das Kontor? Oder für mich?«

Isaac blieb stehen und schaute seine Tochter an. Längst

hatten sie die Obenmarspforten passiert und befanden sich wieder innerhalb des Judenviertels, das sich westlich des Marktplatzes erstreckte. Hier würden sich ihre Wege trennen. Während Chaya nach Hause ging, würde ihr Vater seine Schritte zur Synagoge lenken, um einer Sitzung des Gemeinderates beizuwohnen, dem er als einer der sieben Vornehmen des Viertels angehörte – Männer, die aufgrund ihres Besitzes und ihres Einflusses über besonderes Ansehen in der Gemeinde verfügten.

»Tochter«, seufzte er, während er ihr in die dunklen Augen blickte und ihr über das schwarze Haar strich, das sie als noch ledige Frau unverhüllt trug. Ihr Teint war vergleichsweise dunkel, genau wie bei ihrer Mutter, und sie trug ein schlichtes Kleid aus dunkelgrünem Leinen, das ihre natürliche Schönheit noch unterstrich. »Warum machst du es mir nur so schwer?«

»Das liegt nicht in meiner Absicht, Vater«, versicherte sie und senkte den Blick, schaute an ihrer schlanken Gestalt herab. »Was wirst du Mordechai also mitteilen?«, fragte sie leise und ohne aufzusehen. »Wirst du sein Angebot doch annehmen? Willst du mich ihm zur Frau geben?«

»Ich werde das tun«, erwiderte der alte Isaac müde, »was am besten für dich ist, meine Tochter, darauf vertraue getrost. Und nun geh nach Hause.«

Sie schaute auf, und für einen kurzen Moment flackerte jener Trotz in ihren Augen, den auch ihre Mutter bisweilen an den Tag gelegt hatte. Dennoch nickte sie. Isaac küsste sie zum Abschied sanft auf die Stirn und schlug dann den Weg zur Synagoge ein.

Zunächst tat Chaya so, als würde sie seiner Anweisung folgen. Sie wandte sich um und ging einige Schritte die Straße hinab. Dann jedoch blieb sie stehen, wandte sich um – und folgte ihrem Vater in sicherem Abstand.

Die rege Betriebsamkeit, die auf dem Vorplatz der Synagoge herrschte, erlaubte es ihr, sich fortzubewegen, ohne weiter aufzufallen: Handwerker, die hölzerne Karren hinter sich herzogen, Mägde, die Wasser vom nahen Brunnen holten, Geschäftsleute und Händler, dazu ein mit Gemüse beladener Ochsenkarren.

Aus der Ferne konnte sie sehen, wie ihr Vater im Eingang der Synagoge verschwand. Vorbei an einer Schar schreiender Maultiere, die aus Richtung Bäckerei kamen und mit großen Körben voller Brot beladen waren, eilte Chaya zur Rückseite des ehrwürdigen Gebäudes, das die Mitte des jüdischen Viertels einnahm; dort gab es einen zweiten Zugang, der mit etwas Glück …

Chaya atmete innerlich auf, als sie sah, dass die normalerweise von innen verriegelte Tür einen Spaltbreit offenstand. Nurit, die Frau des Rabbiners, hatte Wort gehalten.

Mit einem verstohlenen Blick nach beiden Seiten huschte Chaya unter den niedrigen Sturz, öffnete vorsichtig die Tür und trat in das dahinter liegende Halbdunkel. Kühle Stille umfing sie, als sie die Tür hinter sich schloss und den Lärm der Straße aussperrte. Eine schmale Treppe lag vor ihr, die nur von einem schmalen Oberlicht erhellt wurde und an deren oberen Ende es eine weitere Tür gab. Lautlos stieg Chaya hinauf und öffnete sie. Die Kammer, die sich dahinter befand, wies zur Rückseite hin einige schmale Fensteröffnungen auf – die Galerie, von der aus Frauen die Gebete im Gotteshaus verfolgen durften.

Mit pochendem Herzen schloss Chaya die Tür. In gebückter Haltung, damit sie von unten nicht gesehen werden konnte, huschte sie zu einem der Fenster und kauerte sich darunter. Augenblicke lang verharrte sie so und lauschte dem verhaltenen Stimmengewirr, das aus dem Hauptraum der Synagoge heraufdrang. Dann fasste sie allen Mut zusammen und erhob sich, um einen vorsichtigen Blick zu riskieren.

Sie konnte den Thoraschrein sehen, der sich an der Stirnseite befand, die Bima, von der aus die Weisung Gottes verlesen wurde, sowie die Sitze der Räte, die in einem weiten

Kreis aufgestellt waren. Soweit sie es beurteilen konnte, waren bereits alle Angehörigen des Gemeinderates eingetroffen, dem neben den sieben einflussreichsten Mitgliedern der Gemeinde auch deren gewählter Vorsteher, ein Buchführer sowie der Rabbiner und dessen beide Gehilfen angehörten. Chaya fand die Räte in angeregte Gespräche vertieft, während sie ihre Plätze einnahmen. Ihr Herzschlag beschleunigte sich weiter, als sie unter den Anwesenden auch ihren Vater ausmachte, der einige Worte mit Mordechai Ben Neri wechselte – dem Mann, der um ihre Hand angehalten hatte.

Erschrocken fuhr sie hinter die Leibung des schmalen Fensters zurück und ermahnte sich zur Ruhe, ehe sie einen weiteren Blick riskierte. Was, so fragte sie sich bange, mochte ihr Vater Ben Neri sagen? Würde er sein Angebot doch annehmen, wider ihren ausdrücklichen Wunsch?

Mordechai war älter als sie, wenn auch nur um einige Jahre, und von kräftigem Körperbau. Schwarzes Kraushaar und ein Kinnbart umrahmten seine undurchschaubaren, von einem listig funkelnden Augenpaar beherrschten Züge. Erst vor zwei Wintern hatte er das Kontor seines verstorbenen Vaters geerbt, diese wenige Zeit jedoch genutzt, um es zu einem der größten und gewinnbringendsten von ganz Köln zu machen. Den dadurch erworbenen Reichtum stellte er gerne zur Schau, indem er samtene Mäntel und silberne Ringe trug, so auch an diesem Tag.

Atemlos beobachtete Chaya, wie die beiden Männer miteinander redeten, und zu ihrem Entsetzen konnte sie sehen, wie sich Mordechai Ben Neris Mund zu einem gewinnenden Lächeln dehnte – das jedoch im nächsten Augenblick auf seinen Zügen zu gefrieren schien. Sein Blick wurde eisig, und er blieb wie erstarrt stehen, als sich Isaac mit einer höflichen Verbeugung empfahl und seinen Ratssitz aufsuchte.

In diesem Moment hätte Chaya ihre Zurückhaltung am liebsten aufgegeben und wäre hinausgestürmt, um ihren Vater zu umarmen und ihm auf den Knien dafür zu danken, dass er Mordechais Angebot ausgeschlagen hatte. Sie wusste nun, was sie hatte erfahren wollen. Von einer Woge der Dankbarkeit getragen, zog sie sich von der Galerie zurück und wollte zurück zur Treppe schleichen, als Daniel Bar Levi, der Parnes der Gemeinde, das Wort ergriff.

»Meine Freunde«, hörte sie ihn sagen, »ich danke euch, dass ihr euch zu dieser Versammlung eingefunden habt. Böse Kunde ist es, die uns in diesen unheilvollen Tagen aus anderen Gemeinden erreicht.«

Chaya, die ihre Hand schon am Türgriff hatte, hielt plötzlich inne. Wovon sprach der Vorsteher? Von welcher bösen Kunde war die Rede? Sie hatte bemerkt, dass ihr Vater in den letzten Tagen angespannt gewesen war und weniger gesprochen hatte als sonst, es aber auf die Trauer um ihre Mutter zurückgeführt, obgleich die Zeit der Schiwa längst verstrichen war. Sollte dies nur die halbe Wahrheit gewesen sein?

»Unheilvoll?«, hörte sie eine schneidende Stimme fragen, die zweifellos Mordechai Ben Neri gehörte. »Ist es erlaubt zu fragen, wovon Ihr sprecht?«

»Ist das nicht offensichtlich?« Chaya zuckte zusammen, als sie ihren Vater sprechen hörte. Sie konnte nicht anders, als vorsichtig zum Fenster zurückzuhuschen und hinabzuspähen. »Unser geschätzter Parnes spricht von den Soldaten, die aus dem ganzen Reich zusammenströmen. Jeden Tag werden es mehr, niemandem, der offenen Auges durch die Straßen geht, kann dies entgehen.«

»Ganz recht, alter Freund«, bestätigte Bar Levi und neigte zustimmend das kahle, nur von der Kippa bedeckte Haupt.

»Und?«, fragte Mordechai, dessen Kontor am äußeren Rand der Judengasse lag und der entsprechend viel mit den Andersgläubigen verkehrte. »Wo ist das Unheil, von dem ihr sprecht? All diese Soldaten warten doch nur auf ihren Marschbefehl und werden, sobald sie ihn erhalten haben, wieder abziehen, so wie schon zu Pessach. Und bis dahin«, fügte er mit einem breiten Lächeln hinzu, das von niemandem in der Runde erwidert wurde, »lasst uns die Zeit nutzen, um mit ihnen Geschäfte zu machen wie mit allen anderen in dieser Stadt.«

»Euer Geschäftssinn in allen Ehren, Mordechai«, hielt Daniel dagegen, der anders als die übrigen elf Mitglieder des Rates nicht auf seinem Hocker saß, sondern auf einen hölzernen Stab gestützt aufrecht stand, als bedürfe er dieser Hilfe, um unter der drückenden Last seiner Sorgen nicht niederzugehen. »Es ist bekannt, dass Ihr bevorzugt Geschäfte mit Christen macht, und das sei Euch unbenommen. Aber ich fürchte, dass Eure Freude am Gewinn Euren Blick für die Wirklichkeit trübt. Oder habt Ihr vergessen, was das Vorhaben all dieser Soldaten ist, die in so großer Zahl an den Rhein kommen?«

»Einen Krieg gegen die Ungläubigen zu führen, gegen Sarazenen und Muselmanen«, erwiderte der Kaufmann aus der Enggasse ohne Zögern. »Ich sehe nicht, was dies mit uns zu tun haben sollte.«

»Dann seid Ihr entweder ein Narr oder von der Aussicht auf lohnende Geschäfte geblendet, Mordechai«, beschied ihm der Vorsteher in seltener Schärfe. »Schon zu Pessach ist es zu Drohungen gegen unsere Leute gekommen, wisst Ihr nicht mehr? Peter von Amiens, den sie den ›Einsiedler‹ nennen, berichtete von Übergriffen auf die jüdischen Gemeinden in Franken und in der Normandie...«

»... für die es nicht einen einzigen wirklichen Beweis gegeben hat«, warf der andere ein. »Dennoch haben wir bereitwillig die Börsen geöffnet und dem Einsiedler mehrere Hundert Silbermark mit auf den Weg gegeben, damit er sein Heer versorgen konnte. Tatsächlich glaube ich, dass es weder damals noch heute eine wirkliche Bedrohung für unsere Leute gegeben hat. Der Zorn der Christen mag gegen andere gerichtet sein, uns trifft er nicht.«

»Und wenn ich dir sagte, Mordechai Ben Neri, dass es neuerliche Berichte von Übergriffen auf Juden gibt?«, fragte Bar Levi. Furcht sprach dabei aus seinen faltigen Zügen, die sich rasch auf die übrige Versammlung auszubreiten schien. Mit Unbehagen sah Chaya, dass sich auch auf die Züge ihres Vaters ein dunkler Schatten senkte.

»Was für Übergriffe?«, wollte Akiba wissen, der Rabbiner der Gemeinde, während seine Gehilfen beunruhigte Blicke tauschten.

»Ein Graf aus Leiningen, Emicho mit Namen, hat ein neues Heer aufgestellt«, berichtete der Parnes mit bebender Stimme. »Die Männer, die er unter seinen Fahnen versammelt, sind größtenteils nur Arme und Bettler, aber sie sind nicht weniger von ihrer Mission überzeugt als jene, die im Frühjahr in der Stadt waren. Ein Mönch namens Folkmar, der sich in Emichos Gefolge befindet, hält vor dem Volk flammende Reden, und mit jeder Stadt, die sie erreichen, wird die Schar ihrer Anhänger größer. In Trier, wo sie bereits waren, soll es dabei auch zu Drohungen gegen die jüdische Gemeinde gekommen sein, und in Speyer haben sie angeblich geplant, am Sabbat die Synagoge zu überfallen.«

»Und haben sie es getan?«, erkundigte sich Mordechai und hob fragend die dunklen Brauen.

»Nein«, räumte Bar Levi ein. »Weil sich unsere dortigen Brüder an den Bischof gewandt und in seinen Schutz begeben haben.«

»Und ist der Bischof etwa kein Christ?«, verlangte der Kaufmann zu wissen. »Wenn es so wäre, wie ihr sagt, und der Zorn jener Soldaten sich auch gegen uns richten würde, wäre dann nicht der Bischof der Erste, der ihnen dabei zur Hand gehen müsste?«

Die Frage wurde rings von allgemeinem Nicken begleitet. Den Mitgliedern des Rates war anzusehen, dass sie den Beschwichtigungen Mordechais größeren Glauben schenken wollten als den beunruhigenden Berichten ihres Vorstehers. Schon deshalb, vermutete Chaya, weil die Sichtweise des Kaufmanns es ihnen gestattete, ihr Leben fortzuführen, ohne sich Sorgen zu machen oder sich gar vor etwas ängstigen zu müssen. Lediglich ihr Vater enthielt sich der Zustimmung – wohl weil er Daniel Bar Levi lange und gut genug kannte, um zu wissen, dass der Parnes nur dann seine Stimme erhob, wenn es vonnöten war, und dass er die Mitglieder des Rates und der Gemeinde niemals grundlos in Aufregung versetzt hätte.

»Wir wissen, dass die Christen, der Botschaft ihres Glaubens und ihrer eigenen Gebote ungeachtet, selten untereinander einig sind«, wandte er ein. »Und wir wissen auch, dass die Privilegien, die wir uns im Lauf einer langen Zeitspanne erworben haben, nicht die Folge der Nächstenliebe sind, die ihre Priester predigen, sondern vielmehr der klingenden Münze, mit der wir dafür bezahlt haben. Die Erfahrung lehrt uns, dass was immer die Christen tun, vom Streben nach Vorteil bestimmt ist. In dem geschilderten Fall mag es dem Bischof günstig erschienen sein, die jüdische Gemeinde seinem Schutz zu unterstellen – aber können wir damit rechnen, dass eine solche Hilfe auch uns zuteil wird, wenn wir ihrer bedürfen?«

»Was schlagt Ihr stattdessen vor, Isaac?«, fragte Mordechai in unverhohlener Ablehnung. Auch ein Hauch von Spott schwang in seiner Stimme mit. »Wollt Ihr vor dem herannahenden Pöbel die Flucht ergreifen? Ihr habt selbst gehört, dass jener Graf Emicho nichts als Bettler und Tagelöhner unter seinen Fahnen versammelt hat.«

»Pöbel dürfte es auch gewesen sein, der den Propheten Jeremia gesteinigt hat«, brachte Rabbi Akiba in Erinnerung. »Das wollen wir nicht vergessen.«

»Unser Freund Mordechai«, fügte Isaac mit betonter Gelassenheit hinzu, »spricht mit dem Ungestüm der Jugend. Wir Älteren hingegen wissen, dass von jenen, die nichts zu verlieren haben, bisweilen größere Gefahr auszugehen pflegt als von den Wohlhabenden. Zumal wenn letztere von ihren Geschäften mit uns profitieren.«

»Das ist nur zu wahr«, pflichtete Bar Levi ihm bei und sandte ihm einen dankbaren Blick.

»Was wollt ihr also tun?«, bohrte Mordechai weiter, ohne

auf den Einwand einzugehen oder auch nur den Versuch zu unternehmen, ihn zu entkräften. »Wollt ihr die Stadt verlassen? Wollt ihr aufgeben, was wir hier durch unseren Fleiß und unserer Hände Arbeit aufgebaut haben, nur weil ihr euch fürchtet?«

»Zumindest wäre es eine Überlegung wert«, antwortete der Vorsteher ohne Zögern, was zu Chayas Bestürzung bewies, dass er sich bereits darüber Gedanken gemacht hatte. »Wir könnten bei den Gemeinden anderer Städte um Aufnahme bitten und dort so lange bleiben, bis die Aufrührer wieder abgezogen sind.«

»Niemals!«, widersprach Mordechai entschieden und sprang auf. Sein weiter Mantel raschelte, als er die Arme effektheischend ausbreitete. »Wisst ihr, was ich viel eher denke?«, fragte er in die Runde.

»Was?«, wollte Isaac wissen.

Ein hintergründiges Lächeln spielte um die bärtigen Züge des Jüngeren. »Es ist kein Geheimnis, dass unsere Kontore in Konkurrenz zueinander stehen, Ben Salomon«, sagte er dann. »Und natürlich wisst Ihr genau wie ich, dass die Anwesenheit der Soldaten in der Stadt gute Geschäfte bedeutet. Ob Wein, Tuch, Stahl oder Leder – die Nachfrage nach diesen Gütern ist in den vergangenen Wochen sprunghaft angestiegen und hat uns beiden wachsende Einkünfte beschieden. Ist es nicht so?«

»Was hat das eine mit dem anderen zu tun?«, fragte Isaac.

»Wisst Ihr es wirklich nicht? Oder gebt Ihr Euch nur unwissend, um Eure wahren Beweggründe zu verschleiern?«

»Was für Beweggründe?« Chaya kannte ihren Vater gut genug, um zu sehen, dass es ihm inzwischen schon schwerer fiel, die Fassung zu wahren. Auch sie selbst konnte fühlen, wie ihr Blut in Wallung geriet. Was führte Mordechai im Schilde?

»All die Gewinne, die Ihr in den letzten Wochen verzeichnen konntet, hätten noch ungleich höher ausfallen können, hättet Ihr sie nicht mit Euren Konkurrenten teilen müssen«, führte dieser bereitwillig aus, worauf er nach beiden Seiten schielte, um zu sehen, was seine Worte bei den anderen Ratsmitgliedern und Vornehmen bewirkten. »Was aber, wenn Ihr sie mit einem geschickten Winkelzug aus dem Feld räumen und auf diese Weise ganz allein Geschäfte mit den Soldaten machen könntet?«

»Das traut Ihr mir zu?« Fassungslosigkeit sprach aus den Zügen ihres Vaters, und Chaya musste an sich halten, um ihre Empörung über diese gemeine Unterstellung nicht laut hinauszuschreien. Auch die übrigen Räte schienen betroffen. Blicke wurden gewechselt, hier und dort leise getuschelt, aber nur einer verlieh seiner Erschütterung tatsächlich Ausdruck.

»Mordechai Ben Neri«, sagte Bar Levi im Tonfall eines Lehrers, der einen Schüler schalt, »dass Ihr Euch nicht schämt, im Haus Gottes einen derart abscheulichen Verdacht zu äußern! Noch dazu, wo Ihr genau wisst, dass unser geschätztes Ratsmitglied Ben Salomon noch immer den schrecklichen Verlust betrauert, der über ihn und seine Tochter gekommen ist.«

»Der Tod Eurer Gattin hat uns alle tief getroffen, Ben Salomon«, räumte Mordechai ein, »und natürlich gehört Euch in diesem Jahr der Trauer mein ganzes Mitgefühl ...«

»Ich danke Euch«, sagte Isaac.

»... aber selbst der Schmerz über den Verlust eines geliebten Menschen darf nicht zwischen uns und der Wahrheit stehen«, fuhr der Jüngere fort. »Würdet Ihr, wenn die Dinge umgekehrt lägen, nicht einen ähnlichen Verdacht hegen? Alle hier wissen um die Rivalität unserer Familien, die Generationen zurückreicht. Mein Vater und Ihr, Isaac Ben Salomon, sind erbitterte Konkurrenten gewesen. Ist es da nicht nachvollziehbar, dass ich mich frage, ob Ihr die Gelegenheit womöglich nutzen wollt, um die Geschäftsverhältnisse in der Stadt zu Euren Gunsten zu beeinflussen? Wenn es nicht so ist, so nehmt meine Entschuldigung dafür, dass ich so dachte. Aber sollte es so sein, seid versichert, dass ich dies niemals zulassen werde.«

In der Synagoge war es so still geworden, dass nur noch das

leise Fauchen der Kerzen zu hören war, die im kreisförmigen Leuchter unterhalb der Deckenkuppel brannten und die der Windzug fortwährend flackern ließ. Dabei tauchten sie den Thoraschrein und die Bima in unstetes Licht, und es sah aus, als würden sich die Tierfiguren, mit denen die Wände bemalt waren, bewegen. Aller Augen hatten sich auf Isaac gerichtet, der auf seinem Hocker saß und tief aus- und einatmete, sich mühsam zur Ruhe zwingend. Natürlich waren die Vorwürfe völlig aus der Luft gegriffen, und vermutlich wusste Mordechai dies auch. Aber er schien keinesfalls gewillt, der Argumentation Isaacs und Daniel Bar Levis zu folgen, und Chaya hegte den dumpfen Verdacht, dass es entgegen seiner Beteuerungen nicht nur geschäftliches Interesse war, das ihn so handeln ließ, sondern auch der gekränkte Stolz eines Mannes, dessen Brautwerbung zurückgewiesen worden war.

Mit einem Mal fühlte sie sich schuldig an dem, was dort unten im Rat geschah. Gebannt schaute sie auf ihren Vater, der in diesem Moment zu einer Erwiderung ansetzte.

»Mordechai Ben Neri«, entgegnete er und schien jedes einzelne Wort mit Bedacht zu wählen, »ich führ es auf Eure Jugend und Eure Unerfahrenheit zurück, dass solche Worte über Eure Lippen kommen, und werde sie deshalb nicht als das werten, was sie tatsächlich sind, nämlich eine gemeine Verleumdung. Es stimmt, dass Euer Vater mein ärgster Konkurrent gewesen ist und mir manches lohnende Geschäft vor der Nase weggeschnappt hat. Aber selbst Euch müsste klar sein, dass ich eine Situation wie diese, in der sich dunkle Wolken über unserem Volk zusammenziehen, niemals nutzen würde, um daraus Gewinn zu schlagen, und dass ich die Überlegungen unseres geschätzten Parnes nur deshalb unterstütze, weil ich mich wie er um das Wohl unserer Gemeinde sorge.«

»Wollt Ihr mir unterstellen, das täte ich nicht?«, fragte Mordechai, und im angriffslustigen Funkeln seiner Augen hatte Chaya für einen Moment das Gefühl, seinen Vater zu erblicken.

Die erstaunliche Fähigkeit, jemandem das Wort im Mund herumzudrehen, hatte Mordechai fraglos von ihm, und wie der allgemeinen Entrüstung zu entnehmen war, zeigte sie noch immer Wirkung. »Ich habe die Nachfolge meines Vaters in diesem Gremium nicht angetreten, weil ich nach Einfluss oder Anerkennung dürste«, tönte er fort, »sondern weil ich als wohlhabendes Mitglied dieser Gemeinde Verantwortung trage für unser aller Wohlergehen. Und diese Verantwortung sagt mir, dass es falsch wäre, sich der Furcht zu ergeben, sondern dass wir auf das vertrauen sollten, was wir uns über eine lange Zeit hinweg mühevoll erarbeitet haben, nämlich die Freundschaft und die Anerkennung jener, in deren Städten wir leben, denen wir Tribut entrichten und die geschäftlich mit uns verkehren.«

»Freundschaft?« Isaac schaute ihn durchdringend an. »Glaubt Ihr wirklich, die Christen wären uns freundschaftlich verbunden? Ihr verwechselt den Respekt, den sie uns entgegenbringen, mit Liebe. Vielleicht, weil Ihr den Unterschied nicht kennt.«

Chaya hielt den Atem an. Ihr war klar, dass ihr Vater nicht nur vom Verhältnis Mordechais zur Gemeinde sprach – und Mordechai wusste es vermutlich auch. Seine Augen verengten sich, seine Lippen begannen vor Wut zu beben. »Spitzfindigkeiten«, rief er und machte eine unwirsche Handbewegung. »Respekt oder Liebe, was gilt es mir? Ich kann mir nicht vorstellen, dass die Christen ihr gutes Verhältnis zu uns leichtfertig gefährden oder es gar aufs Spiel setzen würden.«

»Ich ebenso wenig«, pflichtete Jakob Lachisch bei, der Gabbai und Buchführer der Gemeinde. Auch von den anderen Sitzen kam Zustimmung, sodass die Stimmabgabe, um die der Vorsteher schließlich bat, nur noch eine Sache der reinen Form war.

Nur drei der zwölf Mitglieder des Rates waren dafür, Vorsichtsmaßnahmen zu ergreifen und andere Gemeinden um Hilfe zu bitten. Die überwältigende Mehrheit hingegen schloss sich Mordechais Argumentation an und stimmte dafür, alles beim Alten zu belassen und den Sturm, der sich vielleicht über anderen Städten, ganz sicher aber nicht über Köln zusammenbrauen mochte, vorüberziehen zu lassen. Lediglich allgemeine Schutzmaßnahmen wurden beschlossen – so wollte man eine Empfehlung aussprechen, die den Mitgliedern der jüdischen Gemeinde nahelegte, das eigene Viertel nur zu verlassen, wenn die Notwendigkeit es verlangte, keinesfalls jedoch nach Einbruch der Dunkelheit. Außerdem wurde auf Drängen Rabbi Akibas ein allgemeines Fasten angeordnet, mit dem man Gott um Beistand bitten wollte.

Chaya blieb nicht mehr lange genug, um zu hören, wie der Parnes ein Dankgebet sprach und die Versammlung auflöste – was sie betraf, so hatte sie genug erfahren. Auf leisen Sohlen schlich sie von der Galerie und verließ die Synagoge, um noch vor ihrem Vater zu Hause zu sein. Was sie gehört hatte, ließ sie jedoch nicht mehr los.

In vergleichsweise gelöster Stimmung hatten die Ratsmitglieder das Gotteshaus verlassen, augenscheinlich sehr zufrieden mit dem, was erreicht worden war. Lediglich Daniel Bar Levi und Isaac Ben Salomon blieben zurück, und es war offensichtlich, dass sich in ihren faltigen Mienen dieselbe Sorge spiegelte.

»Wie ich sehen kann, mein Freund, teilt Ihr die Erleichterung der anderen nicht«, stellte der Vorsteher der Kölner Gemeinde ohne jede Genugtuung fest. Den Stab in seiner Rechten schien er mehr denn je zu benötigen, so als hätte der Verlauf der Beratung ihn abermals um Jahre altern lassen.

»Nein«, gab Isaac zu. »Denn anders als Mordechai habe ich Zweifel, was die guten Absichten jener fremden Krieger betrifft. Und ich fürchte, dass Fasten allein sie nicht fernhalten wird.«

»Auch ich hege diese Zweifel«, pflichtete der Vorsteher bei, »doch wie du gesehen hast, wollte sie niemand hören. Die Mehrheit unserer Brüder zieht es vor zu glauben, dass stets alles so bleiben wird, wie es gewesen ist.«

»Nur ein Narr denkt so«, sagte Isaac bitter.

»Mein Freund«, erwiderte Bar Levi und legte mitfühlend eine Hand auf seine Schulter, »ich weiß, dass es der erlittene Verlust ist, der Euch so sprechen lässt, denn noch vor einiger Zeit wähntet auch Ihr Euch sicher und behütet, ehe der Tod Eures Weibes Euch aus diesem Traum erwachen ließ. Nicht Narrheit, sondern die menschliche Natur ist es, die unsere Brüder so sprechen lässt. Mit aller Macht klammern sie sich an das, was Gottes Gunst und ihrer Hände Arbeit ihnen eingetragen haben, und wiegen sich in vermeintlicher Sicherheit. Doch das Gedächtnis unseres Volkes reicht weit in die Vergangenheit, und wenn die Erfahrung uns eines lehrt, dann dass es immer wieder Zeiten gab, da wir alles verloren. Man hat uns versklavt und unterjocht, uns aus der alten Heimat vertrieben und in die Fremde geschickt.«

»Und Ihr fürchtet, es könnte wieder so werden?«, fragte Isaac leise, fast flüsternd.

Ein Lächeln glitt über die Züge des Vorstehers, aller Sorge zum Trotz. »Wer weiß zu sagen, was Gott plant? Aber wenn es so ist, darf uns der Feind nicht unvorbereitet finden wie einst. Wenn der dunkle Schatten sich über uns breitet, so müssen wir handeln. Versteht Ihr, was ich meine?«

Isaacs von Trauerfalten durchfurchte Züge wurden noch finsterer, als der Parnes ihn an das Versprechen erinnerte, das er vor langer Zeit gegeben hatte. Freilich war er in jenen Tagen noch ein anderer gewesen, unbelastet von Sorge und bar der Erfahrungen, die er seither gemacht und die sein Leben geprägt hatten.

Doch das Wort, das er gegeben hatte, band ihn heute wie damals, auch wenn sich alles in ihm dagegen wehrte und er sich nicht vorstellen konnte, dass …

»Ich verstehe, Rabbi«, hörte er sich selbst sagen, und mehr noch als an allen anderen Tagen, die seit ihrem Tod vergangen waren, wünschte er sich seine Frau zurück.

3.

»Nia? Wo bist du?«

Conn blickte sich suchend um. Er schlich durch den Wald, der sich nordöstlich der Stadtmauern erstreckte, ein grünes Dickicht aus Buchen, Eschen und uralten Eichen, zwischen denen Beerensträucher und üppiger Farn gediehen. Schäfte von honigfarbenem Sonnenlicht fielen durch das grüne Blätterdach, tauchten den Wald in lieblichen Schein und machten die Nähe der lärmenden, betriebsamen, aus allen Poren stinkenden Stadt beinahe vergessen. Nur das Summen der Bienen war zu hören und von fern das Klopfen eines Spechts. Von Nia jedoch fehlte jede Spur, sodass Conn nichts übrigblieb, als abermals ihren Namen zu rufen, wenn auch nur halblaut und verstohlen.

»Nia?«

Erneut bekam er keine Antwort, und ihn befiel jähe Enttäuschung. Natürlich konnte es sein, dass sie woanders hingeschickt worden war, aber für gewöhnlich war dies der Tag, an dem sie die Burg verlassen durfte, um im Wald Kräuter zu sammeln, und es war die Stunde, die sie beide die ganze Woche über herbeisehnten.

Auf einer kleinen Lichtung blieb Conn stehen und schaute sich abermals suchend um. Als er noch einmal Nias Namen rief, konnte er plötzlich ein leises Kichern hören und einer der großen Farnbüsche, die die Lichtung wie ein grüner Wall umgaben, regte sich verdächtig.

»Nia?« In einer Mischung aus Ärger und Erleichterung verdrehte Conn die Augen. »Sag, dass das nicht wahr ist!«

Das Kichern wurde zu ausgelassenem Gelächter, und aus dem dichten Gewirr der Farnblätter tauchte ein Gesicht auf, das schöner war als alles, was Conn sich auf Erden vorzustellen vermochte.

Ebenmäßige Züge mit geröteten Wangen und einer kleinen, keck hervorspringenden Nase, darunter ein herzförmiger Mund mit rosigen Lippen und ein schmales, vielleicht ein wenig zu spitz geratenes Kinn, das ihrer Schönheit aber keinen Abbruch tat. Glattes kastanienfarbenes Haar, das ihr bis auf die Schultern fiel, umrahmte Nias Gesicht. Ihre braunen Augen, deren Lebenslust und Heiterkeit ansteckend war, leuchteten wie Sterne in einer klaren Sommernacht.

Conn konnte nicht anders, als von diesem Anblick verzaubert zu sein. Er lächelte und breitete die Arme aus, worauf sie ihr Versteck verließ und zu ihm eilte. Sie umarmten sich innig, und er genoss es, ihre schlanke Gestalt an sich zu pressen, ehe sich ihre Lippen in einem langen Kuss begegneten.

»Du hast mich vermisst«, stellte sie lächelnd fest, als sie sich wieder voneinander trennten. Ihr fremder Akzent war unüberhörbar – nur eines der vielen kleinen Dinge, die er an ihr liebte.

»Was bringt dich denn auf den Gedanken?«

»Ich habe dein Gesicht gesehen. Du hattest Angst, ich könnte nicht gekommen sein.«

»Unsinn.« Conn schüttelte den Kopf.

»Du konntest den Gedanken, mich eine weitere Woche lang nicht zu sehen, nicht ertragen«, beharrte sie.

»Von wegen«, widersprach Conn, der ihr den Triumph nicht gönnen wollte. »Ich wäre einfach zurück in die Stadt gegangen und nächste Woche wiedergekommen.«

»Du lügst. In Wahrheit denkst du in jedem Augenblick an

mich, und die Vorstellung, mich eine ganze Woche lang nicht zu sehen, ist dir unerträglich, nicht wahr? So jedenfalls«, fügte sie leiser hinzu, »geht es mir.«

Statt etwas zu erwidern, zog er sie abermals an sich und küsste sie. Das Glück, das er in diesem Augenblick empfand, machte alle Gefahr und alles Elend um sie herum vergessen – bis ein erneutes Rascheln im Gebüsch ihre Ruhe störte.

Conn fuhr herum und sah ein weiteres Frauengesicht aus dem Farn auftauchen, blasser und herber und – zumindest in seinen Augen – nicht annähernd so schön wie Nias. Es gehörte Emma, ihrer Aufseherin und wahrscheinlich der einzigen Freundin, die sie auf Erden hatte.

»Pst, ihr beiden«, sagte die Magd, die anders als Nia kein Eisen um den Hals trug. »Ich störe euch nur ungern, aber ihr solltet euch vorsehen. Wenn de Bracy euch entdeckt ...«

»De Bracy ist weit weg«, entgegnete Conn geringschätzig.

»Außerdem wird in der Burg Besuch erwartet, wie du weißt«, fügte Nia feixend hinzu, »da hat er sicher anderes zu tun, als nach den Leibeigenen zu sehen.«

»Wie ihr meint.« Emma schnitt eine Grimasse. »Aber treibt es nicht zu bunt, ihr beiden, hört ihr?«

»Nun hau schon ab!«, zischte Nia und wedelte mit der Hand, als wollte sie ein lästiges Insekt verscheuchen. Die Magd wurde daraufhin noch ein bisschen röter im Gesicht und verschwand kichernd zwischen den Bäumen.

»Sie wird aufpassen, wie jedes Mal«, war Nia überzeugt, während sie sich wieder Conn zuwandte. »Und sie wird dafür sorgen, dass mein Korb gefüllt ist, wenn ich am Abend in die Burg zurückkehre, damit de Bracy nichts bemerkt.«

Conn nickte dankbar. Guy de Bracy war ein Edler am Königshof, ein in die Jahre gekommener Kämpfer, der schon unter dem alten König William gedient und dabei einen Arm verloren hatte. Daraufhin war er mit dem Posten des Seneschalls betraut worden, zu dessen Pflichten auch die Aufsicht über die Sklaven gehörte, die in der Burg ihren Dienst versahen.

So wie Nia.

Sie war noch ein Kind gewesen, als sie aus ihrem walisischen Heimatdorf verschleppt worden war. Im Zuge des Eroberungskrieges, den des Königs Soldaten in den Westen der Insel getragen hatten, hatte ein normannischer Edler einen Vorstoß unternommen, der den britannischen Feind einschüchtern und ihn in die Schranken weisen sollte. Mehrere Dörfer waren niedergebrannt, die Männer hingemetzelt, die Frauen geschändet und die Kinder verschleppt worden – so auch Nia, die schließlich auf den Sklavenmarkt von Birmingham gelangt war, wo sie mehrfach den Besitzer gewechselt hatte und schließlich an einen Getreuen des Königs verkauft worden war.

Auf diese Weise war sie nach London gekommen und musste als normannischer Besitz leibeigene Dienste verrichten. Der Reif aus Eisen, den sie um den Hals trug, erinnerte sie Tag und Nacht daran. Dass sie die Burg überhaupt verlassen durfte – wenn auch nur in Begleitung einer Freien –, lag daran, dass sie von ihrer Mutter einst in der Kräuterkunde unterwiesen worden war und der alte, vom Reißen geplagte de Bracy die Wirkung eines guten Suds oder einer wohltuenden Salbe überaus zu schätzen wusste.

Auf einem ihrer Streifzüge durch den Wald, die sie allwöchentlich unternahm, um frische Kräuter und Wurzeln zu sammeln, war Conn ihr schließlich begegnet. Ohne es zu wollen oder etwas dagegen tun zu können, hatten sie sich ineinander verliebt.

Conn mochte alles an ihr.

Ihr feengleiches Aussehen, ihr langes Haar, ihren fremdartigen Akzent, in dem ein Hauch von Unbeugsamkeit und Wildheit mitschwang. Vor allem aber war es ihr Wesen, das ihn in Bann schlug – die unbekümmerte Leichtigkeit, mit der sie all das Schreckliche hinnahm, das ihr widerfahren war, und ihr trotz aller Widrigkeiten ungestillter Hunger nach Leben. Noch vor nicht allzu langer Zeit war Conn ein anderer gewesen. Gleichgültig hatte er von Tag zu Tag gelebt, sich einen Dreck um andere gekümmert und nur dafür gesorgt, dass sein Magen gefüllt blieb, geradeso wie der unglückliche Tostig. Seit er Nia begegnet war, hatte sich dies jedoch geändert. Conn hatte nun ein Ziel, für das zu leben lohnte. Ein Dieb mochte er noch immer sein, aber er stahl nicht mehr nur um seiner selbst willen.

»Es ist wieder was dazugekommen«, verkündete er mit vor Stolz geschwellter Brust.

»Wirklich? Wie viel?«

Statt zu antworten, griff Conn unter seine Tunika, holte den Lederbeutel des Henkersbüttels hervor und schüttete den Inhalt auf ihre Hand.

»Fünf Silberpfennige«, stellte sie verwundert fest. »Woher...?«

»Keine Fragen«, erinnerte er sie an die Abmachung, die sie getroffen hatten. »Damit sind es nun schon dreißig.«

»Das reicht noch lange nicht«, stellte Nia ein wenig resignierend fest. »Du weißt, de Bracy verlangt zehn Shillings.«

Conn wusste das sehr wohl. Zehn Shillings – das war weniger, als man für einen guten Wachhund bezahlen musste, aber weit mehr als für einen altersschwachen Gaul. Es war der Preis, den Conn aufzubringen hatte, wenn er Nia aus dem königlichen Hausstand herauskaufen wollte. Als frei Geborener konnte er das, vorausgesetzt natürlich, der Seneschall willigte in den Handel ein. Aber das waren Dinge, mit denen sich Conn erst befassen wollte, wenn es so weit war. Einstweilen begnügte er sich damit, von jenem fernen Tag zu träumen, an dem er die Burg betreten und Nia auslösen würde – und jede sich bietende Gelegenheit zu nutzen, die dafür erforderliche Summe zusammenzustehlen.

Er reichte ihr den Beutel, damit sie das Geld hineingeben und er es wieder einstecken konnte. Dann fasste er sie am Handgelenk und zog sie von der Lichtung in den nahen Hain, der ihnen schon öfter als Zuflucht gedient hatte. Dichter Efeu rankte sich zwischen uralten Eichen und bildete eine natürliche Höhlung. Goldenes Sonnenlicht fiel durch das Dach und ließ die Blätter leuchten, samtweiches Moos überzog einladend den Boden.

Lachend ließen sie sich nieder. Dabei strich ihr Haar über sein Gesicht, und obwohl es nach Ruß und Rauch roch, fand er, dass es wie Rosenwasser duftete. Erneut küssten sie sich und wälzten sich über den Boden, dann merkte Conn, wie Nia sich in seiner Umarmung verkrampfte. »Alles in Ordnung?«, wollte er wissen.

Sie nickte, löste sich dann aber von ihm und setzte sich auf. »Hast du niemals Angst?«, fragte sie.

»Wovor?«

»Dass wir es nicht schaffen könnten«, erwiderte sie und deutete auf die Stelle, wo der Geldbeutel unter seinem Hemd verschwunden war.

»Warum sollte ich?« Er grinste unverschämt. »Das Geld für deine Freilassung ist schließlich schon da. Es gehört im Augenblick nur noch jemand anderem.«

»Genau das meine ich.« Sie nickte bekräftigend. »Stehlen ist nicht recht. Es ist eine Sünde, Conn. Und ich möchte nicht, dass Gott uns dafür straft.«

»Gott ist für die Großen und Mächtigen da. Glaub mir, er hat Wichtigeres zu tun, als uns kleinen Leuten auf die Finger zu sehen.«

»Das dachte der Dieb, den sie heute Morgen gehängt haben, vermutlich auch. Hast du davon gehört?«

»Nun – ja«, kam Conn nicht umhin zuzugeben.

»Ich möchte nicht, dass du so endest wie er«, sagte Nia, und zu seiner Bestürzung musste er feststellen, dass ihre Augen dabei feucht wurden. »Jedesmal, wenn wir uns trennen, fürchte ich, dass ich dich nicht wiedersehen werde. Wenn sie dich fassen, während du ...«

»Sie werden mich nicht fassen.« Er setzte sich ebenfalls auf und nahm ihre Hand. »Ich werde gut auf mich aufpassen, hörst du? Schon in einem Jahr oder in zwein, wenn ich alles

Geld beisammen habe, brauchst du dich nicht mehr zu sorgen. Wir werden heiraten und für immer zusammen sein.«

Seine Worte schienen sie ein wenig zu beruhigen. »Und dann?«, fragte sie, während sie sich tapfer die Tränen aus den Augen wischte.

»Dann werden wir eine Familie gründen. Wir werden Kinder haben, du und ich. Und ich werde mir eine ordentliche Arbeit suchen. Boswic der Hufschmied ist immer auf der Suche nach kräftigen jungen Männern.«

»Du ... du willst Hufschmied werden?« Nia schaute ihn zweifelnd an.

»Warum nicht?«

Sie lachte leise. »Weil das nicht zu dir passt. Und weil wir nicht in London bleiben sollten. Hier gibt es so viel Elend, so viel Schmutz.«

»Was schlägst du stattdessen vor?«

»Lass uns fortgehen von hier. Ich möchte dir Cymru zeigen, meine Heimat. Die dichten Wälder und die sanften Hügel des Tieflands. Die Welt außerhalb dieser Mauern ist voller Wunder, Conn.«

»Aber ich habe London noch nie verlassen.«

»Nanu?« Sie hob die schmalen Brauen und schaute ihn herausfordernd an. »Fürchtest du dich etwa?«

»Wovor sollte ich mich wohl fürchten?«

»Davor, hinaus in die Fremde zu gehen. Die Welt zu sehen. Frei zu sein und tun zu können, was dir beliebt.«

»Unsinn«, erklärte er hölzern und fühlte sich ein wenig ertappt. Tatsächlich hatte er noch nie einen Gedanken daran verschwendet, London zu verlassen. Vor allem, weil der Kampf um die Dinge des täglichen Lebens ihm dazu keine Zeit gelassen hatte. Vielleicht aber auch, weil ihm der Gedanke, alles Vertraute hinter sich zu lassen, tatsächlich Unbehagen bereitete. »Ich fürchte mich nicht«, hörte er sich selbst sagen. »Wenn du es willst, so werden wir von hier fortgehen und unsere Freiheit suchen.«

»Das klingt schön.« Sie lächelte.

»So schön wie du.« Er beugte sich vor und küsste sie abermals auf den Mund. Dann löste er die Schulterverschnürung ihres schlichten Arbeitskleides. Sie hinderte ihn nicht daran, und so kamen schon im nächsten Moment ihre schmalen Schultern zum Vorschein und die Ansätze ihrer kleinen, festen Brüste.

Conn setzte sich auf und liebkoste sie, zuerst mit den Händen, dann mit den Lippen. Nia stöhnte leise und bewegte sich so, dass der Leinenstoff weiter an ihr herabglitt und ihre Brust vollständig entblößte. Conn streichelte sie zärtlich und vergrub sein Gesicht darin. Der Duft, den er einatmete, war wundervoll, und er half ihm, die bitteren Erinnerungen an Tostigs Hinrichtung zu vertreiben. Die grausigen Bilder verblassten, und die Kälte des Richtplatzes, die sein Herz noch immer umfangen hatte, wich der innigen Wärme, die Nias Liebreiz verbreitete. Die Anspannung fiel von ihm ab, und es kam ihm vor, als würde er nach einer langen Irrfahrt zurückkehren, in ein Heim voller Liebe und Geborgenheit – auch wenn es nur kurzen Bestand hatte.

Nia kicherte, als sein Bart ihre Haut berührte und sie kitzelte. Conn liebte dieses Lachen. Wieder fanden ihre Lippen zueinander, und ihre Zungen begegneten sich in wild entfachter Leidenschaft. In enger Umarmung sanken sie auf den moosbedeckten Boden, und Nia, der nicht entgangen war, dass seine Männlichkeit erwacht war und sich verlangend gegen den Stoff seiner Hosen stemmte, schob den Saum ihres Kleides hoch und gewährte ihm Zugang zum Ziel seines Begehrens. Der Blick, mit dem sie ihn dabei bedachte, war so voller Liebe, dass ihm die Tränen kommen wollten. Er würde ihn nie vergessen.

»Mein Gott«, flüsterte er, »wie schön du bist.«

»Nur für dich, Geliebter.«

In jugendlichem Ungestüm drang Conn in sie ein, und sie liebten einander im wärmenden Sonnenlicht. Vorerst blieb ihnen nichts als dieser flüchtige, süße Augenblick. Schon bald jedoch, so hofften sie, würden sie einander ganz gehören.

4.

Köln
24. Mai 1096

»*Schwere Zeiten liegen hinter uns, meine Tochter. Aber womöglich stehen uns die wirklichen Prüfungen erst noch bevor. Jene, an denen Gott die Seinen erkennt, indem er sie prüft wie einst Abraham.*«

Wie ein unheilvolles Echo schwangen die Worte ihres Vaters in Chayas Bewusstsein nach. Von den unzähligen Fragen getrieben, die sie verfolgten, seit sie vor zwei Tagen die Ratssitzung belauscht hatte, war sie zaghaft in die halb geöffnete Tür seines Arbeitszimmers getreten. Dort fand sie ihn. Er war wie immer über seine Bücher gebeugt und arbeitete trotz der späten Stunde im Schein einer Kerze. Der Anblick, der sich Chaya bot, erschreckte sie insgeheim, denn der Mann, der hinter dem breiten Tisch aus Eichenholz saß und Warenlisten sichtete, schien um Jahrzehnte gealtert.

Natürlich wusste Chaya, wie schwer der unerwartete Tod ihrer Mutter ihn getroffen hatte, aber in den letzten beiden Wochen hatte sie geglaubt, eine Besserung wahrzunehmen, fort von der abgrundtiefen, alles verschlingenden Trauer hin zu einem allgemeineren, erträglicheren Schmerz. In diesem Augenblick jedoch gewann sie den Eindruck, dass sich sein Zustand in Wahrheit verschlechtert hatte. Seine Haltung am Tisch war tief gebeugt, sein Gesicht, dessen Falten sich noch vertieft zu haben schienen, wirkte wächsern und fahl. Am meisten jedoch bestürzte Chaya die Verzweiflung in seinen Augen, als er aufblickte und sie ansah – und ihr war klar, dass es mit dem zusammenhängen musste, was im Rat besprochen worden war.

Der alte Isaac war tief in seinen Gedanken versunken gewesen und brauchte einen Moment, um sie zu erkennen und ins Hier und Jetzt zurückzufinden.

»Tochter«, sagte er mit einer Stimme, die wie ein erlöschendes Echo klang. »Nein, du störst nicht. Was kann ich für dich tun?«

Sie blieb auf der Schwelle stehen, teils aus Respekt, teils aus Reue. Obwohl sie das unbeugsame, bisweilen zur Auflehnung neigende Temperament ihrer Mutter hatte, war sie ihrem Vater gegenüber stets offen gewesen und hatte ihn nie getäuscht oder belogen. Nun jedoch hatte sie von Dingen Kenntnis erlangt, die er ihr wohl niemals aus freien Stücken gesagt hätte, sei es, weil er es nicht für notwendig erachtete oder weil er sie schützen wollte. Und dieses Wissen ließ ihr seither keine Ruhe.

»Ich habe mich noch nicht bei dir bedankt«, sagte sie leise.

»Wofür, meine Tochter?«

»Dafür, dass du Mordechais Antrag abgelehnt hast.«

»Wie im vergangenen Jahr den von Amos, dem Sohn des Goldschmieds. Und im Jahr davor jenen von Ilan, dem ältesten Spross unseres Gabbai.« Ein Seufzen entrang sich Isaacs Kehle. »Irgendwann wirst du dich entscheiden müssen – oder das Schicksal entscheidet für dich.«

»Was willst du damit sagen, Vater?«

Isaac Ben Salomon seufzte erneut. Er streifte die Warenlisten, die vor ihm ausgebreitet lagen, mit einem Blick. Dann lehnte er sich in seinem hohen Stuhl zurück und schaute seine Tochter so lange und prüfend an, dass sie nicht anders konnte, als zu Boden zu starren.

»Weißt du, wie ähnlich du ihr bist?«, fragte ihr Vater sie unvermittelt.

»Was meinst du?«

»Jedes Mal, wenn ich dich ansehe, fühle ich Trost und Schmerz zugleich. Trost, weil ich erkenne, dass etwas von ihr weiterlebt. Schmerz, weil ich dann jedes Mal von neuem begreife, was mir genommen wurde.«

»Das tut mir leid, Vater.«

»Du kannst nichts dafür, mein Kind. Es ist nur …« Isaac sprach nicht weiter, und sie konnte sehen, dass der Schmerz ihn fast zerriss. »Wie lange willst du dieses Spiel noch spielen?«, fragte er dann.

»Was … was für ein Spiel?«

Er lächelte. »Wie ich schon sagte, ähnelst du deiner Mutter in vielen Dingen. Wie sie gibst du dich nicht leicht mit Dingen zufrieden. Wie sie brichst du mitunter die Regeln. Und genau wie sie pflegst du zu erröten, wenn du etwas zu verbergen suchst.«

»Etwas zu verbergen?«

»Ich weiß, dass du dort gewesen bist, Chaya«, beendete der alte Isaac das Versteckspiel sanft, aber bestimmt.

»Dort?«

»In der Synagoge, als der Rat zusammentrat.«

»Aber ich …«

»Sei unbesorgt«, versicherte er, als er das wachsende Entsetzen in ihren Zügen sah, »außer mir hat keiner den flüchtigen Schatten bemerkt, der jeweils nur für einen kurzen Moment auf der Frauenempore erschien, um dann ebenso rasch wieder zu verschwinden. Und da ich dich gut kenne …«

»Verzeih mir, Vater«, sagte Chaya mit gesenktem Haupt. »Es lag nicht in meiner Absicht, den Rat zu belauschen. Ich wollte nur erfahren …«

»… was ich Mordechai mitteile«, brachte der alte Isaac den Satz zu Ende, »denn in meiner greisen Eitelkeit hatte ich dich über meine Entscheidung im Unklaren gelassen. In gewisser Weise trifft mich also die Schuld und nicht dich.«

»Du bist mir nicht böse?« Sie schaute zaghaft auf.

»Nein. Obschon ich hoffe, dass es sich nicht wiederholen wird. Hätten die anderen Ratsmitglieder von der Sache Kenntnis erhalten, ließe sie sich nicht so ohne Weiteres aus der Welt schaffen.«

»Ich weiß, Vater«, versicherte Chaya schuldbewusst. »Es steht dir frei, mich angemessen zu bestrafen.«

»Das ist nicht mehr nötig, denn du wurdest bereits bestraft, mein Kind. Zu viel Wissen kann eine schwere Strafe sein, nicht wahr?«

Sie nickte. In den vergangenen zwei Tagen war keine Stunde verstrichen, in der sie nicht über das nachgedacht hatte, was sie in der Ratssitzung gesehen und gehört hatte.

»Allerdings muss ich sagen, dass du sie mit Würde trägst, meine Tochter. Offen gestanden hatte ich dieses Gespräch schon sehr viel früher erwartet.«

»Wirklich? Dann sag mir bitte, Vater, ob es wahr ist, was der Parnes sagt. Droht uns wirklich Gefahr von den Christen?«

»Mordechai und seine Anhänger bestreiten es. Sie können sich nicht vorstellen, dass die Christen ihre Hand gegen uns erheben werden, und wollen lieber Geschäfte mit ihnen machen.«

»Und du? Was ist deine Meinung?«

»Ich habe ihm widersprochen, wie du weißt – worauf er mir unterstellt hat, ich würde die Lage zu meinen Gunsten nutzen wollen, um Gewinn daraus zu schlagen.«

»Aber das ist nicht wahr!« Überzeugung sprach aus Chayas Augen.

»Woher willst du das wissen?«

»Vater«, sie lächelte verlegen, »du hast mich nicht vergebens zu schreiben und zu rechnen gelehrt. Ich habe Einsicht in die Bücher genommen. Die Geschäfte gehen schlechter als früher. Und das, obwohl all diese Fremden in der Stadt weilen.«

»Das tun sie. Aber in diesen Tagen verlässt weder Leder noch Eisen das Lager, denn ich verspüre kein Verlangen danach, ihnen den Strick zu verkaufen, den sie uns womöglich irgendwann um den Hals legen werden. Ich möchte nicht, dass das Blut unserer Leute an meinen Händen klebt. Kannst du das verstehen?«

»Natürlich.« Sie nickte. »Aber warum hast du das nicht vor dem Rat gesagt? Wieso hast du dich nicht verteidigt?«

Ein freudloses Lächeln glitt über die Züge des alten Kaufmanns. »Weil mein Herz voller Kummer ist in diesen Tagen und mir die Kraft dazu fehlt. Und weil wir beide wissen, dass es vor allem verletzter Stolz ist, der Mordechai Ben Neri so sprechen lässt.«

»Willst du damit sagen, dass es ein Fehler war, seinen Antrag abzulehnen?«, fragte Chaya leise.

»Liebst du ihn denn?«

»Natürlich nicht.« Sie schüttelte entschieden den Kopf.

»Dann war die Entscheidung richtig«, entgegnete Isaac schlicht, und in dem jungenhaften Lächeln, das kurz über seine bärtigen Züge huschte, konnte sie für einen Moment den Mann wiedererkennen, der er einst gewesen war.

Chaya verspürte den plötzlichen Drang, ihrem Vater nahe zu sein. Sie verließ ihren Platz an der Tür, huschte über den steinernen Boden und ließ sich neben seinem Stuhl nieder, wie sie es früher oft getan hatte, als sie noch ein kleines Mädchen und die Dinge einfacher gewesen waren. Sie nahm seine alte, von Furchen durchzogene Hand, küsste sie und presste sie an ihre Wange.

»Nanu?«, wunderte er sich. »Wofür ist das?«

»Für deine Liebe, Vater. Und für dein Verständnis.«

»Mordechai Ben Neri denkt vor allem an eine Person«, knurrte Isaac, »und das ist Mordechai Ben Neri. Er mag der wohlhabendste Mann unserer Gemeinde sein und über weitreichende Verbindungen verfügen. Aber genau wie sein Vater ist er ein Strolch.«

»Dennoch hast du erwogen, mich ihm zur Frau zu geben? Obschon er um meine Hand angehalten hat, als wäre ich eine wohlfeile Dreingabe zu deinem Kontor, das er erwerben wollte?«

Isaac schaute auf sie herab. »Auch schlechte Absichten pflegen bisweilen Wohltaten hervorzubringen, mein Kind. Mordechai war wohl der Ansicht, ich hätte durch den Tod deiner Mutter die Freude an meinem Beruf und an meinen Geschäften verloren, und damit hatte er recht. Ich bereue nicht, dich ihm nicht zur Frau gegeben zu haben«, fügte er sanft hinzu.

»Aber vielleicht hätte ich ihm das Kontor verkaufen sollen.«

»Ist das dein Ernst? Als ich noch klein war, pflegtest du immer zu sagen, dass dieses Haus dein Leben sei. Jeden einzelnen Stein davon hast du dir mit deiner Hände Fleiß verdient.«

»Gott hat es gefallen, mich wohlhabend zu machen, meine Tochter. Ob ich es verdient habe, ist eine andere Frage. Dieses Lager dort draußen und alle Fässer, Körbe und Kisten, mit denen es gefüllt ist, haben mir tatsächlich einmal viel bedeutet. Und es hat eine Zeit gegeben, da mir diese Zahlen«, er deutete auf die Warenlisten auf dem Tisch, »wichtiger gewesen sind als die Worte des Rabbiners. Heute erkenne ich, was ich für ein Narr gewesen bin.«

»Aber Vater...«

»Nein, Chaya.« Isaac schüttelte traurig den Kopf. »Versuche nicht, mich vom Gegenteil zu überzeugen. Gott hat mir eine schwere Lektion erteilt. All das hier«, er fuhr mit dem dürren Arm durch die Luft und beschrieb eine Bewegung, die das Arbeitszimmer und das Lager ebenso einschloss wie die darüber liegende Wohnung, »bedeutet mir nichts mehr. Es ist leer und sinnlos geworden, seit deine Mutter nicht mehr hier ist. Sie war der Mittelpunkt meines Lebens – unglücklicherweise erkenne ich das erst jetzt, da sie von uns gegangen ist.«

»Sie hat dich geliebt, Vater.« Auch sie betrauerte den Tod ihrer Mutter, und es tat weh, an sie zu denken. Aber noch ungleich schlimmer war es für Chaya, ihren Vater derart leiden zu sehen.

»Ja«, flüsterte er, und seine Augen füllten sich mit Tränen. »Und ich habe sie ebenfalls geliebt. Nur leider fand ich selten die Worte, es ihr zu sagen. Nun ist es zu spät dafür, und kein anderer als ich trägt daran Schuld.«

»Das ist nicht wahr.«

»Nein?« Er lächelte schwach. »Wie ich schon sagte – du bist eine schlechte Lügnerin, und auch das hast du von ihr. Ich weiß, dass ich gefehlt habe. Und ich weiß, dass Gott mich bestraft hat, indem er mir nahm, was ich als fest gegeben erachtete, statt ihm an jedem einzelnen Tag dafür zu danken. Nur du bist mir geblieben«, fügte er sanft hinzu und strich über ihre schwarzen Haare. »Du bist alles, was mir noch etwas bedeutet.«

»Und deine Arbeit? Das Kontor?«

Der Kaufmann schüttelte den Kopf. »Wer weiß zu sagen, was sein wird? Wir sollten damit aufhören, uns an Dinge zu klammern, die nicht von Bestand sind. Vielleicht wird all dies schon bald in Rauch und Feuer aufgehen. Und wieso auch nicht? Mir ist nicht mehr daran gelegen.«

Chaya fühlte, wie leises Entsetzen sich ihrer bemächtigte. So hatte sie ihren Vater noch nie zuvor reden hören. »Du glaubst also, dass die Drohungen wahr werden könnten? Dass die Christen tatsächlich ihre Hand gegen uns erheben?«

Isaac schaute sie lange an. »Das weiß Gott allein. Geliebt haben sie uns nie, doch haben sie uns stets gewähren lassen – in jüngster Zeit jedoch hat ihre Abneigung gegen uns ein gefährliches Ausmaß angenommen. Und durch den Tod deiner Mutter ist mir eines offenbar geworden – dass wir in einer Zeit des Umbruchs und der Veränderung leben. Kein Volk auf Erden weiß besser als das unsere, dass solche Zeiten schmerzvoll und voller Abschiednehmen sind.«

»Abschiednehmen?« Ihre Augen verengten sich. »Wovon sprichst du?«

Der Blick ihres Vaters blieb auf sie geheftet, obwohl er sie nicht wirklich zu sehen schien. Vielmehr kam es Chaya vor, als würde er in eine ferne, dunkle Zukunft schauen, die sich irgendwo jenseits der mit Listen und Verzeichnissen gefüllten Regale des Arbeitszimmers befand. »Schwere Zeiten liegen hinter uns, meine Tochter«, flüsterte er. »Aber womöglich stehen uns die wirklichen Prüfungen erst noch bevor. Jene, an denen Gott die Seinen erkennt, indem er sie prüft wie einst Abraham.«

»W-was genau bedeutet das?« Natürlich kannte Chaya die Geschichte des gottesfürchtigen Abraham, dem vom Herrn aufgetragen worden war, seinen eigenen Sohn zu opfern. Aber sie verstand nicht, warum ihr Vater ausgerechnet dieses Beispiel wählte. »Du machst mir Angst.«

»Das möchte ich nicht.« Isaacs Blick, der jäh wieder in die Gegenwart zurückzufinden schien, verriet ehrliches Bedauern. »Nicht Leichtfertigkeit ist es, die mich diese Worte wählen lässt, sondern die ehrliche Sorge eines Vaters, und ich wünschte, es gäbe einen anderen Weg als jenen, den ich möglicherweise beschreiten muss.«

»Was für einen Weg? Wovon sprichst du?«

»Ich kann es dir nicht sagen, meine Tochter.« Er breitete die Arme aus, worauf sie sich erhob und ihn umarmte, sich an ihn schmiegte, wie sie es als kleines Mädchen getan hatte, wenn ihr Cousin Caleb sie gestoßen und sie sich die Knie wund geschlagen hatte. »Aber ich versichere dir, dass du mich verstehen wirst. Eines Tages, Chaya, wirst du mich verstehen.«

5.

London
25. Mai 1096

Die Reise war lang und beschwerlich gewesen.

Schon bei günstigem Wetter benötigte man zwei Wochen, um vom fernen Northumbria nach London zu gelangen. Infolge der ausgiebigen Regengüsse, die sich über dem Norden des Landes entladen und einen Großteil der Straßen in matschige Rinnen verwandelt hatten, hatte der Ritt jedoch fast doppelt so lang gedauert.

Guillaume de Rein verabscheute den Regen ebenso, wie er England verabscheute, diesen schäbigen Brocken Erde, der übersät war mit dunklen Wäldern und durchsetzt von Sümpfen und Mooren. Er wusste beim besten Willen nicht, was William den Bastard dazu bewogen hatte, die Normandie zu verlassen und Anspruch auf den englischen Thron zu erheben. In Guillaumes Augen war es ein schlechter Handel gewesen, denn anders als auf dem Festland gab es hier weder Kultur noch Fortschritt, und das Land wurde bevölkert von starrsinnigen, stinkenden Schweinehirten, mit deren plumper Zunge der junge Normanne sich ebenso wenig anfreunden konnte wie mit ihrem bäuerischen, schwerfälligen Wesen.

Obwohl er bereits seit seiner frühen Kindheit in England weilte, hatte er sich beharrlich geweigert, die Sprache der Angelsachsen zu erlernen. Weshalb auch? Waren sie nicht die Unterlegenen? Hätten nicht vielmehr sie sich die Sprache der

Eroberer aneignen sollen? Aber vermutlich wäre ihr tumber Geist dazu nicht einmal in der Lage gewesen.

Seine Mutter hatte Guillaumes Vorbehalte stets verstanden. Sie stammte aus vornehmem Hause und wusste um den Wert normannischer Tradition und normannischen Wesens. Anders als sein Vater, der all dies weit hinter sich gelassen zu haben schien und – so jedenfalls hatte es den Anschein – schon fast selbst ein Engländer geworden war. Guillaume hatte nie verstanden, weshalb sein Vater nach dem Sieg über die Angelsachsen nicht aufs Festland zurückgekehrt war, zumal König William es ihm in Aussicht gestellt hatte. Doch Renald de Rein, von Einfalt, von Ehrsucht oder auch von beidem getrieben, hatte seinen König gebeten, in England bleiben zu dürfen, und wurde – wohl mehr aus Spott denn aus dankbarer Verbundenheit – mit einem Lehen in Northumbria bedacht, dem am weitesten nördlich gelegenen Teil des Reichs, der fortwährend bedroht wurde, nicht nur von den Schotten, die jenseits der Grenzen hausten, sondern auch von ständiger Revolte.

Hätte seine Torheit nur ihn selbst betroffen, hätte Guillaume seinem Vater wohl vergeben. Dass er seine Mutter und ihn jedoch nachgeholt und sie beide ebenfalls in dieses ungastliche, neblige und von Insekten verseuchte Land bestellt hatte, hatte er ihm nie verziehen. Hier gab es nichts, an dem der Geist sich erfreuen und an dem die Seele sich laben konnte. Eintönigkeit und Ödnis prägten das Leben auf Burg de Rein, Waffengänge mit rebellierenden Gefolgsleuten des Königs und unbelehrbaren piktischen Barbaren waren an der Tagesordnung. Die Einladung nach London war daher freudig begrüßt worden, und das nicht nur von Guillaume. Auch seine Mutter Eleanor hatte darauf bestanden, ihren Gatten an den königlichen Hof zu begleiten – ein weiterer Grund dafür, dass die Reise länger gedauert hatte als sonst.

Als die kahle Steinmauer endlich vor ihnen auftauchte, die schon das alte Londinium umgürtet hatte und die Wälder östlich der Stadt von den bewirtschafteten Feldern schied, war die Erleichterung entsprechend groß. Und obwohl Guillaume dieses Land nicht mochte und seine Bewohner zutiefst verachtete, kam er nicht umhin, beeindruckt zu sein, als sich das Burgtor vor ihnen öffnete und sie in den Innenhof einritten.

Zuletzt war er als Knabe in London gewesen, und obwohl sich der Donjon bereits im Bau befunden hatte, war davon wenig mehr zu sehen gewesen als die Grundmauern. Inzwischen jedoch war er zu imposanter Größe angewachsen. Auf beinahe quadratischem Umriss, von drei trutzigen Türmen und einer gerundeten Ausbuchtung flankiert, die eine Kapelle zu beherbergen schien, bot der Turm von London einen großartigen Anblick, der den alten normannischen Glanz zumindest erahnen ließ. Guillaume musste grinsen bei dem Gedanken, welchen Eindruck das Bauwerk auf die Angelsachsen machen musste, deren gedrungene, aus Holz und Lehm erbaute Hütten nur ein Stockwerk und ein strohgedecktes Dach besaßen. Wenigstens, dachte er, konnte beim Anblick dieser Burg kein Zweifel mehr daran aufkommen, wer die Herren auf diesem unwirtlichen Flecken Erde waren.

Der Stallmeister und einige Knechte warteten im Hof, um die Pferde in Empfang zu nehmen und den Frauen beim Absteigen behilflich zu sein. Guillaume sprang leichtfüßig aus dem Sattel und eilte dann zu seiner Mutter. Den Stallknecht verscheuchte er mit einem unwirschen Laut, noch ehe dieser auch nur Anstalten machen konnte, sie zu berühren.

Eleanor de Rein waren die Strapazen des langen Ritts anzusehen. Sie war ohnehin von schlanker, fast knochiger Gestalt, und ihre Haut zeichnete sich durch auffallende Blässe aus, woran auch die vieltägige Reise unter freiem Himmel nichts hatte ändern können. Im Gegenteil schien die Baronin während der letzten Wochen noch bleicher geworden zu sein. Das helle Blau ihres Mantels und das Gebende, das ihre markanten Gesichtszüge umrahmte und ihr die würdevolle Strenge einer Äbtissin verlieh, unterstrichen diesen Eindruck noch. Wer von Eleanors zerbrechlich wirkendem Äußeren jedoch auf ihr Wesen schloss, der beging einen verhängnisvollen Fehler. Denn die auf den ersten Blick so blutarme Hülle barg einen messerscharfen, berechnenden Verstand, für den Guillaume seine Mutter immer bewundert hatte. Und der Blick ihrer grünen, ob der Anstrengung dunkel geränderten Augen machte klar, dass sie sich ihrer Herkunft und ihres Standes stets bewusst war.

»Danke, Sohn«, sagte sie, nachdem er sie aus dem Sattel gehoben und sanft auf dem Boden abgesetzt hatte.

»Wie fühlt Ihr Euch, Mutter?«

»Wie soll ich mich fühlen?« Ein freudloses Lächeln spielte um ihren schmalen Mund. »Wie sich ein frommer Pilger in einem gottlosen Land eben fühlen muss.«

Guillaume erwiderte das Lächeln. Wie so oft schien seine Mutter genau wie er zu empfinden. Mit dem Unterschied, dass sie den Mut hatte, es auszusprechen, während er selbst …

»Guillaume!«

Der Ruf seines Vaters ließ ihn zusammenzucken. Er kannte diesen Tonfall nur zu genau, und stets bedeutete er Verdruss.

»Ja, Vater?«

Guillaume wandte sich um. Vor ihm stand der Baron de Rein. Wie er selbst trug er ein Kettenhemd, das bis zu den Knien reichte und vorn und hinten geschlitzt war, um das Sitzen im Sattel zu erleichtern. Anders als Guillaume, der nach seiner Mutter kam und von schlankem Wuchs war, bot Renald de Rein jedoch eine eindrucksvolle, fast hünenhafte Erscheinung mit breiter Brust und starken Armen, die keinen Zweifel daran ließen, dass er das Langschwert, das an seiner Hüfte hing, mit wuchtigen Schlägen zu führen wusste. Den Helm hatte der Baron abgenommen, sodass sein rotbraunes, in schweißnassen Strähnen hängendes Haar, das ohnehin mehr an einen Angelsachsen denn an einen Normannen gemahnte, wie Kupfer in der fahlen Nachmittagssonne glänzte. Das fleischige Gesicht mit der gebogenen Nase und den hohen Wangenknochen verriet unverhohlene Missbilligung.

»Wenn du damit fertig bist, am Rockzipfel deiner Mutter zu hängen, kümmere dich darum, dass die Pferde gut versorgt und die Männer ordentlich untergebracht werden.«

»Aber Vater«, beeilte Guillaume sich zu versichern, »ich wollte doch nur, dass Mutter ...«

»Erspare mir deine Ausreden«, fiel Renald ihm ins Wort. »Unsere Leute sind müde und hungrig, also trage dafür Sorge, dass sie ein Dach über dem Kopf und eine anständige Mahlzeit erhalten.«

Guillaumes hohe Stirn verfinsterte sich. Er hasste es, vor den Untergebenen gemaßregelt zu werden, und sein Vater wusste das – was ihn nicht davon abhielt, es wieder und wieder zu tun. »Ich bin ebenfalls geritten«, erklärte er mit unverhohlenem Trotz in der Stimme, »und ich bin nicht weniger hungrig.«

»Glaubst du, das interessiert mich?« Der Baron gab sich keine Mühe, seine Verachtung zu verbergen. »Diese Leute«, sagte er, auf die Soldaten und die Dienerschaft deutend, die sie auf dem langen Weg nach London begleitet hatten, »sind mit uns gereist und haben uns mit ihrem Leben beschützt. Als ihr Oberhaupt ist es deine Pflicht, für sie zu sorgen, noch bevor du an dein eigenes Wohl denkst. Geht das in deinen blonden Schädel?«

Guillaume verzog angewidert das Gesicht. Er mochte es nicht, wenn sich sein Vater ihm gegenüber solch grober Worte bediente, auch seiner Mutter war das Missfallen deutlich anzusehen. Beide wussten jedoch, dass es weder Sinn gehabt hätte noch besonders klug gewesen wäre, dem Baron vor seinen Gefolgsleuten zu widersprechen, also schwiegen sie, und Guillaume deutete, wenn auch zähneknirschend, eine Verbeugung an.

»Natürlich, Vater. Ihr habt wie immer recht.«

Renald brummte eine unverständliche Erwiderung, und Guillaume setzte sich in Richtung der beiden schlanken, zweistöckigen Steingebäude in Bewegung, die die Südmauer der

Burg säumten und wo er die Unterkünfte der örtlichen Garnison vermutete.

Die Gedanken, denen er dabei nachhing, handelten von Rachsucht und Revolte, und er schwor sich, dass er seinem Vater all die Erniedrigungen und Zurechtweisungen einst in gebührender Form heimzahlen würde. Plötzlich war ihm jedoch, als würde die Düsternis seiner Gedanken von einem hellen Lichtstrahl durchbrochen. Klar und leuchtend drang er hindurch, in Gestalt einer jungen Frau, die am Brunnen stand und Wasser schöpfte.

Sie war noch keine zwanzig Jahre alt.

Dunkles Haar wallte auf ihre schmalen Schultern und umrahmte Gesichtszüge, die einfach waren, aber ebenmäßig und voller Anmut, und weder ihr gebräunter Teint noch der Ansatz von Sommersprossen auf ihren Wangen konnte ihre Schönheit mindern. Selbst durch das graue Kleid, das sie trug und das wenig mehr war als ein an den Schultern verschnürter Sack, war ihr vollendeter, jugendlicher Körper zu erahnen. Sie mochte Waliserin sein oder Schottin, eine der unzähligen Gefangenen, die im Zuge der Grenzkonflikte gemacht worden waren und die fortan ihr Dasein als Leibeigene fristeten – die Eisenspange um ihren Hals legte beredtes Zeugnis davon ab.

Dankbar für die willkommene Ablenkung starrte Guillaume sie an. Als sie sich abwenden wollte, um das Joch mit den nunmehr gefüllten Wassereimern zum Turm zu tragen, begegneten sich ihre Blicke. Zu Guillaumes Erheiterung erschrak die Sklavin und starrte sogleich wieder zu Boden, wobei sie ehrerbietig das Haupt senkte.

Er jedoch war überzeugt, in diesem kurzen Moment das ungestillte Verlangen in ihren Augen gesehen zu haben.

6.

Worms
Zur selben Zeit

»Tötet sie! Tötet die Mörder Christi!«

Laut und schrecklich drang der Schlachtruf durch die Halle. Nur wenige Male war der Rammbock gegen das Eingangstor geprallt, das unter den Einschlägen erzitterte, dann hatte das alte Holz nachgegeben und grobschlächtige Gestalten, die teils mit Klingen und Speeren, teils aber auch mit Knüppeln und brennenden Fackeln bewaffnet waren, waren eingedrungen.

Die Männer, Frauen und Kinder, die in der Halle Zuflucht gesucht hatten in der Hoffnung, hier Schutz zu finden, schrien entsetzt auf. Unwillkürlich wichen sie zur rückwärtigen Seite der Halle zurück, sich aneinanderdrängend wie eine Herde Schafe, über die eine Meute hungriger Wölfe hereinbrach. Und wie Wölfe wüteten die Mordbrenner unter ihnen.

Die Ersten, die ihren Hass und ihre Mordlust zu spüren bekamen, waren jene Männer, die sich der erdrückenden Übermacht zum Trotz den Angreifern entgegenstellten. Mit Messern und Dolchen bewaffnet, wollten sie ihrer Raserei Einhalt gebieten, aber der Widerstand wurde im Keim erstickt. Knüppel fuhren mit furchtbarer Gewalt nieder und zerschmetterten Schädel, Speerspitzen zuckten vor und bohrten sich in unschuldiges Fleisch. Frauen, Kinder und Greise schrien, als sie ihre Ehemänner, Väter und Söhne in Fontänen von grellrotem Blut niedergehen sahen, das die Angreifer bespritzte und ihre Mordlust nur noch weiter anstachelte.

»Bekehrt euch«, rief einer von ihnen, der eine Mönchskutte trug und in dessen Augen brennender Irrsinn loderte, »bekehrt euch oder erhaltet die gerechte Strafe für euren Frevel!«

Schon wurde ein Mann gepackt und auf die Knie geworfen. Der Mönch forderte ihn auf, bei dem hölzernen Kreuz, das er um den Hals trug, seinem Glauben abzuschwören und sich zum Christentum zu bekennen. Der Mann, ein gläubiger Jude, dessen Haupt eine Kippa bedeckte, verweigerte dies – worauf einer der Mordbrenner ihm mit einem einzigen Schwertstreich das Haupt von den Schultern hieb.

Der kopflose Torso hatte den blutbesudelten Boden noch nicht erreicht, als Panik unter den Versammelten ausbrach. Schreiend wichen sie zurück, doch die schmale Tür an der Rückseite der Halle ließ jeweils nur wenige hindurch. Die überwältigende Mehrheit musste erkennen, dass das Haus des Bischofs, von dem sie sich Sicherheit und Schutz versprochen hatten, zur tödlichen Falle geworden war.

Das Blutvergießen ging weiter.

Wer sich erdreistete, eine Waffe oder auch nur die geballte Faust gegen die Angreifer zu erheben, der wurde sofort getötet, anderen ließ man die Chance, ihr Leben zu retten, indem sie ihre Religion verleugneten. Nur wenige, vor allem Mütter, die ihre Kinder retten wollten, machten jedoch von dieser Möglichkeit Gebrauch. Die meisten hielten an ihrem Glauben fest und fanden unter Keulenschlägen und Schwerthieben ein grausames Ende – wenn sie ihren Angreifern nicht schon zuvorgekommen waren. Denn um der Schande zu entgehen, durch Feindeshand zu sterben, zogen zahllose Männer und Frauen es vor, sich selbst und ihren Kindern die Kehle durchzuschneiden.

Über allem tönte die Stimme des Mönchs, der mit loderndem Blick verkündete: »Seht, dies ist das Ende der alten und der Beginn einer neuen Zeit! Die Ungläubigen erkennen ihren Frevel und fallen von eigener Hand, der wahre Glaube hingegen erstrahlt heller als je zuvor! Dies spricht Folkmar, der Racheengel, den der Herr gesandt hat, um die Heiden zu strafen!«

Und er warf den Kopf in den Nacken und begann laut zu lachen. Sein sich überschlagendes Gelächter hallte von der hohen Decke wider und drang durch das offene Tor, um die Kunde von der Blutnacht in alle Welt zu tragen.

Köln
Wenige Tage später

In der Synagoge war es vollkommen ruhig geworden. Selbst die Gedanken der Ratsmitglieder schienen plötzlich verstummt zu sein, so groß war das Entsetzen.

Erneut hatte Daniel Bar Levi, der Parnes von Köln, den Gemeinderat einberufen, und wiederum war man im Haus Gottes zusammengetroffen, um über die jüngsten Entwicklungen zu beraten. Die Kunde, die aus Worms nach Köln gedrungen war, war in der Tat erschütternd, denn genau das war eingetroffen, was sowohl Bar Levi als auch sein Freund Isaac Ben Salomon befürchtet hatten: Graf Emicho und seine Horde hatten es nicht länger bei Drohungen gegen das Volk Israel belassen.

Minutenlang währte das Schweigen, das auf den Bericht des Vorstehers folgte. Einer der Ersten, die die Fassung zurückgewannen, war Isaac Ben Salomon – vielleicht deshalb, weil ihn die Nachricht nicht annähernd so unerwartet traf wie jene, die sich in trügerischer Sicherheit gewiegt hatten. »Wie viele?«, fragte er mit bebender Stimme. »Wie viele von unserem Volk haben die Mordbrenner getötet?«

Bar Levi sandte ihm einen düsteren Blick. »Die Zeugen sprechen von mehreren hundert Toten. Männer wie Frauen, Alte wie Kinder.«

»Was?«, ließ sich Mordechai Ben Neri vernehmen. »Aber das... das ist unmöglich! Ihr müsst Euch irren!«

»Kann blutgetränkter Boden ein falsches Zeugnis geben?«, fragte der Vorsteher der Kölner Gemeinde. »Oder das Wehklagen der Hinterbliebenen? Ich fürchte, mein Freund, dass Ihr Eure Meinung die Christen betreffend ändern müsst. Viele von ihnen mögen nach wie vor Handel mit uns treiben – unsere Freunde jedoch sind sie nicht und waren es wohl auch nie. Freunde jedenfalls pflegen ihresgleichen nicht nächtens zu überfallen und sie mit vorgehaltener Waffe zur Taufe zu zwingen.«

»Das haben sie getan?« Erstmals schienen dem jungen Kaufmann aus der Enggasse die Worte zu fehlen. Seine sonst so hitzigen Züge erblassten, blankes Grauen schlug aus seinen Augen wie Flammen aus den Fenstern eines brennenden Hauses.

»Das und noch mehr«, bestätigte der Parnes mit tonloser Stimme. »Wie es heißt, wurde die Residenz des Bischofs angegriffen, wohin sich viele der Unseren geflüchtet hatten. Sie wurden entweder getötet oder gezwungen, den christlichen Glauben anzunehmen. Noch sind die Opfer nicht gezählt, aber es werden viele sein. Fünfhundert, vielleicht mehr.«

»Aber das wäre ja die gesamte Gemeinde!«, rief Usija, einer der beiden Gehilfen des Rabbiners, voller Entsetzen aus. »Warum, bei Gottes Allmacht, tun die Christen so etwas?«

»Weil sie Krieg gegen die Heiden führen – und damit auch gegen uns.« Bar Levis Stimme wurde vorwurfsvoll. »Ihre Prediger schreien es seit Monaten durch die Gassen, aber Ihr habt Augen und Ohren verschlossen und Euch geweigert, die Wahrheit zu erkennen!«

Einige der Versammelten starrten schuldbewusst zu Boden, andere wechselten verstörte Blicke. Nur einer hielt dem Augenspiel des Vorstehers stand – Mordechai Ben Neri, der seine erste Überraschung verwunden hatte und wieder ganz der Alte schien. »Obschon ich keineswegs an Eurer Lauterkeit zweifle, ehrwürdiger Parnes, fällt es mir noch immer schwer zu glauben, dass sich solches wirklich zugetragen haben soll. Wenn Ihr jedoch recht habt, so dürfen wir nicht untätig bleiben und abwarten, bis es womöglich zu spät ist und auch uns das Verderben ereilt.«

»Ihr gesteht also endlich zu, dass diese Möglichkeit besteht?«

»Ich gestehe zu, dass uns Nachrichten erreicht haben, die Anlass zur Besorgnis geben«, wich der Kaufmann aus. »Wir sollten also handeln, wenngleich besonnen und mit dem nötigen Maß.«

»Und das bedeutet?«, fragte jemand.

»Dass wir uns dem Erzbischof anvertrauen und ihm von unseren Sorgen berichten sollten«, entgegnete Mordechai.

»Und Ihr glaubt, das würde genügen?«, ergriff erneut Isaac das Wort. »Erzbischof Hermann mag uns zugeneigt sein, wenn es darum geht, seine Keller mit erlesenem Wein aus Aquitanien zu füllen. Aber können wir uns auch auf ihn verlassen, wenn es darum geht, sich auf unsere Seite und gegen seine eigenen Leute zu stellen?«

»Ihr habt recht«, pflichtete Bar Levi ihm ohne Zögern bei. »Viel sicherer wäre es, die Stadt zu räumen und bis zum Monat Tammus in der Ferne abzuwarten. Wenigstens aber, bis Emichos Horden wieder abgezogen sind.«

»Niemals!«, widersprach Mordechai entschieden, und auch unter den anderen Vornehmen regte sich Widerstand, der sich in Kopfschütteln und verhärteten Mienen niederschlug. »Bedenkt, was wir zurücklassen würden! Sollen wir unsere Wohnungen, unsere Lager, unsere Werkstätten und nicht zuletzt das Haus Gottes ungeschützt der Zerstörungswut dieser Barbaren überlassen?«

»Diese Barbaren, Mordechai«, konterte Isaac, »habt Ihr noch vor wenigen Tagen Eure Freunde genannt. Pflegt Ihr im Verteilen Eurer Gunst immer so wankelmütig zu sein?«

»Bisweilen«, stimmte der junge Kaufmann zu, und seinem

vernichtenden Blick war zu entnehmen, dass er dies nicht nur auf die Christen bezog.

»Vor Kürze noch schien es Euch am nützlichsten, nichts zu unternehmen und einfach abzuwarten. Nun wollt Ihr Euch dem Schutz des Bischofs anvertrauen. Dabei geht es Euch keinen Deut um die Menschen in unserer Gemeinde. Sondern einzig und allein darum, Euren Besitz zu retten.«

»Und Euch etwa nicht, Ben Salomon?«, rief Mordechai über das einsetzende Getuschel hinweg, sehr viel lauter, als es dem Hause Gottes angemessen gewesen wäre. »Wollt Ihr behaupten, der Gedanke, alles zu verlieren, was Ihr Euch im Lauf Eures Lebens erworben habt, gefiele Euch?«

»Das will ich keineswegs, aber ich hänge nicht so an meinen materiellen Gütern, dass ich mich nicht davon trennen könnte, wenn die Situation es verlangt.«

»Und das sagt ausgerechnet Ihr? Ihr, der Ihr meinen Vater an den Rand des Ruins getrieben habt?«

»Allerdings«, bestätigte Isaac, ohne mit der Wimper zu zucken. »Ich bestreite nicht, dass es eine Zeit gegeben hat, da ich mein Ziel, der mächtigste Kaufmann dieser Stadt zu werden, unnachgiebig und mit aller Härte verfolgt habe. Der Tod meines geliebten Weibes hat mir jedoch klargemacht, dass ich den falschen Zeichen gefolgt bin. Allein das Leben ist das, was zählt, Mordechai. Alles andere kann ersetzt werden.«

»So geht, wenn Ihr unbedingt wollt«, sagte der andere schnaubend. Sein anfängliches Entsetzen war in Wut umgeschlagen, nun, da er jemanden gefunden hatte, an dem sich seine Gefühle entladen konnten wie ein Blitz an einer alten Eiche. »Verlasst die Stadt, wenn das Euer Wille ist, und gebt unsere Häuser und unsere Habe in die Hände von Räubern und Dieben. Ich jedoch sage, dass wir ihnen Widerstand leisten sollten.«

»So wie unsere Brüder in Worms?«, fragte Bar Levi scharf.

»Was dort geschehen ist – *wenn* es geschehen ist, wie Ihr sagt –, darf und wird sich nicht wiederholen. Jener Emicho mag vornehmen Geblüts sein und eine Tausendschaft von Schlägern hinter sich versammelt haben, aber er wird es nicht wagen, sich gegen den Erzbischof zu stellen.«

»Und wenn doch?«

»Mann, was wollt Ihr von mir? Ist es nicht schlimm genug, dass Euch der Verlust Eures Weibes zu einem Schatten Eurer selbst gemacht hat? Müssen wir alle nun zu greinenden Greisen verkommen?«

»Ben Neri!«, rief Akiba, der Rabbiner, ihn zur Ordnung. Doch der Kaufmann war nicht gewillt, seine Tirade zu unterbrechen.

»Was denn? Ist es verboten, die Wahrheit auszusprechen? Er weiß selbst, dass der Tod seiner Frau ihn gebrochen hat und dass ihm seither sowohl die Freude am Leben als auch der Wille dazu fehlt. Und obwohl ich sein Konkurrent bin und mein Vater sein erklärter Feind gewesen ist, empfinde ich Mitleid mit ihm. Nicht von ungefähr habe ich ihm angeboten, sein Geschäft zu einem guten Preis zu kaufen und seiner Tochter jenes Heim zu bieten, das er ihr als der Schatten, zu dem er geworden ist, nicht mehr geben kann. Er aber hat abgelehnt, obschon es das Beste für ihn und seine Tochter wäre.«

Isaac holte tief Luft. Die aufbrausende Art des Jüngeren und die Worte, die er wählte, erregten sein Gemüt, aber er sagte sich, dass er die wenige Kraft, die ihm verblieben war, aufsparen müsse und nicht in sinnlosem Streit vergeuden dürfe. »Was für Chaya und mich am besten ist, Mordechai Ben Neri, bestimme noch immer ich selbst«, sagte er nur, wobei er jedes einzelne Wort betonte.

»So, wie Ihr über die ganze Gemeinde bestimmen wollt, indem Ihr dazu ratet, die Stadt zu verlassen und sich feige zu verstecken?« Mordechai erhob sich von seinem Sitz, trat in die Mitte der Versammlung und breitete die Arme aus wie ein Prediger. »Wollt ihr alle euch dem Rat eines Mannes anvertrauen, der jeden Mut und jedes Vertrauen in sich selbst und zu Gott verloren hat? Ist das der Weg, den ihr einschlagen wollt?«

»Nicht nur Ben Salomon ist dafür, die Stadt zu verlassen«, brachte Jakob, der Gabbai, in Erinnerung, dem es nicht nur oblag, die Rechnungen der Gemeinde zu führen, sondern auch jede Sitzung auf einem Stück Pergament zu protokollieren. »Auch unser ehrwürdiger Parnes hat uns wiederholt dazu geraten.«

»Und ich ebenso«, erklärte Rabbi Akiba, und der Blick, mit dem er seine beiden Gehilfen bedachte, machte klar, dass er ihre Unterstützung erwartete.

»Und wenn schon«, blaffte Mordechai, »damit ist noch kein mehrheitlicher Beschluss gefasst. Für alte Männer, die den Zenit ihres Lebens längst überschritten haben, mag es angemessen sein, kampflos das Feld zu räumen. Ich jedoch bin jung und lasse mich weder vertreiben noch mir etwas wegnehmen, das von Rechts wegen mir gehört.«

»Ich ebenso wenig«, stimmte Elija Rabban zu, der die Großbäckerei gegenüber der Mikwe betrieb, und auch auf den Zügen des Metzgers Daniel Mintz zeigte sich unverhohlene Ablehnung. Der Gabbai und die übrigen drei Vornehmen schienen ebenfalls nicht gewillt, sich den Vorschlägen des Parnes zu beugen, und so wurde schließlich mit knapper Mehrheit der Beschluss gefasst, eine Gesandtschaft zum Erzbischof zu schicken, der neben dem Vorsteher auch Mordechai angehören sollte, der, wie er beteuerte, über beste Verbindungen zum bischöflichen Cellerar verfügte. Außerdem wollte man eine großzügige Spende überbringen, um sich des kirchlichen Schutzes zu versichern.

Zumindest Ben Neri und seine Anhänger waren überzeugt davon, auf diese Weise den Nachstellungen des Grafen Emicho und seiner Fanatiker zu entgehen. Isaacs Zweifel hingegen blieben bestehen, auch dann, als die Versammlung längst zu Ende war und bis auf Bar Levi und ihn selbst alle anderen Ratsmitglieder die Synagoge verlassen hatten.

Stille kehrte ein, die das Gotteshaus wieder zu jenem feierlichen Ort werden ließ, der der übrigen Welt entrückt und von ihrer Not und Drangsal weit entfernt schien. Längst war es draußen dunkel geworden, sodass kein Licht mehr durch die hohen, mit buntem Glas verzierten Fenster fiel. Der Schein zahlreicher Kerzen beleuchtete das Heiligtum, ehe er sich in der Weite der Kuppel verlor; nichts schien diese überirdische Ruhe stören zu können, aber Isaac wusste, dass dies ein Irrtum war. Auch er hatte bis vor wenigen Wochen geglaubt, dass nichts sein Lebensglück trüben könnte.

»Mein Freund«, sagte Bar Levi leise und setzte sich auf den freien Hocker neben ihm, den sonst Samuel, der Goldschmied, innehatte. »Hat Mordechai am Ende recht? Ist es wirklich das Alter, das uns so denken und sprechen lässt? Hat die Last unserer Erfahrungen uns klein und mutlos werden lassen?«

»Oder weise«, meinte Isaac, ohne den Blick von den steinernen Bodenfliesen zu wenden.

»Ich habe alles versucht. Es war mir nicht möglich, die Stimmung im Rat zu wenden.«

»Ich weiß.«

Der Vorsteher der Kölner Gemeinde wartete eine endlos scheinende Weile. »Ihr wisst sicher noch, worüber wir bei unserer letzten Begegnung gesprochen haben.«

Isaac schloss für einen Moment die Augen, als hätte er nichts anderes erwartet. »Ich habe es nicht vergessen.«

»Trotz der betrüblichen Kunde, die uns erreicht hat, hege ich noch Hoffnung im Herzen, und ich bete zu Gott, dass unsere Gegner Recht behalten und der Erzbischof uns verlässlichen Schutz gewähren möge. Dennoch fürchte ich, dass Ihr Euer vor langer Zeit gegebenes Versprechen erfüllen müsst, mein Freund. Die Schrift ist hier nicht mehr sicher.«

Isaac straffte sich innerlich. »Ich weiß.«

»Ihr solltet Euch also darauf vorbereiten.«

»Auch das ist mir klar.«

»Trotzdem kann ich sehen, dass sich etwas in Euch dagegen

sträubt«, erwiderte der Parnes in der ihm eigenen Weisheit, und der Blick seiner dunklen Augen schien tief in das Innere seines alten Freundes zu dringen. »Fühlt Ihr Euch nach allem, was geschehen ist, der Aufgabe nicht mehr gewachsen?«

Isaac schaute auf und begegnete seinem Blick. »Meister Bewahrer«, entgegnete er leise, »ich weiß, was ich einst gelobt habe. Ich werde alles daransetzen, mein Versprechen zu erfüllen, und wenn es das Letzte ist, was ich tue. Aber ich bin nicht allein, wie Ihr wisst. Ich habe eine unverheiratete Tochter, um die ich mich kümmern muss. Mein Weib ist nicht mehr am Leben, und allein kann ich sie nicht zurücklassen.«

Bar Levi antwortete nicht sofort, sondern schien eine Weile zu überlegen. Isaac war klar, dass es eine offenkundige Lösung für sein Problem gab und der Parnes sie vermutlich längst gefunden hatte, aber er wollte sie weder wahrhaben noch laut aussprechen. Oder wenigstens den Moment, in dem es sich nicht mehr vermeiden ließ, so lange wie möglich hinauszögern.

Eine Weile machte Bar Levi das Spiel mit. »Ihr wisst selbst, was das Beste wäre, nicht war?«, fragte er schließlich.

»Sie liebt ihn nicht, Daniel«, antwortete Isaac nur.

»Liebe... Wir wissen alle, dass die Liebe ein hohes Ideal ist, Isaac, hochgeschätzt von den Königen und den Propheten, gepriesen von Salomon selbst und wohl die beste Grundlage für die Zusammenkunft von Mann und Frau. Sicherheit jedoch verspricht auch eine Ehe, die zwischen dem Brautvater und dem zukünftigen Bräutigam vereinbart wurde, vielleicht sogar in größerem Umfang als eine Liebesheirat.«

Diesmal war es der Kaufmann, der eine Antwort schuldig blieb. Einerseits, weil er wusste, dass der Vorsteher der Gemeinde recht hatte. Als Mordechai Ben Neris Frau würde Chaya zu Wohlstand und hohem Ansehen gelangen, und selbst wenn die Verhandlungen mit dem Erzbischof misslangen, so war Isaac sicher, dass sein Konkurrent Mittel und Wege finden würde, sowohl seine Habe als auch die Seinen dem Zugriff von

Emichos Eiferern zu entziehen. Andererseits wusste er auch nur zu genau, was seine Tochter von Mordechai hielt – und das war beinahe noch weniger als er selbst.

Was also sollte er tun? Sich der Notwendigkeit beugen? Den letzten Rest von Stolz, der ihm noch verblieben war, hinunterschlucken und seine Tochter einem Mann übergeben, der zwar raffgierig und selbstsüchtig war, ihr jedoch wirksameren Schutz gewähren konnte als jeder andere und dazu ein gutes Auskommen?

»Ich werde mit ihr sprechen«, versprach er, als er merkte, dass der fragende Blick des Vorstehers noch immer auf ihm ruhte. »Ich werde mit ihr darüber sprechen.«

7.

London
Nacht des 25. Mai 1096

Indem er sie in der Kammer unterbrachte, die den ranghöchsten unter seinen Gästen vorbehalten war, hatte der König der Familie de Rein eine große Ehre erwiesen.

Der Raum, der direkt an die große, den Sekretären, Dienern und Hofbeamten vorbehaltene Halle im unteren Stockwerk des Gebäudes grenzte, befand sich unmittelbar unter des Königs eigenem privaten Rückzugsort.

Ein großes Bett, das dem Baron und seiner Gemahlin als Schlafstatt dienen sollte, zwei mit reichen Schnitzereien verzierte Hocker sowie zwei Truhen bildeten die Einrichtung. Die der Halle zugewandte Wand wurde von einem offenen Kamin beherrscht, den die de Reins hatten anschüren lassen, da der Ostwind dunkle Wolken herantrieb und es eine ebenso kühle wie regnerische Nacht zu werden versprach.

»Ich frage mich, weshalb Rufus uns gerufen hat«, meinte Guillaume, während er mit einem Eisenhaken in den brennenden Holzscheiten stocherte. Der Widerschein der Flammen warf flackernde Schatten auf sein Gesicht.

»Sein Name ist William«, entgegnete sein Vater nachdrücklich, der die Rüstung und das gepolsterte Untergewand abgelegt hatte und eine dunkelgrüne, knielange Tunika trug, deren Borten ein gesticktes Muster umlief. Der Becher in seiner Hand war mit französischem Wein gefüllt – dem besten des königlichen Weinvorrats, wie der Steward beflissen versichert hatte. »Rufus mag der Name sein, den seine ungewöhnliche Erscheinung ihm eingetragen hat – den Thron von England hat er jedoch mit dem ruhmreichen Namen seines Vaters bestiegen. Du tust gut daran, dich daran zu erinnern, Sohn.«

»Was auch immer es ist«, sagte Eleanor, um einem weiteren Streit zwischen den beiden zuvorzukommen, »es muss etwas Besonderes sein.«

»Was bringt dich darauf?«, fragte Renald. Je mehr Wein er trank, desto weniger förmlich pflegte er zu werden – eine weitere Angewohnheit seines Vaters, die Guillaume bäuerisch und schlicht verabscheuungswürdig fand.

»Nun«, führte die Lady ihre Gedanken aus, die auf einem der Hocker saß und ebenfalls gelegentlich vom Wein nippte, wenn auch nur in kleinen, beherrschten Dosen, »da wir derzeit die einzigen Gäste zu sein scheinen, kann es sich nicht um eines der üblichen Adelstreffen handeln. Und was unsere Unterbringung und die Verpflegung angeht«, fügte sie in Erinnerung an die üppigen Speisen hinzu, die man ihnen zum Nachtmahl kredenzt hatte, »dürfen wir uns wohl überaus geschätzt fühlen.«

»Womöglich geht es für uns zurück in die Normandie?«, fragte Guillaume hoffnungsvoll. Die sich schlagartig verfinsternde Miene des Barons machte ihm klar, dass dies ein Fehler gewesen war.

»Das würde dir gefallen, nicht wahr?«, fragte de Rein lauernd. Er war weit davon entfernt, betrunken zu sein, aber der Alkohol beschwerte seine Zunge. »Zurückzukehren in das Land deiner Ahnen – und damit alles wegzuwerfen, wofür dein Vater geblutet hat und wofür so viele unserer Gefolgsleute gefallen sind!«

Während er sprach, war er immer lauter geworden, sodass Guillaume fürchten musste, dass jedes Wort nach draußen drang. »Das meinte ich nicht, Vater«, versicherte er deshalb leise. »Ich denke nur, dass der König...«

»Du bist ein Schafskopf. Würdest du dich nur halb so viel um Politik kümmern wie um dein Aussehen, so wüsstest du, dass eine Rückkehr in die alte Heimat außer Frage steht. Sobald wir uns von England abwenden, würden die Pikten wie Heuschrecken über unsere Ländereien herfallen und die Grundlage unserer Macht würde damit unrettbar verlorengehen.«

»Nicht ganz. Uns bleiben noch immer die alten Besitzungen auf dem Festland, die König William unserer Familie zugesprochen hat.«

»Natürlich.« Renald lachte heiser auf. »Glaubst du denn, Robert Curthose hätte nichts anderes zu tun, als darauf zu warten, dass die Vasallen seines Vaters zurückkehren? Er und unser König mögen Brüder sein, aber wie du weißt, sind sie so gegensätzlich wie Feuer und Eis und missgönnen einander ihre Kronen. Weshalb also sollte der Herzog der Normandie den Gefolgsleuten seines Bruders die Treue halten, noch dazu, wenn sie gegen Mowbray und Carileph gekämpft haben, die seinen Anspruch auf den englischen Thron unterstützten? Nein, Sohn – die alten Besitzungen sind längst verloren. Unsere Vergangenheit mag auf dem Festland liegen, unsere Zukunft jedoch ist hier.«

»Was für eine Zukunft?«, begehrte Guillaume auf, und er tat es mit derartiger Leidenschaft, dass seine Mutter ihm einen warnenden Blick zuwarf. »Was hat Northumbria uns schon zu bieten, Vater? Wozu kämpfen wir gegen die Pikten, wozu haben wir gegen unsere eigenen Leute einen blutigen Krieg geführt, wenn alles, was dabei herausspringt, ein Flecken karger Boden und ein Haufen nackter Steine mitten im Nirgendwo sind?«

»Ein Haufen nackter Steine?«, wiederholte der Baron mit bebender Stimme, seine Wut nur mühsam beherrschend. »Willst du oder kannst du nicht verstehen, dass das alles nur zu deinen Gunsten geschieht?«

»Zu meinen Gunsten?«

»Gewiss doch. Für dich mag dieses Land nichts anderes sein als ein nebliges, steiniges Ärgernis, und vermutlich hast du sogar recht damit. Aber es lebt und wächst, und es entwickelt sich. Auf dem Festland sind wir längst an unsere Grenzen gestoßen. Die Kräfteverhältnisse dort sind festgelegt, und es gibt nichts mehr, was ein Edelmann tun könnte, um den Besitz und den Einfluss seiner Familie zu mehren. Hier jedoch«, fügte de Rein hinzu, wobei er Guillaume mit einem vernichtenden Blick bedachte, »sind dem Wagemutigen keine Grenzen gesetzt. Wärst du nicht ein solcher Schwächling, hättest du dies längst erkannt.«

»Renald, ich bitte Euch«, sah Eleanor sich genötigt einzugreifen. »Lasst Nachsicht walten.«

Der Baron lachte freudlos und leerte seinen Kelch bis auf den Grund. »Vermutlich habe ich das viel zu lange getan. Sieh dich doch nur einmal an, Sohn.«

»Warum?«, fragte Guillaume in einem Anflug von Trotz. »Was stimmt denn nicht mit mir?«

»Als ob du das nicht wüsstest. Ist der samtene Rock dir nicht stets lieber gewesen als das Kettenhemd? Die Jagd nicht lieber als der Krieg? Und hast du die Wärme einer hergelaufenen Magd der kargen Einsamkeit eines Heerlagers nicht stets vorgezogen?«

»Ihr seid ungerecht, Vater. Auf zahlreichen Feldzügen habe ich Euch begleitet. Und ich habe ebenso tapfer gegen die Barbaren gekämpft wie jeder einzelne Eurer Ritter.«

»Das ist wahr.« De Rein nickte. »Deine Klinge ist schnell, und sie tötet unbarmherzig. Aber es genügt nicht, so gut wie jeder meiner Gefolgsleute zu sein. Als mein Erbe musst du besser sein als sie, oder du bist des Namens, den du trägst, nicht würdig.«

»Mein Gemahl«, mahnte Eleanor, die ahnte, wohin dieser Wortwechsel führen würde.

»Ihr erachtet mich also als unwürdig, Euch einst nachzufolgen?« Guillaumes Gesichtszüge waren purpurrot geworden, sein Mund ein schmallippiger Strich.

Renald de Rein antwortete nicht, sondern begnügte sich damit, ausdruckslosen Blickes in den geleerten Kelch zu starren. Für seinen Sohn jedoch war dies Erwiderung genug. Guillaumes Minenspiel wechselte zwischen Entrüstung, Fassungslosigkeit und unsagbarer Wut. Augenblicke lang schien er nach passenden Worten für eine Erwiderung zu suchen, aber er fand sie ebenso wenig, wie er seine Beherrschung wiederfand. Als Zornestränen heiß und brennend in seine Augen zu treten drohten, warf er den Schürhaken von sich, der klirrend auf den Bohlen landete. Dann wandte sich der junge Normanne ab und verließ die Kammer. Die Tür schloss er geräuschvoll hinter sich.

»Ist es das, was du wolltest?«, fragte Eleanor unverhohlen vorwurfsvoll.

»Habe ich eine andere Wahl?« De Rein verzog das Gesicht. »Der Junge ist ein Taugenichts. Er hat weder das Herz noch den Verstand eines wahren de Rein.«

»Würdest du das auch sagen, wenn er dein leiblicher Sohn wäre?«

Der Baron blitzte sie scharf an. »Sei vorsichtig, Weib«, mahnte er, doch Eleanors blasse Züge blieben ebenso reglos wie unbeeindruckt.

»Keineswegs, mein Gemahl«, entgegnete sie, »nicht ich, sondern du bist es, der Vorsicht walten lassen sollte. Guillaume magst du mit deinem Gezeter beeindrucken können, aber nicht mich. Oder willst du, dass deine Männer erfahren, dass der Erbe ihres Anführers in Wahrheit nicht sein eigen Fleisch und Blut ist? Dass seine Lenden so kraftlos sind wie die eines Ochsen? Und dass er seinen eigenen …?«

Weiter kam sie nicht. Die Spitze von Renalds Dolch, die plötzlich an ihrer Kehle lag, brachte sie jäh zum Verstummen.

»Noch ein Wort weiter und ich schwöre bei allem, was mir heilig ist, dass ich dir deine verräterische Kehle durchschneiden und dich verbluten lassen werde.«

»Und was dann?«, fragte sie dagegen, während sie ihn aus ihren grünen Augen taxierte. »Was würdest du dem König sagen? Was deinen Leuten? Und was Guillaume?« Eleanor lachte leise. »Nein, mein Gemahl. Um den Schein zu wahren, brauchst du mich ebenso, wie ich dich brauche. Wir beide sind auf Gedeih und Verderb aneinandergebunden, es mag dir behagen oder nicht.«

Noch einen Moment lang stand der Baron reglos, die Klinge in der vor Erregung zitternden Hand. Schließlich ließ er sie sinken. Seinem Augenspiel jedoch war zu entnehmen, welcher Aufruhr in seinem Inneren herrschte. »Wohin willst du?«, zischte er, als Eleanor sich wortlos erhob, den noch halb gefüllten Kelch auf einer Truhe abstellte und sich zum Gehen wandte.

»Wohin wohl?«, fragte sie mit geringschätzigem Blick zurück. »Zu Guillaume natürlich. Was er jetzt mehr als alles andere braucht, ist die tröstende Hand seiner Mutter.«

Damit öffnete sie die Tür und trat hinaus in die Halle, der Baron blieb schweigend zurück. Obwohl der große Raum, dessen Decke von starken, entlang der Seiten von steinernen Säulen gestützten Holzbalken getragen wurde, um diese Zeit von geschäftiger Betriebsamkeit erfüllt war – einige der Diener und Hofbeamten, die darin untergebracht waren, aßen noch, andere saßen an den Tischen und unterhielten sich, während einige Mägde im Fackelschein mit Näh- und Stopfarbeiten befasst waren –, bereitete es Eleanor keine Schwierigkeit, ihren Sohn zu finden.

Guillaume hatte am Ende einer der beiden Tafeln Platz genommen, die die Halle der Länge nach durchliefen, und starrte düster sinnierend in einen tönernen Bierkrug. In ihrem wallenden Gewand, das einen scharfen Kontrast zu den schlichten Röcken der Diener und den einfachen Kleidern der Mägde bot, durchquerte Eleanor den Raum und setzte sich zu ihm.

»Mutter«, flüsterte Guillaume, ohne aufzusehen.

»Du bist wütend«, stellte sie fest und legte die weiße, goldberingte Hand tröstend auf seinen Arm.

»Habe ich keinen Grund dazu?«

»Doch, den hast du. Jeden Grund, der sich denken lässt. Aber dein Zorn wird dir nicht weiterhelfen.«

»Was dann?« Er wandte den Blick und starrte sie an. Tränen heißen Zorns glänzten in seinen Augen. »Was auch immer ich tue, er wird mich niemals anerkennen.«

»Er ist ein Narr«, sagte Eleanor nur und hob die Hand, um ihm zärtlich eine Strähne seines langen blonden Haars aus dem Gesicht zu streichen. »Er ist nicht in der Lage zu sehen, was ich sehe.«

»Und was seht Ihr?«

Aus Eleanors Augen sprach Zuversicht. »Den zukünftigen Herren des Geschlechts de Rein«, erwiderte sie mit kühler Überzeugung, »und womöglich noch sehr viel mehr als das. Der Baron ist ein Mann mit Ambitionen, das ist wahr, aber sie beschränken sich darauf, in des Königs Diensten Ruhm zu erwerben und einen möglichst großen Flecken Land. Du hingegen kannst so viel mehr als das erreichen, und es spricht für seine Einfalt, dass er dies nicht zu erkennen vermag.«

Die Verblüffung war Guillaumes geröteten Zügen deutlich zu entnehmen. Natürlich wusste er, dass seine Mutter und sein Vater nur wenig füreinander übrighatten und ihre Ehe wenig mehr war als ein Zweckbündnis, das zwischen zwei mächtigen Adelsfamilien geschlossen worden war. Aber nie zuvor hatte er Eleanor derart offen und abschätzig über den Baron sprechen hören, der schließlich nicht nur ihr Gemahl war, sondern auch ihr Herr.

»Was hast du?«, fragte sie.

»Nichts, ich ...«

»Du fürchtest ihn, nicht wahr?«

»Ihr etwa nicht?«

»Längst nicht mehr.« Eleanor lächelte. »Es gab eine Zeit, da habe ich meine Hoffnung in ihn gesetzt, aber das ist vorbei. Inzwischen, Guillaume, ruhen all meine Hoffnungen auf dir, und ich weiß, dass du sie nicht enttäuschen wirst.«

»Auf mir? Inwiefern, Mutter?«

»Der Tag wird kommen, da du das Erbe deines Vaters antrittst. Renald de Rein ist ein starrsinniger Narr, dem seine

Ehrsucht und seine altertümliche Auffassung von Loyalität und Treue irgendwann den Untergang eintragen werden. Dann, Guillaume, schlägt deine Stunde, und es liegt in deiner und in meiner Hand, die Gunst dieser Stunde zu nutzen und dafür Sorge zu tragen, dass uns niemand nehmen kann, was unser ist. Darauf müssen wir vorbereitet sein.«

»Wie?«

»Das überlass getrost mir«, entgegnete sie rätselhaft und berührte ihn sanft am Arm. »Bis dahin tröste dich mit dem Gedanken an den Tag, der dich für alle Schmach, die du hinnehmen musstest, mehr als entschädigen wird.«

»Ach ja?« Guillaume schürzte die schmalen Lippen. Was seine Mutter da sagte, gefiel ihm durchaus. Aber in Anbetracht der jüngsten Kränkung brachten ihre Worte keinen Trost. »Und wann wird dieser glückliche Tag anbrechen? Wann werde ich mich nicht mehr als einen törichten Gecken beschimpfen lassen müssen?«

»Deine Zeit wird kommen«, versuchte Eleanor ihn zu beschwichtigen. »Vielleicht schon sehr bald...«

»... oder niemals«, vervollständigte er bitter, schob ihre Hand weg und erhob sich. »Ich ertrage das nicht länger«, sprach er und stürzte dann zum Tor, das aus der Halle führte.

Eleanor schaute ihm nach, und ihr war klar, dass sich etwas ändern musste, wann immer sich auch die Gelegenheit dazu ergab.

Guillaume hatte das Gefühl zu ersticken, wenn er nicht sofort frische Luft bekam. Wütend stieß er die Tür der Halle auf und betrat den Hof. Sein Atem ging keuchend.

Es war dunkler, als er erwartet hatte.

Die Wolken, die den Abend über herangezogen waren, hatten sich zu einer Masse verdichtet, die sich als düstere, von violetten Tälern und blaugrauen Gebirgen durchzogene Himmelslandschaft über den Zinnen der Burg erstreckte. Und wohin man auch blickte, durchzuckten Blitze die hereinbrechende Nacht, die sowohl die Wolkengebilde als auch den Innenhof der Burg flackernd beleuchteten. Donner war von fern zu hören, ein dumpfes Rumoren, das die Luft erbeben ließ.

Vom obersten Absatz der hölzernen Treppe aus, die vom Tor des Donjon in den Hof hinabführte, schaute Guillaume den Stallknechten und Mägden zu, die geschäftig umhereilten, um das Vieh und all das in Sicherheit zu bringen, was bei dem zu erwartenden Wolkenbruch trocken bleiben sollte.

Als der nächste Donner erklang, war er bereits bedeutend näher. Von Blitzen begleitet, zog das Unwetter heran und mit ihm die Erkenntnis, dass es eine unruhige Nacht werden würde. Spannung lag spürbar in der von Mückenschwärmen durchsetzten Luft und spiegelte Guillaumes inneren Aufruhr in mancher Weise wider. Er versuchte sich vorzustellen, dass das nahende Gewitter nicht nur eine weitere Laune des wankelmütigen englischen Wetters wäre, sondern ein Wink des Schicksals, ein Vorzeichen dafür, dass etwas Großes, etwas Unvorhersehbares geschehen würde. Etwas, das seinem langweiligen, von stumpfsinnigen Regeln beherrschten Leben eine Wendung geben und ihm die Bedeutung verleihen würde, die ihm von Rechts wegen zukam.

Der Gedanke gefiel ihm, und er verfolgte ihn weiter, gab sich Ideen und Vorstellungen hin, für die sein Vater ihn wenn nicht erschlagen, so doch mit dem Stock gezüchtigt hätte. Und inmitten dieser wilden, von Blut und Rachsucht beherrschten Reflexionen fiel sein Blick auf jene junge Frau, die ihm schon bei seiner Ankunft aufgefallen war.

Die Sklavin mit dem dunklen Haar.

Sie überquerte den Hof in Richtung Gesindehaus, in den Armen einen Korb mit Wäsche, die nicht nass werden sollte.

Wie am Abend war Guillaume auch jetzt gebannt von ihrer Schönheit. Spontanes Verlangen überkam ihn, und plötzlich wusste er, wie er all der Wut und Frustration, die sich in seinem Inneren aufgestaut hatten, Ausbruch verschaffen konnte.

8.

»Conn? Conn! Wach auf …!«

Die Stimme kam aus weiter Ferne und schaffte es nicht, sein Bewusstsein zu erreichen. Unter einem Dachüberstand, der weit auf die Straße herabreichte und während des Winters Feuerholz beherbergte, hatte Conn vor dem Wolkenbruch Zuflucht gesucht. Da es nicht den Anschein gehabt hatte, dass der Regen rasch wieder aufhören würde, hatte er beschlossen, die Nacht an Ort und Stelle zu verbringen. Eine feste Bleibe hatte er ohnehin nicht, und aus Erfahrung wusste er, dass es weit schlechtere Schlafplätze gab als diesen.

An die Wand der Hütte gelehnt, hatte er die Gugel über den Kopf gezogen und die Augen geschlossen. Die wohlige Wärme der Kapuze und das gleichmäßige Trommeln des Regens hatten dafür gesorgt, dass er bald eingeschlafen war.

»Du sollst aufwachen, hörst du nicht?«

Erst als ihn eine Hand an der Schulter packte und unsanft rüttelte, kam er zu sich. Er blinzelte. Jemand war ebenfalls unter den Überstand geschlüpft und kauerte vor ihm am Boden, eine fast verloschene Fackel in der Hand. Das spärliche Licht reichte gerade noch aus, um das Gesicht des nächtlichen Besuchers zu beleuchten, und Conn erstarrte innerlich, als er Emma erkannte.

Sofort war er hellwach. »Emma, wie …?«

»Bin ich froh, dass ich dich gefunden habe«, presste die Magd mühsam hervor. Ihre Kleider waren durchnässt, ihr sonst rosiges Gesicht leichenblass. »Du musst mitkommen, auf der Stelle!«

»Was ist passiert?«

»Nia«, sagte die junge Frau nur – und das genügte, um ihn auf einen Schlag hellwach werden zu lassen.

»Was ist mit ihr?« Conn fühlte, wie ihm heiß und kalt wurde. Die Nacht und der prasselnde Regen hörten auf zu existieren, die Zeit schien stillzustehen.

»Sie ... sie ...«, versuchte Emma mit halb erstickter Stimme zu erklären.

Conn begriff, dass das Wasser in ihrem Gesicht nicht nur vom Regen rührte. Panik erfasste ihn. Ohne dass er es wollte, packte er die Magd bei den Schultern und schüttelte sie. »Emma, in Gottes Namen! Sag mir, was geschehen ist!«

»Ein normannischer Ritter ... Guillaume de Rein ...«

»Was ist mit ihm?«

»Er ... er ...«

Conn schloss die Augen, während er inständig zum Herrn flehte, dass das, was er befürchtete, nicht geschehen sein mochte. »Bring mich zu ihr«, forderte er Emma auf. »Kannst du das?«

Die Magd nickte stumm, offenbar erleichtert darüber, dass er auch so verstanden hatte. Um nicht noch mehr Zeit zu verlieren, beschloss Conn, sie nicht mehr zu fragen – er wollte zu Nia, das war alles. Seine Sehnsucht danach, sie zu sehen und in seine Arme zu schließen, war niemals größer gewesen als in diesem Augenblick.

»Dann los«, forderte er Emma auf, und sie huschten aus dem Unterstand. Jetzt erst brachten die Dunkelheit und der strömende Regen sich wieder in Erinnerung, feucht und kalt, aber Conn störte sich nicht daran. Weder merkte er, dass die Fackel nach wenigen Schritten verlosch und es stockfinster wurde, noch nahm er die Nässe wahr, die seine Kleider tränkte und die den gestampften Lehm der Straßen in einen einzigen Morast verwandelt hatte. Seine schäbigen Stiefel versanken bei jedem Tritt, ebenso wie Emmas nackte Füße, sodass sie nur mühsam vorankamen und es eine gefühlte Ewigkeit dauerte, die eigentlich nur kurze Distanz zur Burg zu überbrücken.

Durch dunkle, schmutzige Gassen, die nur deshalb nicht nach Kot und Abfällen stanken, weil der gnädige Regen den Geruch fortgewaschen hatte, huschten sie auf den Großen Turm zu, der jenseits der strohgedeckten, vor Nässe glänzenden Dächer aufragte. Am Himmel gab es weder Mond noch Sterne, sondern nur abgrundtiefe Schwärze, aus der unaufhörlich Regen fiel.

Längst war Conns Kleidung völlig durchnässt, aber er nahm davon ebenso wenig Notiz wie von dem stechenden Schmerz in seiner Seite, der vom kurzen und stoßweisen Atmen rührte. Alles, woran er denken konnte, war Nia, deren Bild vor seinem geistigen Auge auftauchte, lieblich und anmutig, wie er sie zuletzt gesehen hatte. Die Angst, die in seinem Inneren brannte und wie ein Geschwür wuchs, brachte ihn fast um den Verstand.

Endlich erreichten sie das freie Feld, das sich zwischen den Ausläufern der Stadt und der Burg erstreckte und auf dem es keinen Schutz mehr vor dem peitschenden Wind gab. Hals über Kopf setzten sie einen Fuß vor den anderen und erreichten die hölzerne Brücke, die sich über einen schmalen Nebenarm des Flusses spannte und deren Bohlen glitschig waren vom Regen. Emma rutschte aus und fiel hin, wurde aber von Conn, der sofort bei ihr war, wieder in die Höhe gerissen. Jenseits der Brücke ragte die Palisadenmauer auf, in die das Westtor eingelassen war. Davor hielt ein einsamer Posten Wache, der sich eine Haut aus gegerbtem Leder übergeworfen hatte, um sich vor dem Unwetter zu schützen. Er schien die Magd zu kennen, denn sie wechselte einige Worte mit ihm, worauf er Conn passieren ließ, freilich nicht ohne ihm vorher noch einen warnenden Blick zuzuwerfen.

Es war das erste Mal, dass Conn die Burg betrat. Infolge der Dunkelheit und des dichten Regenschleiers, der den Innenhof verhüllte, sah er wenig mehr als einige schemenhafte Gebäude und die Formen des Großen Turmes, der bedrohlich aufragte. Aber selbst wenn es heller Tag gewesen wäre, hätte er um sich herum kaum etwas wahrgenommen. Seine einzige Sorge galt Nia.

»Wo ist sie?«, fragte er Emma drängend, worauf die Magd ihn am Arm packte und zu einer der länglichen Behausungen führte, die die Südmauer säumten. Stallgeruch stieg Conn in die Nase, der vermuten ließ, dass man die Leibeigenen zusammen mit dem Vieh hielt, das in den Baracken untergebracht war. Durch den prasselnden Regen hörte Conn das Schnattern von Gänsen und das unruhige Schnauben von Pferden. Dann erreichten sie ein mit hölzernen Schindeln gedecktes Vordach, unter das Emma ihn zog. Durch einen schmalen, türlosen Eingang ging es ins Innere der Baracke, wo es so dunkel war, dass Conn die Hand kaum vor Augen sehen konnte.

Eine Talgkerze wurde entzündet, die spärliches Licht verbreitete, und Conn erkannte, dass er sich im Quartier der Sklaven befand. Stroh war auf dem gestampften Boden verteilt, Schlafende lagen entlang der Wände, Männer, Frauen und Kinder gleichermaßen, die allesamt das Eisen der Leibeigenschaft um den Hals trugen. Im hintersten Winkel der geräumigen, aber niedrigen Kammer lag eine gekrümmte, halbnackte Gestalt, bei deren Anblick Conn dachte, sein Herz müsse zerspringen.

»Nia!«

Obwohl er so rasch zu ihr stürzte, wie seine wackligen Beine es zuließen, hatte er das Gefühl, sich wie in Trance zu bewegen. Endlich erreichte er sie, sank bei ihr nieder – und mit Entsetzen sah er das Blut, das ihr zerschlissenes graues Kleid tränkte.

»Nia! Mein Gott!«

Zusammengekrümmt hatte sie auf der Seite gelegen. Nun,

da sie seine Stimme hörte, drehte sie sich auf den Rücken, und er erschrak abermals. Ihre feingeschnittenen Züge waren verschwollen und von Blessuren übersät, verkrustetes Blut klebte an ihrer Stirn. Noch mehr jedoch entsetzte ihn die fahle Blässe, die von ihr Besitz ergriffen hatte. Ruhelos zuckten ihre Augen in den Höhlen umher. Bald erfassten sie ihn, dann verloren sie ihn wieder. Sie schien nicht in der Lage, ihren Blick zu fokussieren.

»Conn«, flüsterte sie dennoch, und trotz ihres jämmerlichen Zustands glitt etwas wie ein Lächeln über ihr Gesicht. »Du bist gekommen.«

»Natürlich.« Er ergriff ihre Hand, die so kalt war wie Eis. Dennoch standen ihr Schweißperlen auf der Stirn, ihr Haar hing in feuchten Strähnen.

»V-verzeih mir, Conn«, presste sie mühsam hervor. Tränen schwammen in ihren Augen, Schmerz verzerrte ihre entstellten Züge. »Ich konnte nichts dagegen tun.«

»Ich weiß«, sagte er nur. Ihr Kleid, das an den Schultern zerrissen und bis zu den Hüften herabgezerrt worden war, legte beredtes Zeugnis ab. Und da waren die dunklen Flecke, die den Stoff unterhalb der Leibesmitte färbten und inzwischen auch auf dem Boden zu finden waren.

Blut, überall Blut.

Conn verspürte den Drang, aufzuspringen und Hilfe zu holen – aber an wen hätte er sich wenden sollen? Die normannischen *medici* kümmerten sich einen Dreck um das Leben eines gemeinen Angelsachsen, geschweige denn um das einer walisischen Sklavin. Außerdem, so glaubte Conn zu erkennen, war es kein Arzt, den Nia brauchte, sondern ein Wunder.

An ihrem Lager kauernd, ihre blutigen Hände in den seinen, begann er lautlos zu beten, flehte den Herrn um Beistand an in dieser schweren Stunde und schwor, dass er für alle Vergehen Buße tun wollte, die er in seinem Leben begangen hatte. Doch Nias Zustand besserte sich nicht. Mit jedem Augenblick schien das Leben ein Stück mehr aus ihr zu weichen.

Conns Gedanken jagten sich.

Wer immer dies getan hatte, hatte wie eine Bestie gewütet, und den Verletzungen nach, die sie erlitten hatte, hatte sich Nia mit aller Kraft gewehrt. Warum nur, fragte er sich in seiner Verzweiflung, hatte ihr niemand geholfen? Wieso hatte niemand etwas dagegen unternommen? Weshalb hatte keiner die Wachen gerufen?

Natürlich kannte Conn die Antwort, sie war so einfach wie ernüchternd. Aus der Sicht eines Freien war das Leben einer Sklavin in etwa so viel wert wie das eines streunenden Hundes – und niemandem wäre es eingefallen dazwischenzugehen, wenn ein normannischer Edler einen hergelaufenen Köter verprügelte.

»Conn?«

Er schaute auf sie herab. »Ja?«

»Weißt du noch?«, fragte sie mit brüchiger Stimme, während ihre Augen die seinen suchten, sie jedoch nicht fanden. »Ich habe dir von Cymru erzählt, meiner Heimat... von den grünen Hügeln des Tieflands und den dichten Wäldern... von uralten moosbewachsenen Felsen und von Flüssen so klar wie ein Frühlingsmorgen. Weißt du noch?«

»Ja«, brachte Conn mühsam hervor. Es war wenig mehr als ein Krächzen.

»Dorthin«, flüsterte Nia, während sie zusammenzuckte, weil eine erneute Welle von Schmerz ihren Körper durchlief, »hätten wir gehen können... dort wären wir frei gewesen.«

Conn war nicht mehr in der Lage, einen Laut hervorzubringen. Er nickte nur, während er mit aller Macht gegen die Tränen ankämpfte, die ihm in die Augen zu schießen drohten. Er wollte nicht, dass sie ihn so sah, wollte ihr auf dem Weg in die Ewigkeit nicht seinen Kummer aufbürden.

»Nun brauchst du nicht mehr für mich zu stehlen«, hauchte sie, und das trotz allem strahlende Lächeln, das dabei über ihre aschfahlen Züge glitt, ließ ihn vor Schmerz fast vergehen. »Willst du mir... etwas versprechen?«

»Was?«

»Versprich mir ... dass Freiheit suchen.« Ihre Stimme war nur noch ein Wispern, dem Rascheln von Weidegras gleich, durch das der Abendwind fuhr. »Wirst sie finden ... irgendwo ...«

»Ich verspreche es«, erwiderte Conn, der Mühe hatte, die Fassung zu bewahren. In diesem Augenblick wäre er bereit gewesen, ihr alles zu versprechen und jeden beliebigen Eid zu schwören, wenn er ihre Qual dadurch nur ein wenig erträglicher machte – aber auch dieses Ansinnen blieb ihm verwehrt.

Nias Gesichtszüge verkrampften sich und verloren jede Farbe. Man konnte zusehen, wie das Leben aus ihnen wich. Hilflos versuchte Conn, das Unvermeidliche aufzuhalten.

»Nein! Nein!«, schluchzte er und presste sie an sich, so als könnte er sie auf diese Weise festhalten und verhindern, dass sie von ihm ging. Doch noch während er sie hielt und seine Wange an ihr schweißnasses Haar presste, hörte sie auf zu atmen. Ihr gepeinigter Körper entkrampfte sich. Conn wusste, dass es vorbei war.

Nias Leben war erloschen wie eine Kerze im Wind.

Wie lange Conn auf dem strohbelegten Boden kauerte, den Leichnam seiner Geliebten in den Armen, wusste er später nicht mehr zu sagen. Aber er entsann sich genau des Augenblicks, in dem Trauer, Zorn und Schmerz zu viel für ihn wurden und er das Gefühl hatte, in einen bodenlosen Abgrund zu fallen, der ihn mit Haut und Haaren verschlang. Nias leblosen Körper noch immer an sich pressend, stürzte er in dunkle, ungeahnte Tiefen.

Kalt war es dort, und er fror erbärmlich. Obwohl er als Waise aufgewachsen und von frühester Kindheit an auf sich gestellt gewesen war, hatte er sich nie zuvor in seinem Leben so einsam gefühlt. Er stieß einen furchtbaren Schrei aus, von dem er nicht zu sagen wusste, ob er nur in seinen Gedanken existierte oder ob er seiner Kehle tatsächlich entfuhr. All seine

Trauer und sein Schmerz brachen sich darin Bahn, und plötzlich schien die Dunkelheit rings um ihn in grellen Flammen zu explodieren.

Sengende Hitze schlug ihm ins Gesicht, die seine Haut brennen ließ und wie ein glühendes Eisen in seine Eingeweide fuhr. Übelkeit befiel ihn, die so überwältigend war, dass er sich nicht länger aufrecht halten konnte. Benommen sank er nieder und krümmte sich am Boden, während er das Gefühl hatte, von Schmerz zerrissen zu werden. Und aus den Flammen, die ihn umloderten, tauchte das Bild eines gesichtslosen Ritters auf – des Mannes, der wie ein Tier über Nia hergefallen war und ihren zarten Körper entweiht und verunstaltet hatte.

Guillaume de Rein.

Als Emma ihn erwähnte, hatte Conn den Namen nur flüchtig wahrgenommen. Nun jedoch stand er ihm klar vor Augen, und während die Flammen rings um ihn weiter loderten, wurde aus Conns vernichtendem Schmerz namenloser Hass. Er verspürte nur den einen Wunsch: es dem Mann heimzuzahlen, der ihm alles genommen hatte.

Guillaume de Rein.

Vor seinem geistigen Auge sah Conn den fremden Ritter, der sein Leben und seine Liebe vernichtet hatte, brennen. Die Flammen griffen auf ihn über und verzehrten ihn. Auch Conn, der in seiner Vorstellung dem Szenario beiwohnte und mit Genugtuung zusah, erreichte das züngelnde Feuer. Doch ihm war es gleichgültig. Sollten die Flammen ihn fressen, sollten sie seinen Verstand verzehren und ihn nie wieder zurückfinden lassen in die wirkliche Welt, die doch nichts als Schmerz und Trauer für ihn bereithielt und die nun, da Nia nicht mehr am Leben war, noch dunkler geworden war als je zuvor. Conn gab sich ganz der Verzweiflung hin, und vielleicht hätte sein Geist nie wieder in die Wirklichkeit zurückgefunden, hätte sich nicht eine Hand auf seine Schulter gelegt und ihn vom Abgrund des Wahnsinns zurückgerissen.

Conn spürte die Berührung. Die Flammen rings um ihn

erloschen jäh, ihr Fauchen verstummte. Jetzt erst hörte er die Stimme, die eindringlich seinen Namen nannte, wieder und wieder.

»Conn! Conn!«

Er schlug die Augen auf.

Zu seiner Überraschung befand er sich noch immer in der Sklavenbaracke, Nias leblosen Körper in den Armen. Als er aufschaute, blickte er in Emmas besorgte, von Kerzenschein beleuchtete Züge.

»Geht es wieder?«, fragte sie.

Conn erwiderte nichts darauf. Tränen brannten ihm in den Augen, und er presste Nias Leichnam abermals an sich. Entschlossen, ihn nie wieder loszulassen, sehnte er sich in den Zustand des Vergessens zurück, in den sein Verstand kurzzeitig verfallen war, unfähig, das Vorgefallene zu verarbeiten oder es auch nur zu akzeptieren.

Nia war tot, und mit ihr auch all seine Liebe, sein Streben nach Glück, all seine Hoffnung.

Er wollte zurück zu den Flammen, zu dem Gefühl verzweifelter Stärke, das ihm sein Hass und seine Rachsucht verliehen hatten – als ihm klar wurde, dass nicht alles, was er gehört und gesehen hatte, pure Einbildung gewesen war.

Ein Name zumindest war wirklich gewesen.

Guillaume de Rein.

Nias Mörder.

9.

Guillaumes Laune hatte sich merklich gebessert, und das aus zwei Gründen.

Zum einen, weil die walisische Sklavin, die das Opfer seiner Wut geworden war, in jeder Hinsicht gehalten hatte, was ihr Äußeres versprochen hatte. Wie es aufgrund ihrer barbarischen Herkunft nicht anders zu erwarten gewesen war, hatte sie sich als wahre Wildkatze entpuppt, die Guillaume erst hatte zähmen müssen, ehe er zu seinem Recht gelangt war; aber da er einige Erfahrung darin besaß, den Willen eigensinniger Sklavinnen zu brechen, und er ihr zudem körperlich weit überlegen gewesen war, hatte ihn dies vor keine größeren Probleme gestellt. Im Gegenteil hatte die Tatsache, dass sich das Mädchen mit Händen und Füßen gewehrt hatte, seine Lust nur noch gesteigert, ebenso wie das Ausmaß der Befriedigung, das er empfunden hatte, als er mit Gewalt in sie eingedrungen war, wieder und wieder, so lange, bis sie ihren Widerstand endlich aufgegeben hatte und in seinen Armen ein willenloses Stück Fleisch geworden war.

Zum anderen aber auch, weil er unmittelbar nach seiner Rückkehr in die Halle darüber informiert worden war, dass Ranulf von Bayeux, rechte Hand und oberster Berater des Königs, ihn dringend zu sprechen wünsche. Was, so fragte er sich, mochte der oberste Berater des Königs von ihm wollen?

Über Ranulf wusste Guillaume nur wenig. Er stammte aus der Normandie, hatte bereits unter dem alten König William gedient und sich unter der Herrschaft seines Sohnes zu dessen einflussreichstem Berater emporgearbeitet. Manche behaupteten gar, dass Ranulf, der noch zur Zeit des ersten William die Weihe zum Kaplan empfangen hatte, in Wahrheit die Staatsgeschäfte lenkte und ein Meister darin war, unliebsame Konkurrenten gegeneinander auszuspielen, indem er gezielt Streit in deren Reihen trug. Nicht umsonst wohl lautete sein Beiname Flambard – »Brandstifter«.

All das hatte Guillaume freilich nur gerüchteweise gehört. Nicht von seinem Vater, der ihn für unreif hielt, von derlei Dingen Kenntnis zu erhalten, sondern von seiner Mutter. Eleanor de Rein war in politischen Dingen nicht weniger beschlagen als der Baron, und auch wenn sie diesem stets das Gefühl der Überlegenheit einräumte, zweifelte Guillaume nicht daran, dass sie Renald de Rein in Wahrheit weit übertraf, sowohl ihre Klugheit betreffend als auch ihre Ambitionen.

Seine gute Laune wurde gedämpft, als er am Fuß der Treppe, die zur oberen Halle führte, auf seinen Vater traf. Offenbar, so wurde ihm missmutig klar, hatte Ranulf nicht nur ihn zur Unterredung bestellt, sondern auch den Baron.

Renald de Rein trug noch immer die dunkelgrüne, bortenverzierte Tunika. Die Arme hatte er ablehnend vor der Brust verschränkt, die Mundwinkel missbilligend herabgezogen. »Da bist du ja.« Er musterte Guillaume vom Scheitel bis zur Sohle. »Wo hast du dich nur wieder herumgetrieben? Du stinkst wie ein ganzer Pferdestall!«

»Gewiss, Vater«, erwiderte Guillaume kaltschnäuzig. »Habt nicht Ihr selbst mir befohlen, nach den Pferden und unseren Leuten zu sehen und Sorge zu tragen, dass es ihnen gut geht?«

»Und das hast du getan?«

»Gewiss«, antwortete Guillaume, ohne mit der Wimper zu zucken. »Zweifelt Ihr etwa daran?«

Renald kam nicht dazu, etwas zu erwidern, denn ein kleinwüchsiger Mann mit einem Frettchengesicht, der einen gelben Überwurf trug, kam die gewendelten Stufen herab und verbeugte sich vor ihnen.

»Die Herren de Rein?«, erkundigte er sich beflissen, von einem zum anderen schauend.

»So ist es.«

»So folgt mir bitte.«

Mit gravitätischer Miene wandte das Frettchengesicht sich um und erklomm die Stufen mit einer solchen Schnelligkeit, dass zumindest der Baron Mühe hatte, ihm auf den Fersen zu bleiben. Guillaume war klug genug, seinem Vater mit einigen Schritten respektvollen Abstands zu folgen. Der Baron hatte ihn schon aus weit geringeren Anlässen gezüchtigt, und er verspürte kein Verlangen danach, erneut vor aller Augen erniedrigt zu werden.

Vorbei an bewaffneten Wachen, die das obere Ende der Treppe besetzten, wurden die Besucher in den Thronsaal geführt, der sich genau über der unteren Halle befand. Mächtige Balken und Säulen aus Eichenholz stützten eine hohe Decke, und die ebenso schmalen wie hohen Fenster, die die steinernen Wände durchbrachen, verliehen dem Saal etwas von einer Kathedrale. Dazu trugen auch die reich bestickten Teppiche bei, die zwischen den Fenstern hingen und von den ruhmreichen Taten des Eroberers kündeten, sowie die zahllosen Kerzen, die auf eisernen Ständern staken und den vorderen Teil der Halle beleuchteten. Der rückwärtige Teil, in dem nur ein Kaminfeuer flackernden Schein verbreitete, lag in schummrigem Halbdunkel. Erst als die beiden Besucher dem Diener durch die Halle folgten, nahmen sie die beiden Gestalten wahr, die sie am anderen Ende erwarteten. Die eine stand, die zweite saß auf dem Thron von England.

Es war das erste Mal, dass Guillaume de Reine seinen Monarchen und obersten Lehnsherrn erblickte, und es kostete ihn einige Anstrengung, sich seine Überraschung nicht anmerken zu lassen. Denn der Mann, der auf dem aus Eichenholz gefertigten, mit reichen Schnitzereien versehenen Sitz thronte, entsprach nicht den Vorstellungen, die er sich von seinem König gemacht hatte.

William von England war ein kleinwüchsiger und dabei leicht untersetzter Mann, unter dessen Arm- und Beinkleidern aus eng anliegendem Samt sich jedoch stählern anmutende Muskeln abzeichneten. Guillaume hatte gehört, dass der König sich, der Tradition seines Vaters folgend, vor allem als Krieger sah und es liebte, zur Jagd auszureiten und sich körperlich zu ertüchtigen. Die bunten Farben seiner Kleidung, die in schreiendem Rot und Gelb um die Gunst des Betrachters wetteiferten und dem Herrscher von England etwas Geckenhaftes, fast Weibisches verliehen, relativierten diesen Eindruck allerdings wieder. Das Alter des Königs war unmöglich zu schätzen. Als Guillaume ihm jedoch ins Antlitz blickte, wurde ihm jäh klar, wie dieser zu seinem Beinamen Rufus – der »Rote« – gekommen war. Denn das lange blonde Haar, das in der Mitte gescheitelt war und bis auf die Schultern herabfiel, umarmte ein fleckiges, puterrotes Gesicht, aus dem den Besuchern zwei Augen unterschiedlicher Farbe unverwandt entgegenstarrten.

Davon irritiert, richtete Guillaume seinen eigenen Blick zu Boden. Den anderen Mann, der am Fuß des mit Fellen beschlagenen Thronpodests stand, nahm er deshalb nur flüchtig wahr, aber er konnte erkennen, dass sowohl dessen schlanke Gestalt als auch seine dunkle, an eine Mönchskutte gemahnende Robe in krassem Gegensatz zur grellen Erscheinung des Königs standen.

»Baron Renald de Rein und sein Sohn Guillaume«, stellte der Hofbeamte die beiden Neuankömmlinge vor, worauf beide niederknieten. William Rufus schien Gefallen daran zu finden, seinen irritierenden Blick eine endlos scheinende Weile lang auf den Besuchern ruhen zu lassen. Erst dann gestattete er ihnen, sich wieder zu erheben. Der Hofbeamte hatte sich längst entfernt und die Pforte des Thronsaals hinter sich geschlossen.

»Seid mir gegrüßt, Baron«, sagte der König schließlich mit knabenhaft weicher Stimme. »Wie war die Reise aus dem fernen Northumbria?«

»Sehr gut, Sire«, beeilte Renald sich zu versichern. »Wir waren geehrt, als Eure Einladung uns erreichte.«

»Das nehme ich an.« Der König lächelte. »Wie ich höre, habt Ihr im Kampf gegen die Pikten neue Erfolge zu vermelden?«

»Die Grenzen sind so sicher wie seit Jahren nicht mehr«, bestätigte der Baron mit vor Stolz geschwellter Brust.

»Dann seid Ihr unseres Dankes gewiss«, erwiderte Rufus gönnerhaft. »Ihr habt Euch als verlässlicher Streiter und wahrhaft treuer Vasall erwiesen – auch dann, als der Verräter Mowbray und der nicht minder verräterische Carileph von der Krone abgefallen sind und sich gegen mich gestellt haben. Dies ist der Grund, warum Ihr hier seid.«

Guillaume merkte, wie seine innere Anspannung wuchs. Es schien sich also zu bewahrheiten, dass sich der König bei denjenigen seiner Getreuen bedanken wollte, die ihm im Zuge des von Robert Mowbray, dem Earl von Northumbria, und dem mit ihm verbündeten William Carileph, dem Bischof von Durham, angezettelten Aufstands die Treue gehalten hatten. Vier lange Sommer hatte der Kampf gegen die Rebellen gedauert, ehe es im vergangenen Jahr gelungen war, Mowbrays Burgen in Newcastle, Tynemouth und Morpeth einzunehmen und seine Macht zu brechen. Seither war Northumbria direkt dem König unterstellt, ebenso wie die normannischen Edlen, die die Grenzburgen besetzten – und mit ihnen auch Renald de Rein. Was aber würde der König ihnen zu sagen haben? Die geheime Hoffnung, es könnte zurückgehen in die alte Heimat, hatte Guillaume noch immer nicht losgelassen, so töricht und aussichtslos sie auch sein und so sehr ihn sein Vater dafür verachten mochte.

»Mein König«, entgegnete der Baron mit der ihm eigenen plumpen Beflissenheit, wobei er beide Hände an den Griff seines Schwertes legte, »diese Klinge gehört Euch, wo auch immer ich sie in Eurem Auftrag führen soll.«

»Gut gesprochen, Baron«, ergriff erstmals der andere Mann das Wort, der bislang unbeteiligt dabeigestanden hatte, dunkel und schweigend wie ein Schatten. Erst jetzt kam Guillaume dazu, ihn gebührend zu betrachten. Schmale, berechnende Augen, die etwas Furchteinflößendes hatten, blickten aus einem hageren, fast asketisch wirkenden Gesicht, ein ernster Mund und ein energisches Kinn verrieten Entschlossenheit und Durchsetzungswillen. Das dunkle Haar war, im Gegensatz zu dem des Monarchen, auf traditionelle Normannenart kurz geschnitten. Guillaume hegte keinen Zweifel, dass es gefährlich war, sich mit diesem Mann anzulegen, und er war überzeugt, keinen anderen als Ranulf den Brandstifter vor sich zu haben, den obersten und einflussreichsten Berater des Königs. »Seid versichert, dass wir dieses Euer Versprechen wohlwollend in Erinnerung behalten werden, denn es werden ferne Lande sein, in die Euch der Auftrag des Königs führen wird.«

»Ferne Lande?« Renald de Rein war kaum weniger überrascht als sein Sohn, der eine Rückkehr in die Normandie plötzlich wieder in greifbare Nähe rücken sah. Euphorie erfüllte ihn, die ein Lächeln über seine blassen Züge sandte – ein Lächeln, das der König zu seiner Bestürzung flüchtig erwiderte.

»Genauso ist es, mein Freund«, bestätigte Rufus und streifte seinen Berater mit einem Seitenblick. »Erlaubt, dass ich Euch Ranulf von Bayeux vorstelle, meine rechte Hand.«

Der Baron nickte in Richtung des schwarz Gewandeten, verzichtete jedoch darauf, sich zu verbeugen. Seine buschigen Brauen hatten sich über den Augen zusammengezogen, und das Unbehagen war ihm anzusehen.

»Baron de Rein«, fuhr Ranulf fort, dessen Stimme Guillaume an das Klirren von Eis erinnerte, »uns ist zu Ohren gekommen, mit welch großem Einsatz und welch selbstloser Pflichterfüllung Ihr im Norden des Reiches gedient habt. Da der Verräter Carileph den Winter nicht überlebt hat und die Grenzen nach Schottland dank Eurer Verdienste sicher scheinen, hat der König beschlossen, Euch zur Belohnung für Eure Dienste mit einer neuen Aufgabe zu betrauen. Einer Aufgabe, die Eure gesamte Loyalität, Euren ganzen Mut und womöglich sogar Euer Leben erfordern wird.«

»Ich habe geschworen, Euch bis in den Tod zu dienen, mein König, wie zuvor schon Eurem Vater«, sagte Renald, nicht in Flambards Richtung, sondern an seinen Monarchen gewandt. »Befehlt, und ich werde tun, was Ihr verlangt.«

»Eure Treue ehrt Euch«, entgegnete der Berater ungerührt anstelle des Königs. »Dennoch sollt Ihr zunächst erfahren, wer es gewesen ist, der die Kunde von Euren Verdiensten und Eurer unbedingten Pflichterfüllung an unser Ohr getragen hat. Mylady, wenn Ihr so gütig sein wollt...«

Flambard wandte sich nach der unbeleuchteten Seite der Halle, und zur Überraschung der Besucher regte sich dort eine Gestalt, die so still in der Dunkelheit zwischen den Säulen verharrt hatte, dass keiner der Besucher sie bemerkt hatte. Sie war von schlankem Wuchs, und ein Kleid umwallte sie, das bis zum Boden reichte und bei jedem ihrer Schritte raschelte. Der Lichtschein des Kaminfeuers erfasste sie schließlich und hob ihre Züge aus der Dunkelheit – und Renald de Rein gab einen Laut der Verblüffung von sich, als er das schmale Gesicht seiner Gemahlin erblickte.

»Eleanor!«, entfuhr es ihm. »Was bei allen Heiligen...?«

»Ich kann mir vorstellen, dass Ihr verwundert seid, Baron«, antwortete Flambard an ihrer Stelle. »Bei allem, was Ihr nun erfahren werdet, bitten wir Euch jedoch zu bedenken, dass Euer Weib einer überaus bedeutsamen und um die Krone verdienten Familie entstammt. Wusstet Ihr, dass ihr Vater bei Hastings an des Königs Seite gefochten hat?«

»Ja«, entgegnete Renald trocken, »er hat keine Gelegenheit ausgelassen, mich daran zu erinnern.«

»Und wusstet Ihr weiter, dass Bischof Maurice von London, der langjährige Lordkanzler des Reiches, bei dem zu dienen ich selbst die Ehre hatte, sein engster und vertrautester Freund gewesen ist?«

»Und?«, fragte Renald nur. Seinen verkniffenen Zügen, die plötzlich etwas von einem Keiler hatten, der bei der Jagd in die Enge getrieben worden war, war nicht zu entnehmen, ob er auch davon Kenntnis gehabt hatte; wohl aber konnte man ihm ansehen, dass ihm die Art, wie sich das Treffen mit dem König entwickelte, ganz und gar nicht behagte. Guillaume hingegen triumphierte innerlich, denn durch das Auftauchen seiner Mutter hatten die Dinge eine Wendung genommen, die zumindest für ihn nur Vorteile bringen konnte.

»Den Einfluss ihrer Familie nutzend, hat Eure Gemahlin unsere Nähe gesucht«, fuhr der königliche Berater fort.

»In der Tat«, brummte der Baron und bedachte Eleanor mit einem undeutbaren Blick. »Hat sie das.«

»Ihr solltet ihr dankbar dafür sein, denn ohne ihr Zutun hätten wir womöglich niemals Kunde von Euren großen Taten erlangt. Da Lady Eleanor nicht nur über die normannischen Tugenden der Schönheit und Anmut verfügt, sondern auch über herausragende Klugheit, bat sie uns, Euren Einsatz im Grenzland neu zu bewerten und zu erwägen, ob es Aufgaben gäbe, die einem Mann von Euren Fähigkeiten und Verdiensten angemessener wären – wohl wissend, dass Ihr selbst viel zu bescheiden und von zu großer Freude an der Pflichterfüllung beseelt seid, um jemals selbst dergleichen zu erbitten.«

»Sire, ich ...«, wollte Renald sich an seinen Lehnsherren wenden, doch Ranulf ließ ihn auch diesmal nicht zu Wort kommen.

»Aus diesem Grund und eingedenk der treuen Dienste, die Ihr für die Krone geleistet habt«, fuhr er fort, »sind wir bereit, Euch mit einer Mission zu betrauen, die Euch weit über alle anderen Vasallen des Königs stellen und Euch, solltet Ihr sie erfolgreich abschließen, zu einem der größten und einflussreichsten Edlen des gesamten Reiches machen wird.«

»Ich danke Euch, Sire«, erwiderte der Baron steif und deutete eine Verbeugung an. So empfänglich er für Komplimente seine Ritterlichkeit betreffend war und so sehr die Worte des Beraters ihm sicher schmeichelten, so vorsichtig blieb er dennoch. Die Tatsache, dass seine Gemahlin ohne sein Wissen und seine Zustimmung ihren eigenen Einfluss bemüht und den Kontakt zum König gesucht hatte, beschämte ihn und machte ihn misstrauisch. Der argwöhnische Blick, den er umherschweifen ließ, traf zuerst sie, dann Flambard und schließlich Guillaume, der ein wenig versetzt hinter seinem Vater stand und nicht wusste, was er von alldem halten sollte, da seine Mutter ihn ebenso wenig in ihre Pläne eingeweiht hatte wie den Baron.

Als er jedoch die Unsicherheit in den bohrenden Blicken seines Vaters bemerkte, da begann er zumindest eines zu ahnen: dass jene Gelegenheit, von der seine Mutter noch am Abend gesprochen hatte, jene günstige Stunde, schon bedeutend näher gerückt war. Hatte sie da schon gewusst, was geschehen würde? Natürlich! Weshalb aber hatte sie ihn nicht eingeweiht? Guillaume verspürte eine gewisse Enttäuschung.

»Was also habt Ihr mir zu sagen?«, wandte sich Renald de Rein erstmals direkt an Flambard. Ihm schien aufgegangen zu sein, dass an dem königlichen Berater kein Weg vorbeiführte. »Was für eine Mission ist das, mit der Ihr mich betrauen wollt?«

»Nicht hier«, beeilte Flambard sich zu erklären. »Dinge wie diese sollten nur in aller Verschwiegenheit besprochen werden.«

»In aller Verschwiegenheit? Welcher Ort könnte verschwiegener sein als der Thronsaal des Monarchen?«

»Folgt mir«, forderte der Berater sie alle auf und ging voraus zu einem von einem Rundbogen überwölbten Durchgang, den eine schwere Eichenholztür verschloss. Flambard öffnete den Riegel, und die Besucher fanden sich in der Kapelle der Festung wieder.

Steinsäulen umliefen die Wände und stützten eine hohe Decke. In der halbrunden Apsis, durch deren hohe Fenster infolge des Unwetters, das draußen tobte, immer wieder grelles Blitzlicht fiel, befand sich ein kleiner Altar, auf dem das Kreuz des Erlösers stand. Auf der Seite war in einer Wandnische eine Figur des Heiligen Georg untergebracht, zu dessen Füßen sich der erschlagene Drache wand. Gegenüber gab es ein steinernes Taufbecken, wohl dazu da, den Nachkommen des Königs das erste Sakrament zu spenden und sie zu Kindern des Allmächtigen zu machen – bislang jedoch hatte Rufus nicht beliebt, einen Erben in die Welt zu setzen oder sich auch nur eine Frau zu nehmen.

Eine hölzerne, mit kunstvollen Schnitzereien versehene Bank war vor dem Altar aufgestellt. Kerzen, die in großen eisernen Leuchtern brannten, verbreiteten schummriges, verschwörerisch anmutendes Licht, das die Säulen geisterhafte Schatten werfen ließ. Im hinteren Bereich der Kapelle gab es eine quadratische, von einem hölzernen Geländer umgebene Öffnung im Boden, und eine schmale Treppe führte hinab in das untere Stockwerk des Gotteshauses, das den Vasallen des Königs offenstand. Dort zeichneten sich, im sich verlierenden Lichtschein kaum zu erkennen, noch mehr Bänke und ein einfaches Holzkreuz ab.

Flambard wartete, bis sich auch der König in der Kapelle eingefunden hatte, dann verriegelte er sorgsam die Türen, nicht nur jene zum Thronsaal, sondern auch jene im unteren Stockwerk. Rasch stieg er die Stufen hinab und schob geräuschvoll den Riegel vor. Als er wieder zurückkehrte, sah es so aus, als würde eine schwarz gewandete Schreckgestalt aus der dunklen Tiefe heraufsteigen. Guillaume spürte, wie ihn Beklemmung befiel. Seine Anspannung wuchs, und seine Hände begannen zu schwitzen. Trost spendete ihm allein, dass es seinem Vater, dem gestrengen Baron, nicht besser ging, während seine Mutter alle Gelassenheit der Welt in sich zu vereinen schien. Er begann zu ahnen, warum sie ihn nicht in ihre Pläne eingeweiht hatte. Nicht etwa, weil sie ihm misstraut hätte, sondern um ihn zu schützen.

»Hier sind wir für uns«, sagte Flambard schließlich in das von Donnergrollen unterlegte Schweigen. »Nichts von dem, was hier gesprochen wird, darf diese Mauern jemals verlassen. Wollt Ihr das schwören?«

Der Baron, seine Gemahlin und auch sein Sohn beschworen es, und noch viel mehr als zuvor hatte Guillaume das Gefühl, etwas Verbotenes zu tun und einem Kreis von Verschwörern anzugehören.

»Bedauerlicherweise«, fügte Flambard erklärend hinzu, »sind wir auf solche Vorsichtsmaßnahmen angewiesen, denn ich habe allen Grund zu der Annahme, dass unserem geliebten Herrscher Ungemach droht.«

»Von welcher Seite?«, wollte Renald grimmig wissen.

»Von jener Seite, die ihm seine Macht von Anbeginn geneidet hat und es auch weiterhin tut, auch wenn sie vordergründig Brüderlichkeit heuchelt«, erwiderte der königliche Berater unumwunden. Obwohl er keine Namen nannte, war allen Versammelten klar, wer damit gemeint war: kein anderer als Robert, Herzog der Normandie und des Königs leiblicher Bruder, der noch zu Lebzeiten des alten William Revolten angeführt hatte, um die Macht an sich zu reißen, und noch immer nach der englischen Krone dürstete.

»Habt Ihr gehört, was sich im vergangenen November in Clermont zugetragen hat, Baron?«, erkundigte sich Ranulf Flambard unvermittelt.

»Nur am Rande. Ich weiß, dass seine Heiligkeit der Papst dazu aufgerufen hat, die heiligen Pilgerstätten von den Heiden zu befreien.«

»Genauso ist es. Viele Christenmenschen haben seinen Ruf gehört und sind bereit, ihm zu folgen. Auch unser geliebter Herrscher würde gehen, wenn seine Pflichten ihn nicht an den Thron binden würden.«

»Das ist nur zu wahr«, bestätigte der Monarch, der neben

Flambard stand und im Vergleich zu diesem geradezu harmlos und unscheinbar wirkte. Obwohl er fast doppelt so alt war wie Guillaume, hatte der König von England etwas Knabenhaftes an sich. »Nach den Unruhen der vergangenen Jahre hat sich die Lage im Land nun endlich gefestigt. Kehrte ich England nun jedoch den Rücken zu, würde alles von vorn beginnen.«

»Das ist anzunehmen, Sire«, gab der Baron zu.

»Robert hingegen«, fuhr Ranulf Flambard fort, »ist bereit, das Wagnis einzugehen. Er ist gegenwärtig dabei, in Caen und Rouen Truppen zusammenzuziehen und eine Armee auszurüsten, die ihn auf seiner Pilgerfahrt begleiten soll.«

»Mein Bruder ist schon immer ein sentimentaler Hund gewesen«, bemerkte der König wenig schmeichelhaft. »Vielleicht aber«, setzte er bissig hinzu, wobei seine verschiedenfarbigen Augen angriffslustig blitzten, »will er auch nur sein Seelenheil zurückerlangen, das er noch zu Lebzeiten unseres Vaters so leichtfertig verspielt hat.«

»Um das Unternehmen zu finanzieren, hat Robert seine Besitztümer in der Normandie für eine Summe von zehntausend Silbermark an uns verpfändet«, erläuterte Flambard.

»Wozu zweifellos Ihr ihm geraten habt«, folgerte Renald. Es war bekannt, dass Ranulf als anerkannter Spezialist in Fragen der Staatsfinanzen galt. Nicht von ungefähr hatte er an der Erstellung jener Steuerlisten gearbeitet, die als *Domesday Book*, als »Buch vom Jüngsten Tage« in die Annalen des Reiches eingegangen waren.

»Ich habe meinen bescheidenen Beitrag zur Ausarbeitung des Vertrags geleistet, das ist wahr«, gab der königliche Berater sich bescheiden, »von weit größerer Wichtigkeit aber ist Folgendes: Sollte Robert von seiner Fahrt ins Heilige Land nicht zurückkehren, so würden seine Besitztümer mit allem, was sich darauf befindet, an seinen Bruder zurückfallen. Und das würde nicht mehr und nicht weniger bedeuten, als dass das Reich des Eroberers erstmals nach seinem Tod wieder unter einer Krone vereint wäre.«

»Und?«, wollte Renald wissen, obwohl sein düsterer Ausdruck vermuten ließ, dass er die Antwort bereits ahnte.

»Es wäre also von bedeutendem Vorteil für die Krone, wenn Robert angesichts der unzähligen Unwägbarkeiten, die im Zuge einer solch gefahrvollen Unternehmung lauern, in der Ferne etwas zustoßen würde«, ließ Ranulf die Katze aus dem Sack, ohne auch nur mit der Wimper zu zucken – und Guillaume verstand jäh, weshalb der königliche Berater den Beinamen »Brandstifter« erhalten hatte.

»Was?«, fragte der Baron. Angesichts der Beiläufigkeit, mit der Flambard gesprochen hatte, hatte er wohl das Gefühl, nicht recht gehört zu haben.

»Es ist ganz einfach«, wurde Rufus deutlicher, »kehrt mein Bruder nicht zurück, so werde ich Herrscher über England und die Normandie, genau wie mein Vater vor mir. Und dafür, mein treuer Freund, sollt Ihr sorgen.«

»Sire! Ihr... Ihr erwartet von mir, dass ich für Euch zum Mörder werde? Zum Assassinen?« Wieder erhellte ein Blitz das Innere der Kapelle und beleuchtete das Gesicht des Barons. Die Farbe war aus seinen fleischigen Zügen gewichen, sein Blick verriet ehrliches Entsetzen.

»Ihr solltet Eure Worte mit mehr Bedacht wählen«, wies Flambard ihn zurecht, zischend wie eine Schlange kurz vor dem Biss. »Was der König von Euch verlangt, ist nicht mehr und nicht weniger als treue Pflichterfüllung.«

»Aber Sire!« Renalds Blick glitt hilflos zwischen seinem Lehnsherrn und dessen oberstem Berater hin und her. »Ich habe einst Eurem Vater die Treue geschworen! Ich kann mich nicht gegen sein eigen Fleisch und Blut wenden!«

»Warum nicht?«, fragte Rufus. »Habt Ihr nicht auch gegen Roberts Truppen gekämpft, als ich Euch dazu aufrief?«

»Natürlich, aber...«

»Und hat mein Vater zu seinen Lebzeiten nicht selbst gegen Robert gefochten?«

»Und ihm auf dem Totenbett verziehen«, fügte der Baron

hinzu. »Ich selbst war dabei, als der König seinen letzten Atemzug tat, als er den Allmächtigen um Ablass bat für seine Sünden und sich nichts sehnlicher wünschte als Frieden mit dem abtrünnigen Sohn. Verlangt Ihr, dass ich mich darüber hinwegsetze?«

»Nicht ohne Gegenleistung«, versicherte Flambard. »Ihr dürft Euch sicher sein, Baron, dass Euch der König diesen treuen Dienst nicht vergessen und Euch reich dafür belohnen wird. Beispielsweise, indem Ihr zusätzlich zu Eurem Lehen in Northumbria Eure ehemaligen Besitzungen auf dem Festland zurückerhaltet, zuzüglich einiger neuer Gebiete, die Euch binnen kürzester Zeit zu einem der mächtigsten und wohlhabendsten Männer des Reiches machen werden.«

»Und wenn ich dennoch ablehne?«

»Nun«, gestand Flambard steif, »als guter Christenmensch seid Ihr freilich Eurem Gewissen verpflichtet und müsst wissen, was Ihr tut. Allerdings sehe ich mich genötigt, Euch darauf hinzuweisen, dass Eure Verweigerung der Gefolgschaft nicht ohne Konsequenzen bleiben wird. Für Euch, Eure Familie und Euren Besitz...«

Renald de Rein bebte innerlich. Seine kleinen Augen blitzten den königlichen Berater in unverhohlener Ablehnung an, seine breite Brust hob und senkte sich heftig, seine Hände waren zu Fäusten geballt.

»Wie es den Anschein hat, Mylady«, wandte Flambard sich unvermittelt an Eleanor, »ist Euer Gemahl bei Weitem nicht so klug und vorausschauend, wie wir alle gehofft hatten.«

»Offenkundig«, erwiderte sie nur, und ihre Geringschätzigkeit überraschte selbst Guillaume. Verwundert spähte er zu seiner Mutter hinüber – und erntete ein ermunterndes Lächeln. Für ihren Gemahl schien Eleanor de Rein nichts als Verachtung übrigzuhaben, ihrem Sohn jedoch war sie nach wie vor zugetan und sandte ihm ein aufforderndes Nicken.

Guillaume stand so reglos, als hätte ihn einer der Blitze

getroffen, die draußen über den nächtlichen Himmel zuckten. Atemlos hatte er alles mitangehört, konnte es jedoch kaum glauben. Hatte Ranulf Flambard tatsächlich dazu aufgefordert, des Königs leiblichen Bruder zu töten? Und hatte er als Belohnung dafür die Rückkehr aufs Festland in Aussicht gestellt? Neue Besitzungen und noch größere Macht, Einkünfte in riesigen Mengen?

Guillaume schwindelte ob der Aussichten, die sich plötzlich boten, und als er erneut in die Züge seiner Mutter blickte und die nunmehr drängende Aufforderung darin sah, erinnerte er sich an ihre Worte. Plötzlich wusste er, dass die Gelegenheit, auf die er all die Jahre gewartet hatte, gekommen war.

»Darf ich sprechen, Exzellenz?«, fragte er hastig. Seine Stimme klang dünn und brüchig, die Aufregung war ihm anzuhören.

»Nein«, schnaubte der Baron und schickte ihm einen seiner vernichtenden Seitenblicke. »Du hast nichts zu sagen.«

»Mit Verlaub, ich habe mein Wort nicht an Euch, sondern an den Berater des Königs gerichtet«, widersprach Guillaume tonlos, den Blick starr geradeaus gerichtet, damit er seinem Vater nicht in die Augen sehen musste.

»Und der Berater des Königs gestattet Euch zu sprechen, Guillaume de Rein«, erwiderte Flambard. »Was habt Ihr uns zu sagen?«

Guillaume würgte an dem Kloß, der sich in seinem Hals gebildet hatte und ihn am Sprechen hinderte. Unsicher blickte er zu seiner Mutter, die ihm jedoch ermunternd zunickte und ihm abermals zu verstehen gab, dass dies die Gelegenheit war, die es zu ergreifen galt. Ihre Gegenwart gab ihm Kraft und innere Stärke. Er straffte sich und sagte dann mit ruhiger Stimme: »Ich möchte beteuern, dass ich im Gegensatz zu meinem Vater Euer Ansinnen aus tiefster Überzeugung unterstütze. Robert hat sich gegen den König gestellt und damit gegen jedes geltende Recht verstoßen. Selbst jetzt trachtet er noch nach dem Thron von England und ist folglich ein Feind der Krone.«

»Wie schön, dass wenigstens Ihr das erkannt habt, junger Herr«, erwiderte Flambard mit leisem Spott.

»Folglich gehe ich davon aus, dass sowohl Eurer Herrschaft als auch dem Königreich ein großer Dienst erwiesen wird, wenn Euer Bruder nicht mehr unter den Lebenden weilt«, setzte Guillaume seine Ausführungen fort, lauter nun und mit größerer Überzeugung als zuvor. »Wenn mein Vater Euch also in dieser Sache seine Dienste verweigert...«

»Ja?«, fragte Flambard lauernd.

»... so bin ich gerne bereit, an seiner Stelle zu tun, was die Pflicht jedes treuen Vasallen ist«, brachte Guillaume den Satz zu Ende und trat einen Schritt vor, sodass der Baron auch optisch ins Hintertreffen geriet.

»Hast du den Verstand verloren?«, rief Renald entsprechend wütend. »Du wirst nichts dergleichen tun!«

»Verzeiht, werter Baron«, mischte Flambard sich ein, »darüber habt Ihr nicht zu befinden. Dem König allein obliegt es zu entscheiden, ob er das ebenso selbstlose wie mutige Angebot Eures Sohnes annehmen will oder nicht.«

»Kann ich mich denn auf Euch verlassen, junger Freund?«, wandte Rufus selbst sich an Guillaume, während seine so unterschiedlichen Augen ihn von Kopf bis Fuß musterten. »Vielleicht habt Ihr gehört, was man über mich erzählt. Es heißt, der König hätte keine Freunde, und das ist nur zu wahr. Mein Vater hat sich zeit seines Lebens mit Gefolgsleuten und Speichelleckern umgeben, und was hat es ihm eingetragen? Die meisten von ihnen, sogar sein eigener Bruder, haben versucht, ihn um der Macht willen zu hintergehen. Man tut also gut daran, wohl zu erwägen, wem man Vertrauen schenkt und wem nicht.«

»Meine Loyalität gehört Euch, Sire«, versicherte Guillaume und beugte abermals die Knie vor seinem Herrscher. Der König musterte ihn auch dann noch, als er sich wieder erhoben hatte. Unablässig glitt sein Blick vom Scheitel hinab zu den Beinen und wieder zurück, wobei Guillaume den Eindruck hatte, dass er in seiner Leibesmitte ein wenig länger verharrte. Und zuletzt glaubte er gar – aber natürlich konnte dies nur ein Irrtum sein! – etwas Begehrliches im Blick des Monarchen auszumachen.

»Nun gut, Guillaume de Rein«, erklärte er sich schließlich großmütig bereit, wobei sein ohnehin schon rotes Gesicht noch ein wenig dunkler wurde, »ich nehme Euer Angebot an. Bringt Ihr erfolgreich zu Ende, was wir Euch aufgetragen haben, so werdet Ihr reich dafür belohnt. Versagt Ihr jedoch, werde ich leugnen, Euch je gekannt zu haben.«

»Ich verstehe, mein König«, sagte Guillaume.

»Und was ist mit mir?«, erkundigte sich Renald ungehalten.

Flambard schaute ihn an wie eine Made, die er in einem Stück Brot gefunden hatte. »Da Eure Gemahlin hoch in der Gunst des Königs steht und Euer Sohn sich so freimütig erboten hat, Eure Stelle einzunehmen, wird Eure Weigerung folgenlos bleiben. Wir erwarten allerdings, dass Ihr Euren Sohn auf der langen Reise begleiten und ihn auf jede nur denkbare Weise unterstützen werdet.«

»Was?«

»Betrachtet es als Sicherheit. Weigert Ihr Euch oder solltet Ihr Euch außerstande sehen, die unbedingte Notwendigkeit dieses Schrittes zu begreifen, so fallen Euer Titel und Euer Besitz der Krone zu.«

»Das würdet Ihr nicht wagen«, knurrte de Rein.

»Mit Verlaub, wer sollte uns daran hindern – Ihr etwa? Durch Eure Entscheidung, werter de Rein, habt Ihr Euch in eine unvorteilhafte Lage gebracht, und wäre es nicht um Euer Weib und Euren Sohn...«

Flambard verstummte jäh, als etwas seine Aufmerksamkeit erregte. Es war ein leises Klicken, gefolgt von einem Rieseln, das von irgendwo unter ihnen zu kommen schien. Der königliche Berater fuhr herum, hastete zum Geländer der Bodenöffnung und starrte mit eng zusammengekniffenen Augen in das Halbdunkel, das unten herrschte. Dann, als erneut ein flackernder Blitz das Innere der Kapelle erhellte, glaubte er, etwas auszumachen.

»Da ist jemand!«, keifte er laut und außer sich. »Wir wurden belauscht!«

Die Zeit nach Nias Tod verbrachte Conn wie in einem Albtraum.

Gefangen in einem dunklen Gefängnis aus Trauer und Verzweiflung, in das kein Strahl der Hoffnung drang, sann er auf Rache. Der geschundene Körper seiner Geliebten war in seinen Armen noch nicht erkaltet, da schwor er bereits, sie zu rächen und den Mann zu töten, der sie so grausam aus dem Leben gerissen hatte.

Guillaume de Rein.

Immer wieder hörte er Emmas Stimme den Namen des Mörders sagen, wie ein Echo hallte er durch seinen Kopf. Conn kannte diesen de Rein nicht, aber fraglos war er einer jener normannischen Ritter, die auf alles, was nicht Ihresgleichen war, mit tiefer Verachtung blickten. Vor Conns geistigem Auge nahm Guillaume Gestalt an, nicht als Mensch, vielmehr als gehörnter Dämon mit blutenden Augen, und sein Wunsch, ihn zu töten, wurde übermächtig. Selbst in seiner Verblendung war Conn klar, dass ein Angriff auf einen normannischen Edlen ein Schwerverbrechen darstellte und dass er dies nicht überleben würde. In seiner Verzweiflung war es ihm aber nicht nur gleichgültig, sondern er sehnte den Tod geradezu herbei, nun, da ihm alle Freude im Leben genommen war. Nur der eine Wunsch beseelte ihn, Nias Peiniger und Mörder zurück in den dunklen Höllenpfuhl zu stürzen, dem er entstiegen war.

Guillaume de Rein.

In seinen Gedanken riss er die nur eine Handspanne lange rostige Klinge, die er unter seinem Rock bei sich trug, gewiss ein Dutzend Mal heraus und trieb sie dem Mörder in die Kehle.

Blut spritzte hervor, das seine Gedanken besudelte und auch noch den letzten Rest an Skrupeln fortspülte. Sein ganzes Leben lang hatte sich Conn nicht um die Obrigkeit gekümmert. Er hatte sein eigenes Leben zu leben versucht und sich nicht um das geschert, was die Reichen und Mächtigen taten. Warum nur hatten sie es nicht genauso gehalten? Warum waren sie in dieser Nacht in seine Welt eingebrochen und hatten sie zerstört, so grausam und endgültig, wie es nur sein konnte?

In seiner Raserei verließ Conn das Sklavenquartier und rannte hinaus in die Nacht. Um Nias Leichnam wollte er sich später kümmern, zuerst sollte ihr Mörder für sein Verbrechen bezahlen. Lauthals brüllte er Guillaumes Namen, aber infolge des tobenden Gewitters und des prasselnden Regens hörte ihn niemand. Daraufhin stürmte er die Stufen des Turmes hinauf und hämmerte gegen die Tür der großen Halle.

»Lasst mich ein!«, brüllte er dazu. »Hört Ihr nicht? Ihr sollt mich einlassen …!«

Das Spähloch in der Tür wurde geöffnet, und ein energisch blickendes Augenpaar erschien, das ihn von Kopf bis Fuß musterte. »Was willst du, Angelsachse?«

»Lasst mich ein«, ächzte Conn.

»Frierst wohl wie ein Hund da draußen, was?«, spottete der Türwächter grinsend, der Conns totenbleiche Züge und seine geröteten Augen offenbar falsch deutete. »Von mir aus, komm herein und schlaf deinen Rausch aus. Aber mach keinen Ärger, hörst du?«

Conn erwiderte etwas Unverständliches, und der Normanne ließ ihn ein, freilich nicht ohne ihn wegen seiner zerlumpten und völlig durchnässten Erscheinung auszulachen.

Conn musste an sich halten, um sich nicht mit bloßen Fäusten auf den Kerl zu stürzen. Mit Tränen in den Augen schaute er sich in der Halle um, erblickte ringsum nichts als fremde Gesichter, feixend und scherzend, Nias schrecklichen Todes ungeachtet. Conn stand kurz davor, sein Messer zu zücken und auf die herzlose Meute einzustechen, was ihn fraglos in den Kerker bringen und seinen Racheplänen ein jähes Ende setzen würde – als durch einen Nebeneingang ein Mönch die Halle betrat. Jenseits des Durchgangs gab es offenbar eine Kapelle, und kurz entschlossen lenkte Conn seine Schritte dorthin.

Was genau er in der Kapelle wollte, konnte er nicht sagen. Suchte er Ruhe? Göttlichen Beistand? Wollte er seinen Racheschwur im Angesicht des Ewigen bekräftigen? Oder erhoffte er sich in seiner Verzweiflung einfach nur ein wenig Trost?

All das war möglich, und vermutlich steckte in jeder dieser Antworten ein wenig Wahrheit. Ohne von irgendjemandem aufgehalten oder auch nur beachtet zu werden, huschte Conn in das schweigende, menschenleere Dunkel, das jenseits der Tür herrschte, und schloss sie hinter sich.

Der Lärm der Halle blieb hinter ihm zurück. Der Geruch von kaltem Weihrauch legte sich wie Balsam auf seine geschundene Seele. Conn wurde ruhiger, und anders als zuvor, als Zorn und Rachsucht ihn beherrscht hatten, brach sich der Schmerz nun ungehindert Bahn.

Conn sank nieder und betete, weder mit gefalteten Händen noch nach einer vorgegebenen Formel, sondern getrieben von unsagbarem Schmerz, der ihm die Worte eingab und ihn zum Herrn sprechen, ihn mit dem Schöpfer hadern und ihn nach dem Grund für das Schreckliche fragen ließ, das ihm widerfahren war.

Doch Conn erhielt keine Antwort.

Sein Flüstern verklang unerwidert, und die bittern Tränen, die er vergoss und die auf den steinernen Boden der Kapelle tropften, wurden nicht getrocknet. Gott, davon war er schließlich überzeugt, hatte ihn vergessen, wenn er überhaupt je Notiz von ihm genommen hatte.

Und dann, plötzlich, erhielt Conn Gesellschaft.

Stimmen näherten sich, und über ihm, im oberen Stockwerk der Kapelle, das mit größerem Prunk ausgestattet und fraglos den Mächtigen vorbehalten war, wurden Stimmen vernehmbar, die sich in gedämpftem Tonfall unterhielten.

Conn erstarrte.

Sein erster Impuls war, die Flucht zu ergreifen, aber fraglos hätte man das Öffnen der Tür bis hinauf gehört. Das letzte, was er wollte, war Aufmerksamkeit. Also harrte er aus, und als jemand die Treppe herabkam, flüchtete er sich rasch hinter eine der steinernen Säulen, die das obere Stockwerk der Kapelle stützten und in deren dunkle Nischen der spärliche Kerzenschein nicht reichte.

Dort stand er die ganze Zeit über ...

... und lauschte unfreiwillig.

Die Stimmen – Conn glaubte, vier Männer und eine Frau zu unterscheiden – unterhielten sich in gedämpftem Tonfall, und sie bedienten sich der geschliffenen Sprache der Normannen. Conn beherrschte sie nicht gut genug, um sie fließend zu sprechen, aber er kannte genügend Worte, um zumindest ansatzweise zu verstehen, worum es ging.

Um einen Feldzug, der ausgerüstet werden sollte.

Um jemanden, der Robert hieß und – sofern Conn es richtig verstand – um sein Vermögen gebracht werden sollte, indem man ihn hinterrücks ermordete.

Die Tatsache, dass er unversehens zum Zeugen eines Mordkomplotts wurde, nahm Conn nur am Rande wahr. Zum einen überraschte es ihn nicht, dass Normannen derlei Dinge im Schilde führten, und es war ihm gleich, wenn sie sich gegenseitig umbrachten; zum anderen hielt sein eigener Schmerz ihn viel zu sehr gefangen, als dass er sich um ihre Ränke geschert hätte.

Aber dann fiel ein Name, der alles für ihn änderte.

Guillaume de Rein!

Conn traute seinen Ohren nicht.

Guillaume de Rein, der Mann, der Nia auf dem Gewissen hatte und den er zu töten trachtete, war dort oben, keine fünfzehn Schritte von ihm entfernt!

Vorsichtig wagte sich Conn einen Schritt vor, um durch die Deckenöffnung einen Blick nach oben zu erhaschen, aber alles, was er sah, waren lange Schatten, die der flackernde Kerzenschein an die Wand warf. Wem die anderen Schatten gehörten, vermochte Conn nicht zu sagen – ihn interessierte nur de Rein.

In endloser Langsamkeit glitt seine Hand unter die Tunika und griff nach dem Messer. Wie Conn erkennen sollte, welcher der vier Männer Guillaume war, wie er an den anderen vorbeigelangen und den tödlichen Stoß anbringen sollte, all das wusste er nicht. Aber sein Wille, Nias Tod zu rächen und ihren Mörder der gerechten Strafe zuzuführen, war so unbändig, dass der Verstand ihm nichts entgegenzusetzen hatte.

Lautlos löste sich Conn aus seinem Versteck zwischen den Säulen, wollte zur Treppe, um sie hinaufzuhuschen – als sich plötzlich ein Gesteinsbrocken löste.

Mit einem Geräusch, das die verschwörerische Stille durchbrach, fiel er zu Boden. Und in dem Moment, als der Wortführer oben zu sprechen aufhörte, wusste Conn, dass er entdeckt war.

»Da ist jemand«, schallte es herab. »Wir wurden belauscht!«

Entsetzt prallte Conn zurück – und ihm war, als würde er plötzlich aus dem Todesrausch gerissen, in den er wegen seiner Trauer über Nias Tod verfallen war.

Glasklar stand ihm plötzlich vor Augen, wer er war und wo er sich befand. Zwar wollte er noch immer die Stufen hinauf, um Guillaume de Rein zu töten, aber das metallische Geräusch von Schwertern, die aus ihren Scheiden gerissen werden, machte ihm unmissverständlich klar, dass jeder Versuch aussichtslos, ja eine an Irrsinn grenzende Narrheit gewesen wäre. Und endlich wandte er sich zur Flucht.

»Da ist er!«, rief jemand hinter ihm, in der näselnden Sprache der Besatzer. »Ich kann ihn sehen!«

»Fasst ihn!«, brüllte ein anderer. »Wer immer es ist, er darf nicht entkommen!«

Conn war bereits an der Tür. Mit aller Kraft riss er am Riegel, aber das schwere Eisen gehorchte nicht. Schritte polterten die Stufen herab, und ein flüchtiger Blick über die Schulter zeigte Conn zwei Gestalten, die eine kräftig, die andere hager, mit blanken Klingen in den Händen. Entsetzen packte ihn, er riss noch einmal am Riegel, zerrte ihn beiseite – und riss die Tür auf.

Er prallte gegen einen Diener, den er kurzerhand zur Seite stieß. Mit wenigen Schritten war er an der Tür, die nach draußen führte, und noch ehe der Wächter reagieren konnte, war er schon hindurchgeschlüpft.

Es regnete noch immer.

Kalter Wind schlug Conn entgegen, Wasser peitschte ihm ins Gesicht. Er biss die Zähne zusammen und rannte weiter, stürmte die hölzernen Stufen hinab. Seine Hoffnung, der dichte Regenschleier möge ihn schon nach wenigen Schritten den Blicken seiner Verfolger entziehen, zerschlug sich, als er sie erneut rufen hörte.

»Da läuft er!«

»Wachen!«, schrie ein anderer. »Ein Eindringling! Fasst ihn!«

Rings um Conn wurde die Dunkelheit lebendig.

Auf den Wehrgängen der alten Römermauer, die die Festung nach Osten begrenzte, tauchten Soldaten auf, die aus den Unterständen stürmten, in die sie sich vor dem Unwetter geflüchtet hatten. Fackeln flammten auf, Helme und Speerspitzen schimmerten in der Dunkelheit. »Ein Eindringling! Fasst ihn!«, schallte der Alarmruf von den Mauern und pflanzte sich wie ein Echo fort.

Abrupt änderte Conn die Laufrichtung. Durchs Osttor zu entkommen, konnte er nun nicht mehr hoffen. So schnell seine zitternden Beine ihn trugen, rannte er weiter, die Böschung hinab, die sich zwischen dem Großen Turm und dem Innenhof erstreckte, während er hören konnte, wie seine Verfolger immer mehr wurden.

»Dort läuft er!«

»Er darf nicht entkommen!«

»Bogenschützen!«

Das Wort war kaum verklungen, als Conn bereits ein helles Surren vernahm. Instinktiv zog er den Kopf zwischen die Schultern. Der gefiederte Tod verfehlte ihn und bohrte sich in den vom Regen aufgeweichten Boden. Es war jedoch nur eine Frage von Augenblicken, bis der nächste Pfeil auf ihn abgeschossen wurde.

Die Jagd war eröffnet.

Conn rannte, so schnell die Beine ihn trugen. Eine Leiter, die an die Steinmauer angelehnt war, damit man auf den Wehrgang gelangen konnte, stach ihm ins Auge. Es gab keinen Plan, dem Conn folgte. Der pure Überlebenswille lenkte seine Schritte und ließ ihn die Sprossen erklimmen.

»Da! Er steigt die Leiter hinauf!«

»Er flieht! Schießt doch, ihr blinden Hunde …!«

Wieder war das gräßliche Flirren von Pfeilen zu hören, doch der Wind und die schlechte Sicht erschwerten den Bogenschützen ihre Arbeit. Conn zuckte zusammen, als links und rechts von ihm Geschosse in die Burgmauer schlugen. Nur eines davon blieb stecken, die anderen zerbarsten am harten Gestein. Endlich erreichte Conn das Ende der Leiter und setzte darüber hinweg auf den steinernen Wehrgang, der die Zinnen säumte – nur um sich einem Wachsoldaten gegenüber zu sehen.

Der Mann, der einen spitz geformten Helm und ein Kettenhemd trug, hatte den Speer gesenkt. Wie ein wütender Stier schnaubte er heran, bereit und willens, Conn zu durchbohren. Dieser reagierte jedoch blitzschnell, indem er sich zur Seite fallen ließ. Der tödliche Stoß ging ins Leere, und noch während er zu Boden ging, bekam Conn den Schaft des Speers kurz hinter der Spitze zu fassen. Mit dem Gewicht seines stürzenden Körpers riss er daran, was den Wächter ins Taumeln brachte. Ein dumpfer Schrei fuhr aus der Kehle des Normannen, im nächsten Moment trat sein Fuß ins Leere, und hilflos mit den Armen rudernd, verschwand er in die Tiefe.

Conn nahm sich nicht die Zeit nachzusehen, was aus ihm geworden war. Längst hatten seine Verfolger den Innenhof überquert und schickten sich ebenfalls an, die Mauer zu erklimmen. Kurzerhand packte Conn die Leiter und stieß sie um, worauf wütendes Geschrei von unten drang. Dann eilte er an die Zinnen.

Ein Blick hinab sagte ihm, dass es keine gute Idee gewesen wäre zu springen. Bis zum Boden waren es gut und gerne an die vier Mannslängen, und wenn er sich beim Aufprall die Beine brach, war nichts gewonnen. Folglich huschte er weiter, den Wehrgang hinab auf den Turm zu, der sich im südöstlichen Winkel der Burg erhob, während rings um ihn Pfeile durch die Dunkelheit zischten, einige davon weit weg, andere gefährlich nah.

»Ihr Idioten!«, hörte er eine Stimme rufen, die anders klang als die bisherigen. Autorität und unbändiger, nur mühsam in Zaum gehaltener Zorn sprachen aus ihr. »Holt ihn endlich da runter, hört ihr nicht? Muss ich erst einen von euch hängen lassen, ehe ihr gehorcht?«

Durch die Nacht und den Regen rannte Conn auf den Eckturm zu, der zugleich den Zugang zur Südmauer bildete, gegen deren Fundamente bei Flut das Wasser des Flusses schlug. Vielleicht …

Conn verlangsamte jäh seinen Schritt, als aus dem Eingang zum Turm ein dunkler Schatten trat – ein weiterer Wächter, in ledernem Waffenrock und mit Pfeil und Bogen bewehrt. Schon hatte er das Geschoss auf der Sehne und zog sie zurück. Conn tat, wozu die pure Verzweiflung ihm riet. Lauthals schreiend, um den Schützen einzuschüchtern, rannte er weiter und machte sich dabei so klein wie möglich. Die Sehne schnellte, der Pfeil zuckte ihm entgegen – und Conn fühlte einen brennenden Schmerz an seinem Hals.

Halb überrascht, noch auf den Beinen zu stehen, hastete

er weiter und erreichte den feindlichen Schützen nur einen Herzschlag später. Der Mann war zu verblüfft oder entsetzt, um organisierte Gegenwehr zu leisten. Halbherzig hob er den Bogen, doch Conn warf sich mit dem ganzen Gewicht seines Körpers auf ihn, drängte ihn ins Dunkel des Turmes zurück und brachte ihn zu Fall.

Mit einem dumpfen Aufschrei gingen beide nieder, und ein verzweifelter Kampf entbrannte. Conn spürte, wie sich die Hand des Gegners um seine Kehle legte und ihm die Luft abdrücken wollte, aber infolge der Pfeilwunde, die er davongetragen hatte, war sein Hals glitschig von Blut, sodass der Normanne ihn nicht zu fassen bekam. Mit einer Drehung entwand sich Conn seinem Griff, und seine geballte Faust drosch dorthin, wo er das Gesicht des Gegners vermutete. Der Schlag blieb wirkungslos, weil er zu tief angesetzt war und nur den Kettenkragen des Wächters traf. Conn spürte, wie die Haut über den Knöcheln aufplatzte und ihm warmes Blut an der Hand herabrann. Zu einem weiteren Schlag kam er nicht, weil der Normanne nun seinerseits zuschlug, und das mit weitaus mehr Erfolg.

Conn sah Sterne vor Augen, als der mit Nieten versehene Handschutz des Bogenschützen ihn traf. Er wankte und kam seitlich zu Fall. Die Pranke seines Gegners packte ihn am Schädel und drückte ihn nieder. Vergeblich versuchte Conn sich zu befreien, schnappte in der Dunkelheit nach Luft, während er das Keuchen des Mannes im Ohr hatte, der ihm den Schädel zerquetschen wollte.

Die Sinne drohten ihm zu schwinden, als er sich plötzlich seines Traumes entsann, der blutigen Vision, die er gehabt hatte – und des Messers, das darin eine so wichtige Rolle gespielt hatte! Mit zitternden Händen griff er danach, bekam den Griff zu fassen und riss die rostige Klinge heraus.

Conn überlegte nicht lange, wie er das Messer ansetzen oder wohin er die Klinge lenken sollte. Kurzerhand stach er zu, einmal, zweimal, und plötzlich ging das Keuchen seines

Gegners in einen gequälten Schrei über. »Verdammter Bastard!«

Conn schickte noch einen dritten Stich hinterher, dann schüttelte er die kraftlos gewordene Hand des Soldaten ab, rappelte sich auf die Beine und stürzte durch den Ausgang zur Südmauer nach draußen.

Er war dort nicht allein.

Nicht nur über den Burghof kamen immer mehr Wachleute und Bogenschützen angerannt; den Wehrgang herab kam eine weitere Meute, angeführt von einem hageren Kerl mit langem blondem Haar, der nur unwesentlich älter sein mochte als er selbst. In der einen Hand führte er ein blitzendes Schwert, in der anderen hielt er eine Fackel, deren Schein seine smaragdgrünen Augen gefährlich funkeln ließ. »Du!«, schrie er. »Bleib stehen!«

Conn hatte nicht vor, ihm den Gefallen zu tun. Kurzerhand wandte er sich den Zinnen zu und sprang hinauf. Den Fluss gewahrte er unter sich als tiefschwarzes Band, in das der Regen unablässig schäumende Kerben schlug. Die Tiefe, die das Wasser unterhalb der Mauer haben mochte, ließ sich unmöglich schätzen. Conn hoffte nur, dass es *tief genug* war.

»Er will springen! Schießt!«

Conn hörte den Befehl des Blonden, aber er scherte sich nicht darum. Als die Sehnen fauchten, hatte er bereits die Arme nach vorn geworfen und sprang so weit hinaus, wie er nur konnte, hinab in die gähnende Tiefe.

Einen kurzen Augenblick lang erfüllte ihn das triumphierende Gefühl, seinen Häschern entronnen zu sein. Dann biss ihn etwas in seinen linken Arm.

Conn kam nicht dazu, Schmerz zu empfinden oder auch nur zu erschrecken, denn der Abgrund verschlang ihn. Einen Lidschlag später stürzte er in die aufgewühlten Fluten.

Kälte umgab ihn und eine Schwärze, die dunkler war als jede Nacht. Conn merkte, wie die Strömung ihn erfasste und er zum Grund des Flusses hinabgezogen wurde. Er wollte

Schwimmbewegungen machen, aber infolge des Fremdkörpers, der in seinem linken Unterarm steckte, gelang es ihm nicht. Noch ehe sich seine Lungen bemerkbar machten und ihn daran erinnerten, dass er ein menschliches Wesen war und Luft zum Atmen brauchte, spürte er den Schmerz.

Beißend.

Brennend.

Überwältigend.

Vergeblich strampelte Conn mit den Beinen.

Weder gelang es ihm, zur Oberfläche zu kommen, noch hatte er der Strömung etwas entgegenzusetzen, die ihn gnadenlos mit sich riss. Sehen konnte er nichts, ein Oben und Unten schien es nicht mehr zu geben. Alles, was er wahrnahm, war ein alles durchdringendes Rauschen, wobei er nicht zu sagen vermochte, ob es das Tosen des Flusses oder sein eigenes Blut war, das in seinen Schläfen pulsierte.

Seine Lungen drohten zu bersten, und er riss die Augen auf, sah jedoch nichts als abgründige Schwärze. Zuerst wehrte er sich noch dagegen, dann befiel ihn Gleichgültigkeit.

Seine Kräfte ermatteten, und einen Augenblick, ehe er das Bewusstsein verlor, glaubte er, noch einmal Nias zarte Lippen auf den seinen zu spüren. Ein letzter zaghafter Kuss.

Dann das Vergessen.

10.

Köln
29. Mai 1096

»Setzt euch, meine Freunde! Setzt euch und hört, was unser hoher Gast zu berichten hat!«

Eine neue Sitzung des Gemeinderats war einberufen worden, in aller Eile und zu nächtlicher Stunde, was darauf schließen ließ, dass etwas Ernstes vorgefallen sein musste. Und keines der anwesenden Ratsmitglieder, noch nicht einmal Mordechai Ben Neri, konnte sich der Unruhe entziehen, die in der Synagoge um sich griff. Ein Tuscheln und Wispern erfüllte das ehrwürdige Gotteshaus und drang hinauf bis in die Kuppel. Unbestimmte Furcht lag in der Luft, die durch den unerwarteten Besuch noch zusätzlich genährt wurde.

Der Mann, der neben Parnes Bar Levi auf einem Schemel saß und darauf wartete, dass die elf Mitglieder des Rates ihre Plätze einnahmen, mochte an die fünfzig Jahre alt sein. Er hatte graues Haar, und seine Haltung war ähnlich gebückt wie die des Vorstehers – allerdings wohl nicht infolge seines Alters, sondern der Strapazen wegen, die hinter ihm lagen. Seine Kleidung, die aus einem gestreiften Mantel und schäbigen Sandalen bestand, war zerschlissen, seine Züge ausgemergelt und schmutzig wie bei jemandem, der eine lange und beschwerliche Wanderschaft hinter sich hatte. Seine Augen jedoch verrieten nicht nur Erschöpfung, sondern starrten in stillem Entsetzen.

Auch wenn er sich seit ihrer letzten Begegnung sehr verändert hatte – Isaac kannte den Mann.

Es war Kalonymos Ben Meschullam, der Oberrabbiner von Mainz – und Isaac war klar, dass es nichts Gutes zu bedeuten hatte, wenn der oberste Lehrer einer anderen Gemeinde nächtens nach Köln kam und deswegen eine Sitzung einberufen wurde.

»Was gibt es?«, fragte Mordechai ungeduldig. »Warum bringt Ihr uns um unseren verdienten Schlaf, ehrwürdiger Parnes?«

»Weil es Dinge gibt, von denen ihr umgehend erfahren müsst, meine Freunde«, entgegnete Bar Levi mit tonloser Stimme. Überhaupt wirkte der Vorsteher der Kölner Gemeinde, als wäre er einem fürchterlichen Dämon begegnet, so kreidebleich waren seine Züge und so verstört sein Blick. »Den meisten von euch dürfte Kalonymos, der Oberrabbiner von Mainz, bekannt sein. Schon zu früheren Gelegenheiten hat er uns besucht, um an den Beratungen der Gelehrten teilzunehmen. Diesmal jedoch ist er aus einem anderen Grund zu uns gekommen. Kalonymos, ich bitte Euch, berichtet dem Rat, was Ihr mir berichtet habt.«

Der andere nickte. Er schien nicht fähig, den Ratsmitgliedern in die Augen zu sehen, und so starrte er zu Boden, während er nach passenden Worten suchte. Dabei atmete er schwer und wankte auf seinem Hocker wie jemand, der eine schwere körperliche Anstrengung bewältigt hatte. Akiba, der Rabbiner, der links von ihm saß, ergriff schließlich seinen Arm und flüsterte ihm einige beruhigende Worte zu. Daraufhin nickte der Besucher und begann mit heiserer Stimme zu berichten.

»Vor wenigen Tagen ist es in unserer Stadt zu einem grässlichen Blutbad gekommen. Der Graf Emicho und die Seinen sind nach Mainz gelangt, und was sie unter unseren Leuten angerichtet haben, ist ... ist kaum zu ...« Er stockte. Tränen traten ihm in die Augen, die an seinen hohlen Wangen herabrannen und im grauen Staub, der sein Gesicht bedeckte, gezackte Spuren hinterließen.

Die Ratsmitglieder tauschten Blicke, einige davon furchtsam, andere verwirrt, wieder andere in trotzigem Zweifel. Isaac schloss die Augen, ahnend, dass sich nun bewahrheiten würde, was er schon seit geraumer Zeit befürchtet hatte.

»Ich bin gekommen«, fuhr der Rabbiner aus Mainz fort, »um euch zu warnen, meine Freunde. Schreckliches ist geschehen. Blut ist geflossen und grausame Verbrechen wurden verübt. So viele von uns sind tot, erschlagen von Emichos Schergen.«

»Dann ist es also wahr? Die Christen führen wirklich Krieg gegen uns?«, fragte Elija, der Bäcker.

»Nein.« Kalonymos schüttelte traurig das Haupt. »Kriege, mein Freund, werden auf dem Schlachtfeld ausgetragen, im offenen Kampf Mann gegen Mann. Emicho und seine Schlächter hingegen haben auch Frauen und Alte ermordet. Und sogar die Kinder...« Er hielt erneut inne. Seine vom Kerzenschein beleuchteten Züge verzerrten sich, und Krämpfe schüttelten ihn, aber es kamen keine Tränen mehr aus seinen Augen, so als hätte er sie bereits alle vergossen und wäre innerlich verdorrt angesichts der durchlebten Schrecken.

»Berichtet von Anfang an, Rabbi«, bat Bar Levi sanft. »Wir schätzen es überaus, dass Ihr zu uns gekommen seid. Aber um entscheiden zu können, was zu tun ist, müssen wir alles erfahren.«

Kalonymos nickte, und sein Blick, der nach wie vor auf den Boden gerichtet war, nahm einen entrückten Ausdruck an. Eine endlos scheinende Weile verging, in der der Rabbiner offenbar die Wirrnis seiner Gedanken zu ordnen suchte, und den Schatten nach zu urteilen, die dabei über seine ausgezehrten Züge huschten, begegnete er dabei namenlosem Grauen. In der Synagoge wurde es so still, dass man eine Nadel fallen gehört hätte.

»Es begann vor vier Tagen«, begann der Rabbiner mit festerer Stimme als zuvor. »Sicher haben auch euch die beunruhigenden Nachrichten über jene Vorfälle erreicht, die sich in Worms zugetragen haben sollen. Auch wenn sie noch unbestätigt waren, wollten wir dennoch Vorsicht walten lassen und haben uns in den Schutz des Erzbischofs begeben, den wir alle als milde und gerecht kennen.«

»Eine weise Entscheidung«, anerkannte Mordechai und schaute Beifall heischend reihum, doch keines der Ratsmitglieder erwiderte seinen Blick. Aller Augen waren wie gebannt auf den Oberrabbiner gerichtet, der mit gepresster Stimme fortfuhr.

»Angesichts der herannahenden Gefahr durch den Grafen Emicho und die Seinen haben wir Erzbischof Ruthard dreihundert Silberstücke übergeben, auf dass er uns seinem Schutz unterstelle. Er versprach, sich jeder Gefahr entgegenzustellen und uns nötigenfalls in seinem Hause Zuflucht zu gewähren.«

»Und dann? Was ist dann geschehen?«, wollte Usija, der Gehilfe des Kölner Rabbiners, wissen.

»Graf Emicho und seine Horde gelangten vor die Tore der Stadt. Die Hetzreden, die die Wanderprediger seit einiger Zeit gegen all jene führen, die nicht christlichen Glaubens sind, hat viele hervorgebracht, die das Haus Jakob abgrundtief hassen. Er jedoch ist der schrecklichste von allen. Zwei Tage lang lagerten seine Truppen vor der Stadt, und noch immer gab ich mich der Täuschung hin, ihre Zerstörungswut und ihr grundloser Zorn könnten mit materiellen Gütern besänftigt werden. Auf meine Empfehlung hin entrichtete die Gemeinde eine Zahlung von sieben Pfund reinen Goldes an den Grafen, worauf uns Sicherheit und freies Geleit zugesichert wurde. Als die Stadttore jedoch geöffnet wurden, zogen die meisten von uns es dennoch vor, sich in den Schutz der Bischofssitzes zurückzuziehen – und das aus gutem Grund.«

Die Augen des Oberrabbiners wurden glasig, als die Gräuel der Vergangenheit erneut vor ihnen Gestalt annahmen. »Kaum dass sie ihren Fuß in die Stadt gesetzt hatten, fing es an«, berichtete er mit tonloser, fast flüsternder Stimme. »Diejenigen von uns, die sich entschlossen hatten, in ihren Häusern zu verbleiben, wurden an den Haaren auf die Straßen geschleift und durch Kot und Schmutz gezerrt, ehe sie schließlich grausam ermordet wurden. Ihre Häuser wurden gestürmt und ihre Habe geplündert. Sodann zogen der Graf und seine Männer vor die Mauern des Bischofssitzes und verlangten unsere sofortige Herausgabe.«

»Und der Bischof? Was hat er getan?«, wollte Mordechai wissen.

Der Rabbiner schnaubte voller Verachtung. »Die Schulden, die wir ihm erlassen, und die weiteren zweihundert Silberstücke, die wir ihm bezahlt hatten, hatte er bereitwillig angenommen. Als des Grafen Horde jedoch die Stadt betrat, da flüchteten Ruthard und seine Soldaten und ließen uns schutzlos zurück.«

»Er ... er ist geflohen?« Verzweifelter Unglaube schwang in Mordechais Frage mit.

»Hatten wir ernsthaft erwartet, dass ein Christ das Schwert gegen einen Christen erheben würde, um einen Juden zu verteidigen?« Kalonymos schüttelte den Kopf. »Wie töricht wir waren.«

»Und dann? Was ist dann geschehen?«, fragte ein anderer Vornehmer bange.

»Wir alle, die wir uns in den bischöflichen Palast geflüchtet hatten, bewaffneten uns, so gut wir es vermochten – doch gegen die Wut, mit der Emichos Schergen gegen die Mauern anrannten, konnten wir nichts ausrichten. Nach wenigen Stunden fiel das Tor, und der Graf und seine Schlächter fielen über uns her. Ein schreckliches Morden entbrannte, dem unzählige unserer Schwestern und Brüder zum Opfer fielen. Auch Josua, mein geliebter Sohn, ist unter den Toten«, fügte der Oberrabbiner leise hinzu. »Er stellte sich zwei Soldaten entgegen, die sich seiner Frau und seiner beiden Söhne bemächtigen wollten, aber sie schlugen ihn nieder. Der eine durchbohrte ihn mit dem Schwert, der andere zerrte ihm die Kleidung herab und beraubte ihn seiner Männlichkeit. Jetzt, brüllte er, sei er rechtmäßig beschnitten. Dann durchstießen sie seinen Söhnen die Kehlen und vergingen sich an seiner Frau.«

»Und Ihr?«, erkundigte sich Mordechai, dessen Züge inzwischen rot vor Zorn und Empörung waren. »Was habt Ihr getan?«

»Ich fiel nieder, wo ich stand. Was hätte ich auch tun sollen als Greis, der ich bin? Den grausamen Kriegern Widerstand leisten, denen unsere jüngsten und kräftigsten Männer nicht widerstehen konnten? Nach allem, was ich gesehen hatte, wollte ich nicht mehr leben, und ich wartete nur darauf, dass blutgetränkter Stahl mich treffen und durchstoßen würde. Aber aus einem Grund, den ich nicht zu durchschauen vermag, hielt Gott seine schützende Hand über mich. Jemand zog mich auf die Beine und riss mich mit fort. An das, was dann geschehen ist, erinnere ich mich nicht. Aber als ich wieder zu mir kam, war ich in der bischöflichen Sakristei, in die sich rund fünfzig von uns geflüchtet hatten. Einen Tag und eine Nacht lang harrten wir dort aus, umgeben vom Geschrei der Sterbenden und vom Gebrüll der Mordbrenner, und rechneten jeden Augenblick damit, entdeckt und ebenfalls getötet zu werden. Aber dann zogen sie schließlich ab.«

Jakob, der Gabbai, der einmal mehr über das Gesprochene Buch geführt und es in kurzen Worten festgehalten hatte, schaute von seinem Pergament auf. Die Feder in seiner Hand bebte. »Wollt Ihr damit sagen, dass ... dass nur jene fünfzig, die sich in der Sakristei verbargen, den Überfall überlebt haben?«

»Ich will damit sagen«, entgegnete Kalonymos düster, »dass jene fünfzig – zumeist Alte, Kinder und Schwache – zunächst entkommen sind. Doch blieben sie weiterhin den Nachstellungen des Feindes ausgesetzt, und viele von ihnen starben in den darauffolgenden Tagen, als Emichos Schergen in den Wäldern eine gnadenlose Jagd eröffneten, geradeso, als gelte es, Vieh zu erlegen und Trophäen zu sammeln. Während einer nächtlichen Attacke wurde ich von den anderen getrennt. Ich lief, so weit ich nur konnte, während ihre Schreie durch die Dunkelheit gellten, immer und immer wieder, jedes Mal, wenn einer von ihnen gefangen wurde...« Er presste die Hände auf die Ohren, als könne er sich so vor den furchtbaren Lauten schützen, die er noch immer zu vernehmen schien. »Irgendwann endeten die Schreie, aber ich lief immer noch weiter. Schließlich stieß ich auf den Fluss, und ein Schiffer erbarmte sich meiner, nachdem ich ihm mein letztes Geld gegeben hatte. Auf diese Weise gelangte ich hierher, um euch zu warnen, meine Brüder. Ich weiß nicht, welcher Gunst ich es zu verdanken habe, dass ich den Schlächtern entronnen bin. Aber vielleicht«, fügte er nach einer kurzen Pause leise hinzu, »ist das Überleben ja auch keine Gunst, sondern eine Strafe.«

Erstmals schaute er auf. Nachdem er all das Schreckliche ausgesprochen hatte, das auf seiner Seele lastete, schien er sich stark genug zu fühlen, reihum zu blicken, in bleiche Mienen, die ihn mit einer Mischung aus Unglauben und Entsetzen anstarrten. »Ich wünsche niemandem von euch, jemals erleben zu müssen, was mir widerfahren ist. Über eintausend von unseren Leuten sind tot, dahingemordet in nur zwei Tagen. Das ist die traurige Nachricht, die ich euch bringe. Gott kann bezeugen, dass jedes einzelne Wort davon wahr ist.«

Das Schweigen, das sich über die Versammelten gebreitet hatte, war allumfassend. Mehr noch, die Zeit schien stillzustehen in diesem Augenblick, in dem auch dem letzten Ratsmitglied klar werden musste, dass die Regeln der alten Welt nicht mehr galten. Eine radikale Veränderung war vor sich gegangen und mit ungeheurer Grausamkeit über die Gemeinde von Mainz hereingebrochen.

Plötzlich bestand auch nicht mehr der geringste Zweifel daran, dass die Gerüchte aus Worms der Wahrheit entsprochen hatten, aber die Mehrheit der Ratsmitglieder war zu gefangen in ihrem eigenen Entsetzen, als dass sie zu logischen Schlussfolgerungen oder gar zu Selbstkritik fähig gewesen wären. Der unfassbare, jedoch durch einen Oberrabbiner verbürgte und daher glaubwürdige Mord an über eintausend Juden der Mainzer Gemeinde stand ihnen drohend vor Augen, und noch nicht einmal Mordechai Ben Neri konnte daran Zweifel haben. Und mit jedem Herzschlag, der seit dem ersten Schock verstrich, wandelte sich die Bestürzung der Ratsmitglieder in nackte Furcht und ließ die Ereignisse von Mainz zum grässlichen Menetekel werden.

»Emicho und seine Schergen, wo sind sie jetzt?«, fragte jemand zaghaft in die Stille.

»In Trier, soweit wir gehört haben«, antwortete Bar Levi, »und ihr nächstes erklärtes Ziel soll Köln sein. Die Kunde ihrer Bluttaten wird ihnen jedoch fraglos vorauseilen und womöglich auch jene ermutigen, die bereits innerhalb der Stadtmauern weilen.«

Unter den Ratsmitgliedern brach Unruhe aus. »Dann müssen wir fliehen!«, rief Daniel Mintz laut aus und sprach damit wohl den meisten aus dem Herzen. »Wir müssen die anderen Gemeinden um Hilfe ersuchen und uns und unsere Habe in Sicherheit bringen!«

Zustimmung wurde laut, vor allem die Vornehmen schienen dies für einen hervorragenden Einfall zu halten. Nicht einmal Mordechai widersprach. Bar Levi jedoch konnte ob solcher Einfalt nicht länger an sich halten und verlor die Beherrschung.

»Ihr Narren!«, rief er. »War es nicht genau das, was Ben Salomon und ich euch vorgeschlagen haben? Was ihr noch vor wenigen Tagen in aller Entschiedenheit abgelehnt und weswegen ihr ihn gar des unlauteren Wettbewerbs bezichtigt habt?«

Einige Ratsmitglieder fühlten sich ertappt und wichen den tadelnden Blicken des Vorstehers aus, andere begegneten ihnen in unverhohlenem Trotz. Auch Mordechai, obwohl ihm die Falschheit seines Handelns inzwischen aufgegangen sein musste, war offenbar nicht gewillt, dies einzugestehen.

»Was wollt Ihr uns unterstellen, Parnes?«, rief er laut. »Dass wir nicht in bester Absicht gehandelt hätten?«

»Keineswegs«, konterte Bar Levi, aus dessen kleinen, zu Schlitzen verengten Augen Verachtung sprach. »Aber Eure Absichten galten mehr Eurem Besitz und Eurem eigenen Wohl denn dem der Gemeinde!«

»Das wollt Ihr mir unterstellen? Nachdem ich für den Großteil der Zahlung aufgekommen bin, die wir zum Schutz der Gemeinde an den Erzbischof entrichtet haben? Nach den weitreichenden Garantien, die Hermann uns dafür gegeben hat?«

»Habt ihr denn nicht zugehört?«, fragte der Vorsteher unwirsch dagegen, auf den Gast deutend, der wieder in die alte Lethargie zurückgefallen war. »Auch unsere Brüder in Mainz haben sich der Obhut des dortigen Erzbischofs anvertraut, und es ist ihnen schlecht vergolten worden. Womöglich, Ben Neri, hat Eure Selbstsucht uns alle in den Untergang geführt!«

Isaac fühlte, dass er eingreifen musste. Bislang hatte er geschwiegen und sich nicht an der Versammlung beteiligt, war vielmehr damit beschäftigt gewesen, die Folgen abzuwägen, die diese jüngsten Entwicklungen haben mochten. Nun jedoch sah er sich genötigt, das Wort zu ergreifen, denn der Rat war auf dem besten Weg dazu, auseinanderzubrechen. Wenn das geschah, gab es niemanden mehr, der sich für das Wohl der Gemeinde einsetzte und mit einer Stimme für sie sprach – und dazu durfte es in Zeiten wie diesen keinesfalls kommen. Auch Isaac war wütend, allerdings nicht so sehr auf den Grafen Emicho und seine Mordbrenner oder auf Mordechai und seine Anhänger, die sich jedem vernünftigen Argument verschlossen hatten und sich erst jetzt dem Druck der Notwendigkeit beugten; es war die menschliche Natur selbst, die dem alten Kaufmann zu schaffen machte und für die er bisweilen nur noch Abscheu empfand.

»Ich glaube nicht, meine Freunde«, rief er in die Runde, noch ehe Mordechai auf Bar Levis Vorwurf reagieren konnte, »dass wir uns darüber streiten sollten, wer Schuld an dieser Katastrophe trägt, zumal sie eindeutig bei denen zu suchen ist, die das Blutvergießen begonnen haben und brandschatzend durch die Lande ziehen. Was unser Volk jetzt mehr als alles andere braucht, ist Einigkeit und kluger Ratschluss.«

»Und das sagt ausgerechnet Ihr, Ben Salomon?« Mordechais Verblüffung war echt.

»Natürlich. Denn ich bin älter als Ihr und Euch um eine wesentliche Erfahrung voraus.«

»Was für eine Erfahrung?«

»Dass der Schrecken, der bisweilen unvorhergesehen in unser Leben eindringt, uns zu Veränderungen zwingt. Inzwischen habt offensichtlich auch Ihr dies erkannt, mein Freund, doch so sehr ich Eure Einsicht schätze, so sehr fürchte ich, dass sie zu spät kommt. Die Möglichkeit, andere Gemeinden um Zuflucht zu bitten, ist bereits verstrichen, denn bis die Boten, die wir entsenden, zurückgekehrt sind, wird der mörderische Feind die Stadt längst erreicht haben. Und wir sollten nicht...«

Er verstummte, als von draußen plötzlich Lärm zu hören war.

Das heisere Gelächter mehrerer Männer.

Der schrille Schrei einer Frau.

Das Klirren von Glas.

»Was ist da los?«, wollte Samuel, der Goldschmied, wissen.

Einen schrecklichen Augenblick lang starrten die Ratsmitglieder einander fragend an. Wieder war es still geworden in der Synagoge, nur die Laute von draußen waren weiter zu hören.

Derbes Gelächter.

Entsetzte Schreie.

»Es beginnt«, sagte jemand mit furchtbarer Endgültigkeit. Entsetzen ergriff von Isaac und den anderen Ratsmitgliedern

Besitz, als sie erkannten, dass es kein anderer als Kalonymos Ben Meschullam war, der dies gesagt hatte.

»Was beginnt, Rabbi?«, fragte Elija, der Brotbäcker, einfältig.

»Sie haben Kunde von den Ereignissen in Mainz erhalten«, erklärte der andere mit erschreckendem Gleichmut. »Von den Nachrichten beflügelt, ahmen sie nach, was dort geschehen ist. Euch wird das gleiche Verderben ereilen, das auch uns getroffen hat.«

Einen Augenblick lang waren aller Augen auf Kalonymos gerichtet, während die schreckliche Erkenntnis wie ein Lauffeuer um sich griff.

Es war zu spät, um noch zu fliehen.

Das Verhängnis nahm bereits seinen Lauf.

In diesem Moment war erneut ein lauter Schrei zu hören, und etwas prallte mit derartiger Wucht gegen das Tor der Synagoge, dass die Ratsmitglieder zusammenzuckten. Wieder lachte jemand, und eine Frau rief mit tränenerstickter Stimme einen Namen.

Dann erneut ein Krachen – und das Eingangstor des Gotteshauses brach aus den Angeln. Trampelnde Schritte waren zu vernehmen, und im nächsten Moment wurde der Vorhang zum Innenraum der Synagoge aufgerissen und eine wilde Meute drängte herein.

Es waren zehn, vielleicht auch mehr.

Brutal aussehende, schmutzige Gestalten in derber Kleidung, die teils an Brust und Schulter mit Eisenringen verstärkt war. Einige von ihnen hielten blanke Klingen in den Händen, andere kurze Spieße, wie sie bei der Jagd verwendet wurden. Wieder andere schwenkten primitive Totschläger aus Holz, durch das lange Nägel getrieben worden waren. Ihre Gesichter waren rot vom Wein und vom Bier, das sie getrunken hatten, ihre Stimmen laut und grölend. Fraglos gehörten sie dem rohen Pöbel an, der sich seit geraumer Zeit in der Stadt versammelte. Und die Bosheit, die aus ihren Augen sprach, verhieß nichts Gutes.

»Seht euch das an!«, rief einer von ihnen, der sich offenbar zum Anführer ernannt hatte. »Da sitzen sie beisammen und zittern! Feiglinge sind sie, einer wie der andere, sonst würden sie sich nicht hier verkriechen wie die Ratten in ihrem Loch!«

Isaacs Innerstes verkrampfte sich, weniger der Beleidigungen wegen, die der Kerl von sich gab, sondern weil er den Hass der Schläger beinahe körperlich fühlen konnte. Selten zuvor hatte er mehr sinnlose Aggression vorgefunden, und ihm war klar, dass nur blanker Fanatismus der Grund dafür sein konnte.

Den anderen Ratsmitgliedern erging es nicht anders. Eben mochten die Schrecken, von denen der Mainzer Rabbiner berichtet hatte, noch fern gewesen sein – in diesem Moment wurden sie zur greifbaren Realität. Furcht verbreitete sich und zeigte unterschiedliche Gesichter: Erschrecken und Bestürzung, unverhohlene Ablehnung und heillose Panik. Es war unstrittig, dass zusammen mit den Fremden die nackte Todesangst in die Synagoge eingedrungen war.

Einige der Gemeinderäte sprangen entsetzt von ihren Sitzen auf, die daraufhin geräuschvoll umfielen. Andere zogen die Köpfe ein, als könnten sie so vermeiden, gesehen zu werden. Kalonymos Ben Meschullam jedoch deutete mit furchtgeweiteten Augen auf die Eindringlinge und schrie so laut, dass es von der hohen Kuppel widerhallte: »Es beginnt! Es beginnt von Neuem!«

Weder kannten ihn die Eindringlinge, noch konnten sie wissen, woher er kam und was er durchlitten hatte. Aber sie sahen die Verzweiflung in seinen Augen, und das gefiel ihnen. Einige von ihnen lachten derb, während der Anführer des Trupps seinen Spieß hob und damit quer über die mit Malereien verzierte Wand fuhr. Der Putz, der sich dabei löste, hinterließ eine hässliche Narbe in der Abbildung eines Adlers, der mit weit ausgebreiteten Schwingen dargestellt war und dem nun die Flügel gestutzt worden waren.

Isaac spürte, wie sich der erste Schrecken in Zorn verwandelte. Seine Hände, die sich so fest um die seitlichen Lehnen des Hockers geklammert hatten, dass das Weiße an den Knöcheln hervorgetreten war, begannen zu zittern, und er wollte sich erheben, um der mutwilligen Zerstörungswut Einhalt zu gebieten – doch Usija, der Gehilfe des Rabbiners, kam ihm zuvor.

»Nein!«, rief der junge Mann laut, der dem Rat erst seit kurzem angehörte. Die Kippa auf dem Haupt und die Arme beschwörend erhoben, trat er den Schlägern mutig entgegen.

»Was hast du, Heide?«, fragte der Wortführer, der schon dabei gewesen war, sich unter dem begeisterten Gegröle seiner Kumpane auf das nächste Gemälde zu stürzen. »Willst du dich beschweren?«

»Brüder«, entgegnete Usija mit vor Aufregung bebender Stimme, »ich weiß nicht, was euer Eindringen in das Haus Gottes zu bedeuten hat, aber ich bitte euch...«

»Habt ihr gehört, Leute?«, fiel ihm der Anführer mit hämischem Grinsen ins Wort. »Er hat uns gerade ›Brüder‹ genannt.«

»Mir wird gleich schlecht«, behauptete ein anderer.

»... aber ich bitte euch, den Frieden im Hause des Herrn zu respektieren«, fuhr der Gehilfe des Rabbiners tapfer fort. »Die Synagoge ist ein Ort des Gebets und der Lehre. Natürlich steht es euch frei, ihn zu betreten, aber wenn ihr dies tut, dann ohne Waffen und in der Demut, die ihm gebührt.«

Das Geschrei der Eindringlinge war verstummt.

Aller Blicke hatten sich auf ihren Anführer gerichtet, gespannt, was dieser unternehmen würde.

Zunächst geschah nichts. Der Unruhestifter und der Gehilfe des Rabbiners standen einander gegenüber, und für einen Moment hatte es den Anschein, als wüsste der Schläger nicht, wie er reagieren sollte. Seine Augen, blutunterlaufen von zahllosen durchzechten Nächten, weiteten sich in schierem Unglauben, sein Mund, der ein fauliges Gebiss entblößte, klappte auf. Verstohlen schaute er nach seinen Leuten, die wiederum voller Erwartung auf ihn starrten. Nach all den großen Worten wollten sie von ihm Taten sehen – und er musste handeln, wenn er nicht als Maulheld dastehen wollte.

»Habt ihr das gehört, Leute?«, rief er deshalb effektheischend in die Runde. »Dieses elende Heidenschwein will uns vorschreiben, was wir zu tun haben! Als ob es nicht genügen würde, dass sie sich das Heilige Land unter den Nagel gerissen haben und kein Christenmensch mehr dort sicher ist, wollen sie uns jetzt auch noch sagen, was wir auf unserem eigenen Grund und Boden zu tun und zu lassen haben!«

Seine Leute bekundeten heiser ihre Empörung, und die Augen des Anführers wurden plötzlich kalt und dunkel wie die eines Raubtiers. Drohend trat er auf Usija zu, den Speer halb erhoben.

»Keineswegs«, versuchte der Gehilfe des Rabbiners sich zu rechtfertigen, während er unwillkürlich zurückwich, »ich möchte nur...«

Er verstummte jäh. Sein Mund blieb offen, seine Augen wurden glasig, und seine Robe färbte sich dunkel. Aber erst, als er nach vorn gekrümmt zu Boden fiel und die Ratsmitglieder die blutige Waffe in den Händen seines Mörders erblickten, begriffen sie, was geschehen war.

Entsetzen packte sie nun alle, selbst Isaac, der geglaubt hatte, auf alle Schrecken gefasst zu sein. Panisch sprangen auch noch die letzten von ihnen Sitzen auf, wichen zur Wand zurück und drängten sich Schutz suchend aneinander, einer Herde verschreckten Viehs nicht unähnlich.

Ihre Peiniger freilich wurden dadurch noch ermutigt. Hohnlachend und mit erhobenen Waffen rückten sie vor, sprangen auf die Bima und entweihten das Podium, auf dem die Thora verlesen wurde, indem sie mit ihren schmutzigen Stiefeln darüberstampften.

»Schluss mit diesem Unfug!«, riefen sie dabei.

»Nieder mit den Heiden!«

»Die längste Zeit habt ihr unsere Städte verseucht und unsere Brunnen vergiftet!«

Und noch ehe Akiba, der Rabbiner, Bar Levi oder irgendjemand sonst begriff, welchen Frevel die Eindringlinge planten, hatten sie auch schon den Thoraschrein erreicht. Ein Aufschrei des Entsetzens gellte durch den Innenraum der Synagoge, zu mehr waren die eingeschüchterten Ratsmitglieder nicht mehr fähig. Hilflos schauten sie zu, wie der Anführer des Trupps und zwei seiner Kumpane die samtene Schutzhaube entfernten, ihre ruchlosen Hände an die Schriftrollen legten und sie unter hellem Gelächter herausrissen. Dann entrollten sie sie, warfen sie auf den Boden und trampelten darauf herum.

Rabbi Akiba verfiel in lautes Wehgeschrei, und es bedurfte der vereinten Kräfte Jakob Lachischs und Daniel Mintz', ihn daran zu hindern, sich mit bloßen Fäusten auf die Frevler zu stürzen.

Auch Isaac Ben Salomon konnte sich nicht länger beherrschen – und anders als der Rabbiner wurde er von niemandem zurückgehalten.

»Mörder! Diebe!«, rief er. »Feinde des Herrn!«

»Was war das?« Der Anführer der Bande fuhr herum. Seine Raubtieraugen blitzten Isaac gefährlich an. »Hast du etwas gesagt, Alter?«

»Ich sagte, dass ihr Mörder und Diebe seid und Feinde des Allmächtigen«, wiederholte Isaac. Die anderen Ratsmitglieder warfen ihm warnende Blicke zu, aber es war zu spät. Seine blutige Waffe in den Händen, die Zähne gefletscht wie ein Wolf, kam der Rädelsführer auf ihn zu.

»Offenbar«, knurrte er lauernd, »ist noch nicht genug Blut geflossen heute Nacht. Hier scheint es jemanden zu geben, der seine Lektion noch nicht gelernt hat.«

»Was für eine Lektion? Dass Christen ohne Reue einen Unschuldigen töten können?«, fragte Isaac ungerührt.

Der andere stand jetzt dich vor ihm, musterte ihn aus seinen hasslodernden Augen. »Keineswegs – sondern dass unser Glaube dem euren weit überlegen ist.«

»Abgesehen von einer Meute Bewaffneter, die eine Gruppe wehrloser Männer bedrohen, kann ich keine Überlegenheit erkennen«, konterte Isaac mit einer Ruhe, die ihn selbst verwunderte. Zu seiner eigenen Überraschung empfand er kaum Furcht, was wohl daran lag, dass ihm so viel genommen worden war. Womöglich sehnte ein Teil von ihm sogar das Ende herbei, wartete nur darauf, dass der andere zustoßen und seiner Trauer ein Ende setzen würde.

»Sei vorsichtig, was du sagst, Alter«, riet ihm der andere, »oder willst du ebenfalls mit durchbohrter Brust enden?« Er senkte den Speer und richtete ihn auf Isaac, doch dieser machte keine Anstalten, zurückzutreten oder dem Stoß auszuweichen. Womöglich hätte im nächsten Moment auch ihn das spitze Eisen durchbohrt, wäre nicht jemand beherzt dazwischengetreten.

»Haltet ein und bedenkt, was Ihr tut!«

Der Judenhasser, dessen tumber Geist darauf ausgerichtet gewesen war, zum zweiten Mal in dieser Nacht zu töten, schaute den Mann, der unvermittelt hinzugetreten war, verständnislos an.

Es war Mordechai Ben Neri.

»Haltet ein«, sagte der Kaufmann aus der Enggasse noch einmal. »Ich bin sicher, dass wir diese Angelegenheit bereinigen können.«

»Wie meinst du das?«, fragte der Mörder.

»Natürlich könntet Ihr den Alten mit Leichtigkeit töten, was einen Krieger Eurer Kraft und Größe keinerlei Anstrengung kosten würde«, fuhr Mordechai fort, die Furcht, die er fraglos empfand, geschickt hinter der Fassade seiner undurchschaubaren Züge verbergend. »Einbringen würde es Euch allerdings wohl auch nichts. Lasst Ihr ihn hingegen am Leben, so will ich Euch zehn Silberstücke geben, gleich hier und jetzt.«

Isaac stand wie erstarrt vor Verblüffung. Zum einen, weil er niemals erwartet hätte, dass Mordechai Ben Neri sich für ihn einsetzen würde. Zum anderen, weil der Anführer der Schläger tatsächlich ins Grübeln geriet. Wieder schielte er nach seinen Leuten, während er offenbar abzuwägen schien, was ihm größeres Ansehen eintragen würde – klingende Münze oder der Mord an einem weiteren Juden ...

»Zehn Silberstücke?«, fragte er.

»Ganz recht.«

Der Mund des Judenhassers verzog sich zu einem grausamen Grinsen.

»Was sollte mich daran hindern, Euch einfach niederzustechen und mir das Geld zu nehmen?«

»Euer Verstand. Heute Nacht trage ich nicht mehr als jene zehn Silberstücke bei mir, die ich Euch in Aussicht gestellt habe. Schon morgen jedoch bin ich womöglich bereit, das Doppelte zu bezahlen, wenn es um mein eigenes Leben geht.«

Mit einer Mischung aus Abscheu und Spott schaute der Mordbrenner ihn an. Dann ließ er unvermittelt den Speer sinken, und sein Grinsen wurde so breit, dass sein Gesicht fast auseinanderzufallen schien. Er hielt die Hand auf, und Mordechai legte ohne zu zögern die zehn Silberstücke hinein, die er in einem Beutel bei sich trug.

Dann brüllte der Anführer einen heiseren Befehl, und seine Leute und er verließen das Gotteshaus so plötzlich, wie sie eingedrungen waren. Die Thora jedoch nahmen sie mit, um weiter Schindluder damit zu treiben. Wie eine Beute hielten sie die hölzernen Rollen hoch und schleiften das handbeschriebene Pergament hinter sich her, das bereits an vielen Stellen gebrochen und eingerissen war. Wie erstarrt wohnten die Ratsmitglieder der Entweihung bei, während ihr Verstand noch immer zu begreifen suchte, was soeben geschehen war.

»Das war erst der Anfang. Wartet nur, bis Graf Emicho hier ist«, prophezeite ihnen der Anführer der Judenhasser, der als Letzter die Synagoge verließ, sein blutiges Mordwerkzeug in der einen und das Geld in der anderen Hand.

Dann zogen sie ab, einer Meute Raubtiere gleich, die sich an ihrer Beute gelabt und gesättigt hatten. Und in diesem Moment wurde auch dem letzten Ratsmitglied bewusst, dass die Dinge sich tatsächlich unwiderruflich verändert hatten.

Eine neue, finstere Zeit war angebrochen.

11.

London
Einen Tag später

»Diese Unternehmung ist Wahnsinn! Ich hätte meine Zustimmung dazu niemals geben dürfen!«

Renald de Rein ging in der Kammer auf und ab, die ihm und seiner Gattin für die Dauer ihres Aufenthalts in London als Quartier diente. Die Hände hatte er auf dem Rücken verschränkt, den Kopf hielt er nach vorn gereckt wie ein hungriger Wolf. Der Blick seiner kleinen, zu Schlitzen verengten Augen hatte etwas Getriebenes.

»Wie konntest du nur? Wie konntest du dich nur mit diesem Intriganten Flambard verbünden?«

»Ihr solltet leiser sprechen, mein Gemahl«, beschied Eleanor ihm, die auf einem Hocker saß und im fahlen Licht, das durch das hohe Fenster fiel, an einer Stickerei arbeitete. Die Gelassenheit, die sie dabei an den Tag legte, während sie die Nadel wieder und wieder in den Stoff senkte und dabei ganz allmählich das Bild einer Rose entstehen ließ, stachelte seine Unruhe nur noch mehr an. »Ich nehme an, dass der königliche Berater es nicht sehr schätzt, wenn er bei seinem wenig schmeichelhaften Beinamen genannt wird. Zudem stand es auch Euch frei, sich mit ihm gutzustellen...«

»Schweigt!«, fuhr Renald sie mit hochroten Zügen an. »Ihr habt mir das alles eingebrockt! Ihr mit Euren Verbindungen und Ränken! Ihr seid kaum besser als dieses Monstrum von einem Berater, das einen ehrbaren Kämpfer zum Mordwerkzeug machen will!«

»Worüber ereifert Ihr Euch so, mein Gemahl? Ist es nicht Eure tiefe Überzeugung, dass ein Vasall seinem Lehnsherren und König treu zu dienen hat? Und habt nicht Ihr selbst stets die Ansicht vertreten, dass man den Einfluss und den Besitz der eigenen Familie stets erweitern und vergrößern sollte?«

»Gewiss«, polterte der Baron weiter. »Aber ganz sicher habe ich dabei nicht an feigen Mord gedacht, der unser Ansehen beschmutzt und uns innerhalb des Adels zu Ausgestoßenen macht! Kein Herrscher von Ehre sollte von seinem Gefolgsmann so etwas verlangen!«

Eleanor ließ den Stickrahmen sinken und schaute auf. Der Blick ihrer grünen Augen war kalt wie Eis. »An Bemerkungen wie diesen lasst Ihr erkennen, wie rückständig und in die Vergangenheit gerichtet Euer Denken ist«, sagte sie und genoss es zu sehen, welche neuerliche Verheerung ihre Worte in seinem Gesicht anrichteten. »Der alte William ist nicht mehr, und egal, wie sehr Ihr Euch darum bemüht, zumindest einen Teil von ihm in seinem Sohn zu erkennen, Ihr werdet ihn nicht finden. Eine neues Zeitalter bricht an, werter Renald, das nach neuen Methoden verlangt.«

»Nach neuen Methoden?« Der Baron schnaubte wie ein wilder Stier. »Ihr sprecht von kaltblütigem Mord...«

»... den Ihr nicht begehen müsst«, fiel sie ihm ins Wort. »Ihr solltet Eurem Sohn auf Knien dafür danken, dass er Euch die Schande erspart hat, Euch vor Eurem Monarchen als Feigling zu erweisen. Ohne Guillaume wärt Ihr Eures Besitzes und Titels bereits ledig, dessen seid gewiss!«

»Und das... das sagst ausgerechnet du mir?« Renalds Hand fuhr an den Griff seines Schwertes, und einen Augenblick lang schien er zu erwägen, die Klinge zu ziehen und sie seiner anmaßenden Gattin in die Brust zu stoßen. »Nachdem du all dies eingefädelt hast?«

»Was meint Ihr?«, fragte sie ungerührt und wahrte die Distanz, die er in seiner Unbeherrschtheit aufgegeben hatte.

»Du weißt, was ich meine. Du hast das alles von langer Hand geplant! Du wusstest genau, weshalb wir nach London bestellt wurden und welchen unrühmlichen Vorschlag der König mir unterbreiten würde. Nur aus diesem Grund wolltest du mich unbedingt begleiten. Nicht um bei mir zu sein, wie du sagtest, oder um den Königshof zu sehen. Sondern um mich zu hintergehen!«

»Ich habe Euch nicht hintergangen. Das habt Ihr selbst getan, mein Gemahl. Schließlich stand es Euch frei, des Königs Angebot anzunehmen.«

»Und damit meine Ehre zu beschmutzen?« Renald schüttelte das bullige Haupt, während er freudlos lachte. »Du kennst mich gut genug, um zu wissen, dass ich so etwas niemals tun würde. Dennoch hast du mich blindlings in die Falle laufen lassen – und das alles nur, um deinen Sohn meinen Platz einnehmen zu lassen. Ist es nicht so?«

»Hättet Ihr ihn geliebt wie Euer eigen Fleisch und Blut und ihn nicht vom Tag seiner Geburt an mit Verachtung gestraft, wäre es nie dazu gekommen«, entgegnete Eleanor und bestätigte damit seinen Verdacht. »Ihr jedoch habt Euch selbst zum Maß aller Dinge erhoben, Renald, und indem Ihr dies tatet, habt Ihr nicht nur Euch, sondern auch Eure Familie in eine ausweglose Lage gebracht. Ihr mögt Euch selbst für einen mächtigen Kriegsherrn halten, doch hinter Eurem Rücken lacht man über Euch und sagt, dass Ihr Euch habt vorführen und mit einem wertlosen Lehen abspeisen lassen, während andere, die weniger geleistet und geringere Opfer gebracht haben als Ihr, große und prächtige Ländereien ihr Eigen nennen. Ihr solltet Guillaume dankbar dafür sein, dass er in seinen jungen Jahren über mehr Weitsicht verfügt, als Ihr sie jemals haben werdet.«

»Dankbar? Du meinst, ich soll mich noch dafür erkenntlich zeigen, dass er mir vor meinem Lehnsherrn in den Rücken gefallen ist und mich zum Narren gemacht hat?«

»Besser ein Narr als ein verarmter Ritter, seines Titels und seiner Ländereien ledig. Dank Guillaume bleibt Euch dieses Schicksal erspart, denn er steht höher in der Gunst des Königs, als Ihr es jemals tun werdet.«

»Das ist wahr«, gestand Renald bitter, »dafür steckt seine Manneszier auch tief in Rufus' Hinterteil. Glaubst du, ich wüsste nicht, was der König treibt, wenn er Guillaume zu sich in sein Gemach bestellt? Der gesamte Hof spricht hinter vorgehaltener Hand davon! Sodomie und Unzucht herrschen in dieser Burg!«

»Guillaume ist alt genug, um zu wissen, was seinen Zwecken dient«, sagte Eleanor kühl.

»Vielleicht – aber ich werde nicht dulden, dass er den Namen de Rein mit ehrlosem Verhalten beschmutzt.«

»Mit Verlaub, werter Gemahl«, meinte Eleanor mit einiger Herablassung und setzte ihre Stickarbeiten fort, »ich denke nicht, dass Ihr eine andere Wahl habt. Schließlich habt Ihr gehört, was Ranulf gesagt hat. Solltet Ihr den Plan des Königs nicht nach Kräften unterstützen, wird es Euch Titel und Besitz kosten.«

»Nur wenn William dann noch König ist.«

»Was wollt Ihr damit sagen?«

»Ich werde nicht zulassen, dass dieser infame Geck das Ansehen seines Vaters beschmutzt, indem er zum Brudermörder wird.«

»Was wollt Ihr dagegen tun?« Forschend blickte Eleanor auf. In ihren grünen Augen blitzte es.

»Das brauchst du nicht zu wissen«, beschied der Baron ihr knapp. Sie jedoch lachte nur leise.

»Glaubt Ihr denn, Eure Gedanken wären so undurchschaubar, dass ich sie nicht erriete? Ihr wollt Nachricht nach Durham schicken, denn Mowbray und Carileph haben dort noch immer viele Anhänger. Wenn sie vom Komplott gegen Herzog Robert erfahren, werden sie nichts unversucht lassen, es zu vereiteln, und Ranulfs Pläne wären zumindest fürs Erste durchkreuzt.«

»Ihr seid klug, Mylady«, knurrte Renald in einer Mischung aus Bewunderung und Feindseligkeit. »Womöglich klüger, als es für eine Frau Eures Standes gut ist.«

Ihr Gelächter wurde lauter. »Glaubt Ihr denn, ich hätte dies nicht einkalkuliert? Dass ich die Möglichkeit, Euer angeborener Starrsinn könnte unser Vorhaben vereiteln wollen, nicht angemessen berücksichtigt hätte?«

»Lacht, solange Ihr wollt. Ihr werdet mich nicht aufhalten.«

»Nein? Und wenn ich am Hof verlauten lasse, dass Guillaume nicht Euer, sondern Eures Bruders Sohn ist?«

»Tut, was Euch beliebt«, antwortete der Baron ungerührt. »Die Schande kann nicht größer werden, als sie es ohnehin schon ist.«

»Glaubt Ihr das wirklich? Was, wenn Eure treuen Gefolgsleute erführen, dass Guillaume in Wahrheit nicht Euer eigener Spross ist, sondern der Eures Bruders? Dass Ihr den guten Osbert nicht nur ins Schlafgemach Eurer Gemahlin gelassen, sondern ihn förmlich darum angefleht habt, Euch einen männlichen Erben zu schenken – aber dass Eure gekränkte Männlichkeit niemals über jene Nacht hinweggekommen ist? Dass Ihr damals nicht nur Euren Stolz, sondern auch Eure Freiheit aufgegeben habt und vom Wohlwollen und der Gnade anderer abhängig geworden seid – und dass dies der Grund dafür war, dass der arme Osbert so unerwartet von uns ging?«

Scharfsinn hatte nie zu Renald de Reins Stärken gehört, und die Sprache von Waffen und Gewalt verstand der Baron ungleich besser als jene feinsinniger Anspielungen und versteckter Drohungen. In diesem Augenblick jedoch begriff er sofort, was seine Gemahlin sagen wollte.

»Was fällt Euch ein? Ihr glaubt doch nicht etwa, dass ich …?«

»Ich glaube gar nichts. Aber ich habe mit eigenen Augen gesehen, wie gut dein Bruder und Guillaume sich stets verstanden haben und wie zugetan sie einander waren – und mit welcher Eifersucht und welcher Missgunst du stets auf sie geblickt hast. Osberts unerwarteter Tod auf der Jagd kam dir gelegen, nicht wahr?«

»Du ... du bist von Sinnen!«, rief der Baron entrüstet. »Osbert war mein leiblicher Bruder! Ich hätte nie etwas getan, das ...«

»Die Frage ist, ob der König dies auch so sehen würde, wenn er davon erführe«, sagte Eleanor mit einer Ruhe, die nahelegte, dass sie sich der vernichtenden Wirkung ihrer Worte bewusst war und sie sich schon vor langer Zeit zurechtgelegt hatte. Einer Schar von Streitern gleich, die man in der Hinterhand behielt, um sie im entscheidenden Augenblick auf das Schlachtfeld zu schicken und dem geschwächten Gegner den Rest zu geben. »Zumal die moralischen Maßstäbe, die du bei dir anlegst, offenbar weit weniger streng sind als bei deinem König.«

Renald de Rein rang nach Luft. Sein Mund klappte auf und zu wie bei einem Fisch, der auf dem Trockenen liegt, aber kein Wort kam über seine Lippen. Der Blick seiner kleinen Schweinsaugen war starr auf Eleanor gerichtet, während ihm gleichzeitig aufging, was für eine Schlange er in all den Jahren an seiner Brust genährt hatte, ohne es zu bemerken. Schlimmer noch, er selbst hatte geglaubt, die Schlange zu sein, und musste nun erkennen, dass dies ein folgenschwerer Irrtum gewesen war. »D-das ist eine gemeine Unterstellung, für die du keinen Beweis hast«, würgte er schließlich hervor.

»Nein«, räumte sie ein. »Die Frage ist, wem der König glauben wird, wenn es darauf ankommt – jemandem, der ihm die Gefolgschaft verweigert hat und seine Pläne durchkreuzen wollte. Oder jemandem, der treu zu ihm steht.«

Ein dumpfes Ächzen entrang sich der Kehle des Barons, als ihm klar wurde, dass sie nur zu recht hatte. Niemand würde ihm Glauben schenken nach allem, was geschehen war, und man brauchte kein Hellseher zu sein, um sich auszumalen, wie der König mit einem Verräter und Brudermörder verfahren würde. Sein Vater hatte Gefolgsleute aus weit geringeren

Anlässen enthaupten oder in finsteren Kerkern schmoren lassen, bis sie dem Wahnsinn verfallen und nur noch Schatten ihrer selbst gewesen waren, und zumindest in dieser Hinsicht hatte sich Rufus als gelehriger Spross erwiesen. Eleanor hatte alle Vorteile auf ihrer Seite. Sie hielt das Heft des Handelns in den Händen, und Renald war ihr auf Gedeih und Verderb ausgeliefert.

Die Erkenntnis traf ihn so schwer und wuchtig, dass seine Knie nachgaben und er sich auf den freien Hocker fallen ließ. Mit leerem Blick starrte Renald de Rein vor sich hin, wissend, dass er alles tun musste, was seine Gemahlin und der verkommene Bastard an ihrer Seite von ihm verlangten – oder es würde sein sicherer Untergang sein.

Eleanor lächelte zufrieden. Als wäre nichts geschehen, wandte sie sich wieder ihrer Handarbeit zu, und in der Düsternis seiner Gedanken wurde dem Baron klar, dass er recht gehabt hatte.

Seine Gemahlin stand Ranulf Flambard tatsächlich in nichts nach.

12.

Köln
30. Mai 1096

Das Fest Schawuot war gekommen, aber niemand in der jüdischen Gemeinde von Köln dachte daran, die ersten Früchte des Jahres zu feiern, die Synagoge mit Blumen zu schmücken und jenes Tages zu gedenken, an dem das Volk Israel vom Herrn die Thora erhielt. Die Frommen unter den Kölner Juden hielten im Anschluss an das Morgengebet noch eine kurze Andacht, dann jedoch wandten auch sie sich den drängenden Aufgaben zu, dem Gebot des Sabbat zum Trotz.

In Windeseile hatte sich die Kunde vom nächtlichen Überfall auf die Synagoge im Viertel verbreitet, sodass es schon bei Sonnenaufgang niemanden mehr gab, der nicht um die neue Bedrohung wusste. Anders als zuvor ließ sie sich nun auch nicht mehr leugnen. Es galt als erwiesen, dass das schreckliche Schicksal, das über Mainz hereingebrochen war, auch die Kölner Gemeinde ereilen würde, und die Zeit, die den Juden blieb, um sich und zumindest einen kleinen Teil ihrer Habe in Sicherheit zu bringen, war gering.

Zwei Tage, vielleicht auch weniger, abhängig davon, wie rasch Emichos Mordbrenner gen Norden marschierten. Von dem Frieden, der noch vor einigen Wochen in der Stadt geherrscht hatte, war allerdings schon jetzt kaum noch etwas übrig, denn die Nachricht von den in Mainz begangenen Bluttaten war unter den in Köln versammelten Kämpfern begeistert aufgenommen worden. Auch wenn diesen die letzte Entschlossenheit fehlte, so kam es doch immer wieder zu Übergriffen auf Juden, die den verhängnisvollen Fehler begingen, den Schutz ihres Viertels zu verlassen. Die Stadt glich einem Wespennest, in das man gestochen hatte, und es war nur eine Frage der Zeit, wann sich die drohenden Wolken, die sich über ihr zusammengezogen hatte, in einem blutigen Ungewitter entladen würden.

»Wie ist das nur möglich, Vater?«

Chaya schüttelte verzweifelt den Kopf, während sie ein weiteres Kleid aus Seide zu der hölzernen Koffertruhe trug, die mit aufgeschlagenem Deckel in der Mitte ihrer Kammer stand. Sara, ihre Dienerin, hatte sie nach Hause geschickt, damit sie sich um die Ihren kümmern konnte. »Haben wir uns jemals etwas zu Schulden kommen lassen? Haben wir die Christen je unfreundlich behandelt?«

Isaac schüttelte den Kopf. »Darum geht es nicht, meine Tochter. Schon längst nicht mehr.«

»Worum geht es dann, Vater?« Sie legte das Kleid zu den anderen in die Truhe und schaute ihn fragend an. »Ich verstehe nicht, was hier geschieht. Woher kommt plötzlich all dieser Hass?«

»Dieser Hass ist schon immer da gewesen, nur zeigt er sich erst in diesen Tagen. In all den Jahren haben wir als Fremde unter Fremden gelebt. Wir haben es nur vergessen.«

»Als Fremde?« Chaya schüttelte den Kopf. »Vater, wie kannst du so etwas sagen? Dies ist meine Heimat! Die Stadt, in der ich geboren und aufgewachsen bin. Ich kenne hier jeden Stein und jedes Haus.«

»Dennoch gehörst du einem Volk an, das keine Heimat hat. Die Zeit des Friedens und der Rast, die uns beschieden war, ist ungewöhnlich lang gewesen, und so haben wir aus den Augen verloren, wer wir sind und woher wir kommen – und dass wir bei allem, was wir tun, stets der Gnade Gottes bedürfen. Nun tragen wir die Folgen unseres Hochmuts.«

Er schaute ihr zu, wie sie wieder an die große Schranktruhe trat und ihr diesmal ein silberbeschlagenes Kästchen entnahm, um es ebenfalls in den Koffer zu legen. Er spürte einen schmerzhaften Stich im Herzen, als er die Schatulle erkannte.

»Die Halskette deiner Mutter«, murmelte er. »Sie wollte, dass du sie eines Tages trägst.«

»Und deshalb werde ich sie nicht zurücklassen«, sagte Chaya entschlossen und strich sich eine Strähne ihres langen schwarzen Haars aus dem Gesicht. »Sie soll nicht Plünderern in die Hände fallen.«

»Wäge wohl, was du behältst und was du zurücklässt. Du kannst nicht alles mit dir nehmen.«

»Sicher nicht. Aber Mutters Kette werde ich ihnen ganz sicher nicht überlassen.« Prüfend musterte sie den Inhalt der Truhe, dann hob sie den Deckel, schloss ihn und schob den Riegel vor. »Glaubst du denn, dass wir auf den Besitzungen des Bischofs sicher sein werden?«

Isaac seufzte. Noch in der Nacht hatte eine Abordnung des Gemeinderats, der neben dem Parnes, dem Rabbiner und Mordechai Ben Neri auch er selbst angehört hatte, bei Erzbischof Hermann vorgesprochen und ihm von dem Vorfall in der Synagoge und vom Mord am Gehilfen des Rabbiners berichtet. Der Erzbischof, ein gemäßigter Mann, der der Idee des großen Pilgerzugs zwar nicht abgeneigt, jedoch den Frieden in seiner Stadt wahren zu wollen schien, hatte sich tief erschüttert gezeigt. Mordechai hatte die Gunst des Augenblicks genutzt, um im Namen der Gemeinde Zuflucht auf den außerhalb der Stadt gelegenen bischöflichen Gütern zu erbitten. Dorthin, so hofften sie, würden Emichos Mordbrenner nicht gelangen, und zu aller Erleichterung hatte Hermann ihrem Ansinnen entsprochen.

»Ich weiß es nicht«, gab Isaac zu, »aber ich weiß, dass Mordechai in bester Absicht gehandelt hat, vielleicht zum ersten Mal in seinem Leben. Ohne sein Verhandlungsgeschick und seine guten Beziehungen zum Bischofspalast hätte es für die Gemeinde wohl keine Hoffnung gegeben.«

Chaya verzog das Gesicht. »Er wird keine Gelegenheit auslassen, uns darauf aufmerksam zu machen. Nur gut, dass du zur Stelle sein wirst, um ihn daran zu erinnern, dass es nicht immer so gewesen ist.«

»Das würde ich gerne, meine Tochter. Bedauerlicherweise ist mir dies nicht möglich.«

»Nein? Warum nicht, Vater?«

»Weil ich dann nicht mehr da sein werde«, entgegnete der alte Kaufmann schlicht, so als wäre es nur eine Nebensache. Aber Chaya kannte ihn gut genug, um zu wissen, dass sich gerade hinter dieser demonstrativen Beiläufigkeit oft umwälzende Neuigkeiten verbargen.

Sie fühlte, wie ihr Gesicht heiß und ihr Nacken eiskalt wurde. »Was soll das heißen, Vater?« Sie ahnte, dass ihr seine Antwort nicht gefallen würde.

»Das heißt, dass ich nicht mit euch gehen werde«, eröffnete Isaac ohne Umschweife, jedoch mit unverändertem Tonfall.

Chaya stand wie vom Donner gerührt.

Den ganzen Morgen über war sie so mit ihren eigenen Dingen beschäftigt gewesen, dass sie kaum Gelegenheit gehabt hatte, auf ihren Vater zu achten. Nun allerdings ging ihr auf, dass er die ganze Zeit über seltsam untätig gewesen war und von seiner persönlichen Habe nichts eingepackt hatte. Plötzlich befiel sie Angst.

»Keine Sorge«, antwortete er auf ihre unausgesprochene Frage. »Ich habe nicht vor, in der Stadt zu bleiben und darauf zu warten, dass Emicho und seine Mordbrenner mir das Haus über dem Kopf anzünden. Aber ich werde nicht mit euch gehen, sondern einen anderen Ort aufsuchen.«

»Einen anderen Ort?« Chayas Verwirrung wurde nur noch größer. »Was heißt das? Wohin willst du gehen, Vater?«

»Es geht um ein Versprechen, das ich vor sehr langer Zeit gegeben habe, Chaya. Noch vor deiner Geburt.«

»Was für ein Versprechen?«

»Dies zu offenbaren ist mir nicht erlaubt«, erklärte er ernst. »Es geht dabei um eine geheime Mission, die ich im Auftrag der Gemeinde zu erfüllen habe und die mich weit fort von Köln führen wird, zurück ins Land unserer Väter.«

Chaya erschrak. »Du willst nach Judäa gehen?«

Ihr Vater nickte. »Ich fürchte, so ist es.«

»Dann werde ich dich begleiten.«

»Das kannst du nicht, meine Tochter.«

»Warum nicht? Auf früheren Reisen habe ich dich oft begleitet, weißt du nicht mehr?«

»Aber nicht dieses Mal«, erwiderte er in einem Tonfall, der keinen Zweifel an seiner Entschlossenheit aufkommen ließ. Chaya wusste, dass ihr Vater eine solche Entscheidung nicht leichtfertig getroffen hatte; was er ihr mitteilte, war das Ergebnis eines langen Prozesses, in dessen Verlauf er alle Möglichkeiten gewissenhaft gegeneinander abgewogen hatte. Entsprechend endgültig war seine Entscheidung.

»Aber in den letzten Jahren hast du kaum noch Reisen unternommen«, wandte sie dennoch ein wenig hilflos ein. »Du hast gesagt, du würdest allmählich zu alt dafür, und hast es lieber deinem Prokuristen überlassen, bei Händlern und Lieferanten vorstellig zu werden.«

»Das habe ich. Vielleicht, weil ich ahnte, dass diese eine große Fahrt noch vor mir lag und ich meine Kräfte schonen musste. Außerdem handelt es sich bei dieser Mission nicht um eine gewöhnliche Handelsreise.«

»Und das Kontor?«

»Darum werden sich andere kümmern. Ich habe entsprechende Vorkehrungen getroffen.«

»Vorkehrungen«, wiederholte Chaya. Sie konnte nicht anders, als sich verletzt zu fühlen, übergangen. In all den Wochen, die seit dem Tod ihrer Mutter vergangen waren, hatte sie stets versucht, ihren Vater zu unterstützen, hatte sich bemüht, ihm zur Seite zu stehen, wann immer er ihres Trostes und ihrer

Nähe bedurft hatte. Und nun stellte sich heraus, dass er Pläne hegte, in denen sie noch nicht einmal vorkam!

»Und was ist mit mir?«, wollte sie deshalb wissen, auch wenn ihr klar war, dass es nicht die Art Frage war, die eine gehorsame Tochter ihrem Vater stellte. In diesen Tagen war die alte Ordnung ohnehin dabei, sich aufzulösen, warum also sollte sie weiter daran festhalten?

»Du brauchst mich nicht mehr, mein Kind«, antwortete er und blickte ihr mit entwaffnender Offenheit in die Augen. »In der letzten Zeit bin ich dir ohnehin mehr Last als Nutzen gewesen.«

»D-das ist nicht wahr, Vater!«

»Nein?« Er lächelte schwach. »Deine Worte ehren dich, Chaya – auch wenn sie nicht der Wahrheit entsprechen. Glaubst du, ich wüsste nicht, wie sehr der Tod deiner Mutter auch dich getroffen hat? Dennoch war ich nicht in der Lage, dir Trost oder auch nur ein wenig Zuspruch zu geben, denn der Schmerz hielt mich gefangen, sosehr, dass mir alles andere gleichgültig wurde. Ich habe mich der Trauer hingegeben und dabei nur an mich gedacht, habe dich und andere ungerecht behandelt.«

»Wenn es so war, dann nur, weil du Mutter mehr als irgendjemanden sonst geliebt hast.« Sosehr es Chaya einerseits besänftigte, dass er um die Opfer wusste, die sie für ihn gebracht hatte, sosehr missfiel es ihr, ihn so sprechen zu hören, denn es stachelte ihre Furcht nur noch mehr an.

»Nein, Chaya«, widersprach er abermals. »Sondern weil ich wusste, dass ich deiner Mutter in all der Zeit, da sie ihr Leben mit mir teilte, nie gezeigt habe, wie viel sie mir bedeutete. Schlimmer noch, bisweilen habe ich ihr das Gefühl gegeben, sie nicht zu brauchen – dabei ist es in Wahrheit umgekehrt gewesen. Und genauso ist es auch bei dir – nur dass ich es heute erkenne.«

»Mutter hat dich geliebt, Vater. Und auch ich liebe dich...«

»Und aus diesem Grund kann ich nicht anders, als mich

auf diese Mission zu begeben, gleich wie gefährlich sie sein oder wie weit sie mich fortführen mag.«

»Das verstehe ich nicht.« Chaya schüttelte den Kopf. »Wie kann diese Mission wichtiger als deine Familie sein?«

»Von meiner Familie«, erwiderte er, während er seine Hand ausstreckte und sie zärtlich am Kinn berührte, »bist nur noch du übrig, meine Tochter. Und natürlich habe ich für dich vorgesorgt.«

»Du hast für mich vorgesorgt?« Sie hob fragend die Brauen. »Auf welche Weise?«

Ihr Vater hielt Chayas Blick stand, entgegnete jedoch nichts. So blieb es ihr selbst überlassen, eine Antwort auf ihre Frage zu finden, und zu ihrer eigenen Bestürzung gelang es ihr sehr viel schneller, als sie zunächst gedacht hatte.

»Nein«, flüsterte sie nur und schüttelte den Kopf.

»Die Wahrheit pflegt sich stets selbst zu enthüllen.«

»Mordechai?«, fragte sie und konnte selbst kaum glauben, was sie da sagte. »Du hast mich doch an Mordechai gegeben?«

»Es ist zu deinem Besten. Mordechai Ben Neri mag ein Schlitzohr sein und ganz sicher ist er der härteste Konkurrent, den ich jemals hatte. Aber er hat mir in jener Nacht in der Synagoge auch das Leben gerettet. Und auch sein jüngstes Handeln hat gezeigt, dass sein Herz am rechten Fleck sitzt.«

»Und deswegen gibst du mich ihm zur Frau?«, fragte Chaya, die ihre Empörung kaum verbergen konnte.

»Er liebt dich.«

»Mordechai liebt vor allem sich selbst, daran hat sich nichts geändert.«

»Damit magst du Recht haben, mein Kind. Aber viele andere Dinge haben sich geändert. Dinge, die außerhalb meines Einflusses liegen und auf die ich dennoch reagieren muss.«

»Indem du mich an Mordechai verschacherst?«, rief Chaya. Ihr war klar, dass dieser Vorwurf ungehörig war und weit über das hinausging, was für eine gute Tochter schicklich gewesen wäre, aber es war ihr gleichgültig. Als ob es noch nicht schlimm genug gewesen wäre, dass sich die ganze Stadt plötzlich gegen sie gewandt hatte und ein Heer von Judenhassern auf Köln zumarschierte, machte der einzige Mensch, der ihr geblieben war und an den sie sich in all der Unsicherheit geklammert hatte, ihr nun auch noch klar, dass er sie verlassen und in die Obhut eines anderen Mannes geben würde. Eines Mannes, den sie weder liebte noch respektierte und in dessen Gesellschaft sie dennoch den Rest ihres Lebens verbringen sollte.

Der Gedanke war ihr so unerträglich, dass ihr Magen sich zusammenzog. Hätte sie den Morgen über nicht gefastet, hätte sie sich übergeben. So krümmte sie sich nur und ging in die Knie. Isaac war sofort bei ihr, um sie aufzufangen.

»Chaya«, flüsterte er ihr beschwörend zu, »bitte verzeih mir! Ich hatte keine andere Wahl!«

»Seit ... seit wann wusstest du es schon, Vater?«

»Erst seit heute Morgen. Auf dem Rückweg vom Haus des Bischofs haben Mordechai und ich eine Absprache getroffen. Er erhält das Kontor und alles, was sich darin befindet. Im Gegenzug hat er sich um dich zu kümmern und darf es dir an nichts fehlen lassen.«

»Eine stolze Mitgift, fürwahr«, stieß sie zwischen zwei Krämpfen hervor. Sie würgte und hatte das Gefühl, die Sinne müssten ihr vergehen, aber zu ihrer Enttäuschung blieb sie bei Bewusstsein.

»Mordechai hat nicht nach einer Mitgift verlangt. Er hätte sich auch so bereit erklärt, die Ketubba zu unterzeichnen und sich deiner anzunehmen. Aber ich habe darauf bestanden, um dich mit materiellen Gütern gut versorgt zu wissen.«

»Sich meiner anzunehmen?« Chaya glaubte, nicht recht zu hören. »Als ob ich eine Last wäre, die er zu tragen hätte.«

»Nicht er hat um eine Gunst gebeten, sondern ich. Das wollen wir nicht vergessen.«

Chaya drehte den Kopf und schaute ihren Vater verzweifelt an. »Habe ich dazu nicht auch noch etwas zu sagen?«

»Nicht in diesem Fall, meine Tochter«, antwortete Isaac ebenso sanft wie endgültig und strich ihr tröstend über den Scheitel, wie er es früher getan hatte, als sie noch ein kleines Mädchen gewesen war. »Sosehr ich es bedaure. Die Entscheidung musste getroffen werden.«

»Kannst du nicht von deinem Versprechen zurücktreten? Kann sich nicht ein anderer auf jene Mission begeben? Nur dieses eine Mal?«

»Glaub mir, meine Tochter, das würde ich gerne. Aber es ist nicht möglich.«

»Warum nicht, Vater?« Chayas Magen hatte sich ein wenig beruhigt, sie schaute fragend zu ihm auf.

»Die Gründe kann ich dir nicht enthüllen, mein Kind.«

»Dennoch erwartest du, dass ich mich füge.« Obwohl sie es nicht wollte, füllten sich ihre Augen mit Tränen.

Der alte Isaac erwiderte ihren Blick, und einen Moment lang hatte es den Anschein, als könnte er ihre Bitterkeit nicht ertragen und würde seinen Sinn noch einmal ändern. Dann aber schüttelte er den Kopf: »Du hast keine Wahl mein Kind, so wenig wie ich oder irgendjemand sonst. Erinnere dich nur an das, was dem Propheten Jona widerfuhr, als er sich weigerte, den Willen des Herrn zu erfüllen.«

Mit verschwimmendem Blick starrte sie ihren Vater an, dessen Entscheidung unverrückbar feststand, und Chaya fühlte, wie sie in den dunklen Abgrund der Verzweiflung stürzte, der sie verschlang wie jenes Ungeheuer den Propheten.

13.

Das Rauschen hatte irgendwann aufgehört und war dumpfer Stille gewichen. So lange, bis es von verhaltenem Gemurmel und schrägem Gesang abgelöst wurde – und sich der beißende Gestank von Schweiß, Ale und Exkrementen wie eine Messerklinge in Conns Nase bohrte.

Schlagartig kam er zu sich.

In der Überzeugung, noch immer unter Wasser zu sein und um sein Überleben kämpfen zu müssen, schoss er hoch und schlug mit den Händen um sich, aber rings um ihn war nichts als schwüle, von strengen Gerüchen durchzogene Luft. Als ihn plötzlich eine Hand an der Schulter packte und ihn sanft, aber bestimmt auf ein strohgedecktes Lager zurückdrückte, stieß Conn einen überraschten Laut aus.

Erst jetzt öffnete er die Augen.

Das Licht war gedämpft. Laternen, die von einer rußgeschwärzten Decke hingen, irgendwo ein flackerndes Feuer. Und während er den Rest seiner Umgebung nur schemenhaft ausmachen konnte – dem Gemurmel und den Gerüchen nach befand er sich in einer Taverne –, schälten sich im Vordergrund zunächst die Umrisse und schließlich auch die Gesichtszüge eines großen Mannes aus dem Halbdunkel.

Seiner Kleidung und dem kurz getrimmten schwarzgrauen Haar nach zu urteilen war er Normanne. Eine schmale Nase und hervorspringende Wangenknochen prägten das wettergegerbte Gesicht, dessen Kinn von einem schmalen Bart gesäumt wurde. Das linke Auge des Hünen wurde von einer ledernen Klappe bedeckt, eine senkrecht verlaufende Narbe war darunter zu erahnen, vermutlich die Folge eines Schwerthiebs. Das andere Auge jedoch war von rätselhaft grüner Färbung und blickte durchdringend auf Conn herab.

»Wie geht es dir?«, wollte der Fremde wissen, dessen Alter Conn auf Anfang fünfzig schätzte. Seine Stimme klang rau, aber nicht drohend.

»G-ganz gut«, krächzte Conn, der sich nicht erklären konnte, wie er in das Wirtshaus, geschweige denn in die Obhut des Normannen gelangt sein konnte. Wer war der Kerl? Ein Scherge des Königs?

Conn schoss in die Höhe, um rasch das Weite zu suchen, als ihn ein stechender Schmerz in seinem linken Arm daran erinnerte, was zuletzt geschehen war. Erschrocken schaute er an sich herab, aber der Pfeil war nicht mehr da. Stattdessen war sein Unterarm mit einem Streifen Leintuch verbunden worden, und obwohl der Stoff eine dunkel gefärbte Stelle aufwies, schien die Blutung inzwischen aufgehört zu haben. Conn griff an seinen Hals. Auch dieser war verbunden, die Blutung ebenfalls gestillt worden. Von einigen Beulen abgesehen, die Conn ertastete, hatte sein Kopf offenbar keinen größeren Schaden genommen.

»Du hattest verdammtes Glück«, sagte der Einäugige, während er Conn wieder auf das Lager drückte. »Wenn ich dich nicht gefunden hätte ...«

»M-mich gefunden?«

»Am Flussufer.« Der Normanne grinste. »Hast dich im Schlamm gesuhlt wie ein Frischling. Ich habe deine Wunden gereinigt, so gut es ging. Wollen hoffen, dass sie sich nicht entzünden.«

»I-ich danke Euch«, sagte Conn vorsichtig. Es war das erste Mal in seinem Leben, dass ein Normanne ihm eine Wohltat erwiesen hatte. Entsprechend ungläubig schaute er den Fremden an.

»Wie ist dein Name?«, fragte dieser mit tiefer Stimme.

»Mein Name?«

Der Einäugige nickte. »Einen Namen wirst du doch haben, oder?«

»Conwulf«, stellte Conn sich zögernd vor.

»Conwulf also. Demnach bist du Angelsachse?«

»Hätte es etwas geändert, wenn Ihr das früher gewusst hättet?«

Das Lächeln des Fremden veränderte sich, wurde nachsichtig, fast milde. »Für andere vielleicht«, gab er zu. »Für mich nicht.«

Conns innere Verkrampfung löste sich ein wenig, der Schmerz in seinem Arm nahm schlagartig ab. Eigentlich, dachte er, war es ganz bequem auf dem Lager, das aus einem Strohsack bestand, der in einem von hölzernen Säulen getragenen Anbau zum Schankraum auf dem Boden lag, Seite an Seite mit weiteren Schlafstätten, die an erschöpfte Wanderer vermietet wurden. Den Habseligkeiten nach zu urteilen, die dazwischen am Boden lagen oder an rostigen Wandhaken aufgehängt waren, waren alle Betten belegt; sein normannischer Retter schien das Lager unmittelbar neben seinem zu besetzen. Am Haken hing ein mit Nasenschutz versehener Helm, auf den schmutzigen Dielen lag ein zusammengerolltes Bündel, in dem Conn ein Kettenhemd zu erkennen glaubte. Daneben lehnte ein Langschwert an der Wand, das in einer einfachen Lederscheide steckte. Der Fremde war, wie Conn mit erneut aufkeimendem Unbehagen feststellte, also Soldat.

»Mein Name ist Baldric«, verkündete der Einäugige. »Meine Gefährten und ich«, er deutete auf einige Gestalten, die an einem benachbarten Tisch saßen und eine einfache Mahlzeit einnahmen, »warten auf das Signal.«

Conn streifte die Benannten mit einem Seitenblick. Einige von ihnen trugen Rüstzeug, andere nicht. Aber soweit er es feststellen konnte, waren sie alle Normannen. »Welches Signal?«, wollte er wissen.

»Zur Einschiffung. Wir sind auf dem Weg zum Festland.«

»Zum Festland«, wiederholte Conn flüsternd. Den größten Teil seines bisherigen Lebens hatte er in London verbracht, ohne je auch nur einen Gedanken daran zu verschwenden, wie es an anderen Orten aussehen mochte. Erst Nia hatte seine Sehnsucht nach der Ferne geweckt, indem sie ihm von der Größe und Weite ihrer Heimat erzählt hatte und von der Freiheit, die es dort gab.

Die Erinnerung an sie schmerzte ihn noch ungleich mehr als der verletzte Arm. Tränen traten ihm in die Augen, die Baldric freilich missdeutete. »Du kennst die Normandie?«, fragte er.

»Nein.« Conn schüttelte den Kopf.

»Dann wirst du sie kennenlernen.«

»Sie – kennenlernen?« Conn starrte den Normannen an, als zweifelte er an seinem Verstand. »Was meint Ihr damit?«

»Damit meine ich, dass du uns begleiten wirst.«

»In die Normandie?«

Baldric lächelte, diesmal nicht ohne Spott. »Natürlich nicht, Dummkopf. Rouen ist nur die erste Station unserer Reise. Dort werden wir uns mit anderen Pilgern vereinen und weiterziehen. Das Heilige Land ist das eigentliche Ziel unserer Fahrt.«

»D-das Heilige Land?« Conn kam sich vor wie ein Idiot. Obwohl der Normanne akzentfreies Englisch sprach, hatte er das Gefühl, kein Wort zu verstehen.

»Hast du denn nichts von der großen Wallfahrt gehört, zu der seine Heiligkeit der Papst uns alle aufgerufen hat? Vom Pilgerzug ins Gelobte Land, dem ein jeder, ob arm oder reich, sich anschließen soll? Von den heiligen Stätten, die aus heidnischer Hand befreit werden sollen, zu Gottes Lob und der Menschen Ruhm?«

»Nein«, erwiderte Conn, obwohl das nicht ganz der Wahrheit entsprach. Er erinnerte sich, dass bei der Unterredung, deren unfreiwilliger Zeuge er geworden war, über derlei Dinge gesprochen worden war. Aber sein Innerstes war zu sehr in Aufruhr gewesen, als dass er diesen Dingen Bedeutung beigemessen hätte. Die Mächtigen und Reichen sprachen unablässig von Belangen, die weit außerhalb der Welt eines einfachen Diebes lagen. Baldrics Begeisterung jedoch schien das keinen Abbruch zu tun.

»Ein jeder Kämpfer, der sich aufmacht, um die heiligen Stätten zu befreien, und der dabei sein Leben lässt, bekommt seine Sünden erlassen«, fuhr er fort. »Ist das nicht ein Grund, für den zu kämpfen und zu sterben sich lohnt?«

Conn verzog das Gesicht. Um sein Seelenheil hatte er sich nie besonders viele Gedanken gemacht, und inzwischen war es ihm nahezu gleichgültig geworden. Immer wieder tauchten Nias gepeinigte Züge vor seinem inneren Auge auf, und er hatte das Gefühl, vor Schmerz und Trauer zu vergehen. »Das Leben ist Strafe genug, Herr«, sagte er leise. »Ich habe keine Sünden begangen, die mir vergeben werden müssten.«

»Glaubst du das wirklich?« Das gesunde Auge des Normannen blickte ihn prüfend an. »Was hattest du dann im Fluss zu suchen, verwundet und mit einem normannischen Pfeil im Arm?«

»Ich...« Conn biss sich auf die Lippen. Zum einen, weil sein Entsetzen über die Geschehnisse noch zu groß war, um passende Worte dafür zu finden. Zum anderen konnte er ja schlecht zugeben, aus der königlichen Burg geflohen zu sein.

»Das ist genau die Erwiderung, die ich erwartet habe«, sagte Baldric mit freudlosem Lächeln. »Ich stelle dich also vor die Wahl.«

»Vor welche Wahl?«, fragte Conn verwundert.

»Dich entweder unserer Wallfahrt anzuschließen und auf diese Weise Buße zu leisten für deine Vergehen, oder noch in dieser Nacht den Soldaten der Garnison übergeben zu werden, die sicher wissen werden, was sie mit dir anzustellen haben«, entgegnete der Pilger ohne Umschweife.

»Das könnt Ihr nicht tun!«, rief Conn aufgebracht.

»Warum nicht? Da es dem Allmächtigen gefallen hat, mich zur rechten Zeit am rechten Ort sein zu lassen, stehst du in seiner Schuld ebenso wie in meiner.«

»Von wegen«, widersprach Conn entschieden und voller Schmerz. »Gott hat mir alles genommen, was mir im Leben etwas bedeutet hat. Ich schulde ihm also nicht das Geringste.«

»Wir alle stehen in Gottes Schuld, mein Junge. Und wir alle haben etwas zu sühnen.«

»Ich nicht«, versicherte Conn trotzig.

»Ist das dein letztes Wort?«

Conn schluckte sichtbar. Bittere Entschlossenheit sprach aus Baldrics kantigen Zügen und dem einen Auge. Der Normanne mochte ihm das Leben gerettet haben, aber zweifelsohne würde er nicht zögern, ihn den Burgwachen zu übergeben, und dann würde ihn dasselbe traurige Ende ereilen wie den glücklosen Tostig. Wenn er erst am Galgen hing, endete damit auch jede Chance, Nias Tod zu rächen, und Guillaume de Rein würde ungeschoren davonkommen.

Andererseits, was erwartete ihn, wenn er auf Baldrics Angebot einging? In seinem ganzen Leben war Conn noch keinem Normannen begegnet, dem er hätte vertrauen können – warum sollte ausgerechnet dieser eine Ausnahme machen?

»Ich kenne Euch nicht, und Ihr kennt mich nicht«, sagte er deshalb. »Ihr wisst noch nicht einmal, was ich getan habe.«

»Nein«, gab Baldric zu. »Aber ich weiß, dass Gott dir aus einem bestimmten Grund das Leben geschenkt hat – und dass du es nicht einfach wegwerfen, sondern für ein höheres Ziel einsetzen solltest.«

»Das hatte ich vor«, versicherte Conn vieldeutig.

»Das bezweifle ich nicht. Die Frage ist nur, ob du deine unsterbliche Seele dabei gewonnen oder verloren hättest. Wenn du mir folgst und für die heilige Sache streitest, wirst du sie in jedem Fall gewinnen.«

»Ich bin kein Kämpfer.«

Der Einäugige lächelte schwach. »Doch, mein Junge – du weißt es nur noch nicht. Hätte der Herr dich nicht mit dem Herz eines Kämpfers bedacht, hättest du die letzten Tage nicht überlebt.«

»*Tage?*«, hakte Conn nach.

»Fünf, um genau zu sein.« Der Normanne grinste. »An den ersten beiden Tagen warst du mehr tot als lebendig. Du lagst in schwerem Fieber, und ich glaubte schon, wir würden dich verlieren. Aber Gott scheint noch mehr mit dir vorzuhaben, Junge, deshalb hat er dich auf wunderbare Weise erhalten und deinen Zustand gebessert.«

Conn wusste nichts darauf zu erwidern.

Dass er fünf Tage lang ohne Bewusstsein gewesen war, war ein Schock für ihn. Demnach lag Nias Tod schon fast eine Woche zurück. Vermutlich war sie längst beerdigt worden, verscharrt auf dem Todesacker der Unfreien und Namenlosen.

»Dass du den Plan nicht kennst, den Gott für dich gefasst hat, bedeutet nicht, dass es keinen gibt«, schärfte Baldric ihm ein.

»Und Ihr …« Conn schürzte die spröden Lippen. »Ihr werdet mich nicht den Wachen übergeben?«

»Nicht, wenn du dich uns anschließt und mich als mein Diener begleitest. Du hast mein Wort darauf.« Baldric streckte ihm seine Rechte hin.

Conn zögerte noch immer, schon weil er keine Ahnung hatte, worauf er sich einließ. Dann jedoch musste er wieder an seine Verfolger denken. Und an Nia, an das letzte Gespräch mit ihr, an die Freiheit, die sie gemeinsam hatten suchen wollen, und an das Versprechen, das er ihr gegeben hatte – und zu seiner eigenen Bestürzung wurde er Zeuge, wie er den unverletzten Arm hob und die Hand des Normannen ergriff, um die Abmachung zu besiegeln. Etwas unerwartet Beruhigendes ging von der Berührung aus, das Conns inneren Aufruhr ein wenig beschwichtigte.

»Unser Handel gilt also«, stellte Baldric fest.

»Er gilt«, bestätigte Conn und richtete sich halb auf seinem Lager auf. »Aber sobald ich die Schuld getilgt habe und Ihr mich aus Euren Diensten entlasst, werde ich nach England zurückkehren und tun, was ich tun muss. Auch Ihr könnt mich davon nicht abhalten.«

»Natürlich«, antwortete Baldric nur, und plötzlich hielt er ein Stück Stoff in den Händen, das er Conn reichte.

Es war ein Kreuz, das aus zwei schmalen Streifen roten Samts behelfsmäßig zusammengenäht worden war.

»Was ist das?«, wollte Conn wissen.

»Das Zeichen, das du auf deiner Kleidung tragen wirst. Das Symbol deiner Bußfertigkeit.«

»Ich habe nichts zu büßen. Das sagte ich Euch schon.«

Die Stimme des Normannen nahm einen düsteren Tonfall an. »Wir alle haben etwas zu büßen, Sohn«, sagte er leise. »Jeder Einzelne von uns.«

14.

Köln
2. Juni 1096

Die Wasseroberfläche war spiegelglatt.

Im Schein der Fackel, die in der Wandhalterung steckte und flackerndes Licht spendete, betrachtete Isaac sein Ebenbild – eine sehnige, ausgemergelte Gestalt, deren Rückgrat gebeugt war, nicht nur von den Jahren, sondern auch von der Last der Verantwortung, die ihm übertragen worden war.

Wie das Ritual es verlangte, hatte er sich aller Kleider entledigt. Nackt, wie er in die Welt gekommen war, würde er sich der reinigenden Wirkung des Wassers aussetzen, würde ganz darin eintauchen, um als geläuterter Mensch emporzusteigen und so der Ehre würdig zu sein, die ihm zuteil geworden war. Es gab viel, das er von sich abzuwaschen, das er hinter sich zu lassen hatte, ehe er jene heilige Mission antrat, auf die Bar Levi ihn schicken wollte.

Die Trauer um sein Weib Miriam.

Den Schmerz über ihren Verlust.

Die Furcht, die ihn seither plagte.

Die Zweifel, sein eigenes Handeln betreffend.

Die Schuldgefühle gegenüber Chaya, seiner Tochter.

All dies lastete zentnerschwer auf ihm. Ihm war klar, dass er die Reise nicht würde antreten können, wenn er solche Bürden noch zusätzlich zu tragen hatte. Im innigen Wunsch, der Herr möge ihm seine Versäumnisse nachsehen und ihn reinwaschen von Schuld, stieg er die Stufen hinab in das Becken der Mikwe.

Das Wasser war so kalt, dass es ihm den Atem raubte. Je tiefer er hinabstieg, desto weiter kroch es an ihm empor, sorgte dafür, dass seine alten Knochen schmerzten und sein müdes Fleisch sich verkrampfte. Dennoch ging er unbeirrt weiter, so als wollte er sich selbst dafür bestrafen, dass er, unwürdig wie er war, dazu ausgewählt worden war, den kostbaren Schatz zu verwahren.

Endlich hatte er den Grund des Beckens erreicht.

Das Wasser reichte ihm jetzt bis zu den Hüften, und er fror so erbärmlich, dass er die wenigen Zähne klappern hörte, die das gnädige Alter ihm gelassen hatte. Dennoch zwang er sich dazu, die Knie zu beugen, und indem er die Augen schloss und die Luft anhielt, tauchte er ganz in das eiskalte Nass ein. Schlagartig war es still um ihn herum.

Fern waren alle Ängste und Zweifel, und als würde das Wasser sich schützend um ihn türmen wie einst die Fluten des Roten Meeres um das Volk Israel, verblasste selbst die Bedrohung durch den herannahenden Feind. Für einen Moment, den der alte Kaufmann in sich aufsog, als wollte er ihn in alle Ewigkeit bewahren, schien alles in vollkommenem Gleichgewicht, Wasser und Luft, Fleisch und Blut.

Dann jedoch kam unweigerlich der Augenblick, in dem seine schwachen Lungen ihn verrieten. Die Stille endete, und indem er sich vom Grund des Beckens erhob, kehrte Isaac Ben Salomon zurück an die Oberfläche und zu der Pflicht, die ihn dort erwartete.

Noch einen Moment verharrte er, am ganzen Leib zitternd. Dann strich er das nasse weiße Haar zurück und machte kehrt, stieg aus dem kalten Wasser, wobei er seine Glieder mit aller Macht dazu zwingen musste, ihm zu gehorchen. Er hatte nicht geglaubt, das Land der Väter noch einmal zu erblicken, aber die Geschehnisse dieser Tage erforderten, dass er sich noch ein letztes Mal auf große Fahrt begab. Ob er sein Ziel jemals erreichen würde, lag in Gottes Hand, aber er wollte zumindest nichts unversucht lassen, um das Versprechen zu erfüllen, das er einst gegeben hatte, so wie sein Vater vor ihm.

Ein Leinentuch, das auf den Stiegen bereitlag, diente ihm dazu, sich abzutrocknen. Sodann schlüpfte er wieder in seine Kleider, aber weder das Untergewand noch die Kaufmannsrobe noch der weite Mantel, den er darüber trug, vermochten die Kälte aus seinen Gliedern zu vertreiben. Isaac betrachtete dies als Teil der reinigenden Buße, und es bestärkte ihn in seinem Willen, das Begonnene zu vollenden.

Entschlossen stieg er die restlichen Stufen hinauf und verließ das Bad, das sich zwischen der Synagoge und der Bäckerei Elija Rabbans erstreckte. Vorbei am Gotteshaus, das seit jenem Vorfall von einer Schar Freiwilliger bewacht wurde, die sich mit Prügeln und Dolchen bewaffnet hatten und einer Meute gepanzerter Soldaten gleichwohl nur wenig entgegenzusetzen gehabt hätten, passierte er den öffentlichen Brunnen und bog in den Torweg ein, wo sich das Haus Daniel Bar Levis befand.

Inzwischen hatte sich der Tag fast dem Ende geneigt. Viele hatten ihre Häuser bereits verlassen, die Läden waren verschlossen und die Eingänge standen leer. Allenthalben waren Gestalten zu sehen, die Handkarren hinter sich herzogen oder hölzerne Lastgestelle trugen, dazu verschleierte Frauen, die ihre Kinder an den Händen führten. So, dachte Isaac bekümmert, musste es gewesen sein, als sich Israel auf die vierzigjährige Wanderschaft durch die Wüste begeben hatte. Damals allerdings hatte das Volk das Unrecht der Knechtschaft hinter sich gelassen und dabei Gott auf seiner Seite gewusst – diesmal kam es dem Kaufmann eher so vor, als würde die Zeit der Erniedrigung erst beginnen, was ihn mit tiefer Sorge erfüllte, zumal er sich unsicher war, was den Schutz des Höchsten betraf.

Bar Levis Haus befand sich am äußersten Rand der Judengasse. Aus diesem Grund hatte der Parnes hölzerne Verschläge an den zur Straße gewandten Fenstern anbringen lassen, um sich und seine Familie vor Feindseligkeiten zu schützen. Ein Ochsenkarren stand vor der Tür, den die beiden Diener des Vorstehers mit Kisten beluden. Ester, Bar Levis Ehefrau, stand dabei und erteilte ihnen Anweisungen. In dem Augenpaar, das unter dem Schleier hervorblickte, war Furcht zu lesen wie in so vielen Gesichtern an diesem Tag.

»Friede mit Euch«, grüßte Isaac und neigte leicht das Haupt.

»Friede auch mit Euch, Isaac Ben Salomon«, erwiderte die Frau des Parnes. »Geht nur ins Haus. Mein Mann erwartet Euch bereits.«

Isaac bedankte sich mit einem Nicken, dann trat er unter dem niedrigen Türsturz hindurch ins Innere. Infolge der verschlossenen Fenster, die das späte Tageslicht aussperrten, waren Kerzen entzündet worden. Strenger Geruch erfüllte die Luft, der von Bitterkräutern rührte. Diese waren als Zeichen der Demut und wohl auch als Bitte für eine sichere Rückkehr in jenes Heim verbrannt worden, das Bar Levis Familie fast über ein ganzes Jahrhundert hinweg Schutz und Zuflucht gewährt hatte. In einer Zeit zu leben, in der sich all dies änderte, bedrückte Isaac auf eine Weise, die er nicht in Worte zu fassen vermochte. Es war das Gefühl, dem Sturmwind der Geschichte ohnmächtig ausgeliefert zu sein und nichts dagegen unternehmen zu können – mit einer Ausnahme, auch wenn sie auf altersschwachen Schultern lastete ...

Isaac kannte Bar Levis Haus.

Oft hatten sie dort zusammengesessen, hatten koscheren Wein getrunken und Sabbatbrot gegessen. Isaac hatte das Heim des Vorstehers als einen Ort des Glücks und der Zufriedenheit erlebt, dessen Ordnung und Sauberkeit die innere Ausgeglichenheit seines Besitzers widerspiegelten. An diesem Tag jedoch war alles anders. Kisten standen umher, die Schränke waren geöffnet und nach Dingen durchsucht worden, die man den Plünderern nicht überlassen wollte, Wertgegenstände natürlich, aber auch solche, deren Bedeutung nicht auf den ersten Blick ersichtlich, sondern persönlicher Natur war und die man ebenfalls nicht blindwütiger Zerstörungswut preisgeben wollte.

Bar Levis Kinder, acht an der Zahl, tobten aufgeregt durch die Unordnung. Für die jüngeren, die noch nicht fähig waren, den Ernst der Lage zu begreifen, stellten die eingetretenen Veränderungen ein großes Abenteuer dar. Die älteren freilich, unter ihnen Daniels Erstgeborener Rehabeam, trugen die Sorge der Erwachsenen mit. In ihren Gesichtern stand dieselbe Todesangst, die auch die Älteren in diesen Tagen erfasst hatte.

Trotz der herrschenden Unordnung und der bevorstehenden Abreise begrüßte Rehabeam den Gast in aller Höflichkeit. Der Junge, dessen Bar Mitzwah nunmehr fünf Jahre zurücklag, verbeugte sich tief vor dem Gast und reichte ihm eine tönerne Schüssel mit Wasser, in der er sich die Hände waschen konnte. Dann führte er ihn zu seinem Vater.

Daniel Bar Levi saß in seinem Arbeitszimmer. Der größte Teil der Bücher und Aufzeichnungen, die der Parnes sein Eigen nannte, war bereits entfernt und in Kisten verpackt worden. Der Blick, mit dem er die Eintretenden bedachte, machte Isaac klar, dass der Vorsteher ihn bereits erwartet hatte.

»Friede mit Euch, Isaac.«

»Friede auch mit Euch, Daniel.«

»Wisst Ihr, dass ein Teil von mir fürchtete, Ihr würdet nicht kommen?«

»Diesen Teil gab es auch in mir«, gestand Isaac offen. Er war zu alt, und es stand zu viel auf dem Spiel, um sich etwas vorzumachen. »Aber er hat sich als der schwächere erwiesen. Hätte es Gott gefallen, mir einen Sohn zu schenken, so hätte ich ihm die Bürde übertragen, wie es mein Vater einst bei mir tat. So wie die Dinge liegen, bin ich jedoch mit keinem männlichen Nachkommen gesegnet, und auch ein Schwiegersohn blieb mir verwehrt.«

Bar Levi nickte. »Bislang. Aber wie zu hören ist, soll sich dies bald ändern.«

»Mordechai Ben Neri ist gewiss nicht meine erste Wahl«,

gab Isaac zu, der sich nicht weiter darüber wunderte, dass der Vorsteher der Gemeinde bereits von der geplanten Hochzeit wusste. Mordechai war nie sehr zurückhaltend gewesen, wenn es darum ging, Neuigkeiten zu verbreiten, die ihn in einem guten Licht erscheinen ließen. »Aber er vermag meiner Tochter das zu geben, was mir in diesen Tagen wichtiger erscheint als alles andere, nämlich Schutz und Sicherheit.«

»Er hat viel für unsere Gemeinde getan. Mehr als ich für möglich gehalten hätte. Dennoch bin ich froh darüber, dass Ihr geht, mein Freund, und nicht er.«

»Jeder dient dort, wo er es am besten kann«, entgegnete Isaac ausweichend. Natürlich hatte er darüber nachgedacht, Mordechai als seinen designierten Schwiegersohn in das Geheimnis einzuweihen und ihm die Aufgabe zu übertragen, die er selbst in jungen Jahren übernommen hatte. Aber ein Gefühl – und er vermochte nicht zu sagen, ob es ein Fingerzeig Gottes war oder aus seiner tiefsten Seele drang – sagte ihm, dass Mordechais Platz hier war, bei seiner Familie und seiner Gemeinde, und dass er kein Recht hatte, ihm diesen Platz zu nehmen. Auch dann nicht, wenn es bedeutete, das Liebste, das ihm auf Erden geblieben war, zurückzulassen und in die Obhut seines einstigen Gegners geben zu müssen.

»Eine kluge Entscheidung«, sagte der Parnes, als könnte er Isaacs Gedanken lesen. »Ihr habt recht gehandelt.«

»Eine Entscheidung voller Schmerz. Selbst das lebendige Wasser konnte ihn nicht abwaschen.«

»Das war auch nicht zu erwarten, mein Freund«, meinte der andere mit nachsichtigem Lächeln. »Aber die Läuterung durch das Bad der Mikwe wird Euch helfen, zurückzulassen, was Euch bindet, und Euren Geist ganz auf die Aufgabe zu konzentrieren, die vor Euch liegt. Die Schrift muss unversehrt nach Antiochia gelangen und ihre Bestimmung erfüllen. Nur zu diesem Zweck wurde sie uns überlassen.«

»Ich weiß.«

»Auf diesen Moment wurdet Ihr vorbereitet, alter Freund,

für diesen Augenblick habt Ihr gelebt. Fast beneide ich Euch um die Mission, die Euch übertragen wurde.«

»Es steht Euch frei, mich zu begleiten«, sagte Isaac und konnte sich ein Lächeln nicht verkneifen.

»Wie Ihr schon sagtet – jeder dient dort, wo er es am besten kann«, entgegnete der Parnes ohne Zögern und wechselte das Thema. »Wisst Ihr schon, auf welcher Route Ihr reisen werdet?«

»Auf der westlichen. Mein Ziel wird Genua sein, wo ich ein Schiff nach Judäa besteigen werde. Mit Gottes Hilfe werde ich das Land unserer Väter noch vor dem Winter erreichen.«

»Dann möge Euch diese Hilfe in reichem Maße beschieden sein, mein Freund«, erwiderte Bar Levi und verließ seinen Platz am Stehpult, wo er noch einige Notizen gemacht hatte. Mit bedachten Schritten durchmaß er den Raum und trat an eine große Truhe aus Akazienholz, die mit reichen, orientalisch anmutenden Schnitzereien versehen war. »Kommt«, verlangte er.

Isaac leistete der Aufforderung Folge und fühlte sich weder wie ein alter Mann noch wie jemand, der im Begriff war, eine große Bürde auf sich zu nehmen. Vielmehr kam es ihm vor, als wäre er wieder jener zwölfjährige Junge, der den Worten seines sterbenden Vaters lauschte, vor undenklich vielen Jahren. Und fast kam es ihm vor, als könnte er in der Stille von Bar Levis Arbeitszimmer die vertraute Stimme hören.

Ihr werdet euer Leben leben, so wie ich das meine gelebt habe, hatte sie gesagt, *werdet Familien gründen und Kinder haben. Über den Geschäften und Sorgen des Alltags werdet ihr bisweilen vergessen, was einst gewesen ist, und womöglich, wenn es dem Herrn gefällt, wird euer Leben zu Ende gehen, so wie das meine nun zu Ende geht, ohne dass er diese große Pflicht von euch gefordert hat. Vielleicht aber werden einst auch Zeiten kommen, die alles verändern, und auf diese Zeiten müsst ihr vorbereitet sein.*

Mit pochendem Herzen trat auch Isaac an die Truhe. Er wusste, dass es sein Schicksal war, das hier auf ihn wartete.

Bar Levi, der die Anspannung des Freundes spürte, hob rasch den Deckel.

Die Truhe war leer.

»Was habt Ihr?«, erkundigte sich der Parnes lächelnd, als Isaac zusammenzuckte. »Habt Ihr erwartet, etwas in dieser Truhe zu erblicken?«

»Offen gestanden, ja«, gab Isaac zu.

»Dann seht noch einmal genauer hin, alter Freund. Eure Augen mögen Euch täuschen, aber nicht Euer Glaube.« Damit griff der Vorsteher der Kölner Gemeinde in die Truhe, steckte den Zeigefinger in etwas, das wie ein harmloses Astloch aussah, und zog daran – und Isaac begriff, dass die Kiste einen doppelten Boden hatte.

Der Grund der Truhe klappte empor, und das Licht der Kerzen fiel auf den Gegenstand, der im Sockel verborgen gewesen war, schlank und zylindrisch, etwa eine Elle lang und eine halbe Handspanne breit, genauso, wie Isaac ihn trotz all der Jahre in Erinnerung hatte.

Obwohl er wusste, dass dies nur das Behältnis war, das das eigentliche Artefakt enthielt, wurde er von Ehrfurcht ergriffen. Denn in das hart gegerbte Leder war das Zeichen eingebrannt, das jenem König zugeschrieben wurde, der das noch junge Reich Israel einst zur Blüte geführt und den Ersten Tempel errichtet hatte: zwei gleichseitige, in ihrer Form vollendete Dreiecke, die ineinander verschränkt waren und zusammen einen sechszackigen Stern ergaben.

Das Siegel Salomons.

Auf dem Weg zu seinem Haus schalt sich Isaac für den eitlen Stolz, den er empfand, während er den Köcher unter seinem Mantel trug. »Behaltet ihn stets bei Euch, bei Tag und bei Nacht«, hatte Bar Levi ihm eingeschärft, »und lasst ihn niemals aus den Augen. Nach allem, was geschehen ist, bedarf unser Volk seines Inhalts mehr als je zuvor in seiner langen Geschichte.«

Dann hatten die beiden Freunde sich voneinander verabschiedet, wissend, dass sie einander in diesem Leben wohl nicht mehr begegnen würden. Andere Mächte hielten nun ihr Schicksal in den Händen.

In Gedanken versunken, ging Isaac durch die verlassenen Straßen. Wie genau er zum Kontor zurückgelangte, wusste er später nicht mehr zu sagen. Eindrücke von verbarrikadierten Eingängen und in Dunkelheit liegenden Gassen begleiteten ihn, aber er nahm sie nicht wirklich wahr. Den Behälter fest an sich gepresst, passierte er die Eingangstür und stieg die Stufen zur Wohnung hinauf, wohl zum letzten Mal in seinem Leben. Die wenige Habe, die er auf die lange Reise mitnehmen wollte, hatte er bereits gepackt. Er durfte nicht länger säumen. Nur noch eines gab es zu tun, eine letzte Aufgabe, die ihm schwerer fallen würde als alle anderen.

Gott um Verzeihung bittend, dass er so kurz nach dem Besuch der Mikwe die Last des Verzweiflung schon wieder spürte, betrat er Chayas Kammer – um entsetzt zurückzufahren, als er statt seiner geliebten Tochter einen fremden Mann darin erblickte.

Der Kerl wandte ihm den Rücken zu. Er trug ein weites Gewand und eine Kippa auf dem Haupt und war damit beschäftigt, eine Schranktruhe zu durchwühlen. An der Schnelle und Leichtigkeit seiner Bewegungen und der Art, wie er sich bückte, erkannte Isaac, dass es sich um einen jungen Burschen handeln musste, vielleicht sechzehn oder siebzehn Winter alt. Sein erster Gedanke war, dass Rehabeam ihm gefolgt sein könnte. Natürlich war das Unsinn, und der Kaufmann fühlte, wie ihm heißer Zorn in die Adern schoss.

»Bursche!«, rief er laut und sprang vor, um sich ungeachtet seines Alters und seiner klammen Glieder auf den Eindringling zu stürzen. »Reicht es denn nicht, dass in diesen Tagen alle Welt unser Feind geworden ist? Musst du dich auch noch am Elend deines eigenes Volkes bereichern?«

Der Angesprochene fuhr herum, noch ehe Isaac ihn erreichte. Dabei löste sich die Kippa, rutschte von seinem Kopf und entblößte ein kahlgeschorenes Haupt. Die Rasur war erst vor kurzem durchgeführt worden und offenbar in aller Eile, denn an einigen Stellen war die Kopfhaut blutig und wund. Die erbleichten Züge darunter starrten den Kaufmann voller Erschrecken an – und er stieß einen lauten Schrei aus, als ihm klar wurde, dass er dieses Gesicht kannte.

»Chaya! Was bei allen Propheten …?«

Isaacs Bestürzung war abgrundtief. Seine Blicke zuckten in hilfloser Unruhe umher, suchten nach Sinn und Erklärung.

Er sah ihr Kleid achtlos hingeworfen auf dem Bett liegen. Die langen Strähnen schwarzen Haars auf dem Boden. Abgeschnitten.

»Was … was hast du getan?«, stieß er keuchend hervor, kopfschüttelnd wie jemand, der sich weigerte, das Offensichtliche zu begreifen.

»Ich habe gehandelt, Vater«, erwiderte Chaya. Ihre gebeugte Körperhaltung, in der sie sich bis zur Wand zurückzog, verriet Demut. In ihren dunklen Augen jedoch schwelte die Flamme des Widerstands.

»Sag, bist du von Sinnen?« Noch einmal betrachtete Isaac das wunderschöne Haar auf den Dielen. Noch vor kurzem hatte es die Anmut ihrer Züge umrahmt, nun lag es dort wie Abfall.

»Nein, Vater«, widersprach sie leise. Ihre Stimme bebte, aber es war nicht der hysterische Tonfall von jemandem, der den Verstand verloren hatte oder noch dabei war, ihn zu verlieren. »Ich sehe die Dinge sehr viel klarer als zuvor. Ich habe getan, was du mich immer gelehrt hast – ich habe nachgedacht und eine Entscheidung getroffen.«

»Eine Entscheidung?« Er sah sie verständnislos an, noch immer zu entsetzt, um sich einen Reim auf all dies zu machen. »Eine Entscheidung worüber?«

»Über mein Leben. Ich weiß, dass ich es nicht an der Seite

von Mordechai Ben Neri verbringen möchte, und ich hoffe und bete, dass du mich nicht dazu zwingen wirst.«

»Aber was willst du dann tun?«

»Ich werde dich begleiten«, erklärte sie mit jener sanften Endgültigkeit, die auch aus dem Munde ihrer Mutter hätte kommen können.

»Mich begleiten?«

»Ins Land der Väter. Als kleines Mädchen hast du mir versprochen, dass du mich einmal dorthin mitnehmen würdest. Nun ist es so weit.«

»Das... das ist nicht möglich.« Isaac schüttelte den Kopf, während er sich gleichzeitig an den Behälter klammerte, den er unter seinem Mantel verborgen hielt, wie ein Ertrinkender an ein Wrackteil, als einen letzten Rest vermeintlicher Sicherheit, der ihm inmitten einer tosenden See geblieben war.

»Warum nicht, Vater?« Erstmals schwang ein Anflug von Trotz in ihrer Stimme mit. »Wegen der Gefahren, die einer Frau auf einer solchen Reise drohen?« Sie lachte freudlos auf. »Sie können kaum verderblicher sein als hier.«

»Mordechai«, ächzte Isaac tonlos. »Er wird sich um dich kümmern, dich beschützen. Ich habe alles geplant...«

»Aber ich will den Schutz Mordechais nicht! Ebenso wenig wie seine Zuneigung. Und ich danke dir für deine Voraussicht und Fürsorge, Vater. Aber das Leben geht oft andere Wege, als wir sie planen, oder hast du das schon vergessen?«

»Nein, das habe ich nicht, aber ich...«

Er verstummte, um den Gedanken zu lauschen, die ihn lärmend umkreisten. So sehr ein Teil von ihm geneigt war, jenen inneren Stimmen Gehör zu schenken, die ihm zuriefen, er solle dem Ansinnen seiner Tochter entsprechen und sich glücklich schätzen, dass ihm der schmerzliche Abschied von ihr erspart blieb, so sehr mahnten ihn andere dazu, seiner Pflicht zu gehorchen und seine alleinige Aufmerksamkeit der Bürde zu widmen, die ihm übertragen worden war. Immer lauter schienen sie zu rufen, sodass er einen lauten Schrei ausstoßen musste, um sich ihrer zu entledigen.

»Genug!«

Chaya, die diesen Ausbruch missdeutete, zuckte erschrocken zusammen. Als jedoch keine weiteren Rügen folgten, wurde ihr klar, dass es nicht Zorn war, der ihren alten Vater die Fassung verlieren ließ, sondern pure Ratlosigkeit.

»Lass mich dir zwei Fragen stellen, Vater«, sagte sie deshalb ruhig in die entstandene Stille.

Isaac, der reglos vor ihr stand, die Arme um den hageren Körper geschlungen, betrachtete ihr bleiches, haarloses Antlitz mit trübem Blick. »Was für Fragen?«, wollte er dann wissen. Es klang müde.

Chaya nahm einen tiefen Atemzug, ehe sie antwortete. Dabei schaute sie ihrem Vater tief in die traurigen Augen. »Nicht einmal du als mein leiblicher Vater hast mich erkannt, als du in diese Kammer tratst. Wie also sollen andere erkennen, was ich in Wahrheit bin, wenn ich in dieser Verkleidung reise?«

»Und die zweite Frage?«

»Was«, entgegnete Chaya und deutete auf ihr kahles und blutiges Haupt, »wird Mordechai Ben Neri sagen, wenn er seine zukünftige Ehefrau so erblickt?«

15.

Rouen
August 1096

Etwas war geschehen, das Conn niemals für möglich gehalten hätte. Er hatte England verlassen.

Der Abschied von seiner alten Heimat war so schlicht verlaufen wie das Leben, das er dort geführt hatte. Nach ein paar weiteren Tagen im Hafen von London hatten er, Baldric und dessen Normannenfreunde schließlich ein Schiff bestiegen, das sie den Fluss hinabgebracht hatte. Von Rochester aus waren sie nach Dover marschiert. Über karge, von Ginster und Moos bewachsene Hügel und entlang an steilen Klippen, die die Farbe von gebleichten Knochen hatten und jenseits derer sich die See als stahlblaues Band bis zum Horizont erstreckte.

Nur hin und wieder, wenn der bewölkte Himmel aufriss und die Sicht sich klärte, waren in der Ferne graue Schleier zu erkennen gewesen, die die See und den Himmel teilten, kaum mehr als eine ferne Ahnung. Dies, so hatte man ihm mitgeteilt, war das Festland. Jene Gegend, von der aus der Eroberer vor nunmehr drei Jahrzehnten aufgebrochen war, um England seinem Herrschaftsbereich zu unterwerfen.

Die Normandie.

Bis zu diesem Zeitpunkt hatte Conn nicht geahnt, wie unendlich groß die Welt jenseits der Mauern, Äcker und Wälder von London war. Angesichts der Düsternis, die noch immer in seinem Herzen herrschte und die wie ein dunkler Schatten auf ihm lag, war es ihm jedoch gleichgültig geworden. Mit Nia an seiner Seite wäre er bereit gewesen, die Welt zu erobern – ohne sie war alles trist und leer, und er empfand nichts, als sie am frühen Morgen des vierten September eine normannische Knorr bestiegen, die sie von der Insel weg und aufs Festland brachte.

In dichtem Nebel sah Conn die weißen Klippen von England verschwinden. Dann erfasste die graue See das Langboot und trug es der Normandie entgegen – und einer ungewissen Zukunft.

Während der Überfahrt sprach Conn kaum ein Wort. Da er ihm klar gemacht hatte, dass er keinen Diener wollte, der in Lumpen ging, hatte Baldric ihn noch in London mit neuen, an den Unterschenkeln geschnürten Hosen, einem wildledernen Rock sowie einem wollenen Umhang ausgestattet, auf dessen Schulter er den Schneider das Kreuzsymbol hatte anbringen lassen. In diesen Umhang gehüllt, kauerte Conn hinter der hohen Back des Schiffes und kämpfte gegen die Übelkeit an, die ihn erfasste, als die Knorr auf offener See zum Spielball der Wellen wurde.

Irgendwann – Conn vermochte nicht zu sagen, ob es vom Seegang rührte oder von den schrecklichen Bildern, die ihm Tag und Nacht vor Augen standen – hielt er es nicht mehr aus und entleerte den Inhalt seines Magens geräuschvoll in die See, sehr zur Erheiterung Baldrics und seiner normannischen Gefährten, die sich wie er als Freiwillige der großen Pilgerfahrt anschließen wollten.

Zu den treuesten Begleitern des Einäugigen gehörte dabei ein gewisser Bertrand, ein redseliger Geselle von geringer Körpergröße, dafür aber umso beträchtlicherem Umfang, der sich zu seiner Vorliebe für angelsächsisches Ale bekannte und eine gewisse Tragik darin sah, dass er es nun für lange Zeit nicht mehr zu schmecken bekommen würde; der Name des anderen Getreuen war Remy, ein wahrer Bär von einem Mann, dessen Schädel so kahl und glattpoliert war wie ein Kampfhelm und der, ganz im Gegensatz zu seinem gedrungenen Freund, den Mund nur dann aufmachte, wenn es sich nicht vermeiden ließ.

Von Valmont aus, wo das Schiff wohlbehalten anlandete, ging es weiter nach Rouen, in die alte Hauptstadt der Normandie, von der aus William der Bastard einst zu seinem Eroberungsfeldzug aufgebrochen war.

Der Anblick der Stadt überwältigte Conn.

Bislang hatte er London, die bei Weitem größte und bedeutendste Stadt in ganz Südengland, für das Maß aller Dinge gehalten. Doch als er das mächtige, mit einem Fallgitter versehene Stadttor von Rouen durchschritt, wurde ihm klar, wie einfältig er gewesen war. Und obwohl es ihm zutiefst widerstrebte, begriff er, weshalb die normannischen Herren mit derartigem Hochmut auf England und seine Bewohner blickten.

In London war die Existenz eines mehrstöckigen Gebäudes so außergewöhnlich, dass alle es nur den »Großen Turm« nannten; in Rouen hingegen gab es zahllose Häuser, die mehr als ein Stockwerk besaßen, und anders als zu Hause waren sie nicht aus Holz und Lehm, sondern aus festem Stein errichtet. Nicht nur einzelne Kathedralen reckten hier ihre Türme gen Himmel, sondern unzählige Gebäude, Türme und Hallen, doch sie alle verblassten im Vergleich zu der mächtigen Burg, die die Stadt wie ein großer, schützender Berg überragte.

Gedränge herrschte in den Straßen, die zumeist gepflastert waren und auch bei Regen noch sicheren Tritt boten. Die Läden, die sich in den unteren Stockwerken der Häuser drängten, verkauften Waren in einer Fülle und Auswahl, wie Conn sie nie für möglich gehalten hätte: Stoffe in seltenen Farben und Felle von Tieren, die er nie zuvor gesehen hatte, dazu Töpferwaren, Körbe, Schleifsteine, Werkzeuge und andere Gegenstände des täglichen Gebrauchs; sorgfältig gearbeitete Waren aus Leder und Speckstein sowie Gefäße aus buntem Glas; und schließlich Wein und Gewürze, die eigenartigen Duft verströmten und eine erste Ahnung von jener Fremde verbreiteten, in die die Männer im Begriff waren aufzubrechen.

Wie sich zeigte, waren Baldric und seine Schar bei Weitem nicht die einzigen, die nach Rouen gekommen waren, um sich dem Zug ins Heilige Land anzuschließen. Auch aus anderen englischen Städten waren Freiwillige eingetroffen, dazu kamen Dänen, Flamen, fränkische Söldner und viele mehr – ein unvorstellbares Durcheinander aus verschiedenen Haut- und Haarfarben, Kleidern, Rüstungen und Sprachen. Dennoch gelang es Baldric irgendwie, in einer Taverne im Herzen der Stadt eine Unterkunft zu besorgen, und zum ersten Mal in seinem Leben schlief Conn in einem gemauerten Haus.

Anfangs konnte er kein Auge zutun und kam sich vor wie lebendig begraben, aber schon nach kurzer Zeit hatte er sich daran gewöhnt. Baldric begann damit, ihn in die Pflichten einzuweisen, die ihm als seinem Diener zukommen würden. Dazu gehörte neben dem Besorgen von Proviant und anderen Dingen auch das Reinigen und Instandsetzen seiner Ausrüstung, die sich in einem schlechten Zustand befand. Helm und Kettenhemd hatten Rost angesetzt, Untergewand und Gurtzeug mussten an vielen Stellen ausgebessert werden. Zwar war Conn weder ein Schmied noch ein Sattler, aber er hatte hin und wieder zugesehen, wenn die Handwerker in London ihrer Arbeit nachgegangen waren, und so gab er sein Bestes – wobei es nicht selten vorkam, dass Baldric ihm das Werkzeug abnahm und selbst Hand anlegte. Im Gegenzug zu den Diensten, die er für ihn leistete, unterrichtete Baldric Conn in der französischen Sprache und brachte ihm bei, ein Schwert zu führen, auch wenn es vorerst nur stumpf und aus Holz geschnitzt war.

Da der Normanne nur selten über sich sprach, war Conn auf Vermutungen angewiesen, was seinen neuen Herrn betraf. Aus dem wenigen, das er in Erfahrung gebracht hatte – das meiste hatte er von Bertrand aufgeschnappt –, schloss er, dass Baldric ein normannischer Edler war, wenn auch von geringem Rang und entsprechend schwach begütert. Ein eigenes Lehen schien er nicht zu haben, sein Pferd und sein Sattel waren, von Rüstung und Waffen abgesehen, seine einzigen Besitztümer. In der Tat machte er den Eindruck von jemandem, der den weltlichen Dingen entsagt und sich Höherem zugewandt hatte.

Wenn andere Normannen, allen voran der feiste Bertrand, ihr Geld in den Tavernen für Wein und Bier ausgaben, war Baldric ebenso wenig dabei wie dann, wenn sie es in die Freudenhäuser trugen, um – so nannten sie es – ein letztes Mal zu sündigen, ehe der große Ablass ihnen alles verzieh. Auch schienen die Beweggründe seines Handelns andere zu sein als die der übrigen Freiwilligen, die aus England gekommen waren. Während die meisten von Abenteuerlust getrieben waren und sie die Aussicht auf reiche Beute mindestens ebenso lockte wie jene auf das Himmelreich, ging es Baldric offenbar wirklich darum, sein Seelenheil wiederzufinden, das ihm irgendwo auf der Reise seines Lebens abhanden gekommen war. Was seine Vergangenheit betraf, hüllte sich der Normanne in Schweigen, aber hin und wieder, wenn er sich unbeobachtet glaubte, sah Conn, wie sich düstere Schatten auf seine Züge legten. In solchen Momenten erweckte der Normanne den Anschein, nicht weniger von den Geistern der Vergangenheit gejagt zu werden als Conn selbst.

Mit jedem Tag, den sie länger in Rouen weilten, fanden sich mehr Kreuzfahrer ein. Die Straßen füllten sich ebenso wie die Tavernen, sodass die Stadt schließlich aus allen Nähten zu platzen drohte und die Neuankömmlinge vor den Toren lagern mussten. In den Herbergen hieß es, eng zusammenzurücken, und nicht selten kam es vor, dass sich zwei Kämpfer ein Lager teilten und es abwechselnd während der ersten und zweiten Nachthälfte nutzten.

Viele, die in die Stadt kamen, fassten Proviant und ergänzten ihre Ausrüstung, sodass Pökelfleisch und Rüstzeug schon bald Mangelware waren und zu hohen Preisen gehandelt wurden. Einige der Männer behalfen sich, indem sie ihr Glück beim Würfeln versuchten, sodass an vielen Feuern gespielt wurde, was immer wieder auch zu Streitigkeiten führte und noch zusätzlich zu der fiebrigen Unruhe beitrug, die ohnehin schon über der Stadt lag.

Auch Conn blieb davon nicht unberührt.

Das geschäftige Treiben und der auch bei Nacht nicht endende Lärm erinnerten ihn an einen wimmelnden Bienenstock, und trotz der Düsternis in seinem Herzen ertappte er sich dabei, dass die allgemeine Anspannung auch ihn ergriff.

Was, so fragte er sich, würde die Kreuzfahrer erwarten? Wohin würde die Reise gehen? Welche exotischen, weit entfernten Orte würde er mit eigenen Augen sehen, die er bislang, wenn überhaupt, nur aus Erzählungen gekannt hatte?

»Habt ihr schon gehört?«, fragte Bertrand, als sie wie jeden Abend im Schankraum der Taverne beisammen saßen, Baldric wie immer am Ende des Tisches und in Schweigen versunken, Conn mit irgendeiner Aufgabe befasst, die sein Herr ihm zukommen ließ. An diesem Abend galt es, den hölzernen Schild des Ritters, der die typische Mandelform besaß, zu schleifen und die metallenen Beschläge zu polieren. »Wie es heißt, wird auf dem Weg nach Süden eine weitere Streitmacht zu uns stoßen, die sich mit der unseren vereinen soll. Und der Herzog selbst wird sie anführen!«

»Recht so«, sagte Baldric gelassen. »Je mehr Kämpfer sich dem Heer Christi anschließen, desto besser ist es für unsere Sache.«

»Ein Hoch auf den Herzog.« Bertrand hob den hölzernen Humpen, über dessen Rand weißer Bierschaum quoll. »Es ist zwar kein Ale, aber immerhin.«

Remy, der ihm am Tisch gegenüber saß, brummte eine unverständliche Erwiderung, dann hob auch er seinen Krug, und beide tranken. Kaum hatten sie abgesetzt, verfiel der Hüne wieder in das alte Schweigen, während Bertrand, dessen Schweinsäuglein schon vom Alkohol glänzten, munter weiterplapperte: »Sobald wir uns mit dem Heer des Herzogs vereint haben, meine Freunde, geht es geradewegs nach Süden.«

Aufgrund einer Zeichnung, die Baldric mit einem Stück Kohle für ihn angefertigt hatte, hatte er inzwischen eine ungefähre Vorstellung davon, wo sich diese fernen Länder und Städte befanden, aber noch immer erschienen sie ihm unerreichbar fern. Die Welt, so kam es ihm vor, war innerhalb weniger Wochen um vieles größer geworden – und komplizierter.

Italien.

Griechenland.

Byzanz.

Der Nachhall dieser Namen, die mehr Fremdheit verhießen, als Conn in seinem ganzen Leben erfahren hatte, geisterte wie ein Echo durch seinen Kopf.

»Der Graf von Flandern wird ebenfalls Truppen stellen und den Feldzug begleiten«, fuhr Bertrand beflissen in seinem Vortrag fort, »und wie zu hören ist, hat sich auch der Graf von Blois zur Teilnahme verpflichtet. Allerdings«, fügte er grinsend und mit gedämpfter Stimme hinzu, »ist dies wohl mehr dem Ehrgeiz seiner Gemahlin geschuldet. Wir alle wissen, wessen Blut in ihren Adern fließt.«

Natürlich hatte Conn keine Ahnung, worauf der Normanne anspielte, aber er wollte auch nicht fragen, um nicht schon wieder als Tölpel dazustehen. Bertrand jedoch sah das Unwissen in seinen Augen, und da der Alkohol seine ohnehin redefreudige Zunge noch zusätzlich gelockert hatte, setzte er zu einer Erklärung an. »Unser junger Angelsachse weiß nicht, wovon ich spreche, nicht wahr? Schön, junger Freund, dann werde ich es dir erklären. Die Gemahlin Stephens de Blois ist keine andere als Adele, eine leibliche Tochter des Eroberers – und wie es heißt, hat der alte William ihr nicht nur eine ansehnliche Mitgift vermacht, sondern auch seinen eisernen Willen.« Er kicherte. »In Blois gibt es nicht wenige, die den armen Stephen bedauern, weil in Wahrheit sein Weib das Sagen hat. Und alle sind sich einig, dass sie es gewesen ist, die ihn zur Teilnahme am Feldzug gedrängt hat, um hinter ihrem Bruder Robert nicht zurückzustehen.«

»Robert?« Conn horchte auf.

»Gewiss, des Eroberers ältester noch lebender Sohn und Herzog der Normandie. Sein jüngerer Bruder William, auch Rufus genannt, sitzt auf dem Thron von England, wie sogar ein hergelaufener angelsächsischer Bengel wissen dürfte.«

Conn nickte nachdenklich. Er kannte den dicklichen Normannen inzwischen gut genug, um ihm seine abschätzigen Worte nicht zu verübeln. Auf seine Kenntnisse in Schrift und Sprache bildete sich Bertrand zwar einiges ein, war sich aber auch nie zu schade, um über sich selbst zu lachen.

»Natürlich weiß ich das«, versicherte Conn deshalb mit mattem Grinsen. »Ich habe mich nur gefragt, warum der König von England nicht am Feldzug gegen die Heiden teilnimmt.«

»Oh, sieh an!« Bertrands Überraschung schien echt zu sein. »Unser junger Freund interessiert sich für die große Politik!«

»Das muss dir doch gelegen kommen«, sagte Baldric mit nachsichtigem Lächeln. »Auf diese Weise kannst du getrost weiterreden und hast zumindest einen, der dir zuhört.«

Einige am Tisch lachten, sogar der schweigsame Remy entblößte das lückenhafte Gebiss – wohl die Folge eines Faustschlags oder Keulenhiebs – zu einem Grinsen. Bertrand schaute ein wenig pikiert drein, was ihn aber nicht davon abhielt, zu einer weiteren Erklärung anzusetzen: »Du musst wissen, Conwulf, dass Herzog Robert und unser König Rufus sich nie besonders grün gewesen sind. Noch zu den Lebzeiten seines Vaters hat sich Robert mehrmals gegen diesen gestellt und sogar Kriege gegen ihn geführt, während Rufus dem alten William treu zur Seite gestanden hat. Zum Dank dafür hat der Eroberer ihm die Krone Englands übertragen, während Robert die Normandie geerbt hat. Aber obwohl die beiden inzwischen miteinander ihren Frieden gemacht haben, belauern sie einander noch immer wie hungrige Wölfe, die nur darauf warten, dem anderen die Beute zu entreißen.«

Bertrand grinste angesichts des bildlichen Vergleichs, den er offensichtlich ziemlich gelungen fand – wie zutreffend er tatsächlich war, wurde Conn jedoch erst in diesem Augenblick klar.

Infolge der Ereignisse, die wie ein Sturm über ihn hereingebrochen waren – von Nias Tod über seine Flucht und Verletzung bis hin zu der Tatsache, dass er sich unwillentlich einer Gruppe von Kreuzfahrern angeschlossen und seine angestammte Heimat verlassen hatte –, hatte er bislang weder Zeit noch Interesse gehabt, über das Gespräch nachzudenken, dessen Zeuge er in jener Nacht geworden war. Auch hatte das, was er in der Kapelle gehört hatte, bislang keinen Sinn ergeben – nun jedoch begann Conn die Zusammenhänge zu begreifen. Schlagartig wurde ihm klar, warum man um jeden Preis seinen Tod gewollt hatte: Er war nicht nur zum Mitwisser eines geplanten Mordes geworden, sondern einer Verschwörung!

Der König von England, so lautete die unfassbare Folgerung, plante die Ermordung seines Bruders Robert, des Herzogs der Normandie, um auf diese Weise in den Besitz von dessen Ländereien zu gelangen und die Güter seines Vaters des Eroberers wieder unter einer – *seiner* – Krone zu vereinen. Und kein anderer als Guillaume de Rein sollte das Werkzeug dieser tödlichen Intrige sein.

Die Erkenntnis traf Conn wie ein Keulenhieb.

Furcht schlich sich in sein Herz, die hässliche Einsicht, in Dinge verwickelt zu sein, denen er nicht gewachsen war. Dann jedoch wurde ihm klar, dass ihm das Schicksal auch eine mächtige Waffe in die Hand gespielt hatte. Ausgerechnet der Mann, der seine geliebte Nia getötet hatte, sollte im Auftrag des Königs zum Mörder an dessen Bruder werden – und er war der Einzige, der davon wusste!

Conns Angst wich jäher Euphorie. Er war nicht länger hilflos, hatte etwas gegen de Rein in der Hand. Schon im nächsten Moment jedoch ließ seine Begeisterung wieder nach. Es gab für das, was er gehört hatte, nicht den geringsten Beweis – wem also würde man glauben, wenn das Wort eines angelsächsischen Diebes gegen das eines normannischen Edlen stand? Noch dazu, wo der König selbst in die Sache verwickelt war?

Conns Hoffnung zerschlug sich so rasch, wie sie aufgekommen war. Er erwog kurz, Baldric und seine Gefährten ins Vertrauen zu ziehen und ihnen von seinen Erlebnissen in London zu berichten, aber er verwarf den Gedanken sofort wieder.

Zugegeben, er kannte sie nun einige Wochen und hatte die Erfahrung gemacht, dass wohl nicht alle Normannen jene eingebildeten, menschenverachtenden Bastarde waren, für die er sie stets gehalten hatte. Aber konnte er ihnen vertrauen? Sicher nicht. Conn zweifelte nicht daran, dass ihre Geduld mit ihm ein rasches Ende nehmen würde, wenn er anfing, den König oder auch nur einen seiner Getreuen eines Mordkomplotts zu bezichtigen, zumal er nicht einen einzigen Beweis in der Hand hatte. Er musste also schweigen und sein Wissen für sich behalten, wenn er sich nicht um Kopf und Kragen bringen wollte.

Guillaume de Rein musste warten.

Vorerst.

»Was hast du?«, erkundigte sich Bertrand grinsend, der die plötzliche Blässe in Conns Gesicht bemerkt hatte. »Ist das fränkische Bier zu stark für dich?«

Conn, der den plötzlichen Drang nach frischer Luft verspürte, nickte knapp, dann stand er auf.

»He«, knurrte Baldric. »Wo willst du hin?«

»Nach draußen.«

»Und der Schild?«

Conn gab ihm das schwere Stück, und der Normanne nahm es mit prüfendem Blick in Augenschein. »Gute Arbeit«, lobte er schließlich. »Wie immer.«

»Also bin ich für heute entlassen?«

»Natürlich«, entgegnete Baldric ein wenig zögernd, so als

wäre Conns innerer Aufruhr ihm nicht verborgen geblieben. »Aber entferne dich nicht zu weit, hörst du?«

Baldrics einzelnes Auge musterte ihn, und Conn beschlich wieder einmal das Gefühl, dass der Normanne damit mehr und tiefer sehen konnte als andere mit zweien. »Sieh dich vor, Conwulf, hörst du? Nicht alle Streiter im Heere Christi sind vom gleichen guten Willen beseelt. Wo viel Licht, ist auch Schatten. Zudem bist du das Leben in steinernen Städten nicht gewohnt. Halte dich von dunklen Gassen fern.«

»Ich verstehe, Herr«, versicherte Conn. Er nickte Baldric und den anderen zu und wandte sich zum Ausgang, den zu erreichen alles andere als einfach war. Die Taverne war zum Bersten mit Soldaten und Knappen gefüllt, die sich an den Tischen drängten und ihre Unruhe mit Würfelspielen und schäumendem Bier bekämpften. Die Luft war stickig, sodass Conn froh war, als er endlich die Tür aufstieß und ins Freie trat – obwohl auf der Straße kaum weniger Betriebsamkeit herrschte.

Zwar stand der Mond längst am Himmel, doch das Leben in der Stadt wollte keinen Augenblick lang innehalten. Nicht nur die Tavernen, auch die Läden waren weiterhin geöffnet, und im Licht von Fackeln und Laternen wurde weiter gefeilscht und verhandelt. Zumindest die Schankwirte, Handwerker und Kaufleute von Rouen, dachte Conn, hatten bei diesem Feldzug schon gewonnen.

Im Bemühen, einen ruhigen Platz zu finden, wo er seine Gedanken ordnen konnte, ließ er sich vom Strom der Passanten mitreißen. Im Gefolge einer Gruppe dänischer Söldner, die ihre runden Schilde auf dem Rücken trugen, gelangte er auf einen von hohen Häusern umlagerten Platz, der von Fackelschein beleuchtet wurde und in dessen Mitte es einen erhöhten, von Natursteinen ummauerten Brunnen gab. Kämpfer, die kein Obdach mehr gefunden hatten, aber auch nicht außerhalb der Stadt kampieren wollten, lagerten auf den Stufen, zusammen mit einigen Knechten und Dienern.

Auf der Ummauerung des Brunnens jedoch stand weithin zu sehen ein blasshäutiger Mann mit einer Habichtsnase und kurzem rotblonden Haar, in das eine Tonsur geschoren war. Die schwarze Kutte mit den weiten Ärmeln und der spitz zulaufenden, zurückgeschlagenen Kapuze wies ihn als Angehörigen des Benediktinerordens aus. Helle Erregung sprach aus seinen Augen, seine hohlen Wangen waren von Eifer gerötet, während er mit lauter Stimme rief: »Hört mich an! Ihr alle, die ihr euch auf den Weg begeben wollt, um das Grab Christi aus den Händen der Ungläubigen zu befreien! Hört mich an!«

Seine Stimme, die einen sonderbar harten Akzent aufwies, war laut genug, um auch in den letzten Winkel des Platzes zu dringen, und sie hatte etwas an sich, dem Conn sich nicht entziehen konnte. Vielleicht war es aber auch nur die Begeisterung des Mönchs, die ihn wie viele andere dazu bewog, den Worten des Mannes zu lauschen. Überall auf dem Platz unterbrachen die Leute ihre Tätigkeiten. Gespräche verstummten, Geld hörte auf zu klimpern, Würfel blieben in den Bechern.

»Ihr alle, die ihr euch hier versammelt habt«, fuhr der Ordensmann fort, »seid dem Aufruf seiner Heiligkeit des Papstes gefolgt, der seine vielgeliebten Brüder dazu aufgefordert hat, die Pilgerwege zu sichern und das Heilige Land den Klauen jener zu entreißen, die es widerrechtlich an sich genommen haben!«

Zustimmung wurde hier und dort bekundet, Fäuste reckten sich triumphierend in den sternklaren Himmel.

»Aber wusstet ihr auch, meine Brüder, dass der Herr selbst seine Zeichen geschickt hat?«, fragte der Mönch in die Menge. Beifall heischend ließ er seinen Blick über die Männer und Frauen schweifen, und Conn hatte das Gefühl, dass er auch auf ihm einen Moment lang ruhte. Eine seltsame Stimmung erfasste ihn. Zusammen mit der Unruhe, die ihn seit Tagen erfüllte, und seiner noch immer schwelenden Trauer verband sie sich zu einer eigenartigen Melancholie, die ihn in seinen

Gedanken innehalten ließ und ihn dazu zwang, den Worten des Predigers zu lauschen.

»Was für Zeichen?«, fragte jemand aus der Menge.

»Zeichen von großer Macht und noch größerer Bedeutung«, erwiderte der Mönch, wobei er die Fäuste ballte und sie demonstrativ zum Himmel reckte, »nicht nur hier auf dem Festland, sondern auch drüben in England und anderen Teilen der Welt! Vor zwei Jahren gab es in Burgund eine verheerende Hungersnot, weil eine wochenlange Regenflut die Ernte vernichtete. Und während die Menschen in ihrer Not zum Herrn beteten, wurde der Himmel selbst zur Tafel, auf die der Allmächtige seine Botschaft schrieb. Kometen erschienen, sieben an der Zahl, und zogen ihre Bahn am Firmament!«

Ein Raunen ging durch die Menge. Auch Conn war beeindruckt. Ein Komet, das war allgemein bekannt, war stets ein Hinweis auf himmlisches Wirken. Gleich sieben davon jedoch waren in der Tat ein außergewöhnliches Zeichen.

»Und im vergangenen Jahr«, fuhr der Mönch fort, »versank der Himmel über England in einem unirdischen Leuchten, das bis hinauf an die Gestade des Nordmeers zu sehen war!«

Conn nickte. Auch er hatte von dem angeblichen magischen Feuer gehört, von grünen Flammen, die den nördlichen Himmel entzündet haben sollten. Damals hatte er nicht allzu viel darauf gegeben – in diesem Augenblick jedoch, an diesem Ort, in jener eigentümlichen Melancholie, die ihn erfasst hatte, gewann es plötzlich an Bedeutung.

»Weise Männer aus allen Ländern der Christenheit sind zusammengekommen, um über die Bedeutung dieser Zeichen zu beraten. Gelehrte und Kirchenmänner, sie alle kennen nur einen Weg, diese Zeichen zu deuten: Unheil kündigt sich an und wird über uns kommen, zur Strafe dafür, dass wir unsere Pilgerpflichten vernachlässigt und die heiligen Stätten von Heiden haben entweihen lassen! Und es gibt nur einen Weg, dieses Unheil zu verhindern, meine Brüder – nämlich dem Ruf zu folgen, den unser Heiliger Vater ausgesprochen hat. Wir wollen die Wiege unseres Glaubens von frevlerischer Hand säubern und das Reich des Herrn auf Erden errichten. *Deus lo vult*, meine Brüder – Gott will es!«

Trotz der später Stunde brach lauter Jubel auf dem Platz aus. Angesteckt von der Begeisterung, die der Mönch aus jeder Pore zu verströmen schien, schrien die Männer und Frauen ihre Zustimmung und ihre Entschlossenheit in die Nacht hinaus. Selbst Conn ertappte sich dabei, dass er dem Beispiel der anderen folgte, die Faust ballte und sie empor zum funkelnden Himmel reckte.

»Schon in wenigen Tagen«, fuhr der Ordensmann in seiner Ansprache fort, kaum dass der Beifall ein wenig abgeebbt war, »werdet ihr aufbrechen, meine Brüder. Dann wird sich erweisen, woraus euer Glaube gemacht ist. Ist er stumpf wie ein altes Messer? Oder ist er glänzend und scharf wie eine neu geschmiedete Klinge, die darauf brennt, sich in der Schlacht zu bewähren und die Heiden zurückzustoßen in jenen dunklen Höllenpfuhl, dem sie entstiegen sind?«

Wieder Jubel, auch Conn hörte sich laut schreien. Woran es lag, vermochte er selbst nicht zu sagen, aber in diesem Augenblick, an diesem Ort, hatte er nicht mehr das Gefühl, allein zu sein und von allen verlassen, sondern Teil von etwas Großem und Besonderem zu sein. Sein Herr Baldric sprach gerne und schnell von Dingen wie göttlicher Vorsehung und Bestimmung – in dieser Nacht jedoch, unter dem Eindruck der flammenden Rede, hatte Conn das Gefühl, sie zum ersten Mal am eigenen Leib zu spüren.

»Wir leben in einer bewegten Zeit, meine Brüder. Die Welt ist im Umbruch, eine neue Ära bricht an. Möge der Herr geben, dass ihr euch ihrer würdig erweist, und möge er euch alle segnen, auf dass ihr das Ziel der Fahrt unbeschadet erreichen und einer wie der andere zu tapferen Streitern Christi werdet. *Amen.*«

Zuletzt hatte er die Hände gefaltet und den Blick zum Himmel gerichtet. Als er schließlich die Rechte hob, um ein Kreuz zu zeichnen und seine Zuhörer zu segnen, ging ein Ruck durch die Menge. Die Versammelten brachen in die Knie und senkten die Häupter, nicht nur die, die vorn am Brunnen lagerten, in seinem unmittelbaren Blickfeld, sondern auch jene, die auf der anderen Seite des Platzes standen, im Schutz der Vordächer und in den Mündungen der Gassen. Immer mehr waren es geworden, während der Mönch gesprochen hatte, und sie alle beugten die Knie – auch Conn.

Gesenkten Hauptes kauerte er da, und während er den Pater von Vergebung reden hörte, von Erfüllung und einem besseren Leben, fühlte er zum ersten Mal etwas wie Trost. Wie Balsam schienen sich die Worte des Mönchs auf seine Seele zu legen, die nach den Tagen und Wochen der Qual nun endlich ein wenig Ruhe fand, und Conn kam nicht umhin, sich zu fragen, ob Baldric womöglich recht hatte.

Diente der Feldzug, auf den sie sich begeben würden, tatsächlich einer heiligen Sache? War jeder Einzelne von ihnen zu Höherem bestimmt? Und würden sie auf diese Weise Befreiung erlangen von den Dämonen, die sie jagten?

Sehnsucht erfüllte Conn.

Er wollte fort, möglichst rasch, wollte den Schmutz der Vergangenheit hinter sich lassen, die Intrigen und feigen Mordpläne, um ein neues, reicheres Leben zu beginnen. Vielleicht, so hoffte er, würde er dabei ja tatsächlich seinen Frieden finden.

Fort vom Schmerz.

Unwillkürlich musste er an Nia denken, und im selben Augenblick, in dem ihre gequälten, entstellten Gesichtszüge wieder vor seinem inneren Auge auftauchten, verschwand auch der Frieden, den er für einen Moment verspürt hatte, und die alten Qualen kehrten zurück.

Der Mönch hatte seine Ansprache beendet und verschwand in der Menge, die sich wieder erhob – während Conn das Gefühl hatte, in denselben dunklen Abgrund zurückzustürzen, aus dem die Worte des Predigers ihn für einen Augenblick gehoben hatten. Wankend kam er wieder auf die Beine und wusste nicht, wohin. Fremde Gesichter umgaben ihn, in denen er weder Trost noch Hoffnung fand. Er ging ruhelos umher, während der Schmerz ständig zunahm – bis er schließlich feststellte, dass die quälende Pein nicht nur seelischer, sondern auch körperlicher Natur war und ihren Ausgangspunkt in seinem linken Arm hatte. Die Stelle, wo der Pfeil ihn getroffen und durchbohrt hatte!

Conn schaute an sich herab und stellte fest, dass der Ärmel seines Hemdes blutdurchtränkt war.

Die Wunde hatte sich wieder geöffnet.

16.

Caen
Ende August 1096

Guillaume de Rein wusste nicht, was er empfinden sollte.

So froh er einerseits darüber war, dass seine Mutter an höchster Stelle gegen seinen Vater intrigiert und ihm damit die Möglichkeit verschafft hatte, sich zu bewähren, so peinlich berührte es ihn andererseits, dass sie ihn nun auf Schritt und Tritt begleitete. Von dem Augenblick an, da sie London verlassen hatten – zusammen mit einem Tross von Streitern, die Ranulf Flambard persönlich ausgewählt hatte –, war sie kaum noch von seiner Seite gewichen.

Nach Northumbria zurückzukehren hatte man ihnen nicht mehr gestattet. Ein Schreiben, in dem er seinem Verwalter Fitzpatrick mitteilte, dass der päpstliche Ruf ihn ereilt und er für sich keine andere Wahl gesehen hätte, als sich dem Feldzug der Streiter Christi anzuschließen, war alles, was Renald de Rein zugestanden wurde, um seinen Besitzstand zu sichern. Was während ihrer Abwesenheit tatsächlich damit geschehen, ob es Fitzpatrick auch weiterhin gelingen würde, die Pikten abzuwehren und dem kargen Land Erträge abzuringen, wusste niemand zu sagen. Guillaume war dies gleichgültig. Sein Interesse galt den Besitzungen auf dem Festland, die Flambard ihm in Aussicht gestellt hatte für den Fall, dass er seine Mission erfolgreich beendete. Sollte sein Vater ruhig den alten Zeiten nachtrauern – ihm, Guillaume, gehörte die Zukunft.

Mit drei Langschiffen waren sie von England nach der Normandie übergesetzt, und es hatte Guillaume in Hochstimmung gebracht, nach so langer Zeit endlich wieder den Boden seiner Väter zu betreten. Zwar war er noch ein Junge gewesen, als seine Familie die alte Heimat verlassen hatte, um dem König im fernen Northumbria zu dienen, doch er hatte sich nie an die Kälte, den Nebel und den Schmutz der Insel gewöhnen können und war nicht gewillt, jemals wieder dorthin zurückzukehren.

Was das Verhältnis zwischen Renald de Rein und seiner Gemahlin betraf, so hatte es sich seit jener Nacht im Turm von London nicht gebessert. Guillaume konnte dies nur recht sein.

Schon als Junge hatte er seinen Nutzen daraus gezogen, wenn seine Eltern uneins waren, und er hatte es stets verstanden, sich des Wohlwollens seiner Mutter zu versichern und sie auf seine Seite zu ziehen. Auch diesmal war es ihm gelungen, auch wenn der Preis dafür hoch und seine Mutter zu seinem zweiten Schatten geworden war.

Der einzige Trost war, dass Eleanor bei Weitem nicht die einzige Frau war, die Mann und Sohn auf dem Feldzug begleitete, der weiter und wohl auch länger wegführen würde als jede andere militärische Unternehmung zuvor. Selbst der Eroberer hatte seine Hand im Grunde nur auszustrecken brauchen, um über den Kanal nach Hastings zu gelangen und den Lügenkönig Harold Godwinson zu entmachten. Der Zug ins Heilige Land hingegen stellte eine Unternehmung dar, wie sie seit Jahrhunderten nicht unternommen worden war, und wenn Guillaume den religiösen Zielen des Feldzugs auch zweifelnd gegenüberstand, konnte er den politischen doch eine Menge abgewinnen. Sollten all diese Narren, die sich in Clermont versammelt hatten, ruhig glauben, dass ihr Schöpfer sie zu Höherem ausersehen hätte. Sollten sie getrost für ihr Seelenheil kämpfen und sterben – er, Guillaume de Rein, würde für sich selbst sorgen, nun, da er endlich die Chance dazu erhalten hatte ...

»Wo sind wir hier?«, wollte er in energischem Tonfall von

seiner Mutter wissen. Eine endlos scheinende Weile war er ihr durch unterirdische Korridore gefolgt, die vor langer Zeit in den Fels getrieben worden waren, auf dem die trutzigen Mauern von Burg Caen sich erhoben. Welchem Zweck sie einst gedient haben mochten – ob als Behausung, als Kerker oder als Grabstätte –, war nicht mehr zu erkennen. Im Grunde war es Guillaume auch gleichgültig. Er wollte nur wissen, woran er war.

»Warte es ab, Sohn«, antwortete Eleanor mit ruhiger Stimme. Ein Sklave namens Manus ging ihr auf dem Stollen voraus, ein Pikte, der bei einem Zusammenstoß mit den Barbaren in Gefangenschaft geraten war und seither als Leibeigener diente. Anders als die übrigen Sklaven des Hauses de Rein hatte Manus eine vorteilhafte Eigenschaft: Er besaß keine Zunge mehr. Renald de Rein hatte sie ihm herausschneiden lassen, nachdem er ihn bespuckt und beschimpft hatte. Seither war Manus die erste Wahl, wenn es um einen verschwiegenen Helfer ging.

Die Fackel, die der Pikte in seinen schwieligen Händen trug, verbreitete blakenden Schein, dennoch war ein Ende des Stollens nicht abzusehen, und mit jedem Schritt, den es weiter in die Tiefe ging, nahm der ekelerregende Geruch von Moder und Fäulnis zu.

»Ich will aber nicht mehr länger warten, Mutter«, sagte Guillaume. »Ich will endlich wissen, wohin du mich führst.«

»Wozu?«, fragte Eleanor über die Schulter zurück.

»Damit ich mich nicht fühlen muss wie ein unmündiges Kind, sondern selbst entscheiden kann, was ich tun möchte und was nicht«, entgegnete Guillaume in beleidigtem Stolz.

Mit einem knappen Befehl wies seine Mutter Manus an zu verharren. Auch sie selbst blieb stehen und wandte sich zu ihrem Sohn um. Das Gegenlicht der Fackel ließ ihre hagere Gestalt mit dem unförmigen Gebende um den Kopf furchteinflößend wirken. »Du möchtest also frei entscheiden? So wie damals, als du entschieden hast, zur Jagd auszureiten, und um ein Haar im Moor versunken wärst?«

»Damals war ich noch ein Knabe, Mutter, noch keine zehn Jahre alt.«

»Oder wie in London, als du in deinem Zorn beschlossen hast, deinen Trieben freien Lauf zu lassen und dich an einer Sklavin zu vergreifen?«

»A-an einer Sklavin?« Guillaume glaubte, nicht recht zu hören. »Mutter, wie kommt Ihr darauf, mir dies zu unterstellen?«

»Ich habe es an deinen Augen gesehen. Sie ist dir schon im Burghof aufgefallen, nicht wahr? Schon bei unserer Ankunft.«

»Aber ich ...«

»Versuche nicht, es zu leugnen. Ich habe dich in die Welt gebracht, Sohn, und ich kenne dich besser als jeder andere. Und selbst, wenn es nicht so wäre – man brauchte dich in jener Nacht nur anzusehen, um zu wissen, dass du dich wie ein Schwein im Dreck gesuhlt hattest. Du kannst von Glück sagen, dass der König junge Männer zu schätzen weiß und an deinem Antlitz größeres Interesse fand als an deiner übrigen Erscheinung. Andernfalls wären wir wohl jetzt nicht hier.«

»Ich ... ich ...« Guillaume suchte nach Ausflüchten, aber ihm fielen keine ein. Es hatte den Anschein, als könnte seine Mutter geradewegs in seine Gedanken blicken, entsprechend fühlte er sich.

Entblößt.

Machtlos.

Anstelle einer Erwiderung ließ er den Kopf sinken, worauf Eleanors knochige Rechte ihm sanft über den Scheitel strich. »Guillaume«, sagte sie leise, »du bist mein Fleisch und Blut, und ich will nur das Beste für dich. Aber zumindest in dieser einen Hinsicht hat der Baron recht: Du musst erwachsen werden und lernen, Verantwortung zu übernehmen.«

Guillaume nickte, zögernd und gegen seinen Willen. Er hatte es satt, unablässig gemaßregelt zu werden und sich für das, was er war und tat, verantworten zu müssen. Aber sein Verstand sagte ihm, dass Gehorsam eine Notwendigkeit war, der er sich wohl oder übel beugen musste. Noch.

»Das werde ich, Mutter«, versprach er deshalb. »Aber wie soll ich das, wenn ich noch nicht einmal weiß, wohin wir gehen?«

»Zu Freunden«, erwiderte Eleanor rätselhaft. Dann wandte sie sich um und setzte den Weg durch den Stollen fort, Manus hinterher, der wieder mit der Fackel vorausging.

»Freunde?«, hakte Guillaume nach. »Was für Freunde treffen sich an einem Ort wie diesem?«

»Mächtige Freunde.«

»Ach ja? Wenn sie so großen Einfluss besitzen, warum verstecken sie sich dann in einem miefigen Loch wie diesem?«

»Sehr einfach, Guillaume – weil große Macht auch große Gefahren birgt. Und weil umwälzende Ereignisse oftmals im Verborgenen ihren Anfang nehmen. Du solltest nicht denselben Fehler begehen wie der Baron und mich unterschätzen.«

»Das tue ich nicht, Mutter«, beeilte Guillaume sich zu versichern.

»Oder glaubst du, dass es dein Verdienst sei, vom König mit dieser heiklen Mission betraut worden zu sein?«

»Nun, ich …«

Erneut blieb sie stehen und drehte sich zu ihm um. »Ich hatte alles geplant«, eröffnete sie ihm, wobei sie jedes einzelne Wort betonte und mit ihrem Augenspiel Nachdruck verlieh.

»Ihr hattet es *geplant*, Mutter?«

Eleanors Mundwinkel verzogen sich in nachsichtigem Spott. »Ich wusste von Anfang an, dass sich der Baron niemals auf Ranulfs Vorschlag einlassen würde, sei es aus falschem Stolz oder aus Unfähigkeit, das Notwendige zu begreifen. Du hingegen warst meine Hoffnung, Guillaume – und du hast sie nicht enttäuscht.« Sie trat auf ihn zu und legte eine Hand auf seine Wange, so wie sie es getan hatte, als er noch ein Knabe gewesen war. »Ich vertraue darauf«, fügte sie hinzu, wobei ihre grünen Augen ihn erneut durchdringend musterten, »dass du sie auch weiterhin rechtfertigst. Daran denke, wenn du diese Pforte durchschreitest.«

Erst jetzt merkte Guillaume, dass der Stollen zu Ende war. Im Halbdunkel, das jenseits des Fackelscheins herrschte, war eine schwere, metallbeschlagene Tür aus Eichenholz zu erkennen, die den Gang versiegelte.

Guillaume fühlte, wie sich seine Nackenhaare aufstellten. Ein Schauder befiel ihn, dessen er sich nicht zu entledigen vermochte, gepaart mit leiser Furcht. Doch Eleanor schien noch immer nicht gewillt, ihm den Grund seines Hierseins zu erläutern.

»Geh nun hinein, Junge«, flüsterte sie, »und tue, was das Schicksal von dir verlangt.«

Als wisperndes Echo schwirrte ihre Stimme um Guillaumes Ohren, ehe sie sich in der Tiefe des Stollens verlor. Er machte einen unsicheren Schritt in Richtung der Tür. Als seine Mutter jedoch keine Anstalten machte, ihm zu folgen, hielt er inne.

»Werdet Ihr nicht mit mir kommen?«, fragte er.

»Nicht dieses Mal.« Wieder lächelte sie, und wie zuvor war unverhohlener Spott darin zu erkennen. »Mein Einfluss hat ausgereicht, um dir jene Tür dort zu öffnen, Guillaume. Aber als Frau ist es mir nicht gestattet, sie zu durchschreiten.«

Guillaume nickte. Der Gedanke, zu etwas privilegiert zu sein, schmeichelte ihm und beruhigte ihn ein wenig. Er unterdrückte seinen Wunsch, sofort zu erfahren, was sich auf der anderen Seite befand. Stattdessen atmete er tief ein und straffte seine hagere Gestalt. Dann trat er auf die Tür zu und klopfte dagegen.

Das dicke Holz schluckte das Geräusch, und einen Augenblick hatte es den Anschein, als wollte niemand öffnen. Dann waren leise, schlurfende Schritte zu hören, und eine dumpfe Stimme fragte: »Wie lautet die Losung?«

»*Missi fato*«, antwortete Eleanor, noch ehe Guillaume etwas erwidern konnte, und zu seiner Verblüffung konnte man im nächsten Moment hören, wie der Riegel auf der anderen Seite zurückgezogen wurde. Von einem metallischen Ächzen begleitet, schwang die Tür auf. Nachdem er seiner Mutter, die im Schein von Manus' Fackel zurückblieb, einen letzten zweifelnden Blick zugeworfen hatte, trat er in das dahinterliegende Dunkel.

Er war noch keine fünf Schritte gegangen, als die Tür sich bereits wieder schloss. Dumpf und schwer fiel sie zu und sperrte den Fackelschein aus, sodass Guillaume schlagartig von Finsternis umgeben war. Panik wollte ihn überkommen, und er griff unwillkürlich zum Schwert, obwohl es ihm in der Dunkelheit kaum von Nutzen gewesen wäre.

»Tretet näher«, forderte ihn eine fremde Stimme auf, die sich seltsam dumpf anhörte.

Guillaumes Fäuste ballten sich in stillem Zorn, den er einerseits auf seine Mutter hegte, weil sie ihn in diese Situation gebracht hatte, andererseits aber auch auf die Veranstalter dieser sonderbaren Darbietung. Sie schien nur darauf ausgerichtet, arglose Besucher einzuschüchtern – und erfüllte diesen Zweck zu Guillaumes Ärgernis voll und ganz.

»Ich kann nichts sehen«, erklärte er, die Furcht in seiner Stimme durch Empörung vertuschend.

»*Beati qui non viderunt et crediderunt*«, sagte die Stimme. »Tretet näher, Guillaume de Rein.«

Guillaumes Verdruss steigerte sich noch. Nicht weil der geheimnisvolle Sprecher die Bibel zu zitieren wusste, sondern weil er ihn beim Namen genannt hatte und ihm damit ganz offenbar um einige Informationen voraus war.

Des Versteckspielens müde, fasste sich Guillaume ein Herz und trat vor, die eine Hand am Schwertgriff, die andere vor sich ausgestreckt wie ein Schlafwandler, um sich in der Finsternis voranzutasten.

Unvermittelt – er war noch keine drei Schritte gegangen – war ein Rauschen wie von schwerem Stoff zu vernehmen, und von einem Augenblick zum anderen lichtete sich die Dunkelheit.

Ein Vorhang, der das Gewölbe teilte, wurde von unsichtbarer Hand beiseitegezogen und gab den Blick auf den von Fackelschein beleuchteten Rest der Kammer frei.

Unter der niedrigen Decke, die von hölzernen, rußgeschwärzten Rippen getragen wurde, hatten sich acht Männer versammelt. Die Tatsache, dass sie alle in voller Rüstung waren, war überraschend und furchteinflößend zugleich.

Die Art ihrer Helme, die nicht spitz, sondern haubenförmig waren, und ihrer Kettenhemden, die bis zu den Knien reichten, jedoch unter wollenen Mänteln getragen wurden, ließ vermuten, dass es sich nicht um Normannen handelte, was die Situation noch bedrohlicher machte. Schon eher, vermutete Guillaume, handelte es sich um Lothringer oder Provenzalen. Den Kinnschutz ihrer Kettenhauben hatten die fremden Ritter hochgeschlagen, sodass von ihren Gesichtern nur die Augen zu sehen waren, die Guillaume musterten. Auf die Schulterpartien ihrer Umhänge waren Kreuze genäht, die sie als Teilnehmer des Feldzugs auswiesen. Ihre Schwerter trugen sie nicht am Gürtel, sondern hielten sie in den Armbeugen, wohl weniger, um ihre Verteidigungsbereitschaft zu signalisieren, als vielmehr als Symbol von Macht und Würde.

Guillaume fühlte sich gleichermaßen überrumpelt wie eingeschüchtert, aber er war bemüht, sich weder das eine noch das andere anmerken zu lassen. Der Worte seiner Mutter eingedenk, denen zufolge sie ihre ganze Hoffnung auf ihn setzte, kämpfte er die aufkommenden Fluchtgedanken mit aller Macht nieder.

»Guillaume de Rein«, sagte einer der Ritter, der wohl der Wortführer war. Sein Französisch wies einen südlichen Akzent auf und untermauerte Guillaumes Vermutung, was die Herkunft der Vermummten betraf. »Wie wir erfahren haben, begehrt Ihr Aufnahme in diesen erlauchten Kreis.«

»Das ist wahr«, bestätigte Guillaume vorsichtig. Was hätte er auch sonst erwidern sollen?

»Mit welchem Recht tut Ihr dies?«, wollte der Wortführer wissen – und Guillaume beschloss, sich ganz auf das Spiel einzulassen, das diese Leute offenbar mit ihm treiben wollten.

»Mit dem Recht der Geburt«, antwortete er so laut, dass es

von der Gewölbedecke widerhallte. »In meinen Adern fließt vornehmes Blut, meine Herkunft ist ohne Tadel.«

»Das trifft auf alle zu, die sich an diesem Ort versammeln. Allein von nobler Herkunft zu sein genügt nicht, um Aufnahme in die Bruderschaft zu finden. Wichtig ist, sich unserer Sache zu verschreiben, mit ganzer Seele und ganzem Herzen.«

Bruderschaft?

Unsere Sache?

Fragen umkreisten Guillaume wie ein Schwarm lästiger Fliegen, ohne dass er eine Antwort fand. Wohin, in aller Welt, hatte seine Mutter ihn geschickt? Wer waren diese Ritter?

»Niemand, der diese Pforte durchschreitet«, fuhr der Vermummte fort, nun ein wenig versöhnlicher als zuvor, »tut dies leichtfertig oder ohne darauf vorbereitet zu sein. Von Eurer Mutter wissen wir, dass Ihr ein Mann von großer Tapferkeit und Tugend seid, Guillaume de Rein, und dass Ihr Euch nichts sehnlicher wünscht, als Eurem Glauben mit Eurer ganzen Macht und all Euren Fähigkeiten zu dienen.«

»Auch das ist wahr«, log Guillaume, diesmal ohne Zögern – während er sich gleichzeitig fragte, ob seine Mutter noch recht bei Verstand war. Sie kannte ihn schließlich gut genug, um zu wissen, dass er den Frömmeleien der Priester nichts abgewinnen konnte und dass er nicht zur Ehre Gottes an diesem Pilgerzug teilnahm, sondern einzig und allein, um den Auftrag zu erfüllen, den der König ihm erteilt hatte.

Schon als Knabe hatte er den Lehren des Epikur ungleich mehr abzugewinnen vermocht als jenen der Stoa, die Augustinus und andere Kirchenväter so wortreich für sich vereinnahmt hatten. Obschon er an der äußersten Grenze der Zivilisation aufgewachsen war, hatte seine Mutter dafür gesorgt, dass er nicht nur im Kriegshandwerk unterrichtet wurde, sondern auch Kenntnisse in lateinischer und griechischer Schrift und Sprache erhielt und in die Geistesgeschichte des Abendlandes eingeführt wurde. Seine Lehrer waren dabei ohne Ausnahme Mönche aus benachbarten Klöstern gewesen, die seinem Vater tributpflichtig waren – doch Guillaume hatte den *Patres* die Mühe, die sie in seine Ausbildung gesteckt hatten, schlecht gedankt. Seine pragmatische, auf Vorteil bedachte Gesinnung hatte in den kirchlichen Weisungen nur wenig, in der geschichtlichen Überlieferung dafür jedoch umso regere Inspiration gefunden. Irgendwann hatte er seinen Lehrern erklärt, dass sie ihm nichts mehr beibringen könnten, was er nicht schon wisse, und dass er lieber den Pfaden Augustus' folgen wolle als jenen Augustins. Von diesem Tage an hatte er damit begonnen, sich seinen eigenen Glauben zurechtzuzimmern, in dem die heilige Dreifaltigkeit nur eine untergeordnete Rolle spielte und in dessen Zentrum vor allem einer stand: Guillaume de Rein.

Seine Mutter hatte ihn dabei stets bestärkt – ja, ihm geradezu eingeredet, dass er zu Höherem berufen und zu einem besonderen Schicksal ausersehen sei. Sein Vater hingegen hatte ihn stets wie einen Knecht behandelt, herablassend und ohne auch nur eine Spur von Anerkennung. In diesem Zwiespalt war Guillaume aufgewachsen, er hatte jeden seiner Schritte gleichermaßen beflügelt wie gehemmt. Doch dieser Tage nun schienen sich die Voraussagen seiner Mutter endlich zu erfüllen, und Guillaume war es gleichgültig, mit wem er dafür paktieren oder welche Eide er dafür schwören musste ...

Der vermummte Ritter sprach erneut. »Viele begehren, in unsere Reihen aufgenommen zu werden, doch nur wenige sind dazu bereit. Um zu unserer Gemeinschaft zu gehören, bedarf es mehr, als die meisten zu geben bereit sind. Habt Ihr eine genaue Vorstellung von dem, was wir tun? Was unsere geheime Mission ist?«

»Nun, ich habe manches gehört, aber ...«

»Die Bruderschaft verlangt Hingebung und Opferbereitschaft. Sie begünstigt und schützt die Ihren, aber ihr vorrangiges Ziel ist die Suche.«

»Wonach?«

»Vor allem nach Erfüllung, die jeder Einzelne von uns zu

finden hofft. Jedoch auch nach jenen Stücken, die verlorengingen, als sich frevlerische Heidenhände der heiligen Stätten bemächtigten, und in denen sich mehr als in jedem anderen weltlichen Besitz die Gegenwart Gottes manifestiert: die heiligen Reliquien.«

»Die ... die Reliquien«, wiederholte Guillaume. Er konnte es nicht glauben – seine Mutter hatte ihn zu einer Gruppe religiöser Eiferer geschickt!

»Die Mysterien des Glaubens«, drückte der Wortführer der Vermummten es anders aus.

»Ihr ... Ihr sprecht von ...«

»... von den materiellen Fundamenten, auf denen unser Glaube begründet liegt. Von jenem Kelch, den der Herr beim letzten Abendmahl reichte und nach dem schon so viele vor uns gesucht haben; von jenem Kreuz, an das er geschlagen und das für uns zur Erlösung wurde; und von jenem Speer, den der römische Hauptmann in seine Seite stieß.«

»Und Ihr glaubt, all diese Dinge wären tatsächlich zu finden?«, fragte Guillaume, der sowohl seine Verblüffung als auch seine Zweifel nicht länger verbergen konnte.

»Aus zuverlässiger Quelle wissen wir, dass sie existieren und sich noch immer im Heiligen Land befinden. Es ist unsere Aufgabe, sie den Heiden zu entreißen und der Christenheit zurückzugeben. Nicht zu unserem Ruhm, sondern nur zu dem des Herrn. Aber versucht nur für einen Augenblick, Euch vorzustellen, welcher Lohn denjenigen erwartet, der jene weltlichen Hinterlassenschaften findet und sie im Namen des Herrn wiederherstellt – und damit aller Welt beweist, dass unser Glaube der einzig wahre und das Himmelreich nahe ist.«

Guillaume stand wie vom Donner gerührt.

Auch wenn es weniger der unsterbliche Lohn war, der ihn reizte, als vielmehr jener der diesseitigen Welt, hatte der Vermummte fraglos recht. Wenn schon ein einziger päpstlicher Appell unter Edlen wie Gemeinen für solchen Aufruhr sorgte, um wie vieles mehr würde dann eine heilige Reliquie, ein handfester Beweis dafür, dass ihre Hoffnung nicht vergeblich war, den Glauben dieser armen Narren beflügeln? Wie Wachs würden sie in den Händen desjenigen sein, der ein solches Artefakt recht zu gebrauchen wusste. Sein Einfluss würde sich nicht nur auf die weltlichen Machthaber erstrecken, sondern auch auf jene der Kirche. Tore würden sich öffnen, die sonst verschlossen blieben, womöglich sogar im fernen Rom.

Die Möglichkeiten, die sich aus diesen Gedankenspielen ergaben, faszinierten Guillaume, und er begriff jäh, weshalb seine Mutter ihn an diesen Ort gebracht und ihren Einfluss geltend gemacht hatte, um ihn der Bruderschaft vorzustellen. Zum zweiten Mal innerhalb kürzester Zeit verschaffte sie ihm damit die Gelegenheit, seine Macht und seinen Einfluss sprunghaft zu erweitern, geradeso, als hätte sie all dies schon vor langer Zeit geplant. Dass sie dabei im Verborgenen gewirkt hatte und es Männern wie Renald de Rein oder Ranulf Flambard gestattete, sich weiterhin mit der Vorstellung zu betrügen, das Heft des Handelns selbst in den Händen zu halten, verstörte Guillaume, aber es rang ihm auch höchste Bewunderung ab.

Natürlich war ihm klar, dass dieses Bündnis nicht nur Vorteile brachte, dass die Bruderschaft auch Erwartungen an ihn haben würde, die sie durch sein Zutun erfüllt sehen wollte. Aber fraglos bot es ihm eine weitere Möglichkeit zu wachsen, und Guillaume wusste nun endlich, was er zu tun hatte, um diese Möglichkeit nicht ungenutzt verstreichen zu lassen.

»Eine heilige Aufgabe, fürwahr, und ich bin mehr als bereit dazu«, bestätigte er mit feierlicher Stimme.

»Seid Ihr auch bereit, dies zu beschwören und den feierlichen Eid der Bruderschaft zu leisten?«

»Das bin ich«, versicherte er ohne zu zögern.

»So zieht Euer Schwert, Herr Ritter«, verlangte der Vermummte von Guillaume, der der Aufforderung bereitwillig nachkam. Er hielt die Waffe mit der Spitze nach unten und umfasste die Klinge ein Stück unterhalb der Parierstange, sodass sie an ein Kreuz erinnerte. »Wollt Ihr bei Eurem Glauben schwören, fortan Eurer ganzes Leben, all Eure Kraft und Euer Schwert in den Dienst der Suche zu stellen?«

»Ich schwöre«, erwiderte Guillaume.

»Wollt Ihr weiterhin schwören, über die Existenz dieser Bruderschaft und ihrer heiligen Aufgabe Stillschweigen zu bewahren und es auch bei Gefahr Eures Lebens nicht zu brechen?«

»Auch das schwöre ich.«

»Und wollt Ihr fürderhin geloben, Euren Waffenbrüdern die Treue zu halten, so wie Ihr Eurem Glauben und Gott selbst die Treue haltet?«

»Ich gelobe es.«

»So empfangt das Zeichen, das Euch zu einem der Unseren macht, Guillaume de Rein«, sagte der Wortführer und trat beiseite. Dadurch gab er den Blick auf einen schmiedeeisernen Korb frei, der zu Guillaumes Unbehagen mit glimmenden Kohlen gefüllt war. In der orangeroten Glut steckte ein Eisen.

Ungerührt schob der Vermummte sein Schwert in die Scheide zurück, griff nach dem Eisen und zog es heraus. Guillaumes Augen weiteten sich, als er das glühende Ende der etwa zwei Ellen langen Stange erblickte, das in Form eines Kreuzes gehalten war.

Ein Brandeisen!

Unwillkürlich machte er einen Schritt zurück, nur um festzustellen, dass zwei der übrigen Vermummten ihre Plätze verlassen hatten und nun hinter ihm standen. Ihren Augen, die zwischen Helmkante, Nasenschutz und Kettengeflecht hervorspähten, war nicht zu entnehmen, was sie fühlten. Aber sie waren ganz offenbar dazu da, ihn nötigenfalls an die Endgültigkeit des Schwures zu erinnern, den er soeben abgelegt hatte.

Guillaumes Atem beschleunigte sich, sein gehetzter Blick ging in Richtung des Anführers, der gemessenen Schrittes auf ihn zutrat, das Gluteisen in der Hand.

»Macht Euren rechten Arm frei, Herr Ritter.«

Guillaume merkte, wie ihm Schweiß auf die Stirn trat. Seine Augen zuckten in ihren Höhlen umher und suchten krampfhaft nach einem Ausweg, nach einer Möglichkeit, wie er sich diese Qual ersparen konnte – aber er fand keine. Was auch immer er sagen, was auch immer er unternehmen würde, würde nur seine Glaubwürdigkeit untergraben. Ob es ihm also gefiel oder nicht, er würde zu seiner Entscheidung stehen müssen, zumindest dieses eine Mal.

Obwohl er sich Mühe gab, sich seine Angst nicht anmerken zu lassen, bebten seine Hände, als er die rechte Hand ausstreckte und den mit einer gestickten Borte versehenen Ärmel der Tunika zurückschlug. Bleiche, nackte Haut kam darunter zum Vorschein, auf der kleine Schweißperlen standen und die in Erwartung des Schmerzes schon jetzt von roten Flecken übersät war.

Der Mann mit dem Eisen trat vor ihn. Sein prüfender Blick war so stechend, dass Guillaume das Gefühl hatte, er würde an seinem Hinterkopf wieder austreten.

»Von Bruder zu Bruder«, erklärte der Vermummte.

»Von Bruder zu Bruder«, wiederholte Guillaume, obwohl er dem anderen für das, was er ihm anzutun im Begriff war, lieber ins Gesicht gespuckt hätte.

Er vermied es, seinen Arm noch einmal anzusehen, und starrte stur geradeaus. Er spürte, wie die behandschuhte Rechte des Fremden seine Hand ergriff, wartete einen entsetzlichen, quälenden Augenblick lang – und dann kam der Schmerz, zusammen mit einem Zischen und dem ekelerregenden Gestank von verbrannter Haut.

Guillaume hätte seine Qual und die ohnmächtige Wut, die er empfand, am liebsten laut hinausgebrüllt. Stattdessen presste er Zähne und Lippen fest aufeinander, bis sein Mund zu einem dünnen, blutleeren Strich geworden war. Dass ihm Tränen in die Augen traten, konnte er allerdings nicht verhindern.

Die Sinne drohten ihm zu schwinden, so überwältigend

war der Schmerz, zu seiner eigenen Enttäuschung jedoch blieb Guillaume bei Bewusstsein. Er zwang sich dazu, an sich herabzublicken, auf die noch schwelende Wunde, die der Vermummte ihm beigebracht hatte und die nun für immer auf seinem Unterarm prangen würde.

Das Symbol der Bruderschaft. Ein Kreuz, dessen vier gleich lange Arme sich nach außen verbreiterten.

»*Signum quaerentium*«, erklärte der Vermummte.

Guillaume nickte.

Das Zeichen der Suchenden.

Mit dem Rücken der linken Hand wischte er sich Tränen und Schweiß aus dem Gesicht. Sein Puls raste noch immer, und ihm war speiübel. Aber gleichzeitig empfand er auch Erleichterung – und Stolz. Das befriedigende Gefühl, etwas zu Ende gebracht zu haben, das er begonnen hatte.

»Nun denn«, sagte der Ritter, der das Wort geführt und ihm das Zeichen eingebrannt hatte. Er steckte das Eisen in den Korb zurück, dann gingen er und die anderen Vermummten dazu über, das Kettengeflecht von ihren Gesichtern zu lösen und die Maskerade zu beenden. Jetzt, da Guillaume einer der Ihren geworden war, bestand keine Notwendigkeit mehr, die Züge vor ihm zu verhüllen.

Unter dem Helm seines Peinigers kam ein ebenmäßiges Antlitz zum Vorschein, das leicht gebräunt war und dessen untere Hälfte von einem schwarzen, säuberlich gestutzten Kinnbart gesäumt wurde. Der schmale Mund lächelte schwach, die dunklen Augen, die das südländische Erbe verrieten, schauten Guillaume herausfordernd an.

»Eustace de Privas«, stellte er sich vor und bestätigte damit endgültig Guillaumes Vermutung, es mit Edlen aus dem Süden zu tun zu haben. Der Ritter mochte an die zehn Jahre älter sein als Guillaume, und obschon sich sein Lächeln verbreiterte und Freundschaft anzubieten schien, konnte Guillaume nicht anders, als einen Konkurrenten in ihm zu sehen.

Um Macht.

Um Einfluss.

Um Reichtum und Ruhm.

Dennoch legte sich auch über seine Züge ein Lächeln. »Ich danke Euch, Bruder Eustace, für die Gunst, die Ihr mir erwiesen habt – und zu den Schwüren, die ich bereits geleistet habe, füge ich noch einen weiteren hinzu und gelobe, dass ich Euch dies nie vergessen werde.«

17.

Vienne
September 1096

Es war so gekommen, wie der redselige Bertrand es vorhergesagt hatte. Bereits wenige Tage nachdem Conn am Brunnen der feurigen Rede des rothaarigen Mönchs gelauscht hatte, war der Abmarsch aus Rouen erfolgt. Schon kurz darauf hatte sich das Heer mit der Hauptstreitmacht aus Caen vereint, die der Herzog der Normandie persönlich befehligte. Natürlich bekam Conn den Sohn des Eroberers nicht zu sehen, ebenso wenig wie seinen Schwager Stephen de Blois oder einen anderen der hohen Herren, die im weiteren Verlauf des Marsches hinzustießen. Aber er war mehr als beeindruckt von der Größe, die die Streitmacht schon nach wenigen Tagen angenommen hatte.

Die Vorhut, die abwechselnd von den verschiedenen Gruppierungen des Heeres gestellt wurde, ritt dem riesigen Gebilde voraus, das sich einem gewaltigen Lindwurm gleich nach Süden wälzte. Ihr folgte das Hauptkontingent des Heeres, die Landlords und Fürsten mit ihren Rittern und Vasallen. Eine feste Ordnung gab es nicht; wer an welcher Stelle marschierte, hing davon ab, welchen Rang sein jeweiliger Herr in der Hierarchie des Feldzugs bekleidete. Allen voraus ritten freilich der Herzog und seine Getreuen, ihnen folgten sein Schwager sowie ein Kontingent flämischer Ritter unter der Führung des Grafen von Flandern, der ebenfalls Robert hieß und dessen

Reichtum so sagenhaft war, dass er, wie es hieß, den Heereszug seiner Männer aus eigener Tasche bezahlte.

Den Anführern des Heeres schlossen sich deren Gefolgsleute an, zuvorderst die Reiter, dann das Fußvolk. Irgendwo inmitten des unüberschaubaren Pulks aus Kettenhemden und Lanzen, die über der Schulter getragen wurden und an deren Enden bunte Fahnen wehten, marschierten auch jene normannischen Kämpfer, die sich der Streitmacht von England aus angeschlossen hatten, und mit ihnen auch der wackere Baldric, der unentwegt plappernde Bertrand, der schweigsame Remy und Conn. Dem Hauptkontingent wiederum folgte ein nicht enden wollender Tross, der unzählige Handwagen und Ochsenkarren mitführte und dem neben Köchen, Schmieden, Sattlern und Zimmermeistern auch zahllose Frauen und Kinder angehörten. Angesichts der Tatsache, dass der Feldzug fraglos mehrere Monate, wenn nicht gar Jahre dauern würde, hatten sich viele Kämpfer entschlossen, ihre Familien auf die lange Reise mitzunehmen. Auch edle Frauen begleiteten in großer Anzahl ihre Männer, freilich hoch zu Ross und von einem dichten Kordon Bewaffneter umgeben, die dafür sorgten, dass kein begehrlicher Blick eines niederen Soldaten die hohen Damen und ihre Dienerinnen treffen konnte. Dazu kamen Mönche, *fratres* und Laienbrüder, die sich ebenfalls entschlossen hatten, dem Ruf ins Heilige Land zu folgen und sich so ihr Seelenheil schon zu Lebzeiten zu erwerben.

Die Erfahrung des langen Marsches war neu für Conn, aber er nahm dankbar zur Kenntnis, dass infolge der Strapaze und der Gleichförmigkeit eines jeden Tages seine Trauer in den Hintergrund trat. Noch vor Sonnenaufgang erscholl der Weckruf, und es gab eine Mahlzeit, die je nachdem, ob man in den Diensten eines wohlhabenden oder eher ärmlichen Herren stand, üppig oder knapp ausfiel. Obschon Baldric nicht besonders begütert schien und nur ein einziges Pferd sein Eigen nannte, sorgte er stets dafür, dass Conns Magen gefüllt und er bei Kräften blieb. Danach begann der Tagesmarsch, der nur zur Mittagsstunde kurz unterbrochen wurde, wenn die Sonne den Zenit erreichte.

Je weiter sie nach Süden gelangten, desto heißer wurde es, sodass die Erhebungen Frankreichs zum ersten Prüfstein für das Heer der – so nannten sie sich inzwischen – Kreuzfahrer wurde. Noch war man jedoch guter Dinge. Sobald die Hitze des Tages ein wenig nachließ, wurden nicht selten Lieder angestimmt, religiösen Inhalts zumeist, aber hin und wieder auch andere, zum Missfallen der Kirchendiener, die das Heer begleiteten.

Vor Sonnenuntergang wurde das Nachtlager aufgeschlagen, und es oblag jedem einzelnen Kämpfer, für seinen Schlafplatz zu sorgen. Der überwiegende Teil nächtigte unter freiem Himmel, was infolge des milden Wetters in diesen späten Sommertagen problemlos möglich war; die wohlhabenderen Kämpen und ihre Familien schliefen hingegen in Zelten, die ihre Untergebenen für sie errichteten, oder fanden in benachbarten Dörfern und Bauernhäusern Zuflucht, deren ursprüngliche Bewohner entweder freiwillig das Feld räumten oder kurzerhand an die Luft gesetzt wurden.

An sich wäre Conn damit bedient gewesen, nach dem Nachtmahl, das aus Brot, Käse und einem Stück Pökelfleisch bestand, auf sein Lager zu sinken, sich in seine Decke zu hüllen und zu schlafen – doch Baldric ließ es nicht dazu kommen. Zum einen gab es immer noch Pflichten, die Conn zu versehen hatte – vom Auffüllen der Wasserschläuche über das Füttern und Tränken des Pferdes bis hin zum Ausbessern von Kleidung und Ausrüstung. Zum anderen schien es sich der Normanne aber auch in den Kopf gesetzt zu haben, die Zeit bis zum Eintreffen im Heiligen Land zu nutzen, um aus Conn einen halbwegs brauchbaren Schwertkämpfer zu machen.

»Den Schild hoch«, beschied er ihm barsch, während sie sich im Schein lodernder Fackeln gegenüberstanden, auf einer Hügelkuppe, unterhalb derer sich das Feldlager erstreckte. »Oder willst du unbedingt dein Gebiss verlieren?«

Um seine Warnung zu unterstreichen, führte der Normanne

sein Schwert in einer waagerechten Kreisbewegung, so rasch, dass Conn kaum noch reagieren konnte. Zwar gelang es ihm, den Schild ein wenig anzuheben, sodass er zumindest seine Kinnpartie schützte. Aber es reichte nicht aus, um Baldrics kraftvollen Hieb ganz abzuwehren. Die Klinge strich über die obere Kante des Schildes hinweg, und Conn konnte von Glück sagen, dass sie nicht aus geschärftem Metall bestand, sondern lediglich aus Holz, das ihm zwar eine gehörige Maulschelle versetzte, Wange und Kiefer jedoch beisammenließ.

Der Schmerz war dennoch recht beeindruckend; einen Augenblick lang tanzten Sterne vor Conns Augen. Bemüht, sich außer Reichweite seines Gegners zu bringen, taumelte er ein, zwei Schritte zurück. Da es jedoch bereits dunkel war und die im Boden steckenden Fackeln den Kampfplatz nur unzureichend beleuchteten, übersah er eine Vertiefung im morastigen Boden und verlor das Gleichgewicht. Mit einem dumpfen Aufschrei stürzte er nach hinten und landete auf dem Allerwertesten, geradewegs in einer Dreckpfütze, die nach allen Seiten spritzte. Die Eisenhaube auf seinem Kopf rutschte nach vorn und nahm ihm die Sicht, sodass er sich vorkam wie ein ausgemachter Trottel. Hastig schob er den Helm zurück in den Nacken – nur um zu sehen, dass die hölzerne Spitze von Baldrics Übungsschwert bereits an seiner Kehle schwebte.

»Junge«, stöhnte der Normanne und verdrehte das eine Auge, »wäre dies eine echte Klinge und wäre ich ein echter Gegner, so würdest du jetzt schon vor deinem Schöpfer stehen.«

»Ich weiß«, gab Conn kleinlaut zu.

»Aber natürlich wird unser angelsächsischer Dickschädel nicht aufgeben, oder?«, rief Bertrand lachend herüber, der zusammen mit Remy auf einem vom Wind gefällten Baum hockte und an einem kleinen Holzpferd schnitzte, wie er es häufig zu tun pflegte. Überhaupt besaß der Normanne ein gewisses Geschick darin, sein Messer zu benutzen, um einem Holzklotz Form und Gestalt abzutrotzen – auch die Übungsschwerter stammten aus seiner Fertigung. Die kleinen Figuren, die er zurechtschnitt, pflegte er Bauernkindern zu schenken, gewissermaßen als Trost dafür, dass des Herzogs Soldaten Kornsack um Kornsack aus den Vorratsspeichern ihrer Väter schleppten.

Conn bedachte ihn mit einem Seitenblick und schüttelte als Antwort auf dessen Frage störrisch den Kopf.

»Willst du es einmal mit ihm versuchen, Bertrand?«, fragte Baldric. »Ich werde es allmählich leid, ihn immer dieselben Lektionen zu lehren.«

»Nein, lass nur«, wehrte der andere ab und hob demonstrativ Schnitzwerk und Messer hoch, »ich bin anderweitig beschäftigt. Aber Remy sieht so aus, als könnte er es kaum erwarten, unserem Grünschnabel etwas beinzubringen.«

Das war freilich gelogen, denn der Gesichtsausdruck des schweigsamen Hünen unterschied sich in nichts von der Allerweltsmiene, die er auch zu jeder anderen Tageszeit zum Besten gab. Dennoch erhob er sich bereitwillig, bleckte das löchrige Gebiss und trat auf den Kampfplatz, um Baldric abzulösen.

»Bitte«, sagte der und händigte Remy das Holzschwert aus, »aber nimm ihn nicht zu hart ran. Schließlich ist er noch ein blutiger...«

Er hatte noch nicht zu Ende gesprochen, als der Hüne bereits auf Conn einschlug, und zwar keineswegs mit gezügelter Wucht, sondern so gründlich und kraftvoll, als gelte es, einem Eber den Schädel zu spalten. Conn, der noch immer auf dem Boden kauerte, sah die Klinge heranzischen und konnte nichts tun, als sich hinter seinen Schild zu ducken – der im nächsten Moment furchtbar unter dem Hieb erbebte. Fast gleichzeitig spürte Conn den Schmerz in seinem linken Arm – die alte Wunde, die sich wieder meldete.

Auf dem Gesäß durch den Morast rutschend, brachte er sich außer Remys Reichweite, der sein ganzes Gewicht in den Schlag gelegt hatte und einen Moment brauchte, um seine Leibesmasse wieder auszurichten. Rasch sprang Conn auf die Beine und nahm Verteidigungshaltung ein, wie Baldric es ihm beigebracht hatte, den Körper mit dem Schild deckend, das Schwert halb erhoben.

»So ist es gut«, lobte ihn sein Herr. »Beobachte seine Bewegungen. Ein Kämpfer seiner Größe muss das Gewicht verlagern, ehe er wieder angreift.«

Conn gab sein Bestes – und fiel dennoch auf die Finte seines Gegners herein. Mit einem Geschick, das einem Riesen wie ihm kaum zuzutrauen war, täuschte Remy einen weiteren Schwertstreich an, und Conn hob den Schild, worauf erneut heißer Schmerz durch seinen Arm zuckte. Remy jedoch änderte die Richtung seiner Attacke und stieß unerwartet zu. Hätte Conn nicht blitzschnell reagiert, wäre der Kampf schon wieder zu Ende gewesen. So riss er die eigene Klinge empor und parierte den Stoß, trug seinerseits einen Angriff vor, den sein erfahrener Gegner jedoch ins Leere laufen ließ.

Mit einer Leichtfüßigkeit, die seiner hünenhaften Erscheinung zu widersprechen schien, tänzelte Remy zur Seite und wich dem Hieb aus, dafür brachte er Conn einen weiteren Schwertstreich bei, den dieser – wenn auch unter Schmerzen – mit dem Schild blockte. Die Wucht des Aufpralls allerdings war so groß, dass er erneut ins Taumeln geriet.

»Remy«, rief Bertrand aus seiner sicheren Distanz. »Du musst unseren tölpelhaften Freund nicht erschlagen, um ihm etwas beizubringen, hörst du?«

Conn wollte beipflichten, aber schon ging der nächste Hieb auf ihn nieder. Er parierte ihn mit der Übungsklinge, doch das Holz gab nach und brach entzwei. Remy gab ein verächtliches Keuchen von sich und holte zum letzten Schlag aus.

»Den Schild hoch! Den Schild!«, hörte Conn Baldric brüllen, und er wollte gehorchen – anders als sein Arm.

Alles, was er fühlte, war Schmerz, und der Schild wurde so schwer, als wäre er aus purem Blei gegossen. Statt ihn anzuheben, ließ Conn ihn sinken, entsprechend krachte einen Lidschlag später Remys Schwert mit derartiger Wucht an seinen Helm, dass das Metall eine Beule davontrug und

Conn das Gefühl hatte, der Kopf würde ihm von den Schultern gerissen.

Benommen ging er nieder. Auch die Tatsache, dass er sich an den Schild klammerte, dessen spitzes unteres Ende im weichen Boden steckte, änderte nichts daran, dass er sich im nächsten Moment auf dem Boden wiederfand, zur Belustigung Bertrands und Remys, dessen Lachen sich anhörte wie ein brunftiger Hirsch. Und zum Ärgernis Baldrics, dessen gestrenge Miene über ihm auftauchte.

»Was soll das?«, fragte der Normanne. »Kannst du nicht hören, was ich dir sage? Willst du unbedingt vom erstbesten Sarazenen erschlagen werden, der dir über den Weg läuft?«

»V-verzeiht, Herr«, war alles, was Conn hervorbrachte – zu mehr war er sowohl aufgrund seines dröhnenden Schädels als auch wegen der tobenden Schmerzen in seinem Arm nicht in der Lage.

Er befreite sich von dem Schild und ließ ihn fallen. Blut tränkte den Ärmel seiner Tunika und sickerte unter dem Kettenhemd hervor, das Baldric für ihn erstanden hatte.

»Allmächtiger«, stieß der Normanne hervor und ließ sich bei ihm nieder, um den Arm in Augenschein zu nehmen. »Die Wunde hat sich schon wieder geöffnet«, stellte er fest und roch daran. »Und sie eitert.«

»Ja, Herr.«

»Warum hast du mir das nicht gesagt?«

»Weil ich meine Lektion lernen wollte«, entgegnete Conn schlicht und erntete dafür einen Blick, der – soweit er feststellen konnte – ein wenig Verblüffung, ein wenig Tadel, aber auch eine Spur von Stolz enthielt. »Und weil es nichts geändert hätte, oder?«

»Damit hast du nur zu recht«, sagte Baldric barsch. »Eine Verwundung ist keine Entschuldigung für einen schlechten Kampf. Wenn du die Kämpfe, die uns bevorstehen, überleben willst, musst du weiter hart trainieren.«

»Ja, Herr.« Conns Sinne drohten ihm zu schwinden, so überwältigend war der Schmerz.

»Räum den Kampfplatz auf. Dann geh hinüber zu den Mönchen, vielleicht können sie etwas für dich tun.« Er griff an den Beutel an seinem Gürtel und holte ein Silberstück hervor. »Gib ihnen dies. Es wird ihre Hilfsbereitschaft ein wenig fördern.«

»Als Bezahlung?«, fragte Conn verwundert.

»Als Almosen«, erklärte Baldric mit mattem Lächeln.

»Ich danke Euch, Herr.«

»Schon gut. Und jetzt mach dich an die Arbeit.« Abrupt wandte sich der Normanne ab, aber Conn entging nicht der Blick, den er in Bertrands Richtung warf und den dieser mit einiger Besorgnis erwiderte. Conn nahm an, dass es dabei um seinen Arm ging. Vermutlich wussten sie etwas, was sie ihm nicht sagen wollten, oder hatten zumindest einen Verdacht. Er verspürte jedoch auch kein Verlangen, sie danach zu fragen.

Stattdessen sammelte er den Schild, das verbliebene Übungsschwert sowie die Überreste seiner eigenen Klinge vom Boden auf, dann löschte er die Fackeln. Nachdem er alles zum Lagerplatz gebracht hatte, wollte er sich, wie Baldric es ihm aufgetragen hatte, zu den Cluniazensermönchen begeben, die nicht weit entfernt lagerten.

»Warte, mein ungeschickter Freund«, rief Bertrand ihm zu, der seine Schnitzarbeit aufgegeben und wieder in seinem Gürtelbeutel verstaut hatte, »ich komme mit dir.« Und ohne darum gebeten zu haben, war Conn plötzlich in Begleitung des geschwätzigen Normannen.

»Tut es sehr weh?«, erkundigte sich Bertrand mit einem Ernst, der Conn erneut beunruhigte.

»Es geht«, stieß er zwischen zusammengebissenen Zähnen hervor.

»Der gute Remy ist ein treuer Geselle«, suchte Bertrand ihn aufzumuntern, »aber so feinfühlig wie der Hund eines Henkers, richtig?«

»Richtig«, bestätigte Conn mit einem freudlosen Grinsen.

Sie gingen durch das Lager, vorbei an müde aussehenden Männern, die um kleine Feuer saßen und karge Mahlzeiten kauten. Mit dem Untergang der Sonne war es merklich kühler geworden. Wind wehte von den nahen Bergen her. In den Senken hatte sich Nebel gebildet, der sich in zähen Schwaden ausbreitete und in das Lager kroch. Vor dem Hintergrund der knorrigen Bäume, die bereits begonnen hatten, ihr Laub abzuwerfen, und den flackernden Schatten der unzähligen Feuer entstand eine bedrückende Stimmung, die sich rasch ausbreitete. Nirgendwo wurde gesungen oder auch nur ein lautes Wort gesprochen. Das ganze Lager schien unter einer Haube aus Nebel und Dunkelheit zu versinken, der Welt und ihrer Zeit entrückt.

»Eine düstere Gegend ist das hier. Kein Wunder«, beschwerte sich Bertrand und kreuzte die Arme vor der Brust, um sich zu wärmen.

»Kein Wunder? Was meinst du damit?«

»Diese Stadt dort unten«, erklärte Bertrand, nach der Ostseite des Lagers deutend, »ist Vienne.«

Conn hob die Brauen. »Und?«

Einmal mehr rollte der untersetzte Normanne mit den Augen und fuhr sich durch das wirre Haar. »Du meine Güte! Wo hast du nur dein bisheriges Leben verbracht?«

»Auf der Straße«, erwiderte Conn wahrheitsgemäß.

»Dann wundert mich nichts. So höre denn, unwissender Conwulf, dass Vienne die Heimatstadt jenes Pontius Pilatus gewesen ist, der Statthalter in Judäa war, gerade zu der Zeit, als unser Herr Jesus dort wirkte – und unter dessen Herrschaft er grausam hingerichtet wurde.«

Conn schluckte sichtbar. Zwar konnte er nicht lesen und war folglich auch nicht in der Lage, die Bibel zu studieren. Er hatte jedoch oft genug den Worten von Wanderpredigern und Laienbrüdern gelauscht, die nach London gekommen waren, um dem einfachen Volk von den Wohltaten Christi zu berichten, von seinem Sterben und seiner Auferstehung. Und natürlich wusste er auch, welche Rolle Pilatus dabei gespielt hatte, jener ebenso eitle wie schwache Römer, der sich die Hände in Unschuld gewaschen hatte. Aber dass er selbst sich just an jenem Ort befinden sollte, von dem Pilatus stammte, ließ die Ereignisse viel unmittelbarer erscheinen. Unwillkürlich fragte sich Conn, wie es sich erst verhalten mochte, wenn er das Heilige Land betrat, das doch der Schauplatz all dieser wunderbaren Begebenheiten gewesen war.

»Wie es heißt, soll Pilatus später in seine Heimatstadt zurückgekehrt sein, aber er fand keinen Frieden mehr. Es wird behauptet, dass er Vienne verließ und in den Bergen ein karges Dasein fristete, wo er schließlich einen einsamen Tod starb. Jene Erhebung dort«, fügte Bertrand hinzu, auf einen schwarzen Bergrücken deutend, der im Nebel und gegen den dunkelnden Himmel kaum auszumachen war, »trägt daher seinen Namen.«

Conn schauderte insgeheim. »Woher weißt du das alles?«, fragte er, um das Thema zu wechseln.

»Woher wohl? Aus Büchern«, erklärte der Normanne, als wäre es das Selbstverständlichste der Welt. »Kannst du etwa nicht lesen?«

»Natürlich nicht.« Conn schüttelte den Kopf.

»Daran ist überhaupt nichts Natürliches. Womöglich wäre es um diese Welt besser bestellt, wenn mehr Menschen des Schreibens und Lesens mächtig wären und so aus den Fehlern der Vergangenheit lernen könnten. Denn es gibt viele Bücher, Conwulf, nicht nur jene, in denen die Wundertaten unseres Herrn aufgeschrieben sind, sondern auch solche aus alter Zeit, Bücher der Geschichte, die in den Bibliotheken der Klöster aufbewahrt werden.«

»Ich verstehe«, behauptete Conn.

»Willst du es lernen?«, fragte Bertrand unvermittelt.

»Was lernen?«

»Lesen natürlich, Dummkopf. Ich könnte es dich lehren.«

»Danke, aber ich habe schon an Herrn Baldrics Lektionen zu tragen.«

»Er nimmt dich hart ran, und das ist gut so, denn in der Schlacht gibt es keine barmherzigen Gegner, noch dazu, wenn man gegen Sarazenen kämpft. Aber so wie die Dinge liegen«, sagte Bertrand mit Blick auf Conns Arm, »wirst du deine Schwertübungen wohl für eine Weile aussetzen müssen – und diese Zeit könntest du nutzen, indem du lesen und schreiben... Sag mal, du Ochse, hörst du mir überhaupt zu?«

Die Frage war berechtigt, denn Conn war plötzlich stehen geblieben und hatte tatsächlich kaum noch etwas von dem mitbekommen, was sein normannischer Begleiter sagte.

Ein Stück voraus, nur einen halben Steinwurf entfernt, hatte er einen Reiter ausgemacht. Aufrecht auf seinem Ross sitzend, mit einem schimmernden Helm auf dem Haupt und einem reich bestickten Mantel um die Schultern, bot der Kämpe an sich schon einen eigentümlichen Kontrast zu den ermüdeten und gebeugten Gestalten, die allenthalben am Boden kauerten. Aber da war noch mehr, das Conns Aufmerksamkeit fesselte. Denn unter dem Helm des Ritters quoll langes blondes Haar hervor, das auf seine Schultern fiel, und die blassen Gesichtszüge mit der spitzen Nase und dem hervorspringenden Kinn waren so markant, dass Conn sicher war, den Mann zu kennen – aber woher?

Er überlegte fieberhaft, während der Reiter mit einem Soldaten sprach, der in unterwürfiger Haltung vor ihm stand. Als Conn die grünen Augen des Mannes im Widerschein des Feuers funkeln sah, wusste er plötzlich, wo er ihm begegnet war.

Greller Schmerz durchzuckte nicht nur seinen Arm, sondern auch sein Innerstes. Die Erinnerungen, die der Anblick des Fremden auslöste, rissen ihn zurück in die Nacht von Nias Tod. Auf seiner wilden Flucht, kurz bevor er über die Zinnen der Burg und in den Fluss gesprungen war, hatte er auf dem Wehrgang einem jungen Ritter mit blasser Miene und kantigen Zügen gegenübergestanden, dessen grüne Augen ihn hasserfüllt angestarrt hatten – und er war sicher, genau diesen Ritter vor sich zu haben!

»Hundsfott!«, herrschte der den Soldaten an. »Hatte ich dir nicht aufgetragen, mein Zelt aufzurichten? Stattdessen liegst du hier mit den anderen Taugenichtsen und ruhst dich aus!«

»Verzeiht, Herr«, entgegnete der Soldat, der das Haupt ehrerbietig gesenkt hatte und den Jüngeren zu fürchten schien, »aber Baron de Rein hat uns erlaubt...«

De Rein!

Allein die Erwähnung dieses einen Namens genügte, um Conn zusammenfahren zu lassen, als hätte ihn ein Schwertstreich getroffen. Bertrand, das Lager und alles andere um ihn herum schienen hinter einer Mauer zu verschwinden. Alles, was er sah, war der Jüngling auf dem Pferd. Mit eigenartiger Klarheit drang dessen Stimme an sein Ohr, so als ob er direkt neben ihm stünde.

»Was mein Vater euch erlaubt hat, interessiert mich nicht. Zunächst habt ihr eure Pflichten zu erfüllen, ehe ihr eure faulen Hinterteile zur Ruhe betten könnt, habt ihr verstanden?«

»Wie Ihr wünscht, Herr Guillaume«, antwortete der Scherge und schien auf die Knie fallen zu wollen, was der andere jedoch schon nicht mehr mitbekam. Das behelmte Haupt hoch erhoben, riss er sein schnaubendes Tier herum und ritt davon, ohne seinen Untergebenen auch nur eines weiteren Blickes zu würdigen.

Einen Augenblick stand Conn, der nach wie vor nur den Reiter wahrnahm, völlig reglos. Dann glitt seine Rechte an den Gürtel, wo der Dolch hing, umfasste den Griff und riss ihn heraus.

Dies war Guillaume de Rein!

Der Mann, der Nia getötet und sein Leben zerstört hatte!

Hass, wie er ihn nie zuvor in seinem Leben verspürt hatte, loderte in seinem Herzen auf wie eine Feuersbrunst, würde ihn verzehren, wenn er ihm nicht augenblicklich nachgab.

Conn wollte loslaufen, dem Reiter hinterdrein, um ihm die Klinge des Dolchs in den Rücken zu rammen und sein frevlerisches Leben auszuhauchen, so wie der es bei Nia getan hatte.

Über die Folgen dachte Conn in diesem Moment nicht nach. Alles, was er wollte, war den Racheschwur erfüllen, den er am toten Körper seiner Geliebten geleistet hatte – plötzlich aber packte ihn eine Hand und hielt ihn zurück. »Wohin des Wegs, mein ungestümer Freund?«, sagte jemand direkt neben ihm.

Jäh weitete sich Conns Blickfeld wieder, und er schaute in die vertrauten Züge von Bertrand, der ihn mit einer Mischung aus Sorge und Ungeduld ansah. Seine beiden Hände umklammerten dabei Conns unverletzten Waffenarm.

»Lass mich los!«, verlangte Conn wütend.

»Zu welchem Zweck?«, fragte der Normanne ungerührt. »Mir will scheinen, dies führt zu keinem guten Ende.«

»Das ist mir egal«, schrie Conn so laut, dass die Männer, die ringsum an ihren Feuern saßen, aufmerksam wurden und herüberschauten. Andere, die bereits geschlafen hatten, wurden wach und stießen bittere Verwünschungen aus. »Ich werde dieses Schwein...«

»Gar nichts wirst du«, fiel Bertrand ihm ebenso energisch wie barsch ins Wort, und zum ersten Mal bekam Conn zu spüren, dass sich hinter der gedrungenen, harmlos wirkenden Statur des Normannen beträchtliche Körperkraft verbarg. »Steck das Messer wieder ein, Junge, und halte den Mund. Oder willst du unbedingt hängen?«

Conn wehrte sich mit verzweifelter Kraft, aber er hatte keine Möglichkeit, dem Griff des älteren und sehr viel erfahreneren Kämpfers zu entkommen. Schließlich sah er ein, dass sein Widerstand keinen Zweck haben würde, zumal Guillaume de Rein längst verschwunden war. So plötzlich, wie die Dunkelheit ihn ausgespien hatte, hatte sie ihn wieder aufgenommen.

Als Bertrand merkte, dass Conn aufgab, lockerte er seinen Griff ein wenig. »Du kennst Guillaume de Rein?«

Conn nickte. Was hätte er es auch leugnen sollen?

»Aber du hast offenbar wenig Grund, ihn zu lieben«, forschte der Normanne weiter nach.

»Nicht einen einzigen«, sagte Conn nur. Seine Mundwinkel verzerrten sich vor Abscheu.

Bertrand schaute ihn prüfend an. »Ich verstehe. Aber der gute Herr Baldric hat dich ganz sicher nicht gerettet, damit du bei der ersten sich bietenden Gelegenheit dein Leben sinnlos verschleuderst. Geht das in deinen angelsächsischen Dickkopf?«

Conn nickte, und während sich sein Zorn allmählich wieder legte und einer stummen Leere wich, ging ihm erst auf, was für ein überaus seltsames Gespräch er mit Bertrand führte. War Baldrics Gefolgsmann nicht ebenfalls Normanne? Und hatte zu Hause in England die oberste Überlebensregel nicht gelautet, niemals einem Normannen zu vertrauen? Aber wenn dies so war, weshalb bestürmte Bertrand Conn dann nicht mit Fragen und versuchte herauszufinden, welche Art Feindschaft er gegen einen seiner eigenen Leute hegte? Und hätte er ihn, da er Conns Absichten ja ganz offenbar durchschaute, nicht niederschlagen und ihn seiner Waffe berauben müssen? Oder ihn zumindest Guillaume de Reins Leuten übergeben müssen?

Bertrand jedoch schien nicht einmal einen Gedanken daran zu verschwenden. Stattdessen bedachte er Conn mit einem letzten warnenden Blick und entließ ihn dann vollends aus seinem Griff.

»Du ... du kennst de Rein ebenfalls«, sprach Conn die Vermutung, die ihm durch den Kopf schoss, laut aus.

»Ein wenig. Jedoch gut genug, um zu wissen, dass es ratsam ist, sich von ihm und seinem Vater fernzuhalten.«

»Aber ...«

»Kein aber. Wenn du tust, wozu dein Gefühl dir rät – und ich glaube zu wissen«, fügte der Normanne mit Blick auf Conns Dolch hinzu, »was das ist –, so wirst du entweder am Galgen enden oder gleich getötet, zumal du Guillaume de Rein im Kampf nicht das Wasser reichen könntest. Folglich wirst du deine unsterbliche Seele im Fegefeuer wiederfinden, wenn nicht gar im dunkelsten Höllenpfuhl. Bist du sicher, dass du ein derart sinnloses Opfer bringen willst?«

Conn schaute ihn verblüfft an.

Er war noch immer wütend, inzwischen aber wieder so bei Verstand, dass er einen klaren Gedanken fassen und ihn auch zu Ende bringen konnte. Somit kam er nicht umhin zuzugestehen, dass Bertrand recht hatte. Die Gefahr ewiger Verdammnis hätte Conn auf sich genommen, wenn dafür garantiert gewesen wäre, dass Guillaume de Rein seine gerechte Strafe erhielt. Aber dies war tatsächlich äußerst fraglich, denn abgesehen von seinem Hass war Conn nicht darauf vorbereitet, Nias Mörder gegenüberzutreten, zumal ihn die Verwundung am Arm zusätzlich beeinträchtigen würde.

Er würde seine Rache einmal mehr aufschieben müssen, aber er hatte eine wichtige Erkenntnis gewonnen: Die de Reins hatten sich dem Feldzug ebenfalls angeschlossen und reisten im selben Kontingent wie er, was bedeutete, dass er in ihrer Nähe war und sie ihm nicht entkommen konnten. Entdeckung brauchte er wohl nicht zu fürchten, denn Guillaume de Rein und er hatten sich zwar in jener Nacht auf den Zinnen der Königsburg kurz gegenübergestanden, doch fraglos hatte sich ihm die Fratze des Mörders ungleich tiefer ins Gedächtnis eingebrannt als sich sein Gesicht dem jungen Herrn de Rein, für den ein Angelsachse aussah wie der andere. Vermutlich, dachte Conn bitter, erinnert sich de Rein noch nicht einmal an die junge Frau, die er wie einen Hund geprügelt und zu Tode vergewaltigt hatte.

Wieder verspürte er tiefen Zorn, aber diesmal behielt er die Kontrolle.

Es war zu früh, um sich Guillaume de Rein zu stellen.

Aber sie reisten gemeinsam, und von dieser Stunde an hatte auch Conn einen erklärten Grund, mit den Kreuzfahrern gen Osten zu ziehen, auch wenn seine Motive weniger hehr waren als jene Baldrics und er sein Seelenheil wohl eher verlieren als gewinnen würde.

18.

Kloster Cerreto
September 1096

Isaac Ben Salomon hatte gehorcht.

Dem Versprechen, das er einst gegeben hatte, sowie der bitteren Notwendigkeit. Und auch jener inneren Stimme, die ihm geraten hatte, dem Willen seiner Tochter nachzugeben und sie mitzunehmen auf die weite und gefahrvolle Reise. Chaya hatte sich dieser Entscheidung in jeder Hinsicht würdig und gewachsen erwiesen.

In Männerkleider gehüllt und als Isaacs Diener getarnt, hatte sie Köln zusammen mit ihrem Vater am Tag nach Schawuot verlassen. Jener Stadt den Rücken zu kehren, in der sie aufgewachsen war und wo sie den größten Teil ihres bisherigen Lebens verbracht hatte, war Chaya nicht leichtgefallen, obschon ihr Vater ihr immer wieder vor Augen führte, dass Köln zwar die Stätte ihrer Geburt sein mochte, ganz sicher jedoch nicht ihre Heimat war. Denn diese lag weit im Osten, jenseits des Meeres und umgeben von den kargen Gebirgen Syriens und der weiten Wüste des Sinai. Mit Gottes Hilfe würde Chaya sie schon bald zu sehen bekommen.

Um den Mordbrennern und Eiferern zu entgehen, die entlang des Rheins ihre Lager aufgeschlagen hatten, hatten sie sich für die östliche Route entschieden und die Mitte des Reiches durchwandert, das ihnen lange Zeit sichere Zuflucht geboten hatte, nun jedoch zum Feindesland zu werden drohte.

Teils waren sie zu Fuß gereist, teils auf Ochsenkarren, deren Besitzer Isaac für die Mitnahme bezahlt hatte; später dann hatte er zwei Maultiere erstanden, auf denen sie ein gutes Stück des Weges ritten und die grau und unauffällig genug waren, um nicht aufzufallen – denn in diesen dunklen Tagen konnte selbst der Anblick eines prächtigen Reitpferdes schon genügen, um blutigen Hass hervorzurufen, wenn ein Jude darauf saß.

Von Fulda waren sie nach Würzburg gelangt und von dort nach Augsburg, stets wachsam und die großen Städte meidend aus Sorge, dort ähnliche Bedingungen vorzufinden wie an Mosel und Rhein. Durch die südlichen Herzogtümer – das Wetter hatte sich bereits verschlechtert, und es regnete in Strömen – hatten sie sich schließlich den Alpen genähert, die sich zunächst als fernes gezacktes Band, dann aber als trutzige, schier unüberwindliche Mauer aus kargem Fels erwiesen hatten, deren bereits schneegekrönte Gipfel sich zumeist in düstere Wolken hüllten.

Die dunklen Wälder, die den Fuß der Berge säumten, gemahnten an die Zeit, da das Land noch jung und kaum von Menschen besiedelt gewesen war. Die Städte wurden kleiner, die Anzahl der Dörfer nahm nach Süden hin beständig ab. Entsprechend wurden auch die Menschen immer weniger, und es hatte fast den Anschein, als würde am Rand der Berge das kultivierte Ackerland von üppig wuchernder Wildnis verschlungen.

Für die Reisenden bedeutete dies Hoffnung und Gefahr zugleich. Hoffnung, weil in den dünn besiedelten südlichen Gebieten die Kunde vom Feldzug gegen die Heiden entweder noch nicht angekommen war oder sich nicht mit demselben Nachdruck verbreitet haben mochte wie in den Städten des Nordwestens. Die Bewohner, auf die Chaya und ihr Vater trafen – zumeist Bauern oder Wirtsleute, die einfache Schänken betrieben, in denen es wenig mehr als ein Dach über dem Kopf und ein Stück Brot oder Käse gab –, begegneten den fremden

Besuchern zwar mit einiger Neugier, jedoch nicht mit Feindseligkeit. Gefahr hingegen ging von den Räuberbanden aus, die beiderseits der Alpen das Dunkel der Wälder nutzten, um arglosen Wanderern aufzulauern.

Isaac wog die Möglichkeit eines Überfalls und die Gefahr der Entdeckung gegeneinander ab, kam jedoch zu dem Schluss, dass sie besser beraten waren, wenn sie sich einem der Wagenzüge anschlossen, die in unregelmäßigen Abständen die Pässe nach Süden befuhren. Nachdem sie in Innsbruck mehrere Tage ausgeruht und sich auf die kräftezehrende Passage über die Berge vorbereitet hatten, erfuhren sie durch Zufall von einem Zug jüdischer Kaufleute, der nach Mailand wollte. Natürlich schlossen Issac und seine Tochter sich ihren Glaubensbrüdern gerne an – ihre Tarnung jedoch gab Chaya auch unter ihresgleichen nicht auf und behauptete weiterhin, der Diener des alten Kaufmanns zu sein und den Namen Ilan zu tragen.

Auf diese Weise gelangten sie in einem beschwerlichen, glücklicherweise jedoch ereignislosen Marsch über die Berge in das Land südlich der Alpen, das sie mit trockenem Wetter und milder Luft begrüßte, die, so kam es Chaya vor, bereits den Geruch des Meeres auf ihren Schwingen trug.

Rasch ging es nach Süden, zurück in dichter besiedelte Gebiete. Zwar gab es am Wegrand Handelsstationen, doch die meisten waren unbefestigt und boten nur unzureichend Schutz vor Räubern und anderem Gesindel; mit den Karawansereien des Ostens, die jedem Reisenden, der dort einkehrte, Schutz und ein gewisses Maß an Annehmlichkeit versprachen, waren sie nicht zu vergleichen. Über Brixen ging es nach Trient, von dort nach Brescia und schließlich nach Mailand, wo Chaya und ihr Vater sich von dem Kaufmannszug trennten und die letzte Etappe ihrer Reise antraten, die sie nach Genua bringen sollte, wo, wenn es dem Herrn gefiel, ein Schiff für sie bereitstand.

Die Nacht nach ihrer Abreise aus Mailand verbrachten sie

in einem Kloster nahe der Stadt Lodi, das Mönche des Benediktinerordens erst vor wenigen Jahren gegründet hatten. Anfangs hatte Isaac gezögert, bei Christen Obdach zu suchen, aber infolge der politisch unsicheren Lage und der kriegerischen Rivalitäten zwischen den oberitalienischen Städten entschloss er sich schliesslich doch, an die Klosterpforte zu klopfen. Die Mönche gewährten ihnen Einlass und stellten keine Fragen – entweder war das Misstrauen, das andernorts gegenüber dem Volk Israel herrschte, noch nicht bis hierher gedrungen, oder sie scherten sich einfach nicht darum.

Die Zelle, die man dem Kaufmann und seinem Diener zuwies, mussten Isaac und Chaya sich teilen. Obschon sie nur mit einem kleinen Tisch und einem Schemel möbliert war und die Schlaflager lediglich in der Steinmauer ausgesparte Nischen waren, in denen strohgefüllte Säcke lagen, war es bei Weitem mehr Annehmlichkeit als in vergangenen Nächten. Da es ihnen untersagt war, zusammen mit den Mönchen im Refektorium zu speisen, brachte man ihnen eine Mahlzeit, die aus Oliven, Brot und einem harten, würzigen Käse bestand. Dazu gab es einen Krug Wein. Ob die Nahrungsmittel koscher waren, bezweifelte Isaac zwar ernstlich, aber in Anbetracht der Bedingungen, unter denen sie reisten, hatten sie wohl keine Wahl, als das zu essen, was ihnen zur Verfügung stand. Die Mission hatte Vorrang.

Im flackernden Licht der Kerze, die auf dem Tischchen stand, beobachtete Chaya, wie ihr Vater seinen Mantel ablegte, um sich zur Ruhe zu begeben. Darunter trug er, an einem schräg über die Brust verlaufenden Riemen, den ledernen Köcher, den Daniel Bar Levi ihm am Tag vor der Abreise übergeben hatte. Da Chaya nicht gewusst hatte, dass ihr Vater in jungen Jahren ein feierliches Versprechen gegeben hatte, das ihn auch jetzt noch band, war es für sie eine Überraschung gewesen, den Grund für seine überstürzte Abreise aus Köln zu erfahren. Die Überraschung hatte sie inzwischen überwunden – das Rätselraten um den Inhalt des Behälters jedoch blieb, und es war Chaya schon fast zur Gewohnheit geworden, vor dem Einschlafen darüber nachzusinnen.

»Du legst den Köcher niemals ab, weder bei Tag noch bei Nacht«, stellte sie fest.

»So wie es mir aufgegeben wurde«, entgegnete der alte Isaac schlicht.

»Von wem?«

Isaac wandte sich halb zu ihr um. »Von meinem Vater«, entgegnete er nach kurzem Zögern.

»Von deinem Vater?« Chaya, die bereits in ihrer Schlafnische gelegen hatte, richtete sich verblüfft wieder auf. Es war das erste Mal, dass sie auf eine ihrer Fragen Antwort bekam. Offenbar hatte Isaac entschieden, dass sie nach all den Strapazen, die sie ohne Murren ertragen hatte, zumindest ein wenig mehr erfahren sollte.

Issac nickte. Er nahm die Kerze und trug sie zu seiner Schlafstatt, auf deren Rand er sich seufzend niederließ. »Er war einst ein Träger, genau wie ich.«

»Ein Träger?«

Ihr Vater lächelte schwach. »Im Gegensatz zu den Bewahrern, die das Buch über all die Jahrhunderte verborgen und gehütet haben – so wie der gute Daniel.«

»Ein Buch? Das also befindet sich in diesem Behältnis?«

»So ist es. Nicht mehr und nicht weniger. Ist deiner Neugier damit Genüge getan?«

Chaya nickte zögernd – während sie sich gleichzeitig eingestehen musste, dass sie ein wenig enttäuscht war. Natürlich hatte sie aufgrund der Größe und des offenbar auch geringen Gewichts des Köchers angenommen, dass sich ein Schriftstück darin befand, allerdings eines von größerer Bedeutung. Ein alter Vertrag oder eine kaiserliche Urkunde oder ...

»Du wirkst ernüchtert«, sagte Isaac, der sie gut genug kannte, um ihre Züge richtig zu deuten.

»Nun, ich hätte nicht gedacht, dass ...«

»Dass was, meine Tochter? Dass ein Buch all dies hier rechtfertigen könnte?« Er machte eine ausladende Handbewegung, die nicht nur die Zelle und das Kloster, sondern die ganze beschwerliche Reise einzuschließen schien.

»In der Art«, gestand Chaya leise.

»Und was, wenn ich dir sagte, dass der Inhalt dieses Buches von solcher Wichtigkeit ist, dass er die Geschicke nicht nur unseres Volkes, sondern der ganzen Welt verändern könnte? Und dass es aus diesem Grund keinesfalls in die falschen Hände gelangen darf?«

»Wurde es dir aus diesem Grund übergeben?«

Isaac nickte. »Auf seinem Sterbebett hat mein Vater deinem Onkel Ezra und mir das Versprechen abgenommen, das Buch an einen anderen Ort zu bringen, falls die Zeit dafür kommen sollte, und es nötigenfalls mit unserem Leben zu schützen.«

»Und diese Zeit ist gekommen?«

»Nach allem, was geschehen ist, kann daran wohl kein Zweifel bestehen«, erwiderte der alte Kaufmann und strich sorgfältig seinen Bart zurecht, der im Zuge der Wanderschaft noch länger, aber auch ein wenig wirr geworden war.

»Aber warum erfahre ich erst jetzt davon, Vater? Warum hast du in all den Jahren niemals auch nur ein Wort darüber verloren?«

»Weil es nicht notwendig war.« Ein wehmütiges Lächeln huschte über die faltigen Gesichtszüge.

»Hat Mutter davon gewusst?«

Isaac schüttelte den Kopf. »Nein. Warum hätte ich es ihr auch sagen sollen? Generationen sind gekommen und gegangen, und viele Träger haben ihr Versprechen geleistet, ohne dass man je von ihnen verlangt hätte, es einzulösen.«

»Warum dann ausgerechnet bei dir, Vater?«.

Der alte Isaac schaute sie lange an. Ihr Haar war inzwischen ein wenig nachgewachsen, sodass ein dünner dunkler Flaum ihre Kopfhaut bedeckte, aber ihm war anzusehen, dass der Anblick ihm noch immer das Herz in der Brust zerriss. »Weil, meine Tochter, wir uns nicht aussuchen können, in welchen

Zeiten wir leben oder welche Opfer der Herr von uns verlangt«, gab er leise zur Antwort.

Chaya wandte den Blick. Obwohl sie nun mehr wusste als zuvor, kam sie sich seltsam töricht vor. Töricht, weil sie gefragt hatte. Töricht aber auch, weil sie zu ahnen begann, wie ungeheuer groß die Verantwortung war, die auf den Schultern ihres alten Vaters lastete. Ihr eigenes Verhalten kam ihr plötzlich unreif und selbstsüchtig vor. Beschämt starrte sie auf den kahlen Steinboden der Zelle.

»Verzeih, Vater«, flüsterte sie. »Wenn ich gewusst hätte ...«

»Da ist nichts zu verzeihen, Chaya. Du hast getan, was du deinem Wesen nach tun musstest. Obschon ich die Art und Weise, wie du deinen Willen ertrotzt hast, noch immer nicht gutheißen kann.«

»Es tut mir leid.«

Isaac lächelte schwach. »Als ich in jungen Jahren jenes Versprechen gab, das mich heute bindet, was wusste ich da schon? Was für eine Vorstellung hatte ich davon, was es heißt, ein Mann zu sein und Verantwortung zu tragen für ein Amt, für ein Heim, für eine Familie? Ich hatte keine Ahnung von den Wirrungen des Lebens, geschweige denn konnte ich mir ausmalen, dass man jene Pflicht, die ich so bereitwillig übernommen hatte, eines Tages tatsächlich von mir einfordern würde. Oft genug frage ich mich, ob ich ihr überhaupt gewachsen bin.«

»Dann lass mich dir helfen. Auf diese Weise könnte ich wiedergutmachen, was ich ...«

»Du willst mir helfen? Wie, meine Tochter?«

»Indem ich das Geheimnis mit dir teile. Indem wir die Verantwortung auf unser beider Schultern verteilen.«

»Deine gute Absicht ehrt dich, Chaya, aber das ist nicht möglich.« Der alte Kaufmann schüttelte das schlohweiße Haupt. »Ich habe ein feierliches Versprechen gegeben, das Geheimnis zu wahren. Nur vom Vater an den Sohn darf es weitergegeben werden.«

»Nicht an den Diener?« Chaya hatte die Frage kaum ausgesprochen, als sie es auch schon bereute. Sie hatte Regeln gebrochen, indem sie sich gegen den Willen ihres Vaters aufgelehnt hatte, und sie tat es noch immer, indem sie ihr Geschlecht verbarg und sich als Mann verkleidete. Aber ihr musste auch klar sein, dass diese Täuschung nicht von Dauer sein und sie sich zwar einzelnen Regeln widersetzen konnte, nicht aber der Tradition des Volkes Israel, die über all die Jahrhunderte den wahren Glauben bewahrt und das Überleben in der Fremde gesichert hatte.

Ihr Vater schien denselben Gedanken zu haben. »Du bist weit gekommen und hast manches erreicht«, beschied er ihr ernst, »aber auch deinem Streben sind Grenzen gesetzt.«

Damit blies er die Kerze aus, sodass die Zelle schlagartig ins Dunkel fiel. Chaya konnte hören, wie ihr Vater den Leuchter neben seiner Schlafstatt auf den Boden stellte und sich dann schlafen legte. »Gute Nacht, meine Tochter«, sagte er noch – schon kurz darauf konnte sie an seinen ruhigen und gleichmäßigen Atemzügen erkennen, dass er eingeschlafen war.

Zu gerne hätte auch Chaya die Augen geschlossen, nicht nur, um nach den Strapazen des Tages Erholung zu finden, sondern auch, um den bohrenden Fragen zu entgehen, die sie beschäftigten. Aber die Worte ihres Vaters ließen ihr keine Ruhe.

Was, wenn ich dir sagte, dass der Inhalt dieser Schrift von solcher Wichtigkeit ist, dass er die Geschicke nicht nur unseres Volkes, sondern der ganzen Welt verändern könnte? Und dass es aus diesem Grund keinesfalls in die falschen Hände gelangen darf?

Noch immer hallten die Worte in ihrem Bewusstsein nach, wie ein Echo, das nicht verklang. Was hatten sie zu bedeuten? Was für ein Geheimnis war es, das die Schriftrolle enthielt? Was konnte von so großer Bedeutung sein, dass ein Mann bereit war, all seine Habe, seine gesellschaftliche Stellung und sogar seine Familie zu opfern, um es zu bewahren? Welche Verantwortung konnte so groß sein, dass selbst ein Mann wie

Isaac Ben Salomon, zu dem sie stets aufgeblickt hatte, weil er für sie der Inbegriff von Besonnenheit und Weisheit war, sich ihr kaum gewachsen fühlte?

Das Nachdenken über diese Fragen verwirrte sie nur noch mehr, und je länger sie darüber brütete, desto weiter war sie davon entfernt, Ruhe zu finden. Die Stille in der Kammer wurde zur Last, und aus dem Halbdunkel, das sie umgab, trat die Vergangenheit hervor, in Form von Bildern, Gefühlen und Erinnerungen.

Chaya sah ihre Mutter, das graue Haar um die sanften Züge zurückgekämmt und zu einem Zopf geflochten, so wie sie es innerhalb des Hauses stets getragen hatte; ihr Mund lächelte, aber ihre dunklen Augen blickten in seltsamer Melancholie. Unwillkürlich fragte sich Chaya, was ihre Mutter zu alldem gesagt hätte. Hätte sie Verständnis dafür gehabt, dass Isaac ihr über all die Jahre hinweg verschwiegen hatte, welch weitreichendes Versprechen er gegeben hatte? Hätte sie Chayas Auflehnung gegen die Entscheidung ihres Vaters verstanden oder sie dafür getadelt?

Das Bild wechselte, und sie sah Mordechai Ben Neri, dessen Frau sie um ein Haar geworden wäre, sein durchaus ebenmäßiges, von schwarzem Haar umrahmtes Antlitz, aus dem ein schönes, allerdings auch berechnendes Augenpaar blickte. Trotz aller Strapazen, die sie auf der langen Reise hatte erdulden müssen, trotz aller Gefahren und Unwägbarkeiten, auf die sie sich eingelassen hatte, statt die Gemahlin eines der vermögendsten Männer von ganz Köln zu werden, hatte Chaya ihren Entschluss noch keinen Augenblick bereut.

Umso mehr bedauerte sie dafür, ihren Vater, dessen sorgenvolle Züge als Letztes vor ihrem inneren Auge auftauchten, enttäuscht zu haben. Mehr denn je wünschte sie sich, etwas davon wiedergutmachen zu können, indem sie ihm bei seiner Mission half und ihm zur Seite stand – aber wie sollte sie das, wenn sie noch nicht einmal wusste, worum genau es dabei eigentlich ging?

In diesem Moment, als sie sich ruhelos auf ihrem Lager herumwarf und ihr Blick dem fahlen Streifen Mondlicht folgte, das durch das hohe Fenster der Zelle fiel, sah sie den Behälter, den ihr Vater seinem Versprechen gemäß auch im Schlaf umhängen hatte.

Fast kam es ihr vor, als würde sie das Stück zum ersten Mal erblicken, in jedem Fall jedoch sah sie es plötzlich mit anderen Augen. Nicht mehr als ein Hindernis zwischen ihr und ihrem Vater, sondern als Chance, seine Liebe und Anerkennung wieder ganz zurückzugewinnen – und nebenbei auch die Wahrheit zu erfahren.

Natürlich war es ein Risiko und natürlich war es verboten. Als der Gedanke ihr zum ersten Mal durch den Kopf ging – nur als vager Einfall und noch weit davon entfernt, zum Entschluss zu reifen –, erschrak sie vor sich selbst und schloss die Augen, als könnte sie sich so der Versuchung entziehen.

Doch das Zeichen auf dem ledernen Köcher, der aus zwei ineinander verschlungenen Dreiecken bestehende Stern, übte eine Faszination auf sie aus, die stärker war als alle Vorbehalte. Irgendwann schließlich – wohl weit nach Mitternacht, denn der Mond hatte den größten Teil seines Weges bereits bewältigt – wurde aus dem anfangs so vagen Gedanken ein festes Vorhaben.

Mit pochendem Herzen schlug Chaya die wollene Decke zurück und rollte sich aus der Nische. Sie fröstelte, als ihre nackten Füße den kalten Steinboden berührten. Auf leisen Sohlen schlich sie zum Lager ihres Vaters, der auf der Seite lag, mit dem Gesicht zur Wand, und tief und gleichmäßig atmete. Der Behälter mit dem Buch lag neben ihm auf dem strohgefüllten Leinensack. Lautlos ließ sich Chaya auf die Knie nieder, wollte nach dem Köcher greifen ...

»Chaya?«

Sie schreckte zusammen. Ihre Hand, die das Leder fast schon berührt hatte, zuckte zurück.

»J-ja, Vater?«

»Geh wieder ins Bett«, wies der alte Isaac sie mit ruhiger Stimme an. Obwohl er sich nicht bewegt hatte und noch immer mit dem Gesicht zur Wand lag, schien er genau zu wissen, was sie vorgehabt hatte.

»Vater, ich...«

»Schlafe«, sagte er nur.

Chaya wusste nicht, was sie darauf erwidern sollte. Erschrocken und eingeschüchtert zugleich ließ sie von ihrem Vorhaben ab und kehrte auf leisen Sohlen zu ihrer Nische zurück, kroch fröstelnd unter die Decke und schlief irgendwann ein.

Ihr Schlaf war unruhig und voll unheilvoller Träume. Als sie am Morgen aufwachte, war sie sich nicht sicher, ob jener merkwürdige Vorfall sich tatsächlich ereignet hatte oder ob sie ihn gleichfalls nur geträumt hatte. Da der alte Isaac kein Wort darüber verlor, beschloss sie, die Sache ruhen zu lassen.

19.

Ligurien
Ende September 1096

Infolge der fortgeschrittenen Jahreszeit war der Marsch über die Alpen beschwerlich gewesen. Anfangs hatte die Milde des Spätsommers das Heer, das sich von Vienne aus nach Südosten gewandt hatte, noch ein gutes Stück begleitet. Aber je höher hinauf die Streiter Christi gelangt waren und je karger die Landschaft um sie herum geworden war, desto kälter war es vor allem in den Nächten geworden. Regengüsse hatten eingesetzt, und zuletzt hatte ein Herbststurm, der eine ganze Nacht lang gewütet und die Gipfel der Berge anderntags weiß gefärbt hatte, den Teilnehmern des Feldzugs zum ersten Mal einen Eindruck davon vermittelt, was es bedeutete, den Launen von Wind und Wetter nahezu schutzlos ausgeliefert zu sein.

Für viele, vor allem für die hohen Herren und Damen, die im Zug reisten, war dies eine neue Erfahrung – für Conn fühlte es sich eher so an, als wäre er in sein altes Leben zurückgekehrt. Zwar war das Wetter in den Bergen rauer als in London, aber er war daran gewohnt, unter freiem Himmel zu nächtigen. Und er machte die Erfahrung, dass ein Stein, auf den man das Haupt bettete, überall auf der Welt gleich hart war und Schweiß und Exkremente überall den gleichen Gestank verbreiteten. Und noch etwas hatte er während der vergangenen Tage feststellen müssen: dass die Wunde an seinem linken Arm immer schlimmer wurde.

Anfangs war es nur ein stechender Schmerz gewesen, den Conn hin und wieder gefühlt hatte. Doch der wässrige Eiter, der irgendwann aus der Wunde ausgetreten war, hatte darauf schließen lassen, dass sie sich entzündet hatte. Entgegen Conns Hoffnung, die Schwellung würde zurückgehen und der Schmerz sich wieder legen, hatte der Schmerz im Lauf des Marsches immer weiter zugenommen. Auch die Kräuter, die einer der Cluniazensermönche ihm hin und wieder auflegte und die Baldric mit teurem Geld bezahlte, hatten daran nichts geändert.

Im Gegenteil.

Der Eiter, der aus der sich immer wieder öffnenden Wunde rann, wurde dickflüssig und gelb, und das Fleisch begann sich dort, wo der Pfeil eingetreten war, dunkel zu verfärben. Conn wusste, dass dies kein gutes Zeichen war, noch mehr beunruhigte ihn jedoch die zunehmende Kraftlosigkeit in seinem Arm, die schließlich dafür sorgte, dass die abendlichen Waffenübungen, in denen Conn es zuletzt zu einigem Geschick gebracht hatte, ausgesetzt werden mussten. Dass Bertrand ihn dafür in der hohen Kunst des Lesens und Schreibens unterwies und er inzwischen bereits in der Lage war, die meisten Buchstaben nicht nur zu entziffern, sondern sie auch mit ungelenker Hand auf den Boden zu schreiben, war dabei nur ein schwacher Trost.

Als die Kreuzfahrer am Tag des Heiligen Michael Genua erreichten, jene mächtige, an einer sichelförmigen Bucht gelegene Hafenstadt, wurden sie dort bereits erwartet. Die Kunde ihres baldigen Eintreffens war ihnen vorausgeeilt, und die Stadtväter hatten sich in mehrfacher Hinsicht auf ihre Ankunft vorbereitet. Denn zwar war man einerseits gewillt, die Streiter Christi freundlich aufzunehmen und mit ihnen nach Möglichkeit Geschäfte zu machen; andererseits wollte man jedoch vermeiden, dass fremde Soldaten in großer Zahl in die Stadt gelangten und dort womöglich Unruhe stifteten oder plünderten, was keine Seltenheit war. Man hatte daher mit den Heerführern Absprachen getroffen und vereinbart, dass die vereinte Streitmacht der Nordfranzosen auf den nordöstlich der Stadt gelegenen Höhenzügen lagern sollte und dass man weiterziehen würde, sobald Vorräte und andere Dinge des täglichen Gebrauchs ergänzt wären. Des Weiteren wurde es nur kleinen Gruppen von Kämpfern gestattet, sich in der Stadt zu bewegen, unter ihnen natürlich die Fürsten des Feldzugs sowie ihre Unterführer und deren Damen. Allen anderen wurde nur in Ausnahmefällen Zugang zur Stadt gewährt. Conn wusste beim besten Willen nicht, wie es Baldric gelungen sein mochte, für sich und zwei seiner Gefährten eine solche Erlaubnis zu erwirken. Irgendwie hatte der Normanne es jedoch bewerkstelligt, und so sah der Tag nach Michaelis ihn, Conn und den geschwätzigen Bertrand am Hafen entlangspazieren, der vor Betriebsamkeit zu bersten schien.

Überall an den Kais und Stegen lagen Schiffe vertäut, um die geschäftiges Treiben herrschte; Arbeiter, die Kisten, Fässer und Stoffballen trugen, wimmelten wie Ameisen umher, Viehherden und Fuhrwerke drängten sich. Und in all dem Getümmel waren vornehm gekleidete Männer auszumachen, die das Durcheinander mit kritischem Blick beaufsichtigten – Kaufleute und Schiffskapitäne aus aller Herren Länder, ihre Hautfarben und Kleider in einer Vielfalt, wie Conn sie nie zuvor erblickt hatte. Die Schiffe, die an den Kais entladen oder für eine neue Fahrt gerüstet wurden, waren große Handelssegler, die ganz anders aussahen als jener Knorr, der Conn und seine Gefährten von der englischen Küste zum Festland getragen hatte; die meisten der hier vor Anker liegenden Schiffe waren breit und vergleichsweise kurz und sahen in Conns Augen wie riesige Bottiche aus, über denen je nach Größe eines oder auch zwei Dreieckssegel flatterten. Aber es gab auch schwere Kriegsgaleeren, die größer waren als alles, was Conn je zuvor auf dem Wasser hatte schwimmen sehen. Wie Bertrand mit der üblichen Beflissenheit mitteilte, wurden sie *Dromone* genannt und waren in der Bauweise den Kampfschiffen der Byzantiner nachempfunden.

Anders als sein redseliger Gefolgsmann schien Baldric weniger an den nautischen Errungenschaften interessiert zu sein als vielmehr an der Weite des Meeres und der Schönheit der Landschaft, die sich wie eine Burgmauer rings um das Hafenbecken erhob und an der die steinernen Häuser der Stadt wie wilder Wein emporzuwachsen schienen.

»Sieh dir das an, junger Angelsachse«, sagte er zu Conn, als sie das Ende der Kaimauer erreicht hatten, wo das Gewirr weniger dicht und das Geschrei weniger laut war. »Gebietet dieser Anblick nicht Ehrfurcht vor der Schöpfung des Herrn?«

Conn blieb eine Antwort schuldig. Er sah das *mare mediterraneum* zum ersten Mal in seinem Leben, aber mehr noch als der bestaunenswerte Anblick hielt ihn sein linker Arm in Atem. Die Schwellung hatte weiter zugenommen, sodass er ihn kaum noch bewegen konnte. Schlaff und kraftlos hing der Arm in der Schlinge, die Conn um den Hals trug. Vor allem nachts war die Pein kaum zu ertragen, sodass Conn zuletzt kaum ein Auge zugetan hatte. Entsprechend bleich war er um die Nase und entsprechend dunkel die Ränder um seine Augen.

»Mir will scheinen, Herr Baldric, dass unser junger Freund keinen rechten Sinn für die Schöpfung hat«, merkte Betrand feixend an. »Vielleicht sollten wir lieber eine Taverne aufsuchen und ihn und uns mit einem guten Krug Wein bekannt machen.«

»Kein Wein für mich«, wehrte Baldric ab. »Den weltlichen Dingen habe ich abgeschworen, wie du weißt. Ich möchte den heiligen Boden reinen Gewissens betreten.«

»Zu schade.« Bertrand schnitt eine Grimasse. »Ich habe gehört, nicht nur der hiesige Wein, sondern auch die Frauenzimmer sollen von erstklassiger Qualität sein.«

»Dann tu, was zu lassen dir offenbar nicht gelingt«, seufzte Baldric mit tadelndem Blick. »Wir treffen uns im Lager.«

»Sehr wohl.« Bertrand verbeugte sich übermütig, dass seine wirren Haare nur so flogen. »Und was ist mit unserem Angelsachsen? Hat er den Freuden von Weib und Gesang ebenfalls entsagt?«

»Mein guter Bertrand«, tadelte Baldric, ohne dass Conn zu sagen vermocht hätte, ob es ihm ernst war oder ob er scherzte, »du bist schlimmer als die Schlange im Paradies. Wärst du an ihrer Stelle dort gewesen, hättest du der armen Eva nicht nur einen Apfel, sondern einen ganzen Krug Cidre angeboten.«

»Nur wenn er süß genug gewesen wäre«, antwortete Bertrand grinsend. »Mit allem anderen hast du natürlich recht. Bedenke, dass die Jugend anderer Dinge bedarf als das Alter.«

»Mein guter Bertrand – so jung bist du nicht mehr.«

»Ich habe auch nicht von mir gesprochen, sondern von unserem angelsächsischen Freund hier«, konterte Bertrand, auf Conn deutend. »Er sieht elend aus. Der Marsch über die Berge scheint ihm nicht gut bekommen zu sein. Ein wenig Abwechslung und Kurzweil würden seiner schlichten Seele gewiss guttun.«

»Also schön«, erklärte Baldric sich zu Conns Überraschung bereit, »ich gebe mich geschlagen. Vielleicht hat Bertrand recht, und ich habe dich zu hart rangenommen. Wenn du willst, geh mit ihm, Conwulf.«

»Herr, das ist sehr großzügig von Euch. Aber ich möchte nicht«, erwiderte Conn.

»Nein?«, fragte Bertrand verdattert.

»Nein«, bekräftigte Conn in seine Richtung. Zum einen wäre er sich schäbig dabei vorgekommen, sein Lager mit einer Dirne zu teilen, solange sein Herz noch voller Trauer um Nia war. Zum anderen war der Schmerz in seinem Arm so stark, dass er ernstlich bezweifelte, ob seine Manneskraft ausgereicht hätte, um …

»Da siehst du es, du Nimmersatt«, sagte Baldric und klopfte Conn anerkennend auf die Schulter. Fast schien der Normanne etwas wie väterlichen Stolz auf seinen unfreiwilligen Diener und Knappen zu empfinden. »Nimm dir ein Beispiel an unserem Angelsachsen, statt dich seiner zu bedienen, um deinen eigenen Mangel an Moral zu vertuschen.«

Bertrands feiste Miene zerknitterte sich in gespielter Trauer. »Wohlan denn. So muss ich denn allein gehen, im beschämenden Bewusstsein, dass die Tugend eines angelsächsischen Bauerntrampels der meinen weit überlegen ist.«

»Lass es dir eine Lehre sein«, gab Baldric ihm mit auf den Weg, aber seinem Gesichtsausdruck war zu entnehmen, dass seine Hoffnung diesbezüglich nicht sehr groß war.

»Das werde ich. Aber erst morgen.«

Damit verschwand Bertrand hinter einem mit Fässern beladenen Fuhrwerk, das den Kai herabgefahren kam, und Conn sagte sich einmal mehr, dass Bertrand ein ziemlich eigenartiger Pilger war.

Baldric schien seine Gedanken zu erraten. »Du musst ihm sein Verhalten nachsehen. Bertrands Absichten sind bisweilen sehr viel größer als sein Herz – und manchmal auch viel kleiner.«

»Ich weiß«, sagte Conn nur.

»Mit einem hatte er allerdings recht. Du siehst blass aus.«

Conn nickte. Wenn er auch nur halb so elend aussah wie er sich fühlte, musste er einen ziemlich erschreckenden Anblick bieten. Nicht nur, dass der Schmerz beständig an ihm zehrte, er schien sich allmählich auch auf den ganzen Körper auszubreiten.

»Was meinst du?«, fuhr Baldric fort. »Sollen wir uns ein wenig stärken, ehe wir ins Lager zurückkehren?«

Conn war erstaunt. Es war durchaus nicht üblich, dass ein Herr seinem Diener die Wahl darüber überließ, ob sie eine Mahlzeit einnehmen sollten, und es geschah zum allerersten Mal. Entweder wollte Baldric ihn belohnen, weil er sich dagegen entschieden hatte, zusammen mit Bertrand dem hemmungslosen Vergnügen zu frönen, oder aber, und das erschien Conn wahrscheinlicher, er erweckte den Anschein, jeden Augenblick vor Schwäche umzufallen.

Er nickte dankbar, worauf Baldric ihm ermunternd auf die Schulter klopfte und ihm bedeutete, mit ihm zu kommen. Sie verließen die Hafenzeile durch eine schmale Gasse, in der sich eine Spelunke an die andere reihte – Tavernen, wie sie überall in Hafengegenden anzutreffen waren und in denen gepanschter Wein und billiges Bier ausgeschenkt wurden. Den Blick fest aufs Ende der Gasse geheftet, dirigierte Baldric seinen Schützling an triefäugigen Werbern vorbei, die ahnungslose Passanten in ihre Lokale zu locken suchten, aus denen schon am hellen Tag das Gegröle der Betrunkenen drang. Bettler lungerten in den Nischen, dazu Sklavinnen und Freudenmädchen, die ihre Reize mehr oder minder unverhüllt zur Schau stellten und von fettbäuchigen Zuhältern feilgeboten wurden wie andernorts frisch geschlachtetes Fleisch.

Vorbei an hohen, vielstöckigen Häusern, die ganz aus Stein errichtet waren und sich teils so dicht gegenüberstanden, dass kaum noch Licht in die Gassen fiel, gelangten Conn und Baldric in ruhigere Gefilde. Die Inhaber der hier ansässigen Geschäfte hielten Mittagsruhe; die meisten Läden waren geschlossen, verhaltene Stille lag über den schmalen Steinschluchten, durch die beständig der Wind pfiff. Und ebenjener Wind, der nach Salz und Seetang roch, trug plötzlich einen gellenden Schrei heran.

Baldric blieb abrupt stehen, die Hand am Griff seines Schwertes. »Hast du gehört?«

»Laut und deutlich«, bestätigte Conn.

Da es den Anschein hatte, als wäre der Schrei geradewegs die Gasse herabgekommen, folgten sie ihr um die nächste Biegung und einige steile Stufen hinauf – und wurden unvermittelt Zeugen eines Überfalls.

Die Opfer waren zwei Männer, die in weite Reisemäntel gehüllt waren – zweifellos Kaufleute, die fremd waren in der Stadt und sich in die falsche Gegend gewagt hatten. Der eine war zu Boden geschmettert worden, der andere rang verzweifelt mit einem der Angreifer, aber es war abzusehen, wie der Kampf enden würde.

Die Räuber waren in der Überzahl.

Fünf oder sechs von ihnen drängten sich auf der Gasse, schmutzige Gesellen mit verwildertem Haar, deren speckige Tuniken in Fetzen hingen. Wenigstens einer von ihnen hatte die Härte des Gesetzes schon zu spüren bekommen: Die Lippen waren ihm – wohl weil er gelogen hatte – abgeschnitten worden, sodass sich sein gelbes Gebiss in einem bizarren, fortwährenden Grinsen präsentierte, während er seinen Gegner zu überwältigen suchte. Der Kaufmann, ein Greis mit weißem Haar, wehrte sich nach Kräften, aber der Knüppel, den der Bandit in der Hand hielt, traf ihn an der Schläfe und schickte ihn zu Boden. Der andere Mann, der sehr viel jünger zu sein schien, schrie entsetzt auf – und Baldric handelte.

Mit einer fließenden Bewegung, die den geübten Krieger verriet, riss der Normanne das Schwert aus der Scheide und stürmte die Gasse hinauf, bereit, sich den Räubern entgegenzustellen. Conn setzte ihm hinterdrein, den Qualen zum Trotz, die durch seinen Körper tobten, und den Dolch in der Hand, den er hastig gezückt hatte. Zwar hatte er keine Ahnung, wie der Kampf ausgehen würde, aber er wollte auch nicht zurückstehen, wenn sich sein Herr in Gefahr begab.

Zur Konfrontation kam es nicht.

Sobald die Banditen den Normannen erblickten, der im Kettenpanzer und mit gezückter Klinge einen furchterregenden Anblick bieten musste, verließ sie der Mut. Schreiend stürzten sie davon, noch ehe die Spitze von Baldrics Schwert sie erreichen konnte, und waren schon im nächsten Moment in dunklen Löchern verschwunden, Mäusen gleich, die sich vor der Katze flüchteten.

Baldric verzichtete darauf, sie zu verfolgen. Stattdessen kam er dem Alten zur Hilfe, der sich auf dem Boden wand. Der Hieb des Räubers hatte ihm eine Platzwunde beigebracht, aus der ein dünner Blutfaden über seine Schläfe rann.

Der Jüngere rief etwas. Er sprang auf die Beine, noch ehe Conn ihm ebenfalls behilflich sein konnte, und eilte zu dem Alten. Mit dem Ärmel seines Gewandes wischte er dem Schlohhaarigen das Blut aus dem Gesicht und inspizierte die Wunde, schien jedoch zu dem Schluss zu kommen, dass sie nicht weiter bedrohlich war. Die beiden wechselten miteinander einige Worte in einer Sprache, die Conn nicht verstand. Dabei streifte der Jüngere ihn und Baldric mit einem argwöhnischen Blick.

Schließlich half der Jüngling dem Alten dabei aufzustehen, und dieser unternahm einige Versuche, Baldric anzusprechen. Conn war beeindruckt, in wie vielen Zungen der Greis zu sprechen schien, darunter auch Französisch, das mit einem harten Akzent behaftet war. Gewiss war es jedoch nicht schlechter als das von Conn, obschon dieser es in den zurückliegenden Wochen laufend verbessert hatte.

»Könnt Ihr mich verstehen, edle Herren?«, erkundigte er sich und schaute zuerst Baldric, dann Conn fragend an.

»Wir verstehen Euch«, bestätigte Baldric. »Seid Ihr wohlauf?«

»Ich denke, es ist nur ein Kratzer«, erwiderte der Alte, auf die Wunde an seiner Schläfe deutend, »und das verdanken wir Euch.«

»Wir haben nur getan, was die Pflicht eines jeden Mannes von Ehre ist«, entgegnete Baldric mit der ihm eigenen Bescheidenheit, von der Conn inzwischen wusste, dass sie nicht geheuchelt, sondern tatsächlich Teil seines schlichten und bisweilen doch so undurchschaubaren Wesens war.

»Dennoch sind wir Euch zu tiefem Dank verpflichtet«, beharrte der Alte. »Wenn es eine Weise gibt, auf die wir uns erkenntlich...« Seine Rede stockte jäh, als würden ihm die Worte im Hals stecken bleiben. Seine Augen weiteten sich, als hätte er etwas erblickt, das ihn entsetzte. Verblüfft stellte Conn fest, dass es die Kreuze waren, die auf den Schulterpartien ihrer Umhänge prangten. »Ihr... seid Krieger des Kreuzes?«, erkundigte sich der Alte ängstlich.

»Streiter des Herrn«, drückte Baldric es anders aus. »Mein Name ist Baldric. Dies ist Conwulf, mein Diener und Knappe. Dürfen wir auch erfahren, wen wir mit Gottes Hilfe aus der Gewalt der Wegelagerer befreit haben?«

Der Alte zögerte kurz. »Den Kaufmann Isaac von Köln und seinen Diener Ilan«, entgegnete er dann leise. Das ängstliche Beben in seiner Stimme war unüberhörbar.

»Juden demnach?«, erkundigte sich Baldric.

»Ja, Herr«, antwortete der Weißhaarige und senkte das Haupt, anders als sein Diener. Zwar war die Kapuze seines Mantels hochgeschlagen, sodass nur die untere Gesichtshälfte zu sehen war, aber Conn glaubte trotzdem, eine Spur von Trotz darin zu erkennen.

»Seid unbesorgt, alter Mann«, sagte Baldric, während er das Schwert zurück in die Scheide fahren ließ. »Dies Zeichen macht uns nicht zu Feinden. Ihr habt nichts zu befürchten.«

»Wie das, Herr? Habt Ihr nicht feierlich geschworen, alle Heiden zu töten? Und sind wir nicht Heiden in Euren Augen?« Nicht der Kaufmann hatte gesprochen, sondern sein Diener, mit ebenjenem Trotz, der sich in seinen Zügen bereits angekündigt hatte.

Baldric wandte sich dem jungen Mann zu, dessen Französisch mit dem gleichen Akzent behaftet war wie das des Alten, jedoch gut verständlich. War schon der Herr von nicht gerade wohlgenährter Statur, war der Diener geradezu abgemagert. In seinem Gesicht spross noch kein Bart, sodass Conn sein Alter auf höchstens fünfzehn Winter schätzte. Sein Gewand schlotterte um dürre Beine, die Hände waren zart und fraglos nicht an harte Arbeit gewohnt. An Mut jedoch schien es ihm nicht zu fehlen, denn der Blick seiner dunklen Augen stach so herausfordernd unter der Kapuze hervor, dass Conn sich unwillkürlich darüber ärgerte.

»Ihr tätet gut daran, an Euch zu halten, Freund«, beschied er ihm im besten Französisch, zu dem er in der Lage war. »Schließlich hat Herr Baldric auch Euch gerade das Leben gerettet.«

»Bitte verzeiht meinem Diener seine unbedachten Worte«, sagte Isaac schnell und bedachte den Jungen mit einem strafenden Seitenblick. »Bisweilen ist seine Zunge schneller als sein Verstand.«

»Seine Frage war dennoch berechtigt«, erwiderte Baldric mit überraschender Ruhe. »Für andere Kämpfer Christi vermag ich nicht zu sprechen, aber ich für meinen Teil sehe meine Aufgabe nicht darin, Krieg und Zwist in christliche Länder zu tragen und jene zu Feinden zu erklären, die uns weder schaden noch uns bedrohen. Mein Kampf, junger Freund«, wandte er sich direkt an Ilan, »gilt allein den Ungläubigen, die die heiligen Stätten besetzen und das Leben unserer Pilger bedrohen. In Euch vermag ich weder das eine noch das andere zu erkennen.«

Der Diener blieb eine Antwort schuldig, aber Conn konnte sehen, dass sich die Gesichtszüge unter der Kapuze entspannten.

In diesem Moment kehrte der Schmerz zurück. Infolge der Aufregung war er für einige Augenblicke in den Hintergrund getreten. Nun jedoch brachte er sich wieder in Erinnerung, und das so heftig, dass Conn die Kontrolle über seine Gesichtszüge verlor und sich ihm eine leise Verwünschung entrang.

»Was habt Ihr da?«, fragte Isaac in seinem harten Akzent, auf die Schlinge deutend.

»Nichts weiter«, knurrte Conn zähneknirschend. »Nur eine alte Wunde, die mir hin und wieder zusetzt.«

»Soll mein Diener sich die Wunde ansehen?«, schlug der Alte vor. »Er besitzt einige Kenntnisse in der Heilkunst.«

Conn sah, wie Ilan seinem Herrn einen erschrockenen Blick zuwarf. Die beiden wechselten einige Worte in ihrer fremden Sprache und waren sich dabei offenbar uneins. Schließlich schien der alte Isaac sich jedoch durchzusetzen, und Ilan senkte das Haupt – wohl weniger in Unterwürfigkeit als vielmehr in wütender Enttäuschung.

»Wenn Ihr es wünscht«, wiederholte der Kaufmann, »wird Ilan Eure Wunde inspizieren. Vielleicht können wir Euch helfen und uns auf diese Weise für unsere Rettung bedanken.«

»Eine solche Hilfe wäre mehr als willkommen«, sagte Baldric. »Nicht wahr?«

Conn antwortete nicht. Natürlich bereitete ihm sein Arm Höllenqualen, und natürlich wäre er für jede Linderung dankbar gewesen. Aber die anmaßende Art des Dieners und die unverhohlene Abneigung, die der Jüngling an den Tag legte, gefielen ihm ganz und gar nicht. Außerdem hatte es auch in London Juden gegeben, und es war allenthalben von ihrem Hang zu dunklem Zauber und Giftmischerei zu hören gewesen. Sollte er sein Wohlbefinden in die Hände eines solchen Quacksalbers legen, der darüber hinaus noch ein halbes Kind war?

»Lass sehen«, verlangte der Junge und trat auf Conn zu. Der Blick seiner dunklen Augen traf ihn dabei so unvermittelt, dass es Conn eine Gänsehaut bereitete.

»Es ist nichts«, beteuerte er noch einmal.

»Komm schon«, forderte Baldric ihn auf. »Warum lässt du Ilan die Wunde nicht ansehen? Schlimmer kann's schließlich nicht werden.«

Damit hatte der Normanne allerdings recht. Widerwillig zog Conn den Arm aus der Schlinge und zerrte den von Eiter und Blut durchnässten Verband herab. Den sengenden Schmerz, den er dabei verspürte, ignorierte er, so gut er es vermochte.

Ilan warf zuerst einen sorgsamen Blick auf die hässlich dunkle Öffnung, roch dann vorsichtig daran und bedachte Conn schließlich mit einem düsteren Blick.

»Das ist nicht gut«, stellte er fest.

»Was du nicht sagst.«

»Die Wunde ist stark entzündet und muss unbedingt versorgt werden. Andernfalls ...«

»Was?«, hakte Conn nach.

»... wirst du den Arm bald nicht mehr gebrauchen können.«

Conn fühlte einen Kloß im Hals. Obwohl der Junge es nicht aussprach, war allen klar, was dies bedeutete. Ein Arm, der nicht mehr zu gebrauchen war und zudem die Gefahr barg, dass sich die Entzündung auf den gesamten Körper ausbreitete, musste amputiert werden. Und wer einen Arm verloren hatte, der war ein Krüppel, vom Herrn gezeichnet für seine Vergehen, und hatte daher weder Erbarmen noch Mitleid zu erwarten.

»Kannst ... willst du mir helfen?«, erkundigte er sich leise. Für einen kurzen Moment begegneten sich ihre Blicke, und Conn hatte nicht mehr das Gefühl, jene trotzige Feindseligkeit in den Augen des anderen zu sehen, sondern Mitgefühl und, was ihn zutiefst verwirrte, eine gewisse Anziehung ...

»Ich werde es versuchen, aber nicht hier. In unserer Herberge habe ich eine Salbe aus Kräuterextrakten, die ich dir auflegen könnte. Und man müsste die Wunde aufschneiden und ...«

»*Aufschneiden?*« Conn glaubte, nicht richtig zu hören.

»... und den Eiter ausfließen lassen, um sie zu säubern«, fuhr der junge Jude unbeirrt fort.

»Das kommt nicht in Frage«, widersprach Conn. »Ich werde gewiss nicht ...«

»Es ist deine Entscheidung. Aber wenn nicht bald etwas passiert, wirst du den Arm verlieren. Und wenn das nicht rechtzeitig geschieht, auch dein Leben.«

Die Entscheidung war Conn nicht besonders schwergefallen.

Seine Vorbehalte hatte er noch immer, und er war alles andere als begeistert von dem Gedanken, dass der großmäulige Diener des alten Isaac mit einem glühenden Messer in seiner schwärenden Wunde stochern würde. Aber er sah ein, dass er keine andere Wahl hatte – wie so häufig in letzter Zeit.

Früher war Conn frei gewesen, frei in seinen Gedanken wie auch in den Dingen, die er tat. Seit jener schicksalhaften Nacht jedoch wurde er das Gefühl nicht los, dass fremde Mächte sein Leben bestimmten, und anders als der ehrfürchtige Baldric war er nicht in der Lage, dahinter göttliche Vorsehung zu vermuten.

Sie hatten die Herberge aufgesucht, in der der Kaufmann und sein Diener abgestiegen waren, ein mehrstöckiges Gebäude am Ende einer langen Gasse, in der jüdische Geldverleiher ihre bisweilen zweifelhaften Dienste anboten. Auch Isaac billigte ihre Methoden nicht, wie er betonte, jedoch sei anderswo in der Stadt kein Quartier mehr zu bekommen gewesen.

Ilan bestand darauf, Conn mit nach oben in die Unterkunft zu nehmen, um die Wunde dort zu versorgen. Der Gedanke schien Isaac zunächst nicht zu gefallen, aber schließlich willigte er ein, und so blieben Baldric und er im Schankraum zurück, während Conn Ilan nach oben begleitete, sengende Schmerzen im Arm und ein flaues Gefühl in der Magengegend.

Die Kammer war nicht sehr groß, und durch das Fenster, das auf die schmale Gasse blickte, drang so wenig Licht, dass Ilan eine Kerze entzünden musste. Er forderte Conn auf, sich an den kleinen Tisch zu setzen, der die Mitte der Kammer einnahm. Dann ging er im flackernden Licht daran, die vor Eiter und Nässe glänzende Wunde zu säubern. Bei jeder Berührung zuckte Conn zusammen.

»Was?«, fragte Ilan indigniert, der seine Kapuze noch immer nicht abgenommen hatte.

»Es tut verdammt weh«, knurrte Conn.

»Willst du, dass ich dir helfe?«

Conn brummte eine unverständliche Erwiderung, und der Junge fuhr damit fort, die Wunde abzutupfen und zu reinigen. Dabei rutschte ihm die Kapuze immer wieder ins Gesicht, sodass er sie schließlich unwirsch zurückschlug.

Conn war überrascht. Nicht nur, weil der Kopf des Jungen fast kahl war und das Haar darauf nur in kurzen schwarzen Stoppeln wuchs. Sondern auch, weil nun noch mehr auffiel, wie jung Ilan war. Noch nicht einmal der Ansatz eines Bartes spross in seinem Gesicht, sein Nacken war schlank und seine Haut so zart wie ...

»Warum tust du das?«, wollte Ilan unvermittelt wissen, während er nach einer ledernen Tasche griff, der er ein Messer mit kurzer Klinge sowie ein kleines Fläschchen mit einer Tinktur entnahm.

»Was meinst du?«

Mit den makellos weißen Zähnen entkorkte Ilan die Flasche und schüttete einige Tropfen ihres Inhalts über die Messerklinge. Conn ahnte, was nun folgen würde.

»In den Krieg ziehen«, wurde Isaacs Diener deutlicher.

Conn erwiderte das, was Baldric wohl entgegnet hätte. »Nun, um die Heiligen Stätten von den Heiden zu befreien, zum Ruhm und zum Andenken Gottes.«

»Glaubst du denn, euer Gott will, dass ihr euren Glauben mit Feuer und Schwert verbreitet? Hat euer Rabbi Jesus euch nicht gelehrt, den Nächsten zu lieben?«

»Das stimmt«, kam Conn nicht umhin zuzugeben.

»Warum wollt ihr jene, die anderen Glaubens sind, dann töten?« Ilan schaute auf. Der Blick seiner dunklen Augen war so eindringlich, dass Conn das Gefühl hatte, darin zu versinken.

»Ich... ich will sie nicht töten«, versicherte er rasch. Er fühlte sich in die Ecke gedrängt, war von den Fragen seines Gegenübers mindestens ebenso verwirrt wie von seinen forschenden Blicken.

»Warum hast du dich dann dem Feldzug angeschlossen?«

»Weil...« Er biss sich auf die Lippen. Was hätte er auch sagen sollen?

Im nächsten Augenblick hätte er ohnehin kein Wort mehr hervorgebracht, weil Ilan mit der Lanzette in die Geschwülste stach und der Schmerz so heftig war, dass Conn die Zähne fest zusammenbeißen musste, um nicht laut zu schreien. Gelber Eiter trat hervor, und der faulige Gestank, der ohnehin schon von der Wunde aufgestiegen war, steigerte sich noch.

Conn konnte nicht verhindern, dass ihm Tränen in die Augen traten. In dem Moment, als die Qual am größten war und er schon glaubte, die Sinne würden ihm schwinden, traf ihn die Erkenntnis wie ein Hammerschlag.

Alles – Ilans knabenhaftes Äußeres, die verstohlenen Wortwechsel mit dem alten Isaac und dessen offenkundige Sorge um seinen Diener – ergab plötzlich einen Sinn. Die Wahrheit stand Conn plötzlich klar und deutlich vor Augen.

»Du bist ... ein Mädchen!«, platzte er heraus.

Angesichts der Schmerzen, die ihn peinigten, klang es mehr wie eine Verwünschung als wie eine Feststellung. Und kaum hatte er sie geäußert, kam er sich vor wie ein Narr.

Ilan jedoch reagierte ganz anders, als er erwartet hatte. Weder lachte Isaacs Diener ihn aus noch wurde er wütend, sondern begnügte sich zunächst damit, weiter in der nun offenen Wunde herumzubohren, so als wäre das Strafe genug.

»Eine Frau«, verbesserte sie schließlich. Die Höhe ihrer Stimme hatte sich kaum verändert, doch klang sie jetzt weicher und weiblicher.

Conns Atem ging stoßweise, er hatte das Gefühl, vor Schmerz zu vergehen. Dass er nicht das Bewusstsein verlor, lag vermutlich nur daran, dass sein Geist etwas hatte, woran er sich festhalten und worüber er rätseln konnte.

»Aber wieso?«, stieß er hervor. »Wie ...?«

»Spart Euch Euren Atem lieber«, riet sie ihm, während sie ein frisches Tuch dazu benutzte, den ausgeflossenen Eiter aufzunehmen und die Wunde erneut zu säubern. »Ihr werdet ihn noch brauchen.«

Conn dachte nicht daran, den Rat zu befolgen. Zu überraschend war die Erkenntnis, dass es eine junge Frau war, die ihm diese Höllenqualen bereitete, zu verwirrend die Konsequenzen, die sich daraus ergaben. »Und du ... Ihr seid auch nicht Isaacs Diener, nicht wahr?«, fragte er weiter. Ihm war nicht verborgen geblieben, dass sie ihm nun distanzierter begegnete.

Die Jüdin schaute ihn lange und prüfend an, so als gelte es zu erwägen, ob er der Wahrheit würdig war. Trotz ihres fast kahlen Hauptes und der markanten, vielleicht ein wenig zu herben Gesichtszüge war Conn von ihrem Anblick gefesselt. »Nein«, gestand sie schließlich, »ich bin seine Tochter. Ich heiße Chaya.«

»Chaya«, echote Conn verwundert. »Aber warum nur …?«

Er verstummte, als sein Arm plötzlich in Flammen aufzugehen schien. Kurzerhand hatte sie den restlichen Inhalt der kleinen Flasche über die noch offene Wunde gekippt, sodass Conn nicht anders konnte, als laut aufzuschreien. Sein Herz schlug heftig, und er sah dunkle Flecke, die vor seinen Augen auf und ab tanzten.

»Warum ich mich als Mann verkleide?«, fragte die Jüdin ungerührt dagegen. »Warum ich mir das Haupt geschoren habe, als ginge es zum Richtplatz?«

Er nickte mit zusammengebissenen Zähnen.

»Sehr einfach – weil die Welt nun einmal ist, wie sie ist. Und weil in dieser verkehrten Welt einer jungen Frau, die mit ihrem Vater reist, größeres Ungemach droht als dessen männlichem Diener, obschon eine Frau doch sehr viel schwächer ist und daher des Schutzes in größerem Maße bedürfte.«

Conn wusste nicht viel zu erwidern. Ob als Ilan oder als Chaya – ihre Wortwahl und ihre Art sich auszudrücken, sorgten dafür, dass ihm der Schädel brummte, von den Schmerzen in seinem Arm ganz zu schweigen. Aber in diesem Moment wurde ihm klar, dass diese bereits merklich nachgelassen hatten.

Der unerträgliche Druck, der die ganze Zeit über auf der Wunde gelegen hatte, war verschwunden, auch das höllische Brennen hatte aufgehört. Die Geschwulst war zurückgegangen, und Conn war sogar in der Lage, seine Hand wieder zu bewegen, was zuletzt kaum noch möglich gewesen war. Blut trat aus der Schnittwunde aus, aber Chaya störte sich nicht daran. Im Gegenteil, meinte sie, sorge das Blut dafür, dass der restliche noch verbliebene Schmutz aus der Wunde entfernt werde. Abermals säuberte sie die Stelle, dann nahm sie einen gläsernen Tiegel zur Hand, der eine weiße, übelriechende Paste enthielt. Mit einem hölzernen Spatel trug sie etwas davon sowohl auf die alte Pfeilwunde als auch auf den frischen Schnitt auf, dann legte sie einen frischen Verband an, den sie ordentlich straff zog.

»Fertig«, verkündete sie. »Diese Salbe«, fügte sie hinzu, wobei sie Conn den Tiegel reichte, »solltest du zweimal täglich auf die Wunde auftragen.«

»Und – das ist alles?«, fragte Conn.

»Das ist alles.«

Er nickte mit dankbarem Blick auf den Verband. »Schon jetzt ist es sehr viel besser als zuvor«, meinte er und bewegte abermals die linke Hand. »Ganz erstaunlich.«

»Nicht wahr?« Ihr Lächeln entbehrte jeder Freude. »Das hättet Ihr mir nicht zugetraut, oder? Wo ich doch nur eine Heidin bin…«

»Warum sagt Ihr so etwas? Haben wir Euch und Euren Vater nicht vor den Räubern gerettet?«

»Das habt Ihr. Aber hättet Ihr es auch getan, wenn Ihr gewusst hättet, wer wir sind? *Was* wir sind?«

Erneut schaute sie ihn unverwandt an, und jetzt, da Empörung ihre blassen Wangen färbte und ihre dunklen Augen lodern ließ, ging Conn auf, wie schön sie war. Nur einmal zuvor in seinem Leben hatte er solche Anmut und solches Temperament in einer Frau vereint gefunden, und es schmerzte ihn zu erkennen, dass sie ihn in mancher Weise an Nia erinnerte. Nicht so sehr ihrem Äußeren als vielmehr ihrem Wesen nach, das nicht weniger freiheitsliebend und unbeugsam schien als das seiner Geliebten.

Als er eine Antwort schuldig blieb, missdeutete Chaya sein Zögern. Ihre Züge, eben noch weich und anmutig, verhärteten sich, ihr Blick wurde kühl. »Eure Wunde ist jetzt versorgt, junger Herr«, gab sie steif bekannt. Dann erhob sie sich, packte ihre Utensilien zusammen und schickte sich an, die Kammer zu verlassen.

»Chaya!«, rief Conn sie zurück.

»Ja?« Sie blieb unter dem niedrigen Türsturz stehen.

»Ich danke Euch«, sagte er leise. »Von ganzem Herzen.«

Sie nickte. Dann drehte sie sich um und ging nach draußen. Conn blickte ihr nach.

Dankbar, weil sie seine Wunde versorgt und damit vermutlich seinen Arm, womöglich sogar sein Leben gerettet hatte.

Aber auch mit einer Spur von Reue.

Denn für einen kurzen, wenn auch winzigen Moment, als ihre Blicke einander begegnet waren und er ihr tief in die Augen gesehen hatte, da hatte er seine Trauer und sogar seine Rachegedanken vergessen.

Dabei – und dafür schämte er sich vor sich selbst – war auch seine Erinnerung an Nia einen Herzschlag lang verblasst.

20.

Kalabrien
Winter 1096

Der Marsch Richtung Süden ging weiter. Hatte sich Conn auf dem Weg durch Ligurien von Tag zu Tag schlechter gefühlt, so besserte sich sein Zustand nun zusehends.

Chayas Ratschlag folgend, trug er zweimal täglich die übelriechende, jedoch äußerst wirksame Paste auf, die sie ihm gegeben hatte. Wie die Kaufmannstochter vorausgesagt hatte, klang die Schwellung vollends ab und die Wunde schloss sich. Die schwarz verrottete Haut fiel ab, neues Gewebe kam darunter zum Vorschein, und schon bald war zu erkennen, dass von jener Verletzung lediglich Narben zurückbleiben würden.

Sobald Conn seinen Arm wieder uneingeschränkt bewegen konnte, unterzog Baldric ihn einem harten Training, um all das nachzuholen, was er in den vergangenen Wochen notgedrungen versäumt hatte. Die Waffenlektionen wurden intensiviert ebenso wie die Reitübungen, und um seine zuletzt arg vernachlässigten Muskeln zu kräftigen, ließ der Normanne Conn unzählige Wassereimer schleppen. Auch der schweigsame Remy setzte alles daran, seinen Schützling zu einem stählernen Kämpfer zu machen. Die Holzschwerter, mit denen sie anfangs gefochten hatten, wurden durch Übungswaffen ersetzt, die doppelt so schwer waren wie gewöhnliche Klingen, sodass es Nächte gab, in denen Conn kaum ein Auge zutun konnte, weil seine Muskeln und Knochen so schmerzten.

In der Gegend um Lucca schlug das Heer für mehrere Tage sein Lager auf, weil die Anführer mit dem Heiligen Vater zusammentrafen, der den Kreuzfahrern freudig entgegengezogen war.

Während dieser Zwangspause wurde Conn erstmals darin unterwiesen, vom Pferderücken aus zu kämpfen, und wie sich zeigte, erwies er sich als überaus gelehriger Schüler. Hatte es ihm zunächst noch Mühe bereitet, das Pferd nur durch den Druck seiner Schenkel und den Stich der Sporen zu dirigieren, waren ihm die Bewegungen inzwischen in Fleisch und Blut übergegangen. Und während Papst Urban den fürstlichen Heerführern persönlich für ihren Einsatz für die Christenheit dankte und sie mit flammenden Worten in ihrem Vorhaben bestärkte, lernte Conn, was es bedeutete, ein berittener Kämpfer zu sein und sich mit Lanze und Schild eines Angreifers zu erwehren. Immerzu schärfte Baldric ihm ein, dass seine Gegner ihm an Kampferfahrung weit überlegen sein würden, dass er mit Geschick und Schnelligkeit das ausgleichen musste, was er an Übung entbehrte – und Conn gab sein Bestes. An dem Tag, an dem die Anführer des Feldzugs den päpstlichen Segen erhielten, gelang es ihm zum ersten Mal, Remy durch ein gewitztes Manöver aus dem Sattel zu heben. Obwohl er bei dieser Gelegenheit einen Zahn verlor, hörte Conn den Normannen an diesem Abend zum ersten Mal lauthals lachen.

Zwar ließ Baldric auch weiterhin keine Gelegenheit aus, um Conn auf seine Schwächen und auf all das aufmerksam zu machen, was er noch zu lernen hatte; als der Heereszug jedoch Rom erreichte, unterbrach er die Übungen für einige Tage und nahm Conn auf eine Exkursion mit, damit er, wie er sich ausdrückte, die Wunder der Ewigen Stadt mit eigenen Augen schauen könnte. Baldric selbst, so erfuhr Conn, hatte schon vor vielen Jahren eine Pilgerfahrt dorthin unternommen, dabei jedoch nicht die Vergebung gefunden, die er sich von der Teilnahme am Feldzug erhoffte.

War Conn zunächst noch skeptisch, was die angeblichen

Wunder von Rom betraf, so wurde er rasch eines Besseren belehrt. Die Befestigungen von London, das wurde ihm jetzt klar, waren nur ein schwacher Abglanz jener Macht und Größe, die das Römerreich einst besessen haben musste und von denen die trutzigen Türme und Mauern, die die Stadt in weitem Rund umgaben, noch immer kündeten.

Von Bertrand wurde er in groben Zügen über die bewegte Geschichte der *urbs aeterna* unterrichtet. Es versetzte sein unbedarftes Gemüt in atemloses Erstaunen, die Hinterlassenschaften jener Zeit zu erblicken: die Ruinen der Kaiserpaläste und von alten Tempeln, in denen heidnischen Gottheiten gehuldigt worden war; das Kolosseum, dessen schiere Größe den Turm von London schlicht verblassen ließ; die steinernen Gebäude, die wie graues Unkraut über den Hügeln wucherten; und schließlich die zahllosen Gotteshäuser, die ihre Türme in den wolkenlosen Himmel über der Stadt Petri reckten und von der irdischen wie der himmlischen Macht der Kirche Christi kündeten.

Vergangenheit und Gegenwart schienen in Rom zur gleichen Zeit zu existieren, ein Ort voller Überraschungen und, so kam es Conn vor, unbegreiflicher Mysterien. Wehmut erfasste ihn, als sie abends auf dem Palatin standen und auf das steinerne Meer zu ihren Füßen blickten, das im Licht der untergehenden Sonne zu glühen schien.

»Woran denkst du?«, wollte Baldric wissen, dem Conns Stimmung nicht verborgen blieb.

»An jemanden, den ich einst kannte«, erwiderte Conn.

Er hatte Baldric nie erzählt, was damals in London geschehen war, und gedachte es auch jetzt nicht zu tun. Nicht, weil er dem Normannen noch immer nicht über den Weg getraut hätte, sondern weil er sich insgeheim davor fürchtete, jene dunkle Kammer tief in seinem Inneren zu betreten, die er sorgsam verschlossen hatte.

»Jemanden?«

»Eine junge Frau.« Die Antwort reichte aus, um einen schmerzhaften Stich hervorzurufen. »Sie …«

»Ja?«, hakte Baldric nach, als Conn zögerte. Der Normanne wandte den Blick, das eine Auge schaute ihn fragend an.

»Sie sagte, dass die Welt außerhalb der Mauern Londons voller Wunder sei«, erwiderte Conn leise.

»Dann war sie entweder weitgereist oder trotz ihrer jungen Jahre sehr weise«, folgerte Baldric lächelnd.

»Das war sie«, bestätigte Conn. Für einen Moment versuchte er sich vorzustellen, wie es gewesen wäre, Nia in diesem Augenblick an seiner Seite zu haben, ihr all die Wunder zu zeigen, von denen sie stets gesprochen hatte. Traurigkeit befiel ihn, doch anders als noch vor einigen Wochen stürzte ihn die Erinnerung an Nia nicht mehr in tiefste Verzweiflung. Er erinnerte sich an das Versprechen, das er ihr gegeben hatte, und der Gedanke, dass er in diesem Augenblick ein wenig von jener Freiheit verspürte, die zu suchen sie ihm aufgegeben hatte, tröstete ihn.

Er hatte London verlassen.

Er bereiste ferne Länder, er sah Dinge, die er noch vor kurzer Zeit für unmöglich gehalten hätte. Und erstmals kam ihm der Gedanke, wenn auch nur für einen kurzen Augenblick, dass auf die Düsternis der Trauer irgendwann wieder helles Licht folgen könnte.

Conns Arm war geheilt, er fühlte sich gesund und war am Leben, und zum ersten Mal nach langer Zeit schöpfte er leise Hoffnung.

Von Rom aus folgte das Heer dem Verlauf der *Via Appia*, einer jener Hauptstraßen, die einst die Zentren des Römischen Reiches miteinander verbunden hatten. Teile des steinernen Bandes, das sich von Rom bis in die Hafenstadt Brindisium erstreckt hatte, waren über die Jahrhunderte immer wieder ausgebessert und auf diese Weise erhalten worden. Sie erleichterten das Vorankommen des Heeres und seines gewaltigen Trosses, der im Zuge des Marsches durch Italien noch weiter angewachsen war, ganz erheblich; andere Streckenabschnitte hingegen waren dem Verfall überlassen worden, sodass die Pflastersteine von Gras überwuchert wurden und der einstige Straßenverlauf nur noch zu erahnen war.

Als Anfang November heftiger Regen einsetzte und das Vorankommen zusätzlich erschwerte, rächten sich die Tage der Rast, die man in Lucca und Rom eingelegt hatte. Erst gegen Ende des Monats erreichte man Bari, wo Hunderte von Frachtschiffen bereitstanden, die das Kreuzfahrerheer nach Griechenland übersetzen sollten. Noch nie zuvor, nicht einmal in Genua, hatte Conn eine solche Anzahl von Schiffen erblickt, die in der grauen, von Wind und Regen trüben See um ihre Ankerketten dümpelten. Doch wie sich zeigte, war die Jahreszeit bereits zu weit vorangeschritten; die Mehrheit der Kapitäne, unter deren Befehl die Frachter standen, verweigerte die Überfahrt unter Verweis auf die gefährlichen Stürme, die das Meer im Winter aufzuwühlen pflegten und es zum feuchten Grab für all jene machten, die sich ihm leichtfertig auslieferten.

Über mehrere Tage hinweg blieb es ungewiss, ob die Heeresführer sich auf das Wagnis einlassen und die Seefahrer womöglich zwingen würden, ihre Arbeit zu tun. Schließlich besannen sie sich jedoch, und sowohl Herzog Robert als auch Stephen de Blois rückten mit ihren Einheiten nach Kalabrien ab, wo ihnen Marc von Tarent Zuflucht gewährte, der normannische Herrscher Süditaliens, der seinen angeblich sagenhaften Körperkräften entsprechend Bohemund genannt wurde, nach dem mythischen Riesen. Wie es hieß, sei Bohemund durch das Beispiel der Kreuzfahrer ebenfalls von religiösem Eifer erfasst worden und plane, im Frühjahr selbst an der Spitze einer Streitmacht überzusetzen. Lediglich Graf Robert von Flandern wollte nicht länger warten; indem er einigen Kapitänen hohe Belohnungen versprach, gelang es ihm, eine kleine Flotte zusammenzustellen, die ihn und seine Leute noch vor Jahresende nach Griechenland bringen sollte – und allen Gefahren zum Trotz langten die Schiffe wohlbehalten in Dyrrachium an.

Für die übrigen Kreuzfahrer setzte eine Zeit des Wartens ein. Inmitten der bewaldeten, von einzelnen Burgen gekrönten Hügel bezog man die Winterquartiere, die für die meisten Angehörigen des Heeres aus wenig mehr als einer Plane bestanden, die man über dem Boden spannte und mit der man Regen und Wind fernzuhalten suchte. Während die Edlen auf Burgen und Gehöften Unterschlupf fanden, deren Herren ihnen bereitwillig das Gastrecht gewährten, waren die einfachen Soldaten darauf angewiesen, sich selbst zu versorgen. Und so dauerte es nicht lange, bis sich die anfängliche Erleichterung über das vorläufige Ende des langen Marsches in Enttäuschung verwandelte. Zwar verstanden es einzelne Anführer, ihre Leute zu disziplinieren, indem sie regelmäßige Waffenübungen ansetzten. Aber die im Dezember noch weiter zunehmenden Regenfälle, die den Boden in Sumpfland verwandelten und Feuchtigkeit bis in den letzten Winkel dringen ließen, sorgten dafür, dass das Winterlager zu einer zermürbenden Prüfung wurde, der längst nicht alle Kreuzfahrer standhielten ...

»Habt ihr gehört?«

Bertrands triefnasser Lockenkopf erschien im Eingang des behelfsmäßigen Zeltes, das Baldric für seine Leute und sich errichtet hatte. Draußen war es stockdunkel; weitere Regenwolken waren bei Einbruch der Nacht herangezogen und hatten Sterne und Mond verfinstert, sodass im Inneren des Zeltes schummriges, nur von schwachem Feuerschein durchbrochenes Halbdunkel herrschte.

Die Behausung selbst bestand aus einer großen Plane, die von Stangen gestützt wurde und an drei Seiten bis zum Boden heruntergezogen war, während die Rückseite aus einem zweckentfremdeten Heuwagen bestand, den die englischen Kreuzfahrer kurzerhand für sich reklamiert hatten. Es war keine sehr komfortable Bleibe, aber weitgehend trocken und geräumiger als die meisten anderen Unterkünfte. Die Mitte nahm eine Feuerstelle ein, über der Conn aus Wurzeln und etwas Getreide eine halbwegs sättigende Abendmahlzeit zu-

zubereiten versuchte. Remy kauerte am Boden und polierte sein Schwert; Baldric saß gegen den Heuwagen gelehnt, den wollenen Umhang um die Schultern gezogen, und schien wie so oft in tiefe Gedanken versunken. Von allen Kreuzfahrern, so kam es Conn vor, begegnete der einäugige Normanne den widrigen Bedingungen mit dem größten Gleichmut.

»Was sollen wir gehört haben?«, wollte Conn wissen, während er in der dünnen Suppe rührte und darauf wartete, dass der Hafer quoll.

»Die Lothringer stehen kurz vor Konstantinopel«, verkündete Bertrand die Neuigkeit, die er vermutlich in einem der Versorgungszelte aufgeschnappt hatte, die sich auf das Lager verteilten. Dort gab es Würfelspiel, Wein und all die anderen Dinge, mit denen sich der feiste Normanne die Zeit zu vertreiben pflegte.

»Verdammt«, sagte Remy, ohne von seiner Arbeit aufzusehen. Seine Brauen allerdings zogen sich finster zusammen.

»Verdammt?«, fragte Conn und schaute fragend zwischen den beiden hin und her. »Wieso? Was bedeutet das?«

»Das bedeutet, mein wie immer unbedarfter Freund, dass wir womöglich zu spät kommen werden, um Palästina zu befreien. Denn während wir hier sitzen und zur Untätigkeit verdammt sind, haben Herzog Godefroy und die Seinen den weiten Weg bereits zurückgelegt und befinden sich an der Pforte des Heiligen Landes.«

Conn biss sich auf die Lippen. Er hatte von den anderen Kreuzfahrerheeren gehört, die sich ebenfalls auf den Weg gemacht hatten, unter ihnen auch jenes von Godefroy de Bouillon, dem Herzog von Niederlothringen. Anders als die normannischen Fürsten war Godefroy jedoch bereits im Hochsommer aufgebrochen und hatte sich auf diese Weise wohl einen entscheidenden Vorsprung verschafft.

»Nun wird es nicht mehr lange dauern, bis Bouillon und die Seinen vor den Toren von Jerusalem stehen, sodass wir nur noch den Dung ihrer Pferde aufklauben können, statt uns mit den Schätzen des Orients zu beladen.« Bertrands Enttäuschung war ihm deutlich anzusehen.

Baldric, der bislang geschwiegen, den Wortwechsel jedoch aufmerksam verfolgt hatte, schickte seinem Gefolgsmann einen strengen Blick. »Wenn es Schätze sind, die du zu erwerben suchst, dann wärst du besser zu Hause geblieben«, beschied er ihm streng. »Hast du dich dieser Unternehmung deshalb angeschlossen, Bertrand?«

»Nein, natürlich nicht«, versicherte der Gescholtene beflissen und senkte das triefende Haupt wie ein gescholtener Köter. »Jedenfalls nicht ausschließlich. Aber die Männer reden nun einmal.«

»Worüber?«, wollte Baldric wissen.

»Nun – über das, was es in jenen fremden Ländern wohl zu holen gibt«, erklärte Bertrand mit einem zaghaften, um Vergebung heischenden Lächeln. »Natürlich geht es um unser Seelenheil und darum, der Christenheit zu dienen. Aber was ist falsch daran, sich dabei auch die Taschen zu füllen? Abgesehen davon, dass er einer heiligen Sache dient, ist dies ein Feldzug wie jeder andere, oder?«

»Wenn du das denkst, mein Freund«, erwiderte Baldric mit einiger Resignation in der Stimme, »hast du in den vergangenen Wochen nichts gelernt und deine Zeit verschwendet.«

»Offen gestanden fürchte ich das ohnehin.« Bertrand trat zum Feuer und streckte die Handflächen vor, um sie zu wärmen. »Nun, da Godefroy lange vor uns das Ziel erreicht hat und es erwiesen ist, dass wir zu spät kommen werden, frage ich mich ...«

»Was?«, hakte Baldric nach, als der andere zögerte.

»Ob es überhaupt noch einen Sinn hat, hier zu bleiben«, rückte Bertrand kleinlaut heraus und starrte in den Topf mit der Suppe.

Conn hatte aufgehört zu rühren. Sowohl er als auch Remy schauten zu Baldric hinüber, halb erwartend, dass dieser wütend werden und die Beherrschung verlieren würde. Doch der Ritter blieb ruhig sitzen, während sein einzelnes Auge Bertrand musterte. »Was genau versuchst du mir zu sagen, Freund? Hat dich der Mut verlassen? Willst du lieber umkehren und nach Hause gehen?«

»Ich wäre beileibe nicht der Einzige, der so denkt«, entgegnete Bertrand, weiter in den Kessel stierend, von dem ein bitterer Geruch aufstieg. »Wie es heißt, haben letzte Nacht wieder zahlreiche Kämpfer das Lager verlassen.«

»Wie viele?«, fragte Baldric.

»Die Rede ist von fünfzehn, aber vermutlich sind es in Wirklichkeit noch sehr viel mehr.«

»Mutlose und Verblendete. Sie alle haben das Ziel dieses Unternehmens aus den Augen verloren.«

»Das allein ist es nicht«, gab Bertrand zu bedenken. »Die meisten dieser Männer haben sehr viel mehr verloren als nur ihr Ziel. Viele von ihnen haben Weib und Kinder zu Hause zurückgelassen. Andere hat dieser lange Marsch alles gekostet, was sie hatten. Ihre Mittel und Vorräte sind aufgebraucht.«

»Wie kommen sie dann zurück?«, fragte Conn.

»Sehr einfach, mein junger Diener«, erwiderte Baldric zähneknirschend und voller Abscheu. »Sie veräußern das Letzte, das ihnen noch geblieben ist – ihre Pferde, ihre Rüstung und sogar ihre Waffen.«

»Ist das wahr?« Conn hob die Brauen. Er konnte sich vorstellen, dass ein Ritter sein Pferd verkaufte, wenn es sich nicht vermeiden ließ – aber seine Waffen? Seine Rüstung? Gar sein Schwert? Wo war der Hochmut geblieben, wo der Stolz, den Conn den Normannen stets zugeschrieben hatte?

»Ich nenne auf dieser Welt nicht viele Dinge mein Eigen«, sagte Baldric leise, »aber ich würde sie ohne Zögern opfern, wenn ich mir dadurch ewiges Heil erwerben könnte. Jene hingegen stellen ihre Sehnsucht nach dem Schoß ihrer Weiber über die Sorge um ihre unsterbliche Seele. Und dafür«, fügte er mit einem bedeutsamen Blick in Bertrands Richtung hinzu, »verdienen sie Verachtung.«

Conn sah den Gescholtenen zusammenzucken. Bertrands sonst so unbekümmerte Züge waren erstarrt, die Wangen hohl und farblos. Mit einem Holzspan stocherte er in der Glut des Feuers.

»Habt ihr Narren denn geglaubt, dass es einfach werden würde?«, fragte Baldric. »Habt ihr gedacht, dass wir jedes Hindernis auf Anhieb überwinden würden?«

»Nein.« Bertrand schüttelte den Kopf. »Aber diese wochenlange Untätigkeit...«

»Und? Ist dir nie der Gedanke gekommen, dass Gott uns auf diese Weise prüfen könnte? Dass er unsere Geduld auf die Probe stellen und herausfinden will, ob wir der Aufgabe würdig sind? Dass er womöglich die Spreu vom Weizen trennen will, wie der Täufer es einst am Jordan ankündigte?«

Conn hatte wieder zu rühren begonnen, weniger, weil es ihm notwendig schien, sondern aus Verlegenheit. Wenn er ehrlich war, so musste er zugeben, dass er Bertrands Argumenten insgeheim recht gegeben hatte, zumal er sich nicht aus Überzeugung auf diesen Feldzug begeben hatte, sondern weil Baldric ihn praktisch dazu gezwungen hatte. Zu seiner eigenen Verblüffung stellte er jedoch fest, dass er darüber Reue empfand – und Beschämung. Die tiefe Überzeugung, die seinen Herrn erfüllte, war auch auf ihn nicht ohne Wirkung geblieben.

Baldric fuhr fort. »Es liegt nicht an mir zu beurteilen, ob ihr Spreu seid oder Weizen. Zumindest dies muss jeder von euch selbst entscheiden. Aber wie eure Entscheidung auch immer ausfallen wird, ich werde sie ohne Widerspruch annehmen. Keiner von euch ist mir etwas schuldig. Auch du nicht, Conn.«

»Herr?« Conn schaute verwundert auf.

»Vielleicht war es ein Fehler, dich mitzunehmen. Wenn schon meine engsten Vertrauten und Freunde am Sinn dieses Feldzugs zweifeln, um wie vieles mehr musst du dich dann nach deiner Heimat sehnen, der ich dich wider deinen Willen dazu verpflichtet habe?«

»N-nun«, stammelte Conn, der nicht wusste, was er darauf erwidern sollte, »ich ...«

»Wenn es dein Wunsch ist, nach England zurückzugehen, dann geh«, forderte Baldric ihn auf. »Deine Schuld ist beglichen, ich werde dich nicht aufhalten.«

»Nein?«, fragte Conn vorsichtig.

Baldric schüttelte den Kopf. »Ich schenke dir die Freiheit. Es ist meine Gabe an dich in dieser Nacht.«

Conn blieb vor Staunen der Mund offen stehen. Eben noch war er Baldrics Knappe und Diener gewesen, mehr unfrei als frei, und nun plötzlich durfte er selbst entscheiden?

Einen erleichterten Atemzug lang genoss er die Vorstellung – bis ihm klar wurde, dass er sich längst entschieden hatte.

In England gab es nichts mehr, das eine Rückkehr lohnte. Der einzige Grund wäre Guillaume de Rein gewesen, aber der befand sich unter den Kreuzfahrern, auch wenn seine Bleibe wohl weniger zugig und seine Mahlzeiten fraglos großzügiger bemessen waren. Aber seltsamerweise war es nicht nur der Wunsch nach Rache, der Conns Entschluss bestimmte. Es war, wie er verwundert feststellte, eine gewisse Zuneigung, die er zu Baldric gefasst hatte.

»Ich danke Euch, Herr«, sagte er deshalb. »Aber ich will nicht zurück nach England.«

»Warum nicht?«

»Weil ich dort nichts gewinnen, aber alles verlieren kann«, gab Conn ohne Zögern zur Antwort. »Hier verhält es sich genau umgekehrt.«

Baldric starrte ihn lange an. Dann lachte der Normanne auf eine Weise, die erkennen ließ, dass er keine andere Antwort erwartet hatte. »Gut gesprochen, Knappe«, sagte er und nickte wohlwollend. »Und wie lautet deine Entscheidung, Bertrand?«

Der Angesprochene schaute zuerst zu Conn, dann zu Remy und schließlich zu Baldric. Dabei war im Feuerschein deutlich zu erkennen, wie sich seine Züge röteten. »Ich fürchte, unser junger Freund hat mir gerade eine Lektion erteilt. Verwünscht sei sein schlichtes angelsächsisches Gemüt.«

»Das reine Herz ist offen für die Wahrheit«, drückte Baldric es schmeichelhafter aus, und sie alle lachten – bis Glockenschlag zu hören war, den der Wind vom nahen Dorf herübertrug.

»Christ ist geboren«, sagte Baldric und ließ sich auf die Knie nieder, um sich zu bekreuzigen.

»Christ ist geboren«, bestätigten Bertrand und Conn und taten es ihm gleich, und selbst der gestrenge Remy legte sein Schwert zur Seite und beugte das Haupt.

Es war der Weihnachtsabend des Jahres 1096.

21.

Damaskus
Wenige Tage später

Bahram al-Armeni war müde.

Stundenlang hatte er in den dunklen Himmel gestarrt, der sich über Damaskus wölbte, bis ihm die Sterne nur noch wie Nadelstiche erschienen waren, die jemand willkürlich in den Mantel der Nacht gebohrt hatte, ohne dabei einem bestimmten Muster zu folgen.

Vom Mondschein beleuchtet, bot die Stadt ein friedliches Bild: die schützende Mauer, die sie in weitem Rund umgab; das glitzernde Band des Flusses, der sie von Osten her durchfloss; die hohen Kuppeln der Umayyaden-Moschee sowie der angrenzenden Bibliothek und der Universität; dazwischen die spitzen Türme der Minarette. Obschon Bahram ursprünglich aus Tal Bashir an der Südgrenze des fernen Armeniens stammte, war Damaskus für ihn zur zweiten Heimat geworden, und obwohl er nicht muslimischen, sondern wie viele Armenier christlichen Glaubens war, hatte er es unter den seldschukischen Herren des Landes zu einigem Ansehen gebracht. Das stand mit den militärischen Diensten in Verbindung, die er zunächst unter Tutush, dem Bruder des Sultans, und später unter seinem Sohn Duqaq geleistet hatte, dem mächtigen Herrscher von Damaskus. In zahllosen Schlachten hatte Bahram sich hervorgetan und sich einen herausragenden Status unter Duqaqs Kämpfern erstritten, der ihm als hohem

Offizier Reichtum und Ansehen eingetragen hatte – und die Freiheit, sich in Friedenszeiten anderen Belangen widmen zu können.

»Nun, mein Freund?«, erkundigte er sich bei dem Mann, der neben ihm auf einem Kissen auf dem Boden kauerte und in das Ende eines zweieinhalb Ellen messenden Rohres starrte, das aus Messing gefertigt und zum Himmel gerichtet war. »Könnt Ihr etwas entdecken?«

Jamal Ibn Khallik antwortete nicht sofort. Noch einige Augenblicke lang starrte er durch das Fernrohr, so als fürchte er, etwas zu übersehen oder gar zu verpassen. Dann erst wandte er den Blick seiner wässrigen Augen auf Bahram, den er jedoch nicht gleich wahrzunehmen schien. Im Gegenteil hatte es den Anschein, als bräuchte der alte Sterndeuter eine Weile, um aus den Geheimnissen des Kosmos in das Hier und Jetzt zurückzukehren, das sich hoch über den steinernen Gassen von Damaskus befand, im Dachgarten des prächtigen Hauses, das Bahram als Zeichen von Duqaqs Gunst bewohnte.

»Ich wünschte, ich könnte Eure Frage bejahen, Herr, denn dann hätte Eure Ungewissheit ein Ende. Aber ich kann es nicht. Das Firmament ist leer in diesen Tagen. Leer an Zeichen. Arm an Wahrheit.«

»Aber ich habe die Zeichen gedeutet«, wandte Bahram ein. »Sie standen günstig…«

»Es hat Zeichen gegeben«, stimmte der Sterndeuter zu, während sich seine dunklen, faltigen Züge, die etwas von knorrigem Leder hatten, zu einem milden Lächeln zerknitterten, »und es spricht für Euer Wissen und Eure Gelehrsamkeit, dass Ihr sie erkannt habt, während viele andere Astrologen sie übersahen – doch könnt Ihr niemals sicher sein, was sie bedeuten. Alle Zusammenhänge des Lebens und der Natur des Kosmos sind dort oben verborgen, dessen seid gewiss, Herr. Jedoch vermögen wir den Zeitpunkt, da sie sich uns enthüllen, weder vorherzusagen noch zu bestimmen.«

Bahram nickte nur widerwillig.

Der Kunst der Sterndeutung gehörte seine ganze Leidenschaft. Hätte sein Schicksal, das ihn vom fernen Tal Bashir nach Syrien geführt hatte, nicht den Weg des Krieges eingeschlagen, so hätte sich Bahram vermutlich der Astrologie gewidmet, die ihm ein weitaus lohnenderes Betätigungsfeld zu sein schien. Es war seine tiefe Überzeugung, dass sich in der wunderbaren Gleichmäßigkeit und Ordnung der Sterne die göttliche Weisheit und Schöpferkraft spiegelte und dass man, wenn man es recht verstand, beim Betrachten der Gestirne einen kurzen Blick auf den Abglanz des Göttlichen erhaschen konnte, aus dem man wiederum Rückschlüsse auf das Wirken und Streben der Sterblichen ziehen konnte, im Guten wie im Schlechten.

»Ich weiß, wie unbefriedigend dies für Euch sein muss, Herr«, entgegnete Ibn Khallik, in dessen Familie die Kunst der Astrologie seit vielen Generationen gepflegt wurde, bis zurück in die Tage des alten Babylon. »Aber wenn die Sterne ihre Geheimnisse nicht freiwillig enthüllen, vermögen wir sie ihnen nicht zu entreißen.«

»Dessen bin ich mir bewusst, Meister Jamal«, antwortete Bahram. Manches von dem, was er über die Gestirne wusste, über ihre Konstellationen und deren tiefere Bedeutung, hatte er aus Büchern gelernt. Das meiste jedoch hatte Ibn Khallik ihm beigebracht, der immer dann, wenn die Zeiten es erlaubten, zu seinem väterlichen Freund und Lehrer wurde. »Aber könnte es nicht sein, dass wir etwas übersehen haben? Einen verborgenen Hinweis, und wäre er noch so gering?«

»Was macht Euch so sicher, Bahram? In all den Jahren, die ich Euch nun kenne, habe ich Euch selten so unruhig erlebt, und ich nehme an, dass dies nicht so sehr mit den Veränderungen der Gestirne zusammenhängt als vielmehr mit etwas, das Ihr im Palast des Fürsten erfahren haben mögt und worüber zu sprechen Euch untersagt wurde.«

Bahram lachte, um seine Überraschung zu verbergen. Schon in der Vergangenheit hatte er feststellen müssen, dass es schwierig war, etwas vor Meister Jamal zu verbergen. Mitunter hatte es den Anschein, als besäße der alte Mann die Gabe der Prophetie – oder vielleicht weilte er auch nur lange genug auf Erden, um das Wesen der Menschen genau zu kennen. »Ihr ... habt recht«, gab er widerstrebend zu.

»In diesem Fall solltet Ihr Euch fragen, ob es tatsächlich Erkenntnis ist, nach der Ihr dürstet, oder ob Ihr in Wahrheit längst für Euch entschieden habt, was jene Dinge zu bedeuten haben, und nun vom Himmel die Bestätigung dafür wollt.«

Es waren Aussagen wie diese, für die Bahram den alten Sterndeuter so sehr schätzte – offen und direkt, ohne zu verletzen, dabei aber von bestechender Weisheit. Es stimmte, Bahram hatte im Palast von Entwicklungen erfahren, die in der Tat beunruhigend waren, und er trachtete danach herauszufinden, wozu sie führen mochten.

Der Hilferuf, den der byzantinische Kaiser Alexios im Frühjahr an die abendländischen Christen gesandt hatte, war nicht unerwidert geblieben. Schon im Herbst hatten griechische Kaufleute berichtet, dass sich fern im Westen eine gewaltige Streitmacht sammle, deren erklärtes Ziel es sei, Byzanz im Kampf gegen die seldschukische Übermacht beizustehen und die heiligen Stätten der Christenheit aus der Hand der Muslime zu befreien. Zwar hatten weder der Sultan noch seine Emire und Atabege diesen abenteuerlichen Berichten anfangs Bedeutung beigemessen, doch die jüngsten Geschehnisse zeigten, dass sie in jeder Hinsicht wahr gewesen waren.

Gleich mehrere Heere hatten sich auf den Weg nach Osten begeben, sowohl zu Lande als auch zu Wasser, und zumindest eines von ihnen hatte die Stadt Konstantins bereits erreicht und war dabei, sich mit der Armee des Kaisers zu vereinen. Was genau dies zu bedeuten hatte, wohin die Kreuzfahrer, wie sie sich selbst nannten, ihre Schritte als Nächstes lenken würden und was sie im Schilde führten, war derzeit noch ungewiss, aber Bahram fühlte, dass Wind gesät worden war – und dass ein Sturm folgen würde.

»Ihr habt recht, Meister Jamal«, gab er zu. »Vielleicht trachte ich von den Gestirnen tatsächlich nur etwas zu erfahren, was ich in Wahrheit schon längst weiß. Möglicherweise ist es auch Hoffnung, die ich suche. Trost.«

»Ihr?« Die von Überanstrengung geröteten Augen Ibn Khalliks starrten ihn an. »Der Ihr ein Mann des Krieges seid?«

»Gerade deswegen«, erwiderte Bahram düster. Seine geheime Hoffnung war es gewesen, nach all den Jahren des Kampfes und der unzähligen Schlachten, die er in Fürst Duqaqs Auftrag geschlagen hatte, endlich ein wenig Ruhe zu finden und sich der Wissenschaft widmen zu können, die ihm so viel bedeutete. Doch die Zeichen der Zeit verhießen etwas anderes.

»Herr! Seht!«

Ibn Khalliks überraschter Ausruf riss Bahram aus seinen Gedanken. Er fuhr herum, sah den Alten mit erschrockener Miene hinauf zum Himmel deuten. Er folgte dem Fingerzeig der knöchrigen Hand – und gab einen Laut der Überraschung von sich, als er das leuchtende Gebilde erblickte, das am Firmament zu sehen war.

Für einen endlos scheinenden Moment zog es seine Bahn am nächtlichen Himmel, aus dem es geradewegs zu stürzen schien, dann erlosch es so plötzlich, wie es aufgetaucht war.

»Meister Jamal?«, wandte sich Bahram atemlos an den Alten.

Ibn Khallik war nicht in der Lage zu antworten.

Die ledrigen Züge des Sterndeuters waren zur Maske gefroren, der zahnlose Mund war weit geöffnet und rang nach Atem, während er noch immer dorthin starrte, wo die Himmelserscheinung verschwunden war.

»Meister Jamal?«, fragte Bahram noch einmal, drängend und sanft zugleich.

»Das Zeichen«, erwiderte der Alte flüsternd, ohne den Blick vom Firmament zu wenden. »Es ist erfolgt, für alle sichtbar. Ein Stern ist gefallen.«

»Und das bedeutet?«, wollte Bahram wissen, während er fühlte, wie sich sein Inneres zusammenzog.

Erst jetzt wandte sich der Sterndeuter ihm zu. Das Spiel seiner wässrigen, entzündeten Augen war so kalt und nüchtern, dass es Bahram schauderte. »Tod und Untergang«, erklärte der Alte knapp und mit tonloser Stimme. »Ein Reich wird untergehen – und ein neues entstehen.«

BUCH.2
TERRA ORIENTALIS
A.D. 1097

1.

Kreta
April 1097

»Sieh dir das an, mein Kind. Dunkle Wolken ziehen sich über uns zusammen.«

Die Stimme von Isaac Ben Salomon klang düster. Der Wind, der seit Monaten über die See strich und in diesem Frühjahr überhaupt nicht nachlassen zu wollen schien, zerrte an seinem Mantel und zerwühlte sein schlohweißes Haar. Die Gesichtszüge des alten Kaufmanns waren wie so oft in den letzten Wochen voll bitterer Sorge, denn die Zeit zerrann ihm unter den Händen.

Sein ursprünglicher Plan war es gewesen, von Genua aus auf einer der östlichen Kauffahrerrouten direkt nach Judäa zu gelangen, doch dies hatte sich als unmöglich erwiesen. Viele genuesische Kapitäne hatten ihre Schiffe im Hafen zurückgehalten, da sie mit den Kreuzfahrern bessere Geschäfte zu machen hofften; andere wieder hatten sich darauf verlegt, für die in Süditalien lagernden Heere Proviant und andere Versorgungsgüter zu transportieren, und verkehrten nur auf diesen Strecken.

In Ermangelung einer anderen Passage hatten Chaya und ihr Vater notgedrungen ein solches Schiff bestiegen, das sie zunächst nach Syrakus gebracht hatte, von wo sie nach weiteren Wochen des Wartens eine Überfahrt nach Kreta bekommen hatten. Kurz nach ihrem Eintreffen dort hatten jedoch die Winterstürme eingesetzt, sodass die Insel dem Kaufmann und seiner Tochter für lange Monate zur ungewollten Heimat geworden war. Monate der Untätigkeit und Trägheit, der inneren Einkehr und des Nachdenkens.

Und, soweit es Isaac betraf, wohl auch des Zweifels.

»Was meinst du, Vater?«, erkundigte sich Chaya sanft.

»Jene Schiffe dort treffen Vorbereitungen zum Auslaufen«, entgegnete Isaac und deutete auf das Hafenbecken von Heraklion, auf das sie vom Dachgarten ihrer Herberge aus einen guten Blick hatten.

»Nun«, meinte Chaya hoffnungsfroh, »ist das nicht gut für uns? Es muss bedeuten, dass der Sturm endlich vorüber ist und wir unsere Reise fortsetzen können, oder nicht?«

Weder reagierte Isaac auf ihre Frage, noch wandte er den Blick. Wie gebannt starrte er weiter auf die langen Schiffe, die über mehrere Ruderreihen verfügten und über große Segel, die gerefft an den Rahen hingen. Die Achterdecks der Schiffe waren mit turmartigen, mit Metallplatten gepanzerten Aufbauten versehen, am Bug besaßen sie gefährlich aussehende, ebenfalls metallverstärkte Rammen, die fraglos dazu da waren, andere Schiffe anzugreifen.

»Es sind *Dromone*, Chaya«, erklärte Isaac leise, »byzantinische Kriegsgaleeren. Sie laufen aus, weil diesem Teil der Welt ein Krieg bevorsteht. Ein Kaufmann aus Milet hat mir erzählt, dass Kaiser Alexios jene Inseln und Städte, die er in den vergangenen Jahren an die Türken verlorengeben musste, nun von ihnen zurückzugewinnen sucht. Sicher hofft er, dass das Eintreffen der Kreuzfahrer in Kleinasien die Seldschuken schwächen wird.«

»Und wir, Vater? Was bedeutet das für uns?«

»Dass wir einmal mehr im Begriff sind, von der Geschichte eingeholt zu werden, mein Kind«, gab Isaac unheilvoll zur Antwort. »Die ganze Welt scheint in Bewegung zu geraten. Nichts ist mehr, wie es einst war.«

»Was genau fürchtest du, Vater?«

»Was ich fürchte?« Er wandte sich zu ihr um, und sie vermochte nicht zu sagen, ob es Furcht war, die seine Augen hatte feucht werden lassen, oder der beständige Wind. »Ich fürchte, dass jener Sturm, der sich dort zusammenbraut und von Menschen gemacht ist, sich noch als weit gefährlicher erweisen könnte als der des vergangenen Winters – und dass er meine Mission nutzlos machen könnte. Ich soll das Buch ins Land der Väter bringen – aber was, wenn es dort noch weit mehr gefährdet wäre? Wenn es trotz aller Vorsichtsmaßnahmen in falsche Hände fiele? Was für ein Träger wäre ich, wenn dies geschähe?«

»Ein Träger«, wiederholte Chaya. Der Wind ließ auch ihren Umhang flattern und zerrte an der Kapuze. »Dieses Wort hast du schon einmal erwähnt. Was genau bedeutet es?«

Ihr Vater biss sich auf die Lippen, so als müsse er zunächst genau abwägen, was er preisgeben dürfe und was nicht. »Solange wir zurückdenken können«, erwiderte er schließlich, »gab es Träger und Bewahrer. Die einen hüteten das Buch über die Jahrhunderte an geheimen Orten. Die anderen sollten es zurückbringen ins Land der Väter, wenn unserem Volk jemals wieder Gefahr drohte. Die Zweiteilung des Amtes diente der Verringerung der Gefahr.«

»Und Daniel Bar Levi ist ein solcher Bewahrer?«

Isaac nickte. »Er hat das Amt von seinem Vater geerbt, so wie mein Bruder Ezra und ich es von unserem Vater erbten.«

»Dann hatte er die leichtere Bürde.«

»Denkst du?« Isaac zuckte mit den schmalen Schultern. »Ich weiß es nicht, Kind. Das Buch all die Jahre unter seinem Dach zu wissen und sich bewusst zu sein, dass man es unter Einsatz seines Lebens bewahren muss, nenne ich keine leichte Bürde.«

»Das ist wahr.« Chaya neigte leicht das Haupt. »Und wie lange reicht diese Tradition zurück?«

»Sehr lange«, erwiderte ihr Vater, und jetzt war sie sicher, dass es Tränen waren, die in seinen Augen glänzten. »Von Generation zu Generation wurde das geheime Wissen weitergegeben, an leibliche Söhne, an Schwiegersöhne und Adoptivsöhne, von dem Tage an, da das Volk Israel von den römischen Usurpatoren vertrieben und Jerusalem zur verbotenen Stadt geworden war.«

»Rabbi Akiba hat uns oft davon erzählt, als wir noch Kinder waren«, erinnerte sich Chaya. »Unter Kaiser Hadrian erhob sich unser Volk und versuchte, das Joch der Fremdherrschaft abzuschütteln. Hadrian jedoch ließ den Aufstand blutig niederschlagen und sorgte dafür, dass das Haus Jakob in alle Winde zerstreut wurde.«

»Auf alle Lande dieser Welt hat es sich daraufhin verteilt«, stimmte ihr Vater zu. »Gesetze wurden seinetwegen erlassen und Regeln aufgestellt, doch das Volk hielt stets an seinen eigenen Traditionen fest und an seinem Glauben, bewahrte ihn wie die Weisung der Thora und die Lehre des Talmud – und zusammen mit ihm auch das Buch, das von solcher Wichtigkeit ist und von dessen Existenz doch nur wenige wissen. Von Ascalon aus, wo es einst verfasst worden war, trat es eine weite Reise an, zunächst nach Osten in die Gebiete der Parther und Armenier, später dann nach Norden in das Land der Magyaren. Von dort gelangte es schließlich nach Westen, den großen Fluss hinauf und in das Reich der Franken, dessen Kaiser Karolus unser Volk freundlich aufnahm und ihm Schutz versprach. Dort verblieb das Buch von Ascalon lange Zeit, bis in diese Tage.«

Der alte Isaac unterbrach sich, um sich mit einer Geste, die beiläufig wirken sollte, die Tränen aus den Augen zu wischen. »Mir war immer klar gewesen, dass jener Tag, an dem ich das Siegel Salomons wiedersehen sollte, gleichzeitig auch der Tag sein würde, an dem ich mein Versprechen würde einlösen müssen.«

»Hast du damit gerechnet?«, fragte Chaya.

»Nein«, bekannte ihr Vater kopfschüttelnd. »Ebenso wenig, wie ich mit dem Tod deiner Mutter gerechnet habe. Oder damit, dass das Volk Israel nach all den Jahrhunderten des Friedens erneut angefeindet werden könnte und um seine Existenz fürchten müsste. Warum nur neigen wir Menschen dazu, das, was wir haben, als sicher und gegeben zu erachten? Wo ist unsere Demut vor dem Herrn? Wo unsere Dankbarkeit?«

Chaya wusste keine Antwort auf seine Fragen. Es stimmte, auch sie hatte noch vor nicht allzu langer Zeit viele Dinge als selbstverständlich erachtet, die ihr nun außergewöhnlich, ja unerreichbar schienen. Vor allem aber konnte sie seine Trauer fühlen und die Einsamkeit, die ihn quälte, und sie verspürte das Bedürfnis, ihm zu helfen.

»Willst du mir nicht doch sagen, was in dem Buch geschrieben steht, Vater?«, erkundigte sie sich leise. »Vielleicht würde es dich erleichtern, die Last des Wissens zu teilen.«

»Vielleicht«, gestand er und legte ihr in einer liebevollen Geste die Hände auf die Schultern. »Aber dich würde es gleichzeitig belasten, mein Kind, und du hast schon genug zu tragen. Wenn ich dir vorenthalte, was in jener Schrift geschrieben steht, dann nicht, weil ich dir nicht traue, Chaya. Sondern um dich zu schützen.«

Er wartete ihre Erwiderung nicht ab, sondern wandte sich ab und wollte den Dachgarten verlassen.

»Wohin gehst du?«, fragte sie.

»Zum Hafen. Ich werde versuchen, eine Passage nach Alexandretta zu bekommen.«

»Aber der Sturm ist noch nicht vorüber!«

»Und wenn schon.« Er zuckte mit den Schultern. »Lieber vertraue ich mich den Wellen an, als darauf zu warten, dass ...« Er verstummte plötzlich, und seine Gesichtszüge verzerrten sich. Nach vorn gebeugt, stützte er sich auf das hölzerne Geländer, das die schmale Steintreppe säumte.

»Vater!« Chaya eilte zu ihm. »Was hast du?«

»Es geht schon.« Seine Miene entkrampfte sich, und er richtete sich wieder zu seiner vollen Größe auf. »Nur ein Anfall von Schwäche, nichts weiter. Ich werde langsam alt, das ist alles.«

»Du musst dich ausruhen, hörst du?«

»Das werde ich, meine Tochter«, versprach er, und für einen kurzen Moment war da wieder jenes schalkhafte Lächeln, das sie einst so an ihm geliebt hatte. »Wenn die Mission beendet ist.«

Damit wandte er sich endgültig um und stieg die Treppe hinab – und Chaya hatte das Gefühl, einem Greis nachzublicken.

2.

*Pelekanon, Kleinasien
Mitte Juni 1097*

Conn war müde.

Ausgezehrt vom langen Marsch, erschöpft von den Entbehrungen.

Als der burgundische Nachschubtross, dem er sich angeschlossen hatte, die ersten Ausläufer des Lagers erreichte, das die Kreuzfahrer bei Pelekanon errichtet hatten, am Ufer einer Meeresbucht, die weit in das felsige Hügelland ragte, verspürte Conn bei Weitem nicht die Erleichterung, die er sich während der langen Reise ausgemalt hatte. Er sah die Zelte, die die Anhöhe übersäten, die flackernden Feuer und die unzähligen Banner, die im kühlen Abendwind wehten, viele mit dem Zeichen des Erlösers versehen. Aber weder erfüllte ihn der Anblick mit Zufriedenheit, noch empfand er Stolz darüber, das Ziel seiner langen Irrfahrt endlich erreicht zu haben. Zu groß war die Müdigkeit, zu brennend der Durst, zu heiß der Schmerz an seinen Fußsohlen.

Von dem Umhang, den Baldric ihm gekauft hatte, war kaum noch etwas übrig. Das wenige, das von dem wollenen Stoff geblieben war, flatterte um seine Schultern, zerfetzt und verschmutzt, das Kreuz darauf war kaum noch zu erkennen. Seiner restlichen Kleidung war es kaum besser ergangen, sodass er einen ziemlich trostlosen Anblick bot, als er das Lager betrat. Die Posten waren lothringische Kämpfer aus dem Kontingent des Herzogs von Bouillon, die schon im vergangenen Jahr am Bosporus eingetroffen waren. Sie ließen den Tross passieren und wiesen ihm den Weg zu den Versorgungszelten, die der wohlhabende Graf von Toulouse für seine Vasallen unterhielt.

Da Conn den Zug über zehn Tage begleitet hatte, wurde auch ihm eine Ration Essen zugeteilt, das aus einem dickflüssigen Getreidebrei bestand sowie aus getrockneten Früchten, die er noch nie in seinem Leben gesehen hatte. Sie waren von länglicher Form und brauner Farbe, und obwohl Conn nicht wusste, wie sie schmeckten, griff er zur Sicherheit noch einmal in die Schüssel und lud sich eine weitere Handvoll davon auf den hölzernen Teller.

»He, du!«, fuhr der Koch ihn daraufhin an, ein feister Kerl, der selbst sein liebster Gast zu sein schien. »Lass den anderen gefälligst auch noch etwas übrig, hörst du?«

Conn zog den Kopf zwischen die Schultern und verdrückte sich. In sicherem Abstand von den Küchenwagen, von denen ein ranzig-bitterer Geruch durch das Lager schlich, ließ er sich an einem Feuer nieder und begann zu essen. Gierig schlang er den Brei in sich hinein, um den bohrenden Hunger zu stillen. Sofort merkte er, wie zumindest ein kleiner Teil seiner Kräfte zurückkehrte.

Erst jetzt fiel ihm auf, wie ruhig es im Lager war, und dies nicht nur der späten Stunde wegen. Nur wenige Kämpfer saßen an den Feuern, es gab nicht annähernd die Betriebsamkeit, die im Winterlager im fernen Kalabrien geherrscht hatte. An vielen Stellen, wo zuvor Zelte oder Wagen gestanden hatten, klafften Lücken, und das plattgetretene Gras und die Furchen, die sich im Boden abzeichneten, ließen vermuten, dass dies noch nicht lange so war.

Conn wusste nicht, was er davon zu halten hatte, im Grunde war es ihm auch gleichgültig. Unzählige Male hatte er sich in den vergangenen Wochen gefragt, ob er noch weitergehen sollte, ob es überhaupt noch einen Sinn hatte, das ferne Ziel der Reise erreichen zu wollen. Hunger und brennender Durst hatten das Verlangen nach Rache in den Hintergrund treten lassen, Guillaume de Rein war ob des täglichen Überlebenskampfes zu einem fernen Schatten verblasst. Wenn Conn weitermarschiert war, dann nur, weil er nicht irgendwo im Niemandsland ein elendes Ende hatte finden wollen ... Und weil ihm in besonders dunklen und verzweifelten Stunden so gewesen war, als ob eine innere Stimme ihn antrieb. Die Stimme hieß ihn, stetig einen Fuß vor den anderen zu setzen und immer weiter zu gehen, weiter und weiter ... so als ob er noch eine Bestimmung zu erfüllen hätte, ein höheres Ziel ...

Nachdem er den Brei ausgelöffelt hatte, beschloss er, sein Glück mit einer der Trockenfrüchte zu versuchen. Zaghaft schnupperte er daran, dann schob er sie sich in den Mund. Der Biss war fest, das Fruchtfleisch mehlig und, zu Conns Überraschung, von angenehmer Süße. Im nächsten Moment jedoch biss er auf etwas Hartes, das ihn noch dazu in die Zunge piekte. Mit einem Aufschrei spuckte er die Frucht wieder aus – zur Erheiterung der beiden anderen Kämpfer, die am Feuer saßen.

»Nanu, mein Freund?«, fragte der eine der beiden lachend, ein blonder Lockenkopf, der den ledernen Rock eines Bogenschützen trug. »Schmeckt dir die Dattel nicht?«

»Dattel?« Conn, der sich die schmerzende Mundpartie rieb, hob erstaunt die Brauen.

»Die Frucht, die du gerade gegessen hast«, erklärte der Gelockte, auf die wenig appetitlichen Reste deutend, die vor Conn auf dem Boden lagen. »Oder die du vielmehr essen wolltest.« Er entblößte sein gelbes Gebiss zu einem Grinsen. »Schmecken eigentlich nicht schlecht. Nur auf den Kern sollte man nicht beißen.«

Conn kam sich vor wie ein Trottel. Schnaubend schob er sich die nächste Dattel in den Mund und kaute sie vorsichtig. Das Fruchtfleisch schluckte er, den Kern spuckte er aus.

»Du lernst schnell«, sagte der Lockenschopf.

»Geht so«, meinte Conn. »Wollt ihr auch?«, fragte er dann und hielt den beiden seinen Teller hin.

»Nein danke«, wehrte der andere Soldat ab, ein hagerer Kerl in einem schäbigen Schuppenpanzer. »Wir haben in den letzten Wochen so viele Datteln gegessen, dass sie uns zu den Ohren rauswachsen.«

»Wie lange seid ihr schon hier?«

»Seit dem vergangenen Winter.«

»Demnach müsst ihr Lothringer sein«, folgerte Conn.

»Das will ich meinen«, bekräftigte der Bogenschütze und schlug sich mit der Faust auf die Brust, »und zwar die Besten, Vasallen von Bouillon. Mein Name ist Hernaut, dies ist mein wackerer Kamerad Bovo.«

Der Hagere, der sein schwarzes Haar kurz gestuft trug – wohl als Folge von Lausbefall –, nickte zustimmend. »Und wie ist dein Name?«, wollte er wissen.

»Conwulf«, entgegnete Conn. Als er sah, dass die Nennung seines Namens für keinerlei Reaktion sorgte, fügte er spontan hinzu: »Des Baldrics Sohn.«

»Ein Normanne also«, sagte Hernaut, und es kostete Conn einige Überwindung, zustimmend zu nicken. Aber warum nicht? Er hatte in den zurückliegenden Wochen so viele Kröten geschluckt, um am Leben zu bleiben (und das mitunter im wörtlichen Sinn), dass es auf diese eine nicht mehr ankam. Letzten Endes war es ein Diebstahl wie jeder andere, den er begangen hatte. Nur dass er sich diesmal nicht einer fremden Geldbörse, sondern eines Namens bediente.

»Kennt ihr Herrn Baldric?«, fügte er hoffnungsvoll hinzu. »Habt ihr zufällig von ihm gehört?«

»Nein.« Der Bogenschütze schüttelte den Kopf. »In diesem Lager gibt es keine Normannen mehr, soweit ich weiß. Sie sind bereits nach Süden weitergezogen.«

»Ich verstehe.« Conn versuchte, sich seine Enttäuschung nicht anmerken zu lassen. Wie sehr hatte er darauf gehofft, am Ziel seiner langen Reise Baldric und die anderen wiederzutreffen. Aber nicht nur diese Hoffnung zerschlug sich, er wusste noch nicht einmal, ob seine Gefährten überhaupt noch am Leben waren! Seinem inneren Aufruhr zum Trotz blieb Conn äußerlich gelassen. Das Leben auf der Straße hatte ihn gelehrt, dass es gefährlich sein konnte, sich Fremden gegenüber zu weit zu offenbaren.

»Wie kommt es, dass du allein unterwegs bist?«, erkundigte sich Bovo. »Hast du den Anschluss an deine Marschkolonne verloren?«

»Gewissermaßen. Ich bin mit einem Trupp Burgunder hier angekommen, Leute im Dienst von Toulouse. Und ihr?«, fragte er, um rasch das Thema zu wechseln. »Was ist hier los? Warum ist das Lager fast leer?«

Hernaut grinste wieder. »Noch vor einem Mond hat es hier anders ausgesehen, das kannst du mir glauben. Überall Gedränge und Streiter des Herrn, die nur darauf warteten, endlich den Kampf gegen die Heiden aufzunehmen. Allerdings hat uns Kaiser Alexios nicht gerade besonders freundlich empfangen.«

»Was heißt das?« Conn hatte unterwegs Gerüchte von Spannungen zwischen Herzog Godefroy de Bouillon und dem Kaiser von Konstantinopel gehört, sie jedoch als blanken Unsinn abgetan. Wieso, hatte er gesagt, sollten Christen gegen Christen kämpfen, wenn es doch gegen die Ungläubigen ging?

»Das heißt, dass Alexios unseren Herrn dazu bringen wollte, ihm den Treueid zu leisten«, erklärte Bovo rundheraus, »was dieser natürlich abgelehnt hat.«

»Und dann?«

»Die Weihnachtstage verbrachten wir innerhalb der Stadtmauern, auf Einladung des Kaisers. Aber während wir darauf warteten, dass sich das Wetter besserte und wir den Feldzug endlich beginnen konnten, wurde uns auf Alexios' Geheiß der Proviant gekürzt.«

»Der Kaiser hoffte, sich unseren Herrn damit gefügig zu machen«, fügte Hernaut erklärend hinzu, »aber da hatte er seine Rechnung ohne den Wirt gemacht. Wir griffen uns die byzantinischen Wachen, zogen ihnen das Fell über die Ohren und verließen dann die Stadt, um auf das Eintreffen der anderen Kreuzfahrer zu warten. Als unsere Vorräte knapp wurden, beschloss unser Herzog, sie sich mit Gewalt vom Kaiser zu holen. Am Gründonnerstag attackierten wir die Stadt, aber die Truppen des Kaisers waren uns an Zahl weit überlegen. Wir wurden zurückgedrängt und in die Enge getrieben, sodass unserem Herrn nichts anderes blieb, als am Osterfest den Eid zu schwören.«

»Als des Kaisers Vasall?«, fragte Conn.

»Als sein Verbündeter«, verbesserte Hernaut barsch. »Immerhin sind die Verhältnisse seit diesem Tag geklärt, und die Christenheit steht vereint im Kampf gegen die Heiden. Deshalb ist ein Großteil des Heeres vor wenigen Tagen aufgebrochen, um die Stadt Nicaea zu belagern, die sich die Türken unter den Nagel gerissen haben.«

»Und die anderen? Was ist mit den Rittern der Provence? Den Franken? Den Normannen?«

»Was soll mit ihnen sein?« Der Bogenschütze zuckte mit den breiten Schultern. »Sie haben es unserem Herren gleichgetan und den Eid geleistet, einer wie der andere. Raymond de Toulouse, Stephen de Blois, der Graf von Flandern – und auch Robert von der Normandie.«

»Demnach ist er noch am Leben«, folgerte Conn laut – um sich sogleich einen Narren zu schelten, als er sah, welches Befremden seine Worte in den Gesichtern der beiden anderen hervorrief.

»Weshalb sollte der Herzog nicht mehr am Leben sein?«, erkundigte sich Bovo mit hochgezogenen Brauen.

»Für einen Fremden stellst du ziemlich viele Fragen, Conwulf«, stellte Hernaut fest und richtete sich auf dem Stein, auf dem er saß, ein wenig auf, sodass man den Dolch an seinem Gürtel sehen konnte. »Wie man hört, unterhält der Kaiser Spitzel...«

»Keineswegs«, beeilte sich Conn zu versichern. »Ich bin kein Spion, glaubt mir. Es ist nur so, dass ich ...«

»Wollt ihr uns nicht vorstellen?«

Conn verstummte, als jemand zu ihnen ans Feuer trat. Überrascht blickte er an dem Fremden hoch, dessen Gestalt und Gesicht vom Feuerschein beleuchtet wurden – und stellte zu seiner Verblüffung fest, dass er den Mann kannte!

Dieselben hageren Züge.

Dasselbe rotblonde Haar.

Dieselbe schwarze Kutte.

Nur das Lodern der Begeisterung war aus den Augen gewichen. Ansonsten war Conn sicher, genau jenen Mönch vor sich zu haben, dessen flammende Predigt ihn damals in Rouen so berührt hatte.

»Natürlich, Pater«, erklärte Hernaut sich ohne Zögern bereit. »Dies ist Conwulf, des Normannen Baldrics Sohn. Conwulf – Pater Berengar vom Orden der Benediktiner.«

»Der Segen des Allmächtigen sei mit dir, Conwulf«, sagte der Mönch und zeichnete mit der rechten Hand ein Kreuz in die Luft.

»I-ich kenne Euch«, stammelte Conn.

»Tatsächlich?« Ein Lächeln huschte über Berengars Züge, die seit ihrer letzten Begegnung noch ein wenig schmaler geworden waren, jedoch nicht mehr blass wie damals, sondern von der Sonne gebräunt. »Das sollte mich wundern. Denn ich, junger Freund, kenne dich nicht.«

»Das könnt Ihr auch nicht«, räumte Conn ein. »Es waren damals viele Menschen auf dem Platz. Und alle haben sie Euch zugehört.«

»Wann? Und wo?«, wollte der Mönch wissen.

»In Rouen«, erwiderte Conn ohne Zögern. »Vor einem Winter.«

»Meiner Treu, das stimmt«, stellte Berengar fest. In einer Geste, die ein übelwollender Beobachter als Stolz hätte deuten können, schob er die Daumen in den Strick, den er um seinen

Leib geschlungen hatte, und nickte. »In Rouen bin ich gewesen – und wenn ich mich recht entsinne, habe ich dort feurige Worte für den Feldzug Christi gefunden. Jedenfalls«, fügte er einschränkend hinzu und zog die Hände aus dem Gürtel und faltete sie, so als würde er sich jäh des Demutsgebots entsinnen, »waren sie sehr viel feuriger, als sie es heute sind.«

»Tatsächlich? Wieso?«

»Weil, mein junger Freund, ich heute manches weiß, das ich damals noch nicht wusste«, beschied ihm der Mönch mit einem Lächeln, das milde war und zugleich voller Bitterkeit. »Soll ich dir davon berichten? Auch wenn deine Überzeugung dadurch womöglich auf eine harte Probe gestellt wird?«

»Durchaus«, versicherte Conn, obschon das Gegenteil der Fall war. Nach allem, was hinter ihm lag, war sein Glaube ohnehin schwer geprüft worden, auch ohne dass der Mönch noch zusätzliche Zweifel säte. Dennoch wollte Conn wissen, was Berengar zu sagen hatte. Er brannte geradezu darauf – sei es, weil der Benediktinermönch etwas wie eine letzte Verbindung zur alten Heimat darstellte oder weil Conn sich insgeheim erhoffte, etwas von jener Zuversicht wiederzufinden, die er damals in Rouen empfunden hatte. Als der Ordensmann sich jedoch neben ihm am Feuer niederließ, ahnte Conn bereits, dass ihm dies verwehrt bleiben würde.

»Von Rouen bin ich weiter nach Caen gereist«, berichtete Berengar. »Von dort nach Blois und nach Poitiers und weiter nach Süden, und wohin ich auch kam, habe ich die Kunde vom Willen Gottes und vom Feldzug gegen die Heiden verbreitet. In Le Puy schließlich schloss ich mich dem Heereszug des Grafen von Toulouse an, der mit den Seinen gen Osten zog und dem sich auch Adhémar, der Bischof von Le Puy, zugesellte, den der Papst zum Legaten und zum geistlichen Führer der Unternehmung bestellt hat. Wie die meisten glaubte auch ich, dass uns der Schutz des Höchsten dadurch sicher wäre, aber ich sollte mich irren.«

»Was ist geschehen?«

»Teils zu Land und teils zu Wasser erreichten wir Slavonia, ein gefährliches und unwegsames Land, von dem der Allmächtige schon vor langer Zeit sein Angesicht abgewandt haben muss. Räuber bedrängten uns bei Nacht und bei Tage, und es kostete uns vierzig Tage, bis Scutari zu gelangen. Von dort ging es weiter durch fremdes Land, das von Wilden bevölkert wird, deren heidnische Namen du noch niemals gehört haben magst. Guzzen, Kumanen, Bulgaren – sie alle bedrängten unseren Heereszug selbst dann noch, als wir längst byzantinischen Boden erreicht hatten und uns unter dem Schutz des christlichen Kaisers wähnten, dessen Hilferuf Seine Heiligkeit den Papst ja erst zu diesem Feldzug bewogen hat. Doch wie wir feststellen mussten, gehorchten die Glieder des Leibes dem Haupt nicht mehr, und so hatten wir es allenthalben mit weiteren Übergriffen zu tun, wobei Bischof Adhémar, zu dessen Vertrauten ich mich zählen darf, so schwer verletzt wurde, dass er in Thessalonicum zurückbleiben und sich in die Obhut des dortigen Klosters begeben musste. Auf diese Weise gelangten wir erst vor wenigen Tagen nach Byzanz – nur um zu erfahren, dass ebenjener Kaiser, der nicht in der Lage gewesen war, uns sicheres Geleit durch sein eigenes Reich zu gewähren, Graf Raymond inzwischen den Treueid abverlangt hatte. Ich frage dich, Conwulf: Verfahren Brüder so mit Brüdern?«

»Vermutlich nicht«, kam Conn nicht umhin zuzugeben. »Wobei ich nicht sehr viel von solchen Dingen verstehe.«

»Da gibt es auch nicht viel zu verstehen«, entgegnete der Mönch mit unverhohlener Bitterkeit. »Außer der Einsicht, dass manche der an dieser Unternehmung Beteiligten den Namen des Herrn für ihre eigenen Zwecke missbrauchen.«

»Berengar«, ermahnte ihn Bovo, »Ihr solltet auf Eure Worte achten. Byzanz hat seine Ohren überall, wie Ihr wisst.«

»Und? Wird die Wahrheit dadurch weniger wahr?«

»Das nicht, aber sie wird dadurch gefährlich«, entgegnete der Lothringer halblaut, wobei er argwöhnisch in das Dunkel blickte, das jenseits des Feuerscheins herrschte.

»Sind die Gründe für diesen Feldzug letztlich nicht gleichgültig?«, fragte Conn in Erinerung an das, was Herr Baldric ihm gesagt hatte. »Geht es nicht darum, die Stätten der Christenheit zu befreien? Ist dies nicht das heilige Ziel dieser Unternehmung?«

»So habe ich einst auch gedacht, Conwulf«, stimmte Berengar zu. »Die Erfahrungen des langen Marsches haben mich jedoch gelehrt, dass nichts Heiliges darin liegt, einen Menschen im Sand der Steppe verbluten zu sehen, gleich welchen Glaubens er auch sei. Und wer die Schreie jener, die auf dem Schlachtfeld verwundet liegen, einmal gehört hat, der vergisst sie so schnell nicht. Kann Gott so etwas wollen, Conwulf? Kann er ein Unterfangen wie dieses gutheißen?«

Conn schaute den Mönch von der Seite an, sah den ausdruckslosen Blick seiner Augen, die leer in die Flammen starrten. Nicht nur, dass Berengar die Begeisterung verloren hatte, die einst aus ihm gesprochen hatte, der Benediktiner zweifelte ernstlich am Sinn der Unternehmung! Aber wenn schon die Nachfolger Christi auf Erden zweifelten, wenn sogar die Frommen ob der Anstrengungen und Widrigkeiten verzagten, welche Aussicht auf Erfolg gab es dann noch? Hatte sich das Schicksal, hatte sich Gott womöglich bereits von den Kreuzfahrern abgewandt?

Wenn es so war, dachte Conn beklommen, warum hatte er dann die Fährnisse der letzten Wochen auf sich genommen? Warum war er den Weg allen Widerständen zum Trotz bis zum Ende gegangen?

Stets hatte er sich eingeredet, es für ein höheres Ziel zu tun, zu einem besseren Ende. Für Herrn Baldric, für seine Kameraden Bertrand und Remy, von denen er noch nicht einmal wusste, ob sie noch am Leben waren – und für Nia!

»Nein!«, widersprach Conn entrüstet. »Hört auf, so zu reden, ich bitte Euch! Ich will nicht, dass alles vergeblich gewesen ist! All die Mühen, die wir auf uns genommen haben…«

»Keine Sorge, das waren sie nicht«, versicherte Bovo, der

ebenfalls nicht gewillt schien, den Bedenken des Mönchs zu folgen. »Gib nichts auf das Gerede eines Predigers, der den Anblick des Krieges nicht ertragen kann. Jeder von uns sollte das tun, was er am besten kann. Überlasst uns getrost das Schlachtfeld, Pater. Ihr hingegen kämpft weiter mit Worten.«

»Meint ihr.« Berengar lächelte nur, wissend und verzeihend zugleich. »Und du, junger Conwulf?«, wandte er sich dann unvermittelt an Conn. »Wie bist du vom fernen Rouen hierhergelangt? Wie hat es dich hierher verschlagen?«

Einen Augenblick lang zögerte Conn.

Dann begann er zu berichten.

3.

*Adriatisches Meer
Elf Wochen zuvor*

Conn war alles andere als wohl in seiner Haut – und das nicht, weil er zum zweiten Mal in seinem noch jungen Leben ein Schiff bestiegen hatte, das ihn einer weiten, ungewissen Ferne entgegentrug. Sondern weil die Planken unter seinen Füßen beständig schwankten und die Luft unter Deck so von Gestank durchsetzt und zum Schneiden dick war, dass er kaum noch Luft bekam. Dazu war ein Gurgeln und Brausen zu vernehmen, das aus tiefsten Tiefen zu dringen schien und ebenfalls nicht dazu angetan war, sein Vertrauen in das *salandrium* zu stärken, das sie im Vertrauen auf günstiges Wetter bestiegen hatten.

Ein Irrtum, wie sich nun zeigte.

»Schau an«, meinte Bertrand, der ihm in der Enge der Ladebucht gegenüber kauerte, an den leinenen Sack gelehnt, der seine wenige Habe enthielt. »Unser Angelsachse scheint das Reisen per Schiff nicht gut zu vertragen.«

»Unsinn«, beeilte sich Conn zu versichern, obwohl er merkte, wie das karge Frühstück, das er am Morgen zu sich genommen hatte, den Grund seines Magens verließ. »Es geht mir gut.«

»Genauso siehst du auch aus«, erwiderte der Normanne grinsend, dem weder die von Pferdedung durchsetzte Luft noch das unablässige Schaukeln etwas auszumachen schienen. »Nicht wahr, Remy?«

Sein hünenhafter Freund, der neben ihm auf den strohgedeckten Planken kauerte und den Kopf zwischen den angewinkelten Beinen hatte, um sich ihn nicht an der niedrigen Decke zu stoßen, gab ein beifälliges Knurren von sich, während er in stoischer Ruhe sein Schwert schliff. Verdrießlich fragte sich Conn, ob der tumbe Riese überhaupt mitbekam, was um ihn herum geschah.

»Wenn ihm das bisschen Seegang schon zusetzt, wie wird unserem jungen Angelsachsen dann erst das Schlachtgetümmel schmecken? Hast du schon einmal gegen einen wütenden Muselmanen gekämpft, Conwulf?«

Conn schüttelte gleichgültig den Kopf. Sein Magen machte ihm im Augenblick sehr viel mehr zu schaffen als irgendein Feind, der am anderen Ende des Meeres auf ihn warten mochte. Das Heilige Land und der Krieg gegen die Heiden waren noch sehr weit weg. Die aufsteigende Übelkeit hingegen sehr nahe.

»Lass ihn in Ruhe, Bertrand«, verlangte Baldric, der ebenfalls bei ihnen unter Deck saß. Andere Edle hätten das Meer vermutlich lieber durchschwommen, als auf einem *salandrium* zu reisen – er schien damit kein Problem zu haben. »Du hast auch noch nie im Leben gegen einen Ungläubigen gekämpft.«

»Das nicht, aber gegen starrsinnige Briten. Gegen barbarische Dänen. Und gegen rebellische Angelsachsen, die nicht wahrhaben wollten, dass die Zeit ihrer Unabhängigkeit vorüber war. Der Kampf gegen die Sarazenen sollte dagegen ein Kinderspiel sein.«

»Denkst du?« Baldrics einzelnes Auge musterte ihn. »Eines solltest du nicht vergessen, mein Freund: Die Muselmanen bevölkern jene Gebiete seit vielen hundert Jahren, und sie werden den Teufel tun, sie sich einfach wegnehmen zu lassen. Schon viel eher...«

Er hielt inne, als eine schwere Welle den Schiffsrumpf traf. Das Gurgeln verstärkte sich, die Holzbalken ächzten, jäh neigte sich das Deck.

Einige der Männer, die zusammen mit ihnen im Bugraum kauerten, in den die Zimmerleute noch zwei zusätzliche Decks eingezogen hatten, damit möglichst viele Menschen und Material transportiert werden konnten, schrien entsetzt auf, andere lachten derb. Die Pferde, die im Hauptladeraum untergebracht waren und die eigentliche Ladung des Schiffes darstellten, wurden unruhig. Zwar waren sie allesamt angeschirrt und in ihrer Bewegungsfreiheit eingeschränkt, jedoch konnte sie nichts daran hindern, laut zu wiehern, die Köpfe hin und her zu werfen und wild mit den Hufen zu stampfen, sodass manche der dünnen Bretterwände, die die Ladebucht unterteilten, splitternd zu Bruch gingen. Unter den Knechten, die zur Betreuung der Tiere abgestellt waren, brach hektische Betriebsamkeit aus. Stöcke in der einen und Hafersäcke in der anderen Hand, versuchten sie, die Tiere wieder zu beruhigen.

Vergeblich.

»Offenbar«, feixte Bertrand, »ist unser angelsächsischer Freund nicht der Einzige, der das Reisen zur See nicht verträgt. Sag, bist du ein Pferd, Conn?«

»Lieber ein Pferd als ein ständig maulender Esel«, entgegnete Conn trocken, und es war eine der seltenen Gelegenheiten, bei denen er Baldric grinsen sah. Selbst Remy gab, seiner unbeteiligten Miene zum Trotz, ein amüsiertes Blöken von sich, sodass auch Bertrand schließlich lachen musste.

»Deinen Witz hast du dir immerhin bewahrt, was angesichts unserer Umgebung nicht schaden kann«, sagte Bertrand.

»Willst du dich beschweren?«, fragte Baldric.

»Das nun gerade nicht. Obwohl ich auch nichts dagegen gehabt hätte, die Überfahrt ausschließlich in menschlicher Gesellschaft zu verbringen. Pferde und Maultiere entsprechen nicht gerade meinem üblichen Umgang.«

»Ein Hurenschiff gab es nun einmal nicht«, konterte Baldric. »Dies hier ist mehr als angemessen, schließlich sind wir demütige Pilger, nicht mehr und nicht weniger.«

»Genau wie die vierhundert armen Teufel, deren Boot kurz

nach dem Auslaufen auseinanderfiel. Sie sind alle ertrunken...«

»... und ihre Seelen haben die ewige Ruhe und den Frieden bei Gott gefunden«, ergänzte Baldric gelassen. »Nicht zufällig waren ihre leblosen Körper, die in den darauf folgenden Tagen an Land gespült wurden, mit dem Zeichen des Herrn versehen.«

»So hieß es jedenfalls«, pflichtete Bertrand bei.

»Und daran glaubt Ihr, Baldric?«, fragte Conn.

»Warum nicht, Junge? Wenn wir unseren Glauben nicht mehr haben, was bleibt uns dann noch?«, entgegnete sein Herr.

Conn kam nicht dazu, über eine Antwort nachzudenken, denn das Schiff wurde erneut von einem harten Stoß getroffen. Wieder knarrte und knackte es, und das Deck neigte sich, diesmal zur anderen Seite.

Conns Magen krampfte sich abermals zusammen, und er verwünschte die launische See, die sich in diesem Jahr überhaupt nicht beruhigen zu wollen schien. Der Winter war längst zu Ende, trotzdem traten noch immer Stürme auf. Es gab Stimmen, die behaupteten, dies wäre ein Zeichen dafür, dass sich der Herr von den Kreuzfahrern abgewandt und dem Feldzug seine Gunst entzogen hätte. Nicht wenige Ritter und ihre Vasallen hatten in den vergangenen Wochen das Weite gesucht und die Rückreise in ihre Heimat angetreten. Baldric jedoch war überzeugt, dass auch dies nur eine weitere Prüfung des Allmächtigen war. Seine Überzeugung reichte aus, um auch Conns Zweifel zu zerstreuen.

Nur nicht die seines Magens.

Als wiederum ein Brecher das Schiff traf und es zur Seite kippte, diesmal so weit, dass einige der ledernen Riemen, die die Pferde hielten, aus den Verankerungen gerissen wurden und eines der Tiere freikam, hielt Conn es nicht mehr aus. Er spürte, wie der Inhalt seines Magens emporstieg, und hatte plötzlich das Gefühl, in der Enge des Zwischendecks zu ersticken.

Er brauchte Luft. Sofort!

Wie von einer Giftschlange gebissen, schoss er in die Höhe und stieß prompt an die niedrige Decke. Wie von einem Fausthieb getroffen, ging er zu Boden, dunkle Flecke vor Augen.

»Conwulf? Bist du in Ordnung?«

Baldrics besorgte Frage drang nur wie aus weiter Ferne an sein Ohr. Auf allen vieren kroch er zu der Leiter, die nach oben auf Deck führte. Dass er dabei über andere Kämpfer und deren Habe stieg, war ihm gleichgültig – ihre empörten Ausrufe und wüsten Beschimpfungen vermischten sich zusammen mit dem Knarren der Planken und dem Wiehern der Pferde zu einem undeutlichen Rauschen. Ein Schwall von Erbrochenem schwappte ihm über die Lippen, er war nicht mehr in der Lage, den Blick zu fokussieren. Atemnot plagte ihn, sein Pulsschlag raste, während er unbeirrt weiterkroch.

Er musste hinaus, brauchte Luft ...

Fausthiebe trafen ihn, und irgendjemand hielt ihn fest, während sich das Schiff erneut zur Seite neigte. Irgendwo übergab sich jemand, und der Gestank wurde noch schlimmer. Conn trat zu, um sich zu befreien, schleppte sich weiter voran – und bekam endlich die Holme der grob gezimmerten Leiter zu fassen.

Hinaus, nur hinaus ...

Conn brauchte einen Moment, um sich emporzuziehen und Tritt zu fassen, dann erklomm er Sprosse für Sprosse, auf Beinen, die weich wie Butter waren. Dabei würgte er und rang verzweifelt nach Atem. Womöglich hätte er das Bewusstsein verloren, wäre durch das Luk, das Tag und Nacht offen stand, um das Leben unter Deck einigermaßen erträglich zu machen, nicht frische Luft hereingedrungen. Conn sog sie gierig in seine Lungen. Ein Schwall Wasser traf ihn von oben, Salz brannte in seinen Augen. Dann hatte er das Ende der Leiter erreicht und schleppte sich hinaus auf das Vordeck.

Es war Nacht.

Heftiger Wind blies ihm entgegen, Regen peitschte ihm ins Gesicht. Auf Deck war die Hölle losgebrochen.

Eines der beiden Dreieckssegel, die das mächtige Rundschiff antrieben, war nicht rechtzeitig gerefft worden und hatte sich infolge des heftigen Windes losgerissen. Wuchtig schlugen die Seilenden hin und her, der Kapitän bellte heisere Befehle und wies die Mannschaft an, das Segel endlich einzuholen und das Deck zu sichern. Der Sturm schien die Seeleute völlig überrascht zu haben.

Auf zittrigen Knien wankte Conn zur Back und übergab sich. Schwallweise ergoss sich der Inhalt seines Magens in die gurgelnde pechschwarze See, während sich seine klammen Hände mit aller Macht an das von Regen und Gischt glitschige Holz krallten.

Irgendwann war sein Magen leer, und die würgenden Krämpfe, die ihn schüttelten, brachten nur noch bittere Flüssigkeit zutage. Mit dem Ärmel der Tunika wischte sich Conn den Mund und wollte sich von der Back abwenden, um wie ein geprügelter Hund zurück unter Deck zu schleichen. Doch just in dem Augenblick, da er sich umwandte, flog etwas auf ihn zu. In der Dunkelheit und im prasselnden Regen sah er etwas heranrauschen und riss instinktiv die Arme hoch, um es abzuwehren – zu spät.

Der hölzerne Block, der am Ende eines losgerissenen Seils befestigt war, traf ihn an der Schläfe, und das mit derartiger Wucht, dass Conn für einen Moment die Besinnung verlor. Der heftige Schmerz ließ sein Bewusstsein flackern wie eine Kerzenflamme, benommen wankte er zurück – und stieß gegen die nur hüfthohe Back. Noch ehe er recht zu sich kam, kippte sein Oberkörper bereits nach hinten. Er begriff, dass er sich festhalten musste, wollte er nicht kopfüber in die schäumenden Fluten stürzen, aber seine Hände griffen ins Leere – und er fiel.

Ein entsetzter Schrei entrang sich seiner Kehle, der jäh verstummte, als die Wogen ihn verschlangen. Conn tauchte in die kalte Dunkelheit, Erinnerung und Gegenwart vermischten sich für ihn. Hatte er dies nicht schon einmal erlebt? Oder erlebte er es gar noch immer? War nichts von dem, was er in den vergangenen Wochen gesehen und erlebt hatte, wirklich gewesen? Hatte sich alles nur in seiner Vorstellung abgespielt, in jenem schrecklichen Moment, da er auf der Flucht vor den königlichen Wachen in die ungewisse Tiefe gesprungen war? Lag Nias Tod in Wahrheit nur wenige Augenblicke zurück?

Er sah ihr Gesicht vor sich, nicht blutig und zerschunden, sondern lebendig und schön. Ihr schwarzes Haar. Ihre zarte, leicht gebräunte Haut, ihre dunkelbraunen Augen. Erst als Conn seine Lippen auf die ihren presste, erkannte er, dass es nicht Nia war, die er küsste, sondern eine andere junge Frau.

Chaya!

Wie ein Leuchtfeuer glomm ihr Name in der Dunkelheit auf und holte seinen verwirrten Geist ins Hier und Jetzt zurück. Erst jetzt spürte Conn seine brennenden Lungen und den nadelnden Schmerz des kalten Wassers. Er riss die Augen auf und konnte ringsum nichts als teerige Schwärze erkennen. Aber anders als damals, da er sich willenlos den Fluten ergab, wollte er nun leben!

Alle Kräfte einsetzend, die ihm noch verblieben waren, begann er wie wild mit den Armen zu rudern. Einen quälenden Moment lang glaubte er, dass seine Lungen ihn im Stich lassen und er es nicht schaffen würde, aber unvermittelt durchstieß er die Oberfläche und bekam wieder Luft.

Hastig sog er sie ein, bekam dabei einen Schwall Gischt ab, sodass er hustete und röchelte, während seine Beine gleichzeitig Wasser traten, damit er nicht unterging. Salz brannte in seinen Augen, und er konnte zunächst nichts sehen. Als sich seine Sicht wieder klärte, sah er sich rings von tosenden Wellenbergen umgeben, die sich zu riesigen Gebirgen häuften, um schon im nächten Moment wieder dunkle Abgründe zu öffnen, in die Conn gerissen wurde. Ein Sog erfasste ihn und zog ihn hinab. Es kostete ihn unbändige Kraft und Mühe, den

Kopf über Wasser zu halten und dafür zu sorgen, dass das schwarze, ringsum brodelnde und schäumende Inferno ihn nicht wieder verschlang.

Erneut ging es hinauf in ungeahnte Höhen. Im einen Moment hatte es den Anschein, als wollte die See Conn geradewegs in den nächtlichen Regenhimmel ausspucken. Schon einen Herzschlag später jedoch stürzte er wieder in die Tiefe, fand sich von schwarzen Mauern umgeben, deren Zinnen aus weißer Gischt bestanden – und jenseits derer sich das Schiff befinden musste. Doch Conn hielt vergeblich nach dem *salandrium* Ausschau. Zu hoch waren die Wälle, die die Fluten aufschütteten, zu tief die Gräben, in die er fiel.

Die Orientierung hatte er längst verloren. Mit Armen und Beinen rudernd, war er verzweifelt damit beschäftigt, sich über Wasser zu halten. Das Schwimmen hatte er leidlich in einem kleinen Weiher gelernt, der so flach gewesen war, dass man darin unmöglich ertrinken konnte. Wie lange diese Kenntnisse – und seine Kräfte – ausreichen würden, um ihn über Wasser zu halten, war fraglich. Ächzend wühlte er sich aus einer Woge empor, die ihn unter sich begraben hatte, und stieß einen gellenden Schrei aus.

»Hilfe!«, brüllte er, heiser vor Erschöpfung. »So helft mir doch!« Aber der heulende Wind trug seine Stimme davon, und das Rauschen der Wellen übertönte auch noch den letzten kläglichen Rest.

Plötzlich konnte er sie sehen: die gedrungenen Formen des Schiffes, das der Gewalt des Sturmes trotzte. Steil bäumte es sich auf und kippte gefährlich zur Seite, vom losgeschlagenen Segel waren nur noch Fetzen übrig, die im Wind flatterten – und Conn erkannte, wie weit entfernt es bereits war.

Er begann zu schwimmen.

Mit aller Kraft, die ihm noch verblieben war, versuchte er, die Distanz zwischen sich und dem Schiff zu verkürzen, aber seine Hoffnung wurde grausam zunichtegemacht. Eine Welle schmetterte ihn in eine Senke, die so tief war, dass er das Schiff aus den Augen verlor. In verzweifeltem Zorn schrie Conn auf und schwamm abermals einige Züge, die ihn zwar an der Oberfläche hielten, ihn seinem Ziel jedoch kein Stück näher brachten. Im Gegenteil vergrößerte sich die Entfernung noch, denn als Conn den nächsten Blick auf das *salandrium* erhaschte, war es bereits dabei, mit dem Meer und dem nächtlichen Himmel zu verschmelzen.

»Baldric!«, brüllte Conn aus Leibeskräften gegen den Sturm und das Tosen. »Bertrand!«

Aber niemand hörte ihn, und im nächsten Moment verschwand das Schiff unaufhaltsam hinter dem Vorhang aus peitschendem Regen.

Unwiederbringlich.

Die Panik, die von Conn Besitz ergriff, war so abgrundtief wie das Meer unter seinen Füßen. Er fühlte sich unendlich klein und schwach, wie ein Staubkorn in der Unendlichkeit, dazu verurteilt, verloren zu gehen und einen elenden, unbedeutenden Tod zu sterben.

Plötzlich erblickte Conn etwas inmitten der schäumenden Wogen.

Ein Wasserfass!

Vermutlich war es nur unzureichend gesichert gewesen und über Bord gegangen. Da es zu einem guten Teil geleert war, schwamm es wie ein Korken obenauf.

Für das Schiff und seine Besatzung mochte der Verlust sich in Grenzen halten, womöglich würden sie ihn noch nicht einmal bemerken. Für Conn jedoch stellte dieses Fass ungleich mehr dar.

Es war ein Wunder.

Ein Fingerzeig Gottes.

Dankbar und verzweifelt zugleich schwamm er darauf zu. Eine Woge erfasste ihn, und einen Augenblick lang fürchtete er, erneut in eine andere Richtung getragen zu werden und das rettende Stück Holz zu verfehlen. Doch diesmal war das Glück auf seiner Seite.

Er erreichte das Fass und bekam es zu packen, umklammerte es wie einen alten, verloren geglaubten Freund – und das Fass bedankte sich für die erwiesene Zuneigung, indem es ihn einsam über Wasser hielt, die ganze Nacht hindurch, während der Sturm ihn davontrieb, hinaus in die eisige Dunkelheit und einem ungewissen Ziel entgegen.

»Und so bist du nach Hellas gelangt?«

Die sanfte Stimme Berengars, der neben ihm am Feuer saß, holte Conn in die Gegenwart zurück, wenn auch nicht sofort.

Es dauerte noch einen Moment, bis seine eigenen verzweifelten Schreie und das Tosen und Brausen in seinem Kopf verklungen waren. Erst dann nickte er bedächtig und fuhr mit tonloser Stimme fort: »Die ganze Nacht hindurch hielt ich mich wach und klammerte mich mit aller Kraft an das Fass. Mehrmals glaubte ich mich verloren, aber ich gab nicht auf. Und als der neue Tag heraufdämmerte, sah ich Land. Wie sich herausstellte, war es eine Insel…«

»Ithaka, nehme ich an.« Berengar, der in Geografie besser bewandert schien als Conn, wiegte nachdenklich das Haupt. »Das Eiland, von dem einst der wackere Odysseus zu seiner Irrfahrt aufbrach.«

»Wer?«, fragte Conn.

»Unwichtig.« Der Mönch lächelte. »Was ist dir dann widerfahren?«

»Fischer, mit denen ich mich mehr recht als schlecht verständigen konnte, brachten mich an Land, nachdem ich ihnen das einzige Geld gegeben hatte, das ich bei mir trug. Dann habe ich mich auf die Suche nach meinen Kameraden gemacht, sie aber nicht gefunden.«

»Das wundert mich nicht. Die Häfen, in denen die Kreuzfahrerschiffe anlanden, befinden sich allesamt viel weiter nördlich. Der Sturm muss dich nach Süden abgetrieben haben.«

»Also habe ich mich auf eigene Faust auf den Weg gemacht.«

»Ganz allein? In der Fremde?«

»Ich bin es gewohnt, auf mich gestellt zu sein.«

»Dennoch«, wunderte sich der Mönch, »wie konntest du überleben? Was hast du getrunken? Was gegessen?«

»Es gibt immer Wege«, antwortete Conn ausweichend – dass er einige Übung darin hatte, sich Dinge des täglichen Gebrauchs zu beschaffen, ohne dafür zu bezahlen, überging er geflissentlich. Berengar durchschaute ihn dennoch.

»Dann bist du entweder sehr geschickt oder hattest sehr viel Glück. Hellenen und Slavier kennen für gewöhnlich keine Nachsicht mit Dieben. Sie pflegen ihnen ohne Federlesens die Hände abzuhacken – und bisweilen auch andere Körperteile, wenn du verstehst.«

Conn verstand durchaus. »Ich bin am Stück geblieben«, erklärte er mit freudlosem Grinsen. »Nach zwei Wochen stieß ich schließlich auf einen versprengten Heerhaufen von Franzosen. Ihnen schloss ich mich an.«

»Fraglos Provenzalen. Die Barbaren haben ihnen hart zugesetzt«, sagte Berengar.

»Ich begleitete sie bis Thessalonicum. Von dort ging ich allein weiter, bis ich Anschluss an einen fränkischen Nachschubtross fand. Auf diese Weise gelangte ich hierher.«

»Meine Anerkennung.« Berengar schürzte die Lippen. »Viele, die weiß Gott besser gerüstet waren als du, haben den Marsch durch das feindliche Land mit dem Leben bezahlt. Du scheinst tatsächlich vom Glück begünstigt, mein Freund.«

Conn schaute auf und blickte dem Mönch offen in die schmalen, von einem wachsamen Augenpaar beherrschten Züge. »Sicher nicht«, sagte er so endgültig, dass Berengar nicht widersprach.

»Was willst du nun anfangen?«, fragte der Benediktinermönch stattdessen.

»Nach meinen Begleitern suchen. Ich hoffte, sie hier zu finden, aber…«

»Unsere normannischen Verbündeten haben das Lager vor

zwei Wochen verlassen. Sie waren die letzten, die Byzanz erreichten, und hatten es entsprechend eilig, ihren Marsch fortzusetzen, um an der Belagerung Nicaeas teilzunehmen.«

»Kann ich mir denken«, meinte Conn, der unwillkürlich an Bertrands Sorge denken musste, der Krieg könnte zu Ende sein, noch ehe sie am Schauplatz des Geschehens angekommen wären. Was hätte er in diesem Augenblick darum gegeben, mit dem redseligen Normannen zu sprechen oder auch nur von ihm verspottet zu werden.

»Die Eroberung Nicaeas ist eine strategische Notwendigkeit«, erklärte Berengar weiter, der in militärischen Belangen nicht unbeschlagen schien. »Die Stadt ist stark befestigt und der Herrschaftssitz des Sultans von Rum. Von hier aus kontrolliert er den Zugang nach Anatolien – und damit auch zum Heiligen Land.«

»Ich verstehe«, sagte Conn nur. Strategische Erwägungen waren ihm einerlei. Er hatte sich nie um das große Ganze gekümmert. Sein Interesse war es vielmehr, zu überleben und seine Kameraden zu finden.

»Wie es heißt, steht Nicaea kurz vor dem Fall. Kaiser Alexios hat zweitausend seiner Krieger zur Unterstützung ausgesandt, und ein Angriff, den Sultan Kilidj Arslan zur Entlastung der Verteidiger unternommen haben soll, ist fehlgeschlagen. Angeblich hatten deine normannischen Freunde daran nicht geringen Anteil.«

Conn nickte. Er konnte sich gut vorstellen, wie der hünenhafte Remy sein Schwert über den Köpfen der Heiden kreisen ließ. Vorausgesetzt, er war überhaupt noch am Leben.

»In den nächsten Tagen wird ein Kontingent von Nachzüglern das Lager verlassen, um die Truppen vor Nicaea zu verstärken, Provenzalen und Lothringer. Ihnen solltest du dich anschließen, wenn du rasch zu deinen Leuten gelangen willst.«

»Das werde ich. Ich danke Euch.«

»Und?«, hakte der Mönch mit einem Lächeln nach, das

unmöglich zu deuten war. »Brennst du schon darauf, deine Klinge in Heidenblut zu baden, junger Freund?«

»Sollte ich?«, fragte Conn dagegen.

Berengars Lächeln verschwand aus seinen Zügen. »Nein«, sagte er ebenso ernst wie entschieden. »Sicher nicht.«

4.

*Östliches Mittelmeer
Mitte Mai 1097*

Die See glich einer endlosen Fläche aus stumpf gewordenem Metall, in das der Hammer eines dem Irrsinn verfallenen Schmiedes unzählige Dellen geschlagen hatte. Obschon die Sonne hoch am Himmel stand, reflektierte das graue Wasser das Licht kaum. Matt und trüb lag es da, träge und schier reglos unter einem wolkenverhangenen Himmel.

Die Brise, die von Westen wehte, war nur schwach, ein kläglicher Abgesang jener Stürme, die den Winter über gewütet und das östliche Mittelmeer in ein tosendes Inferno verwandelt hatten. Kaum merklich hob und senkte sich der Bug des kretischen Kauffahrers, den Isaac und Chaya in Heraklion bestiegen hatten, damit er sie nach Alexandretta brachte, jene Hafenstadt, von der aus es nicht mehr weit bis Antiochien war, dem eigentlichen Ziel ihrer Reise.

Da es auf einem ausschließlich von Männern besetzten Schiff fraglos sicherer war, gleichfalls als Mann zu reisen, hatte Chaya ihre Tarnung beibehalten, die inzwischen aus orientalischen Pluderhosen und einem weiten Mantel bestand. Dazu trug sie in der Manier kretischer Seeleute einen Turban um den Kopf geschlungen, der sich, wenn stechender Sonnenschein oder peitschender Wind es erforderte, auch um Hals und Nacken winden ließ.

Dergestalt verkleidet, scheute sich Chaya nicht, das Deck allein zu betreten. Die Matrosen kannten sie als Diener des Kaufmanns, der an Bord reiste, und würdigten sie kaum eines Blickes. Der alte Isaac hingegen sah es alles andere als gern, wenn sich seine Tochter von ihm entfernte und allein auf Deck herumtrieb, und so dauerte es meist nicht lange, bis er zu ihr trat, einen tadelnden Ausdruck im von Sorge gezeichneten Gesicht.

»Hier bist du«, murrte er, während er zu ihr auf das Bugkastell stieg, das sich über dem Vordeck des Kauffahrers erhob. Ein ähnlicher, noch etwas größerer Aufbau schwebte über dem Achterdeck und bildete nicht nur die Überdachung des Ruderstands, sondern verlieh dem Schiff auch ein trutziges, an eine Festung gemahnendes Aussehen, das Piraten und anderes Gesindel schon von Weitem abschrecken sollte.

»Hier bin ich«, bestätigte sie, ohne ihren Blick vom fernen Horizont zu nehmen. »Es gibt auf diesem Schiff nicht allzu viele Möglichkeiten, um sich zu verstecken.«

»Dennoch scheint mir, du hast sie alle gefunden«, konterte Isaac. Keuchend vom Aufstieg über die steile Treppe stützte er sich auf das Schanzkleid und schaute hinaus auf die See.

»Wie lange wird die Überfahrt noch dauern, Vater?«

Isaacs Augen verengten sich zu Schlitzen, während er in das fahle Licht der Morgensonne blickte, auf die das Schiff geradewegs zuhielt. »Kommt auf den Wind an. Kapitän Georgios sagt, dass wir Alexandretta unter günstigen Verhältnissen in drei Tagen erreichen können. Wahrscheinlicher sind vier bis fünf.«

»Und dann?«

»Von dort werden wir unsere Reise auf dem Landweg fortsetzen. Sicher gibt es eine Karawane, der wir uns anschließen können.«

»Und dann?«, fragte Chaya wieder. Es war nicht so sehr die Reiseroute, für die sie sich interessierte, sondern vielmehr der lederne Köcher, den ihr Vater auch an diesem Morgen unter dem Mantel trug und der sich dem Eingeweihten durch eine leichte Ausbeulung unter dem linken Arm verriet.

»Dann werden wir deinen Onkel aufsuchen. Ezra wird wissen, was mit ... mit dem Buch zu geschehen hat.«

Chaya nickte.

Das Buch.

Noch immer nannte er es so, ohne ihr auch nur den geringsten Hinweis auf den Inhalt zu geben. Anfangs hatte sich Chaya von seinen Warnungen abschrecken lassen, hatte daran geglaubt, dass er sie beschützen wollte und es besser für sie war, wenn sie nicht wusste, wovon jene uralte Schrift tatsächlich handelte. Inzwischen jedoch überwog ihre Neugier bei Weitem, und sie hätte manches darum gegeben, endlich zu erfahren, wofür ihr Vater bereit war, alles hinter sich zu lassen, selbst seine leibliche Tochter.

»Vater«, setzte sie zu einem neuen Versuch an, vielleicht den einen oder anderen Hinweis aus ihm herauszulocken – als der Ausguck einen lauten Ruf vernehmen ließ.

Chaya schaute hinauf und sah den Mann im Krähennest heftig gestikulieren. Was er herunterrief, konnte sie nicht verstehen. Anders als ihr Vater, der der griechischen Sprache mächtig war und dessen Züge sich plötzlich verhärteten.

»Was ist?«, fragte Chaya.

»Schiffe«, sagte der alte Isaac nur.

Sie verließen beide das Bugkastell, überquerten das breite Oberdeck und enterten zur Achterplattform auf, wo Kapitän Georgios stand, die Arme in die breiten Hüften gestemmt und einen grimmigen Ausdruck in seinem von Salz und Sonne gegerbten Gesicht. Der Kreter war ein betagter Fahrensmann, der sich wohl bald zur Ruhe setzen würde. Seine schmalen, tief sitzenden Augen jedoch, die besorgt nach Süden blickten, waren so scharf wie die eines Falken.

In seiner Muttersprache gab der Kapitän etwas von sich, das eine Verwünschung sein mochte, denn er spuckte dabei aus und rieb sich das bärtige Kinn. Als er sah, dass seine beiden Passagiere zu ihm getreten waren, wechselte er in schlechtes Hebräisch, das er sprach, weil er öfter im Auftrag jüdischer

Kaufleute segelte, die sich, obschon aus unterschiedlichen Ländern stammend, der alten Sprache als einem universellen Verständigungsmittel bedienten. »Das hat uns noch gefehlt. Erst diese wochenlangen Stürme, dann der schwache Wind. Und nun das.«

»Was?«, fragte Chaya, die am südlichen Horizont nicht mehr als ein paar dunkle, undeutliche Formen ausmachen konnte.

»Byzantinische Galeeren«, knurrte der Kreter und spuckte abermals in die See. »Dromone.«

»So weit im Osten?«, fragte Isaac verblüfft.

»Sieht ganz so aus.« Erneut spuckte der Kapitän in die See. »Offenbar genügt es Caspax nicht, jene Gebiete zurückzuerobern, die die Türken Byzanz entrissen haben.«

»Caspax?«, hakte Chaya nach, die den Namen nie zuvor gehört hatte.

»Der Befehlshaber der byzantinischen Flotte«, erklärte Georgios. »Kaiser Alexios hat ihn beauftragt, die verlorenen Städte und Inseln zurückzugewinnen, weshalb seit einigen Wochen Krieg in der nördlichen Ägäis tobt. Doch wie es scheint, gehen Caspax' Pläne noch weiter – oder seine Unterführer ziehen es vor, auf eigene Faust Beute zu machen. In jedem Fall müssen wir schleunigst verschwinden.«

»Verschwinden? Warum?«

»Weil Caspax' Kämpfer keine Männer von Ehre sind, sondern Söldner, die aus dem ganzen Reich zusammengetrieben werden und denen nur daran gelegen ist, sich die Taschen zu füllen. Wir wären nicht der erste Kauffahrer, den sie auf offener See kapern.«

»Was? Aber das...das ist...«

»Unrecht? Diebstahl?«, fiel Georgios ihr ins Wort und schaute sie herausfordernd an. »Mit beidem hast du recht, Junge. Aber bedauerlicherweise reicht mein Einfluss beim Kaiser nicht aus, um meine Beschwerde vorzutragen. Und weil das so ist, werde ich zusehen, dass ich möglichst viel Wasser zwischen mich und diese Wölfe der See bringe. Ist das klar?«

»Was wollt Ihr unternehmen?«, erkundigte sich Isaac ernst.

»Was wohl? Wir werden Abstand halten und nördlichen Kurs einschlagen.«

»Nördlichen Kurs? Aber das bringt uns nicht nach Alexandretta!«

»Schlau bemerkt, alter Mann.«

»Aber ich muss nach Antiochia, und das so rasch wie möglich. Ich habe ohnehin schon zu viel Zeit verloren!«

»Das nenne ich Pech«, konterte Georgios unbeeindruckt.

»Ihr könnt den Kurs nicht einfach ändern«, wandte Chaya ein, die die Verzweiflung ihres Vaters spüren konnte. »Wir haben Euch bereits für die Überfahrt bezahlt, und das überaus großzügig.«

»Das bestreite ich nicht. Dennoch werde ich nicht riskieren, meine gesamte Ladung und womöglich auch das Schiff zu verlieren«, gab der Kapitän bekannt, und die Endgültigkeit in seiner Stimme machte jede Hoffnung zunichte, er könnte es sich noch anders überlegen. Ohne seine beiden Fahrgäste noch eines weiteren Blickes zu würdigen, wandte er sich ab und bellte einen Befehl auf Griechisch.

»Attalia?«, fragte Isaac daraufhin entrüstet. »Ihr wollt Kurs auf Attalia nehmen?«

»Und mich im dortigen Hafen verstecken«, bestätigte Georgios und reckte herausfordernd das bärtige Kinn vor. »Oder habt Ihr einen besseren Vorschlag, alter Mann? Wenn Ihr nach Antiochia wollt, so gelangt Ihr von Attalia aus auch auf dem Landweg dorthin.«

Isaacs Züge wurden bleich, so als würde alles Blut aus ihnen weichen, seine knochigen Hände ballten sich in hilfloser Wut zu Fäusten. »Aber das wirft uns um weitere Wochen zurück!«

»Tut mir leid, alter Mann«, versicherte der Kapitän, während er bereits dabei war, das Achterkastell zu verlassen. »Aber ich habe Caspax nicht geheißen, in diesem Teil der Welt Krieg zu führen. In Zeiten wie diesen ist es am besten, sich zu verkriechen, bis sich der Sturm wieder gelegt hat. Je eher Ihr das einseht, desto besser ist es für Euch.«

Damit verschwand er, und Chaya und ihr Vater blieben allein auf der Achterplattform zurück, wie benommen vor Entsetzen. Der alte Isaac atmete hörbar, einmal mehr musste er sich stützen, um nicht niederzusinken. »Dieser Narr«, ächzte er dabei und schüttelte das gebeugte Haupt. »Er hat keine Ahnung, wovon er spricht. All das hätte nicht geschehen dürfen, niemals! Es hätte nicht geschehen dürfen. Niemals...«

»Vater?« Als Chaya hörte, wie der alte Isaac immer dieselben Worte wiederholte, in dumpfer Monotonie wie jemand, der eine Beschwörungsformel sprach, schaute sie ihn verwundert an – und sah den fiebrigen Glanz in seinen Augen. »Vater! Was ist mit dir?«

Isaac Ben Salomon wandte den Blick und starrte seine Tochter an, wobei sie das Gefühl hatte, dass er geradewegs durch sie hindurch schaute. »Chaya«, hauchte er, »sieh, was aus uns geworden ist! Wir sind dem Schicksal ausgeliefert, ein Spielball der Wellen. Mein... mein Auftrag...«

Chaya erfuhr nie, was ihr Vater hatte sagen wollen, denn ein Stöhnen entfuhr seiner Kehle, und seine hagere Gestalt verkrampfte sich. Noch einen Augenblick lang hielt er sich aufrecht, dann brach er bewusstlos auf den Planken zusammen.

5.

Attalia
Zwei Wochen später

Wie sich gezeigt hatte, war Georgios nicht der einzige Kapitän, der sein Schiff lieber in einen sicheren Hafen gesteuert hatte, als es auf See einem ungewissen Schicksal auszusetzen.

Überall entlang der lykischen Küste drängten sich Kauffahrer und Handelsschiffe in den Häfen, die Schutz suchten vor dem Krieg, der draußen auf See entbrannt war. Und die Galeeren des Kaisers wiederum waren nicht die einzigen, die Tod und Zerstörung in diesen Teil der Welt trugen. Die Kreuzfahrer, deren Heere den langen Marsch nach Osten bewältigt hatten und nacheinander in Kleinasien eingetroffen waren, hatten das Seldschukenreich angegriffen und Nicaea erobert, und wie es hieß, unternahm der Sultan alles, um die Eindringlinge abzuwehren. Der Wahn, dessen zerstörerische Macht Chaya und ihr Vater bereits in Köln zu spüren bekommen hatten, hatte auch das Morgenland erreicht und drohte sie einzuholen.

In Attalia, wohin Georgios sein Schiff gelenkt hatte, fand Chaya Unterschlupf bei einer jüdischen Kaufmannsfamilie, die auch dem kranken Isaac Obdach gewährte. Nach seinem Zusammenbruch auf dem Schiff hatte er das Bewusstsein nur noch selten zurückerlangt, und wenn, dann nur für kurze Zeit oder von Traumbildern umfangen, die auch im wachen Zustand nicht von ihm ablassen wollten.

Ein rätselhaftes Fieber ergriff von ihm Besitz, das Chaya auch unter Aufbietung aller Heilkünste, die sie von ihrer Mutter erlernt hatte, nicht zu senken vermochte. Schließlich blieb ihr nichts anderes übrig, als die Silbermünzen ihres Vaters darauf zu verwenden, den Rat eines Arztes einzuholen. Auf Vermittlung der Kaufmannsfamilie kam sie an einen Mann namens Halikarnos, einen Griechen, der in Alexandrien Heilkunde studiert hatte und sich auf dem Weg nach Tarsus befand. Auch sein Schiff hatte einen sicheren Hafen angesteuert, sodass er vorerst in Attalia festsaß und dankbar für die Gelegenheit war, seine Kenntnisse in klingende Münze umzusetzen.

Meister Halikarnos untersuchte Isaac sorgfältig, konnte jedoch keine äußerlichen Gebrechen feststellen. Vielmehr kam er zu dem Schluss, dass der Zusammenbruch die Folge eines schwachen Herzens sei und das Fieber das Resultat ungezählter Strapazen, die den Kaufmann ausgezehrt hätten. Zudem war er der Ansicht, dass eine besondere Last auf Isaacs Seele ruhen müsse, und er ermahnte Chaya als dessen Diener dafür zu sorgen, dass sein Herr von Pflichten und Belastungen befreit werde. Chaya nickte nur und entgegnete nichts darauf. Hätte sie dem Arzt antworten sollen, dass ihr Vater eine uralte Schriftrolle hütete, deren Inhalt so geheim war, dass nicht einmal sie selbst ihn kannte?

Sie bekam Angst, nach ihrer Mutter nun auch noch den Vater zu verlieren, noch dazu inmitten unwirtlicher Fremde, deren Sprache und Gebräuche sie noch nicht einmal kannte. Tag und Nacht wachte sie an Isaacs Lager, kühlte seine glühende Stirn und legte ihm in Essig getränkte Verbände an, die die Hitze aus seinen Gliedern ziehen sollten. Dazu verabreichte sie ihm Kräuteraufgüsse und Tinkturen, die Halikarnos ihr gegeben hatte und von denen sie nur hoffen konnte, dass sie ihr Geld wert waren.

Eine Woche lang ging das Fieber nicht zurück.

Totenbleich lag der alte Isaac da, das weiße Haar hing in

nassen Strähnen, Perlen von kaltem Schweiß übersäten die hohe Stirn. Sein Atem ging schwer, und immerzu formten seine Lippen unhörbare Worte, die auch dann nicht zu verstehen waren, wenn Chaya sich ganz zu ihm hinabbeugte. Bisweilen warf er den Kopf hin und her, so als wollte er die Albträume abschütteln, die ihn im Fieberwahn verfolgten. Dann ergriff sie seine klamme Hand und hielt sie fest, so als könnte sie seinen alten, gebrechlichen Körper auf diese Weise daran hindern, diese Welt zu verlassen.

Und Chaya betete.

Nicht immer waren es fromme Worte, die sie an den Herrn richtete, und so mancher Rabbiner hätte sie vermutlich dafür getadelt. Anklagend waren ihre Gedanken bisweilen, oft auch verzweifelt, und mitunter fragte sie nach dem Sinn, der hinter alldem stehen mochte. Gab es überhaupt einen? War es, wie ihr Vater stets behauptet hatte, tatsächlich Gottes Wille, der all dies geschehen ließ? Oder waren sie dem Zufall ausgeliefert, kleine Sandkörner in einer unendlichen Wüste, ihr Schicksal nicht von Belang?

Chaya fand keine Antworten auf diese Fragen. In ihrer wachsenden Verzweiflung blieb ihr nur, sich flehend an den Herrn zu wenden und sich ihm ganz anzuvertrauen als das zerbrechliche, schwache Wesen, das sie war – und der Herr schien sie zu erhören.

Am siebten Tag nach ihrer Ankunft in Attalia schlug ihr Vater erstmals wieder die Augen auf. Sie waren blutunterlaufen und lagen so tief in ihren Höhlen, dass Chaya Angst hatte, sie würden darin versinken. Aber sie nahm es als Zeichen der Besserung.

Zwar wütete das Fieber noch immer, doch ging es vor allem in den Nächten merklich zurück. Die Abschnitte, in denen der alte Isaac zu sich kam und mit fragenden Blicken um sich spähte, wurden zahlreicher und länger, und Chaya verstand zumindest eines der lautlosen Worte, die er immer wieder sprach.

Sefer.
Das Buch.

Chaya wusste nicht, ob sie erleichtert oder wütend darüber sein sollte, dass jener geheimnisvolle Auftrag, der ihn in die Ferne geführt hatte und letztlich der Grund für seinen Zustand war, ihn auch im Fieber noch verfolgte. Zorn erfüllte sie einerseits, wenn sie auf den Köcher blickte, der an einem Wandhaken neben dem Bett ihres Vaters hing, und sie fragte sich, wie ein solch unscheinbarer Gegenstand solche Opfer rechtfertigen konnte. Andererseits war sie froh darüber, ihren Vater überhaupt wieder sprechen zu hören, also antwortete sie ihm und sprach beruhigend auf ihn ein, wollte ihm den Weg zurück ins Leben weisen.

Eines Nachts – wieder hatte sie am Lager ihres Vaters gewacht und war irgendwann eingeschlafen – wurde sie unerwartet geweckt.

»Chaya?«

Jäh schreckte sie hoch. Ein Blick zu den kleinen Fenstern, die unterhalb der Decke in die Wand eingelassen waren, zeigte ihr, dass es draußen dunkel war. Die tönerne Öllampe auf der Truhe, die zusammen mit dem Bett und dem Schemel, auf dem Chaya kauerte, die einzige Einrichtung der kleinen Kammer bildete, war nicht erloschen. Folglich war noch nicht Mitternacht.

Jetzt erst erinnerte sich Chaya, dass eine Stimme sie geweckt hatte. Sie wandte sich ihrem Vater zu und stellte verblüfft fest, dass dieser sie anschaute. Und obwohl seine Augen glasig waren und von schwarzen Ringen umgeben, schien er seine Tochter zum ersten Mal wieder wirklich wahrzunehmen.

»Vater?«, fragte sie zaghaft.

Ein schwaches Nicken war Antwort und Belohnung zugleich.

»Wo …?«, wollte der alte Isaac fragen, aber das Sprechen schien ihm schwerzufallen. Ein schmerzhafter Ausdruck huschte über sein blasses Gesicht.

»In Attalia«, gab sie zur Antwort, und beruhigend fügte sie hinzu: »Wir sind in Sicherheit.«

Wieder nickte er. »Das Buch...«

»Es ist hier.« Sie nahm den Köcher vom Haken und reichte ihn Isaac, der ihn mit zitternden Händen entgegennahm.

»Versagt«, flüsterte er dabei. »Ich habe versagt.«

»Nein, das hast du nicht. Du musst nur wieder gesund werden und zu Kräften kommen, dann...«

»Versagt«, beharrte Isaac, wispernd wie der Herbstwind. »Tod und Zerstörung überall. Unsere Feinde sind uns gefolgt.«

»Nicht hierher, Vater.« Chaya schüttelte den Kopf. »Wir sind hier sicher«, betonte sie noch einmal.

»Nein, sie sind uns auf den Fersen. Sie wollen das Buch.«

»Das Buch, Vater?«

Der alte Isaac schaute sie an, und für einen Moment kam es ihr vor, als blitze in seinen Augen wieder der alte Scharfsinn auf. »Hast du dir je die Frage gestellt, Chaya, weshalb all dies in unserer Zeit geschieht?«

»Was meinst du, Vater?«

»Der neue Zorn gegen das Volk Israel. Dieser unselige Feldzug, der Tod und Verderben in das Morgenland trägt.«

»Doch, natürlich habe ich mich das gefragt. Aber ich habe keine Antwort darauf gefunden, denn Gottes Wille ist...« Sie unterbrach sich, als sie sein Mienenspiel bemerkte, den zugleich wissenden und verzweifelten Ausdruck von jemandem, der mehr wusste, als er sagen wollte. Instinktiv erriet sie seine Gedanken. »Du glaubst, dass es mit deiner Mission zusammenhängt? Mit dem Buch, das du bei dir trägst?«

»Ich weiß nicht mehr, was ich glauben soll, meine Tochter«, gestand Isaac leise und mit glänzenden Augen. »Am Anfang schien alles einfach zu sein, ein Auftrag, der mir erteilt wurde und den zu erfüllen ich geschworen hatte. Aber mit jedem Hindernis, das uns erwächst, reift meine Überzeugung, dass sich noch mehr dahinter verbergen muss.«

»Noch mehr? Wovon sprichst du, Vater?«

»Warum nur haben wir uns auf den Weg gemacht? Warum haben wir diese Reise begonnen?«

»Nun...« Chaya zögerte. Die Antwort schien so offenkundig, dass sie nicht sicher war, ob ihr Vater klaren Verstandes war oder einmal mehr im Fieber sprach. »Weil wir bedroht wurden, oder nicht? Weil das Buch im Reich nicht länger sicher war. So jedenfalls hast du es mir gesagt.«

»Und das dachte ich auch«, hauchte er. »Inzwischen jedoch frage ich mich...«

»Ja, Vater?«, hakte sie nach. Sie konnte sehen, wie er schwächer wurde, aber sie wollte eine Antwort, ehe der Abgrund des Fiebers ihn erneut verschlang.

»Wird unser Volk ohne jeden Grund angefeindet? Oder ist es, weil die Andersgläubigen die Gefahr fühlen, die ihnen droht?«

»Von uns?«, fragte Chaya stirnrunzelnd nach.

»Von dem Buch«, verbesserte ihr Vater. »Und von all jenen, die um sein Geheimnis wissen... Als mein Vater mir das Amt des Trägers übergab... Sagte mir, dass Rückkehr des Buches... Zeit der Veränderung... Frage mich, ob Zusammenhang... Hat begonnen...«

Chaya schüttelte den Kopf. Die Worte ihres Vaters wurden immer rätselhafter und zusammenhangloser. War es das Fieber? Oder versuchte er tatsächlich, ihr etwas zu sagen, das von großer Bedeutung war?

»Was hat begonnen, Vater? Ich fürchte, ich verstehe nicht.«

»Kalender der Christen... Ausgang des Jahrhunderts... kein Zufall. Dass Jerusalem erobern... alles fügt sich zusammen...«

»Was, Vater? Was fügt sich zusammen?« Chayas Unruhe wurde immer größer.

»Das Ende, Chaya«, ächzte der alte Isaac so leise, dass sie es fast von seinen Lippen lesen musste.

»Das Ende? Wovon?«

»Der Zeit«, gab ihr Vater kaum noch vernehmbar zur Antwort. Das Fieber und die Erschöpfung verlangten erneut Tribut, Müdigkeit breitete sich wie eine dunkle Decke über ihn. »Und dieser Welt.«

Trotz der Wärme einer klaren Sommernacht erschauderte Chaya bis ins Mark. »Ist es das, was du fürchtest?«, flüsterte sie und wagte kaum, das Undenkbare auszusprechen. »Das ... das Weltgericht?«

Aber ihr Vater gab keine Antwort mehr.

Seine Augen waren geschlossen, sein Kopf zur Seite gefallen, seine Atemzüge keuchend, aber gleichmäßig.

»Vater?« Chaya berührte ihn sanft an der Schulter. »Sag es mir, Vater, bitte ...«

Isaac blieb eine Antwort schuldig. Schlaf, der so tief war, dass er an Ohnmacht grenzte, hatte ihn erfasst, und Chaya konnte nur hoffen, dass es der ruhige, erholsame Schlaf der Genesung war. Die letzten Worte ihres Vaters jedoch wirkten nach wie eine bittere Medizin. Zur Sorge um den alten Isaac gesellte sich nun auch noch dumpfe Furcht aus dem tiefsten Grund ihres Herzens.

Das Ende der Welt.

War dies das Geheimnis, das das Buch von Ascalon enthielt? Verriet es, wo und wann das Weltgericht stattfand, jener Jüngste Tag, vor dem sich nicht nur Juden fürchteten, sondern auch Muselmanen und Christen? Stand er womöglich unmittelbar bevor?

Chaya spürte, wie sich ihr Pulsschlag beschleunigte. Ihr Gesicht wurde heiß, ihre Handflächen schwitzten. Sie musste Antworten bekommen, und da ihr Vater nicht in der Lage war, sie ihr zu geben ...

Als ihr Blick den ledernen Köcher traf, der wieder über dem Bett an der Wand hing, erschrak sie über ihre eigene Entschlossenheit.

Nur einmal hatte sie versucht, das Mysterium zu ergründen und das geheime Buch zu lesen. Einen zweiten Anlauf hatte sie, sei es aus Respekt oder aus heimlicher Furcht, nicht unternommen. Die dunklen Andeutungen ihres Vaters jedoch ließen sie alle Bedenken vergessen. Chaya wollte die Wahrheit erfahren, und sie war nicht gewillt, sich noch länger davon abhalten zu lassen.

Was verbarg sich hinter dem Buch von Ascalon?

Sie beugte sich zu dem Köcher und nahm ihn vom Haken. Eine gefühlte Ewigkeit lang wog sie das unerwartet leichte Behältnis in den Händen und betrachtete das Siegel, das im flackernden Lichtschein zu erkennen war: den sechszackigen, ineinander verschränkten Stern, das Siegel Salomons, wie ihr Vater es nannte. Ehrfurcht ergriff von ihr Besitz, und einen flüchtigen Moment lang erwog sie, von ihrem Vorhaben abzulassen. Dann fasste sie sich ein Herz und öffnete den Verschluss der Kappe.

Chaya war bereits dabei, die ledernen Schnüre aus den Ösen zu ziehen, als ihr Vater sich regte.

Ein geräuschvoller Atemzug, eine ruckartige Bewegung – der Kopf des alten Isaac flog in die Höhe.

»Was …?«

Chayas Herzschlag wollte fast aussetzen. Wie versteinert kauerte sie auf dem Schemel, das verbotene Objekt in den Händen. Sie wartete darauf, dass sich ihr Vater zu ihr drehen und sie auf frischer Tat ertappen würde. Aber was auch immer Isaacs Ruhe gestört haben mochte, es war nicht von langer Dauer. Er murmelte einige unverständliche Worte, dann schloss er die Augen und sank zurück auf das strohgefüllte Lager. Schon einen Atemzug später war er wieder eingeschlafen.

Rasch klappte Chaya die Verschlusskappe des Behälters auf und griff hinein. Sie konnte die dünne Haut von Pergament fühlen, die hölzernen Stäbe, auf die es gerollt war. In einem jähen Entschluss zog sie es heraus und hielt eine Schriftrolle in Händen, die auf den ersten Blick nichts Ungewöhnliches an sich hatte.

Weder war sie mit besonderen Verzierungen versehen, noch war sie versiegelt. Im Grunde, so dachte Chaya enttäuscht, unterschied sie sich in nichts von jenen unzähligen Listen und Aufstellungen, die ihr Vater im Arbeitszimmer des Handelskontors aufbewahrt hatte. Sollten sich Daniel Bar Levi und der alte Isaac am Ende geirrt haben? Waren sie einem Betrug aufgesessen?

Chayas Ehrfurcht wich und mit ihr das Gefühl, etwas Verbotenes zu tun. Ohne zu zögern drehte sie an den Stäben und entrollte das Pergament.

Am Schriftbild konnte sie erkennen, dass das Buch von talentierter Hand, wenn nicht gar von der eines berufsmäßigen Sofers verfasst worden war. Jeder einzelne Buchstabe wirkte wie ein Kunstwerk und war von einer Ausgewogenheit und Harmonie, wie sie sonst nur auf Thorarollen anzutreffen war. Dazu war die Schrift von einer ungewohnten, altertümlich anmutenden Art, wie Chaya sie noch nie zuvor gesehen hatte. Auf geradezu unwiderstehliche Weise fühlte sie sich von den alten Zeichen angezogen.

Einzelne Worte stachen ihr ins Auge und fanden in ihr Herz, und im flackernden Licht der Öllampe begann sie zu lesen.

6.

*Tal des Kara Su, westlich von Dorylaeum
1. Juli 1097*

Conn rannte, den Speer krampfhaft umklammernd, und er tat das, was auch die anderen Männer taten, die zusammen mit ihm den Hang hinaufstürmten, ihre blanken Waffen in den Händen.

Er schrie aus Leibeskräften.

So laut, dass es den donnernden Hufschlag der Pferde übertönte, die zur Rechten vorbeijagten, das Schwerterklirren, das von jenseits der Hügelkuppe drang, und den trommelnden Schlag seines Herzens.

Der Befehl zum Vorrücken war unvermittelt gekommen.

Eben noch war der Heerhaufen lothringischer Soldaten, dem Conn vorläufig zugeteilt worden war, in loser Ordnung marschiert. Ihr Ziel war das Feldlager gewesen, das oberhalb des Flusses aufgeschlagen werden sollte, der das Tal in nördlicher Richtung durchfloss. Im weiteren Verlauf dann bog er abrupt nach Westen ab, der Stadt Dorylaeum entgegen, die nach Nicaea das nächste Ziel des Feldzugs sein sollte.

Doch die Ereignisse hatten sich überschlagen.

Boten waren eingetroffen, die von einem türkischen Überfall auf die Vorhut des Heeres berichtet hatten, die sich aus byzantinischen Soldaten sowie aus normannischen Kämpfern unter Bohemund von Tarent und Stephen de Blois zusammensetzte. Die Anführer der Hauptstreitmacht, allen voran

Godefroy de Bouillon und Raymond de Toulouse, hatten daraufhin beschlossen, ihren in Bedrängnis geratenen Waffenbrüdern sofort zur Hilfe zu eilen.

Ein gnadenloser Eilmarsch durch das Tal des Kara Su hatte sich angeschlossen, der Flussbiegung entgegen, wo erbittert gefochten wurde. Unterwegs waren die Kämpfer Christi auf die Überreste des Trosses gestoßen, über den die seldschukischen Krieger mit erbitterter Grausamkeit hergefallen waren. Die Bilder verstümmelter Leichen von Alten, Frauen und sogar Kindern, die den Zug als waffenlose Pilger begleitet hatten und die ohne Gnade niedergemacht worden waren, standen Conn noch vor Augen. Er war jedoch nicht in der Lage, Entsetzen, Trauer oder gar Hass auf den erbarmungslosen Feind zu empfinden. Zu anstrengend war der Sturmlauf, der durch die Furt des Flusses die breite Uferböschung hinaufführte, zu beschäftigt war er damit, seine Furcht zu beherrschen, die nagende Ungewissheit vor dem Kampf ...

In diesem Moment erreichte seine Abteilung den Hügelkamm. Conns Atem stockte, als er über die Kuppe stürmte und zum ersten Mal einen Blick auf das wogende Chaos erhaschte, das sich in der weiten Senke vor ihnen abspielte.

Zur Linken, nach Westen hin, wurde sie von flachem Sumpfland begrenzt, im Norden erstreckten sich kahle Hügel, die zum Leben erwacht zu sein schienen: Unzählige Reiter, die auf gedrungenen, wendigen Rossen saßen, sprengten an den Ausläufern der Hügel entlang und ließen dabei unablässig Pfeile von den Sehnen ihrer kurzen Bogen schnellen. Von den Hängen strömten in großer Anzahl Fußsoldaten herab, die nur leicht gerüstet waren, jedoch mit Klingen bewaffnet, die so krumm waren wie die Sichel des Mondes. Flankiert wurden sie von Lanzenreitern, von Trommlern, die ebenfalls zu Pferde saßen und das Kommando zum Angriff gaben, und von Kamelen, auf deren hohen Rücken bunte Fahnen wehten.

Todesmutig und unter entsetzlichem Geschrei drangen die Türken zu Hunderten auf das Schlachtfeld vor und stürzten sich auf die Kreuzfahrer, die dort in arge Bedrängnis geraten waren. Soweit Conn es beurteilen konnte, waren Herr Bohemund und die Seinen wohl gerade dabei gewesen, das Lager zu errichten, als der Feind sie angegriffen hatte. Noch immer versuchten tapfere Kämpen, Zelte zu errichten und Wagen in Stellung zu bringen, die ihnen Schutz vor den unzähligen Pfeilen bieten sollten, die unablässig und mit der Gewalt eines Gewitterschauers auf sie niedergingen. Dutzende von Männern waren bereits getroffen und lagen tot oder verwundet im Staub, der sich dunkelrot unter ihnen färbte – und ohne Unterlass versuchten die herandrängenden Türken, den Kordon der gepanzerten Reiter zu durchbrechen, der sich nach Norden und Osten hin um das Lager gebildet hatte und erbittert Widerstand leistete.

Atemlos sah Conn, wie eine Gruppe normannischer Ritter, von Kopf bis Fuß in Kettengeflecht gehüllt, den Angreifern entgegenstürmte, wobei sie ihre Schilde hoch und die Lanzen mit dem Kreuzbanner gesenkt hielten. Einige Kämpen kippten von Pfeilen oder Speeren getroffen aus den Sätteln und wurden unter den Hufen der nachfolgenden Reiter zerschmettert; die Übrigen erreichten den Feind, der von den Spitzen ihrer Lanzen durchbohrt wurde. Sodann zogen sie ihre Schwerter, und dasselbe wüste Handgemenge entbrannte, das zu ihrer Linken bereits in vollem Gange war. Wohin Conn auch blickte, sah er sich wild aufbäumende Pferde, niedergehende Reiter, abgetrennte Gliedmaßen und Fontänen von rotem Blut.

Grauen packte ihn. Ein Instinkt riet ihm, sich zur Flucht zu wenden und diese Stätte grausamen Schlachtens so rasch wie möglich zu verlassen. Aber in diesem Moment erscholl der Angriffsbefehl und der Pulk der Fußsoldaten, dem auch Conn angehörte, setzte sich erneut in Bewegung. Wer nicht mitlief, der musste damit rechnen, niedergetrampelt zu werden.

Ihr markerschütterndes Gebrüll eilte den Franken voraus. Eine Abteilung türkischer Reiter, die den östlichen Höhenzug herabkam und sich in das Kampfgeschehen hatte stürzen wollen, änderte die Richtung ihres Angriffs und sprengte Conn und seinen Kameraden entgegen – und wenige Herzschläge später prallten die feindlichen Kämpfer aufeinander.

Es war, als hätte ein Blitz eingeschlagen.

Mit urtümlicher Gewalt begegneten sich die Klingen, wurden Kettenhemden durchbohrt und Knochen gespalten. Das Geklirr der Waffen, das Lärmen der Kriegstrommeln, das Gebrüll der Kämpfenden und die gellenden Schreie derjenigen, die verwundet niedergingen, ließen die Luft erzittern, die erfüllt war von Staub und vom ekelerregenden Gestank von Blut.

Conn stand unbewegt, wie erstarrt inmitten der nachdrängenden Massen, den Speer noch immer umklammernd. Einen flüchtigen Augenblick lang hatte er den Eindruck, nicht wirklich hier zu sein, an diesem Ort des Grauens, dann packte ihn jemand an der Schulter und riss ihn mit. Conn stolperte und wankte dem Feind entgegen, der ihm schon im nächsten Moment gegenüberstand.

In einem aus Messingplatten gefertigten Panzer gehüllt.

Einen spitz geformten Helm auf dem Kopf.

Das schwarze Haar zu einem Zopf geflochten.

Die sonnengebräunten, blutverschmierten Züge, aus denen ihn ein dunkles Augenpaar anstarrte, waren kaum älter als seine eigenen.

Conn zögerte noch, als der andere einen Ausfall unternahm. Der Türke warf sich nach vorn, die gekrümmte Klinge in einem engen Kreis gegen Conns Kehle führend – und in einem Reflex riss Conn den Speer empor, um den Streich abzuwehren.

Der Schaft aus Eschenholz fing die feindliche Klinge knapp oberhalb der Parierstange ab, wo die Wucht des Hiebes am geringsten war. Die Zähne gefletscht, die Muskeln zum Zerreißen angespannt, stieß Conn den Türken zurück, der über den leblosen Körper eines erschlagenen Kreuzfahrers fiel. Noch während er niederging, setzte Conn nach, und noch ehe er auch nur darüber nachdenken konnte, was er tat, hatte er die Spitze des Speeres bereits in den Leib seines überraschten Feindes gestoßen. Der Seldschuke schrie, und Conn, der den Speer wieder freizubekommen suchte, begriff, dass er genau den Fehler begangen hatte, vor dem Remy ihn stets gewarnt hatte: Seine Waffe hatte sich zwischen den Rippen des Gegners verfangen!

Conn unternahm keinen zweiten Versuch, sie herauszuziehen, was ihm beide Hände rettete. Denn ein weiterer Türke war plötzlich heran und schlug nach seinen Armen. Nur mit knapper Not entging Conn dem Hieb. Er wich zurück, um sich außer Reichweite des Muselmanen zu bringen, der im nächsten Moment von einem verirrten Pfeil in den Hals getroffen wurde.

Hastig sah sich Conn nach einer neuen Waffe um. Lange zu suchen brauchte er nicht, der Boden war übersät mit den Körpern Erschlagener und Verwundeter, herrenlose Klingen lagen allenthalben umher. Er griff nach einem Schwert, das nach den endlosen Lektionen, die Baldric ihm erteilt hatte, ohnehin die Waffe seiner Wahl war, und sprang einem lothringischen Soldaten bei, der sich dem Angriff gleich zweier Gegner ausgesetzt sah. Conn fällte den einen, indem er die Klinge mit beiden Händen führte. Der Krieger war auf die Attacke nicht gefasst und kam nicht dazu, sich zu wehren, blutüberströmt ging er nieder. Der andere Kämpfer war schwer gepanzert, offenbar ein seldschukischer Edler. Sein goldfarbener Helm wurde von Kranichfedern geziert, sein Plattenpanzer war aufwendig gefertigt und mit einem Kragen aus Kettengeflecht versehen; aus seinem Blick jedoch sprach dieselbe Überheblichkeit, die Conn schon in den Augen normannischer Adeliger gesehen hatte. Und als gelte es, sich zu beweisen und für alle Schmach zu rächen, die er jemals von der Obrigkeit zu erdulden hatte, stürzte sich Conn unter wüstem Gebrüll auf ihn.

Der Edle hob seinen Rundschild und wehrte den Angriff ab, worauf Conn sofort zu einem zweiten Streich ansetzte. Die Klingen – Conns schwerfälliges Langschwert und der gekrümmte, sehr viel leichter zu führende Stahl des Seldschuken – trafen aufeinander. Ein wüstes Hauen und Stechen setzte ein, bei dem jeder dem anderen einen Vorteil abzuringen suchte. Dabei musste Conn sich vorsehen; der schäbige Kettenpanzer, den er trug und der von einem bei Nicaea gefallenen Lothringer stammte, war nicht dazu angetan, der vollen Wucht eines Schwerthiebs zu trotzen, und anders als bei seinem Gegner war sein Nacken ungeschützt. Eine falsche Bewegung, eine Unachtsamkeit oder auch nur ein verirrter Pfeil mochten genügen, um Conns Kampf – und sein Leben – jäh zu beenden.

Wieder griff der Türke an, nicht mit wuchtigen Schlägen, wie Remy es in unzähligen Übungen getan hatte, sondern schnell und mit einer Eleganz, wie Conn sie nie zuvor bei einem Schwertkämpfer gesehen hatte. Tödliche Erfahrung sprach aus jeder Bewegung. Als die Klinge erneut herabfiel und seine Kehle nur knapp verfehlte, begriff Conn, dass seine Kenntnisse nicht ausreichen würden, um diesen Gegner zu besiegen.

Der andere rief etwas in seiner Sprache, die Conn nicht verstand. Es mochte ein Ausruf des Triumphs sein oder eine Beschimpfung, mit der er zum tödlichen Streich ausholte. Die Klinge des Türken flog heran, und Conn ließ sich reaktionsschnell nach hinten fallen, um ihr zu entgehen. Er landete zwischen leblosen, blutigen Körpern, denen nicht mehr anzusehen war, für welche Seite sie gefochten hatten. Der Krieger wollte hinterher, um seinem Gegner den Todesstoß zu versetzen – da schwang Conn das Schwert, dessen Griff er noch immer beidhändig umklammert hielt, nach seinen Beinen.

Der Seldschuke schrie entsetzlich, als der schartige Stahl knapp unterhalb des Knies in sein linkes Bein schnitt und bis auf den Knochen drang. Der Krieger brach ein und stürzte auf Conn, begrub ihn unter dem Gewicht seines schwer gepanzerten Oberkörpers.

Conn spürte den keuchenden Atem des Mannes, blickte

in seine Augen, die weit aufgerissen waren vor Schmerz und Entsetzen. Der Türke brüllte und gebärdete sich wie von Sinnen, während unaufhörlich Blut aus der offenen Wunde pulsierte. Er war nicht mehr in der Lage, einen Schwertstreich zu führen, aber seine behandschuhte Linke fuhr wie das Maul einer giftigen Schlange an Conns Kehle, packte sie und drückte zu.

Verzweifelt rang Conn nach Atem.

Er versuchte, seinen Gegner von sich abzuschütteln, aber es gelang ihm nicht. Alles, was er sah, waren die Augen seines Feindes, die unheilvoll über ihm schwebten, nun nicht mehr überheblich wie zuvor, sondern vor Zorn und Blutdurst lodernd. Conn versuchte, sein Schwert zu heben, aber der Schild seines Gegners lag darauf, den der Türke mit seinem Körpergewicht niederdrückte. Immerhin gelang es Conn, die rechte Hand freizubekommen, die vom Sturz verstaucht, aber nicht gebrochen war, und schlug auf seinen Gegner ein. Die Hiebe prallten von den Metallplatten der Rüstung ab, und schon nach kurzer Zeit waren Conns Knöchel blutig. Seine Schläge ermatteten, während seine Lungen gleichzeitig wie Feuer zu brennen begannen. Noch immer sah er die glühenden Augen seines Gegners über sich, deren starrer Blick sich geradewegs in sein Bewusstsein bohrte. Verzweifelt schnappte Conn nach Luft, aber der Seldschuke drückte weiter zu, unbarmherzig und mit stählernem Griff.

Der von allen Seiten dringende Kampflärm trat in den Hintergrund, und Conn hatte das Gefühl, allein auf dem Schlachtfeld zu sein. Nur sein schwer verwundeter Widersacher war geblieben, der ihn mit in den Abgrund reißen wollte.

Noch einmal unternahm Conn einen Befreiungsversuch, wollte sich aufbäumen, aber er war bereits zu schwach dazu. Schlaff fiel sein rechter Arm herab – als seine Hand plötzlich etwas ertastete.

Es war der Griff eines kurzen, gekrümmten Dolchs, den der Seldschuke am Gürtel trug.

Den Edelsteinen nach, mit denen er besetzt war, handelte es sich um eine Prunkwaffe, ein Erbstück womöglich, das der fremde Kämpfer von seinem Vater erhalten hatte oder von seinem König – und das nun zu seinem Verderben wurde. In einem letzten, verzweifelten Entschluss umfasste Conn den Dolch, riss ihn aus der Scheide und trieb ihn zwischen den metallenen Platten hindurch ins Fleisch seines Gegners.

Sofort ließ der Seldschuke von ihm ab, tastete nach der Waffe, die in seinem Rücken steckte. Conn hustete und keuchte, war dankbar für die Luft, die in seine Lungen strömte. Mit einer Drehung zur Seite entwand er sich seinem zu Tode verwundeten Feind, stieß ihn zurück und kam schwankend wieder auf die Beine. Benommen packte Conn eine Lanze, die im Körper eines toten Kreuzfahrers steckte, und riss sie heraus, fuhr herum, um sich dem nächsten Angreifer zu stellen. Doch zu seiner Verblüffung war niemand mehr in seiner unmittelbaren Umgebung.

Das Kampfgeschehen hatte sich ein Stück nach Norden verlagert, wo das Gemetzel zwischen den Ausläufern der Hügel weiterging. Nur blutgetränkter Boden war geblieben, der mit den Leichen unzähliger Gefallener übersät war, Christen wie Muselmanen. Vom Kampfesfieber erfasst, das wild durch seine Adern wallte, wollte Conn zu seinen Kameraden eilen – als er aus dem Augenwinkel eine Bewegung wahrnahm.

Am Fuß eines Hügels, unterhalb eines Abbruchs von rotem Gestein, lag ein totes Schlachtross, das mit Pfeilen gespickt war. Sein Reiter jedoch, ein normannischer Kreuzfahrer, war noch am Leben.

Der Ritter saß noch im Sattel des Pferdes, sodass sein rechtes Bein darunter begraben war. Seinen Helm hatte er verloren, kupferfarbenes Haar quoll unter der Kapuze aus Kettengeflecht hervor, die sein fleischiges Gesicht umrahmte. Vergeblich versuchte er, sich aufzurichten. Das Gewicht seines toten Tieres hielt ihn unnachgiebig am Boden, während vor ihm ein türkischer Reiter den Hang herabsprengte, der schweren Panzerung nach ein *ghulam*, wie die besten Krieger des Sultans sich nannten.

Der Normanne sah den Feind näher kommen und versuchte noch verzweifelter, sich zu befreien, doch es gelang ihm auch diesmal nicht. Conn jedoch handelte.

Die gesenkte Lanze in den blutigen Händen, eilte er von der einen Seite auf den Ritter zu, während der Seldschuke von der anderen Seite heranjagte. Conn erreichte den Normannen zuerst, aber die Zeit reichte nicht aus, um ihn zu befreien. Kurzerhand ließ sich Conn auf die Knie fallen und richtete die Lanze auf, nur einen Lidschlag ehe der Seldschuke heran war.

Der *ghulam* war so überrascht von der plötzlichen Gegenwehr, dass er sein Pferd weder zügeln noch der Waffe ausweichen konnte. Die Lanzenspitze durchstieß die Brust des Tieres und drang in sein Herz. Wiehernd brach das Pferd in den Vorderläufen ein und kam zu Fall. Sein Reiter wurde kopfüber aus dem Sattel geschleudert, schlug hart gegen den Felsen und brach sich das Genick. Reglos blieb er liegen.

Conn, am ganzen Körper bebend und gleichermaßen entsetzt wie erleichtert, wandte sich dem Normannen zu.

»Seid Ihr verletzt, Herr?«

»Glücklicherweise nicht, und das verdanke ich wohl dir«, stieß der Ritter zwischen zusammengebissenen Zähnen hervor. Die geröteten Züge mit der krummen Nase und den buschigen Brauen kamen Conn entfernt bekannt vor. Sicher hatte er den Mann bereits einmal gesehen, womöglich im Winterlager. »Aber dieser verdammte Gaul liegt auf mir, ich kann mich nicht bewegen.«

Conn kam ihm zu Hilfe. Obwohl beide erschöpft waren und dem Zusammenbruch nahe, gelang es ihnen, den Kadaver so weit anzuheben, dass der Normanne sein Bein darunter hervorziehen konnte. Schwerfällig richtete sich der Ritter auf, wobei Conn ihn stützen musste, damit er nicht gleich wieder niederging.

»Wird es gehen, Herr?«, fragte Conn.

»Du hast mir das Leben gerettet«, sagte der Normanne, der außer einigen Schrammen und Blessuren keine Verletzungen davongetragen zu haben schien. »Dieser Sarazene hätte mich getötet, wenn du nicht gewesen wärst.«

»Ich habe nur getan, was jeder getan hätte«, wehrte Conn ab, während er sich bückte, um ein herrenloses Schwert an sich zu nehmen. Die Schlacht hatte sich weiter nach Norden verlagert, und allem Anschein nach hatte das Geschehen eine Wendung genommen. Die Türken befanden sich auf dem Rückzug, die Kreuzfahrer setzten ihnen erbittert nach.

»Du hast weit mehr als das getan, Bursche«, war der Normanne überzeugt, streifte seinen linken Handschuh ab und zog einen goldenen, mit kunstvollen Ziselierungen versehenen Ring vom Finger. »Nimm dies als Zeichen meines Dankes.«

»Aber Herr, ich…«, wollte Conn verblüfft erwidern, als ihm der andere das Kleinod auch schon in die blutige Hand drückte.

»Nimm es. Es ist nur ein kleiner Teil dessen, was ich dir schulde.«

»Danke, Herr«, erwiderte Conn – dann wandte er sich ab, um sich wieder in den Kampf zu stürzen.

»Wie ist dein Name?«, rief der Normanne ihm hinterher.

»Conwulf«, rief Conn zurück.

Und die Schlacht ging weiter.

7.

Attalia
Anfang Juli 1097

Isaac Ben Salomons Zustand hatte sich merklich gebessert.

Es war ein langsamer, zäher Prozess gewesen, von zahlreichen Rückschlägen begleitet. Das Fieber der Erschöpfung hatte den Geist des alten Kaufmanns in finstere Abgründe gezerrt, aus denen er beinahe nicht wieder herausgefunden hätte; in ungezählten Nächten hatte Chaya an seinem Lager gewacht, während sein Bewusstsein im dunklen Niemandsland zwischen Traum und Wachen gefangen gewesen war. Mitunter, in lichten Momenten, hatte er die Augen aufgeschlagen und war ansprechbar gewesen. Oft hatte Chaya dann neue Hoffnung geschöpft und geglaubt, dass die Krise überwunden sei. Aber dann war das Fieber zurückgekehrt und der alte Isaac wieder in jenen Dämmerzustand gesunken, in dem er von Nachtmahren verfolgt wurde und sein Mund nur unverständliche Worte murmelte.

Indem sie ihm Kräuteraufgüsse einflößte und das Fieber zu senken suchte, tat Chaya, was menschenmöglich war. Der Rest, so hatte der Arzt ihr versichert, lag in Gottes Hand, und so betete Chaya zum Herrn, flehte ihn an, das Leben ihres Vaters zu schonen, der eine so große Aufgabe übernommen hatte – die wahren Dimensionen von Isaacs Mission freilich begann sie erst in diesen Tagen zu begreifen.

Wann immer sie nicht bei ihrem Vater weilte, las sie in

dem geheimen Buch, dessentwegen sie eine so weite und gefahrvolle Reise auf sich genommen hatten. Je öfter sie es tat, desto leichter fiel es ihr, seine ungewöhnlich geformten Zeichen und die altertümliche Sprache zu verstehen. Anfangs hatte sie sich elend dabei gefühlt, ihren Vater zu hintergehen. Doch mit jeder Seite war sie tiefer in das Buch eingesunken, bis sie schließlich das Gefühl gehabt hatte, selbst ein Teil des Geheimnisses zu sein, das seit so langer Zeit bewahrt wurde. Als sich ihr schließlich die Wahrheit offenbarte, da war die Erkenntnis schockierend und läuternd zugleich, eine reinigende Katharsis, wie kein irdischer Dichter sie ersinnen konnte.

Eine Schrift von solcher Wichtigkeit, dass sie die Geschicke der Welt verändern konnte – so hatte ihr Vater das Buch von Ascalon einst genannt. Nun endlich wusste Chaya, was er damit meinte.

Mit einer Mischung aus Erleichterung und Bestürzung stellte sie fest, dass sie ihn nun besser denn je verstand. Alle weltlichen Belange und menschlichen Bindungen, selbst die Liebe eines Vaters zu seiner Tochter, verblassten angesichts jener ungeheuren, alles verändernden Enthüllung, von der das Buch berichtete. Der Abschied von der alten Heimat, die Entbehrungen der langen Reise, selbst die zahllosen Ängste, die Chaya durchlitten hatte, all das war bedeutungslos geworden.

Nicht alles, was in jenen altertümlichen Zeichen geschrieben stand, hatte Chaya erfassen können, manches davon war in Rätsel gehüllt; aber sie kannte nun den Grund, weshalb das Buch unbedingt nach Antiochia gebracht werden musste, wo ihr Onkel Ezra sie erwartete.

»Nun, Vater?«, fragte sie, als sie den Vorhang beiseiteschlug und in die Kammer trat, die in den letzten Wochen als Krankenquartier gedient hatte. Der Schein der Morgensonne fiel durch die Fensteröffnungen und tauchte den kleinen Raum in warmes Licht. »Wie fühlst du dich?«

Isaac saß auf der Kante seines Lagers, das Gesicht in den Händen vergraben. Nach all den Wochen, in denen er darniedergelegen hatte, tat es gut, ihn wieder aufrecht zu sehen, zumal es Tage und Nächte gegeben hatte, da Chaya nicht mehr daran geglaubt hatte. Er schaute zu ihr auf. Seine Züge waren schmal und ausgezehrt, die Augen noch immer dunkel gerändert. Aber es war nicht mehr die Miene eines Mannes, der vom nahen Tod umfangen war, sondern der allmählich wieder zu Kräften kam.

»Wie ich mich fühle?« Isaacs schmallippiger Mund verzog sich zu einem zaghaften Lächeln. »Wie würdest du dich fühlen, wenn du deinem eigenen Ende nur knapp entgangen wärst?«

»Ich wäre dankbar«, erwiderte sie und ließ sich neben ihm auf der Bettkante nieder. In ihren Händen hielt sie eine tönerne Schüssel, die einen zähflüssigen Brei enthielt, der aus Hirse und getrockneten Früchten zubereitet war und den sie ihm nötigenfalls Löffel für Löffel einzuflößen gedachte. »Und ich würde den Herrn auf den Knien für das Wunder preisen, das er vollbracht hat.«

»Von welchem Wunder sprichst du? Einem armen, alten Narren das Leben zu retten?«

»Einem armen, alten Narren, der eine Mission zu erfüllen hat«, brachte Chaya lächelnd in Erinnerung.

Isaac nickte, ohne das Lächeln zu erwidern. Dabei blickte er an sich herab auf den Köcher, der um seine Brust hing. »Als ich im Fieber lag, wurde ich von Albträumen verfolgt und düsteren Visionen. Und bisweilen wünschte ich mir, nicht ins Leben zurückzukehren.«

»Vater!« Chaya schüttelte den Kopf. »So etwas darfst du nicht sagen! Ich brauche dich!«

Der alte Isaac hob den Blick. Resignation stand in seinen tief liegenden, müden Augen. »Deine Mutter, Chaya... ich konnte ihre Nähe fühlen. Das Verlangen, zu ihr zu gehen und wieder mit ihr vereint zu sein, war übermächtig.«

»Dennoch hast du ihm nicht nachgegeben«, hielt Chaya dagegen, blinzelnd, um ihre Tränen zu vertuschen. Damals, nach dem Tod ihrer Mutter, hatte sie denselben resignierenden Ausdruck in seinen Augen gesehen. Hatte sie ihren Vater mit Mühe den Klauen des Fiebers entrissen, damit er nun zurückfiel in die alte Lethargie? »Du hast nicht aufgegeben, sondern bist ins Leben zurückgekehrt.«

»Aber wozu?« Er zuckte mit den Schultern, die sich dürr und kantig unter seiner Tunika abzeichneten. »Was ist das für ein Leben, Chaya? Ein stolzer Kaufmann bin ich einst gewesen, wohlhabend und einflussreich – und nun sieh mich an! Ein alter Narr bin ich geworden, der einem Traum nachjagt und darauf hofft, dass die Geschichte ihn nicht einholt. Und du, meine Tochter? Eine glänzende Zukunft hatte ich mir für dich ausgemalt, an der Seite eines Mannes, der dich achtet und ehrt und dem du Kinder schenkst, an denen sich mein Herz erfreuen kann. Und nun?«

»Wäre ich in Köln zurückgeblieben und hätte Mordechai geheiratet, so wäre ich elend verkümmert«, erwiderte Chaya, um Fassung bemüht. Sie wollte sich nicht anmerken lassen, wie sehr die Zweifel ihres Vaters sie trafen. »Hier jedoch darf ich die sein, die ich bin, und ich bin nirgendwo lieber als hier bei dir.«

»Dann bist du entweder auch eine Närrin oder hast nicht verstanden, was in der Welt vor sich geht. Meine Mission ist verloren, Chaya. Hast du nicht gehört, was geschehen ist? Die Fanatiker, die unter dem Banner des Kreuzes kämpfen, sind in das Reich der Türken eingefallen. Die ersten Städte haben sie schon erobert und sind nun auf dem Weg nach Süden.«

»Ich habe es gehört, Vater«, bestätigte Chaya in einem Anflug von Trotz. »Aber noch haben sie das Land der Väter nicht erreicht. Noch ist Zeit, das Buch nach Antiochien zu Onkel Ezra zu bringen.«

»Und du glaubst, dass uns das gelingen wird?« Der alte Isaac schnaubte voller Selbstverachtung. »Nachdem es mich mehr als ein Jahr und fast mein Leben gekostet hat, hierherzugelangen?«

Chaya nickte. Ihr Vater hatte recht. Am Tag nach Schawuot hatten sie ihre alte Heimat verlassen, und während er im Fieber gelegen hatte, war das Fest der Thora erneut begangen worden. »Moses hat vierzig Jahre gebraucht, seine Reise zu vollenden«, versuchte sie ihren Vater dennoch zu trösten.

»Das ist wahr, aber am Ende dieser langen Zeit erreichte er ein Land, in dem Milch und Honig flossen, wenngleich es ihm nicht vergönnt war, es selbst zu betreten. Wir hingegen sind Reisende in einer von Gott verlassenen Welt.«

»Noch hat der Herr der Welt nicht den Rücken gekehrt. Dass du das Fieber überlebt hast, ist der beste Beweis dafür. Gott will, dass wir das Buch an seinen Ursprungsort zurückbringen – und hast nicht du mir erklärt, dass es nicht unser, sondern Gottes Wille ist, der über unser Leben bestimmt?«

Der alte Isaac antwortete nicht. Bedauern stand in seinem trüben Blick zu lesen, Schwermut und Trauer.

»Der Herr hat dich erhalten«, fügte Chaya deshalb zur Bekräftigung hinzu, »weil er will, dass du zu Ende bringst, was du begonnen hast – und ich will es auch.«

»Du, meine Tochter?« Er schaute sie fragend an.

Chaya nickte. »Als ich an deinem Lager saß und nicht wusste, ob du wieder zu Kräften kommen oder am Fieber zugrunde gehen würdest, hatte ich viel Zeit zum Nachdenken. Ich weiß jetzt, dass deine Absichten stets nur die besten waren, Vater, und wenn ich dir jemals das Gefühl gegeben haben sollte, dass ich dich bei deiner Aufgabe nicht unterstütze, dann bedaure ich das von Herzen und verspreche dir, es in Zukunft besser zu machen.«

»Sei vorsichtig mit dem, was du versprichst, Tochter. Versprechen sind allzu leicht gegeben.«

»Ich habe vor, das meine zu halten«, kündigte Chaya mit fester Stimme an, »sofern du auch weiter das tust, was du versprochen hast. Komm vollends zu Kräften, und dann lass uns nach Antiochia gehen, um zu Ende zu bringen, was wir angefangen haben.«

»Willst du das wirklich?«
»Allerdings, Vater.«
»Warum?«
Chaya zögerte.

Sollte sie ihm sagen, dass sie sein Verbot übertreten, dass sie das Buch gelesen hatte? Dass sie das Geheimnis der Schriftrolle nun kannte und um die Wichtigkeit seines Auftrags wusste? Dass ihre eigenen Belange und Nöte ihr beinahe gleichgültig geworden waren angesichts jener großen, alles verändernden Worte?

Sie starrte dabei auf den Boden der Kammer und dachte nach. Dann hob sie den Blick und lächelte sanft.

»Weil wir es beide versprochen haben, Vater.«

8.

*Anatolisches Hochland
Mitte Juli 1097*

Es war mörderisch.

In englischen Sommern, wenn die Sonne gegen Mittag ihren höchsten Stand erreicht und mit ihren Strahlen die Gassen von London in ein Labyrinth aus wabernder Schwüle und bestialischem Gestank verwandelt hatte, hatte Conn geglaubt zu wissen, was Hitze war.

Ein Irrtum, wie er hatte einsehen müssen.

Erst zwei Wochen lag die Schlacht im Tal des Kara Su zurück, die die Kreuzfahrer siegreich für sich entschieden hatten. Dennoch kam es Conn vor, als wäre seither eine Ewigkeit vergangen.

Noch ganze zwei Tage lang hatten sie am Wegesrand die Leichen gefallener Türkenkrieger vorgefunden, die auf der Flucht erschlagen oder von Pfeilen getroffen worden waren. Nachdem sie Dorylaeum hinter sich gelassen hatten, war es hinauf gegangen in die Weite des anatolischen Hochlandes, das sich als schier endlose Wüstenei erwies, die dem durchziehenden Heer weder Obdach noch Nahrung bot – und das nicht nur, weil die Sonne erbarmungslos vom Himmel brannte und das ohnehin schon trockene, von Staub und Sand bedeckte Land am Tage in einen wahren Glutofen verwandelte; sondern auch, weil die Seldschuken sich unter ihrem Sultan Kilidj Arslan auf ihrer Flucht nach Süden gewandt hatten und dem

Kreuzfahrerheer vorauseilten. Wohin sie auch kamen, hinterließen sie verbrannte Erde und totes Land.

Die Straße, die noch aus römischer Zeit stammte und sich als steinernes Band durch die karge Landschaft zog, passierte unzählige Dörfer und kleine Städte, deren Hütten jedoch allesamt abgebrannt oder niedergerissen worden waren; auf den Äckern, die dem kargen Boden mit viel Mühe abgetrotzt worden waren, lag nichts als graue Asche; wohin man auch schaute, verwesten die Kadaver von Schafen, Ziegen und Eseln in der Sonne, deren Gestank sich zusammen mit dem bitteren Brandgeruch zu einem scheußlichen Odem des Todes vermischte. Mitunter waren am Straßenrand auch Lanzen aufgepflanzt, auf denen die Köpfe abgeschlachteter Dorfbewohner steckten, Christen zweifellos, die man umgebracht hatte, damit sie den Kreuzfahrern keine Unterstützung gewähren konnten.

Anfangs hatte sich unter den Kreuzfahrern noch Empörung über solche Gräuel geregt, und man hatte sich ereifert über die Barbarei der Heiden und ihnen blutige Rache geschworen. Doch mit jedem Tag, an dem die Männer marschierten und nichts anderes zu sehen bekamen als verwesende Körper und verbranntes Land, mit jeder Siedlung, die sie zerstört vorfanden, und mit jeder Stunde, da die Sonne vom Himmel brannte, wurden die Schreie nach Vergeltung weniger. Den Kreuzfahrern wurde klar, dass ihnen inmitten des anatolischen Hochlands eine harte Prüfung bevorstand.

Die Euphorie des Sieges, die sie noch in den ersten Tagen begleitet hatte, ließ spürbar nach. Beklemmung breitete sich aus, und dies nicht nur des grauenvollen Anblicks wegen, der sich den Männern und Frauen des Zuges bot, sondern auch, weil die Vorräte, die man auf Kamelen und Ochsenkarren mitführte, schon nach der ersten Woche aufgezehrt waren und man begriff, dass das verwüstete Land das Heer nicht ernähren würde.

Man war auf sich gestellt.

Dreißigtausend Seelen, umgeben von Hitze und Ödnis. Und Tod.

Als der erste Kämpfer leblos vom Pferd fiel – ein lothringischer Ritter, der in Ermangelung von frischem Wasser seinen brennenden Durst mit vergorenem Wein gestillt hatte –, war das Aufsehen noch groß gewesen, und manche hatten geglaubt, in diesem ungewöhnlichen Vorfall ein Zeichen des Herrn zu erkennen.

Inzwischen war das Bild von Männern und Frauen, die während des Marsches zusammenbrachen, und von Reitern, die infolge der mörderischen Hitze tot aus den Sätteln stürzten, trauriger Alltag geworden. Zuerst traf es die Schwachen: Frauen, Alte und Kinder. Später jedoch hielt der Tod auch unter den Soldaten reiche Ernte: Überhitzung, Durst, Hunger, Durchfall oder das Gift von Schlangen und Skorpionen – das Ende, so mussten die Kreuzfahrer erkennen, kam rasch in diesen Breiten, ohne dass der heidnische Feind sich auch nur ein einziges Mal blicken ließ.

Berengar, der neben Conn in der Kolonne marschierte, die sich als schier endloser Wurm über die staubige Straße schleppte, bekreuzigte sich, wann immer sie den Leichnam eines jener Unglücklichen passierten, die beizusetzen man weder Zeit noch die nötige Kraft hatte.

Und er bekreuzigte sich oft in diesen Tagen …

»Möge der Herr sich eurer Seelen erbarmen«, murmelte er, als sie den Leichnam einer jungen Frau passierten, die offenbar vor ihrer Zeit niedergekommen war. Ein lebloses Bündel lag in ihren Armen, das sie selbst im Tode noch an sich zu pressen schien. Blut tränkte ihr zerschlissenes Kleid und den Boden.

Conn schaute weg. Er ertrug den Anblick nicht, zumal er Erinnerungen weckte, die er …

»Was hast du, Conwulf?«, wollte Berengar wissen.

»Nichts«, antwortete Conn knapp. Infolge des brennenden Dursts war seine Zunge angeschwollen und erschwerte das Sprechen.

Im Schatten der Kapuze, die er hochgeschlagen hatte, um sein Haupt vor den sengenden Sonnenstrahlen zu schützen, huschte ein freudloses Lächeln über die Züge des Mönchs. »Ich sehe, du bist dabei, dieselben Erfahrungen zu machen, die auch ich schon machen musste. Du solltest dich vorsehen, Conwulf, sonst könnte es sein, dass deine Seele Scha…«

Ein Stück weit vor ihnen gab es plötzlich Unruhe.

Ein Maulesel, dem das Gepäck aufgebürdet worden war, das zuvor zwei Tiere getragen hatten, brach blökend zusammen. Sein Besitzer, ein Ritter, der offenbar auch schon sein Schlachtross eingebüßt hatte und den Sattel zusammen mit dem Schild auf dem eigenen Rücken trug, riss an den Zügeln und versuchte verzweifelt, das Maultier zum Aufstehen zu bewegen, aber es konnte nicht mehr. Es würde qualvoll verenden wie so viele andere, denn wo den Menschen kaum noch etwas blieb, bekamen die Tiere erst recht nichts mehr.

»Ich habe nicht erwartet, dass es so sein würde«, gestand Conn, als sie das kraftlos mit den Hufen schlagende Tier passierten. Die Nüstern des Maulesels blähten sich unaufhörlich, Schaum stand ihm vor dem Maul, während sein Besitzer ihn mit Flüchen überschüttete.

»Niemand hat das«, meinte Berengar. »Wir alle haben uns diese Unternehmung wohl leichter vorgestellt, hatten keine Ahnung, welcher Art die Prüfungen sein würden, denen der Herr uns aussetzt – und dabei haben wird das Heilige Land noch nicht einmal erreicht.«

»Jemand sagte mir einst, dass Gott auf diese Weise die Spreu vom Weizen zu trennen pflegt«, erwiderte Conn leise. »Die Unwürdigen von den Würdigen.«

»Ein schöner Gedanke. Aber was ist mit den Kindern, die dieser Tage hungers sterben? Mit den Frauen, die niederkommen und ihre Neugeborenen zurücklassen müssen, weil ihr Busen ausgetrocknet ist? Sind sie deshalb unwürdig? Was, wenn am Ende nur Spreu übrig bleibt, Conwulf? Was dann?«

Conn wusste keine Antwort. Er hatte Baldric nur zitiert, um überhaupt etwas zu sagen und die Leere in seinem Inneren mit etwas zu füllen. »Was fragt Ihr mich?«, knurrte er deshalb. »Ihr seid der Prediger von uns beiden! Ist es nicht Eure Aufgabe, all dies hier zu erklären und einen Sinn darin zu sehen? Und was ist mit den Vorzeichen, von denen Ihr damals gesprochen habt? Dem drohenden Unheil?«

»All diese Zeichen hat es gegeben, aber wie alle Zeichen obliegen sie unserer Deutung. Was, wenn es sich in Wahrheit um eine Warnung gehandelt hat und wenn das angekündigte Unheil bereits dabei ist, über uns hereinzubrechen?«

Conn starrte den Mönch fassungslos an. Derlei Überlegungen hatte er bislang nie angestellt, und es erstaunte ihn, sie ausgerechnet aus dem Mund eines Predigers zu hören. Aber ließen sich Berengars Worte einfach von der Hand weisen? War bei alldem, was ihnen auf diesem Todesmarsch widerfuhr, auszuschließen, dass sie verdammt waren? Dass Gott sie alle strafen wollte?

Offenbar konnte Berengar sehen, dass der Gedanke Conn ängstigte, denn seine Züge wurden ein wenig milder. »Warum hast du dich dem Feldzug angeschlossen, Conwulf? Willst du dir dein Seelenheil erwerben? Oder geht es dir um weltlichen Ruhm?«

»Weder noch«, gab Conwulf zu.

»So bist du auf Beute aus wie dieser Hitzkopf Tankred und seine italischen Kumpane?« Der Benediktiner schürzte die Lippen. »Ich muss zugeben, das hätte ich nicht von dir gedacht. Du machst mir nicht den Eindruck eines Mannes, der für Gold und Geschmeide kaltblütig töten würde.«

Conn starrte zu Boden und erwiderte nichts. Hätte er es getan, hätte er mehr von sich preisgeben müssen, als er wollte und als gut für ihn war. Sollte Berengar ihn lieber für einen gewissenlosen Söldner halten ...

»Hast du schon versucht, deine Freunde zu finden?«, wechselte der Benediktiner abrupt das Thema.

»Ja, aber es ist mir noch immer nicht gelungen. Ich hoffe nur, sie sind noch am Le…«

»Wasser!«, rief in diesem Augenblick ein Soldat, der zur Linken auf einem Hügel auftauchte und heftig gestikulierte, um auf sich aufmerksam zu machen. »Wir haben eine Quelle entdeckt!«

Das Wort allein genügte, um Conn einen Schauer über den Rücken zu jagen. Den letzten Schluck Wasser hatte er am Tag zuvor getrunken; es hatte schal und abgestanden geschmeckt, aber immerhin war es kühl und flüssig gewesen. Seither hatte er alles Mögliche unternommen, um seinen Körper am Austrocknen zu hindern, hatte seinen eigenen Schweiß aufgeleckt und den spärlichen Tau gesammelt, der sich am Morgen niederschlug, hatte den Saft aus dem Fleisch von Kakteen gesogen, soweit noch welche zu finden gewesen waren. Die Aussicht auf belebendes Nass jedoch ließ ihn und alle anderen in der Marschkolonne aufhorchen.

»*Wasser!*«

Wie ein Lauffeuer verbreitete sich die Neuigkeit. Schon waren die Ersten dabei, aus der Marschordnung auszubrechen und die Anhöhe hinaufzustürmen, allen voran ein Ritter, der sein Schlachtross verloren hatte und nun auf einem Ochsen ritt. Es war ein seltsamer Anblick: Der Reiter auf seinem gehörnten Tier voraus, dicht gefolgt von staubigen, abgerissenen Gestalten, von denen einige mehr tot aussahen als lebendig. Die Vorstellung von frischem, lebensspendendem Wasser jedoch verlieh ihnen ungeahnte Kräfte.

Ein bizarrer Wettlauf setzte ein, und plötzlich hielt auch Conn es nicht mehr aus. »Kommt, Pater«, raunte er Berengar zu, und im nächsten Moment eilten auch sie im Laufschritt den Hügel hinauf. Auf der anderen Seite fiel das Gelände steil ab und mündete in eine schmale Schlucht, an deren Ende es tatsächlich eine Wasserstelle gab. Ruhig und spiegelglatt lag sie da und schien nur darauf zu warten, den brennenden Durst der Kreuzfahrer zu stillen.

Schon hatten die ersten sie erreicht und warfen sich am Ufer zu Boden, formten mit zitternden Händen behelfsmäßige Gefäße oder benutzten ihre Helme dazu, das rettende Nass zu schöpfen. Auch der Ochsenritter hatte sich bereits niedergelassen und trank in gierigen Schlucken. In dem Moment jedoch, als auch Conn und Berengar den Teich erreichten und sich im allgemeinen Gedränge einen Platz suchen wollten, verfiel der Ritter in lautes Kreischen. Würgend und spuckend fuhr er zurück, auf die Mitte des Pfuhls deutend. Auch andere Soldaten, die bereits getrunken hatten, schrien erschrocken auf und prallten zurück – und Conn sah, was der Grund für die plötzliche Aufregung war.

Mitten im Teich, dort, wo die Oberfläche das Tageslicht spiegelte und man den Grund deshalb kaum sehen konnte, lagen die Kadaver mehrerer halb verwester Tiere im Wasser!

»Gift! Gift!«, brüllte jemand. »Die Heiden haben die Wasserstelle vergiftet!«

Conn und Berengar wichen zurück. Der anfängliche Jubel war jäh verstummt, Schreie der Wut und der Enttäuschung waren zu hören, in die sich das Würgen jener mischte, die in ihrer Not von dem verdorbenen Wasser getrunken hatten und sich nun übergaben, hoffend, dass sie daran nicht zugrundegehen würden.

Dann breitete sich beklommenes Schweigen aus – und mit ihm die bittere Erkenntnis, dass es auch an diesem Tag nichts zu trinken geben würde. Und der Marsch durch das öde, trostlose Land war längst nicht zu Ende.

9.

Das Tier schien kein bestimmtes Ziel zu haben.

Auf seinen acht Beinen kroch es über den sandigen Boden, wandte sich bald hierhin und bald dorthin auf der Suche nach Beute. Die beiden Scheren waren halb geöffnet, der Giftstachel am Ende des nach vorn gebogenen Schwanzes bereit zum Stich. In seiner Welt mochte es ein erbarmungsloser Jäger sein.

Hier war es das Opfer.

Eine Stiefelsohle fiel herab und zerquetschte das Tier, bewegte sich so lange hin und her, bis eine zähe Flüssigkeit hervorquoll, die langsam im Sand versickerte.

»Skorpione«, knurrte Guillaume de Rein. »Wie ich sie hasse.«

»Dies Land ist verflucht«, zischte Renald de Rein. Erschöpft vom langen Marsch des Tages ließ sich der Baron auf den Hocker niedersinken, den seine Diener im Zelt aufgestellt hatten. »Vor zwei Wochen haben wir Dorylaeum als glorreiche Sieger verlassen, und nun sieh, was aus uns geworden ist. Die Hitze quält uns, Hunger und Durst geißeln uns wie eine Seuche!«

»Ihr sagt das, als ob ich daran Schuld trüge, Vater«, entgegnete Guillaume, während er mit vor Ekel herabgezogenen Mundwinkeln die Reste des Skorpions von seinem Stiefel zu entfernen suchte.

»Und?« Renald rollte angriffslustig mit den vom Staub entzündeten Augen. Seine fleischigen Gesichtszüge waren von der Sonne verbrannt. »Ist das etwa nicht so? Wessen Einfall war es, sich diesem Unternehmen anzuschließen?«

»Macht Euren Sohn nicht für etwas verantwortlich, für das er nichts kann«, drang eine dünne, krächzende Stimme aus dem abgetrennten Schlafraum des Zeltes. Der Vorhang wurde beiseitegeschlagen, und Eleanor de Rein erschien. Infolge der Entbehrungen und Anstrengungen der Reise war sie noch hagerer geworden. Ihre einstmals so blasse Haut, die sich direkt über den Gesichtsknochen und den tief liegenden Augen spannte, hatte unter dem Einfluss von Hitze und Trockenheit die Farbe von Pergament angenommen.

Renald streifte sie mit einem Seitenblick. »Du sprichst mit mir, meine Gemahlin? Welch unerwartetes Privileg!«

In der Tat wechselten sie kaum noch Worte. Seit ihrer Abreise aus England beschränkte sich Eleanor darauf, der Dienerschaft Anweisungen zu erteilen und sich mit ihrem Sohn zu unterhalten, mit dem sie seit London noch viel mehr teilte als nur das gleiche Blut. Ein Bündnis war zwischen ihnen entstanden, das Renald ausschloss und ihm das Gefühl gab, in seinem eigenen Zelt ein Fremder zu sein.

»Ihr sollt wissen, dass weder Guillaume noch diese Unternehmung der Grund dafür ist, dass wir darben«, ergriff sie einmal mehr für ihren Sohn Partei. »Vielmehr sind es diese elenden Ungläubigen, die ihr eigenes Land in eine Ödnis verwandeln, um uns zu schaden.«

»In der Tat«, stimmte de Rein mit vor Sarkasmus triefender Stimme zu. »Wer konnte auch damit rechnen, dass sie Widerstand leisten würden? Ich habe in vielen Kriegen gekämpft – zuerst gegen die Angelsachsen, dann gegen die Briten und schließlich gegen die Pikten. Und keiner von ihnen hat seinen angestammten Boden freiwillig hergegeben.«

»Ihr solltet nicht darüber spotten, Vater«, sagte Guillaume, nachdem er seine Bemühungen, die Reste des Skorpions loszuwerden, zu einem einigermaßen zufriedenstellenden Ergebnis gebracht hatte. »Ihr seid in dieser Ödnis ebenso gefangen wie wir.«

»So ist es«, bestätigte de Rein grimmig, »und das verdanke ich dir. Hättest du es nicht so eilig damit gehabt, dich bei dem verfluchten Brandstifter anzubiedern...«

»Ihr wisst, dass dies Unsinn ist«, fiel Eleanor ihm ins Wort. »Ihr solltet nicht Guillaume für etwas zürnen, an dem er keine Schuld trägt.«

»Das ist wahr.« Wutentbrannt schoss de Rein von seinem Hocker hoch und funkelte seine Gattin wütend an. »Stattdessen sollte ich dir zürnen, mein teures Weib, denn du bist es gewesen, die mit Flambard paktiert hat. Du trägst Schuld daran, dass wir fauliges Wasser saufen und Echsen, Würmer und Ratten fressen, um nicht elend zu verrecken!«

Eleanors Miene verriet keine Regung, so als wäre sie aus Stein gemeißelt. »Nicht mehr lange«, war alles, was sie erwiderte.

»Natürlich, ich vergaß«, tönte Renald und rollte abermals mit den Augen. »Euer großartiger Plan! Warum, in aller Welt, wurde er noch immer nicht in die Tat umgesetzt? Hat euch der Mut verlassen?«

»Dafür gibt es viele Gründe«, beschied Eleanor ihm ebenso lakonisch wie rätselhaft, was ihn nur noch wütender machte. »Die passende Gelegenheit hat sich noch nicht ergeben.«

»Unsinn. Während der Schlacht hätte es unzählige Gelegenheiten gegeben, einen Speer oder einen scheinbar verirrten Pfeil so ins Ziel zu lenken, dass er das schmutzige Werk verrichtet – aber dazu«, fügte er an Guillaume gewandt hinzu, »hätte man Manns genug sein müssen, an vorderster Front zu kämpfen.«

»Was wollt Ihr damit sagen, Vater?«

»Das weißt du sehr genau. Wie jeder andere meiner Gefolgsmänner hast du einen feierlichen Eid geleistet, mir zu dienen. Wo aber bist du gewesen, als während der Schlacht mein Pferd getroffen wurde und unter mir zusammenbrach?«

»Dort, wo auch Eure anderen Ritter waren – im erbitterten Kampf gegen die Muselmanen.«

»Du hast mich feige im Stich gelassen«, schnaubte Renald unbeirrt, »und hätte es nicht jenen fremden Streiter gegeben, der mir unversehens zur Hilfe kam, wäre ich an jenem Tag getötet worden. Aber vermutlich wäre das euren Plänen nicht einmal ungelegen gekommen.«

»Vater!«, ereiferte sich Guillaume.

»Ihr geht in Euren Mutmaßungen zu weit, mein Gemahl«, war auch Eleanor überzeugt. Ihre Stimme klirrte vor Kälte.

»Tatsächlich?« Renald fuhr mit der Zunge über seine von der Trockenheit spröden Lippen. »Womöglich ist es ja der nagende Hunger, der mich dazu treibt, oder der brennende Durst.«

Guillaume schnaubte. In England hatte es gute Gründe dafür gegeben, die Vorhaltungen seines Vaters widerspruchslos über sich ergehen zu lassen – aber nicht hier. Die Unterstützung seiner Mutter und das Wissen um den geheimen Bund, dem er sich angeschlossen hatte und von dessen Existenz sein Vater nichts wusste, beflügelten ihn. »Ich bin kein Feigling, Vater, und das werdet Ihr schon sehr bald merken, wenn ich über Euch stehe und auf Euch herabblicke.«

»Du?« Renald musterte ihn mit unverhohlener Geringschätzung. »Ausgeschlossen. Denn Macht verlangt nach Mut und Verantwortungsgefühl – Eigenschaften, die du von jeher entbehrst. Andernfalls hättest du vor Dorylaeum an der Seite deines Lehnsherrn gefochten, statt dich in der hintersten Schlachtreihe zu verstecken. Jener andere Kämpfer hingegen, der sich dem angreifenden Muselmanen entgegenstellte und mich vor dem sicheren Tod bewahrte, vereinte in sich all diese Eigenschaften.«

»Habt Ihr ihm deshalb Euren goldenen Ring geschenkt?«, fragte Guillaume spitz und voller Eifersucht.

»In der Tat. Und vielleicht hätte ich ihm auch noch den Rest meines Besitzes vermachen sollen, denn er wäre seiner allemal würdiger als du.«

»Renald!«, rief Eleanor entrüstet.

»Es ist die Wahrheit«, beharrte der Baron. »Ich habe einst große Hoffnungen in dich gesetzt, Guillaume, als meinen Nachkommen und Erben. Aber in diesen Tagen sehe ich, was ich für ein Narr gewesen bin, wenn schon ein gemeiner Soldat mehr Edelmut im Herzen hat, als du jemals besitzen wirst.«

»Warum liegt Euch so viel daran, mich zu erniedrigen, Vater?«, fragte Guillaume mit nur mühsam zurückgehaltenem Zorn. Dass der Baron einen hergelaufenen Gemeinen seinem eigenen Sohn vorzog, machte ihn rasend vor Wut und Eifersucht.

»Ich habe dich nicht erniedrigt. Das hast du ganz allein getan, zusammen mit deiner Mutter«, fügte er an Eleanor gewandt hinzu. »Eure Falschheit und euer Ehrgeiz haben uns hierhergebracht und dafür gesorgt, dass wir Kaktusnadeln kauen und unsere eigene Pisse saufen. Eine schlimmere Erniedrigung kann ich mir nicht vorstellen.«

»Und wenn schon!«, begehrte Guillaume auf, so laut, dass es vermutlich auch außerhalb des Zeltes zu hören war, aber er scherte sich nicht darum. Er hatte es satt, sich all die Vorwürfe, die Herabsetzungen und Beleidigungen anzuhören, an denen es seinem Vater niemals zu gebrechen schien. »Glaubt Ihr nicht, dass unsere Ziele diese Opfer wert sind? Mir werft Ihr vor, feige und mutlos zu sein, dabei seid Ihr es selbst, der die Strapazen scheut und sich fortwährend beschwert.«

»Sei vorsichtig, was du sagst«, zischte de Rein.

»Das war ich lange genug, aber ich werde nicht länger schweigen und Eure Ungerechtigkeit ertragen. Wäre es Euer Ansinnen gewesen, sich an diesem Feldzug zu beteiligen, würdet Ihr die Entbehrungen widerspruchslos hinnehmen. So aber leugnet Ihr selbst die Erfolge, die wir errungen haben.«

»Was für Erfolge?«

»Trotz aller Strapazen geht der Vormarsch nach Süden rasch vonstatten, und unser Sieg vor Dorylaeum scheint auf die Türken einen solch tiefen Eindruck hinterlassen zu haben, dass sie vor uns die Flucht ergreifen und sich seither nicht ein einziges Mal zum Kampf gestellt haben.«

»Das brauchen sie nicht. Das Land führt den Krieg für sie.«

Guillaume holte keuchend Luft und suchte nach weiteren Argumenten, aber es fielen ihm keine ein. Wie leid er es war, sich vor seinem Vater zu rechtfertigen! In seiner ohnmächtigen Wut ruckte seine Hand kaum merklich in Richtung des Dolchs an seinem Gürtel – dem Baron jedoch blieb die Bewegung nicht verborgen.

»Nur zu«, forderte er ihn auf, erhob sich von seinem Hocker und trat auf Guillaume zu. »Gib mir einen Grund, meine Klinge zu ziehen – ich schwöre, dass ich nicht zögern werde, es zu tun.«

»Nein!« Mit einem entsetzten Ausruf stürzte Eleanor aus dem Nebenraum und stellte sich vor ihren Sohn, die Arme schützend ausgebreitet. »Seid Ihr von Sinnen? Renald, ich beschwöre Euch!«

De Rein, dessen Hand zwar auf dem Schwertgriff lag, der jedoch keine Anstalten unternommen hatte, die Waffe zu zücken, lachte leise. »Ist das deine Vorstellung von Tapferkeit, Guillaume? Dich wie ein Säugling im Schoß der Mutter zu verkriechen?« Er schüttelte den Kopf. »Geh mir aus den Augen.«

Es wurde still im Zelt.

Schweigend standen sie einander gegenüber, Mutter und Sohn auf der einen, der Baron auf der anderen Seite. Wut, Verachtung, Hass und Furcht ballten sich unter dem Zelt wie ein Ungewitter an einem schwülen Sommertag, das sich durch fernen Donner angekündigt hatte und nun reif war, sich zu entladen.

Aber es kam nicht dazu.

Abrupt wandte sich Guillaume ab und stürzte aus dem Zelt.

Er wusste selbst nicht, ob es taktische Erwägung war, die ihn flüchten ließ, oder die Furcht vor der Konfrontation, nur eines war ihm klar: dass er weg wollte von diesem Mann, aus dessen übermächtigem Schatten er sich einfach nicht lösen konnte.

Zu Beginn des Feldzugs waren die Verhältnisse noch klar gewesen: Guillaume und seine Mutter hielten das Heft des Handelns in den Händen, während der Baron zur willenlosen Spielfigur verkommen war. Doch dies hatte sich geändert. Mit derselben Mischung aus Rücksichtslosigkeit und Loyalität, die ihn schon in England zu einem wohlhabenden Mann gemacht hatte, war er wiederum dabei, sich die Gunst der Fürsten zu erschleichen, besonders jene des Italiers Bohemund – und Guillaume merkte, wie ihm die eben erst gewonnene Kontrolle bereits wieder zu entgleiten drohte.

Mit hastigen Schritten eilte er durch das nächtliche Lager. Abgerissene Gestalten kauerten um die Feuer, die mit leeren Blicken in die Flammen starrten. Viele Gemeine, aber auch manche Edle nächtigten unter freiem Himmel, weil sie ihre Zelte entweder gegen Proviant eingetauscht hatten oder zu schwach waren, sie zu errichten. Mangel und Entbehrung herrschten, wohin das Auge blickte. Auf einem Karren, dessen Zugochse wie ein lebender Kadaver erschien, kauerte eine weinende Frau. Vermutlich hatte sie ihr Kind verloren, wie so viele andere auf dem Zug. Warum, fragte sich Guillaume mitleidlos, hatten sie ihre Bälger auch nicht zu Hause gelassen?

Sein Ziel war das Zelt von Eustace de Privas.

Noch immer sah er in dem Edelmann aus der Provence, der der Bruderschaft der Suchenden vorstand, einen Rivalen. Doch in Anbetracht des überstrengen Vaters war Eustace für ihn auch das geworden, was einem Freund am nächsten kam.

Das Zelt war nicht zu verfehlen. Nicht nur, weil es ein prächtiges Gebilde war, um dessen Annehmlichkeit Eustace beneidet wurde, sondern auch, weil es ein wenig abseits des Lagers stand. Bewaffnete Vasallen umlagerten es, grimmig starrten sie in das umgebende Dunkel.

»Halt!«, rief einer der Wächter, als Guillaume sich näherte, dabei senkte er seinen Speer. »Keinen Schritt weiter!«

»Was soll das?«, fuhr Guillaume den Mann an. »Weißt du nicht, wer vor dir steht?«

Dem tumben Augenpaar, das unter dem Nasalhelm hervorstierte, war die Verunsicherung anzumerken. »Nein«, gestand der Wächter kleinlaut, seine Stellung jedoch behauptete er tapfer.

Guillaume straffte sich, dann nannte er Namen und Titel und genoss es zu sehen, dass der Posten zusammenzuckte wie ein geprügelter Hund. Der Mann verbeugte sich, dann gab er den Weg frei, das Haupt noch immer demütig gesenkt.

»In Zukunft«, zischte Guillaume, während er ihn passierte, »solltest du deine Augen besser aufmachen, Tölpel. Sonst könnte es sein, dass sie dir ausgestochen werden.«

Unter dem Baldachin hindurch trat er in die Vorkammer des Zeltes, die durch schwere Vorhänge vom Hauptraum getrennt war. Eustaces Knappe wartete dort, der den Besucher jedoch erkannte und ihn ungehindert passieren ließ.

Warmer Lichtschein drang Guillaume entgegen, der von mehreren Öllampen rührte. In der Mitte des länglichen Zeltes war ein Tisch aufgestellt, an dem de Privas und einige andere provenzalische Ritter saßen, allesamt Mitglieder der Bruderschaft. Sie alle hatten mit Fleisch gefüllte Teller und Kelche mit Wein vor sich stehen, während anderswo im Lager gehungert wurde. Der Geheimbund, das hatte Guillaume längst festgestellt, sorgte gut für jene, die sich seiner Sache verschrieben hatten.

»Ah«, machte Eustace, der am Ende der Tafel saß und eine halb abgenagte Keule in der Hand hielt, »unser normannischer Freund ist hier. Was führt Euch zu Euren Waffenbrüdern, mein guter Guillaume? Habt Ihr wieder Ärger mit Eurem Vater?«

Guillaume antwortete nicht. Wortlos nahm er an der Tafel Platz, griff nach einem großen Brocken Fleisch und biss davon ab. Er kaute ihn kaum, sondern spülte ihn mit einem tiefen Schluck Wein hinunter.

»Das bedeutet wohl ja«, bemerkte Eustace trocken. Das schulterlange schwarze Haar des Provenzalen glänzte, der Kinnbart war wie immer säuberlich gepflegt, selbst an einem Ort wie diesem. »Was ist geschehen? Hat der Baron einen weiteren Teil Eures Erbes an hergelaufenen Pöbel verschenkt?«

»Schlimmer noch«, erklärte Guillaume kauend. Das Fleisch, das er wütend hinunterschlang, sorgte für ein wärmendes Gefühl in seinem Magen, und er beruhigte sich ein wenig. »Der Baron hält mich für einen Feigling, für einen nichtswürdigen Versager!«

Die übrigen Ritter bekundeten lautstark ihre Ablehnung. Zwei von ihnen, Landri und Huidemar mit Namen, sprangen wütend auf. »Das ist ein Affront«, fasste Eustace ihre wütende Reaktion in Worte, »ein Angriff auf uns alle – denn wir hätten Euch sicher nicht in unsere Reihen aufgenommen, werter Guillaume, wenn Euer Vater recht hätte. Die Zeit wird kommen, da er seinen Irrtum begreift.«

»Hoffentlich«, knurrte Guillaume.

»Bis dahin«, fuhr der Anführer der Bruderschaft fort, »müsst Ihr Euch noch gedulden, mein Freund – übrigens auch, was den Ring Eures Vaters betrifft, den Ihr zurückhaben wollt. Leider ist es meinen Leuten bislang noch nicht gelungen, diesen Angelsachsen ausfindig zu machen. Das Lager ist groß, und ein Name allein ist nicht gerade viel, wenn es darum geht, jemanden zu finden.«

»Das verstehe ich. Ich danke Euch dennoch für Eure Bemühungen, Bruder.«

»Nehmt stattdessen diesen Ring«, fügte der Provenzale hinzu und pflückte ein Schmuckstück von seinen eigenen Fingern, das er Guillaume zuwarf. »Betrachtet ihn als Trost sowie als Zeichen unserer Wertschätzung.«

Guillaume betrachtete das Kleinod. Es war kunstvoll gearbeitet und mit fremdartigen Mustern versehen, die den orientalischen Ursprung verrieten. »Woher stammt dieser Ring?«

»Von einem Muselmanen, der auf dem Weg nach Edessa

war und den Fehler beging, den Weg unseres geschätzten Waffenbruders Landri zu kreuzen«, verriet Eustace prompt, worauf seine Anhänger in lautes Gelächter verfielen. »Er braucht ihn nicht mehr.«

»Ich danke Euch«, sagte Guillaume, steckte sich das Schmuckstück an und betrachtete es eitel.

»Wisst Ihr, wie uns der Araber genannt hat, als er im Sand verendete?«, fragte der Ritter namens Landri beifallheischend in die Runde. »Er nannte uns *tafura*.«

»Und was bedeutet das?«, wollte ein anderer wissen.

Landri lächelte, Stolz funkelte in seinen Augen. »Es bedeutet soviel wie ›wild‹ oder ›ungezähmt‹«, erklärte er dann voller Genugtuung. »Das bedeutet wohl, dass diese verdammten Heiden anfangen, uns zu fürchten.«

Die anderen Ritter lachten schallend, und Guillaume schloss sich ihnen an. Dabei wünschte er sich, dass sein Vater ihn jetzt sehen könnte, unter Gleichgesinnten sitzend, jungen Männern von edler Herkunft, die ihn anerkannten und respektierten und seine ehrgeizigen Pläne teilten, anstatt sie zu verlachen.

Plötzlich jedoch merkte er, dass etwas nicht stimmte.

Das wohlig warme Gefühl, das seinen Magen eben noch gefüllt hatte, war nicht mehr da. Stattdessen hatte Guillaume das Gefühl, eine mit winzigen Stacheln versehene Metallkugel im Bauch zu haben – das Fleisch, das er nur halb zerkaut hinabgeschlungen, und den Wein, den er gedankenlos darübergeschüttet hatte.

Er merkte, wie die noch unverdaute Speise nach Ausgang verlangte, und einen quälenden Augenblick lang versuchte er, sie seinem inneren Drang zum Trotz bei sich zu behalten.

Dann schoss er in die Höhe, stürzte aus dem Zelt und übergab sich.

10.

Kilikien
August 1097

Die Lage entlang der anatolischen Küste hatte sich im Lauf des Sommers weiter zugespitzt.

Zwar hatten sich die Kampfhandlungen zwischen Türken und Byzantinern nach Norden verlagert, wo erbittert um den Besitz der kleinasiatischen Inseln und der Stadt Ephesus gerungen wurde; jedoch hatte sich ein Pirat mit Namen Guynemer aus Bologne die unsichere Lage zunutze gemacht. Mit einer kleinen Flotte von Schiffen verbreitete er Angst und Schrecken im östlichen Meer, was zur Folge hatte, dass auch weiterhin Handelssegler und Kauffahrer aus Furcht vor Kaperung die Küsten Lykiens und Pamphyliens ansteuerten. Entsprechend viele Schiffe waren es, die in der Bucht von Attalia vor Anker lagen und deren Ladung darauf wartete, auf dem Landweg an ihren eigentlichen Bestimmungsort gebracht zu werden – und entsprechend schwierig gestaltete es sich, Lasttiere aufzutreiben und Anschluss an eine Karawane zu finden.

Die Pferde- und Kamelhändler der Stadt hatten, ebenso wie die Träger und Treiber, die Zeichen der Zeit erkannt und verlangten Preise, die an Wucher grenzten. So kostete es den wieder genesenen Isaac Ben Salomon nicht nur einige Tage eingehender Suche, sondern auch ein kleines Vermögen, zwei Maultiere zu erwerben, die seine Tochter und ihn tragen würden, und einen Esel zum Transport von Wasser und Proviant. Und gegen eine weitere, nicht unbeträchtliche Summe Geldes gestattete man ihnen, sich einer syrischen Karawane anzuschließen, die mit ihren Waren zunächst nach Tarsus und dann weiter nach Damaskus wollte.

Um dieses Ziel zu erreichen, gab es grundsätzlich zwei Wege – zum einen jenen gefährlichen Pfad, der an der von Räuberbanden verseuchten Küste entlangführte, zum anderen die alte Handelsstraße, die sich nördlich des Taurusgebirges durch das anatolische Hochland wand. Dort jedoch herrschte Krieg.

Die Kreuzfahrer, so wusste man inzwischen, hatten Nicaea eingenommen und das Heer des Sultans vor Dorylaeum geschlagen; nun waren die Eroberer auf dem Weg nach Süden und nahmen dabei genau jene Route, auf der auch Karawanen zu reisen pflegten. Doch da die Truppen des Sultans auf ihrem Rückzug durch Anatolien nichts als verwüstetes Land hinterließen, um den Eindringlingen das Vorankommen zu erschweren, gehörte nicht viel dazu, sich auszumalen, was geschehen würde, wenn eine schwer beladene Karawane, noch dazu im Besitz muslimischer Kaufleute, auf die sicher ausgehungerten und von Mangel gezeichneten Kreuzfahrer stieß.

Die Syrer entschieden daher, ihr Glück lieber mit den Räubern entlang der Küste zu versuchen. Eine Gruppe armenischer Söldner, die die Karawane begleitete, sollte etwaige Angreifer abschrecken, und zumindest zu Beginn der Reise ging diese Rechnung auf.

Unbehelligt zog die Karawane mit ihren Packpferden und Kamelen, ihren Eseln und Maultieren an der Küste entlang nach Osten, die glitzernde Weite des Meeres zur Rechten und die steilen Hänge des Taurus zur Linken. Aufgrund der schlechteren Beschaffenheit des Weges kam man langsamer voran, als es unter günstigen Voraussetzungen auf der Handelsstraße der Fall gewesen wäre, aber nach einer knappen

Woche erreichte die Karawane Side, nach weiteren sechs Tagen Coracesium. Der rege Verkehr, der infolge der politischen Ereignisse auf der Küstenroute herrschte, hielt Wegelagerer und anderes Gesindel fern, und so ging die Reise zügig vonstatten, wie Chaya, die einmal mehr als Diener verkleidet reiste, mit Erleichterung zur Kenntnis nahm. Ihr Vater allerdings traute dem Frieden nicht.

Zwar hatte sich Isaac auf den ersten Blick trefflich von seinem Fieber erholt; wann immer er sich jedoch unbeobachtet wähnte, sank seine schlanke Gestalt, die ob der Entbehrungen noch hagerer geworden war, im Sattel zusammen. Kauernd hockte er dann auf seinem Maultier, ein Zerrbild des Mannes, zu dem Chaya einst aufgeblickt und den sie für seine Willensstärke bewundert hatte, und das machte ihr Angst. Nicht nur, weil der Lebenswille ihres Vaters geschwunden zu sein schien, sondern auch wegen der Bürde, die er trug und die sie nun, da sie das Geheimnis des Buches kannte, unwillkürlich teilte. Um diese Ängste kreisten ihre Gedanken beinahe unaufhörlich, während der alte Isaac stumm neben ihr herritt.

»Vater?«, brach sie irgendwann das Schweigen. Es war später Nachmittag, und sie passierten eine schmale Landzunge, die hinaus ins türkisblaue Meer griff, das sich am Horizont scharf vom Himmel abhob. Die Hitze des Tages hatte bereits nachgelassen. Die Schatten, die ihnen vorauseilten, wurden länger, und eine frische salzige Brise wehte vom Wasser landeinwärts.

»Ja, mein Kind?« Er richtete sich ein wenig im Sattel auf.

»Hast du das geheime Buch je gelesen?«, fragte Chaya so offen und unvermittelt, dass sie fast selbst darüber erschrak. »Kennst du seinen Inhalt?«

Der alte Isaac zuckte zusammen. Verstohlen blickte er nach beiden Seiten und vergewisserte sich, dass die armenischen Kämpfer, die den Zug begleiteten, nichts mitbekommen hatten. »Sprich leiser, ich bitte dich«, sagte er dann. »Unsere muslimischen Freunde mögen behaupten, unsere

Sprache nicht zu verstehen, aber man kann niemals ganz sicher sein.«

»Geht das Buch denn auch sie etwas an?«, fragte Chaya erstaunt.

»Was in diesem Buch geschrieben steht, geht jedes Geschöpf auf Erden etwas an, das Volk Israel jedoch in besonderer Weise. Warum erkundigst du dich danach?«

»Weil ich mich bereits die ganze Zeit über frage, ob du weißt, wofür du ... wofür wir unser Leben wagen«, gab Chaya zur Antwort. Natürlich entsprach das nicht ganz der Wahrheit – sie hatte das Gespräch auf das Buch gebracht, weil sie das Schweigen nicht mehr ausgehalten hatte und über die Dinge sprechen wollte, die sie beschäftigten. Und weil ihre Schuldgefühle größer wurden, je länger sie ihren Vater unter seiner Verantwortung leiden sah. Würde sie ihm seine Bürde erleichtern, wenn sie ihm gestand, dass auch sie das Geheimnis der Schriftrolle kannte? Oder würde sie ihm zu all den Sorgen, die ihn bereits plagten, noch eine weitere aufbürden?

»Sei versichert, dass ich das sehr wohl weiß, mein Kind«, beschied er ihr nickend, und in seinem Gesicht, das im Schatten des Burnus lag, spiegelte sich etwas wider, das sie gut kannte: das Bewusstsein menschlicher Ohnmacht vor den göttlichen Mysterien.

»Was also werden wir tun, wenn wir Antiochia erreichen?«, fragte sie.

»Wir werden das Buch an Ezra übergeben. Auch ihn hat mein Vater zum Träger ernannt. Er wird wissen, was weiter zu geschehen hat.«

»Und wir?«

Isaac schaute sie an. »Warum fragst du?«

»Nun, unsere Geldmittel sind beinahe aufgezehrt, nicht wahr? Die Behandlungen durch den alexandrinischen Arzt haben den einen Teil unserer Ersparnisse verschlungen, die Reisevorbereitungen den anderen. Was also werden wir tun, wenn wir das Buch übergeben haben? Im Land der Väter bleiben?«

»Wie gerne würde ich das, denn davon träumt jeder treue Sohn Jakobs«, erwiderte Isaac nachdenklich. »Aber dort ist kein Friede, Chaya. Die Welt ist in Aufruhr, in Furcht versetzt von den Fanatikern, die unter dem Banner des Kreuzes ritten. Schon sind die ersten Städte des Morgenlandes gefallen. Wie viele weitere werden folgen? Wird es den Kreuzfahrern tatsächlich gelingen, ins Gelobte Land vorzustoßen, an die Geburtsstätte ihres und unseres Glaubens?«

»Was denkst du, Vater?«

»Ich weiß es nicht, Chaya. Aber die Geschichte ist voller unvorhersehbarer Wendungen. Wer vermag zu sagen, was der Herr für uns alle plant? Nur eines ist gewiss: Das Buch von Ascalon darf nicht in falsche Hände gelangen, weder jetzt noch später – sonst ist die Welt verloren.«

Chaya nickte nachdenklich. Unter dem Eindruck des späten Tages, dessen Licht sich allmählich einzufärben begann und das Meer in goldenen Schein tauchte, überfiel sie tiefe Melancholie. Zum ungezählten Mal dachte sie an das, was der alte Isaac im Fieber gesagt hatte – dass das Weltgericht bevorstünde und das Buch der Schlüssel dazu sei. Inzwischen kannte sie das Geheimnis, und wenn sie auch nicht alles verstanden hatte, so war ihr doch offenbar geworden, dass ihr Vater selbst unter dem Einfluss des hohen Fiebers keinesfalls übertrieben hatte.

»Besteht überhaupt noch Hoffnung?«, stellte sie leise die Frage, die sie insgeheim beschäftigte und die im Grunde hinter allen anderen Sorgen stand.

Sie hatte fast erwartet, dass ihr Vater der Frage ausweichen und sich in beredtes Schweigen hüllen würde, aber das war nicht der Fall. »Hoffnung besteht immer, mein Kind«, sagte er zu Chayas Verblüffung. »So jedenfalls habe ich selbst es erfahren.«

»Inwiefern, Vater?«

Isaac schickte ihr einen unmöglich zu deutenden Blick. »Als wir Köln verließen, war ich voller Furcht und Zweifel.

Dem Versprechen folgend, das ich gegeben hatte, musste ich alles hinter mir lassen, doch meine Tochter widersetzte sich meinem Willen. Statt meinem Entschluss zu folgen, begleitete sie mich auf meiner Fahrt ins Ungewisse, und ich gestehe, dass ich darüber mit Gott haderte. Inzwischen jedoch habe ich erkannt, dass er mir in seiner unendlichen Güte und Weisheit einen Begleiter geschickt hat, wie ich ihn mir treuer und besser nicht wünschen könnte.«

»Einen Begleiter?« Chaya brauchte einen Moment, um zu begreifen, dass sie selbst gemeint war. »Dann bist du froh, dass ich hier bin?«

»Nein, meine Tochter.« Er schüttelte den Kopf. »Viel lieber hätte ich dich in Frieden leben sehen, einen jungen Mann heiraten und mit ihm eine Familie gründen, sodass ich mich an meinen Enkeln und Urenkeln hätte erfreuen können. Dies war der Plan, den ich für dich gefasst hatte. Ich habe selbst dann noch daran festgehalten, als die Zeichen der Zeit sich längst geändert hatten – dabei hätte der Tod deiner Mutter mir klarmachen müssen, wie ausgeliefert wir alle dem Schicksal sind und wie abhängig vom Wohlwollen des Herrn. Deshalb – und nur deshalb – halte ich an meiner Mission fest, so verloren sie mir auch erscheinen mag. Gott ist mit uns, Chaya, sonst hätte ich das Fieber nicht bezwingen können. Und je eingehender ich darüber nachdenke, desto überzeugter bin ich, dass er auch dir den Weg gewiesen hat.«

Chaya horchte auf. »Du glaubst, es war meine Bestimmung, dich zu begleiten?«

Isaac erwiderte nichts. Das Lächeln, das über seine ausgezehrten Züge huschte, war Antwort genug.

»Aber wenn du so fühlst, Vater, wenn du der Ansicht bist, dass es Gottes Wille ist, dass ich hier bin, warum weihst du mich dann nicht in das Geheimnis ein? Ich könnte dir helfen, die Bürde zu tragen, und deine Sorgen mit dir teilen.«

»Nicht in diesem Fall, meine Tochter.« Isaac seufzte. »Manche Furcht pflegt sich zu halbieren, wird sie mit jemandem geteilt – diese jedoch würde sich nur verdoppeln. Du würdest ebenso schwer daran tragen wie ich, und das möchte ich dir ersparen.«

»Ich weiß, Vater. Aber...« Chaya biss sich auf die von der Trockenheit rissigen Lippen, suchte nach passenden Worten. Für einen Moment hatte sie gehofft, die Situation zu ihren Gunsten beeinflussen und ihren Vater dazu bringen zu können, ihr das Geheimnis von sich aus zu offenbaren. Doch die ohnehin nur flüchtige Gelegenheit schien bereits wieder verstrichen.

»Gibt es etwas, das du mir zu sagen hast, mein Kind?« Isaac blickte ihr dabei prüfend ins Gesicht.

Chaya schluckte so heftig, dass es in ihrer trockenen Kehle schmerzte. Sollte sie ihrem Vater die Wahrheit sagen?

Ahnte er womöglich bereits etwas?

Hatte sie sich verraten?

Für einen kurzen Augenblick war sie dazu bereit – dann kamen ihr Zweifel und sie wollte die Anerkennung, die ihr Vater ihr soeben hatte zuteilwerden lassen, nicht gleich wieder zunichte machen.

»Nein«, erwiderte sie deshalb kopfschüttelnd. »Was sollte ich dir wohl zu sagen haben?«

11.

Iconium
16. August 1097

Ein Wunder.

Für die meisten Kreuzfahrer stand fest, dass es nichts anderes als ein göttliches Wunder gewesen sein konnte, das den Kreuzfahrern zu Hilfe gekommen war und sie nach sechs Wochen entbehrungsreichen Marsches durch sengende Hitze und lebloses Land gerettet hatte.

Conn sah die Dinge nüchterner, aber auch er kam nicht umhin, erleichtert zu sein, dass die mörderischen Entbehrungen zumindest vorerst ein Ende hatten. Die Kreuzfahrer hatten Iconium erreicht, die alte Stadt im anatolischen Hochland, die den Seldschuken als Zentrum ihrer Macht diente. Deshalb hatten die entkräfteten, von Hunger und Durst gezeichneten Streiter Christi geglaubt, einen blutigen Kampf um den Besitz der Stadt austragen zu müssen – doch diese Annahme hatte sich als falsch erwiesen.

Die Kunde von ihren Siegen bei Nicaea und Dorylaeum war den Kreuzfahrern vorausgeeilt, und so hatte die türkische Garnison die Stadt bereits verlassen, während ihre Bewohner – zum größten Teil armenische Christen – ihre Glaubensbrüder als Befreier willkommen hießen und ihnen bereitwillig die Tore öffneten.

Der Triumph war vollkommen, ohne dass auch nur ein einziger Pfeil abgeschossen oder eine Klinge gekreuzt worden war. Entsprechend groß war der Freudentaumel, in den die Angehörigen des Kreuzfahrerheeres daraufhin verfielen. Überall in den Lagern loderten Feuer, über denen Fleisch gebraten wurde. Bereitwillig hatten die Einwohner von Iconium ihr Vieh geschlachtet und ihre Vorratslager geöffnet, um die ausgehungerten Kreuzfahrer zu versorgen. Die gedrückte Stimmung, die zuletzt wie ein Leichentuch über dem Zug gelegen hatte, schlug innerhalb von nur zwei Tagen in Euphorie um.

Die Prediger, die die Unternehmung begleiteten und während der letzten Wochen zunächst immer leiser geworden und schließlich ganz verstummt waren, ergriffen wieder das Wort und hielten flammende Ansprachen; hier und dort waren sogar Flötenklang und Gesang zu hören, und der Wein, der von freigebigen Iconiern aus langen Schläuchen ausgeschenkt wurde, trug sein Übriges dazu bei, eine Stimmung zu erzeugen, die jene von Rouen noch übertraf. Zwar betrauerte man die Toten, die auf der langen Wegstrecke zurückgeblieben waren und deren Zahl in die Hunderte ging; aber es überwog die Freude, selbst mit dem Leben davongekommen zu sein. Man war überzeugter denn je, mit dem Segen des Allmächtigen zu reisen, der die Kreuzfahrer hart geprüft, sie jedoch für wert befunden hatte, die heiligen Stätten zu befreien.

Auch Conn hatte dem Wein zugesprochen, wenn auch nur mit einigen Schlucken, die auf seinen jeder Flüssigkeit entwöhnten Körper jedoch verheerende Wirkung hatten. Ziellos trat er zwischen Feuern und Zelten umher, die für ihn alle gleich aussahen, und er gestand sich widerstrebend ein, dass er sich im Lager verlaufen hatte. Nirgendwo sah er mehr ein bekanntes Gesicht, von Berengar und den Lothringern, deren Gesellschaft er kurz verlassen hatte, um sich am Rand des Lagers zu erleichtern, keine Spur.

Wohin Conn auch schaute, sah er ausgemergelte, aber glückliche Gesichter, lachend, singend, lallend, das Leben feiernd, das ihnen so unvermittelt wieder geschenkt worden war. Jemand packte ihn am Arm und drehte ihn herum. Ein betrunkener Franke, der einen Krug in den Händen hielt, prostete ihm zu, eine junge Frau sandte ihm auffordernde Blicke, ein Armenier bot ihm großzügig Wein an.

Conn winkte dankend ab und wankte weiter, um seine Suche nach Berengar und den anderen fortzusetzen. Da er keine Ahnung hatte, wohin er sich wenden musste, schlug er jeweils die Richtung ein, die ihm passend erschien – und hatte das Gefühl, sich immer noch tiefer im Labyrinth des nächtlichen Lagers zu verlieren. Lachende Mienen, heiserer Gesang, bratendes Fleisch über lodernden Feuern... Wie feindliche Geschosse prasselten die Eindrücke auf ihn ein und hämmerten gegen seinen Schädel. Verwirrt drehte er sich im Kreis und suchte nach einer Orientierung, nach etwas, woran seine Sinne sich festhalten konnten – als jemand seinen Namen rief.

»Conwulf?«

Er hielt inne und wandte sich um.

Vor ihm stand jemand, dessen Gesicht er nicht sehen konnte, weil er mit dem Rücken zum Feuer stand und nur seine Umrisse zu erkennen waren. »Bist du Conwulf?«

»J-ja«, bestätigte Conn. »Wer ...?«

Er kam nicht dazu, die Frage auszusprechen. Ein harter Fausthieb traf ihn ins Gesicht. Er hörte seinen Unterkiefer knacken und merkte, wie die Beine unter seinem Körper nachgaben. Er fand sich auf dem sandigen Boden wieder, der Schatten über ihm, so dicht, dass Conn seinen fauligen Atem riechen konnte.

»Du hast etwas, das uns gehört, Conwulf«, zischte er.

»Nämlich?«, brachte Conn mühsam hervor, während er gleichzeitig versuchte, den Kerl abzuschütteln, was ihm allerdings nicht gelang. Zwei weitere Gestalten hielten ihn an Armen und Beinen fest.

»Frag nicht so dämlich«, fuhr der Schatten ihn an, und eine Klinge blitzte im Feuerschein. »Rück den Ring heraus, oder ich stopfe dir dieses Messer bis zum Heft in den Schlund, hast du verstanden?«

Conn verstand durchaus, aber er war nicht gewillt nachzugeben. Wieder versuchte er, sich zu wehren – vergeblich.

»Also, was ist jetzt? Gibst du uns das verdammte Ding freiwillig, oder muss ich dir zuerst die Kehle durchschneiden?«

Conn fühlte verstärkten Druck an seinem Hals und zweifelte nicht daran, dass der Schemen seine Drohung wahrmachen würde. Tod und Sterben waren in diesen Tagen so alltäglich geworden, dass sich niemand darum scheren würde, wenn ein junger Angelsachse mit durchschnittener Kehle aufgefunden würde. Conn hatte keine Ahnung, woher der Kerl von dem Ring wusste, den der normannische Ritter ihm zum Dank gegeben und den er in den Saum seines Rocks eingenäht hatte, um ihn zu verbergen. Mehrmals hatte er in den letzten Tagen erwogen, das Gold gegen ein Stück Brot einzutauschen, es jedoch nicht getan – nur um jetzt dafür kaltblütig ermordet zu werden!

Ob dieser Ironie des Schicksals konnte er nicht anders, als sein Gesicht zu einem bitteren Grinsen zu verziehen.

»Was gibt's da zu grinsen, hä?«, herrschte der Schatten ihn an und verstärkte den Druck hinter der Klinge, sodass Conn kaum noch zu atmen wagte. »Ich schlitz dich auf wie ein Schwein, wenn du nicht…«

Weiter kam er nicht.

Ein dumpfer Schlag war zu hören, und der Körper des Gesichtslosen verkrampfte sich. Dann kippte er zur Seite, und seine beiden Helfer sprangen auf und ergriffen die Flucht.

Conn, der nicht verstand, was geschah, merkte, wie sich sein Bewusstsein eintrübte – und kurz bevor sich der Schleier über ihn senkte, sah er über sich ein bekanntes Gesicht.

Baldric.

»Conwulf? Conwulf!«

Als Conn die Augen aufschlug, lag er auf einem kargen Lager in einem Zelt, das von flackerndem Schein beleuchtet wurde, und für einen Moment hatte er das Gefühl, dies schon einmal erlebt zu haben.

Den verzweifelten Kampf um das Überleben.

Die Rettung im letzten Augenblick.

Die tiefe Bewusstlosigkeit.

Und Baldric.

Hätte man ihm noch vor einem Jahr gesagt, dass er sich einmal über die Gesellschaft eines Normannen freuen würde, hätte er vermutlich nur gelacht. Nun jedoch ertappte er sich dabei, dass sein Herz einen Freudensprung machte, als er die narbigen, so vertrauten Züge seines Herrn und Mentors erkannte, dessen einzelnes Auge prüfend auf ihn herabblickte.

»Dich zu retten wird mir allmählich zur schlechten Gewohnheit, Junge«, brummte der Ritter, obwohl ihm die Erleichterung deutlich anzusehen war. »Wie fühlst du dich?«

Conn wollte nicken, aber ein schneidender Schmerz an seiner Kehle hinderte ihn daran. Er befühlte seinen Hals und stellte fest, dass er einen Verband trug. Die Klinge des Schattens hatte bereits seine Haut durchdrungen. »Ich bin am Leben«, krächzte er leise, »dank Euch.«

»Damit stehst du doppelt in Gottes Schuld«, entgegnete Baldric.

»Aber wie konntet Ihr wissen …?«

»Dass du noch am Leben bist?«, unterbrach ihn der Normanne, um ihm das Sprechen zu ersparen. »Wo du zu finden warst?«

»Mhm.«

»Ich wusste es nicht. Als du in jener Nacht auf dem Schiff nicht zurückkehrtest, da schien mir offenkundig, dass du über Bord gegangen warst. Obschon alles dagegen sprach, betete ich täglich zum Herrn, er möge dich bewahren. Unterdessen setzten wir unseren Weg fort und nahmen den Kampf gegen die Muselmanen auf. Wir waren dabei, als Nicaea fiel, und fochten bei Dorylaeum, und wir durchwanderten die Wüste wie einst das Volk Israel. Die Hoffnung, dich jemals wiederzusehen, hatten wir fast schon aufgegeben – als wir von einem jungen Angelsachsen erfuhren, der sich in der Schlacht von Dorylaeum angeblich durch besondere Tapferkeit ausgezeichnet hatte.«

»Und da habt ihr an mich gedacht?«

»Natürlich – wie viele starrsinnige Angelsachsen, die dumm genug sind, in vorderster Reihe zu kämpfen, gibt es wohl auf diesem Feldzug?«, fragte jemand. Der Eingang des Zeltes wurde beiseitegeschlagen, und zwei weitere vertraute Gestalten traten an Conns Lager und schauten grinsend auf ihn herab.

»Bertrand! Remy!« Conn musste ebenfalls lächeln. »Wie ich mich freue, euch zu sehen!«

»Ich freue mich auch, mein unbedarfter Freund«, feixte Bertrand. »Schon weil mir deine dummen Fragen gefehlt haben.«

»Hör nicht auf ihn«, brummte Remy in seltener Redseligkeit. »Er ist nur froh, wieder jemanden zu haben, den sein ständiges Gerede nicht in den Wahnsinn treibt.«

»Und ich dachte schon, ihr wärt nicht mehr am Leben.«

»Dasselbe dachten wir von dir«, versicherte Bertrand. »Unser guter Remy hier war schon ganz verzweifelt deswegen.«

»Du redest Unsinn«, widersprach der Hüne. »Wie immer.«

Trotz der schmerzenden Wunde an seinem Hals musste Conn lachen. Er richtete sich auf seiner Decke auf und erzählte so knapp er es vermochte, was ihm seit jener stürmischen Nacht auf dem *salandrium* widerfahren war. Zu Beginn unterbrach Bertrand ihn gelegentlich, um einige erläuternde Bemerkungen anzubringen, aber je weiter Conn in seinem Bericht fortschritt, desto seltener wurden die Einwürfe und desto größer das Erstaunen der drei Normannen.

»Ich sehe«, meinte Baldric, nachdem Conn seinen Bericht beendet hatte, »die Sorgen, die ich mir deinetwegen gemacht habe, sind unnötig gewesen. Du hast die Lektionen, die ich dir erteilt habe, gut gelernt.«

»Und noch ein paar mehr«, fügte Conn in Erinnerung an die blutige Schlacht und den sich anschließenden entbehrungsreichen Marsch hinzu. »Aber wie konntet ihr mich am Ende finden? Ich habe seit Dorylaeum nach euch gesucht, aber...«

»Wir waren oft als Kundschafter eingesetzt und deshalb nicht im Lager«, erklärte Baldric. »Was die Suche nach dir betrifft, so hat uns wohl der Allmächtige selbst geholfen – in Gestalt eines seiner ergebenen Diener.«

Als wäre dies das Stichwort, wurde der Zelteingang abermals beiseitegeschlagen und kein anderer als Berengar trat ein, den Conn als allerletzten erwartet hätte. »Pater?«, fragte er ungläubig. »Aber...«

»Gottes Wege sind wahrhaft unergründlich, mein junger Freund«, entgegnete der Mönch. »Wie viele Streiter Christi kam auch Herr Baldric zu mir, auf dass ich seine Seele von Ballast befreie. Auf diese Weise erfuhr ich von Dingen, die ich aus deinem Mund bereits gehört hatte, und begann zu ahnen, dass ein Zusammenhang bestehen musste. Und so ergab eins das andere.«

»Dennoch wären wir beinah zu spät gekommen, denn der Franzose war drauf und dran, dir die Kehle durchzuschneiden«, fügte Bertrand grinsend hinzu.

Conn nickte, als hätte er alles verstanden – in Wahrheit konnte er kaum fassen, dass das Schicksal ihm nach all den Fährnissen ein solches Geschenk gemacht und ihn wieder mit den Gefährten zusammengeführt hatte, die allesamt wohlauf waren. Er ertappte sich dabei, dass er dem Schöpfer dafür dankte – jenem Schöpfer, von dem er früher stets angenommen hatte, dass er sich nur um die Belange der Großen und Mächtigen kümmere.

»Nicht nur lautere Herzen tummeln sich im Heer des Herrn«, knurrte Baldric missmutig. »Du musst vorsichtig sein, wenn du des Nachts das Lager durchstreifst.«

»Ich weiß«, versicherte Conn und rieb sich den brummenden Schädel – dass er betrunken gewesen war und sich verlaufen hatte, behielt er geflissentlich für sich.

»Allerdings«, fuhr Baldric fort und wurde plötzlich ernst, »gibt es da eine Sache, die weitaus weniger leicht aus der Welt zu schaffen ist als ein hergelaufener Wegelagerer.«

»Ja?«, fragte Conn erstaunt.

»Als Pater Berengar sein Schweigen brach und mir von einem jungen Angelsachsen erzählte, der dem, den ich verloren glaubte, auf verblüffende Weise ähnelte, da sagte er, dass sich dieser Conwulf nenne *des Baldrics Sohn*...«

Conn fuhr innerlich zusammen. Infolge der Wiedersehensfreude hatte er an seine Notlüge gar nicht mehr gedacht. Seinem dröhnenden Schädel zum Trotz sprang er auf und sank vor Baldric auf die Knie. »Verzeiht, Herr. Ich wollte Euch weder beleidigen noch Euren Namen beschmutzen, das müsst Ihr mir glauben.«

»Das glaube ich dir gern, Junge, und ich würde auch niemals annehmen, dass du Schande über mich bringen wolltest. Nach allem, was ich gehört habe, dürfte vielmehr das Gegenteil der Fall gewesen sein. Dennoch hast du dich ungefragt meines Namens bedient und dir meinen Rang angemaßt, und das, Conwulf, ist ein ernsthaftes Vergehen, zumal für jemanden deines Standes und deiner Herkunft.«

»Ich weiß, Herr.« Reue erfüllte Conn plötzlich, nicht so sehr, weil er sich etwas angeeignet hatte, das ihm nicht gehörte – das hatte er auch früher schon getan. Sondern weil er das Gefühl hatte, Baldric enttäuscht zu haben.

Zögernd blickte er an dem Normannen empor, der sich vor ihm aufgebaut hatte, die Arme vor der Brust verschränkt, während das eine Auge streng auf Conn herabblickte. Auch aus den Gesichtern Bertrands und Remys schien jede Freude gewichen zu sein.

»Es tut mir leid, Herr«, beteuerte Conn, der seine eben erst wiedergefundenen Freunde nicht gleich wieder um einer dummen Lüge willen verlieren wollte.

»Ich glaube dir, Conwulf«, versicherte Baldric, »aber die Schwere des Vergehens wird dadurch nicht aus der Welt geschafft. Ein Diener, der von sich behauptet, ein Edler zu sein, ist eine Beleidigung für den Ritterstand, und ich nehme an, dass der Fürstenrat eine angemessene Bestrafung für dich fordern wird.

Es sei denn«, fügte er nach einer kurzen Pause hinzu, »deine freche Behauptung entspräche den Tatsachen.«

»Was?«, fragte Conn verwirrt.

»Pater Berengar«, wandte sich Baldric an den Mönch, »ich möchte, dass Ihr als ergebener Diener von Gottes Reich auf Erden Folgendes bezeugt. Und auch euch, meine Getreuen«, sagte er an Bertrand und Remy gerichtet, »nehme ich als Zeugen dafür, dass ich vom heutigen Tage an Conwulf von London, genannt Conn, an Sohnes statt als meinen rechtmäßigen Nachkommen und Erben annehme, mit allen Rechten und allen Pflichten, die damit verbunden sind. Vorausgesetzt, er stimmt meiner Absicht zu.«

Hätte man Conn gesagt, dass Wasser und Himmel über Nacht vertauscht worden seien und die Fische jetzt durch die Lüfte flögen, seine Verblüffung hätte nicht größer sein können. Eben noch war er voller Schuldgefühle und hatte Angst, Herrn Baldric enttäuscht zu haben – und nun bot ihm dieser an, ihn als seinen Sohn anzunehmen!

Seine Verwunderung war ihm wohl anzusehen, denn Bertrand konnte sich eine spöttische Bemerkung nicht verkneifen. »Was denn? Hast du wirklich gedacht, der gute Baldric ließe dich bestrafen? Nachdem er dem Herrn auf den Knien dafür gedankt hat, dass du noch lebst?«

»Offen gestanden weiß ich nicht, was ich denken soll«, sagte Conn. »Warum tut Ihr das?«

»Weil ich mehr in dir sehe als du selbst«, antwortete Baldric.

»Aber Ihr ... Ihr wisst doch kaum etwas über mich, Herr! Ich bin nur ein Dieb, ein ...«

»Was du einst warst, ist nicht mehr von Belang«, belehrte Baldric ihn. »Wir alle, die wir uns auf diesen Feldzug begeben haben, haben unser altes Leben hinter uns gelassen. Du brauchst nur zuzustimmen, das genügt. Vorausgesetzt natürlich, der Name eines Ritters, dem wenig mehr geblieben ist als das, was er am Leibe trägt, ist dir gut genug.«

Conn überlegte. Zum zweiten Mal war dieser eigenwillige Normanne dabei, sein Leben zu verändern und ihn zu etwas zu zwingen, das er eigentlich nicht wollte. Er musste an London denken, an die Spelunke, in der er zu sich gekommen war, und an den Handel, den Baldric ihm aufgenötigt hatte – und er ertappte sich dabei, dass er trotz aller Strapazen, die er durchlitten, und trotz aller Schrecken, die er erlebt hatte, dafür dankbar war.

In England hatte Conn alles verloren und nichts mehr zu gewinnen gehabt. Baldric jedoch hatte ihm eine Welt gezeigt, die größer und freier war. Und war es nicht genau das gewesen, was er Nia versprochen hatte, als sie in seinen Armen starb? Plötzlich wurde Conn bewusst, wie weit das alles hinter ihm lag, und zum dritten Mal in seinem Leben hatte er das Gefühl, dass der Atem Gottes ihn zumindest für einen kurzen Augenblick berührte.

Seinem angeschlagenen Zustand zum Trotz kam er wankend auf die Beine und blickte seinem Herrn und Mentor tief in das eine Auge. »Ich gehöre Euch längst, Herr«, sagte er nur.

Baldric lächelte. Dann streckte er die rechte Hand aus und legte sie auf Conns linke Schulter. »Vor dem Allmächtigen und den hier anwesenden Zeugen nehme ich dich, Conwulf, an Sohnes statt an. Mein Blut ist nun auch dein Blut, mein Name auch der deine.«

»Danke, Herr«, flüsterte Conn.

»Dann besiegle ich die Adoption hiermit als Gottes bescheidener Diener und Zeuge«, fügte Berengar hinzu, »*in nomine patris et filii et spiritūs sancti.*«

Die Anwesenden bekreuzigten sich, und Baldric nickte Conn

in fast väterlichem Stolz zu. Der Gedanke, dass er nun zumindest dem Namen nach zum Normannen geworden war, kam Conn nur ganz am Rande in den Sinn, und er erschrak noch nicht einmal darüber. Während des langen Marsches hatte Conn Ritter aus den Reihen der angeblich so edlen Provenzalen verzweifeln und wie Knaben greinen sehen, dafür aber Normannen, die ihren Leuten auch in höchster Not zur Seite gestanden und ihnen Mut zugesprochen hatten. Nicht die Herkunft, sondern allein die Taten eines Mannes entschieden über seinen Wert. Die alten Vorurteile waren nicht länger von Bestand, und Conn begriff, dass er in dieser Nacht mehr gefunden hatte, als ihm je verloren gegangen war.

Nämlich den Vater, den er nie gehabt hatte.

12.

Ebene von Tarsus
September 1097

Das Land war wild und weit, und im orangeroten Licht des späten Tages schien es zu glühen.

Nach Norden hin wurde die Ebene von steil aufragenden Felsen begrenzt, deren Gestein die Farbe von Blut angenommen hatte. Riesigen steinernen Wächtern gleich schienen sie jene schmale Pforte zu hüten, die das zerklüftete Hochland Kilikiens mit dem Meer verband, das weit im Süden als ferner Dunst zu erahnen war.

Conn atmete innerlich auf.

Nach der schrecklichen Trockenheit und Dürre des Hochlands tat es gut, wieder Büsche und Bäume zu sehen, auch wenn sie karg und anders geformt waren als zu Hause. In der warmen Luft glaubte er einen Hauch von salziger Frische zu spüren, sodass die Müdigkeit ein wenig von ihm abfiel und seine Knochen trotz des langen Ritts nicht mehr ganz so schmerzten.

»Also wirklich«, meinte Bertrand, der neben ihm im Sattel saß und die Strapazen weitaus besser wegsteckte. Sein Helm hing am Kinnriemen am Sattelknauf, sein wirres dunkles Haar flatterte im Abendwind und umrahmte sein breites Grinsen. »Für einen Angelsachsen, der gleichsam über Nacht zum Normannen wurde, sitzt du inzwischen gar nicht schlecht auf dem Gaul.«

»Findest du? Ich komme mir eher vor wie ein Ochse beim Eiertanz.«

»Ein schöner Vergleich«, lachte Bertrand, »zumal ein Ochse von Eiern ebenso wenig Ahnung haben dürfte wie ein Angelsachse vom Reiten.«

»Lass ihn in Ruhe, Bertrand«, mahnte Baldric, der sein schnaubendes Ross an Conns andere Seite lenkte. »Einen Gebirgspass auf dem Rücken eines Pferdes zu bezwingen ist immer eine Herausforderung. Conwulf hat seine Sache mehr als gut gemacht.«

»Danke«, zeigte sich Conn für das Lob erkenntlich – anerkennende Worte kamen seinem einstigen Herrn, der unversehens zu seinem Adoptivvater geworden war, ohnehin nur selten über die Lippen.

»Aber du musst deine Haltung im Sattel verbessern«, fügte Baldric hinzu, wobei sein einzelnes Auge Conn kritisch taxierte. »Sitz aufrecht und nimm die Schultern zurück. Oder soll Bertrand etwa doch noch Recht bekommen?«

Trotz seiner schmerzenden Knochen und des schweren Kettenhemdes, das seine Schultern nach unten zog, straffte sich Conn augenblicklich, was Bertrand einen weiteren Schwall gackernden Gelächters entlockte. Baldric nickte grimmig, gab seinem Pferd die Sporen und schloss wieder zur Spitze des unter seinem Kommando stehenden Spähtrupps auf, zu dessen einundzwanzig Mann auch Conn, Bertrand, Remy und Berengar gehörten.

Conn unterdrückte eine Verwünschung. Den Namen eines normannischen Ritters zu tragen war eine Sache – seine Rüstung zu tragen noch einmal etwas ganz anderes. Bislang hatte er stets zu Fuß gekämpft und folglich nur kurzes, bis zu den Oberschenkeln reichendes Rüstzeug zu tragen gehabt. Wenn Conn auf dem Pferd saß, bestand Baldric jedoch darauf, dass auch er das lange Kettenhemd eines normannischen *miles* trug, das bis zu den Knien reichte und an Vorder- und Rückseite geschlitzt war, um das Sitzen im Sattel zu erleichtern.

Zusammen mit dem gepolsterten Untergewand, das die Franken *gambeson* nannten, und dem schweren, mit Nasenschutz versehenen Spangenhelm bot diese Rüstung zwar den denkbar besten Schutz gegen feindliche Schwerthiebe und Pfeile, die aus dem Hinterhalt abgeschossen wurden; jedoch zahlte man bei glühender Hitze und anstrengenden Aufstiegen für diese Sicherheit einen hohen Preis.

»Bereust du es schon, der Sohn unseres Herrn Baldric geworden zu sein?«, erkundigte sich Bertrand, der einen leichteren Plattenpanzer byzantinischer Bauart trug. Infolge des entbehrungsreichen Marsches durch Kappadokien und des Scharmützels mit den Türken, in das die Kreuzfahrer bei Herakleia verwickelt worden waren, bestand kein Mangel an Rüstungen und Waffen, die neue Besitzer suchten – ein halbwegs brauchbares Schwert war für fünf oder sechs Silberstücke zu bekommen, ein Schild schon für drei. »Dabei bist du selbst schuld. Hättest du wie unser guter Vater Berengar den weltlichen Dingen entsagt, wäre es dir erlaubt, mit leichterem Gepäck zu reisen.«

»Das ist ein Irrtum, mein Freund«, rief der Mönch, der zusammen mit Remy hinter ihnen ritt und jedes Wort gehört hatte. »Meine Kutte mag weniger wiegen als eine Rüstung, dafür trage ich die Bürde schwerer Verantwortung.«

»Tatsächlich?« Bertrand drehte sich im Sattel um. Seine kleinen Schweinsäuglein blitzen dabei listig. »Und was für eine Verantwortung, lieber Pater, sollte das sein? Meint Ihr etwa Eure Sprachkenntnisse im Kauderwelsch der Muselmanen, derentwegen man Euch diesem Erkundungstrupp zugesellt hat?«

»Mitnichten, Freund«, entgegnete der Mönch mit mildem Lächeln, »gleichwohl ich zugestehe, dass ich die Zungen des Ostens leidlich beherrsche, nicht nur jene der Türken, sondern auch die der Syrer und Juden. Freilich nur als Gottes bescheidener Diener.«

»Freilich«, bestätigte Bertrand feixend.

»Die Verantwortung, von der ich spreche, besteht darin, über verwirrte Seelen zu wachen und sie vor dem Untergang zu bewahren.«

»Wessen Seelen meint Ihr?« Wissbegierig, fast angriffslustig reckte Bertrand das Kinn vor. »Etwa unsere?«

»Nun«, konterte der Benediktiner gelassen, »es wäre nicht das erste Mal, dass Kämpfer, die das Kreuz genommen haben, den Pfad der Tugend verlassen, oder?«

Das, wusste Conn, war nur zu wahr, selbst Bertrand konnte nicht widersprechen. Der lange Marsch und die bestandenen Kämpfe hatten eine hohe Zahl von Opfern gefordert, daran hatten auch die ruhigen Tage von Iconium nichts ändern können. Nicht nur die Zahl der Kreuzfahrer war gemindert worden, sondern auch ihre Moral. Viele, die sich dem Unternehmen in frommer Begeisterung angeschlossen hatten, waren ernüchtert aus ihrem Traum erwacht und hatten feststellen müssen, dass sie nicht nur sich selbst, sondern oft auch ihre Familien, ihre Frauen und Kinder in den sicheren Tod geführt hatten. Manche waren daran verzweifelt und hatten den Verstand verloren, andere waren mehr denn je in religiösem Eifer entbrannt und hatten sich geheimen Bündnissen angeschlossen. Wieder andere schienen alle Ideale in den Weiten der anatolischen Steppe verloren zu haben und nahmen nur noch am Feldzug teil, um sich selbst zu genügen. Plündernd fielen sie über den Feind her und bereicherten sich mit weltlichen Gütern, wenn das Himmelreich ihnen schon verschlossen schien.

Und nicht nur die einfachen Kämpfer und niederen Ritter zweifelten, sondern auch jene, die den Oberbefehl über diese größte aller christlichen Unternehmungen führten. »Schließt nicht vom Teil auf das große Ganze, Pater«, belehrte Bertrand ihn säuerlich. »Ein Fisch beliebt stets zuvorderst am Kopf zu stinken, dann erst am Schwanz.«

»Tankred ist Normanne wie Ihr, oder nicht?«, wandte Berengar ein.

»Das ist wahr – ein Sohn des guten Odo und ein Enkel Robert Guiscards, dessen hitziges Gemüt er geerbt zu haben scheint.«

»Dann teilt Ihr seine Auffassung also nicht? Ihr seid nicht der Ansicht, dass wir den Weg durch die *porta cilicia* wählen sollten?«

Conn verstand weniger von Politik als seine beiden wackeren Mitstreiter, aber er wusste, dass diese Frage im Mittelpunkt des Zwists stand, der im Fürstenrat entflammt war.

Nachdem man in Iconium Kraft geschöpft hatte, war man gen Osten weitergezogen. Bei Herakleia war es erneut zu einem Zusammentreffen mit dem muselmanischen Feind gekommen, den man nach einem ebenso kurzen wie heftigen Gefecht jedoch wiederum vertrieben hatte, und man war weiter bis Tyana marschiert. Von dort aus jedoch boten sich zwei Möglichkeiten, um vom Hochland hinab nach Syrien vorzustoßen: Zum einen der direkte Weg, der über die Ausläufer des Taurus und durch eine schmale Schlucht führte, die weithin als die »kilikische Pforte« bekannt war, da sie den Zugang nach Kilikien und zur Stadt Tarsus öffnete, die in der Geschichte der Apostel als die Geburtsstätte des Heiligen Paulus genannt wurde; zum anderen bot sich die Marschroute über das weit im Nordosten gelegene Caesarea an, die zwar einen beträchtlichen Umweg bedeutete, die schwer zugänglichen Pässe jedoch mied und durch das überwiegend von Christen bevölkerte armenische Bergland führte, wo man nicht mit Widerstand zu rechnen hatte. Über Marash würde man in das Tal des Orontes gelangen und brauchte dem Fluss dann nur noch zu folgen, um Antiochia zu erreichen, das nächste große Ziel des Feldzugs.

Die Meinung darüber, welche Richtung man einschlagen sollte, war unter den Anführern geteilt. Während die meisten Franken, allen voran Godefroy de Bouillon und Raymond de Toulouse, im Hinblick auf die bereits erlittenen Verluste dem weiteren, aber größere Sicherheit versprechenden Weg den Vorzug gaben, sprachen sich andere, unter ihnen Godefroys Bruder Baldwin de Boulogne und der ehrgeizige Normanne Tankred, vehement dafür aus, den direkten Weg nach Süden zu nehmen, ganz gleich, wie hoch die Verluste auch sein mochten. Zwar war es ein offenes Geheimnis, dass beide weniger den Erfolg der Unternehmung als vielmehr ihren eigenen Vorteil im Blick hatten und die reiche Beute, die die kilikischen Städte versprachen, auf sie einen größeren Reiz ausübte als die Aussicht auf ihr Seelenheil, doch war beider Einfluss und ihr Rückhalt unter ihren Rittern zu bedeutend, als dass sie einfach hätten übergangen werden können. Folglich war man übereingekommen, einen Spähtrupp auszusenden, der die kilikische Pforte erkunden und dem Fürstenrat berichten sollte. Kein anderer als der erfahrene Baldric war ausgewählt worden, diese Reiterschar anzuführen. Was die Späher allerdings vorgefunden hatten, war mehr als ernüchternd gewesen.

»Niemand, der bei Verstand ist, kann die *porta cilicia* ernsthaft in Erwägung ziehen«, mischte Conn sich in den Wortwechsel der beiden Freunde ein. »Die Schlucht mit dem Hauptheer zu durchqueren würde bedeuten, es völlig zu entblößen. Der Feind bräuchte sich nur in den Bergen zu verstecken und uns zu erwarten.«

»Nanu?«, fragte Bertrand und musterte ihn in gespieltem Erstaunen. »Sollte sich unter diesem Helm und diesem strohfarbenen Haar tatsächlich etwas Verstand verbergen?«

»Denkt Ihr anders darüber, Bertrand?«, wollte Berengar wissen.

»Mitnichten, Pater«, erwiderte der Normanne mit dem alten Grinsen. »Der Weisheit, die aus den Worten unseres angelsächsischen Freundes sprach, habe ich nichts hinzuzufügen. Und ich denke, dass es auch genau das ist, was unser Herr Baldric den Fürsten ber...«

Plötzlich waren von der Spitze des Trupps laute Rufe zu vernehmen. Conn und seine Gefährten tauschten fragende Blicke, dann gaben sie ihren Tieren die Sporen und schlossen zu Baldric auf, vornweg die beiden Normannen, dann Conn und schließlich der Mönch, der ein mageres, aber zähes Maultier ritt.

»Was gibt es?«, wollte Conn wissen, als er sein Tier neben Baldric zügelte. Von dem Hügelkamm aus, auf dem sie Halt gemacht hatten, konnte man das angrenzende Tal überblicken. Es wurde von einem schmalen Fluss durchzogen sowie von einer Straße, die dem Lauf des Wassers folgte. Verstreute Büsche und Bäume säumten die Straße, hohe Zypressen und gedrungene Kiefern, die seltsam geformte Schatten warfen – und in diesen Schatten wälzte sich eine Karawane über das steinerne Band der Straße: Kamele und Esel, die schwer beladen waren, dazu Reiter auf Pferden und Maultieren, die wie ein Schwarm Hornissen um den Zug schwirrten.

Da die meisten der Reiter mit langen, wehenden Mänteln bekleidet waren und Tücher um ihre Köpfe trugen, erkannte Conn nicht sofort, was sich dort unten abspielte. Als der Wind jedoch Schreie herauftrug und man im gleißenden Sonnenlicht Waffen blitzen sah, da wurde es nur zu offensichtlich.

»Das ist ein Überfall!«, rief Conn aus, während er sehen konnte, wie einer der Reiter kopfüber aus dem Sattel stürzte. Seine weiße Robe war rot gefleckt von Blut.

»Gott stehe diesen armen Seelen bei«, murmelte Berengar und bekreuzigte sich.

»Was sollen wir tun?«, fragte Conn aufgeregt und riss sein Schwert heraus. Seine Unruhe übertrug sich auf sein Pferd, das schnaubend hin und her tänzelte. »Ihnen zu Hilfe kommen?«

»Ich weiß nicht.« Bertrand, der dem Treiben ungerührt zuschaute, rieb sich das bärtige Kinn. »Eigentlich ist es eine schöne Abwechslung, den Muselmanen einmal dabei zuzusehen, wie sie sich gegenseitig umbringen.«

»Ist das dein Ernst?«, fragte Conn. Soeben fielen einige der Angreifer über eine Schar von Kameltreibern her, die nur mit ihren Stöcken bewaffnet waren und ihnen nichts entgegenzusetzen hatten. Einer nach dem anderen fiel unter den Schwerthieben der Räuber, grässliche Schreie erklangen. »Baldric! Was sollen wir tun?«

Der Anführer des Trupps antwortete nicht. Mit unbewegten Gesichtszügen saß er im Sattel, den Blick starr auf das Massaker gerichtet, das sich vor ihnen abspielte. Aber Conn hatte nicht den Eindruck, dass sein Ziehvater tatsächlich sah, was dort unten vor sich ging. Vielmehr schien das eine Auge Baldrics in eine andere Zeit zu blicken, in ferne Vergangenheit.

»Verzeiht, Herr, wenn ich Eure Gedanken störe«, ließ Berengar sich vernehmen. »Ich will nicht in Abrede stellen, dass wir fremd sind in diesem Land und die Heiden unsere Feinde – doch sollten wir nicht unterscheiden zwischen denen, die Waffen tragen und uns bekämpfen, und denen, die friedfertiger Gesinnung sind? Vergesst nicht, dass Räuber wie diese auch friedliche Christenpilger angegriffen haben.«

Es war, als würde Baldric aus einem Traum erwachen. Er fuhr hoch, der Blick seines Auges kehrte ins Hier und Jetzt zurück. »Ihr habt recht«, sagte er nur – und gab den Befehl zum Angriff.

Ein Ruck durchlief die Reihen der Reiter, dann sprengten sie den Abhang hinab, Baldric voraus, dicht gefolgt von Conn und den anderen. Die Lanzen, an denen das Kreuzbanner flatterte, wurden angelegt, sodass eine Phalanx tödlicher Eisenspitzen auf die Räuber zuflog – und sie schon kurz darauf ereilte.

Einer der Angreifer, ein baumlanger Kerl, der sich in eine dunkle Robe gehüllt und bis zur Unkenntlichkeit vermummt hatte, verfiel in heiseres Gebrüll, als er die Kreuzfahrer heranjagen sah. Dann wurde er von Baldrics Lanze durchbohrt.

Mit der Wucht eines Orkans fuhren die Kämpfer des Spähtrupps in den Pulk der Räuber und trieben ihn auseinander. Hufschlag dröhnte, Pferde wieherten, Lanzen splitterten und gellende Schreie erklangen, als Kreuzfahrer und Räuber aufeinandertrafen. Einige der Vermummten ergriffen sofort die Flucht. Andere setzten ihr Mordhandwerk fort, noch immer darauf aus, rasche Beute zu machen. Wieder andere stellten sich zum Kampf. Staub stieg auf, und ein wildes Handgemenge entbrannte, in dem Conn Mühe hatte, sich zurechtzufinden.

Den Schild am Arm und das Schwert in der Hand, dirigierte er sein Pferd mit den Schenkeln, was ihm mehr schlecht als recht gelang – und sah sich unvermittelt einem Feind gegenüber. Der Mann war vermummt wie die anderen, nur seine Augen waren zu sehen, aus denen kalte Mordlust blitzte. »Grünschnabel«, brüllte er Conn entgegen, »hast du es so eilig mit dem Sterben?«

Conn kam nicht dazu, sich darüber zu wundern, dass der andere Französisch sprach, denn schon hieb der Vermummte auf ihn ein. Conn riss den linken Arm mit dem Schild nach oben und spürte die Erschütterung, als die Klinge des Angreifers darauf traf. Er führte sein Schwert in einem engen Bogen und wollte zum Gegenangriff übergehen, aber sein Gegner war im Sattel weit geschickter und hatte sich bereits außer Reichweite gebracht. Schnaubend drehte sich sein Pferd auf der Hinterhand herum, und Conn sah sich auf der anderen, ungeschützten Seite einer wilden Attacke ausgesetzt.

Er parierte den Schwertstreich mit der eigenen Klinge, versuchte den Gegner zurückzudrängen, der sein Tier eng an das seine herangebracht hatte. Ein wilder Schlagabtausch entbrannte, bei dem jeder dem anderen einen Vorteil abzuringen suchte. Die Klingen trafen dabei nur selten aufeinander, es war ein wüstes Hauen und Stoßen, das jener Eleganz, die Conn bei den seldschukischen Kriegern vor Dorylaeum ausgemacht hatte, völlig entbehrte. Wieder flog der Stahl seines Gegners heran, und Conn duckte sich im Sattel, um dem Hieb zu entgehen, jedoch etwas zu spät. Die Klinge traf seinen Helm und fegte ihn vom Kopf, sodass dieser nun ungeschützt war. Der Vermummte ließ höhnisches Gelächter vernehmen und wollte ein zweites Mal zuschlagen, doch Conn reagierte, indem er mit der Schildhand nach dem Zügel griff und sein Pferd dazu brachte, sich aufzubäumen.

Wiehernd stieg der Hengst in die Höhe und schlug mit den Vorderhufen, woraufhin der Angreifer ausweichen musste. Verschreckt trieb er sein eigenes Tier zurück, um den Hufen zu entgehen, aber das Pferd kam ins Straucheln und ging nieder.

Mit einer Verwünschung kippte der Vermummte aus dem Sattel und fand sich auf dem Boden wieder. Das weite Gewand, das er trug, hinderte ihn daran, sogleich wieder aufzuspringen und sich zu verteidigen. Conn nutzte die Chance. Als der Räuber wieder auf die Beine kam, stand Conn bereits vor ihm, die Klinge zum Stoß erhoben. Der Vermummte versuchte noch, seinen Schild zu heben, aber zu spät – Conns Klinge fuhr in seine Eingeweide. Der Mann verharrte wie versteinert, der Blick seiner Augen trübte sich. Dann kippte er rücklings zu Boden, wo er seinen letzten Atemzug tat.

Conn stand über ihm, schwer atmend und am ganzen Leib bebend. Ihm war klar, wie knapp und wie wenig glanzvoll sein Sieg gewesen war. Aber wenn er eines auf diesem Feldzug gelernt hatte, dann dass am Ende nur das Überleben zählte.

Der Kampf war entschieden.

Die Vermummten hatten entweder die Flucht ergriffen oder lagen erschlagen in ihrem Blut. Auch unter den Treibern und den Wachleuten der Karawane hatte es Opfer gegeben, die Kaufleute selbst hingegen schienen weitgehend unverletzt zu sein. Von den Kreuzfahrern hatte nur ein einziger das Gefecht mit dem Leben bezahlt, die übrigen waren mit mehr oder minder leichten Blessuren davongekommen, so wie Baldric, an dessen Schläfe ein dünner Blutfaden herabrann.

»Alles in Ordnung?«, erkundigte er sich vom Rücken seines Pferdes aus, das er vor Conn zügelte. Auch Bertrand und Berengar, der sich während des Kampfes im Hintergrund gehalten hatte, kamen herbei.

Conn blickte auf die blutige Klinge in seiner Hand und auf den leblos vor ihm liegenden Gegner. »Ich denke ja«, antwortete er, dann trat er auf den Gefallenen zu und löste das Tuch um seinen Kopf.

Was darunter zum Vorschein kam, entsetzte ihn – denn wider Erwarten waren es nicht die fremdländisch anmutenden Züge eines Türken oder Arabers.

»Es ... es ist einer von uns!«, rief Conn fassungslos aus, als er in die totenbleiche Miene blickte.

»Ich habe es auf den ersten Blick gesehen«, erwiderte Baldric bitter. »Ihre Art, im Sattel zu sitzen und das Schwert zu führen, hat sie verraten. Aber das ist noch längst nicht alles. Sieh dir seine Rüstung an.«

Conn zerrte den Umhang des Toten herab. Kettengeflecht und ein Abzeichen kamen darunter zum Vorschein, das stilisiert war, aber deutlich zu erkennen.

»Er trägt das Kreuz«, entfuhr es Berengar in ehrlichem Entsetzen. »Er ist ein christlicher Ritter!«

»Genau wie alle anderen, die die Karawane angegriffen haben«, bestätigte Baldric. »Sie sind Kreuzfahrer, genau wie wir.«

»Also ist es wahr«, folgerte Bertrand wütend. »Tankred hat bereits Männer durch die Pforte geschickt, ohne die Entscheidung des Fürstenrates abzuwarten. Deshalb treiben sie diesen absonderlichen Mummenschanz und verhüllen ihre Gesichter.«

»Das wissen wir nicht«, gab Baldric zu bedenken. »Es könnten auch andere gewesen sein. Ich habe von einer Gruppe von Rittern gehört, die sich ›Tafur‹ nennen. Nur wenig ist über sie bekannt, aber wie es heißt, sind sie auf Blut und Beute aus.«

»Wie so viele andere«, fügte Berengar hinzu. »Furcht und Verzweiflung sind es, die solche Gesinnung hervorzubringen pflegen.«

»Der Fürstenrat muss davon erfahren«, war Conn überzeugt.

»Das wird er«, stimmte Baldric zu, »aber ich denke nicht, dass sich dadurch etwas ändern wird. Tankred und Balwin sind nicht...«

Ein schriller Schrei war plötzlich zu vernehmen, der den Normannen verstummen ließ. Conn fuhr herum und sah, dass er sich geirrt hatte. Der Angriff der Verräter hatte doch nicht nur unter den Kameltreibern und den Wachsoldaten Opfer gefordert. Einer der Kaufleute lag ebenfalls im Sand, der sich rings um ihn dunkel färbte – und entsetzt stellte Conn fest, dass er den Mann kannte.

Mit einem Aufschrei des Entsetzens fiel Chaya neben ihrem Vater nieder, der in gekrümmter Haltung auf dem Boden lag, die Hände auf die klaffende Wunde pressend, die quer über seine schmale Brust verlief. Blut tränkte seine Robe, sein Antlitz war aschfahl geworden, die Augen tief darin versunken.

»Vater! Vater!«

Das Maultier, auf dem der alte Isaac gesessen hatte, war durchgegangen, als die Räuber angriffen, und so hatten sie einander aus den Augen verloren. Verzweifelt hatte Chaya sich selbst in Sicherheit zu bringen und dabei gleichzeitig nach ihrem Vater Ausschau zu halten versucht, ihn inmitten von Staub und Getümmel jedoch nicht ausmachen können. Erst jetzt fand sie ihn.

Zu spät.

»Vater«, schluchzte Chaya abermals, während sie verzweifelt überlegte, wie sie die Blutung stillen konnte. Aber das wenige, was ihre Mutter ihr über die Heilkunst beigebracht hatte, würde nicht ausreichen, um die Wunde zu verschließen, die die Klinge des Mordbrenners geschlagen hatte. Der alte Isaac war dem Tod geweiht, der schon jetzt mit klammer Hand nach ihm griff.

»Chaya«, murmelte der Kaufmann, wobei seine blutigen Hände nach den ihren tasteten. Seine Augen waren leer, und sie wusste nicht, ob er sie überhaupt noch sehen konnte.

»Ich bin hier, Vater«, flüsterte sie deshalb und ergriff seine Hände – und erschrak insgeheim darüber, wie kalt sie bereits waren. Dennoch schien ihn die Berührung zu beruhigen. Sein Atem, eben noch keuchend und stoßweise, wurde gleichmäßiger.

»Sei ... sei nicht traurig, mein Kind«, presste er mühsam

hervor. »Ich werde deine Mutter wiedersehen... werden wieder vereint sein vor Gottes Angesicht.«

»I-ich weiß, Vater«, hauchte sie. Tränen quollen aus ihren Augen.

»Bedaure nur, dass Mission nicht zu Ende... nun an dir, Aufgabe zu erfüllen...« Er ließ sie los und wühlte sich mit bebenden Händen unter seine zerschlissene Robe. Als sie wieder zum Vorschein kamen, umklammerten sie den Köcher mit dem Buch von Ascalon. Das Leder war blutbesudelt. »Nimm es an dich, Tochter. Nun ist es an dir... zu Ende zu bringen, was vor langer Zeit begonnen...«

»Aber ich bin kein Träger wie du, Vater«, wandte Chaya entsetzt ein. Der Gedanke, mit dieser Aufgabe allein und auf sich gestellt zu sein, ängstigte sie zu Tode.

»Doch, das bist du«, widersprach der alte Isaac. Obwohl das Leben mit jedem Augenblick mehr aus ihm wich, brachte er ein mattes Lächeln zustande. »Kennst das Geheimnis... ebenso gut wie ich.«

In ihrer Verzweiflung brauchte sie einen Moment, um zu begreifen. »Du... du weißt es?«, fragte sie fassungslos. »Du weißt, dass ich das Buch gelesen habe?«

»Schon lange. Anfangs darüber gegrämt... aber nun weiß ich, nur deiner Bestimmung gefolgt... Nimm das Buch, Chaya. Nimm es an dich und bringe zu Ende, was mir nicht...« Er verstummte, als eine Woge von Schmerz durch seinen gepeinigten Körper fuhr. Seine Gesichtszüge verzerrten sich. Dennoch behielt er den Köcher fest in den Händen. Als sich seine Glieder wieder entkrampften, reichte er ihn Chaya.

Zögernd nahm sie das Behältnis entgegen – um unverhoffte Zuversicht zu fühlen, als sie das alte Leder berührte, so als ob eine unsichtbare Kraft von dem alten Gegenstand ausging, die sie erst in dem Augenblick spürte, als sie ihn zum ersten Mal rechtens in ihren Händen hielt, als seine neue Trägerin.

»Sei unbesorgt, Vater«, versicherte Chaya mit einer Ruhe, deren Ursprung sie selbst nicht zu ergründen vermochte. »Ich werde die Schrift mit meinem Leben beschützen. Und ich werde nicht zulassen, dass *Ar...*«

»Sprich den Namen nicht aus«, beschwor ihr Vater sie in einem letzten Aufbäumen verbliebener Lebenskraft. Seine Augen weiteten sich dabei, und er starrte sie eindringlich an. »Vertraue niemandem und offenbare das Geheimnis keinem Unwissenden, sei er nun jüdischen oder anderen Glaubens, hörst du?«

»Ich verspreche es«, erwiderte sie, nun wieder mit den Tränen ringend. Dabei schob sie den Behälter unter ihr eigenes Gewand, wo sie ihn von nun an tragen würde.

»Du musst dafür sorgen, dass das Buch... Antiochia erreicht«, fuhr ihr Vater stockend fort. »Ezra wird wissen... was damit zu geschehen...«

Seine Worte gingen in ein langgezogenes Stöhnen über. Erneut verzerrten sich seine Züge vor Schmerz. Als er die Augen wieder öffnete, war sein Blick fliehend und gehetzt, so als ob ihm klar wäre, dass ihm nur noch wenige Herzschläge blieben.

»Gräme dich nicht, meine Tochter«, sagte er, als er ihre Tränen bemerkte, »denn siehe, der Winter ist vergangen, der Regen ist vorbei, die Blumen zeigen sich im Lande...«

Trotz ihrer Trauer und Verzweiflung musste Chaya lächeln, als sie ihn jenen Satz aus dem Hohelied Salomons rezitieren hörte, der die Lieblingsstelle ihrer Mutter gewesen war. Noch einmal bäumte sich der Körper des alten Isaac auf, so als wollte er sich dem Unausweichlichen widersetzen. Dann jedoch entkrampften sich seine Züge und wurden ruhig.

»Adonai segne und behüte dich, meine Tochter und Erbin«, flüsterte er so leise, dass sie ihn kaum noch hören konnte. »Er wende sein Angesicht dir zu und gebe dir...« Er verstummte und blickte suchend umher, so als wäre ihm plötzlich entfallen, was er hatte sagen wollen. Doch er behielt die Herrschaft über seinen Geist, schien den Satz unbedingt zu Ende bringen zu wollen.

»Adonai ... gebe dir Frieden, mein Kind«, hauchte er.

Noch einmal schien sein fliehender Blick sie zu erfassen, und etwas wie ein Lächeln spielte um die dünnen Lippen des alten Kaufmanns. Dann wurden seine Augen glasig, und Chaya brach über dem Leichnam ihres Vaters zusammen.

Es war nicht Schmerz allein, der sie überwältigte, nicht die Trauer oder die Furcht vor dem, was vor ihr lag, sondern auch ohnmächtige Wut, der Zorn darüber, dass alles vergeblich gewesen war. Wozu hatte ihr Vater die alte Heimat verlassen, wozu solche Beschwernisse auf sich genommen, wozu all seine Zweifel überwunden, seine Angst und selbst die Abgründe des Fieberwahns, wenn er nun so kurz vor dem ersehnten Ziel einen grausamen Tod starb, hingemetzelt von der Hand eines namenlosen Mörders?

Ungehemmt schossen die Tränen aus ihren Augen, während sie sich an den leblosen Körper klammerte, weder bereit noch willens, ihn loszulassen. Es war ihr gleichgültig, ob andere sie so sahen oder ob sie ihre Tarnung damit gefährdete. Die Trauer war in ihr und ließ sich nicht aufhalten, brach sich Bahn wie ein Regenguss nach langer Dürre. Wie lange sie so verharrte, wusste sie nicht zu sagen, jedes Gefühl für Zeit kam ihr abhanden.

Bis irgendwann ein Schatten auf sie fiel.

Der Sand neben ihr knirschte, und ihr wurde klar, dass jemand zu ihr getreten war. Widerstrebend löste sie sich vom Leichnam des alten Isaac und schaute mit tränenverschwommenem Blick an dem Fremden empor. Sie konnte nur seine Silhouette sehen, sah den Schwertgriff an seiner Seite und den Helm, den er abgenommen hatte und unter dem Arm trug. Der heiße Wind verwehte sein Haar, und obschon sie sein Gesicht im Gegenlicht nicht sehen konnte, hatte Isaac Ben Salomons Tochter das Gefühl, diesen Mann zu kennen.

»Chaya«, sagte er in diesem Augenblick, »seid Ihr das?«

13.

In einer schmalen Senke, die von Felsen umgeben war und im Fall eines weiteren Angriffs gut zu verteidigen sein würde, hatten sie ihr Nachtlager aufgeschlagen – nicht nur die Kämpfer von Baldrics Spähtrupp, sondern auch die Reisenden der syrischen Karawane.

Den Kaufleuten war anzusehen gewesen, dass sie den Kreuzfahrern nicht über den Weg trauten, aber da ihre Furcht vor einem neuerlichen Überfall noch ungleich größer gewesen war, hatten sie eingewilligt, die Nacht in ihrer Obhut zu verbringen. Und Baldric wiederum hatte alles daran gesetzt, das von seinen Waffenbrüdern begangene Unrecht wiedergutzumachen und zu demonstrieren, dass nicht alle Streiter Christi blutrünstige Räuber waren.

Von den zwanzig Kämpfern, die seinem Trupp noch angehörten, ließ er jeweils zehn das Lager bewachen, um Mitternacht würde die Ablösung erfolgen. Das Kommando der ersten Wache übertrug er Bertrand, in der zweiten Nachthälfte würde Remy den Oberbefehl führen, auch Conn würde dieser Schicht angehören. Die meisten Männer nutzten die Zeit bis zum Wachantritt, um nach den Anstrengungen des Tages noch etwas Schlaf zu bekommen; Conn jedoch fand keine Ruhe.

Zu sehr beschäftigten ihn die Ereignisse des vergangenen Tages, zu lebhaft stand ihm der Tod des alten Isaac vor Augen; und zu überwältigt war er von der Macht des Geschicks, das ihn nach all den Monaten inmitten fernster Fremde wieder mit jener jungen Frau zusammengeführt hatte, der er die Rettung seines Armes und womöglich auch seines Lebens verdankte.

Irgendwann – bis Mitternacht mochte es noch eine Stunde sein – hielt er es nicht mehr auf seinem Lager aus. Conn verließ den Unterstand, den er sich mit Berengar und dem schnarchenden Remy teilte, und suchte jenen Teil der Senke auf, wo die Karawane ihre Zelte aufgeschlagen hatte. Chayas Behausung zu finden war nicht weiter schwierig – sie war kleiner als jene der Syrer und unbewacht. Ohne Verwunderung nahm Conn zur Kenntnis, dass noch Licht darin brannte.

Vorsichtig näherte er sich dem Zelt, wobei er sich keine Mühe gab, leise zu sein. Ein morscher Zweig, auf den er trat, knackte geräuschvoll, worauf eine Stimme aus dem Inneren drang und in einer fremden Sprache etwas fragte.

Conn erkannte Chayas Stimme kaum wieder. Nicht nur, weil sie den männlichen Besitzer vorzugaukeln suchte, sondern auch, weil sie brüchig und halb erstickt von Tränen war.

»Ich bin es«, sagte er leise. »Conwulf. Darf ich eintreten?«

Es gab keine Zustimmung, aber auch keinen Widerspruch, also fasste er sich ein Herz, schlug die Decke vor dem Eingang beiseite, bückte sich und trat ein. Das Innere des Zeltes, das gerade groß genug war, um zwei Menschen Platz zu bieten, wurde von einer spärlichen, von Öl genährten Flamme beleuchtet. Zwei Decken lagen auf dem Boden. Die eine war noch zusammengerollt. Auf der anderen kauerte Chaya, in sich zusammengesunken und das Gesicht in den Handflächen vergraben.

Sie so zu sehen versetzte Conn einen schmerzhaften Stich. Dennoch wagte er nicht, sich zu ihr zu setzen und sie zu trösten. Stattdessen ließ er sich einfach nur am Zelteingang nieder und wartete. Augenblicke verstrichen, die ihm wie eine Ewigkeit erschienen. Obwohl er Chaya kaum kannte, obwohl er nichts über sie wusste und sie noch nicht einmal denselben Glauben teilten, brachte es ihn halb um, sie derart leiden zu sehen. Ein himmelschreiendes Unrecht war geschehen, das ihren Vater das Leben gekostet hatte, und alles in ihm verlangte danach, ihr zu sagen, wie sehr er mit ihr fühlte und wie genau er wusste, welchen Schmerz sie empfand.

Aber konnte er das?

Conn war weder ein Denker wie Baldric, noch verfügte er über Bertrands Redefluss. Musste er mit allem, was er sagte, nicht fürchten, Chaya noch mehr zu verletzen und ihren Schmerz zu vergrößern? Er schwieg lieber und wartete, lauschte ihrem leisen Wimmern. Conn ahnte, wie einsam sie sich fühlen musste, wie verloren und verlassen – und auch das konnte er ihr wohl besser nachfühlen als jeder andere im Lager.

Irgendwann fragte er sich, ob sie seine Anwesenheit überhaupt bewusst zur Kenntnis genommen hatte. Er wollte ihre Trauer nicht stören, sie aber auch nicht alleinlassen in ihrem Schmerz. Obwohl – was konnte er schon tun, außer dazusitzen, angewurzelt und stumm wie ein Stück Holz?

»Wir...wir mussten ihn begraben«, brach Chaya plötzlich ihr Schweigen. Ihr Antlitz hielt sie gesenkt und mit den Händen bedeckt, so als schämte sie sich ihrer Tränen. »Noch am Abend. Wegen der Hitze...und der Tiere.«

»Ich weiß«, sagte Conn beklommen. Er hatte selbst dabei geholfen, die Grube auszuheben, in die die Opfer des Überfalls gelegt worden waren, unter ihnen auch der alte Isaac, aber natürlich hatte sie in ihrem Schmerz davon nichts mitbekommen. Im Gegenteil hatte sie nach ihrem ersten Zusammenbruch alles darangesetzt, den Schein zu wahren und wieder die Rolle des Dieners zu spielen. Eines Dieners freilich, der seinen Herrn verloren hatte.

Conn wünschte sich, ein wenig von Berengars Gabe zu besitzen, in jedweder Situation den treffenden Ton zu finden. Hingegen kam ihm alles, was er selbst hervorbrachte, plump und bäuerisch vor. Wie konnte er hoffen, Chaya Trost zuzusprechen, wenn er nach Worten tasten musste wie ein Blinder nach dem Weg?

»In unserem Glauben«, fuhr sie schluchzend fort, »warten wir gewöhnlich drei Tage, bis wir die Toten bestatten. Aus Respekt. Und auch um ihrer Seelen willen.«

»Auch wir Christen halten es so«, sagte Conn. »Meistens jedenfalls«, fügte er in Erinnerung an Tostig und all die armen Teufel hinzu, die auf der Henkersweide von London ein unrühmliches Ende gefunden und die man noch am selben Tag verscharrt hatte.

Zum ersten Mal regte sich Chaya. Schließlich hob sie den Kopf und schaute auf. Ihre Züge, die seit ihrer Begegnung in Genua noch schmaler geworden waren, waren gerötet, ebenso wie ihre Augen, um die sich dunkle Ränder gebildet hatten. Der Fluss ihrer Tränen schien zu stocken. Womöglich, dachte Conn, hatte sie jenen dunklen Ort erreicht, der jenseits des Schmerzes und der Trauer lag und an dem selbst die Tränen versiegten. Auch er war dort gewesen.

»Conwulf«, hauchte sie.

»Ja?«

»Ich habe Euch noch nicht gedankt.«

»Das braucht Ihr nicht«, entgegnete er und hob demonstrativ die linke Hand. »Auch Ihr habt mich gerettet, wisst Ihr nicht mehr? Und anders als ich seid Ihr nicht zu spät gekommen«, fügte er hinzu und blickte zu Boden. Er brachte es nicht fertig, ihr weiter in die Augen zu schauen, schuldig, wie er sich fühlte.

Chaya nickte, und trotz ihres Schmerzes brachte sie ein sanftes Lächeln zustande. »Dennoch möchte ich mich Euch erkenntlich zeigen«, sagte sie, griff unter die Falten des gestreiften Überwurfs, den sie als Diener des alten Isaac zu tragen pflegte, und zog etwas hervor, das sie Conn entgegenhielt.

Es war eine Halskette, aus Silber gefertigt und mit bunten Edelsteinen besetzt, die kunstvoll eingefasst waren. Conn kannte ihre Namen nicht, aber er nahm an, dass sie von beträchtlichem Wert sein mussten. Als Dieb in den Straßen Londons hätte er fraglos zugegriffen, in diesem Augenblick jedoch überwog seine Überraschung.

»Was ist das?«, wollte er wissen.

»Die Halskette meiner Mutter. Sie ist alles, was mir von ihr geblieben ist. Ich wollte sie nicht zurücklassen, deshalb nahm ich sie mit, als wir die Heimat verließen. Ich ahnte immer, dass sie einem besonderen Zweck dienen würde.«

»Und nun wollt Ihr sie mir geben?«, fragte Conn zweifelnd.

»Zum Zeichen meines Dankes. Auch mein Vater hätte gewollt, dass Ihr sie bekommt.« Wieder rannen Tränen über ihre zarten Wangen.

Er räusperte sich und suchte verzweifelt nach den richtigen Worten. »Chaya, bitte steckt sie wieder ein.«

»Warum?«

»Weil ich das Erbstück Eurer Mutter niemals von Euch annehmen könnte, ohne dabei vor Scham zu erröten.«

»So sehr beschämt es Euch, ein Geschenk von einer Jüdin anzunehmen?«, fragte sie. Ihre Gesichtszüge wurden noch trauriger, während sie die Hand mit der Kette sinken ließ. »Natürlich, ich hätte es wissen müssen. Verzeiht einer armen Närrin, Conwulf...«

»Was?« Er starrte sie verständnislos an, während sein Verstand stolpernd Schritt zu halten versuchte. »Aber nein«, versicherte er rasch, »Ihr versteht nicht, Chaya.«

»Was gibt es daran nicht zu verstehen?«

»Ich lehne Euer Geschenk nicht ab, weil Ihr jüdischen Glaubens seid, sondern weil es nicht recht wäre, es anzunehmen. Waren es nicht Kreuzfahrer, die Euch überfallen und Euren Vater getötet haben?«, fragte er und deutete auf das Zeichen auf seiner eigenen Schulter. »Kreuzfahrer, wie ich selbst einer bin? Und bin ich nicht zu spät gekommen, um dieses Unrecht zu verhindern?«

»Dennoch gebührt Euch mein Dank«, beharrte sie.

»Den habt Ihr mir bereits übermittelt. Wenn Ihr mir darüber hinaus noch danken wollt, dann fasst Euch wieder, denn es ist schrecklich, Euch so zu sehen. Ich weiß, wie schwer der Verlust wiegt, den Ihr erlitten habt, aber...«

»Wie könnt Ihr das wissen?«, fiel sie ihm ins Wort. »Habt Ihr meinen Vater gekannt? Habt Ihr eine Ahnung von dem Schmerz, den ich empfinde? Von der Bürde, die er mir hinterlässt?«

Conn sah Zorn in ihren von Tränen geröteten Augen blitzen – oder vielleicht war es auch nur die nackte Verzweiflung. »Nein«, gab er zu, »das habe ich nicht. Aber ich weiß genau, was es bedeutet, einen geliebten Menschen zu verlieren. Dabei zu sein, wenn er durch Mörderhand aus dem Leben gerissen wird, seinen sterbenden Körper bis zuletzt in den Armen zu halten und zu fühlen, wie...«

Seine Stimme war zuletzt immer dünner geworden, bis sie schließlich ganz abbrach. Mit aller Kraft kämpfte Conn gegen die Tränen an, die ihm in die Augen steigen wollten. Als es ihm nicht gelang, sprang er auf und wollte das Zelt verlassen.

»Conwulf!«, rief Chaya.

»Ja?« Er verharrte halb gebückt im Eingang.

»Es tut mir leid«, flüsterte sie. »Ich hatte kein Recht, so etwas zu sagen. Ich kenne Euch ebenso wenig, wie Ihr mich kennt.«

Er schloss die Augen.

Die Tränen brannten heiß darin. Ein Teil von ihm wäre am liebsten hinausgerannt in die Nacht, um den Gefühlen zu entgehen, die er hinter sich zu haben glaubte. Ein anderer Teil jedoch wollte, dass er blieb – und dieser Teil war stärker. Conn kehrte um und ließ sich wieder nieder.

»Danke«, sagte Chaya sanft.

»Was werdet Ihr nun tun? Wohin wollt Ihr gehen?«

»Das Ziel unserer Reise ist Antiochia gewesen. Ich habe einen Onkel dort, den ich allerdings kaum kenne. Er ging ins Land der Väter, als ich noch ein kleines Mädchen war.«

»Und dorthin wollt Ihr?«

»Es sind meine nächsten Verwandten.« Sie zögerte einen Moment, ehe sie fortfuhr. »Außerdem gibt es etwas, das sich im Besitz meines Vaters befand und das ich meinem Onkel übergeben muss.«

»Sprecht Ihr von jenem Gegenstand, den Euer Vater Euch gab, bevor er ...?« Conn biss sich auf die Lippen. Chayas entsetzter Blick machte ihm klar, dass er besser geschwiegen hätte, und er verwünschte sich für seine vorlaute Zunge.

»Warum wollt Ihr das wissen?«, erkundigte sie sich. Unverhohlenes Misstrauen gesellte sich zu ihrer Trauer.

»Aus keinem bestimmten Grund«, beeilte sich Conn zu versichern. »Ich wollte Euch keinesfalls verletzen oder...«

»Schon gut.« Ihre schmerzgezeichneten Züge entspannten sich ein wenig. »Verzeiht meine Vorsicht. Aber jener Gegenstand war für meinen Vater von großer Wichtigkeit, also ist er es auch für mich.«

»Das verstehe ich«, antwortete Conn. »Aber ich muss Euch warnen. Auch das Heer der Kreuzfahrer ist auf dem Weg nach Antiochien, und wenn es dort eintrifft...«

Er überließ es ihrer Vorstellungskraft, sich auszumalen, was geschehen würde, wenn das christliche Heer die Stadt am Orontes erreichte. Der Blick ihrer Augen verriet, dass sie genau wusste, wovon er sprach. »Dennoch muss ich dorthin«, beharrte sie.

»Wie wollt Ihr das bewerkstelligen? Es ist noch ein weiter Weg, wie Ihr wisst, und Ihr seid jetzt ganz auf Euch gestellt.«

»Glaubt Ihr, das wüsste ich nicht?« Ihre Stimme wurde wieder brüchig. »Ich bin ein Diener, der seinen Herrn verloren hat, und da die lange Reise unser Vermögen aufgezehrt hat, bin ich mittellos, entsprechend wird man mich behandeln. Wenn ich Glück habe und meine Tarnung fortbesteht, wird man mir vielleicht gestatten, mich als Kameltreiber zu verdingen. Wenn nicht...«

Conn nickte. Wenn man herausfand, dass sie eine Frau war, die noch dazu allein reiste, würde sie Antiochia vermutlich nie zu sehen bekommen, sondern auf dem Sklavenmarkt von Alexandretta oder Marash enden. »Ihr dürft nicht gehen«, sagte er deshalb schnell.

»Was soll ich stattdessen tun?«

»Kommt mit uns. Im Lager der Kreuzfahrer sind Frauen, die sich Eurer annehmen werden.«

»Ist das Euer Ernst?« Leiser Spott schwang in ihrer Stimme mit. »Ich soll mit Euch kommen in das Lager derer, die meinen Vater ermordet haben? Wie sicher wäre ich wohl dort?«

»Jedenfalls sehr viel sicherer als hier. Immerhin bräuchtet Ihr Euch nicht zu verstellen.«

»Glaubt Ihr das wirklich?« Sie schaute ihn zweifelnd an. »Wisst Ihr, warum mein Vater und ich die alte Heimat verlassen haben, Conwulf? Weil wir dort unseres Glaubens wegen ausgegrenzt, verfolgt und sogar mit dem Tod bedroht wurden – und wollt Ihr behaupten, diese dunklen Schatten wären uns nicht bis hierher gefolgt? Sicher wäre ich unter Euresgleichen doch nur, solange niemand wüsste, dass ich eine Jüdin bin. Mein Geschlecht bräuchte ich vielleicht nicht zu verbergen, wohl aber meine Religion. Folglich müsste ich mich auch unter Euresgleichen unentwegt vor Entdeckung fürchten, und es wäre nichts gewonnen.«

»Dennoch wärt Ihr nicht allein.«

»Würdet Ihr Euch für mich einsetzen, wenn ich entlarvt würde und von allen angefeindet?« Ihre geröteten Augen musterten ihn aufmerksam. »Ja«, sagte sie dann, »ich glaube, das würdet Ihr. Dennoch darf ich Euer Angebot nicht annehmen, Conwulf. Die Liebe zu meinem Vater gebietet es mir, den Auftrag zu Ende zu bringen, den er mir erteilt hat.«

»Euer Vater ist tot, Chaya. Ihr jedoch seid noch am Leben.«

»Und wenn dieses Leben einen Sinn haben und Gottes Gefallen finden soll, so muss ich zu Ende bringen, was mein Vater begonnen hat.«

»Und wenn ich es nicht erlaube?«

Chaya schaute ihn befremdet an. »Wollt Ihr es mir verbieten?« Sie presste die Handwurzeln aneinander und streckte ihm die Arme entgegen. »Dann müsst Ihr mich fesseln und als Gefangene in Euer Lager schleppen.«

»Ihr wisst, dass ich das niemals tun würde.« Conn schüttelte den Kopf, allein die Vorstellung widerte ihn an. »Aber ich kann mir nicht denken, dass es im Sinn Eures Vaters wäre, wenn Ihr Euch derart in Gefahr begebt.«

»Mein Vater, Conwulf, hätte alles getan, um jenen Gegenstand nach Antiochia zu bringen. Sogar sein Leben hat er dafür geopfert!«

»Aber nicht das Eure«, widersprach Conn entschieden. »Allein und ohne Schutz habt Ihr nicht die geringste Chance, Antiochia lebend zu erreichen. Und wenn es Euch doch gelingt, seid Ihr in einer Stadt, die vermutlich dem Untergang geweiht ist.«

»Dennoch muss ich es versuchen, denn ich habe es meinem Vater versprochen. Wisst Ihr, wie es ist, einem Sterbenden in die Augen zu sehen und seinen letzten Willen aufgetragen zu bekommen, Conwulf? Wisst Ihr das?«

Seufzend ließ Conn Kopf und Schultern sinken.

Er wusste es.

Und er gab es auf, Chaya ihr waghalsiges Vorhaben ausreden zu wollen. Er konnte sehen, wie verpflichtet sie sich ihrem Vater noch immer fühlte und dass Argumente sie nicht überzeugen würden.

»Männer«, fügte sie hinzu, leiser jetzt und sanfter, »führen oft das Wort Ehre im Mund, wenn es darum geht, ihre Taten zu rechtfertigen. Aber was ist mit der Ehre einer Frau? Gilt ein Versprechen, das eine Frau gegeben hat, nichts in Euren Augen?«

Conn erwiderte nichts, aber er nickte als Zeichen, dass er verstanden hatte und ihre Entscheidung akzeptierte, auch wenn sie ihm nicht gefiel.

Ein Ruf erklang von draußen – die Wachschicht wurde gewechselt.

Conn erhob sich und verabschiedete sich von Chaya mit einem knappen Nicken. Dann verließ er ihr Zelt.

Weder bemerkte er den Schatten, der hinter der gedrungenen Behausung kauerte, noch ahnte er, dass ihr Gespräch belauscht worden war.

»Nein, nein und nochmals nein! Warum kannst du nicht hören, was ich sage? Hat der Allmächtige dir keine Ohren gegeben?«

Die Sonne war aufgegangen und ließ die die Senke umgebenden Felsen wie die Gemmen einer Krone erstrahlen. In Baldrics Züge jedoch drang keine Helligkeit. Düster hatten sie sich zusammengezogen, das eine Auge starrte Conn finster an.

»Ich höre, was du sagst«, versicherte dieser. »Aber ich bitte dich auch, mich anzuhören.«

»Wozu?«, schnaubte Baldric ungerührt. »Was du sagst, ergibt keinen Sinn! Warum willst du den Diener des ermordeten Kaufmanns unbedingt nach Antiochia begleiten?«

Conn schaute betreten zu Boden. Der Plan, Chaya auf ihrer gefahrvollen Reise zu begleiten, war während der zweiten Nachthälfte in seinem Kopf gereift, während er auf einem der Felsblöcke gestanden und in die von Mondlicht beschienene Ebene geblickt hatte. Fieberhaft hatte er darüber nachgedacht, was er tun, was er unternehmen konnte, um die Jüdin vor Schaden zu bewahren. Gegen Morgen, als der neue Tag bereits heraufdämmerte, war ihm die Lösung eingefallen. Vorausgesetzt, es gelang ihm, seinen Adoptivvater und Vorgesetzten von der Notwendigkeit dieses Schrittes zu überzeugen.

»Weil ich in Ilans Schuld stehe. Er war es, der in Genua meine Hand gerettet hat.«

»Und dafür hast du ihm das Leben gerettet, damals ebenso wie am gestrigen Tag.«

»Das sehe ich ebenso«, pflichtete Bertrand bei, der ebenfalls dabeistand, die Haare wirr wie immer. »Du hast deine Schuld mehr als beglichen, mein Freund.«

Conn seufzte und schüttelte den Kopf. Ihm dämmerte, dass nur die Wahrheit Baldric überzeugen konnte. »Isaac Ben Salomons Diener ist eine Frau«, sagte er leise.

»Was?«, fragten Baldric und Bertrand wie aus einem Munde.

»Ihr Name ist Chaya, und sie ist Ben Salomons Tochter«, fuhr Conn mit gedämpfter Stimme fort. Die Soldaten des Spähtrupps, die in einiger Entfernung ihre Pferde sattelten und sich bereit zum Aufbruch machten, brauchten dies nicht zu hören. »Sie reist als Mann verkleidet, um sich zu schützen.«

»Wie lange weißt du das schon?«, wollte Baldric wissen.

»Seit Genua.«

»Und du hast nichts gesagt?«

»War es denn von Belang?«

»Vermutlich nicht«, schnaubte der Normanne, »aber nun ist es von Belang, denn ein Krieger von Ehre ist verpflichtet, wehrlose Frauen und Kinder zu schützen ...«

»... und deshalb muss ich Chaya nach Antiochien begleiten«, kam Conn auf sein ursprüngliches Anliegen zurück.

»Warum ausgerechnet Antiochia?«, wollte Bertrand wissen, dem die Sache ebenfalls nicht zu gefallen schien.

»Weil sie dort Verwandte hat«, erwiderte Conn. »Und weil es etwas gibt, das sie dem Bruder ihres Vaters übergeben muss.«

»Und danach?«

»Werde ich zurückkehren und mich erneut dem Heer Christi anschließen. Bitte zwing mich nicht dazu, ohne deine Erlaubnis zu gehen.«

»Das würdest du tun?«, fragte Baldric mit hochgezogener Braue.

»Ja«, antwortete Conn ohne Zögern, worauf Bertrand ein leises Kichern vernehmen ließ.

»Oha! Ich fürchte, unser angelsächsischer Freund wurde einmal mehr von einem Pfeil getroffen. Diesmal allerdings kam er von Amors Bogen.«

»Was soll das heißen?«, fragte Conn, der die Anspielung nicht verstand.

»Liebst du diese Jüdin?«, drückte Baldric es weniger poetisch, dafür aber umso deutlicher aus.

»Nein!«, widersprach Conn voller Entrüstung. »Ich bin nur der Ansicht, dass wir ihr das schuldig sind. Schließlich waren es unsere Leute, die ihren Vater getötet haben. Und sagtest du nicht selbst, Baldric, dass jeder von uns etwas zu sühnen hat?«

»Das ist wahr.« Der Normanne nickte. »Aber Antiochien ist weit, Junge. Ich habe dich schon einmal verloren, und ich möchte nicht, dass es wieder geschieht. Du magst gelernt haben, zu reiten und ein Schwert halbwegs zu gebrauchen, aber das macht dich noch längst nicht zum Ritter. Und dort im Süden ist Feindesland, das von Heiden bevölkert wird, deren Sprache du noch nicht einmal verstehst ...«

»Darf ich etwas dazu sagen, Herr?«, brachte sich zum ersten Mal Berengar ein, der schweigend neben Conn gestanden und den Wortwechsel verfolgt hatte. Als Einzigen hatte Conn ihn schon vorab in seinen Plan sowie in Chayas wahre Identität eingeweiht, und der Mönch war es gewesen, der ihm dringend geraten hatte, sich Baldrics Erlaubnis und Segen einzuholen.

»Was wollt Ihr?«

»Ich möchte Euch raten, Conwulfs Ersuchen nachzugeben«, erwiderte der Mönch. Gelassenheit sprach aus seinen blassen Zügen und den kleinen Augen, die auch auf Baldric überzugreifen schien.

»So? Und warum sollte ich das tun?«

»Weil Ihr damit nicht nur seinen Wunsch erfüllt, sondern auch einen strategischen Vorteil gewinnt. Antiochien ist auch das Ziel des Feldzugs, wie Ihr wisst, und jede Information, die wir über die Stadt und ihr Umland gewinnen, kann der Sache nur dienlich sein. Zudem«, fügte der Benediktiner hinzu und verbeugte sich leicht, sodass seine Tonsur sichtbar wurde, »würde ich mich erbieten, Conwulf zu begleiten. Als friedliche Pilger würden wir wohl kaum Aufsehen erregen, des Weiteren beherrsche ich die Landessprache, wie Ihr wisst.«

»Hm«, ließ Baldric sich vernehmen. Sein Widerstand schien nachzulassen, wie Conn erleichtert zur Kenntnis nahm.

»Bitte, Baldric«, drängte er, um wie bei einem Sturmangriff in die geschlagene Bresche nachzusetzen. »Ich kann es nicht erklären, aber ich habe das Gefühl, ihr helfen zu müssen. Mehr noch, dass es meine Bestimmung ist, ihr zu helfen. Könnt ihr das verstehen?«

»Nein«, erwiderte Bertrand an Baldrics Stelle und schüttelte das Lockenhaupt, »aber es spielt auch keine Rolle, denn ich werde dich ebenfalls begleiten. In diesen Zeiten werden auch friedliche Pilger angegriffen, und dann sind zwei Klingen besser als eine.«

Baldrics Kieferknochen mahlten, während er eingehend nachdachte. Die Aussicht, einen erfahrenen Kämpfer an der Seite seines Adoptivsohnes zu wissen, schien ihn noch ein Stück weiter zu beruhigen. »Einverstanden«, erklärte er endlich. »Aber ihr verliert unterwegs keine Zeit, habt ihr verstanden? Ich gebe euch unsere besten Pferde mit, und ich will, dass ihr, sobald ihr die Jüdin nach Antiochia gebracht habt, unverzüglich ins Lager zurückkehrt und Bericht erstattet.«

»Das werden wir«, versprach Conn ohne Zögern.

»Dann geh und tu, was du tun musst«, seufzte der Normanne. Der strenge Blick seines einen Auges wurde ein wenig milder, und die Andeutung eines Lächelns spielte um seine Lippen. »Und sieh dich dabei vor, hörst du?«

»Da werde ich«, sagte Conn. Und leiser fügte er hinzu: »Danke... *Vater*.«

14.

Damaskus
Oktober 1097

Es war nicht mehr als ein Gefühl, das Bahram al-Armeni hegte, aber er wurde es nicht mehr los.

Es begleitete ihn, als er am frühen Morgen das Haus verließ, um in der Kirche von Johannes dem Täufer zu beten; es verfolgte ihn, als er unter den großen, Schatten spendenden Planen hindurch die Gassen und Säulenhallen des Basars abschritt; und weder ließ es ihn los, als er seinem alten Freund, dem Mosaikmaler Kele einen Besuch abstattete, noch als er die Bibliothek der Großen Moschee aufsuchte, um seine Studien der arabischen Philosophie fortzuführen.

Erst als er in sein Haus zurückkehrte und sein Diener ihm berichtete, dass Abu Nasr al-Muluk Duqaq, der ebenso mächtige wie zum Jähzorn neigende Emir der Stadt, ihn unverzüglich in seinem Palast zu sprechen wünsche, schien sich die dumpfe Vorahnung zu bestätigen wie ein Sandsturm, der sich zunächst nur als ferner Schleier am Horizont ankündigte und sich dann mit aller Macht entlud. Bahram folgte dem Ruf, nicht ohne Turban und Kaftan abzulegen und sie gegen Helm und Harnisch zu tauschen. Wenn Duqaq ihn zu sehen wünschte, dann nicht als Mann der Wissenschaft.

Sondern als Soldat.

Der Palast erhob sich jenseits des Flusses, inmitten der unzähligen Kuppeln und Türme der von hohen Mauern umgebenen Stadt. Es war ein mächtiges Gebäude mit einem eindrucksvollen Portal, kühn geformten Erkern und wehrhaften Zinnen, über denen sich ein einzelner Turm erhob. Bahram war lange nicht dort gewesen. Länger, als aufgrund der politisch unsicheren Zeiten zu befürchten gewesen war; kürzer, als er sich insgeheim erhofft hatte.

In die Offiziersrobe aus orangefarbenem Brokat gehüllt, über der er den breiten Gürtel mit dem *kilij* trug, dazu den spitz geformten goldfarbenen Zeremonienhelm mit dem Turban, durchschritt Bahram die Eingangshalle. Ein Hofbeamter nahm ihn in Empfang und führte ihn zu Duqaq, vorbei an prächtigen Säulen und Wandteppichen, die die Taten von Duqaqs Vater Tutush priesen, der sich zum Sultan hatte aufschwingen wollen, dabei jedoch gescheitert war.

Nach Tutushs Tod war dessen einstiger Herrschaftsbereich unter seinen Söhnen Duqaq und Ridwan aufgeteilt worden: Während Duqaq Damaskus erhalten hatte, war die Stadt Aleppo mit all ihren Besitzungen Ridwan zugesprochen worden. Die aus dieser ungleichen Teilung resultierende Feindschaft zu seinem Bruder war die eine Eigenschaft, die den Fürsten von Damaskus kennzeichnete; sein berechnendes Wesen und sein messerscharfer Verstand die andere.

Und er war kein Mann, der leicht verzieh.

Eigentlich hatte Bahram gehofft, nie mehr in seine Dienste treten zu müssen. Nachdem er viele Jahre unter Tutush gedient hatte, hatte er nach dessen Tod um Entlassung aus der Armee gebeten, und Duqaq hatte sie ihm bereitwillig gewährt. Jedoch nur zeitweilig, wie es den Anschein hatte.

»Friede mit Euch, mein Fürst.«

Bahram verbeugte sich tief, als er vor seinem Herrscher stand, und er verharrte in seiner Verbeugung, bis der Emir von Damaskus seine Begrüßung erwiderte.

»Friede auch mit dir, Armenier«, entgegnete er, worauf Bahram sich wieder aufrichtete.

Duqaq hatte sich seit ihrer letzten Begegnung verändert, wenngleich Bahram nicht zu sagen wusste, worin genau diese Veränderung bestand. Lag es daran, dass graue Fäden seinen sorgsam gestutzten Kinnbart durchzogen? Dass er Gewicht verloren hatte und dadurch seinem Vater ähnlicher geworden war? Oder lag es am Glanz seiner Augen, der unverhohlen begehrlich wirkte?

»Ihr habt mich rufen lassen, mein Fürst?«

»In der Tat.« Duqaq war damit beschäftigt, seine beiden Falken mit kleinen Fleischbrocken zu füttern – prächtige Tiere, die auf einem holzgeschnitzten Ständer thronten. Unmittelbar dahinter öffnete ein breiter Fensterbogen den Blick auf das sandfarbene Häusermeer der Stadt, über dem sich ein blau leuchtender Himmel spannte – unerreichbar für die Vögel, deren Krallen an das Holz gekettet waren und deren Schicksal Bahram an sein eigenes erinnerte.

Obschon er dringend nach ihm hatte schicken lassen, schien der Emir jetzt, wo Bahram bei ihm war, keine Eile mehr zu verspüren. In aller Langsamkeit – wohl, um ihm seine Überlegenheit zu demonstrieren – brachte er die Fütterung der Vögel zu Ende. Erst dann wandte er sich seinem Besucher zu. Eine scharlachrote Robe, die an den Ärmeln mit einer goldenen Stickerei der Anrufung Gottes, dem *tiraz*, verziert war, umfloss seine hagere Gestalt.

Rot, dachte Bahram.

Die Farbe des Krieges.

»Du kommst spät«, stellte Duqaq fest.

»Verzeiht, mein Fürst, das lag nicht in meiner Absicht.«

Der Stadtherr von Damaskus nickte verzeihend, der Blick seiner grünen Augen jedoch blieb forschend. »Was weißt du über die Ereignisse im Norden?«, fragte er dann.

Bahram seufzte innerlich. Er hatte befürchtet, dass Duqaq ihm diese Frage stellen würde.

»Nur das, was man auf dem Basar und in den Souks zu hören bekommt. Dass sich die Franken mit dem Kaiser verbündet haben und ins Land der Seldschuken eingefallen sind. Nicaea ist gefallen.«

»Und nicht nur das«, stimmte Duqaq grimmig zu. Die Gesichtszüge unter dem weißen Turban verzerrten sich in schierer Missbilligung. »Dieser Schwächling Arslan hat den Angreifern Tür und Tor zu seinem Reich geöffnet und sie unbehelligt bis Iconium marschieren lassen.«

»Unbehelligt?« Bahram hob die Brauen. »Herr, wie ich hörte, hat der Sultan von Rum sein eigenes Land verwüstet, um den Vormarsch der Barbaren aufzuhalten.«

»Das hat er, aber die Franken haben ihren Weg dennoch fortgesetzt und sind bis Heraklea gelangt, wo sie die Überreste seiner Armee vernichtend geschlagen haben. Und nun«, fügte der Herr von Damaskus mit unheilvollem Lächeln hinzu, »sind sie auf dem Weg nach Syrien.«

Bahram wappnete sich innerlich. Er hatte Gerüchte gehört, sie jedoch nicht wahrhaben wollen. Wohl weil er geahnt hatte, was sie für ihn bedeuteten ...

»Wie zu hören ist, hat sich das Heer der Kreuzfahrer, wie sie sich nennen, inzwischen getrennt«, fuhr der Emir in seiner Rede fort. Jedes Wort erweckte den Anschein, genau ausgewählt worden zu sein. »Ein kleiner Teil hat es vorgezogen, den direkten Weg durch die kilikische Pforte zu nehmen und nach Tarsus vorzustoßen, dessen Bewohner ihnen bereitwillig die Tore geöffnet haben, nachdem des Sultans Soldaten die Stadt über Nacht verlassen hatten.«

»Das ist Verrat, mein Fürst«, warf Bahram ein.

»Wie erfreulich, dass wir uns darüber einig sind, mein guter Armenier«, entgegnete Duqaq, wobei sein Augenspiel unmöglich zu deuten war. »Der größere Teil des Frankenheeres indes ist weiter nach Caesarea gezogen, das sich ebenfalls kampflos ergeben hat. Von dort haben sie vor wenigen Wochen die Pässe nach Süden überwunden.«

»Um diese Jahreszeit? Dann sind die Franken ebenso barbarisch wie töricht.«

»Sie wissen über dieses Land genauso wenig, wie sie über uns wissen. Der Marsch über das Gebirge war beschwerlich. Viele, die zu schwach dazu waren, mussten zurückgelassen werden, und der einsetzende Winter im Gebirge hat viele weitere das Leben gekostet, die des Nachts erfroren sind oder von dunklen Klüften verschlungen wurden. Aber ihre Streitmacht besteht noch immer, denn sie sind zahlreich wie die Sterne, und ihr Vormarsch geht weiter. Sie haben Marash hinter sich gelassen. Wie meine Boten mir berichten, sind sie dabei, sich wieder zu einem großen Heer zu vereinen. Und wie ich dich kenne, brauche ich dir nicht zu sagen, was ihr nächstes Ziel sein wird.«

»Antiochia«, sagte Bahram ohne Zögern.

»Ohne Zweifel.« Der Emir nickte. »Die Perle des Orontes ist der Schlüssel zu Syrien und zu Palaestina. Die Franken brauchen die Stadt, wenn sie die Kontrolle über den Süden erlangen wollen – sogar ein Narr wie Yaghi Siyan ist sich dessen ganz offenbar bewusst.«

Bahram nickte. Emir Yaghi Siyan war der Statthalter von Antiochia, ein einstiger Gefolgsmann Tutushs, der es nach dessen Tod jedoch vorgezogen hatte, sich dem Schutz von Duqaqs Bruder Ridwan von Aleppo zu unterstellen. Entsprechend schlecht war Duqaq auf den Emir von Antiochia zu sprechen – auch wenn dieser zwischenzeitlich längst mit Ridwan gebrochen hatte.

»Ihr habt Kunde aus Antiochia, Herr?«, fragte Bahram.

Der Herr von Damaskus lächelte, ein Ausdruck tiefster Genugtuung. »Es mag dich verwundern, Armenier, aber unter dem Eindruck der nahenden Bedrohung sah sich der Emir von Antiochia dazu veranlasst, Boten mit der Bitte um Hilfe zu entsenden – nicht nur nach Aleppo, das ihm bei allen Widrigkeiten am nächsten liegt, sondern auch zu mir nach Damaskus, nach Mossul und sogar ins ferne Bagdad. Daran magst du erkennen, wie groß die Furcht dieses elenden Verräters ist, den Allah einst strafen möge.«

»Ich verstehe, Herr«, sagte Bahram nur, der allmählich zu ahnen begann, weshalb man ihn hatte rufen lassen.

»Wie auch immer – mein tumber Bruder wird Yaghi Siyan wohl nicht unterstützen, dafür hat der ihm in den letzten Jahren zu sehr zugesetzt. Ohne die Bedrohung für das Sultanat zu erkennen, wird er Antiochien seinem Schicksal überlassen wollen. Und das gibt mir die Gelegenheit, ihm zu entreißen, was von Beginn mein hätte sein sollen.«

»Mein Fürst?«, fragte Bahram.

»Ich werde Yaghi Syans Hilferuf Folge leisten«, erläuterte Duqaq seinen Entschluss, während er über den mit Leopardenfellen bedeckten Boden zur Stirnseite des Raumes schritt und sich auf eines der großen seidenen Kissen fallen ließ. »Ich werde mit einer Armee nach Antiochia marschieren und die Barbaren ins Meer jagen. Mehr noch, ich werde ein Bollwerk nach Norden errichten, auf dass kein Franke es jemals wieder wagen soll, seinen Fuß auf diese Seite des Gebirges zu setzen – und mein Name wird auf ewig mit der Befreiung des Landes von der Geißel der Barbaren verbunden sein.«

»Ein Platz in den Chroniken der Geschichtsschreiber ist Euch damit gewiss, mein Fürst. Aber ich nehme nicht an, dass dies der einzige Grund dafür ist, dass Ihr Eure alte Feindschaft zu Yaghi Siyan überwindet.«

Duqaq lachte auf, eine Reaktion, die in ihrer Offenheit nicht zu seinem undurchschaubaren, fast verschlagenen Wesen passen wollte. »Bei des Propheten Bart. Jahre mögen vergangen sein, seit du meinem Vater gedient hast, Armenier, aber deine Zunge hat nichts von ihrer Schärfe eingebüßt.«

»Verzeiht, mein Fürst. Das lag nicht in meiner Absicht.«

»Ich weiß, Armenier. Du bist ein Freund offener Worte, anders als diese Speichellecker von Hofbeamten und Beratern, die mich umgeben. Schon mein Vater wusste deine Wahrheitsliebe zu schätzen, sonst hätte er dir die Zunge wohl längst herausgeschnitten.«

»Das ist anzunehmen«, gab Bahram zu.

»Auch ich schätze ein offenes Wort, deshalb gestehe ich ein, dass deine Vermutung richtig ist. Es geht mir nicht darum, diesem verräterischen Narren Yaghi zu Hilfe zu kommen – von mir aus könnten die Barbaren seine Stadt niederbrennen und sein gesamtes Herrschaftsgebiet in Schutt und Asche legen, es wäre mir gleichgültig. Aber sein Hilferuf, mein guter Bahram, ebnet mir den Weg nach Antiochia. Gelingt es mir, es vor dem Zugriff der Franken zu bewahren, so werde ich mich ohne Schwierigkeit zum Herrscher der Stadt aufschwingen können. Und habe ich erst Antiochien und Damaskus unter meiner Gewalt vereint, so ist mir die Vormachtstellung über ganz Syrien sicher.«

Bahram war überrascht. Duqaqs Ehrgeiz war schon immer ausgeprägt gewesen, und so verwunderte es nicht, dass er die sich bietende Gelegenheit zu seinen Gunsten nutzen wollte. Ambitionen wie diese jedoch, die sich auf ganz Syrien bezogen, waren neu und ließen erstmals das Erbe seines Vaters durchblicken.

Die Vorteile einer solchen Politik waren allerdings offensichtlich. In der Vergangenheit hatten die Stadtherren Syriens sich in nicht enden wollenden Machtkämpfen gegenseitig zermürbt, während im Süden die Bedrohung durch den Kalifen von Kairo immer größer geworden war. Ein starkes, vereintes Syrien würde Frieden und Sicherheit bedeuten und in der Lage sein, sowohl dem Kalifat als auch den Eroberern aus dem Norden die Stirn zu bieten.

»Wie kann ich Euch helfen, Herr?«, fragte Bahram.

»Kannst du dir das nicht denken?«

»Ich hege einen Verdacht.«

»Und?«

Bahram seufzte, fügte sich in das Unausweichliche. »Ich habe Eurem Vater viele Jahre treu gedient, Herr. Er war es, der einem Namenlosen ein ehrenvolles und ruhmreiches Leben ermöglichte. Ich habe es ihm vergolten, indem ich ihm treu zur Seite stand und gegen seine Feinde kämpfte. Nach dem

Tod Eures Vaters glaubte ich daher, dass die Tage des Kampfes für mich zu Ende seien – doch wenn Feinde das Sultanat bedrohen, bin ich bereit, das Schwert erneut zu erheben.«

»Nichts anderes habe ich erwartet«, sagte Duqaq mit wissendem Lächeln. »Doch ich muss wissen, ob ich deiner Loyalität in diesem Fall ganz sicher sein kann, Bahram al-Armeni.«

»Das könnt Ihr, Herr.«

»Auch wenn es gegen Christen geht?« Die grünen Augen des Fürsten musterten ihn prüfend. »Du weißt, dass dein Irrglaube nie eine Rolle gespielt hat, weder unter meinem Vater noch unter meiner Herrschaft. Dennoch muss ich mir gewiss sein, dass du für die Kreuzfahrer am Ende nicht doch größere Zuneigung hegst als für deinen Landesherrn, der Allahs Diener und Zeuge ist.«

»Das wird nie geschehen, mein Fürst«, versicherte Bahram ohne Zögern. »Mögen jene Angreifer sich auch Christen nennen – in Wirklichkeit verraten sie alles, was der Herr sie gelehrt hat, und sind nichts weiter als ungebildete Barbaren, deren einziges Ansinnen die Zerstörung ist. Mein Platz, Herr«, fügte er mit fester Stimme hinzu, wobei er die linke Hand auf die Scheide und die rechte auf den Griff seines Schwertes legte, »ist hier bei Euch, so wie er einst bei Eurem Vater war.«

Statt zu antworteten, taxierte Duqaq ihn weiter, wobei nicht zu erkennen war, was der Emir von Damaskus dachte.

»Gut«, sagte er schließlich, ohne seinen Blick zu wenden oder ihn auch nur etwas abzumildern. »Dann ernenne ich dich hiermit zum Oberbefehlshaber der *askar*.«

»Mein Fürst?«

»Du hast verstanden, Bahram. Meine Entscheidung ist getroffen.«

Einmal mehr hatte Duqaq die Überraschung auf seiner Seite. Der *askar* genannte Teil des Heeres stellte die besten Kämpfer des Fürsten und setzte sich zum größten Teil aus *ghulam* zusammen, gepanzerten Reitern, die einst Sklaven gewesen waren und sich im Kriegsdienst Respekt und Anerkennung verdient hatten. Die meisten von ihnen waren, ihrer Herkunft ungeachtet, zum Islam übergetreten, sodass die Berufung eines armenischen Christen zu ihrem Anführer zumindest sonderbar war.

»Darf ich Euch etwas fragen, Herr?«

Wieder spielte das rätselhafte Lächeln um Duqaqs Züge. »Natürlich.«

»Warum beruft Ihr keinen Sohn Mohammeds an die Spitze der *askar*? Ich bin sicher, dass es viele ebenso tapfere wie kluge Krieger gibt, die sich der Aufgabe mit Eifer stellen würden und deren Loyalität Ihr Euch nicht erst versichern müsstet.«

»Die gibt es zweifellos, aber ich möchte, dass ein Christ die *askar* befehligt.«

»Warum?«

»Zum einen, weil du die Schliche unserer Feinde kennst und weißt, wie sie denken. Heißt es nicht, dass man Feuer am besten mit Feuer bekämpft?«

»So heißt es. Aber ich bitte Euch zu bedenken, mein Fürst, dass ich über jene Christen auch nicht mehr weiß als Ihr. Sie sind mir nicht weniger fremd als ...«

»Zum anderen«, fuhr Duqaq unbeirrt fort, der offenbar keine Einwände hören wollte, »will ich ein leuchtendes Zeichen setzen.«

»Ein Zeichen, mein Fürst? Wofür?«

»Wenn du der bist, als der mein Vater dich stets schätzte und pries, dann muss ich dir das nicht erklären, Bahram. Yaghi Siyan schickt nicht von ungefähr nach Hilfe. Er weiß, dass seine Seldschukenkrieger nur einen kleinen Teil der Bevölkerung Antiochias ausmachen. Der überwiegende Teil besteht aus Christen, und natürlich fürchtet er, dass sie ebenso wie ihre Brüder in Armenien den Kreuzfahrern bereitwillig die Tore öffnen könnten, sobald sie nahen – nicht von ungefähr hat er bereits viele von ihnen der Stadt verwiesen. Die Kreuzfahrer wiederum gebärden sich als Befreier ihrer Glaubensbrüder. Was aber werden sie sagen, wenn einer der

Oberbefehlshaber des feindlichen Heeres ebenfalls ein Christ ist?«

»Ich verstehe, mein Fürst.« Bahram nickte. Duqaqs Taktik entbehrte nicht einer gewissen Raffiniertheit – etwas, das er seinem Vater und seinem Bruder voraushatte.

Der Herr von Damaskus beugte sich auf seinem Kissen vor und zischte die folgenden Worte. »Die Franken mögen behaupten, im Namen ihres Glaubens hier zu sein, einen Feldzug um ihres Glaubens willen zu führen wie einst der Prophet – aber natürlich ist das eine Lüge. In Wahrheit geht es ihnen nur darum, Land und Macht zu gewinnen. Es ist das alte Spiel mit neuen Regeln, der Kampf zweier Reiche.«

Der Kampf zweier Reiche ...

Dem Widerhall eines Hammerschlags gleich wirkten die Worte im Bewusstsein von Bahram nach. Unwillkürlich musste er an jene Nacht denken, in der Ibn Khallik ihm die Sterne gedeutet hatte. *Ein Reich wird untergehen – und ein neues entstehen*, hatte der alte Sterndeuter gesagt. War die Prophezeiung bereits dabei, sich zu erfüllen?

Eine Sorgenfalte erschien auf der hohen Stirn des Armeniers, was Duqaq nicht verborgen blieb. »Was hast du?«, wollte er wissen.

»Nichts, mein Fürst. Ich musste nur gerade an etwas denken.«

»Fühlst du dich der Aufgabe gewachsen?«

Bahram straffte seine sehnige Gestalt. Das Licht der Nachmittagssonne, das unter dem Fensterbogen hindurchdrang, ließ seine orangerote Robe leuchten. »Ja, mein Fürst«, entgegnete er.

»Dann ruf die Krieger zu den Waffen. Nicht nur die *askar*, auch die *ajnad* des Umlandes wird sich formieren, dazu Söldner aus dem Osten. Das Heer der Kreuzfahrer soll unter unserem Ansturm erzittern, und die Welt soll mich als den Befreier Antiochiens feiern!«

»Wann werden wir aufbrechen, mein Fürst?«

»Wann immer ich den Befehl dazu gebe«, erwiderte Duqaq, und wieder war jenes geheimnisvolle Blitzen in seinen Augen zu erkennen. Der Emir von Damaskus liebte es, seine wahren Absichten hinter Rätseln und Andeutungen zu verbergen.

Eines jedoch stand Bahram nur zu deutlich vor Augen.

Dass die Zeit der Muße und der friedlichen Studien unwiderruflich zu Ende war.

15.

Küste südlich von Alexandretta
Oktober 1097

Es war ein kleiner Zug, der sich die alte Küstenstraße hinab nach Süden bewegte – klein genug, um nicht weiter aufzufallen.

Die vier Reiter führten nur zwei Packtiere mit, die Proviant, Wasser und Zelte trugen. Wer sich ihnen näherte, der hätte auf den ersten Blick nicht zu sagen vermocht, wer sie waren. Kaufleute? Krieger, die sich in den Städten des Südens als Söldner verdingen wollten? Pilger auf dem Weg zu den heiligen Stätten? Ihre weiten Mäntel und die Tücher, die sie um die Häupter geschlungen hatten, ließen keine nähere Betrachtung zu – und verhüllten zudem, dass sich auch eine Frau unter den Reitern befand.

Conn konnte nicht anders, als Chaya höchste Bewunderung für ihre Ausdauer und die Geduld zu zollen, mit der sie auch die größten Strapazen ertrug. Von Tarsus aus waren sie nach Adana geritten und von dort nach Alexandretta, das sie nach kurzem Aufenthalt am Tag zuvor verlassen hatten. Obwohl die Reise beschwerlich gewesen war, war sie ohne nennenswerte Zwischenfälle verlaufen.

Um der Entdeckung durch seldschukische Patrouillen zu entgehen, hatten sie es vorgezogen, entlang der Küste gen St. Symeon zu reisen, um sich Antiochia dann von Westen her zu nähern, durch das fruchtbare Tal des Wadi al-Qifaysiya. Und je näher das Ziel ihrer Reise rückte, desto deutlicher spürte Conn Chayas wachsende Unruhe.

»Wie soll ich Euch nur danken, Conwulf?«, fragte sie, während sie neben ihm herritt, an den Klippen entlang, die steil zum Meer hin abfielen. Bertrand hatte die Vorhut übernommen und war ein Stück voraus, während der Maulesel Berengars in kurzem Abstand hinter ihnen hertrabte, sein Reiter, wie es schien, in Kontemplation versunken. »Ihr habt mehr für mich getan, als ich jemals gutmachen könnte.«

»Herrn Baldric hat Euer Dank zu gelten«, antwortete Conn. »Hätte er mir nicht gestattet, Euch zu begleiten...«

»Die Bescheidenheit steht Euch gut zu Gesicht, Conwulf.« Sie lächelte. »Aber Ihr solltet nicht zu bescheiden sein. Ihr hattet recht, als Ihr sagtet, dass ich allein nicht die geringste Aussicht gehabt hätte, Antiochien lebend zu erreichen.«

»Das sagte ich«, gab Conn zu. »Inzwischen bin ich mir allerdings nicht mehr ganz so sicher, nach all den Fährnissen, die Ihr überstanden habt.«

Erneut lächelte sie.

Sie hatte ihm von ihrer langen Irrfahrt berichtet. Von dem Unrecht, das ihr Vater und sie in der alten Heimat zu erdulden hatten, und von den Gefahren, denen sie ausgesetzt gewesen waren; von ihrer Reise nach Italien und über das Mittelmeer und von dem langen Winter, den sie auf Kreta ausgeharrt hatten; von ihrer Weiterfahrt über das Meer bis zu jenen dunklen Tagen, da Chaya am Krankenbett ihres Vaters ausgeharrt und um seine Genesung gebetet hatte. Je mehr Conn über sie erfahren hatte, desto größer war das Gefühl von Vertrautheit geworden, das er der jungen Jüdin gegenüber empfand.

»Ich habe Euch alles über mich berichtet«, sagte sie. »Ihr jedoch hüllt Euch weiterhin in Schweigen, obschon sich unsere Reise allmählich dem Ende nähert.«

»Nur weil es da nicht viel zu erzählen gibt. Ihr wisst, was ich in London gewesen bin.«

»Ihr habt es mir gesagt. Aber Ihr habt unerwähnt gelassen,

weshalb Ihr England verlassen und Euch dem Feldzug gegen die Heiden angeschlossen habt.«

Er streifte sie mit einem Seitenblick. Es war befremdlich, das Wort »Heiden« aus ihrem Mund zu hören, aber sie sagte es ohne Bitterkeit. »Es war wegen Nia«, hörte er sich selbst sagen, noch ehe er sich darüber klar geworden war, ob er über diesen Teil seiner Vergangenheit überhaupt sprechen wollte.

»Tatsächlich?« Sie schaute ihn fragend an. »Ihr habt mir nie erzählt, was aus ihr geworden ist.«

»Sie ist tot«, sagte Conn leise.

»Oh, Conwulf! Das tut mir leid.«

»Sie hatte immer davon geträumt, England zu verlassen und in ihre Heimat zurückzukehren. Sie verblutete in meinen Armen, während ich ihre Hand hielt und ihr in die Augen sah.«

»Conwulf! Ich ... ich ...« Sie schüttelte den Kopf und wusste nicht, was sie erwidern sollte. Manches, was sie in der Vergangenheit gesagt hatte, schien sie plötzlich zu bedauern, vieles begann sie erst jetzt zu verstehen. »Deshalb also begleitet Ihr mich nach Antiochia. Weil Ihr genau wisst, welchen Verlust ich erlitten habe.«

»Einen geliebten Menschen zu verlieren ist die Hölle«, sagte Conn grimmig, während er weiter geradeaus schaute und ihren Blick mied, der voller Bedauern und Mitgefühl war.

»Ich habe diese Hölle zweimal durchlebt«, gestand Chaya leise. »Nur wenige Monate, ehe wir Köln verließen, starb meine Mutter.«

»Ihr ... Ihr habt innerhalb kurzer Zeit beide Elternteile verloren?« Conn schaute sie fragend an. Diesmal war sie es, die ihm auswich. Stattdessen ließ sie ihren Blick über die Küste und die türkisblaue See streifen.

»Eigentlich nicht«, antwortete sie nach einer Weile. »In einem gewissen Sinn starb auch mein Vater an dem Tag, da meine Mutter ihr Leben ließ. Sie hat ihm alles bedeutet.«

»Wie ist es passiert?«

»Es war ein Unfall. Meine Mutter kam ins Handelskontor meines Vaters, um ihm getrocknete Früchte und Wein zu bringen. Er hatte den ganzen Tag gearbeitet, und sie war der Ansicht, dass er sich stärken müsse.« Ihre Stimme hatte noch mehr an Kraft verloren. Es fiel ihr sichtlich schwer, von diesen Dingen zu erzählen, womöglich tat sie es zum ersten Mal. »Einige Fässer im Lagerhaus waren nicht gesichert«, fuhr Chaya fort. Ihr Redefluss beschleunigte sich, als wäre der Schmerz auf diese Weise leichter zu ertragen. »Ein Stapel stürzte ein und begrub meine Mutter unter sich. Sie war tot, noch ehe mein Vater und seine Lagerarbeiter sie erreichen konnten.«

»Mein Gott«, sagte Conn nur.

Ein undeutbares Lächeln, das jeder Freude entbehrte, huschte über ihre anmutigen Züge. »Genau das war es, was auch mein Vater dachte«, sagte sie. »Er sah darin ein Zeichen, das der Herr ihm gesandt hatte, eine Strafe für seine Verfehlungen auf Erden.«

»Und Ihr?«

Chayas Augen füllten sich mit Tränen. »Ich weiß es nicht. Ich glaube daran, dass Gott bei uns ist und dass es für jeden von uns eine feste Bestimmung gibt – aber weshalb lässt er solches Unrecht geschehen?«

Conn nickte. »Diese Frage habe ich mir auch oft gestellt.«

»Und? Habt Ihr eine Antwort gefunden?«

»Nein«, gab Conn freimütig zu. »Aber Herr Baldric ist davon überzeugt, dass all dies Prüfungen sind, die uns auf die Probe stellen sollen. Und dass wir vor Gott nur Vergebung erlangen können, wenn wir diese Prüfungen bestehen.«

»Auch mein Vater dachte so. Er fühlte sich verantwortlich für den Tod meiner Mutter und glaubte, dass die Mission, die er zu erfüllen hätte, seine Sühne sei.«

»Mission?«, hakte Conn nach.

Chaya schaute ihn betroffen an. Sie schien selbst überrascht zu sein, das Wort gebraucht zu haben, und für einen Augenblick sah es so aus, als wollte sie noch etwas hinzufügen. »Es ist nicht wichtig«, erklärte sie jedoch dann. »Es war ihm nicht vergönnt, seine Aufgabe zu Ende zu bringen – hat er nun seinen Frieden gefunden?«

»Ich wünsche es ihm. So wie ich auch Baldric wünsche, dass er seinen Frieden finden wird.«

»Und Ihr?«

»Was meint Ihr?«

»Ist der Tod Eurer Geliebten der Grund dafür, dass Ihr Euch dem Feldzug angeschlossen habt? Sucht auch Ihr Vergebung zu finden?«

Conn zögerte. Als Baldric einst dieselbe Vermutung äußerte, hatte er noch entschieden widersprochen – vielleicht auch nur deshalb, weil er nicht bereit gewesen war, eine Wahrheit anzuerkennen, die aus dem Mund eines Normannen kam. Inzwischen jedoch war er sich nicht mehr ganz so sicher. Zwar hatte er damals kaum eine andere Wahl gehabt, als auf Baldrics Angebot einzugehen, aber inzwischen war ihm klar geworden, dass er sich tatsächlich schuldig fühlte. Und dass er nur in jenen seltenen Augenblicken inneren Frieden gefunden hatte, in denen er das Gefühl gehabt hatte, dass Gottes Gnade auf ihm ruhte.

Damals in Rouen, als Berengar gesprochen hatte.

In Genua, als er Chaya zum ersten Mal begegnet war.

In jener Nacht vor Tarsus, als er sie in ihrem Zelt aufgesucht und versucht hatte, ihr ein wenig Trost zuzusprechen.

Und jetzt, in diesem Augenblick.

Es war nicht zu leugnen, dass in den meisten Momenten, da Conn die Nähe des Herrn zu fühlen glaubte, auch Chaya nicht fern gewesen war, geradeso, als ob Gott seine Schritte in ihre Richtung gelenkt und ihre Schicksale miteinander verknüpft hätte – und das, obschon Conn ein Christ und sie eine Jüdin war.

Trotz allem, was sie trennen mochte, gab es Gemeinsamkeiten: Wie Chaya war auch Conn gezwungen gewesen, die alte Heimat zu verlassen; wie sie fühlte er sich einsam und entwurzelt und hatte tiefen Schmerz erlitten. Ihre gegenseitige Nähe spendete beiden Trost und ließ sie die Welt und sich selbst mit anderen Augen sehen.

Conn erwiderte nichts auf ihre Frage, aber er nickte stumm, und allein darin lag eine Befreiung.

Der Schmerz dauerte noch immer an und würde vielleicht niemals ganz verschwinden, aber Conn hatte nicht mehr das Gefühl, daran zugrunde gehen zu müssen. Licht brach in die Düsternis seiner Gedanken, und er wusste, dass er dies einzig der jungen Frau zu verdanken hatte, die schweigend neben ihm herritt.

Eine Woge der Zuneigung erfasste ihn, und noch ehe er recht begriff, was er tat, beugte er sich zu ihr hinüber und ergriff ihre Hand. Sie unternahm nichts dagegen und ließ ihn gewähren, was ihn dazu ermutigte, ihre Hand an seine Lippen zu führen, um sie in einer Geste der Verbundenheit zu küssen.

»Was... was tut Ihr?«

Mit einem Ruck zog sie ihre Hand zurück, und als er sah, wie sie errötete, schalt er sich einen elenden Narren.

»Chaya, ich...«

»Schon gut«, sagte sie nur und blickte stumm geradeaus. Dabei ließ sie die Zügel schnalzen, sodass ihr Maultier antrabte und sich ein wenig absetzte.

Der dünne Lichtstrahl, der für wenige Augenblicke Conns Herz erwärmt hatte, erlosch.

Den restlichen Tag über sprachen sie kaum ein Wort.

Die Reise ging weiter, dem Küstenpfad folgend, der sich oberhalb der Klippen durch karg bewachsenes Hügelland schlängelte. Im Schutz eines großen Felsens, der sie neugierigen Blicken entzog, schlugen sie schließlich ihr Nachtlager auf und entzündeten ein Feuer, um die Kälte der Nacht zu vertreiben – in Conns Herzen blieb sie bestehen.

Bertrand übernahm erneut die erste Wache, sodass Conn Zeit genug blieb, in die Flammen zu starren und düster vor sich hin zu sinnieren. Chaya hatte sich, kaum dass ihr Zelt errichtet worden war, zur Ruhe begeben, auch wenn Conn bezweifelte, dass sie bereits schlief. Sie hatte es wohl lediglich vorgezogen, allein zu sein, was er ihr bei der plumpen Vertraulichkeit, die er an den Tag gelegt hatte, nicht verdenken konnte. Was, bei allen Heiligen, hatte er sich nur dabei gedacht? Sie war schließlich keine Bauernmaid, sondern die Tochter eines wohlhabenden Kaufmanns. Wie hatte er auch nur einen Augenblick lang annehmen können, dass sie etwas für ihn empfand?

Als er Schritte hörte, sprang er auf in der Hoffnung, es könnte vielleicht Chaya sein. Aber es war nur Berengar, der Feuerholz gesammelt hatte und zurückkehrte.

Der Benediktiner, der seine schwarze Robe gegen einen unscheinbaren Kaftan getauscht hatte, warf einige trockene Äste ins Feuer. Dann ließ er sich seufzend neben Conn auf einen Stein nieder. »Alles ruhig«, erklärte er dabei. »Bertrand lässt ausrichten, dass du ihn um Mitternacht ablösen sollst.«

»Hm«, machte Conn nur und starrte weiter in die Flammen.

»Nun?«, fragte der Mönch, nicht auf Französisch wie sonst, sondern auf Englisch, das er ebenfalls zu beherrschen schien.

»Nun was?«

»Mein guter Conwulf, ohne dass ich es wollte, bin ich heute Zeuge geworden von ... du weißt schon.«

Conn ließ ein dumpfes Schnauben vernehmen. »Erinnert mich nicht daran, ich bitte Euch.«

»Es liegt mir auch fern, dich in Verlegenheit zu bringen«, versicherte Berengar, »aber ich kam nicht umhin zu bemerken, dass du etwas für die Jüdin zu empfinden scheinst.«

»Und?«, fragte Conn barsch.

»Ich möchte dich warnen.«

»Wovor?«

»Ich sagte es schon einmal, Conwulf – als vom Herrn gesandter Begleiter dieses Feldzugs fühle ich mich für das Seelenheil jener verantwortlich, die unter dem Kreuz kämpfen. Auch für deines.«

»Tatsächlich?« Conn wandte den Blick und schaute den Mönch mit einer Mischung aus Trotz und Zweifel an. »Ist meine unsterbliche Seele denn gefährdet, Pater?«

»Das kann ich nicht beurteilen, denn in dein Herz vermag ich nicht zu blicken, Conwulf. Dein Gewissen wird dir diese Frage beantworten. Wenn du es lässt.«

»Was versucht Ihr mir einzureden, Pater? Dass Chaya meine Verdammnis bedeutet?«

»Du solltest keinen Spott damit treiben, Conwulf. Der Schritt von der Unbekümmertheit zur Blasphemie ist nur ein geringer.«

»Und wenn schon – sie hat ihren Vater verloren und Schlimmes durchgemacht. Was ist falsch daran, sie zu trösten?«

»Nichts – solange du dabei nicht vergisst, wer du bist und wofür du stehst. Nämlich für die Reinheit des Glaubens und die Wahrheit.«

»Die Wahrheit wird nicht weniger wahr, wenn ich mit einer Jüdin spreche.«

»Das nicht. Aber ich hege die Sorge, dass du die Wahrheit nicht mehr von der Lüge unterscheiden kannst, wenn die Jüdin dich erst mit ihren Reizen umgarnt.«

»Was redet Ihr da?« Conn schaute verständnislos in die bleichen Züge des Mönchs, über die der Widerschein des Feuers irrlichterte. »Wart nicht Ihr selbst dafür, Chaya nach Antiochia zu begleiten?«

»Gewiss. Aber ganz sicher ging es mir nicht darum, zarte Bande mit ihr zu knüpfen. Sie ist eine Frau, Conwulf – mit allen Vorzügen und Gefahren, die ihr mit ewiger Sündhaftigkeit behaftetes Geschlecht nun einmal in sich birgt.«

»Als da wären?«, fragte Conn provozierend. Er schätzte es nicht, auf diese Weise belehrt zu werden, zumal seine Gefühle ohnehin zurückgewiesen worden waren. Und ihm missfiel die Art und Weise, wie Berengar über Chaya sprach.

»Sie ist nicht aufrichtig zu dir«, behauptete der Mönch.
»Woher wollt Ihr das wissen?«
»Was hat sie dir über sich erzählt?«
»Genug«, war Conn überzeugt.
»Auch über die Beweggründe ihres Hierseins? Über den Grund, warum sie unbedingt nach Antiochia will?«
»Sie hat ihrem Vater ein Versprechen gegeben, das sie erfüllen muss. Genügt Euch das als Antwort?«
»Genügt es dir?«
»Gewiss.«
»Dann weißt du sicher auch, was sich in dem Behältnis befindet, das sie ständig bei sich trägt«, bohrte der Mönch weiter.
»Woher wisst Ihr ...?«
»Ich habe es gesehen, an jenem Tag, als ihr sterbender Vater es ihr übergab. Und auch später sah ich es wieder, wenn auch nur für einen Augenblick. Sie hütet es wie ihren Augapfel, nicht wahr?«
»Möglich.« Conn zuckte die Schultern.
»Aber du weißt nicht, was sich darin befindet, oder?«
»Nein«, antwortete er.
»Ich verstehe.«
»Was versteht Ihr?«
Berengar schaute ihn an und schien Conn etwas sagen zu wollen. Dann besann er sich jedoch anders und stand auf, um sich zur Ruhe zu betten. »Ich verstehe dein Handeln und bin erleichtert, dass dir die Jüdin nichts verheimlicht und sie keine dunklen Pläne hegt«, sagte der Mönch nur, ehe er sich abwandte und im Dunkel jenseits des Feuerscheins verschwand.

16.

Pons Farreus
21. Oktober 1097

Der Kampf war zu Ende. Mit ernüchterndem Ergebnis.

Auf einem Hügelgrat stehend, der nach Südwesten sanft abfiel, beobachtete Guillaume de Rein den Rückzug des Heeres – oder besser von dem, was noch davon übrig war.

Mit eintausend Reitern und etwa doppelt so viel Fußvolk war Herzog Robert von der Normandie vorausgezogen, um dem Hauptheer den Weg nach Antiochia zu ebnen. Durch das Tal von Amuk waren sie zum Orontes vorgestoßen und ihm gefolgt, bis sie zu jener Brücke gelangten, die in der Nähe des Ortes Farreus über den Fluss führte. Die Kreuzfahrer jedoch hatten ihr einen eigenen Namen gegeben.

Pons ferri.

Die Brücke aus Eisen – und diesem Namen hatte sie alle Ehre gemacht. Noch immer klangen Guillaume die Schreie der Männer in den Ohren, die versucht hatten, den Wachturm einzunehmen, der den Brückenkopf sicherte, und die geradewegs in den Pfeilhagel des Feindes geraten waren, dazu das panische Wiehern der Pferde, die unter ihren Reitern zusammenbrachen. Und sobald er die Augen schloss, sah Guillaume überall blutende, mit Pfeilen gespickte Leiber. Hundertfach hatte der gefiederte Tod die Kreuzfahrer ereilt und ihren Angriff jäh ins Stocken gebracht.

Auch Guillaume blutete. Die Wunde an seinem Arm war

nicht tief, aber sie schmerzte höllisch. Einer der unzähligen Pfeile, die auf die normannische Vorhut niedergegangen waren, hatte das Kettengeflecht seiner Rüstung durchdrungen und sich durch Polsterung und Haut geschnitten. Jedesmal, wenn der Schmerz durch seinen Arm flutete und er am liebsten laut aufgeschrien hätte, fragte sich Guillaume, warum er den Auftrag, den König Rufus ihm erteilt hatte, nicht längst ausgeführt und Herzog Robert, der sich als völlig unfähig erwiesen hatte, eine Truppe zu führen, einfach beseitigt hatte. Doch seine Mutter hatte es ihm verwehrt mit dem Hinweis, dass die Zeit noch nicht reif dafür sei.

So hatte Guillaume also stillgehalten, hatte die entbehrungsreichen Märsche durch das anatolische Hochland und über die schneebedeckten Gipfel Armeniens bestritten und darauf gewartet, dass seine Stunde schlug. In diesem Augenblick allerdings kam es ihm vor, als wäre sie in weite Ferne gerückt.

»Ein trauriger Anblick, nicht wahr?«

Eustace de Privas, der neben ihm stand und wie er auf das elende Schauspiel blickte, verzog angewidert das Gesicht. Obschon er weder Normanne war noch zu Roberts Gefolge gehörte, hatte er sich der Vorhut angeschlossen, zusammen mit einigen anderen Rittern der Bruderschaft, von denen nicht alle das Scharmützel am Fluss überlebt hatten.

»Adelard und Huidemar sind tot, Landri liegt schwer verwundet«, erstattete Eustace Bericht, während er erschöpft ins gelbe Gras sank. Auch er blutete aus einer Wunde am Kopf, die er sich beim Sturz vom Pferd zugezogen hatte. »Zusammen mit jenen Brüdern, die wir vor Herakleia und beim Überqueren der Berge verloren haben, sind es damit nun schon achtundzwanzig, Guillaume. Achtundzwanzig! Und dabei haben wir das Heilige Land noch nicht einmal erreicht.«

Guillaume betrachtete seinen Waffenbruder von der Seite. Mehr als ein Jahr war vergangen, seit er in den unterirdischen Verliesen von Caen in die Bruderschaft der Suchenden eingeführt worden war – ein Jahr, in dem viel geschehen war und sich noch mehr verändert hatte. Viele von denen, die der geheimen Vereinigung die Treue geschworen und ihr Leben in den Dienst der Suche nach den heiligen Reliquien gestellt hatten, waren nicht mehr am Leben. Obschon die Bruderschaft dafür gesorgt hatte, dass ihre Kämpfer nicht zu darben hatten wie so viele andere, waren viele der Hitze oder grassierenden Krankheiten zum Opfer gefallen – oder wie zuletzt einem unbarmherzigen Feind.

Eustace de Privas gehörte zu denen, die überlebt hatten, aber auch er hatte sich verändert, war nicht mehr jener vor Zuversicht strotzende Recke, als der er Guillaume in Caen erschienen war. Das Oberhaupt der Bruderschaft, die er zusammen mit einigen französischen Rittern gegründet hatte, hatte an Glanz verloren. Sein einst makelloser Teint war fleckig, seine hohen, aristokratischen Wangen eingefallen und sein Bart war nicht länger eine fein getrimmte Zier, sondern ein wucherndes Ungetüm, das die untere Hälfte seines Gesichts verschlang; sein Waffenrock schließlich war zerschlissen, die einstmals blaue Farbe ausgebleicht und schmutzig. Das allein wäre nicht weiter verwunderlich gewesen, denn viele Edle waren im Zuge der vielen Entbehrungen verwildert und zu Schatten ihrer selbst geworden. Doch mit einer Mischung aus Verblüffung und Genugtuung stellte Guillaume fest, dass in Eustaces Zügen erstmals auch Zweifel zu lesen waren.

Er selbst hatte nie Hoffnungen gehegt, was die Ziele des Feldzugs betraf, also hatten sie auch nicht enttäuscht werden können. Seine Interessen richteten sich ausschließlich auf sich selbst, seine beherrschende Empfindung in diesem Augenblick war nicht Niedergeschlagenheit oder Trauer, sondern Wut ...

»Wen will das wundern bei solchen Führern«, entgegnete er auf Eustaces Einwurf. »Dummheit und Unfähigkeit regieren, wo Tapferkeit und weise Voraussicht das Sagen haben sollten.«

»Du solltest froh sein, dass ich und niemand sonst dich so reden hört«, erwiderte Eustace. Im Lauf der Zeit waren sie einander vertrauter geworden, und Guillaume genoss inzwischen das Privileg, sich zum engsten Kreis der Bruderschaft zählen zu dürfen – was wohl auch daran lag, dass von Eustaces alten Freunden viele nicht mehr am Leben waren. Zwar waren im Gegenzug zahlreiche junge Adelige aufgenommen worden, doch konnten sie nicht alle Verluste ersetzen.

»Meinst du?« Guillaume schüttelte das Haupt. Angewidert starrte er auf den nicht enden wollenden Zug der Kämpfer, der sich durch die Talsohle schleppte. Auf jeden Ritter, der noch auf dem Pferd saß, kamen zwei, die zu Fuß gingen, und noch ein weiterer, der verwundet war und den sie trugen. Der Pfeilhagel der Muselmanen, in den ihr Anführer sie blindlings hatte rennen lassen, hatte hohe Verluste gefordert, nicht nur unter den Reitern und Fußsoldaten, sondern auch unter den Tieren. »Robert ist ein Dummkopf«, fügte Guillaume bitter hinzu. »Das hat er auch früher schon gezeigt. Ein Stümper wie er verdient es nicht, uns anzuführen.«

»Um Himmels willen«, zischte Eustace und sah sich auf dem Hügelgrat um, so als fürchtete er, sie könnten belauscht werden. »Mäßige dich, Bruder, ich bitte dich!«

»Nein, Eustace.« Guillaume verzog das Gesicht. »Ich bin der Bruderschaft nicht beigetreten, um mich zu mäßigen. Und ganz sicher nicht, um am Ende der Welt mit einem Pfeil in der Brust elend zu verrecken. Wir sind zu Höherem berufen, hast du das vergessen?«

»Natürlich nicht. Aber wie können wir hoffen, die weltlichen Hinterlassenschaften des Herrn zu finden, wenn es uns nicht einmal gelingt, die Stätten seines Wirkens zu erreichen? Bedenke, was sich uns bislang in den Weg gestellt hat, Guillaume: Nicht nur der grausame Feind, auch Elend, Seuchen und Unwetter sind über uns hereingebrochen. Es gibt Prediger, die davon sprechen, dass sich die Prophezeiungen aus der Apokalypse an uns bewahrheiten würden.«

»Und solch einen Unfug glaubst du?« Guillaume schnaubte.

»Du etwa nicht?«

»An den Hindernissen, die sich uns in den Weg gestellt haben, war nichts Übernatürliches. Sie waren die Folge falscher Entscheidungen, die von den Fürsten getroffen wurden, und es ist an der Zeit, dass sich das ändert.«

»Wie?«, fragte Eustace verblüfft.

»Die Bruderschaft hat bislang immer Lösungen gefunden«, schnaubte Guillaume. »Sie hat uns genährt, als andere hungerten, und sie füllt unsere Börsen, wo andere bereits verarmt sind und als elende Bettler nach Hause zurückkehren mussten.«

»Nun«, meinte der Provenzale, »Proviant zu besorgen und Karawanen der Heiden zu überfallen ist eine Sache – unseren Auftrag zu erfüllen hingegen etwas anderes.«

»Es kommt darauf an.«

»Wie meinst du das?«

Um Guillaumes schmale Lippen spielte ein grausames Lächeln. »Weder haben sich die Fleischtöpfe von selbst gefüllt, Eustace, noch haben die Heiden ihren Besitz freiwillig an uns abgegeben. Wir haben die Initiative ergriffen. Hast du nicht selbst gesagt, dass die heiligen Reliquien demjenigen, der sie findet, Macht und Einfluss eintragen werden?«

»Das habe ich, aber …«

»Also sollten wir dafür sorgen, dass sie gefunden werden«, schnitt Guillaume dem Vorsteher der Bruderschaft das Wort ab. »Anders werden wir die Machtverhältnisse im Heer nicht ändern können.«

»Bruder!« Eustace sah ihn zweifelnd an. »Ich höre deine Worte, aber ich bin mir nicht sicher, ob ich verstehe, was sie bedeuten.«

»Oh, doch, du hast verstanden.« Ebenso wie er selbst es getan hatte, als seine Mutter ihm den Plan zum ersten Mal vorstellte. »Vor einigen Wochen machte ich die Bekanntschaft eines Mannes, der sich Peter Bartholomaios nennt.«

»Peter Bartholomaios?« Eustace schüttelte den Kopf. »Ich habe nie von ihm gehört.«

»Die wenigsten haben das. Er stammt aus einfachen Verhältnissen, und ich werde dich nicht mit Berichten darüber langweilen, wie ich ihn kennenlernte. Aber jener Bartholomaios behauptet, Visionen vom heiligen Andreas zu haben.«

»Er hat Visionen von Sankt Andreas?«, fragte Eustace staunend.

»Nein«, widersprach Guillaume. »Du hörst mir nicht richtig zu. Ich sagte, er *behauptet*, Visionen zu haben. Ob er die Wahrheit spricht oder nur ein verrückter Eiferer ist, vermag ich nicht zu beurteilen. Es ist auch nicht von Belang. Ich weiß nur, dass dieser Mann etwas an sich hat, das Menschen zu überzeugen vermag. Und ich denke, dass wir uns seiner bedienen sollten, um unseren Einfluss zu mehren.«

»Uns seiner bedienen?« Eustace starrte Guillaume fragend an, so als müsse er sich versichern, ob er recht gehört hatte. »Aber das ... das wäre Betrug! Mehr noch, es wäre eine Sünde gegen alles, was ...«

»Ist es eine Sünde, der Wahrheit zum Sieg zu verhelfen? Wir wissen beide, dass es jene Reliquien gibt, die der Herr auf Erden zurückließ, und wir haben einen feierlichen Eid geleistet, sie zu suchen und zu finden, was uns vielleicht auch irgendwann gelingen wird. Aber das Wunder wird nicht irgendwann benötigt, Eustace, sondern bald. Sieh hinab ins Tal, auf diesen Haufen trauriger Verlierer – das ist es, wozu wir verkommen sind! Denkst du nicht, dass diese Männer Hoffnung und Zuversicht verdienen?«

»Nun ... ja. Aber durch eine Lüge?«

»Die Lüge ist die Wahrheit der Mächtigen, Eustace, das weißt du so gut wie ich, und wir sollten uns nicht länger scheuen, nach deren Regeln zu spielen. Die heutige Niederlage wird nicht endgültig sein. Wenn das Hauptheer eintrifft, wird es uns fraglos gelingen, die Brücke über den Orontes einzunehmen, und auch Antiochia wird früher oder später fallen. Aber ohne Zweifel werden Tage kommen, da sich unsere Anführer erneut entzweien und sich als unfähig erweisen werden, dieses Heer zu führen – und wie viele Rückschläge können wir noch verkraften? Wie lange noch, bis diese heiligste und größte aller Unternehmungen am Kleinmut ihrer Führer scheitern wird? Man braucht kein Prediger zu sein, um zu ahnen, dass das Ende nahe ist – es sei denn, die Bruderschaft ist bereit, sich ihrer Verantwortung zu stellen. Die Frage, die wir uns also stellen müssen, lautet: Ist die Bruderschaft dazu bereit? *Bist du* dazu bereit, Bruder?«

In Wirklichkeit war es keine Frage, sondern eine Aufforderung. Guillaume hatte sich Eustace zugewandt und streckte ihm die Rechte entgegen, um ihm wieder auf die Beine zu helfen.

Die dunklen Augen des Provenzalen musterten ihn prüfend. Es war nicht zu erkennen, ob Eustace de Privas begriff, dass jener junge normannische Edelmann, den er aus reiner Gefälligkeit in seine Reihen aufgenommen hatte, in diesem Augenblick versuchte, ihn an Macht und Geltung zu überflügeln. Dennoch kam er zu einem raschen Entschluss. »Ich bin bereit, Bruder«, versicherte er, während er sich aus eigener Kraft auf die Beine raffte. »Bereit, gemäß dem Schwur zu handeln, den ich gegeben habe, und nötigenfalls auch mein Leben dafür einzusetzen. Aber ich bin nicht bereit, unsere Mitbrüder und alle anderen, die sich der Teilnahme an diesem Feldzug verschrieben haben, dreist zu belügen – und wenn dir deine Ehre etwas wert ist, solltest du es auch nicht sein.«

»Hier geht es nicht um Ehre, Eustace. Es geht darum, den Sieg und die Macht in den Händen zu halten! Begreifst du das nicht?«

»Ich begreife nur, dass du mich in Versuchung führen willst, gerade so, wie der Teufel unseren Herrn Jesus einst in Versuchung zu führen suchte. Aber es wird dir nicht gelingen.«

»Du wirst deine Meinung ändern, glaub mir. Schon sehr bald.«

17.

*Küste nördlich von St. Symeon
Zur selben Zeit*

»Chaya?«

Conn hatte sich vorsichtig genähert. Nachdem sie den ganzen Tag über geritten waren und die vorletzte Etappe bewältigt hatten, lagerten sie unweit der Hafenstadt St. Symeon. Von hier aus waren es nur noch wenige Stunden bis Antiochia. Ihre gemeinsame Reise würde am folgenden Tag enden, doch Conn wollte Chaya nicht verlassen, ohne sich mit ihr ausgesprochen zu haben.

»Darf ich mich zu Euch setzen?«

Sie hatten ihr Lager in einem Pinienwald aufgeschlagen, der sowohl hinreichend Schutz als auch Feuerholz für die Nacht bot. Im Westen grenzte er an einen Strand, der zum Meer hin sanft abfiel. Hierher hatte sich Chaya zurückgezogen. Den Stoff ihres Mantels um die Schultern gehüllt, saß sie auf einem Felsen und blickte in die untergehende Sonne, von der nur noch ein letzter schmaler Rest am Horizont zu sehen war.

Einen Augenblick hatte es den Anschein, als hätte sie Conn nicht gehört. Dann jedoch wandte sie sich zu ihm um. »Setzt Euch«, forderte sie ihn auf und rückte ein wenig zur Seite.

Conn nickte dankbar und nahm ebenfalls auf dem Felsen Platz. Eine Weile lang blickten sie auf die glitzernde See, deren Widerschein Chayas Gesicht in goldfarbenes Licht tauchte und es geradezu überirdisch schön erscheinen ließ.

»Berengar bewacht das Lager«, sagte Conn schließlich, um das Schweigen zu brechen. »Und Bertrand ist losgezogen, um die Lage auszukundschaften. Der Schafhirte, dem wir heute Nachmittag begegneten, sagte, dass bereits Kreuzfahrer vor Antiochia eingetroffen seien. Wenn es so ist, müsst Ihr Euch beeilen.«

Sie nickte, und zu seiner Überraschung glitt ein Lächeln über ihre anmutigen Züge. »Habt Dank, Conwulf«, sagte sie. In diesem Moment versank auch der äußerste Rand der glühenden Sonnenscheibe hinter dem Horizont, und es wurde schlagartig kühler.

»Wir haben kaum gesprochen in den letzten Tagen.«

»Nein«, stimmte sie zu. »Das haben wir nicht.«

»Ich möchte mich entschuldigen«, sagte Conn leise. »Was ich getan habe, war plump und ungehörig. Ich bin ein Narr gewesen und möchte, dass...«

Ihr Blick ließ ihn verstummen. Zu seiner Überraschung las er keinen Zorn darin, sondern nur Bedauern. »Nein«, widersprach sie. »Das wart Ihr nicht.«

»Aber...«

»Ich habe nicht Euretwegen mit Zurückweisung reagiert«, erklärte Chaya sanft, »sondern meinetwegen, Conn. Um meines Vaters willen. Es gibt etwas, das ich tun muss, eine Aufgabe, die ich zu erfüllen habe, und ich darf mich durch nichts von meinem Weg abbringen lassen. So habe ich es meinem Vater versprochen.«

»Was ist das für eine Aufgabe?«

»Das kann ich Euch leider nicht sagen.«

»Ihr könnt es mir nicht sagen? Obschon ich Euch das Leben gerettet und Euch sicher durch das Feindesland geleitet habe?«

»Wofür ich Euch von Herzen dankbar bin«, versicherte sie. »Ich erwarte auch keineswegs, dass Ihr versteht, was mich bewegt, aber ich kann es Euch auch nicht erklären.«

»Weshalb nicht? Weil ich Christ bin und Ihr eine Jüdin?«

»Nein.« Sie schüttelte den Kopf. »Es ist keine Frage des Glaubens, Conwulf. Nicht in diesem Fall.«

»Was dann?«, bohrte Conn weiter. »Worum geht es bei dieser geheimnisvollen Mission, die Ihr zu erfüllen habt? Denkt Ihr nicht, dass ich ein Recht habe, es zu erfahren?«

»Ich sagte es Euch schon, Conwulf.« Äußerlich blieb Chaya gelassen, ihre Stimme jedoch begann zu beben. »Es ist das Vermächtnis meines Vaters.«

»Das sagtet Ihr. Aber worum genau handelt es sich dabei?«

»Das kann ich Euch nicht sagen, und ich bitte Euch inständig, mich nicht weiter danach zu fragen.« Die wachsende Verzweiflung in ihrer Stimme war nicht zu überhören. Chayas Augen glänzten feucht, und einmal mehr verwünschte Conn sich für seine Narrheit.

Verdammter Berengar!

Die Reden des Mönchs hatten ihm den Verstand verwirrt und ihn misstrauisch gemacht. Warum nur konnte der Benediktiner seinen Argwohn nicht einfach für sich behalten?

»Verzeiht«, erwiderte Conn und blickte betreten zu Boden, wo er mit der Stiefelspitze im Sand stocherte. »Ich wollte Euch nicht bedrängen, Chaya. Es ist nur ...« Er brach ab und suchte nach passenden Worten. »Ich würde Euch gerne helfen, aber das kann ich nicht, wenn Ihr Euch mir nicht anvertraut.«

Sie benutzte einen Zipfel ihres Kopftuchs dazu, sich die Augen zu wischen. Dabei kehrte ein zaghaftes Lächeln auf Ihre Züge zurück. »Das ist sehr fürsorglich von Euch.«

»Aber Euer Vertrauen zu mir geht nicht weit genug, als dass Ihr mir Euer Geheimnis offenbaren würdet«, fügte er ohne Bitterkeit hinzu. »Das verstehe ich.«

»Nein. Mein Vertrauen zu Euch hat nichts damit zu tun, Conwulf, das müsst Ihr mir glauben.«

»Ich kann es Euch nicht verdenken, Chaya – denn auch ich habe Euch nicht alles anvertraut«, gestand Conn. Fast flüsternd fügte er hinzu: »Andernfalls hätte ich Euch erzählt, was damals in London wirklich geschehen ist.«

»Das müsst Ihr nicht«, wandte sie ein.

»Ich habe Euch von Nia berichtet«, sagte er rasch, ehe er es sich anders überlegen konnte, »aber ich habe Euch nicht erzählt, wie sie gestorben ist. Sie wurde ermordet. Brutal vergewaltigt von einem Ritter, der ebenfalls unter dem Banner des Kreuzes reitet.«

»Conwulf!« Chayas Entsetzen war spürbar. »Ist das wahr?«

Er nickte, brachte es jedoch nicht fertig, ihr in die schreckgeweiteten Augen zu sehen. »Als ich sie fand, war sie nur noch ein blutiges Bündel, und das Leben war dabei, aus ihr zu entweichen wie Wasser aus einem löchrigen Gefäß.«

»Wie entsetzlich! Und der diese grässliche Untat verübt hat...«

»... ist ein Ritter des Kreuzes mit Namen Guillaume de Rein«, vervollständigte Conn grimmig. Es kostete ihn Überwindung, den Namen des Mörders auszusprechen. Aber es lag auch etwas Befreiendes darin.

»Aber warum habt Ihr ...?«

»Ihr wollt wissen, warum ich mich dem Feldzug dennoch angeschlossen habe?«, erriet Conn ihre Gedanken.

»Nicht um Eures Glaubens willen, oder?«

»Kaum.« Conn hob den Blick. Seine Züge waren hart geworden, seine Kieferknochen mahlten. »Nias Mörder ist ebenfalls in diesem Heer, Chaya. Und er wird büßen für das, was er getan hat, das habe ich geschworen.«

»Ihr wollt Rache? Das ist der Grund Eures Hierseins?«

Conn nickte schweigend.

»Aber hat Jesus Euch nicht gelehrt, Euren Feinden zu vergeben?«

»Das hat er. Aber auch Ihr habt schon bemerkt, dass die Menschen oft nicht das sind, was sie sein wollen. Das gilt für Christen wie für Juden.«

»Das ist wahr.« Nachdenklich schaute sie hinaus auf das Meer, das in Dunkelheit versank. Der feurige Himmel war verblasst, nur noch hier und dort kündete ein Funkeln auf dem Wasser von der vergangenen Pracht. Wellen brandeten mit ruhiger Gleichmäßigkeit an den Strand, weiße Schaumkronen tragend, die im Mondschein leuchteten. Sterne traten glitzernd hervor, ihnen gehörte die Nacht.

»Also hatte Baldric recht«, folgerte Chaya schließlich. »Auch Ihr sehnt Euch danach, Euren Frieden zu finden.«

Conn betrachtete sie von der Seite.

Ihre kleine Nase und die weich geformten Wangen.

Die sanfte Stirn und den Ansatz ihres glänzenden Haars.

Ihre dunkle, vom Mondlicht beschienene Haut.

Und wie schon vor wenigen Tagen konnte er nicht anders, als sie zu berühren.

Langsam hob er die Hand und legte sie an das Tuch, das ihr Haupt wie eine Kapuze bedeckte, streifte es vorsichtig ab und entblößte ihr glattes schwarzes Haar, das nachgewachsen war und ihr Gesicht vollendet umrahmte. Sie ließ ihn gewähren, und als sie sich ihm diesmal zuwandte, sah er kein Entsetzen in ihren dunklen Augen, sondern nur Zuneigung.

Obschon sie Seite an Seite auf dem Felsen saßen, kam es Conn vor, als wären sie unendlich weit voneinander entfernt. Eine Ewigkeit schien zu verstreichen, während sich ihre Lippen aufeinander zubewegten, gehemmt von dem, was zwischen ihnen stand, ihrer Religion, ihrer Herkunft und den Eiden, die sie geleistet hatten. Doch die Zuneigung war stärker.

Ihre Münder begegneten sich, nur zaghaft zunächst, so als fürchtete jeder, den anderen zu verletzen. Gehauchte Küsse waren es, sanfte Berührungen, die Conn dennoch den Atem raubten. Er schmeckte Chayas weiche Lippen, spürte ihre Wärme, roch den Duft ihres Haars, und zu der Zuneigung, die er empfand, gesellte sich Verlangen.

Als er merkte, dass Chaya sich diesmal nicht zurückzog, ja, dass sie seine Liebkosungen erwiderte, wurden seine Küsse inniger. Seine rechte Hand wanderte an ihrem zarten Rücken empor und legte sich um sie, seine Linke strich zärtlich über ihren Hals und ihren Nacken. Ein Schauer durchrieselte ihn dabei, gepaart mit dem Gefühl, etwas Verbotenes zu tun, aber er scherte sich nicht darum. Ihre Zungen berührten sich, und ihr Begehren steigerte sich in Leidenschaft. Nicht länger hielt es sie auf dem Felsen, in enger Umarmung glitt sie daran herab und fanden sich im feinen Sand wieder, umgeben vom sanften Rauschen des Meeres.

Es schien nicht wirklich zu geschehen, sondern wie in jenem Traum, den Conn seit ihrer ersten Begegnung immer wieder gehabt hatte. Er sah ihr Gesicht über sich, umgeben vom Leuchten der Sterne, und er sah atemlos zu, wie sie aus ihrer Robe schlüpfte, unter der sie nichts als ein dünnes Hemd aus Baumwolle trug, durch das sich die Knospen ihrer Brüste abzeichneten. Ein Lächeln huschte über ihr engelsgleiches Antlitz, nicht mehr zaghaft und schüchtern, sondern voller Entschlossenheit. Im nächsten Moment wanderten ihre schlanken Hände bereits unter seine Kleider und halfen ihm, seine Männlichkeit zu befreien.

Es ging so schnell, dass Conn kaum wusste, wie ihm geschah. Rasch hob Chaya ihr Hemd und ließ sich auf ihn herab, und er glitt in sie. Von der Wucht des Augenblicks bezwungen, fand seine Begierde jähe Erfüllung. Überwältigt von Leidenschaft, zog er sie an sich heran und küsste sie lange, während sie sich am Boden wälzten, noch immer eins. Als sie wieder voneinander abließen und sie auf dem Rücken liegen blieb, konnte er sich nicht sattsehen an ihrem auf wirrem Haar gebetteten Gesicht und ihren dunklen Augen.

Er holte Atem, um ihr seine Liebe zu gestehen, aber ehe er auch nur ein Wort sagen konnte, legte sie ihre Fingerspitzen auf seinen Mund und versiegelte seine Lippen.

»Nicht«, hauchte sie nur.

»Aber ich...«

»Schhhh. Du würdest es nur zerstören.«

Conn ahnte, dass sie recht hatte, auch wenn es ihm nicht gefiel. Er schaute sie an, weidete sich an ihrer ruhigen Schönheit. Dann erhob er sich und fasste sie an der Hand.

»Was ist?«, wollte sie wissen.

»Komm mit«, sagte er und zog sie zum Wasser.

Chaya kicherte, eine Ausgelassenheit, die er nie zuvor an ihr festgestellt hatte, und sie half ihm dabei, sich auf dem Weg seines Kaftans und seiner Stiefel zu entledigen. Endlich erreichten sie die Brandung, die rauschend gegen das Ufer rollte, und ohne Zögern setzten sie in das von der Hitze des Tages noch immer warme Wasser. Eine Woge rollte über sie hinweg, und als sie wieder daraus auftauchten, waren nicht nur ihre Haare durchnässt, sondern auch die wenigen Kleider, die sie noch am Leibe trugen. Der dünne Stoff von Chayas Hemd war durchsichtig geworden, und das Mondlicht enthüllte alles, was darunter lag, ihre festen Brüste und ihre Weiblichkeit.

Sie betrachteten einander, dann umarmten sie sich und sanken im seichten Wasser nieder, das sie schäumend umbrandete. Als Conn diesmal in sie eindrang, liebten sie sich im Gleichklang der Wellen lange und innig.

Berengar hatte gewartet.

Er hatte sie nebeneinander sitzen sehen, dort auf dem Felsen, und sich innerlich beglückwünscht. Die alte Weisheit, dass eine in aller Deutlichkeit ausgesprochene Warnung das beste Mittel war, um jemanden das genaue Gegenteil tun zu lassen, hatte sich einmal mehr bewahrheitet. Der Mönch hatte beobachtet, wie ihre Lippen miteinander verschmolzen und ihre Leiber hinter dem Felsen verschwunden waren. Dennoch war er geblieben. Nicht, weil er einen Blick auf Dinge zu erhaschen hoffte, die ihm als Ordensmann verwehrt waren, sondern weil er etwas zu erledigen hatte.

Berengar hatte ausgeharrt, lauernd wie ein Aasfresser, der seine Beute umkreiste, und genau wie dieser hatte er auf eine Situation gehofft, die es ihm ermöglichen würde, auf ungefährliche Weise an seine Beute zu kommen.

Begonnen hatte es an jenem Tag, da sie in der Ebene von Tarsus auf die syrische Karawane getroffen waren.

Der Blick, den der Mönch auf jenen geheimnisvollen Gegenstand erhascht hatte, war nur kurz gewesen. Aber was er zu sehen glaubte, hatte ihn derart in Erstaunen versetzt, dass er seinen flüchtigen Eindruck unbedingt überprüfen wollte. Nur aus diesem Grund war er dafür gewesen, die Jüdin nach Antiochia zu begleiten, und nur aus diesem Grund hatte er sich der Gruppe so bereitwillig angeschlossen.

Anfangs hatte Berengar geglaubt, alle Zeit der Welt zu haben. Der Weg nach Antiochia, so hatte er sich eingeredet, war weit, und die Gelegenheit, auf die er wartete, würde sich früher oder später ergeben. Doch das war nicht der Fall gewesen, und mit jedem Tag, der ungenutzt verstrich, wuchs der Druck, der auf dem Mönch lastete.

Was, wenn ihre Wege sich trennten, ohne dass er einen Blick auf das Kleinod geworfen und eine Möglichkeit erhalten hatte, das Geheimnis zu ergründen?

Berengars anfängliche Gelassenheit hatte sich in Unruhe verkehrt, die sich in den letzten Tagen in schiere Verzweiflung gesteigert hatte, namentlich nach dem Gespräch, das er belauscht hatte – nicht so absichtlich, dass es eine Sünde gewesen wäre, aber auch nicht so zufällig, wie er vorgegeben hatte.

Die Jüdin hatte gesagt, dass sie ihrem Vater ein Versprechen gegeben und einen Auftrag zu erfüllen hatte. Gesetzt den Fall, seine Augen hatten ihn an jenem Tag nicht getäuscht, so hätte Berengar seine unsterbliche Seele darauf verwettet, dass dieser Auftrag mit dem geheimnisvollen Gegenstand zusammenhing, den sie Tag und Nacht bei sich trug.

Der Mönch hatte alle Möglichkeiten durchgespielt, die sich ihm boten, hatte Szenarien ent- und wieder verworfen, aber ihm war klar gewesen, dass etwas geschehen musste, ehe sie die Stadt am Orontes erreichten. Die Schwärmerei des jungen Angelsachsen für das jüdische Mädchen hatte schließlich die ersehnte Lösung gebracht, wenn auch anders als zunächst vorgesehen. Berengars Plan war es gewesen, Conwulf gegen das Mädchen aufzubringen und ihn auf diese Weise dazu zu bewegen, ihr das Geheimnis zu entlocken. Dass das genaue Gegenteil geschehen war, hatte der Mönch zwar nicht voraussehen können – was verstand er schon von derlei Dingen? –, aber es diente seinen Zwecken nicht weniger trefflich.

Die Gelegenheit, auf die er seit Wochen gewartet hatte, kam, als die beiden Liebenden ihren Platz am Felsen verließen und in jugendlicher Tollheit zum Wasser eilten, um ihr sündhaftes Treiben dort fortzusetzen. Ihre Kleider jedoch blieben zurück – und Berengar handelte.

Rasch setzte der Mönch aus dem Strauchwerk, das den Strand säumte, und eilte zu dem Felsen. Ein Blick zu den beiden, die sich in wollüstiger Umarmung am Ufer wälzten, zeigte ihm, dass sie mit anderen Dingen beschäftigt waren. Dennoch beeilte er sich.

Atemlos durchwühlte er ihre herrenlos im Sand liegenden Kleider. Im Schatten, den der Felsen gegen das Mondlicht warf, konnte er kaum etwas erkennen, aber dann fassten seine Hände einen festen, länglichen Gegenstand und zogen ihn hervor.

Es war ein etwa ellenlanger Köcher aus gegerbtem Leder. Im fahlen Licht des Mondes konnte Berengar erkennen, dass sein flüchtiger Eindruck ihn nicht getäuscht und er es an jenem Tag tatsächlich für einen kurzen Augenblick gesehen hatte.

Signum Salomonis.
Das Siegel Salomons.

18.

Die Sonne war noch nicht aufgegangen, als Chaya das Lager verließ, noch halb trunken von der Wärme der zurückliegenden Nacht, halb ernüchtert von der Kälte des Morgens.

In aller Eile packte sie ihre Sachen und schlich aus ihrem Zelt, nicht ohne Conn, der an der noch schwelenden Glut des Feuers schlief, einen letzten, liebevollen Blick zuzuwerfen. Dann wandte sie sich ab und huschte zu den Tieren.

Sie besänftigte ihren Maulesel, indem sie ihm eine Rübe zu fressen gab. Während das Tier kaute, sattelte sie es und führte es so leise wie möglich vom Lager weg. Noch ein letzter Blick über die Schulter, und sie wähnte sich frei – ein Irrtum, wie sich schon wenige Schritte später herausstellte.

»Wohin des Wegs?«

Chaya erschrak, als plötzlich eine dunkle Gestalt zwischen den Bäumen hervortrat und ihr den Weg versperrte. Beinahe hätte sie laut geschrien, aber dann erkannte sie, dass es kein anderer als Berengar war.

»Ihr seid es«, seufzte sie erleichtert.

»Ich bin es«, bestätigte der Mönch. Im Zwielicht der Dämmerung waren seine Züge kaum zu sehen, aber Chaya glaubte zu erkennen, dass sie ungewohnt harsch und grimmig waren. »Ist es erlaubt zu fragen, was Ihr hier tut?«

»Ich verlasse das Lager«, erwiderte Chaya leise.

»Ohne Abschied zu nehmen? Ohne Euren Dank zu bekunden für die Hilfe, die man Euch zuteil werden ließ?«

Chaya nickte. »Ich weiß, wie undankbar Euch das erscheinen muss. Aber ich musste in letzter Zeit so häufig Abschied nehmen, dass ich es nicht noch einmal ertragen würde. Versteht Ihr das?«

»Vielleicht«, gestand der Mönch zu, dessen Züge sich daraufhin ein wenig entspannten. »Aber ich bezweifle, dass Conwulf es verstehen wird. Ich bin ein einfacher Ordensmann und verstehe nicht viel von derlei Dingen, Chaya. Aber selbst ich kann sehen, dass der Junge Euch gern hat. Ihr ihn nicht auch?«

Chaya blickte zu Boden, eine Antwort blieb sie schuldig. Dafür konnte sie spüren, wie sich ihr schlechtes Gewissen regte.

»Warum bleibt Ihr nicht einfach?«, fragte der Mönch.

Chaya schaute auf. »Pater Berengar, in den vergangenen Wochen habe ich Euch als ebenso klugen wie weitsichtigen Menschen kennengelernt, und als solcher wisst Ihr, weshalb ich nicht bleiben kann. Conwulf und ich gehören unterschiedlichen Welten an. Daran wird sich nichts ändern, nicht heute und nicht morgen.«

»Vielleicht habt Ihr recht. Die Zeiten – und speziell diese unheilvollen Tage – sind nicht reif für einen Christen und eine Jüdin. Geht also in Frieden und blickt nicht zurück, so ist es am besten für beide.«

Chaya nickte. »Habt Dank«, sagte sie und neigte das Haupt. Berengar trat zur Seite, um ihr den Weg frei zu machen. Nach wenigen Schritten jedoch blieb sie noch einmal stehen und wandte sich um. »Pater?«

»Ja, mein Kind?«

»Bitte bestellt Conn meine Grüße. Sagt ihm, das ich ihm von Herzen zugetan bin und mir nichts sehnlicher wünschte, als mit ihm zusammen zu sein, aber ...« Sie verstummte. Tränen traten ihr in die Augen, und eben jener Abschiedsschmerz, den sie hatte vermeiden wollen, schnürte ihr die Kehle zu.

»Ich weiß, mein Kind.«

»Werdet Ihr es ihm ausrichten?«

»Das werde ich«, versicherte der Mönch.

»Danke«, sagte Chaya. »Friede mit Euch.«

»Und mit Euch, mein Kind.«

Chaya wandte sich endgültig ab. Den Maulesel am Zügel hinter sich herziehend, durchquerte sie den Wald, bis sie auf die schmale Straße stieß, die von Alexandretta kommend zum Wadi al-Qifaysiya führte. Dort stieg sie in den Sattel und folgte dem Pfad nach Südosten, nicht ohne vorher ihr Haar und einen guten Teil ihres Gesichts unter den Windungen ihres Turbans zu verbergen.

Im Osten ging die Sonne auf und tauchte die Hügelkuppen in bernsteinfarbenes Licht – die Düsternis in Chayas Herz jedoch vermochte sie nicht zu vertreiben.

Unentwegt sah sie Conns Gesicht vor sich, seine freundlichen Züge, das dunkelblonde Haar, die milde blickenden blauen Augen. In seiner Nähe hatte sie zum ersten Mal nach dem Tod ihres Vaters wieder frei geatmet, hatte sie sich sicher und geborgen gefühlt, ohne deshalb ihres Willens und ihrer Selbstbestimmung beraubt zu sein. Niemals in ihrem Leben hätte sie vermutet, dass genau das geschehen könnte, wovor ihr Vater sie immer gewarnt und was er mit einer arrangierten Heirat geglaubt hatte verhindern zu können: Sie hatte sich in jemanden verliebt, der nicht jüdischen Glaubens war.

Es sich einzugestehen, schmerzte. Scham erfüllte sie, das Wissen, etwas Verbotenes getan und ihren Glauben verraten zu haben, und sie war in gewisser Weise dankbar dafür, dass der alte Isaac die Welt verlassen hatte, ohne je davon zu erfahren. Aber da war ebenfalls Zuneigung, das wärmende Gefühl einer neuen Liebe – auch wenn sie zum Scheitern verurteilt und die bittersüße Erinnerung an jene gemeinsame Nacht alles war, was blieb.

Entsprechend widersprüchlich waren Chayas Empfindungen, als sie die Ausläufer des Wadi al-Qifaysiya erreichte, jener fruchtbaren Senke, die sich bis nach Antiochia hinein erstreckte. Einerseits war Chaya erleichtert darüber, dass ihre Reise nun bald zu Ende sein würde, andererseits erfüllte sie tiefe Wehmut. Mit aller Macht versuchte sie, ihre Gedanken an Conn zu verdrängen und sich auf ihre Aufgabe zu konzentrieren. Ihr Ziel war das Haus Ezra Ben Salomons, dem sie das Buch von Ascalon übergeben und damit das Vermächtnis ihres Vaters erfüllen würde. Weiter versuchte sie nicht zu denken.

Die trutzigen Mauern Antiochias tauchten jenseits der grünenden Olivenhaine auf, und Chaya überquerte die Brücke, die sich über den Orontes spannte und zum westlichen Stadttor führte, inmitten eines Stromes von Flüchtlingen.

Aus allen Himmelsrichtungen kamen sie zusammen und drängten in die Stadt: Bauern aus der Umgebung, aber auch Tagelöhner, fahrende Handwerker und Kaufleute, die sich davor fürchteten, den Barbaren aus dem Norden in die Hände zu fallen. Wie es hieß, hatten die ersten Kreuzfahrer den Orontes bereits erreicht. Nicht mehr lange und sie würden vor den Toren stehen und Einlass begehren. Da nicht zu erwarten war, dass die seldschukischen Machthaber ihnen freiwillig öffneten, würde ein erbitterter Kampf die Folge sein, der auch das Umland in Mitleidenschaft ziehen würde.

Zusammen mit den Flüchtlingen passierte Chaya das Brückentor und fand sich innerhalb der Jahrhunderte alten Mauern wieder, die die Stadt in einem weiten, von vierhundert Türmen gesicherten Ring umgaben. Während der westliche Rand Antiochias noch einen Teil des Wadis umfasste und aus üppigen Gärten bestand, die zumindest einen Teil der Bevölkerung auch in Krisenzeiten zu ernähren vermochten, grenzte unmittelbar daran das braungraue Häusermeer, über dem sich weit im Osten auf dem Berg Silpius die Zitadelle der Stadt erhob.

Nach all den Wochen und Monaten, die sie auf See, in kleinen Siedlungen oder inmitten ungezähmter Wildnis verbracht hatte, war Chaya in keiner Weise vorbereitet auf das

Gedränge, die Lautstärke und die rastlose Hetze, die in den Straßen herrschten und auf sie einstürzten. Staubwolken lagen zwischen den Gebäuden, in denen sich Pferde, Esel, Kamele und Ochsengespanne drängten. Dazwischen versuchten Menschen vorwärtszukommen, während von beiden Straßenseiten Händler riefen, die ihre Waren verkaufen wollten. Kinder schrien, Schafe blökten, hier und dort wurden heisere Befehle gebrüllt, wenn die Stadtwache das Treiben ein wenig zu ordnen suchte.

Das jüdische Viertel lag südöstlich des Zitadellenberges, sodass Chaya die Stadt durchqueren musste. Die Eindrücke, die unterwegs auf sie einstürmten, waren überwältigend. Wundersame Dinge, die sie im Vorbeigehen sah, aber nicht verstand, fremdartige Gerüche und ein Gewirr aus unverständlichen Sprachen machten ihr unmissverständlich klar, dass sie weiter von zu Hause entfernt war als je zuvor und dass es zum ersten Mal in ihrem Leben niemanden mehr gab, auf dessen Schutz und Hilfe sie zählen konnte. Noch immer ging sie als Mann verkleidet, doch ihr war nur zu bewusst, wie dünn der Mantel war, der sie schützte, und wie leicht er im wörtlichen Sinne zerreißen konnte.

Entsprechend groß war ihre Erleichterung, als sie die Gassen des jüdischen Viertels erreichte. Auf ihre Frage, wo sich das Haus des Kaufmanns Ezra befinde, wies man ihr den Weg zu einem Gebäude, das sich am Ende einer schmalen Straße befand. Nach außen hatte es lediglich ein Tor und zwei kleine Fenster, aber die drei Stockwerke und die Sonnensegel, die sich in luftiger Höhe über den Dachgarten spannten, ließen vermuten, dass es sich um das Haus eines wohlhabenden Bürgers handelte. Nun, da sie ihrem Ziel so nahe war, merkte Chaya, wie sich ihr Herzschlag beschleunigte. Sollte ihre Reise, die weit mehr als ein Jahr gedauert, die sie von einem Ende der Welt zum anderen geführt und die ihren Vater das Leben gekostet hatte, tatsächlich zu Ende sein?

Wie in Trance ging sie die letzten Schritte und trat unter

den Baldachin, der das Eingangstor vor den Sonnenstrahlen beschirmte.

Dann klopfte sie an.

»Ja?«, fragte jemand von drinnen auf Hebräisch.

Chaya atmete innerlich auf. Es war beruhigend, eine Sprache zu hören, die sie verstand. Sie antwortete, dass sie den Kaufmann Ezra Ben Salomon in einer dringenden Angelegenheit zu sprechen wünsche, worauf die Tür geöffnet wurde und die verkniffene Miene eines ältlichen Mannes erschien, der wohl der Hausverwalter war.

»Weshalb wollt Ihr den Kaufmann sprechen?«, verlangte er zu wissen.

»Ist dies sein Haus?«

»Das ist es. Aber Ihr werdet diese Schwelle nicht übertreten, ehe Ihr mir nicht gesagt habt, wer Ihr seid und was Ihr wollt.«

Chaya holte tief Luft. Es war an der Zeit, die Maske fallen zu lassen. Mit einer flüchtigen Handbewegung streifte sie das Kopftuch ab und offenbarte ihre weichen Gesichtszüge und ihr fast bis zu den Schultern reichendes Haar.

»Was in aller Welt …?«

»Ich bin Chaya, die Tochter seines Bruders Isaac Ben Salomon«, sagte Chaya rasch, worauf der Verwalter verstummte. Sein Mienenspiel wechselte von Entrüstung zu Überraschung und schließlich zu Ratlosigkeit.

»Wartet hier«, beschied er ihr und schloss die Tür wieder. Einen bangen Augenblick lang fragte sich Chaya, ob sie ihre Chance bereits vertan und es ihr womöglich gar nicht gelingen würde, zu ihrem Onkel vorgelassen zu werden.

Die Ungewissheit währte zum Glück nicht lange, denn schon kurz darauf wurde die Tür erneut geöffnet und nicht der mürrische Hausverwalter stand auf der Schwelle, sondern ein stämmiger Mann, der um die sechzig Jahre alt sein mochte. Von seinem Gesicht, das von einer großen Knollennase beherrscht wurde, war kaum etwas zu sehen, da die obere Hälfte von einem Turban verhüllt und die untere von einem grauen krausen Bart überwuchert wurde. Seine Leibesfülle wurde von einem weiten Gewand bedeckt, über dem er einen losen Mantel aus bestickter Seide trug, dazu eine Schärpe um den beträchtlichen Wanst. Auf den ersten Blick war dieser Mann für Chaya ein Fremder, denn nichts an ihm schien an die hagere, asketische Erscheinung Isaac Ben Salomons zu erinnern. In seinen dunklen, von buschigen Brauen überwölbten Augen jedoch erkannte Chaya ihren Vater wieder.

»Onkel Ezra?«, fragte sie zaghaft.

Der Beleibte stand vor ihr wie vom Donner gerührt. Dann hellte sich seine bärtige Miene plötzlich auf. »Chaya! Nichte!«

Ein breites Grinsen erschien auf seinem Gesicht, etwas erwidern konnte Chaya nicht mehr, denn die Pranken ihres Onkels packten sie an den Schultern und im nächsten Moment wurde Chaya mit einer Innigkeit an die breite Brust des Kaufmanns gedrückt, dass sie kaum noch Luft bekam. Nur für einen kurzen Augenblick ließ er sie los und schob sie auf Armlänge von sich weg, um sie zu betrachten, dann zog er sie erneut an sich heran und umarmte sie so herzlich wie ein Vater ein verloren geglaubtes Kind.

»Dass es mir altem Mann vergönnt ist, das noch zu erleben«, sagte er mit Tränen in den Augen und dankte Gott in einem kurzen Gebet. Erst dann gab er Chaya wieder frei, noch immer überwältigt vor Freude. »Verzeih einem alten Narren seine Gefühlsduselei, mein Kind.« Sein Tonfall erinnerte Chaya unweigerlich an ihren Vater. »Aber von dem Tag an, da Issac mich in einem Brief über euer Kommen unterrichtete, gab es keine Stunde, in der ich nicht an euch gedacht und für eure sichere Ankunft gebetet habe – und nun endlich seid ihr hier.«

»Ich bin hier, Onkel«, erklärte Chaya leise und beugte traurig das Haupt.

»Und – Isaac?«

Chaya wagte es nicht aufzublicken. Sie wollte das Entsetzen in den Zügen ihres Onkels nicht sehen, wollte nicht an ihren eigenen Schmerz erinnert werden. Sie schüttelte einfach nur den Kopf und blickte zu Boden. Aber wenn sie geglaubt hatte, dass Ezra in Wehklagen ausbrechen würde, so hatte sie sich geirrt. »Armes Kind«, sagte der Kaufmann stattdessen in ehrlichem Bedauern, während er ihr den Arm auf die Schulter legte und sie ins Haus zog. »Was hast du alles durchmachen müssen? Du wirst mir alles berichten, was geschehen ist, hörst du? Jede Einzelheit. Doch nun komm erst einmal herein und sei willkommen in meinem Haus. Mögest du hier Erholung finden von der langen Reise ...«

»... und Trost«, fügte jemand hinzu, der hinter Ezra im Halbdunkel des Ganges stand.

Es war ein junger Mann, der etwa in Chayas Alter sein mochte, vielleicht ein wenig jünger. Sein schwarzes Haar war kurz geschnitten, sein Kinnbart noch kaum gewachsen. Ein Lächeln lag auf seinem schmalen Gesicht, die dunklen Augen blickten in stiller Erwartung.

»Darf ich vorstellen?«, fragte Ezra, nachdem er die Tür hinter Chaya geschlossen und wieder verriegelt hatte. »Dies ist Caleb, mein einziger Sohn und dein Cousin.«

»Schalom, Chaya«, sagte Caleb, ohne sie aus den Augen zu lassen.

»Schalom, Caleb«, erwiderte sie und beugte leicht das Haupt.

»Eigentlich müsstest du Caleb noch aus deinen Kindertagen kennen, aus der Zeit, bevor ich Köln verließ, um ins Land der Väter zu gehen und dort für Isaac – ich meine für deinen Vater – eine Handelsniederlassung zu gründen. Ihr habt zusammen gespielt, als ihr noch klein wart.«

»Ich erinnere mich dunkel.« Chaya nickte. »Du hast mich an den Haaren gezogen und mich mit Lehm beworfen.«

»Wirklich?« Caleb errötete ein wenig. »Das würde ich heute nicht mehr tun, glaub mir.«

»Das glaube ich dir gern.« Sie lächelte. »Du bist ein ansehnlicher junger Mann geworden.«

»Sag so etwas nicht«, ging Ezra dazwischen. »Du bringst den armen Burschen nur in Verlegenheit.« Er lachte, freilich auf Calebs Kosten, der darüber noch mehr errötete. Dann wurde der Kaufmann plötzlich wieder ernst. »Sag, mein Kind, hast du …? Ich meine …«

Ihm war anzusehen, dass es etwas gab, das er nicht beim Namen nennen wollte, wohl weil er nicht wusste, ob seine Nichte überhaupt Kenntnis hatte von den Dingen, die ihren Vater bewegt hatten. Chaya beschloss, das Versteckspiel zu beenden.

»Können wir offen reden?«, fragte sie.

»Natürlich«, versicherte der Kaufmann verblüfft. »Wegen Caleb mach dir keine Sorgen. Als mein zukünftiger Erbe ist er in das Geheimnis eingeweiht und ein Träger wie …«

»… wie Vater und du«, brachte Chaya den Satz zu Ende. »Auch ich kenne das Geheimnis, Onkel, aber nicht deshalb, weil Vater sein Versprechen gebrochen und es mir offenbart hätte, sondern weil ich es ohne sein Wissen und gegen seinen ausdrücklichen Willen zu ergründen suchte. Ihn trifft also keine Schuld daran, dass es kein Träger, sondern eine Trägerin war, die das Buch ins Land der Väter zurückgebracht hat.«

»Dann – ist es also hier?«, fragte Ezra atemlos.

»Ja, Onkel«, bestätigte Chaya und legte die Hand auf jene Stelle ihres Gewandes, wo sie den ledernen Köcher verborgen hielt.

»Dann sei der Herr gepriesen für seine Gerechtigkeit und seine mächtige Hand – denn nichts anderes als göttliches Walten kann es gewesen sein, das dir das Geheimnis offenbarte und dich die Bürde deines Vaters übernehmen ließ. Sei willkommen in meinem Haus, Chaya – deine Mission ist zu Ende.«

Die nächsten Stunden verbrachte Chaya damit, sich auszuruhen.

Man wies ihr eine Kammer zu, die Zugang zu einem kleinen Dachgarten hatte, von dem aus man die alte Kathedrale von Antiochia sehen konnte, die sich eindrucksvoll aus dem Häusermeer erhob. Aus Furcht davor, sie könnten mit den herannahenden Kreuzfahrern sympathisieren oder gar innerhalb der Stadtmauern einen Aufstand anzetteln, hatte Yaghi Siyan, der türkische Statthalter von Antiochia, alle christlichen Würdenträger der Stadt verwiesen, sodass die Kathedrale verwaist war und nun von den Muslimen zum Gebet genutzt wurde. Von oben betrachtet hatte die Unruhe, die allenthalben herrschte, etwas von einem wimmelnden Ameisenhaufen, und unwillkürlich fühlte sich Chaya an ihre alte Heimat erinnert. Wehmut wollte sich in ihr Herz schleichen, doch die Erleichterung darüber, endlich jemanden zu haben, mit dem sie die Last des Wissens um das Buch von Ascalon teilen konnte, war stärker als das Heimweh.

Am späten Nachmittag wurde sie zum Essen gerufen. Ezras Gattin Batya, eine Jüdin aus Antiochia, die er zur Frau genommen hatte, nachdem Esther, die Mutter Calebs, vor einigen Jahren verstorben war, holte Chaya ab und führte sie nach unten in den von Palmen gesäumten Innenhof, auf den das Speisezimmer mündete. Da es die Tage zwischen Neujahr und dem Versöhnungsfest waren, wurde eine zwar sättigende, jedoch einfache Mahlzeit gereicht, die aus Linsen, Fisch und getrockneten Früchten bestand. Chaya, der es lange nicht möglich gewesen war, sich an die Vorschriften der Kaschrut zu halten, war dankbar dafür, nach langer Entbehrung wieder koschere Speisen essen zu können. Etwas beruhigend Vertrautes lag darin – zugleich aber fühlte sie sich auch an ihre Verfehlung erinnert, als die ihre Religion die Liebe zu einem Christen brandmarkte.

Im Anschluss an das Mahl zogen Batya und ihre beiden Töchter Irit und Rinah sich zurück, worauf Ezra Chaya bat, von ihrer langen Reise zu berichten. Chaya begann zu erzählen: von den Ereignissen von Clermont und den beunruhigenden Vorfällen, zu denen es daraufhin im Reich gekommen war; von ihrer überstürzten Abreise und der langen Wanderschaft gen Süden; von der verzögerten Überfahrt und Isaacs Fieber; von der syrischen Karawane und den Gefahren einer aus den Fugen geratenen Welt.

Auch vom Tod ihres Vaters berichtete sie in allen Einzelheiten, und es überraschte sie selbst, mit welcher Gefasstheit sie das tat. Vielleicht, weil seit jenen schmerzlichen Ereignissen nun doch schon ein wenig Zeit verstrichen war. Vielleicht aber auch, weil in der Zwischenzeit etwas geschehen war, das wieder Licht und Freude in ihr Leben gebracht hatte.

Einen Augenblick lang schweiften ihre Gedanken ab, und sie musste an Conwulf denken. Ihr Onkel hatte selbst gesagt, dass ihre Aufgabe beendet war. Was, wenn sie ihre wiedergewonnene Freiheit dazu nutzte, die Stadt zu verlassen und ...

»So bist du also hierhergelangt«, unterbrach Ezras sanfte Stimme ihren Gedankengang, die sie so sehr an ihren Vater erinnerte. »Gottes Pfade sind für Menschen wahrlich unergründlich. Doch es ist sein Wille, auf den wir vertrauen.«

»Das tun wir, Onkel. Dennoch bin ich mir in diesem Fall nicht sicher, ob es Gottes Wille gewesen ist oder mein Eigensinn. Wider Vaters Beschluss habe ich es ertrotzt, ihn auf seiner Mission zu begleiten. Dabei hätte mir von Beginn an klar sein müssen, dass ich ihn nur von seiner Aufgabe ablenke und er sich meinetwegen in Gefahr begibt. Wäre ich in Köln geblieben und hätte Mordechai Ben Neri geheiratet, wie Vater es für mich vorgesehen hatte, wäre womöglich alles anders...«

Sie unterbrach sich, als sie sah, wie Ezra verlegen die Lippen schürzte und einen langen Blick mit Caleb tauschte.

»Demnach weißt du es noch nicht?«, erkundigte sich ihr Cousin vorsichtig.

Chaya schaute fragend von einem zum anderen. »Was meinst du? Was soll ich nicht wissen?«

»Was sich nach eurer Abreise in Köln ereignet hat«, antwortete Caleb leise, und wieder wechselten sein Onkel und er einen Blick, was Chaya höchst beunruhigend fand.

»Nun, wir...wir hörten Gerüchte«, sagte sie. »Während wir

in Italien weilten, hieß es, dass jener Graf Emicho, der in Mainz grässliche Bluttaten verübte, Köln zwar erreicht hätte, jedoch unverrichteter Dinge wieder abgezogen sei, nachdem er in der Stadt keine Juden mehr vorfand.«

»Das ist er«, stimmte Ezra zu. »Aber Soldaten aus der Stadt und dem Umland haben sich in den darauf folgenden Wochen zu Banden zusammengeschlossen, die durch die Lande zogen und nach unseren Schwestern und Brüdern suchten. Glücklicherweise war ihnen auf ihrer Jagd kein allzu großer Erfolg beschieden, denn wie zu hören war, haben unsere Leute klug und besonnen gehandelt, sodass sich die meisten von ihnen den Nachstellungen des Pöbels entziehen konnten. Zweiundzwanzig jedoch fanden den Tod – unter ihnen auch Mordechai Ben Neri und Daniel Bar Levi, der Vorsteher der Kölner Gemeinde.«

»Was? Seid ihr sicher?«, fragte Chaya erschrocken.

»So sicher wir sein können. Ein Händler aus Venedig brachte die Nachricht im vergangenen Winter, der sie wiederum von einem jüdischen Kaufmann erfahren haben wollte, der oft in Köln weilt.«

»Ich verstehe.« Chaya nickte. Sie verspürte ein schmerzhaftes Ziehen im Bauch, nicht aus Trauer, denn dazu hatte sie Mordechai Ben Neri weder gut genug gekannt noch gemocht. Die Nachricht bestürzte sie dennoch, denn wenn ein Mann wie Mordechai, der es doch stets verstanden hatte, sich mit den Christen gutzustellen und Schaden von sich abzuwehren, der Mordlust der Fanatiker zum Opfer gefallen war, um wie vieles mehr mussten dann alle anderen Juden im Reich um ihr Leben fürchten?

»Die Christen sind Bestien«, zischte Caleb, der ihre Gedanken zu erraten schien. »Tiere in Menschengestalt. Wohin sie auch kommen, haben sie Tod und Zerstörung im Gefolge. Wir müssen sie aufhalten, sie erschlagen wie räudige ...«

»Caleb«, rief Ezra seinen Sohn zur Ordnung. »Deine Hasstiraden helfen uns nicht weiter.«

»Das Fasten, das die Rabbiner predigen, aber auch nicht, Vater«, konterte der Jüngling trotzig, und an dem Funkeln in seinen Augen glaubte Chaya zu erkennen, dass es nicht der erste Streit war, den die beiden über dieses Thema austrugen.

»Du musst es Caleb nachsehen, Nichte. Wie so viele in diesen Tagen fürchtet er sich vor dem, was kommen wird, und er glaubt, seine Angst mit dem Geschrei nach Gewalt vertreiben zu können.«

»Das ist nicht wahr, Vater«, widersprach Caleb entschieden und bekam einen roten Kopf – zum einen aus Zorn, zum anderen wohl auch, weil Ezras Worte seine Eitelkeit kränkten. »Ich fürchte die Krieger des Kreuzes nicht! Gäbe es in unserer Gemeinde mehr, die so denken wie ich, hätten wir die Angreifer längst in die Flucht geschlagen!«

»Ein Kreuzfahrer ist es auch gewesen, der mich gerettet hat«, gab Chaya zu bedenken. »Es ist unstrittig, dass Diebe und Mörder unter ihnen sind. Aber wir dürfen nicht vergessen, dass es auch andere gibt, die die Gebote ihrer Religion achten und zwischen Freund und Feind wohl unterscheiden.«

»Aber ein Christenhund hat deinen Vater getötet!«, wandte Caleb wenig rücksichtsvoll ein.

»Und ein anderer hat mich vor einem grausamen Schicksal bewahrt«, hielt Chaya dagegen. »Oder glaubst du, ich säße hier vor euch, wenn die Tafur nicht vertrieben worden wären?«

»Chaya hat recht«, stimmte Ezra seiner Nichte zu. »Wir dürfen nicht in dieselbe Blindheit verfallen, mit der unsere Feinde geschlagen sind. Wir werden die Welt nicht ändern, indem wir ihre Schlechtigkeit annehmen, sondern indem wir das bewahren, was gut und gerecht ist auf Erden.«

Sein Blick verstärkte sich wie eine Flamme, die neue Nahrung fand, und Chaya begriff, worauf ihr Onkel angespielt hatte – auf das Buch von Ascalon. »Du hast sehr mutig gehandelt, Nichte. Doch nun ist die Zeit gekommen, die Last der Verantwortung anderen zu übertragen.«

Chaya zögerte. Weshalb, wusste sie selbst nicht genau zu sagen. Vielleicht, weil es ihr schwerfiel, sich von etwas zu trennen, das ihrem verstorbenen Vater so teuer und kostbar gewesen war. Vielleicht, weil sie in der kurzen Zeit, in der sie im Besitz des Buchs gewesen war, den Hauch des Ewigen verspürt hatte. Vielleicht aber auch, weil sie für einen kurzen Moment in Calebs Augen einen begehrlichen Glanz zu entdecken glaubte.

»Es ist gut«, redete Ezra ihr zu. »Du hast die Aufgabe, die dir so unvermittelt übertragen wurde und auf die du nicht vorbereitet sein konntest, nach bestem Gewissen erfüllt. Nun ist die Zeit gekommen, um das Buch jenen zu übergeben, die wissen, wie sie damit zu verfahren haben.«

»Und dieses Wissen«, fügte Caleb hinzu, wobei es erneut in seinen Augen funkelte, »wird unseren Feinden schlecht bekommen.«

»Was meinst du damit?«, wollte Chaya wissen.

»Wenn du den Inhalt der Schrift kennst, brauchst du diese Frage nicht zu stellen. Du weißt, was das Geheimnis vermag, oder nicht?«

»Ich weiß es, aber ich frage mich, ob dies seine Bestimmung ist.«

»Darüber werden andere zu befinden haben«, stellte ihr Onkel klar. »Calebs und meine Aufgabe wird es sein, das Buch nach Jerusalem zu bringen, wo den Voraussagen gemäß an einem geheimen Ort ein neuer Sanhedrin zusammentreten und wie in den Tagen des Zweiten Tempels über das zukünftige Schicksal unseres Volkes entscheiden wird.«

Chaya nickte. Ezras Worte deckten sich mit dem, was sie in der geheimen Schrift gelesen hatte. Demnach gab es im Volke Israel nicht nur Träger und Bewahrer, sondern auch Räte, die über Generationen hinweg das Amt ihrer Väter geerbt hatten für jene Zeit, in der der Sanhedrin, der einst das höchste politische Gremium in Judäa gewesen war, wieder tagen würde. Und angesichts der Tatsache, dass das Buch von Ascalon nach jahrhundertelanger Wanderschaft wieder in seine Heimat zurückgekehrt war, war dieser Tag nicht mehr fern.

Erleichtert darüber, die Schrift endlich aus den Händen geben zu dürfen, griff Chaya unter ihr Gewand und beförderte den Köcher zutage, der das Siegel Salomons trug und den sie wie einst ihr Vater von außen unsichtbar am Lederriemen über der Schulter trug. Sie öffnete die Schnalle und nahm den Riemen ab, stellte den Behälter vor sich auf den Tisch. Ein Leuchten huschte daraufhin über die Züge Ezras und seines Sohnes.

»Das ist es«, stellte Ezra mit vor Andacht bebender Stimme fest. »Nur ein einziges Mal, vor vielen Jahren, habe ich es erblickt, dennoch erkenne ich es wieder.«

»Darf ich es sehen, Vater?«, fragte Caleb, der seine Aufregung kaum zügeln konnte. In ungeduldiger Erwartung rieb er sich die Hände, kleine Schweißperlen standen ihm auf der Stirn. »Darf ich einen Blick auf die Worte werfen, die unserem Volk Rettung und Freiheit bringen werden?«

»Ja, Sohn. Die Zeit ist reif dafür.«

Mit vor Ehrfurcht bebenden Händen griff er nach dem Köcher und öffnete den Verschluss. Dann drehte er die Röhre behutsam, um ihr die Rolle zu entnehmen – doch wie weiteten sich seine Augen, wie entsetzten sich seine Züge, als er nicht die ersehnte Schrift, sondern ein brüchiges Stück Pergament in den Händen hielt!

»Herr im Himmel!«, rief er aus, während er vergeblich versuchte, noch eine zweite Schriftrolle aus dem leeren Köcher zu schütteln. »Was bei allen Propheten ...?«

Als Caleb sah, dass etwas nicht stimmte, riss er seinem Vater das Pergament aus den Händen und entrollte es, worauf es an einigen Stellen brach.

Es war ein Palimpsest, an vielen Stellen abgeschabt und neu beschrieben, und nicht hebräische Zeichen, sondern lateinische Buchstaben prangten darauf.

»Was hat das zu bedeuten?«, schrie er so laut, dass es von

der Gewölbedecke widerhallte und bis hinaus in den Garten drang. »Wer hat das getan?«

Chaya war kreidebleich geworden.

Ungläubig starrte sie auf das Palimpsest, während sie das Gefühl hatte, in einen tiefen Abgrund zu stürzen.

Nur eine Antwort fiel ihr auf Calebs Frage ein.

Conwulf.

19.

*Feldlager nördlich von Antiochia
Ende November 1097*

Guillaume de Rein hatte recht behalten – zumindest in mancher Hinsicht.

Wie er vorausgesagt hatte, war es den vereinten Verbänden der Kreuzfahrer tatsächlich gelungen, die eiserne Brücke über den Orontes zu überwinden und bis vor die Mauern Antiochias vorzustoßen, wo man Lager bezogen und mit der Belagerung der Stadt begonnen hatte. Seine Annahme, der Fürstenrat würde schon bald eine weitere Fehlentscheidung treffen und die Unternehmung dadurch gefährden, bewahrheitete sich jedoch nicht.

Das Gegenteil war der Fall, denn die späte Jahreszeit und das fruchtbare Orontes-Tal sorgten dafür, dass die Kreuzfahrer erstmals nach Verlassen der Heimat wieder im Überfluss schwelgen konnten, vom höchsten Fürsten bis hinab zum geringsten Knecht. Von den unzähligen Schafen und Rindern, die man von den Höfen des Umlands zusammentrieb, um sie zu schlachten, wurden nur die besten und saftigsten Stücke gegessen. Getreide, für das die meisten auf dem Hungermarsch durch Anatolien gemordet hätten, wurde schlichtweg verschmäht.

Die Stimmung im Lager war entsprechend gut, obschon es bislang nicht gelungen war, im Kampf gegen die seldschukischen Besatzer Antiochias entscheidende Erfolge zu erzielen. Gewiss, man hatte Katapulte aufgestellt, mit denen die alten Mauern beschossen wurden, jedoch ohne nennenswertes Ergebnis. Und es war gelungen, drei der Stadttore abzuriegeln und den Muselmanen auf diese Weise einen Teil ihrer Nachschubwege zu verlegen – die nach Süden und Westen gerichteten Tore allerdings blieben auch weiterhin unbesetzt, weil die Anzahl der Truppen nicht ausreichte, um Antiochia mit einem vollständigen Belagerungsgürtel zu umgeben. Im Osten, wo die Stadt an eine unwegsame, von wilden Schluchten durchzogene Gebirgskette grenzte, war dies ohnehin unmöglich.

Ein durchschlagender Erfolg war vorerst also nicht abzusehen, stattdessen gab es Scharmützel mit den Türken, die fast täglich Ausfälle unternahmen und die Versorgungszüge der Kreuzfahrer überfielen. Dennoch war die Erleichterung darüber, die Stadt am Orontes erreicht zu haben und endlich weder Hunger noch Durst leiden zu müssen, im Heer derart groß, dass Guillaume nicht hoffen konnte, Eustace de Privas von der Notwendigkeit seiner Pläne zu überzeugen. Vorerst blieb ihm also nichts anderes übrig, als sich unterzuordnen und weiter jene geringe Rolle zu spielen, die andere ihm zugedacht hatten. Seine Stunde war noch nicht gekommen – und es verging kein Tag, an dem sein Vater ihn nicht daran erinnerte …

»Hast du gehört, was ich dir gesagt habe?« Renald de Rein stand vor ihm. Die breite Brust des Barons hob und senkte sich in freudiger Erregung, das kupferfarbene Haar klebte schweißnass an seinem bulligen Haupt, sein Kettenhemd war blutbesudelt. »Harenc ist gefallen!«

Guillaume nickte. Harenc war eine Burg der Muselmanen, die sich ein gutes Stück flussaufwärts über dem Orontes erhob. Von dort aus hatten die Seldschuken in den vergangenen Wochen wiederholt Angriffe auf die Kreuzfahrer unternommen, sodass der Fürstenrat beschlossen hatte, dieses Ärgernis auszumerzen. Kein anderer als der italische Normanne Bohemund von Tarent war für diese Aufgabe ausgewählt worden, und Renald und einige andere Ritter hatten sich ihm angeschlossen – offenbar mit Erfolg.

»Es war ein glorreicher Sieg«, schwärmte Renald, dem das Kampfesblut noch in den Adern wallte. Kurzerhand packte er den Weinkrug, der vor Guillaume auf dem Tisch stand, setzte ihn an und schüttete den Inhalt gierig in sich hinein. Der Rebensaft rann an seinen Mundwinkeln herab und troff auf seine Rüstung, wo er sich mit dem Blut erschlagener Feinde vermischte.

»Ich gratuliere Euch, Vater«, sagte Guillaume ohne erkennbare Begeisterung. Er war nicht ins Zelt des Barons gekommen, um sich dessen selbstgefälliges Eigenlob anzuhören, sondern weil er den Rat seiner Mutter hatte suchen wollen. Eleanor de Rein saß ihm gegenüber an der Tafel, wie immer eine Stickarbeit in den Händen, der sie ihre ganze Aufmerksamkeit zu widmen schien – ein Eindruck, der freilich täuschte.

»Dieser Bohemund ist ein wahrer Teufelskerl«, fuhr Renald fort, der Guillaumes spöttischen Unterton entweder nicht gehört hatte oder geflissentlich unbeachtet ließ. »Die meisten Muselmanen hat er noch an Ort und Stelle getötet, den Rest hat er gefangen nehmen und vor dem Tor von St. Georg köpfen lassen. Das wird diese verdammten Türken lehren, was ihnen widerfährt, wenn Antiochias Mauern erst fallen.«

»*Wenn* sie fallen«, entgegnete Eleanor, ohne von ihrer Handarbeit aufzusehen. »Ist Euch nie der Gedanke gekommen, mein Gemahl, dass derlei Grausamkeiten die Entschlossenheit des Feindes nur noch stärken könnten?«

»Schweigt, Weib, davon versteht Ihr nichts.« Mit blutbesudelter Pranke griff der Baron nach der Hammelkeule auf dem Tisch, die eigentlich für Guillaume bestimmt gewesen war, und schlug einem Raubtier gleich seine Zähne hinein.

»Wollt Ihr Euch nicht zunächst reinigen, mein Gemahl?«, fragte Eleanor säuerlich.

»Wozu?«, schmatzte Renald. Der Alkohol, den er so unbeherrscht in sich hineingeschüttet hatte, zeigte Wirkung. »Verdient ein Krieger, der geradewegs vom Schlachtfeld kommt, nicht eine Stärkung?«

»Gewiss«, sagte sie und warf ihm nun doch einen Seitenblick aus ihren tief liegenden Augen zu. »Aber müsst Ihr unser Zelt unbedingt mit Blut besudeln?«

»Was denn?« Der Baron spuckte den Brocken Fleisch, an dem er gekaut hatte, kurzerhand auf den Boden. »Werdet Ihr nun plötzlich zartfühlend? Ihr wolltet mit den Wölfen heulen, Mylady, also tut es auch! Nehmt Euch ein Beispiel an mir!« Gierig biss er wieder von seiner Keule ab, und der Blick, mit dem sie ihn bedachte, ließ keinen Zweifel daran, dass sie es nur zu gerne gesehen hätte, wenn er daran erstickt wäre.

Guillaume verzog keine Miene. Lieber hätte er sich auf der Stelle in sein Schwert gestürzt, als sich ein Beispiel an dem Mann zu nehmen, der blutbesudelt und mit fetttriefenden Wangen vor ihm stand und dabei grunzte wie ein Schwein. Ihm war klar, dass Renald de Rein es nur darauf anlegte, seine Mutter und ihn zu provozieren. Und da Guillaumes eigene Pläne in diesen Tagen auf der Stelle traten, verfehlten die Worte des Barons ihre Wirkung nicht.

»Mit den Wölfen heulen – das habt Ihr stets trefflich beherrscht, nicht wahr?«, fragte der Jüngere.

De Rein ließ die Keule sinken. »Was?«

»Euer Leben lang habt Ihr nichts anderes getan, als nach der Pfeife der Mächtigen zu tanzen. In England ist es schon so gewesen, und nun tut Ihr es wieder.«

»Und du etwa nicht? Hast du dich etwa nicht zu Flambards Werkzeug machen lassen?«

»Ihr kennt die Gründe für mein Handeln.«

»Ich kenne sie, und sie gefallen mir heute so wenig, wie sie mir damals gefallen haben. Was ich mir verdient habe, damals in Northumbria wie heute auf dem Schlachtfeld, habe ich mir durch meinen Mut und durch die Kraft meiner Arme erstritten – du hingegen hoffst auf die Gunst eines Monarchen und bist bereit, dafür alles zu verraten, sogar dich selbst.«

»Als ob Ihr das nicht wärt!«, empörte sich Eleanor anstelle ihres Sohnes und funkelte ihren Mann zornig an.

»Bei allem, was ich tat, bin ich Gottes und der Menschen Gesetze stets treu geblieben. Als Ausgestoßener begann ich diesen Feldzug, meiner Macht und meiner Besitzungen durch Euer Zutun beraubt. Dennoch ist es mir gelungen, mir unter den Fürsten neues Ansehen zu erwerben – während du nichts anderes tust, als deine Wunden zu lecken und immer neue Intrigen auszuhecken, eine Schlange und ihre elende Brut.«

»Genug!«, zischte Guillaume. »Es steht Euch nicht zu, so über Eure Gemahlin zu sprechen!«

»Nein? Aber es ist die Wahrheit. Eure Macht ist beständig geschwunden, seit wir England verlassen haben – meine hingegen ist wieder gewachsen, und das verletzt euren Stolz.«

»Das ist nicht wahr!«, begehrte Guillaume auf, so laut und leidenschaftlich, dass sich seine Mutter genötigt sah, ihre hagere Rechte auszustrecken, um ihn zu besänftigen. »Mein Einfluss ist größer als der Eure! Ich habe mächtige Freunde und Männer, die mir treu ergeben sind.«

»Ich weiß.« Der Baron nickte. »Damit meinst du wahrscheinlich deine Sektiererfreunde, die mindestens ebenso erbärmlich und feige sind wie du.« Er bemerkte das Zucken in Guillaumes Gesicht und fügte genüsslich hinzu: »Du wunderst dich, dass ich davon weiß? Ich weiß manches, Junge, und das wenigste davon würde dir gefallen.«

»Renald!«, rief Eleanor. »Ich bitte Euch!«

»Keine Sorge«, versicherte Renald mit feistem Grinsen. »Ich werde gehen und euch weiter euren Intrigen überlassen. Weine dich im Schoß deiner stolzen Mutter aus, Junge – ich ziehe es vor, den Sieg mit jenen zu feiern, die Schulter an Schulter mit mir gekämpft haben.«

Er warf die angenagte Keule auf den Teppich, der den Boden des Zeltes bedeckte, und stürmte hinaus. Seine Schritte waren noch nicht ganz verklungen, als Guillaume aufsprang und seinem Zorn Luft machte. »Dieses elende Scheusal. Wie kann er Euch nur so beleidigen? Was bildet er sich nur ein?«

»Beruhige dich, Sohn. Die Worte, die du wählst, sind gefährlich.«

»Und wenn schon, ich fürchte ihn nicht mehr«, behauptete Guillaume, der mit den Tränen zu kämpfen hatte, so sehr fühlte er sich gedemütigt. »Macht es Euch denn gar nichts aus, wie er uns behandelt? Dass er uns fortwährend beleidigt und erniedrigt?«

Eleanor schaute ihn lange an. Leiser Spott sprach aus ihren von Falten zerfurchten Zügen, die mit ihren hervorspringenden Knochen und den eingesunkenen Augen immer mehr von einem Totenschädel hatten. »Ich habe mich daran gewöhnt«, sagte sie.

»Aber ich kann und will mich nicht daran gewöhnen«, zeterte Guillaume und ging wütend im Zelt auf und ab. »Habt Ihr bemerkt, wie er mich angesehen hat? Wie ein lästiges Insekt! Er wird mich niemals anerkennen, ganz gleich, was ich tue!«

»Du musst Geduld haben, Guillaume. Deine Zeit wird kommen.«

»Wann, Mutter, wollt Ihr mir das sagen? Seit Monaten wiederholt Ihr immer dieselben Worte, sucht mich mit denselben Phrasen zu beruhigen. Aber sie greifen nicht mehr! Ihr habt mir Zugang zum königlichen Hof verschafft und mich in die Bruderschaft eingeführt, doch was hat es mir eingebracht? Nichts, Mutter, gar nichts! Weder habe ich meinen Einfluss vermehren noch mir die Anerkennung des Barons verdienen können.«

»Die Anerkennung des Barons zu verdienen war nicht unser Ziel«, brachte seine Mutter in Erinnerung.

»Aber unsere Macht zu mehren ist uns ebenfalls nicht gelungen«, zischte Guillaume. »Wohin ich auch gehe, was ich auch unternehme, immer stoße ich an meine Grenzen. Andere besetzen die Positionen, die ich einnehmen sollte: mein Vater, Eustace...«

»Du musst Geduld haben«, wiederholte Eleanor beschwörend.

»Aber ich will nicht mehr!«, brüllte Guillaume so laut, dass sich seine Stimme überschlug. Auch die Tränen der Verzweiflung konnte er nicht mehr länger zurückhalten. »Vielleicht hat Vater ja recht, und ich bin tatsächlich ein feiger Taugenichts!«

»Das bist du nicht«, widersprach seine Mutter entschieden. »Das darfst du nicht einmal denken.«

»Aber warum liebt er mich dann nicht, wie ein Vater seinen Sohn lieben sollte? Warum verschafft er mir nicht die Anerkennung, die mir aufgrund meines Namens und meiner Herkunft zukäme? Warum, Mutter, könnt Ihr mir das sagen?«

Eleanor bedachte Guillaume mit einem prüfenden Blick. Die Tatsache, dass sich der Zorn ihres Sohnes nicht mehr ausschließlich auf den Baron, sondern inzwischen auch auf sie richtete, schien sie zu beunruhigen, denn sie legte Stickrahmen und Nadel beiseite, erhob sich und trat um den Tisch herum auf ihn zu, eine bleiche, geisterhafte Gestalt, die in ihrem langen Kleid über den Boden zu schweben schien.

»Was, wenn er nicht dein Vater wäre?«, fragte sie nur.

Guillaume stockte jäh in seinem Lamento, blickte aus geröteten Augen zu ihr auf. »W-was?«

»Wenn er nicht dein Vater wäre, sondern nur derjenige, der sich als dein Vater ausgegeben hat, was dann?«

»Warum sollte er so etwas tun?«

»Vielleicht, um den Besitz seiner Familie durch einen Erben zu sichern. Vielleicht auch, um nicht vor aller Welt eingestehen zu müssen, dass er nicht in der Lage ist, selbst einen Erben zu zeugen.«

»Ist das wahr?«

»So wahr ich hier vor dir stehe.« Eleanor verzog keine Miene.

Guillaume nickte zustimmend. Sein Verstand wehrte sich nicht einen Augenblick lang, das anzuerkennen, was sein Herz schon vor Jahren begriffen hatte. Im Gegenteil, seltsame Euphorie erfüllte ihn plötzlich. Endlich ergab alles Sinn, erkannte er den Grund für de Reins Ablehnung und sein hartherziges Wesen ...

»Warum habt Ihr es mir nicht früher gesagt?«, wollte er von seiner Mutter wissen. »Es hätte mir manches erspart.«

»Ein Eid hat mich gebunden, den ich einst geschworen habe.«

»Gegenüber wem? Renald de Rein?«

»Nein. Gegenüber dem Mann, den du deinen Onkel nanntest, obgleich er in Wahrheit dein Vater gewesen ist.«

»Osbert«, flüsterte Guillaume fassungslos. »Osbert de Rein war in Wirklichkeit mein Vater?«

Sie nickte. »Ein Teil von dir hat es immer gewusst, oder nicht?«

Guillaume hatte Mühe, die Fassung zu wahren.

Dass der Baron und er so unterschiedlich waren, wie sie es nur sein konnten, war eine unbestreitbare Tatsache und dass er sein Leben lang vergeblich um die Gunst dieses ebenso starrsinnigen wie hartherzigen Mannes gerungen hatte, ließ sich ebenfalls nicht leugnen. Bislang hatte Guillaume dies darauf zurückgeführt, dass er den Anforderungen, die Renald de Rein an seinen Nachkommen und Erben stellte, einfach nicht gerecht geworden war. Nun jedoch zu erfahren, dass de Rein in Wahrheit nicht sein leiblicher Vater war, erfüllte ihn mit grimmiger Genugtuung.

Es lieferte eine plausible Begründung für all die Demütigungen, die er über sich hatte ergehen lassen müssen, und er musste die Schuld dafür, dass ihm jede Anerkennung versagt geblieben war, nicht mehr länger bei sich selbst suchen. Im Gegenteil, er war in all den Jahren einem Schatten nachgejagt, er hatte um die Zuneigung eines Mannes gerungen, der sie ihm nie würde geben können, schon deshalb nicht, weil Guillaumes bloße Existenz ein Stachel in Renald de Reins Fleisch war, ein Makel, der ihn stets an seine eigene Unzulänglichkeit und an das Versagen im Bett seiner Gattin erinnerte.

»Das ist noch nicht alles«, fuhr Eleanor leise fort. »Nun, da ich meinen Eid um deinetwillen gebrochen habe, sollst du alles erfahren.«

»Was noch?«, fragte Guillaume innerlich bebend. Waren es noch nicht genug der Enthüllungen?

»Wie du weißt, hat Osbert de Rein vor acht Jahren bei einem Jagdunfall das Leben verloren. Er stürzte in eine Schlucht, ein tragisches Unglück, wie es hieß.«

Guillaumes kantige Züge strafften sich, so als müsse er sich für diese letzte Wahrheit wappnen. »Und?«

»Es war kein Unfall. Renald de Rein hat deinen Vater ermorden lassen.«

Guillaume sog scharf nach Luft. »Seid Ihr sicher?«

»Ja, Sohn. Er wollte verhindern, dass Osbert jemals sein Schweigen brechen und ihm damit die Führerschaft streitig machen könnte. Aus diesem Grund hat er ihn getötet.«

Guillaumes Blick war starr geradeaus gerichtet, seine Kieferknochen mahlten. Die Furcht, die er von jeher vor Renald de Rein empfunden hatte, schlug in puren Hass um. Nicht mehr länger brauchte er um die Anerkennung dieses Mannes zu buhlen, nun, da er wusste, was dieser getan hatte und wessen Blut an seinen Händen klebte.

Guillaumes Rechte glitt an den Griff seines Schwertes, und er wollte aus dem Zelt zu stürmen und den Betrüger, der sich als sein Vater ausgegeben hatte, für sein Verbrechen zur Rechenschaft ziehen. Doch Eleanor hielt ihn zurück. »Nein, Guillaume«, sagte sie mit respektgebietender Stimme.

»Lasst mich, Mutter«, entgegnete er und versuchte, sich aus ihrem Arm zu lösen, der sich schlangengleich um ihn gewunden hatte. »Ich muss ihn bestrafen. Nach all den Jahren…«

»Er wird seine Strafe erhalten, und du wirst deine Rache bekommen. Aber nicht heute, hörst du?«

»Warum nicht?«

»Weil es töricht wäre, sein Leben für etwas zu riskieren, das wir auch einfacher haben können. Die Zeit arbeitet für uns, Guillaume, du magst es glauben oder nicht. Noch mögen diese Narren dort draußen im Überfluss schwelgen, aber der Winter steht vor der Tür, und Hunger und Mangel werden erneut im Lager einkehren. Die Menschen werden nach Erlösung rufen, und dann wirst du zur Stelle sein. Renalds Einfluss jedoch wird schwinden, und dann, mein über alles geliebter Sohn, wird der Augenblick der Rache gekommen sein. Bis dahin jedoch behalte dein Wissen für dich, hast du gehört?«

Guillaume gehorchte nicht sofort.

Noch einen Augenblick lang versuchte er, sich von seiner Mutter loszureißen. Dann sank er in die Umarmung, die sie ihm bereitwillig darbot, und vergoss bittere Tränen.

20.

Heerlager vor Antiochia
24. Dezember 1097

Weihnacht.

Um wie vieles anders war der Klang dieses Wortes hier in der Fremde. Eine seltsame Melancholie hatte von Conn Besitz ergriffen, seit die Glocken der Feldkirche zum Gebet gerufen hatten.

Der Bischof von Le Puy, der als päpstlicher Legat die Unternehmung begleitete, hatte selbst die Messe gehalten, mit der die Kreuzfahrer der Christnacht gedachten. Obschon sich infolge des jähen Wintereinbruchs Engpässe in der Versorgung eingestellt hatten, versuchten die meisten Edelleute, ihren Familien und Vasallen ein üppigeres Nachtmahl zu bieten als an gewöhnlichen Tagen.

Auch Baldric war es gelungen, ein Stück Ziegenfleisch zu beschaffen, und zusammen mit den Rüben, die Berengar erbettelt, und mit dem Hasen, den Bertrand ein Stück außerhalb des Lagers erlegt hatte, ergab sich ein Festessen, wie die Männer es lange nicht mehr genossen hatten. Doch weder das wärmende Wohlgefühl, das von einem gefüllten Magen ausging, noch die flammende Predigt, die Bischof Adhémar während der Mette gehalten hatte, konnten die dunklen Schatten vertreiben, die sich über das christliche Heer gelegt hatten und die mannigfache Gestalt besaßen.

Zum einen war da das Heimweh, das von vielen Kreuzfahrern Besitz ergriffen hatte und das in dieser Nacht besonders deutlich zutage trat. Es war das zweite Weihnachten, das die Streiter Christi in der Fremde verbrachten, und vor allem jene, die ihre Familien nicht bei sich hatten, wünschten sich zurück nach Hause und in den Kreis derer, die sie liebten. Andere, die während der harten und entbehrungsreichen Märsche Familienmitglieder verloren hatten, gedachten dieser und vergossen manche Tränen.

Auch der Hunger war nach dem Überfluss der ersten Wochen zurückgekehrt. Nicht nur, dass viele Kreuzfahrer der Genusssucht und der Verschwendung gefrönt hatten, sie hatten es auch versäumt, Vorräte für den Winter anzulegen, da man nicht davon ausgegangen war, dass sich das Wetter dramatisch verändern würde. Genau das war jedoch geschehen. Eisiger Wind fegte vom Meer her über die hügelige Landschaft; in den Nächten wurde es so kalt, dass das Wasser in den Proviantschläuchen gefror; und die höchsten der Berge, die sich im Osten erhoben, hatten schneegekrönte Gipfel. Einige Kreuzfahrer hatten bereits Erfrierungen davongetragen, andere lagen mit Fieber darnieder – und die Schlacht um Antiochia stand erst noch bevor.

Man hatte die Belagerung fortgesetzt, doch abgesehen von der Einnahme der Burg Harenc, die schon im vergangenen Monat erfolgt war, hatte man keine weiteren Erfolge erzielen können. Unweit des nördlichen Stadttores, das die Kreuzfahrer nach dem heiligen Paulus benannt hatten, war ein Kastell errichtet worden, dem sie den Namen Malregard gegeben hatten. Die abwechselnden Besatzungen des eilig errichteten Bollwerks sollten dafür sorgen, dass die seldschukischen Überfalltrupps, die den Kreuzfahrern zuletzt arg zugesetzt und ihre Nachschublinien unterbrochen hatten, die Stadt nicht mehr verlassen konnten. Einen Gegner zu stellen, dessen Taktik darin bestand, unvermittelt zwischen den Felsen aufzutauchen und ebenso rasch wieder zu verschwinden, erwies sich jedoch als mühsames Unterfangen. Auch Conn und seine Freunde hatten schon mehrfach Dienst auf Malregard versehen und es jedesmal als eine Strafe empfunden.

Der Belagerungszustand dauerte folglich noch immer an, und es hatte nicht den Anschein, als ob die Eroberung Antiochias kurz bevorstünde. Das eigentliche Ziel des Feldzugs, Jerusalem und das Heilige Land zu befreien, war ohnehin in weite Ferne gerückt – an diesem Abend allerdings, als sich die Männer frierend um die Feuer drängten und von den Zelten der Mönche leiser Gesang durch das Lager drang, schien es weiter entfernt als je zuvor.

»Brrr«, machte Bertrand und klammerte sich an den Becher mit Würzwein, den er in den Händen hielt. »Ist das eine Kälte! Wer hätte gedacht, dass der syrische Winter so bitterkalt sein könnte?«

»In der Tat«, stimmte Berengar zu, der ihm auf der anderen Seite des Feuers gegenübersaß, das sie im Zelt entfacht hatten. Auch Baldric, Remy und Conn hockten um die Flammen, die Handflächen erhoben, um sie zu wärmen. »Der Herr muss zum Scherzen aufgelegt gewesen sein, als er dies Land erschuf – im Sommer siedend heiß und im Winter eisig kalt.«

»Ein Scherz, über den ich nicht lachen kann, Pater«, meinte Bertrand bibbernd. »Dazu fehlt mir die Gesellschaft eines Frauenzimmers.«

Remy, der neben ihm am Feuer saß, bleckte die schlechten Zähne. »Das Mädchen würde an dir wohl nicht viel Freude haben, halb erfroren wie du bist.«

»Ist das ein Wunder?« Bedauernd blickte Bertrand auf seinen Wanst, der beträchtlich abgenommen hatte. »Noch vor einem Jahr war ich das blühende Leben, und nun seht mich an! Abgemagert bin ich, habe kaum etwas gegessen.«

»Du hattest genug«, beschied ihm Baldric, »in jeder Hinsicht. Dass Hunger und Mangel ins Lager zurückgekehrt sind, ist ein deutliches Zeichen.«

»Allerdings.« Bertrand grinste freudlos. »Dafür, dass wir unsere Sachen packen und zurück nach Hause gehen sollten.«

»Nein!«, widersprach Baldric so laut, dass Conn und die anderen zusammenfuhren. »Sag, bist du von Sinnen? Sollen all die Opfer, die wir bereits gebracht haben, vergeblich gewesen sein?«

Jeder wusste, dass der Ritter es nicht mochte, wenn von Rückzug oder gar von Aufgabe gesprochen wurde – derart heftig hatte er allerdings noch nie reagiert. Vielleicht, dachte Conn, war es ein Zeichen dafür, dass auch der sonst so überzeugte Baldric in diesen Tagen nicht ohne Zweifel war.

»Verzeih«, erwiderte Bertrand eingeschüchtert. »Ich wollte dich nicht gegen mich aufbringen.«

»Das Zeichen, von dem ich sprach, ist eine Mahnung Gottes«, erklärte Baldric, nun ein wenig ruhiger. »Der Herr tadelt uns für die Trunksucht und die Völlerei, die hier im Lager Einzug gehalten haben. Und er erinnert uns an den Eid, den wir geleistet haben.«

»Glaubt Ihr denn, dass wir Jerusalem noch erreichen können?«, fragte Berengar. Es lag keinerlei Provokation in der Frage, dennoch hätte ein anderer sie wohl nicht stellen dürfen.

»Wir müssen«, war Baldrics prompte, aber keineswegs überzeugende Antwort. »Wir alle haben große Opfer gebracht, haben so hart gekämpft und so viel geleistet – all das darf nicht vergeblich gewesen sein. Gott wollte, dass wir uns auf diesen Pfad begeben, folglich wird Er uns auch führen.«

»So ist es«, bekräftigte Berengar ernst.

»Tatsächlich, Pater?«, fragte Bertrand skeptisch. »Sagtet Ihr nicht, Ihr würdet vieles anders sehen als noch zu Beginn der Unternehmung?«

»Ich bin nicht mehr der, der ich einst war«, stimmte der Mönch zu und schaute reihum, »aber das dürfte auf jeden von uns zutreffen, nicht wahr? Wir alle haben in diesem zurückliegenden Jahr Dinge gesehen und Erfahrungen gemacht, die uns verändert haben. Aber das bedeutet nicht, dass ich meinen Glauben verloren hätte oder das Vertrauen in den Herrn. Der

Allmächtige prüft uns, indem Er uns derlei Prüfungen unterzieht, so viel ist gewiss.«

Conn, der neben Berengar saß und in die Flammen starrte, lachte bitter auf. Hatte nicht Chayas Vater eine ganz ähnliche Formulierung gebraucht? Waren nicht auch Juden überzeugt, dass der Herr ihren Glauben prüfte? Woher rührten dann die Unterschiede? Wieso war es nicht möglich, dass ein Christ und eine Jüdin zueinander fanden?

Conn hatte alles versucht.

Mit allen Mitteln hatte er sich auf andere Gedanken zu bringen versucht; er hatte den Kampf zu Fuß und zu Pferd trainiert, hatte sich freiwillig zu Erkundungsritten und zum Dienst auf Burg Malregard gemeldet, hatte seine Studien der lateinischen Sprache fortgesetzt – doch er hatte Chaya nicht vergessen können.

Seit jenem Morgen, da sie sich heimlich davongeschlichen hatte, ohne ein Wort des Abschieds, war kein Tag vergangen, an dem er nicht an sie hatte denken müssen, an ihre Liebe, an die Wärme und den Trost, den er in ihrer Gegenwart empfunden hatte. Und obschon er sich sagte, dass sie seine Zuneigung nicht verdiene, schmerzte die Einsicht, dass sie sich von ihm abgewandt hatte, auch noch nach all den Wochen.

Während seine Freunde sich am Feuer weiter unterhielten, erhob er sich und ging nach draußen. Kalte Nachtluft empfing ihn außerhalb des Zeltes, sein Atem wurde zu weißem Dampf.

»Seht nach ihm, Berengar, ich bitte Euch«, hörte er Baldric drinnen sagen. »Vielleicht vermag geistiger Beistand seinen Schmerz ein wenig zu lindern.«

Es kam keine Antwort, aber die Eingangsplane wurde beiseitegeschlagen, und kein anderer als der Benediktiner trat daraus hervor. Seine wollene Robe schützte ihn besser vor der Kälte als die Umhänge der Soldaten, dennoch schlug er die Kapuze hoch, um sein schütteres Haupt zu bedecken.

»Kalt«, sagte er nur.

Conn nickte.

»Willst du reden, Conwulf?«

Conn schnitt eine Grimasse. »Was wollt Ihr tun, Pater? Mir die Beichte abnehmen?«

»Der Zeitpunkt wäre günstig gewählt. Zu den Hochfesten pflegt der Herr manche Bitte zu erfüllen, wenn sie lauteren Herzens geäußert wird.«

»Nicht meine Bitte.«

»Es kommt darauf an, Junge. Wenn es dir darum geht, sie nur baldmöglichst wieder in deine Arme zu schließen, wird der Herr dir dein Anliegen sicher verweigern. Wenn du hingegen um Vergebung ersuchst und um Vergessen ...«

»Ich kann sie nicht vergessen«, erklärte Conn kopfschüttelnd. »Und ich will sie auch nicht vergessen.«

»So sehr hat sie dich mit ihren Reizen umgarnt?« Berengar wirkte bekümmert. »Dabei hat sie sich in jener Nacht davongestohlen, ohne sich zu verabschieden oder auch nur eine Nachricht zu hinterlassen ...«

»Ich weiß, und je länger ich darüber nachdenke, desto weniger verstehe ich es. Es muss einen Grund für Chayas Verhalten geben. Womöglich wurde sie dazu gezwungen.«

»Glaubst du das wirklich?« Berengar schüttelte den Kopf. »Nein, Junge. Die Wahrheit ist sehr viel einfacher. Der Jüdin ist es nur darum gegangen, dich zu verführen und zu verderben, so wie es die Art ihres Geschlechts und ihres ganzen verschlagenen Volkes ist.«

Conn schüttelte trotzig den Kopf, aber er widersprach nicht. Zu viel Enttäuschung war in ihm. Zu viel Schmerz. »Ich will sie nicht verlieren, Pater«, flüsterte er und starrte in die eisige Dunkelheit. »Ich habe schon einmal einen Menschen verloren, den ich liebte und in den ich meine Hoffnung gesetzt habe.«

»Der Menschen Geist ist wankelmütig, und ihr Fleisch ist schwach, deshalb solltest du dein Vertrauen und deine Hoffnung stets nur auf den Allmächtigen richten. Und was die Jüdin betrifft – du hast sie bereits verloren, Conwulf. Je eher du das einsiehst, desto besser ist es für dich.«

Conn nickte betreten. Dann setzte er sich langsam in Bewegung.

»Wohin willst du?«, rief Berengar ihm verdutzt hinterher.

Conn antwortete nicht. Er hatte keine Ahnung, wohin er gehen sollte, ein festes Ziel hatte er nicht. Aber er wollte auch keine Ratschläge mehr bekommen, so gut gemeint sie auch sein mochten.

Unter den tief hängenden Ästen knorriger Zedern hindurch erreichte er nach einer Weile eine der Hauptstraßen, die sich durch das Lager zogen und zu deren Seiten große Mannschaftszelte errichtet worden waren. Überall brannten Feuer, und es roch nach gebratenem Fleisch, in Umhänge und Kapuzen gehüllte Gestalten kauerten um die Flammen. Von irgendwo war Gesang zu hören, dazu Flötenspiel und eine Laute. Eine Weihnachtsweise, sanft und voller Wehmut.

»Conwulf!«, rief plötzlich jemand.

Conn blieb stehen. An einem der Feuer hatte sich eine kräftige Gestalt erhoben, in der er Herlewin erkannte, einen normannischen Knappen, mit dem zusammen er öfter den Schwertkampf geübt hatte.

»Herlewin.« Conn nickte dem Normannen zu.

»Da hat jemand nach dir gefragt«, berichtete der Knappe. »Ein junger Bursche.«

Ein junger Bursche!

Unwillkürlich musste Conn an Chaya denken. War sie womöglich ins Lager gekommen? Suchte sie nach ihm?

»Wann ist das gewesen?«, fragte Conn. »Und wo ist er hin?« Er bemühte sich um Gelassenheit, konnte seine Aufregung jedoch nicht ganz verbergen.

»Wir haben ihn zu Herrn Baldrics Zelt geschickt, dort müsstest du ihn finden. Frohe Weihnacht!«

»Dir auch, Freund«, sagte Conn und wandte sich mit pochendem Herzen ab. Um möglichst rasch zurückzugelangen, nahm er nicht den Umweg durch den abgestorbenen Zedernhain, sondern die direkte Strecke, die durch eine Seitengasse führte. Unwillkürlich begann er dabei zu laufen. Falls es tatsächlich Chaya war, die ihn als Mann verkleidet besuchte, wollte er nicht, dass Berengar davon erfuhr. Der gestrenge Mönch hätte sonst womöglich ...

»He du!«, rief ihn plötzlich jemand aus einer der dunklen Nischen an, die sich zwischen den Zelten erstreckten.

Conn hielt inne. »Sprichst du mit mir?«

»Bist du Conwulf, Sohn von Baldric?«, fragte die Gestalt, von der er nur undeutliche Umrisse wahrnehmen konnte und die ein nur mit Mühe verständliches Französisch sprach.

»Der bin ich«, bestätigte Conn – und sah unvermittelt eine gekrümmte Klinge in der Dunkelheit aufblitzen.

»Dann stirb!«, zischte der Schatten, und noch ehe Conn wusste, wie ihm geschah, setzte der Fremde bereits auf ihn zu.

Die Klinge zuckte heran und berührte seinen Hals, aber Conns durch unzählige Kampflektionen gestählte Reflexe ließen seinen Oberkörper zurückpendeln und brachten ihn außer Reichweite der gefährlichen Waffe. Der Angreifer stieß eine Verwünschung in einer fremden Sprache aus. Er hatte in die Attacke derart viel Schwung gelegt, dass er nun, da er ins Leere lief, ins Taumeln geriet. Sein Gleichgewicht zurückzuerlangen kostete ihn wertvolle Augenblicke, die Conn für sich nutzte. Er bekam die Waffenhand des Burschen zu fassen und verdrehte sie, sodass der Dolch auf dem Boden landete. Zeternd wand sich der Angreifer in Conns Griff, doch der ließ ihm keine Chance mehr. Mit einem Fausthieb schickte er seinen Gegner zu Boden und presste ihm dessen eigenen Dolch an die Kehle.

»Was sollte das?«, fuhr er ihn an.

»Ich ... will dich töten!«, erklärte der Kerl in seinem schlechten Französisch.

»Warum?«, knurrte Conn. »Ich habe dir nichts getan! Ich kenne dich noch nicht einmal.«

Trotz der Dunkelheit, die in der Gasse herrschte, konnte Conn inzwischen das Gesicht des Angreifers erkennen. Er war ein wenig jünger als er selbst, vielleicht zwanzig Winter, hatte kurz geschnittenes schwarzes Haar und fast ebenso schwarze Augen, aus denen Conn namenloser Hass entgegenschlug – seltsamerweise lag aber auch etwas Vertrautes in ihrem Blick.

»Wer bist du?«

Der Gefangene spuckte aus. Eine Antwort blieb er jedoch schuldig.

»Sprich«, ermahnte Conn ihn und verstärkte den Druck hinter der Klinge. »Willst du wohl reden, oder ich ...«

»Mein Name ist Caleb Ben Ezra«, kam die Antwort zischend. »Ich bin Chayas Cousin.«

Chaya!

Conn stand wie vom Donner gerührt. Er begriff, dass es nicht Chaya gewesen war, die im Lager nach ihm gefragt hatte, sondern dieser junge Mann, der offenbar seinen Tod wollte – aber warum?

»Was hat das zu bedeuten? Wo ist Chaya? Und wie geht es ihr?«

»Es geht ihr gut, Christenhund! Trotz allem, was du ihr angetan hast!«

»Was ich ihr angetan habe?«

»Du hast es gestohlen ... das Buch! Das Buch von Ascalon!«

»Was?« Conn verstand kein Wort.

»Das Buch! Es ist verschwunden«, stieß der andere hervor. »Nur ein wertloses Pergament ist in dem Köcher gewesen. Mein Vater war außer sich vor Zorn! Um ein Haar hätte er Chaya verstoßen.«

Conn schüttelte den Kopf. »Ich verstehe nicht.«

»Die ganze Zeit über hatte sie das Buch bei sich, nur nicht in jener Nacht, in der du sie verführt und ihre Ehre beschmutzt hast, du elender Hund. Du hast es geraubt!«

Conn begriff endlich, dass es um das Geheimnis gehen musste, das Chaya gehütet hatte, um jenen ledernen Behälter, den sie Tag und Nacht bei sich trug, das Vermächtnis ihres Vaters.

»Ich habe überhaupt nichts gestohlen!«

»Du lügst! Alle Christenhunde lügen!« Abermals spuckte Caleb ihm vor die Füße.

»Ich lüge nicht«, versicherte Conn, »und Chaya kennt mich gut genug, um das zu wissen.«

»So?« Der junge Jude lachte freudlos auf. »Sie kennt dich kein Stück, Christenhund. Andernfalls wäre sie wohl nicht auf die Schmeicheleien von jemandem hereingefallen, der nicht zum auserwählten Volk gehört. Und ganz sicher hätte sie kein Kind von dir empfangen.«

»*Was?*« Conn hatte plötzlich das Gefühl, den Boden unter den Füßen zu verlieren.

»Du hast sie geschwängert, Bastard«, zischte Caleb – worauf Conn endgültig die Knie weich wurden. Er ging nieder. Seinen Gegner, den er noch immer umklammert hielt, riss er mit zu Boden.

Chaya erwartete ein Kind von ihm!

Diese Neuigkeit war so überwältigend, dass er einige Augenblicke brauchte, um sie zu verdauen. Gleichzeitig fragte er sich, weshalb er erst jetzt davon erfuhr. Wieso hatte Chaya ihm keine Nachricht zukommen lassen? Aus Zorn? Aus Furcht? Aus Scham?

»Wo ist Chaya? Ich muss zu ihr!«

Caleb schüttelte den Kopf. »Sie will dich nicht sehen.«

»Aber ich habe das Buch nicht an mich genommen«, versicherte Conn. »Und ich wusste auch nichts von ... von ihrem Zustand.«

»Glaubst du, das mindert deine Schuld?«

Conn überlegte kurz. Dann ließ er Caleb los und stieß ihn von sich. Den Dolch rammte er kurzerhand vor ihm in den Boden.

»Was tust du?«, fragte der Jude verblüfft.

»Ich lasse dich frei«, erklärte Conn, während er sich wieder auf die Beine raffte.

»Obwohl ich dich töten wollte?« Caleb war wenig überzeugt.

»So ist es. Ich schenke dir das Leben – dafür möchte ich, dass du Chaya eine Nachricht von mir überbringst.«

»Sie wird mir nicht zuhören.«

»Sie wird. Sage ihr, dass ich den Verlust des Buches bedaure, aber dass mich daran keine Schuld trifft. Und richte ihr ebenfalls aus, dass ich ...«

»Na was?«, hakte Caleb ungeduldig nach, als Conn zögerte.

Conn schüttelte den Kopf. Er wusste nicht, was er dem Boten noch mit auf den Weg geben sollte. Sollte er Chaya seine Liebe gestehen? Ihr seine Hilfe anbieten? Sie um Verzeihung bitten? Unsinn – schließlich war sie es, die sich davongeschlichen hatte und ihn nun offenbar eines Diebstahls verdächtigte, den er nicht begangen hatte. Der Gedanke allerdings, dass sie ein Kind von ihm erwartete, brachte ihn vor Sehnsucht fast um den Verstand. Egal, was gewesen war, er wollte bei ihr sein, wollte für sie sorgen, obschon er wusste, dass es unmöglich war. Sie lebten in unterschiedlichen Welten, auf den gegnerischen Seiten eines mörderischen Konflikts.

»Dass sie auf sich achten soll«, erwiderte er deshalb ausweichend. »Wirst du das für mich tun, Caleb?«

»Was ist, wenn ich mich weigere?«

»Ich werde dich dennoch ziehen lassen. Aber wenn du der bist, für den ich dich halte, wirst du Chaya meine Nachricht überbringen.«

»Und – mein Dolch?« Caleb schielte nach der Waffe, die im Boden steckte, nur zwei Armlängen von ihm entfernt.

»Nimm ihn, ich habe keine Verwendung dafür. Und jetzt geh.«

Mit einer Mischung aus Zweifel und Staunen schaute Chayas Cousin ihn an. Dann kroch er vorsichtig auf den Dolch zu, zog ihn heraus und nahm ihn an sich – und im nächsten Moment war er auch schon aufgesprungen und die dunkle Gasse hinab verschwunden.

Einige Augenblicke lang stand Conn unentschlossen da. Dabei merkte er, wie etwas warm und feucht seinen Hals hinabrann. Er tastete danach – es war Blut. Calebs unerwartete Attacke hatte seine Haut geritzt, doch Conns Überraschung war so groß gewesen, dass er erst jetzt davon Notiz nahm.

Er beschloss, zum Zelt zurückzukehren, um die Wunde zu versorgen. Unterwegs versuchte er, das Durcheinander in seinem Kopf halbwegs zu ordnen. Chaya bekam ein Kind von ihm! Noch immer war er nicht über diese Neuigkeit hinweg, auch wenn er sie nicht von Chaya selbst, sondern von ihrem rachsüchtigen Cousin erfahren hatte. Er spürte, dass es nun ein unsichtbares Band zwischen ihnen gab, ein Band, das zum Zerreißen gespannt war.

Conn konnte nur erahnen, was Chaya erwartete, wenn bekannt wurde, dass sie als unverheiratete Frau ein Kind erwartete, noch dazu von einem Christen, und er fühlte sich elend und schuldig deswegen. Aber warum verdächtigte sie ihn, das Erbe ihres Vaters gestohlen zu haben? War dies der Grund für ihre Ablehnung, für ihren überstürzten Aufbruch? Wie konnte er sie seiner Unschuld versichern?

»Conwulf! Um Himmels willen!«

Berengars entsetzter Ausruf riss ihn aus seinen Gedanken. Der Mönch ließ das Feuerholz fallen, das er gesammelt hatte, und kam auf ihn zu. »Was, im Namen des Allmächtigen, ist dir widerfahren?«, fragte er, auf den Schnitt an Conns Kehle deutend.

»Nichts weiter, Pater«, versicherte Conn, während Berengar die Wunde bereits näher inspizierte. »Ich habe nur...«

Er stutzte, als ihm plötzlich ein Gedanke kam. Ein hässlicher Gedanke, dessen er sich beinahe schämte. »Darf ich Euch etwas fragen?«, erkundigte er sich deshalb vorsichtig.

»Natürlich, Junge. Was möchtest du wissen?«

»In jener Nacht, bevor Chaya das Lager verließ...«

Berengar schnaubte. »Denkst du immer noch an sie?«

»... was habt Ihr da getan?«, brachte Conn seine Frage unbeirrt zu Ende. »Wollt Ihr mir das sagen?«

»Was ich in jener Nacht getan habe?« Der Benediktiner

schaute ihn verständnislos an. »Aber das weißt du doch – ich hielt Wache. Warum willst du das wissen?«

»Nur so, ich...« Conn brach kopfschüttelnd ab und kam sich vor wie ein ausgemachter Narr. »Bitte verzeiht, Pater, ich weiß nicht, ob...«

Er verstummte, als ein Fremder zu ihnen trat, der Kleidung nach ein Normanne. »Ist er das?«, fragte der junge Mann nur.

»Das ist er«, bestätigte Berengar, auf Conn deutend.

Verblüfft schaute Conn von einem zum anderen. »Was soll das heißen? Wer seid Ihr?«

»Hast du es denn nicht mitbekommen?«, fragte Berengar seinerseits. »Im ganzen Lager wird nach dir gesucht.«

»N-nach mir?« Unwillkürlich wich Conn einen Schritt zurück.

»Ich komme von Baron Renald de Rein«, erklärte der Bote schlicht. »Mein Herr wünscht dich zu sprechen. Jetzt gleich.«

21.

Conn kam es vor, als würde er auf glühenden Kohlen stehen.

In Renald de Reins Zelt auf das Eintreffen des Barons zu warten, kam einer Folter gleich. Unendlich viele Dinge gingen Conn dabei durch den Kopf, Befürchtungen und Ängste, Fragen, auf die er keine Antwort wusste.

Wieso, in aller Welt, verlangte de Rein ihn zu sprechen? Wie konnte der Baron überhaupt Kenntnis von ihm haben? Hatten die de Reins womöglich herausgefunden, dass er sie in jener Nacht in London belauscht hatte? Hatten sie Kenntnis erlangt von seinen Racheplänen, von dem Schwur, den er geleistet hatte? Und wenn es so war, woher hatten sie ihr Wissen?

Es gab nur eine Handvoll Menschen, denen sich Conn anvertraut hatte, und er schämte sich fast dafür, dass er in diesem Moment, da er auf seinen Richter wartete, für keinen von ihnen die Hand ins Feuer gelegt hätte. Nicht für Bertrand, der die de Reins von früher zu kennen schien, nicht für Berengar, der ihn an de Reins Boten verraten hatte, und auch nicht für Chaya, die sich heimlich davongeschlichen hatte und ihn des Diebstahls bezichtigte.

Für einen kurzen Moment hatte er die Flucht erwogen, aber dann war ihm klar geworden, dass diese unerwartete Entwicklung der Dinge ihn genau dorthin gebracht hatte, wohin er die ganze Zeit über gewollt hatte – in die Höhle des Löwen. Vielleicht, dachte er in seiner Verzweiflung, konnte er die Gelegenheit nutzen, um nahe genug an Guillaume de Rein heranzukommen und das zu tun, was er sich geschworen hatte. Zweifellos würde es das Letzte sein, was er tat, aber wenigstens würde er Nias Mörder mit sich nehmen ...

Unruhig trat Conn von einem Bein auf das andere, während er sich in dem geräumigen Zelt umblickte. Die de Reins gehörten zu jenen Privilegierten, denen es auch in der Fremde an nichts gebrach. Mit Teppichen und Schranktruhen, dazu einem langen Tisch, auf dem Zinnbecher und eine mit Wein gefüllte Karaffe standen, war die behelfsmäßige Bleibe besser eingerichtet als jedes feste Dach, das Conn je über dem Kopf gehabt hatte. Bei dem Gedanken, dass ein Verbrecher vom Schlage Guillaume de Reins in solchen Annehmlichkeiten schwelgen durfte, während so viele rechtschaffene Männer ihr Haupt auf den nackten Boden betteten, verspürte Conn Wut.

»Da bist du ja«, sagte plötzlich jemand – verblüffenderweise kam Conn die Stimme bekannt vor. »Es war alles andere als einfach, dich in diesem Durcheinander zu finden, das sich Heerlager nennt.«

Conn fuhr herum – und erlebte zum zweiten Mal an diesem Abend eine handfeste Überraschung. Denn der Mann, der vor ihm stand, in Tunika und Mantel eines wohlhabenden Normannen gehüllt und das Langschwert an der Seite, war kein anderer als der, dem er vor Dorylaeum das Leben gerettet hatte! Die festen Gesichtszüge mit den kleinen, streng blickenden Augen und dem kupferfarbenen Haar hätte Conn unter Tausenden herausgekannt.

»Du erkennst mich?«, deutete der andere seinen offenen Mund und die erstaunt geweiteten Augen richtig.

»J-ja, Herr«, stammelte Conn. »Seid Ihr ... Renald de Rein?«

»So ist es«, bestätigte der Baron, und Conn wurden zwei Dinge klar: Dass er, freilich ohne es zu ahnen, damals vor Dorylaeum den Vater seines Erzfeindes gerettet hatte. Und dass

Renald de Rein nicht wegen der Ereignisse von London nach ihm geschickt hatte.

»Hast du den Ring noch, den ich dir gab?«, wollte der Baron wissen.

»Ja, Herr.«

»Dann lass mich ihn sehen.«

Conn murmelte eine Bestätigung, dann griff er nach dem Saum seines Rocks, hob ihn an und zerriss das Futter. Der Ring fiel heraus, und Conn fing ihn auf und reichte ihn de Rein.

»Sei unbesorgt«, sagte dieser kopfschüttelnd, nachdem er einen kurzen Blick darauf geworfen hatte. »Ich will ihn nicht zurück. Ich wollte nur sichergehen, dass du tatsächlich der bist, der mir damals den Hals gerettet hat.«

»Das bin ich, Herr«, antwortete Conn. Das Kleinod steckte er in seinen Gürtelbeutel, obschon es ihm lieber gewesen wäre, de Rein hätte es ihm wieder abgenommen. Er wollte nichts besitzen, von dem er das Gefühl hatte, dass Nias Blut daran klebte.

»Weißt du, wie viel Mühe es mich gekostet hat, dich zu finden, Conwulf?«

»Nein, Herr.«

»Ich muss gestehen, dass mir deine Gesichtszüge entfallen waren, obgleich du doch so viel für mich getan hast. Deine Tapferkeit hingegen ist mir unvergessen geblieben, also kam ich auf den Gedanken, dich suchen zu lassen, um dir zum Fest des Herrn ein Geschenk zu machen.«

»Ihr habt mir bereits etwas geschenkt, Herr«, brachte Conn in Erinnerung. Der alleinige Gedanke, noch etwas aus de Reins Besitz zu erhalten, drehte ihm den Magen um.

»Ich weiß, Conwulf. Was ich dir schenken möchte, ist auch nicht aus Gold oder mit Gemmen besetzt.« Er ging zum Tisch, füllte einen der Becher mit Wein und nahm einen tiefen Schluck. »Wusstest du, dass ich einen Sohn in deinem Alter habe?«, fragte er unvermittelt.

Conn stand wie versteinert. Er konnte nicht verhindern, dass sich seine Hände zu Fäusten ballten. »Ja, Herr.«

»Bedauerlicherweise«, fuhr de Rein fort, nachdem er erneut getrunken hatte, »sind Guillaume und ich selten einer Meinung, denn er ist das genaue Gegenteil von dem, was ich gerne in ihm sehen würde.« Ein wehmütiges Lächeln spielte um seine bärtige Kinnpartie, und für einen Augenblick schien er sich in Erinnerungen zu verlieren. Dann wandte er sich wieder seinem Besucher zu. »Du hingegen, Conwulf, bist ein Mann nach meinem Herzen.«

»Danke, Herr.« Conn schluckte sichtbar.

»Als mein Nachfolger und Erbe wäre es Guillaumes Pflicht, hier zu sein, diesen Wein mit mir zu trinken, Seite an Seite mit mir in der Schlacht zu kämpfen und mich wie ein schützender Schatten zu begleiten. Stattdessen verbringt er seine Zeit damit, dunkle Pläne zu schmieden und Intrigen zu spinnen, die...« Der Baron unterbrach sich und schüttelte unwirsch das Haupt. »Jedenfalls ist er nicht hier. Selbst in dieser Nacht ziehen seine Mutter und er die Gesellschaft ihrer Sektiererfreunde der meinen vor.«

Conn schwieg. Die ganze Zeit über waren die de Reins für ihn der Inbegriff des Bösen gewesen, wahre Teufel in Menschengestalt. Doch nun stellte sich heraus, dass auch sie atmende und fühlende Wesen waren und mit Mängeln behaftet.

Die Erkenntnis war erschreckend.

»Das Geschenk, das ich dir unterbreiten möchte – oder vielmehr das Angebot«, fuhr de Rein fort, nachdem er seinen Becher bis auf den Grund geleert und wieder auf den Tisch zurückgestellt hatte, »besteht folglich darin, Guillaumes Platz unter meinen Kämpfern einzunehmen und künftig gemeinsam mit mir in die Schlacht zu reiten. Als mein Helfer und Schirm.«

»A-aber, Herr«, widersprach Conn stammelnd, der einfach nicht glauben konnte, was er da hörte. »Ich bin nur ein einfacher Soldat, und noch dazu ein Angelsachse.«

»Ich weiß, und ich habe lange genug gegen deinesgleichen gekämpft, um zu wissen, was für überaus zähe und tapfere Burschen ihr seid. Du würdest ein eigenes Pferd und eine neue Rüstung erhalten und wärst meinem direkten Befehl unterstellt.«

»Das ist sehr großzügig von Euch, Herr, aber...«

»Falls du dabei an deinen Adoptivvater denkst und dich fragst, ob er es dir gestatten wird, in meine Dienste zu treten, so sei ganz unbesorgt. Er wird es erlauben.«

»Ihr kennt Herrn Baldric?«, fragte Conn verblüfft. Die Überraschungen schienen in dieser Nacht gar kein Ende zu nehmen.

»In der Tat«, bestätigte der Baron, sah allerdings keine Veranlassung, Conn zu erläutern, woher und aus welchem Grund er Baldric kannte. »Also? Wie lautet deine Antwort, Conwulf?«

Conn fiel es schwer, einen klaren Gedanken zu fassen. Sein Herzschlag raste, Übelkeit bemächtigte sich seiner, und er hatte das Gefühl, seine Umgebung nur durch einen Schleier wahrzunehmen. So sehr de Rein ihn auch überrascht haben mochte – er verspürte nicht das geringste Verlangen danach, dem Vater des Mannes zu dienen, der Nia ermordet hatte. Etwas allerdings war ihm mehr als alles andere im Gedächtnis haften geblieben: dass der Baron und Guillaume einander nicht sehr zugetan waren.

»Was wird Euer Sohn dazu sagen, Herr?«, fragte Conn deshalb vorsichtig.

De Rein lachte bitter auf. »Wahrscheinlich wird er Gift und Galle spucken vor Eifersucht und gekränkter Eitelkeit. Privilegien zu fordern, ohne etwas dafür zu leisten, ist schon immer seine Art gewesen, aber das braucht dich nicht zu interessieren. Wie also entscheidest du dich?«

Conn brauchte nicht mehr lange zu überlegen. Schon die Aussicht, Guillaume de Rein zu schaden – wenn auch nur indirekt –, wog stärker als alle Vorbehalte. »Ich danke Euch,

Herr«, sagte er und deutete eine Verbeugung an. »Und ich nehme Euer Angebot an.«

»Ich habe es nicht anders erwartet«, gestand der Baron, und ein so überzeugtes Lächeln glitt über seine Züge, dass sich Conn unwillkürlich fragte, ob seine Entscheidung klug gewesen war. Eben noch war er sicher gewesen, sich de Reins zu bedienen – war es in Wahrheit umgekehrt?

Der Baron ließ keinen Zweifel mehr zu. »Komm, Junge«, forderte er Conn auf und winkte ihn zu sich an den Tisch. Er nahm die Karaffe und füllte zwei Becher, einen davon reichte er Conn.

»Auf den Sieg und auf die Treue«, brachte er den Trinkspruch aus, den Conn in London oft aus vor Trunkenheit heiseren Normannenkehlen gehört hatte.

»Auf den Sieg und die Treue«, wiederholte er mit einigem Widerwillen.

Dann tranken sie und besiegelten das Bündnis.

Bahram al-Armeni starrte zum Himmel.

Er war auf einen Hügel gestiegen, um die Sterne zu beobachten, unbeeinträchtigt von den Fackeln und Feuern, die das Feldlager erhellten, das die Krieger der *askar* nördlich der Stadt Hama aufgeschlagen hatten. Doch abgesehen von einem einzelnen Gestirn gab das Firmament seine funkelnde Pracht in dieser Nacht nicht preis; Wolken bedeckten den Himmel, die sich nach Norden hin verdichteten. Dort, wo sich Antiochia befand und das Heer der Kreuzfahrer lagerte.

Der Armenier, den Duqaq von Damaskus zum Anführer der *ghulam*-Krieger ernannt hatte, war ein wenig enttäuscht. Dass sich die Sterne ausgerechnet in dieser Nacht verhüllten, kam in seinen Augen einem schlechten Vorzeichen gleich. Zumal jener einzelne Himmelskörper, der dort zwischen zerfransten Wolkenfetzen hindurch einsam auf die Erde blickte, sein eigenes Schicksal abzubilden schien.

Bahram fühlte sich einsam.

Diese Nacht in der Gesellschaft von Menschen zu verbringen, für die sie sich in nichts von jeder anderen wolkenverhangenen Nacht unterschied, war befremdlich. Während ein großer Teil der Christenheit die Geburt des Erlösers feierte, war Bahram in seinem Glauben allein. Unter den *ghulam*, die er in Fürst Duqaqs Auftrag nach Antiochia führen sollte, gab es keine Christen; allesamt waren sie ehemalige Gefangene, die ihrem alten Glauben abgeschworen hatten und zu Anhängern Mohammeds geworden waren. Über die Unterschiede zwischen ihnen hatte sich Bahram bislang kaum Gedanken gemacht. Die Toleranz der muslimischen Herrscher und die persönliche Gunst von Duqaqs Vater Tutush hatten es ihm ermöglicht, trotz seines nach muslimischer Ansicht falschen Glaubens in die Reihen der Oberbefehlshaber aufzusteigen, und er hatte es nie bereut, sich ihnen angeschlossen oder in ihren Reihen gedient zu haben. Weder als es gegen den aufständischen Feldherren Suleiman gegangen war, der sich gegen Tutushs Bruder Malik Shah erhoben hatte, den Sultan des Großseldschukischen Reiches, noch als Tutush nach Maliks Tod selbst versucht hatte, den Thron zu besteigen und Krieg gegen die anderen Emire und Atabege geführt hatte.

Doch in all diesen Schlachten waren sich stets Söhne Mohammeds im Kampf begegnet. Christen, namentlich aus den Gebirgen Armeniens oder den Grenzregionen von Byzanz, hatten darin nur eine untergeordnete Rolle gespielt. In dem bevorstehenden Konflikt jedoch würde Bahram zum ersten Mal seinen Glaubensbrüdern im offenen Kampf gegenüberstehen, was ihm in dieser Nacht, als er einsam auf dem Hügel stand und vergeblich nach den Sternen Ausschau hielt, erstmals bewusst wurde.

Indes, es änderte nichts.

Von seinen muslimischen Gebietern hatte Bahram stets nichts als Förderung und Wohlwollen erfahren. Mit ganzem Herzen war er ein Sohn des Morgenlands, der die Aggressoren aus dem Westen für rohe Barbaren hielt, wohingegen er die arabische Welt sein Leben lang für ihre Kunst und ihre Gelehrsamkeit bewundert und versucht hatte, ihre zahllosen Mysterien zu entschlüsseln. Die Kreuzfahrer waren widerrechtlich in das Reich eingefallen und hatten Tod und Verderben verbreitet. Sich ihnen entgegenzustellen war gerecht und richtig. Auch diese Nacht änderte nichts daran.

22.

Feldlager vor Antiochia
25. Dezember 1097

»Und? Was wollte de Rein von dir?« Aufgeregt kam Baldric in das Zelt gestürmt, seine Frage klang unerwartet fordernd.

»Guten Morgen«, grüßte Conn, der sich eben erst von seinem Lager erhob. Es war noch früh, und der Schädel brummte ihm vom Würzwein, den er getrunken hatte.

»Was hat der Baron gesagt?«, wiederholte Baldric seine Frage, ohne die Begrüßung zu erwidern. Conn kannte seinen Adoptivvater inzwischen gut genug, um zu wissen, dass es ihm bitterernst war. »Hatte es etwas mit mir zu tun? Hat er sich nach mir erkundigt?«

»Nein.« Conn schüttelte das dröhnende Haupt, ein wenig befremdet über die Frage. »Er hat mir angeboten, für ihn zu kämpfen.«

»Dir? Weshalb?« Baldrics Miene verriet ehrliche Verblüffung, sein einzelnes Auge weitete sich.

»Weil ich ihm das Leben rettete, damals vor Dorylaeum.«

»Ist das wahr?« Das Erstaunen seines Adoptivvaters wurde noch größer. »Der Ritter, dem du in der Schlacht das Leben gerettet hast, war Renald de Rein?«

Conn nickte.

»Warum hast du das nie gesagt?«

»Weil ich es nicht wusste. Außerdem – was hätte es für einen Unterschied gemacht?«

»Ich kenne de Rein. Gut genug, um zu wissen, dass du dich besser von ihm fernhältst.«

»Das geht nicht. Ich habe sein Angebot bereits angenommen.«

»Du hast *was* getan?«

»Ich habe sein Angebot angenommen«, wiederholte Conn.

Baldrics Stimme wurde hart. »Nein! Als mein Adoptivsohn untersage ich dir ...«

»Das kannst du nicht«, erwiderte Conn leise. »Selbst wenn du dein Einverständnis nicht gibst, hätte de Rein die Macht, es dir zu befehlen. Das soll ich dir von ihm ausrichten.«

»Du sollst es mir ausrichten?«

Conn nickte. Es war schwer zu sagen, was daraufhin hinter den narbigen Zügen seines Ziehvaters vor sich ging. Baldric straffte sich, der Blick seines Auges wurde kalt und unnahbar.

»Warum tust du das?«, wollte er wissen.

»Ich habe keine andere Wahl.«

»Man hat immer die Wahl.«

»Du vielleicht, weil du ein Denker bist und immer weißt, was richtig ist und was nicht«, räumte Conn ein. »Ich wünschte, ich wäre auch so, aber das bin ich nun einmal nicht. Ich bin nur ein dummer Angelsachse, genau wie Bertrand immer sagt.«

»Hat es mit Guillaume zu tun?«, fragte Baldric direkt.

Conn war verblüfft. »Woher ...?«

»Von Bertrand. Er sagte, du hättest mit Guillaume de Rein noch eine Rechnung offen. Ist das wahr?«

Conn zögerte, hatte jedoch weder die Kraft noch den Willen, es zu leugnen. Er blickte zu Boden und nickte.

»Und ist das der wahre Grund dafür, dass du de Reins Ersuchen entsprochen hast?«

Conn nickte abermals, worauf Baldric ein tiefes Seufzen vernehmen ließ. »Hör mir zu, Conwulf. Ich will nicht weiter in dich dringen und dich nach den Gründen für deine Entscheidung fragen. Ich nehme an, dass es mit dem zusammenhängt, was damals in London geschehen ist, aber das ist nur eine Vermutung. Vielleicht wirst du es mir irgendwann erzählen, vielleicht auch nicht. In jedem Fall aber solltest du wissen, dass niemand zwei Herren zur selben Zeit dienen kann.«

Conn schaute auf. »Du forderst mich auf, zwischen dir und de Rein zu wählen?«

»Nein, Junge, sondern zwischen Licht und Finsternis. Zwischen unserer heiligen Mission und deinem ichsüchtigen Streben nach Rache!«

Conn brauchte nicht lange zu überlegen. Er musste nur an Nia denken und an das, was ihr angetan worden war, und sein Entschluss stand unverrückbar fest. »Das kann ich nicht«, wehrte er ab.

»Ist das dein Ernst? Dein Rachedurst ist dir wichtiger als dein Seelenheil?«

Conn schüttelte den Kopf. Es schmerzte ihn zu sehen, wie sehr seine Entscheidung den alten Baldric verletzte, aber er konnte sie auch nicht rückgängig machen. »Bitte verzeih. Ich erwarte nicht, dass du mich verstehst, Vater, aber ich…«

»Wenn du zu de Rein gehst«, fiel Baldric ihm barsch ins Wort, »solltest du mich besser nicht mehr deinen Vater nennen.«

Damit war alles gesagt.

Noch einen Augenblick standen sie einander gegenüber, dann hielt Conn den vorwurfsvollen Blick des Normannen nicht mehr aus. Er wandte sich ab und stampfte wütend aus dem Zelt. Auf wen sein Zorn sich richtete, wusste er selbst nicht zu sagen, nur dass er sich elend und machtlos fühlte, zerrissen zwischen den Schwüren der Vergangenheit und den Pflichten der Gegenwart.

»Conwulf?« Bertrand, der unter einem der knorrigen Bäume saß und an einem Stück Zedernholz schnitzte, winkte ihn zu sich.

»Was ist?«, fragte Conn ungehalten.

»Du hast Streit mit Baldric?«

»Er will mich einfach nicht verstehen.«

»Vielleicht nicht«, räumte Bertrand ein. »Unser guter Baldric ist alt geworden und hat eine Menge mitgemacht, und was seine Starrsinnigkeit betrifft, kann sogar ein junger Angelsachse noch etwas von ihm lernen. Dennoch sollst du eines wissen.«

»Nämlich?« Conn reckte auffordernd das Kinn vor.

»Damals, nachdem du während der Überfahrt nach Dyrrachium über Bord gegangen warst, war Baldric mehrere Tage lang nicht ansprechbar. Er gab sich die Schuld für das Unglück, und kaum hatten wir unseren Fuß an Land gesetzt, war er wie besessen davon, nach dir zu suchen. Ich weiß nicht mehr, wie oft wir uns in jener Zeit als Kundschafter betätigt haben. Kaum waren wir zurückgekehrt, ritten wir schon wieder aus – und das alles nur, um dich zu finden.«

Conn nickte nachdenklich. Im Nachhinein erklärte das, weshalb er im Lager so lange vergeblich nach Baldric und den Seinen gesucht hatte. Und auch, wie Baldric zu seinem Ruf als geübter Späher gekommen war.

»Als wir dich schließlich fanden«, fuhr Bertrand fort, »hat Baldric seinem Schöpfer auf Knien dafür gedankt. Als er dich an Sohnes statt annahm, war das nicht nur eine Geste. Der alte Dickschädel liebt dich wie einen leiblichen Sohn, Conn. Das solltest du nie vergessen.«

Conn atmete tief durch. »Das werde ich nicht«, versprach er und wollte gehen.

»Wohin des Wegs?«

»Mein Pferd satteln. Baron de Reins Truppen versammeln sich bereits.«

»Ich komme mit dir«, erklärte der Normanne und erhob sich.

»Das musst du nicht.«

»Doch«, widersprach Bertrand grinsend. »Alles andere würde mir der gute Baldric niemals verzeihen.«

»Du hast *was* getan?«

Entsetzt starrte Chaya auf ihren Cousin, der gesenkten Hauptes vor ihr stand, den Blick zu Boden geschlagen wie ein Kind, das gescholten wurde.

»Ich bin im Lager der Christen gewesen«, wiederholte er leise. »Ich wollte das Buch wiederbeschaffen. Und ich wollte deine Ehre wiederherstellen.«

»Meine Ehre?« Chaya, die auf einer der steinernen Bänke gesessen hatte, die die Säulenhalle des Innenhofs säumten, sprang erschüttert auf. »Was redest du da? Was hat das zu bedeuten?«

Caleb schaute auf. »Du weißt, was es bedeutet«, sagte er nur.

»Du ... du wolltest Conwulfs Tod?«, hauchte Chaya.

»Sorge dich nicht«, erwiderte Caleb mit bitterem Spott. »Der Christ ist noch am Leben.«

»Du bist ihm also begegnet?« Chaya ertappte sich dabei, dass sie spontane Freude verspürte, obschon das Gegenteil der Fall hätte sein müssen. Kaum ein Tag war in den letzten Wochen vergangen, da sie nicht im Zorn an den jungen Angelsachsen gedacht hatte, der sie so schändlich hintergangen und ihr das Buch von Ascalon gestohlen hatte. Ihr Onkel sprach kaum noch mit ihr, und wäre es nicht um seines Bruders willen, hätte er sie wohl längst aus dem Haus gejagt.

»Das bin ich«, bestätigte Caleb nickend.

»Und? Was hat er gesagt?«

»Was interessiert dich das? Ich denke, du hasst ihn?«

»Was hat er gesagt?«, wiederholte Chaya.

Caleb schnaubte verächtlich. »Dass er das Buch nicht gestohlen hat – was hätte er auch sonst sagen sollen?«

»Ist das alles?«

»Das ist alles. Und er hat mein Leben geschont, als er es hätte nehmen können. Die Klinge lag bereits an meiner Kehle.«

»Ihr habt gekämpft?«

Caleb nickte. »Nicht viel hätte gefehlt, und mein Dolch hätte den Christenhund ereilt.«

»Und dann?«, fragte Chaya entrüstet. »Glaubst du, sein Tod hätte irgendetwas bewirkt? Dass er das Buch von Ascalon zurückgebracht hätte? Warum nur dürstet ihr Männer immer nach Blut?«

»Weil nur Blut die Schande reinwaschen kann, die über dich gekommen ist, Cousine.«

»Die Schande?« Chaya blickte an sich herab. Noch war die Wölbung ihres Bauchs nur klein und unter dem Stoff ihres Kleides nicht zu sehen, aber schon bald würde sich dies ändern. »So siehst du es also? Dann lass dir sagen, Caleb Ben Ezra, dass diese Schande nicht über mich gekommen ist wie ein Unwetter oder ein Schicksalsschlag. Ich habe mich Conwulf freiwillig hingegeben, und deshalb trifft mich mindestens ebenso große Schuld wie ihn.«

Caleb verzog missbilligend das Gesicht, so als ob er derlei Einwände gar nicht hören wollte. »Du verteidigst ihn? Trotz allem, was geschehen ist?«

»Was wir getan haben, war falsch, das weiß ich jetzt. Auch wenn ich es gerne ungeschehen machen würde, ich kann es nun einmal nicht.«

»Und das Buch?«

Chaya zuckte mit den Schultern. »Wenn du jemandem die Schuld am Verschwinden des Buches geben willst, dann kannst du ebenso gut mich beschuldigen. Ich habe es von meinem Vater bekommen, und ich habe ihm geschworen, es unter Einsatz meines Lebens zu hüten. Es war meine Aufgabe, meine Pflicht – und ich habe versagt, Caleb. Ich ganz allein!«

»Aber doch nur, weil dieser elende Bastard dich getäuscht und hintergangen hat!«

»Das wissen wir nicht mit Bestimmtheit. Du hast gehört, dass Conn seine Unschuld beteuert...«

»Und? Du schenkst den Lügen des Christen doch hoffentlich keinen Glauben mehr? Hast du mir nicht selbst erzählt, dass er in London ein Dieb gewesen ist? Einmal ein Dieb, immer ein Dieb!«

»Was ich glaube, ist nicht von Bedeutung. Ich weiß nur, dass Conn dein Leben geschont hat, was er nicht hätte tun müssen, denn du hattest ihn angegriffen. Es wäre sein gutes Recht gewesen, sich mit gleichen Mitteln zur Wehr zu setzen. Aber er hat dich am Leben gelassen, und dafür bin ich ihm dankbar. Was hast du dir nur dabei gedacht, eine solche Dummheit zu begehen?«

»Ich wollte dir damit helfen«, erwiderte er ein wenig unbeholfen.

»Mein guter Caleb, du hilfst mir nicht, indem du dich umbringen lässt. Oder indem du den Vater des Kindes tötest, das ich in mir trage. Du bist der Einzige, der von meinem Zustand weiß, und ich habe es dir nicht erzählt, damit du losziehst und meine Ehre mit Blut reinwäschst, sondern weil du der Einzige bist, der mir geblieben ist und mit dem ich sprechen kann.«

»Ist das wahr?«, fragte Caleb hoffnungsvoll.

»Aber ja«, versicherte sie lächelnd. »Du neigst zum Jähzorn und bisweilen auch zur Aufschneiderei. Aber du bist auch der einzige Freund, den ich noch habe.«

Calebs Hoffnung zerplatzte wie eine Seifenblase.

»Natürlich«, murmelte er säuerlich. »Nur ein Freund.«

23.

Al-Bira, nordwestlich von Antiochia
31. Dezember 1097

Das Erwachen war böse.

Die Kämpfer der Streitmacht, die unter der Führung des Normannen Bohemund und des flämischen Grafen Robert ausgezogen war, um im weiten Hinterland Antiochias Vorräte für das hungernde Heer zu beschaffen, ruhten noch, als die Alarmrufe der Wachen sie aus dem Schlaf rissen. Hörnerklang scholl durch das Lager, heisere Befehle wurden gebrüllt.

Auch Conn fuhr in die Höhe.

Infolge der Kälte und des anstrengenden Marsches, den das Heer am Vortag bewältigt hatte, war sein Schlaf tief und voller Träume gewesen. Chaya war darin vorgekommen, ebenso wie Baldric und Pater Berengar. Wenn Conn auch nicht zu sagen vermochte, worum es genau gegangen war, blieb beim Erwachen doch ein schales Gefühl. Zeit, darüber nachzudenken, hatte er allerdings nicht.

»Was ist los?«, fragte er Bertrand, der das Lager neben ihm besetzte und ebenfalls aus dem Schlaf geschreckt war.

»Weiß nicht.« Der Normanne schüttelte das lockige Haupt. »Vielleicht wieder eine von diesen Übungen, die Bohemund so liebt.«

Doch es war keine Übung.

Als die Männer aus dem Zelt traten, sahen sie sofort, was die Wachen so in Aufregung versetzte: Ringsum auf den Hügelgraten, die das Tal umgaben, waren feindliche Soldaten aufmarschiert, seldschukische Krieger, deren Silhouetten sich bedrohlich gegen den dämmernden Morgenhimmel abzeichneten. Conn schluckte, denn soweit er es beurteilen konnte, mussten es Tausende sein.

»Zu den Waffen! Zu den Waffen!«

Der Ruf erklang, und aus der Lethargie, die die Männer eben noch gefangen hielt, wurde lärmende Betriebsamkeit. Hals über Kopf stürzten sie zurück in die Zelte, legten in aller Hast ihr Rüstzeug an und griffen zu den Waffen – während oben auf den Hügeln die türkischen Bogenschützen die Sehnen zurückzogen und einen ersten Schwarm gefiederten Verderbens auf das Feldlager niedergehen ließen.

Ein unheimliches Rauschen erfüllte die Luft, als Tausende von Pfeilen in den grauen Himmel stiegen, ihre Spitzen senkten und schließlich mit vernichtender Wucht auf das Lager und seine Bewohner niedergingen. Mit furchtbarer Gewalt schlugen die Geschosse ein, durchdrangen die Bahnen der Zelte und die Planen der Wagen, die die bislang erbeuteten Vorräte trugen. Todesschreie vermischten sich mit heiser gebrüllten Befehlen, von einem Augenblick zum anderen brach Panik unter den Kreuzfahrern aus.

Ein junger Knappe, der sich unmittelbar vor Conn auf den Boden geworfen hatte, um dem Pfeilhagel zu entgehen, wurde ins Genick getroffen und war augenblicklich tot. Andere bekamen Pfeile in den Oberkörper und blieben schreiend liegen. Auch Tiere wurden von Geschossen ereilt, Pferde und Maulesel, die in entsetzliches Wiehern verfielen. Und schon setzten die Bogenschützen zu einer zweiten Salve an ...

»Bockmist«, ereiferte sich Bertrand. Hastig eilten auch sie ins Zelt zurück, um sich die Kettenhemden überzustreifen, die ihnen zumindest etwas Schutz vor den feindlichen Geschossen gewähren würden. »Wo kommen die plötzlich alle her?«

»Wir sind fremd in diesem Land, vergiss das nicht«, erwiderte Conn. »Sie hingegen kennen jeden Stein.«

»Das ist nicht gut«, bemerkte der untersetzte Normanne kopfschüttelnd, und zum ersten Mal meinte Conn, Furcht in seinen sonst so unbekümmerten Zügen zu lesen. »Ganz und gar nicht gut...«

Sie setzten die Helme auf und griffen zu den Schilden, dann stürmten beide wieder nach draußen. Soeben ging eine weitere vernichtende Ladung von Pfeilen nieder. Die Männer rissen die Schilde hoch und duckten sich in ihren Schutz. Conns Schild erbebte, als sich gleich zwei Geschosse hineinbohrten. Beide Spitzen gruben sich tief in das Holz, jedoch drang keine hindurch.

Im Lager war Chaos ausgebrochen. Nur vereinzelt wurde Gegenwehr geleistet, hier und dort entließen flämische Bogenschützen Pfeile von den Sehnen, doch ihre Anzahl war lächerlich gering im Vergleich zu den todbringenden Schwärmen, die von beiden Seiten des Tals niedergingen und sich mit hässlichem Geräusch in menschliche wie tierische Leiber bohrten.

Schreie waren allenthalben zu hören, die Befehle der Unterführer drangen kaum noch durch. Überall lagen mit Pfeilen gespickte Körper, reckten Verwundete die Arme in die Höhe im verzweifelten Bemühen um Hilfe. Immerhin war die erste Überraschung verwunden, und zumindest die schwer gerüsteten Kämpfer waren dem Hagel der Pfeile inzwischen nicht mehr ganz so schutzlos ausgesetzt. Die Fußsoldaten, deren Schuppenpanzer und lederne Röcke nur sehr viel geringeren Schutz versprachen, behalfen sich, indem sie jede Deckung nutzten, die sich ergab – von Büschen und Bäumen bis hin zu den Kadavern toter Pferde und den Vorratskarren, die sie kurzerhand umkippten, damit sie größeren Schutz gewährten.

Die Befehlshaber der Muselmanen mussten erkennen, dass ihre anfängliche Taktik, den Gegner zu überraschen und ihn mit Pfeilhageln zu überziehen, zwar aufgegangen war, jedoch bei Weitem nicht ausreichen würde, um ihn zu besiegen. Entsprechend wurden bunte Banner geschwenkt und Zeichen gegeben, mit dem Ergebnis, dass sich im nächsten Moment die Hügel selbst in Bewegung zu setzen schienen – das feindliche Fußvolk ging zum Angriff über.

Zu Hunderten stürmten leicht bewaffnete Kämpfer die Hänge herab, Armenier, Turkmenen und Araber, die je nach Herkunft mit kurzen Speeren, langstieligen Äxten oder der gefürchteten gekrümmten Klinge bewaffnet waren. Vergeblich suchten die Unterführer der Kreuzfahrer, die Reihen ihrer Männer zu ordnen und eine Verteidigung zu organisieren. Zwar fielen einige Dutzend der Angreifer den Pfeilen und Armbrustbolzen zum Opfer, die ihnen aus den Reihen der Flamen entgegenflogen, doch schon kurz darauf hatten die ersten von ihnen die Talsohle erreicht und ein heftiger Schlagabtausch Mann gegen Mann begann.

Von beiden Seiten brandeten die feindlichen Kämpfer wie eine Naturgewalt heran, und die Kreuzfahrer warfen sich ihnen entgegen. Heiseres Geschrei und Waffengeklirr erfüllten die staubgetränkte Luft, und Conn wurde klar, dass es aus diesem Hinterhalt kein Entkommen gab.

Er hatte sich oft gefragt, wie es sein würde, sich im Kampf einer erdrückenden Übermacht ausgesetzt zu sehen und zu wissen, dass man verlieren würde. Furcht spielte eine gewisse Rolle, aber sie war längst nicht so ausgeprägt, wie Conn stets vermutet hatte. Vielmehr empfand er Bedauern – über Dinge, die er gesagt und getan, aber auch über manches, das er *nicht* gesagt und getan hatte.

»Bertrand, ich...«, wandte er sich an den Normannen, der hinter ihm stand und den Schild halb erhoben hatte, damit sie Rücken an Rücken kämpfen und so möglichst lange Widerstand leisten konnten.

»Schon gut, du angelsächsischer Starrkopf«, schnitt ihm Bertrand das Wort ab. »Ich bin nicht nur um deinetwillen mitgekommen, ich wollte auch ein wenig Beute machen. Dämliche Idee, was? Baldric hatte wohl recht.«

»Ja, das hatte er wohl.«

Dann waren die feindlichen Streiter auch bei ihnen angelangt.

Der Krieger, der sich Conn entgegenwarf, trug einen Rock aus grauem Filz und einen Überwurf aus Wolfsfell auf Kopf und Schultern, der ihn als Bewohner der Bergregionen kennzeichnete. Die Axt, die er mit heiserem Geschrei gegen Conn schwang, war blutbesudelt.

Instinktiv riss Conn den Schild hoch, der unter dem Aufprall erbebte, dann stieß er mit der eigenen Klinge zu. Der Muselmane, dessen Schild wesentlich kleiner war, wehrte die Attacke erfolgreich ab, gab sich jedoch eine Blöße, als er zu einem weiteren Hieb ausholte. Conns Klinge bohrte sich in seine Brust, sein Kampfgebrüll erstarb. Ächzend ging der Mann nieder, doch sofort waren zwei seiner Kameraden heran und nahmen seinen Platz ein. Das Hauen und Stechen ging weiter, überall im Lager. An einigen Stellen waren die Angreifer bereits durchgebrochen und drangen zur Mitte der Talsohle vor, um die Streitmacht der Kreuzfahrer zu teilen und dann die einzelnen Gruppen zu vernichten – und es sah aus, als ob dieser Plan aufgehen würde.

»Bertrand!«, schrie Conn. Er konnte nicht wagen, sich nach dem Freund umzusehen, spürte ihn jedoch auch nicht mehr hinter sich.

»Ich bin hier«, kam es zurück, allerdings aus einigen Schritten Distanz. In der Hitze des Kampfes war Bertrand abgedrängt worden, sodass Conns Rücken nun ungeschützt war.

Mit einem überraschenden Ausfall versuchte er, zumindest einen der beiden Angreifer loszuwerden, die ihn mit grimmiger Wut bedrängten. Dem einen brachte er eine Wunde an der Schulter bei, der andere griff umso erbitterter an. Das Blatt der Axt zischte heran, und einmal mehr hob Conn den Schild. Die Wucht des Aufpralls war jedoch so groß, dass sie ihn aus dem Gleichgewicht brachte. Conn taumelte, worauf sein Gegner unbarmherzig nachsetzte. Ein Tritt traf Conn und brachte ihn zu Fall, wobei er sich das Kinn am Rand des Schilds stieß.

Heißer Schmerz durchzuckte ihn. Als er wieder nach oben blickte, sah er den Wolfskrieger über sich stehen, die Axt beidhändig erhoben, um ihm Schädel und Helm gleichermaßen zu zerschmettern.

Conn war wie vom Donner gerührt. Ihm wurde bewusst, dass dies das Ende war – und es kam ihm entsetzlich sinnlos vor.

Warum war er nicht in London beim Diebstahl geschnappt worden wie der arme Tostig und hatte ein schmähliches Ende am Galgen gefunden? Warum war er nicht in der stürmischen See ertrunken oder während des langen Marsches nach Osten verhungert? Warum hatte er all diese Fährnisse überstanden, wenn ein grässlicher Axthieb seinem Leben nun ein so jähes und grausames Ende setzte?

Conn wusste, dass er keine Antwort bekommen würde. Instinktiv schloss er die Augen, als könnte er das Unausweichliche so verhindern – als plötzlich etwas sein Gesicht benetzte. Er riss die Augen auf und sah, dass sich der Rock seines Gegners rot verfärbt hatte. Aus seiner Brust ragte die blutige Spitze eines Schwertes.

Der muslimische Kämpfer beendete sein Leben in Todeszuckungen. Das Schwert wurde herausgerissen, der leblose Körper des Wolfskriegers brach zusammen – und hinter ihm stand Renald de Rein, begleitet von zwei seiner Ritter. Helm, Gesicht und Rüstung des Barons waren blutbesudelt, seine kleinen Augen loderten vor Kampfeswut. »Damit ist die Schuld wohl beglichen, Angelsachse«, sagte er.

Conn murmelte einen knappen Dank und sah zu, dass er die Beine wieder unter seinen Körper brachte. Ringsum wogte der Kampf weiter; Conn sah Bertrand, der sich einer erdrückenden Übermacht von Turkmenen gegenübersah, und wollte ihm zu Hilfe kommen, doch de Rein hielt ihn zurück.

»Komm mit«, forderte er ihn auf.

»Wohin?«

»Zu den Pferden! Wir wagen den Ausbruch!«

Conn starrte de Rein in das fleischige, von roten Sprenkeln übersäte Gesicht. Ausbruch – dieses Wort weckte Hoffnung. Aber es bedeutete auch, dass die Bogenschützen und Fußsoldaten, all jene, die nicht über ein Pferd und schwere Panzerung verfügten, zurückbleiben und dem sicheren Tod überlassen würden.

Auch Bertrand.

»Nein«, rief er instinktiv und schüttelte den Kopf. »Das dürfen wir nicht!«

»Willst du die Befehle Herrn Bohemunds anzweifeln?«, brüllte de Rein über den Schlachtenlärm hinweg.

Conns Blicke flogen zwischen de Rein und dem bedrängten Bertrand hin und her, der sich nicht mehr lange halten können würde.

»Bertrand ist mein Freund«, stieß er hervor. »Ich muss ihm helfen!«

»Nein. Ich bin dein Anführer! Deine Sorge hat *mir* zu gelten und niemandem sonst, verstanden?«

Connwulfs Zögern währte nur einen Augenblick. »Ich kann nicht, Herr!«, rief er, und noch ehe der Baron etwas erwidern konnte, hatte sich Conn bereits abgewandt und in das Kampfgetümmel gestürzt, das ihn sogleich verschlang.

Was de Rein tat, bekam er nicht mehr mit – seine ganze Aufmerksamkeit galt Bertrand. Mit zusammengebissenen Zähnen schwang Conn das Schwert und fällte einen feindlichen Kämpfer, einen weiteren rannte er mit dem Schild über den Haufen. Mit wuchtigen Hieben schlug er um sich und bahnte eine blutige Schneise in den Kordon der Krieger, die den armen Bertrand umlagerten. Erst als er den Freund erreichte, der am linken Ohr heftig blutete und dessen Helm eine tiefe Delle aufwies, merkte Conn, dass er die ganze Zeit über wie von Sinnen geschrien und seine Wut laut hinausgebrüllt hatte. Im wilden Rausch des Kampfes brachte er einem weiteren Turkmenen eine klaffende Wunde bei, dann rief er Bertrand zu, dass sie sich zu den Pferden durchschlagen sollten.

Conn war wahrlich nicht stolz darauf, aber er war zu der Einsicht gelangt, dass der gestrenge Bohemund recht hatte: Wenn sie blieben und bis auf den letzten Mann niedergemacht wurden, war die Schlacht in jedem Fall verloren. Wenn hingegen den berittenen Kämpfern der Ausbruch gelang, bestand noch ein Funke Hoffnung.

Bertrand hatte weit weniger Probleme, dem Befehl Herrn Bohemunds zu folgen. Seite an Seite mit Conn bahnte er sich einen Weg durch das wogende Getümmel, hin zu den Pferden. Zwar waren viele Schlachtrosse im Pfeilhagel verendet, der überwiegende Teil hatte jedoch unter ausladenden Bäumen gelagert und war den Geschossen entgangen. Da auch die Anzahl der Reiter durch den Beschuss reduziert worden war, waren genügend Tiere vorhanden.

In aller Eile wurden sie gesattelt. Schon bestiegen die ersten Ritter ihre Pferde, die Schilde hochhaltend, um sich gegen Speere, Pfeile und Steine zu schützen, die einige der Muselmanen aus ledernen Schlingen schleuderten. Wo sein eigenes Pferd abgeblieben war, wusste Conn nicht – Bertrand und er stiegen in die nächsten herrenlosen Sättel und lenkten ihre Tiere zu den anderen.

»Die Reihen schließen! Schildwall bilden!«

Den Rittern war klar, dass jeder Versuch, den Kordon der Angreifer zu durchbrechen, zum Scheitern verurteilt war, wenn jeder einzeln für sich kämpfte. Nur gemeinsam, Ross an Ross und Schild an Schild, hatten sie eine Chance, den Wall der Feinde zu überwinden, und so drängten sich Pferde wie Reiter eng aneinander, während sie sich zum nordwestlichen Ausgang des Tals bewegten. Unterwegs schlossen sich ihnen weitere Reiter an, sodass es ein Pulk von beinahe siebenhundert Kämpfern war, der schließlich das Ende der Talsohle erreichte und in geschlossener Formation gegen die Reihen der Angreifer vorrückte.

Pfeile und Wurfgeschosse gingen auf die gepanzerten Kämpen nieder, und obwohl die Reiter alles daransetzten, sich nach vorn und nach oben mit ihren Schilden abzuschirmen, fanden hin und wieder einige ihr Ziel. Ein italischer Normanne aus den Reihen Bohemunds, der direkt neben Conn ritt, wurde tödlich getroffen, als sich ein Armbrustbolzen in sein linkes Auge bohrte. Doch Rosse und Kämpfer waren so dicht gedrängt, dass der Leichnam nicht vom Pferd fallen konnte. Schwankend hielt er sich im Sattel, als wollte er seinen Kameraden auch im Tode noch beistehen – nur eines von vielen bizarren Bildern, die sich in Conns Gedächtnis brannten.

Die Tiere, eben noch langsam trabend, verfielen in Galopp, und die Kämpfer in der vordersten Reihe, unter ihnen auch Herr Bohemund selbst, legten ihre Lanzen ein – um sie nur wenige Augenblicke später in die Körper ihrer überraschten Feinde zu stoßen. Die Muselmanen wichen entsetzt zurück, als die massierte Reiterei in ihre Reihen brach. Nun, da die Distanz überwunden war und der Nahkampf ausbrach, verwarfen die Ritter ihre enge Schlachtformation und fächerten sich auf, fielen mit der Wucht eines Ungewitters über die verschreckten Feinde her.

»Vorwärts! Vorwärts!«, trieb Herr Bohemund die Seinen an, während sein Schwert einem seldschukischen Krieger tief in die Schulter fuhr – und von der Aussicht beflügelt, der Todesfalle zu entkommen und das Schlachtgeschehen womöglich doch noch zu wenden, gaben Conn und Bertrand ihren Pferden die Sporen.

Von jenem Höhenzug aus, den Fürst Duqaq zum Feldherrenhügel erkoren hatte, beobachtete Bahram al-Armeni, was unten im Tal vor sich ging – und traute seinen Augen nicht.

Aus nordöstlicher Richtung hatte sich das Heer, das aus den vereinten Armeen von Damaskus und Hama bestand und an die zwölftausend Mann zählte, den Kreuzfahrern genähert. Die unübersichtliche, von tiefen Schluchten durchzogene Landschaft hatte es den Angreifern ermöglicht, bis auf kurze Distanz an das feindliche Heer heranzukommen. Den Rest hatten sie nach Einbruch der Dunkelheit bewältigt und bei Tagesanbruch Stellung auf den Hügeln bezogen, die das Lager der Kreuzfahrer umgaben; als diese am Morgen endlich merkten, dass sie eingekreist worden waren, war es bereits zu spät gewesen.

Die Falle war zugeschnappt, und zusammen mit der Überraschung hatte sich auch das Schlachtenglück auf der Seite der Angreifer befunden, die zu tausenden in das Tal stürmten, um den überrumpelten Gegner niederzumachen und ihn zu lehren, Syrien niemals wieder zu betreten. Zu hunderten waren die Kreuzfahrer den Pfeilen und Schwerthieben der *ajnad* zum Opfer gefallen, die Seite an Seite mit Hamas Soldaten kämpften, unterstützt von arabischen und armenischen Truppen. Eine ganze Weile lang hatte es so ausgesehen, als ob die Sache der Kreuzfahrer bei Al-Bira ein ebenso jähes wie blutiges Ende nehmen würde – doch soeben geschah etwas, womit weder Bahram noch einer der anderen Heerführer gerechnet hatte.

Die berittenen Kämpfer der Christen ließen jene ihrer Leute, die zu Fuß auf verlorenem Posten kämpften, zurück, um am nördlichen Ausgang des Tals einen Ausbruch zu wagen!

Im Süden des Lagers, wo sich die gepanzerten Reiter bereits zurückgezogen hatten und ihre fehlende Kampfkraft klaffende Lücken hinterließ, brachen daraufhin alle Dämme. Turkmenische Schwertkämpfer, arabische Lanzenträger und Fußvolk aus den rauen Bergregionen Armeniens – sie alle fielen über die Soldaten der Kreuzfahrer her, die ihnen nichts mehr entgegenzusetzen hatten und ohne Ausnahme niedergemacht wurden.

Am anderen Ende des Taleinschnitts jedoch bot sich ein gegenteiliges Bild, denn einer Streitmacht von mehreren hundert Reitern war es gelungen, mit einem geschlossenen Schildwall aus dem Lager auszubrechen. Wie eine Naturgewalt fuhren die Ritter in die Reihen der Armbrustschützen und Leichtbewaffneten, die das Tal nach Norden hatten abriegeln sollen. Die Männer, von denen die meisten der Miliz von Damaskus angehörten, hatten ihrerseits kein Mittel gegen die hoch zu Ross kämpfenden und schwer gepanzerten Christen. Unter den Schwerthieben der Ritter fielen sie wie Ähren auf dem Feld zur Erntezeit.

Bahram sog scharf die Luft ein. Zwar waren es wenigstens zweitausend Mann, die den Ausgang nach Norden versperrten, aber wenn es den Kreuzfahrern gelang, auch ihre Reihen zu durchbrechen und anschließend jenen Truppen in die Flanke zu fallen, die die Fußkämpfer der Christen attackierten, so bestand durchaus die Gefahr, dass sich das Schlachtenglück wendete.

Das Pferd, auf dem Bahram saß, ein rabenschwarzer Berberhengst mit einer Decke aus orangefarbenem Brokat und einer metallenen Schürze, die Stirn und Hals des Tieres vor feindlichen Pfeilen schützen sollte, spürte die plötzliche Nervosität seines Herrn. Kurz entschlossen riss Bahram am Zügel und drehte das Tier auf der Hinterhand herum, sprengte an den anderen Offizieren und den Unterführern der *ghulam* vorbei zum Befehlsstand der Emire.

Während der Statthalter von Hama auf einem Pferd saß, thronte Duqaq auf einem Kamel, auf dessen Rücken sich ein kastenförmiger Aufbau mit einem gewölbten Baldachin aus Stoff erhob. Wie schon in Damaskus trug er ein blutrotes Gewand. Als er Bahram heransprengen sah, winkte er ihm schon von Weitem.

»Sei gegrüßt, mein trefflicher Armenier«, sprach er, als Bahram den Hengst zügelte. »Bist du gekommen, um uns vom endgültigen Triumph unserer vereinten Armeen zu berichten?«

»Nein, mein Fürst«, antwortete Bahram, dem klar war, dass seine Neuigkeiten den Emiren nicht gefallen würden. »Ich komme, um zu berichten, dass einem Teil der Christen der Ausbruch geglückt ist.«

»Einem Teil?« Duqaqs schmale Züge nahmen einen missbilligenden Ausdruck an. »Von wie vielen Kämpfern sprechen wir hier?«

»Nur einige hundert«, schätzte Bahram. »Aber sie sind gepanzert und zu Pferde. Wenn es ihnen gelingt, die Reihen der *ajnad* zu überwinden...«

»Wenn es ihnen gelingt.« Der Ton seiner Stimme blieb gelassen. Den Emir von Hama, der neben Duqaq auf seinem Pferd saß und nervös zu ihm aufschaute, beschwichtigte er mit einer wegwerfenden Handbewegung. »Die Kämpfer der *ajnad* sind zahlreich wie die Sterne. Ich denke nicht, dass es ein paar hundert Christen gelingen wird, sie zu schlagen.«

»Es spricht manches dagegen«, gab Bahram zu. »Doch wenn wir sichergehen wollen, sollten wir unbedingt die *ghulam* zum Einsatz bringen.«

Duqaqs grüne Augen funkelten wie Smaragde. »Du willst die *ghulam* in die Schlacht schicken? Meine besten Krieger? Meine persönliche Garde?«

»Die *ghulam* wären in der Lage, den Ansturm der Christen aufzuhalten, mein Fürst. Gebt mir nur fünfhundert von ihnen, und ich werde...«

»Denkst du nicht, dass du die Fähigkeiten der Ungläubigen ein wenig überschätzt?« Der Herr von Damaskus grinste unverhohlen. »Vielleicht liegt es ja daran, dass du selbst einer von ihnen bist.«

Der Emir von Hama lachte daraufhin, und auch einige seiner Offiziere und strategischen Berater stimmten in das Gelächter ein. Es war offenkundig, dass niemand die Einwände hören wollte, die Bahram vorbrachte. Zu eindeutig war der bisherige Schlachtverlauf gewesen, als dass jemand daran gezweifelt hätte.

»Mein Fürst«, versuchte Bahram es dennoch ein weiteres Mal, »ich beschwöre Euch...«

»Was reitet dich, Armenier?«, zischte Duqaq und beugte sich auf seinem hohen Sitz drohend nach vorn. »Du hast meinem Vater lang und treu gedient, aber du solltest weder deine Kenntnisse noch deine Privilegien überschätzen. Willst du meinen Triumph im Augenblick des Sieges schmälern? Willst du, dass ich mich vor meinem Amtsbruder lächerlich mache, indem ich meine besten Krieger aussende, um einen Gegner zu bekämpfen, der bereits am Boden liegt?«

Bahram hielt dem bohrenden Blick seiner zu Schlitzen verengten Augen einen Moment lang stand, dann wich er ihm aus, wissend, dass es ebenso sinnlos wie gefährlich gewesen wäre, abermals zu widersprechen.

»Nein, mein Fürst«, sagte er deshalb, verbeugte sich im Sattel und drehte sein Pferd herum, um auf seinen Posten zurückzukehren. Er ahnte, dass die dunkle Zukunft, die die Sterne vorhergesagt hatten, in diesem Moment begann.

24.

*Antiochia
Anfang Januar 1098*

»Chaya! Chaya!«

Calebs Stimme überschlug sich, während er aufgeregt an die Tür von Chayas Kammer klopfte. Chaya eilte, um ihm zu öffnen – und war verblüfft über das, was sie sah.

Caleb hatte sich verändert.

Seine gestreifte Kaufmannsrobe hatte er gegen eine weiße Tunika getauscht, die ihm bis zu den Knien reichte. Darüber trug er eine Schärpe und einen Schwertgurt, an dem eine gekrümmte Klinge hing. An seinem linken Arm hatte er einen runden Schild, auf seinem Kopf thronte ein konisch geformter Helm, der schon bessere Zeiten gesehen hatte und ein wenig zu groß für ihn war. Der Vergleich mit einem Knaben, der sich verkleidet hatte, um Soldat zu spielen, drängte sich Chaya förmlich auf, doch der feierliche Ernst in den Zügen ihres Cousins sagte ihr, dass dies kein Spiel war.

»Caleb! Was ist geschehen?«

»Hast du es denn noch nicht gehört? Die Armee, die der Emir von Damaskus ausgesandt hat, um die Kreuzfahrer zu vertreiben, wurde vernichtend geschlagen! Tausende seiner Krieger haben den Tod gefunden, der Rest befindet sich auf der Flucht. Nun werden die Christen Antiochia wohl mit ganzer Kraft und all ihren Kämpfern angreifen.«

»Das ... das ist schrecklich«, sagte Chaya.

»Schrecklich für sie, denn an den Mauern unserer Stadt werden sie eine schreckliche Niederlage erleiden – und wenn ich persönlich dafür sorgen muss.«

»Du?«

»Ich habe mich der jüdischen Bürgerwehr angeschlossen«, verkündete Caleb voller Stolz. »Endlich darf ich mich im Kampf bewähren und den Christen das geben, was sie verdienen.«

»Oh, Caleb, mein guter Caleb«, flüsterte Chaya erschrocken. »Was hast du nur getan?«

»Was ich schon längst hätte tun sollen. Was jeder aufrechte Jude tun sollte. Ich bin bereit, meinen Glauben mit dem Schwert in der Hand zu verteidigen. Antiochia darf nicht fallen, sonst steht den Christen der Weg nach Jerusalem und ins Land der Väter offen, und das darf nicht geschehen, das weißt du so gut wie ich!«

Chaya nickte – natürlich wusste sie nur zu gut, was sich in Jerusalem befand. Das Buch von Ascalon berichtete davon, und einmal mehr verwünschte sie sich dafür, dass es sich nicht mehr in ihrem Besitz befand.

Caleb wusste den Schatten auf ihren Zügen richtig zu deuten. »Ich bin nicht gekommen, um dir Vorhaltungen zu machen, Cousine. Ich bin nur hier, um mich von dir zu verabschieden und dich um deinen Segen und dein Gebet zu bitten.«

»Oh, Caleb.« Chaya trat auf ihn zu und fasste ihn an den Schultern. Sie fürchtete um sein Leben und hätte ihn am liebsten daran gehindert, das Haus zu verlassen. Aber natürlich war ihr klar, dass sie das nicht konnte. »Meine Gebete und meine guten Wünsche begleiten dich«, sagte sie stattdessen und küsste ihn auf die gesenkte Stirn. »Möge der Herr dich beschützen.«

»Und möge er meine Klinge führen, auf dass sie viele Christenhunde ereile«, fügte Caleb feierlich hinzu.

»Möge er dich beschützen«, wiederholte sie.

»Du fühlst noch immer mit ihnen.«

»Nicht alle Christen sind schlecht. Es gibt auch gute Menschen unter ihnen.«

»So wie in jedem Volk – und doch hat der Herr einst die Sintflut gesandt, um das Böse auf Erden auszulöschen. Die Wohltaten Einzelner können nicht alle Bluttaten aufwiegen, die diese Frevler auf sich geladen haben. Sie müssen vernichtet werden, oder sie werden uns vernichten. Alle, ohne Ausnahme – auch dein geliebter Conwulf.«

»Nein«, sagte Chaya schnell und mit derartiger Leidenschaft, dass Caleb sie befremdet anschaute.

»Du liebst ihn noch immer, nicht wahr?«

»Er ist der Vater meines Kindes«, antwortete sie.

»Und ein Dieb und Lügner.«

»Das wissen wir nicht. Er hat dein Leben geschont, oder nicht?«

»Das hat er – aber vielleicht ging es ihm ja auch nur darum, deinen Geist zu verwirren und dich abermals zu täuschen?«

»Das ist nicht wahr.« Chaya schüttelte trotzig den Kopf.

Caleb lachte auf. »Was wahr ist und was nicht, wirst du spätestens an dem Tag erfahren, da die Christen mit Feuer und Schwert über uns herfallen.«

Damit wollte er sich zum Gehen wenden, als unvermittelt sein Vater in der Tür der Kammer erschien. Die Züge Ezra Ben Salomons waren dunkelrot vor Zorn. Seine buschigen Augenbrauen hatten sich unheilvoll zusammengezogen, Wut sprach aus seiner ganzen massigen Erscheinung.

»Ist es wahr?«, verlangte er von Chaya zu wissen. Caleb ignorierte er.

»Wovon sprichst du, Onkel?«, fragte Chaya eingeschüchtert. Seit er wusste, dass sie das Buch von Ascalon verloren hatte, hatte ihr Onkel kaum noch mit ihr gesprochen. Umso verwunderter war sie über diesen Ausbruch.

»Irit hat mir erzählt, dass du dich jeden Morgen nach dem Aufstehen übergibst, und Rinah hat dich im Badehaus gesehen. Sie sagt, dein Bauch weise eine verdächtige Erhebung auf.«

Chaya schloss die Augen.

Ihr war klar gewesen, dass sie die Wahrheit nicht ewig verbergen konnte. Aber sie hatte gehofft, ein wenig mehr Zeit zu haben, um ...

»Willst du wohl sprechen?«, fuhr Ezra sie an. »Ist es wahr, was meine Töchter mir berichten?«

Chaya schaute zu ihm auf, bemüht, ihre Würde zu wahren. »Es ist wahr. Und deine Vermutung ist richtig, Onkel. Ich erwarte ein Kind ...«

Weiter kam sie nicht.

Die Ohrfeige, die Ezra ihr mit dem Handrücken versetzte, traf sie mit voller Wucht, sodass sie benommen niederging. Caleb, der entsetzt dabeistand, starrte abwechselnd auf seinen Vater und auf seine auf den Knien liegende Cousine, wagte jedoch keinen Einwurf.

»Das genügt«, sagte Ezra mit zornbebender Stimme. »Du hast meine Gastfreundschaft und meinen guten Willen die längste Zeit herausgefordert. Dein schändliches Versagen hätte ich meines geliebten Bruders wegen noch geduldet, aber nun hast du Schande über mein Haus gebracht. Wer ist der Vater des Kindes, sprich!«

Chaya kauerte noch immer am Boden. Sie zitterte am ganzen Leib, fürchtete sich vor dem, was ihr Onkel ihr als Nächstes antun würde – aber sie schwieg.

»Wer ist der Vater?«, schrie er so laut, dass sich seine Stimme überschlug. Seine bärtige Gestalt war schrecklich anzusehen, Funken schienen aus seinen einstmals so milde blickenden Augen zu schlagen. »Sag es mir, ehrloses Weib, oder ich schwöre, dass ich die Wahrheit aus dir herausprügeln werde!«

»Nein«, weigerte Chaya sich kopfschüttelnd und unter Tränen. »Das werde ich nicht tun.«

»Ist das dein letztes Wort?« Die Drohung, die in Ezras Stimme mitschwang, war überdeutlich.

»Ja, Onkel.«

»Verdammte Hure!« Er beugte sich hinab, um sie an den Haaren zu packen und zu sich emporzureißen, aber seine fleischigen Pranken erreichten sie nicht. Denn plötzlich stand Caleb zwischen ihnen, der sich schützend vor Chaya stellte.

»Nicht, Vater!«

»Was geht es dich an? Geh mir aus dem Weg, Sohn, oder ich...«

»Ich bin der Vater des Kindes«, erklärte Caleb schlicht.

»Was?« Der Kaufmann starrte ihn an, als hätte er den Verstand verloren.

»Nein, Caleb«, rief Chaya beschwörend, »tu das nicht!«

»Ich bin der Vater«, wiederholte Caleb, ohne mit der Wimper zu zucken. »Es ist mein Kind, das Chaya unter dem Herzen trägt.«

Ezra stand wie jemand, der einen Schlag auf den Kopf erhalten hatte. Seine massige Gestalt wankte, sein Gesichtsausdruck war der eines Ochsen. »Du? Aber...«

»Wir lieben uns und werden heiraten«, erklärte Caleb seinem verblüfften Vater.

»Ist das wahr?«, fragte er an Chaya gewandt.

»So wahr ich hier vor dir stehe«, versicherte Caleb, noch ehe seine Cousine antworten konnte. »Bitte verzeih, dass wir es dir nicht früher gesagt haben, aber wir wollten dich in diesen dunklen Tagen nicht mit unseren Plänen belasten.«

Der Kaufmann gab ein Schnauben von sich, in dem seine ganze Wut zu verpuffen schien. Mit hängenden Schultern stand er da und schien sich wie ein ausgemachter Narr vorzukommen. Er öffnete den Mund, als wollte er etwas sagen, besann sich dann jedoch anders, fuhr herum und verließ die Kammer so unvermittelt, wie er eingetreten war.

»Alles in Ordnung?«, fragte Caleb und reichte Chaya die Hand, um ihr aufzuhelfen.

»Es geht schon«, versicherte sie. Wankend kam sie auf die Beine und strich sich das wirre Haar aus dem Gesicht.

»Was hast du nur getan, Caleb? Das hättest du nicht tun dürfen.«

»Wäre es dir lieber gewesen, mein Vater hätte dich verprügelt und in Schimpf und Schande aus dem Haus gejagt?«

»Nein, aber...«

»Dann solltest du mir verbunden sein und das Geschenk annehmen, das ich dir biete.«

»Aber ich...« Sie schaute ihn an, dankbar und bedauernd zugleich. »Ich liebe dich nicht, Caleb.«

Er erwiderte ihren Blick, ohne dass zu erkennen war, was hinter seinen jungenhaften Zügen vor sich ging. »Dann«, erwiderte er ohne Genugtuung, aber auch ohne eine Spur von Mitleid, »wirst du es wohl lernen müssen.«

25.

*Feldlager vor Antiochia
Anfang Februar 1098*

Es war dunkel in dem Loch, in das Conn geworfen worden war – eine Grube, die man eigens für ihn ausgehoben hatte und die gerade so groß war, dass er mit angewinkelten Beinen darin sitzen konnte.

Wie lange er schon darin kauerte, wusste er nicht genau zu sagen – seiner Einschätzung nach war das siegreiche Heer Bohemunds, dem es gelungen war, die schon verloren geglaubte Schlacht bei Al-Bira noch zu wenden, vor rund einer Woche nach Antiochia zurückgekehrt. Für Conn, der in seinem Loch saß, spielte die Zeit keine Rolle, ebenso wenig, wie Tag und Nacht einen Unterschied machten.

Er war abgemagert infolge der schlechten Ernährung, die man ihm zukommen ließ, und er fror erbärmlich. Und, was noch schlimmer war, er hatte keine Ahnung, was ihn erwartete. Immer wieder hörte er Baldrics Stimme in seinem Hinterkopf, die ihn vor Renald de Rein warnte – warum nur hatte er nicht auf seinen Adoptivvater gehört?

Der Ausbruch der Berittenen aus der Umklammerung des Feindes hatte dem Schlachtgeschehen die entscheidende Wendung gegeben. Mit dem Mut der Verzweiflung waren die Kreuzfahrer in die ungeschützte Flanke des Gegners vorgestoßen, und ein elendes Morden war entbrannt, schlimmer als alles, was Conn je zuvor erlebt hatte. Über viele Stunden dauerte es an, und als sich der Tag dem Ende neigte, schien es, als hätte sich der gesamte Grund des Tales mit leblosen Körpern gefüllt – gefallene Muselmanen, aber auch hunderte von Kreuzfahrern, die durch Bohemunds überraschendes Manöver im Stich gelassen worden waren. Irgendwann, so erinnerte sich Conn, war die Kunde durchgedrungen, dass Graf Robert von Flandern und seine Leute, die im Zuge des Kampfgeschehens abgedrängt worden waren, den Sieg davongetragen hätten. Daraufhin ergriffen die verbliebenen Seldschuken die Flucht, und der Tag war gewonnen – nur nicht für Conn.

Zwei Schergen Renald de Reins hatten ihn mit der Begründung festgenommen, er habe angesichts der feindlichen Übermacht Feigheit gezeigt und seinem Anführer im Augenblick höchster Not die Gefolgschaft verweigert. Bertrands Proteste, Conn hätte unter Einsatz seines eigenen Lebens das seine gerettet, verhallten ungehört – den Rest der Expedition verbrachte Conn in Fesseln.

Die Rückkehr des Heeres nach Antiochia löste trotz des Sieges keinen Jubel aus. Zu hoch war der Blutzoll, den die Schlacht gefordert hatte, vom Verlust unzähliger Reit- und Lasttiere ganz zu schweigen. Auch war das eigentliche Ziel, Vorräte aus dem Hinterland heranzuschaffen, nicht erreicht worden, sodass sich der Mangel im Lager zu einer regelrechten Hungersnot auswuchs. Brot und Fleisch waren nur noch mit Gold zu bezahlen, und erneut kam es zu Auflösungserscheinungen im Heer, weil die Zahl jener Ritter, die mittellos geworden waren und deshalb mit den Ihren abziehen mussten, von Tag zu Tag wuchs. Die Stimmung im Lager litt entsprechend, und es gehörte nicht viel dazu, sich auszumalen, was vor diesem Hintergrund mit einem Kämpfer geschehen würde, den man der Feigheit und des Verrats bezichtigte.

Irgendwann – Conn wusste nicht einmal, welche Tageszeit es war – wurden die Steine über seinem dunklen Gefängnis weggewälzt, und der hölzerne Deckel, der die Grube verschloss, wurde angehoben.

Sonnenlicht fiel ein, so grell und blendend, dass es Conn in den Augen schmerzte und er sie mit den Händen abschirmen musste.

»Rauskommen«, forderte ihn eine barsche Stimme auf, und noch ehe er reagieren oder auch nur etwas erkennen konnte, packten ihn grobe Hände unter den Achseln und zerrten ihn aus der Grube. Conn stieß sich das Kinn und bekam Staub in den Mund. Er hustete und würgte, was seine Häscher arg belustigte. Dann wurde er in die Höhe gerissen und aufgefordert, mitzukommen, was ihn vor große Schwierigkeiten stellte, denn infolge der drückenden Enge seines Gefängnisses waren seine Beine wie taub. Conn versuchte, einen Schritt zu machen, brach jedoch sogleich wieder zusammen. Erneut lachten die Kerle, die er nun blinzelnd als hünenhafte, mit Helmen und Speeren bewehrte Schatten wahrnahm. Mühsam raffte er sich auf die Knie. Als er jedoch versuchte, wieder auf die Beine zu kommen, fiel er um wie ein nasser Sack, worauf die Wachen ihn kurzerhand ergriffen und mitschleppten. Immer wieder gaben Conns Beine nach, sodass er unentwegt strauchelte und stürzte, bis sie endlich ihr Ziel erreichten.

Es war das Zelt Renald de Reins.

Die Behausung des Barons war so groß, dass problemlos zwanzig Mann darin Platz gefunden hätten, bunte Banner wehten darüber im kalten Wind. Durch seine tränenden Augen, die allmählich ihre Sehkraft zurückgewannen, sah Conn den Baron.

Breitbeinig und mit vor der Brust verschränkten Armen hatte sich de Rein vor seinem Zelt aufgebaut, umrahmt von seinen Kämpen. Vor ihm auf dem Boden kauerte eine kümmerliche Gestalt, deren Kleider kaum noch mehr als Lumpen waren. Der Mann hatte das Gesicht im Staub und wagte nicht aufzublicken. Er zitterte am ganzen Körper.

»So«, hörte Conn den Baron sagen. »Du hast also Brot gestohlen.«

»N-nur einen Bissen, Herr«, drang es kleinlaut und stammelnd zurück. »Um die größte Not zu lindern.«

»Du leidest Not?«

»Ja, Herr.«

»Glaubst du, du wärst der Einzige? Viele im Lager hungern in diesen Tagen, dennoch werden sie deswegen nicht zu Dieben.«

»Verzeiht, Herr. Ich werde es niemals wieder tun.«

»Das ist richtig, denn dazu wird dir in Zukunft eine wichtige Voraussetzung fehlen. Gerard?«

»Sire?«, antwortete einer der Bewaffneten.

»Hackt ihm die Hände ab, und dann schleppt ihn durch das Lager, damit alle sehen können, was mit denen geschieht, die sich am Eigentum anderer vergreifen.«

»Ja, Sire.«

»Nein!«, schrie der Dieb, der noch immer am Boden kauerte. »Bitte tut das nicht, Herr! Lasst Gnade walten!«

Renald de Rein reagierte nicht.

Weder als der Verurteilte unter lautem Gezeter gepackt und davongeschleppt wurde, noch als ein dumpfer Schlag und ein gellender Schrei davon kündeten, dass die Strafe vollzogen worden war. Die Aufmerksamkeit des Barons galt dem nächsten Straffälligen, der ihm vorgeführt wurde, auf dass er über ihn richte.

Conn.

Die Wachen zerrten ihn nach vorn, und es gelang ihm, einige Schritte zu gehen, bevor er erneut in die Knie brach. Genau dort, wo eben noch der bedauernswerte Dieb gelegen hatte.

»Nun, Conwulf, des Baldrics Sohn?«, erkundigte sich Renald de Rein streng. »Hattest du in der Gefangenschaft Zeit zum Nachdenken?«

Conn blieb eine Antwort schuldig, er wusste nicht, was er erwidern sollte. Vor die Wahl gestellt, de Rein beizustehen oder Bertrand vor dem sicheren Tod zu bewahren, würde er immer wieder dieselbe Entscheidung treffen – auch wenn sie ins Verderben führen würde.

»Ich nehme an, das heißt Nein«, gab der Baron sich selbst die Antwort. »Was also soll ich mit dir anfangen? Du bist ein guter Kämpfer, Conwulf, aber dein von Unrast getriebener Geist neigt zur Auflehnung, und das kann ich nicht dulden.«

»Bedenkt, dass er Euch das Leben gerettet hat, Herr.«

»Wer hat das gesagt?« Wütend schaute de Rein in die Richtung, aus der der Einwurf gekommen war. Einige Soldaten, Diener und Knappen hatten sich dort versammelt, die aus Neugier zuschauten, wie der Baron über die Seinen zu Gericht saß. Auch ein Mönch war dabei, der eine schwarze Kutte trug. Ihn wiederzusehen war Conn in diesem Moment eine willkommene Freude.

»Das war ich, Herr«, erwiderte Berengar und beugte das Haupt. »Bitte verzeiht, dass ich ungefragt das Wort an Euch richte, aber ich sehe es als meine Pflicht an, Euch davor zu bewahren, Euch an diesem Mann zu versündigen, in dessen Schuld Ihr steht.«

»So«, knurrte de Rein mit einem schiefen Grinsen im Gesicht. »Wie es aussieht, hast du fromme Fürsprecher, Conwulf. Ich fürchte nur, dass Ihr über die jüngsten Entwicklungen nicht im Bilde seid, Pater. Denn ich habe diesem da ebenfalls das Leben gerettet, sodass mich keine Schuld mehr bindet.«

Berengar, der dies tatsächlich nicht gewusst zu haben schien, schaute Conn fragend an, der de Reins Worte mit einem knappen Nicken bestätigte. Es stimmte, der Vater seines Erzfeindes hatte ihm in der Schlacht das Leben gerettet, wohingegen er ihn schmählich im Stich gelassen hatte.

»Du magst es glauben oder nicht, Junge«, wandte sich der Baron wieder seinem Gefangenen zu, »aber ich habe viel über dich nachgedacht in letzter Zeit. Ich habe große Hoffnungen in dich gesetzt, aber im Grunde hätte ich wissen müssen, dass Baldrics Sohn...«

Er unterbrach sich, als zwei Gestalten unter dem Baldachin hervortraten, der den Eingang des Zeltes überdachte. Den einen der beiden Männer kannte Conn nicht – er war schlank und hatte langes schwarzes Haar, seiner Kleidung nach war er Südfranzose. Den anderen Mann hingegen erkannte Conn sofort.

Es war Guillaume de Rein.

Nias Mörder.

Hätte sich Conn nicht so schwach und elend gefühlt, hätte er vermutlich über die Ironie dieser Situation gelacht. Solange er Renald de Rein gedient und unter Einsatz seines Lebens für ihn in die Schlacht gezogen war, hatte er Guillaume niemals zu sehen bekommen; nun jedoch, da er seine Pflichten vernachlässigt hatte und dafür bestraft werden sollte, stand der Mörder plötzlich vor ihm, ein hämisches Grinsen in seinem blassen Gesicht, das sich für Conn anfühlte, als würde ein glühendes Eisen in eine alte Wunde gebohrt.

Sein Blick verengte sich, sodass er das Gefühl hatte, nur noch Guillaume zu sehen. Hass züngelte in ihm empor wie eine Flamme, die neue Nahrung erhielt.

»Was willst du?« Renald de Rein war offensichtlich nicht sehr erbaut über das Auftauchen seines Sohnes.

»Verzeiht mein unvermitteltes Erscheinen, Vater«, sagte Guillaume und trat näher, wobei der französische Ritter ihm wie ein Schatten folgte. »Aber ich kam nicht umhin zu hören, wie Ihr einen Namen nanntet – einen Namen, den ich in der Vergangenheit öfter zu hören bekam, wie Ihr vielleicht noch wisst.«

Conn sah den Mörder näher kommen. Sein Herzschlag steigerte sich, Blut rauschte in seinen Ohren. Nur wenige Schritte von ihm entfernt blieb Guillaume stehen.

»Das ist er also?«, fragte er mit unüberhörbarem Spott in der Stimme. »Das ist der berühmte Conwulf?«

»Das ist er«, bestätigte der Baron mit offenkundigem Widerstreben.

»Lasst mich einmal sehen.« Guillaume trat noch näher, woraufhin Conn den Blick senkte aus Sorge, der Mörder könnte ihn erkennen. Guillaume jedoch packte ihn bei den Haaren und riss seinen Kopf ins Genick, damit er ihm ins Gesicht sehen konnte. »Soweit ich es beurteilen kann, ist an ihm nichts Besonderes zu erkennen. Was ich sehe, sind die bäuerischen Züge eines Angelsachsen, nicht mehr und nicht weniger. Ihr müsst Euch in ihm geirrt haben, Vater.«

Conn hörte kaum, was Guillaume sagte. Er sah das bleiche Gesicht des Frevlers wenige Handbreit vor sich schweben und musste an sich halten, sich nicht mit bloßen Händen auf in zu stürzen.

»Wie es aussieht, mein guter Conwulf«, fuhr Guillaume gönnerhaft fort, »bist du beim Baron in Ungnade gefallen. So etwas passiert leicht, musst du wissen. Nun wirst du erfahren, was es bedeutet, einen Mann zu enttäuschen, dessen Erwartungen so hoch gesteckt sind, dass man ihnen unmöglich gerecht werden kann.«

Auch brauchte er sich wohl nicht zu sorgen, der andere könnte ihn erkennen. In Guillaume de Reins Welt existierte niemand außer Guillaume de Rein. Was in London geschehen war, war für ihn nicht mehr von Belang. Er hatte es längst vergessen, ebenso wie Nia. Conn jedoch würde dafür sorgen, dass er sich erinnerte.

»Was habt Ihr mit ihm vor, nun, da er Euch so sehr enttäuscht hat, Vater?«, wandte sich Guillaume mit vor Häme triefender Stimme an den Baron. »Werdet Ihr ihn für seinen Ungehorsam vierteilen? Oder wollt Ihr ihn lieber hängen, da der Hals eines Angelsachsen doch so geeignet ist für den Strick?« Er lachte heiser, und sein Begleiter und einige Soldaten fielen in das Gelächter ein.

»Keineswegs. Du solltest wissen, Sohn, dass meine Geduld gegenüber denjenigen, die mich enttäuscht und mein Vertrauen missbraucht haben, beinahe grenzenlos ist. Also werde ich ihm das Leben lassen, schon weil seine Kampfkraft dem Heer erhalten bleiben soll. Stattdessen werde ich mich damit begnügen, ihm das linke Auge auszustechen, damit er in Zukunft nur noch das Rechte sehe. Das soll Baldrics Sohn gleichermaßen Erinnerung wie Warnung sein, sich mir niemals wieder zu widersetzen.«

Conn stockte der Atem. In der Vergangenheit hatte er dem Tod so oft ins Auge geblickt, dass er einen Teil seines Schreckens verloren hatte. Die Aussicht, verstümmelt zu werden, entsetzte ihn jedoch sichtlich.

»Nicht doch«, meinte Guillaume und verzog in geheucheltem Bedauern das Gesicht. »Du solltest dich glücklich schätzen, Angelsachse. Denn der Baron pflegt mit jenen, die ihn enttäuschen, nicht immer so milde zu verfahren. Nicht wahr, *Vater*?«

Das letzte Wort betonte er auf seltsame Weise, aber Conn war zu sehr damit beschäftigt, die Beherrschung zu wahren, als dass er daraus irgendwelche Schlüsse hätte ziehen können. Er begriff, dass er mit dem Rücken zur Wand stand und nichts zu verlieren hatte. Nur noch der eine Wunsch beseelte ihn: wenigstens den Racheschwur zu erfüllen, den er vor langer Zeit geleistet hatte.

Plötzlich hielt Guillaume, der sich bereits von ihm hatte abwenden wollen, inne. »Baldric?«, hakte er nach, als würden die vorhin gesprochenen Worte erst jetzt bei ihm ankommen. »Etwa jener Baldric, von dem Ihr mir einmal erzählt habt?«

Der Baron nickte widerwillig.

»Also, das nenne ich einen Zufall, und einen höchst sonderbaren dazu. Wie der Vater so der Sohn, nicht wahr? Aber wie kommt ein Normanne, der die Angelsachsen einst wie Vieh geschlachtet hat, dazu, sich einen von ihnen zum Sohn zu nehmen? Ist das nicht seltsam?«

Conn war wie vor den Kopf geschlagen. Was, in aller Welt, faselte der Mörder da?

»Hat dein Adoptivvater es dir etwa nicht gesagt?«, bohrte Guillaume genüsslich nach, der Conns Gesichtsausdruck richtig deutete. »Wie bedauerlich, das muss er wohl vergessen haben. Vielleicht ist er ja in Wahrheit meiner Ansicht – nämlich dass ein Angelsachse so wertlos wie der and…«

Weiter kam er nicht, denn Conn verlor die Beherrschung. Seine Geliebte mochte Guillaume de Rein ihm genommen haben, seinen Vater würde er ihm nicht auch nehmen!

Zwar hatte Conn seine Bewegungsfähigkeit noch längst nicht vollständig zurückerlangt, aber es reichte aus, um sich nach vorn zu werfen und sich wie ein Raubtier auf Nias Mörder zu stürzen.

Guillaume, der von der Attacke ebenso überrascht war wie die Wachen, stieß einen entsetzten Schrei aus. Die Wucht des Aufpralls riss ihn zu Boden, und ein wildes Handgemenge entbrannte. Im ritterlichen Duell Schwert gegen Schwert mochte Conn dem Sohn des Barons unterlegen sein – wenn es jedoch darum ging, mit bloßen Händen und nach dem Gesetz der Straße zu kämpfen, lagen die Vorteile klar auf seiner Seite. Schon lag der Hochmütige unter ihm, und Conns geballte Fäuste fuhren herab und trafen ihn ins staubige Gesicht, brachen ihm die Nase, aus der hellrotes Blut spritzte. Guillaume kreischte, und Conn wollte ihn an der Kehle packen, um das Leben aus ihm herauszupressen – dazu allerdings kam es nicht mehr.

Etwas traf ihn hart am Hinterkopf.

Heißer Schmerz durchzuckte ihn bis zu den Zehenspitzen, sodass er sich nicht mehr bewegen konnte. Ein zweiter Hieb ereilte ihn und raubte ihm für einen Augenblick die Besinnung. Er fand sich im Staub wieder, auf der Seite liegend, während Guillaume rücklings von ihm fortkroch, Tränen in den Augen und quiekend wie ein Ferkel, die goldberingte Hand auf seine blutende Nase pressend.

Conn hatte das Gefühl, sein Schädel würde platzen. Guillaumes Begleiter, der französische Ritter, stand plötzlich über ihm. Mit dem Knauf seines Schwertes hatte er auf Conns Hinterkopf gedroschen und den Kampf beendet. Nun holte er mit der Klinge aus, um Conn mit einem Streich zu enthaupten – und schlug ohne Zögern zu.

»Halt!«, rief Renald de Rein, kurz bevor die Klinge Conns Kehle traf, wo sie verharrte.

»Was soll das?«, eiferte sich Guillaume, der wie ein angestochenes Schwein umhersprang und dabei Blut verspritzte. Seine Stimme näselte. »Der Angelsachse hat versucht, mich umzubringen! Er hat den Tod mehr als verdient!«

»Das zu entscheiden liegt nicht in deiner Macht«, widersprach der Baron.

»Aber Sire«, wandte nun auch der Provenzale ein, der Conn noch immer in Schach hielt. »Ihr habt doch selbst gesehen, wie...«

»Schweigt, Eustace de Privas. Was Ihr mit Guillaume zu schaffen habt und welche Ränke Ihr gemeinsam mit ihm spinnt, ist Eure Sache. Hier jedoch habt Ihr nichts zu sagen, also enthaltet Euch Eurer Meinung.«

Dem Franzosen war anzusehen, dass er mit dem Gefangenen lieber kurzen Prozess gemacht hätte. Mit offenkundigem Widerwillen nahm Eustace sein Schwert von Conns Kehle und rammte es zurück in die Scheide. Einige der Knappen und Diener lachten daraufhin, jedoch nur so lange, bis Guillaume wutschnaubend in ihre Richtung blickte.

»Ist es das, was Ihr damit bezweckt, Vater? Wollt Ihr mich zum Gespött der Leute machen? Ich verlange Genugtuung! Setzt diesen da auf ein Pferd, damit ich ihn mit meiner Lanze durchbohren kann. Ich verlange Gerechtigkeit, hört Ihr? Gerechtigkeit!«

»Du verlangst Gerechtigkeit? Seit wann, Guillaume? Dieser da«, der Baron deutete auf Conn, »ist freiwillig in den Kampf gezogen, um für das Heer die dringend benötigten Vorräte heranzuschaffen, während du es vorgezogen hast, auf deinem Hintern zu sitzen und dich mit deinen seltsamen Freunden zu treffen. Nennst du das Gerechtigkeit?«

Guillaume antwortete nicht.

»Wer Gerechtigkeit verlangt, muss auch bereit sein, Gerechtigkeit zu üben. Was mit dem Angelsachsen zu geschehen hat, bestimme ich daher ganz allein.«

»Aber er hat versucht, mich zu töten!«

»Und dafür werde ich ihn bestrafen. Mit vierzig Stockhieben auf den Rücken.«

»Vierzig Stockhiebe?«, näselte Guillaume aufgebracht. »Das ist alles?«

»Dreißig«, verbesserte sich de Rein und schien es fast zu genießen. »Hast du noch etwas zu sagen?«

Guillaume starrte ihn an.

Seine Lippen bebten, die Wangenknochen mahlten, aber er erwiderte nichts mehr. Stattdessen wandte er sich ab und stampfte davon, dicht gefolgt von Eustace und einigen Soldaten.

Renald de Rein blickte ihnen nach, und es war unmöglich zu sagen, was dabei in seinem klobigen Schädel vor sich ging. Dann setzte er sich in Bewegung und trat auf Conn zu, der noch immer benommen am Boden lag. »Unerschrocken bist du, das muss man dir lassen. Allerdings auch wild und schwer zu kontrollieren. Diesen Angriff wird Guillaume dir nicht verzeihen, also sei künftig auf der Hut. Und lass dir die Stockhiebe eine Lehre sein, sonst wirst du mich noch kennenlernen. Genau wie dein Vater.«

Achtundzwanzig.
Neunundzwanzig.
Dreißig.

Die Stimme des Normannen Gerard klang Conn noch immer im Ohr. Mit eiserner Hand hatte de Reins Scherge den Stock geführt, wobei er jeden Schlag laut mitgezählt hatte. Dazwischen war jeweils das hässliche Fauchen zu hören gewesen, mit dem das Holz niederging, gefolgt von einem trockenen Klatschen, das im Verlauf der Bestrafung zu einem ekelerregenden Schmatzen geworden war.

Ein um das andere Mal hatte der Normanne den Stock niedergehen lassen, bis die Anzahl der Schläge erfüllt war. Die Qual dabei war fast unerträglich gewesen, und mehrmals hatte Conn geglaubt, die Sinne müssten ihm vergehen vor Schmerz.

Aber er lebte noch, und auch beide Augen waren ihm geblieben.

Warum das so war, konnte er nur mutmaßen – vermutlich hing es nicht so sehr mit ihm selbst zusammen als vielmehr mit Dingen, die Renald de Rein und seinen Sohn betrafen. Der Baron war ein grausamer Mann, der vor keiner Brutalität zurückschreckte, um seine Ziele zu erreichen, Unerschrockenheit und Mut gehörten jedoch ebenfalls zu seinen Charaktereigenschaften. Guillaume de Rein hingegen hatte offenbar nur die Ruchlosigkeit von seinem Vater geerbt. Mit der verzweifelten Attacke auf seinen Sohn hatte sich Conn zwar dessen Todfeindschaft zugezogen, die Sympathien des Barons jedoch teilweise zurückgewonnen.

»Jetzt, Junge. Beiß zu.«

Mit aller Kraft presste Conn seine Zähne auf das Stück Holz, das man ihm zwischen die Kiefer geschoben hatte. Die Strafe war unmittelbar nach der Urteilsverkündung vollzogen worden. Danach hatte man Conn einfach am Fuß des Felsblocks liegen lassen, über dem man ihn verprügelt hatte. Zwei Schatten waren daraufhin über ihm aufgetaucht, und Conn war ebenso dankbar wie erleichtert gewesen, als er Bertrand und Remy erkannte, die ihn hochhoben und quer durch das Lager trugen, in den Schutz von Baldrics Zelt.

Der Schmerz, der sich in diesem Moment wie flüssiges Eisen über Conns malträtierten Rücken ergoss, war so heiß und brennend, dass ihm Tränen in die Augen schossen. Aber er unterdrückte jede Klage.

»Das Salz bereitet höllische Qualen«, erklärte sein Adoptivvater dazu, während er die Körner in die blutigen Striemen rieb. »Aber es sorgt auch dafür, dass die Wunden rasch verheilen, verstehst du?«

Conn versuchte ein Nicken, aber es wollte ihm nicht recht gelingen, weil seine Nackenmuskeln zu verkrampft dazu waren. Noch einmal verabreichte Baldric ihm eine Ladung Schmerz, dann half er ihm dabei, sich auf seine Schlafstatt niederzulassen, wo Conn erschöpft liegenblieb, bäuchlings, um jede Berührung seines Rückens zu vermeiden. Baldric setzte sich neben ihn, und eine Weile lang wurde es still im Zelt, nur das Knacken des Feuers war zu hören, das der Normanne in der Mitte des Zeltes entzündet hatte.

»Baldric?«, fragte Conn irgendwann.

»Ja, Junge?«

»Ist es wahr?«, erkundigte sich Conn vorsichtig.

»Was meinst du?«

»Guillaume«, brachte Conn mühsam hervor. »Er sagte etwas, das ich nicht verstanden habe. Er …«

»Ich weiß, was er sagte«, erklärte Baldric ruhig. »Berengar hat es mir berichtet.«

»Und?«

Baldric seufzte, so als hätte er geahnt, dass er sich dieser Frage stellen musste. Die Antwort schien ihm dennoch nicht leichtzufallen.

»Ich war nicht immer der, als den du mich kennst, Conwulf. Einst habe ich schreckliche Dinge getan, Junge. So entsetzlich, dass ich bis heute schwer daran trage.«

Conn schürzte die blutverkrusteten Lippen. Er ahnte, dass ihm nicht gefallen würde, was er zu hören bekam, aber er wollte die Wahrheit wissen. »Was für Dinge?«

Baldric schaute ihn lange an, dann brach er sein Schweigen. »Es war im Jahr der Eroberung. Herzog William hatte seine Truppen über den Kanal gebracht und verfolgte ein klares Ziel: Er wollte Harold Godwinson, der sich widerrechtlich zum König von England ausgerufen hatte, dazu zwingen, die Entscheidung in einer großen Feldschlacht zu suchen – und was war besser dazu angetan, den Zorn eines Herrschers und seiner Vasallen auf den Plan zu rufen, als deren Ländereien zu verwüsten, ihre Ernten zu verbrennen und ihr Vieh abzuschlachten?

Als der Feldzug begann, war ich ein junger Ritter. Überzeugt davon, dass die Ansprüche unseres Herzogs gerechtfertigt seien, folgte ich William in den Krieg – gegen den ausdrücklichen Willen meines Vaters, der der Ansicht war, William sollte lieber zu Hause bleiben und sich darum kümmern, seine Herrschaft in der Normandie zu festigen.«

»Und?«, fragte Conn.

»Ich habe meinen Willen durchgesetzt, worauf mein Vater mich meines Namens und meiner Besitzungen enthob. Aber da ich überzeugt war, das Richtige zu tun, schloss ich mich dennoch dem Feldzug nach England an. Meinen Vater wie auch die heimatliche Burg habe ich niemals wiedergesehen. Da ich nun ohne Besitz war, wurde ich dem Befehl eines Ritters unterstellt, der nur wenig älter war als ich selbst und genau wie ich darauf brannte, sich im Dienst des Herzogs zu bewähren. Der Name dieses Ritters war Renald de Rein.«

»Ich verstehe«, murmelte Conn – deshalb also kannten sich die beiden. »Was ist dann geschehen?«

»Wir erhielten den Auftrag, ein angelsächsisches Dorf zu verwüsten, das sich unweit von Hastings befand. Wir kamen in der Nacht und trafen sie völlig unvorbereitet. Wir steckten die Dächer der Häuser in Brand und töteten das Vieh in den Ställen. Aber de Rein war der Ansicht, dass das noch nicht genügte. Er war so davon besessen, William zu gefallen, dass er uns befahl, die Bewohner des Dorfes ebenfalls zu töten und ihre Köpfe auf hölzerne Pfähle zu spießen, als Abschreckung für alle, die es sahen.«

Conn war bleich geworden, seine Schmerzen fühlte er kaum noch. Gebannt lauschte er Baldrics Erzählung, die weit mehr zu sein schien als ein bloßer Bericht, schon viel eher eine Beichte.

»Wir zögerten zunächst, de Rein jedoch nicht. Er ritt auf den Dorfältesten zu und enthauptete ihn, worauf Panik unter den Dorfbewohnern ausbrach. Wild schreiend liefen sie auseinander, und de Rein rief, wir dürften keinen von ihnen entkommen lassen, andernfalls werde er uns bitter dafür bestrafen. Also taten die Männer, was ihnen befohlen worden war.«

Er unterbrach sich und blickte starr vor sich hin. Conn hatte den Eindruck, als sehe Baldric auch nach all den Jahren noch immer die Gräuel jener Nacht vor sich.

»Wie Wölfe fielen wir über sie her, und ein schreckliches Morden entbrannte. Nicht nur die Männer, auch Frauen, Alte und Kinder wurden ohne Rücksicht getötet.«

»Und du?«, fragte Conn atemlos. »Was hast du getan?«

»Ich stand am Fluss und sollte darauf achten, dass niemand entkommt. Da sah ich plötzlich einen Jüngling auf mich zukommen. Er war ein wenig jünger als ich selbst, hatte einen Bart und blondes Haar, und ein Pfeil hatte ihn getroffen, der in seinem linken Unterarm steckte. Er versuchte, zum Fluss zu gelangen, um den Mördern zu entgehen, aber ich sah ihn kommen und versperrte ihm in den Weg.«

»Und dann?«

»Ich stellte ihn, und er fiel nieder. Ich stand über ihm, das Schwert in der Hand, und wollte zustechen. In seiner Sprache, die ich damals nicht verstand, flehte er um Erbarmen, und ich konnte die Angst in seinen Augen sehen.«

»Hast du ihn entkommen lassen?«

Baldric starrte weiter geradeaus, er schien Conn nicht ins Gesicht schauen zu wollen. »Nein«, gestand er leise. »Ich habe zugestoßen und sein Herz durchbohrt. Dann habe ich sein Haupt von den Schultern getrennt, genau wie de Rein es befohlen hatte. Die Furcht des jungen Angelsachsen und sein Entsetzen über meine Untat waren darin wie eingemeißelt.«

Erneut wurde es still im Zelt.

Conn wusste nicht, was er sagen sollte.

Obwohl jene Ereignisse lange zurücklagen, bestürzten sie ihn. Plötzlich sah er manches in einem anderen Licht.

»Die Geschichte ist noch nicht zu Ende«, ergriff Baldric wieder das Wort. »Wir kehrten ins Lager zurück und erstatteten Bericht, und de Rein rühmte sich, unter den Angelsachsen Angst und Schrecken verbreitet zu haben. Anderntags wurden wir ausgeschickt, ein weiteres Dorf zu zerstören, und alles wiederholte sich. Schlimmer noch, nun, da wir uns an die Schreie und das Entsetzen in den Augen der Dorfbewohner gewöhnt hatten, gingen wir unserem Mordhandwerk nach wie seelenlose Schatten, und ich stieg zu de Reins Unterführer auf. Des Nachts allerdings, wenn ich versuchte, Ruhe zu finden, verfolgten mich die Gesichter derer, die ich erschlagen hatte, und ich erwachte schreiend und schweißgebadet, so sehr bedrückte mich die Last meiner Taten – bis ich es schließlich nicht mehr aushielt. Als de Rein uns eines Tages erneut anwies, die Einwohner eines Dorfes zu töten, missachtete ich seinen Befehl und verweigerte ihm die Gefolgschaft.«

»Und – was hat er getan?«, fragte Conn, worauf Baldric endlich den Blick wandte und ihn ansah.

»Zur Strafe hat er mich in Fesseln legen lassen und mir mit einem glühenden Dolch das linke Auge ausgestochen, damit ich, wie er sich ausdrückte, künftig nur noch das Rechte sehe.«

»Das kommt mir bekannt vor«, knurrte Conn.

»Ich wurde ausgestoßen, verlor nach meinem Namen auch noch meine Ehre und musste mich fortan als Soldat verdingen. Die Ereignisse jener Nächte jedoch haben mich nie mehr losgelassen, ganz gleich wie oft ich sie auch beichtete und dafür Vergebung zu erlangen suchte. Ich wusste, dass ich dazu verdammt sein würde, ewige Höllenqualen zu leiden, wenn es mir nicht gelang, Ablass von meinen Verfehlungen zu erhalten...«

»... und so hast du dich den Kreuzfahrern angeschlossen«, folgerte Conn.

Baldric nickte. »Indem ich das Kreuz nahm, verspürte ich zum ersten Mal in meinem Leben wieder Hoffnung. Ich flehte zum Herrn, dass er mir den rechten Weg zur Buße weisen solle – und da fand ich dich, Conwulf. Als ich dich dort am Flussufer liegen sah, halb tot und mit einem Pfeil im Arm, da wusste ich, dass Gott mein Flehen erhört und mir einen Weg gezeigt hatte, mich zu bewähren und meine Vergehen zu sühnen.«

»An mir«, vervollständigte Conn staunend. »Das also ist der Grund, warum du mich damals gerettet hast und weshalb du mich unbedingt auf die Pilgerreise mitnehmen wolltest.«

»Ja, Conwulf. Deine Rettung und die Pilgerfahrt ins Heilige Land sind die Bußen, die mir aufgegeben wurden, um das Seelenheil zurückzuerlangen.«

Conn nickte und fühlte, wie sich in seinem Hals ein Kloß bildete. Was er gehört hatte, bestürzte ihn einerseits, andererseits wollte er Baldric nicht für etwas zürnen, was mehr als drei Jahrzehnte zurücklag und was dieser aufrichtig bereute.

»Es tut mir leid«, sagte er leise.

»Was tut dir leid? Dass der Mann, der dich an Sohnes statt angenommen hat, ein gemeiner Mörder ist?«

»Nein. Sondern dass ich nicht auf dich gehört habe und zu de Rein gegangen bin.«

»Ich nehme an, du hattest deine Gründe.«

Conn nickte – und ihm war klar, dass dies der Augenblick war, um auch sein eigenes Schweigen zu brechen. »Guillaume de Rein hat die Frau getötet, die ich liebte. Wir wollten eine Familie gründen, Kinder haben. Er hat sie geschlagen und vergewaltigt, sodass sie ...«

»Schon gut, Junge«, sagte Baldric, um ihm den Rest zu ersparen. »Das also war es, was du damals in der Burg zu suchen hattest. Du wolltest dich an Guillaume de Rein rächen und wurdest entdeckt.«

Conn widersprach nicht.

Es war die Wahrheit, wenn auch nur ein Teil davon.

Er überlegte sich, Baldric auch noch den anderen Teil zu offenbaren und ihm von dem Mordkomplott zu berichten, das Guillaume de Rein gegen den Bruder des Königs hegte. Dass Baldric ihm keinen Glauben schenken würde, brauchte er wohl nicht mehr zu befürchten, schließlich hatte auch er unter der Willkür und der Grausamkeit der Familie de Rein gelitten. Dennoch zögerte Conn, sein Schweigen zu brechen.

Wenn er es tat, so machte er den Mann, der ihm das Leben

gerettet und dem er so viel zu verdanken hatte, zum Mitwisser von Dingen, die ihn nichts angingen, und brachte damit womöglich sein Leben in Gefahr. Was war gewonnen, wenn er Baldric davon erzählte? Weder konnte dieser ihm helfen, das in jener Nacht Gehörte zu beweisen, noch war sein Einfluss groß genug, um der Familie de Rein die Stirn zu bieten.

Nein.

Conn würde für sich behalten müssen, was er wusste – so lange, bis er entweder eine Möglichkeit fand, sein Wissen gegen Guillaume de Rein einzusetzen, oder bis es nicht mehr von Bedeutung war.

»Ich glaube«, meinte Baldric, und ein Anflug von Erleichterung war in seinen sonst so strengen Gesichtszügen zu lesen, »nun verstehen wir einander besser als zuvor.«

»Ja, Vater«, versicherte Conn ohne Zögern. »Nun verstehen wir uns.«

26.

Antiochia
Nacht zum 3. Juni 1098

Der Name des Offiziers, der den südöstlichen Mauerabschnitt von den Ausläufern des Berges Silpius bis zum Turm der »zwei Schwestern« befehligte, war Firuz al-Zarrad.

Firuz war kein mittelloser Mann.

Anders als viele Kämpfer, die auf den Mauern und Türmen der Stadt den Wachdienst versahen, war er nicht zwangsverpflichtet worden, sondern gehörte der seldschukischen Garnison an, die die Zitadelle der Stadt besetzte. In den Diensten des Statthalters hatte er es zu einigem Ansehen gebracht. Dennoch war Firuz' Unzufriedenheit in den letzten Wochen beständig gewachsen.

Nicht genug damit, dass die Entsatzarmee der Emire von Damaskus und Hama vernichtend geschlagen worden war; auch eine weitere Streitmacht, die im Frühjahr herangeführt wurde und dem Oberbefehl Riwans von Aleppo unterstand, wurde in einer großen Feldschlacht besiegt. Und obwohl die Christen in ihrem Lager Hunger litten und es ihnen am Nötigsten fehlte, war die Einschließung Antiochias beständig vorangeschritten und umfasste seit geraumer Zeit auch die Südmauer der Stadt, wo die Kreuzritter einen Belagerungsturm errichtet hatten. Mit einer Verbissenheit, die selbst ihren Gegnern Respekt abnötigte, arbeiteten sie an der Einnahme der Stadt. Man brauchte kein Hellseher zu sein, um zu erkennen, dass ihre Bemühungen irgendwann erfolgreich sein würden. Yaghi Siyan allerdings, der Emir der Stadt und Oberbefehlshaber der Garnison, weigerte sich noch immer, das Offenkundige zu begreifen – vielleicht aus Starrsinn, vielleicht auch aus Furcht vor der Strafe, die der Sultan für ihn bereithielt, wenn er die Perle am Orontes einfach aufgab.

So hatte Firuz damit begonnen, sich seine eigenen Gedanken über die Zukunft zu machen. Über eine Reihe von Mittelsleuten war es ihm gelungen, Kontakt zu den Christen aufzunehmen und mit ihnen zu verhandeln. Schließlich war man zu einem Ergebnis gekommen, das für beide Seiten zufriedenstellend war. Für die Kreuzfahrer bedeutete es, dass sie endlich die Früchte ihrer Monate währenden Aussaat ernten würden. Firuz al-Zarrad hingegen würde sich nie mehr mit Geldsorgen herumschlagen müssen, denn die vereinbarte Bezahlung war großzügig.

Der Turm der zwei Schwestern war auf Firuz' Rat hin ausgewählt worden. Zum einen, weil er hier selbst Dienst tat und es für ihn als Kommandanten nicht weiter schwierig war, dafür zu sorgen, dass die benachbarten Türme und Wehrgänge in dieser Nacht nur spärlich besetzt waren. Zum anderen, weil der Turm im ohnehin weniger bewachten Süden der Stadt lag und die Distanz zur Zitadelle weit geringer war, als wenn man von Westen angriff. Alles war genau bedacht und vorbereitet worden. Man hatte Nachrichten ausgetauscht und Absprachen getroffen und war übereingekommen, dass diese Nacht am besten geeignet wäre, um das Vorhaben durchzuführen.

Firuz war allein auf dem Turm.

Die Wachen hatte er unter verschiedenen Vorwänden weggeschickt, die Fackeln gelöscht. Prüfend schaute er hinauf zum sternenübersäten Himmel, an dem eine bleiche Mondsichel hing.

Noch eine Stunde bis Tagesanbruch.

Es war so weit.

Firuz bückte sich und hob das Seil vom Boden auf. Das

eine Ende schlang er um eine der alten Mauerzinnen, die seit den Tagen des Römers Iustinian über die Stadt wachten. Den Rest warf er nach draußen in die Dunkelheit und wartete.

Wartete.

Bis ein Ruck am Seil ihm zu verstehen gab, dass alles planmäßig verlaufen war. Firuz sog die laue Nachtluft tief in seine Lungen und genoss diesen letzten Augenblick der Stille. Dann fasste er das Seil und zog daran. Nicht ahnend, dass er damit den Lauf der Geschichte ändern würde.

Der Zeitpunkt war gekommen.

Jener Tag, auf den die Kreuzfahrer so lange gewartet und für den sie so aufopfernd gekämpft hatten, war endlich angebrochen. Vergangenheit, Gegenwart und sogar die Zukunft schienen einander in diesem Augenblick zu begegnen.

Sechzig freiwillige Kämpfer unter dem Kommando Bohemunds von Tarent hatten die Stadt in einem weiten Bogen umgangen und sich von Südwesten her an die Mauer herangearbeitet. Ihre Pferde hatten sie zurückgelassen und trotz der Dunkelheit den steilen Aufstieg durch die Schlucht des Wadi Zuiba gewagt. Auf diese Weise waren sie unbemerkt an die Stadt herangelangt und warteten nun am Fuß der mächtigen Mauern.

Im Wesentlichen waren es Männer Bohemunds, die dem Stoßtrupp angehörten, aber auch andere Kämpen waren dabei, Freiwillige aus den übrigen Heeresteilen, die sich im Kampf bewährt hatten und die Bohemund persönlich ausgewählt hatte.

Unter ihnen befanden sich auch Conn und Remy.

Die Belagerung Antiochias hatte angedauert. Im Februar hatte sich eine große Streitmacht der Seldschuken bei Harenc gesammelt, die in einer Feldschlacht nahe des Antiochiasees besiegt worden war. Im Monat darauf war eine Flotte englischer Schiffe im Hafen von Sankt Symeon angelangt, die Baumaterial für Belagerungsgeräte und einigen Proviant gebracht hatte, die Not der Kreuzfahrer jedoch nicht hatte beenden können. Im Lager wurde weiter gehungert und gedarbt, und es gab Gerüchte, dass eine Gruppe frevlerischer Geheimbündler sogar Menschenfleisch aß, um bei Kräften zu bleiben. Die Anzahl derjenigen Ritter, die dem Mangel zum Opfer fielen, die bei den andauernden Überfällen der Seldschuken getötet wurden oder das Lager verließen, um die Heimreise anzutreten, ging in die hunderte. Zuletzt war selbst der byzantinische Feldherr Tatikios, dem rund zweitausend Kämpfer unterstanden, unter fadenscheinigen Vorwänden abgezogen. Und als ob all dies noch nicht genügt hätte, war auch noch Kunde von einem großen muslimischen Heer ins Lager der Kreuzfahrer gedrungen, das sich Antiochia näherte und unter dem Kommando Kur-Baghas stand, dem mächtigen Atabeg von Mossul.

Der Feldzug im Zeichen des Kreuzes stand damit kurz vor dem Scheitern, weshalb der Fürstenrat eine letzte große Anstrengung beschlossen hatte, um Antiochia einzunehmen. Nun musste Verrat bewerkstelligen, wozu die Tapferkeit und das Geschick der Männer bislang nicht ausgereicht hatten, und es war einmal mehr der Normanne Bohemund, dem dabei eine Schlüsselrolle zukam.

Keiner der Männer wusste, was sie oben auf dem Turm erwartete. Würde der Türke, den Bohemund bestochen hatte, Wort halten? Würde es gelingen, die Stadt, die bislang jedem Ansturm und allem Beschuss getrotzt hatte, im Handstreich zu nehmen?

Die Anspannung stieg.

Conns spürte, wie sich sein Pulsschlag steigerte. Den Schild trug er auf dem wieder verheilten Rücken, das Schwert ruhte noch in der Scheide, damit er die Hände frei hatte zum Klettern. Nicht nur er und Remy, auch Baldric und Bertrand hatten sich freiwillig für den Einsatz an vorderster Front gemeldet, wenn auch jeweils aus anderen Gründen. Während es Baldric darum ging, die Schuld abzutragen, die er auf sich geladen hatte, waren Bertrand und Remy vor allem auf Beute aus;

und Conn gehörte dem Trupp nur deshalb an, weil sich der Turm der zwei Schwestern weit im Süden befand und damit in der Nähe des jüdischen Viertels. Denn bei allem, was andere Kämpfer im Sinn haben mochten, musste Conn vor allem an Chaya denken. Er gab sich keinen Illusionen darüber hin, was geschehen würde, wenn die Kreuzfahrer über die Stadt herfielen. Chaya zu finden und an einen sicheren Ort zu bringen war das einzige Ziel, das er in dieser Nacht verfolgte.

Während Bohemund Baldric als zu alt abgelehnt und den guten Bertrand wohl als ein wenig zu geschwätzig empfunden hatte, war er nur zu gern bereit gewesen, den hünenhaften Remy in seine Reihen aufzunehmen. Conn war wohl nur dabei, weil sein heldenhafter Einsatz in der Schlacht vor Dorylaeum im Lager die Runde gemacht hatte – während seine Verfehlung bei Al-Bira offenbar nicht bis an Bohemunds Ohr gedrungen war. Während Baldric und Bertrand nun also bei den regulären Truppen kämpften, die unter der Führung Godefroys de Bouillon, Raymonds de Toulouse und Herzog Roberts die Einfalltore bestürmen würden, würden Conn und Remy zur ersten Welle gehören, die den Turm bestieg, gemeinsam mit Herrn Bohemund, der es sich nicht nehmen ließ, den Angriff persönlich anzuführen.

Dicht gedrängt standen die Männer am Fuß der Mauer, an der das aus Rindsleder gefertigte Klettergeflecht emporgezogen wurde. Conn merkte, wie seine Handflächen zu schwitzen begannen, sein Mund wurde trocken. Er sandte Remy, der neben ihm stand, einen nervösen Blick. Der Normanne hatte die Halsschürze seines Kettenhemds hochgeschlagen, sodass nur seine grauen Augen zu sehen waren, aber die strahlten erstaunliche Ruhe aus, die Gelassenheit des erfahrenen Kämpfers.

Ein Geistlicher aus Boulogne, der den Trupp ebenfalls begleitete, sprach ein flüsterndes Gebet und einen Segen, woraufhin sich die Männer bekreuzigten. Dann war alles gesagt und getan, und man wartete, wie es schien, eine Ewigkeit lang.

Plötzlich der Schrei eines Falken.

Das Zeichen zum Angriff!

Ein Ruck ging durch die Reihen der Männer, und sie schickten sich an, das aus dicken Ledersträngen gewundene Geflecht hinaufzusteigen, an der senkrecht aufragenden Mauer empor. Bohemund, ein wahrer Riese von einem Mann, der selbst seine größten Ritter noch um einen halben Kopf überragte, war einer der Ersten, die die Leiter erklommen, dicht gefolgt von seinen Edlen, Conn und Remy hinterdrein.

An der behelfsmäßigen Leiter emporzusteigen erwies sich als gefährliches Unterfangen. Nicht nur, dass das knarrende Gebilde beständig schwankte und es einiges Geschick verlangte, nicht abzurutschen; das dunkle Leder war in der Dunkelheit auch kaum vom Mauerwerk zu unterscheiden, sodass man aufpassen musste, nicht danebenzugreifen.

Stück für Stück ging es hinauf, während sich unten bereits die nächsten Angreifer vorbereiteten. Conn vermied es, nach unten zu sehen, und nahm Sprosse für Sprosse – bis er endlich die Zinnen erreichte. Eine helfende Hand reckte sich ihm entgegen und zog ihn über die Brüstung, dann stand er auf dem Turm, mit zitternden Knien, aber froh, den Aufstieg unbeschadet überstanden zu haben. Er konnte sehen, wie sich Bohemund flüsternd mit einem Mann unterhielt, der orientalische Kleidung und einen von einem Turban umkränzten Helm trug – fraglos der Turmwächter, der seine eigenen Leute verraten und den Kreuzfahrern den Zugang zur Stadt ermöglicht hatte. Ein Dolch wurde gezückt, einen Lidschlag später sank der Türke mit durchschnittener Kehle nieder.

Conn, Remy und die anderen acht Kämpfer, die zusammen mit ihnen auf den Turm gestiegen waren, hatten die Zwischenzeit genutzt, um sich kampfbereit zu machen. Die Schilde an den Armen und mit gezückten Schwertern stiegen sie die schmale Wendeltreppe hinab, die zum Wehrgang führte. Von dort ging es zum nächsten Turm.

Kaum hatten die Kreuzfahrer den schmalen Weg erreicht,

der sich an den Zinnen entlang nach Osten zog, war vom Turm der zwei Schwestern entsetztes Geschrei zu hören. Ein Blick über die Brüstung verriet, dass die Turmzinnen unter dem Gewicht der Leiter nachgegeben hatten und das Geflecht in die Tiefe gestürzt war, mitsamt den Männern, die sich darauf befunden hatten.

In der Dunkelheit konnte Conn nicht erkennen, was aus den armen Kerlen geworden war, aber er bezweifelte, dass sie den Sturz überlebt hatten. Die übrigen Kämpfer jedoch ließen sich nicht einschüchtern. In Windeseile wurde die Leiter erneut emporgezogen, diesmal an der niedrigeren Mauer, und schon kurz darauf langte die nächste Welle von Eindringlingen auf dem Wehrgang an.

Die zuvor bereits eingeteilten Gruppen rotteten sich zusammen; Conn und Remy unterstanden dem Kommando eines italischen Normannen namens Odo, der zum Kreis von Bohemunds Vertrauten gehörte.

Im Gänsemarsch ging es den schmalen Wehrgang hinab, zu dessen rechter Seite sich das steinerne Meer Antiochias erstreckte, ein unüberschaubares Gewirr aus Kuppeln, Türmen und Häusern, über deren Dächern sich Stoffbahnen spannten, die das Mondlicht hell zurückwarfen. Die jüdische Siedlung der Stadt, so hatte Berengar Conn erklärt, befand sich nördlich des Tores von Sankt Georg. Mit jedem Schritt, den sie dem Mauerverlauf folgten, gelangte Conn also ein wenig näher an Chaya heran. Seine Sorge um sie wuchs, und sein Entschluss, sich bei der ersten sich bietenden Gelegenheit von seiner Gruppe zu lösen und nach ihr zu suchen, verfestigte sich.

Als die Männer den nächsten Turm erreichten, gab es eine Überraschung: Offenbar alarmiert durch das Geschrei der in die Tiefe gestürzten Kämpfer, trat ein türkischer Wächter aus dem Durchgang, um nach dem Rechten zu sehen. Odo reagierte ohne Zögern. Sein Schwert hieb dem Wächter das Haupt von den Schultern, der kopflose Torso wurde über die Zinnen nach draußen befördert.

Man passierte den Turm, auf dem einige Kämpfer als Besatzung zurückgelassen wurden, und schlich weiter. Wie sich zeigte, hatte zumindest der seldschukische Verräter seinen Teil der Abmachung erfüllt, denn die Türme und Wehrgänge seines Abschnitts waren nur spärlich besetzt. Die Kreuzfahrer hatten leichtes Spiel mit den wenigen Posten, und in kürzester Zeit befanden sich nicht weniger als zehn Türme und die dazwischenliegenden Mauern in ihrem Besitz.

Der Herrn Odo zugewiesene Abschnitt beinhaltete einen Mauereinlass, der durch eisenbeschlagene Torflügel gesichert, jedoch unbewacht war. Remy und einen weiteren Kämpfer ließ der Normanne auf der Mauer zurück, mit den vier restlichen, unter ihnen auch Conn, stieg er die schmalen Stufen hinab. Die Männer huschten zum Tor und lösten den Riegel. Knarrend schwangen die schweren Flügel auf, und indem Remy auf der Mauer eine Fackel schwenkte, gab er das verabredete Zeichen.

Eine Abteilung von rund zweihundert Rittern, die sich außerhalb der Stadt verborgen gehalten hatten, drängte nun heran und gelangte ungehindert herein. Und endlich – im Osten dämmerte bereits der neue Tag herauf – wurde laut das Signal zum Angriff gegeben.

Hörnerklang erscholl von den besetzten Türmen und riss die Bewohner der Stadt aus dem Schlaf, während gleichzeitig die Heeresmassen der Kreuzfahrer unter dem Kommando Herzog Godefroys und der anderen Fürsten zur Attacke auf die Mauern und Tore im Süden der Stadt ansetzten. Die unheilvolle Ruhe, die eben noch über Antiochia gelegen hatte, ging in Kampfgebrüll und entsetzten Alarmrufen unter. Der Kampf um die Stadt begann.

Die eingefallenen Ritter verloren keine Zeit. Die Wächter auf dem Südwall wurden ohne Erbarmen niedergemacht, Truppen, die zum Entsatz heraneilten, lieferte man in den Straßen und Gassen erbitterte Scharmützel. Ihre mächtigste Waffe, nämlich ihre Bogenschützen, konnten die Verteidiger nicht mehr zum Einsatz bringen, nun, da der Feind bereits innerhalb der Mauern weilte. Und so war es ein ungleicher Kampf, denn im Duell Mann gegen Mann waren die gepanzerten Kreuzfahrer den oftmals nur leicht bewaffneten und zudem schlechter ausgebildeten Soldaten der Bürgerwehr weit überlegen. Dazu kam, dass die Christen in der Stadt, die sich in den letzten Monaten in ihren Häusern verschanzt hatten, nun im wahrsten Wortsinn Morgenluft witterten. Mit Knüppeln und Schwertern bewaffnet, fielen sie über ihre muslimischen Nachbarn her, mit denen sie ehedem in Frieden gelebt hatten, und arbeiteten so den Angreifern zu.

Ein Mauerabschnitt nach dem anderen fiel.

Breschen wurden ins Mauerwerk geschlagen, durch die schließlich auch schwer gepanzerte Reiter in die Stadt eindrangen, die das Schicksal der Verteidiger endgültig besiegelten. Tod und Verderben ereilten jeden, der sich den Eindringlingen in den Weg stellte, die rasch nach Nordosten vordrangen. Ihr Ziel war die Zitadelle, deren türkische Besatzer wiederum einen Ausfall nach dem anderen unternahmen, um die Angreifer aufzuhalten.

Die Lage wurde unübersichtlich. Allenthalben waren Waffengeklirr und kreischendes Geschrei zu hören, hier und dort loderten Flammen auf, wenn Kreuzfahrer plündernd in die Häuser reicher Muselmanen einfielen. Und inmitten des Durcheinanders, das in den schmalen Gassen herrschte, fochten Conn und Remy Seite an Seite.

Von ihrer Gruppe waren sie getrennt worden, als die Horde der Angreifer das Nebentor gestürmt hatte. Während Herr Odo sich an ihre Spitze gesetzt und sie zum Sturm auf das nächste Tor geführt hatte, um weiteren Einheiten den Zugang zu ermöglichen, waren Conn und Remy zurückgeblieben, um gegen eine Schar von Garnisonssoldaten zu kämpfen, die rasch herbeigeeilt waren.

Inzwischen war kaum noch einer von ihnen am Leben. Die leblosen Körper unzähliger Erschlagener säumten die

Straße, und die wenigen Seldschuken, die noch verblieben waren, leisteten nur halbherzigen Widerstand. Gegen einen führte Remy sein Schwert mit derartiger Wucht, dass es nicht nur den Schild des Kriegers spaltete, sondern auch noch tief in dessen Schulter fuhr. Mit einem Aufschrei ging der Mann nieder, worauf ein Ritter Bohemunds zur Stelle war und den am Boden Kauernden enthauptete. Conn wandte sich ab und spuckte aus. Einen Gegner zu bekämpfen war eine Sache – ihn abzuschlachten eine andere. Die unbändige Wut, die sich infolge der monatelangen Belagerung, der unzähligen Rückschläge und der grassierenden Hungersnot bei den Kreuzfahrern breitgemacht hatte, war dabei, sich blutig zu entladen.

Voller Sorge musste Conn an Chaya denken, und als die letzten Seldschuken die Flucht ergriffen, rief er Remy einen kurzen Abschied zu und wollte los. Der Hüne hielt ihn jedoch zurück.

»Wohin?«, fragte er nur, wortkarg, wie es seine Art war.

»Zu Chaya. Sie braucht Schutz.«

Die stahlgrauen Augen des Normannen schauten ihn prüfend an. Conn hatte seinen Freunden erzählt, was sich auf dem Weg nach Antiochia zugetragen hatte, auch, dass die Jüdin ein Kind von ihm erwartete. Baldric war davon nicht begeistert gewesen, hatte jedoch darauf verzichtet, Conn zu tadeln – wohl weil er inzwischen um die Vergangenheit seines Ziehsohns wusste. Allerdings hatte er Conn davon abgeraten, im Chaos der Eroberung nach Chaya zu suchen, da man dabei allzu leicht zwischen die Fronten geraten konnte. Wie Remy darüber dachte, wusste Conn nicht – bis der schweigsame Normanne nickte und ihm bedeutete, vorauszugehen.

Conn widersprach nicht. Zwar behagte es ihm nicht, dass Remy seine Haut für etwas riskierte, das ihn nichts anging, aber er wusste auch, dass es nicht in seiner Macht lag, dem Hünen etwas vorzuschreiben. Im Laufschritt eilten sie durch die Südstadt, so rasch ihre Rüstungen es zuließen. An einer

Straßenkreuzung trafen sie auf Kämpfer der Bürgerwehr. Einen von ihnen streckte Conn nieder, indem er ihm eine tiefe Schnittwunde beibrachte, die übrigen ergriffen die Flucht.

»Die Juden – wo?«, herrschte Conn seinen am Boden liegenden Gegner an, der keuchend die Hand auf seinen blutenden Oberarm presste. Es waren die einzigen Worte, die er auf Aramäisch beherrschte, und auch das nur leidlich. Berengar hatte sie ihm widerstrebend beigebracht, nachdem Conn ihn darum gebeten hatte.

Der Antiochier schaute furchtsam zu ihm auf, dann deutete er die Querstraße hinab. Conn nickte ihm zu, dann eilten Remy und er in die bezeichnete Richtung. Unterwegs konnten sie von links Kampflärm und lautes Geschrei hören – offenbar war das Sankt-Georgs-Tor schon gefallen, und die Kreuzfahrer befanden sich weiter auf dem Vormarsch. Nicht mehr lange, und sie würden auch das jüdische Viertel erreichen.

Conn beschleunigte seine Schritte, ebenso wie Remy, und endlich erreichten sie die Häuser der jüdischen Gemeinde. Eine breite Hauptstraße führte zu einem Marktplatz, auf dessen gegenüberliegender Seite die Synagoge stand. Der Platz war menschenleer, vermutlich hatten sich die Einwohner in ihren Häusern verschanzt und harrten furchtsam der Dinge, die über sie hereinbrechen würden. Sich um seine Achse drehend, überlegte Conn, wie er Chaya am schnellsten finden würde, als ihnen plötzlich lautes Geschrei entgegendrang.

Die beiden Kreuzfahrer fuhren herum, die Schilde abwehrbereit erhoben, um sich einer bunt zusammengewürfelten Gruppe von zehn oder zwölf Kämpfern gegenüberzusehen, die kaum zu wissen schienen, wie sie die rostigen Klingen in ihren Händen zu führen hatten. Verbeulte Helme saßen auf ihren Häuptern, ihre Harnische waren uralt. Die Entschlossenheit in ihren zumeist jungenhaften Gesichtern jedoch war unerbittlich.

Remy stieß ein verächtliches Grunzen aus und stellte sich den Angreifern kampfbereit entgegen. Ernst zu nehmende Gegner stellten sie sicher nicht dar, einzig ihre Überzahl konnte gefährlich werden. Conn postierte sich so, dass er den Rücken des Freundes schirmte, und erwartete gleichfalls den Angriff. Gefasst blickte er den heranstürmenden Kämpfern entgegen – und erkannte einen von ihnen.

»Caleb!«, rief er laut. »Halte ein, Caleb! Ich bin es, Conwulf!«

Sein Ruf wurde von den steinernen Fassaden zurückgeworden und verstärkt, sodass er das Gebrüll der Angreifer übertönte. Verblüfft blieb derjenige von ihnen, der an der Spitze stürmte und der Anführer zu sein schien, stehen. Unglaube sprach aus seinen geweiteten Augen.

»Du!«, stieß er hervor. Seine Stimme bebte vor Kampfeslust.

»Caleb«, sagte Conn noch einmal, den Schild halb erhoben. Die anderen Kämpfer hatten zwar ebenfalls innegehalten, doch ihren Blicken war anzusehen, dass sie es nicht erwarten konnten, sich auf die Kreuzfahrer zu stürzen.

»Endlich begegnen wir uns«, rief Caleb in seinem akzentbeladenen Französisch, während er die schartige Klinge hob. »Diesmal liegen alle Vorteile bei mir. Jetzt wirst du sterben, Christenhund!«

Remy blies spöttisch durch die Nase. Weder Calebs Drohgebärden noch die Überzahl seiner Leute beeindruckten den Normannen nachhaltig.

»Caleb, hör mir zu«, suchte Conn den Juden zu beschwichtigen, der offenbar entschlossen war, seinen Teil zur Verteidigung der Stadt beizutragen. »Ich muss zu Chaya! Jetzt gleich!«

»Nur über meine Leiche«, gab der andere kopfschüttelnd bekannt und trat noch einen Schritt vor.

»Ich will nicht mit dir kämpfen, heute so wenig wie in jener Nacht im Lager.«

»Das wundert mich nicht. Dein Mut mag ausreichen, um eine unschuldige junge Frau zu schwängern, aber nicht, um dich wie ein Mann zum Kampf zu stellen!«

»Ich will zu Chaya«, beharrte Conn, die Beleidigung geflissentlich überhörend. »Alles andere ist mir gleichgültig.«

»Ich sagte es dir schon einmal – sie will dich nicht sehen.«

»Verdammt, Caleb.« Von jenseits des Judenviertels brandete lautes Gebrüll heran, Hufschlag auf steinernem Pflaster war zu hören. »Es geht längst nicht mehr um das, was wir tun wollen! Chaya muss in Sicherheit gebracht werden, jetzt gleich!«

»Du wagst es?«, fuhr Caleb ihn mit zorngeweiteten Augen an. »Du wagst es, dich als ihr Retter aufzuspielen? Ausgerechnet du?«

»Ich bin nicht stolz auf das, was ich getan habe. Aber ich will, dass Chaya lebt. Du nicht auch?«

Caleb spuckte verächtlich aus. Aber man konnte sehen, dass Conns Worte nicht ungehört verhallten.

»Ihr alle solltet fliehen«, wandte sich Conn an Calebs Leute. »Werft eure Waffen weg und versteckt euch, denn die Männer, die auf dem Weg hierher sind, kennen kein Erbarmen. Ihr werdet sie nicht aufhalten können und einen sinnlosen Tod sterben.«

Er war nicht sicher, ob die jungen Männer aus Antiochia verstanden, was er sagte, aber der heisere Klang eines Kriegshorns, das jenseits der Häuser erklang, sprach eine allgemein verständliche Sprache. Die Entschlossenheit in den Gesichtern bröckelte. Einige der Bewaffneten wollten die Flucht ergreifen, aber Caleb ließ sie nicht.

»In einer aussichtslosen Lage aufzugeben ist kein Zeichen mangelnden Mutes, sondern von Besonnenheit«, sagte Conn. Waffengeklirr war zu vernehmen, begleitet von fürchterlichen Schreien. Daraufhin ließen die ersten von Calebs Leuten die Waffen fallen und wandten sich zur Flucht, auch ihr Anführer konnte sie jetzt nicht mehr zurückhalten. Einer nach dem anderen rannte davon, bis Caleb zuletzt allein vor Conn und Remy stand.

»Nun?«, fragte Conn ungerührt. »Muss ich dich mit der Klinge an der Kehle dazu zwingen, mich zu Chaya zu führen?«

Der Jude stand vor ihm, das alte Schwert in der Hand, und schien tatsächlich zu überlegen, ob er kämpfen oder sich Conns Willen fügen sollte. Schließlich obsiegte sein Verstand. Er ließ die Waffe sinken, wandte sich verdrießlich ab und huschte davon. Conn und Remy folgten ihm, und das keinen Augenblick zu früh. Denn kaum waren sie in eine Seitengasse abgebogen, langte eine Abteilung schwer gepanzerter Flamen auf dem Marktplatz an, der unter dem Hufschlag ihrer Pferde und dem heiseren Kriegsruf erzitterte.
»*Deus lo vult*« – Gott will es.

Conn wusste nicht, wohin Caleb sie führte.
Die Gassen des jüdischen Viertels waren so eng und verwinkelt, dass er schon nach kurzer Zeit die Orientierung verloren hatte, anders als Caleb, der die Gegend offenbar wie seinen Rock kannte.
Durch einen Säulengang gelangten sie auf eine schmale Straße und von dort zum Hintereingang eines Hauses. Caleb klopfte an, wartete dann einen Augenblick und klopfte nochmals. Daraufhin wurde die Tür entriegelt und einen Spaltbreit geöffnet. Caleb flüsterte einige Worte, worauf die Tür ganz aufschwang und er eintreten durfte.
Conn folgte ihm auf dem Fuß, ebenso wie Remy, der sich bücken musste, um den niedrigen Sturz zu passieren. Ein ältlich aussehender Mann, wohl der Hausverwalter, erwartete sie auf der anderen Seite, der die voll gerüsteten Kämpfer entsetzt anstarrte. Conn schob daraufhin das Schwert in die Scheide zurück und forderte Remy auf, es ihm gleichzutun. Der Normanne gehorchte, machte aber keine Anstalten, die Gesichtsschürze zu lösen.
Caleb forderte sie auf, mit ihm zu kommen. Durch einen Innenhof, dessen sprudelnder Brunnen ein seltsam unpassendes Bild des Friedens bot, ging es zu einer Treppe, die in den ersten Stock des Hauses führte. Dort befand sich eine Tür, an die Caleb wiederum klopfte. Eine fragende Stimme erklang,

die Tür wurde geöffnet – und Conn stand Chaya gegenüber, zum ersten Mal nach jener gemeinsamen Nacht.

Acht Monate waren seither vergangen, und man hätte annehmen sollen, dass sie sich wie Fremde gegenüberstanden.

Aber das war nicht der Fall.

»Conn«, flüsterte Chaya nur.

Kein Wort von den Dingen, die zwischen ihnen standen.

Nichts von dem Diebstahl, dessen man ihn verdächtigte, und auch nichts von ihrer Schwangerschaft. Nur grenzenlose Überraschung war in ihren Zügen zu lesen, die fülliger und rosiger geworden waren. Der Blick ihrer dunklen Augen war auch nach all der Zeit noch dazu angetan, Conn alles vergessen zu lassen, was sich um ihn herum befand.

So viel hätte es gegeben, das er ihr sagen und dessen er sie versichern wollte, aber es war nicht die Stunde dafür. Wenn Chaya und das ungeborene Kind leben sollten, so musste gehandelt werden.

»Uns bleibt nicht viel Zeit«, sagte Conn. »Unsere Leute sind in die Stadt eingedrungen, und sie kennen keine Gnade. Du musst mit uns kommen, Chaya, rasch!«

»Aber ...« Fassungslos glitt ihr Blick von Conn zu Remy, der in seiner blutbesudelten Rüstung einen furchterregenden Anblick bot, dann zu Caleb und wieder zurück. »Ich ... ich kann nicht.«

»Vertrau mir, Chaya«, sprach Conn beschwörend auf sie ein. »Remy und ich werden versuchen, dich aus der Stadt zu bringen. Nur so bist du in Sicherheit, und das Kind ebenso.«

»Und Caleb?«

Conn streifte Chayas Cousin mit einem Seitenblick. »Wenn er es wünscht, mag er uns begleiten. Aber ich garantiere nicht ...«

»Niemals!«, schrie Caleb. »Das fehlte noch, dass ich einem Christen mein Leben anvertraue!«

»Caleb! Hast du nicht gehört, was er gesagt hat?«, fragte Chaya.

»Ich habe es gehört – und ich gebe nichts darauf. Dies ist

meine Heimatstadt, Chaya. Sie hat schon viele Angriffe überstanden und sogar Erdbeben getrotzt.«

»Wenn schon«, widersprach Conn, »die Streiter Christi interessiert das nicht. Sie sind bereits innerhalb dieser Mauern, und ihr Zorn ist groß genug, um jeden zu töten, der nicht ihres Glaubens ist. Willst du einen solch sinnlosen Tod sterben, Chaya? Willst du, dass das Kind in dir einen solch sinnlosen Tod stirbt?«

»Nein«, erklärte sie entschieden und wandte sich Caleb zu. »Cousin, ich bitte dich ...«

Sie kam nicht dazu, den Satz zu Ende zu sprechen, denn eine große Gestalt erschien auf dem Gang, deren buschige Brauen finster zusammengezogen waren und aus deren Augen Zorn funkelte. »Was geht hier vor?«

Conn fuhr herum, Remy zückte sein Schwert so rasch, dass man ihm mit Blicken kaum folgen konnte. Schon lag die Klinge auf der Brust des Mannes, bereit, sie zu durchstoßen.

»Nein!«, rief Chaya entsetzt. »Onkel Ezra!«

Conn begriff, dass der Hüne der Mann war, den Chaya in Antiochia hatte treffen wollen. Der Bruder ihres Vaters, ein Kaufmann namens Ezra Ben Salomon.

»Ich bin Conwulf, Baldrics Sohn, und wir kommen in Frieden, Herr«, erklärte Conn knapp, hoffend, dass der andere ihn verstand. »Wenn Euch Euer Leben lieb ist, so flieht. Lasst alles zurück und versteckt Euch, bis der Sturm vorüber ist. Nur diesen Rat kann ich Euch geben.«

Er bedeutete Remy, das Schwert sinken zu lassen, worauf Ezra einige Worte sprach, die Conn nicht verstand.

»Was sagt er?«, wollte er deshalb wissen.

»Es gibt Vorratskeller unter den Häusern«, übersetzte Chaya.

»Dann haltet Euch dort verborgen«, nickte Conn dem Kaufmann zu. »Ich werde versuchen, Chaya aus der Stadt zu schaffen und einen Ort zu finden, wo sie und das Kind sicher sind.«

Ezras dunkle Augen musterten ihn. Die krausen Barthaare

des Kaufmanns bebten, aber er widersprach nicht. Wortlos wendete er sich ab und verschwand die Treppe hinunter. Fast gleichzeitig war draußen auf der Straße Hufschlag zu hören. Fackelschein fiel durch das Fenster, Befehle in französischer Sprache wurden gebrüllt.

»Sie sind bereits hier«, drängte Conn. »Wir müssen verschwinden!«

»Ich werde euch zur Stadtmauer führen«, erbot sich Caleb bereitwillig. »Ohne mich werdet ihr euch in den Gassen verlaufen.«

»Warum tust du das?«, fragte Conn misstrauisch.

»Für dich ganz sicher nicht, Christ, sondern für Chaya.«

Conn überlegte nicht lange. Tatsächlich hatte er keine Ahnung, wo sie waren und welche Richtung sie einzuschlagen hatten. Sie würden Chayas streitsüchtigem Cousin wohl oder übel vertrauen müssen.

»Einverstanden«, sagte er, worauf Caleb die Führung übernahm und ihnen voraus die Stufen hinabhuschte. Conn und Chaya folgten hinterdrein, Remy bildete die Nachhut.

Sie hatten das Ende der Treppe noch nicht erreicht, als Chaya einen lauten Schrei ausstieß.

»Was ...?«, wollte Conn fragen – aber die Antwort ergab sich von selbst.

Wie angewurzelt war Chaya stehen geblieben, nach vorn gebeugt und die Hand auf ihren Bauch pressend, das Gesicht schreckverzerrt, während ein wässriges Rinnsal zwischen ihren Beinen herabtroff und sich einen Weg über die steinernen Stufen suchte.

Das Kind war auf dem Weg!

Chaya begann zu weinen, als ihr klar wurde, dass es begonnen hatte, noch lange vor der Zeit.

Conn eilte zu ihr und legte schützend den Schildarm um sie, führte sie die restlichen Stufen hinab, während er ein verzweifeltes Stoßgebet zum Herrn schickte. Selten zuvor in seinem Leben hatte er sich so hilflos gefühlt wie in diesem Augenblick.

»Chaya! Ich bin hier.«

»Conn!«, wimmerte sie verzweifelt. »Das Kind ... unser Kind ... es kommt. Was soll ich nur tun?«

Conns Gedanken jagten sich. Sein Blick traf den von Remy, aber der Normanne war nicht weniger ratlos als er selbst. Eine Klinge zu führen und Schädel zu spalten mochten seine Sache sein – davon, ein Kind auf die Welt zu bringen, hatte auch er keine Ahnung.

Wenn Conn jedoch geglaubt hatte, dass dies seine einzige Sorge wäre, so wurde er schon im nächsten Augenblick eines Besseren belehrt. Ein dumpfes Poltern war zu hören, gefolgt von gellenden Schreien.

»Das kommt aus der Eingangshalle«, stellte Caleb aufgeregt fest. »Jemand versucht, das Tor aufzubrechen.«

Conn holte tief Luft. Die Situation verlangte nach einer raschen Entscheidung. Es brach ihm das Herz, sich ausgerechnet jetzt von Chaya zu trennen, aber wenn es nicht gelang, die Eindringlinge aufzuhalten, so würde ihr Kind ohnehin keine Chance haben.

»Bring sie in den Keller, von dem dein Vater erzählt hat«, wies er Caleb entschlossen an. »Dort tu, was getan werden muss.«

»Aber ich ...«

»Danke, Freund«, sagte Conn, noch ehe Chayas verblüffter Cousin etwas erwidern konnte, und legte ihm die behandschuhte Rechte auf die Schulter. Dann wandte er sich wieder Chaya zu, die sich vor Schmerzen kaum noch auf den Beinen halten konnte, und hauchte ihr einen flüchtigen Kuss auf die Stirn.

»Ich liebe dich«, flüsterte er dabei – dann hatte er auch schon das Schwert gezückt und war auf dem Weg zum Innenhof, gefolgt von Remy, der ihm dicht auf den Fersen blieb.

Sie brauchten nur dem Kreischen der Dienerinnen nachzugehen, die jedes Poltern gegen die Eingangspforte mit hellem Geschrei beantworteten. Gerade in dem Augenblick, da Conn und Remy das Portal erreichten, brach die Tür aus den Angeln. Ein behelfsmäßiger Rammbock erschien – eine Marmorstatue, die ihres ursprünglichen Zweckes kurzerhand beraubt worden war –, dicht gefolgt von schwer gerüsteten Kämpfern, die mit blanken Waffen hereindrängten.

Die Dienerinnen stoben auseinander wie aufgescheuchte Hühner. Eine jedoch, eine betagte Jüdin mit angegrautem Haar, war zu langsam, sodass einer der Eindringlinge sie zu fassen bekam. Die Frau schrie aus Leibeskräften – bis das Schwert ihres Häschers in ihre Brust fuhr und sie durchbohrte.

»Nein, verdammt!«, brüllte Conn, erbost über diese Bluttat. Die Schwerter kampfbereit erhoben, stellten Remy und er sich den Eindringlingen entgegen.

»Wer seid ihr?«, wollte der Kreuzfahrer von ihnen wissen. Seine Augen, die wegen des Nasenschutzes am Helm leicht schielten, verrieten Verwirrung. »Was habt ihr hier zu schaffen?«

»Ich bin Conwulf, des Baldrics Sohn. Dieses Haus steht unter meinem persönlichen Schutz.«

»Tatsächlich?« Der andere, der die blutige Klinge noch erhoben hatte, grinste breit. »Und das soll ich dir glauben? Ist es nicht vielmehr so, dass du und dein schafsgesichtiger Freund sich den ganzen Mammon, den das Judenvolk hier angehäuft hat, allein unter den Nagel reißen wollen?«

Remy schnaubte.

Zum einen war offenkundig, dass sich der Disput nicht gütlich würde beilegen lassen. Die Eindringlinge, ihrer Sprechweise nach flämische Söldner, waren auf Beute aus und nicht gewillt, sie sich von anderen streitig machen zu lassen. Zum anderen verübelte der Normanne ihnen die Sache mit dem Schafsgesicht.

Ungerührt trat er vor, und noch ehe der Anführer der Söldner ein Wort sagen oder auch nur reagieren konnte, sank er bereits mit durchbohrtem Halse nieder, an dem Blutschwall würgend, der aus seiner Kehle schoss. Die anderen Kämpfer schrien wütend auf und drangen mit ihren Klingen auf Remy ein, dem Conn sofort zur Seite sprang. Ein hitziges Gefecht entbrannte, das Conn und sein Begleiter jedoch beherrschten. Einer der Flamen fiel unter Conns Klinge, ein weiterer wurde von Remy seiner Schwerthand beraubt und sank winselnd nieder. Die übrigen beiden, Armbrustschützen, die ihre Waffen auf dem Rücken trugen, ergriffen die Flucht und verschwanden in einer Gasse, die noch im Halbdunkel der Morgendämmerung lag.

»Danke, mein Freund«, sagte Conn schwer atmend und nickte dem hünenhaften Normannen zu. »Ich fürchte nur, du hast dich meinetwegen in große Schwierigkeiten gebracht.«

Remy lachte auf. »Daran bin ich gewöhnt«, erwiderte er in seltener Redseligkeit. »Angelsachsen machen immer Schw...«

Das Wort blieb ihm im Hals stecken, zusammen mit einem Armbrustbolzen, der die Gesichtsschürze durchschlagen hatte.

»Nein!«, brüllte Conn entsetzt – aber schon zuckte ein weiterer Bolzen heran, der sich in Remys Schulter bohrte.

Schadenfrohes Gelächter drang aus der Gasse.

Die Armbrustschützen hatten sich revanchiert.

Remy hielt sich aufrecht, trotz der beiden Geschosse, die in seinem Körper staken. Sein Blick war starr wie der eines Reptils, sein Schwertarm zitterte – dennoch setzte er sich in Bewegung, auf die Mündung der Gasse zu, in der der hinterhältige Gegner lauerte. Seine Schritte waren wankend und schwerfällig, der Schild entglitt ihm schon nach wenigen Schritten und fiel zu Boden.

»Remy, nicht!«, rief Conn und eilte zu ihm, um ihn vor weiteren Geschossen zu schirmen, aber er kam zu spät. Der nächste Bolzen, der den Freund ereilte, traf ihn in die Brust. Der riesenhafte Normanne verharrte, als wäre er gegen ein unsichtbares Hindernis gestoßen – und nur einen Herzschlag später bohrte sich ein weiteres Geschoss dicht unterhalb seines Helmes in den Kopf.

Remy war tot, noch ehe er den Boden erreichte – und Conn

wurde von unbändiger Wut gepackt. Das Schwert erhoben, den Schild schützend vor sich haltend, stürmte er die Gasse hinab. Nach seiner Schätzung würden die beiden Schützen einige Augenblicke brauchen, um ihre Waffen neu zu laden, und tatsächlich erreichte er sie, noch ehe es so weit war.

Conns Schwert stieß zu und durchbohrte das Herz des Flamen, der in einer Mauernische kauerte und aus sicherer Position geschossen hatte. Der andere Schütze kam noch dazu, die Armbrust gegen eine kurze Klinge einzutauschen – den wütenden Hieben, mit denen Conn auf ihn eindrang, hatte er jedoch nichts entgegenzusetzen. Mit einer stark blutenden Schulterwunde sank er nieder.

Rasch kehrte Conn zu Remy zurück. Den hünenhaften Gefährten, der zwar kein Freund großer Worte gewesen war, der ihm jedoch stets treu zur Seite gestanden und ihn nicht zuletzt den Umgang mit dem Schwert gelehrt hatte, leblos in seinem Blut zu sehen, war entsetzlich. Conn merkte, wie ihm die Knie weich wurden. Keuchend fiel er bei ihm nieder. »Remy! Du dämlicher Kerl! Was hast du nur getan...?«

Conn war noch zu sehr im Kampfesrausch, um echte Trauer zu empfinden. Die Tränen, die ihm in die Augen schossen, waren die blanker Wut, wobei er nicht wusste, wem sein Zorn eigentlich galt. Sich selbst, weil er sich Baldrics Ratschlag widersetzt hatte, dem starrsinnigen Remy, weil er ihn begleitet und damit sein eigenes Ende heraufbeschworen hatte, oder den feigen Mördern, die in der Gasse gelauert hatten... oder dem Allmächtigen, weil er ein solches Unrecht zuließ.

Mit vor Aufregung bebenden Händen schloss Conn dem Freund die Augen und sprach ein leises Gebet, das zugleich Wehklage und Bitte um Vergebung war. Dann erhob er sich, um zum Haus Ezra Ben Salomons zurückzukehren. Es widerstrebte ihm, den Leichnam des Freundes zurückzulassen, aber er wollte Chaya suchen, wollte sie beschützen und bei ihr sein, wenn sie ihr Kind zur Welt brachte ...

Doch das Schicksal wollte es anders.

Conn hatte das Ende der Gasse gerade erreicht, als ihn etwas von hinten ansprang.

Die Wucht des Aufpralls war so groß, dass er ins Taumeln geriet, während er gleichzeitig das Gefühl hatte, etwas würde ihn mit messerscharfen Zähnen in die linke Schulter beißen.

Ein lauter Schrei entfuhr ihm, und er brach zusammen. Sich am Boden windend und unfähig, sich wieder zu erheben, tastete er nach der Stelle, von der der Schmerz ausging – und berührte den hölzernen Schaft eines Armbrustbolzens!

Die Erkenntnis, einen folgenschweren Fehler begangen zu haben, durchzuckte ihn – er hatte einen der beiden Schützen am Leben gelassen. Conn merkte, wie ihn die Kraft verließ, und obwohl ein neuer Tag herandämmerte, fiel er in Dunkelheit zurück.

Sein letzter Gedanke, ehe er das Bewusstsein verlor, galt Chaya.

27.

Chaya schrie.

Ihre Schreie hallten von der niedrigen Gewölbedecke wider und kamen als schauriges Echo zu ihr zurück. Dennoch konnte sie nicht anders, als ihren Schmerz, ihre Trauer und ihre Furcht laut hinauszubrüllen.

Furcht, weil sie um das Leben ihres Kindes bangte.

Trauer, weil sie nicht gewollt hatte, dass es an solch einem Ort und an einem Morgen wie diesem das Licht der Welt erblickte.

Hals über Kopf waren Caleb und sie in die unterirdischen Gewölbe geflüchtet, die sich unter der Südstadt erstreckten und in alter Zeit als Vorratslager gedient hatten. Hier, inmitten ebenso feuchter wie dunkler Keller, in denen sich Ratten und Schlangen ein Stelldichein gaben, war Chaya niedergesunken, auf brüchigen Stufen, die jemand vor langer Zeit in den Felsen gehauen hatte. Dass die Zeit ihrer Niederkunft noch längst nicht gekommen war, dass an der Oberfläche ein mörderischer Krieg tobte und die Welt womöglich zum Untergang verdammt war – all das spielte in diesem Augenblick keine Rolle mehr.

Der Geburtsprozess war in Gang gesetzt und ließ sich nicht mehr aufhalten, so sehr Chaya es sich auch wünschte. Der Sog des Lebens hatte sie und ihr Kind erfasst und zwang sie dazu, das zu tun, was die Natur ihr diktierte – zum Entsetzen Calebs, dessen Züge von Schrecken gezeichnet waren.

Die Schöße ihres Kleides gerafft, lag sie rücklings auf der Treppe, die Beine weit gespreizt. Sich ihrem Cousin so zu zeigen war eigentlich undenkbar, aber das Verlangen nach Hilfe war größer als alle Scham. Darüber, wie man ein Kind zur Welt brachte, wusste Caleb zwar nur wenig, aber immerhin war sie in dieser Stunde nicht allein – auch wenn sie sich in diesem Augenblick mehr als alles andere ihre Mutter an die Seite wünschte, damit sie ihr beistand. Doch ihre Mutter war nicht hier, und so musste Chaya sich mit dem begnügen, was sie ihr zu Lebzeiten über den weiblichen Körper und den Geburtsvorgang beigebracht hatte – und mit ihrem Cousin, der, obwohl einer ausgewachsenen Panik nahe, sein Bestes gab.

»Gut so, Chaya«, sprach er auf sie ein. »Es kann nicht mehr lange dauern. Nur noch ein wenig Geduld.«

Schweiß stand Chaya auf der Stirn, ihr Atem ging so heftig, dass ihr schwindlig wurde. Sie wartete auf die nächste Wehe, während sie sich zugleich davor fürchtete. Aber ihre eiserne Disziplin, die sie von einem Ende der Welt zum anderen geführt und sie auch in den dunkelsten Stunden nie den Mut hatte verlieren lassen, hielt sie weiter aufrecht.

Die Wehe kam – und erneut presste Chaya mit aller Kraft, um dem Kind, das in ihr herangereift war, den Ausgang ins Leben zu ermöglichen. Sie spürte, dass Blut austrat, und Caleb schrie auf. »Der Kopf ist zu sehen, Chaya! Nur noch einmal.«

Der Schmerz ließ ein wenig nach, und Chaya versuchte, sich für einen Moment zu entspannen, um noch einmal ihre ganze Kraft zusammenzunehmen.

Ihr Atem stockte, ihr Pulsschlag raste, und zusammen mit den schwarzen Flecken, die vor ihren Augen auf und ab tanzten, sah sie wirre Bilder von Menschen und Ereignissen, die ihr begegnet und widerfahren waren: Conwulf, ihr Vater, Mordechai und ihr Onkel Ezra, selbst das Buch von Ascalon – sie alle tauchten für einen kurzen Augenblick vor ihr auf, aber auf eine fast erschreckende Weise waren sie ihr gleichgültig. Alles, was zählte, war das Kind in ihrem Körper, dem sie das Leben schenken musste.

Jetzt!

Chaya presste und spürte Widerstand, hatte das Gefühl, ihre untere Leibeshälfte würde bersten, dennoch gab sie nicht nach. Wiederum entfuhr ihr ein lauter Schrei – in den sich im nächsten Moment das helle Kreischen eines neugeborenen Kindes mischte.

Gleichzeitig ließ der Schmerz nach, und Chaya hatte das Gefühl, dass ihr irdisches Dasein in diesem Augenblick seine Erfüllung fand. Ihr Körper entspannte sich, und sie sank in ein wärmendes Bett aus zarten, wohltuenden Empfindungen – wobei sie nicht zu sagen vermochte, ob es die Erleichterung war, die sie solche Gefühle hegen ließ, oder der Blutverlust.

»Ist es …?« Sie richtete sich ein wenig auf und versuchte, einen Blick auf das schreiende, blutige Bündel zu erhaschen, das Caleb im Arm hielt, während er sein schartiges Schwert dazu benutzte, die Nabelschnur zu durchschneiden.

»Scheint alles in Ordnung zu sein«, stieß er lachend hervor, offenkundig nicht weniger erleichtert als Chaya selbst. »Es ist ein Junge, Chaya. Ein Junge.«

Er reichte ihr das winzige Wesen, und sie nahm es entgegen, Tränen der Erleichterung und der Freude in den Augen. Sanft legte sie das Kind an ihre Brust. Sie fühlte sich innerlich leer und doch so erfüllt wie nie zuvor, hatte das Gefühl, eins zu sein mit der Schöpfung, zu der sie ihren Teil nun beigetragen hatte.

Mit Liebe und Fürsorge betrachtete sie den Jungen: seine zierliche, zerbrechlich wirkende Gestalt, die winzigen Finger, das kleine Gesicht und die blauen Augen, die zaghaft in die Welt blinzelten.

Blaue Augen.

»Caleb«, hauchte sie leise. »Willst du mir eines versprechen?«

»Was immer du verlangst.« Ihr Cousin, der erschöpft am Fuß der Treppe kauerte, nickte.

Chaya schluckte hart. »Verrate niemandem, wer der Vater des Kindes ist. Willst du das für mich tun?«

Caleb zögerte keinen Augenblick. »Ich werde schweigen. Ich werde dich zur Frau nehmen und das Kind aufziehen, als wäre es mein eigen Fleisch und Blut.«

Buch 3

Terra Sancta
A.D. 1098

1.

Antiochia
5. Juni 1098

»Nun?«

Baldric warf dem soeben eingetretenen Bertrand einen fragenden Blick zu. Sein Auge war dunkel gerändert, seine Stimme rau. Bertrand löste den Kinnriemen seines Helmes, nahm ihn ab und setzte sich an die Feuerstelle, die die Mitte des Raumes einnahm. Dabei seufzte er und schüttelte langsam den Kopf.

»Nichts«, sagte er leise. »Keine Spur von dem Jungen. Ebenso wenig wie von Remy.«

Baldric erwiderte nichts. Seine Fäuste jedoch ballten sich so sehr, dass das Weiße an den Knöcheln vortrat. Unruhig ging er in der Kammer auf und ab, die seinen Kameraden und ihm als Wohnstatt diente, seit Antiochia gefallen war. Den in Massen eingedrungenen Kreuzfahrern hatten die Verteidiger der Stadt nichts mehr entgegenzusetzen gehabt. Nachdem sie anfänglich noch Widerstand leisteten, hatten sie schließlich die Flucht ergriffen und sich in der Zitadelle verschanzt, die sich nach wie vor behauptete; der Rest der Stadt jedoch befand sich in den Händen der Streiter Christi, auch der Norden, wo die Normannen unter Herzog Robert gefochten und schließlich auch Quartier bezogen hatten.

Was mit den einstigen Besitzern des Hauses geschehen war, das er und die Seinen nun bewohnten, konnte Baldric nur vermuten. Vielleicht waren sie beim Kampf um die Stadt gefallen, vielleicht waren sie geflüchtet. Oder sie waren einfach nur verschwunden, wie so viele in diesen Tagen.

»Ich bin in der Südstadt gewesen«, berichtete Bertrand niedergeschlagen. »Ich habe aber nichts gefunden. Nicht einen einzigen Hinweis.«

»Aber Conn ist dort gewesen. Ebenso wie Remy. Jemand muss die beiden gesehen haben.«

»Das hat man – allerdings nur zu Beginn des Kampfes. Ich habe mit jemandem gesprochen, der ebenfalls zu Bohemunds Abteilung gehörte. Demnach waren Conn und Remy bei den Ersten, die den Turm bestiegen, und sie waren auch dabei, als ein Tor geöffnet wurde, um weitere Kämpfer einzulassen. Danach jedoch verliert sich ihre Spur.«

Baldric war stehen geblieben, stützte sich an einen hölzernen Pfeiler, der die niedrige Decke trug. »Dieser junge Narr. Was hat er nur getan?«

»Ich denke, wir wissen, was geschehen ist«, sagte Bertrand leise.

»Konnte er nicht wenigstens diesmal auf mich hören?« Baldric holte tief Luft. »Hast du auch im jüdischen Viertel gesucht?«

»Natürlich, aber ich habe dort niemanden angetroffen. Die Häuser sind verlassen, die Menschen haben sich versteckt aus Furcht.«

Baldric nickte. »Wer möchte es ihnen verdenken?«, fragte er in Erinnerung an all die entsetzten Schreie, die in der Nacht der Eroberung die Gassen erfüllt hatten und die ihm noch immer in den Ohren lagen. Bertrand schickte ihm einen bedauernden Blick. Die Unbekümmertheit des Normannen war aus seinen Zügen verschwunden und der Sorge um die Freunde gewichen – und ehrlichem Mitgefühl für Baldric. »Mein Freund, wenn Conn und Remy tatsächlich nach dem Mädchen gesucht haben und in jener Nacht im Judenviertel waren, dann könnte es leicht sein, dass...«

»Nein«, fiel Baldric ihm barsch ins Wort. »Conn ist noch am Leben. Wir müssen weiter nach ihm suchen.«

»Aber wo? In dieser Stadt nach einer einzelnen Person zu suchen ist so, als suchte man nach einer Nadel im Heuhaufen. Nicht nur, dass die Gassen so weit verzweigt und verwinkelt sind wie die Gänge in einem Maulwurfsbau, die meisten Viertel sind noch immer übersät von Erschlagenen, die karrenweise zu den Friedhöfen geschafft werden. Die meisten von ihnen sind nackt, weil sie ihrer Rüstung und ihrer Kleider beraubt wurden, und man kennt Freund und Feind nicht einmal mehr auseinander – gerade so, als hätte der Allmächtige in seiner Güte beschlossen, die Leugner der Wahrheit im Tod den Gläubigen gleichzumachen.«

Baldric nickte nachdenklich. Er wusste um die katastrophalen Zustände, die die Suche zusätzlich erschwerten, aber er war dennoch nicht gewillt, schon aufzugeben. »Conn ist nicht tot«, beharrte er. »Wir müssen ihn nur finden.«

»Baldric...«

»Er lebt«, wiederholte Baldric mit einer Endgültigkeit, die keinen Widerspruch duldete. Bertrand erwiderte darauf nichts mehr und starrte in die Flammen.

Eine lange Pause entstand, in der keiner der beiden ein Wort sagte. Schließlich löste sich Baldric von der Säule, kam schleppenden Schrittes ans Feuer und setzte sich zu seinem Freund.

»Falls du recht hast, Bertrand«, flüsterte er, während das eine Auge blicklos in die Flammen starrte, »wird jemand dafür bezahlen. Das schwöre ich, so wahr mir Gott...«

Er hatte den grimmigen Eid noch nicht zu Ende gesprochen, als die Tür aufflog. Kein anderer als Berengar stand auf der Schwelle. Seine schwarze Kutte war voller Staub, sein Gesicht blass und ausgemergelt vor Erschöpfung.

Dennoch lächelte er.

»Es gibt Neuigkeiten«, verkündete er. »Ich habe ihn gefunden.«

2.

Obwohl es keine Wegweiser gab und ein Gang wie der andere aussah, hatte Conn das untrügliche Gefühl, an dieser Kreuzung schon einmal gewesen zu sein.

Irrte er sich? War er tatsächlich die ganze Zeit über im Kreis gegangen, um sich just an dieser Stelle wiederzufinden? Oder glaubte er nur, sich an diese Stelle zu erinnern, weil eine Kreuzung wie die andere aussah? Was, wenn er ein Zeichen in das Mauerwerk geritzt hätte, um genau diese Frage zu beantworten?

Fieberhaft begann Conn zu suchen. Im dämmrigen Licht, dessen Quelle er nicht auszumachen vermochte, ließ er den Blick über das brüchige Gestein schweifen – und wurde fündig.

Da war das Zeichen, nach dem er gesucht hatte. Zwei Dreiecke, die ineinander verschlungen waren und so einen Stern formten.

Er kannte dieses Symbol, auch wenn er nicht wusste woher. Es strahlte eine Vertrautheit aus, die ihm ein wenig Hoffnung gab, vielleicht doch noch aus diesem endlos scheinenden Labyrinth zu entkommen, in dem er nun schon ... wie lange gefangen war?

Er konnte es beim besten Willen nicht sagen.

Conn entschloss sich, diesmal den rechten Weg zu nehmen,

und folgte dem Gang, der sich in nichts von dem vorigen unterschied. Plötzlich jedoch glaubte er, eine Stimme zu hören, die seinen Namen rief.

»Conwulf?«

Die Stimme hatte etwas Vertrautes, und er beschleunigte seinen Schritt. Eine Öffnung in der Mauer erschien, aus der spärlicher Lichtschein drang.

»Ich warte auf dich, Conwulf.«

Zögernd näherte er sich dem Durchgang, spähte vorsichtig hinein. Eine einsame Gestalt saß an einem Feuer, in einen weiten Mantel gehüllt, dessen Kapuze sie tief ins Gesicht gezogen hatte.

»Komm näher. Setz dich.«

Conn gehorchte und trat ein, setzte sich der Gestalt gegenüber, die er in diesem Moment zu erkennen glaubte.

»Chaya«, flüsterte er. »Du bist hier?«

Die Gestalt, von der im flackernden Feuerschein nur die Kinnpartie zu erkennen war, antwortete nicht.

»Wie geht es dem Kind?«, fragte Conn zögernd. »Unserem Kind?«

Da hob die Gestalt das Haupt und schlug die Kapuze zurück.

Conn erschrak.

»Nia!«

Sie antwortete nicht, sondern musterte ihn nur. Er hatte vergessen, wie schön sie war. Das hübsche Gesicht, das kastanienbraune Haar, der herausfordernde Blick ihrer dunklen Augen, all das weckte Erinnerungen – und sorgte gleichzeitig dafür, dass Conn tiefe Reue verspürte. Hätte er gewusst, dass Nia noch am Leben war und hier auf ihn wartete, hätte er niemals ...

»Was hast du getan, Conwulf?«, fragte sie ihn. »Du hast deinen Schwur nicht gehalten und eine neue Liebe gesucht!«

»Ich wollte es nicht«, beeilte sich Conn zu versichern, »aber es ist geschehen. Chaya ist dir ähnlich, in vieler Hinsicht.«

»Und? Glaubst du, das mindert deine Schuld?«

»So viel ist geschehen, seit du ... seit wir uns zuletzt sahen«, erwiderte Conn. »Ich habe geschworen, dich zu rächen, Nia, und ich wollte es mit aller Entschlossenheit. Folglich ging ich zum Turm von London, um Guillaume de Rein zu töten. Aber dann kam alles anders. Ich erfuhr von Dingen ...«

»Was für Dinge?«, wollte sie wissen.

»Ein Mordkomplott gegen den Herzog der Normandie. Sein eigener Bruder will ihn aus dem Weg räumen, und kein anderer als der Mann, der dich getötet hat, soll dabei sein Werkzeug sein.«

»Bist du sicher?«

»Ich habe es mit eigenen Ohren gehört, Gott sei mein Zeuge. Aber dann wurde ich entdeckt und musste fliehen. Ich entkam mit knapper Not und einem Pfeil im Arm, und wäre Herr Baldric nicht gewesen ...«

»Wer ist Baldric?«

Conn nickte – Nia konnte nicht wissen, wer Baldric war. »Baldric ist ein Normanne, aber nicht wie jene, die wir zu kennen glaubten. Er weiß, was es bedeutet, ausgestoßen zu sein, und er hat mich gerettet. Er ist wie ein Vater für mich.«

»Und – Chaya?«

Es schmerzte Conn, Nia den Namen aussprechen zu hören. »Was soll mit ihr sein?«, fragte er hilflos.

»Liebst du sie?«

Conn schaute Nia erschrocken an. Was sollte er ihr antworten? Die Wahrheit? Er horchte in sich hinein, um zu erforschen, worin diese Wahrheit bestand, als er merkte, wie Nia sich veränderte.

Ihre Züge wurden plötzlich fahl, dunkle Flecke zeichneten sich auf ihrer Haut ab, die Folge von Blessuren. Ihr Blick nahm einen verzagten Ausdruck an, und aus ihrem Mundwinkel kroch ein dünner Blutfaden. Conn erschrak – so hatte er sie bei ihrem letzten Zusammentreffen gesehen, als sie in seinen Armen gestorben war.

Es würde sich wiederholen!

»Nein!«, rief er entsetzt und sprang auf, streckte die Arme nach ihr aus, aber das Feuer zwischen ihnen loderte hell empor und hinderte ihn daran, sie zu erreichen. »Nia!«, brüllte er aus Leibeskräften. »Chaya…!«

»Haltet ihn fest!«

Baldric hatte sich über Conns Lager gebeugt und umfasste seine Handgelenke, während Berengar und Bertrand je ein Bein fixierten. Im Fieberwahn hatte er wie von Sinnen um sich geschlagen und war Gefahr gelaufen, sich zu verletzen.

Und er hatte laut gesprochen.

Anfangs waren es nur zusammenhanglose Worte gewesen, die keinen Sinn ergaben, aber dann waren ganze Sätze daraus geworden, so als würde Conn in seinen Träumen mit jemandem Zwiesprache halten – und seine Freunde hatten von Dingen erfahren, die ihnen noch immer eisige Schauer über den Rücken jagten.

»Ruhig, Junge«, sprach Baldric auf ihn ein, während er sich aus seinem Griff zu befreien suchte, »es ist alles gut. Ruhig.«

Tatsächlich entspannte sich Conn ein wenig. Sein Atem, zuletzt stoßweise und hastig, wurde langsamer, sein Gesicht, an dessen Schläfen die Adern dunkel hervorgetreten waren, entkrampfte sich.

»Ruhig«, sagte Baldric noch einmal, und als könnte Conn ihn durch die Schleier des Fiebertraumes hören, ließ sein Widerstand endlich nach, und seine Freunde konnten wagen, ihn wieder loszulassen.

»Was, verdammt noch einmal, war das?«, fragte Bertrand.

»Der Wahn des Wundfiebers«, erklärte Berengar. »Die Mönche, die ihn gefunden haben, sagen, dass er diese Anfälle öfter hat, mehrmals täglich.«

»Und spricht er immer im Schlaf?«, wollte Baldric wissen.

»Davon haben sie nichts gesagt. Viele, die das Wundfieber plagt, fantasieren und reden wirres Zeug.«

Baldric nickte und ließ seinen Blick durch das geräumige Gewölbe schweifen, das bis vor wenigen Tagen noch ein öffentliches Bad gewesen war – nun diente es den Cluniazensern als Hospital. Dicht an dicht lagen verwundete Streiter Christi auf dem Boden, viele davon mehr tot als lebendig. Schreie erfüllten die schwüle Luft, und wohin man auch blickte, war Blut; dennoch war es einer mehr als glücklichen Fügung zu verdanken, dass Conn hier war.

Die Mönche hatten berichtet, dass sie ihn am Morgen nach der Schlacht im Judenviertel gefunden hatten, seiner Waffen und seiner Rüstung beraubt. Da sich ein Armbrustgeschoss in seiner Schulter befand, hatten sie ihn für tot gehalten und auf einen Karren geladen, um ihn zusammen mit unzähligen anderen Leichen aus der Stadt zu schaffen. In diesem Moment jedoch war ein Stöhnen aus seinem Mund gedrungen, woraufhin man ihn ins Hospital gebracht hatte, freilich ohne noch viel auf sein Leben zu geben.

Doch der junge Angelsachse hatte sich einmal mehr als überaus zäh erwiesen und das Herausziehen des Bolzens und das Nähen der Wunde überlebt – allerdings mit großem Blutverlust. Darüber hinaus hatte sich die noch frische Wunde entzündet. Er bot einen erschreckenden Anblick: Seine Haut war aschfahl und sein Körper ausgezehrt.

Was in der Nacht der Eroberung geschehen war, konnte Baldric nur vermuten. Auch Remys Schicksal war noch immer unklar, obschon sich einige Mönche an den Leichnam eines hünenhaften Normannen zu erinnern glaubten. Und warum war der Bolzen, den der heilkundige Mönch aus seiner Schulter gezogen hatte, nicht türkischen Ursprungs, sondern stammte eindeutig von einer fränkischen Armbrust?

Mit zum Gebet gefalteten Händen kauerte Baldric an Conns kargem Lager. So erleichtert er darüber war, dass man ihn gefunden hatte, so sehr bangte er um sein Leben – und so sehr entsetzte ihn, was er aus dem fiebrigen Munde seines Adoptivsohns gehört hatte.

»Und – wenn es mehr als ein Albtraum war?«, verlieh Bertrand dem hässlichen Gedanken Ausdruck, den auch Baldric hegte.

»Was wollt ihr damit sagen?«, meldete sich Berengar zu Wort – die vielsagenden Blicke der beiden anderen waren Antwort genug. »Ihr meint, er hätte das alles wirklich erlebt?«

»Guillaume de Rein hat das Mädchen getötet, das Conwulf liebte«, erwiderte Baldric. »In der Nacht, in der ich ihn fand, war er in die Burg von London eingedrungen, um de Rein zu stellen – was, wenn er dabei unfreiwillig Zeuge eines Komplotts geworden ist? Eines Komplotts gegen den Herzog der Normandie.«

»Dennoch«, wandte Berengar ein. »Scheint Euch das nicht allzu abenteuerlich und dem Fieberwahn entsprungen?«

»Dem Fieberwahn eines Grafen vielleicht, aber nicht dem eines einfachen Burschen. Außerdem ergibt es auf erschreckende Weise Sinn. Es ist bekannt, dass König William und der Herzog Feinde sind, allen gegenteiligen Bekundungen zum Trotz. Die ungleiche Liebe des Vaters haben sie einander nie vergeben.«

»Ihr glaubt also, Conwulf hat all das wirklich erlebt?«

»Allerdings.« Baldric nickte.

»Unmöglich«, war Bertrand überzeugt. »Conn hätte es uns gesagt. Wir sind schließlich seine Freunde!«

»Und hätten wir ihm geglaubt?«, stellte Baldric die entscheidende Frage. »Hast nicht du selbst ihn immer wieder mit der Nase auf seine angelsächsische Herkunft gestoßen?«

»Aber doch nur, um ihn zu necken«, verteidigte sich Bertrand.

»Dennoch haben wir ihm wohl nicht das Gefühl gegeben, uns so weit vertrauen zu können. Also hat er sein Wissen für sich behalten, um sich zu schützen.«

»Womöglich wollte er auch Euch damit schützen«, wandte Berengar ein. »Wenn es sich tatsächlich so zugetragen hat, wie Ihr vermutet, dürfte das Leben eines Mitwissers nicht allzu viel wert sein. Vielleicht wollte Conwulf Euch dieser Gefahr nicht aussetzen.«

Baldric schürzte die Lippen – dieser Gedanke war ihm noch nicht gekommen, aber nach allem, was er über Conn wusste, ließ er sich nicht von der Hand weisen. Vom ersten Augenblick an hatte der junge Angelsachse Baldric tief beeindruckt. Er hatte seinen eigenen Kopf und neigte zum Starrsinn, aber in seiner Brust schlug ein mutiges Herz, und an Treue und Ritterlichkeit übertraf er manchen Normannen.

»Schön und gut«, meinte Bertrand, »nehmen wir also an, dass Conn die Wahrheit gesagt und all das sich wirklich so ereignet hat – was sollen wir tun? Zu Roberts Edelleuten gehen und ihnen davon berichten?«

»Das wäre nicht sehr klug«, wandte Berengar ein. »Wenn Conn der einzige Zeuge des Mordkomplotts ist und es außer seiner Aussage keine Beweise gibt, würde de Rein alles abstreiten, und es wäre nichts gewonnen.«

»Ihr habt recht«, stimmte Baldric zu. »Das Wort eines normannischen Barons gilt ungleich mehr im Fürstenrat als das eines angelsächsischen Soldaten.«

»Und wenn de Rein erführe, dass du mit der Sache zu tun hast, würde er deine Vergangenheit ins Feld führen, um dich vor dem Herzog unglaubwürdig zu machen«, fügte Bertrand hinzu. »Was also werden wir unternehmen?«

Baldric blickte auf Conn herab, der schon wieder dabei war, den Kopf hin und her zu werfen, von fiebriger Unrast getrieben.

»Nichts. Conn muss leben, sonst hat Guillaume de Rein ohnehin gewonnen.«

»Meine geschätzten Cluniazenserbrüder unternehmen alles, was ihnen möglich ist«, versicherte Berengar.

»Nun«, meinte Baldric mit Blick auf Conns leichenblasse Miene, »vielleicht ist das ja nicht genug.«

»Was meint Ihr?«

»Die Jüdin hat Conn schon einmal geholfen, damals in Genua, als sich sein wunder Arm entzündet hatte.«

»Und ihren Kenntnissen wollt Ihr Euren Ziehsohn überantworten, statt dem jahrhundertealten Wissen der Diener Gottes zu vertrauen?« Pures Unverständnis sprach aus Berengars Blick.

»Eure Brüder haben es bislang nicht geschafft, Conn wieder genesen zu lassen, und er wird mit jeder Stunde schwächer.«

»Und deshalb wollt Ihr Rat bei Zauberei und dunklen Künsten suchen?«

»Was soll das, Pater? Ihr kennt Chaya. Weder ist sie eine Hexe noch frönt sie dämonischen Künsten.«

»Nein?« Berengars schmale Augen blitzten ihn an. »Hat sie Conwulf etwa nicht nach allen Regeln der Kunst verführt und ihn dazu gebracht, ihr ein Kind in den verdorbenen Leib zu pflanzen?«

»Habt Ihr denn nicht zugehört, Pater?«, fragte nun auch Bertrand. »Habt Ihr nicht mitbekommen, was dem Jungen in London widerfahren ist? Bei all dem Schmerz, den er ertragen musste, ist es nicht verwunderlich, wenn er sich nach der Wärme einer Frau sehnt – auch wenn Euresgleichen nichts davon versteht.«

»Hüte deine Zunge, Sünder, und sorge dich lieber um dein Seelenheil«, beschied Berengar ihm scharf, um sich dann wieder Baldric zuzuwenden. »Habt Geduld, ich beschwöre Euch! Sucht nicht die Hilfe einer gottlosen Dirne!«

»Wie lange soll ich noch warten?«, fragte Baldric. »Bis sich Conn womöglich nicht mehr von seinem Lager erhebt?«

»Der Herr pflegt uns auf manche Weise zu prüfen.«

»Das ist wahr, und der Herr ist mein Zeuge, dass ich schon viele seiner Prüfungen bestanden habe. Aber nicht diese. Drei Tage. So lange gebe ich den Mönchen Zeit. Wenn sich Conns Zustand bis dahin nicht gebessert hat, werde ich das Judenviertel aufsuchen.«

Damit ließ er Berengar stehen und stampfte an den Reihen der Verwundeten vorbei zum Ausgang, dicht gefolgt von Bertrand.

Missmutig blickte der Mönch ihnen nach und ließ sich dabei zu einer bitteren Verwünschung hinreißen, für die er schon im nächsten Moment um Ablass bat. Die Lage hatte sich auf eine Weise zugespitzt, die er nicht hatte voraussehen können.

Natürlich lag ihm Conwulfs Heil am Herzen – noch mehr jedoch fürchtete er die Komplikationen, die sich ergeben konnten, wenn Baldric die Jüdin zu Rate zog und sie womöglich an Conns Lager holte. Dafür, dachte Berengar, während er seine Hand auf jene Stelle seiner Kutte legte, wo sich die Pergamentrolle befand, hatte er nämlich zu viel zu verbergen.

Und noch mehr zu verlieren.

3.

Feldlager nördlich von Antiochia
8. Juni 1098

Man war so rasch vorangeschritten wie nur irgend möglich, bei Tag und bei Nacht, in Gewaltmärschen, die Mensch und Tier das Äußerste abverlangt hatten – und dennoch war die Armee, die sich unter dem Befehl Kur-Baghas, des Atabegs von Mossul, zusammengefunden hatte, zwei Tage zu spät eingetroffen, um die Eroberung Antiochias zu verhindern. Als die Vorhut der Streitmacht den Lagerplatz der Kreuzfahrer erreichte, fand sie ihn verlassen vor – der Feind hatte sich hinter die schützenden Mauern zurückgezogen, die er zuvor über Monate hinweg erfolglos bestürmt hatte.

Es war eine niederschmetternde Erkenntnis, die die Stimmung im Heer gewaltig drückte, wie Bahram al-Armeni mit Beklemmung feststellen musste.

Im Zelt Kur-Baghas, das in aller Eile errichtet worden war, während das gewaltige Heer auf den umliegenden Hügeln sein Lager bezog, waren sie zu Beratungen zusammengekommen: die Emire und Statthalter, die sich dem Befehl des Wächters von Mossul unterstellt hatten, um gemeinsam gegen die Eroberer vorzugehen, unter ihnen auch Suqman von Diyarbakir und Duqaq von Damaskus, dessen Truppen bei Al-Bira eine empfindliche Niederlage erlitten hatten. Lediglich Duqaqs Bruder Ridwan war der Versammlung ferngeblieben – ähnlich wie Duqaq hatte auch er versucht, die

Kreuzfahrer auf eigene Faust zu besiegen, und war dabei gescheitert.

Bei Marj Dabik hatte sich Kur-Baghas Heer versammelt, das tausende gepanzerter *ghulam*-Krieger sowie unzählige Bogenschützen und Fußsoldaten umfasste. Da Kur-Bagha selbst den größten Teil davon stellte und er auf Weisung des Kalifen von Bagdad handelte, hatte niemand seinen Oberbefehl in Frage gestellt – auch Duqaq nicht, dessen Ehrgeiz seit Al-Bira merklich abgenommen hatte. Hatte Tutushs Sohn zunächst mit der Vorherrschaft über ganz Syrien geliebäugelt, war ihm inzwischen nur noch daran gelegen, die Kreuzfahrer zu vertreiben und sie von Damaskus fernzuhalten. Ob ihm klar war, dass es seine eigene Eitelkeit war, die ihm bei Al-Bira die Niederlage eingetragen hatte, wusste Bahram nicht, und er hütete sich davor, es ihm zu sagen.

Zusammen mit den anderen hohen Fürsten stand der Herrscher von Damaskus um den großen Tisch, der die Mitte von Kur-Baghas prächtigem Zelt einnahm und auf dem Karten ausgebreitet lagen, die die Mauern und Verteidigungsanlagen von Antiochia abbildeten. Die Offiziere und Unterführer standen hinter ihren Herren entlang der Zeltwände aufgereiht und warteten stumm auf den Ausgang der Beratungen.

Kur-Bagha war in vieler Hinsicht das genaue Gegenteil von Duqaq. Gedrungen und von kräftiger Statur, erweckte er den Anschein eines Mannes, der in sich selbst ruhte. Und anders als der Fürst von Damaskus, dessen Ansinnen stets darauf gerichtet war, seinen Besitz und sein Ansehen zu mehren, war Kur-Bagha sich seiner Position und der damit verbundenen Machtfülle zu jedem Augenblick voll bewusst.

Auf einem mit Kamelhaar überzogenen Sitz thronend, das Haupt von einem ausladenden *muhannak*-Turban umwickelt, der seiner ohnehin schon respektgebietenden Erscheinung noch zusätzliche Würde verlieh, lauschte der Atabeg den Ausführungen seiner Verbündeten. Besondere Aufmerksamkeit schien er dabei jenen Emiren zu schenken, deren Truppen bereits in Kämpfe mit den Kreuzfahrern verwickelt gewesen waren. Seinen wachen, in geheimnisvollem Grün schimmernden Augen war jedoch nicht anzusehen, was er dachte, und auch der von einem dichten Bart umrahmte Mund verriet keine Regung.

Gelassen hörte Kur-Bagha sich alles an.

Die Ausführungen Suqmans, der für einen massiven Angriff auf die in Mitleidenschaft gezogene Nordmauer der Stadt plädierte; die Argumente Janah al-Dawlas, des Emirs von Homs, der einem Angriff von Westen die besten Erfolgsaussichten einräumte; die Warnungen Duqaqs, der sich gegen eine direkte Konfrontation mit den Kreuzfahrern aussprach und nach den bei Al-Bira gewonnenen Erfahrungen lieber darauf setzen wollte, die Belagerten auszuhungern. Jeder Führer brachte seine Vorstellungen zu Gehör, und nicht selten kam es dabei zu Meinungsverschiedenheiten der Fürsten, die einander den Ruhm neideten, noch ehe er errungen war, und sich vor dem mächtigen Kur-Bagha in ein möglichst günstiges Licht zu setzen suchten – der Vergleich mit Kindern, die um die Gunst des Vaters buhlten, drängte sich Bahram auf.

Kur-Bagha ließ sie gewähren, bis er irgendwann genug hatte. Mit einer Geste brachte er den Emir von Menbidj zum Schweigen, der eben noch wortreich seine Sicht der Dinge angepriesen hatte. »All dies Reden«, sagte der Atabeg in die entstehende Stille, »ist nutzlos, solange wir nicht wissen, was der Feind unternehmen wird. Sobald wir unseren Angriff auf eine bestimmte Stelle konzentrieren, werden wir verletzlich, und die Christen wissen das.«

»So ist es, großer Kur-Bagha«, stimmte Duqaq beflissen zu. »Deshalb bin ich dafür, die Belagerung aufrechtzuerhalten. Wir wissen um die Zustände in der Stadt. Die Kreuzfahrer sind ausgehungert und dem Ende nahe. Alles, was wir brauchen, ist ein wenig Geduld.«

»Oder noch mehr Truppen«, wandte Kur-Bagha ein. »Würde der Emir von Aleppo uns unterstützen, könnten wir die Stadt vollständig einschließen und sie an mehreren Orten gleichzeitig angreifen.«

»Ridwan hat uns seine Hilfe verweigert, mächtiger Atabeg«, wandte Duqaq ein, dem die Vorstellung, seinen Bruder an seiner Seite zu haben und sich die Kriegsbeute womöglich noch mit ihm teilen zu müssen, offenkundig nicht gefiel. »Er ist ein Feigling und verdient unsere Aufmerksamkeit nicht.«

»Dann müssen wir versuchen, Kenntnis von dem zu erlangen, was innerhalb der Stadtmauern vor sich geht. Ahmed?« Der Atabeg winkte einen seiner Offiziere heran.

»Ja, Herr?«

»Ich werde Euch mit dem Oberbefehl über die Zitadelle beauftragen. Noch heute Nacht werdet Ihr mit einer kleinen Schar von Kriegern aufbrechen, von Westen her unbemerkt in die Festung eindringen und das Kommando über die dortige Garnison übernehmen. Fortan werdet Ihr mir über alles Kunde geben, was sich in der Stadt ereignet.«

»Ja, Herr.« Ahmed Ibn Merwan verbeugte sich tief, Stolz über die verantwortungsvolle Aufgabe spiegelte sich in seinen Zügen. Dann verließ er das Zelt, um seinen Trupp zusammenzustellen und die nötigen Vorbereitungen zu treffen.

»Auge und Ohr innerhalb der Stadtmauern haben wir nun«, meinte Kur-Bagha, »aber das allein genügt noch nicht. Wir müssen wissen, was in den Köpfen der Christen vor sich geht, müssen lernen, sie zu verstehen.«

»Wie können wir das?«, wandte Suqman von Diyarbakir ein. »Die Kreuzfahrer sind anders als alle Gegner, gegen die wir je gefochten haben. Sie kämpfen mit furchtbarer Entschlossenheit, und ihre Schwerter, obschon rostig und plump, werden in ihren Händen zu schrecklichen Waffen. Sie versklaven die Besiegten nicht, und sie nehmen auch keine Gefangenen, um sie gegen Lösegeld wieder freizulassen. Sie scheinen nur darauf aus zu töten – aber aus welchem Grund? Was hat sie zu solchen Bestien werden lassen?«

Kur-Bagha nickte. »Das, mein Freund, sind die Fragen, die

wir stellen müssen. Erst wenn wir den Feind verstehen, werden wir auch in der Lage sein, seine Schwächen zu erkennen und ihn zu besiegen.«

»Dann stellt Eure Fragen«, forderte Duqaq von Damaskus den Atabeg und die anderen Emire und Fürsten auf. »Denn Bahram al-Armeni, der Anführer meines *askar*, ist ein Christ. Obschon er dem Irrglauben erlegen ist, diente er meinem Vater Tutush viele Jahre und in zahlreichen Schlachten. In meiner Voraussicht ahnte ich, dass er unserer Sache nützlich sein könnte, deshalb befahl ich ihm, mich zu dieser Unterredung zu begleiten.«

Erstaunt wandten die anderen Anführer sich um, und ehe Bahram recht begriff, wie ihm geschah, fühlte er rund hundert Augenpaare auf sich lasten. Dass Christen in den seldschukischen Armeen dienten, war nichts Besonderes – dass es einer von ihnen jedoch zum Offizier und gar zum Kommandanten der Reiterei gebracht hatte, war für viele Anwesende, vor allem für Kur-Baghas arabische Unterführer, eine Überraschung.

»Wohlan also, Bahram al-Armeni«, forderte der Atabeg von Mossul Bahram auf, »berichte uns, was du weißt. Sage uns, was in den Köpfen der Christen vor sich geht.«

Bahram schürzte die Lippen, um etwas Zeit zu gewinnen. Auf eine Frage wie diese war er nicht gefasst gewesen, zumal sie ihm etwas klarmachte, was er insgeheim wohl längst geahnt hatte – nämlich dass der Angriff der Kreuzfahrer ihn in sehr persönlicher Weise betraf.

Vorher hatten seine muslimischen Herren ihn als das genommen, was er nun einmal war – als einen Ungläubigen, gewiss, dem sie aber dennoch Respekt und Achtung entgegenbrachten. Er hatte es ihnen gedankt, indem er ihnen mit großem Einsatz und seiner ganzen Loyalität diente. Das Eintreffen der Kreuzfahrer jedoch hatte sie ihm gegenüber misstrauisch werden lassen. Sicher sahen sie ihn noch immer als ihren Verbündeten, aber aufgrund seines Glaubens gingen sie auch davon aus, dass er dem Feind näher stand als sie selbst.

Bislang hatten nur seine Leistungen gezählt, seine strategischen Kenntnisse und seine Tapferkeit vor dem Feind – nun plötzlich spielte auch seine Religion eine Rolle.

»Ehrwürdiger Kur-Bagha«, antwortete Bahram deshalb vorsichtig. »Ich habe es schon meinem Fürsten gesagt und sage es nun auch Euch – ich weiß nicht, was in den Köpfen der Kreuzfahrer vor sich geht oder was sie bewegt. Auch wenn ich getauft bin und an die Auferstehung Jesu Christi glaube, so bin ich dennoch ein Sohn des Morgenlands und vermag Euch weder zu sagen, was jene Menschen planen noch weshalb sie mit derartiger Bitterkeit kämpfen.«

»Könnt Ihr es nicht?«, fragte der Emir von Menbidj, ein kleiner Mann mit finsterem Blick. »Oder wollt Ihr es nicht? Steht Ihr Euren Glaubensbrüdern näher als uns?«

»Die Loyalität des Armeniers steht außer Frage«, ergriff Duqaq für Bahram Partei – wohl auch deshalb, weil jede Kritik an seinem Schützling auch seine eigene Urteilsfähigkeit in Zweifel zog. »Er hat sie oft genug unter Beweis gestellt.«

»Auch in Kämpfen gegen Christen? Oder ging es dabei gegen Söhne Mohammeds?«, fragte Kur-Bagha.

Bahram fühlte sich zunehmend unwohler. »In der Hauptsache ging es dabei gegen Söhne Mohammeds. Jedoch standen bisweilen auch Christen unter ihrem Banner, und zuletzt habe ich bei Al-Bira auch gegen die Kreuzfahrer gekämpft. Dass ich Eure Fragen nicht beantworten kann, liegt nicht an mangelnder Treue, Herr, sondern einzig daran, dass ich nichts über jene Christen weiß. Sie kommen aus Ländern, in denen ich nie gewesen bin und die mir nicht weniger fremd sind als Euch. Auch lehrt uns unser Glaube, nicht zu töten und den Nächsten zu lieben, sodass ich Euch nicht erklären kann, was sie zu ihren Taten bewegt – außer vielleicht jenen Dingen, die alle Sterblichen in ihrem tiefsten Inneren bewegen.«

»Und diese wären?«, wollte Janah al-Dawlas wissen.

»Furcht«, gab Bahram ohne Zögern zur Antwort. »Zorn und Gier.«

Den Gesichtern der Emire und Unterführer war anzusehen, dass ihnen diese Antwort nicht gefiel – sei es, weil sie sich selbst darin sahen oder weil es den Feind, der sich hinter den Mauern Antiochias verschanzte und in dem sie einen finsteren Dämon sehen wollten, auf bestürzende Weise menschlich machte.

»Wenn Ihr mich also nach den Ansichten der Christen fragt, kann ich Euch nichts antworten«, fügte Bahram hinzu. »Die bisherige Erfahrung allerdings hat mir gezeigt, dass die Kreuzfahrer gefährlich sind, einer tobenden Feuersbrunst gleich, der man keinen Augenblick lang den Rücken zuwenden darf. Auch jetzt noch, so geschwächt und ausgehungert sie sein mögen, dürfen wir nicht den Fehler begehen, sie zu unterschätzen.«

»In der Tat, Armenier«, pflichtete Kur-Bagha ihm bei. »Ein verwundeter Löwe ist am gefährlichsten – und man tut gut daran, ihm nicht in sein Versteck zu folgen.«

Der Atabeg überlegte, und Bahram war froh darüber, dass sich die Fürsten und Offiziere allmählich wieder von ihm ab- und dem Heeresführer zuwandten. Einige der Blicke, die ihn streiften, verrieten jedoch unverhohlenes Misstrauen und machten ihm einmal mehr klar, dass manches anders geworden war.

»Wir werden unser Vorgehen ändern«, verkündete Kur-Bagha. »Wir werden nicht den Fehler begehen, gegen die Mauern des Feindes anzurennen und unsere Kräfte dabei aufzureiben. Wir werden vielmehr alles daransetzen, die Christen zu einem Ausfall zu bewegen.«

»Wie soll dies gelingen?«, fragte jemand.

Kur-Bagha lächelte. »Wenn die Kreuzfahrer wirklich so geschwächt sind, wie wir annehmen, so kann ihnen nicht an einer langen Belagerung gelegen sein. Wir werden die Garnison anweisen, einen Ausfall zu unternehmen und den Feind unter Druck zu setzen. Dann wird ihm nichts weiter übrig bleiben, als die Entscheidung auf freiem Feld zu suchen – und dort, meine Brüder«, sagte er, während er demonstrativ die zur Faust geballte Rechte hob, »werden wir ihn zermalmen.«

4.

Antiochia
Zur selben Zeit

Es war der fünfte Tag nach der Eroberung.

Anstatt sich zu bessern, hatte sich Conns Zustand beständig verschlechtert, sodass sich die in der Heilkunde beschlagenen Mönche zuletzt keinen Rat mehr wussten. Daraufhin beschloss Baldric, anderweitig Hilfe zu suchen, entgegen Berengars ausdrücklicher Warnung, nicht auf heidnische Hexenkunst zu vertrauen. Während Bertrand zurückblieb, um an Conns Lager zu wachen, begab sich Baldric auf den Weg zum jüdischen Viertel.

Die Stadt glich einem Wespennest, in das man gestochen hatte.

Auf der Hauptstraße, die vom Sankt-Pauls-Tor nach Südwesten führte, zum großen Basar und von dort an von Säulen getragenen Fassaden entlang zum jüdischen Viertel, herrschte unbeschreibliches Gedränge. Bettler, Flüchtlinge, Betrunkene und Menschen ohne Obdach waren in Scharen anzutreffen, dazu Dirnen und Diebesgesindel, die sich in all dem Durcheinander gut gehender Geschäfte erfreuten. Diejenigen Händler, die noch etwas zu verkaufen hatten, hatten ihre Läden geöffnet und boten lautstark ihre Waren feil, dazu kamen Kreuzfahrer, die zum Patrouillendienst eingeteilt oder damit beauftragt waren, Arbeitskräfte und Baumaterial zu beschaffen.

Alle Streiter Christi hausten nun innerhalb der Mauern Antiochias, zusammen mit ihren Familien, ihrem Gesinde und dem beträchtlichen Tross, der den Feldzug noch immer begleitete. Die Armen unter den Kämpfern wohnten unter freiem Himmel oder in Zelten, die auf den freien Plätzen und im Südwesten der Stadt errichtet worden waren; der überwiegende Teil jedoch hatte in Gebäuden Unterschlupf gefunden, die noch bis vor wenigen Tagen wohlhabenden Muselmanen gehört hatten oder von den Angehörigen der Garnisonsoffiziere bewohnt worden waren. Sofern sie nicht freiwillig aus ihren Häusern geflüchtet waren, waren sie vertrieben und oft auch getötet worden, nicht selten von den Christen Antiochias, die sich eifrig am Kampf beteiligt hatten. Sicher waren auch noch einige Türken am Leben und versteckten sich an dunklen Orten, wo sie darauf hofften, dass die Besatzer bald wieder verschwinden würden.

Die Aussichten dafür standen nicht schlecht, wie Baldric sich grimmig eingestehen musste. Denn die Armee, die vor zwei Tagen eingetroffen war und nun genau dort weilte, wo sich noch vor Kurzem das Lager der Kreuzfahrer befunden hatte, bestand aus zehntausenden ausgeruhter Krieger, während die Streiter Christi geschwächt waren vom Kampf um die Stadt und vom Hunger. Und da man nicht wusste, worauf der Angriff des feindlichen Heerführers Kur-Bagha zielen würde, wurden überall in der Stadt hastige Vorbereitungen zur Verteidigung getroffen.

Waffen und Rüstzeug wurden ausgebessert und die ausgedünnten Vorräte an Pfeilen und Wurfgeschossen aufgefüllt, dazu versuchte man, in aller Eile die jahrhundertealten, durch die lange Belagerung in Mitleidenschaft gezogenen Mauern der Stadt zu verstärken. Die wichtigsten Baumaßnahmen jedoch gingen dort vonstatten, wo die Zitadelle des Feindes wie ein Stachel im Fleisch der Kreuzfahrer saß: In aller Eile wurde unter der Aufsicht Bohemunds von Tarent und Raymonds de Toulouse ein behelfsmäßiger Wall aufgeschüttet, der die Besatzung der Festung daran hindern sollte, den Kreuzfahrern in den Rücken zu fallen.

Die Unruhe, die über der Stadt lag, war deutlich zu spüren – Furcht, Zorn, Verzweiflung und Trotz, von allem war etwas dabei. Man hatte so lange und unter solch schrecklichen Verlusten um Antiochia gerungen, dass man die Stadt nun nicht gleich wieder aus den Händen geben wollte, folglich wollte man alles daran setzen, sie zu behaupten. Zumal klar war, dass man im Fall einer Niederlage keine Gnade zu erwarten hatte. Man hatte sie bei der Eroberung nicht gewährt und würde sie auch nicht bekommen.

Der Weg zum südlichen Ende der Stadt führte an der alten Kathedrale Antiochias vorbei, die von den Türken als Moschee genutzt worden war und unter der Anleitung des päpstlichen Legaten Adhémar von Monteil nun wieder ihrer ursprünglichen Bestimmung zugeführt wurde. Wie es hieß, sollte dem Herrn in einer feierlichen Messe für die Eroberung von Antiochia gedankt werden, doch noch wagte niemand, die Glocken zu läuten. Zu frisch waren die Wunden, zu groß die Entbehrungen – und zu überwältigend die feindliche Streitmacht, die sich im Norden sammelte.

Als Baldric das jüdische Viertel erreichte, fiel die hektische Betriebsamkeit entlang der Hauptstraße schlagartig hinter ihm zurück. Nur die Häuser am äußersten Rand des Viertels wurden von Kreuzfahrern bewohnt, die anderswo keine Bleibe gefunden hatten. Je weiter Baldric jedoch in das Viertel vordrang, desto leerer wurden die Gassen. Die Eingänge der Häuser waren verbarrikadiert, ebenso die Fenster. Baldric nahm an, dass die Bewohner im dunklen Inneren saßen und um ihr Leben zitterten. Nach dem, was geschehen war, hatten sie auch allen Grund dazu.

Der Marktplatz war verlassen, das Eingangstor der Synagoge stand weit offen. Soldaten des flämischen Grafen Robert hatten sie noch am Morgen der Eroberung geplündert, nichts und niemand hatte sie davon abhalten können. Die Trümmer umgestürzter Wagen lagen umher, hier und dort ein Leichnam, der bei der Räumung wohl übersehen worden oder vielleicht auch erst später hinzugekommen war. Ein Menschenleben galt nichts in diesen Tagen, entsprechend hatte Baldric die Hand am Schwertgriff, während er langsam über den Marktplatz ging und sich dabei vorsichtig umblickte.

Plötzlich war da eine Bewegung unmittelbar neben ihm.

Eine gedrungene Gestalt setzte hinter einer niedrigen Mauer hervor und wollte in Windeseile in die nächste Gasse flüchten – Baldric jedoch kam ihr zuvor.

»Halt!«, befahl der Normanne mit lauter Stimme, worauf die Gestalt tatsächlich kurz innehielt – genügend Zeit für Baldric, um einen beherzten Schritt zu machen und sie am Kragen ihres Gewandes zu packen. Es war ein Knabe von acht oder neun Jahren. Er schrie nicht, aber nackte Furcht sprach aus seinen Augen. Panisch wand er sich im Griff seines einäugigen Häschers, der ihn unnachgiebig festhielt.

»Das Haus Ezra Ben Salomons«, verlangte Baldric zu wissen. »Wo befindet es sich?«

Der Junge gebärdete sich weiter wie von Sinnen.

»Hörst du nicht? Ich suche das Haus von Ezra Ben Salomon!«

Plötzlich hielt der Knabe inne. Baldric nahm nicht an, dass er Französisch sprach, den Namen jedoch schien er verstanden haben.

»Ben Salomon?«, fragte er leise und schaute ängstlich auf.

Baldric nickte, worauf der Junge die Gasse hinab deutete, in die er hatte flüchten wollen.

»Ist das auch die Wahrheit?«

»Ben Salomon«, wiederholte der Knirps, wobei ein so unschuldiges Lächeln über seine Züge huschte, dass selbst der grimmige Baldric grinsen musste.

»Danke«, sagte er und ließ den Jungen los – worauf dieser pfeilschnell davonflitzte und schon im nächsten Moment in einem Mauerspalt verschwunden war.

Baldric schlug den Weg ein, der ihm bezeichnet worden war, und fand sich schon kurz darauf vor dem Eingang eines eindrucksvollen Wohnhauses wieder, das einem reichen Bürger gehören musste. Die hölzerne Tür war aus den Angeln gerissen, die Trümmer lagen auf der Schwelle. Jenseits des Eingangs herrschte schummriges Halbdunkel.

Baldric schürzte die Lippen, dann zog er sein Schwert, stieg die Stufen des Portals hinauf und trat ein.

Die Eingangshalle war verwüstet.

Die Malereien an Wänden und Decke waren rußgeschwärzt, Scherben tönerner Amphoren bedeckten den Boden, die knirschten, sobald Baldric darauftrat. Vorsichtig bewegte er sich weiter und erreichte einen schmalen Gang, der auf einen von Säulen gesäumten Innenhof führte. Der Brunnen dort schien versiegt zu sein, das Standbild in seiner Mitte war umgestürzt. Von den Durchgängen, die auf den Säulengang mündeten, waren die Vorhänge herabgerissen worden, die Trümmer hölzerner Möbel lagen überall verstreut. Nicht nur Habgier war hier am Werk gewesen, stellte Baldric fest, sondern auch blinde Zerstörungswut.

Ein plötzliches Geräusch ließ ihn verharren.

Zu seiner Linken klaffte ein schmales Fenster, dahinter herrschte unergründliches Dunkel, in dem sich jemand zu verbergen schien.

»Ich tue euch nichts«, erklärte Baldric und hielt das Schwert so von sich gestreckt, dass es mit der Spitze nach unten zeigte. Auf diese Weise bekundete er seine friedlichen Absichten, konnte sich aber auch verteidigen, wenn es nötig werden sollte. »Ist dies das Haus von Ezra Ben Salomon? Ich bin auf der Suche nach...«

Er konnte den Satz nicht zu Ende sprechen, denn ein Schatten setzte plötzlich durch die Fensteröffnung. Im einfallenden Tageslicht sah Baldric eine gekrümmte Klinge blitzen, er sprang zurück und brachte sein Schwert empor. Wuchtig trafen die beiden Waffen aufeinander, jedoch nur wenige Male – dann zerbrach die gegnerische Klinge mit blechernem Klang. Mit einer Verwünschung auf den Lippen sprang der Angreifer zurück, und erstmals konnte Baldric sein Gesicht sehen. Es gehörte einem jungen Mann von vielleicht zwanzig Wintern, aus dessen Augen dem Ritter blanker Hass entgegenschlug. Er schien wild entschlossen, sich mit den Überresten seiner schäbigen Klinge auf Baldric zu stürzen.

»Tu das nicht«, rief Baldric. Er betonte jedes einzelne Wort, weil er hoffte, dass der andere die Bedeutung seiner Worte so erfassen würde. »Wenn du mich erneut angreifst, muss ich dich töten, und das will ich nicht.«

»Wieso nicht?«, scholl es zu Baldrics Überraschung in zwar schlechtem, aber dennoch verständlichem Französisch zurück. »Ihr habt schon so viele Unschuldige getötet. Was kommt es auf einen mehr oder weniger an?«

»Ich bin nicht hier, um zu kämpfen«, erklärte Baldric und schob sein Schwert demonstrativ zurück in die Scheide.

»Was willst du dann, Christenhund?«

»Ist dies das Haus Ezra Ben Salomons?«

»Was deinesgleichen davon übrig gelassen hat.«

»Ich bin auf der Suche nach der Jüdin Chaya. Mir wurde gesagt, dass sie hier lebt.«

»Was willst du von ihr?«

»Kannst du mich zu ihr bringen, ja oder nein?«

Der junge Mann taxierte den Normannen, die Zähne gefletscht wie ein Raubtier. Baldric glaubte ihm anzusehen, dass er wusste, von wem die Rede war. Die Frage war eher, ob er sein Wissen teilen würde.

»Bitte«, fügte der Ritter deshalb hinzu. »Ein Leben ist in Gefahr.«

»Wessen Leben?«, fragte der Jude unbeeindruckt.

»Das des Angelsachsen Conwulf«, erklärte Baldric und straffte sich. »Er hat Chaya einst das Leben gerettet. Sie steht in seiner Schuld.«

»Meine Cousine steht in niemandes Schuld, Christenhund!«,

spie der junge Mann und verriet damit nicht nur, dass er Chaya kannte, sondern sogar seine Verwandtschaft mit ihr. »Und nach allem, was dieser elende Engländer ihr angetan hat, solltest du seinen Namen in diesem Haus besser nicht mehr in den Mund...«

»Es ist gut, Caleb«, brachte ihn jemand zum Verstummen. Eine Frau trat aus einem der Durchgänge. Sie trug einen blauen Umhang und einen Schleier vor dem Gesicht. Als sie ihn lüftete, dankte Baldric seinem Schöpfer – es war Chaya.

»Ihr lebt«, stellte er erleichtert fest. »Also war Conns Opfer nicht vergeblich.«

»Sein Opfer?« Das Spiel ihrer dunklen Augen verriet Furcht. »Was ist geschehen?«

»Conn liegt schwer verwundet, Chaya. Und er braucht Eure Hilfe.«

Es war ein Mysterium.

In der Abgeschiedenheit seines bescheidenen Quartiers, das sich im Kellergewölbe eines alten Wohnhauses befand, brütete Berengar über der von ihm gestohlenen Schriftrolle. Je mehr er jedoch davon entzifferte, desto überzeugter war er, zumindest diese eine Sünde nicht vergeblich begangen zu haben.

Die Übersetzung kam nur langsam voran.

Obwohl Berengar viele alte Sprachen und Schriftzeichen kannte, stellte ihn das geheimnisvolle Pergament, dessen Behälter mit dem Siegel Salomons versehen gewesen war, vor immer neue Rätsel.

Das verwendete Hebräisch ähnelte zwar der *sefat hathora*, also jener Hochsprache, in der die Thora verfasst war, wich jedoch auch in einigen Punkten von ihr ab. Fraglos handelte es sich um altes Hebräisch, jedoch war es weniger ausgefeilt und daher mühsamer zu übersetzen – zumal für jemanden, der die klare, leicht nachzuvollziehende Grammatik eines lateinischen Textes gewohnt war. Schwer zu übersetzende Stellen wechselten mit Passagen ab, die direkt dem Alten Testament entnommen waren. Doch die Dinge, von denen dort die Rede war, waren aus ihrem Zusammenhang gerissen und ergaben keinen Sinn, oder vielleicht hatte der Mönch auch nur noch nicht den richtigen Zugang gefunden. Und das, obwohl er nun schon seit über einem halben Jahr darüber brütete.

Natürlich nicht unablässig.

Berengars seelsorgerische Pflichten erlaubten es nicht, sich dem Text in dem Maße zu widmen, wie er es gerne getan hätte. Wenn er doch die Muße dazu fand, musste er sich an Orte zurückziehen, an denen er sicher sein konnte, von niemandem beobachtet zu werden – und diese waren in der Zeltstadt beinahe noch seltener anzutreffen gewesen als das so dringend benötigte Brot. In den Tagen seit der Eroberung jedoch hatte sich Berengar der Schriftrolle mit neuer Hartnäckigkeit zugewandt – und das nicht nur, weil es ihn selbst danach verlangte, sondern auch, weil der starrsinnige Baldric sich nicht davon hatte abbringen lassen, die Jüdin um Hilfe für Conn zu ersuchen.

Berengars Befürchtung, dass sein dreister Diebstahl ans Licht kommen könnte, wenn es zum erneuten Zusammentreffen mit Chaya kam, war nicht unbegründet – schließlich hatte auch Conwulf ihm schon Fragen bezüglich jener Nacht gestellt, in der das Buch verschwunden war. Und wer vermochte zu sagen, ob die Jüdin ihn nicht insgeheim längst verdächtigte? Die Zeit drängte, und Berengar brannte mehr denn je darauf, der Schriftrolle ihr Geheimnis zu entlocken.

Längst war ihm offenbar geworden, dass sein erster Eindruck ihn nicht getäuscht hatte. Was auch immer der Kern des Textes war, es musste von großer Bedeutung sein. Denn je weiter Berengar in seiner Lektüre vorankam, desto schwieriger wurde es, den Inhalt zu erfassen, so als würde sich das Buch absichtlich seinem Verständnis entziehen.

Während der Anfang des Buches aus der Feder eines Laien zu stammen schien und von Vorgängen am Hof des weisen Königs Salomon berichtete – Berengar vermutete, dass es eine

Frau gewesen war, vielleicht eine Hofdame des Königs, die den Text verfasst hatte –, wurde später von Ereignissen berichtet, die aus den alttestamentarischen Geschichtsbüchern bekannt waren, jedoch eine andere Sichtweise schilderten. Und immer wieder waren Passagen aus den Psalmen und den Büchern der Propheten eingestreut, die jedoch nicht für sich selbst zu stehen, sondern in ein größeres Ganzes eingebunden schienen, in ein Geheimnis, das das Buch eifersüchtig hütete.

Schon bald stand für Berengar fest, dass jene in den Text eingestreuten Verweise nicht von gewöhnlichen Schriftgelehrten stammten, sondern von in der Kabbala bewanderten Mystikern. Er wusste es deshalb so genau, weil auch er sich als junger Novize einst den Geheimnissen der Kabbala gewidmet hatte. Fasziniert war er den Spuren jener Lehre gefolgt, für die alles vom Menschen Geschaffene ein Abbild der göttlichen Schöpferkraft war und die deshalb in Worten und Zahlen ein Abbild von Gottes Wahrheit suchte – so lange, bis die ihr innewohnenden Rätsel seinen Verstand in einen Mahlstrom gezogen hatten, aus dem er beinahe nicht mehr herausgefunden hätte. Sein damaliger Meister Ignatius hatte ihm daraufhin untersagt, sich jemals wieder mit der jüdischen Geheimlehre zu befassen. Eine Regel, die Berengar inzwischen gebrochen hatte, wie so viele andere.

Trotz seiner Vorkenntnisse kostete es ihn Zeit und Mühe, die Rätsel zu lösen, und es gelang ihm nicht bei allen. Doch aus den Bruchstücken, die Berengar erfuhr, glaubte er schließlich zu erahnen, wovon die Schriftrolle tatsächlich handelte.

Der Mönch merkte, wie sich sein Herzschlag beschleunigte. Schweiß trat ihm auf die Stirn, obwohl es kühl war in seinem dunklen Keller.

Konnte es wirklich wahr sein?

Im selben Maß, wie sich der Inhalt des Buches ständig zu verkomplizieren schien, veränderte sich auch die Schrift. Aufgrund ihrer Ebenmäßigkeit hatte Berengar sie zunächst für das Werk eines berufsmäßigen Schreibers gehalten, dann jedoch ging ihm auf, dass es wenigstens zehn verschiedene *sofer* gewesen waren, die an dem Buch gearbeitet und es im Lauf der Zeit wohl beständig erweitert und ergänzt hatten. Aber zu welchem Zweck?

Fieberhaft arbeitete Berengar weiter, ruhelos flogen seine Augen zwischen der Schriftrolle und dem lateinischen Bibelkodex hin und her, den er aufgeschlagen neben sich liegen hatte. Vielleicht, so dachte er, war seine frühere Beschäftigung mit jüdischer Mystik auch der Grund dafür gewesen, dass der Anblick des *signum Salomonis* sein Interesse geweckt hatte. Mehr noch, hatte womöglich die göttliche Vorsehung dafür gesorgt, dass er in jungen Jahren jene Vorkenntnisse erworben hatte? War er dazu auserwählt, diese Schrift zu übersetzen?

Am hellen Tage wären ihm Gedanken wie diese vermutlich abwegig erschienen. Im flackernden Schein der Öllampen jedoch entbehrten sie nicht einer gewissen Zwangsläufigkeit, ja einer Logik, der sich wohl selbst ein scharfsinniger Denker vom Schlage eines Augustinus nicht ohne Weiteres hätte entziehen können.

Hatten Kirchenväter wie er nicht stets versucht, die Existenz Gottes zu beweisen? Hatten sie nicht gefordert, dass es eine allgemein gültige Wahrheit geben müsse, in der sich die Gegenwart des Allmächtigen widerspiegele?

Was, so fragte sich Berengar mit einer Mischung aus Ehrfurcht und Schaudern, wenn es genau das war, wovon das Buch handelte? Wenn dies der Grund dafür war, dass die Jüdin und ihr Vater so versessen darauf gewesen waren, das Buch ins Gelobte Land zu bringen und es vor fremdem Zugriff zu bewahren?

Von Voraussagen und Prophezeiungen war darin die Rede, vom Wiedererstarken des Volkes Israel, von der Einberufung eines neuen Sanhedrin und einem neuen Königreich Jerusalem – Dinge, die Berengar halbwegs verstand, jedoch nicht einordnen konnte. Handelte es sich lediglich um die haltlosen Visionen religiöser Eiferer? Oder steckte mehr dahinter, barg das Buch die Kraft des Göttlichen?

Das entscheidende Stück des Mosaiks fehlte noch, jener letzte Hinweis, der die ungeheuerliche Vermutung bestätigte, die der Mönch bereits seit geraumer Zeit hegte, gemäß der Ankündigung im vierten Buch der Psalmen:

Der Herr ist König! Es zittern die Völker. Er thront auf den Cherubim. Es wankt die Erde. Groß ist der Herr in Zion, erhaben ist Er über alle Völker. Preisen sollen sie Deinen Namen, den großen und mächtigen – heilig ist er.

5.

»Nun, werter Eustace?«

Guillaume de Rein bedachte das Oberhaupt der Bruderschaft mit einem herausfordernden Blick. Eustace de Privas kauerte vor ihm auf einem Hocker, das Gesicht in den Händen vergraben und den weiten Umhang so um die Schultern gezogen, als wollte er sich darunter verkriechen. »Glaubst du immer noch, der Kampf gegen die Heiden könnte siegreich entschieden werden?«

Eustace antwortete nicht. Schweigend saß er da, und bei näherem Hinsehen erkannte Guillaume, dass das Oberhaupt der Bruderschaft zitterte. Ob aus Furcht oder infolge des Hungers, war nicht festzustellen, aber der Edelmann aus der Provence sank dadurch noch mehr in seinem Ansehen.

»Ich weiß es nicht«, ließ jener sich schließlich vernehmen, ohne dabei aufzuschauen. »So viele der unseren sind gefallen.«

»Und es werden noch mehr werden. Ist dir aufgefallen, dass alles, was ich damals vorausgesagt habe, eingetroffen ist? Es ist uns gelungen, Antiochia einzunehmen, aber einmal mehr haben sich unsere Anführer als unfähig erwiesen. Zwar halten wir die Stadt besetzt, aber was nützt es uns? Hunger und Mangel wüten schlimmer als je zuvor, und vor den Toren sammelt sich eine riesige Streitmacht, deren einziges Ansinnen darin besteht, jeden Einzelnen von uns zu töten!«

»Ich weiß«, ächzte der Provenzale, den die bloße Vorstellung an den Rand einer Panik zu bringen schien. »Was ist nur aus unserem Traum geworden, Guillaume?«

»Wir sind erwacht und befinden uns nun in der Wirklichkeit. Und diese Wirklichkeit wird uns umbringen, wenn wir nichts unternehmen! Wie viele Pferde haben unsere Kämpfer noch? Vierhundert? Und wie viele von uns sind nicht mehr in der Lage, eine Rüstung zu tragen, geschweige denn ein Schwert zu führen und gegen die Heiden zu kämpfen? Auf jeden unserer halb verhungerten Ritter kommen fünf Sarazenen, die danach trachten, ihm bei lebendigem Leib das Herz aus der Brust zu reißen.«

»Ich weiß, ich weiß.«

Guillaume beschloss, aufs Ganze zu gehen. Das Haus, das er zu seinem Quartier gemacht hatte, befand sich ein wenig abseits der anderen Kreuzfahrerunterkünfte, sodass sie ungestört waren. Die beiden Wachen, die er draußen vor der Tür postiert hatte, waren ihm zudem treu ergeben. Was immer gesprochen wurde, würde diesem Raum niemals verlassen.

»Eustace, Eustace, was ist nur aus dir geworden? Wo sind deine Zuversicht und dein Glaube geblieben?«

Zum ersten Mal hob der andere sein Haupt und schaute zu Guillaume auf. Seine eingefallenen Züge, sein fleckiger Teint und die schwarzen Ränder um die blutunterlaufenen Augen ließen ihn elend aussehen. »Ich bin schwach. So schwach.«

»Daran bist du selbst schuld«, sagte Guillaume ohne Mitleid. »Sieh mich an, Eustace – ich bin wohlauf und bei Kräften, weil ich das Fleisch, das mich nährt, nicht verschmähe.«

»Aber ich kann es nicht«, murmelte Eustace, die totengleichen Züge von Grauen verzerrt. »Ich habe in meinem Leben manches getan, worauf ich nicht stolz bin, Bruder. Aber ich werde nicht Hand an das Fleisch meines Nächsten legen.«

»Du bist ein Schwächling, genau wie dieser Feigling, der sich mein Vater nennt.« Guillaume unternahm nicht den geringsten Versuch, seine Abscheu zu verbergen. »Die Welt, wie wir sie kannten, existiert nicht mehr, Eustace. Ein neues Zeitalter bricht an, und wer herrschen möchte, muss bereit sein, Grenzen zu überschreiten.«

Eustace blieb eine Erwiderung schuldig und begnügte sich damit, auf den steinernen Boden zu starren, so als lägen dort die Trümmer seiner zerbrochenen Träume. Sein ehrgeiziges Ziel, die heiligen Reliquien zu finden und sie zu Macht und Ruhm zu benutzen, schien irgendwo im Wüstensand zurückgeblieben zu sein.

»So habe ich es nicht gewollt, Guillaume«, flüsterte der Provenzale und vergrub das Gesicht abermals in den Händen. »So habe ich es nie gewollt.«

»Wie gut, dass unsere Mitbrüder dich jetzt nicht sehen können«, höhnte Guillaume. »Was würden sie wohl sagen, wenn sie ihren großen Anführer in einem so jämmerlichen Zustand vorfänden? Willst du so in Erinnerung bleiben, Eustace? Als jemand, der an den Anforderungen seines Amtes verzweifelt ist? Der im Augenblick der Bewährung versagt hat?«

»Nein«, entgegnete Eustace tonlos und ohne aufzusehen. »Das will ich nicht.«

»Dann sollten wir handeln«, schlug Guillaume vor, der das Gefühl hatte, dass die Festung reif war zum Sturm. »Die Zeit drängt. Der Feind versammelt sich vor den Toren, und wenn er erst angreift, ist es zu spät.«

Der Anführer der Bruderschaft nickte. Die Tatsache, dass etwas unternommen werden musste, leuchtete ihm offenbar ein, auch wenn ihm die Kraft dazu fehlte. »Was können wir tun?«

»Weißt du noch, als ich dir von Peter Bartholomaios erzählte?«

Eustaces furchtsame Reaktion verriet, dass er sich erinnerte.

»Das ist unsere Stunde. Bartholomaios ist in der Stadt. Wir dürfen nicht länger zögern, uns seiner zu bedienen. Die Zeit ist reif dafür.«

Eustace lachte freudlos auf. »Wofür? Für eine Lüge?«

»Für etwas, das unseren Kämpfern neuen Mut geben und die bestehenden Machtverhältnisse zu unseren Gunsten beeinflussen wird.«

Eustace starrte finster sinnierend vor sich hin. »Nein«, bäumte er sich dann zu einer mühseligen Bekundung freien Willens auf. »Ich habe dir schon einmal gesagt, dass ich davon nichts wissen will, Guillaume. Unser Weg ist der der Wahrheit, nicht jener der Lüge.«

Guillaumes grüne Augen verengten sich zu Schlitzen. »Unser Weg wird in wenigen Tagen zu Ende sein, wenn kein Wunder geschieht. Und da weit und breit kein Wunder in Sicht ist, werden wir es wohl selbst übernehmen müssen, dafür zu sorgen.«

Eustace musterte ihn, entsetzt und furchtsam zugleich. »Was ist nur aus dir geworden, Bruder? Es gebricht dir an Ehrfurcht.«

»Und dir an Weitsicht. Du bist ein Schwärmer, Eustace, aber die Zeit der Schwärmerei ist vorbei. Daher werde ich tun, was ich längst hätte tun sollen.«

»Nein!«, rief der andere und sprang auf. »Das darfst du nicht! Du bringst unser aller Seelen in Gefahr!«

»Willst du lieber von den Heiden dahingemordet werden? Dann nur zu, Eustace, denn ein grausamer Tod ist dir gewiss, ganz gleich, ob du im Kampf stirbst oder ob du noch lange genug lebst, dass sie dich foltern und dir die Eingeweide herausreißen!«

Mund und Augen weit aufgerissen, starrte Eustace ihn an. Guillaume wartete auf seine Erwiderung, die Hand in der Nähe seines Dolchs.

Es wäre leicht gewesen, die Waffe zu zücken, sie dem geschwächten Rivalen in die Brust zu stoßen und so die Machtverhältnisse in der Bruderschaft ein für alle Mal zu klären. Einen Augenblick lang erwog Guillaume, es zu tun.

Dass er sich dagegen entschied, lag nicht etwa daran, dass er mit Eustace Mitleid gehabt hätte oder sich ihm in irgendeiner Weise verpflichtet fühlte; sondern weil seine Mutter es ihm ausdrücklich untersagt hatte. Eleanor war der Ansicht, dass Eustaces plötzliches Ableben innerhalb der Bruderschaft zu viele Fragen aufgeworfen hätte. Außerdem schien sie eine gewisse Vorliebe für den Provenzalen zu hegen, was Guillaume doppelt eifersüchtig machte.

Plötzlich erlosch die Flamme des Widerstands in Eustaces Blick. Sein Mund klappte wieder zu, und er sank auf den Hocker zurück. »Tu, was du tun musst«, ächzte er – und Guillaume wusste, dass er den Kampf gewonnen hatte.

»Adelar?«, rief er laut.

Einer der beiden Vertrauten, die vor der Tür Wache gehalten hatten, trat ein. »Ja, Bruder?«

»Hol Bartholomaios herein. Es gibt viel zu besprechen.«

6.

Antiochia
15. Juni 1098

Conns Lider waren schwer wie Blei. Als es ihm dennoch gelang, sie für einen Moment zu heben, war er sicher, sein sterbliches Dasein hinter sich gelassen zu haben und im Jenseits angelangt zu sein.

»Nia?«

Conns Stimme klang seltsam fremd in seinen Ohren, so als hätte er sie eine Ewigkeit nicht gehört. Wie gebannt schaute er zu dem Gesicht auf, das über ihm schwebte. Dunkles Haar umgab die anmutigen Züge, die Augen waren voller Zuneigung und Liebe.

»Nia«, murmelte er. »Endlich.«

»Ich bin es, Conn«, erwiderte sie mit einer Stimme, die sanft war und voller Mitgefühl, jedoch nicht zu ihr passte. Durch die Schleier der Benommenheit nahm Conn zur Kenntnis, wie sich ihr Gesicht veränderte, nur der liebevolle Ausdruck ihrer Augen blieb bestehen. Jäh wurde ihm klar, dass er sich geirrt hatte. Es war nicht Nia, in deren Gegenwart er die Augen aufgeschlagen hatte, und ganz offensichtlich war er auch nicht gestorben.

Verblüfft schoss er von seinem Lager hoch, aber brennender Schmerz, der von seiner Schulter in seinen Nacken sprang und von dort in den Schädel schoss, ließ ihn sofort wieder niedersinken.

»Chaya«, stieß er stöhnend hervor. »Wie ...?«

»Ruhig«, ermahnte sie ihn und drückte ihn sanft, aber bestimmt auf sein strohgedecktes Lager zurück. »Du musst dich schonen, Conn. Du hast Fieber. Und du hast sehr viel Blut verloren.«

»Blut verloren«, echote er und starrte sie verständnislos an. Seine Erinnerungen waren bruchstückhaft, wie die Scherben eines Mosaiks. Der Angriff auf die Stadt, die Kämpfe in den Gassen – all das war gegenwärtig, aber er vermochte es nicht zu ordnen. Wie war er hierhergekommen? Und wo war er überhaupt?

Verwirrt schaute er sich um, konnte jedoch nicht sehr viel mehr erkennen als trübe dunkle Flecke, die ineinanderschwammen. Dafür hörte er entsetzliche Schreie, und der Gestank von Exkrementen und geronnenem Blut stach in seine Nase.

»Du bist in einem Verwundetenlager, das die Cluniazenser unterhalten«, beantwortete jemand seine unausgesprochene Frage. Eine massige Gestalt trat hinter Chaya, die Conn jedoch erst erkennen konnte, als sie sich zu ihm herabbeugte – Baldric.

Conn versuchte ein Lächeln, aber er hatte die Kontrolle über seine Gesichtsmuskeln noch nicht zurückgewonnen, sodass es beim Versuch blieb. »Ver... verzeih«, presste er stattdessen hervor, worauf sein Adoptivvater resignierend schnaubte.

»Zwei Tage lang haben wir dich gesucht, Junge, und nur einer glücklichen Fügung ist es zu verdanken, dass man dich nicht mit den Toten begraben hat. Die Mönche haben für dich getan, was sie konnten, aber sie sind mit ihrer Weisheit am Ende. Deshalb habe ich Hilfe geholt.«

Conn wollte sich Chaya zuwenden, um sich, geschwächt wie er war, bei ihr zu bedanken – als ihm plötzlich etwas einfiel. Das letzte Mal, als er Chaya gesehen hatte, war sie ...

»Es ist gut«, versicherte sie lächelnd. »Dem Kind geht es gut.«

Er wusste nicht, ob er die Frage tatsächlich gestellt oder ob sie sie erraten hatte – seine Freude jedoch war überwältigend, trotz seiner Schmerzen und des Fiebers, das ihn quälte.

»Ist es …?«

»Es ist ein Junge.«

Conn schloss für einen Moment die Augen.

Er hatte einen Sohn!

Wie unbegreiflich das Leben doch spielen konnte, selbst an einem Ort wie diesem.

»Was ist in jener Nacht geschehen?«, fragte Baldric.

»Söldner«, scharrte Conn das wenige zusammen, was seine Erinnerung im Augenblick hergab. »Flamen … ein Hinterhalt.«

»Remy?«, fragte Baldric nur.

Conn schloss die Augen und sah den Freund vor sich, die Kehle von einem Armbrustbolzen durchbohrt. Traurig schüttelte er den Kopf.

»Verdammt.« Das eine Auge des Normanen glomm wütend auf. »Dafür werden diese Mordbuben bezahlen.«

»Viele sind gestorben in jener Nacht«, brachte Chaya in Erinnerung. »Eure Leute haben das ganze Viertel geplündert, sogar die Synagoge.«

»Ja«, knurrte Baldric. »Ich fürchte, viele von uns haben das Ziel dieser Pilgerfahrt weit aus den Augen verloren. Aber womöglich spielt es schon bald keine Rolle mehr.«

»Was bedeutet das?«, wollte Conn von Baldric wissen, doch Chaya schüttelte heftig den Kopf, sodass der Normanne zögerte. Offenbar gab es etwas, das sie ihm nicht sagen wollten. »Was ist los? Sagt es mir!«

»Nein«, lehnte Chaya ab, aber Baldric schien nicht ihrer Meinung zu sein. Grübelnd strich er sich über den silbergrauen Bart und schürzte dabei die Lippen.

»Verdammt, er soll es ruhig wissen, womöglich ist es in ein paar Stunden ohnehin nicht mehr von Belang. Ein feindliches Heer ist draußen vor den Toren der Stadt aufmarschiert. Es will Antiochia zurück – und ich fürchte, es gibt nichts, was wir ihm entgegenzusetzen haben.«

»Wie ... wie ist das möglich?«, fragte Conn. »Wir haben die Stadt eingenommen.«

»Das haben wir. Aber du hast keine Vorstellung von dem, was draußen in den Gassen los ist, Junge. Unsere Leute sind am Ende ihrer Kräfte, Elend und Seuchen grassieren. Nacht für Nacht fliehen Ritter aus der Stadt, die sich wie gemeine Diebe über die Mauer abseilen und in der Dunkelheit verschwinden. Manche haben vor Hunger den Verstand verloren und sind darüber zu Kannibalen geworden, andere sind in heillosen Fanatismus entbrannt. Wir wollten erleuchtet werden und finden uns im dunkelsten Höllenpfuhl gefangen. In diesem Zustand werden uns die Muselmanen überrennen. Und wenn ich sehe, was aus uns geworden ist, dann ist es vielleicht auch besser so.«

Conn hielt den Atem an.

Selbst seinem von Schmerz und Fieber benebelten Geist blieb die Bitterkeit in Baldrics Worten nicht verborgen. Sein Adoptivvater zweifelte. Keine Rede mehr von Prüfungen, die der Herr den Kreuzfahrern stellte, um die Würdigen von den Unwürdigen zu trennen.

»Wie viele?«, presste er mühsam hervor.

»Wenigstens zwanzigtausend Krieger. Wenn sie zum Sturm ansetzen, werden selbst die Wälle von Theodosius und Iustinian nachgeben.«

»Dann muss ich ...«, stieß Conn hervor und versuchte abermals, sich zu erheben. Er wollte aufstehen und sein Schwert ergreifen, schließlich hatte er eine Familie zu verteidigen. Doch der Schmerz, der durch seinen geschwächten Körper fuhr, belehrte ihn rasch eines anderen. Ein matter Laut entfuhr ihm, dann fiel er kraftlos zurück, und hätte Chaya ihn nicht aufgefangen, wäre er mit dem Hinterkopf zu Boden geschlagen.

»Lass mich«, beschwerte er sich und wollte sich ihrem Griff entwinden. »Ich muss aufstehen, muss ...«

Die Worte erstarben auf seinen Lippen, der Schmerz und die Erschöpfung forderten Tribut. Conn merkte, wie seine Sinne sich wieder einzutrüben begannen, und wehrte sich mit aller Macht dagegen – jedoch erfolglos. Wie durch eine geschlossene Tür nahm er Chayas aufgeregte Stimme wahr, die Baldric eindringlich mahnte, Conn zu schonen, weil dieser noch längst nicht gerettet sei und Aufregungen wie diese seinen Tod bedeuten könnten. Weder war Conn in der Lage, die Tür zu öffnen, noch sich verständlich zu machen – wie ein gefährlicher Sog hatte die Bewusstlosigkeit ihn erneut erfasst und zog ihn zurück in den dunklen Abgrund des Vergessens.

Nur für einen kurzen Augenblick schien sie ihn noch einmal loszulassen, als jemand in das Hospital stürmte und lauthals etwas rief, das Conn zunächst nicht verstand. Gleichzeitig konnte er hören, wie im Hintergrund die Glocken der Kathedrale zu läuten begannen, klar und hell wie ein Frühlingsmorgen.

Mühsam hob Conn die Lider und sah, wie Baldric sich bekreuzigte.

Dann sank er zurück in jenes dunkle Labyrinth, dem er eben erst entkommen war.

7.

Feldlager vor Antiochia
Nacht zum 28. Juni 1098

Es war still geworden im Zelt Kur-Baghas.

Von seinem breiten Sitz aus Kamelfell schaute der Atabeg von Mossul auf die beiden Männer herab, die vor ihm standen. Obschon sich beide mühten, einen würdevollen Eindruck zu bieten, waren ihnen die Entbehrungen anzusehen, die sie erlebt hatten; beider Züge waren ausgemergelt, ihre Haut trotz der Sommersonne totenbleich. Auch ihre Kleidung hatte merklich gelitten und war verschmutzt und zerrissen. Hätte Kur-Bagha es nicht besser gewusst, hätte er geglaubt, es mit zwei Bettlern aus den dunkelsten Gassen von Mossul zu tun zu haben. Was hingegen vor ihm stand, war die offizielle Gesandtschaft, die die Kreuzfahrer ihm geschickt hatten.

»Wie sagtet Ihr, war Euer Name?«, erkundigte sich der Atabeg, seinen Spott kaum verhehlend.

»Herluin, Herr«, entgegnete der kleinere der beiden, der Arabisch und sogar ein wenig Persisch sprach.

»Gut, Herluin.« Kur-Bagha nickte großmütig. »Dann sag deinem Herrn, dass ich über seinen Vorschlag nachgedacht habe.«

Der Franke wandte sich an den anderen Gesandten, der von großer Statur war und dessen blondes Haar ihn wie einen bunten Hund unter den Emiren und Unterführern hervorstechen ließ, die der bizarren Zusammenkunft beiwohnten. Die

Übersetzung schien den Blonden noch ein wenig blasser werden zu lassen. Er sprach einige Worte, die Herluin wiederum ins Arabische brachte: »Mein Herr Peter von Amiens dankt dem Wächter von Mossul für seine Offenheit und ist begierig darauf, den Ausgang seiner Entscheidung zu erfahren.«

»Das glaube ich gern. Ihr schlagt vor, dass, um Blutvergießen auf beiden Seiten zu vermeiden, die besten Kämpfer beider Heere in einem Duell aufeinandertreffen und so darüber entscheiden sollen, wem Antiochia für alle Zeit gehört.«

»So ist es«, bestätigte Herluin.

»Und Ihr glaubt, dass ich auf ein solches Angebot eingehe? Auf das Angebot eines Gegners, der schon halb besiegt am Boden liegt?«

Herluin übersetzte, worauf sich ein bekümmerter Ausdruck über Peter von Amiens' blasse Züge legte.

»Sagt Euren Führern Folgendes«, fuhr Kur-Bagha fort und beugte sich auf seinem Sitz drohend nach vorn. »Ich weiß, was sie mit ihrem Angebot bezwecken – und ich werde keinesfalls darauf eingehen. Dafür hört nun mein Angebot, Peter von Amiens: Ich, Kur-Bagha, Statthalter des Sultans und Wächter von Mossul, verspreche den Kämpfern des Kreuzes freies Geleit, wenn sie die Waffen strecken und Antiochia verlassen. Andernfalls werde ich sie mit der Übermacht meiner Krieger zerschmettern und nicht einen von ihnen am Leben lassen. Habt Ihr das verstanden?«

Herluin übersetzte, und es bereitete dem Atabeg sichtliches Vergnügen zu beobachten, was seine Worte im Gesicht des fränkischen Unterhändlers anrichteten. Peter von Amiens knirschte nervös mit den Zähnen, und sein Blick flackerte gehetzt. Wie es hieß, hatte er vor einiger Zeit bereits einmal versucht, sich nächtens davonzuschleichen, indem er sich von den Mauern Antiochias abseilte. Man hatte ihn jedoch wieder eingefangen, und die Gesandtschaft in Kur-Baghas Lager war ganz offenbar seine Bestrafung.

»Und richtet Euren Fürsten aus«, fügte der Atabeg genüsslich hinzu, »dass ich die Übergabe der Stadt nur aus der Hand eines ihrer Anführer entgegennehme – und nicht aus der eines Feiglings, der zu seiner Pflicht gezwungen werden muss.«

Auch diese Worte verfehlten ihre Wirkung nicht, Peter von Amiens zuckte wie unter Peitschenhieben.

»Und nun geht und bestellt Euren Anführern, was ich gesagt habe. Bis zum Morgengrauen gebe ich ihnen Bedenkzeit. Danach werden sie für ihre Dummheit mit dem Leben bezahlen.«

Herluin übersetzte auch noch diese Worte, dann wandten sein Herr und er sich ab und verließen das große Zelt. Schweigen breitete sich aus, nachdem sie gegangen waren. Der erste, der die Sprache wiederfand, war Suqman von Diyarbakir.

»Denkt Ihr, diese Entscheidung war klug, großer Kur-Bagha?«, fragte er vorsichtig. »Ein Kampf der Besten hätte diesen Konflikt rasch und unter geringen Opfern entscheiden können.«

»Was fürchtet Ihr, Suqman?«, erwiderte der Atabeg mit beißendem Spott. »Dass Ihr in der Schlacht selbst den Tod finden könntet?«

»Darum geht es nicht. Aber wir alle wissen, dass man die Franken nicht unterschätzen darf. Sultan Kilidj Arslan musste dies erfahren und auch Emir Duqaq, den wir alle als ebenso tapferen wie klugen Führer anerkennen«, fügte er mit einem Seitenblick auf den Herrn von Damaskus hinzu, der sich mit einem Nicken für das Lob erkenntlich zeigte. »Wir hätten die Herausforderung immerhin annehmen können. Wäre uns im Duell der Besten kein Sieg beschieden gewesen, hätten wir das Heer noch immer zu den Waffen rufen können.«

»Und unser Wort brechen? Durch Verrat einen Sieg erringen, den wir bereits in den Händen halten?«

»Bedenkt, dass die Stärke unserer Truppen nicht ausreicht, um Antiochia im Sturm zu nehmen«, wandte der Emir von Membidj ein, worauf dessen erbitterter Rivale Janah al-Dawlas in lautes Gelächter verfiel und wieder auf seinen alten Plan zu sprechen kam, die Westmauer anzugreifen und über das

Brückentor in die Stadt einzudringen. Auch Suqman beteiligte sich lautstark an dem neuerlichen Meinungswechsel, unterstützt von Duqaq und seinen Verbündeten aus Hama, die über die meiste Erfahrung im Kampf mit den Kreuzfahrern verfügten.

Kur-Bagha hörte sich den Streit der Emire eine Weile lang an. »Ihr seid Narren, alle zusammen«, sagte er dann. »Warum wollt ihr euch mit Gewalt etwas nehmen, was euch bereits gehört? Ich habe es euch schon einmal gesagt, und ich sage es wieder: Wir brauchen nur abzuwarten, und die Christen werden sich von ganz allein ans Messer liefern. Habt ihr die Augen dieser beiden Franken gesehen? Habt ihr gesehen, wie müde sie sind? Wie viel Furcht und Verzagtheit darin liegen?« Der Atabeg schüttelte das von dem großen Turban gekrönte Haupt. »Nein, meine Freunde, wir müssen uns nicht in die Höhle des Löwen begeben, um ihm seine Beute zu entreißen. Ich habe euch vorausgesagt, dass er sein Versteck freiwillig verlassen wird – und nun endlich ist es so weit.«

»Wie das?«, fragte Suqman skeptisch.

»Die beiden, die hier gewesen sind, werden ihren Fürsten berichten, was ich ihnen aufgegeben habe, und natürlich werden ihre Anführer daraufhin der Überzeugung sein, dass unser Angriff kurz bevorsteht. Und da sie wissen, dass sie uns an Zahl und Kräften weit unterlegen sind...«

»... werden sie alles unternehmen, um uns von den Toren und Mauern fernzuhalten«, vervollständigte Janah al-Dawlas die Überlegung des Atabegs. »Sie werden einen Ausfall unternehmen, und zwar mit allem, was ihnen noch zur Verfügung steht.«

»Und wir werden sie erwarten«, bestätigte Kur-Bagha nickend. »Natürlich werden diese Narren nicht ahnen, dass ich ihren Angriff vorausgesehen habe, und so werden sie geradewegs in die Falle laufen. Zuerst in den Pfeilhagel unserer Bogenschützen. Dann in die Masse unseres Fußvolks. Zuletzt werden unsere gepanzerten Reiter ihre Reste hinwegfegen und in die Stadt eindringen – und dann wird Antiochia wieder uns gehören.«

»Und das habt Ihr bezweckt, indem Ihr die Gesandtschaft der Christen abgewiesen habt?«, fragte Suqman von Diyarbakir.

»Das und nichts anderes.«

»Fürwahr ein guter Plan«, kam Suqman nicht umhin zuzugeben, und selbst Duqaq, der sich zuletzt immer wieder mit Kur-Bagha überworfen hatte, weil dieser die Nähe seines Bruders Ridwan suchte, konnte nur beipflichten.

»Im Morgengrauen«, erklärte der Atabeg siegesgewiss, »werde ich euch zeigen, wie man mit diesen Kreuzfahrern verfährt. Die Franken werden eine blutige Niederlage erleiden und ein für alle Mal ihre frevlerischen Hände von unserem Boden lassen.«

Beifall wurde laut. Nicht nur die Emire, auch die Unterführer bekundeten lautstark ihre Zustimmung zu diesem vollendeten Plan. Einzig Bahram al-Armeni, der die Beratung schweigend verfolgt, sich jedoch nicht daran beteiligt hatte, stimmte nicht in den Jubel ein, was den anderen Offizieren nicht verborgen blieb.

»Was ist los, Armenier?«, fragte ihn ein Araber aus Kur-Baghas Reihen. »Gefällt dir der Gedanke nicht, dass deine Glaubensbrüder niedergemetzelt werden sollen? Hast du am Plan des Atabegs etwas auszusetzen?«

Bahram biss sich auf die Lippen. Zu gerne hätte er den Einwurf übergangen und seine Aufmerksamkeit wieder dem Atabeg zugewandt – doch wie er feststellen musste, verhielt es sich genau umgekehrt. Der Araber war nicht der Einzige, der eine Antwort wollte, auch die anderen Offiziere schauten ihn fragend an, und ihre Wissbegier griff auch auf die Emire und Fürsten über. Es wurde still im Zelt. Eine Gasse bildete sich zwischen Bahram, der sich bewusst im Hintergrund gehalten hatte, und dem auf seinem eindrucksvollen Kamelsitz thronenden Kur-Bagha.

»Was sagst du zu meinem Plan, Armenier?«, erkundigte

sich der Atabeg in einem Tonfall, der klar erkennen ließ, dass er die Zustimmung eines einfachen Offiziers weder wollte noch brauchte. »Findet er in deinen Augen Gefallen?«

Bahram überlegte einen Moment. Natürlich hätte er lügen können, aber das war nicht seine Art, zumal die Erfahrung ihn gelehrt hatte, dass sich die Wahrheit nicht lange verbergen ließ. Nicht einmal die Sterne waren dazu fähig. »Es steht mir nicht zu, Euren Entschluss in Frage zu stellen, Herr«, sagte er deshalb vorsichtig und verbeugte sich tief, »dennoch hege ich Zweifel.«

»Welcher Art?«

»Nicht was Euch, die Klugheit Eurer Unterführer oder die Stärke unserer Truppen betrifft, jedoch was den Zustand der Kreuzfahrer anbelangt.«

»Was willst du damit sagen?« Ein lauerndes Lächeln spielte um den Mund des Atabegs. Die Einwürfe schienen ihn eher zu amüsieren, als dass sie seine Besorgnis erregt hätten.

»Nun, zweifellos habt Ihr recht, wenn Ihr sagt, dass die Franken geschwächt sind und vor Hunger und Entbehrung halb dem Wahnsinn verfallen.«

»Dem Wahnsinn verfallen trifft es durchaus«, bekräftigte Kur-Bagha. »Entlang der Südmauer wurden Knochen von Menschen gefunden, an denen noch Fetzen gekochten Fleisches hingen. Ich brauchte dir wohl nicht zu erklären, was das heißt, Armenier.«

»Nein, Herr, das müsst Ihr nicht«, versicherte Bahram, schaudernd über das Ausmaß der Barbarei. »Aber bei allem Wahnsinn, der sie befallen haben mag, glaube ich dennoch nicht, dass wir mit den Franken leichtes Spiel haben werden. Selbst dann nicht, wenn es uns gelingt, sie aus den schützenden Mauern aufs freie Feld zu locken.«

»Tatsächlich?« Der Herr von Mossul musterte ihn mit einem Blick, der nicht nur Geringschätzung, sondern auch ein wenig Neugier enthielt. »Und was bringt dich auf diesen Gedanken, Armenier?«

»Glocken«, erwiderte Bahram zur allgemeinen Verblüffung.

Nicht nur Kur-Bagha, auch seine Unterführer schauten ihn an, als hätte er den Verstand verloren. »Seit nunmehr fast zwei Wochen werden sie jeden Tag zur selben Stunde geläutet.«

»Und?«, fragte Emir Duqaq. »Läuten die Christen ihre Glocken nicht unentwegt?« Er lachte auf, und zumindest seine Parteigänger stimmten in das Gelächter ein.

»Es war Euer Vorschlag, dass ich den Feind aus der Sicht meines Glaubens bewerten soll, Herr, nicht der meine.«

Nun waren es Duqaqs Rivalen, die lachten. Die Gesichtszüge des Fürsten von Damaskus verfärbten sich dunkel, und er rollte wütend mit den Augen – dazu, seinem Unwillen Luft zu machen, kam er jedoch nicht, denn zumindest Kur-Baghas Interesse war geweckt.

»Erklär mir das genauer, Armenier«, verlangte der Feldherr des Sultans. »Was hat es mit den Glocken auf sich?«

»Nach christlichem Verständnis sind sie eine Verbindung zwischen Gott und den Menschen. Sie rufen zur heiligen Messe in die Kirchen und werden zu den Hochfesten geläutet, um den Lobpreis des Herrn zu verkünden; sie warnen die Menschen vor drohendem Unheil, aber sie drücken auch Dank aus, wenn den Gläubigen besonderes Heil widerfahren ist.«

»Und du denkst, das könnte hier der Fall sein?«

»Es wäre möglich«, gab Bahram zu und blickte unsicher in Duqaqs Richtung. Er hatte seinem Fürsten schon vor einigen Tagen von seiner Beobachtung berichtet, doch dieser hatte nichts davon wissen wollen. Anders als Kur-Bagha, dessen zu Schlitzen verengte Augen kritisch zwischen Bahram und dem Emir von Damaskus pendelten.

»Was soll das heißen, Duqaq? Habt Ihr mir etwas verschwiegen?«

»Nichts, das von Interesse wäre, großer Kur-Bagha«, versicherte Duqaq in seltener Unterwürfigkeit. »Es handelt sich lediglich um eine alte Geschichte, eine Legende von einer Wunderwaffe, der die Christen in ihrem Aberglauben magische Bedeutung beimessen.«

»Eine Wunderwaffe?« Kur-Bagha horchte auf. »Ihr meint, wie das Griechische Feuer?«

»Nein«, widersprach Bahram kopfschüttelnd. »Die Waffe, die ich meine, ist von gänzlich anderer Art. Als Jesus Christus, den wir als den Erlöser verehren, gekreuzigt wurde, da stieß ein römischer Hauptmann einen Speer in seine Seite, um zu prüfen, ob er schon tot sei. Dieser Waffe, die in der gesamten Christenheit als die »Heilige Lanze« bekannt ist, wird große Macht zugeschrieben – und wie gerüchteweise zu hören ist, wurde sie vor etwas mehr als zehn Tagen in der Kathedrale von Antiochia gefunden. Etwa zu diesem Zeitpunkt begann das Läuten der Glocken.«

Wieder war es im Zelt still geworden. Aller Augen waren zunächst auf Bahram, dann auf Kur-Bagha gerichtet.

»Und an so etwas glaubst du?«, fragte der Atabeg. »Wie soll eine einzelne Waffe, noch dazu, wenn sie so alt ist, den Kampf zweier Heere beeinflussen?«

»Was ich glaube, ist nicht von Bedeutung, Herr«, antwortete Bahram. »Wichtig ist nur das, woran die Kreuzfahrer glauben. Sollte sich der Speer tatsächlich in ihrem Besitz befinden, so werden sie ihn fraglos im Kampf vorantragen, und er wird ihnen neuen Mut machen.«

»Neuen Mut vielleicht, aber weder wird er ihre Mägen füllen noch...«

Plötzlich war außerhalb des Zeltes ein dumpfer Knall zu hören, gefolgt von entsetzten Schreien.

»Was beim Propheten...?«

Kur-Bagha sprang auf, seiner Leibesfülle zum Trotz. Die Schreie wurden noch lauter, und durch die Außenwände des Zeltes war flackernder Lichtschein wahrzunehmen.

»Feuer! Feuer!«, schrie jemand – im nächsten Augenblick drängten alle hinaus, Statthalter wie Offiziere, Fürsten wie Gemeine, Turkmenen wie Araber, Syrer wie Perser. Bahram, der weit hinten gestanden hatte, gehörte zu den Ersten, die ins Freie gelangten.

Der Anblick, der sich ihnen bot, war erschreckend.

Inmitten des Lagers war Feuer ausgebrochen, dessen Flammen lichterloh zum nächtlichen Himmel schlugen. Gleich mehrere Zelte hatten Feuer gefangen, jedoch nicht nacheinander, sondern gleichzeitig, so als hätte eine riesige Flamme sie entzündet.

Sofort musste Bahram an das Griechische Feuer denken, die wohl schrecklichste Waffe, die die Kämpfer des Sultans ihr Eigen nannten und deren Flammen sich nicht mit Wasser löschen ließen. Doch der charakteristische Geruch von Petroleum und Schwefel fehlte, was bedeutete, dass der Brand auf andere Weise entstanden sein musste.

»Was ist hier los?«, brüllte Kur-Bagha außer sich vor Wut und Entsetzen, während er fassungslos auf die Flammen starrte, die in einiger Entfernung tobten, sich jedoch auf das gesamte Lager auszubreiten drohten. Von allen Seiten eilten Männer herbei, die der so plötzlich ausgebrochenen Feuersbrunst Einhalt zu gebieten suchten.

»Das Feuer kam vom Himmel, Herr, vom Himmel!«, schrie ein entsetzter Mann, der Duqaqs Bürgerwehr angehörte, Gesicht und Tunika waren rußgeschwärzt. »Die Sterne fallen auf uns herab!«

Kur-Bagha verfiel in Gebrüll, viele Offiziere und sogar einige Emire warfen sich erschrocken in den Staub – und auch Bahram wurde von eisigem Entsetzen gepackt.

Ein Stern war vom Himmel gefallen.

Unwillkürlich musste der Armenier an das denken, was sein alter Freund Ibn Khallik ihm einst geweissagt hatte, in jener sternklaren Winternacht, die so unendlich lange zurückzuliegen schien.

Vom Untergang eines Reiches und der Entstehung eines neuen hatte der Sterndeuter gesprochen – und plötzlich ergaben die Worte einen Sinn. Tiefe Sorge um die orientalische Welt befiel Bahram, denn der Himmel selbst, so schien es, hatte sich gegen sie gewandt.

8.

Antiochia
29. Juni 1098

Das Lärmen der Kriegshörner, das wilde Kampfgebrüll, der donnernde Hufschlag der Pferde, das Geklirr der Waffen und die verzweifelten Schreie der Verwundeten – all das war aus weiter Ferne an Conns Lager gedrungen, doch die Mauern der Ohnmacht hatte es nicht zu überwinden vermocht. Dennoch hatte Conn das Gefühl, dass sich bedeutsame Dinge ereignet haben mussten, als er tags darauf aus seiner Bewusstlosigkeit erwachte. Glockengeläut war zu hören, begleitet von Gesang und immer wieder aufbrandendem Jubel.

Zu seiner Verblüffung stellte Conn fest, dass er sich nicht mehr im Hospital der Mönche befand. Panik befiel ihn für einen Moment, weil er dachte, er wäre jenen Elenden zugeschlagen worden, denen man die letzten Sakramente erteilte und die man dann zum Sterben hinausbrachte. Aber dann wurde ihm klar, dass er ganz allein war in der Kammer und man ihm ein solches Privileg ganz sicher nicht hätte zukommen lassen, wenn alle Hoffnung verloren wäre. Außerdem fühlte er sich sehr viel besser, als es beim letzten Erwachen der Fall gewesen war. Die Schmerzen hatten merklich nachgelassen, auch das Fieber schien vorüber zu sein.

Verblüfft schaute er sich um.

Decke und Wände der Kammer waren mit dunklem Holz getäfelt. Lieblich süßer Duft erfüllte die kühle Luft, und das wenige Sonnenlicht, das durch eine hohe Fensteröffnung fiel, wurde von einem hölzernen Gitter in dünne Schäfte geschnitten. Jenseits dieser fahlen Schäfte gewahrte Conn eine große Gestalt, die auf einem hölzernen Schemel hockte.

»B-Baldric?«

Der Normanne, der offenbar eingeschlafen war, schreckte auf. Wie von einer giftigen Schlange gebissen, schoss er in die Höhe und war sofort an Conns Lager.

»Du bist erwacht«, sprach er das Offensichtliche aus.

Conn nickte nur. Sein Nacken schmerzte noch immer dabei, und sein Schädel brummte, aber er hatte nicht mehr das Gefühl, vor Pein zu vergehen, und seine Sinne und sein Verstand waren klarer als bei seinem letzten Erwachen.

»Wo bin ich?«

»Noch auf Erden, du elender angelsächsischer Dickschädel!« Baldrics verbliebenes Auge weitete sich. »Dein Starrsinn hat dich beinahe das Leben gekostet. Hast du Spaß daran, einen armen alten Sünder wie mich zu quälen?«

»Verzeih«, flüsterte Conn, der zu sehen glaubte, wie es im Auge seines Adoptivvaters feucht blitzte.

»Du bist im Viertel der Juden, Junge«, fuhr Baldric fort. »Auf Chayas Wunsch haben wir dich hierhergebracht, sobald wir nicht mehr fürchten mussten, dass sich deine Wunde unterwegs wieder öffnet. Zum einen war sie der Meinung, dass sie dich hier besser behandeln könnte. Zum anderen«, fügte er leiser hinzu, »wollten die Mönche ihr nicht erlauben, ihre Heilkunst anzuwenden.«

Chaya.

Conn erinnerte sich, dass sie an seinem Lager gewesen war. Sie hatten miteinander gesprochen, und sie hatte ihm von ihrem Kind erzählt, von seinem Sohn ...

»Wo ist sie?«

»Ein paar Besorgungen machen. Bertrand ist bei ihr, also mach dir keine Sorgen.«

Conn nickte, einstweilen beruhigt.

»Geht es dir besser?«

»Ich denke schon.«

»Das hast du ihr zu verdanken. Chaya hat alles getan, um dich zu retten. Du verdankst ihr dein Leben.«

»Wie lange war ich …?«

»Zwei Wochen«, lautete die erschütternde Antwort. »Zwei Wochen, in denen wir nicht wussten, ob du dich jemals wieder von diesem Lager erheben würdest. Wäre Chaya nicht gewesen, hätten der Blutverlust und das Wundfieber dich dahingerafft wie so viele andere.« Baldric schloss für einen Moment die Augen, und Conn erinnerte sich dunkel, was ihm bei seinem letzten Erwachen berichtet worden war – von Heerscharen muselmanischer Krieger, die vor den Toren Antiochias lagerten und bereit waren zum Sturm.

»Was ist geschehen?«, wollte er wissen.

Sein Adoptivvater betrachtete ihn prüfend, so als müsste er abwägen, ob Conn für die Neuigkeiten schon bereit war. »Wir haben gekämpft, und Gott war auf unserer Seite.«

»Wir … wir haben gesiegt?«

Baldric schüttelte den Kopf. »Nicht wir, Junge. Der Allmächtige selbst war es, der den Feind vor unseren Toren vertrieben hat. Zuerst, indem er uns die Heilige Lanze sandte.«

»Die Heilige Lanze?«

»Die heilige Reliquie vom Berge Golgatha. Den Spieß, den der römische Hauptmann in die Seite des Erlösers stieß. Man fand ihn in der Kathedrale, als die Verzweiflung am größten war. Doch das ist noch nicht alles. Denn der Herr half uns auch, indem er die Sterne vom Himmel fallen und auf das Lager des Feindes stürzen ließ. Von diesem Zeitpunkt an wussten wir, dass der Herr auf unserer Seite war, all unseren Verfehlungen zum Trotz. Und als auch noch die himmlischen Heerscharen in den Kampf eingriffen, war die Schlacht entschieden.«

»Himmlische Heerscharen?« Conn richtete sich halb auf seinem Lager auf, und anders als zuvor gelang es ihm, sich erhoben zu halten, indem er sich auf seine Ellbogen stützte. »Was ist passiert?«

Baldric wippte nachdenklich auf seinem Schemel vor und zurück. Offenbar hatte er die jüngsten Ereignisse selbst noch nicht verarbeitet. Ehrfurcht stand in seinem narbigen Gesicht zu lesen, in seinem Auge lag ein Lodern, das Conn lange nicht mehr darin gesehen hatte.

»Am frühen Morgen des gestrigen Tages«, begann der Normanne seinen Bericht mit vor Erregung bebender Stimme, »durchschritt ein Großteil unserer Streiter das Brückentor, um sich dem Feind ein letztes Mal zu stellen. Uns allen war klar, dass diese Schlacht über unser aller Wohl oder Untergang entscheiden würde, also boten wir alles auf, was wir hatten. Die letzten Rationen an Proviant wurden ausgegeben, und die wenigen Pferde, die wir noch hatten, bekamen das letzte Getreide zu fressen. Dann zogen wir in die Schlacht. Godefroy de Bouillon und unser Herzog Robert ritten an der Spitze, Normannen und Lothringer folgten ihnen wie ein Mann. Unsere italischen Waffenbrüder wurden von Herrn Bohemund angeführt, die Provenzalen schließlich ritten unter dem Banner des Bischofs von Le Puy. Wir alle, die wir halb verhungert waren, wussten, dass niemand von uns überleben würde, wenn die Schlacht verloren ginge, also flehten wir um göttlichen Beistand. Dem Heer voran schritten die Mönche, die weiße Büßergewänder angelegt hatten und Choräle anstimmten, während oben auf den Zinnen die Priester für uns beteten und als Opfergabe Weihrauch zum Himmel steigen ließen. Dem Heer voraus jedoch wurde jene Waffe getragen, die uns der Herr selbst offenbart hatte: die Heilige Lanze! Jahrhunderte lang war sie verschollen, im Augenblick der größten Not jedoch kehrte sie in die Obhut der Christenheit zurück, um uns neue Kraft zu geben.«

»Wann ist das gewesen?«

»Kurz vor der entscheidenden Schlacht. An dem Tag, an dem du das letzte Mal aus deiner Ohnmacht erwacht bist.«

Conn nickte. Er glaubte sich zu erinnern.

Hatte er nicht Glockengeläut gehört und aufgeregtes Geschrei?

Hatte er nicht gesehen, wie Baldric sich bekreuzigte?

»Was ist dann passiert?«, wollte er weiter wissen.

»Wir erwarteten, dass die Sarazenen uns angreifen würden, sobald wir das freie Feld erreichten, aber das taten sie nicht. Ihrem Anführer Kur-Bagha ging es wohl darum, uns alle aus der Stadt zu locken und auf einen Streich zu vernichten. Wir zogen also mutig weiter, auch dann, als der Feind seine Pfeile auf uns niederprasseln ließ, und so erreichten wir seine Reihen. Viele von ihnen wurden erschlagen, aber zur Schlacht kam es dennoch nicht, denn die Muselmanen zogen sich zurück – ob aus Feigheit oder weil es ihrem Plan entsprach, kann ich nicht beurteilen. Aber in dem Moment, da wir ihre Verfolgung aufnahmen, erschienen auf der Kuppe eines Hügels Ritter in strahlenden Rüstungen, deren Banner und Pferde so rein und weiß waren wie Schnee. Kein anderer als der Heilige Georg, der den heidnischen Drachen erschlug, führte sie an – und in diesem Augenblick, mein Junge, wussten wir, dass die Schlacht gewonnen war.«

Conn schaute seinem Adoptivvater prüfend ins Gesicht. Es fiel ihm schwer zu glauben, dass der Allmächtige selbst seine Streiter in die Schlacht um Antiochia geschickt haben sollte. Aber er konnte sehen, dass der sonst so bodenständige Baldric nicht den geringsten Zweifel daran hegte. »Was ist weiter geschehen?«

»Die Muselmanen ergriffen die Flucht«, fuhr Baldric fort, vor dessen fiebrig glänzendem Auge die Schlacht noch einmal stattzufinden schien. »Wir jagten hinter ihnen her und erschlugen so viele, wie wir konnten – auch als sie versuchten, das Gras des Wadi in Brand zu setzen. Wir folgten ihnen zu ihrem Lager und plünderten es. Tausende von Heiden fanden den Tod, und am Ende ergab sich selbst die Besatzung der Zitadelle, die Graf Raymond mit nur wenigen hundert Kämpfern in Schach gehalten hatte. Der Sieg war vollkommen, und die Freude darüber dauert bis heute an. Aus diesem Grund läuten die Glocken, und in den Kirchen werden ohne Unterlass Dankmessen gehalten. Das alles jedoch würde mir wohl nichts bedeuten, wärst du nicht mehr aus dem Fieber erwacht«, fügte der Normanne hinzu, und die Tränen, die ihm in den Augenwinkel traten, schienen die Glut darin zu löschen. »Der Herr hat alle meine Gebete erhört, und dafür danke ich ihm.«

»Und ich danke dir«, entgegnete Conn. »Und ich bitte dich um Verzeihung dafür, dass ich nicht auf deinen Rat gehört habe.«

»Nein, Junge.« Baldric schüttelte das ergraute Haupt. »Ich bin es, der um Verzeihung zu bitten hat, denn ich wollte dich nicht verstehen. Mir war nicht klar, was du an der Jüdin findest.«

»Und nun weißt du es?«

»Ich verstehe nicht viel von solchen Dingen. Ein Weib habe ich nie gehabt, und mein Zuhause ist stets das Schlachtfeld gewesen. Aber ich habe gesehen, wie Chaya sich um dich gekümmert hat, ohne Zögern und ohne Rücksicht auf sich selbst. Nacht für Nacht sah ich sie an deinem Lager sitzen, und da wurde mir klar, was ich für ein Narr gewesen bin. Du konntest in jener Nacht nicht anders, als zu ihr zu gehen und sie mit deinem Leben zu beschützen, das weiß ich jetzt.«

»Und ich weiß, dass ich mir niemals einen besseren Vater hätte wünschen können als dich.«

Baldric schien etwas erwidern zu wollen. Die Unterlippe des alten Recken bebte, und sein verbliebenes Auge schwamm in Tränen, während er nach passenden Worten suchte – als der Vorhang der Kammer zurückgeschlagen wurde und eine schlanke Gestalt in einem fließenden Kleid erschien.

Obwohl Conn zunächst nur ihre Silhouette erkennen konnte, wusste er, dass es Chaya war. In ihrer Anwesenheit schien sich sein Befinden noch ein Stück zu bessern, und er richtete sich weiter auf, ein dankbares Lächeln im Gesicht. Chaya trat ein, dicht gefolgt von Bertrand, der in der Schlacht am Tag zuvor einige Schrammen davongetragen hatte.

»Sieh an, wer aus dem Totenreich zurückgekehrt ist!«, rief er aus. »Wenn das nicht unser starrsinniger Angelsachse ist! Leider bist du einen Tag zu spät dran, um bei unserem großen Sieg dabei zu sein. Was war los? Du wolltest dich doch nicht etwa drücken?«

Conn nahm dem Freund die Worte nicht übel – die Erleichterung in Bertrands Stimme überwog den Spott bei Weitem. Eine Antwort blieb er dennoch schuldig, denn seine ganze Aufmerksamkeit galt Chaya, die wie eine Erscheinung am Fußende seines Lagers stand, den Blick ihrer dunklen Augen auf ihn gerichtet.

»Ich denke, wir sollten gehen«, meinte Baldric, und noch ehe Bertrand widersprechen konnte, hatte der Ältere ihn bereits am Kragen gepackt und nach draußen gezerrt, sodass Conn und Chaya allein waren.

»Bitte«, sagte er. »Setz dich zu mir.«

Wortlos leistete sie der Aufforderung Folge und setzte sich auf Baldrics frei gewordenen Schemel. Conn konnte sich nicht sattsehen an ihrer zarten Gestalt, die von dem schlichten hellen Kleid umflossen wurde und ihm der Inbegriff von Licht und Leben schien.

»Du musst dich noch schonen.« Der weiche Klang ihrer Stimme war vertraut und beruhigend zugleich. »Ich konnte die Wunde schließen, und mithilfe einer Arznei, die mir einst ein Arzt aus Alexandria gab, konnte ich das Fieber beseitigen. Aber die Verwundung reichte tief, und ich bin mir nicht sicher, ob ...«

»Es geht mir gut. Und das verdanke ich nur dir.«

»Du hast auch mein Leben gerettet in jener Nacht«, erwiderte sie mit einer Distanz, die ihn überraschte. »Es war nur recht.«

»Nur recht? Nur deshalb hast du es getan? Weil es recht gewesen ist? Weil du das Gefühl hattest, mir etwas schuldig zu sein?«

»Warum sonst?«, fragte sie kühl.

»Weil du mich liebst«, erwiderte er leise. »Und weil ich der Vater deines Kindes bin.«

»Conn...«

»Du willst es nicht eingestehen?«, fuhr er fort, als sie zögerte. »Schön, dann werde ich es tun. Ich liebe dich, Chaya, schon seit unserer ersten Begegnung. Du hast mich dazu gebracht, den Schmerz hinter mir zu lassen, und mir neue Hoffnung gegeben.«

»Hoffnung? Worauf?« Sie schüttelte den Kopf. »Du bist ein Träumer, Conn, der eben erst aus seinem Schlaf erwacht ist. Du weißt noch nicht, wie sich die Welt in den letzten Tagen verändert hat.«

»Ich weiß es, und ich weiß auch, warum du dir deine Gefühle nicht eingestehen willst. Was auch immer Caleb dir über mich erzählt hat, du darfst ihm nicht glauben, Chaya. Ich habe das Buch deines Vaters nicht an mich genommen, hörst du? Wenn es das ist, was uns voneinander trennt...«

»Du glaubst, das wäre alles, was uns trennt?« Ihr Lachen war so freudlos, dass es ihn verletzte. Zynismus passte nicht zu ihr. »Um die Wahrheit zu sagen, ist es mir gleichgültig, wer das Buch an sich genommen hat. Es existiert nicht mehr, und mit ihm ist auch sein Geheimnis verloren gegangen. Vielleicht ist das auch besser so. Die Menschen würden es doch nur nutzen, um einander immer neuen Schaden zuzufügen. Nach allem, was sich am gestrigen Tag ereignet hat, ist mir das endlich klar geworden.«

»Was meinst du?«, fragte Conn, der ihren Gedanken nicht zu folgen vermochte. »Den Sieg der Kreuzfahrer?«

»Was du einen Sieg nennst und was für deinesgleichen ein Triumph sein mag, ist für uns Juden eine Tragödie ohnegleichen. Die Welt, wie wir sie kannten, existiert nicht mehr. Über Jahrhunderte hinweg hat uns das Morgenland eine sichere Zuflucht gewährt, aber sie existiert nicht mehr. Derselbe Hass, der meinen Vater und mich aus der alten Heimat vertrieb, ist nun auch hierher vorgedrungen und wird sich immer weiter ausbreiten. Noch vor einigen Wochen erschien es undenkbar, dass eure Streiter jemals bis nach Jerusalem vordringen könnten, aber nun hat sich alles geändert, und das macht mir Angst, Conn.«

»Es macht dir Angst?«, fragte Conn nicht ohne Vorwurf. »Wäre es dir denn lieber gewesen, die Muselmanen hätten uns überrannt und bis auf den letzten Mann getötet?«

Chaya blieb eine Antwort schuldig, aber ihrem Mienenspiel war der Zwiespalt zu entnehmen, in den seine Frage sie stürzte. Conn biss sich auf die Lippen und schalt sich einen Narren. Was für eine Antwort hatte er denn erwartet? Dass sie sich um sein Wohlergehen sorgte, hatte sie bewiesen, indem sie an seinem Lager gewacht und ihn den Klauen des Todes entrissen hatte – aber weshalb sollte sie sich um das Leben von Kämpfern scheren, deren erklärtes Ziel es war, all jene, die aus ihrer Sicht den falschen Glauben hatten, mit Feuer und Schwert aus Palästina zu vertreiben?

Die Situation hatte etwas unfreiwillig Komisches. Sein Leben lang war Conn auf der Seite der Schwachen gewesen, hatte er mit jenen gefühlt, die unterdrückt und verfolgt wurden – doch in diesem Augenblick ertappte er sich dabei, dass er sich selbst zu den Siegern zählte und nicht zu jenen, die geschlagen worden waren. Ein Teil von ihm, so erkannte er erschrocken, war zum Normannen geworden.

»Chaya, bitte verzeih. Ich weiß selbst nicht, was in mich gefahren ist.«

»Aber ich weiß es«, entgegnete sie, und die Sanftheit in ihrer Stimme traf ihn härter, als es jeder offene Vorwurf getan hätte. »Du bist, was du bist, Conwulf, und ich bin, was ich bin. Die Gräben zwischen unseren Völkern sind tiefer als je zuvor. So viel Blut ist geflossen, so viel Unrecht ist geschehen, und es geht immer noch weiter, denn Gewalt bringt nur immer neue Gewalt hervor. Ein Christ und eine Jüdin können nicht zueinander finden.«

»Aber es ist bereits geschehen. Denk an das Kind, Chaya. An unser Kind. Das Kind einer Jüdin und eines Christen.«

»Und? Welche Zukunft hätte ein solches Kind, wenn doch beide Seiten in ihm nichts als einen Bastard sähen?«

»Das ist nicht wahr«, widersprach Conn, aber es klang hilflos.

Chaya holte tief Luft. Was sie zu sagen im Begriff war, fiel ihr nicht leicht. »Das Kind, von dem du sprichst, gibt es nicht, Conwulf.«

»Was?«

»Es ist wahr, dass ich einen Sohn zur Welt gebracht habe – aber sein Vater ist Caleb Ben Ezra, ein ebenso frommes wie geachtetes Mitglied der jüdischen Gemeinde von Antiochia.«

»Was ... was redest du? Ich bin der Vater des Kindes, das hast du selbst ...«

»Caleb«, widersprach sie mit bebender Stimme und nur mühsam zurückgehaltenen Tränen, »ist der einzige Vater, den der Junge jemals kennenlernen wird. So ist es am besten für ihn und für uns alle. Caleb hat um meine Hand angehalten, Conn. Ich werde ihn heiraten, und er wird gut für mich und den Jungen sorgen.«

»Nein, Chaya.« Conn schüttelte den Kopf, während er entsetzt zu ihr aufblickte. »Bitte nicht. Das darfst du nicht ...«

»Es ist das Beste«, sagte sie, wobei eine Träne über ihre Wange rann, die sie jedoch unwirsch beiseitewischte.

»Aber ich ... ich will dich nicht verlieren«, beteuerte Conn und griff nach ihrer Hand. »Dich nicht, und auch das Kind nicht.«

»Das kannst du nicht«, versicherte sie traurig, während sie sich von ihm losmachte und sich erhob. »Denn was man niemals besessen hat, kann man auch nicht verlieren.«

»Chaya, bitte warte!« Verzweifelt rang Conn nach Worten. »Wohin willst du gehen?«

»Nach Acre«, lautete die Antwort, aber nicht Chaya hatte sie gegeben, sondern Baldric, der unvermittelt wieder im Eingang aufgetaucht war und nun hinter ihr stand. »Bei der dortigen jüdischen Gemeinde werden Chaya und ihr Cousin Unterschlupf finden, ebenso wie das Kind.«

»Nein!« Conn war verzweifelt. Natürlich wusste er, dass Chaya recht hatte; dass sie in Antiochien niemals sicher sein und der Sohn eines Christen und einer Jüdin überall auf der Welt ein Ausgestoßener sein würde. Aber die Aussicht, sie gehen zu lassen und das Kind, das er noch nie gesehen hatte, in der Obhut eines anderen Mannes zu wissen, brachte ihn halb um den Verstand.

Jäh wurde ihm klar, dass es seine Liebe zu ihr gewesen war, die ihn durch die dunkelsten Fiebernächte geleitet und ihm ein Ziel vor Augen geführt hatte, für das es sich lohnte, ins Leben zurückzukehren. Und nun sollte sich all das als bloße Täuschung erweisen? Musste er sie ziehen lassen, um sie vor Schaden zu bewahren? Warum nur nahm der Herr ihm immer jene, die er liebte?

»*Shalom*, Conwulf«, hauchte sie. Dann wandte sie sich ab und wollte die Kammer verlassen.

»Chaya!« Conn wollte aufstehen, um sie am Gehen zu hindern, aber seine noch immer schwachen Beine versagten ihren Dienst. Verzweifelt wand er sich am Boden, wissend, dass er sie verlieren würde, wenn sie die Kammer verließ. Sie und das Kind ... »Ich liebe dich!«

Sie hatte den Durchgang bereits erreicht, drehte sich jedoch noch einmal um. Ihre dunklen Augen schwammen in Tränen. »Und weil das so ist«, flüsterte sie, »wirst du mich gehen lassen.«

Conn fühlte sich wie ein Krieger, dem das Schwert aus der Hand genommen wurde, zu einer Gegenwehr war er nicht mehr fähig.

Mit entsetzt geweiteten Augen schaute er zu, wie sie hinausging und verschwand, unfähig, auch nur ein Wort zu sagen. Lediglich Baldric blieb zurück, einen Ausdruck tiefen Bedauerns in den herben Zügen.

»Es tut mir leid, Sohn«, sagte er leise.

»Warum?«, fragte Conn nur, hilflos am Boden liegend.

»Weil es so am besten ist, das weißt du besser als jeder andere.«

Conn schüttelte den Kopf. »Ich will es aber nicht besser wissen. Und ich will Chaya nicht auch noch verlieren.«

»Aber genau das wird geschehen, wenn sie hierbleibt, denn die Fanatiker in unseren Reihen werden erst ruhen, wenn jeder Jude und jeder Muselmane in Antiochia entweder vertrieben oder erschlagen ist. Wenn Chaya und ihr Kind leben sollen, müssen beide die Stadt verlassen. Ich werde sie selbst nach Acre bringen, um sicherzugehen, dass sie wohlbehalten dort ankommen. Mehr kann ich leider nicht tun.«

Conn nickte. Baldrics Argumente leuchteten ihm ein, auch wenn der Schmerz überwältigend war. Er hatte keine Wahl, als Chaya und ihr Kind ziehen zu lassen, zumal er sie in seinem Zustand nicht beschützen konnte. »Willst du mir etwas versprechen?«, flüsterte er.

»Was, Sohn?«

»Versprich mir, gut auf sie aufzupassen, sie mit deinem Leben zu beschützen«, bat Conn leise.

»Das werde ich, mein Junge«, versicherte der Normanne ohne Zögern und legte die Hand auf das Kreuzsymbol auf seiner Schulter. »So wahr der Herr mir helfe.«

Berengar war in heller Aufregung.

Der Atem des Mönchs ging stockend, mit bebenden Händen blätterte er in dem Bibelkodex, den er aufgeschlagen vor sich liegen hatte, unablässig zuckten die Blicke seiner vor Anstrengung tränenden Augen zwischen den lateinischen Buchstaben und den hebräischen Schriftzeichen des Pergaments hin und her.

Obwohl der Verdacht, den er schon seit geraumer Zeit gehegt hatte, allmählich zur Gewissheit geworden war, konnte Berengar es noch immer kaum glauben. Das Geheimnis der

Schriftrolle hatte sich offenbart. Der Mönch wusste nun, wovon sie handelte, doch die Erkenntnis war so ungeheuerlich, dass sie ihm keine Befriedigung verschaffte.

Wie beim Aufstieg auf einen hohen Berg hatte sich das Ziel als schwer zugänglich und nur unter großen Mühen erreichbar herausgestellt – und nun, da er den Gipfel erreicht hatte und den Ausblick wagen wollte, musste er feststellen, dass das Tal im Nebel lag. Denn wie so häufig, wenn der Mensch nach letzter Erkenntnis strebte, ergaben sich aus dem gewonnenen Wissen neue Fragen, und eine davon war von solch zentraler Bedeutung, dass sie alle anderen weit übertraf.

Das Geheimnis des Buches, jenes aus alter Zeit stammende Vermächtnis, wurde auf den letzten Seiten ausdrücklich genannt – wozu also dienten all die Rätsel, die in den Text eingestreut und in den Krypten kabbalistischer Wortspiele verborgen waren? Wenn es nicht darum ging, den Inhalt des Buches zu verhüllen, was hüteten sie dann?

Im Schein der Öllampe dachte der Mönch fieberhaft darüber nach, verglich wieder und wieder die Textstellen des Alten Testaments mit den Verweisen der Schriftrolle – und plötzlich kam ihm eine neuerliche Vermutung, die an Kühnheit alle zuvor gehegten noch übertraf: Das Buch von Ascalon, wie die Jüdin es genannt hatte, berichtete nicht nur von Dingen, die einst gewesen waren, sondern auch von solchen, die noch immer Bestand hatten – und von solchen, die bald geschehen würden.

Es war kein bloßer Mystizismus, kein Glaubenskodex und kein Regelwerk, sondern ein verschlüsselter Plan.

Der Gedanke grenzte an Irrsinn, und fast hatte Berengar das Gefühl, sein alter Meister Ignatius stehe wieder hinter ihm und blicke ihm tadelnd über die Schulter. Aber es war die einzige Folgerung, die Sinn ergab, und plötzlich fügte sich alles zusammen.

Deshalb hatten Chaya und ihr Vater das Buch mit ihrem Leben gehütet, deshalb war vom Zusammentritt eines neuen

Judenrats die Rede, und nur deshalb schöpfte das in alle Winde zerstreute Volk Israel neue Hoffnung. Das Geheimnis existierte wirklich, und der einzige Zweck der Schriftrolle bestand darin, demjenigen, der sie zu lesen und ihre Rätsel zu deuten verstand, den rechten Weg zu weisen.

Die Erkenntnis traf Berengar wie ein Blitzschlag, und einem Fanal gleich standen ihm die hebräischen Worte vor Augen, so als hätten sie sich mit feuriger Glut in seine Sinne eingebrannt.

ARON HABRIT

9.

Steppe südwestlich von Antiochia
20. Juni 1098

Es war ein Traum.

Einem Vogel gleich breitete Bahram al-Armeni die Flügel aus und schwang sich in die Lüfte. Allen Gesetzen der Natur zum Trotz fiel er nicht zurück zum Boden, sondern schwebte in luftiger Höhe.

Die Mauern, die sein Sichtfeld eben noch begrenzt hatten, fielen unter ihm zurück, und er stieg senkrecht empor. Der Logik des Traumes folgend, wunderte er sich nicht darüber; es war ihm auf seltsame Weise selbstverständlich, wie ein Geschöpf des Himmels auf den Schwingen des Windes zu reisen und auf die Welt hinabzublicken, auf die hohen Mauern und engen Windungen, denen er nur mit knapper Not entronnen war.

Schon nach wenigen Augenblicken wusste Bahram nicht mehr zu sagen, von wo aus er zu seinem Flug aufgebrochen war. Die Mauern, die in einem rechtwinklig angeordneten System gebaut waren, ähnelten einander, sodass eine Orientierung unmöglich war. Die Wege, die sich zwischen ihnen erstreckten, endeten bald in kurzen Sackgassen, bald schienen sie ans Ziel zu führen, nur um jäh von einer weiteren Wand begrenzt zu werden, die unvermittelt auftauchte. Je höher Bahram stieg, desto mehr Mauern wurden sichtbar. Von einem Horizont zum anderen erstreckten sie sich, und ein Menschenleben hätte wohl nicht ausgereicht, um alle Wege zu begehen.

Ein endloses Labyrinth.

Der Augenblick der Erkenntnis war auch der, in dem Bahram die Augen aufschlug. Er fand sich auf kargem Boden liegend, im Schutz eines großen Felsens. Vor ihm, in einer Grube, damit es aus der Ferne nicht sofort gesehen werden konnte, flackerte ein Feuer, das er entfacht hatte, um Schlangen und Skorpione fernzuhalten. Über ihm funkelten die Sterne einer klaren Nacht, friedvoll und unergründlich, der Ereignisse ungeachtet, die sich auf Erden abgespielt hatten.

Weshalb Bahram von einem Labyrinth geträumt hatte, wusste er nicht. Vielleicht, weil es seinen eigenen Zustand in gewisser Weise spiegelte; weil er selbst nach einem Ausweg suchte und ihn nicht fand.

Die Wunde schmerzte.

Bahram hatte die Speerspitze nicht kommen sehen, die unterhalb seiner linken Hüfte das Rüstzeug durchstoßen hatte und ein Stück in den Oberschenkel gedrungen war. Er hatte nur ein heißes Brennen gefühlt und alle Hände voll damit zu tun gehabt, im Sattel zu bleiben, denn das Pferd hatte sich in wilder Panik aufgebäumt und ihn um ein Haar abgeworfen.

An den Rest erinnerte sich Bahram nur dunkel – daran, wie er die Zügel fest gefasst und mit dem Schwert wahllos um sich geschlagen hatte, in der festen Überzeugung, seinen letzten Kampf zu fechten. Er vermochte nicht zu sagen, bei wie vielen Gegnern die Klinge durch Fleisch und Knochen gedrungen war, aber es war sein Glück gewesen, dass seine *ghulam*, die sich auf Kur-Baghas Weisung hin zunächst zurückgehalten und erst vergleichsweise spät in die Schlacht eingegriffen hatten, auf eine Horde Leichtbewaffneter getroffen waren – hätte es sich um eine Schlachtreihe gepanzerter Reiter gehandelt, wäre Bahram vermutlich nicht entkommen. Er entsann sich, zusammen mit einem Unterführer namens Yussuf den Kordon der Angreifer durchbrochen zu haben. Trotz seiner Wunde und der quälenden Schmerzen hatte er versucht, die *askar* neu zu ordnen. Doch die Schlacht war bereits entschieden gewesen, die Auflösungserscheinungen in Kur-Baghas Heer zu weit vorangeschritten, als dass die Tapferkeit Einzelner die Niederlage noch hätte abwenden können.

Einer der Ersten, die sich zur Flucht wandten, war Duqaq von Damaskus gewesen, der Tatsache ungeachtet, dass noch hunderte seiner Krieger in den Kampf gegen den Feind verstrickt waren. Die Aussicht einer zweiten vernichtenden Niederlage innerhalb weniger Monate hatte Duqaqs hochfliegenden Plänen ein jähes Ende gesetzt und ihn dazu bewogen, dem Atabeg von Mossul das ohnehin nur brüchige Bündnis aufzukündigen. Und er war keineswegs allein gewesen.

Auch andere Emire, die wohl befürchteten, dass Kur-Baghas ohnehin schon beträchtliche Machtfülle noch zunehmen könnte, wenn er den Kampf um Antiochia für sich entschied, hatten ihren Kriegern im entscheidenden Moment den Rückzug befohlen – dann nämlich, als es darauf angekommen war, den feindlichen Ausfall ins Leere laufen zu lassen und den Gegner zu ermüden. Statt nur einen scheinbaren Rückzug vorzutragen und dann überraschend anzugreifen, hatten sie ihr Heil in der Flucht gesucht. Lediglich Suqman von Diyarbakir und Janah al-Dawla von Homs hatten ihre Stellungen im Norden und Westen der Stadt gehalten und auch dann noch tapfer gefochten, als andere den Kampf längst verlorengegeben hatten, allen voran Duqaq. Nicht die Unerschrockenheit der Kreuzfahrer, die nichts zu verlieren gehabt und mit dem Mut des Verzweifelten gekämpft hatten, hatte am Ende über Sieg und Niederlage entschieden, sondern der Egoismus der muslimischen Fürsten, die ihr eigenes Wohl über das des Reiches gestellt hatten.

Die Erkenntnis war ernüchternd – so sehr, dass Bahram Duqaq die Gefolgschaft verweigerte hatte. Zusammen mit einer Abteilung *ghulam* hatte er erbittert weitergekämpft, während der Fürst von Damaskus abgezogen war, flankiert von seinen vertrauten Offizieren und den Fußkämpfern der *ajnad*, die ohnehin nur zögernd bereit gewesen waren, fern ihrer Heimat einen Kampf für fremde Machthaber zu fechten. Dass die Bedrohung durch die Kreuzfahrer nicht nur Einzelne anging und man ihr nur begegnen konnte, indem man fest zusammenstand, hatte Duqaq nicht begriffen, und Bahram wusste nicht zu sagen, welche Wunde ihm größeren Schmerz bereitete – jene, die die Speerspitze hinterlassen hatte, oder die bittere Enttäuschung über die Niederlage und das ehrlose Verhalten seines Fürsten.

Über Jahrzehnte hinweg hatte er den Machthabern von Damaskus treu gedient, zumal er ihnen viel zu verdanken hatte. Duqaqs Verhalten jedoch machte es ihm unmöglich, nach Hause zurückzukehren. Zum einen, weil der Fürst fraglos nach einem Schuldigen für den Fehlschlag suchen und nicht lange brauchen würde, um ihn in seinem armenischen Unterführer auszumachen, dem Christen, dem er vertraut und der ihn verraten hatte; zum anderen, weil Bahram es nicht länger ertragen hätte, unter dem Banner eines Potentaten zu kämpfen, der seine Pflichten so sträflich missachtete.

Bahram wollte kämpfen, wollte den Widerstand gegen die Eindringlinge fortsetzen, aber ihm war bewusst, dass er das nicht in Damaskus tun konnte. Sein Ziel war Acre weit im Süden, wo viele Armenier, auch solche christlichen Glaubens, unter dem Banner des Kalifen von Kairo fochten. Seinem Heer wollte sich Bahram anschließen – Duqaq würde vermutlich glauben, dass er im Kampf gefallen sei, schließlich gab es Zeugen dafür, dass eine Speerspitze ihn ereilt hatte. Bahram war also frei – vorausgesetzt, er kehrte niemals nach Damaskus zurück.

Mit zusammengebissenen Zähnen betrachtete er die Wunde, die er mit einem Streifen seiner Tunika notdürftig verbunden hatte. Die Blutung hatte aufgehört, aber der pochende Schmerz erinnerte Bahram fortwährend an die Niederlage.

Selten zuvor hatte der Armenier einen Feind mit derartiger Verbissenheit kämpfen sehen. Der Fund der Heiligen Lanze, so schien es, hatte den Kreuzfahrern übermenschliche Kräfte verliehen. Womöglich, sagte sich Bahram, war Gott tatsächlich auf ihrer Seite gewesen, als sie an jenem Morgen in die Schlacht zogen. Die Vorstellung, dass ihr Glaube auch der seine war, hatte etwas Befremdliches und zugleich etwas, das ihn ängstigte. Denn was hatte das Morgenland, das doch an seiner Ichsucht krankte und zersplittert war bis ins Mark, jenen Kriegern entgegenzusetzen, die sich von Gott auserwählt wähnten und es womöglich auch waren?

Bahram blickte zum funkelnden Himmel, einmal mehr auf der Suche nach Antwort – und er erstarrte, als er den Mond gewahrte. Denn es war nicht nur einfach eine helle Scheibe, die dort am Firmament stand, sondern ein riesiges Zeichen, ein Ornament, bestehend aus vier Viertelkreisen in Form von Labyrinthen, die sich zu einem Kreis ergänzten und in der Mitte ein Kreuz bildeten.

Bestürzung erfasste Bahram, dann erst begriff er, dass jener Schlaf, in den er vor Erschöpfung gefallen war, ihn noch immer nicht ganz entlassen hatte.

Er erwachte abermals, allein am Feuer in der Einsamkeit der nächtlichen Steppe.

Das Zeichen am Himmel jedoch war verschwunden.

Antiochia
Mitte Juli 1098

Der Gestank war unerträglich.

Schweiß, Urin, Eiter und geronnenes Blut – all das vermischte sich zu einer Übelkeit erregenden Mixtur, die Conns

Magen rebellieren ließ. Von Grauen geschüttelt sah er zu, wie ein in der Heilkunde beschlagener Cluniazensermönch einem lothringischen Knappen die eitrigen Narben öffnete. Der Junge, der nicht mehr als sechzehn Winter zählen mochte, schrie wie von Sinnen, als die Lanzette durch die zum Zerreißen gespannte Haut schnitt und gelbe Wundflüssigkeit hervorschoss. Mit aller Kraft hielt Conn den Knaben fest, der sich verzweifelt wehrte. Plötzlich jedoch erlosch sein Widerstand, und er verstummte – der Junge hatte das Bewusstsein verloren.

Ruhe kehrte dennoch nicht ein.

Allenthalben schrien Verwundete ihre Pein und ihre Todesangst laut hinaus; irgendwo übergab sich jemand, und am benachbarten Lager erteilte ein Pater einem Sterbenden die Letzte Ölung.

An der letzten Schlacht um Antiochia mochte Conwulf nicht teilgenommen haben, ihre Auswirkungen jedoch bekam er deutlich zu spüren. Da sein Adoptivvater und Bertrand die Stadt verlassen hatten, um Chaya und ihr Kind nach Acre zu geleiten, war Conn erneut der Obhut der Mönche übergeben worden, die seine allmählich heilende Wunde mit Balsam versorgten und die Verbände wechselten.

Zwar war Conn noch weit davon entfernt, wieder genesen zu sein – er ermüdete schnell, und oft befiel ihn solcher Schwindel, dass er sich setzen musste, um nicht umzufallen –, jedoch war ihm rasch aufgegangen, dass er sich in ungleich besserer Verfassung befand als die meisten im Hospital der Mönche. Also hatte er aufgehört, sich im Selbstmitleid zu suhlen, und angeboten, den Mönchen zur Hand zu gehen, die gegenüber den vielen Hilfebedürftigen ohnehin in hoffnungsloser Unterzahl waren.

Conns Ziel war es gewesen, sich abzulenken, damit er nicht unablässig an Chaya und das Kind denken musste – freilich ohne zu ahnen, worauf er sich einließ. Dem Kampf auf dem Feld beizuwohnen, war eine Sache. Die blutige Nachgeburt jedoch, die jede Schlacht hervorzubringen pflegte, war noch ungleich schlimmer. Denn hier gab es keine Sieger, sondern nur Geschlagene.

Jene Kämpfer, die die schwersten Verwundungen davongetragen hatten, waren bereits in den ersten Tagen nach der Schlacht von einem gnädigen Tod erlöst worden; die jetzt noch übrig waren, klammerten sich zäh an ihr Leben, obschon abzusehen war, dass sich die wenigsten von ihnen noch einmal von ihrem Lager erheben würden, und wenn, dann nur als Krüppel. Conn sah reihenweise Männer, die Gliedmaßen eingebüßt hatten und von Glück sagen konnten, wenn der Wundbrand ihnen nicht auch noch den Rest vom Körper fraß; andere trugen Verbände um die Köpfe und schrien sich die Seelen aus dem Leib, wieder andere waren in die Brände geraten, die die Sarazenen auf ihrem Rückzug legten, und hatten schwarz verbrannte Haut. Dies, dachte Conn beklommen, war das wahre Gesicht des Krieges, und wohl nicht einer von denen, die hier verwundet und sterbend lagen, dachte an das Seelenheil, das sie sich erworben hatten und das sie direkt ins Himmelreich führen würde. Sie alle wollten am Leben bleiben, schrien nach ihren Müttern und ihren Frauen, während die Mönche versuchten, ihre Leiden so gut als möglich zu lindern.

»Conwulf?« Der Heilkundige, dem Conn als Helfer zugeteilt worden war, wandte sich zu ihm um. »Sieh zu, dass du irgendwo neue Verbände auftreibst. Die hier sind faulig und nicht mehr zu gebrauchen.«

»Ja, Pater.«

Conn wandte sich um und ging den schmalen Gang hinab zur Eingangshalle des einstigen Bades, vorbei an unzähligen Verwundeten, die ihn um Hilfe anflehten, Furcht und Verzweiflung in den Blicken. Nicht nur die Schmerzen und das Wundfieber setzten ihnen zu, gegen das die Mönche kein Mittel hatten, sondern auch die Hungersnot, die noch immer in der Stadt grassierte und gegen die auch der Sieg über Kur-Baghas Heer kaum Abhilfe geschaffen hatte.

Noch immer wurde in den Straßen Antiochias gedarbt. Nur die Wohlhabenden konnten sich regelmäßige Mahlzeiten leisten, verarmte Ritter und gemeine Soldaten bekamen in diesen Tagen kaum etwas zwischen die Zähne, von der Bevölkerung ganz zu schweigen. An die armen Seelen, die in den Hospitälern lagen, dachte niemand mehr – wohl weil man davon ausging, dass sie ohnehin dem Tod geweiht waren.

In der Eingangshalle, wo es einen Brunnen gab und die Besucher des Bades sich einst gereinigt hatten, lagen haufenweise herrenlose Kleider, deren Besitzer bereits den Weg in die Ewigkeit angetreten hatten. Die Mönche benutzten die durch und durch verschmutzten und oft blutbesudelten Fetzen, um Verbände daraus zu machen, da frisches Leinen oder Baumwolle inzwischen fast ebenso rar waren wie Nahrung. Conn wollte zu einem der Haufen treten, um ihn nach brauchbarem Stoff zu durchwühlen, als er unwillentlich Zeuge eines Gesprächs wurde, das zwei Mönche in nur wenigen Schritten Entfernung miteinander führten.

Der eine, ein trotz seiner hageren Gestalt und strengen Züge leutselig wirkender Mann, dessen Tonsur längst von der Kahlheit des Alters eingeholt worden war, war Pater Antonius, der Prior der cluniazensischen Ordensbrüder. Den anderen kannte Conn nicht, aber ihren Mienen war zu entnehmen, dass beide sich sorgten.

»... nicht umhin, die Rationen abermals zu verkleinern«, hörte Conn Antonius sagen.

»Pater«, widersprach der andere, »bedenkt, was Ihr sagt! Schon jetzt bekommen die Schwächsten kaum mehr als einen Bissen Brot und mit Glück etwas Honig. Wenn wir noch strenger rationieren ...«

»Dessen bin ich mir bewusst, mein guter Anselmo«, entgegnete Antonius und ließ ein resignierendes Seufzen vernehmen. »Die meisten von uns verzichten aus diesem Grund auf ihre eigene Ration und geben das wenige, das ihnen zusteht, den Bedürftigen. Aber leider ist es keinem von uns gegeben, zu tun, was unser Herr Jesus tat. Die Brotkörbe werden sich nicht füllen, nur weil wir es wollen, Bruder. Wir müssen das wenige teilen, das wir haben...«

»... während die Wohlhabenden im Überfluss schwelgen«, wetterte Anselmo. »Es ist eine Schande, wie de Rein und seine Leute...«

Conn verharrte wie versteinert.

Hatte er den Namen de Rein tatsächlich gehört oder hatten ihm seine Ohren einen Streich gespielt?

»Damit habt Ihr leider recht«, räumte Pater Antonius ein. »Dennoch haben nicht Guillaume de Rein und seine Leute, sondern wir uns verpflichtet, Benedikts Regeln gemäß zu leben. Und die Starken nehmen sich nun einmal, was sie zum Überleben brauchen. Das ist schon immer so gewesen.«

Guillaume de Rein.

Conn hatte sich also nicht verhört. Pflichtvergessen wandte er sich von dem Kleiderhaufen ab und den beiden Mönchen zu, die ihr Gespräch unbeirrt fortsetzten.

»Und wenn wir versuchen, außerhalb der Stadt Proviant zu beschaffen? Ich habe gehört, dass es in Rugia noch ausreichend Nahrung gibt.«

»Rugia befindet sich in der Hand des Feindes. Dennoch dürft Ihr mir glauben, dass ich keinen Augenblick zögern würde, mich dorthin zu begeben, wenn ich die nötigen Mittel dazu...« Pater Antonius verstummte, als er Conn bemerkte. »Kann ich Euch helfen, junger Freund?«

»Ich – äh – weiß nicht«, gestand Conn verlegen. »Verzeiht, ich wollte Euch nicht belauschen, aber Ihr erwähnet soeben einen Namen, Guillaume de Rein.«

Hätte Conn einen Fluch ausgestoßen, die Wirkung wäre kaum anders gewesen. Antonius' asketische Züge verrieten schiere Missbilligung, im Gesicht des anderen Ordensbruders standen Furcht und Zorn zu lesen.

»Warum?«, fragte er vorsichtig. »Gehört Ihr zu seinen Leuten?«

»Nein, nein. Ich hörte Euch nur von ihm sprechen und...«

»Seid Ihr einer seiner Spitzel?«, wurde der Mönch noch deutlicher. Sein Zorn auf Guillaume schien die Furcht zu überwiegen.

»Spitzel?« Conn horchte auf.

»Gewiss doch. Jeder weiß, dass Guillaume de Rein seine Ohren überall hat, er und dieser Bastard von Privas.«

»Anselmo«, rief Antonius seinen Mitbruder zur Ordnung. »Du versündigst dich.«

»Und wenn schon. Jeder weiß, dass de Privas und de Rein unter einer Decke stecken. Der eine sorgt dafür, dass die wenigen Nahrungsmittel, die noch im Umlauf sind, nicht die erreichen, die ihrer am nötigsten bedürfen, der andere verschachert sie an jene, die in klingender Münze dafür bezahlen. Manche behaupten sogar, dass die beiden jener Bande vorstehen, die marodierend durch die Lande zieht und friedliche Karawanen überfällt.«

»Ihr meint – die Tafur?«, fragte Conn. Seine Fäuste ballten sich, sein Blut geriet in Wallung. De Rein, de Rein und immer wieder de Rein. Konnte er keinen Schritt tun, ohne auf diese grässliche Sippe zu stoßen? Aus seiner Sicht war es Guillaume durchaus zuzutrauen, dass er hinter den feigen Überfällen steckte, die die Tafur zu verüben pflegten, was seiner langen Liste von Vergehen noch einen weiteren Mord hinzufügte, nämlich den an Chayas Vater.

»Habt Ihr Beweise für Eure Vermutung?«, wollte er wissen.

»Nein«, antwortete Antonius. »Es gibt auch Stimmen, die behaupten, dass die Tafur Ritter aus Flandern seien, die sich von ihrem Grafen Robert losgesagt haben. Oder fränkische Söldner.«

»Ich verstehe.« Conn war enttäuscht. Guillaume de Rein schien tatsächlich zu jenen Menschen zu gehören, die sich im Mist wälzen konnten, ohne dass ihnen auch nur der geringste Geruch anhaftete. Seine Verbindungen zu den Tafur waren ihm ebensowenig nachzuweisen wie jene zu dem feigen Mordkomplott, das er geschmiedet hatte – und den Worten zweier

Mönche würde man kaum mehr Glauben schenken als dem eines angelsächsischen Diebes.

»Normannen oder Flamen, was gilt es mir?«, knurrte Anselmo verdrießlich. »Strauchdiebe sind sie, und sie nehmen es billigend in Kauf, dass uns die armen Teufel hier hungers sterben.«

»Gibt es denn keine andere Möglichkeit, Proviant heranzuschaffen?«, erkundigte sich Conn. »Ihr erwähntet Rugia.«

»Die Stadt liegt südöstlich von hier, mit Mauleseln lässt sie sich in einem Tag erreichen. Allerdings fehlt es uns an den entsprechenden Mitteln«, gestand der Prior ein. »Getreide ist teuer, von Fleisch ganz zu schweigen. Andererseits, wenn es uns nicht gelingt, etwas heranzuschaffen, werden die wenigsten unserer Verwundeten das Ende der Woche erleben.«

Conn nickte.

Er brauchte nicht lange zu überlegen, die Antwort auf das Problem drängte sich förmlich auf. Mit den Fingern tastete er nach dem Saum seiner Tunika und bekam den goldenen Ring von Renald de Rein zu fassen. Seine Rüstung und sein Schwert hatten die Räuber ihm in jener Nacht genommen – den Ring jedoch hatten sie nicht gefunden, und es erschien Conn passend, dass das Geschenk des alten de Rein die Vergehen seines Sohnes wiedergutmachen half. Entschlossen zerriss er den Saum der Tunika, fing den Ring mit dem Rubin auf und hielt ihn den verblüfften Mönchen hin.

»Was ist das?«, fragte Antonius verwundert.

»Werdet Ihr dafür Proviant erhalten?«, fragte Conn nur.

»Natürlich, das ist mehr als genug. Aber ...«

»Dann nehmt das Ding, ich habe keine Verwendung dafür.« Damit die beiden sein Geschenk nicht ablehnen konnten, warf Conn es ihnen kurzerhand zu – und hatte zum ersten Mal nach langer Zeit das Gefühl, genau das Richtige zu tun.

10.

Antiochia
18. Juli 1098

»Conwulf, Sohn des Normannen Baldric!«

Conn fuhr herum, als jemand seinen Namen nannte. Auf einer hölzernen Bahre hatte er den Leichnam des jungen lothringischen Knappen hinausgeschleppt, der am frühen Morgen der Schwere seiner Verletzungen erlegen war.

Die Verschwendung unschuldiger junger Menschenleben, die er täglich erleben musste, hatte Conn wütend werden lassen. Wütend auf jene, die den Feldzug noch immer als von Gott gewollt bezeichneten, wütend auf sich selbst, weil er daran teilgenommen hatte, wütend auf eine Welt, die einen Christen und eine Jüdin nicht zueinanderfinden ließ.

»Was wollt Ihr?«, fragte er entsprechend barsch und wandte sich um – vor ihm stand eine in einen Kapuzenmantel gehüllte Gestalt, die er nicht einzuordnen wusste. Als sie jedoch die Kapuze zurückschlug und ein samtblauer Überwurf mit einem goldenen Kreuz darauf zum Vorschein kam, fuhr Conn erschrocken zusammen.

Obwohl sie einander noch nie persönlich gegenübergetreten waren, erkannte er den Mann augenblicklich, der zu Weihnachten die Christmesse gelesen und der in der Entscheidungsschlacht um Antiochia die Heilige Lanze getragen hatte – es war Adhémar von Monteil, der Bischof von Le Puy und persönliche Legat des Papstes.

Trotz seines Zorns wusste Conn, was er der Obrigkeit schuldig war, um sich keinen Ärger einzuhandeln. Er sank auf die Knie und senkte das Haupt, worauf Adhémar ihm gestattete, dem Siegelring zu huldigen. Dabei fragte Conn sich fieberhaft, was der Bischof wohl von ihm wollte. Woher kannte er überhaupt seinen Namen? War etwas vorgefallen? Hatte er sich etwas zuschulden kommen lassen?

»Erhebe dich, Sohn«, forderte der päpstliche Gesandte. Conn stand auf und hob den Blick. Zum ersten Mal kam er dazu, den Bischof, den er stets nur von weitem gesehen hatte, genauer zu betrachten.

Der Vertreter von Papst Clemens bot einen beeindruckenden Anblick. Seine Gestalt war hochgewachsen, blondes Haar wallte auf die Schultern herab. Unter der energisch gefalteten Stirn blickte ein aufmerksames Augenpaar hervor, dem so leicht nichts zu entgehen schien. Entbehrung und Strapazen hatten allerdings auch in den Zügen des Bischofs Spuren hinterlassen und seine Wangen gehöhlt. Adhémars Hand ruhte auf dem Knauf seines Schwertes – der Bischof war bekannt dafür, das Schlachtfeld nicht zu scheuen und in vorderster Reihe zu fechten. Sein Alter schätzte Conn auf Mitte vierzig.

»Was kann ich für Euch tun, Herr?«, fragte Conn vorsichtig. Seine Vernunft sagte ihm, dass es nichts Gutes zu bedeuten hatte, wenn sich der päpstliche Legat nach ihm erkundigte. Hatte es womöglich mit den de Reins zu tun? Mit der Verschwörung, von der er Kenntnis erlangt hatte?

Der Bischof schnupperte und warf einen missbilligenden Blick in Richtung der Leichen, die sich am Boden aneinanderreihten und darauf warteten, aus der Stadt gebracht und begraben zu werden. »Lass uns einen anderen Ort aufsuchen, Sohn, denn dieser ist weder meiner noch deiner würdig.«

Damit schlug er die Kapuze wieder hoch und schloss den Mantel vor der Brust, so als wünschte er, nicht erkannt zu werden. Dann wandte er sich um und verließ die Kammer. Conn blieb nichts anderes übrig, als ihm zu folgen. Zu seiner

Überraschung wartete Berengar vor dem Eingang, den Conn schon seit geraumer Zeit nicht mehr gesehen hatte. Der Benediktinermönch verbeugte sich tief, als der Bischof sich näherte, und schloss sich ihnen dann wortlos an. Der Blick, den er Conn dabei sandte, war unmöglich zu deuten.

Sie verließen das Badehaus und überquerten den Vorhof, suchten einen der Lagerräume auf, die die Innenseite der Ummauerung säumten. Kaum hatten sie die Kammer betreten, schloss Berengar die Tür und stellte sich einem Wächter gleich davor. Bischof Adhémar wies Conn an, sich auf eine leere Kiste zu setzen, während er selbst auf und ab schritt.

»Ich bedaure«, erklärte er mit Blick auf die schäbigen Wände und das Stroh am Boden, »dass diese Unterredung nicht unter weniger ärmlichen Bedingungen stattfinden kann, jedoch muss ich fürchten, dass die Wände meines Hauses in diesen Tagen Ohren haben. Aber lehrt uns unser Glaube nicht, dass sich die größten Ereignisse der Geschichte stets an schlichten Orten zu ereignen pflegen?«

Conns verblüffte Blicke pendelten zwischen dem Bischof und Berengar hin und her. Weder verstand er die Anspielung noch hatte er eine Ahnung, worauf der päpstliche Gesandte hinauswollte. Hatte er sich etwas zuschulden kommen lassen? Und was hatte der Mönch damit zu tun?

»Herr«, sagte er deshalb, »bitte verzeiht, aber ich bin nur ein einfacher Mann und ...«

»Conwulf«, fiel Adhémar ihm ins Wort, »ich mache dich darauf aufmerksam, dass nichts von dem, was hier gesprochen wird, diesen Ort verlassen darf. Willst du das feierlich bezeugen, in Christi Namen und bei deinem Leben?«

»Ja«, erwiderte Conn, der ohnehin nicht wusste, was er sonst hätte antworten sollen. Was sollte die Geheimniskrämerei? Was mochte einen Gesandten des Papstes dazu bewegen, seine Gesellschaft zu suchen, noch dazu zur Unkenntlichkeit vermummt?

»Was weißt du über das Buch von Ascalon?«, fragte der

Bischof so unvermittelt, dass es Conn für einen Moment die Sprache verschlug. Ein wenig hilflos schaute er in Berengars Richtung, worauf der Mönch ihm ermunternd zunickte.

»Es ist gut, Conwulf. Du kannst dem Bischof vertrauen.«

Conn zögerte dennoch. Chaya und ihr Vater hatten das Buch mit ihrem Leben gehütet, folglich kam es ihm falsch vor, in aller Offenheit darüber zu sprechen. Andererseits schien der Bischof bereits davon zu wissen, aus welcher Quelle auch immer.

»Es ist eine Schriftrolle«, brach Conn schließlich sein Schweigen, »die ein jüdischer Kaufmann bei sich trug. Aber soweit ich weiß, ist sie spurlos verschwunden.«

»Nicht ganz«, widersprach Adhémar mit einem bedeutsamen Blick in Berengars Richtung.

»Was soll das heißen?«

»Das soll heißen, Conwulf, dass sich das Buch in meinem Besitz befindet und dass ich die letzten Wochen und Monate damit zugebracht habe, es zu übersetzen.« Berengars Miene war unbewegt.

»Es zu übersetzen?« Conns Überraschung war so groß, dass er ganz vergaß, sich zu fragen, wie Berengar in den Besitz der Schrift gelangt sein mochte. »Und was steht darin geschrieben?«

Bischof Adhémar übernahm es, zu antworten. »Im Wesentlichen und für das Auge desjenigen Lesers, der nur das Offenkundige zu sehen vermag, handelt es sich um eine Sammlung von Berichten, die bis in die Tage des weisen König Salomon zurückgehen. Unserer Vermutung nach hat eine Hofdame Salomons sie verfasst und berichtet darin vom Besuch der Herrscherin von Saba am königlichen Hof in Jerusalem – und von einem Geschenk, das sie Königin Salomon machte. Die Rede ist von zwei Figuren aus purem Gold, Cherubim mit nach vorn gestreckten Flügeln.«

»Cherubim?«, fragte Conn, der nur jedes zweite Wort verstand.

»Engelsgleiche Wesen«, übersetzte Berengar in eine verständlichere Sprache. »Von Belang jedoch ist nicht so sehr die Herkunft der Figuren als vielmehr ihre Bestimmung: die Heilige Lade zu bewachen, die tief im Inneren von Salomons Tempel ruhte.«

»Die Lade«, echote Conn verständnislos.

»Hast du noch nie von der Lade des Bundes gehört, Sohn?«, erkundigte sich Bischof Adhémar verwundert. »Von der Truhe, in die die Hebräer die Steintafeln mit den Gesetzen des Mose legten, um sie auf ihrer langen Wanderschaft durch die Wüste zu bewahren?«

»Ihr meint die Zehn Gebote«, folgerte Conn aus dem Wenigen, das er gelegentlich aus den Reden der Straßenprediger aufgeschnappt hatte.

»In der Tat. Als Mose vom Berg Horeb stieg und dem Volk Israel die Gesetzestafeln brachte, ließ er einen Mann namens Bezalel eine Truhe aus Akazienholz anfertigen, das mit Gold überzogen wurde. Dort hinein legte er die Tafeln, die Gottes Bund mit dem Volk Israel besiegelten, und dort verblieben sie während der vierzigjährigen Wanderschaft durch die Wüste, bis sie schließlich im Gelobten Land eine neue Heimat fanden. Unter der Herrschaft König Davids wurde die Lade nach Jerusalem gebracht, unter Salomon wurde ihr ein neuer Tempel errichtet, in dem sie fortan ruhte.«

Conn spürte, wie seine innere Unruhe wuchs. Er ahnte, dass er kurz davor war, das Geheimnis des Buches von Ascalon zu erfahren, aber er war sich nicht sicher, ob er es wirklich wissen wollte.

»Was weiter geschah, ist nicht bekannt. Als die Babylonier unter ihrem König Nebukadnezar Jerusalem eroberten, plünderten sie den Tempel Salomons, und die Lade ging verloren. Über viele Jahrhunderte war ihr Schicksal ungewiss – unser getreuer Bruder Berengar jedoch«, wandte sich Adhémar mit vor Begeisterung bebender Stimme an den Mönch, »glaubt, neue Antworten gefunden zu haben.«

»Was für Antworten?« Conn schaute Berengar fragend an.

»Als ich das Buch von Ascalon übersetzte, fielen mir die vielen Rätsel auf, die in den Text eingestreut sind – kabbalistische Zahlenspiele, die allesamt auf das Alte Testament verwiesen, auf das Buch Exodus und das Buch Samuel, aber auch auf das Buch der Könige. Oberflächlich betrachtet, erzählt das Buch die Geschichte der Bundeslade, und zwar weit über die babylonische Gefangenschaft hinaus. Von genauen Orten und Begebenheiten ist die Rede, Namen und Jahreszahlen werden genannt, und ich erkannte, dass die Verfasser des Buches die Lade gesehen haben und dass sie den Sturm der Babylonier überdauert haben musste. All das erklärte allerdings noch nicht, weshalb es all diese Rätsel gab und warum Chaya und ihr Vater so versessen darauf gewesen waren, die Schriftrolle unter Einsatz ihres Lebens zu hüten – doch schließlich wurde es mir klar.«

»Was wurde Euch klar?«, hakte Conn argwöhnisch nach.

»Dass die Heilige Bundeslade noch immer existiert und dass das Buch von Ascalon erklärt, wo und wie sie zu finden ist«, eröffnete der Mönch feierlich und zu Adhémars sichtlichem Entzücken.

»Und wir«, fügte der Bischof entschlossen hinzu, »müssen diese kostbare Reliquie in unseren Besitz bringen.«

»Warum?«, fragte Conn.

»Diese Frage würdest du nicht stellen, wenn du wüsstest, was im Buch von Ascalon geschrieben steht«, antwortete Berengar an des Bischofs Stelle. »Dort heißt es, dass in Zeiten der Not die Lade gefunden werden und wie in alter Zeit der Sanhedrin, der Große Rat der Juden, zusammentreten soll. Dann wird der Tempel Salomons neu errichtet und Jerusalem stark werden wie einst – und wenn das geschieht, ist unsere heilige Unternehmung, die doch zum Ziel hat, die Geburtsstätte unseres Glaubens von Heiden zu reinigen, unwiderruflich gescheitert.«

Conn nickte. Jäh verstand er, weshalb das Buch Chayas Vater so wichtig gewesen war, dass er sein Leben dafür geopfert hatte – es ging dabei um die Zukunft seines Volkes.

»Ob auch Chaya davon gewusst hat?«, überlegte er.

»Natürlich«, war Berengar überzeugt. »Weißt du noch, als ich dich fragte, ob du dir bezüglich der Jüdin ganz sicher seist? Mir war schon damals klar, dass sie dich hinterging.«

Conn fühlte einen Stich im Herzen, als er sich an das Gespräch erinnerte und an die unbeschwerten Tage, die sie auf dem Weg nach Antiochia genossen hatten – bis zu jenem Morgen, an dem Chaya …

»Ihr wart es«, rief Conn. »Ihr und niemand sonst habt das Buch gestohlen!«

»Ich musste es tun«, erwiderte Berengar, der noch nicht einmal den Versuch unternahm, die Tat abzustreiten. »Ich ahnte, dass das Buch eine große Gefahr für uns birgt.«

»Also habt Ihr Euch des Nachts angeschlichen wie ein gemeiner Dieb, während wir …« Conn unterbrach sich, Wut kochte in ihm hoch. Er sprang auf und trat auf den Ordensmann zu, der mit dem Rücken zur Tür stand. »Ich kann nicht glauben, dass Ihr das wirklich getan habt. Die ganze Zeit über habt Ihr die Wahrheit gekannt und mir frech ins Gesicht gelogen. Und Ihr habt zugelassen, dass Chaya mich zu Unrecht verdächtigt.«

»Es war notwendig«, erklärte der Benediktiner schlicht.

»Notwendig.« Conn schürzte abschätzig die Lippen. »Und ich dachte, Ihr wärt mein Freund.«

»Das bin ich, Conwulf«, versicherte Berengar und versuchte ein Lächeln, »auch wenn du in diesem Augenblick wohl noch nicht ermessen kannst, was ich für dich …«

Er verstummte, und seine kleinen Augen weiteten sich vor Schreck, als sein Gegenüber die Fäuste hob. Blind vor Wut und Enttäuschung hätte Conn wohl zugeschlagen, hätte nicht Bischof Adhémar ihn von hinten ergriffen und energisch festgehalten.

»Lasst mich los«, schrie Conn und versuchte, sich aus dem

Griff des Legaten zu befreien. Geschwächt, wie er noch immer war, gelang es ihm jedoch nicht.

»Das werde ich«, zischte Adhémar ihm ins Ohr, »aber erst, wenn du dir alles angehört hast, was der Bruder dir zu sagen hat.«

»Wozu sollte ich?« Conn schüttelte störrisch den Kopf. »Der Kerl lügt, sobald er das Maul aufmacht!«

»Ich habe dir die Wahrheit vorenthalten, und ich bin nicht stolz darauf, Conn, aber nun musst du mir zuhören«, sagte Berengar beschwörend. »Ich sagte dir, dass das Buch von Ascalon Hinweise auf den Ort enthält, wo die Lade des Bundes zu finden ist.«

»Und?«

»Ich glaube, der Lösung des Rätsels auf der Spur zu sein. Die Lade befindet sich unter dem Tempelberg von Jerusalem, wo sie die Zeit überdauert hat.«

»Meinen Glückwunsch«, stieß Conn voller Bitterkeit hervor. »Warum geht Ihr dann nicht und holt sie Euch?«

»Das würden wir gerne«, raunte Bischof Adhémar ihm ins Ohr, »aber alles, was ich tue, wird streng beobachtet. Würde ich einem meiner Ritter befehlen, gen Jerusalem zu reiten, so würde es nicht unbemerkt bleiben, zumal ich nicht mehr weiß, wem von meinen Leuten ich noch trauen kann und wem nicht. Dunkle Dinge gehen in dieser Stadt vor sich, Conwulf.«

»Was für Dinge?«

»Sagt dir der Name Eustace de Privas etwas?«

Conn knurrte zustimmend. Er erinnerte sich gut an den Provenzalen, der ihm am liebsten die Kehle durchgeschnitten hätte.

»Und auch von Guillaume de Rein hast du gehört, wie mir berichtet wurde.«

Conn war so verblüfft, dass sein Widerstand augenblicklich nachließ. Daraufhin gab Adhémar ihn frei und stieß ihn von sich. Conn strauchelte und schlug auf den strohbedeckten

Boden, raffte sich jedoch sofort wieder auf die Beine. »Was ist mit de Rein?«

»Er ist gewissermaßen der Grund dafür, dass ich mich wie ein Dieb hierherschleichen muss und mich bei Tag und Nacht beobachtet finde«, erklärte der Bischof verdrießlich. »De Privas und de Rein sind die Anführer einer Gruppe von Rittern, die sich die ›Bruderschaft der Suchenden‹ nennt und sich dem Finden der heiligen Reliquien verschrieben hat – wenn auch nur mit dem Ziel, ihre Macht und ihren Einfluss zu mehren. Der Fund der Lanze war ein erster Erfolg, wenngleich ich ihre Echtheit ernstlich in Zweifel ziehe.«

»Ihr bezweifelt die Echtheit der Waffe?«, hakte Conn verwundert nach. »Aber – habt nicht Ihr selbst sie in die Schlacht getragen?«

»Weil ich ihren Wert darin sah, unseren Kämpfern, die bereits geschlagen am Boden lagen, noch einmal Mut zu machen – offiziell bestätigt habe ich die Echtheit des Fundes nie, und ich werde es auch nicht tun. Kömmt es dir nicht auch seltsam vor, dass die Lanze just vor der entscheidenden Schlacht gefunden wurde? Dass jener Bartholomaios, der von sich behauptet, mit Sankt Andreas in Verbindung zu stehen, nicht nur genau wusste, wo die Heilige Lanze zu finden war, sondern zugleich auch meine Führerschaft anzweifelt? Und dass man ihn zuletzt des Öfteren in de Reins Gesellschaft gesehen hat?«

»Das ist eigenartig«, musste Conn zugeben.

»In der Tat.« Adhémar nickte. »Und dies ist nicht das einzige Vergehen, dessen ich die Bruderschaft verdächtige. Ihre Mitglieder ziehen marodierend durch die Lande, rauben und morden um des bloßen Gewinns willen, und das alles im Namen des Herrn. Sollte die Bundeslade in ihren Besitz gelangen, so werden sie sie dazu benutzen, noch mehr Einfluss zu gewinnen und womöglich Rom und Byzanz gegeneinander auszuspielen, was sowohl für seine Heiligkeit den Papst als auch für Kaiser Alexios unabsehbare Folgen hätte.«

»Verzeiht, Herr«, sagte Conn, dem der Kopf schwirrte von all den Namen und Dingen, die ihm nichts oder nur wenig sagten, »ich bin nur ein einfacher Kämpfer und verstehe nichts von...«

»Als diese heilige Unternehmung begann«, erklärte der Bischof seufzend, aber bereitwillig, »wurde ich zum päpstlichen Legaten und damit zum Anführer der Pilgerfahrt bestimmt. Nach allem, was seither geschehen ist, wird selbst dir jedoch aufgegangen sein, dass es inzwischen andere sind, die über die Geschicke des Feldzugs bestimmen. Zwar halten mir einige der Fürsten noch immer die Treue, andere jedoch, wie die Normannen Tankred und Bohemund, trachten nur noch danach, ihre eigene Macht und ihren Besitz zu mehren. Wenn nun auch noch die Lade in die Hände weltlicher Kreuzfahrer gelangt, würde die Kirche vollends entmachtet und das von Gott gewollte Kräfteverhältnis ins Gegenteil verkehrt. Alles, wofür diese heilige Unternehmung steht und weswegen sie einst begonnen wurde«, fügte Adhémar leiser und, so schien es, mit einem düsteren Blick in die Zukunft hinzu, »wäre dadurch gefährdet, alle Opfer vergeblich gewesen.«

»Was wollt Ihr dagegen unternehmen?«, fragte Conn, der sich noch immer nicht denken konnte, was das alles mit ihm zu tun haben sollte.

»Der Feldzug selbst mag unserer Kontrolle entzogen sein – die Lade jedoch muss Rom gehören, weswegen ein Ritter im päpstlichen Auftrag nach ihr suchen und sie im Namen der Kirche in Besitz nehmen soll«, antwortete der Bischof mit fester Stimme. »Du, Conn.«

»Ich?« Erst nach einigen Augenblicken wurde Conn bewusst, dass er den päpstlichen Legaten wie jemanden anschaute, der den Verstand verloren hatte. »Aber ich bin kein Ritter, Herr.«

»Noch nicht, aber du wirst einer sein. Die Prüfungen dafür hast du längst bestanden und die notwendigen Kenntnisse erworben. Wie Bruder Berengar mir mitteilt, bist du sogar in der

Schrift bewandert. Das ist mehr, als viele Edelleute von sich behaupten können.«

»Aber – warum gerade ich?«

»Weil wir etwas gemeinsam haben. Genau wie ich hast du eine Rechnung mit Guillaume de Rein zu begleichen, nicht wahr?«

Conn schaute ihn entgeistert an.

Er konnte nicht glauben, dass Berengar ihm davon erzählt hatte. Andererseits hatte der Mönch manches getan, das Conn niemals für möglich gehalten hätte.

»Ihr wisst von meiner Feindschaft mit de Rein?«

»Ich weiß, dass er die Frau getötet hat, die du liebtest, und dafür gehört dir mein Mitgefühl. Doch dir muss klar sein, dass du als Sohn eines entehrten normannischen Kämpfers nicht die geringste Aussicht hast, Guillaume de Rein jemals zum Kampf zu stellen. Als Ritter der Kirche hingegen mag es dir gelingen.«

»Und ich erweise Euch einen Dienst, wenn ich ihm schade«, fügte Conn hinzu.

Ein Lächeln spielte um die dünnen Lippen des päpstlichen Legaten. »Wie der Zufall es will, spielt beides zusammen. Ich gebe dir eine Frist von vier Tagen, um über alles nachzudenken, Conwulf.«

»Was ist, wenn ich mich dagegen entscheide?«

»Das wirst du nicht. Denn du weißt sehr wohl, dass nur ich dir geben kann, wonach es dich am meisten verlangt. Willst du inneren Frieden finden, Sohn, dann solltest du auf mein Angebot eingehen.«

»Und die Lade?«, fragte Conn. »Was wird mit ihr geschehen, wenn ich sie finde?«

»Sie wird nach Rom gebracht, auf dass kein weltlicher Herrscher jemals Kenntnis von ihr erlange«, versicherte Adhémar. »Über Jahrhunderte hinweg ist die Kirche die alleinige Mittlerin zwischen Himmel und Erde gewesen. Und sie soll es auch bleiben.«

11.

Acre
Wenige Tage später

Obwohl es ihr längst zur Gewohnheit geworden war, empfand Chaya es noch immer als Freude, ihrem Kind die Brust zu geben.

Das winzig kleine, noch so zerbrechliche Wesen im Arm zu halten, sein pochendes kleines Herz zu spüren und ihm das zu geben, was es zum Überleben so dringend brauchte, erfüllte sie mit tiefer Zufriedenheit, und bisweilen gelang es ihr in solchen Augenblicken, alles um sich herum zu vergessen. Momente der Harmonie und des inneren Friedens – wie selten sie geworden waren.

Bei der jüdischen Gemeinde von Acre hatten Chaya und Caleb bereitwillig Aufnahme gefunden. Der Tuchhändler Dov Ben Amos, der zugleich auch Parnes der Gemeinde war, hatte ihnen Obdach gewährt und sie in sein Haus aufgenommen, nicht zuletzt deshalb, weil er erpicht darauf war, von den Vorgängen im Norden zu erfahren, die man in Acre mit großer Anspannung verfolgte.

Da sich Caleb, um Chaya vor Anfeindungen zu schützen, bereits als ihr Ehemann ausgegeben hatte, durften sie eine gemeinsame Kammer bewohnen, die im obersten Stockwerk des verwinkelten, mit einer Unzahl von Balkonen und Erkern versehenen Gebäudes lag. Dort hielt sich Chaya die meiste Zeit über auf und kümmerte sich um das Kind, das zu früh zur Welt gekommen und entsprechend klein und schwach war. Dennoch schien es fest entschlossen, sich im Leben zu behaupten, und wurde mit jedem Tag ein wenig kräftiger, wie Chaya am eigenen Leibe spüren konnte. Sie merkte, dass der Junge zunehmend fester an ihr sog. Es erfüllte sie mit Freude zu sehen, dass er trotz seines zarten Alters bereits ein zäher Kämpfer war.

Genau wie sein Großvater.

Und wie sein Vater.

»Nun? Wie schlägt sich unser Sohn?«

Caleb trat in die Kammer. Da sie sich als Mann und Frau ausgaben, hatte Chaya keine andere Wahl, als sich an einen vertrauten Umgang mit ihrem Cousin zu gewöhnen. Allerdings missfiel es ihr, wenn er das Kind als seinen Sohn bezeichnete, und zum ungezählten Mal ertappte sie sich dabei, dass sie seine Anwesenheit als Störung empfand, auch wenn er es sicher nicht verdiente.

»Er schlägt sich wacker, was sonst?«, antwortete sie lächelnd und mit dem Stolz einer liebenden Mutter. Das Kind trank unbeeindruckt weiter.

»Gut so.« Caleb nickte zufrieden. »Schließlich soll unser Sohn einst ein tapferer Krieger werden und die Ungläubigen bekämpfen, nicht wahr?«

Chaya, die vor dem von einem Holzgitter beschatteten Fenster auf einem schlichten Schemel saß, schaute zu ihm auf.

»Was ist?«, wollte Caleb wissen.

»Er ist nicht dein Sohn, das weißt du«, sagte Chaya leise.

»Ja, und ich werde es auch niemals vergessen, wenn du mich fortwährend daran erinnerst.«

»Verzeih, Caleb. Ich wollte nur...«

»Schon gut.« Er winkte ab. »Ich weiß, dass all das nicht leicht für dich ist. Und ich nehme an, dass du ziemlich durcheinander sein musst nach allem, was geschehen ist.«

»Das ist wahr.« Sie lächelte, dankbar für das Verständnis, während sie das Kind in ihren Armen umlagerte, um die Brust zu wechseln.

»Hast du dennoch schon über meinen Vorschlag nachgedacht?«

Chaya unterdrückte ein Seufzen. »Ja, Caleb, das habe ich. Aber ich bin mir noch nicht sicher.«

»Der Junge braucht aber einen Namen«, führte Caleb einmal mehr jenes Argument ins Feld, das er täglich geltend machte, »und er muss beschnitten werden! Ohnehin ist der festgesetzte Tag der *Brit Mila* bereits lange verstrichen. Und Ezra ist wirklich ein sehr guter Name.«

»Vor allem«, erwiderte Chaya, »ist es der Name deines Vaters. Ich bedaure, dass du dich meinetwegen mit ihm überworfen hast, Caleb. Aber dies ist nicht der Weg, um seine Zuneigung zurückzugewinnen.« Sie hatte leise gesprochen, um das Kind nicht zu erschrecken, dennoch aber mit einer Entschlossenheit, die es ihm schwer machte zu widersprechen.

»Würdest du das auch sagen, wenn es wirklich mein Fleisch und Blut wäre, das du da im Arm hältst?«, fragte er hilflos und in verletztem Stolz. »Es ist seinetwegen, nicht wahr? Der Christ geht dir noch immer nicht aus dem Kopf.«

»Caleb, bitte...«

»Entschuldige dich nicht dafür. Ich würde es dir ohnehin nicht glauben. Außerdem«, fügte er mit mattem Lächeln hinzu, »brauchst du dir meinetwegen womöglich schon bald nicht mehr den Kopf zu zerbrechen.«

»Wie meinst du das?«

»In der Stadt werden Truppen ausgehoben. Nach allem, was in Antiochia geschehen ist, will man nicht tatenlos warten und bereitet sich auf die Ankunft der Kreuzfahrer vor. Jedes Viertel der Stadt stellt Soldaten für die Bürgerwehr, auch die jüdische Gemeinde. Also habe ich mich freiwillig gemeldet.«

»Oh, Caleb!« Chayas Erschrecken war ehrlich. »Ich dachte, das hätten wir hinter uns gelassen.«

»Sag das nicht mir, sag das deinen Christenfreunden«, entgegnete er bitter.

»Bitte tu es nicht. Geh nicht dorthin.«

Caleb schien diese Reaktion erwartet zu haben. »Du hast Angst um mich?«, fragte er genüsslich. »Oder hast du vielmehr Angst um *ihn*?«

»Caleb, diese Bitterkeit verdiene ich nicht. Ich bin dir aus ganzem Herzen dankbar für alles, was du für mich getan hast, aber ich habe dir immer gesagt, dass ich dich nicht liebe.« Sie kämpfte mit den Tränen, und das Kind, das ihre Traurigkeit zu spüren schien, hörte für einen Moment auf zu trinken.

»Ich weiß«, erwiderte Caleb, nun ohne jede Häme, »ich mache dir auch keinen Vorwurf deswegen. Aber ich kann auch nicht zurück, Chaya. Ich habe mein Wort gegeben, und ich muss meinen Beitrag leisten. Gerade du solltest das verstehen.«

»Das tue ich«, versicherte sie.

»Ich habe Kenntnis von meinem Vater. Seine Frau und er haben Antiochia ebenfalls verlassen und sind auf dem Weg hierher, zusammen mit ihren beiden Töchtern. Sollte mir etwas zustoßen, geh zu ihm und bitte ihn auch in meinem Namen um Verzeihung. Mit etwas Glück wird er dich und das Kind, das er für seinen Enkelsohn hält, bei sich aufnehmen.«

Chaya schloss die Augen, um die Tränen zurückzuhalten. Alles in ihr sträubte sich dagegen, sich der Gnade ihres Onkels ausliefern zu müssen, aber womöglich würde ihr nichts anderes übrig bleiben, wenn Caleb im Kampf getötet wurde.

»Der Kommandant, dem ich zugeteilt wurde, ist übrigens Armenier und kämpfte bis vor kurzem noch für den Emir von Damaskus«, fügte er hinzu, während er sich wieder zum Gehen wandte. »Er würde dir gefallen.«

»Wieso?«, wollte Chaya wissen.

Ein hintergründiges Lächeln spielte um die milchbärtige Züge ihres Cousins. »Sehr einfach, er ist ein Christ.«

Antiochia
Zur selben Zeit

»Warum nicht, verdammt noch mal?«

Guillaume de Reins Stimme war laut geworden, Ungeduld sprach aus seinen Augen, deren rätselhaftes Grün sich in denen seiner Mutter zu reflektieren schien.

»Du erhebst deine Stimme gegen mich«, stellte Eleanor ohne erkennbare Regung fest. »Das hast du früher nie getan.«

»Verzeiht, Mutter«, erwiderte Guillaume, der sich nur mit Mühe zur Ruhe zwang. »Aber ich bin nicht mehr der Jüngling, der England vor zwei Jahren verlassen hat.«

»Dessen bin ich mir bewusst. Dennoch solltest du nicht vergessen, wer dich hierhergebracht und zu dem gemacht hat, was du bist. Du hast mir viel zu verdanken, Guillaume.«

»Das weiß ich, Mutter«, erwiderte er, jetzt schon ein wenig ruhiger. Die Zornesröte in seinem Gesicht verblasste zu einem zarten Rosa, das eher in die Miene eines eingeschüchterten Knaben passte. »Es ist nur … Ich warte schon so lange auf diese Gelegenheit.«

Eleanor erhob sich von dem mit prunkvollen Arabesken verzierten Stuhl, auf dem sie gesessen und der sich noch vor kurzem im Besitz einer reichen Muslimin befunden hatte. Sie trat auf ihren Sohn zu und nahm sein Gesicht in ihre knochigen Hände. »Glaubst du, das wüsste ich nicht?«, fragte sie, während sie ihn durchdringend aus ihren tief liegenden Augen musterte. »Glaubst du, die Frau, die dich unter Schmerzen in diese Welt geboren hat, wüsste nicht um deine Sehnsüchte und Nöte?«

»Verzeiht, Mutter«, wiederholte er, und anders als vorhin klang es aufrichtig. Er hielt ihrem Blick nicht länger stand und schaute an sich hinab zu Boden.

»Es ist gut, Junge. Ich verstehe deine Ungeduld. Du hast lange gewartet – aber sei versichert, dass die Früchte deiner Geduld nicht mehr fern sind.«

»Wirklich?«, er schaute sie an, nicht als der zum Äußersten entschlossene Anführer, als der er sich in der Bruderschaft gebärdete, sondern als ein zerbrechliches, furchtsames Kind.

»Sei unbesorgt. Alles, was wir gemeinsam geplant haben, ist eingetreten, wenn auch anders, als wir es zunächst vorausgesehen haben. Und die Dinge werden sich auch weiterhin zu unseren Gunsten entwickeln, wenn wir nur geduldig abwarten.«

»Ich bin das Warten leid, Mutter, so unendlich leid. Die Monate verstreichen, und ich fürchte, ich werde nie das sein, was du mir versprochen hast.«

»Du bist der geborene Anführer, Guillaume. In deinen Adern fließt edles Blut, und der Tag wird kommen, an dem du alle anderen an Macht und Einfluss weit übertreffen wirst. Das verspreche ich dir, so wahr ich vor dir stehe.«

»Dafür bin ich Euch dankbar«, versicherte Guillaume, während er ungeduldig von einem Fuß auf den anderen trat. »Aber wie soll das vonstatten gehen, wenn ich nur weiter abwarte? Ihr vergesst wohl, dass ich mein Wort verpfändet habe, den Bruder des Königs …«

»Still doch«, fiel sie ihm ins Wort und brachte ihn mit einer herrischen Geste zum Schweigen. Argwöhnisch blickte sie sich in der geräumigen Kammer um, die sie allein bewohnte – das Bett teilten ihr Gemahl und sie längst nicht mehr. »Bist du von Sinnen, solche Dinge laut auszusprechen?«

»Einmal muss ich sie aussprechen, Mutter«, bekräftigte Guillaume, gleichwohl mit gesenkter Stimme. »Ob laut oder leise, meine Bedenken bleiben. Wir sollten endlich handeln! Warum haltet Ihr mich immer noch zurück? Soll der Baron recht behalten, wenn er mich der Feigheit bezichtigt?«

»Um Renald de Rein brauchst du dich nicht mehr zu scheren. Weder ist er dein leiblicher Vater, noch hat er mehr Macht über dich.«

»Glaubt Ihr das wirklich? Dann verschließt Ihr Eure Augen vor der Wahrheit, Mutter. Denn Euer Gemahl ist dabei, sich wieder jene Position zu erobern, die er auch in England schon hatte. Bereitwillig hat er sich dem Italier Bohemund angedient, bis dieser ihn in den Kreis seiner Ritter aufgenommen hat. Nicht mehr lange, und Renald de Rein wird dem Fürstenrat angehören – und was dann, Mutter? Was, wenn er unsere Pläne verrät?«

»Das wird er nicht, denn dazu ist er selbst viel zu tief darin verstrickt. Was glaubst du, warum er nicht die Nähe Roberts gesucht hat? Wäre es für ihn nicht sehr viel einfacher gewesen, in der Gunst des Herzogs der Normandie aufzusteigen, als in der Herrn Bohemunds? Renald hingegen hat es vorgezogen, möglichst großen Abstand zu Robert zu halten, denn er weiß, dass der Herzog launisch ist und ein Bekanntwerden des Plans mit einiger Wahrscheinlichkeit auch seinen Untergang bedeuten würde.«

Guillaume nickte. Die Argumente seiner Mutter beruhigten sein erregtes Gemüt ein wenig.

»Dennoch solltest du dich nicht mehr mit dem Baron vergleichen«, fügte Eleanor ein wenig sanfter hinzu. »Ich habe dir das Geheimnis deiner Herkunft enthüllt, weil es für dich an der Zeit ist, dich aus seinem Schatten zu lösen. Dir ist eine größere Zukunft bestimmt, als Renald de Reins gehorsamer Sohn zu sein.«

»Das habt Ihr schon so oft gesagt, Mutter«, wandte Guillaume seufzend ein, »und oft genug haben mir Eure Worte Trost geschenkt, aber jetzt nicht mehr. Was für eine Zukunft ist das, von der Ihr immerzu sprecht? Wollt Ihr mir das nicht endlich sagen?«

Aus ihren tief liegenden Augen musterte Eleanor ihn mit einem langen Blick. Schließlich nickte sie. »Vielleicht hast du recht. Vielleicht ist es an der Zeit, dir die wahre Natur meines Plans zu enthüllen und dir zu offenbaren, warum ich jenen frevlerischen Handel mit dem Brandstifter geschlossen habe.«

Guillaume hob die Brauen. Es war das erste Mal, dass er sie mit einer Spur von Geringschätzung über den königlichen

Berater sprechen hörte. »Mutter?«, fragte er entsprechend verwundert.

Ein dünnes Lächeln huschte über ihr schädelgleiches Antlitz. »Hast du ernsthaft angenommen, ich würde meinen einzigen Sohn zu des Königs Werkzeug machen, nur damit dieser Früchte ernten kann, die er niemals gesät hat? Mein Vater und mein Bruder, Guillaume, waren dabei, als Herzog William England eroberte. Sie haben mit ihm geblutet und ihm die Treue gehalten, als viele andere von ihm abfielen.«

»Ich weiß, das habt Ihr mir oft genug erzählt. Aber ich verstehe nicht, was Ihr damit sagen wollt.«

»Damit will ich sagen«, erwiderte Eleanor mit einer Stimme, die zu einem heiseren Flüstern verblasst war, »dass unser Anspruch auf Führerschaft nicht mehr und nicht weniger begründet ist als der jeder anderen Adelsfamilie, sei es auf der Insel oder in der Normandie.«

»Mit Ausnahme der des Eroberers«, widersprach Guillaume.

»Das ist wahr«, räumte Eleanor ein und schaute ihm dabei beschwörend in die Augen. »Aber was, wenn Herzog Robert beim Kampf um Jerusalem tatsächlich ein heldenhafter Tod ereilte, sodass seine Besitzungen in der Normandie allesamt an England fielen? Und was, wenn jemand König William Rufus daraufhin zu verstehen gäbe, dass man die Wahrheit über den Tod seines Bruders kenne und sie an den Adel der Normandie verraten wolle. Was dann, Sohn? Was dann?«

Guillaume starrte seine Mutter an, als würde er sie zum ersten Mal in seinem Leben erblicken. Ihr scharfer Verstand, ihr unbedingter Ehrgeiz, ihre gewissenlose Härte, ihr manipulatives Wesen – all das hatte er stets an ihr bewundert. Das wahre Ausmaß ihrer Ruchlosigkeit ging ihm jedoch erst in diesem Augenblick auf.

»Mutter! Du willst den König erpressen?«

»Nein, Guillaume. Wir werden Rufus lediglich die Folgen seines eigenen Handelns vor Augen führen und ihm die freie Wahl darüber lassen, was er daraufhin unternehmen wird.«

»Er wird uns vernichten«, war Guillaume überzeugt.

»Kaum. Denn in diesem Fall würde die Bruderschaft dafür sorgen, dass die Kunde von Rufus' schmählichem Verrat überall in Frankreich verbreitet wird, und das würde nicht nur das Ende seiner Herrschaftsansprüche besiegeln, sondern auch sein eigenes. Um Schaden von sich abzuhalten, wird Rufus sich also fügen, seiner schwachen Natur entsprechend – und mit Hilfe der Bruderschaft wirst du es sein, der die Herrschaft in den Händen hält.«

»Das ist dein Plan?« Guillaume starrte seine Mutter ungläubig an.

»Es ist nicht nur ein Plan, Guillaume. Vieles, was du getan hast, seit wir England verlassen haben – dein Beitritt zur Bruderschaft, deine Freundschaft zu Eustace und dein damit verbundener Aufstieg –, diente nur dazu, dich auf dieses Vorhaben vorzubereiten. Rufus wird zur bloßen Gestalt verblassen, zu einer Hülle ohne Inhalt, seines Namens nicht mehr wert, und der Adel wird sich von ihm ebenso abwenden wie von seinem Bruder Henry. Und just zu diesem Zeitpunkt, Guillaume, wirst du als strahlender Sieger nach London zurückkehren, ein Held von Jerusalem, in deinen Händen die Heilige Lanze. Wem, glaubst du, wird der Adel wohl in der allgemeinen Begeisterung Treue schwören?«

Guillaume starrte seine Mutter an, die es einmal mehr geschafft hatte, ihn zu überraschen. Trotz der rosigen Zukunft, die sie ihm in Aussicht stellte, blieben jedoch auch Zweifel bestehen. »Ihr seid wunderbar, aber solange die Fürsten sich darüber streiten, wer von ihnen Herrscher über Antiochia werden soll, werden sie den Feldzug nicht fortsetzen. Und was die Lanze betrifft, so ist der Bischof von Le Puy alles andere als überzeugt von ihrer Echtheit – und er ist immerhin der päpstliche Gesandte.«

»Was die Zweifel des widerspenstigen Adhémar angeht, so mach dir keine Sorgen. Ich kenne seine Schwächen gut genug. Nutze die Zeit weiter, um das Umland zu plündern und unsere leeren Kassen aufzufüllen, denn wenn wir nach England zurückzukehren, werden wir entsprechende Mittel brauchen. Sobald wir uns genügend bereichert haben, werden wir uns erneut Bartholomaios' bedienen, um die Fürsten dazu zu veranlassen, nach Jerusalem zu ziehen.«

»Vorausgesetzt, Eustace gestattet es«, wandte Guillaume ein. »Obschon er nur noch ein Schatten seiner selbst ist, steht seine erbärmliche Rechtschaffenheit unseren Plänen im Weg. Ich hätte ihn erstechen sollen, als ich die Gelegenheit dazu hatte.«

»Das ist nicht nötig«, versicherte Eleanor, während sie ihre dürren Arme um ihn wand und ihn an sich zog. Sie kannte ihren Sohn gut genug, um sich darüber klar zu sein, dass er nicht nur ihr berechnendes Wesen, sondern auch die Hitzköpfigkeit seines Vaters geerbt hatte.

»Sei unbesorgt, Guillaume«, hauchte sie ihm beruhigend ins Ohr, »ich werde mich um alles kümmern.«

12.

*Antiochia
Ende Juli 1098*

»Nun? Wie hast du dich entschieden?«

Diesmal waren sie nicht in einem Lagerhaus zusammengekommen, jedoch war die Örtlichkeit nicht weniger schäbig. Es war der Keller, den Berengar zu seinem Quartier erkoren und in dem er das Buch von Ascalon übersetzt hatte. Einige Folianten lagen auf dem behelfsmäßigen Tisch, dazu Pergamente, die mit Notizen beschrieben waren. Die Schriftrolle jedoch war nirgendwo zu entdecken, Conn nahm an, dass sie der Mönch an einem sicheren Ort verwahrte.

Vier Tage Bedenkzeit hatte der Bischof von Le Puy ihm gegeben, und Conn hatte sie bis zur Neige ausgenutzt. Keine Stunde war vergangen, da er nicht über den Inhalt des Buches und jene eigenartige Verkettung von Ereignissen nachgedacht hatte, die ihn, einen angelsächsischen Dieb, zum Ritter der Kirche werden lassen sollte. Anderseits war ihm irgendwann aufgegangen, dass ein Dieb wohl genau das war, was Bischof Adhémar brauchte.

Die Sache gefiel Conn noch immer nicht. Gewiss, es war bitter zu erfahren, dass Chaya von all diesen Dingen gewusst hatte, ohne ihm auch nur ein Sterbenswort darüber zu sagen, und natürlich behagte ihm der Gedanke, sich endlich an Guillaume de Rein zu rächen. Dennoch kam es ihm falsch vor, nach der Lade zu suchen und sie für die Kirche in Besitz zu nehmen. Der Schrein des Bundes gehörte Chaya und ihren Leuten, und ganz gleich, wie sehr Conn versuchte, Notwendigkeit gegen Unrecht abzuwägen, sein schlechtes Gewissen wurde dadurch nicht besser.

Von Herzen wünschte er sich, mit jemandem darüber sprechen und sich austauschen zu können, aber zum einen war es ihm nicht gestattet, zum anderen waren Baldric und Bertrand noch immer nicht aus Acre zurückgekehrt. Was Berengar betraf, so war er Conn keine Hilfe. Der Mönch, den Conn stets wegen seiner Bildung und Weisheit bewundert hatte, hatte ihn bitter enttäuscht. Obwohl auch er dem Treffen beiwohnte, tat Conn so, als existiere er nicht mehr für ihn.

»Ich warte, Conwulf«, drängte Bischof Adhémar, der sich seit ihrer letzten Begegnung verändert hatte. Die Wangen des Legaten waren noch weiter eingefallen, seine Züge fahl und die Augen trüb.

»Verzeiht, Herr«, erwiderte Conn leise, »aber die Entscheidung fällt mir nicht leicht.«

»Es fällt dir nicht leicht, dich für Ruhm und Ehre zu entscheiden? Was für ein Mensch bist du?«

»Einer, der seinem Gewissen folgt. Deshalb habt Ihr mich ausgewählt, Herr.«

»Dennoch bist du nicht der einzige rechtschaffene Mann in dieser Stadt. Das solltest du bedenken, wenn du vorhast, meine Geduld noch länger auf die Probe zu stellen.«

Conn wandte sich ab. Der Bischof sollte nicht sehen, wie seine Worte ihn verunsicherten. Wenn er ablehnte oder versuchte, die Entscheidung noch hinauszuzögern, würde Adhémar einen anderen beauftragen, nach der Lade zu suchen, und nichts würde gewonnen sein, ganz im Gegenteil. Folglich war es wohl am besten, wenn Conn das Angebot annahm – auch wenn er sich der Aufgabe weder gewachsen fühlte noch den Eindruck hatte, auf der richtigen Seite zu stehen.

»Ich bin einverstanden«, erklärte er.

»Gut«, sagte der Bischof nur, als hätte er nichts anderes

erwartet. »Sobald du vollständig genesen bist, wirst du aufbrechen. Bruder Berengar wird dich begleiten.«

»Nein«, sagte Conn schnell.

»Wie?« Adhémar schaute ihn verwundert an. »Du hast kaum eingewilligt und stellst schon Bedingungen?«

»Verzeiht, Herr«, erwiderte Conn und beugte entschuldigend das Haupt, »aber ich kann nicht mit Berengar ziehen.« Er streifte den Benediktiner mit einem Seitenblick. »Er hat mein Vertrauen missbraucht und mich hintergangen.«

»Zum Besten der Kirche. Ich erwarte nicht, dass dir gefällt, was Berengar getan hat. Aber du solltest bedenken, Conwulf, dass auch du gegen die Regeln der Kreuzfahrer verstoßen und Unzucht mit einer Ungläubigen getrieben hast.«

»Hätte ich es nicht getan, wärt Ihr nicht im Besitz des Buches.«

»Auch das ist wahr, weshalb ich den Herrn ersuchen werde, dir diese Sünde zu erlassen. Was jedoch Berengar betrifft, so fürchte ich, dass dir keine andere Wahl bleibt, zumal er...« Adhémar unterbrach sich, als ihn ein heftiger Hustenanfall schüttelte. Es kostete ihn einige Augenblicke, sich wieder davon zu erholen. »Zumal Berengar der Einzige ist, der den Text zu lesen und seine Rätsel zu deuten vermag. Ich kann folglich nicht dulden, dass er von der Suche ausgeschlossen wird. Wichtig ist in diesem Falle nur, was der Sache dient.«

»Und wenn er sich irgendwann entschließen sollte, auch Euch zu verraten?«, fragte Conn hilflos.

»Du bist kein Höfling und kein Intrigant, Conwulf. Ränkeschmieden steht dir schlecht zu Gesicht, zudem hast du kein Talent dafür. Ich für meinen Teil vertraue Berengar«, fügte er mit einem Nicken in Richtung des Mönchs hinzu, »ebenso wie ich deinem schlichten, aber rechtschaffenen Gemüt vertraue. Nun knie nieder.«

»Herr?« Conn starrte sein Gegenüber fragend an.

»Knie nieder«, forderte Adhémar ihn abermals auf und griff nach seinem Schwert.

Conn tat, was man von ihm verlangte, aber er kam sich vor, als würde er einen Traum durchleben – den Traum eines anderen.

Er hörte kaum, was der Bischof sagte. Von den Tugenden eines Ritters und von seinen Pflichten, von den besonderen Leistungen, die einem *miles christianus* abverlangt wurden, seiner unbedingten Tapferkeit, seiner Treue und seiner Opferbereitschaft. Conn erwachte erst aus seiner Trance, als Adhémars Schwert ihn an der Schulter berührte.

»Erhebt Euch, Conwulf von Antiochia, als Kämpfer der heiligen Kirche.«

Conn stand auf – und fühlte sich keinen Deut anders als zuvor.

Adhémar sprach indessen weiter. »Noch darf niemand erfahren, welche Ehre Euch zuteil wurde und in wessen Auftrag Ihr handelt. Ist Eurer Mission jedoch Erfolg beschieden, so wird Euer Name hell erstrahlen und Ihr werdet reichen Lohn empfangen. Darauf habt Ihr mein Wort, Conwulf – und dies als Unterpfand.«

Adhémar öffnete seine linke Hand, auf der ein silbernes Medaillon lag. Es war nur wenig größer als eine Münze, jedoch kunstvoll ziseliert. Ein sich aus vier Viertelkreisen zusammensetzendes Labyrinth war darauf zu erkennen, das in seiner Mitte ein Kreuz formte.

»Was ist das?«, wollte Conn wissen.

»Das Zeichen jener, die verborgen im Dienste Petri fechten.«

13.

Antiochia
1. August 1098

Das Feuer in der Esse war fast heruntergebrannt.

Funken stoben auf und verloschen, während Conn gedankenverloren in der Glut stocherte.

Vor zwei Tagen waren Baldric und Bertrand aus Acre zurückgekehrt. Sie hatten Chaya und das Kind sicher zu ihren Leuten gebracht, und auch die Rückreise war ohne Zwischenfälle verlaufen. Eigentlich hätte Conn erleichtert sein müssen, doch die Gedanken und Gefühle, die die Rückkehr seines Adoptivvaters bei ihm ausgelöst hatte, waren voller Widersprüche.

Während ein Teil von ihm Chaya noch immer aufrichtig liebte, wollte ein anderer sie bestrafen für das, was sie ihm angetan hatte – aber hatte sie es nicht zu ihrer aller Wohl getan? Waren sie und das Kind bei Caleb nicht ungleich besser aufgehoben als bei ihm? Andererseits, warum hatte sie ihm nicht vertraut? Warum hatte sie ihm das Geheimnis des Buchs von Ascalon nicht offenbart, da sie einander doch so nahe gewesen waren, wie zwei Menschen nur sein konnten?

Resigniert schüttelte Conn den Kopf.

Er kannte sich selbst gut genug, um zu wissen, dass all diese Überlegungen im Grunde nur einem Zweck dienten – nämlich das schlechte Gewissen zu vertuschen, das er Chaya gegenüber hatte.

Die ganze Zeit über hatte er beteuert, mit dem Verschwinden des Buches von Ascalon nichts zu tun zu haben, und jede Anschuldigung weit von sich gewiesen. Indem er Bischof Adhémars Angebot annahm und sich bereit erklärte hatte, nach der Lade des Volkes Israel zu suchen, um sie für die Kirche in Besitz zu nehmen, hatte er jedoch gezeigt, dass sie ihn nicht zu Unrecht verdächtigt hatte. Er mochte nicht ihr Feind sein, so wie andere Kreuzfahrer es waren.

Aber er war auch nicht ihr Freund.

»Sonderbar«, grübelte Bertrand, der neben ihm an der Feuerstelle saß, die die Mitte des Wohnraumes einnahm. »Ich hatte erwartet, das Heer bei unserer Ankunft zum Aufbruch gerüstet vorzufinden, aber das Gegenteil ist der Fall. Es scheint fast, als hätten die hohen Herren das Interesse daran verloren, nach Jerusalem zu ziehen.«

»Ich habe gehört, dass es Uneinigkeit gibt im Fürstenrat«, berichtete Baldric, der ihnen gegenübersaß und an einem winzigen Stück Brot kaute. Conn und Bertrand hatten ihre Rationen bereits vertilgt.

»Uneinigkeit? Wann sind sich die hohen Herren je einig gewesen?«, fragte Bertrand augenzwinkernd dagegen.

»Gemäß dem Eid, den sie Kaiser Alexios geleistet haben, müsste Antiochia seiner Herrschaft übergeben werden«, führte Baldric weiter aus. »Aber es gibt auch Fürsten, die die Ansprüche des Kaisers in Frage stellen, allen voran Bohemund von Tarent, der sich gerne selbst zum Herrn von Antiochia aufschwingen würde. Darüber ist ein heftiger Streit entbrannt, der das Kreuzfahrerheer am Weitermarschieren hindert, von der Hitze des Sommers ganz abgesehen.«

»Von mir aus sollen sie sich ruhig Zeit lassen«, meinte Bertrand achselzuckend. »Ich hätte nichts dagegen, noch eine Weile auszuruhen.«

»In einer Stadt, in der die Menschen hungern?«, fragte Baldric zweifelnd. »In deren Gassen man nachts nicht sicher ist und Seuchen grassieren? Was ist nur aus uns geworden?

Viele Kreuzfahrer haben den Eid, den sie als Pilger geleistet haben, verraten und sind zu gemeinen Räubern geworden, nicht besser als jene, die zu vertreiben wir aufgebrochen sind.«

Conn zuckte zusammen. Unwillkürlich fühlte er sich angesprochen, und ihm wurde nur noch elender zumute. Dass es die Kirche selbst war, die ihn beauftragt hatte, tröstete ihn nicht. Das Gefühl, dass er etwas Falsches tat, blieb bestehen, und einmal mehr empfand er ohnmächtige Wut auf Berengar, der ihn zu seinem Komplizen gemacht hatte. Gewiss erhielt Conn dadurch die Chance, sich an Guillaume de Rein zu rächen, und allein das war es vermutlich wert, jede erdenkliche Sünde dafür zu begehen. Aber er würde Chaya dafür verraten, und dieser Handel war ihm unerträglich. Welchem Ansinnen war der Vorzug zu geben – dem Racheschwur, den er einst geleistet hatte, oder der Gerechtigkeit? Nia schien auf der einen Seite zu stehen, Chaya auf der anderen, so als würden sie um seine Seele ringen.

»Das stimmt«, pflichtete Bertrand Baldric bei. »Viele der hohen Herren nutzen die Zeit, um Raubzüge in die Umgebung zu unternehmen und sich das zurückzuholen, was der Feldzug sie gekostet hat.«

»Können sie das denn?«, fragte Baldric dagegen. »Können Gold und Geschmeide die vielen Menschenleben ersetzen, die verloren gingen? Was, wenn wir uns geirrt haben? Was, wenn wir die Zeichen des Herrn falsch gedeutet haben und diese Unternehmung nichts als ein gewaltiger, folgenschwerer Irrtum ist. Was dann?«

Zum ersten Mal blickte Conn auf.

Sein Adoptivvater kauerte vor der Esse und starrte nicht weniger trüb in die Glut, als er selbst es getan hatte.

»Du zweifelst?«, fragte er leise.

»Muss ich das nicht?« Baldrics Auge richtete sich auf ihn. »Nichts ist so, wie wir es erwartet haben, nicht einmal der Feind, den wir bekämpfen. Was, wenn wir uns auch irren, was unsere Seelen betrifft? Was, wenn wir den Pfad des Lichts längst verlassen haben und verloren sind, ohne dass wir es merken?«

Conn schluckte den Kloß hinunter, der sich in seinem Hals gebildet hatte. Baldrics Worte machten ihm Angst, wenn auch auf eine schwer zu fassende Weise, zumal im Hinblick auf die Aufgabe, die er übernommen hatte. »Was genau meinst du, Vater?«

»Ich bin Soldat und kein Prediger, deshalb vermag ich es nicht in Worte zu fassen. Es ist nur ein Gefühl, das mich quält, seit wir aus Acre zurück sind, eine unbestimmte Ahnung, aber was, wenn...«

Er kam nicht dazu, den Satz zu beenden.

Knarrend flog die Tür des Hauses auf, und Berengar stand auf der Schwelle, dessen Gesellschaft Conn in den letzten Tagen absichtlich gemieden hatte. Ohne zu grüßen oder darauf zu warten, dass man ihn hereinbat, stürzte der Mönch an die Feuerstelle. Blankes Entsetzen stand in den blassen Zügen mit der Habichtsnase geschrieben.

»Was ist geschehen, Pater?«, wollte Bertrand wissen. »Ihr seht aus, als ob...«

»Bischof Adhémar«, stieß Berengar atemlos hervor.

»Was ist mit ihm?«, fragte Conn.

»Er ist tot«, antwortete der Mönch mit tonloser Stimme.

»Was?«

»Eine plötzliche Erkrankung, wie es heißt... wohl eine der Seuchen, die in der Stadt grassieren.«

Conns Gesicht wurde heiß, er hatte das Gefühl, jede einzelne Haarwurzel auf seinem Kopf zu spüren. Es kam in diesen Tagen nicht selten vor, dass Menschen, die von Hunger und Strapazen geschwächt waren, von Krankheiten befallen und innerhalb kürzester Zeit dahingerafft wurden. Er erinnerte sich auch an die Hustenanfälle, die den Bischof von Le Puy bei ihrem letzten Treffen geplagt hatten. Dennoch kam es ihm seltsam vor, dass Adhémar nur wenige Tage nach ihrer geheimen Unterredung eines mehr oder minder natürlichen

Todes gestorben sein sollte. Noch dazu, wo er sich auf Schritt und Tritt beobachtet wähnte.

»Das ist nicht gut«, erklärte Baldric. »Adhémar war der Vertreter des Papstes und hat die Fürsten beständig an seine Pflichten erinnert. Ohne ihn wird alles noch schwerer werden.«

»Das wird es«, bestätigte Berengar und bedachte Conn mit einem bedeutsamen Blick. »Kann ich einen Moment mit dir sprechen, Conwulf?«

Obwohl alles in ihm sich dagegen wehrte, folgte Conn dem Mönch nach draußen. Die Neuigkeit hatte auch ihn schockiert, gleichwohl ertappte er sich dabei, dass er die leise Hoffnung hegte, mit dem Tod des Bischofs könnte sich auch ihre Abmachung erledigt haben und er würde nicht gezwungen sein, zwischen Vergangenheit und Gegenwart zu wählen.

»Was wollt Ihr?«, erkundigte er sich barsch.

»Kannst du dir das nicht denken?«, antwortete Berengar mit gedämpfter Stimme. »Erscheint es dir nicht auch verdächtig, dass der Bischof so plötzlich verschieden ist?«

»Und wenn?«

»Hugo von Monteil, der Bruder Adhémars, hat gesagt, dass er keineswegs an einen Tod durch Krankheit glaubt. Er vermutet, dass der Bischof vergiftet wurde, aber er kann es nicht beweisen.«

»Vergiftet?«

»Ich muss dir nicht sagen, wen Adhémar am meisten gefürchtet hat.«

»Die Bruderschaft der Suchenden«, knurrte Conn. Und Guillaume de Rein, fügte er in Gedanken hinzu.

»Ich weiß nicht, ob Graf Hugo Kenntnis hat von dem Buch und dem Bündnis, das sein Bruder mit uns geschlossen hat«, entgegnete der Mönch. »Aber ich werde mit ihm darüber sprechen.«

»Wozu?«, fragte Conn.

»Willst du behaupten, dir wäre nicht mehr daran gelegen, dich an deinem Erzfeind zu rächen?«

»Nein, das behaupte ich nicht. Aber mir hat die Sache von Anfang an nicht gefallen, und nun, da der Bischof nicht mehr am Leben ist, sehe ich nicht, warum ich mich noch an mein Wort gebunden fühlen sollte.«

»Und die Ritterwürde, die du erlangt hast?«

»Niemand außer Euch weiß davon«, erwiderte Conn kalt. »Und Ihr tätet gut daran, es nicht öffentlich zu machen.«

»Du drohst mir? Nach allem, was ich für dich getan habe?«

»Was auch immer Ihr getan habt, habt Ihr vor allem um Eurer selbst willen getan, Pater, ich schulde Euch also nichts. Oder wollt Ihr das bestreiten?«

Berengar schüttelte das spärlich behaarte Haupt. »Ich leugne nicht, dass ich Fehler gemacht habe und dass es mich nicht nur aus Frömmigkeit, sondern auch aus Neugier dazu drängte, das Geheimnis des Buches zu ergründen. Aber ich habe es nicht nur zu meinem Wohl getan, sondern auch zu deinem, Conn, willst du das nicht einsehen? Warum, glaubst du, habe ich mich bei Bischof Adhémar für dich verwendet?«

»Ganz einfach, weil Ihr jemanden braucht, der Euch nach Jerusalem begleitet. Jemanden, den Ihr leicht beeinflussen und kontrollieren könnt. Mit anderen Worten, einen angelsächsischen Narren wie mich.«

»Aber nein, du missverstehst meine ...«

»Außerdem wolltet Ihr Euer schlechtes Gewissen mir gegenüber erleichtern. Ihr dachtet, wenn Ihr mich zum Komplizen macht, würde das Eure Schande schmälern. Aber das ist nicht der Fall, Berengar. Der Bischof ist nicht mehr am Leben, und damit betrachte ich auch unsere Abmachung als hinfällig.«

»Conwulf, ich ...«

Conn ließ ihn abermals nicht ausreden. Abrupt wandte er sich ab, ging ins Haus zurück und warf die Tür zu. Dann wartete er mit pochendem Herzen, bis die knirschenden Schritte von Berengars Sandalen sich entfernt hatten – und hoffte, dass er die richtige Entscheidung getroffen hatte.

Antiochia
September 1098

»Danke, dass Ihr meiner Einladung gefolgt seid.«

Eustace de Privas fuhr herum. Er hatte erwartet, dass seine Gastgeberin die Halle durch den Vordereingang betreten würde. Stattdessen stand sie plötzlich hinter ihm.

»Mylady.« Der Ritter aus der Provence verbeugte sich. Als er sich wieder erhob, stand die schattengleiche Erscheinung Eleanor de Reins unmittelbar vor ihm.

Eustace verspürte dieselbe Beklemmung, die er auch in Caen empfunden hatte, damals, als Eleanor zu ihm gekommen war und um Aufnahme ihres Sohnes in den Kreis der Bruderschaft gebeten hatte. Aus machtpolitischen Erwägungen hatte Eustace damals zugestimmt, denn Eleanors Familie verfügte in der Normandie über erheblichen Einfluss, und da die Normannen einen nicht unbedeutenden Teil des Heeres stellten, war es überaus wichtig, auch sie in der Bruderschaft vertreten zu wissen. Allerdings hatte Eustace nicht damit gerechnet, dass der anfangs so zurückhaltende und unter seinem strengen Vater leidende Guillaume einst so forsch agieren und sogar versteckte Ansprüche auf die Führung der Bruderschaft erheben würde. Und ihm war klar, dass diese offenkundige Veränderung einen Namen hatte.

Eleanor de Rein.

Es war unbestreitbar, dass die Gattin des Barons de Rein großen Einfluss auf ihren Sohn ausübte, und ganz offenbar schien sie diese Einflussnahme nun auch auf die Bruderschaft ausdehnen zu wollen – doch Eustace war fest entschlossen, jedes Ansinnen in diese Richtung von sich abprallen zu lassen. Er und niemand sonst hatte die Bruderschaft ins Leben gerufen, und er würde sich seinen Führungsanspruch von niemandem streitig machen lassen.

»Sicher fragt Ihr Euch, weshalb ich Euch um dieses Treffen ersucht habe«, ergriff Eleanor wieder das Wort. Ihre hagere

Erscheinung und die bleichen, reglosen Züge hatten etwas Furchteinflößendes. Das Gebende um Hals und Kopf, das nur ihr Gesicht frei ließ, verstärkte Eustaces Eindruck, mit einem lebenden Leichnam zu sprechen.

»Das ist wahr, Mylady«, bestätigte er mit einem leisen Schaudern.

»Ich bat Euch, in mein Haus zu kommen, weil ich mit Euch über die Zukunft sprechen möchte.«

»Über die Zukunft?« Eustace hob die Brauen. »Wessen Zukunft, Mylady?«

»Eure Zukunft Und die von Guillaume.«

»Nun«, erwiderte der Provenzale voller Zuversicht, »was meine Zukunft betrifft, so sehe ich sie in einem durchaus günstigen Licht.«

»Das glaube ich Euch gern, Monsieur, aber doch nur, weil der Kampf um Antiochia eine entscheidende Wendung genommen hat. Wäre die Lanze damals nicht gefunden worden, hätten unsere Kämpfer wohl nicht mit derartiger Verbissenheit gegen die Muselmanen gefochten, und wir würden kaum hier stehen, um diese Unterhaltung zu führen.«

»Damit mögt Ihr recht haben. Allerdings weiß ich nicht, warum Ihr diese Dinge erwähnt.«

»Kommt, Eustace. Beleidigt mich nicht, indem Ihr mich wie eine Närrin behandelt. Ich weiß, welche Rolle Eure Bruderschaft beim Fund der Lanze gespielt hat, und ich weiß auch, dass es Guillaume war, der den Ausschlag dazu gegeben hat. Er hat es mir selbst erzählt.« Ein dünnes Lächeln spielte um ihre blutleeren Lippen. »Ein Sohn sollte vor seiner Mutter keine Geheimnisse haben.«

»Auch dann nicht, wenn er einen feierlichen Eid geleistet hat?«, empörte sich Eustace.

»Wollt Ihr behaupten, Ihr hättet noch niemals einen Eid gebrochen?«, fragte Eleanor dagegen und zuckte mit den Achseln, die sich durch das samtene Kleid und den Überwurf abzeichneten. »Schwüre werden jeden Tag geleistet, und je höher jene stehen, die ihr Wort verpfänden, desto häufiger werden sie gebrochen. Statt Guillaume zu zürnen, solltet Ihr Euch glücklich schätzen, dass seine List die entscheidende Wendung brachte – denn wie ich hörte, seid Ihr in jenen Tagen nicht in der Lage gewesen, eine solche herbeizuführen.«

»Das ist wahr«, bekannte Eustace widerwillig. Da Eleanor so umfassend unterrichtet schien, war leugnen wohl sinnlos.

»Seither jedoch ist eine fast verwerflich zu nennende Trägheit unter den Kreuzfahrern eingekehrt. Anstatt zu kämpfen, begnügen sie sich damit, ihre Wunden zu lecken und sich dem Wohlleben hinzugeben, selbst die Prediger sind mancherorts verstummt. Es ist nicht zu übersehen, dass manche Ritter mehr Gefallen daran finden, im Umland auf Raubzug zu gehen und persönlichen Besitz anzuhäufen, als dem ursprünglichem Ziel des Feldzugs zu dienen, nämlich der Eroberung von Jerusalem. Sogar unter den Fürsten scheint Uneinigkeit darüber ausgebrochen zu sein.«

»Auch das ist wahr. Namentlich Bohemund von Tarent wehrt sich dagegen, den Feldzug fortzusetzen ...«

»... es sei denn, man würde ihm die Herrschaft über Antiochia übertragen«, fügte Guillaumes Mutter hinzu und bewies damit einmal mehr, wie gut sie informiert war. »Dass er durch seine Selbstsucht das ganze Unternehmen gefährdet, scheint diesem Emporkömmling dabei völlig gleichgültig zu sein.«

»Mylady, offen gestanden wundert es mich, Euch in dieser Art über den Fürsten von Tarent sprechen zu hören. Immerhin ist Euer Gemahl der Baron bekanntermaßen sein ergebener Anhänger.«

Eleanor stellte erneut ihr Totenkopflächeln zur Schau. »Ihr solltet nicht den Fehler machen, mich mit meinem Gemahl gleichzusetzen. Renald mag Gefallen daran finden, sich den Mächtigen anzudienen – mir hingegen erschien es von jeher erfolgversprechender, selbst Macht zu erlangen.«

»Eine Einstellung, die von Ehrgeiz und Weitsicht spricht«,

sagte Eustace. Auch wenn Eleanors forsches Auftreten ihn verunsicherte, ja verstörte, kam er nicht umhin, von ihr beeindruckt zu sein. In jungen Jahren, sagte er sich, war sie wohl eine Schönheit gewesen mit ihren stechend grünen Augen und den schmalen, vornehmen Zügen – ehe das Alter oder ihre Erfahrungen sie zu jenem bleichen, an einen Geist gemahnenden Geschöpf hatten werden lassen, als das sie ihm nun gegenüberstand.

»Dies sind beides Eigenschaften, die für eine Frau gefährlich sind«, erwiderte sie ohne Zögern, »weshalb ich früh damit begonnen habe, Männer das tun zu lassen, was ich für richtig hielt.«

Sie trat an den langen Tisch, der die eine Hälfte der Halle einnahm, und griff nach den mit Wein gefüllten Bechern, die dort standen. Einen behielt sie selbst, den anderen reichte sie Eustace.

»Ich gestehe, dass ich beeindruckt bin von Eurer Offenheit, Mylady«, gestand dieser, nachdem sie getrunken hatten.

»Und ich will auch weiter offen mit Euch sein. Denn für die Pläne, die ich gefasst habe, ist es überaus wichtig, dass wir Jerusalem erreichen. Und da die Fürsten unter sich uneins sind, brauchen wir etwas, das ihren Streit beendet und sie dazu veranlasst, den Feldzug fortzuführen.«

»Ich ahne, worauf Ihr hinauswollt«, versicherte Eustace zwischen zwei Schlucken Wein, »und ich beginne außerdem zu mutmaßen, dass es nicht Guillaumes, sondern in Wahrheit Euer Plan gewesen ist, der die Wende vor Antiochia herbeigeführt hat.«

»Das steht Euch frei«, erwiderte Eleanor lächelnd.

»Aber ich verwehre mich entschieden dagegen, Peter Bartholomaios wieder für unsere Zwecke einzusetzen. Einmal ist es gutgegangen. Ein zweites Mal werde weder ich noch die Bruderschaft dieses Risiko eingehen.«

»Weshalb nicht? Was fürchtet Ihr?«

»Was ich fürchte?« Eustace lachte freudlos auf. »Entdeckung natürlich, was sonst? Was, glaubt Ihr wohl, geschieht, wenn die Täuschung bekannt würde?«

»Wir würden brennen«, entgegnete Eleanor ungerührt. »Aber ich glaube nicht, dass es das ist, was Euch daran hindert. Ihr fürchtet vielmehr, dass Guillaume Euch an Einfluss überflügeln könnte, nicht wahr? Und hier ist es nun, wo seine und Eure Zukunft und die der Bruderschaft einander berühren.«

»Bei allem, was Ihr sagt, solltet Ihr nicht vergessen, dass ich die Bruderschaft der Suchenden gegründet habe, Mylady. *Ich bin ihre Zukunft!*«

»Meint Ihr?« Sie nahm einen Schluck Wein, und der Blick, den sie ihm über den Becher hinweg sandte, hatte etwas Herausforderndes. »Ich würde Euren Standpunkt teilen, wenn Ihr bereit wärt, Euch für die hohen Ziele einzusetzen, die Ihr Euch gegeben habt – aber das seid Ihr nicht. Letzten Endes ist Euch an Eurem eigenen Wohl mehr gelegen als an der Bruderschaft, das habt Ihr schon einmal bewiesen.«

»Mylady!« Zorn schoss Eustace in die Adern. Geräuschvoll stellte er den halb geleerten Becher auf den Tisch zurück. »Viele Ritter, auch die tapfersten, haben während der Belagerung Antiochias Schwäche gezeigt, das könnt Ihr mir nicht vorwerfen. Und was Bartholomaios' Glaubwürdigkeit betrifft, so traue ich ihr nicht mehr.«

»Weshalb nicht? Adhémar von Le Puy kann sie nicht mehr untergraben.«

»Der Bischof ist tot, das ist wahr. Aber sagt Euch der Name Arnulf von Rohes etwas?«

Eleanor hob die schmalen Brauen. »Der Prediger Herzog Roberts von der Normandie?«

»Ebenjener. Im Gegensatz zu Le Puy erfreut er sich bester Gesundheit, und er lässt keine Gelegenheit aus, an der Echtheit der Lanze zu zweifeln und den Herzog gegen uns aufzubringen. Wie wird er wohl auf neue Voraussagen von Bartholomaios reagieren?«

»Darüber zerbrecht Euch nicht den Kopf«, beschwichtigte Eleanor und leerte ihren Becher. »Wie leicht könnte auch ihm etwas zustoßen, ebenso wie seinem Herzog?«

»Mylady!«

»Was denn, das erschreckt Euch?« Sie lächelte. »Gedanken wie diese sollten Euch aber nicht erschrecken, denn genau sie sind es, die den Anführer vom Untertan unterscheiden. Und Ihr, mein Freund, seid nichts als ein Untertan. Ein edler Untertan, gewiss. Aber dennoch nur ein Untertan.«

»Glaubt Ihr …?«

Eustace wollte etwas erwidern, aber noch während er sprach, vergaß er, was er hatte sagen wollen. Er merkte, wie sich etwas bleischwer auf ihn senkte, und er brauchte den Tisch als Stütze, um nicht von den Beinen zu kippen. Verwirrt starrte er auf den halb leeren Becher, von dessen Inhalt er doch nur wenige Schlucke getrunken hatte.

»Sieh mich an, Eustace«, verlangte Eleanor.

Er kam ihrer Aufforderung nach und stellte zu seiner Verblüffung fest, dass sie sich verändert hatte. Das Gebende um ihr Haupt hatte sie gelöst, sodass er ihren schlanken Hals sehen konnte und das grauweiße Haar, das einst strahlend blond gewesen sein mochte. Von Nadel und Stoff befreit, lag es eng an ihrem Kopf an und reichte ihr bis zu den Schultern.

»Was … was tut Ihr?«, stammelte Eustace, der sich kaum noch aufrecht halten konnte. Der Boden der Halle schien zu kippen.

»Was ich immer zu tun pflege, wenn ich etwas haben will«, erwiderte sie mit ruhiger Gelassenheit, während sie dazu überging, ihren Mantel und das darunterliegende Gewand abzulegen. »Ich nehme es mir.«

Eustace wollte fort, nur fort.

Er löste sich vom Tisch und wollte hinaus, aber er kam keine zwei Schritte weit. Mit einem dumpfen Aufschrei ging er nieder und fand sich am Boden wieder. Neben ihm lag der Becher, den er versehentlich mitgerissen hatte. Der restliche

Wein rann aus und versickerte in den Fugen zwischen den Steinplatten, rot wie Blut.

»Ich will, dass du deinen Platz an der Spitze der Bruderschaft für Guillaume frei machst«, hörte er Eleanor sagen.

»Nie-niemals.«

»Du bist am Ende deiner Kräfte, Eustace. Was die Bruderschaft braucht, ist Führung – und dazu bist du nicht in der Lage. Oder willst du das ernstlich anzweifeln? Wenn sogar eine schwache Frau in der Lage ist, dich zu bezwingen?«

»Bezwingen«, echote er und starrte sie verständnislos an. Sie hatte ihr Gewand abgelegt und trug nur noch ein dünnes Hemd, das ihre knochige Gestalt durchscheinen ließ und ihre gespenstische Erscheinung noch verstärkte.

»Du wirst tun, was ich von dir verlange, nicht wahr?«, fragte sie, während sie den Saum langsam hob. Der Schein der Öllampen tauchte ihre Gestalt in dämonisch anmutendes Licht, ein spinnengleiches Wesen, das nur aus Knochen und dürrer Haut zu bestehen schien.

Und Eustace merkte, wie sein Widerstand schwand und er nicht anders konnte, als sich ihrem Willen zu fügen.

14.

Antiochia
Oktober 1098

»Wer ist es?«

»Sein Name ist Berengar, Sire. Er ist ein Benediktinermönch.«

»Und er verlangt mich zu sprechen?«

»Ja, Sire.«

»Warum schickt Ihr ihn nicht einfach weg?«

»Weil er sagt, dass Ihr das sicher bereuen würdet.«

Durch die halb geöffnete Tür konnte Berengar jedes Wort hören, das im Gemach Hugo von Monteils gesprochen wurde. Er ließ sich nichts anmerken und stand unbewegt unter den misstrauischen Blicken der beiden Leibwächter. Ganz offenbar war Hugo von Monteil kein Mann, der sein Vertrauen verschenkte – und nach allem, was seinem Bruder widerfahren war, konnte Berengar ihn gut verstehen.

Es hatte ihn einige Mühe gekostet, zum Grafen vorgelassen zu werden. Nicht nur, dass Hugo von Monteil durch den Tod seines Bruders Adhémar dessen Titel und Besitzungen geerbt und dadurch ein beschäftigter Mann geworden war; es hatte auch den Anschein, als zöge sich der Graf absichtlich zurück, was Berengar wiederum in seiner Annahme bestärkte, dass Hugo und er womöglich dieselben Ziele hegten.

Endlich kehrte der Diener, der den Besuch des Mönchs angekündigt hatte, zurück. Mit einem knappen Nicken gab er Berengar zu verstehen, dass er sich nähern durfte. Gesenkten

Hauptes trat der Mönch ein und verbeugte sich so tief, dass es in seinen Knochen schmerzte. Zur Schau gestellte Demut, das hatte ihn die Erfahrung gelehrt, pflegte die Mächtigen milde zu stimmen.

Zumindest äußerlich war Hugo von Monteil Bischof Adhémar nicht sehr ähnlich. Er entbehrte sowohl dessen eindrucksvolle Statur als auch sein prachtvolles Haar, und obgleich er einen samtenen Umhang über dem Gambeson trug, bot er eine eher schlichte Erscheinung. Die energische Stirn jedoch und die Wachsamkeit seiner Augen erinnerten sehr an seinen verstorbenen Bruder.

»Danke, dass Ihr mich empfangt, Herr«, sagte Berengar unterwürfig. »Möge der Allmächtige es Euch vergelten.«

»Schon gut, Pater«, erwiderte der Graf, der an einem langen Tisch saß und dabei war, sich mit etwas Fleisch und Brot zu stärken. »Was also ist so wichtig, dass Ihr mich unbedingt zu sprechen wünscht? Sagt es mir, aber fasst Euch kurz, denn meine Zeit ist kostbar.«

»Dessen bin ich mir bewusst, Herr«, versicherte der Mönch beflissen und deutete abermals eine Verbeugung an. »Ihr müsst wissen, dass ich ein enger Vertrauter Eures Bruders gewesen bin.«

»Tatsächlich?« Hugo biss von einem Stück Hammelfleisch ab und kaute es geräuschvoll. »Es ist seltsam, wisst Ihr. Seid mein geliebter Bruder nicht mehr unter uns weilt, vergeht kein Tag, an dem nicht irgendwer behauptet, sein Günstling gewesen zu sein. Was wollt Ihr, Mann? Eine Spende für die Armen? Lasst Euch von meinem Kämmerer etwas geben und dann ...«

»Mit Verlaub, Sire, das ist es nicht«, fiel Berengar dem Grafen ins Wort. »Vielmehr bin ich hier, um Euch darüber in Kenntnis zu setzen, dass ich von gewissen Dingen weiß.«

Hugo hörte für einen Moment zu kauen auf. »Von was für Dingen?«, fragte er mit vollem Mund.

»Von Dingen, die Euren geliebten Bruder sehr beschäftigt

haben und die den Verlauf dieser Unternehmung maßgeblich beeinflussen könnten«, gab der Mönch ausweichend zur Antwort. »Ich bin sicher, Ihr wisst, wovon ich spreche.«

»Nein, das weiß ich nicht.« Hugo schüttelte den Kopf. »Seid Ihr auch recht bei Sinnen, Mann?«

»Durchaus«, versicherte Berengar, dem in diesem Augenblick klar zu werden begann, dass der Graf keine Ahnung hatte, wovon er sprach. Ganz offenbar hatte sich Adhémar von Monteil in dieser so wichtigen Angelegenheit nicht einmal seinem leiblichen Bruder anvertraut.

»Was also wollt Ihr?«, fragte Hugo ungeduldig, während er hastig weiteraß. »Ich rate Euch, meine Zeit nicht zu verschwenden!«

»Es geht um ein Geheimnis«, sagte Berengar schnell, der seine Felle bereits davonschwimmen sah. Wenn es ihm nicht gelang, das Interesse des Grafen zu wecken, würde er sich schneller auf der Straße wiederfinden, als es ihm lieb sein konnte.

»Ein Geheimnis?« Zumindest unterbrach Hugo abermals den Kauvorgang.

»In der Tat, Sire. Etwas, das Eurem Bruder so wichtig war, dass er es mit kaum jemandem teilte.«

»Mein Bruder, Pater, ist nicht mehr am Leben. Seine Feinde haben ihn aller Wahrscheinlichkeit nach vergiftet, und der einzige Grund, dass ich noch unter den Lebenden weile, ist der, dass er mich an jenen Geheimnissen nicht teilhaben ließ. Ich weiß sehr wohl, dass es Dinge gab, die er selbst vor mir verschwiegen hat, und ich nehme an, er hatte gute Gründe dafür. Warum sollte ich etwas daran ändern?«

»Weil, mein Herr, wir in einer besonderen Zeit leben, in einem Jahrhundert, das seinem Ende entgegengeht. Früher, da ich als Prediger durch die Lande zog, da sprach ich vom kommenden Himmelreich Gottes – freilich ohne zu ahnen, dass es schon so nah sein könnte. Ich habe die Zeichen der Natur gesehen und wusste, dass sie etwas Großes bedeuten, umwälzende Veränderungen, aber erst viel später habe ich begriffen, worum es dabei tatsächlich ging.«

»Und das soll mich beruhigen? Ein Mann tut gut daran, den Platz zu kennen, der ihm vom Schicksal zugewiesen wurde, sei er nun Herr oder Knecht. Die Mächtigen mögen Veränderungen nicht, schon gar nicht, wenn sie mit Glaubensdingen einhergehen. Es ist gefährlich, von derlei Dingen zu sprechen, und anders als meinem Bruder fehlt mir dazu der Mut – oder sollte ich von Dummheit sprechen? Ich habe kein Verlangen danach, Besuch von dieser Hexe zu erhalten.«

»Von welcher Hexe?«, fragte Berengar verblüfft.

Hugo de Monteil lächelte schwach. »Wenn Ihr meinen Bruder so gut kanntet, wie Ihr behauptet, dann wisst Ihr, von wem ich spreche. Er hatte Angst vor ihr – vor ihr und diesem Geheimbund, der vorgibt, den heiligen Reliquien nachzuspüren, und im Grunde doch nur den eigenen Vorteil im Sinn hat.«

»Die Bruderschaft der Suchenden«, murmelte der Mönch. »Ihr sprecht von Guillaume de Rein.«

»Nicht von ihm, sondern von seiner Mutter. Weder kann ich es beweisen, noch weiß ich, was genau sie Adhémar angetan hat – aber wenige Tage nachdem sie ihn in seinem Haus besuchte, war er tot.«

»Eleanor de Rein«, flüsterte Berengar betroffen.

»Sie ist es, die in Wahrheit die Geschicke der Bruderschaft lenkt. Solange Ihr keinen Plan habt, wie ihr beizukommen ist, lasst mich in Frieden! Geheimnisse religiöser Natur interessieren mich nicht.«

»Aber...«

»Wachen!«, brüllte der Graf mit lauter Stimme, und die beiden Kämpen, die vor der Tür postiert waren und Berengar schon vorhin so grimmig gemustert hatten, platzten herein. »Hinaus mit ihm«, sagte Hugo nur, und ehe Berengar sich's versah, hatten die beiden ihn bereits an Kapuze und Leibstrick gepackt und zerrten ihn aus der Halle und hinaus auf die Straße, wo sie ihn mit einem Fußtritt in den Staub beförderten, zur Belustigung zahlreicher Passanten.

Stöhnend richtete sich der Mönch wieder auf, bemüht, einen letzten Rest an Würde zu bewahren. Sein Plan, Bischof Adhémars Bruder ins Vertrauen zu ziehen und ihn für die Suche nach der verschollenen Lade zu gewinnen, war gescheitert – doch gleichzeitig hatte der Graf ihm auch eine neue Lösung aufgezeigt.

Wenn Hugo de Monteil zu ängstlich war, ein Jahrtausende altes Geheimnis zu lüften und seinen Namen ins steinerne Buch der Geschichte zu meißeln, würde Berengar eben die Hilfe von jemand anderem suchen müssen, dem es nicht an Mut und Entschlossenheit fehlte.

Die Lösung, die der Graf unwillentlich vorgeschlagen hatte, trug den Namen einer Frau.

Eleanor de Rein.

15.

*Antiochia
30. Dezember 1098*

Die schmerzvollen Schreie waren in dem unterirdischen, von Säulen getragenen Gewölbe verhallt, der Geruch von verbranntem Fleisch hatte sich verflüchtigt.

Unbewegt und ohne eine Spur von Mitleid hatte Guillaume de Rein zugesehen, wie fünf neue Mitglieder in die Bruderschaft aufgenommen worden waren. Junge Ritter, denen man wie einst ihm selbst den feierlichen Eid abgenommen hatte, ihr Leben in den Dienst der Suche zu stellen, und denen man anschließend jenes Zeichen in den Unterarm eingebrannt hatte, an dem die Mitglieder der Bruderschaft zu erkennen waren – das Kreuz mit den sich verbreiternden Armen.

Es war nur der Auftakt der großen Zusammenkunft gewesen, zu der sich die führenden Mitglieder der Bruderschaft getroffen hatten, jener nicht unähnlich, die einst in Caen stattgefunden hatte, damals, als Guillaume selbst Zugang zum Kreis der Suchenden erlangt hatte.

Mehr als zwei Jahre lag dies zurück, viel war seither geschehen, manches hatte sich verändert. Zahlreiche Ritter, die damals dabei gewesen waren, so wie Adelard d'Espalion und Huidemar de Mende, waren im Kampf gefallen; andere waren von Seuchen oder erbarmungsloser Hitze dahingerafft worden, wieder andere hatten es vorgezogen, ihre Waffenbrüder im Stich zu lassen und nach Hause zurückzukehren, weil sie der Mut verlassen hatte. An ihre Stelle waren neue Mitglieder getreten, junge Adelige aus Franken, der Normandie und den italischen Gebieten, die infolge der harten Entbehrungen des Feldzugs mittellos geworden waren oder ihren Lehnsherren verloren hatten; die Bruderschaft nahm sie auf und gab ihnen nicht nur Rüstung und Nahrung, sondern auch ein neues Ziel, für das zu streiten sich lohnte.

Und noch etwas hatte sich geändert, seit die führenden Mitglieder der Bruderschaft damals in Caen zusammengekommen waren: Zum ersten Mal nahm eine Frau an der Versammlung der Waffenbrüder teil!

Anders als die männlichen Mitglieder des Führungskreises, die ihre Gesichtszüge erst enthüllt hatten, nachdem die fünf neuen Mitglieder in die Bruderschaft aufgenommen worden waren, hatte Eleanor de Rein sich nicht erst die Mühe gemacht, ihr Antlitz zu verbergen. Ohnehin wussten alle, wer die Frau war, die sich Zugang zu dieser Zusammenkunft verschafft hatte – auch wenn es Guillaume noch immer ein Rätsel war, wie ihr dies gelungen sein mochte.

Anders als noch vor zwei Jahren hatte er damit aufgehört, sich dafür zu schämen, dass seine Mutter für ihn Partei ergriff; sie hatte ihm versprochen, die Machtstreitigkeiten innerhalb der Bruderschaft zu seinen Gunsten beizulegen, und genau das war geschehen. Rascher und reibungsloser, als er es je für möglich gehalten hätte.

Mit den Blicken eines Falken spähte Eleanor auf die Versammelten, die in zwei einander gegenüberstehenden Reihen Aufstellung genommen hatten. Am Ende des Spaliers stand Eustace de Privas, flankiert von Guillaume und seiner Mutter, die sich wiederum so postiert hatte, dass ihr Schatten genau auf den Anführer der Bruderschaft fiel.

In jeder erdenklichen Hinsicht.

»Meine Brüder«, richtete Eustace das Wort an seine Waffenbrüder, »am Ende dieses Jahres richten wir unseren Blick der heidnischen Gottheit Ianus gleich sowohl in die Vergangenheit als auch in die Zukunft. Der Blick in die Vergangenheit zeigt uns den Schmerz, den wir durchleben mussten, die Entbehrungen, die wir ertragen haben, und die Gesichter jener, die nicht mehr an unserer Seite sind, weil sie im Kampf für unsere Sache ihr Leben gegeben haben. Aber auch auf ein Jahr großer Erfolge, in dem es uns gelungen ist, tief in das Land des Feindes vorzudringen und ihm diese Stadt nicht nur zu entreißen, sondern sie mit der Hilfe des Allmächtigen auch zu behaupten!«

Zustimmende Rufe wurden laut, einige Waffenbrüder schlugen mit der geballten Faust auf den Schild, um ihren Beifall zu bekunden.

»Unsere Gemeinschaft hat viel erreicht. Die Heilige Lanze, eine der wertvollsten Reliquien der Christenheit, wurde gefunden, und niemand von uns kann ermessen, welche Bedeutung dieser Fund für unser aller Zukunft haben wird, wenn wir erst Jerusalem erreichen, das ferne Ziel dieser Pilgerfahrt. Doch trotz aller Erfolge«, fuhr Eustace fort und ließ seinen seltsam leeren Blick über die Reihen der Versammelten schweifen, ehe er das Haupt in einer demütigen Geste senkte, »sollten wir auch auf uns selbst blicken und uns fragen, wo wir vor dem Herrn und den Gesetzen bestanden und wo wir gefehlt haben.«

Die Mitglieder der Bruderschaft leisteten der Aufforderung Folge und senkten ebenfalls die Köpfe. Um den Schein zu wahren, ließ sich auch Eleanor auf das Possenspiel ein, das sie sich selbst ausgedacht hatte, während Guillaume nicht anders konnte, als verstohlen von unten heraufzuspähen und sich einmal mehr darüber zu wundern, mit welcher Vollkommenheit sie andere Menschen zu manipulieren verstand.

Er wusste nicht, was sie Eustace angetan hatte, als sie ihn an jenem Abend zu sich bestellte. Aber von jenem Zeitpunkt an war der Herr von Privas Wachs in Eleanors dürren Händen gewesen.

»Auch ich habe gefehlt, meine treuen Waffenbrüder«, offenbarte Eustace nach einem Augenblick der Stille, in dem nur das Knistern der Fackeln zu hören gewesen war, die das Gewölbe erhellten. »Ich gestehe es Euch freimütig ein.«

»Ihr, Eustace?«, sagte Guillaume den Text auf, den seine Mutter ihm eingeschärft hatte, und kam sich dabei vor wie ein antiker Sänger im Theater. »Inwiefern?«

»Ich habe Entscheidungen getroffen, die nicht zum Besten unserer Vereinigung waren. Ich habe gezaudert, wo ich hätte mutig vorwärtsschreiten sollen. Und ich habe mich Veränderungen widersetzt, obschon sie unumgänglich waren. Doch all dies soll sich in Zukunft ändern, meine Brüder – mit einem neuen Anführer, der dieses Amtes und Eures Vertrauens würdiger ist, als ich es je gewesen bin.«

»Ein neuer Anführer?«

Ein Raunen ging durch die beiden Reihen. Verblüffte Blicke wurden gewechselt und Köpfe geschüttelt. Mit einer solchen Entwicklung hatte keiner gerechnet. Sie traf sie unvorbereitet – und genau das hatte Eleanor beabsichtigt.

Nur Guillaume kannte seine Mutter gut genug, um zu sehen, dass die leichte Verzerrung um ihren schmalen Mund ein Lächeln der Genugtuung war. Schweigend wohnte sie dem Hergang des Schauspiels bei. Die wenigsten der anwesenden Ritter hätten es geduldet, wenn eine Frau von sich aus das Wort ergriffen hätte, und doch war sie es, die das Geschehen bestimmte.

»Nein, Eustace!«, wandte Brian de Villefort, eines der wenigen noch verbliebenen Gründungsmitglieder der Bruderschaft, in aller Entschiedenheit ein. »Das kann nicht Euer Ernst sein! So viele Schlachten haben wir gemeinsam geschlagen, so vieles gemeinsam erduldet…«

»Eustace ist Euch keine Rechenschaft schuldig, Brian«, wandte Guillaume rasch ein. »Ein jeder von uns hat selbst sein Gewissen zu erforschen. Wenn es sein freier Wille ist, zurückzutreten und die Führung der Bruderschaft jemand anderem zu übertragen, so dürfen wir ihm nicht im Weg stehen.«

»Und wer soll unser neuer Anführer sein, Eustace?«, fragte de Villefort unwirsch. »Habt Ihr auch darüber schon nachgedacht?«

»Es muss jemand sein, der in der Lage ist, die Bruderschaft in die Zukunft zu führen. Jemand, der die Verantwortung großer Entscheidungen nicht scheut, so wie ich es getan habe«, entgegnete Eustace ohne Zögern und, wie Guillaume fand, mit allzu großer Beiläufigkeit. Nicht einmal als Possenspieler war er recht zu gebrauchen. »Meine Wahl, geliebte Waffenbrüder, ist auf Guillaume de Rein gefallen!«

»Nein!«, widersprach Brian entschieden.

»Warum nicht?«, ließ sich zum ersten Mal Eleanor de Rein vernehmen.

»Das will ich Euch sagen, Madame – weil Euer Sohn keiner der Unseren ist! Weder ist er Provenzale noch stammt er aus der Normandie, sondern ist aus dem barbarischen Norden zu uns gestoßen, von der Insel der Viehhirten!« Zustimmung war hier und dort zu vernehmen, Hände klopften anerkennend auf Brians breite Schulter.

»Und das macht Guillaume in Euren Augen nicht zu einem würdigen Nachfolger?«, erkundigte sich Eleanor. Ihr schwankender Tonfall verriet, dass sie mit derlei Einwänden nicht gerechnet hatte. »Obwohl er in all den vergangenen Schlachten gemeinsam mit Euch gekämpft hat? Obgleich es sein Ratschlag war, der Euch reiche Beute eingetragen hat? Der Euch am Leben gehalten hat, als andere darbten? Obwohl er es gewesen ist, der Peter Bartholomaios ins Spiel gebracht und dafür gesorgt hat, dass die Fürsten ihre monatelange Trägheit aufgegeben haben und nun wieder das eigentliche Ziel dieses Feldzugs verfolgen?«

De Villefort machte kein Hehl aus seinen Zweifeln. »Ist das wahr, Eustace? Hat Guillaume de Rein all dies für unsere Bruderschaft geleistet?«

Eustace de Privas antwortete nicht.

Schweigend stand er da, unbewegt und stieren Blickes wie

ein Knecht, der darauf wartete, dass man ihm eine Anweisung erteilte. Guillaume vermittelte er den Eindruck von einem leeren Gefäß. Was sich nicht darin befand, konnte man auch nicht daraus schöpfen.

»Was ist mit Euch, Eustace?«, fragte jemand. »Habt Ihr Eure Zunge verschluckt? Wo ist Eure Entschlossenheit geblieben?«

Eustace antwortete wieder nicht, worauf unruhiges Gemurmel einsetzte. Unmut begann sich unter den Sektierern zu regen, als die Tür des Gewölbes plötzlich aufgerissen wurde. Einer der Soldaten stand auf der Schwelle, denen man befohlen hatte, den Zugang zu dem Kellergewölbe mit ihrem Leben zu bewachen.

»Was gibt es?«, fragte de Villefort, verärgert über die Störung.

»Neuigkeiten, Herr«, verkündete der Mann aufgebracht. »Die Sonne ...«

»Was ist mit ihr?«

»Sie – ist verschwunden!«

»Was?«

»So wahr ich vor Euch stehe, Herr!«, bekräftigte der Wächter. »Draußen auf den Straßen herrscht finstere Nacht! Selbst die Vögel sind verstummt.«

Die Unruhe der Sektierer steigerte sich in blankes Entsetzen. Da es erst die sechste Stunde war und die Sonne somit noch weit davon entfernt, am Horizont zu versinken, war jedem klar, dass es sich nicht um ein natürliches Vorkommnis handeln konnte. Abergläubische Furcht erfasste die Ritter. Einige von ihnen rannten panisch aus dem Saal, andere begannen zu beten – und zumindest Brian de Villefort hatte keine Mühe festzustellen, wer die Verantwortung für das Verlöschen des Tageslichts trug.

»Sie ist es gewesen!«, rief er laut und deutete mit dem Finger auf Eleanor. »Diese Frau dort ist von böser Kraft erfüllt! Die verschwundene Sonne ist der Beweis dafür!«

Betroffenheit zeigte sich auf den Gesichtern. Einige Mitglieder der Bruderschaft wichen furchtsam zurück, andere bekreuzigten sich.

»Verzaubert?« wiederholte Eleanor lachend. »Macht Euch nicht lächerlich, de Villefort! Glaubt Ihr wirklich, jemand könnte die Sonne verlöschen lassen?«

»Lasst euch von ihren Beteuerungen nicht täuschen. Sie hat sich ihrer dunklen Kräfte bedient, um Eustaces Sinne zu vernebeln. Sie hat einen Zauberbann über ihn verhängt, um ihren Sohn an die Spitze unserer Bruderschaft zu bringen!«

Von Furcht und Panik angestachelt, wurden die Unmutsbekundungen immer lauter. Die Stimmung drohte gefährlich zu kippen – und Guillaume wusste, dass er handeln musste.

Die Intrigen und Ränke seiner Mutter hatten ihn weit gebracht, hatten ihm Türen geöffnet, die ohne ihr Zutun verschlossen geblieben wären, und ihm Möglichkeiten an die Hand gegeben, die er allein nie gehabt hätte. Aber nun konnte sie ihm nicht mehr helfen.

»Nehmt das augenblicklich zurück, Brian de Villefort!«, rief er so laut und respektgebietend, dass es ihn selbst überraschte. »Ich lasse nicht zu, dass Ihr meine Ehre und die meiner Mutter beschmutzt!«

»Schreit, so laut Ihr wollt, Guillaume, ich fürchte mich weder vor Euch noch vor dem Weib, das Euch in die Welt gespien hat, sondern sage es offen und frei heraus: Sie ist eine Zauberin und eine Hexe!«

Eine Hexe!

Wie ein Schatten geisterte das Wort durch die Reihen der anderen Ritter, die mit Wut und Entsetzen reagierten.

»Nehmt das zurück, Mann!«

Guillaume pflanzte sich so dicht vor seinem Gegner auf, dass er dessen schlechten Atem riechen konnte. Die grauen Augen de Villeforts brannten in hellem Zorn, aber Guillaume hielt ihrem Blick stand.

»Nehmt augenblicklich zurück, was Ihr soeben gesagt habt, und entschuldigt Euch bei meiner Mutter, Brian de Villefort«, verlangte er mit vor Aufregung hoher Stimme, »oder ich schwöre hier und jetzt vor unseren Waffenbrüdern, dass Ihr es bitter bereuen werdet!«

Der andere gab sich unbeeindruckt.

»Ich kenne Eustace de Privas von Kindesbeinen an, und dieser dort ist nicht der Mann, der einst die Geschicke dieser Bruderschaft lenkte! Ich weiß nicht, was Ihr mit ihm gemacht habt, Guillaume de Rein, aber die Sonnenfinsternis ist die Strafe dafür, und ich versichere Euch, dass ich nicht eher ruhen werde, als bis...«

Das letzte Wort ging in ein tonloses Zischen über, gefolgt von einem roten Rinnsal, das aus de Villeforts Mundwinkel rann und in seinem Bart versickerte.

»Sprecht weiter, Bruder«, forderte Guillaume ihn auf. »Ich höre.«

De Villefort stierte ihn an. Zorn und Hass, vor allem aber Fassungslosigkeit sprachen aus dem gefrierenden Blick des Ritters.

»Das wird Euch lehren, meine Ehre niemals wieder zu beschmutzen«, sagte Guillaume ungerührt. Mit einem Ruck zog er den Dolch aus der Seite seines Gegners und trat zurück.

Der Stich war so rasch erfolgt, dass de Villefort keine Zeit geblieben war, um darauf zu reagieren. Keine Gesichtsregung, noch nicht einmal ein Zucken im Augenwinkel hatte Guillaumes tödliche Absichten verraten.

Brian de Villefort rang keuchend nach Atem. Wankend wich auch er einen Schritt zurück und griff nach seinem Schwert, doch seine Bewegungen waren kraftlos und langsam, sodass Guillaume keine Mühe hatte, sie vorauszusehen. Schon lag sein eigenes Schwert in seiner Hand, und noch ehe sein Gegner dazu kam, seine Waffe ganz zu ziehen, führte Guillaume einen vernichtenden Streich.

Der Schnitt war glatt und tief und verlief quer über de Villeforts Kehle. Ein Blutschwall brach hervor, der seine Robe tränkte und auch Guillaume noch erreichte, obwohl dieser eine Schwertlänge von ihm entfernt stand. Dann brach der Ritter zusammen.

Guillaume stand über ihm, das Gesicht mit roten Sprenkeln übersät und am ganzen Körper bebend, berauscht vom Blutdurst und dem Gefühl der Allmacht. Doch wenn er geglaubt hatte, dass der Widerstand mit de Villefort verstummen würde, so hatte er sich geirrt.

Die Blicke der übrigen Sektierer wechselten zwischen Guillaume und ihrem Mitbruder, der leblos in seinem Blut lag. Hin und wieder huschten sie auch in Eleanors Richtung. In ihrer dunklen Robe unheimlich anzusehen, stand sie schweigend bei Eustace, der auf die Geschehnisse noch nicht einmal reagiert hatte.

»Sie ist eine Hexe«, raunte es durch die Reihen.

»Sie treibt dunklen Zauber!«

»Sie soll sterben.«

Mit Unbehagen sah Guillaume, wie sich Hände um die Griffe von Dolchen und Schwertern legten, wissend, dass er der Übermacht nicht gewachsen sein würde. Wenn nicht rasch etwas geschah …

»Brüder!«

Einer der Ritter, die aufgeregt nach draußen geeilt waren, kehrte in diesem Augenblick zurück, ein gelöstes Lächeln im Gesicht.

»Was ist?«, fragte jemand.

»Die Sonne ist zurück! Für kurze Zeit war sie verloschen, aber nun ist sie zurückgekehrt und strahlt so hell wie zuvor. Es ist alles in Ordnung, meine Brüder!«

Die Furcht, die die Männer eben noch in ihren Klauen gehalten hatte, legte sich schlagartig, und ihre Entschlossenheit, mit Waffengewalt gegen Guillaume und seine Mutter vorzugehen, schwand augenblicklich. Ihre Mienen entspannten sich, die Klingen blieben in den Scheiden – und Guillaume wusste, dass seine Stunde gekommen war.

Der Moment, auf den er sein Leben lang gewartet hatte.

»Wie steht es?«, wollte er wissen, indem er sich um seine Achse drehte, das blutige Schwert noch in der Hand. »Ist immer noch jemand der Ansicht, dass meine Mutter verbotene Künste betreibt? Gibt es noch jemanden, der glaubt, dass wir unserem geliebten Bruder Eustace absichtlich geschadet haben? Oder der meine Führerschaft in Frage stellen möchte?«

Niemand meldete sich – und Guillaume konnte nicht anders, als seiner Mutter ein triumphierendes Lächeln zuzuwerfen.

Acre
Zur selben Zeit

Auch Bahram al-Armeni hatte zum Himmel geblickt.

Zusammen mit den Soldaten der jüdischen Miliz, die seinem Befehl unterstellt worden waren, hatte er auf dem Marktplatz des Judenviertels Waffenübungen durchgeführt – als sich unvermittelt ein dunkler Fleck vor die helle Sonnenscheibe schob und sie scheinbar verlöschen ließ.

Von einem Augenblick zum anderen brach die Dämmerung herein, beklemmende Stille legte sich über das Viertel und die ganze Stadt. Die Menschen hielten in ihrer Arbeit inne, Gespräche verstummten, und selbst die Tierwelt schien für einen Moment den Atem anzuhalten.

Einige der jungen Juden, die unter seinem Befehl standen, hatten in Panik ausbrechen wollen, aber Bahram hatte sie beruhigt. Als Mann der Wissenschaft wusste er genug über die Vorgänge am Himmel, um seinen Schützlingen erklären zu können, dass es weder ein gefräßiges Ungeheuer war, das den Sonnenball verschlungen hatte, noch eine unheimliche Macht.

Als Besiegter war Bahram nach Acre gekommen und hatte sich, nachdem seine Wunde gutenteils geheilt war, bei der dortigen fatimidischen Garnison gemeldet. Da er nicht der einzige Kämpfer war, der einst in seldschukischen Diensten stand und sich nun als Soldat des Kalifen zu verdingen suchte, hatte man nicht gezögert, ihm ein eigenes Kommando zu übertragen. Auch die Tatsache, dass er christlichen Glaubens war, hatte keine Rolle gespielt – wohl weil man in Acre die Gefahr, die von den Kreuzfahrern ausging, noch nicht am eigenen Leibe zu spüren bekommen hatte.

Nach der *askar*, die er im Auftrag Duqaqs befehligt hatte, war es für Bahram freilich einem Abstieg gleichgekommen, anstelle der schwer bewaffneten *ghulam* nun einem Haufen zwar heißblütiger, jedoch völlig unerfahrener junger Männer vorzustehen, die noch nicht einmal die Grundprinzipien des Schwertkampfs beherrschten. Aber er hatte die Aufgabe angenommen, und mit der Zeit war es ihm gelungen, aus dem versprengten Häuflein einen schlagkräftigen Trupp zusammenzustellen, der im Fall eines Angriffs auf die Stadt seinen Mauerabschnitt zuverlässig verteidigen würde. Einer der jungen Männer, ein gewisser Caleb Ben Ezra, tat sich durch ganz besonderen Einsatzwillen hervor, und nachdem er zuletzt gezweifelt hatte, dass dem Vormarsch der Eroberer jemals Einhalt geboten werden konnte, war Bahram nun wieder ein wenig zuversichtlicher geworden.

Die Erinnerungen an die Niederlage von Antiochia und die dunklen Voraussagen des alten Jamal waren im Lauf der vergangenen Monate zusehends verblasst – die Sonnenfinsternis jedoch hatte sie auf einen Schlag wieder zurückgebracht.

Denn selbst wenn man die Vorgänge am Himmel kannte und um ihre Entstehung wusste, konnte kein Zweifel daran bestehen, dass es ein unheilvolles Omen war.

16.

*Östlich von Akkar
Mitte April 1099*

Die Zeit des Stillstands war vorüber.

Nach langen Monaten des Wartens, in denen sich die Fürsten darin gefallen hatten, sich einerseits erbitterte Machtkämpfe um den Besitz Antiochias zu liefern und sich andererseits durch nicht enden wollende Raubzüge durch das Umland der Stadt zu bereichern, war das Heer der Kreuzfahrer zum Jahreswechsel endlich wieder aufgebrochen.

Mehrere Gründe hatten letztlich dazu geführt, dass die Anführer ihren Starrsinn aufgegeben und sich wieder auf ihre ursprüngliche Mission besonnen hatten: Zum einen hatten sie die Region beinahe leer geplündert, sodass ihnen nichts anderes übrig blieb, als einer Horde Heuschrecken gleich weiterzuziehen, um die Versorgungslage des Heeres nicht abermals zu gefährden; zum anderen hatte die Stimmung unter den einfachen Soldaten dafür gesorgt, dass die hohen Herren ihre Haltung noch einmal überdacht hatten. Der Habgier ihrer Anführer überdrüssig, hatten immer mehr Kämpfer ihren Unmut geäußert und ihn an die Vertreter der Kirche herangetragen, von denen zwar keiner auch nur annähernd über die Macht und den Einfluss eines Adhémar von Monteil verfügte; die ständigen Proteste der Priester jedoch und ihre finsteren Drohungen das Seelenheil betreffend höhlten schließlich den Stein. Lediglich Bohemund von Tarent blieb in Antiochia zurück, nunmehr als unbestrittener Herrscher; die anderen Fürsten jedoch, allen voran Raymond von Toulouse, der sich als Adhémars Nachfolger und legitimer Anführer des Unternehmens sah, verließen nach und nach die Stadt. Als Erste folgten die Normannen von Herzog Robert und die Gefolgsleute des rauflustigen Italiers Tankred dem Aufruf, und schließlich konnten sich auch die Fürsten Lothringens und Flanderns dem Drängen ihrer Heere nicht länger widersetzen.

Auch Guillaume de Rein und die Mitglieder der Bruderschaft hatten nicht unerheblichen Anteil daran, dass das Unternehmen endlich fortgeführt wurde: Unablässig hatten sie bei ihren Lehnsherren interveniert und auf einen baldigen Aufbruch gedrängt, und wann immer sich die Gelegenheit dazu bot, hatte Guillaume nicht gezögert, Seher und Visionäre für seine Zwecke einzusetzen. Allerdings, so hatte er feststellen müssen, verhielt es sich mit Prophezeiungen wie mit einer Klinge, die zu häufig benutzt wurde – sie nutzten sich ab und wurden stumpf.

Mit einer Verwünschung auf den Lippen lenkte Guillaume sein Pferd den schmalen Pfad hinauf, der zum Grat des Hügels führte, gefolgt von einem Trupp seiner Leute. Die Erinnerung an die schaurigen Ereignisse, die sich vor wenigen Tagen im Lager der Kreuzfahrer zugetragen hatten, setzte ihm noch immer zu. Zum einen, weil sein Plan misslungen war. Zum anderen aber auch, weil Eustace de Privas, der seit seiner Absetzung als Anführer der Bruderschaft als Leibwächter Eleanor de Reins fungierte und ihr wie ein Schatten folgte, im Grunde recht behalten hatte.

Genau wie Graf Raymond war auch Guillaume der Ansicht gewesen, dass die Stadt Akkar, die inmitten eines fruchtbaren Küstenstreifens unmittelbar am Meer lag und damit die Nachschublinien nach Europa öffnete, unbedingt erobert werden müsse, ehe man den Zug nach Jerusalem fortsetzen könne, doch die meisten Fürsten des Rates waren anderer Meinung gewesen. Die einen zogen es vor, parallel zur Küste nach Palästina vorzustoßen und die befestigten Städte der Araber – neben Akkar auch Tripolis, Sidon, Tyron und Acre – schlicht zu umgehen. Da dieses Vorgehen bedeutet hätte, in das Gebiet des noch immer mächtigen Emirs von Damaskus einzudringen, und es zudem die Gefahr barg, von allen Nachschubwegen abgeschnitten zu werden, hatte sich Guillaume entschlossen, erneut zu seiner mächtigsten Waffe zu greifen, um die Fürsten umzustimmen.

Den Seher Bartholomaois.

Plötzlich zügelte Guillaume sein Pferd und fuhr im Sattel herum.

»Wer war das?«, fuhr er den Kämpen an, der hinter ihm ritt. Sein Name war Bernier, ein verarmter Ritter aus der Gegend von Castres.

»Was meint Ihr, Herr?«, fragte Bernier und schaute verblüfft unter seinem Nasenschutz hervor.

»Dieser Schrei, dieses Heulen«, beharrte Guillaume ungehalten. »Wer von euch ist das gewesen?«

Schon um dem bohrenden Blick seines Anführers zu entgehen, wandte sich Bernier zu seinem Hintermann um, der die unausgesprochene Frage weitergab. Doch keiner der rund zwanzig Reiter, die dem Trupp angehörten, wusste etwas zu erwidern.

»Ich ... ich habe nichts gehört, Herr«, gestand Bernier vorsichtig. »Möglicherweise habt Ihr Euch geirrt?«

Der Blick, der aus Guillaumes grünen Augen stach, war so scharf wie der eines Raubvogels. Prüfend hielt er nach dem Schuldigen Ausschau, bis ihm der Gedanke dämmerte, dass er sich tatsächlich geirrt haben könnte.

»Möglicherweise«, erwiderte er nur, wandte sich wieder nach vorn und gab seinem Pferd die Sporen, um es rasch den steilen Pfad hinaufzutreiben. Seinen Erinnerungen entging er dadurch jedoch nicht.

Mit einer flammenden Ansprache war Peter Bartholomaios vor den Fürstenrat getreten und hatte erklärt, dass der Heiland selbst ihm erschienen sei und die Eroberung Akkars wünsche – doch anders als zuvor in Antiochia zeigten die Fürsten sich unbeeindruckt. Vor allem Robert von der Normandie und dessen Geistlicher Arnulf von Rohes äußerten ihre Zweifel an der Vision, und es half auch nichts, dass Guillaume mit dem Mönch Desiderius einen zweiten Zeugen präsentierte, der vorgab, Bischof Adhémar in der Hölle gesehen zu haben, wo er für seine Zweifel an der Echtheit von Bartholomaios' Weissagungen ewige Qualen erleide. Ein Gottesurteil wurde anberaumt, dem Bartholomaios sich stellen musste: Gelang es ihm, mit der Heiligen Lanze in der Hand über ein Bett aus glühenden Kohlen zu wandeln, ohne dabei Schaden zu nehmen, galten seine Visionen als bewiesen, und die Fürsten erklärten sich bereit, Raymond unter diesen Voraussetzungen bei der Belagerung Akkars unterstützen zu wollen.

Guillaume nahm nicht an, dass auch nur einer von ihnen daran geglaubt hatte, dass der Seher die Prüfung bestehen könnte – Bartholomaios jedoch war verblendet oder vielleicht auch wahnsinnig genug gewesen, sich auf das Wagnis einzulassen. Mit dem Speer in der Hand schritt er durch die schwelende Glut – und erlitt schwerste Verbrennungen.

Seit acht Tagen nun dauerte seine Todesqual schon an, und Guillaume schauderte beim Gedanken an das unmenschliche Geschrei, das vor allem nachts durch das Lager hallte und den Kreuzfahrern den Schlaf raubte. Es war einer der Gründe dafür, dass Guillaume es in diesen Tagen vorzog, Erkundungsritte in das Hinterland von Akkar zu unternehmen – Bartholomaios' Schreie jedoch schienen ihn auch noch bis hierher zu verfolgen.

Endlich erreichte der Trupp den Grat der Erhebung, eine schmale Felskante, die so scharf war, als wäre sie mit dem Messer geschnitten worden. Karges Land erstreckte sich von hier gen Osten, in dem auch um diese frühe Jahreszeit nur vereinzelte Grasbüschel und Gestrüpp vegetierten. Erst weit jenseits davon, in der dunstigen Ferne allenfalls zu erahnen, erstreckte sich die fruchtbare Ebene des Orontes, der diesen Landstrich in weiten Windungen durchfloss. Umso deutlicher fiel der Trupp von rund zehn Reitern ins Auge, die die Talsohle passierten.

»Die sehen wir uns näher an«, knurrte Guillaume, ließ die Zügel schnalzen und lenkte sein Pferd die andere Seite der Anhöhe hinab, gefolgt von seinen Leuten.

Die anderen Reiter, die in weite Umhänge gekleidet waren, sahen sie kommen, machten jedoch keine Anstalten zur Flucht, was vermuten ließ, dass sie ebenfalls Kreuzfahrer waren. Da jeder Lehnsherr seine eigenen Späher unterhielt und nach Gutdünken verfuhr, war es keine Seltenheit, dass Erkundungstrupps einander begegneten. Und mitunter machte man auch gemeinsame Sache, wenn es darum ging, ein Gehöft oder eine muselmanische Handelsstation zu überfallen.

Von weitem schon winkte Guillaume mit der Schwerthand, um seine friedliche Absicht zu bekunden. Der Anführer des anderen Trupps erwiderte die Geste, und schon wenig später standen sie einander gegenüber.

»Seid gegrüßt«, rief Guillaume, während er sein Pferd mit brutaler Gewalt zum Stehen brachte. »Mit wem habe ich die Ehre?«

»Hugh le Chasseur in den Diensten Herzog Godefroys de Bouillon«, erwiderte der schwarzbärtige Ritter, der keinen Helm, sondern nur eine Kapuze aus Kettengeflecht trug.

»Lothringer demnach«, erwiderte Guillaume nicht ohne Geringschätzung – Bouillon war der Letzte gewesen, der Antiochia verlassen und sich dem Zug nach Jerusalem angeschlossen hatte, und er gehörte zu Graf Raymonds erbittertsten Gegnern.

»So ist es«, erwiderte le Chasseur stolz, der fraglos von niederem Adel war, sich jedoch im Kampf ausgezeichnet zu haben schien. »Ist es auch erlaubt zu fragen, wer Ihr seid?«

»Guillaume de Rein«, eröffnete Guillaume, um mit einem überheblichen Augenaufschlag hinzuzufügen: »Dies sind meine Gefolgsleute.«

»Was ist Euer Ziel?«

»Das Umland zu erkunden«, gab Guillaume ausweichend zur Antwort. Er sah keine Notwendigkeit, einem Ritter von niederer Herkunft Auskünfte zu erteilen. »Und Ihr, Monsieur?«

»Auch wir wurden ausgeschickt, das Umland zu erkunden«, entgegnete der Lothringer mit einem Grinsen, das fast als unverschämt zu werten war. Guillaume fühlte Unmut.

»Und? Habt Ihr etwas entdeckt?«

»Nichts. Nichts, worüber zu berichten sich lohnen würde.«

Guillaume biss sich auf die Lippen. Ein Gefühl sagte ihm, dass Hugh der Jäger ihn belog. Ganz sicher trug er seinen Namen nicht von ungefähr, und auch wenn er noch so fest behauptete, dass seine Erkundung ereignislos verlaufen war – die prall gefüllten Beutel an den Sätteln der Lothringer sagten etwas anderes.

»Was habt Ihr da?«, fragte Guillaume mit Blick auf die Satteltaschen.

»Proviant«, war die Antwort.

»Wie lange seid Ihr schon unterwegs?«

»Zwei Tage.«

»Und trotzdem sind eure Proviantbeutel noch so gut gefüllt?«

»Wir Lothringer sind eben sparsame Menschen«, erwiderte Hugh und setzte wieder das alte Grinsen auf. Auch einige seiner Leute lachten, und Guillaume überlegte, was er tun sollte.

Für ihn stand fest, dass der Jäger und seine Soldaten unterwegs auf Muselmanen getroffen waren, die sie überfallen und ausgeraubt hatten. Vermutlich war es Beute, die ihre Sattelbeutel zum Zerreißen dehnte. Natürlich hätte Guillaume sie ihnen abnehmen können oder darauf bestehen, sie zu teilen – immerhin verfügte er über doppelt so viele Männer. Aber er entschied sich dagegen. Eine direkte Konfrontation barg Risiken, und solange nicht wenigstens erwiesen war, dass sich diese auch lohnten …

»Gott mit Euch, Hugh le Chasseur«, sagte er deshalb und hob die Hand zum Abschiedsgruß.

»Gott auch mit Euch, Herr«, erwiderte der Lothringer, und beide hätten ihrer Wege gehen können – hätte nicht in diesem Moment etwas Guillaumes Aufmerksamkeit geweckt. Denn als der Jäger seine Rechte zum Gruß hob, sah Guillaume etwas Rotes daran blitzen.

»Was habt Ihr da?«, fragte Guillaume.

»Was meint Ihr?«

»Der Ring an Eurer Hand.«

Hugh lächelte stolz. »Ein schönes Stück, nicht wahr?«

»Allerdings. Woher habt Ihr es?«

Das Lächeln des Lothringers verschwand. »Als Gefolgsmann Bouillons bin ich Euch keine Rechenschaft schuldig, Herr. Aber ich will Euch verraten, dass ich diesen Rubin aus dem Besitz eines abtrünnigen Mönchs habe, der seinen Glauben verraten hat und in Rugia Geschäfte mit den Heiden machen wollte. Er hatte den Tod hundertfach verdient.«

Von der Hand eines Mönchs.

Guillaumes Gedanken jagten sich.

Er war sicher, den Ring seines Vaters vor sich zu haben – jenen Ring, den Renald de Rein dem Angelsachsen Conwulf geschenkt hatte, um ihn, Guillaume, zu demütigen.

Wie aber mochte das Kleinod in den Besitz jenes verräterischen Mönchs gelangt sein, von dem der Lothringer sprach? Doch wohl nur dadurch, dass er ihn nach den Kämpfen um Antiochia von des Angelsachsen kalter Hand gezogen hatte. Natürlich, so musste es gewesen sein! Ihrem Armutsgelübde zum Trotz hatten sich viele Mönche in jenen Tagen an den Toten bereichert, warum also nicht auch dieser? Und es bedeutete nicht mehr und nicht weniger, als dass der Angelsachse nicht mehr unter den Lebenden weilte!

Die Nachricht versetzte Guillaume in Hochstimmung, und er brannte darauf, den Ring wieder in seinen Besitz zu nehmen. Nicht so sehr seines Wertes wegen, sondern um ihn Renald de Rein zu präsentieren, der doch so große Stücke auf den Angelsachsen gehalten hatte.

»Ich erkenne jenen Ring wieder«, erklärte er deshalb schlicht. »Er befand sich einst in meinem Besitz.«

»Das ist Pech für Euch, Herr«, entgegnete Hugh le Chasseur, »denn der Ring hat seinen Besitzer gewechselt und gehört nun mir.«

»Dennoch ersuche ich Euch, ihn an mich auszuhändigen. Ich musste ihn lange Zeit entbehren und möchte ihn wiederhaben.«

»Nein«, antwortete der Lothringer mit dem Wort, das Guillaume von allen am meisten verabscheute.

»Ist das Euer letztes Wort?«

»Allerdings, Herr«, bekräftigte Hugh le Chasseur mit fester Stimme – und sprach damit sein eigenes Todesurteil.

Mit einem Blick über die Schulter vergewisserte sich Guillaume, dass seine Männer bereitstanden. Kaum merklich nickte er Bernier und den anderen zu, dann handelte er.

Blitzschnell zuckte die Linke zum Gürtel und zog den Dolch, den er seinem Gegner in einer einzigen fließenden Bewegung in die Brust rammen wollte. Doch das Reaktionsvermögen des Lothringers war durch unzählige überstandene Kämpfe gestählt, und so fing er Guillaumes Klinge auf halbem Weg ab. Augenblicke lang rangen die beiden Anführer miteinander, jeder von seinem Sattel aus und unter den Blicken ihrer verblüfften Männer.

»Verdammt«, rief Guillaume, »worauf wartet ihr?« – und ein Pfeil flog heran und bohrte sich in den Hals des Jägers.

Die Wucht des Aufpralls war so groß, dass er nach hinten gerissen wurde und aus dem Sattel kippte. Entsetzt schauten die Lothringer auf ihren getroffenen Anführer, während Guillaumes Leute die Schwerter zückten und auf sie einschlugen.

Guillaume selbst beteiligte sich nicht an dem Gemetzel.

Keuchend stieg er aus dem Sattel und trat zu seinem Gegner, der sich am Boden wand und vergeblich versuchte, den Fremdkörper aus seinem Hals zu ziehen. Guillaume trat mit dem Fuß auf seine Schulter und hielt ihn nieder, dann packte er die rechte Hand des Ritters, zog ihm den Ring vom Finger und steckte ihn sich selbst an.

»Lernt daraus, Jägersmann«, belehrte er den Sterbenden, während er den Rubin so in die Sonne hielt, dass sich das Licht darin brach und den Stein funkeln ließ. »Niemand sollte versuchen, mir etwas streitig zu machen.«

Feldlager der Kreuzfahrer, Akkar
Zur selben Zeit

Renald de Rein war ein Fremder geworden.

Ein Fremder in seinem eigenen Zelt.

Sein Weib war gefühllos wie ein Stein, sein Sohn (oder vielmehr der Bursche, den er zeitlebens als seinen Sohn ausgegeben hatte) ein selbstsüchtiger Geck, der mehr nach seiner Mutter kam, als es Renald je bewusst gewesen war. Um ihrer Gesellschaft zu entgehen, hatte der Baron die Nähe anderer Edler gesucht und sich an der Seite Bohemunds von Tarent einiges Ansehen erstritten. Doch Bohemund und seine Männer waren in Antiochia zurückgeblieben, anders als Renald, dem nichts anderes übrig blieb, als der Schlange und ihrer Brut zu folgen, wollte er nicht riskieren, dass sie das Geheimnis von Guillaumes Herkunft offenbarten und den Baron zudem auch des Mordes an seinem Bruder bezichtigten. Beides hätte seinen Namen und seine Ehre auf alle Zeit vernichtet.

So war Renald also wieder allein, ein einsamer Mann, der das Gefühl hatte, feindliches Territorium zu betreten, sobald er das Zelt betrat, das seiner Familie als Obdach diente.

Er trat in das Vorzelt, griff in die mit Wasser gefüllte Schüssel und wusch sich den Staub aus dem Gesicht, der in diesem Land allgegenwärtig zu sein schien – als er aus dem Hauptraum des Zeltes Stimmen vernahm. Sie unterhielten sich nur flüsternd, so als wäre das, was sie zu sagen hatten, nicht für fremde Ohren bestimmt – woraufhin der Baron nur noch aufmerksamer lauschte.

»Gestohlen? Was heißt das?«

»Das heißt, dass ich sie nicht mehr finden kann. Die Schriftrolle ist wie vom Erdboden verschluckt.«

»Und Ihr vermutet, dass sie gestohlen wurde?«

»Allerdings! Ich habe sie gehütet wie meinen Augapfel, bis vor ein paar Tagen.«

»Was ist geschehen?«

»Man rief mich, einem Sterbenden die Beichte abzunehmen, aber als ich hinkam, war sein Leichnam bereits erkaltet.«

»Also eine Falle?«

»Das nehme ich an. Zwar bemerkte ich erst am nächsten Tag, dass das Buch verschwunden war, aber ich bin mir dennoch sicher, dass ein Zusammenhang besteht. Und ich glaube auch zu wissen, wer der Dieb gewesen ist.«

»Wer?«

»Der Einzige, der außer mir das Geheimnis kennt.«

De Rein hörte begierig zu. Flüsternde Stimmen waren wenn überhaupt nur an ihrer Eigenheit zu sprechen zu unterscheiden, dennoch war er überzeugt, dass eine davon seinem Weib Eleanor gehörte. Bei der anderen war er sich nicht sicher, aber er vermutete, dass es sich um den Benediktinermönch handelte, der seit einiger Zeit ein und aus ging. Angeblich, damit er für Eleanors Seelenheil betete, aber Renald vermutete, dass es dabei um ganz andere, sehr viel weniger spirituelle Dinge ging.

»Ihr meint den Angelsachsen Conwulf?«, hörte er sie fragen.

»Ja, Mylady. Zufällig habe ich erfahren, dass er früher ein Dieb gewesen ist. Er weiß also, wie man es anstellt, sich unbemerkt anderer Menschen Besitz anzueignen.«

»Und Ihr nehmt an, dass er auf dem Weg nach Acre ist?«

»Ja, Mylady. Da er des Hebräischen nicht mächtig ist, braucht er jemanden, der ihm die Schrift entschlüsseln kann. Also wird er nach Acre gehen und die Jüdin fragen.«

»Dann müssen wir unsere Pläne ändern. Guillaume muss eingeweiht werden. Und wir müssen rasch handeln, oder alles wird verloren sein.«

Renalds Stirn legte sich in Falten.

Wovon, zum Henker, sprach seine Frau?

Sein argwöhnischer Geist witterte eine neue Verschwörung, auch wenn er nicht zu sagen vermochte, wie die Dinge zusammenhingen.

Noch nicht.

»Guillaume wird wissen, was zu tun ist«, flüsterte Eleanor. »Und er verfügt über die Mittel, es auch in die Tat umzusetzen.«

»Ihr sprecht von der Bruderschaft, nicht wahr?«

»Was wisst Ihr darüber?«

»Was man allenthalben zu hören bekommt ... und dass viele sie beinahe so sehr fürchten wie die Sarazenen.«

»Gut so. Furcht ist das rechte Mittel, um sich die Menschen zu unterwerfen. Sitzt er erst als König auf dem Thron von Jerusalem, kann Guillaume sich Milde leisten – besteigen kann er ihn jedoch nur mit unnachgiebiger Härte.«

»Aber was werden die anderen Fürsten sagen?«

»Graf Raymond hat schon in Antiochia bewiesen, dass er nur zu gern bereit ist, unseren Worten Glauben zu schenken. Bohemund hat sich mit Antiochia begnügt und stellt keine Gefahr mehr dar, ebenso wenig wie Balduin von Boulogne, der sich Edessas bemächtigt hat. Godefroy von Bouillon und Robert von Flandern werden fraglos Einwände vorbringen, aber es wäre nicht das erste Mal, dass sie sich dem Druck ihrer Soldaten beugen – und die Massen werden auf unserer Seite sein, wenn bekannt wird, welchen unermesslichen Schatz wir in unseren Händen halten. Und was unseren Herzog Robert von der Normandie betrifft, so wurde für ihn bereits gesorgt.«

Renald de Rein hielt den Atem an.

Mit wachsender Bestürzung hatte er den Worten seiner Gemahlin gelauscht. Ihr Hunger nach Macht und Geltung schien wahrhaft unermesslich zu sein.

Königreich Jerusalem!

De Rein hielt es nicht mehr aus.

Mit einer energischen Bewegung riss er den Vorhang zur Seite und trat in den dahinterliegenden Hauptraum des Zeltes. Ein einziger Blick genügte ihm, um zu sehen, dass er recht gehabt hatte. Eleanor war tatsächlich in Gesellschaft des Mönchs Berengar. Auch ihr persönlicher Leibwächter Eustace de Privas war zugegen, der ihr hörig war wie ein Hund seinem Herrn.

»Du bist wahsinnig, weißt du das?«, fuhr Renald seine Gattin an. Die beiden Männer würdigte er keines Blickes. »Diesmal willst du zu viel, Weib! Du wirst auf dem Scheiterhaufen enden!«

»Ihr habt uns belauscht?«, fragte Eleanor gelassen. Der Mönch an ihrer Seite war vor Entsetzen wie versteinert.

»In der Tat – und deshalb weiß ich, dass du den Verstand verloren hast. Genügen die Ränke nicht, die du bereits gesponnen hast? Sind Mord, Verrat und Lüge nicht genug?«

»Seid vorsichtig, mein Gemahl«, riet sie ihm mit einem Seitenblick auf Berengar.

»Kennt dein Ehrgeiz keine Grenzen? Willst du deinen missratenen Abkömmling nun auch noch zum König krönen?«

»Ich bin seine Mutter«, erwiderte sie, als würde das alles erklären. »Ich will nur das Beste für ihn.«

»Nein, du willst nur das Beste für dich selbst! Jedes Mal, wenn der Junge aus deinem Schatten zu treten und auf eigenen Beinen zu stehen drohte, hast du einen neuen Plan entwickelt, um ihn dir hörig und von dir abhängig zu machen – genau wie jenen Affen dort«, er deutete auf Eustace, »der das Maul kaum noch aufmacht, seit er in deiner Nähe ist.«

»Immer noch besser, als ständig von Euch gescholten und kleingehalten zu werden. Glaubt Ihr, das hat Guillaume gefallen?«

»Mir ging es nie darum, sein Gefallen zu erregen, sondern darum, ihn zum Mann zu machen.«

»Zum Mann?« Eleanor lachte auf. »Und das sagt ausgerechnet Ihr? Wenn Ihr ein Mann wärt, Renald de Rein, hättet Ihr selbst für einen Erben gesorgt, statt Euren Bruder damit zu beauftragen!«

»Schweig, Weib«, knurrte Renald und griff zur Waffe.

»Warum? Ertragt Ihr die Wahrheit nicht?«

»Schweig, sage ich.« Die Rechte des Barons schloss sich um den Schwertgriff und zog daran. Blanker Stahl kam zum Vorschein.

»Wollt Ihr mich töten? Vor einem Ordensmann als Zeugen?« Eleanor schüttelte den Kopf. »Ich glaube nicht, dass Euch eine solche Sünde jemals vergeben würde, mein Gemahl!«

De Rein zögerte.

Alles an ihr – ihre abweisende Kälte und ihre Durchtriebenheit, das falsche Lächeln in ihrem Gesicht, die Art, wie sie ihn ansah und das Wort »Gemahl« aussprach – schrie geradezu danach, vom Angesicht der Erde getilgt zu werden.

»Haltet ein, Herr, ich bitte Euch!«, ergriff nun der Mönch Berengar das Wort. »Ihr könnt nicht wissen, worum es Eurer Gemahlin geht. Als bescheidener Diener der Kirche war es mir vergönnt, eine Entdeckung zu machen, die die Menschheitsgeschichte verändern könnte.«

»Ist das so?« Der Baron schürzte abschätzig die Lippen. »Und warum seid Ihr dann hier, Pater, wenn Ihr ein Diener der Kirche seid? Ich will es Euch sagen – weil sie Euch mit ihren Ränken und ihrem Gift umgarnt hat.«

»Nein, Herr. Das ist nicht der Fall.«

»Dann habt Ihr ebenso den Verstand verloren wie sie.«

Eleanor lachte erneut. »Das würdet Ihr nicht sagen, wenn Ihr wüsstet, was uns zu Gebote steht, mein kleingeistiger Gemahl. Denn womöglich handelt es sich um die mächtigste Waffe, die Menschen je in ihren Händen hielten. Doch um sie zu benutzen, muss man Mut besitzen, Renald – mehr Mut, als Ihr jemals haben werdet. Obwohl Ihr wisst, dass ich Euch schaden will, obschon Ihr ahnt, dass ich Euch aus tiefstem Herzen verabscheue, habt Ihr es vorhin nicht über Euch gebracht, mich zu töten. Glücklicherweise bin ich in diesen Belangen weniger zögerlich.«

De Rein, bestürzt über die Offenheit ihrer Rede, sah, wie sie kaum merklich nickte, so als gäbe sie ein Zeichen. Er nahm noch wahr, dass Eustace de Privas nicht mehr dort stand, wo er die ganze Zeit über gewesen war, aber er kam nicht mehr dazu, daraus eine Folgerung zu ziehen – denn in diesem Augenblick hatte er das Gefühl, als würden ihm Brust und Rücken auseinandergerissen.

Überwältigender Schmerz durchzuckte ihn, ließ ihn wanken, und voller Entsetzen starrte der Baron auf die blutige Schwertspitze, die man mit derartiger Wucht in seinen Rücken getrieben hatte, dass sie unterhalb des Brustbeins wieder ausgetreten war.

Ein Ächzen entfuhr ihm, und er schaute auf, starrte ungläubig in die bleichen, reglosen Züge seiner Gemahlin.

»Denselben Blick«, stellte sie ungerührt fest, »habe ich auch in den Augen Eures Bruders gesehen – kurz bevor ich das Seil durchschnitt und er in die Tiefe stürzte.«

Renald wollte etwas erwidern, aber er war nicht mehr in der Lage, einen klaren Gedanken hervorzubringen. Die Beine wurden ihm weich, und er stürzte, als Eustace de Privas die Klinge herauszog.

Der Baron de Rein, der an der Seite von König William gekämpft und an der Eroberung Englands teilgenommen, der gegen Briten und Pikten gekämpft hatte und dessen Burg und Ländereien im fernen Northumbria lagen, verblutete auf fremdem Boden, niedergestreckt von feiger Mörderhand.

Und ein Mönch namens Berengar, der fassungslos dabeistand, bekam erstmals vor Augen geführt, mit wem er sich eingelassen hatte.

17.

*Lager der Kreuzfahrer, Akkar
Ende April 1099*

»De Rein ist tot? Weißt du das mit Gewissheit?«

Baldric, der zusammen mit Conn von seiner Wachschicht im vordersten Belagerungsring zurückkehrte, schaute Bertrand prüfend ins Gesicht. Die Frage war berechtigt, denn in den Zügen des gedrungenen Normannen spiegelte sich noch immer der Wein, den er am Vorabend mit anderen Kämpen von Herzog Roberts Haufen getrunken hatte.

»Ich kann nur sagen, was ich gehört habe«, berichtete Bertrand, der sich mit einer Hand den noch schmerzenden Schädel hielt. »Ein Soldat aus Renald de Reins Gefolge erzählte mir, dass der Baron vor einigen Tagen dahingeschieden sei.«

»Woran ist er gestorben?«, wollte Conn wissen.

»Es heißt, er wäre vom Pferd gestürzt. Aber wer den alten Mistkerl kannte, der weiß, dass er nicht so leicht aus dem Sattel kippte.«

»Bertrand«, ermahnte Baldric ihn. »Sprich nicht respektlos von einem Toten.«

»Und das sagst ausgerechnet du? Nach allem, was er dir angetan hat?« Bertrand schüttelte das gelockte Haupt. »Tut mir leid, Baldric, aber Renald de Rein wird dadurch, dass er gestorben ist, um keinen Deut besser. Ganz im Gegenteil – die Sonne scheint ein wenig heller, und die Vögel singen ein wenig lauter, seit er nicht mehr unter uns weilt.«

»Versündige dich nicht«, riet Baldric dem Freund und nahm selbst seinen Helm ab, um sich zu bekreuzigen. »De Rein stand bereits vor seinem Richter. Wollen wir hoffen, dass er ihm gnädig war.«

Conn hörte zu und wusste nicht, was er sagen sollte. Er hatte nicht nur de Reins Herrschsucht und Grausamkeit kennengelernt, sondern eine Zeitlang auch in dessen Gunst gestanden. Dennoch hatte er nicht das Gefühl, dem Baron etwas schuldig zu sein, und aus seiner Sicht wäre es Heuchelei gewesen, den Herrn um sein Seelenheil zu bitten. Im Lauf seines Lebens hatte Renald de Rein unzählige Sünden auf sich geladen, nun hatte ihn die Last dieser Sünden ereilt. Für Conn war viel bedeutsamer, welche Folgen sich aus de Reins Tod ergaben.

»Dann wird Guillaume der neue Baron. Das heißt, dass er noch mehr Macht und Einfluss gewinnt«, sagte Conn.

»So ist es«, stimmte Bertrand zu, »deshalb gibt es Gerüchte, die besagen, dass der Baron nicht ganz zufällig aus dem Leben geschieden ist. Einige seiner Leute haben Guillaume im Verdacht, dabei ein wenig nachgeholfen zu haben. Andere verdächtigen Renalds Ehefrau Eleanor … Vielleicht sollten wir unseren Freund Berengar fragen.«

»Was meinst du damit?«, erkundigte sich Conn.

»Berengar hat die Totenmesse gelesen, als man den Baron gestern beisetzte. Wie es heißt, steht er der Baronin nahe.«

Diese Nachricht erregte Conn ungleich mehr als die Nachricht von de Reins plötzlichem Ableben. Was, in aller Welt, hatte Berengar mit den de Reins zu schaffen? Conn ahnte, dass es auf diese Frage nur eine Antwort gab.

Er erinnerte sich deutlich an die Worte Bischof Adhémars, der sich vor den Sektierern um Guillaume de Rein gefürchtet hatte. Was, wenn Berengar deren Nähe gesucht hatte, um doch noch die Möglichkeit zu bekommen, nach der verschollenen Lade zu suchen? Und was, wenn sich Renald de Rein dabei schlicht als Hindernis erwiesen hatte? Conn war sicher, dass

Guillaume auch nicht vor Vatermord zurückschreckte, um in den Besitz eines solch kostbaren Schatzes zu gelangen.

Der Gedanke entsetzte ihn so sehr, dass Baldric es ihm ansah.

»Alles in Ordnung, Junge?«

»Natürlich.«

»Was denn?«, feixte Bertrand. »Du wirst dem alten de Rein doch nicht etwa nachweinen, nachdem er dich öffentlich verprügeln ließ und dir um ein Haar das halbe Augenlicht genommen hätte?«

»Das ist es nicht.« Conn schüttelte den Kopf, während sich die Gedanken in seinem Kopf eine wilde Jagd lieferten.

Das Buch von Ascalon.

Das Siegel Salomons.

Die Bundeslade.

Conn spürte plötzlich die Last der Verantwortung auf seinen Schultern und bekam eine Ahnung davon, wie Chaya sich gefühlt haben musste. Sein prüfender Blick glitt von seinem Adoptivvater zu Bertrand – und er beschloss, dass es Zeit war, sein Schweigen zu brechen.

Guillaume de Rein machte kein Hehl aus seinen Empfindungen. Einem Spiegel gleich gaben seine Züge all die Empfindungen wieder, die er in diesen Augenblick in seinem Innersten hegte.

Genugtuung, Habgier, Stolz – und ein Verlangen nach Macht, wie er es noch nie zuvor empfunden hatte, wohl weil er der Verwirklichung all seiner Träume noch nie so nahe gewesen war.

Nicht nur, dass jener grässliche Mensch, der sich sein Vater genannt und ihn sein Leben lang gehemmt hatte, endlich gestorben war; was seine Mutter und der Mönch Berengar ihm soeben eröffnet hatten, übertraf alles, was er sich je erhofft und erträumt hatte!

»Verstehst du jetzt, weshalb die Schriftrolle für uns so wichtig ist, Sohn?«, fragte Eleanor, die in ihrem fließenden Gewand einmal mehr wie ein bleicher Todesengel aussah. Eustace hielt sich hinter ihr, wie immer stumm wie ein Schatten, neben ihr stand der Benediktinermönch, die Kapuze seines Gewandes herabgezogen, so als wollte er Guillaume nicht ins Gesicht sehen.

»Ja«, bestätigte er, »ich verstehe es – auch wenn ich es noch immer kaum glauben kann.«

»Es ist die Wahrheit, Herr«, versicherte Berengar. »Die Lade des Bundes ist in Jerusalem – und demjenigen, der sie findet, winkt reicher Lohn.«

Guillaume nickte. Obwohl er nicht daran glaubte, dass jenem Gegenstand göttliche Kräfte innewohnten, zweifelte er nicht daran, dass die Macht, die von ihm ausging, groß, ja beinahe unermesslich war. Antiochia hatte gezeigt, welche Euphorie der Fund eines einzelnen Speers auszulösen vermochte – um wie vieles mehr würden die Kreuzfahrer da auf eine Reliquie reagieren, die doch um so vieles größer und eindrucksvoller war? Demjenigen, der sie recht für sich einzusetzen wusste, würde die Lade neue Wege öffnen.

Den Weg nach Jerusalem.

Den Weg zur Macht.

Den Weg zum Thron.

Seine Mutter ergriff das Wort. »Du kannst diesen Lohn erlangen, aber der Kampf um die Lade ist noch nicht entschieden.«

»Weshalb erfahre ich erst jetzt davon? Wenn ich es recht verstehe, hat Berengar den Text doch schon vor Monaten übersetzt.«

»Es gab noch einige Rätsel zu klären«, antwortete der Mönch.

»Und nun wurde Euch die Schriftrolle gestohlen, und Ihr erwartet, dass ich sie zurückhole?«

»Es ist nur zu deinem eigenen Nutzen, mein über alles geliebter Sohn«, sagte Eleanor. Ihre Knochenhand berührte ihn sanft an der Schulter. »Bedenke, was geschehen würde, wenn die Lade in falsche Hände fiele.«

Guillaume riss sich von ihr los. Mit hängenden Schultern wie ein Wolf auf der Pirsch ging er auf und ab. »Ihr hättet mich bereits früher über diese Dinge in Kenntnis setzen sollen«, tadelte er. Seine erste Euphorie war bereits verflogen.

»Gewiss, Herr«, erklärte Berengar beflissen. »Aber bitte bedenkt, dass wir nur Euer Bestes im Sinn hatten. Zudem war es mir über all die Zeit hinweg gelungen, das Buch von Ascalon sicher aufzubewahren...«

»... bis dieser verdammte Angelsachse kam und es dir gestohlen hat«, vervollständigte Guillaume schnaubend. Er hob die Hand und betrachtete den Rubinring an seinem Finger. »Dabei wähnte ich diesen nichtswürdigen Crétin bereits unter den Toten.«

»Nein, Herr. Conwulf ist nicht tot, sondern höchst lebendig. Und ich fürchte, dass er sich zu nehmen gedenkt, was Eure Mutter Euch zugedacht hat.«

»Ursprünglich wollten wir bis zur Eroberung von Jerusalem warten und dann nach der Lade suchen«, fügte Eleanor hinzu. »Berengar glaubt herausgefunden zu haben, dass sie sich tief unter dem Tempelberg befindet, in einer unterirdischen Kaverne, deren Zugang eine alte Zisterne bildet.«

»Warum suchen wir diese Kaverne dann nicht einfach auf und holen uns, was uns zusteht?«, fragte Guillaume unwirsch.

»Weil, Herr, der Preis nur von dem errungen werden kann, der das Buch sein Eigen nennt«, antwortete Berengar. »Darin verborgen sind Hinweise, die den Weg zu jener Kammer offenbaren, in der die Lade verborgen ist. Das Buch von Ascalon ist der Schlüssel – ohne ihn kann sie nicht gefunden werden.«

»Dann werde ich das Buch wiederbeschaffen«, knurrte Guillaume entschlossen. »Wohin, sagst du, hat sich der Angelsachse gewandt?«

»Nun, Conwulf brauch jemanden, der das Buch für ihn übersetzt und ihm die Rätsel erschließt, die den Weg zur Lade weisen. Deshalb nehme ich an, dass er die Jüdin aufsuchen wird, in deren Besitz sich das Buch von Ascalon früher befand.«

»Wo ist diese Jüdin?«

»In Acre, Herr. Aber ihren genauen Aufenthalt kenne ich nicht.«

Guillaume blieb stehen. Er hatte das Gefühl gehabt, einen Anflug von Zögern bei dem Benediktiner zu bemerken. »Und? Gibt es jemanden, der ihren Aufenthaltsort kennt?«

»Baldric, Conwulfs Adoptivvater«, antwortete Berengar. »Er war es, der die Jüdin damals nach Acre gebracht hat.«

»Und?«

»Ich habe ihn mehrmals danach gefragt, aber er will es mir nicht sagen«, erwiderte der Mönch mit einer Naivität, die Guillaume beinahe rührte.

»Sei unbesorgt. Ich verfüge über Mittel und Wege, widerspenstige Zungen zu lösen. Ich will diese Jüdin. Und ich will Conwulf. Und ich will diese verdammte Schriftrolle zurück. Die beiden werden es bitter bereuen, sich mit mir angelegt zu haben.«

Der Kapuze wegen konnte er nur die untere Hälfte von Berengars Gesicht sehen, aber auch so war zu erkennen, dass der Benediktiner sich verkrampfte.

»Was ist mit dir? Gefällt dir nicht, was ich sage?«

Der Mönch zögerte nur einen winzigen Augenblick.

»Doch, Herr, natürlich«, versicherte er dann.

18.

*Acre
Mitte Mai 1099*

»*Und du bist sicher, dass du das wirklich tun willst?*«

Baldrics Frage geisterte Conn noch immer durch den Kopf – wohl deshalb, weil er auch jetzt noch keine Antwort darauf hatte. Gewiss, er hatte erwidert, dass seine Entscheidung unverrückbar feststehe und er aus tiefster Überzeugung handle. Doch als die Türme von Acre vor ihm auftauchten, wurde ihm klar, dass das eine Lüge gewesen war.

Er war sich nicht sicher.

Wie sollte er auch?

Weder wusste er, was ihn jenseits der grauen Mauern erwartete, die sich in einem weiten Halbkreis an die tiefblaue See schmiegten, noch ob er jemals zurückkehren würde.

»*Bei allen Mächten des Himmels, Conwulf! Weißt du das alles mit Bestimmtheit?*«

Conn hatte das Schweigen nicht länger ertragen. Die Enthüllung, dass sich der verräterische Berengar mit den de Reins verbündet hatte, hatte sein Wissen von einem Augenblick zum anderen zur Last werden lassen, und er hatte das dringende Bedürfnis verspürt, es mit jemandem zu teilen. Folglich hatte er Baldric und Bertrand die Wahrheit über das Buch von Ascalon berichtet, freilich ohne zu ahnen, wie sie darauf reagieren würden.

Mit wachsendem Unglauben hatten die beiden Normannen seinem Bericht gelauscht, bis hin zu jener bestürzenden Enthüllung, die das Geheimnis der Schriftrolle betraf. Das eine Auge vor Staunen weit aufgerissen, hatte sich Baldric bekreuzigt.

»*Wundersame Dinge geschehen in diesen Tagen*«, hatte er gesagt.

»*Du schenkst meinen Worten Glauben?*«, hatte Conn gefragt.

»*Zweifelst du denn gar nicht?*«

»*Warum sollte ich, Conwulf? Von dem Augenblick an, da ich dich zum ersten Mal erblickte, verletzt und reglos im Schlamm liegend, da war mir klar, dass mir der Herr etwas sagen wollte, indem er dich sandte. Und in der Zeit, die seither verstrichen ist, ist mir eines offenbar geworden, mein Junge – dass du eine wichtige Rolle in der Vorsehung des Allmächtigen spielst, sonst wärst du dem Tode nicht so oft entronnen. Wie häufig schon hätte der Herr dich in seiner Weisheit zu sich rufen können, aber er hat es nicht getan. Warum wohl? Hast du dir diese Frage jemals gestellt?*«

Conn hatte sich diese Frage gestellt, und nicht nur einmal. Aber bis auf die wenigen Male, in denen er das Gefühl gehabt hatte, Teil eines großen Ganzen zu sein, war es ihm stets so vorgekommen, als ob sich Gott einen Scherz mit ihm erlaube und das Schicksal Freude daran fände, ihm all das zu nehmen, was ihm lieb und teuer war.

Dass all dies einem höheren Ziel dienen könnte, hatte er nicht zu hoffen gewagt – aber was, wenn Baldric recht hatte? Wenn sich Gottes Walten tatsächlich in jenem Gegenstand widerspiegelte, der aus dem Dunkel der Zeit wieder aufgetaucht war? Und wenn es Conns Schicksal war, danach zu suchen und ihn zu finden?

»*Die Dinge, von denen du sprichst, sind vor langer Zeit geschehen. Weder bin ich ein Gelehrter noch ein Mann der Kirche, aber auch ich weiß, dass die Lade des Bundes von unermesslichem Wert ist und dass es kein Zufall sein kann, wenn sie in diesen Tagen auftaucht, da wir unseren Fuß auf heiligen Boden setzen. Es muss etwas zu bedeuten haben, Conwulf. Der Herr wollte, dass du von der Lade weißt. Und Er will auch, dass du dich dieser Verantwortung stellst.«*

Baldrics Worte hatten Conn genau dort getroffen, wo seine Zweifel saßen. Er hatte geglaubt, dass sich mit dem Tode Bischof Adhémars die Sache für ihn erledigt hätte und er sich der Aufgabe nicht zu stellen bräuchte. Sein Gewissen jedoch hatte ihn über all die Monate nicht zur Ruhe kommen lassen. Sein Körper war geheilt, und durch die endlosen Waffenübungen zu Fuß und zu Pferde, die Baldric ihm den Winter über hatte angedeihen lassen, war Conn gestählt aus jenen Tagen hervorgegangen, in denen sein Leben am seidenen Faden gehangen hatte. Sein Gewissen jedoch hatte tiefe Narben davongetragen – und in dem Augenblick, da er von Berengars Nähe zu den de Reins erfuhr, waren sie aufgebrochen wie eine alte schwärende Wunde.

»*Was soll ich tun, Vater?*«, hatte er Baldric gefragt.

»*Was der Herr dir aufgetragen hat. Gehe nach Jerusalem und suche, was seit langer Zeit verschollen ist. Es ist dir bestimmt.*«

»*Aber ich weiß nicht, wo ich suchen soll. Weder befindet sich das Buch von Ascalon in meinem Besitz, noch wäre ich in der Lage, seine Hinweise zu deuten. Nur Berengar kann es, und er hat sich mit meinem Todfeind verbündet. Wenn Guillaume de Rein in den Besitz der heiligen Lade gelangt, wird er sie zu seinen Zwecken missbrauchen.*«

»*Da dies nicht geschehen darf, bleibt dir nur eine Wahl. Aber das hast du ja vermutlich schon die ganze Zeit über gewusst, nicht wahr?*«

Conn hatte es gewusst.

Es war der Grund dafür, dass sein Ritt ihn nicht unmittelbar nach Jerusalem, sondern als Pilger getarnt an der Meeresküste entlang über Sidon und Tyros nach Acre geführt hatte. Chaya war hier, und ohne ihre Hilfe konnte er seine Mission nicht erfüllen.

Es war seine Chance.

Und seine Buße.

Als er sein Pferd die Straße hinunter- und auf das große Stadttor zulenkte, spürte er, wie sich das Kribbeln in seinem Bauch verstärkte. Er war nun fast da. Anders als Antiochia war Acre nicht von Land umgeben, sondern lag unmittelbar am Meer, zu dem es sich in einem weiten, von Felsen gesäumten Hafen öffnete. Wind zerrte beständig an den Mauern und Türmen und hatte das graue Gestein verwittern lassen, die Luft roch nach Salz und Seetang.

Da die Stadt – wie die meisten Küstensiedlungen Palästinas – nicht dem Herrschaftsbereich des seldschukischen Sultans angehörte, sondern dem des in Ägypten residierenden Kalifen, lag sie mit den Kreuzfahrern nicht im Krieg; Conn durfte das Stadttor ungehindert passieren, allerdings entgingen ihm nicht die misstrauischen Blicke, mit denen die Wachen ihn beäugten. Händler aus dem Norden waren selten geworden in diesen Tagen, Pilger noch viel seltener.

Obwohl die Fatimiden noch nicht recht daran glaubten, dass die Kreuzfahrer bis in ihren Einflussbereich vordringen könnten, entging Conn nicht, dass Vorbereitungen zur Verteidigung getroffen wurden. Überall in den Straßen, die sich zwischen den terrassenförmig angelegten und von hohen Kuppeln bedachten Häusern erstreckten, waren Bewaffnete anzutreffen, nicht nur Soldaten der örtlichen Garnison in ihren orangefarbenen Mänteln, sondern auch Angehörige der Bürgerwehr. Und auf den Mauerzinnen sah Conn, wie Steinschleudern errichtet wurden und andere, eigenartig anmutende Gebilde, deren Bestimmung er jedoch nicht erkennen konnte. Womöglich, sagte er sich schaudernd, dienten sie dazu, vernichtendes *naft* auf etwaige Angreifer zu schleudern – das gefürchtete Griechische Feuer.

»*Ich werde gehen, Vater*«, hatte Conn Baldric seinen Entschluss mitgeteilt. »*Ich werde gehen und mich dem Schicksal stellen.*«

»*Aus welchem Grund, Conwulf? Dem Allmächtigen zu Ehren?*

Um dich an Guillaume de Rein zu rächen? Oder weil du dir erhoffst, in Chayas Augen Verzeihung zu finden?«

Die Antwort auf diese Frage hatte Conn noch immer nicht gefunden, denn in seinen Augen hing all dies untrennbar zusammen. Er hatte gelobt, Nias Tod zu rächen, aber im Angesicht Gottes würde er nur dann Vergebung finden, wenn auch Chaya ihm verzieh – und es konnte kein Zufall sein, dass all dies zusammenfiel.

Die Lade war der Schlüssel.

»Ich werde nicht versuchen, dich aufzuhalten, Sohn. Niemand soll sagen, dass der alte Baldric nicht aus seinen Fehlern lernt, deshalb werde ich dich diesmal nach Kräften unterstützen. Ich werde dir helfen, zurückzubekommen, was dein ist. Und ich werde dich nach Acre begleiten. Ich bin schon einmal dort gewesen und kenne den Weg.«

»Nein, Vater!«

»Willst du meine Hilfe abweisen? Nachdem sie dir in der Vergangenheit stets so gelegen kam?«

Natürlich hatte Baldric recht gehabt. Oft genug hatte Conn in der Vergangenheit nur deshalb überlebt, weil sein Adoptivvater ihm im entscheidenden Augenblick zur Seite stand, einem Schutzengel gleich, den der Herr ihm gesandt hatte. Dieses Mal jedoch wollte Conn allein gehen – nicht aus falsch verstandenem Stolz, sondern weil er nicht wollte, dass Baldric sich seinetwegen in Gefahr brachte. Es war Conn gewesen, der Chayas Nähe gesucht und Berengar damit auf die Spur des Buchs von Ascalon gebracht hatte – also hatte allein er auch die Folgen zu verantworten.

»Und du bist sicher, dass du das wirklich tun willst?«, hallte die Frage erneut durch sein Bewusstsein.

Nein, Conn war sich nicht sicher, noch nicht einmal jetzt, da er vom Rücken seines Pferdes gestiegen war und es am Zügel durch immer schmaler werdende Gassen führte, dem jüdischen Viertel entgegen. Dennoch war er aufgebrochen, des Nachts und ohne Baldric darüber in Kenntnis zu setzen –

genau wie Chaya es getan hatte, damals vor Antiochia. Nun endlich konnte er sie verstehen und hoffte, dass auch Baldric ihn recht verstehen würde.

Acre schien geradewegs aus den Felsen geschlagen worden zu sein, die sich entlang der Küste erhoben – ein Meer aus steinernen Häusern, zwischen denen sich steinerne Brücken spannten. Die Gassen selbst wurden von ausladenden Vordächern beschattet, sodass auch am hellen Tag schummriges Halbdunkel herrschte. Ladenhöhlen säumten die Gassen, in denen Menschen mit von Sonne und Wind gegerbten Gesichtern und Turbanen auf den Köpfen kauerten, und viele der Waren, die von ihnen feilgeboten wurden, hatte Conn noch nie gesehen.

Er fand die Synagoge, einen unscheinbaren, im alten Teil der Stadt gelegenen Bau. Das Haus des Tuchhändlers befand sich in unmittelbarer Nähe. Als Conn es erreichte, vernahm er das Geschrei eines Säuglings, das aus einem der halbrunden Fenster drang. Sein Herz klopfte unwillkürlich schneller.

Was dann geschah, bekam er nur am Rande mit.

Nun, da er ihre Nähe bereits fühlen konnte, fieberte er dem Wiedersehen mit Chaya so gespannt entgegen, dass alles andere darüber an Bedeutung verlor. Wie würde sie reagieren? Würde sie sich über seinen Besuch freuen? Und was würde sie sagen, wenn er ihr die Wahrheit gestand? Weder nahm Conn bewusst wahr, wie man ihm die Tür öffnete, noch wie er über eine schmale steinerne Treppe nach oben stieg. Seine Zeit ging erst weiter, als er in einer unscheinbaren kleinen Kammer stand und Chaya in die Augen blickte.

Weder um der Gerechtigkeit noch um seines Schicksals willen hatte er den weiten Weg auf sich genommen, das wurde ihm in diesem Moment klar. Er war einzig und allein ihretwegen hier.

»Conn!«

Sie kam auf ihn zu und fasste seine Hände. Als er allen früheren Beteuerungen zum Trotz Wiedersehensfreude in ihren

Augen aufflackern sah, zog er sie an sich und küsste sie. Von der Macht des Augenblicks überwältigt, erwiderte sie seine Zärtlichkeit, bis ihr zu dämmern schien, was sie tat – und sie sich abrupt von ihm löste.

»Woher …?«, fragte sie, mit bebenden Händen nach ihren Lippen tastend, so als hätten sie eine verbotene Frucht gekostet.

»Aus Akkar«, gab Conn zur Antwort. Er konnte ihr ansehen, wie bestürzt und verwirrt sie war, und es tat ihm leid. Anders als er hatte sie keine Zeit gehabt, sich auf dieses Treffen vorzubereiten.

»Akkar«, wiederholte sie verständnislos.

»Die Kreuzfahrer haben Antiochia verlassen und sind weiter nach Süden gezogen. Ihr Ziel ist Jerusalem.«

»Ich weiß. Ich habe davon gehört, aber ich …«

Sie unterbrach sich, als plötzlich helles Geschrei erklang. Erst jetzt sah Conn die kleine Wiege, die ganz hinten in der Kammer stand. Mit aufgeregt pochendem Herzen trat er vor, um einen Blick auf das Kind zu erhaschen, das darin lag.

Sein Kind …

Conn wusste nicht, ob der strampelnde Knabe, der seine Hände zu kleinen Fäusten geformt hatte, ihm in irgendeiner Weise ähnlich sah. Aber eine Woge der Zuneigung erfasste ihn, als er das kleine Geschöpf erblickte.

»Willst du ihn halten?«, fragte Chaya leise.

Conn nickte zögernd, woraufhin sie sich hinabbeugte und das Kind aus der Wiege nahm. Im nächsten Moment hielt Conn den Kleinen selbst im Arm.

»Mein Kind«, flüsterte er und merkte, wie sich seine Augen mit Tränen füllten, überwältigt von dem kleinen zerbrechlichen Wesen, das zu ihm heraufschaute.

Chaya beobachtete Conn, der Anblick schien sie glücklich und traurig zugleich zu machen.

»Geht es dir gut?«, fragte sie.

»Ja, was ich nur dir verdanke.«

»Du bist gekommen, um dich zu bedanken?«

Er küsste das Kind sanft auf die Stirn, dann gab er es ihr zurück. »Ja und nein. Ich bin hier, weil ich dir etwas gestehen muss, Chaya. Es wäre einfacher, es dir zu verschweigen, denn vermutlich würdest du die Wahrheit niemals erfahren. Aber das will ich nicht.« Er schaute sie direkt an. »Ich will ehrlich zu dir sein. Das bin ich dir schuldig nach allem, was du für mich getan hast.«

»Du machst mir Angst, Conn«, gestand sie, während sie den Knaben sanft zurück in die Wiege bettete. »Wovon sprichst du?«

»Das Buch von Ascalon. Ich weiß, wo es ist.«

»Du weißt es?«

Conn nickte. Ihr Blick war so voller Unverständnis, dass ihm das Weitersprechen schwerfiel. »Dies zu erfahren wird nicht einfach für dich sein, aber ich bitte dich, mich zu Ende berichten zu lassen.«

Nun war es Chaya, die wortlos nickte. Die Zuneigung jedoch, die Conn eben noch in ihren Zügen zu erblicken glaubte, war blanker Verunsicherung gewichen.

»In jener Nacht, der Nacht vor dem Abschied, als wir am Strand zusammen waren, hat jemand unser Vertrauen und unsere Freundschaft auf schändliche Weise missbraucht. Heimlich hat er uns beobachtet, sich dann im Schutz der Nacht angeschlichen und das Buch an sich genommen.«

»Wer?«, fragte Chaya, ihrer Zusicherung zum Trotz.

»Berengar. Er hatte dich beobachtet und wusste von dem Buch. Und als der Augenblick günstig war, hat er es gestohlen.«

»Also doch«, sagte Chaya voller Bitterkeit.

»Ich wusste nichts davon. Als ich Berengar deswegen zur Rede stellte, hat er mich dreist belogen...«

»...und du hast ihm geglaubt?«

»Warum auch nicht? Ich glaubte, Berengar wäre mein Freund. Außerdem ist er ein Mann der Kirche.«

»Hättest du ihm auch geglaubt, wenn er ein Jude wäre?«,

fragte Chaya spitz und machte damit klar, dass es im Grunde um sehr viel mehr ging als um den Streit zweier Menschen.

Conn biss sich auf die Lippen. Es stimmte, er war nur zu bereit gewesen, Berengars Worten Glauben zu schenken. Aber dafür gab es Gründe, und sie hatten nichts mit Religion zu tun. »Ich wusste nicht, was ich denken sollte«, verteidigte er sich. »Immerhin warst du über Nacht verschwunden, ohne ein Wort des Abschieds oder...«

»Das ist nicht wahr!«, widersprach sie heftig. »Als ich das Lager verließ, traf ich Berengar, und ich bat ihn, dir auszurichten...« Die Worte erstarben ihr auf den Lippen, als ihr aufging, wie töricht und naiv sie gewesen war. »Er hat nichts gesagt, oder?«

»Nein«, gestand Conn ein, während ihn ohnmächtiger Zorn auf den Benediktinermönch packte. Nicht nur, dass Berengar ihn dreist bestohlen und hintergangen hatte – er hatte ihn auch in seinem Sinne beeinflusst und ihn in gewisser Weise gezwungen, zwischen Chaya und ihm zu wählen. Und ob bewusst oder unbewusst, Conn war darauf eingegangen.

»Was geschehen ist, ist geschehen«, sagte er leise, »ich kann es nicht mehr verhindern. Aber ich kann versuchen, das entstandene Unrecht wiedergutzumachen.«

»Wie?«, fragte sie. »Du hast doch überhaupt keine Ahnung, worum es in dem Buch eigentlich...«

»Um ein Geheimnis aus alter Zeit«, fiel Conn ihr ins Wort. »Um einen Schrein, gebaut, um den Bund zwischen Gott und den Menschen zu besiegeln. Die Lade des Bundes.«

»Du... du weißt es?«

Chayas Unverständnis, ihre Wut und ihre Enttäuschung schlugen in Entsetzen um.

»Berengar ist eurer Sprache mächtig, wie du weißt. Er hat das Buch übersetzt und kennt das Geheimnis. Und er weiß auch, dass die darin versteckten Rätsel Hinweise auf den Verbleib der Lade geben – und er hat vor, in Guillaume de Reins Auftrag danach zu suchen.«

»Guillaume de Rein.« Sie schien sich an den Namen zu erinnern. »Das ist der Ritter, der deine Geliebte getötet hat.«

»Ja, Chaya, ein Mann ohne Gewissen. Wenn er in den Besitz der Lade gelangt...«

»... ist das Schicksal des Volkes Israel besiegelt«, flüsterte sie mit leerem Blick, der den Untergang des Hauses Jakob bereits heraufdämmern zu sehen schien. »Und ich bin schuld daran.«

»Nein«, sagte Conn entschieden. »Berengar ist es gewesen, ihn trifft alle Schuld. Aber wir können verhindern, dass er triumphiert.«

»Was willst du tun?«

»Mit deiner Hilfe selbst nach der Lade suchen und sie vor ihm finden.«

»Und dann? Willst du sie meinem Volk geben?«

»Das kann ich nicht, und wenn du das Buch gelesen hast, dann weißt du auch warum. Von einem neuen Jerusalem ist darin die Rede, von einem neuen Tempel – wenn das geschieht, so bedeutet dies, dass die Pilgerfahrt der Kreuzfahrer scheitern wird und unzählige meiner Freunde und Kameraden den Tod finden werden.«

»Also steht das Überleben meines Volkes gegen das Überleben deiner Leute«, fasste Chaya mit erschreckender Sachlichkeit zusammen.

»Nicht unbedingt. Es gibt einen dritten Weg.«

»Tatsächlich?«

»Wir könnten die Lade der Obhut der Kirche übergeben«, sagte Conn, wobei er sich darüber im Klaren war, wie irrsinnig sich dieser Vorschlag in ihren Ohren anhören musste.

Prompt lachte Chaya bitter auf. »Wo ist der Unterschied?«, fragte sie. »Die Lade des Bundes ist ein Schatz von unermesslichem Wert und eine Quelle noch größerer Macht, Conwulf! Glaubst du, eure Kirchenmänner könnten der Versuchung widerstehen, sie zu benutzen?«

»Das denke ich allerdings«, versicherte Conn in Erinnerung

an Adhémars Versprechen, »denn der Kirche kann nicht daran gelegen sein, dass weltliche Fürsten von der Lade Kenntnis erlangen. Zu groß ist ihre Furcht, dadurch selbst entmachtet zu werden. Die Lade soll nach Rom gebracht und an einem geheimen Ort verborgen werden, das hat mir der Bischof von Le Puy persönlich versichert.«

»Und seinem Wort soll ich vertrauen?« Ein bitteres Lächeln spielte um Chayas Züge. »Wo ich herkomme, haben Juden den Fehler begangen, Bischöfen und anderen kirchlichen Würdenträgern zu vertrauen – und dafür mit dem Leben bezahlt. Was, denkst du, habe ich daraus gelernt?«

»Ich weiß, dass ich viel verlange. Aber bedenke, dass auch Berengar und Guillaume de Rein auf der Suche nach der Lade sind – und sie haben das feste Ziel, sie zu ihren Zwecken zu missbrauchen. Die Zeit drängt, Chaya.«

»Was versuchst du mir zu sagen? Dass ich keine Wahl habe, als mich deinem Vorschlag zu beugen? Nachdem deine Leute es uns gestohlen haben, sollen wir Juden auf etwas verzichten, das von alters her uns gehört?«

»So habe ich es nicht gemeint«, erwiderte Conn kopfschüttelnd. Er suchte nach Worten, mit denen er seine Gedankengänge erklären, ihr seine Befürchtungen mitteilen konnte, aber er merkte, dass ihr Scharfsinn dem seinen weit überlegen war. Obschon er gewusst hatte, dass es schwer werden würde, Chaya die Wahrheit zu sagen, hatte er es sich um vieles einfacher vorgestellt.

»Wenn die Lade wirklich so mächtig ist, wie es geschrieben steht«, unternahm er einen letzten, fast verzweifelten Versuch, »dann darf sie nicht in die Hände von jemandem gelangen, der sie zu Kriegszwecken benutzt, denn nur noch mehr Tod und Sterben wäre die Folge, und das war es sicher nicht, was dein Vater wollte.«

»Sprich nicht von meinem Vater, Conn«, sagte sie ihm mit bebender Stimme. »Du hast ihn nicht gekannt.«

»Gut genug, um zu wissen, dass er ein Mann des Friedens

war und dass er Menschen nicht aufgrund ihrer Hautfarbe verurteilt hat oder ihrer Religion.«

»Das tue ich auch nicht«, versicherte sie.

»Ich weiß.« Conn nickte und sah ihr tief in die Augen. »Deshalb bin ich hier, und ich bitte dich, mir zu vertrauen. Die Kreuzfahrer sind auf dem Weg nach Süden. Sie werden Jerusalem einnehmen, bis dahin muss die Lade gefunden sein. Ist sie das nicht, werden Dinge geschehen, die ... alle bisherigen Gräuel noch weit übertreffen werden.«

»Und – was wird aus meinem Volk?«

Conn wollte etwas erwidern, als plötzlich die Tür der Kammer aufgerissen wurde – und kein anderer als Caleb auf der Schwelle stand. Das Lächeln auf seinen Zügen erstarb, als er Conn erblickte.

»Du?«, fragte er nur. Dann griff seine Rechte auch schon nach dem Orientalenschwert in seiner Schärpe. »Was willst du hier? Hast du noch nicht genug Schaden angerichtet?«

Conn wollte sich erklären, doch der andere zückte die Klinge, sodass ihm nichts anderes übrig blieb, als zurückzuweichen. Unter seinem Umhang trug Conn ein kurzes Schwert, mit dem er sich verteidigen konnte, aber er wollte nicht kämpfen. Wenn er es tat, hatte er in jedem Fall verloren ...

»Caleb, nicht!«, rief Chaya.

»Du hättest nicht kommen sollen, Christ«, beschied er Conn – und stieß einen lauten Schrei auf Hebräisch aus.

Daraufhin wechselten Chaya und ihr Cousin ein paar Worte in ihrer Sprache – und im nächsten Moment waren draußen auf der Gasse hektische Schritte zu hören. Conn erkannte, dass Caleb Verstärkung gerufen hatte.

»Aber nein, ihr missversteht mich!«

»Was gibt es da zu misszuverstehen, Conn?«, fragte Chaya, und es schien ihr fast das Herz aus der Brust zu reißen. »Du hast deine Entscheidung getroffen. Du weißt, auf wessen Seite du stehst – und ich weiß es auch. Verzeih mir, ich kann nicht anders.«

»Aber ich bin auf eurer Seite«, versicherte Conn, während von unten dumpfes Gerumpel heraufdrang. »Ich habe etwas dabei, das...«

Caleb rief abermals, und es waren Schritte auf den Stufen zu hören. Conn war klar, dass ihm keine Zeit mehr blieb. Entweder er verschwand, oder er würde in wenigen Augenblicken ein Gefangener sein.

Er war bereits bis zum Fenster zurückgewichen. Rasch fuhr er herum und sprang auf die Fensterbank.

»Du irrst dich in mir«, versicherte er Chaya.

»Ich fürchte nein«, erwiderte sie.

Die Tür flog krachend auf, die Wachen der Bürgerwehr stürmten herein – und Conn sprang in die Tiefe.

19.

Inzwischen war die Dunkelheit hereingebrochen, doch die Suche nach ihm dauerte noch immer an.

Conn hatte alles versucht, um in den steingrauen Gassen des jüdischen Viertels zu verschwinden, aber es war ihm nicht recht gelungen. Obschon er seinen angelsächsischen Schopf unter der Kapuze zu verbergen suchte, war er immer wieder entdeckt worden. Die Nachricht, dass sich ein Feind in der Stadt aufhielt, hatte sich wie ein Lauffeuer verbreitet, sodass ihm nicht nur mehr die Bürgerwehr auf den Fersen war.

Conn wusste nicht, was Caleb seinen Vorgesetzten erzählt hatte, aber offenbar war es genug gewesen, um seinetwegen die gesamte Garnison in helle Aufregung zu versetzen. In den Straßen und Gassen wimmelte es von Soldaten in orangefarbenen Mänteln, Bogenschützen mit hohen Turbanen auf den Köpfen besetzten die Türme und hielten mit Argusaugen Ausschau. Daran, ungesehen aus dem Viertel zu entkommen und die Stadt durch eines der Tore zu verlassen, war längst nicht mehr zu denken. Wenn Conn überhaupt noch Hoffnung hatte, seinen Häschern zu entrinnen, dann nur, indem er sich irgendwo versteckte und darauf wartete, dass der Feind die Suche aufgab. Im Augenblick allerdings schien diese Hoffnung ziemlich gering.

In eine enge Mauernische gepresst, wartete Conn ab.

Er war erschöpft vom schnellen Laufen und Klettern, sein

Atem ging keuchend und stoßweise. Zweimal hatten sie ihn entdeckt, zweimal war er ihnen wieder entkommen. Das nächste Mal würde er womöglich weniger Glück haben.

Zwar verstand Conn nicht, was die Soldaten einander zuriefen, aber es klang nicht freundlich. Hin und wieder glaubte er das Wort *franca* zu hören, was wohl »Franke« oder ganz allgemein »Europäer« heißen sollte. Dass er kein Franke war, interessierte hier niemanden. Er war ein Fremder, ein Eindringling, und vermutlich hielten sie ihn für einen Spion der Kreuzfahrer. Darüber, was mit ihm passieren würde, wenn sie ihn fassten, machte Conn sich folglich keine Illusionen. Dennoch war er froh, allein nach Acre gekommen zu sein und nicht in Baldrics Begleitung. Das Wissen, nun auch noch seinen Adoptivvater, dem er so viel zu verdanken hatte, in die Sache hineingezogen zu haben, hätte ihn umgebracht.

Klirrende Schritte waren plötzlich zu vernehmen, die genau auf ihn zukamen. Fackelschein drang in die Gasse, dem lange, bizarr anmutende Schatten vorauseilten.

Conn musste verschwinden!

Blitzschnell löste er sich aus seinem Versteck und eilte die Gasse hinab. Dass das Licht der Fackeln ihn einen Augenblick lang streifte, konnte er nicht verhindern, und so hörte er schon im nächsten Moment heisere Rufe hinter sich.

Conn rannte, so schnell seine müden Beine ihn trugen. Der schwere Umhang um seine Schultern war ihm beim Laufen hinderlich, aber er hatte ihn behalten, weil er Schutz vor Blicken bot. Er hörte die stampfenden Schritte seiner Verfolger hinter sich, wagte jedoch nicht, sich umzusehen, aus Furcht, dabei zu viel Zeit zu verlieren.

Abrupt bog er in eine Seitengasse ab. Die Hauswände, zwischen denen sie sich hindurchwand, hatten sich einander zugeneigt, sodass sie mit hölzernen Balken gegeneinander abgestützt werden mussten. Conn folgte ihnen durch ein Gewirr von Ecken und Vorsprüngen, die Soldaten noch immer hinter sich – als die Gasse plötzlich endete.

So unvermittelt tauchte die Mauer aus dem Halbdunkel auf, dass Conn beinahe dagegengeprallt wäre. Entsetzt blieb er stehen, schaute sich nach einer Tür oder einem Fenster um, aber es gab weder das eine noch das andere. Dann der Blick nach oben – und kurz entschlossen sprang Conn hinauf, umfasste einen der Balken und zog sich daran empor.

Mit zusammengebissenen Zähnen stemmte er sich vollends hinauf – und das keinen Augenblick zu früh. Schon konnte er sehen, wie unter ihm seine mit Fackeln bewehrten Häscher das Ende der Gasse erreichten. Unter verblüfftem Geschrei blieben sie stehen, konnten sich einen Moment lang nicht erklären, wohin der Eindringling verschwunden war – bis einer von ihnen den Blick nach oben richtete und Conn gewahrte.

»*Franca!*«

Conn hatte die Zwischenzeit genutzt, um sich nach einem Ausweg umzusehen. Ein Stück die Gasse hinab gab es einen Balkon, von dem aus er auf das Dach eines benachbarten Hauses gelangen konnte. Da nicht viel Zeit zum Nachdenken blieb, spurtete Conn einfach los – in riesigen Sprüngen von einem Stützbalken zum nächsten, über die Köpfe seiner verblüfften Verfolger hinweg.

Es kam ihm zugute, dass sich die Meute in der Enge der Gasse gegenseitig behinderte. Um einen Speer auf ihn zu schleudern, dazu reichte der Platz nicht aus, und bis die Bogenschützen dazu kamen, die Pfeile von den Sehnen schnellen zu lassen, hatte Conn den Balkon bereits erklommen. Er duckte sich, worauf eines der gefiederten Geschosse am Mauerwerk zerbarst; ein weiteres zuckte an ihm vorbei ins Leere. Blitzschnell federte Conn aus seiner Deckung empor, kletterte auf das flache, in der Mitte von einer Kuppel gekrönte Dach und hastete weiter. Die wütenden Rufe der Soldaten fielen hinter ihm zurück, und einen Moment lang glaubte Conn bereits, wieder aufatmen zu können – als aus der Gasse, die auf der anderen Seite des Hauses verlief, ein nicht weniger aufgeregter Schrei drang.

Sein Vorhaben, auf dieser Seite des Gebäudes wieder hinunterzuklettern, verwarf Conn rasch wieder. Stattdessen schlug er einen Haken. Ohne Anlauf zu nehmen, sprang er über eine Kluft von gut fünf Schritten auf das nächste Dach, das so flach war wie ein Tisch. Er rollte sich ab, sprang wieder auf die Beine und lief über eine Reihe aneinandergrenzender Dächer bis zu einer Palme, die sich aus einem Dachgarten erhob. Kurzerhand kletterte Conn daran herab und wollte über das steinerne Geländer einen vorsichtigen Blick in die darunter verlaufende Gasse werfen, als ihm von dort etwas entgegenkam.

Es war ein Stein, auf den Weg gebracht von der Schleuder eines Soldaten – und er traf Conn an der Schläfe.

Der Schmerz war ebenso kurz wie intensiv.

Conn merkte noch, wie er wankte, dann wurde es dunkel um ihn. Als er die Augen wieder aufschlug, konnten nur wenige Augenblicke verstrichen sein. Er fand sich auf dem Boden des Dachgartens liegend, an Händen und Füßen gefesselt, und blickte zu einem Mann auf, der mit verschränkten Armen über ihm stand und ihn argwöhnisch musterte.

Er mochte noch keine fünfzig Winter zählen; sein schwarzes Haar, soweit man es unter dem Turban sehen konnte, war von grauen Fäden durchzogen, ebenso wie der gepflegte Kinnbart. Seiner Kleidung nach gehörte er zur fatimidischen Garnison, wo er den Rang eines Unterführers zu bekleiden schien. Er fragte etwas, das Conn nicht verstand – es mochte Persisch oder Aramäisch sein, und eine Stimme, die er nur zu gut kannte, übersetzte.

»Was willst du hier?«

Conn wandte den Blick und sah Caleb neben dem Offizier stehen, ein Grinsen der Genugtuung im Gesicht. Die Erinnerung an die zurückliegenden Ereignisse war Conn sofort wieder gegenwärtig – bis hin zu dem Stein, der ihn getroffen hatte. Blut rann warm und feucht an seiner Schläfe herab. Er versuchte sich aufzurichten, aber es gelang ihm nicht, weil Caleb ihm den Fuß auf die Schulter setzte und ihn wieder zu Boden drückte.

»Hauptmann Bahram hat dich gefragt, was du hier willst«, wiederholte Chayas Cousin eindringlich.

»Du weißt, warum ich hier bin«, erwiderte Conn stöhnend.

»Warum beantwortest du seine Frage nicht?«

Caleb sprach einige Worte in einer fremden Sprache, die Conn für Aramäisch hielt, woraufhin der Hauptmann Conn prüfend musterte und dann erneut einige Worte sagte.

»Was will er?«, fragte Conn.

»Er fragt dich, ob du dir der Folgen deines Schweigens bewusst bist.«

»Ich schweige nicht«, versicherte Conn. »Sag ihm, dass ich um Chayas willen nach Acre gekommen bin. Dass sie die Mutter meines Kindes ist.«

Caleb sprach einige Worte. Ob er allerdings tatsächlich übersetzte, bezweifelte Conn ernstlich. Denn auf der dunklen Stirn des Hauptmanns bildeten sich Zornesfalten, und er stieß erneut einige unfreundlich klingende Sätze hervor.

»Hauptmann Bahram empfiehlt dir, nicht mit ihm zu spielen«, übertrug Caleb genüsslich ins Französische. »Er weiß, dass du ein Spion der Kreuzfahrer bist.«

»Woher weiß er das?«

»Weil ich es ihm gesagt habe«, erklärte Caleb grinsend.

»Warum hast du das getan?«

»Sehr einfach, Christ – weil ich Chaya liebe.«

»Ich ebenso.«

»Vielleicht. Aber deine Liebe wird sie früher oder später zerstören. Meine nicht.«

Erneut sprach er einige Worte auf Aramäisch, woraufhin Bahram barsche Anweisungen erteilte. Soldaten, die Conn bislang nicht wahrgenommen hatte, traten hinzu, packten ihn und stellten ihn unsanft auf die Beine. Conns Knie waren weich, und so wäre er um ein Haar gestürzt, wenn sie ihn nicht festgehalten hätten. Jedoch rutschte die lederne Schnur mit dem Medaillon Bischof Adhémars aus seinem Gewand hervor. Hauptmann Bahram streifte es nur mit einem flüchtigen Blick, doch etwas daran schien seine Aufmerksamkeit zu fesseln.

Er erteilte eine knappe Anweisung, worauf einer der Soldaten die Schnur kurzerhand abriss und das Medaillon dem Hauptmann reichte, der es mit einer Mischung aus Argwohn und Staunen betrachtete.

Dann fragte er etwas.

»Hauptmann Bahram will wissen, woher du das hast.«

»Von einem Freund«, erwiderte Conn ausweichend. »Es ist ein Symbol.«

»Was stellt es dar?«, fragte Caleb.

»Ein Labyrinth. Ein Irrgarten, aus dem es nur einen Ausweg gibt.«

Diesmal schien Caleb die Worte angemessen zu übertragen. Mit offenkundiger Bestürzung, deren tieferen Grund Conn nicht zu erkennen vermochte, pendelte der Blick des Hauptmanns zwischen ihm und dem Anhänger hin und her, ehe er prüfend hinauf zu den Sternen schaute. Offenbar schien er dem Medaillon besondere Bedeutung beizumessen – hatte er es womöglich schon einmal gesehen?

»Warum?«, fragte Conn, »Was ist damit?« Aber weder übersetzte Caleb seine Frage, noch wurde sie beantwortet.

Einen endlos scheinenden Augenblick lang fühlte Conn die Blicke von Bahram auf sich ruhen. Dann erteilte der Hauptmann erneut einen Befehl und Conn wurde gepackt und davongeschleppt.

20.

Nördlich von Sidon
Abend des 19. Mai 1099

Der Marsch war fortgesetzt worden.

Von Akkar aus, dessen erfolglose Belagerung man Mitte des Monats endgültig aufgegeben hatte, waren die Kreuzfahrer weiter nach Süden marschiert. Der Emir von Tripolis hatte ihnen, wohl unter dem Eindruck dessen, was in Antiochia geschehen war, nicht nur freies Geleit durch sein Gebiet zugesichert, sondern sie darüber hinaus auch mit Gold, Proviant und Geschenken überhäuft, die die Kämpfer des Herrn davon abhalten sollten, plündernd über die Ländereien des Emirs herzufallen.

Auf diese Weise war man rasch weiter vorgestoßen und hatte am Mittag jenen Wasserlauf überquert, den man »Hundefluss« nannte und der das Herrschaftsgebiet der seldschukischen Emire gegen das des Kalifen von Kairo abgrenzte. Ob von den fatimidischen Soldaten mehr Widerstand zu erwarten war als von den Türken, wusste Guillaume de Rein nicht zu sagen – sein Entschluss, nach Jerusalem zu gehen und die Macht dort an sich zu bringen, stand unverrückbar fest. Wer auch immer sich ihm in den Weg stellte, würde dafür mit dem Leben bezahlen.

Ungerührt hatte Guillaume zugesehen, wie sich das glühende Eisen in lebendes Fleisch gebohrt hatte, gleichgültig hatte er den Schreien gelauscht, die von der Decke der Höhle widerhallten, die sich ein Stück nordwestlich der Heerlagers befand. Als Anführer der Bruderschaft war er beides gewohnt, doch diesmal waren es keine neuen Waffenbrüder, die der Gemeinschaft beitreten wollten und die man dem schmerzhaften Eingangsritual unterzog.

»Wie also steht es nun?«, fragte er den Mann, der vor ihm auf dem Boden lag, Arme und Beine weit von sich gestreckt und an hölzerne Pfähle gefesselt, die man in den sandigen Boden geschlagen hatte. »Wirst du dein Schweigen nun beenden? Oder muss ich damit anfangen, dir wirklichen Schmerz zuzufügen?«

Der Atem des Gefangenen ging hechelnd. Sein nackter, von Schweiß glänzender Oberkörper war an Brust und Rippen von üblen Brandwunden entstellt, die ihm einer der Folterknechte beigebracht hatte, die die Kapuzen der Bruderschaft trugen. Guillaume selbst hatte auf die Maskerade verzichtet. Er rechnete ohnehin nicht damit, dass der Gefangene die Höhle noch einmal lebend verlassen würde. Und wenn, was vermochte ein alter, ehrloser Ritter dem Baron de Rein schon anzuhaben?

Der Gefangene schaute zu ihm auf. Sein linkes Auge fehlte, statt seiner klaffte nur ein dunkles Loch in seinem Schädel. Das andere starrte Guillaume in unverhohlener Abneigung an.

»Sieh mich nicht so an«, meinte dieser unbeeindruckt. »Du selbst trägst Schuld an deinem Schicksal, Baldric. Verrate mir, wo Conwulf steckt, und du bist frei.« Der alte Kämpe fletschte die Zähne wie ein Raubtier. Das Sprechen fiel ihm schwer angesichts der Qualen, die er durchlitten hatte, ein kehliges Krächzen brachte er aber dennoch zustande.

»Geh zum Teufel, Guillaume de Rein.«

»Wie du willst.« Guillaume nickte und gab seinem Folterknecht abermals ein Zeichen. Der Vermummte, ein junger Ritter aus dem Vexin, der für die Sache der Bruderschaft brannte und es nicht abwarten konnte, sich zu bewähren, befolgte den Befehl ohne Zögern – und Baldric schrie abermals, als die Spitze des glühenden Eisens sich in seine linke Schulter bohrte. Zischender Dampf stieg auf, der nach verbranntem Fleisch und Blut stank, und der Ritter schmetterte seinen Hinterkopf mehrmals auf den Boden, um mit der Qual irgendwie fertig zu werden. Sein Schweigen jedoch brach er auch diesmal nicht.

»Dein Starrsinn wird dir nicht weiterhelfen, alter Mann«, knurrte Guillaume. »Seit Tagen schon hältst du uns zum Narren, aber in dieser Nacht wirst du dein Schweigen brechen, so wahr ich vor dir stehe!«

Baldric bleckte die Zähne zu einem Grinsen. Dass es in seinem schmerzverzerrten, rußgeschwärzten Gesicht ganz und gar nicht wie ein Grinsen aussah, war Guillaume einerlei. Allein die Tatsache, dass sich der Mann, der sich seit nunmehr einer Woche in seiner Gewalt befand, noch immer beharrlich weigerte, ihm den genauen Aufenthalt des Angelsachsen Conwulf zu verraten, jagte unbändigen Zorn durch Guillaumes Adern.

Anfangs hatten sie ihn nur verprügelt, dann zu Peitsche und Stock gegriffen. Schon bald hatte sich jedoch gezeigt, dass auch dies nicht verfing und Baldric sich eher würde totschlagen lassen, als seinen Adoptivsohn zu verraten. Also war Guillaume darauf verfallen, den Gefangenen mit Glut und Feuer zu bearbeiten, aber auch diese Methode hatte bislang nicht den erwünschten Erfolg gezeigt. Im Gegenteil, Baldric erdreistete sich noch, ihm offen ins Gesicht zu lachen, und das, obwohl ihnen die Zeit unter den Händen zerrann.

Mit jedem Tag, den sich die Kreuzfahrer Jerusalem näherten, wuchs Guillaumes Verlangen nach dem Schatz, der dort seit Jahrtausenden ruhte – aber mit jedem Tag wuchs auch die Gefahr, dass seine Feinde ihm womöglich zuvorkamen. Es musste ihm gelingen, das Buch von Ascalon wieder in seinen Besitz zu bringen, und weder ein angelsächsischer Dieb noch ein einäugiger alter Narr würden ihn daran hindern!

In einem jähen Entschluss riss er seinen Dolch aus dem

Gürtel, beugte sich zu Baldric hinab und hielt die Klinge so, dass die Spitze auf sein verbliebenes Auge deutete. »Vielleicht sollte ich dir auch noch das andere Auge ausstechen.«

»Vielleicht«, gab der Gefangene krächzend zurück. »Diese Augen haben ohnehin zu viel Unrecht gesehen.«

»Wie du willst.« Guillaume senkte die Klinge, bis sie fast den Augapfel berührte. »Aber bedenke, alter Mann, dass du ein blinder Krüppel bist, wenn ich das Werk meines Vaters vollende.«

»Der Baron war nicht dein Vater. So wenig wie du sein Sohn bist.«

Guillaume war wie vom Donner gerührt.

Furchtsam spähte er nach vermummten Anhängern, aber der Gefangene hatte so leise gesprochen, dass ihn niemand sonst verstanden hatte.

»Woher weißt du das?«, zischte Guillaume.

Baldric lachte auf. »Jeder weiß es. Deine Mutter, Guillaume de Rein, ist eine Hure – und du bist der verkommene Spross einer Hure.«

Er musste husten, worauf sich sein gepeinigter Körper verkrampfte. Guillaume jedoch fühlte sich in keiner Weise besänftigt.

Jeder weiß es.

Baldrics Worte wirkten wie ein Gift, vergällten ihm vom einen Augenblick zum anderen die Freude an den glänzenden Aussichten, die sich ihm boten. Erneut blickte er zu seinen Leuten, doch unter den Kapuzen herrschte Schwärze, sodass nicht zu erkennen war, was in ihren Mienen vor sich ging. Was, wenn Baldric recht hatte? Wenn alle wussten, dass er nicht Renald de Reins legitimer Erbe war? Wenn sie heimlich mit Fingern auf ihn zeigten und hinter seinem Rücken lachten?

Unbändige Wut packte ihn, die das Messer in seiner Hand erbeben ließ. Kurz entschlossen setzte er die Spitze an Baldrics Kehle, bereit, dessen Lästermaul verstummen zu lassen, doch ein Blick in das verbliebene Auge des alten Kämpen ließ ihn innehalten. Nur Spott war darin zu lesen, aber keine Furcht, und Guillaume begriff, dass er genau das zu tun im Begriff war, was Baldric von ihm wollte. Der alte Fuchs hatte es darauf angelegt, dass er zustieß. Ein Mund, der nicht mehr lästerte, verriet auch keine Geheimnisse.

Es kostete Guillaume unsagbare Überwindung, seiner Wut nicht nachzugeben und den Gefangenen am Leben zu lassen, aber die Vernunft obsiegte schließlich.

»Nein«, stieß er hervor, während er sich wieder aufrichtete und den Dolch zurücksteckte, »so einfach werde ich es dir nicht machen, alter Mann. Früher oder später wirst du mir verraten, wo sich dein Ziehsohn versteckt hält.«

Baldric spuckte das Blut aus, das sich in seinem Mund angesammelt hatte. »Nein, das werde ich nicht.«

Guillaume verzog den Mund zu einem grausamen Lächeln, denn in diesem Augenblick kam ihm ein ganz neuer Gedanke.

»Doch, doch. Du wirst.«

Garnison von Acre
Zur selben Zeit

»Und er hat kein Wort gesagt?«

Hassan al-Kubh, der *qa'id* von Acre, schaute Bahram prüfend an. Al-Kubh war in mancher Hinsicht das genaue Gegenteil von Fürst Duqaq: kein Edelmann, dessen Befehlsgewalt allein auf seiner Herkunft gründete, sondern ein altgedienter Soldat, der ähnlich viele Schlachten geschlagen hatte wie Bahram selbst. In den Diensten des Kalifen und des Statthalters hatte er sich emporgedient und es zum Kommandanten der Garnison von Acre gebracht, über die er mit Weisheit und Strenge gebot; und da auch die *ahdath* genannte Bürgerwehr seinem Befehl unterlag, war er der neue Dienstherr von Bahram.

»Nein, Herr«, erwiderte Bahram kopfschüttelnd.

Al-Kubh, im lilafarbenen Gewand des militärischen Würdenträgers, ging in seinem Amtszimmer auf und ab. »Habt Ihr die Folter angwandt?«, fragte er schließlich.

»Ja, Herr. Aber der Gefangene hat nichts gesagt. Und ich glaube nicht, dass er uns etwas verschweigt.«

»Was wollt Ihr damit sagen, Hauptmann?« Der *qa'id* blickte ihn herausfordernd an, jedoch ohne Argwohn. Anders als in Damaskus versahen in den fatimidischen Garnisonen viele armenische Christen ihren Dienst, und anders als in Syrien war man den Kreuzfahrern noch nicht im offenen Kampf gegenübergestanden.

»Ich glaube nicht, dass jener Mann ein feindlicher Spion ist«, sagte Bahram. »Wäre er es, so hätte er es bereits gestanden.«

»Was macht Euch so sicher? Vielleicht habt Ihr nur nicht die richtigen Mittel eingesetzt?«

»Die Folter ist ein Schwert mit zwei Schneiden, Herr. Sie vermag Münder zu öffnen, doch nicht die Lüge von der Wahrheit zu unterscheiden.«

Al-Kubh lächelte matt. »Ihr denkt, der Franke könnte möglicherweise alles gestehen, nur um von den Qualen erlöst zu werden.«

»Ja, Herr – und er ist ein Engländer. Kein Franke.«

»Ein Engländer.« Der *qa'id* ging zu dem schmalen Fenster, durch das man auf das von zwei mächtigen Türmen bewachte Hafenbecken blickte. Nur wenige Schiffe lagen vor Anker, die meisten aus Ägypten. Aus dem Norden trafen in diesen Tagen nur noch wenige Segler ein. Der Krieg, der dort tobte, begann sich bemerkbar zu machen. »Ich verstehe nicht, was diese Menschen antreibt, Hauptmann. Wieso haben sie Boote bestiegen, um so fern von ihrer kalten Heimat Krieg zu führen?«

»Ich weiß es nicht.«

»Ich hatte gehofft, von diesem... diesem Engländer ein paar

Antworten zu erhalten, die ich dem Wesir weitergeben kann. Anfangs hat niemand von uns diese Kreuzfahrer als Bedrohung erachtet. Die Berater des Kalifen waren sogar der Ansicht, dass sie angesichts der Bedrohung durch die Seldschuken eher unsere Verbündeten wären als unsere Feinde. Seit Antiochia jedoch dürfte auch der letzte von des Kalifen kurzsichtigen Beratern erkannt haben, dass diese Christen sehr wohl eine Bedrohung darstellen, nicht nur für die Türken, sondern für das gesamte Morgenland. Und über diese Bedrohung muss ich mehr in Erfahrung bringen, wenn ich diese Stadt wirksam verteidigen soll.«

»Auch ich würde das gerne, Herr, aber ich fürchte, der Engländer kann uns nichts darüber sagen.«

»Warum ist er dann nach Acre gekommen?«

»Das will er nicht verraten. Er sagt, dass ihn ein Versprechen bindet. Ich vermute, dass es mit jener Schriftrolle zusammenhängt, die er unter seinem Gewand verbarg. Ein Pergament, in der alten Sprache der Juden verfasst.«

»Wie ist sein Name? Hat er den wenigstens preisgegeben?«

»Conwulf, Herr. Der Sohn eines Mannes, der sich Baldric nennt.«

»Conwulf. Baldric.« Der *qa'id* kaute die Namen wie eine getrocknete Feige. »Seltsame Namen für seltsame Menschen.«

»In der Tat. Soll ich den Gefangenen frei lassen? Wir könnten versuchen, ein Lösegeld zu verlangen, aber er scheint mir nicht wohlhabend zu sein, also...«

»Nein«, lehnte al-Kubh ab. Unter muslimischen Gegnern war es von alters her üblich, Gefangene gegen Zahlung einer Gebühr wieder auf freien Fuß zu setzen. »Keine Freilassung. Der Engländer bleibt im Kerker. Sollte seinesgleichen tatsächlich vor unseren Mauern auftauchen und Einlass begehren, kann er uns vielleicht von Nutzen sein, sei es als Übersetzer oder als Geisel.«

»Aber Herr, ich sagte Euch doch schon, dass er weder etwas weiß noch von hoher Herkunft...«

»Weshalb setzt Ihr Euch so für den Engländer ein, al-Armeni?«

Ein scharfer Unterton hatte sich plötzlich in den Tonfall des Garnisonskommandanten gemischt – und Bahram wusste, dass er vorsichtig sein musste. Er konnte selbst nicht sagen, weshalb das Schicksal dieses fremden Kriegers ihn überhaupt berührte.

Vielleicht lag es an dem Medaillon, das der Fremde bei sich trug und das Bahram auf verblüffende Weise an den Traum erinnerte, den er auf dem Weg nach Acre gehabt hatte.

Vielleicht war es aber auch nur deshalb, weil ein Gefühl ihm sagte, dass jener Conwulf kein verschlagener Räuber, sondern ein Mann von Ehre war. Was auch immer ihn nach Acre geführt hatte, der Krieg war es nicht gewesen, da war sich Bahram sicher – doch al-Kubhs verfinsterte Züge sagten ihm, dass es besser war, diesen Gedanken nicht laut zu äußern.

»Wie Ihr befehlt, Herr«, sagte er stattdessen, verbeugte sich und verließ das Amtszimmer seines Vorgesetzten.

An der Tür wartete Caleb Ben Ezra auf ihn, sein Unterführer bei der jüdischen Miliz, der jedes Wort des Gesprächs mitgehört hatte.

21.

Jüdisches Viertel, Acre
20. Mai 1099

»Was?« Chaya, die in ihrer Kammer auf einem Schemel kauerte und ihr Kind im Arm hielt, schaute zweifelnd zu ihrem Cousin auf. »Aber du hast gesagt, Conwulf sei entkommen!«

»Das habe ich«, räumte Caleb widerstrebend ein. »Ich wollte nicht, dass du dich um ihn sorgst.«

»Wie kommst du zu so einer Annahme?«

»Ich dachte, dass dir nichts mehr an ihm liegt nach allem, was er getan hat«, fuhr ihr Cousin nicht ohne Bitterkeit in der Stimme fort.

»Was ich persönlich empfinde, ist nicht mehr von Belang, Caleb«, wies Chaya ihn zurecht, um Fassung bemüht. »Conwulf hat mich verraten und bestohlen, hat mich und unser ganzes Volk hintergangen – wie könnte ich ihm da jemals verzeihen? Was immer auch mit ihm geschieht, es muss wohl geschehen.«

»Da bin ich mir nicht sicher«, sagte Caleb leise.

»Was meinst du damit?«

»Ich war dabei, als Hauptmann Bahram dem Kommandanten Bericht erstattete. Er sagte, dass Conwulf gefoltert worden sei.«

»Gefoltert«, murmelte Chaya. Die Vorstellung ließ sie erschaudern, aber sie wehrte sich mit aller Macht dagegen, Mitleid zu empfinden.

»... und dass er auch unter Folterqualen sein Schweigen nicht gebrochen habe«, fuhr Caleb fort.

»Er hat ihnen nichts gesagt?«, fragte Chaya nach. »Nichts über das Buch von Ascalon? Über *Aron habrit*?«

»Nein.« Caleb schüttelte den Kopf.

Chaya überlegte. »Dann ist es ihm womöglich ernst gewesen. Er wollte das Geheimnis tatsächlich bewahren.«

»So ist es wohl. Und es gibt sogar einen Beweis dafür.«

»Welcher Art?«

»Das Buch von Ascalon. Ich hörte Hauptmann Bahram davon sprechen. Der Christ trug die Schriftrolle bei sich, als er zu uns kam. Ganz offenbar wollte er dich entscheiden lassen, was damit zu geschehen hat.«

»I-ist ist das wahr?«

Caleb nickte widerstrebend.

»Dann hat Conn also die Wahrheit gesagt«, folgerte Chaya, ihre Stimme matt und tonlos vor Entsetzen. »Er wollte mich nicht auf die Seite der Kreuzfahrer ziehen, sondern mir die Wahl überlassen. Als Beweis hatte er das Buch von Ascalon dabei – doch wir haben über ihn geurteilt, noch ehe er sich erklären konnte, und ihm schreckliches Unrecht zugefügt.«

Unbewegt saß sie da, das Kind in den Armen, und wog ihre Möglichkeiten ab. Dann erhob sie sich in einem jähen Entschluss.

»Nimm«, sagte sie und hielt Caleb das Kind mit derartiger Bestimmtheit hin, dass er nicht anders konnte, als es verdutzt entgegenzunehmen.

»Was hast du vor?«

»Ich werde mit Hauptmann Bahram sprechen.«

»Und was willst du ihm sagen?«

»Das weiß ich noch nicht.« Chaya schüttelte den Kopf. »Aber ich muss Conn helfen. Es ist unsere Schuld, dass er im Gefängnis ist.«

»Wie willst du das anstellen?«, fragte Caleb ein wenig zu laut. Der Junge auf seinem Arm begann daraufhin zu weinen, sodass er er ihn unbeholfen hin und her wiegte – ohne Erfolg.

»Auch das weiß ich nicht, aber mir bleibt keine andere Wahl, als es zu versuchen. Conn hat unser Leben gerettet, nun retten wir seines.«

»Nein, das müssen wir nicht. Die Christen haben uns mehr Leid zugefügt, als einer von ihnen jemals gutmachen kann. Wir sind ihm nichts schuldig.«

»Würdest du wirklich so denken, dann hättest du mir nicht erzählt, dass Conn noch in der Stadt ist«, erwiderte Chaya lächelnd. »Aber du hast es getan, Caleb, weil du weißt, was richtig ist und was falsch. Ich muss gehen und versuchen, Conn zu helfen. Eine andere Wahl habe ich nicht – und du auch nicht.«

Calebs Mund wurde zu einem dünnen Strich, seine Kieferknochen mahlten. Dann ließ er resignierend den Kopf sinken.

»Geh in Frieden, Chaya. Und sei vorsichtig.«

Heerlager der Kreuzfahrer, Sidon
Nacht des 20. Mai 1099

Baldric hatte keine Ahnung, wie lange er sich bereits in der Gefangenschaft Guillaume de Reins befand. Er hatte auch keine Vorstellung davon, was außerhalb des Zeltes geschah, in dem er festgehalten wurde.

Den Tag über hatte er Kampflärm gehört. Offenbar war es zu Zusammenstößen mit den Muselmanen gekommen, aber Baldric war zu schwach, als dass er sich darum geschert hätte. Sein Körper war eine von Brandwunden verunstaltete Hülle, sein fiebriger Geist schwamm in einem Ozean der Agonie. Dennoch hatten sich seine Peiniger gut darauf verstanden, den dünnen Faden, an dem sein Bewusstsein nach wie vor hing, nicht ganz zu durchtrennen.

Wann immer er Gefahr gelaufen war, ohnmächtig zu werden, hatten sie die Folter ausgesetzt; Schmerz und kurze Phasen der Erholung hatten sich auf diese Weise abgewechselt in einem nicht enden wollenden Reigen der Qual, bis Baldric zuletzt nicht mehr zu sagen vermochte, ob es Tag war oder Nacht. Nur eines wusste er mit Bestimmtheit: dass er Guillaume de Rein nicht verraten hatte, was dieser um jeden Preis erfahren wollte.

Den genauen Aufenthaltsort von Conn.

Trotz aller Schmerzen, die er erlitten hatte, zürnte Baldric dem Jungen nicht. Conwulf hatte nur in bester Absicht gehandelt, als er über Nacht verschwunden war, da war sich der Normanne sicher. Er war wohl der Ansicht gewesen, dass er für seine Fehler allein geradestehen müsse, und hatte seinen Adoptivvater nicht in Gefahr bringen wollen. Dass Baldric dadurch, dass er im Lager blieb, in die Fänge von Guillaume de Rein geraten war, war eine der vielen bitteren Ironien, an denen sein Leben so überaus reich war.

Er würde weiter schweigen, so lange, bis der Erlöser kam und seinen Mund versiegelte, und nichts und niemand würde ihn davon abbringen. Er hatte sich einmal vor einem de Rein verleugnet und es sein Leben lang bereut – kein zweites Mal.

Als der Zelteingang irgendwann geöffnet wurde, nahm Baldric am Rande wahr, dass es draußen dunkel war. Mehrere von Guillaumes vermummten Schergen packten ihn und zerrten ihn nach draußen. Fackeln waren in einem weiten Kreis in den Boden gesteckt worden und beleuchteten ein karges Areal. Zwei Ochsen standen dort, die einander ihre Kehrseiten zuwandten. Auf dem Boden zwischen ihnen lag ein nackter Mann, an Armen und Beinen gefesselt.

Wenn Baldric geglaubt hatte, dass ihn nichts mehr erschüttern könnte, so wurde er in diesem Augenblick eines Besseren belehrt – denn der Mann war Bertrand!

Das gelockte Haar des Freundes hing in schweißnassen Strähnen, Gesicht und Oberkörper waren von Blessuren übersät. Ein lederner Knebel steckte in seinem Mund, der seine

Gesichtszüge grotesk verzerrte. Furcht sprach aus seinen weit aufgerissenen Augen.

»Bertrand!«, rief Baldric aus und wand sich im Griff seiner Häscher. Ein Anblick, der geradezu komisch wirken musste, denn die Vermummten lachten. Am lautesten jedoch lachte ihr Anführer, der hoch zu Pferde saß.

»Sieh an«, tönte Guillaume de Rein herab. »Offenbar haben wir also doch etwas gefunden, womit wir deine verstockte Zunge wieder lösen können, sturer alter Bock!«

Er hob den Arm und ließ ihn wieder fallen. Peitschen knallten daraufhin, und die beiden Ochsen stemmten sich in entgegengesetzter Richtung in ihr Geschirr. Das Gurtzeug knarrte und spannte sich – und Bertrand, dessen Hände und Füße mit dicken Stricken daran gebunden waren, streckte sich.

»Haltet ein!«, krächzte Baldric. »Nicht einmal Ihr könnt so grausam sein, Guillaume de Rein!«

»Wie ich höre, hast du deinen Respekt bereits wiedergefunden«, höhnte der junge Baron. »Vielleicht fällt dir bei dieser Gelegenheit ja auch ein, wo dein Ziehsohn abgeblieben ist!«

Die Peitschen knallten erneut. Bertrands Körper dehnte sich noch weiter, und ein Schrei entrang sich seiner Kehle, den der Knebel jedoch zu einem halblauten Stöhnen erstickte.

»Nehmt mich«, ächzte Baldric entsetzt. »Nehmt mich an seiner Stelle!«

»Alter Narr, du hast noch nicht einmal verstanden, worum es geht, nicht wahr? Jeder Mensch hat eine schwache Stelle. Bei den meisten ist es ihre eigene Unversehrtheit, für die sie bereit sind, jeden Verrat zu begehen. Anderen jedoch – und zu ihnen gehörst du – ist das eigene Schicksal gleichgültig. Wenn es jedoch um jene geht, die ihnen nahestehen, werden auch sie angreifbar.«

Das Leder und die Stricke spannten sich noch weiter – und Bertrands Körper hob trotz seiner Leibesfülle vom Boden ab. Die dumpfen Schreie des Freundes trafen Baldric bis ins Mark.

»Wo ist Conwulf?«, verlangte Guillaume zu wissen. »Sag es mir, oder du wirst in wenigen Augenblicken erleben, wie sich die Gedärme deines Freundes über den Sand verteilen. Also?«

Baldric schwieg.

Sein Blick war auf Bertrand geheftet, der nun mehrere Handbreit über dem Boden schwebte, in der Luft gehalten von zwei Ochsen, die mit der ganzen Kraft ihrer massigen Körper an ihm zerrten. Schon jetzt hatte es den Anschein, als würden die Arme des Freundes jeden Augenblick aus ihren Gelenken gerissen.

»Baldric!«, fuhr Guillaume ihn an. »Mach endlich das Maul auf! Oder muss dein bester Freund deinen Starrsinn mit dem Leben bezahlen? Nur ein Wort von dir, und er ist frei.«

Baldric biss sich auf die Lippen, aber seine Entschlossenheit bröckelte.

Die Peitschen knallten abermals, und die Ochsen warfen sich nach vorn. Bertrands Schrei war jetzt auch durch den Knebel hindurch deutlich zu vernehmen. Von Entsetzen geschüttelt, sah Baldric den Freund in der Luft schweben, nackt und schutzlos, die Gliedmaßen zum Zerreißen gespannt. Ein bizarrer Anblick – dem er im nächsten Moment ein Ende setzte.

»In Acre!«, rief Baldric, so laut er konnte. »Conwulf ist in Acre!«

»Du sagst mir Dinge, die ich längst weiß, alter Narr«, schalt ihn Guillaume. »Wo in Acre verbirgt sich der Angelsachse? Ich weiß, dass er zu der Jüdin wollte, wo also ist er?«

Bertrand schrie nur noch lauter – und Baldric wusste, dass er verloren hatte. »Im jüdischen Viertel«, erklärte er resignierend. »Fragt nach einem Tuchhändler namens Ben Amos!«

»Und das ist die Wahrheit?«

»Ja, verdammt, nun lasst Bertrand endlich frei, ich beschwöre Euch.«

In unendlicher Langsamkeit drehte Guillaume de Rein sich zu seinen Leuten um und gab ihnen ein Zeichen. Daraufhin trat einer der Männer vor und hieb das Seil an Bertrands Beinen durch. So plötzlich von ihrer Zuglast befreit, stampften die beiden Ochsen einige Schritte vorwärts, ehe sie ihre Körpermassen abfangen konnten, wobei der eine Bertrands nackten Körper hinter sich herschleifte. Stöhnend vor Schmerz und Pein wälzte sich der Freund im Sand, der an seinem schweißnassen Körper haften blieb. Der Blick, den er Baldric schickte, war voller Bedauern.

»Wie ich bereits sagte«, meinte Guillaume, der sein Pferd vor Baldric lenkte, damit er hochmütig auf ihn herabblicken konnte, »jeder Mensch hat eine schwache Stelle. Ich denke, die deine haben wir gefunden, alter Mann.«

Damit gab er seinen Leuten ein weiteres Zeichen – und die Klinge, die soeben den Strick durchtrennt hatte, fuhr ein zweites Mal nieder, diesmal geradewegs in Bertrands Herz.

Baldrics heiserer Entsetzensschrei gellte durch die Nacht – begleitet von Guillaume de Reins schallendem Gelächter.

22.

Garnison von Acre
Tags darauf

»Danke, dass Ihr mich empfangt, Herr.«

Chaya neigte das Haupt, als sie das Wachlokal betrat. Der schlichte steinerne Bau lehnte sich unmittelbar an die Stadtmauer an. Stroh lag auf dem Boden verstreut, das den Wachsoldaten als Schlafstatt diente. Ein einfacher Hocker und ein kleiner Tisch bildeten die karge Einrichtung. Der Mann, der an dem Tisch gesessen und in einem Buch gelesen hatte, erhob sich, als sie eintrat. Dabei musste er sich abstützen, das linke Bein schien ihm Schmerzen zu bereiten, wohl die Folge einer Verletzung.

Durch Caleb hatte Chaya schon viel von Bahram al-Armeni gehört, dem Hauptmann, der aus dem fernen Tal Bashir stammte und seinem christlichen Glauben zum Trotz einen Offiziersrang in der Armee des Kalifats bekleidete, und sie war der Ansicht gewesen, dass Calebs überaus wohlwollende Beschreibung des Armeniers der naiven Schwärmerei zuzuschreiben war, die ihr Cousin für das Soldatentum hegte. In diesem Augenblick jedoch stand sie Bahram zum ersten Mal von Angesicht zu Angesicht gegenüber, und sie kam nicht umhin, beeindruckt zu sein: Die feingeschnittenen Gesichtszüge, die intelligenten Augen und die Tatsache, dass sie ihn beim Lesen eines Buches angetroffen hatte, ließen sie hoffen, dass der armenische Hauptmann kein brutaler Schlächter war.

»Ihr braucht mir nicht zu danken«, antwortete Bahram mit einer Sanftheit, die Chayas Eindrücke zu bestätigen schien. Er bediente sich des Aramäischen, das dem Gemeinhebräisch zumindest so verwandt war, dass eine Verständigung ohne Übersetzer möglich war. »Euer Ehemann, mein Unterführer Caleb Ben Ezra, sagte mir, dass Ihr mich in einer dringenden Angelegenheit zu sprechen wünscht. Einer Angelegenheit, die den gefangenen Engländer betrifft.«

Chaya nickte. »Ja, Herr.«

»Caleb sagte mir, dass Ihr den Engländer kennt?«

»Auch das ist wahr.«

»Nun?«, fragte er und schaute sie abermals prüfend an. »Worum also geht es dabei?«

»Um die Schriftrolle, Herr«, erwiderte Chaya leise. »Die Schriftrolle, die der Engländer Conwulf bei sich trug.«

Die dunklen, aufmerksam blickenden Augen des Hauptmanns verengten sich. »Woher wisst Ihr davon?«

»Ich weiß es, weil er auf dem Weg zu mir war. Er hatte vor, diese Schriftrolle an mich zu übergeben.«

»An Euch? Weshalb?«

»Weil sie sich zuvor in meinem Besitz befand, Herr. Die Schriftrolle wurde mir gestohlen, und Conwulf wollte sie mir zurückbringen.«

»Das ist alles?«

»So ist es. Conwulf ist kein Spion. Er ist aus anderen Gründen nach Acre gekommen. Er hat sich aus freien Stücken in Gefahr begeben, um ein begangenes Unrecht wiedergutzumachen.«

»Wenn es so war, wie Ihr sagt, weshalb habt Ihr dann die Wache gerufen?«

»Nicht ich rief nach der Wache, Herr, sondern mein Ehemann«, verbesserte Chaya und senkte schuldbewusst den Blick. »Er hat die Situation missverstanden.«

»Das kann ich ihm nicht verdenken«, brummte der Armenier. »Was würde ich wohl denken, wenn ich einen fremden Mann im Gemach meiner Ehefrau vorfinden würde?«

»Wie ich schon sagte, Herr – es war ein Missverständnis. Conwulf musste fliehen und wurde verhaftet, noch ehe wir es aufklären konnten. Und da ich bislang nicht wusste, dass er sich in Eurem Gewahrsam befindet, komme ich erst jetzt zu Euch, um Euch um Nachsicht und um Conwulfs Freilassung zu bitten.«

»Ich verstehe. Bedauerlicherweise habe ich darüber nicht zu entscheiden. Der *qa'id* ist unverrückbar der Ansicht, dass der Engländer ein Spion des Feindes ist, der unsere Verteidigung auskundschaften soll. Und da Conwulf beharrlich schweigt, was die Gründe seines Hierseins angeht, kann ich das Gegenteil nicht beweisen.«

»Conwulf schweigt meinetwegen, Herr. Um mich und mein Kind zu schützen.«

»Das wäre allerdings sehr edelmütig von ihm. Denn es bedarf eines starken Willens, den Qualen der Folter zu widerstehen.«

»Was habt Ihr ihm angetan?«, fragte Chaya. Der Gedanke war ihr unerträglich.

»Seid unbesorgt, der Engländer wird keine dauerhaften Schäden davontragen. Sorgen sollte sich nach allem, was ich in Euren Augen sehe, wohl eher Euer Ehemann.«

Chaya senkte beschämt den Blick. Fast wünschte sie sich, lieber doch einen tumben Schlächter vor sich zu haben anstelle des scharfsinnigen Beobachters, der Bahram war. Seinen wachen Augen schien so leicht nichts zu entgehen, mehr noch, sie konnten offenbar ins Innere eines Menschen blicken.

»Was ich getan habe und was nicht, muss ich vor Gott rechtfertigen«, sagte sie leise und mit noch immer gesenktem Antlitz. »Ich bitte Euch, mich nicht danach zu beurteilen, sondern nach der Wahrheit, die ich Euch bringe.«

»Und was für eine Wahrheit ist das, Chaya?«, verlangte Bahram zu wissen. »Ihr wollt den Engländer entlasten, aber bislang habt Ihr keinen Beweis für seine Unschuld vorgelegt. Im Gegenteil scheint Ihr sehr viel mehr zu wissen, als Ihr mir offenbaren wollt.«

»Nein«, sagte Chaya schnell und schaute auf. Ihr Blick nahm einen flehenden Ausdruck an. »Bitte denkt das nicht von mir, Herr. Ich bin hier um Conwulfs willen. Er hat sein Leben für mich eingesetzt, und ich würde alles tun, um das seine zu retten.«

»Alles?«, hakte Bahram nach.

Chaya war bewusst, dass sie sich auf gefährlichen Boden begab. Dennoch tat sie den nächsten Schritt. »Ja, Herr.«

»Dann sagt mir, was es mit jener Schriftrolle auf sich hat.«

»Das kann ich nicht.«

Der Hauptmann nickte. »Ich habe keine andere Antwort erwartet – aber glaubt Ihr im Ernst, Ihr könntet Conwulfs Freilassung erwirken, wenn Ihr noch nicht einmal die Wahrheit sagen wollt?«

»Ich sage die Wahrheit, Herr.«

»Aber nicht die ganze«, schnaubte der Armenier, und erstmals klang er unwirsch dabei. »Obwohl der Engländer Conwulf jene Schrift bei sich trug und sie sich also in seinem Besitz befand, wollte er selbst unter Anwendung der Folter kein Wort darüber verlieren. Und obschon es um das Leben eines Mannes geht, an dem Euch mehr gelegen scheint, als es sich für eine verheiratete Frau schickt, wollt auch Ihr Euer Schweigen nicht brechen. Was also, frage ich mich, hat es mit jenem Pergament auf sich?«

»Nichts, was Euch bedrohen würde, Herr«, versicherte Chaya.

»Das nehme ich auch nicht an, andernfalls hätte ich nicht angeordnet, die Folter auszusetzen. Aber wenn ich mich für die Freilassung des Engländers einsetzen soll, dann verlange ich Klarheit.«

»Das verstehe ich, Herr«, antwortete Chaya, während in ihrer Brust zwei Löwen miteinander rangen. Der eine Löwe war die Zuneigung zu ihrem Vater und das Pflichtgefühl ihrem Volk gegenüber – der andere war ihre Liebe zu Conn, derer sie sich in diesem Augenblick in vollem Umfang bewusst wurde.

»Der Text ist in hebräischer Sprache verfasst«, fasste Bahram zu Chayas Verblüffung das zusammen, was er über die Schriftrolle herausgefunden hatte, »und soweit ich es beurteilen kann, hat er verschiedene Verfasser.«

»Das habt Ihr erkannt?«

Bahram nickte. »Aber meine Kenntnisse reichen nicht aus, um das Buch in voller Länge zu übersetzen, geschweige denn, um seinen Inhalt zu verstehen. Dennoch ist mir offenbar geworden, dass es sich nicht um eine beliebige Abfassung handelt, sondern um einen Text von höherer Bedeutung. Und die Tatsache, dass der Kreuzfahrer den weiten und gefahrvollen Weg auf sich genommen hat, um ihn Euch zurückzubringen, bestärkt mich in dieser Ansicht.«

Chaya hatte sich nicht in Bahram geirrt. Der Hauptmann war tatsächlich jener scharfsinnige Geist, den sie vom ersten Augenblick an in ihm vermutet hatte. Und er war bei Weitem nicht so ahnungslos, wie sie gehofft hatte.

»Habt Ihr dem *qa'ib* von Euren Vermutungen berichtet?«, fragte sie vorsichtig.

»Nein, schon weil ich mir nicht sicher war. Aber Ihr könnt meine Zweifel ausräumen. Worum geht es in diesem Text, der Euch so viel zu bedeuten scheint?«

»Wenn ich Euch das sagte, würde ich das Erbe meines Vaters verraten, der mir dies Schriftstück übergab.«

»Und tut Ihr es nicht, verratet Ihr den Mann, der Euch so sehr liebt, dass er sein Leben wagt, um Euer Geheimnis zu wahren.«

Chaya schwieg. Ihre Gedanken gingen zurück nach Köln, von wo aus ihr Vater und sie aufgebrochen waren, und sie folgten der langen Reise, die sie auf sich genommen hatten, mit all ihren Verzögerungen und Gefahren. Ihr Ziel war es gewesen, das Buch von Ascalon sicher an die Stätte seines Ursprungs zu bringen, doch die Mission war gescheitert. Durch Chayas Unachtsamkeit war das Buch verloren gegangen, Conns Edelmut und sein Sinn für Gerechtigkeit hatten es zurückgebracht. Beider Schicksale schienen untrennbar miteinander verbunden zu sein, wie also sollte sie entscheiden, wem ihre Treue galt? Machte es letztlich überhaupt einen Unterschied? Musste Chaya Bahram das Geheimnis nicht offenbaren, wenn sie hoffen wollte, jemals wieder in den Besitz des Buches zu gelangen?

Im Blick seiner dunklen Augen glaubte Chaya jedoch etwas Verbindliches zu finden, eine Zusicherung, die sie beruhigte.

»Caleb berichtete mir, dass Ihr ein Christ seid?«, erkundigte sie sich vorsichtig.

»Das ist wahr.«

»Wisst Ihr, was *Aron habrit* bedeutet?«

Bahram nickte. »Es ist die Lade des Bundes. Der heilige Schrein, in dem Eure Vorfahren die Zehn Gebote Mose aufbewahrten.«

»So ist es. Und davon handelt das geheime Buch. Denn die Lade des Bundes hat die Zeit überdauert.«

Sie konnte sehen, welche Reaktionen diese Enthüllung im Gesicht des Hauptmanns auslöste. Staunen und Zweifel, Freude und Bestürzung, von allem war etwas dabei.

Und Chaya begann zu berichten.

Von den Anfängen des Buches von Ascalon, die bis in die Tage König Salomons reichten; von seiner wechselvollen Geschichte, die untrennbar mit der des Volkes Israel verbunden war und sie in mancher Weise widerspiegelte; und schließlich von dem Geheimnis, das die Schriftrolle über die Jahrtausende bewahrt hatte, bis hin zu diesen Tagen, in denen Krieg und Unheil über dem Gelobten Land heraufzogen.

Bahram hörte aufmerksam zu. Er unterbrach Chaya nur selten, und wenn, dann nur, weil er etwas nicht verstanden hatte. Jedoch reagierte er weder furchtsam noch ablehnend, sondern schien geradezu gefesselt von ihrem Bericht zu sein. Selbst als sie geendet hatte, schwieg er noch eine ganze Weile.

»Nun?«, fragte sie, als sie es schließlich nicht mehr aushielt. »Was sagt Ihr?«

Bahram schaute sie nicht an, sondern blickte nachdenklich vor sich hin. »Es ist seltsam. In jeder Nacht richte ich meinen Blick zu den Sternen und bete zum Herrn, Er möge mir ein Zeichen senden. Und nun wird mir klar, dass Ihr dieses Zeichen seid.«

»Ich, Herr?« Chaya schüttelte zweifelnd den Kopf. »Wie meint Ihr das?«

»Ihr könnt nicht wissen, was hinter mir liegt, Chaya. Ich habe in meinem Leben nur wenigen Herren gedient. Zuerst Tutush, dem mächtigen Bruder des Sultans, und später seinem Sohn Duqaq, dem Emir von Damaskus, bis ich bei diesem in Ungnade fiel. Aber stets war mein Leben geprägt von Kampf und Tod, obschon ich in Wahrheit ein Mann des Wortes bin und der Wissenschaft. Als solcher habe ich den Himmel beobachtet und die Zeichen gedeutet, die ich dort sah, und sie berichteten mir von drohendem Untergang. Alles, worauf ich hoffen konnte und worum ich den Allmächtigen bat, war etwas Licht in all dieser Dunkelheit – und ich wurde erhört.«

Chaya nickte. »Ihr meint die Lade?«

»Nein.« Bahram schüttelte den Kopf. »Nicht was Ihr gesagt habt, ist für mich von Belang, sondern *dass* Ihr es gesagt habt. Denn wenn eine Jüdin bereit ist, das größte Geheimnis preiszugeben, das ihr Volk zu bewahren hat, um einen Christen zu retten, so ist unsere Welt noch nicht verloren, und ich kann...«

Er verstummte, als die Tür der Wachstube plötzlich aufgestoßen wurde. Ein Angehöriger der jüdischen Bürgerwehr stand auf der Schwelle, ein junger Mann, den Chaya jedoch nicht namentlich kannte.

»Was gibt es?«, fragte Bahram streng, nun wieder ganz Soldat.

»Verzeiht, Herr! Draußen ist ein Bote, der Euren Gast zu sprechen wünscht.«

»Mich?«, fragte Chaya erstaunt und wandte sich um.

»Ja, Herrin. Offenbar geht es um Euer Kind!«

Chaya spürte, wie sich alles in ihr zusammenkrampfte. Das Blut stockte ihr in den Adern, ihr Herz begann wie wild zu schlagen. Alles in ihr drängte sie dazu, sofort nach Hause zu eilen, um dort nach dem Rechten zu sehen, aber sie verharrte noch einen Moment und sah Bahram fragend an. »Werdet Ihr...?«

»Geht nur«, forderte der Hauptmann sie auf. »Ich werde in Ruhe über alles nachdenken und die Sterne befragen. Dann werde ich wissen, was mit dem Engländer zu geschehen hat.«

Ihr war klar, dass sie ein weitergehendes Zugeständnis nicht bekommen würde, also bedankte sie sich mit einem knappen Nicken, fuhr herum und folgte dem Soldaten nach draußen. »Dort«, sagte der junge Mann, der kaum dem Knabenalter entwachsen war, und deutete zur gegenüberliegenden Straßenseite. »Der Mann mit dem Umhang.«

Chaya nickte und eilte auf den Fremden zu, der in einer Mauernische lehnte, die Kapuze des Umhangs so weit herabgezogen, dass man das Gesicht nicht sehen konnte.

»Ihr habt eine Nachricht für mich?«, erkundigte sich Chaya, als sie sich ihm bis auf wenige Schritte genähert hatte.

»In der Tat«, entgegnete der andere in schlechtem Aramäisch und hob sein Haupt – und zu ihrem Entsetzen blickte Chaya in die vertrauten Züge Berengars.

23.

Acre
22. Mai 1099

Als die Tür seiner Kerkerzelle geöffnet wurde, glaubte Conn schon nicht mehr daran, dass er dem dunklen Felsenloch jemals wieder entkommen würde. Die große Gestalt, die sich bücken musste, um unter dem niedrigen Sturz hindurch in die Zelle zu gelangen, hielt er zuerst nur für eine Täuschung, die seine gepeinigten Sinne ihm vorspielten.

Aber der Mann war wirklich.

So wirklich wie die eisernen Spangen um Conns Hand- und Fußgelenke, so wirklich wie die Ketten, in die man ihn gelegt hatte und die bei jeder Bewegung leise klirrten; so wirklich wie die feuchte Kälte, die in dem Verlies herrschte; so wirklich wie die Ratten, die quiekend davonwuselten, als sich der Fremde näherte.

Conn schaute an dem Besucher empor. Das Licht der Fackel blendete ihn, aber er erkannte die Gesichtszüge jenes Hauptmanns, der ihn verhaftet hatte und der auch zugegen gewesen war, als man ihn folterte. Conns Knochen schmerzten noch immer, eine Folge der Gelenkschrauben, die man ihm angesetzt hatte. Die Orientalen verfügten noch über weit ausgefeiltere Methoden, jemanden gegen seinen Willen zum Sprechen zu bringen: Die Folterknechte verstanden es, den Schmerz so zu dosieren, dass er für den Augenblick alle vorstellbaren Grenzen sprengte, jedoch schon im nächsten Moment wieder nachließ und dem Gefangenen die Möglichkeit gab zu sprechen. Auf diese Weise war es nicht so sehr der zugefügte Schmerz selbst, der die Zunge des Gefolterten löste, sondern vielmehr die Furcht vor dem, was er noch würde erleiden müssen.

Anfangs hatte Conn nicht geglaubt, dieser Furcht widerstehen zu können, aber wie ein Wanderer, der eine weite Wegstrecke zu gehen hatte und sich stets nur kleine Abschnitte vornahm, hatte auch er es vermieden, in die Zukunft zu schauen, und versucht, eine Etappe nach der anderen zu bewältigen, allem Schmerz und aller Qual zum Trotz. Ihm war klar gewesen, dass, wenn er sein Schweigen brach, die Soldaten des Kalifen als Nächstes zu Chaya gehen würden. Um die ganze Wahrheit zu erfahren, würden sie auch nicht davor zurückschrecken, sie zu foltern oder womöglich dem Kind etwas anzutun. Aus diesem Grund hatte er geschwiegen, aller Todesangst zum Trotz, die irgendwann von ihm Besitz ergriffen hatte, denn nur etwas fürchtete er mehr als sein eigenes Ende – erneut tatenlos zusehen zu müssen, wie ein geliebter Mensch von seiner Seite gerissen wurde.

Damals bei Nia mochte er keine andere Wahl gehabt haben.

Diesmal hatte er sie.

Der Hauptmann – Conn hatte mitbekommen, dass sein Name Bahram war und aus Armenien stammte – sagte etwas, das Conn zwar nicht verstand, jedoch als Frage deutete. Conn zuckte daraufhin mit den Schultern, soweit seine entzündeten Gelenke es zuließen. Doch der Hauptmann schien diesmal nicht an Antworten interessiert zu sein. Stattdessen gab er einen knappen Befehl, worauf einer der fettleibigen Kerkerknechte in die Zelle trat.

Conn stieß einen Laut aus, der gleichzeitig Gebet und Verwünschung war. Er rechnete fest damit, dass man ihn abermals in die Folterkammer schleppen und einer weiteren schmerzhaften Befragung unterziehen würde – als sich der Knecht an seinen Hand- und Fußfesseln zu schaffen machte und die Bolzen löste.

»Was zum ...?«

Der Hauptmann sagte erneut etwas, das Conn nicht verstand – der Fingerzeig in Richtung der offenen Tür war dafür umso deutlicher.

»I-ich soll gehen?«, krächzte Conn. Seine Stimme klang dünn und rau. Die letzten Tage hatte er sie nur benutzt, um zu schreien.

Schwerfällig versuchte Conn, sich aufzuraffen, was ihm allerdings nicht recht gelang. Ausgerechnet der Scherge, der ihm gestern noch grässliche Qualen bereitet hatte, griff ihm unter die Arme und stellte ihn auf die Beine. Conn, der noch immer an eine Falle, zumindest aber an einen schlechten Scherz glaubte, machte eine unbestimmte Bewegung in Richtung der Tür, aber niemand reagierte.

Er tat einen weiteren Schritt, wobei er sich an der von Schimmel überzogenen Wand abstützen musste. Noch immer unternahm niemand den Versuch, ihn aufzuhalten. Gebückt und keuchend ob der ungewohnten Anstrengung erreichte Conn den Durchgang. Er bückte sich und schlüpfte nach draußen, wo eine Gruppe Bewaffneter wartete. Bei ihnen war Caleb. Das selbstgefällige Grinsen, das Chayas Cousin noch bei ihrer letzten Begegnung gezeigt hatte, war jedoch verschwunden.

»Was hat das zu bedeuten?«, fragte Conn.

»Du bist frei und kannst gehen.«

Conns Mund blieb ihm vor Staunen offen. Mit vielem hatte er gerechnet, damit jedoch ganz sicher nicht. »Warum?«

»Chaya«, sagte Caleb nur, und es klang seltsam gepresst. »Sie hat sich bei Bahram für dich verwendet.«

Inzwischen hatten auch der Hauptmann und sein feister Scherge die Zelle verlassen. Während der Kerkerknecht zurückblieb, um die Tür zu verschließen, bedeutete Bahram Conn, ihm den Gang hinab zu folgen. »Wohin gehen wir?«, erkundigte sich Conn bei Caleb.

»Du wirst schon sehen«, war die barsche Antwort.

Conn verzichtete auf weitere Fragen. Auf seinen schmerzenden Beinen, deren Gelenke noch immer geschwollen waren, folgte er Bahram und Caleb durch dunkle Stollen und die schmale Treppe hinauf, die zurück an die Oberfläche führte und von der er nicht geglaubt hatte, dass er sie jemals wieder emporsteigen würde.

Das Tageslicht schmerzte in Conns Augen, als sie auf den Innenhof traten. Er geriet ins Torkeln. Jemand fasste ihn am Arm und führte ihn, und er stellte verwundert fest, dass es Caleb war. Sie überquerten den Hof, auf dem Soldaten der Garnison an ihren Waffen übten, und betraten ein steinernes Gebäude. Sogleich ließ der stechende Schmerz in Conns Augen nach.

»Du sagst, Chaya hätte sich für mich verwendet?«, erkundigte er sich leise bei Caleb.

»Das hat sie.«

»Und wie? Ich meine, wie hat sie es geschafft, dass ich freigelassen werde?«

Der junge Jude antwortete nicht. Stattdessen führte er ihn durch eine Reihe von Gängen zu einer Tür. Die Posten, die sie begleiteten, blieben als Wachen zurück, während Bahram, Conn und Caleb in den dahinterliegenden Raum traten. Noch immer fragte sich Conn, was all dies zu bedeuten haben mochte, als er die Gestalt gewahrte, die zusammengesunken auf einem Hocker in der Mitte der Kammer kauerte.

Es war Baldric!

Conn brauchte einen Moment, um seine Überraschung zu verwinden.

Noch mehr als die Tatsache, dass er seinen Adoptivvater weit entfernt im Norden vermutet hatte, entsetzte ihn Baldrics Aussehen. Die Gesichtszüge des alten Normannen waren ausgezehrt, seine Wangen hohl, die Haut fleckig; Haupt und Kinn waren kahlgeschoren, eine hässliche Brandwunde entstellte die Mundpartie. Noch schlimmer war die kauernde Haltung, in der Baldric auf dem Schemel hockte, die Arme hängend, die Schulterknochen überdeutlich hervortretend. Dies war nicht der Mann, den er im Lager zurückgelassen hatte, und Conn brauchte nicht lange zu überlegen, was diese Veränderung bewerkstelligt haben mochte.

Mangel und Misshandlung hatten den einstmals stolzen Krieger zu jenem Schemen verblassen lassen, der dort im Halbdunkel saß – und neben dem Mitleid, das er empfand, verspürte Conn brennenden Zorn.

»Was habt ihr ihm angetan?«, wandte er sich an Caleb. »Genügt es nicht, dass ihr mich gefoltert habt?«

Er eilte zu Baldric, der am Ende seiner Kräfte schien. Mit Mühe nur hob er das Haupt, der Blick seines einen Auges war müde. Dennoch brachte er ein Lächeln zustande, als er Conn erblickte.

»Conwulf! Sohn!«, krächzte er.

»Vater!« Conn fiel bei ihm nieder und fasste ihn an den Armen. »Wieso bist du hier? Was haben die Heiden dir nur angetan?«

»Du elender Narr!«, fuhr Caleb ihn an. »Nicht Heiden waren es, die den Alten so zugerichtet haben, sondern Christenmenschen wie du!«

»Er hat recht, Junge«, sagte Baldric.

»Wer?« Conn kämpfte mit den Tränen der Wut. »Wer hat dir das angetan?«

»Guillaume de Rein«, lautete die leise Antwort. »Er sucht nach dir. Er hat mich gefoltert. Ich habe nichts verraten, aber dann hat er gedroht, Bertrand zu töten... Ich konnte nicht anders, bitte verzeih...«

Conn schloss die Augen. Er hatte Mühe, den rasenden Zorn zu unterdrücken, der aus ihm herauszubrechen drohte. Zorn auf Guillaume de Rein, der sich einmal mehr an einem geliebten Menschen vergriffen hatte – aber auch auf sich selbst. Er hatte alles darangesetzt, seine Freunde aus der Sache herauszuhalten und drohenden Schaden von ihnen abzuwenden. Gerade dadurch hatte er sie aber ans Messer geliefert.

»Da ist nichts zu verzeihen, Vater«, flüsterte er. »Ich bin ein Narr gewesen.«

Abermals hob der Alte den Blick und schaute ihn durchdringend an. »Wir waren beide Narren, Conwulf. Guillaume ist noch um vieles gefährlicher, als wir dachten, er schreckt vor keiner Untat zurück. Bertrand ist tot.«

»Was?«

Baldric nickte. »Sie haben ihn getötet, nachdem ich bereits gestanden hatte, ohne jeden Grund. Guillaume ist das Böse, Conwulf! Er will die Lade für sich.«

»Keine Sorge, er wird sie nicht bekommen. Ohne die Hinweise aus der Schriftrolle wird Berengar nicht in der Lage sein, das Versteck ausfindig zu machen, und ohne ...« Er unterbrach sich, als er den ernsten, fast mitleidigen Ausdruck in Baldrics narbigen Zügen bemerkte. »Was ist, Vater?«

»Mein guter Junge! Genau wie ich hast du keine Ahnung, wie verschlagen das Böse sein kann.«

»Was meinst du?«

»Ich bin nicht hier, weil ich Guillaume entkommen bin, Conn«, gestand der Normanne leise und, so schien es, voller Selbstverachtung. »Ich bin hier als sein Bote.«

»Als sein Bote?« Conn schaute seinen Adoptivvater verständnislos an. Wovon, in aller Welt, sprach Baldric da? Wenn er in de Reins Auftrag in Acre war, dann weil dieser ihn dazu gezwungen hatte. Aber wie war das möglich? Was mochte der Schurke in der Hand haben, dass er sich einen Mann vom Schlage Baldrics gefügig machen konnte?

Ein hässlicher Verdacht keimte in Conn auf, aber er überging ihn geflissentlich, beruhigte sich damit, dass es schließlich nicht sein konnte und sie hier in Acre in Sicherheit war – bis Baldric seinen Ausflüchten ein jähes Ende setzte.

»Chaya«, erklärte er. »De Rein hat Chaya in seiner Gewalt.«

Für Conn fühlte es sich an, als würde ihm das Herz aus der

Brust gerissen. Bilder der Vergangenheit tauchten vor seinem inneren Auge auf, Erinnerungen voller Schmerz und Trauer. Zuerst Nia. Nun Chaya.

»Was will er?«, fragte Conn leise und mit bebender Stimme, obwohl er am liebsten laut geschrien hätte. »Was will dieser Bastard?«

»Die Schriftrolle. Er weiß, dass du sie gestohlen hast. Wenn du sie ihm nicht innerhalb von zwei Tagen übergibst, wird Chaya sterben.«

Abermals schloss Conn die Augen, und größer noch als seine Empörung über Guillaume de Rein war seine Erleichterung darüber, dass Chaya noch am Leben war. Für Conn stand außer Frage, dass er das Buch von Ascalon herausgeben würde, selbst auf die Gefahr hin, dass Guillaume de Rein und seine Bruderschaft in den Besitz der heiligen Lade gerieten. Alles, was er brauchte, war die Schrift.

Conn wandte sich an Bahram und Caleb, die hinter ihm standen, der Jude wie zuvor mit unbewegter Miene, der Armenier mit einer Pergamentrolle in der Hand. Ein flüchtiger Blick genügte und Conn erkannte zu seiner Überraschung das Buch von Ascalon.

»Hauptmann Bahram kennt das Geheimnis«, sagte Caleb, wobei nicht zu erkennen war, wie er darüber dachte.

»Er kennt es? Aber woher? Wie …?«

»Chaya«, unterbrach ihn der andere. »Es war der Preis für deine Freiheit.«

Jäh erfasste Conn die bestürzende Wahrheit.

Um seine Freilassung zu erwirken, hatte Chaya Bahram das Geheimnis des Buches von Ascalon offenbart. Was ihr Vater unter Einsatz seines Lebens gehütet hatte, hatte sie preisgegeben, um Conns Leben zu retten – und war nun selbst in Todesgefahr geraten.

»Gebt mir das Buch«, sagte Conn und deutete auf die Schriftrolle.

»Wozu?«, fragte Caleb.

»Um Chaya auszulösen. De Rein will das Buch haben, also geben wir es ihm und befreien Chaya.«

»Und du glaubst, es wäre so einfach?«

Conn erhob sich. »Willst du etwa, dass sie getötet wird?«

Calebs Gesichtszüge verhärteten sich, der Schmerz war ihnen deutlich anzusehen. »Christ, wenn du nur wüsstest, was du da redest. Ich liebe Chaya nicht weniger, als du es tust, mit dem Unterschied, dass meine Liebe selbstloser ist als deine. Und könnte ich ihr Leben retten, indem ich mir hier und jetzt die Hände abhacken lasse, so würde ich es ohne Zögern tun. Aber das Buch von Ascalon kann ich dir nicht geben.«

»Darüber hast du nicht zu entscheiden.«

»Das ist wahr«, gestand Caleb mit bebender Stimme. »Aber Hauptmann Bahram versteht eure Sprache nicht, also wird er nach dem handeln, was ich für ihn übersetze. Und wenn ich ihm sage, dass du das Buch für die Kreuzfahrer in Besitz nehmen willst...«

»Das darfst du nicht!«, fiel Conn ihm ins Wort. »Damit verurteilst du Chaya zum Tod!«

»Habe ich denn eine andere Wahl?« Calebs Stimme hatte einen brüchigen, fast weinerlichen Ton angenommen. »Dieses Buch ist alles, was meinem Volk geblieben ist, seine Hoffnung und seine Zukunft! Über die Jahrtausende wurde es bewahrt – soll ausgerechnet ich derjenige sein, der es an unsere Feinde ausliefert? Soll ich das Wohl eines ganzen Volkes verraten, um eine einzelne Person zu retten?«

»Diese einzelne Person hat das Buch überhaupt erst hierhergebracht. Ohne Chayas Mut und ihren selbstlosen Einsatz gäbe es längst keine Hoffnung mehr.«

Caleb erwiderte nichts, aber sein Mienenspiel verriet, dass er Conn im Grunde recht gab, sein Pflichtgefühl ihn jedoch davon abhielt, ihm zuzustimmen. Bahram fragte etwas in seiner Sprache, und Caleb antwortete. Wahrscheinlich erkundigte er sich, worum die beiden so leidenschaftlich stritten.

»Bitte, Caleb, sag Hauptmann Bahram, dass ich ins Lager

der Kreuzfahrer zurückkehren muss. Und dass ich das Buch brauche, um Chaya zu retten.«

»Nein.« Der andere schüttelte den Kopf, Verzweiflung im Blick.

»Caleb, ich beschwöre dich! Du kannst nicht wollen, dass Chaya einen so sinnlosen Tod stirbt!«

»Natürlich will ich das nicht«, schrie Caleb. »Aber ich kann dich auch nicht einfach mit dem Buch ziehen lassen, Christ, verstehst du das nicht?«

»Und wenn ich dir verspreche, dass ich alles daransetzen werde, dass die Schriftrolle nicht in Guillaumes Besitz verbleibt?«

»Was meinst du damit?«

Conn lächelte schwach. »Ich bin ein Dieb, wie du weißt. Was mir einmal gelungen ist, gelingt mir womöglich auch ein zweites Mal.«

»Warum solltest du das tun?« Der Jude funkelte ihn wütend an. »Wenn Hauptmann Bahram dir das Buch gibt, hast du doch alles, was du jemals wolltest, oder nicht? Nenne mir einen guten Grund, warum du nach Acre zurückkehren solltest.«

»Guillaume de Rein ist mein Feind, Caleb, nicht weniger als der eure. Auch ich will nicht, dass die heilige Lade in seinen Besitz gelangt, und ich werde alles tun, um es zu verhindern. Darauf gebe ich dir mein Wort.«

»Wenn uns die Geschichte eines lehrt, dann dass das Wort eines Christen nichts wert ist«, antwortete Caleb.

»Dann werde ich eben hierbleiben«, knurrte Baldric, der sich zwar nicht an dem Wortwechsel beteiligt, ihn aber genau verfolgt hatte. »Als lebendes Unterpfand für Conns Rückkehr.«

»Nein, Vater!«, verwehrte sich Conn entschieden.

»Ich werde hierbleiben und auf deine Rückkehr warten«, erklärte der Normanne schlicht. »Ich vertraue dir, Sohn.«

»Das weiß ich, Vater. Aber…«

»Ich vertraue dir«, sagte Baldric noch einmal, und das eine

Auge schaute Conn durchdringend an. »Weißt du noch, was ich dir über mich erzählt habe? Über meine Vergangenheit?«

Conn nickte.

»Dies ist die Stunde, auf die ich gewartet habe, Conwulf«, erklärte Baldric. »Meine Bewährung.«

Die Entschlossenheit in den Gesichtszügen seines Adoptivvaters machte Conn klar, dass es sinnlos gewesen wäre zu widersprechen. Er nickte und wandte sich wieder zu Caleb um. »Wärst du unter diesen Voraussetzungen bereit, mir das Buch auszuhändigen?«

Caleb zögerte. »Darüber habe ich nicht zu entscheiden.«

»Dann sage Hauptmann Bahram, dass mein Vater mit dem Leben für die Rückkehr des Buches einsteht«, verlangte Conn entschlossen – auch wenn er in diesem Augenblick keine Ahnung hatte, wie er die vor ihm liegende Aufgabe bewältigen sollte. Nachdem er sie schon einmal bestohlen hatte, würden Berengar und Guillaume de Rein die Schriftrolle wie ihren Augapfel hüten. Ganz abgesehen davon, dass Conn Zweifel hegte, ob de Rein sich tatsächlich an die Abmachung halten und Chaya freilassen würde.

Caleb nickte langsam und begann dann zu übersetzen. Den Zügen von Bahram war nicht zu entnehmen, was er dachte. Ruhig hörte er sich an, was sein Unterführer zu sagen hatte, dabei blickte er gelegentlich auf die Pergamentrolle in seiner Hand. Nachdem Caleb geendet hatte, setzte er zu einer Antwort an, die er Satz für Satz übertragen ließ:

»Als die Jüdin Chaya mir von dieser Schrift berichtete, konnte ich zunächst nicht glauben, was sie sagte. Als Mann der Wissenschaft hielt ich die Lade stets für einen Schatten der Vergangenheit, einen Mythos – aber ich ahne nun, dass sie weit mehr ist als das. Seit geraumer Zeit beobachte ich die Sterne. Sie haben große und umwälzende Ereignisse vorausgesagt, aber erst in diesen Tagen verstehe ich, wovon sie sprachen. Noch weiß niemand in der Garnison von dem Buch. Ich habe es meinen Vorgesetzten bewusst verschwiegen, weil ich glaube, dass die Lade wichtiger ist als andere Dinge. Wichtiger als die Menschen. Wichtiger als dieser Krieg.«

»Das glaube ich auch«, erklärte Conn ohne Zögern.

»Der Hauptmann weiß, dass du so denkst«, übersetzte Caleb, nachdem Bahram erneut geantwortet hatte. »Deshalb ist er bereit, dich mit dem Buch ziehen zu lassen, wenn dein Vater für deine Rückkehr bürgt.«

»Ich danke Euch, Herr«, entgegnete Caleb und verbeugte sich tief. Als er sich wieder erhob, hielt ihm der Armenier die Rechte hin und schaute ihm direkt in die Augen.

»Du wirst noch heute aufbrechen«, sagte Caleb dazu. »Damit du deinem Feind nicht in Lumpen gegenübertreten musst, wird der Hauptmann dich mit einer Rüstung und Waffen ausstatten – und er wird für deine Rückkehr beten.«

»Danke, Herr«, sagte Conn und ergriff die Hand des Mannes, der vor wenigen Minuten noch sein Feind gewesen war.

24.

Berge von Nakura, nördlich von Acre
23. Mai 1099

Es war eine seltsame Gestalt, die über die kargen Hügel nach Norden ritt, das Meer zur Linken und den Bergen entgegen, die sich zwischen Acre und Tyros erstreckten und ihrer treppenförmigen Anordnung wegen die »Leiter von Tyros« genannt wurden.

Auf den ersten Blick hätte man den Reiter für einen *ghulam* halten können, denn in seiner Kettenrüstung mit den ledergepanzerten Schulterplatten, dem leuchtend gelben Übergewand und dem Umhang aus dunkelgrüner Seide wirkte er tatsächlich wie einer jener schwergepanzerten Kämpen, die in allen muslimischen Armeen anzutreffen waren. Bei näherem Hinsehen freilich erkannte man, dass am Ende seiner aus Bambusholz gefertigten Lanze das Kreuzbanner im Wind flatterte.

Das Banner war eine Vorsichtsmaßnahme. So dankbar Conn Hauptmann Bahram dafür war, dass er ihm seine wenige Habe zurückerstattet und ihm Waffen und Rüstung gegeben hatte, so gefährlich war es andererseits, die Kleider des Feindes zu tragen. Zwar war es nicht weiter ungewöhnlich, dass christliche Ritter sich mit Ausrüstungsgegenständen ihrer Gegner ausstatteten, dennoch wollte Conn nicht Gefahr laufen, irrtümlich für einen Feind gehalten und von einem übereifrigen Posten mit Pfeilen gespickt zu werden.

Erbarmungslos trieb er den Araberhengst zur Eile an, den

Bahram ihm anstelle seines eigenen Pferdes gegeben hatte. Die Hufe des Tieres schienen den sandigen Boden kaum zu berühren, so schnell galoppierten sie darüber hinweg. Conn wusste nicht genau, wo das Kreuzfahrerheer lagerte; bei Baldrics Aufbruch waren die Streiter Christi noch in der Nähe von Tyros gewesen, das einen halben Tagesritt entfernt lag. Inzwischen waren sie sicher schon weitergezogen. Wie nahe sie Acre tatsächlich bereits gekommen waren, erkannte Conn jedoch erst, als er seinen Hengst über einen ebenso schmalen wie steinigen Pfad auf einen Hügelgrat lenkte – und die Zelte gewahrte, die in der Senke unterhalb des Hügels errichtet worden waren.

Kreuzfahrer!

Die Vorhut des Heeres hatte die Leiter von Tyros also bereits erklommen und stand bereit, um gegen Acre vorzurücken. Die Zeit drängte also noch mehr, denn wer vermochte zu sagen, was aus Baldric werden würde, wenn die Kreuzfahrer erst die Stadtmauern bestürmten? Und was aus Chaya?

Der Hengst schien die Unruhe seines Reiters zu spüren, denn er bäumte sich wiehernd auf und tänzelte auch dann noch hin und her, als Conn beruhigend auf ihn einsprach und ihm den Hals tätschelte. Dann trieb er das Tier die andere Seite des Bergrückens hinab, den Zelten und seinem Schicksal entgegen.

»Du bist also tatsächlich gekommen.«

Guillaume de Rein schien einen Anflug von Bewunderung zu empfinden, während er Conn von Kopf bis Fuß musterte. Vor allem aber war es Häme, die aus den Worten des jungen Barons sprach.

»Ja, Herr«, erwiderte Conn, wobei er sich mit aller Macht davon abhalten musste, auf seinen Erzfeind loszugehen. Zwar hatte man ihm alle seine Waffen abgenommen, sodass es wohl ein ziemlich aussichtsloses Unterfangen gewesen wäre, jedoch war der Zorn, den er empfand, als er Nias Mörder Auge in Auge gegenüberstand, geradezu überwältigend.

»Um ehrlich zu sein, habe ich nicht daran gezweifelt«, tönte Guillaume, der auf einem mit kunstvollen Ziselierungen versehenen Hocker saß. »Schließlich hat unser gemeinsamer Freund Berengar mir berichtet, in welch engem Verhältnis du zu der Jüdin stehst.«

Conn würdigte den Mönch, der im hinteren Bereich des Zeltes stand, keines Blickes. Wäre es nur um den Vertrauensbruch gegangen und den Diebstahl des Buchs, hätte Conn ihm vielleicht irgendwann verzeihen können. Da er nun auch noch Chayas Leben gefährdete, war dies jedoch unmöglich geworden.

»Wo ist Chaya?«, fragte Conn.

»Sei beruhigt«, versicherte Guillaume auf seine gewohnt herablassende Art. »Sie ist in Sicherheit.«

»Ich will sie sehen.«

»Du hast nichts zu fordern, Angelsachse.«

»Dann werdet Ihr auch nichts bekommen«, entgegnete Conn ruhig.

Einen Augenblick lang wurde es still im Zelt, während die beiden Kontrahenten einander mit Blicken taxierten und Guillaume zu überlegen schien, ob er ihn auf der Stelle oder erst etwas später töten sollte.

»Wie du willst, Angelsachse«, knurrte Guillaume und machte ein nachlässige Handbewegung. Zwei seiner Ritter, die in einem Halbkreis um Conn herumstanden, verließen daraufhin das Zelt. Nur Augenblicke später kehrten sie in Begleitung einer jungen Frau zurück.

»Chaya!«

»Conn!«

Die Hoffnung, die er in ihren Augen sah, entschädigte ihn für alles. Chaya schien wohlauf zu sein. Sie war an den Händen gefesselt, aber offenbar hatten de Reins Schergen sie nicht misshandelt.

»Nun?«, erkundigte sich Guillaume. »Ich habe meinen Teil des Handels eingelöst. Nun erfülle du den deinen.«

Chaya sagte nichts, aber aus dem Augenwinkel sah Conn, wie sie sich verkrampfte. Vermutlich hatte man ihr gesagt, aus welchem Grund sie festgehalten wurde, und nun schien ihr aufzugehen, welch hoher Preis für ihre Freilassung entrichtet werden sollte.

Conn stand unbewegt. Wie lange hatte er auf eine Gelegenheit wie diese gewartet! Wie lange darauf gesonnen, Renald de Reins Sohn gegenüberzustehen und ihn für seine Untaten zu bestrafen! Doch noch war die Zeit nicht reif dafür.

Sich mit aller Macht zur Ruhe zwingend, griff Conn unter seinen Umhang und holte einen Behälter hervor, jenem nicht unähnlich, in dem auch Chaya das Buch von Ascalon einst aufbewahrt hatte. Das Siegel Salomons allerdings fehlte, denn gewöhnlich wurden Depeschen fatimidischer Boten darin aufbewahrt.

»Oh, nein, Conn«, flüsterte Chaya kopfschüttelnd. Tränen stiller Verzweiflung rannen ihr über die Wangen. »Was hast du nur getan?«

»Ich konnte nicht anders«, erwiderte er und hielt Guillaume den Köcher entgegen.

»Berengar«, sagte der Baron nur, worauf sich der Mönch in Bewegung setzte und auf Conn zutrat. Den Blick allerdings hielt er weiter gesenkt, auch dann, als er den Behälter entgegennahm. Hastig öffnete er die Verschlusskappe, entnahm ihm das Pergament, entrollte es und begann zum sichtlichen Vergnügen seines Auftraggebers darin zu lesen.

»Und?«, erkundigte sich Guillaume mit dem Lächeln des Triumphators. »Ist das der Text, der dir entwendet wurde?«

Berengar antwortete nicht sofort. Stattdessen las er noch einige Zeilen, dann übersprang er einige Abschnitte und entrollte das Buch weiter, so als suche er eine bestimmte Stelle.

»Was ist?«, fragte Guillaume ungeduldig.

»Das kann nicht sein«, stieß der Mönch hervor. Seine Hände begannen zu beben.

»Was kann nicht sein? Wovon sprichst du?«

»E-es ist nicht der richtige Text! Es ist eine Fälschung!«
»Was?«

Guillaume sprang auf. Das Siegerlächeln war aus seinen bleichen Zügen verschwunden, Mordlust loderte in seinen Augen.

»Das ist nicht wahr!«, widersprach Conn entschieden. »Dies ist die Schriftrolle, die ich aus Eurem Besitz entwendet habe!«

»Nein, sie ist es nicht.« Berengar schüttelte beharrlich das geschorene Haupt, und erstmals brachte er es über sich, Conn ins Gesicht zu sehen. »Diese Schrift ist eine Fälschung, das Pergament nicht wert, auf das sie geschrieben wurde.«

»Eine Fälschung«, echote Guillaume keuchend. »Du verfluchter Hund von einem Angelsachsen wagst es, mit einer Fälschung zu mir zu kommen? Hast du geglaubt, ich würde es nicht bemerken?«

»Ich weiß nichts von einer Fäschung«, beteuerte Conn, während er in Chayas Richtung zurückwich. Guillaumes Schergen hatten bereits ihre Klingen gezückt, sodass beide von blankem Stahl umgeben waren.

»Es ist eine Fälschung, so wahr ich vor Euch stehe, Herr«, beharrte Berengar. »Dies ist nicht das Buch, in dem ich einst gelesen habe, das schwöre ich bei meiner unsterblichen Seele!«

»Lügner!«, rief Conn.

»Willst du einen Mann der Kirche der Lüge bezichtigen, noch dazu, wenn er bei seiner Seele schwört?«, fragte Guillaume, der nun seinerseits nach dem Schwert griff. »Du nichtswürdiger kleiner Cretin hast meine Kreise zum letzten Mal gestört! Ich werde dich bei lebendigem Leibe aufschlitzen und deine Gedärme an die Hunde verfüttern, und deine Judenbraut werde ich durchs Lager treiben, damit jedermann sein Vergnügen mit ihr hat, ehe ich sie auf dem Scheiterhaufen verbrennen lasse!«

»Mit mir mach, was du willst, aber sie lass gehen«, erwiderte Conn und legte schützend den Arm um Chayas vor Furcht bebende Gestalt – auch wenn ihm klar war, dass die

Geste angesichts der Bedrohung geradezu lächerlich wirken musste.

»Angelsächsischer Bauer, du hast mir nichts zu befehlen. Den Idioten, der sich mein Vater nannte, magst du mit deinem erbärmlichen Edelmut beeindruckt haben, mich nicht. Deine Judenbraut wird genau wie du für ihre Frechheit bezahlen!«

»Nein!«, schrie Conn. »Du wirst ihr nichts antun!«

Guillaume, der jetzt unmittelbar vor ihm stand, das Schwert stoßbereit erhoben, grinste. »Willst du mir etwa drohen?«

»Ich werde kein zweites Mal dabeistehen und zusehen, wie du jemanden umbringst, Guillaume de Rein.«

»Kein zweites Mal?« Guillaume hob eine schmale Braue.

»Ihr Name war Nia«, stieß Conn hervor. »Du hast sie vergewaltigt und so schwer misshandelt, dass sie daran starb.«

»Wann und wo soll das gewesen sein?«

»In London, vor drei Jahren.«

Guillaume hob auch noch die andere Braue. »Und du erwartest, dass ich mich daran erinnere?«

»Du solltest dich erinnern, elender Bastard«, antwortete Conn in dem Wissen, dass es die letzten Worte sein würden, die er im Leben sprach. »Denn sie war die Frau, die ich liebte und mit der ich eine Familie gründen wollte.«

»Tatsächlich? Du scheinst in der Wahl deiner Weiber nicht sehr wählerisch zu sein.«

Conn kam es vor, als verlöre er den Boden unter den Füßen.

Alles was er sah, waren die blassen, von blondem Haar umrahmten Gesichtszüge seines Feindes, aus denen ihm Hohngelächter entgegenschlug, und der überwältigende Wunsch, sie zum Verstummen zu bringen, ergriff von ihm Besitz.

Ein Ruck durchlief ihn, mit bloßen Fäusten wollte er sich auf seinen Erzfeind stürzen – und wäre geradewegs in dessen offene Klinge gerannt. Dass es nicht dazu kam, lag an Chaya, die sich an ihn klammerte und ihn mit aller Kraft zurückhielt.

»Nicht!«, schrie sie, während Guillaume weiterlachte und Conn versuchte, sich aus ihrer Umklammerung zu befreien, rasend vor Wut und Schmerz. Dann plötzlich änderte sich die Situation.

Das Reißen von Stoff war zu hören, helles Tageslicht fiel ins Zelt. Nicht nur Conn und Chaya, auch Guillaume de Rein und seine Leute fuhren verblüfft herum und sahen, wie die Seitenwände des Zeltes mit blanken Klingen aufgeschnitten und heruntergerissen wurden.

Die Soldaten, die dies taten, waren provenzalische Kämpfer. Ihnen zu Füßen lagen die mit Pfeilen gespickten Leichen von Guillaume de Reins Wachen, im Hintergrund lauerten noch mehr bis an die Zähne bewaffnete Streiter, zu Fuß und zu Pferde, die das Zelt umzingelt zu haben schienen.

»Was, in aller Welt, hat das zu bedeuten?«, begehrte der Baron auf. »Seid ihr von Sinnen?«

Einige der Reiter lösten sich aus dem Kordon und lenkten ihre Tiere auf das Zelt zu. Ihr Anführer war ein Mann, dessen Gesichtszüge Conn entfernt bekannt vorkamen. Er war von mittlerer Größe und hatte kurz geschnittenes Haar, ein wattiertes Gewand und ein weiter Umhang bildeten seine Kleidung.

»Das will ich Euch sagen, Guillaume de Rein«, erhob der Fremde die Stimme. »Ich bin Hugo, Graf von Monteil – und bezichtige Euch des Mordes an meinem Bruder Adhémar!«

Hätte ein Blitz in das karge Gestrüpp eingeschlagen, das die Lagerstätte umgab, und es in helle Flammen gesetzt, die Reaktionen hätten nicht heftiger ausfallen können. Guillaume de Rein erbleichte, was bei seinen ohnehin schon farblosen Zügen geradezu grotesk wirkte, während sich seine Gefolgsleute lautstark empörten. Mit blanken Waffen scharten sie sich schützend um ihren Anführer, dessen Gesicht allmählich wieder an Farbe gewann.

»Was Ihr da behauptet, Monsieur, ist unerhört und entbehrt jeder Grundlage!«

Hugo von Monteil – immerhin wusste Conn nun, warum dessen Miene ihm vertraut erschienen war – zügelte sein Pferd.

»Es gibt Beweise, die meinen Verdacht erhärten. Sie sollen vor dem Fürstenrat gehört werden.«

»Ihr wollt mich vor ein Gericht schleppen?« Guillaumes Augen weiteten sich, dass es den Anschein hatte, als wollten sie herausfallen. »Mich, einen Baron von vornehmem normannischem Geblüt?«

»Nicht der Baron ist es, den ich zur Rechenschaft ziehen will, sondern der Mörder.«

»Schöne Worte. Und wo sind die Beweise, von denen Ihr so vollmundig sprecht? Habt Ihr einen Zeugen, der gesehen haben will, wie ich Euren werten Bruder erstach?«

Die Mundwinkel des Herrn von Monteil fielen vor Abscheu nach unten. Zu Conns Überraschung blieb Graf Hugo jedoch eine Antwort schuldig. Stattdessen spähte er verstohlen und – so schien es jedenfalls – hilfesuchend zu Berengar, der sich bislang auffallend zurückgehalten hatte. Und wie ein Geschoss, das er von sich ablenkte, schickte der Mönch den Blick des Grafen an Conn weiter.

»Wohlan«, sagte Hugo daraufhin und nickte beruhigt. »Zwar kann ich nicht beweisen, dass Ihr, Guillaume, meinen Bruder eigenhändig gemeuchelt habt …«

»Sieh an«, tönte der Beschuldigte.

»… jedoch kenne ich einen Zeugen, der vor Gott und aller Welt beschwören kann, dass Ihr kein Mann von Ehre seid und vor keiner noch so verwerflichen Untat zurückschreckt, um Eure Macht und Euren Einfluss zu mehren. Nicht wahr, Conwulf?«

Conn stand, als hätte ihn ein Schwertstreich getroffen.

Nun erst begriff er, worauf all dies hinauslief und dass Guillaume de Rein offenbar nicht der Einzige gewesen war, der einen Köder ausgelegt und eine Falle gestellt hatte. Auch Hugo von Monteil war auf Vergeltung aus, und Conn sollte sein Werkzeug sein.

Woher der Graf von den Ereignissen von London wusste, vermochte Conn nicht zu sagen, aber die Anspielung war zu eindeutig gewesen, als dass etwas anderes damit gemeint sein konnte. Irgendwie hatte er davon erfahren, und Berengar schien dabei zumindest eine Rolle gespielt zu haben, auch wenn Conn keine Ahnung hatte, wie ...

»Schon wieder du?« Mit geringschätzigem Blick wandte sich Guillaume zu ihm um. »Was hast du zu sagen, Angelsachse? Was, das dich nicht vor aller Welt als Lügner entlarvt?«

»Sprecht, Conwulf«, forderte auch Hugo ihn auf. »Seid ehrlich und offen und Ihr habt nichts zu befürchten.«

Verblüfft schaute Conn von einem zum anderen, und er begriff, dass dies der Augenblick war, auf den er drei lange Jahre gewartet hatte.

Der Augenblick der Wahrheit.

Mit pochendem Herzen löste er sich aus Chayas Umarmung und trat einen Schritt vor, um deutlich zu machen, dass sie mit dem, was folgen würde, nichts zu tun hatte.

»Es war vor drei Jahren«, begann er, und es klang in seinen Ohren so seltsam, dass er das Gefühl hatte, einem Fremden zuzuhören. »Ich liebte eine junge Frau, eine walisische Leibeigene, die dieser Mann« – er deutete auf Guillaume – »so brutal vergewaltigt hat, dass sie in meinen Armen starb. Daraufhin schwor ich ihm bittere Rache, und ich schlich mich in den Turm von London mit dem festen Vorsatz, ihn in dieser Nacht zu töten. Doch was ich stattdessen erfuhr, änderte alles.«

Guillaume zuckte zusammen.

Es war unmöglich festzustellen, ob ihm in diesem Augenblick dämmerte, von welcher Nacht in London Conn sprach, aber seine anfängliche Selbstsicherheit schien zumindest Risse zu bekommen.

»Was habt Ihr erfahren, Conwulf?«, verlangte Graf Hugo zu wissen.

»Ich hörte, wie jemand einen feigen Plan schmiedete, ein hinterhältiges Komplott mit dem Ziel, Robert, den Herzog der Normandie, zu ermorden und auf diese Weise seine Ländereien, die er seinem Bruder König William von England verpfändet hatte, wieder unter dessen Krone zu vereinen. Und der Mann, der sich bereitwillig erbot, den tödlichen Streich gegen den Herzog der Normandie zu führen, war kein anderer als Guillaume de Rein!«

»Das ist nicht wahr! Nicht ein einziges Wort davon!«

Obwohl Guillaume wie von Sinnen schrie und Conns Aussage aufs Heftigste bestritt, waren die Worte ausgesprochen, und sie verfehlten ihre Wirkung nicht. Nicht nur die Ritter und Soldaten aus dem Gefolge Graf Hugos, sogar Guillaumes eigene Leute tauschten fassungslose Blicke und taten lautstark ihre Ablehnung kund. Eines Mordkomplotts bezichtigt zu werden, war an sich schon ehrabschneidend; beschuldigt zu werden, aus niederer Gewinnsucht einen Fürsten ermorden zu wollen, der noch dazu ein Kreuzfahrerbruder war, gab Anlass zum Aufruhr.

»Elender Lügner!«, schrie Guillaume mit zornesroter Miene und hob sein Schwert, um Conn damit niederzustechen. »Ich werde dir dein Schandmaul für immer stopfen!«

Chaya schrie entsetzt auf, und womöglich hätte der Schwertstreich Conn tatsächlich getroffen, wäre dieser nicht blitzschnell zurückgewichen. Dabei verlor er jedoch das Gleichgewicht und fiel hin. Sofort war Guillaume über ihm und holte aus, um die Klinge tief in seine Brust fahren zu lassen, aber plötzlich war der Graf von Monteil zwischen ihnen, und als der Stahl niederging, traf er lediglich auf Hugos Schild. Zu einem weiteren Hieb kam Guillaume nicht mehr. Bogenschützen traten vor, die seine Leute und ihn in Schach hielten.

»Das ist unerhört! Auch für das, was dieser verleumderische Bauer sagt, gibt es nicht einen einzigen Beweis!«

»Wir haben seine Aussage, vorgetragen vor Dutzenden von Zeugen«, sagte Graf Hugo.

»Und Ihr habt die meine. Und ich sage, dass der Angelsachse Conwulf ein Dieb und ein Lügner ist!«

»Damit steht Aussage gegen Aussage«, resümierte der Graf, der mit dem Einwand gerechnet zu haben schien. »Wir werden die Sache vor den Fürstenrat bringen, aber wir alle wissen, was weltliche wie geistliche Fürsten in einem Fall wie diesem beschließen werden.«

»Ein Gottesurteil«, rief jemand.

»Ein Schwertkampf auf Leben und Tod.«

»Seid Ihr bereit, Euch einem solchen Urteil zu stellen, Conwulf?«, wandte sich Hugo an Conn.

Conn kauerte noch immer auf dem Boden. Chaya war zu ihm geeilt und klammerte sich an ihn wie eine Ertrinkende, während sein Verstand mit der Entwicklung der Ereignisse Schritt zu halten suchte. Eben noch wähnte er sich in Guillaume de Reins Gewalt, und nun bekam er die Chance, auf Leben und Tod gegen diesen zu fechten.

Beklommen erinnerte sich Conn, was Bertrand ihm einst über Guillaumes herausragende Kampfeskünste gesagt hatte; dazu kam, dass er selbst noch geschwächt war von den Folgen seiner Misshandlung in der Gefangenschaft. Aber wenn ihm die Gelegenheit zur Rache so bereitwillig dargeboten würde, so musste er sie ergreifen, zumal er nichts mehr zu verlieren hatte.

»Ich bin dazu bereit«, erklärte Conn mit fester Stimme. Chaya neben ihm zuckte zusammen, aber sie sagte kein Wort.

»Mag er bereit sein, ich bin es nicht«, erklärte Guillaume kopfschüttelnd. »Wann hätte man je gehört, dass ein Edler sich einem hergelaufenen Bauern zu stellen hätte?«

»Conwulf ist kein Bauer, Monsieur«, brachte Hugo in Erinnerung. »Er ist der rechtskräftig adoptierte Sohn Baldrics, eines normannischen Ritters ...«

»... der bei seinem Vater wie bei seinem Herrn in Ungnade gefallen ist und Titel und Namen verloren hat«, spottete Guillaume. »Erwartet Ihr, dass ich einem solchen Niemand gegenübertrete?«

»Außerdem«, fuhr Hugo unbeirrt fort, »ist Conwulf ein ehrbarer Streiter Petri, rechtmäßig in den Adelsstand erhoben von meinem Bruder, dem Bischof von Le Puy, kurz bevor dieser starb.«

»Ihr lügt!«

»Ein Medaillon mit dem Symbol des Labyrinths, geteilt durch das Kreuz Christi, ist das Erkennungszeichen jener Auserwählten. Herr Conwulf – wollt Ihr so gnädig sein und dem Baron jenes Zeichen zeigen?«

Mit bebenden Händen griff Conn unter Rüstung und Tunika und beförderte die Lederschnur mit dem Anhänger zutage. Aller Augen richteten sich darauf, und nun, da Graf Hugo die Wahrheit seiner Worte so eindrucksvoll bewiesen hatte, konnte sich Guillaume de Rein seiner Verantwortung nicht mehr länger entziehen.

Die beiden Kontrahenten würden einander gegenübertreten, und nur einer von ihnen würde den Kampfplatz lebend verlassen.

Der die Wahrheit sprach, würde obsiegen.

Der Lügner im Sand verbluten.

Dies war Gottes Gericht.

Lager der Kreuzfahrer, Nakura
Nacht zum 24. Mai

Das Zelt, das man Conn zugewiesen hatte, befand sich ein Stück außerhalb des Lagers. Man hatte ihm zu essen und zu trinken gebracht und eine Wasserschüssel, damit er sich reinigen konnte, ihm gleichzeitig aber auch zu verstehen gegeben, dass er das Zelt bis zum Morgengrauen nicht verlassen dürfe. Posten aus dem Gefolge Hugo von Monteils bewachten die Behausung, wobei Conn nicht genau zu sagen wusste, ob sie ihn beschützen oder daran hindern sollten, sich unerlaubt zu entfernen.

Entsprechend hatte er von dem, was sich den Tag über im Lager ereignet hatte, nichts mitbekommen. Weder wusste er, ob der Fürstenrat Kenntnis erhalten hatte von der ungeheuren Beschuldigung, noch wie Herzog Robert darauf reagiert hatte. Und er gab sich auch keinen Illusionen hin. Weder über die Beweggründe Graf Hugos, der sich zwar als sein Gönner gebärdete, dem es in Wahrheit jedoch nur darum ging, den Tod seines Bruders auf bequeme und für ihn ungefährliche Weise zu rächen; noch über den mutmaßlichen Ausgang des Kampfes.

Während Guillaume de Rein der Spross eines normannischen Ritters war und von Geburt an gelernt hatte, mit dem Schwert umzugehen, war Conn erst vergleichsweise spät darin unterrichtet worden. Auch was sein Geschick als Reiter betraf, war er seinem Gegner fraglos unterlegen. Fast mit Wehmut erinnerte sich Conn an die Lektionen, die Baldric ihn gelehrt hatte, damals im Winterlager von Kalabrien. Sein Adoptivvater hatte ihm eingeschärft, auf Schnelligkeit zu setzen, wo es ihm an Erfahrung mangelte, und Conn hatte sich stets daran gehalten. Sein Reaktionsvermögen jedoch hatte durch Folter und Gefangenschaft gelitten, sodass er nicht sicher war, inwiefern er sich auf jene Tugenden würde verlassen können. Conn konnte nur hoffen, dass der Herr auf seiner Seite sein würde, ansonsten war er verloren.

»Conwulf?«

Als die Stimme ihn aus seinen Gedanken riss, fand er sich selbst auf dem Boden des Zeltes kniend, die Hände vor der Brust gefaltet. Er hatte beten wollen, um den Allmächtigen Herrn um Beistand zu bitten, aber seine Gedanken waren abgeschweift, wieder und wieder.

»Ja?«, fragte er und erhob sich.

Der Zelteingang wurde geteilt, und ein hagerer Mann trat ein, der sich so tief in seinen Umhang und seine Kapuze gehüllt hatte, dass er nicht zu erkennen war.

»Wer seid Ihr?«, wollte Conn wissen, worauf der andere die Kapuze abstreifte und sich zu seiner vollen Größe aufrichtete.

Das Antlitz des Fremden wirkte vornehm. Seine Haare waren nicht lang und feuerfarben wie beim roten Rufus, sondern blond und nach Normannenart geschnitten, auch war die Gesichtsfarbe weniger blass; dennoch war eine gewisse Familienähnlichkeit zwischen dem König von England und dem unerwarteten Besucher nicht zu leugnen.

»Weißt du, wer ich bin?«

»Ja, Herr.« Conn nickte und verbeugte sich. »Ihr seid Robert, der Herzog der Normandie.«

»Der bin ich – auch wenn ich meine Herrscherpflichten seit nunmehr drei Jahren nicht wahrgenommen und mich auf dieses große Wagnis begeben habe, an dem wir alle teilnehmen.« Er unterbrach sich und musterte Conn mit aufmerksamem Blick. »Ist es wahr, was Ihr behauptet? Mein Bruder will meinen Tod?«

»Ja, Herr.«

Robert verzog den Mund zu einem schmerzlichen Lächeln. »Eine solche Behauptung sollte ich eigentlich als dreiste Lüge abtun und dir dafür die Zunge herausschneiden lassen. Die Wahrheit jedoch ist, dass ich meinem Bruder nicht trauen kann. Ich weiß, dass er mir meinen Besitz neidet und die Herrschaft, die unser Vater mir all unseren Streitigkeiten zum Trotz übertragen hat, und ich kenne ihn gut genug, um zu wissen, dass ihm feiger Meuchelmord durchaus zuzutrauen ist. Deswegen, Conwulf, stehe ich in diesem Kampf auf deiner Seite.«

»Ich danke Euch, Herr.«

»Als Mitglied des Fürstenrates habe ich mich offizell so lange neutral zu halten, bis der höchste Richter sein Urteil gefällt hat – doch unter vier Augen sage ich dir, dass meine guten Wünsche dich begleiten. Solltest du siegen und die Wahrheit deiner Worte beweisen, so werde ich mich erkenntlich zeigen.«

»Danke, Herr«, sagte Conn noch einmal.

»Du hast eine Rüstung?«

»Ja, Herr«, bestätigte Conn und deutete auf die Orientalenrüstung, die er noch immer trug.

»Auch eine Klinge?«

Conn bejahte abermals und zeigte die Klinge an seiner Seite.

»Bist du gewohnt, ein gekrümmtes Schwert zu führen?«, erkundigte sich Robert.

»Nein, Herr«, gestand Conn ehrlich.

»Sein Gewicht ist anders verteilt als bei unseren Klingen«, erläuterte der Herzog. »In den Händen eines erfahrenen Kämpfers vermag es schnell und furchtbar zuzuschlagen. Demjenigen, der damit nicht umzugehen weiß, trägt es jedoch erhebliche Nachteile ein, zumal es nur auf einer Seite scharf geschliffen ist.« Kurz entschlossen griff Robert an seinen eigenen Waffengurt und zog sein Breitschwert, dessen Klinge schartig, jedoch aus gutem Stahl gearbeitet war. »Hier«, sagte er, während er Conn die Waffe mit dem Griff voraus reichte. »Wer für die Wahrheit streitet, sollte wohlgerüstet in den Kampf gehen.«

Conn zögerte nur einen Augenblick, dann griff er nach der Waffe. Sie war leichter als jede andere Klinge, die er je getragen hatte; die Parierstange war leicht gebogen, der halbkugelförmige Knauf so gehalten, dass er die Waffe trefflich ausbalancierte. Conn führte ein, zwei Hiebe damit, und es schmiegte sich so vollendet in seine Rechte, als hätte es nie einen anderen Besitzer gehabt.

»Ich danke Euch, Herr«, sagte er abermals und verbeugte sich.

Robert nickte nur, nahm auch das Schwertgehänge ab und reichte es Conn. Dann schlug er erneut die Kapuze über sein Haupt, wandte sich ab und verließ das Zelt.

Conn blieb zurück, allein mit den Gedanken, Ängsten und Sorgen, die ihn quälten. Auf das Schwert des Herzogs gestützt, ließ er sich erneut nieder, um zu beten.

25.

*Gebirge von Nakura
Morgen des 24. Mai 1099*

Der Platz, der zum Schauplatz des Kampfes ausgewählt worden war, war eine nach Süden flach abfallende, nach Norden hin jedoch von stufenförmig angeordneten Felsen begrenzte Senke, die eine Art natürliches Amphitheater bildete.

Da sich sowohl das Gerücht von einem geplanten Mord an Herzog Robert als auch die Kunde von dem bevorstehenden Zweikampf in Windeseile verbreitet hatte, waren zahllose Schaulustige zusammengekommen, die dabei sein wollten, wenn das Gottesurteil gefällt wurde; nicht nur rings um den Kampfplatz, sondern auch auf den Felsterrassen hatten sie sich versammelt. Zwei Zelte waren auf den gegenüberliegenden Seiten des Kampfplatzes errichtet worden, in denen sich die beiden Duellanten von Blicken ungestört auf die Begegnung vorbereiten konnten. Über dem Zelt Guillaumes wehte sowohl das Banner der Familie de Rein als auch das seiner Mutter; dazu hatten viele normannische und provenzalische Edle, die de Rein nahestanden, ihre Farben angebracht, um ihre Solidarität mit dem ihrer Überzeugung nach unschuldigen Baron zu bekunden. Im Gegenzug hatte Hugo von Monteil es sich nicht nehmen lassen, sein Banner über Conns Zelt zu errichten, der keine eigenen Farben besaß.

Der kriegerische Klang der Trommeln, die in hartem, langsamem Rhythmus geschlagen wurden, drang ins Innere des

Zeltes und verriet Conn, dass der Augenblick der Entscheidung gekommen war.

Während es auf Guillaume de Reins Seite des Kampfplatzes vor dienstbaren Geistern wimmelte, war Conn in seinem Zelt allein. Zwar hatte Hugo von Monteil angeboten, ihm seine Knappen zur Verfügung zu stellen, aber Conn hatte abgelehnt. Der Gedanke, jemandes verlängerter Waffenarm zu sein, gefiel ihm nicht. Er war hier um seiner eigenen Rache willen, um zu Ende zu bringen, was in jener regnerischen Mainacht vor fast genau drei Jahren begonnen hatte. In diesen einen Augenblick schien alles zu münden – Vergangenheit und Gegenwart, jeder Schwur, den Conn geleistet, jede Anstrengung, die er unternommen hatte. Gerechtigkeit, Rache und Erlösung, all das war an diesem Morgen untrennbar miteinander verbunden.

Die Vorbereitungen waren abgeschlossen.

Conn hatte das Kettenhemd und das lederne Rüstzeug angelegt, darüber trug er das leuchtend gelbe Gewand, das Bahram ihm gegeben hatte. Da die orientalische Panzerung anders als die der Normannen über keine seitliche Öffnung verfügte, sodass das Schwert darunter getragen und trotzdem problemlos gezogen werden konnte, hatte Conn den Waffengurt darübergeschlungen. Dergestalt gerüstet, ließ er sich auf die Knie nieder, senkte das Haupt und bekreuzigte sich.

Conn hatte nie zu beten gelernt, aber er hatte Baldric dabei beobachtet, und Berengar hatte ihn gelehrt, dass ein Gebet ungleich mehr war als eine bloße Formel. Es war ein Zwiegespräch mit Gott, das ein Lobpreis, eine Wehklage oder Bitte sein mochte. In Conns Fall war es von allem etwas. So dankbar er dafür war, dass sein Weg ihn hierhergeführt hatte, so sehr verspürte er nun, da er sich ihr unwiderruflich stellen musste, den Schmerz der Vergangenheit. Voller Demut erbat er den Beistand des Höchsten in dem bevorstehenden Kampf.

Der Tag war gekommen, an dem er Nias Mörder bestrafen konnte. Conn wusste, dass seine Chancen, Guillaume de Rein zu besiegen, gering waren. Aber er wusste auch, dass er für die

Wahrheit stritt und für Chayas Freiheit, und dieses Wissen gab ihm mehr Mut und Kraft, als er selbst es je für möglich gehalten hätte. Mit der innigen Bitte, der Herr möge ihn zum Werkzeug der Gerechtigkeit machen, bekreuzigte er sich abermals und erhob sich. Inzwischen war der Trommelklang angeschwollen, und hundertfaches Stimmengewirr war zu hören. Conn atmete tief ein und aus. Der Gedanke, dass der Herzog der Normandie auf seiner Seite stand, beruhigte ihn ein wenig, auch wenn ihm klar war, dass ihm dort draußen auf dem Kampfplatz niemand helfen würde. Die Konfrontation mit Guillaume de Rein würde er ganz allein austragen müssen, und er war bereit, alles zu geben.

Für Nia.
Für Baldric.
Und für Chaya.
Hörnerklang ertönte draußen.
Conn nahm den Helm und setzte ihn auf, schloss den Riemen unter dem Kinn. Dann griff er nach dem Schild, der kreisrund, leicht gewölbt und in der Mitte mit einem metallenen Buckel versehen war.

Schließlich verließ Conn das Zelt.
Es war früh am Morgen und noch kühl. Die ersten Sonnenstrahlen, die von Osten über den Rand des Amphitheaters blitzten, waren hell und gleißend, sodass Conns Augen einen Moment brauchten, um sich an die Helligkeit zu gewöhnen. Erst dann nahm er die Menschenmenge wahr, die sich um den Kampfplatz versammelt hatte.

Es waren viele. Unglaublich viele. Nicht nur Soldaten, Knechte und Gemeine, die sich nach Abwechslung sehnten, sondern auch zahlreiche Noble und Fürsten. Sogar Angehörige des Rates waren zugegen, unter ihnen Herzog Robert, sein flämischer Namensvetter sowie der Normanne Tankred, die mit ihren Rittern und Gefolgsleuten dem Kampf beiwohnten und erfahren wollten, ob es tatsächlich ein Mordkomplott gab, das sich in höchste Herrscherkreise erstreckte. Doch Conns suchender Blick galt einzig und allein Chaya, und er atmete auf, als er sie beim Gefolge des Grafen Hugo fand, der sie in seine Obhut genommen hatte, bis der Kampf entschieden war.

Im sanften Blick ihrer dunklen Augen fand Conn Trost, und für einen Augenblick schien es keinen Kampfplatz zu geben, keine Schaulustigen und keinen Gegner, der darauf wartete, Conn zu töten. Selbst über die Distanz hinweg fanden sie zueinander, und für einen kurzen Moment waren sie eins.

Mit einer Zuversicht, die er selbst nicht verspürte, nickte er ihr zu, dann trat er weiter vor. Ein Knecht hielt die Lanze aus Bambusholz, ein anderer hatte den Araberhengst am Zügel. Unter den Blicken der Schaulustigen stieg Conn in den Sattel und ließ sich die Lanze reichen. Dann erst richtete er seinen Blick zum entgegengesetzten Ende des Platzes, wo Guillaume de Rein ebenfalls sein Schlachtross bestiegen hatte, das von breiterem Wuchs war als der sehnige Orientale und dessen Hals und Stirnpartie mit Kettengeflecht gepanzert waren.

Auch sein Reiter bot einen furchterregenden Anblick.

Zur Verstärkung des Kettenhemdes trug Guillaume de Rein einen Harnisch aus Metallplatten, die an der Schulter mit Dornen versehen waren. Ein metallener Kragen schützte Hals und Genick, der Helm verfügte neben der Nasenspange auch über einen ledernen Nackenschutz. Guillaumes Schild reichte so weit herab, dass er nicht nur seine Seite, sondern auch sein linkes Bein schützte, und seine Lanze verfügte über eine mörderisch aussehende Spitze.

Conn versuchte, sich seine wachsende Unruhe nicht anmerken zu lassen. Mit der Lanze zu streiten, hatte Baldric ihm nie beigebracht. Seine einzige Chance bestand darin, den Kampf zu Pferd möglichst rasch zu beenden und sich dann auf das zu besinnen, was sein Adoptivvater ihn gelehrt hatte – und zu hoffen, dass es genügen würde.

Der Trommelschlag setzte aus, und ein Sprecher des Fürstenrats trat auf, der noch einmal Ursache und Anlass des

Kampfes kundtat. Ihm folgte ein Priester, der um Gottes Beistand bei der Wahrheitsfindung bat und den Segen des Herrn für beide Kontrahenten herabrief.

Conn hörte weder dem einen noch dem anderen zu.

Seine Aufmerksamkeit gehörte allein dem Mann, der ihm auf der anderen Seite des Kampfplatzes gegenüberstand und mit dem er sich in wenigen Augenblicken ein Duell auf Leben und Tod liefern würde.

Guillaume de Rein.

Wie oft hatte Conn diesen Namen in Gedanken vor sich hergesagt, im Zorn, in Trauer, in beinahe grenzenlosem Hass. Nun würden beider Schicksale sich entscheiden.

Erneut erklang ein Hornsignal, und die Knechte räumten das Feld. Das Gemurmel der Menge legte sich, Stille legte sich schwer und drückend über die Senke, in der nur noch das Schnauben der beiden Pferde zu hören war – und dann das Schlagen der Hufe.

Ein Ruck durchlief Guillaumes gepanzertes Ross, als sein Reiter ihm die Sporen gab, und es warf sich nach vorn, galoppierte quer über das Feld. Conn brauchte einen Moment, um seinen unruhigen Araber unter Kontrolle zu bringen, dann setzte auch er vor, und die beiden Gegner jagten aufeinander zu.

Da Conn im Umgang mit der Lanze keine Erfahrung hatte, tat er es Guillaume gleich, der die Waffe senkte und in die Armbeuge nahm, um die ganze Wucht seinen Angriffs auf einen einzigen Punkt zu konzentrieren. Conn sah die Lanzenspitze auf sich zufliegen und hob den Schild, um seinen Körper zu schützen, während er gleichzeitig versuchte, seine eigene Waffe ins Ziel zu lenken.

Schon einen Lidschlag später hatten die Kontrahenten einander erreicht. Wirkungslos zersplitterte der Baumbusschaft an Guillaumes Schild, und Conn erwartete fast, von der Lanze des Feindes durchbohrt zu werden. Doch im nächsten Moment war Guillaume schon an ihm vorbei. Ein Raunen ging durch die Menge. Conns Araber trabte weiter, und fast glaubte Conn, den ersten Waffengang wie durch ein Wunder überstanden zu haben – als ihm auffiel, dass sein Pferd immer langsamer wurde.

Noch drei, vier Schritte ging das prächtige Tier, dann brach es wiehernd zusammen. Conn, der darauf nicht gefasst gewesen war, flog aus dem Sattel und überschlug sich. Er landete hart auf dem sandigen Boden und spürte jedes einzelne seiner schmerzenden Gelenke. Dennoch wälzte er sich herum und raffte sich wieder auf die Beine. Erst jetzt sah er, was geschehen war.

Der Araberhengst lag zuckend im Staub, die abgebrochene Spitze von Guillaumes Lanze ragte aus seiner Brust. Gezielt hatte der Normanne sie auf das Tier gelenkt. Offenbar wollte Guillaume Conn nicht nur besiegen. Er wollte über ihn triumphieren, ihn vor aller Augen demütigen und ihm dadurch jede Glaubwürdigkeit nehmen, ehe er ihn vernichtete.

Hufschlag und ein erneutes Raunen der Menge ließen Conn herumfahren. Erneut jagte sein Feind heran. Die Überreste der Lanze hatte er weggeworfen und stattdessen sein Schwert gezogen, das er seitlich führte, um Conn zu enthaupten. Schon war er heran, und Conn hob seinen Schild. Der metallene Orientalenschild war zwar leichter als sein aus Holz gefertigtes normannisches Gegenstück, dafür aber auch weniger widerstandsfähig. Unter dem furchtbaren Hieb, in den Guillaume die ganze Kraft seines Angriffs legte, verformte er sich an Conns Arm. Zwar durchdrang die Klinge das dünne Metall nicht, jedoch war die Wucht des Aufpralls so groß, dass Conn davon zu Boden geschmettert wurde und sich abermals im Staub liegend wiederfand.

Erneut ging ein Raunen durch die Menge, entsetzte Schreie vermischten sich mit Rufen der Begeisterung – und schon wieder griff Guillaume an.

Conn hörte das Blut in seinem Kopf rauschen. Er wusste, dass er in Bewegung bleiben musste, wollte er nicht in Stücke gehauen werden, also brachte er mit eisernem Willen die Beine unter den Körper und riss den Schild empor, den er inzwischen mit beiden Händen hielt. Das Schlachtross stampfte heran, Conn musste aufpassen, nicht unter seinen Hufen zermalmt zu werden. Dann erneut ein vernichtender Hieb, den Conn zwar abwehren konnte, jedoch nicht zur Gänze. Die Klinge drang durch die Deckung und traf seine linke Schulter, wo sie die Lederplatte durchschlug, aber nicht das Kettengeflecht.

Conn konnte hören, wie Guillaume vor Enttäuschung aufschrie. Mit einer geschickten Bewegung brachte er sein Pferd dazu, sich auf der Hinterhand umzudrehen, um sogleich zu einem neuerlichen Angriff anzusetzen.

Und diesmal brachte Conn den Schild zu spät empor.

Der Schwerthieb traf seinen Helm. Die Schaulustigen schrien auf, teils vor Entsetzen, teils vor Vergnügen, als Conn zu Boden ging. Blut rann ihm an den Schläfen und über das Gesicht herab, sodass es aussehen musste, als hätte sein Gegner ihn tödlich getroffen. Doch der Hieb hatte nur dafür gesorgt, dass der Rand des Helmes in Conns Kopfhaut eingeschnitten hatte, sodass die Blutung zwar stark, aber nicht lebensgefährlich war.

Auf dem Boden kniend, löste Conn den Kinnriemen und warf den Helm vor sich, wischte sich mit dem Ärmel seines Übergewandes das Blut aus den Augen. Verzweiflung packte ihn, und erstmals seit Beginn des Kampfes fühlte er Todesangst. Seine Vermutung, dass de Rein ihm hoffnungslos überlegen wäre, war zur schrecklichen Gewissheit geworden. Nicht die Wahrheit würde an diesem Tag siegen, sondern die Lüge, und es gab nichts, was Conn dagegen unternehmen konnte.

Einem Impuls folgend, schaute er an den Felsen empor, dorthin, wo er Chaya wusste. Er entdeckte sie in der Menge und sah das Entsetzen in ihrem Gesicht – und neuer Überlebenswille flammte in ihm auf.

Er sprang auf die Beine, und keinen Augenblick zu früh – denn erneut fegte Guillaume auf seinem Schlachtross heran.

Wieder ein harter Schlag auf den Schild, der Conns noch immer schmerzende Gelenke erzittern ließ. Zudem zeigte das Metall, das nie dafür gedacht gewesen war, den wuchtigen Hieben eines Breitschwerts zu trotzen, erste Risse. Sein wieherndes Ross herumreißend, griff Guillaume abermals an. Conn, der keinen Helm mehr trug, duckte sich, worauf die Klinge seinen Scheitel nur um Haaresbreite verfehlte. Hastig wischte Conn das Blut ab, das ihm immer wieder in Gesicht und Augen rann. Er wusste, dass er etwas unternehmen musste, oder er würde in wenigen Augenblicken tot sein, und Guillaume würde triumphieren.

Das Pferd, Conwulf! Das Pferd!

Conn vermochte nicht zu sagen, woher die Stimme kam, die er zu hören glaubte, aber er handelte. Neben ihm im Sand lag ein Bruchstück seiner Lanze, etwa zwei Ellen lang und noch mit der Spitze versehen. Kurzerhand hob Conn es vom Boden auf und wartete ab, bis Guillaume erneut angriff.

Sein Erzfeind umkreiste ihn auf seinem Ross, lauernd wie ein Aasfresser, um vor allen Zuschauern seine Überlegenheit zu demonstrieren. Je eindeutiger sein Sieg ausfallen würde, desto eindeutiger würde auch der Freispruch sein, den das Gottesgericht fällte. Erst als seine Anhänger, die sich inzwischen in Scharen hinter seinem Zelt drängten, ihn lautstark dazu aufforderten, schickte Guillaume sich an, den Kampf zu beenden.

Auf donnernden Hufen jagte er auf die Mitte der Arena zu, wo Conn stand, den Schild in der einen, das Lanzenbruchstück in der anderen Hand, die Spitze nach unten gesenkt.

Es geschah innerhalb von Augenblicken.

Guillaume fegte heran, und Conn erwartete ihn, das Gewicht deutlich auf das rechte Bein verlagert, so als hätte er allen Ernstes vor, dem Angriff seines Gegners mit einer abgebrochenen Lanzenspitze zu begegnen – ein Ansinnen, das ebenso lächerlich wie verzweifelt wirken musste, Guillaume jedoch dazu verleitete, sein Pferd in diese Richtung zu lenken.

Erst im letzten Moment, als sein Gegner schon fast heran war, verlagerte Conn das Gewicht auf das andere Bein, und während er sich nach links zur Seite fallen ließ, rammte er das Bruchstück der Lanze mit aller Kraft in den Boden.

Die Ereignisse überstürzten sich.

Guillaumes Schlachtross, dessen Panzerung zu durchdringen Conn niemals hätte hoffen können, folgte seinem natürlichen Instinkt und scheute vor dem plötzlichen Hindernis. Wiehernd stellte es sich auf die Hinterhand – und Conn, der bereits wieder auf den Beinen war, ging zum Gegenangriff über.

Unter lautem Geschrei, den verbeulten Schild vor sich haltend, sprang er gegen das sich aufbäumende Pferd, das panisch schnaubte und zur Seite tänzelte, während sich sein Reiter im Sattel zu halten versuchte. Indem es jedoch zur Seite auswich, prallte Guillaumes Pferd gegen den Kadaver von Conns Araberhengst und verlor endgültig das Gleichgewicht. Mit den Hufen schlagend ging es nieder, und wie zuvor Conn stürzte nun auch Guillaume de Rein aus dem Sattel.

Er fiel zur linken Seite und stürzte auf den Schildarm. Der Aufprall war so heftig, dass die untere Hälfte des Schildes zu Bruch ging. Das Gurtzeug verhinderte jedoch, dass Guillaume ihn abstreifen konnte, und so schrie er gellend auf, als ihm der Arm beim Sturz unnatürlich verdreht wurde und mit einem berstenden Laut aus dem Schultergelenk brach.

Sein Ross hatte sich herumgewälzt und stand längst wieder auf den Beinen, Guillaume jedoch lag rücklings am Boden. Jammernd wälzte er sich herum und wollte sein Schwert heben, das er noch immer umklammert hielt – doch Conn war bereits über ihm.

Ihre Blicke begegneten sich, und zum allerersten Mal konnte Conn seinem Peiniger tief in die Augen sehen. Er sah die Fassungslosigkeit darin, die unausgesprochene Furcht und den Hass. Und dann, für einen kurzen Moment, Nias zerschundenes Antlitz – und in einem jähen Entschluss stieß er die Klinge senkrecht hinab.

Die Spitze drang zwischen den Metallplatten des Harnischs hindurch. Das Kettengeflecht bot kurzen Widerstand, dann fuhr der Stahl tief in Guillaumes Brust und durchbohrte sein Herz. Ein gellender Laut entfuhr dem Normannen, der von irgendwo aus den Reihen der Zuschauer von einem entsetzten Aufschrei beantwortet wurde.

»Mutter ...!« Guillaumes Züge verzerrten sich vor Schmerz und Entsetzen, während er verzweifelt nach Atem rang, den harten Stahl in der Brust. Verzweifelt schaute er sich um, suchte mit fliehenden Blicken die Reihen der Zuschauer ab, während ihm Tränen in die Augen traten und das kalte Feuer darin zu löschen schienen. »Es tut weh«, ächzte er hilflos. »So weh ...«

»Das ist für Nia«, flüsterte Conn.

Guillaume keuchte, Blut trat ihm über die Lippen, während seine Anhänger über das Feld eilten, um ihm zu Hilfe zu kommen. Als sie ihn erreichten, war er bereits tot.

Schwer atmend stand Conn über seinem besiegten Feind – und empfand nicht den geringsten Triumph. Die Mundwinkel vor Abscheu herabgezogen, packte er das Schwert und zog es aus de Reins Brust, eine entsetzliche Leere in seinem Inneren.

Suchend schaute er an den Felsen empor, blickte in teils verwunderte, teils entsetzte Gesichter, die verrieten, dass der Kampf anders ausgegangen war, als sie vermutet hatten. Conn atmete erleichtert auf, als er inmitten jener fassungslosen Mienen Chaya entdeckte.

Plötzlich hatte alles wieder einen Sinn.

Guillaume de Rein war tot.

Nias Tod war gerächt.

Und Chaya war frei.

Wankend vor Erschöpfung setzte er sich in Bewegung, auf die Felsenterrasse zu, von der aus die Fürsten und Edlen den Kampf verfolgt hatten. Die ungläubigen Blicke der noch immer schweigenden Menge verfolgten ihn, bis Conn stehen blieb und die noch blutige Klinge demonstrativ in die Höhe reckte.

»Ist der Wahrheit damit Genüge getan?«, rief er so laut, dass es vom schroffen Gestein widerhallte.

Herzog Robert war der Erste, der antwortete. »Ihr habt mit dem Mut eines Adlers und dem Herzen eines Löwen gefochten, Conwulf. Gott war auf Eurer Seite und hat Sein Urteil gefällt – wer möchte jetzt noch anzweifeln, dass Ihr die Wahrheit gesprochen habt?«

Niemand, auch keiner der Edlen widersprach. Jene Ritter, die Guillaumes Gefolge angehörten oder Mitglieder der Bruderschaft waren, hatten noch immer Mühe zu begreifen, was geschehen war. Ungläubig starrten sie auf den blutbesudelten Körper ihres Anführers, der leblos auf dem Kampfplatz lag.

»Ich und jeder, der sich dem Urteil dieses Gottesgerichts unterworfen hat, muss es damit als erwiesen ansehen, dass Guillaume de Rein plante, mich im Auftrag meines Bruders zu ermorden. In Dankbarkeit erkenne ich den treuen Dienst an, den Ihr mir erwiesen habt, indem Ihr den gedungenen Mörder erschlugt. Sein Leichnam soll verbrannt und sein Name aus den Aufzeichnungen gelöscht werden – Ihr aber, der Ihr der Wahrheit zum Sieg verholfen habt, sollt fortan einen festen Platz unter meinen Rittern haben.«

»Aber Sire!«, wandte einer der normannischen Edlen ein. »Bitte bedenkt, dass er ein Angelsachse ist, noch dazu ohne Namen und Besitz!«

»Und? Soll ich ich einen Streiter, der mein Leben gerettet und meine Herrschaft bewahrt hat, nicht belohnen, nur weil Euch seine Herkunft nicht passt, Lanfranc?« Der Herzog schüttelte das Haupt. »Bischof Adhémar mag Euch zum Ritter ernannt haben«, fuhr er dann an Conn gewandt fort. »Jedoch erst heute, auf diesem Feld, seid Ihr dazu geworden, Conwulf von Nakura!«

Das Lager, das man ihm zugewiesen hatte, war weich. Dennoch hatte Conn das Gefühl, dass jeder einzelne Muskel und jeder Knochen in seinem Körper schmerzte.

Der Kampf war nicht spurlos an ihm vorübergegangen. Sein Schildarm und sein Oberkörper waren von Blutergüssen übersät, von den Schnittwunden an Stirn und Schläfen ganz zu schweigen. Und Conn war müde, unendlich müde.

Dennoch wäre er noch am selben Tag zurück nach Acre geritten, um Chaya zurückzubringen und über Baldrics Auslösung zu verhandeln. Doch Herzog Robert hatte darauf bestanden, dass er zumindest eine Nacht blieb und seine Wunden versorgen ließ, und Conn hatte nicht mehr über die Kraft verfügt, ihm zu widersprechen.

Schweigend lag er in seinem Zelt und starrte hinauf zur kreisrunden, spitz geformten Decke. Da jede Bewegung weh tat, versuchte er sich nicht zu rühren und lauschte dem warmen Wind, der von Osten wehte und die Zeltbahnen flattern ließ, durch die das Licht der umliegenden Feuer schimmerte.

Für einen Moment mussten ihm dabei die Augen zugefallen sein, denn als er sie wieder öffnete, war er nicht mehr allein.

Eine schlanke Gestalt, von der er im Zwielicht nur die Silhouette sehen konnte, stand vor ihm. Er erschrak und fuhr in die Höhe, was ihn vor Schmerz beinahe laut aufschreien ließ. Aber dann erkannte er Chaya.

Er hatte sie seit dem Kampf nicht mehr gesehen. Der Herzog und seine Leute hatten ihn in Beschlag genommen und ihn über alles ausgefragt, was er über das Mordkomplott wusste – nun, da die Wahrheit seiner Worte bewiesen war, schenkte man ihm uneingeschränkt Glauben. Chaya jedoch war er nicht mehr begegnet. Er hatte ihr nicht sagen können, wie sehr er bedauerte, was geschehen war, noch was er für sie empfand – bis zu diesem Augenblick.

»Chaya, ich bin froh, dass es dir...«

Sie ließ ihn nicht ausreden, sondern legte einen Finger vor den Mund und bedeutete ihm zu schweigen. Dann löste sie die Spange, die ihr schwarzes Haar zusammenhielt, und öffnete die Verschnürung ihres baumwollenen Kleides. Conn blieb vor Staunen der Mund offen stehen.

Im Gegenlicht des vielfachen Feuerscheins konnte er sehen, wie ihre schlanken Hände den Saum des Übergewandes rafften und es nach oben zogen, über ihren Kopf. Ihr Haar geriet dadurch in Unordnung, was sie in seinen Augen nur noch schöner aussehen ließ. Ihm wurde klar, weshalb sie gekommen war, aber der Gedanke, in seinem Zustand mit einer Frau zusammen zu sein, erschreckte ihn eher, als dass er ihn erregt hätte.

»Chaya«, begann er erneut, »ich...« – doch sie hatte bereits ihr Untergewand abgelegt. Sie ließ sich zu ihm herab und schlug die Decke beiseite, unter der er ebenso nackt war wie sie, und lächelte, als sie seine Männlichkeit in nicht weniger erschöpftem Zustand vorfand als ihn selbst. Kurzerhand schlüpfte sie zu ihm unter die Decke und schmiegte ihren Körper an den seinen.

Dann kam sie über ihn, sanft wie der warme Wüstenwind.

26.

Acre
Am nächsten Tag

Obwohl er kaum Gelegenheit gehabt hatte, sich von den Nachwirkungen des Kampfes zu erholen, verließ Conn das Lager der Kreuzfahrer schon am nächsten Morgen.

Die Zeit drängte, denn noch am Tag der Entscheidung hatten die Streiter Christi ihren Posten in den Bergen aufgegeben und sich auf den Weg nach Süden gemacht. Da es danach aussah, als würden sie Acre belagern wollen, um sich einen Zugang zum Meer zu erzwingen, war höchste Eile geboten, wenn Conn seinen Adoptivvater aus der Gewalt der Muselmanen befreien wollte.

Zwar fürchtete er nicht um Baldrics Sicherheit, denn Hauptmann Bahram hatte sein Wort gegeben, und Conn glaubte fest daran, dass der Offizier ein Mann von Ehre war; aber wer vermochte zu sagen, was mit einem gefangenen Christen geschehen würde, wenn seinesgleichen die Stadt angriff?

Als Chaya und er nach Acre zurückkehrten, trafen sie die Garnison in heller Aufregung an. Die Kundschafter der Fatimiden hatten vom Herannahen des Kreuzfahrerheeres berichtet, und die Verteidigungsvorbereitungen waren nochmals verstärkt worden. Über den Wehrgängen wurden hölzerne Dächer angebracht und mit Tierhäuten bespannt, die vor den Pfeilen der Angreifer schützen sollten; die äußeren Mauern wurden mit großen Säcken gepolstert, die mit Reisig und Stroh gestopft waren und verhindern sollten, dass Katapultgeschosse die Mauern beschädigten. In den Straßen herrschte lärmendes Durcheinander. Karren, die Holz, Steine und anderes Baumaterial transportierten, drängten sich eng aneinander. Wenn es tatsächlich zum Kampf um Acre kommen sollte, so würde es eine erbitterte Auseinandersetzung werden, und Conn spürte tief in seinem Inneren, dass er des Kämpfens müde war.

Mit dem Tode Guillaume de Reins war etwas in ihm erloschen, eine Flamme, die bis dahin stetig Nahrung erhalten hatte. Er empfand weder Genugtuung noch Freude über das Ende seines Erzfeindes, aber der Grund, weshalb er all die Strapazen auf sich genommen und allen Widrigkeiten zum Trotz am Leben geblieben war, existierte nicht mehr. Seine Rache war vollzogen, Chaya aus Guillaumes Händen befreit worden, der Herzog der Normandie gerettet. Nur eines war ihm nicht geglückt – das Buch von Ascalon zurückzubringen, für das Baldric sein Leben verpfändet hatte.

»Die Schriftrolle ist fort?« Caleb, der bei Hauptmann Bahram stand und sich einmal mehr als Übersetzer betätigte, zog ungläubig die Brauen nach oben. »Erkläre das! Was soll das heißen, sie ist fort?«

»Ich habe es euch bereits berichtet«, erwiderte Conn, der zusammen mit Chaya ins Wachlokal gekommen war. Seine Cousine hatte Caleb mit einer innigen Umarmung und einem Kuss auf die Stirn begrüßt – für Conn hatte er nur ein knappes Nicken übrig gehabt. »Als Graf Hugos Leute Guillaume de Rein verhafteten und der Tumult ausbrach, war die Schriftrolle plötzlich verschwunden – und Berengar mit ihr.«

»Berengar, schon wieder dieser Teufel!«, fluchte Caleb mit vor Abscheu verzerrten Zügen.

»Ob Engel oder Teufel, ist in diesem Fall schwer zu sagen. Denn ohne Berengars Hilfe wären weder Chaya noch ich de Rein und seinen Schergen entkommen.«

»Ohne sein Zutun wärt ihr gar nicht erst in de Reins Gewalt gelangt.« Caleb lachte bitter. »Wenn du ihn zu verteidigen suchst, bist du entweder ein Träumer, Christ, oder steckst mit ihm unter einer Decke.«

»Du redest Unsinn, Caleb«, wandte Chaya ein. »Wäre es Conn darum gegangen, das Buch zu behalten, hätte er es nicht nach Acre zu bringen brauchen. Was geschehen ist, ist unsere Schuld, nicht seine.«

Caleb holte tief Luft, eine Antwort blieb er jedoch schuldig. Der entwaffnenden Logik seiner Cousine hatte er nichts entgegenzusetzen.

Hauptmann Bahram, der an seinem schlicht gearbeiteten Tisch saß und dem Wortwechsel beigewohnt hatte, ohne auch nur ein Wort davon zu verstehen, forderte Caleb auf, für ihn zu übersetzen. Anschließend formulierte er eine Frage, die Caleb wiederum ins Französische brachte: »Hauptmann Bahram will wissen, ob du dich an die Abmachung erinnerst, die ihr getroffen habt.«

»Ja, Herr.« Conn nickte, er hatte die Frage erwartet. Ohne Zögern ließ er sich auf die Knie nieder, senkte das Haupt und sagte: »Und weil ich mich genau an Eure Worte erinnere und ich Euch mein Wort gegeben habe, das Buch von Ascalon für das Leben meines Adoptivvaters Baldric zu bringen, bitte ich Euch von Herzen, Gnade vor Recht ergehen zu lassen und statt Baldrics Leben das meine zu nehmen.«

»Nein!«, rief Chaya entsetzt, noch ehe er ganz ausgesprochen hatte, aber Caleb übersetzte bereits.

Stille trat in der Kammer ein. Die Überraschung war Bahram deutlich anzusehen. Er erhob sich, kam hinter dem Tisch hervor und trat auf Conn zu. Dabei fragte er ihn erneut etwas.

»Bist du dir der Tragweite deiner Entscheidung bewusst?«, übersetzte Caleb.

Conn blickte auf und schaute Bahram offen ins Gesicht. »Ja, Herr.«

»Nein, Conn! Das darfst du nicht!« Chaya schlug die Hände vors Gesicht. Für ihn hatte die Entscheidung schon die ganze

Zeit über festgestanden. Um sie nicht zu ängstigen, hatte er ihr jedoch nichts darüber gesagt.

Selbst Caleb schien Unbehagen zu empfinden. »Du musst das nicht tun, Christ.«

»Nein?« Conn schaute beide an. »Soll ein anderer für mein Versäumnis sterben? Ist es das, was ihr mir vorschlagen wollt?«

Caleb wandte beschämt den Blick. Was er dachte, war nicht festzustellen, aber er übersetzte Conns Worte, woraufhin Bahram zustimmend nickte.

»Danke, Herr«, sagte Conn.

Der Hauptmann erteilte den beiden Posten an der Tür einen Befehl, worauf die beiden das Wachlokal verließen. Kurz darauf kehrten sie zurück, Baldric in ihrer Mitte.

Obwohl sein Zustand sich gebessert hatte, sah er noch immer fürchterlich aus. Als er jedoch Conn erblickte, glitt ein Leuchten über seine geschwollenen Züge.

»Conwulf!«

Conn, der sich inzwischen wieder erhoben hatte, trat auf den alten Normannen zu, und sie umarmten einander.

»Ich habe gewusst, dass du zurückkehren würdest, Junge! Ich habe es gewusst!«

»Du hattest recht, Vater. Deine Gefangenschaft ist zu Ende. Du bist wieder ein freier Mann.«

Unverhohlener Stolz sprach aus Baldrics Gesicht. »Dann hast du das Buch also zurückgebracht?«

Conn biss sich auf die Lippen. »Nicht ganz. Aber es ist für alles gesorgt. Du bist frei und kannst gehen.«

»Was genau heißt das?« Baldrics einzelnes Auge musterte ihn prüfend.

»Mach dir darüber keine Gedanken, Vater.«

»Was soll das heißen?«, bohrte der Normanne weiter und schaute fragend zu den anderen. »Was geht hier vor?«

»Dein Ziehsohn hat sich selbst gegen dich eingetauscht, alter Mann«, antwortete Caleb.

»Nein!«, begehrte Baldric auf und wich entsetzt zurück. »Das will ich nicht!«

»Ich weiß, Vater«, versicherte Conn mit einem schwachen Lächeln, »deshalb habe ich dich vorher auch nicht gefragt. Aber meine Entscheidung steht fest. Du hast so viel für mich getan. Zweimal hast du mir das Leben gerettet, hast mich aufgelesen und mich gesund gepflegt, als ich schon zum Sterben verurteilt schien. Nun ist es an der Zeit, es wiedergutzumachen.«

»Nein!«, rief Baldric noch einmal und schüttelte das ergraute Haupt. »Nein, nein, nein! Das darf nicht geschehen! Dies ist nicht dein Schicksal, sondern meines!«

»Die Aufgabe, die ich mir gestellt hatte, ist erfüllt. Guillaume de Rein ist tot. Was auch immer mit mir geschieht«, fügte er mit einem Blick in Chayas Richtung hinzu, »unschuldige Menschen werden niemals wieder vor ihm zittern müssen. Das zu wissen genügt mir.«

Chaya, die reglos dagestanden und mit den Tränen gerungen hatte, eilte zu ihm, und sie umarmten einander nicht weniger zärtlich und liebevoll, als sie es in der Nacht zuvor getan hatten.

Caleb wandte den Blick, selbst Bahram war sichtlich erschüttert. Obwohl der Hauptmann kein Wort verstand, begriff er genau, was vor sich ging, und seinen zusammengepressten Lippen war zu entnehmen, dass er Conn nur zu gern aus seiner Pflicht entlassen hätte. Aber das war nicht möglich. Ein Versprechen war gegeben worden, die Abmachung galt.

Man ließ Conn und Chaya einen Moment, um sich voneinander zu verabschieden, und ihre Lippen fanden sich in einem innigen Kuss, den Caleb bleich, aber widerspruchslos zur Kenntnis nahm. Dann traten die Wachen vor, und man trennte sie voneinander.

»Nein!«, schrie Chaya und wollte Conn hinterherlaufen, der von den beiden Kriegern hinausgeführt wurde, zurück in den Kerker, dem er erst vor wenigen Tagen entronnen war.

Plötzlich gab es draußen auf dem Gang Tumult.
Laute Rufe waren zu hören, aufgeregtes Geschrei.
»Was ist da los?«, fragte Baldric.
Bahram und Caleb wechselten einige Worte auf Aramäisch, worauf Chayas Cousin hinauseilte. Nur Augenblicke später kehrte er zurück und erstattete Bahram Bericht. Die Reaktion des Hauptmanns war zwiespältig. Erleichterung und Freude waren dabei, aber auch Sorge und Ernüchterung.
»Was ist geschehen?«, wollte Chaya von Caleb wissen.
»Ein Bote aus dem Palast ist eingetroffen«, antwortete dieser. »Der Statthalter ist mit einer Abordnung der Kreuzfahrer zusammengetroffen, und es wurde eine Einigung erzielt. Acre hat sich bereit erklärt, die Christen mit Wasser, Proviant und Futter zu versorgen, im Gegenzug verschonen sie die Stadt. Und als Zeichen des guten Willens werden alle christlichen Gefangenen freigelassen.«
Chaya begriff noch einen Augenblick früher als Conn, dass dies seine Rettung war. Sie eilte zu ihm und umarmte ihn, wobei ihr Tränen der Erleichterung über die Wangen rannen.
»Nun, Christ, wie es aussieht, ist der Herr einmal mehr auf deiner Seite«, sagte Caleb.

Gebirge von Nakura
Anfang Juni 1099

In einer Zeit, in der täglich Ruhmestaten vollbracht wurden, in der das Heer der Kreuzfahrer von Triumph zu Triumph eilte und Geschichte schrieb, war der Tod eines einzelnen Ritters, der noch dazu vor aller Augen als Verräter überführt worden war, nicht von Belang. Zynisch ging man über sein Ableben hinweg, verschwendete keinen Gedanken daran, welchen Verlust die Welt erlitten hatte.
Eleanor de Rein jedoch war in tiefer Trauer.
Verzweiflung umgab sie wie die Dunkelheit einer mond-

losen Nacht, während sie an dem Grab kauerte, in das der leblose Körper ihres Sohnes gebettet worden war, blutüberströmt und kalt.

Nie wieder würde sich Guillaume erheben, nie wieder mit ihr sprechen. Und nie wieder würde sie ihn nach ihren Vorstellungen formen und ihn entsprechend handeln lassen können. Guillaume war fort, und die Leere, die er hinterlassen hatte, war so abgrundtief, dass Eleanor das Gefühl hatte, von ihr verschlungen zu werden.

Guillaume war ihr Sohn gewesen, ihr eigen Fleisch und Blut, Träger all ihrer Hoffnungen – und nun? Sie war dabei gewesen, hatte dem Kampf aus sicherer Entfernung beigewohnt und war überzeugt gewesen, dass ihr Sohn das Duell auf Leben und Tod für sich entscheiden würde, dass dies die Stunde wäre, in der Guillaume sich vor aller Welt bewährte – aber dann war alles ganz anders gekommen.

In dem Augenblick, als das Schwert des Angelsachsen Conwulf die Brust Guillaumes durchstieß, hatte Eleanor ihre Wut und ihre Enttäuschung laut hinausgeschrien, hatte sich lauthals empört über den Akt der Barbarei, in dem andere ein Urteil des höchsten Richters sehen mochten – für Eleanor stand fest, dass es Mord gewesen war, der sie und ihren Sohn um den verdienten Lohn ihrer Mühen gebracht hatte.

Guillaume war das Opfer eines Komplotts geworden, das einige Fürsten – unter ihnen der verschlagene Herzog Robert und der rachsüchtige Graf von Monteil – geschmiedet hatten. Ihr Ziel war es gewesen, die Bruderschaft der Suchenden zu zerschlagen, indem sie ihr Haupt vernichteten, und dabei hatten sie sich des Angelsachsen bedient, der sich wie eine Schlange angeschlichen und sogar das Vertrauen des Barons gewonnen hatte.

Wie sehr wünschte sich Eleanor, der einfältige Renald hätte Conwulf an jenem Tag vor Antiochia tatsächlich das Auge ausgestochen, dann wäre der Kampf – so es überhaupt dazu gekommen wäre – sicher anders ausgegangen. Oder war auch dies schon ein Teil des Komplotts gewesen? Hatte Renald schon damals beabsichtigt, Guillaume durch den Angelsachsen töten zu lassen?

Alles schien Eleanor in ihrer Verzweiflung möglich, und je länger sie am Grab ihres Sohnes Wache hielt, desto mehr wurde ihre Trauer zu Hass. Ihre Tränen waren längst versiegt – das Verlangen nach Vergeltung jedoch brannte mit jedem Tag heißer in ihrer Brust, ein alles verzehrendes Feuer.

Nur mit Mühe hatte sie Robert, den sie von Kindesbeinen an kannte, weil er gelegentlich auf dem Sitz ihrer Familie bei Falaise zu Besuch gewesen war, davon abbringen können, den Leichnam ihres Sohnes wie angedroht zu verbrennen und seine Asche zu zerstreuen. Schon der Gedanke, seinen Körper in fremde Erde gebettet zu wissen, weit entfernt von der normannischen Heimat, die er so geliebt hatte, ließ sie tiefe Verzweiflung fühlen, doch fand sie Trost in der Tatsache, dass sein Körper unversehrt geblieben war.

Noch immer sah sie ihn vor sich, die Haut weiß wie Schnee und das blonde Haar von einem goldenen Reif gehalten, den sie ihm mit ins Grab gegeben hatte. Eleanor hatte nie einen Zweifel gehegt, dass ihr Sohn zum Herrscher berufen war, entsprechend hatte sie ihn einem König gleich beisetzen lassen und ihm all die Ehren erwiesen, die der Fürstenrat und die Geistlichkeit ihm verweigert hatten.

Arnulf von Rohes hatte sie deshalb eine Hexe genannt, und sie wusste, dass es nicht wenige gab, die an ihrem Verstand zweifelten und glaubten, dass der Verlust ihres Gatten und ihres Sohnes innerhalb so kurzer Zeit zu viel gewesen wäre.

Was wussten diese Narren schon?

Was von den Sorgen einer Mutter?

Was von den Qualen, die sie litt?

Was von den Schmerzen, unter denen sie Guillaume in die Welt geboren hatte? Von den Opfern, die sie auf sich genommen hatte, damit er auch in der unwirtlichen Fremde Northumbrias die Erziehung erhielt, die eines zukünftigen Herrschers würdig war? Von den Demütigungen, die sie erduldet hatte, um Renald de Rein im Glauben zu lassen, dass er in Wahrheit der Überlegene wäre? Von dem Blut, das an ihren Händen klebte, weil sie stets nur das Beste für Guillaume gewollt hatte?

Mit Unbehagen hatte sie gesehen, wie sich der Junge seinem wirklichen Vater zuneigte; Osbert war seinem älteren Bruder Renald in vieler Hinsicht überlegen gewesen, doch seine rechtschaffene Art und seine verabscheuungswürdige Vorliebe für die einfachen Dinge des Lebens hatten Guillaume mehr geschadet als genutzt. Zudem war Eleanor sich bewusst gewesen, dass sie eines Tages etwas benötigen würde, mit dem sie Renald in ihrem Sinne lenken konnte. Also hatte sie an jenem Tag, als Osbert in der Schlucht jagte, das Seil durchschnitten und versteckt, um Jahre später Renald der Tat zu bezichtigen.

Doch all dies, all ihre Erwägungen, ihre Überlegungen, ihre sorgsam bedachten Pläne, waren gegenstandslos geworden.

Guillaume war tot. Abgeschlachtet von einem angelsächsischen Barbaren – der dafür bitter bezahlen würde.

»Mylady?«

Eustaces sanfte Stimme riss sie aus ihren Gedanken.

Sie fand sich im Staub kniend, am Fuße des Grabhügels, den sie hatte aufschütten und mit einem Felsblock versehen lassen. Guillaumes Name und Herkunft waren darauf verzeichnet und würden dafür Sorge tragen, dass man das Andenken an ihn auch noch in tausend Jahren wahrte... Eleanor wandte das ins Gebende gehüllte Haupt. Die Männer waren bereit zum Aufbruch.

Zehn Tage lang hatten sie ausgeharrt.

Sie hatten das Grab ausgehoben und die Totenwache gehalten, hatten ihren Anführer ehrenvoll bestattet, während das Heer längst abgezogen war und sich gen Caesarea gewandt hatte, wo man das Pfingstfest verbringen wollte, ehe man nach Jerusalem weiterzog.

Nicht alle Ritter der Bruderschaft waren geblieben. Einige hatten dem angeblichen Gottesurteil Glauben geschenkt und sich abgewandt, andere sich von den Anhängern Herzog Roberts einschüchtern lassen. Etwa zwanzig junge Edle waren jedoch mit ihrem Gefolge geblieben – genug, um jene zu verfolgen und zu bestrafen, die Schuld an Eleanors Schmerz trugen. Und womöglich auch genug, um das zu Ende zu bringen, was Guillaume in ihrem Auftrag begonnen hatte.

Eleanor wusste nicht, wohin sich der verräterische Mönch verkrochen hatte, aber ihre Gier nach dem, was er ihr in Aussicht gestellt hatte, war trotz ihrer Trauer ungebrochen. Ihren Sohn hätte sie am liebsten auf dem Thron von Jerusalem gesehen, doch da er nicht mehr am Leben war, würde sich ein anderer finden müssen, der in ihrem Auftrag an die Spitze der Macht gelangte.

»Mylady, bitte verzeiht. Aber unsere Leute sind bereit zum Abmarsch. Wenn Ihr die Güte haben wollt, mir zu folgen.«

Eleanor drehte sich noch ein Stück weiter um und nickte dem Ritter mit den eigenartig blicklosen Augen wohlwollend zu.

»Gewiss, mein guter Eustace, gewiss. Unsere Arbeit hier ist getan. Jerusalem erwartet uns.«

27.

Mons gaudii
7. Juni 1099

Der Tag, auf den die Kreuzfahrer mehr als drei Jahre lang gewartet, auf den sie hingelebt und für den sie unsagbare Opfer gebracht hatten, war ein Dienstag.

Schon einige Tage zuvor war der Normanne Tankred mit einer kleinen Schar von Reitern nach Bethlehem vorgedrungen, jener Stadt, in der der Erlöser geboren worden war. Die Nachricht, dass die Kreuzfahrer jenen Stätten, die sie bislang nur vom Hörensagen gekannt und die das Ziel all ihrer Mühen gewesen waren, nun bereits so nahe waren, hatte sich wie ein Lauffeuer im Heer verbreitet. Obwohl die Pilger erschöpft waren, wollten sie keine Zeit mehr verlieren.

In einem zweitägigen Gewaltmarsch, der begleitet wurde von frohen Gesängen und den aufpeitschenden Reden der Prediger, setzten sie ihren Weg gen Südosten fort. Und schließlich – das Licht des neuen Tages war bereits aufgegangen und tauchte das Land in gleißenden Schein – erreichten sie eine Erhebung, von deren flachem Rücken aus sich ihnen ein überwältigender Anblick bot: Vor ihnen, wie eine ferne Verheißung, jedoch so nah wie noch nie zuvor, lag das Ziel all ihres Sehnens.

Jerusalem die Hohe.
Die Stadt Salomons.
Die Wiege der Christenheit.

Von einer hohen Mauer umgeben und zu beiden Seiten von den Tälern von Hinnom und Kidron begrenzt, bot die Stadt einen prächtigen Anblick. Kirchenkuppeln und Minarette erhoben sich aus einer Wirrnis steinerner Quader, zur Linken ragten die Türme der Zitadelle auf, hier und dort waren Ruinen der römischen Herrschaft zu erkennen, beeindruckend in ihrer schieren Größe. Den prächtigsten Anblick jedoch bot die riesige Kuppel, die sich im Osten der Stadt erhob, inmitten eines von Mauern umgebenen Plateaus, und deren goldenes Dach im frühen Sonnenlicht glänzte – der Felsendom! Viel hatten die Pilger von diesem Ort gehört, den die Anhänger Mohammeds gebaut hatten, um einen der heiligen Orte ihres Glaubens zu schützen. Obwohl er den Streitern Christi, die doch gekommen waren, um das Heilige Land von Heiden zu reinigen, ein Dorn im Auge hätte sein müssen, jubelten sie bei seinem Anblick.

Zum einen, weil die goldene Kuppel das Ende der langen Reise verhieß. Zum anderen, weil die begierigen Augen der Kreuzfahrer ein anderes Wahrzeichen vergeblich suchten: die Grabeskirche, die der römische Kaiser Constantinus einst über den Stätten des Todes und der Auferstehung Jesu Christi hatte errichten lassen.

Pilger, die aus dem Heiligen Land zurückgekehrt waren, hatten zwar berichtet, dass die Muselmanen die heiligste Stätte der Christenheit mutwillig zerstört und eingerissen hätten. Doch hatten die Christen der Stadt durch Vermittlung des byzantinischen Kaisers vor nunmehr fünf Jahrzehnten damit begonnen, das einstmals so prächtige Gebäude neu zu errichten. Ihre Bemühungen schienen allerdings sehr viel weniger weit fortgeschritten, als die Kreuzfahrer es sich erhofft und in ihren Vorstellungen ausgemalt hatten. Ihrer Ergriffenheit tat dies jedoch keinen Abbruch.

Die Reiter stiegen von den Pferden und bekreuzigten sich, zahllose Pilger sanken auf die Knie und priesen den Herrn dafür, dass er sie nach Monaten und Jahren der Irrfahrt, des Krieges und des Leids nun endlich heimgeführt hatte.

Auch Conn und Baldric waren aus den Sätteln gestiegen und hatten sich niedergekniet, dankten Gott in einem stillen Gebet und gedachten jener Kameraden, denen es nicht vergönnt gewesen war, den weiten Weg zu Ende zu gehen. Conn musste dabei an den wortkargen Remy denken, der ihn das Waffenhandwerk gelehrt und ihm in Antiochia treu zur Seite gestanden hatte, und an den geschwätzigen Bertrand, der ihn in mancher dunklen Stunde aufgeheitert hatte.

Es waren bewegende Augenblicke. Die Gesänge waren verstummt, nur leise gemurmelte Gebete waren hier und dort zu hören. Conn streifte Baldric, der neben ihm kniete und mit wässrigem Auge auf Jerusalem starrte, mit einem Seitenblick. Wie mochte es wohl im Herzen des Normannen aussehen, der doch stets nichts anderes gewollt hatte, als die Stätte des Leidens und der Auferstehung Jesu zu sehen und seine unsterbliche Seele damit zu läutern?

Nachdem festgestanden hatte, dass die Kreuzfahrer Acre nicht belagern und es nicht zur Konfrontation mit den Fatimiden kommen würde, hatten Conn und Baldric die Stadt verlassen, zusammen mit rund zweihundert einheimischen Christen, die ebenfalls in den Kerkern der Zitadelle festgehalten worden waren. Der Abschied von Chaya war Conn schwergefallen, und ein Teil von ihm hatte überhaupt nicht gehen wollen. Aber zum einen war ihm klar gewesen, dass in diesen unsicheren Zeiten ein Christ und eine Jüdin auch in Acre keine Zukunft haben würden, zum anderen hatte er Baldric, dem er so viel verdankte, nicht so kurz vor dem Ziel im Stich lassen wollen.

Obwohl seine Wunden ihn noch immer schmerzten und er infolge der schlechten Versorgungslage des Heeres ausgezehrt wirkte, hatte sich der Zustand von Conns Adoptivvater in den letzten Tagen deutlich gebessert, so als erfüllte ihn die Nähe der heiligen Stätten mit neuer Kraft. Und als er sich schließlich bekreuzigte und wieder erhob, da hatte Conn fast das Gefühl, wieder jenen eisernen Recken vor sich zu haben, auf den er damals in London getroffen war.

»Dies ist eine bedeutende Stunde, Conwulf«, sagte er, während er seinen Blick weiter über die Stadt Salomons schweifen ließ. Die Morgensonne beschien die eine Hälfte seines Gesichts, die andere war in Dunkelheit getaucht. »Nun wird es nicht mehr lange dauern, bis sich die Geburtsstätte unseres Glaubens wieder in unserer Hand befindet.«

Südlich des Berges, von dem aus die Kreuzfahrer zum ersten Mal die Heilige Stadt erblickt hatten und dem sie den Namen *mons gaudii* – Berg der Freude – gegeben hatten, schlugen sie ihr Lager auf.

Kaum jemand schlief in der folgenden Nacht, zu aufregend war die Neuigkeit, zu überwältigend die Aussichten, die sich den Streitern Christi boten. Sollte dem großen Unternehmen nun, da es in sein viertes Jahr gegangen war, endlich Erfolg beschieden sein?

Überall an den Feuern und in den Zelten wurde darüber gesprochen, die Geistlichen hielten Dankgottesdienste und feierliche Gebete ab. Doch zumindest bei den älteren und erfahreneren Kriegern wich die erste Begeisterung schon bald wieder jenen kühlen Überlegungen, die jeder militärischen Operation vorauszugehen hatten. Ernüchterung kehrte ein, denn die Mauern, die Jerusalem umgürteten und von sieben Toren beherrscht wurden, waren im Lauf der Jahrhunderte immer wieder erneuert und ausgebaut worden, sodass sich die Stadt als schier uneinnehmbares Bollwerk präsentierte, dessen Eroberung abermals viele hundert Kreuzfahrer das Leben kosten würde. Zudem würde sich die schon jetzt angespannte Versorgungslage noch verschärfen, je länger die Belagerung der Stadt andauerte.

»Das Ziel ist nahe«, meinte Baldric, während er das letzte Stück Brot kaute, das er in seinem Proviantsack hatte, »aber noch sind wir nicht in Jerusalem.«

»Was, denkst du, wird der Fürstenrat entscheiden?«, fragte Conn, der ihm im Zelt gegenübersaß.

»Schwer zu sagen.« Der Normanne schürzte die Lippen. »Die Noblen werden sich streiten, wie sie es immer tun. Sie werden untereinander uneins sein, wie die Herrschaft über die Stadt zu teilen ist, obschon sie sich noch nicht einmal in ihrem Besitz befindet. Irgendwann jedoch, wenn Vernunft oder Notwendigkeit sie dazu drängen, werden sie sich zum Angriff entschließen, und mit Gottes Hilfe wird es uns gelingen, die Stadt zu erobern und ans Ziel unserer Mühen zu gelangen.«

Conn nickte. »Glaubst du noch immer, dass es Gottes Wille ist?«

»Was meinst du?«

»Jerusalem zu erobern. Muslime und Juden aus dem Heiligen Land zu vertreiben.«

Das eine Auge des Normannen musterte ihn prüfend. Einen Augenblick lang hegte Conn die Befürchtung, sein Adoptivvater könnte zornig werden, wie es früher oft der Fall gewesen war, wenn man den Sinn des Unternehmens in Frage gestellt hatte. Doch Baldric blieb ruhig. »Ich weiß es nicht«, erwiderte er kopfschüttelnd. »Als wir England verließen, hatte ich von unseren Feinden eine klare Vorstellung, ebenso wie ich von unseren Verbündeten eine klare Vorstellung hatte. Doch die Zeit hat gezeigt, dass die Dinge oftmals nicht sind, wie sie scheinen. Kein Sarazene, sondern ein Christ ist es gewesen, der mich gefoltert hat, und eine Jüdin hat dir das Leben gerettet. Wofür also kämpfen wir? Warum suchen wir Jerusalem zu erobern, wenn Freund und Feind nicht einmal mehr zu unterscheiden sind?«

Der Blick, mit dem Conn den Normannen bedachte, war voller Erwartung. Baldric hatte genau die Gedanken geäußert, die auch ihn quälten, und er hoffte, eine schlüssige Antwort zu bekommen. »Nun?«

»Ich weiß es nicht, Junge«, entgegnete Baldric zu seiner Enttäuschung. »Alles, was ich weiß, ist, dass am Ende dieses Pilgerpfades Erlösung auf jene wartet, die ihn lauteren Herzens gegangen sind. Darauf – und nur darauf – richtet sich meine Hoff...«

Er hatte noch nicht ganz ausgesprochen, als sich der Eingang des Zeltes teilte und ein Mann in einer schwarzen Robe eintrat. Conn war so überrascht, dass er aufsprang.

»Berengar!«

Der Mönch zog die Kapuze zurück und enthüllte seine blassen, elend aussehenden Gesichtszüge. Schweißperlen standen ihm auf der Stirn, und das Haar war wie Stroh.

»Conwulf, Baldric«, – der Benediktiner nickte den beiden zu –, »bitte hört mich an.«

»Ihr wagt es, hier aufzutauchen?«, knurrte Baldric und erhob sich ebenfalls, die Hand am Schwertgriff. »Nach allem, was Ihr getan habt?«

»Ich weiß, dass ich gefehlt habe, Herr«, versicherte der Mönch in einer Demut, die ehrlich wirkte. »Doch ich bitte Euch, nicht über mich zu richten, ehe Ihr nicht die Wahrheit kennt.«

»Die Wahrheit?«, fragte Conn. »Welche Wahrheit? So oft habt Ihr gelogen, wie könnten wir Euch da noch trauen?«

»Es ist wahr, ich habe gelogen und betrogen, weil ich hoffte, Gottes Gegenwart auf Erden dadurch näher zu kommen. Aber es ist mir nicht gelungen, und nun bleibt mir kaum noch Zeit.«

»Zeit? Wofür?«

»Um dich um Verzeihung zu bitten, Conwulf – und Euch ebenso, Baldric. Mein Verlangen nach dem Buch und dem, was es verbirgt, war so groß, dass ich bereit war, jedes Verbrechen dafür zu begehen.«

»Warum?«, wollte Conn wissen.

»Ist das nicht offensichtlich?« Der schmale Mund des Mönchs verzerrte sich zu einem dünnen Lächeln. »Die Lade ist all das, wonach sich die Menschheit von Anbeginn ihrer Existenz gesehnt hat – eine Verbindung zu Gott! Mögen andere sich für Reichtum und Macht interessieren – mir ging es stets nur darum, ihr Wesen zu ergründen und Gewissheit zu erlangen...«

»... und dafür wart Ihr bereit, die Lade an Guillaume de Rein auszuliefern«, sagte Baldric.

Berengar nickte, dabei rannen Schweißperlen an seinen Schläfen herab. »Schließlich erkannte ich jedoch, wie vermessen mein Ansinnen war, denn eine Religion, die zur Gewissheit wird, bedarf keines Glaubens mehr. Der Glaube an den Erlöser jedoch ist es, der uns von den Heiden unterscheidet. Also tat ich, was nötig war, um zu verhindern, dass Guillaume und seine Mutter in den Besitz des kostbaren Schatzes gelangten.«

»Ihr habt behauptet, die Schriftrolle wäre eine Fälschung, und Chaya und mich damit in tödliche Gefahr gebracht«, ließ Conn sich vernehmen.

»Eine andere Möglichkeit gab es nicht.«

»Aber Ihr musstet doch damit rechnen, dass Guillaume außer sich sein würde vor Zorn! Dass er Chaya und mich zur Rechenschaft ziehen, uns vielleicht sogar töten würde!«

»Auch das ist wahr.«

»Wie konntet Ihr so etwas tun? Wenn Graf Hugo und die Seinen nicht aufgetaucht wären, dann...« Conn unterbrach sich, weil ihm ein neuer Gedanke aufging. »Ihr wusstet, dass Hugo uns zu Hilfe kommen würde? Ihr habt es darauf angelegt?«

»Ich wusste, dass der Graf auf Rache für seinen ermordeten Bruder Adhémar sann und eine Gelegenheit wie diese nicht ungenutzt verstreichen lassen würde. Also erzählte ich ihm von dir und jener Nacht in London, von dem Komplott, von dem du erfahren hattest...«

»Woher wusstet Ihr davon? Ich habe es nie jemandem erzählt!«

»Du selbst hast es berichtet, in Antiochia, als du im Fieber lagst. Du hast im Traum gesprochen.«

»Und das soll ich glauben?«

»Es ist die Wahrheit«, stimmte Baldric zu.

»Du … du wusstest ebenfalls davon?« Conn schaute seinen Adoptivvater fassungslos an. »Die ganze Zeit über? Warum hast du kein Wort gesagt?«

»Weil es nichts geändert hätte. Solange es keinen Beweis dafür gab, war dein Wissen nicht nur nutzlos, sondern auch höchst gefährlich.«

»Ihr habt mir also geglaubt?«

»Nicht nur das«, sagte Berengar. »Ich ahnte schon damals, dass deine Kenntnisse irgendwann hilfreich sein würden. Denn nichts geschieht ohne Gottes Plan.«

»Ohne Gottes Plan?« Conn trat vor, packte den Mönch am Kragen seiner Kutte und riss ihn an sich heran. »Ist Euch nicht klar, was Ihr damit hättet anrichten können, Mann?«

»Doch, Conwulf – und es war die Scham, die mich hinausgetrieben hat in die Wüste und auf die Spur des Verräters. Aber ich sah keine andere Möglichkeit, um Guillaume de Rein aufzuhalten.«

»Warum habt Ihr mir das nicht gesagt? Warum habt Ihr nicht mit mir geredet?«

»Hättest du mir denn zugehört nach allem, was ich dir und Chaya angetan habe?«, fragte Berengar derart entwaffnend dagegen, dass Conn nicht anders konnte, als ihn wieder loszulassen.

»Wohl nicht«, gab er zu.

»Ich habe Guillaume und seine Mutter Eleanor kennengelernt und weiß, wozu sie fähig sind. Wäre die Lade ihnen in die Hände gefallen, wäre sie nur dazu benutzt worden, ihre Macht und ihren Besitz zu vergrößern. Das konnte ich nicht zulassen.«

»Also habt Ihr das Buch verschwinden lassen, nachdem Ihr es zunächst als angebliche Fälschung entlarvt hattet. Und wo befindet es sich jetzt?«

»An einem Ort verborgen, wo Eleanor es nicht zu finden vermag«, entgegnete der Mönch, wobei er immer wieder stockte und Atem schöpfen musste. »Ich bin den Weg des Verräters bis zum Ende gegangen und werde auch den Preis des Verräters bezahlen – nur dass meine Belohnung nicht dreißig Silberlinge gewesen wären, sondern der Ruhm der Eitelkeit. Und Gottes Herrlichkeit schon zu Lebzeiten zu schauen.«

»Was redet Ihr da?« Conn hob die Brauen. All dies Gerede ergab für ihn keinen Sinn.

»Ich habe meine Buße geleistet, glaub mir. Alles, wonach es mich noch verlangt, ist deine Vergebung, Conwulf, denn an dir habe ich mich mehr als an jedem anderen Menschen versündigt. Ich habe dich hintergangen und deine Freundschaft verraten, und daran trage ich schwer. Willst du mir verzeihen?«

Er hatte zuletzt immer langsamer gesprochen, und seine Züge, so hatte es im Licht der Ollampe jedenfalls den Anschein, waren noch fahler geworden. Conn zögerte mit einer Antwort. In den letzten Wochen hatte es Stunden gegeben, da er den Mönch verflucht und ihm die ewige Verdammnis an den Hals gewünscht hatte. Doch nun, da er vor ihm stand, gebeugt und um Vergebung flehend, konnte er nicht anders, als Mitleid zu empfinden.

»Berengar, ich...«, begann Conn – da brach der Mönch zusammen.

Mit einem leisen Stöhnen ging er zu Boden, und es war Conn, der bei ihm niederkniete, um das Haupt des Mönchs in seinen Schoß zu betten, damit es nicht auf hartem Stein zu liegen kam.

»Conwulf...«

»Was ist mit Euch?«

»Bitte vergib mir«, ächzte der Mönch, während der Blick seiner geweiteten Augen ziellos umherirrte. »Mir bleibt kaum noch...« Er verstummte, als ihn ein heftiger Krampf schüttelte. Gleichzeitig trat ihm bitter riechender Schaum über die Lippen.

»Gift«, stieß Baldric hervor. »Er hat sich vergiftet!«

»Musste es tun«, sagte Berengar. »Bin eine Gefahr, solange ich lebe... gelungen, Buch von Ascalon ganz zu entschlüsseln...

weiß, wo die Lade zu finden... nicht in falsche Hände gelangen... niemand.« Er machte eine hilflose Armbewegung, wie ein Ertrinkender kurz vor dem Untergehen. »Bitte, Conwulf! Vergib mir«, flehte er, während sein Körper infolge des Gifts in immer heftigere Zuckungen verfiel. »Will nicht... zum Allmächtigen gehen... ohne Wort der Versöhnung...«

Conn biss sich auf die spröden Lippen.

Sein Zorn auf Berengar hatte sich in nichts aufgelöst angesichts des elenden Häufleins Mensch, zu dem der Mönch geworden war. Berengar mochte gesündigt haben, aber im letzten Moment hatte er sich seiner Herkunft und seiner wahren Pflichten besonnen und das Wohl anderer über sein eigenes gestellt.

Conn holte tief Luft, um dem reuigen Sünder die Absolution zu erteilen, nach der er so dringend verlangte, um ihm zu sagen, dass er ihm seine Untaten vergeben hatte – als er sah, dass Berengar sich nicht mehr regte. Jäh hatten die Zuckungen ausgesetzt. Der Blick des Mönchs war starr und glasig, sein Brustkorb hob sich nicht mehr.

»Berengar?«

Conn sprach ihn an, berührte ihn sanft am Arm, als wollte er einen Schlafenden wecken – doch aus dem Schlaf, in den der Mönch gefallen war, gab es kein Erwachen.

Nicht in dieser Welt.

»Ich vergebe Euch«, sagte Conn leise und in der vagen Hoffnung, der Mönch – oder zumindest seine unsterbliche Seele – könnte ihn noch hören. Dann schloss er Berengar die Augen, während die letzten Worte des Mönchs noch in seinem Bewusstsein nachhallten:

Ich bin den Weg des Verräters bis zum Ende gegangen und werde auch den Preis des Verräters bezahlen – nur dass meine Belohnung nicht dreißig Silberlinge gewesen wären, sondern der Ruhm der Eitelkeit.

28.

*Vor den Toren von Jerusalem
8. Juli 1099*

Vier Wochen waren vergangen – das Entsetzen über den Tod Berengars wirkte bei Conn jedoch noch immer nach.

Gewiss, er hatte dem Mönch gezürnt und ihm seinen Verrat nachgetragen. Als Berengar jedoch starb, von eigener Hand vergiftet und mit der Bitte um Vergebung auf den farblos werdenden Lippen, hatte Conn ihm alles verziehen und nicht mehr den reuigen Sünder, sondern nur noch den Freund in Armen gehalten – dass es dem Mönch versagt geblieben war, die so dringend erhoffte Vergebung zu erlangen, war bittere Ironie.

Conn würde Berengar nie vergessen.

Von allen Menschen, denen er auf seiner langen Reise begegnet war, hatte der Benediktiner ihn Gott wohl am nächsten gebracht, während er selbst sich gleichzeitig immer weiter von Ihm entfernt hatte. Dies war zugleich Berengars Verdienst und seine Tragik, und Conn hoffte, dass der Herr ihm seine Verfehlungen vergeben und seiner Reue den Vorzug geben würde. Das Buch von Ascalon jedoch, dessentwegen der Mönch zum Verräter geworden war, blieb verschwunden – und mit ihm auch jede Möglichkeit, den kostbaren Schatz aus alter Zeit zu bergen.

Die Belagerung unterdessen dauerte weiter an.

Einen ganzen Monat lang hatte man vergeblich versucht,

die Mauern von Jerusalem in einem Sturmangriff zu nehmen. Nicht nur die Jahrtausende alten Bollwerke machten den Kreuzfahrern zu schaffen; auch die Hitze des Sommers trug dazu bei sowie ein erbarmungsloser Feind, der ihnen immer dann auflauerte, wenn sie an einer der wenigen Quellen Wasser zu schöpfen suchten. Der unablässige Streit der Fürsten, die sich nicht auf ein gemeinsames Vorgehen einigen konnten, erschwerte die Lage noch zusätzlich, sodass sich Conn, der als einer von Roberts Rittern an den Versammlungen des Fürstenrats teilnehmen durfte und auf diese Weise Zeuge der Auseinandersetzungen wurde, unwillkürlich an Baldrics mahnende Worte erinnert fühlte.

Herzog Godefroy, Raymond von Toulouse und der Normanne Tankred belagerten die Nordseite der Stadt sowie die Westflanke bis hin zu dem nach König David benannten Turm, der sich als drohendes Bollwerk aus den Mauern erhob und Sitz des fatimidischen Statthalters war; Herzog Robert und seine normannischen Truppen hingegen hatten weiter nördlich Stellung bezogen und riegelten die Straße nach Nablus ab. Dazu kamen behelfsmäßige Siedlungen, die all jene beherbergten, die den Feldzug als Pilger begleiteten, jedoch nicht kämpften. Ihre genaue Anzahl zu bemessen war längst nicht mehr möglich – Conn schätzte, dass auf die rund eintausend Ritter und zehntausend Mann Fußvolk noch einmal dieselbe Menge an Dienern und Knechten sowie an Verwundeten, Frauen und Kindern kam. Infolge der Hitze und der Dürre des Sommers hatten sich Hunger und der Mangel im Lager noch um ein Vielfaches verschärft, sodass viele Pilger es wie einst vor Antiochia vorzogen, ihr Heil in der Flucht zu suchen.

Vor diesem Hintergrund nun hatte der Fürstenrat einen Beschluss gefasst. Nicht, dass sich die Anführer des Feldzugs plötzlich einig geworden wären – die Vorstellungen der Herren, was mit Jerusalem zu geschehen hätte, wenn es erst erobert wäre, klafften weit auseinander. Während Raymond, der Graf von Toulouse und Anführer der Provenzalen, die Stadt für die Kirche in Besitz nehmen wollte und davon ausging, dass kein anderer als Christus selbst König von Jerusalem sein könne, trachteten die italischen Normannen unverblümt nach der Krone. Godefroy de Bouillon hingegen, der mächtige Herzog von Niederlothringen, versuchte zwischen den Parteien auszugleichen und die Belagerung zu organisieren, so gut es unter den gegebenen Voraussetzungen möglich war, was auch den Bau zweier mächtiger Belagerungstürme einschloss, die die Stadtmauern bezwingen sollten. Doch so unterschiedlich die Vorstellungen der Fürsten darüber waren, was nach der Eroberung der Stadt geschehen sollte – sie alle wussten, dass Eile geboten war. Iftikar ad-Dawla, der Befehlshaber der muselmanischen Garnison von Jerusalem, hatte Verstärkung aus Kairo angefordert. Wenn sie eintraf, würde die Kreuzfahrer genau jenes Schicksal ereilen, dem sie vor Antiochia noch mit knapper Not entgangen waren: Man würde sie vor den Stadtmauern stellen, wo sie schutzlos und ohne Befestigung kämpften, und sie bis auf den letzten Mann vernichten!

Entsprechend hatte Isoard von Garp, ein Graf aus dem südlichen Frankreich, vorgeschlagen, dass die Streiter Christi genau das tun sollten, was sie auch vor Antiochia getan hatten, nämlich sich dem Ratschluss des Allmächtigen anzuvertrauen. Der Mönch Desiderius, so der Graf weiter, habe ihn in seinem Zelt aufgesucht und behauptet, dass ihm kein anderer als Bischof Adhémar im Traum erschienen sei, der die Fürsten dazu aufgefordert habe, ihren Streit endgültig beizulegen. Mit einer dreitägigen Fastenzeit und einer Prozession um die Mauern von Jerusalem, barfuß und im Gewand des Büßers, sollten die Herren für ihre Gier und Ichsucht Buße tun. Danach, so Desiderius, werde die Stadt innerhalb von neun Tagen fallen.

Nie zuvor hatte Conn im Fürstenrat so vollkommenes Schweigen erlebt. Schon in der Vergangenheit hatte Desiderius durch seine Visionen von sich reden gemacht; da sie den Zielen der Anführer jedoch oft widersprochen hatten, waren sie kurzerhand nicht anerkannt worden. Diesmal jedoch ahnte wohl ein jeder der Herren, dass Desiderius' Prophezeiung die einzige Möglichkeit bot, das Kreuzfahrerheer für eine letzte gemeinsame Anstrengung zu einen. Zudem erlaubte sie es jedem der Herren, vor seinen Untergebenen das Gesicht zu wahren, da die Weisung gleichsam von höchster Stelle erfolgte.

Es war ein seltsames Bild, die bärtigen, abgerissenen Gestalten, zu denen die Fürsten verkommen waren, einen nach dem anderen zustimmen und feierliche Eide leisten zu sehen; ein Gefolgsmann Godefroys mit Namen Lethold de Tournaye schwor gar, der Erste sein zu wollen, der die feindlichen Mauern erstürmte. Unwillkürlich verglich Conn sie mit Bahram, dem feingeistigen, gebildeten Orientalen, und mit Caleb, dem jungen Juden, der kein Krieger und dennoch bereit war, sein Heim und seine Familie entschlossen zu verteidigen – und nicht zum ersten Mal fragte er sich, ob er auf der richtigen Seite stand.

Der Beginn der Fastenzeit war sogleich beschlossen worden, und so fand die von Desiderius geforderte Prozession schon zwei Tage später statt. Mehrere tausend Menschen begaben sich an jenem Freitagmorgen auf den Bußgang um die Mauern der Stadt.

Den Anfang machten die Priester und Ordensleute, die Kreuze vor sich hertrugen und feierliche Choräle sangen, in denen sie dem Herrn huldigten; auch wurden mehrere Reliquienschreine dem Heer vorangetragen, die die Fürsprache der Heiligen beim Allmächtigen erwirken sollten. Es folgten die Ritter, die einfache Kleider trugen und barfuß gingen, wie Desiderius' Vision es verlangte. Trompetenklang begleitete sie, und ein jeder, der in ihren Reihen marschierte – unter ihnen auch Conn und Baldric –, trug sein Schwert vor sich her. Den Edlen folgten die Gemeinen: Fußkämpfer, Handwerker, Mägde und Knechte sowie Pilger, die sich dem Heereszug angeschlossen hatten.

Während die Kreuzfahrer die Prozession, von der sie sich nicht mehr und nicht weniger als den entscheidenden Sieg erhofften, mit dem entsprechenden Ernst begingen, schlug ihnen von den Mauern von Jerusalem zunächst Staunen und dann beißender Spott entgegen. Zahllose Orientalen, die alle einen Blick auf das in ihren Augen so seltsame Schauspiel erhaschen wollten, drängten sich auf den Wehrgängen, spähten zwischen den Zinnen hindurch und lachten schallend über ihre barfüßigen, in Andacht versunkenen Gegner.

Zu Beginn schien die Umrundung der Stadt eine Leichtigkeit zu sein. Je weiter der Tag jedoch voranschritt und je höher die Sonne in den Himmel stieg, desto größer wurde die Strapaze. Noch ehe sie das im Westen der Stadt gelegene Davidstor erreichten, hatten sich viele Büßer bereits die nackten Füße an spitzen Steinen blutig gestoßen. Auch Baldric war davon betroffen, aber die allgemeine Frömmigkeit, die die Streiter Christi erfasst hatte, trieb sie weiter vorwärts, auch dann noch, als ihre Füße blutrote Spuren auf dem heißen Gestein hinterließen. Infolge der Hitze wurde der Durst zur Qual. Zwar begleiteten Mägde mit Wasserschläuchen den Zug, die jenen, die danach verlangten, zu trinken gaben, jedoch reichte die Menge bei Weitem nicht aus, um alle zu versorgen, und so brachen einige von ihnen zur Belustigung der muslimischen Beobachter auf dem Weg zusammen und mussten zum Lager zurückgeschleppt werden.

Conn fürchtete, dass auch Baldric den Strapazen irgendwann Tribut zollen müsste, aber der zähe Normanne hatte sich so weit erholt, dass er den Bußgang bis zum Ende bestritt. Um das südliche Ende der Stadt mit dem Tor von Zion ging es durch die Täler von Kidron und Josaphat wieder gen Norden. Das Ziel des Zuges war *mons olivarum*, der Ölberg im Nordosten der Stadt – jene Stätte, auf der die Leiden des Herrn ihren Anfang genommen hatten und wo in alter Zeit eine Kapelle errichtet worden war, die an die Geschehnisse erinnern sollte.

Bis auch der letzte Pilger die Stätte erreicht hatte, war es später Nachmittag, und nahe der Kapelle wurde ein gewaltiger Gottesdienst abgehalten; ein Altar war unter freiem Himmel errichtet worden, um den sich die Träger der Kreuze und der Reliquienschreine gruppierten. Sodann kamen die Ritter und ihr Gefolge, zuletzt die Gemeinen – eine unüberschaubare Menge von Menschen, die gesenkten Hauptes den Worten der Priester lauschten und die Messfeier begingen.

Mit großer Spannung wurden die Predigten erwartet, denn jedem im Heer war klar, dass ein solches Ereignis nicht von ungefähr begangen wurde und Großes zu bedeuten hatte. Aus diesem Grund hatten die Fürsten beschlossen, die besten Prediger des Zuges sprechen zu lassen. Den Anfang machte Peter von Amiens, dessen Rednerkunst bei Kur-Bagha auf taube Ohren gestoßen war, der hier jedoch ungleich größeren Anklang fand; die nächste Ansprache hielt Raymond d'Aguilers, der Kaplan Raymonds von Toulouse, der Geistlicher und Gelehrter war und eine Chronik des Unternehmens verfasste; den Abschluss machte Arnulf von Rohes, der für seine flammenden Reden bekannt war.

Wie seine Vorgänger sprach auch er von Buße und Umkehr, von Demut und Opferbereitschaft und vom ewigen Lohn, den die Kreuzfahrer für ihren Einsatz in der bevorstehenden Schlacht um Jerusalem erhalten würden. Aber anders als sie schlug er in seiner Ansprache eine Brücke zwischen den Geschehnissen der Bibel und den aktuellen Ereignissen, die seinen Zuhörern, gleich ob von Adel oder gemein, das Gefühl gab, selbst ein Teil der biblischen Schickung zu sein.

»... und es ist kein Zufall, meine Brüder«, hörte Conn ihn so laut rufen, dass es weithin zu hören war, »dass wir uns hier versammeln, am Ort des schändlichen Verrats, der an unserem Herrn verübt wurde! Denn wir, die wir den weiten Weg gegangen sind, die wir trotz aller Mühen nicht umgekehrt und bis ans Ziel unserer Pilgerfahrt vorgedrungen sind, sind nur aus einem einzigen Grund hier: um die Geschichte unseres Glaubens neu zu schreiben! Hier an diesem Ort hat der Verräter Judas unseren Herrn für dreißig Silberlinge verraten. Wir jedoch nehmen die Herausforderung an, die der Allmächtige an uns stellt! Wir haben Ihm Treue bis in den Tod geschworen, und statt unser Leben in Reue und Scham zu beenden, wie der Verräter es tat, werden wir diesem unserem Schwur gemäß mit unserem Leben und unserem Blut dafür einstehen, dass das Banner der Christenheit wieder über Jerusalem wehe und aller Welt beweise, dass unser Gott über den der Heiden triumphiert ...«

Conn hörte nicht mehr zu.

Die Worte des Kaplans hatten Erinnerungen geweckt. Erinnerungen an das, was Berengar kurz vor seinem Tod gesagt hatte.

Hatte sich nicht auch Berengar als Verräter bezeichnet? Hatte er nicht ebenfalls von dreißig Silberlingen gesprochen? Hatte er damit den Verrat des Judas gemeint und somit in einem biblischen Rätsel gesprochen ...?

Bislang hatte Conn eher geglaubt, dass es der Einfluss des Gifts gewesen war, das den Mönch dergestalt hatte sprechen lassen – aber was, wenn es mehr war als das?

Wenn Berengar, der doch überaus gebildet und belesen gewesen war, diese Worte mit Bedacht gewählt hatte?

Wenn er ihm etwas damit hatte sagen wollen?

Conn spürte, wie sich sein Herzschlag beschleunigte. Während alle anderen den mitreißenden Worten der Predigt lauschten, versuchte er sich fieberhaft zu entsinnen, was Berengar sonst noch gesagt hatte. Hatte er nicht behauptet, den Weg des Verräters bis zum Ende gegangen zu sein? Was, wenn er damit einen konkreten Ort gemeint hatte? War der Weg des Judas nicht genau hier auf dem Ölberg zu Ende gewesen, wo er zum Verräter am Herrn geworden war?

Spontan erhob sich Conn aus der knienden Haltung, die er wie die meisten Zuhörer eingenommen hatte, und schaute sich um. Das Erste, was ihm ins Auge fiel, war die alte, halb verfallene Kapelle, und ohne dass er den genauen Anlass dafür hätte benennen können, verspürte er plötzlich das drängende Bedürfnis, sich ihr zu nähern.

»Conn«, flüsterte Baldric ihm zu, »wohin …?«

Aber Conn schüttelte den Kopf und bedeutete ihm nur, ihm zu folgen. Sie bahnten sich einen Weg durch die dichten Reihen der Streiter, die der Predigt mit verklärtem Blick lauschten, und gelangten zu der Kapelle, die lediglich aus einer von einer brüchigen Kuppel überdachten Apsis sowie einem kleinen Vorraum bestand. Eine Tür gab es längst nicht mehr, die Bilder waren zerstört und der Altar entfernt worden. Dennoch ging etwas Ehrfurchtgebietendes von der Stätte aus, sodass sich Baldric bekreuzigte, als er die Schwelle überschritt.

»Was willst du hier?«, fragte er Conn leise, während von draußen weiter die Rede des Predigers zu hören war.

»Nur einen Augenblick.« Conn suchte die brüchigen Wände der Vorkammer nach einem Hinweis ab, nach etwas, das ihm bestätigte, dass seine Überlegungen richtig waren. Er fand jedoch nichts, und so drang er in die Apsis vor, durch deren löchriges Kuppeldach helle Sonnenstrahlen einfielen.

Plötzlich ein hohles Geräusch, Stein auf Stein.

Conn verharrte und schaute zum Boden.

Eine der von Sandstaub bedeckten Steinplatten, auf die er soeben getreten war, war lose. Conn bückte sich und wischte einen Teil des Sands mit der Hand beiseite, den Rest blies er fort. Zu seiner Verblüffung kam ein Emblem zum Vorschein, das in das Gestein geritzt worden war.

Ein Kreis, bestehend aus vier Labyrinthen, die in ihrer Mitte ein Kreuz formten!

Conn sog scharf Luft ein. Mit bebenden Händen befreite er die Fugen der Steinplatte von Sand und nahm sein Schwert zu Hilfe, um sie anzuheben. Baldric ging ihm zur Hand, und gemeinsam hoben sie den flachen Quader an, unter dem ein Hohlraum zum Vorschein kam. Darin lag ein längliches Behältnis aus Leder, das mit Wachs versiegelt war.

Conns Herzschlag pochte ihm in den Ohren. Rasch griff er nach dem Köcher und öffnete ihn, aber noch ehe er den Inhalt in der Hand hielt, wusste er, dass es das Buch von Ascalon war.

Die vollständige Schriftrolle, die Berengar an diesem Ort verborgen hatte. Sie selbst herumzutragen war dem klugen Mönch wohl zu gefährlich gewesen, und vermutlich war das Rätsel, das er Conn aufgetragen hatte, zugleich auch eine Prüfung gewesen, die seinen Scharfsinn auf die Probe hatte stellen sollen. Bestand er sie, so war er würdig, die Schriftrolle zu bekommen …

Schweigend vor Staunen starrten Conn und Baldric auf das Pergament, das im einfallenden Sonnenlicht wie Bernstein leuchtete. Dabei stellten sie fest, dass es verändert worden war und zusätzliche Notizen enthielt, die wohl von Berengar stammten. Anmerkungen in lateinischer Sprache, die sich auf einzelne Abschnitte des hebräischen Textes bezogen und Ortsbeschreibungen zu sein schienen. Conn, der des Lateinischen inzwischen leidlich mächtig war, erkannte Himmelsrichtungen und Pfadangaben.

»Was, bei allen Heiligen, ist das?«, fragte Baldric verwundert.

»Berengar. Er hat die Rätsel des Buches gelöst. Dies ist die Wegbeschreibung zu jenem Ort, an dem die Lade des Bundes verborgen ist.«

Erneut breitete sich Schweigen in der kleinen Kapelle aus, und Conn hatte das Gefühl, dass die Pergamentrolle plötzlich zentnerschwer in seinen Händen wog. Er musste an Berengar denken, an das Opfer, das er gebracht hatte, und an die lange und wechselvolle Geschichte, auf die das Buch von Ascalon blickte – und er traf eine Entscheidung.

»Vater?«, wandte er sich flüsternd an Baldric.

»Ja, Sohn?«

»Wir müssen reden.«

29.

Acre
12. Juli 1099

Die Stadt, in die Conn und Baldric zurückkehrten, war nicht mehr die, die sie vor sechs Wochen verlassen hatten.

Jenes Acre war eine wehrhafte Siedlung gewesen, auf deren Türmen und Mauern die Soldaten der örtlichen Garnison Vorbereitungen zur Verteidigung getroffen hatten. Doch zum Kampf um die Stadt war es nicht gekommen. Um der Konfrontation zu entgehen, hatte der Statthalter des Kalifen es vorgezogen, den Kreuzfahrern die Tore zu öffnen und sie mit allem Nötigen zu versorgen – und so machte die Stadt auch noch nach Wochen den Eindruck eines Ackers, über den ein Schwarm Heuschrecken hergefallen war.

Viele Läden und Tavernen waren geschlossen, auf den Märkten gab es kaum Lebensmittel zu kaufen. Die Lagerhäuser und Kornspeicher der Stadt waren leer, eine Folge des Tributs, den man an die Kreuzfahrer entrichtet hatte, und überall in den dunklen Eingängen der Häuser und unter den Schatten spendenden Baldachinen sah man dürre Gestalten mit hungrigen Augen sitzen, die mit einer Mischung aus Neugier und Feindseligkeit auf die beiden Besucher starrten. Denn obschon Conn und Baldric Turbane um die Köpfe gewickelt hatten und das weite Gewand der Orientalen über Kettenhemd und Waffengurt trugen, waren sie natürlich als *franca* zu erkennen.

Conn fühlte Bedrückung. Einmal mehr musste er an die Versammlung des Fürstenrats denken und an die Stimmen, die er dort gehört hatte; Stimmen, die nach Ruhm und Geltung, vor allem aber nach Besitz und Beute schrien – davon, vor Gott Vergebung zu erlangen, war keine Rede mehr, obschon es vielleicht nötiger wäre als je zuvor.

Vermutlich war dies auch der Grund, dass Baldric ihn begleitete. Als er seinem Adoptivvater von seinen Plänen erzählte, war Conn sich keineswegs sicher gewesen, dass Baldric ihn verstehen, geschweige denn ihm helfen würde. Denn was Conn im Sinn hatte, war nicht nur kühn, sondern verstieß auch gegen seine Pflichten und den Eid, den er als Kreuzfahrer geleistet hatte. Doch um Gottes Gerechtigkeit zu dienen, so war er überzeugt, gab es keine andere Möglichkeit – und zu seiner Erleichterung teilte Baldric diese Ansicht.

Sie suchten das Haus des Tuchhändlers auf und ließen nach Chaya fragen. Ein Diener führte sie in eine Kammer, die zugleich als Küche und Wohnraum diente. Zwei Männer saßen an einem Tisch, in denen Conn Caleb und – zu seiner Überraschung – Bahram erkannte, der seine orangefarbene Robe gegen ein schlichtes braunes Gewand getauscht hatte und nicht länger ein Offizier der Garnison zu sein schien. An der Feuerstelle jedoch stand Chaya, das dunkle Haar hochgesteckt und Rußflecke im Gesicht – und doch noch ungleich schöner, als er sie in Erinnerung hatte.

»Conwulf!«

Er trat auf sie zu, und sie umarmten einander. Fest presste Conn sie an sich, als könnte er so verhindern, dass sie ihm jemals wieder genommen würde.

»Was tut ihr hier?«, fragte Chaya. Ihr Blick glitt verwundert zwischen Conn und Baldric hin und her.

»Ja«, rief Caleb vom Tisch herüber, »was tut ihr hier? Solltest du dich nicht glücklich schätzen, noch einmal mit dem Leben davongekommen zu sein?«

Conn antwortete nicht. Das kleine Bettchen, das jenseits

des Herdes in einer Nische stand, hatte seine ganze Aufmerksamkeit auf sich gezogen. Behutsam trat er darauf zu und schaute hinein.

Der Knabe war merklich kräftiger geworden, seit er ihn das letzte Mal gesehen hatte. Sein Haar, das allmählich zu sprießen begann, war dunkel, seine Augen hingegen, die Conn mit unschuldiger Offenheit anstrahlten, leuchteten blau.

Was er beim Anblick des Kindes empfand, wusste Conn selbst nicht recht zu deuten. Liebe, Scham, Fürsorge, Traurigkeit – von allem war etwas dabei. Chaya war zu ihm getreten, und er nahm ihre Hand und drückte sie, eine Geste der Hilflosigkeit, von der er hoffte, dass sie sie recht verstand.

»Bist du deshalb gekommen?«, stichelte Caleb weiter, der offenkundig zu viel Wein getrunken hatte. »Wolltest du einen Blick auf das werfen, was du angerichtet hast? Oder wolltest du deinen Vaterpflichten nachkommen?«

»Sei still, Caleb«, wies Chaya ihn zurecht. »Conn ist dir keine Rechenschaft schuldig.«

»Nein«, gab ihr Cousin zu und stand auf, »aber dir ist er Rechenschaft schuldig, Chaya, denn er ist der Vater des Kindes! Was denn? Bist du überrascht, dass ich die Dinge so offen beim Namen nenne? Nachdem ich alles darangesetzt habe, dem Knaben ein guter Vater zu sein? Dich mag er nicht erkennen, wenn du dich über seine Schlafstatt beugst, Christ – in mir jedoch erkennt er jemanden, der ihn aufrichtig liebt und der es gut mit ihm meint.«

»Daran zweifle ich nicht, Caleb, und ich bin dir von Herzen dankbar für alles, was du für den Jungen tust.«

»Warum bist du dann gekommen? Warum kannst du uns nicht einfach in Ruhe lassen?«

»Weil ich das hier bei mir trage«, erwiderte Conn – und zog die Pergamentrolle mit dem Buch von Ascalon unter seinem Gewand hervor.

Chaya holte tief Luft, der Blick von Bahram verriet Befremden. Caleb reagierte mit blankem Zorn. »Du hattest es doch?«, rief er mit bleierner Zunge und sprang auf. »Hast du uns damals also nur etwas vorgelogen?«

»Ich habe das Buch gefunden«, verteidigte sich Conn. »Berengar hatte es an einem geheimen Ort versteckt.«

»Dieser verdammte Mönch«, fluchte Caleb. »Sollte er jemals wieder meinen Weg kreuzen, werde ich ihn...«

»Er ist tot«, fiel Conn ihm ins Wort. »Als er erkannte, was er getan hatte, hat er sich selbst vergiftet – und seinen letzten Atem dazu benutzt, Vergebung zu finden.«

»Und? Hast du ihm Vergebung gewährt?«

»Auch du solltest ihm vergeben, Caleb, denn bevor er starb, hat Berengar dafür gesorgt, dass das Buch wieder in unseren Besitz gelangt.«

»Na und? Es ist zu spät! Wie es heißt, steht Jerusalem kurz vor dem Fall.«

»Noch ist es nicht gefallen«, wandte Baldric ein.

»Was also wollt ihr tun?«, fragte Caleb.

»Was ich schon einmal tun wollte«, erwiderte Conn entschlossen. »Nach der Lade suchen und sie finden.«

Caleb lachte bitter auf. »Um was zu tun, Christ? Ihre Macht zu entfesseln, um das Reich Israel neu zu errichten? Dem Haus Jakob zu neuer Stärke zu verhelfen?«

»Nein. Aber ich möchte die Lade auch nicht für mich gewinnen oder für die Christenheit.«

»Was dann?«

»Ich will sie aus der Stadt bringen und an einem unbekannten Ort verbergen, wo sie vor Entdeckung sicher ist. Denn wenn die Ereignisse der Vergangenheit eines gezeigt haben, dann dass die Lade in diesen dunklen Zeiten nur dazu missbraucht würde, um Kriege zu führen und weltliche Throne zu errichten, und dafür wurde sie nicht geschaffen.«

»Was fällt dir ein?«, fuhr Caleb ihn an. »Was weißt du von der Lade oder darüber, wofür sie geschaffen wurde? Uns, dem Volk Israel, wurde sie vom Herrn anvertraut, als Symbol seiner Nähe und seiner Stärke – und du wagst es, mir ins Gesicht zu sagen, dass wir sie nicht haben dürfen? Deinesgleichen mag den Schrein dazu benutzen, um Krieg zu führen und zu vernichten. Mein Volk jedoch will nur zurück, was ihm genommen wurde, und aufbauen, was einst zerstört wurde.«

»Und dann?«, fragte Chaya, die sichtlich betroffen zugehört hatte. »Was, glaubst du, werden die Söhne Mohammeds tun, wenn der Große Rat von neuem tagt und danach trachtet, den Tempel Salomons neu zu errichten? Der Tempelberg gilt ihnen als ebenso heilig wie uns, und sie werden ihn sich nicht einfach nehmen lassen! Krieg wird die Folge sein, Caleb, ein blutiges Morden, und wir werden keinen Deut besser sein als jene Kreuzfahrer, die du so sehr hasst.«

»Wie kannst du so etwas sagen?« Caleb starrte sie an, wütend und fassungslos. »Ausgerechnet du, die Tochter eines Trägers!«

»Eines Trägers Tochter bin ich, doch den Eid habe ich nie geleistet, denn er wird nur männlichen Erben abverlangt. Folglich bin ich ungebunden und kann mit dem Herzen entscheiden – und mein Herz sagt mir, dass Conn recht hat, Caleb.«

»Wie überraschend.« Ihr Cousin schnaubte.

»Sprich nicht so abfällig, das habe ich nicht verdient. Ich habe Opfer gebracht, um das Buch zu euch zu bringen. Ich habe meine Heimat verlassen und meinen Vater verloren, habe große Strapazen auf mich genommen – aber ich bin nicht die Sklavin seiner Worte.«

»Aber Gott erwartet ...«

»*Die Menschen* erwarten, dass wir es benutzen«, verbesserte Chaya energisch. »Gott kann nicht wollen, dass Hass und Krieg unser Leben bestimmen und wir uns gegenseitig töten, bis keiner mehr von uns übrig ist. Ist dieses Kind dort nicht ein Beweis dafür, dass zwischen unseren Völkern auch Zuneigung entstehen kann? Dass wir in Frieden miteinander leben können? Und zeigt Conn nicht durch seine Anwesenheit hier, dass er uns in Freundschaft verbunden ist?«

»Nein. Er will uns nehmen, was uns gehört. Darin kann ich keine Freundschaft erkennen.«

»Hätte ich euch bestehlen wollen, hätte ich nicht nach Acre zurückzukehren brauchen«, gab Conn zu bedenken.

»Nun«, zischte Caleb und griff nach dem Dolch an seinem Gürtel, »womöglich war das ja ein Fehler. Denn was sollte mich davon abhalten, dich hinterrücks zu erstechen und dir die Schriftrolle abzunehmen?«

»Baldric vermutlich«, entgegnete Conn mit Blick auf seinen Adoptivvater, der die Hand bereits am Schwertgriff hatte. »Aber du hast recht, Caleb. Wir sind nur zu zweit, ihr aber seid viele. Wenn du es darauf anlegst, so sollte es für dich keine Schwierigkeit darstellen, in den Besitz des Buches zu gelangen.«

»Warum, bei allen zwölf Stämmen Israels, bist du dann gekommen?«, fragte Caleb, unschlüssig und zornig zugleich.

»Weil ich nicht allein tun kann, was ich tun will, und dabei eure Hilfe brauche, denn weder spreche ich die Sprache der Einheimischen noch bin ich je in Jerusalem gewesen. Und ich bin auch nicht in der Lage, die Zeichen der Schriftrolle zu entziffern.«

»Ich könnte sie für euch übersetzen«, erwiderte Chaya, »ich habe es schon einmal getan. Aber jene Stellen des Buches, die den Aufenthalt der Lade verraten, sind verschlüsselt. Nur die Räte kennen das Geheimnis, wie …«

»Nicht mehr. Berengar hat die Rätsel gelöst«, sagte Conn.

»Dann sollten wir keine Zeit verlieren.«

»Chaya!«, entrüstete sich Caleb. »Du willst tatsächlich gemeinsame Sache mit ihm machen? Mit einem Christen, der das Eigentum unseres Volkes stehlen will?«

»Wir sind nicht die Einzigen, die auf der Suche nach der Lade sind, Caleb«, gab Conn zu bedenken. »Guillaume de Rein ist tot, aber seine Bruderschaft existiert weiter. Wäre es dir lieber, wenn sie in den Besitz der Lade gelangte?«

Calebs Wangenknochen mahlten, in hilfloser Wut starrte er zu Boden. »Es ist Verrat, Chaya!«

»Es ist richtig«, entgegnete sie unbeirrt.

»Ich euch begleite«, erklärte Bahram, der am Tisch sitzen geblieben war und bislang kein Wort gesagt hatte, in zwar akzentschwerem und brüchigem, jedoch verständlichem Französisch.

»Ihr sprecht unsere Sprache?«, fragte Conn verblüfft.

»Nur ein wenig«, schränkte Chaya ein. »Er wollte, dass wir es ihm beibringen.«

Conn hob die Brauen. »Warum?«

Da es seine noch bescheidenen Sprachkenntnisse überstieg, antwortete der Armenier einmal mehr auf Aramäisch, und Caleb übersetzte: »Vor Jahren sah ich ein Zeichen am Himmel. Es war ein fallender Stern, und ein Weiser sagte mir, dass dies den Untergang eines Reiches bedeute. Heute weiß ich, dass das Morgenland damit gemeint war, denn die Söhne des Propheten sind untereinander uneins. Jeder Statthalter sucht nur seinen Vorteil, deshalb werden die Franken den Sieg davontragen, und es ist gut, die Sprache der Sieger zu sprechen.«

»Eine kluge Überlegung.« Conn nickte. »Aber es ist ein Irrtum anzunehmen, dass die Christen untereinander immer einig wären. Oft genug herrschen auch unter ihnen Zwietracht und Streit.«

»Darüber dürfte sich Bahram im Klaren sein«, erwiderte Caleb säuerlich, anstatt zu übersetzen, »denn genau wie du hat auch er die Taufe empfangen.«

»Er – Ihr seid ein Christ?«

Bahram nickte.

»Und dennoch kämpft Ihr für die Muselmanen?«

Der Armenier schüttelte den Kopf. »Für meine Welt«, verbesserte er, worauf sich Conn sehr einfältig vorkam.

Hatte er tatsächlich geglaubt, einen Christen an seinem Aussehen zu erkennen, an der Farbe seiner Haut? Wenn auch Christen in den Armeen des Kalifen und des Sultans kämpften, wie viele von ihnen, so fragte er sich unwillkürlich, hatten unter den Klingen der Kreuzfahrer wohl den Tod gefunden?

War dies der Kampf, den sie fechten sollten, um ewiges Heil zu erlangen?

Bahram fügte noch einige weitere Worte in seiner eigenen Sprache hinzu. »Was sagt er?«, wollte Conn wissen.

»Dass er schon früher in Jerusalem gewesen ist, als sein damaliger Herr Tutush die Stadt besuchte. Er kennt den Weg zum Tempelberg und kann euch führen. Und er glaubt, dass er euch an den Wachen vorbei in die Stadt bringen kann.«

Conn nickte – dies war genau die Art von Hilfe, die für sein Vorhaben vonnöten war. Dennoch wollte er seinen neuen Verbündeten nicht mit falschen Erwartungen täuschen. »Wir suchen die Lade nicht, um das Morgenland zu retten.«

»Bahram weiß«, entgegnete der Armenier.

»Warum wollt Ihr uns dann begleiten?«

»Nachdem Antiochia gefallen«, versuchte Bahram in seinem brüchigen Französisch zu erklären, »nach Süden geflüchtet, erschöpft und ohne Heimat. Dabei Vision – hiervon.«

Er erhob sich von seinem Platz am Tisch und trat auf Conn zu. Dabei griff er unter sein Gewand und holte etwas hervor, das er Conn zeigte. Es war ein Brocken Sandstein, wie man ihn überall in der Wüste finden konnte. Darauf war etwas eingeritzt, das Conn erst bei näherem Hinsehen erkannte: ein Kreis aus vier Labyrinthen, die in der Mitte ein Kreuz formten. Daraufhin zog Conn den Anhänger heraus, den Bischof Adhémar ihm gegeben hatte – die Übereinstimmung war so verblüffend, dass Baldric sich bekreuzigte.

»Deshalb«, sagte Bahram leise, »ich dir folge.«

»Dann geht doch«, begehrte Caleb auf. »Geht nach Jerusalem und brecht die Gesetze! Ich werde euch nicht helfen. Ich kann es nicht!«

»Das verstehe ich«, versicherte Chaya und trat auf ihn zu. »Aber ich bitte dich von Herzen, dich während meiner Abwesenheit um mein Kind zu kümmern. Wirst du das für mich tun?«

Caleb schwieg, womöglich weil er unschlüssig darüber war, was er antworten sollte.

»Chaya hat recht«, pflichtete Conn ihr bei. »Du selbst hast gesagt, dass du dem Jungen ein guter Vater warst und dass du ihn aufrichtig liebst – ich könnte mir niemanden denken, in dessen Obhut er besser aufgehoben wäre als in deiner.«

»Und das sagst ausgerechnet du?«, antwortete Caleb nun doch.

»Ausgerechnet ich.« Conn nickte.

Caleb schaute zuerst ihn, dann Chaya und schließlich den Knaben an. Und obwohl sich alles in ihm dagegen zu sträuben schien, nickte er schließlich.

»Danke«, flüsterte Chaya, trat auf ihn zu und hauchte ihm einen Kuss auf die Wange.

»Danke, Freund«, sagte auch Conn, und zumindest dieses eine Mal widersprach Caleb nicht.

30.

15. Juli 1099
Jerusalem

Am frühen Morgen hatte der Kampf begonnen.

Das Licht des neuen Tages hatte die Kuppeln der Stadt noch kaum berührt, als der Beschuss durch die Belagerer mit bis dahin ungekannter Heftigkeit einsetzte.

Steinbrocken und Pfeile gingen auf Mauern und Wehrgänge nieder, die den Besatzern der Heiligen Stadt signalisierten, dass dies der Tag sein würde, der über ihr Wohl oder Wehe entschied. Der Tag, an dem die Belagerer zum letzten Angriff ausholten.

Der Tag des Jüngsten Gerichts, wie Arnulf von Rohes es in seiner flammenden Predigt ausgedrückt hatte.

Hörnerklang hatte die Kreuzfahrer zu den Waffen gerufen, und die beiden Belagerungstürme waren im Schutz von Pfeilhageln und Katapultbeschuss an die Mauern herangebracht worden – jener, den Raymond hatte errichten lassen, im Südwesten der Stadt, der Turm Godefroys im Norden.

Anfangs hatten die muslimischen Verteidiger auf den plötzlichen Angriff mit Verwirrung reagiert. Massiver Widerstand war ausgeblieben, was den Kreuzfahrern erlaubt hatte, sehr nahe an die Mauer heranzurücken. Doch je länger der Kampf dauerte, desto erbitterter wurde die Gegenwehr, die die Soldaten des Statthalters mit Pfeilen und mit in *naft* getränkten Brandgeschossen entfesselten.

Im Inneren des sich aus drei Stockwerken zusammensetzenden Belagerungsturmes der Lothringer herrschte drückende Enge.

Dicht an dicht standen die Mannen des Herzogs, bereit und willens, sich auf den Feind zu stürzen. Durch die Ritzen, die zwischen den Bretterwänden und den darüber gespannten Tierhäuten geblieben waren, drang spärliches Licht, und hin und wieder konnten die Männer einen Blick auf das erhaschen, was auf den Mauern vor sich ging. Noch immer wurde das Kampfgeschehen auf beiden Seiten vom Geschick der Bogenschützen und vom Können der Katapultbesatzungen bestimmt, doch bald schon sollte sich dies ändern. Je näher der Turm der Mauer kam, desto geringer wurde der Beschuss, da sich die Reichweite der Katapulte nicht beliebig verkürzen ließ. Griechisches Feuer kam zum Einsatz, das jedoch nicht nur Teile des Turmes, sondern auch das hölzerne Schanzwerk der Verteidiger erfasste, sodass dichter Rauch von der Mauer aufstieg.

Es wurde dunkel im Turm, beißender Schwefelgeruch raubte den Männern den Atem – nicht nur jenen, die die oberen Stockwerke der Kriegsmaschine besetzten, sondern auch denen, die im Schutz ihrer furchterregenden Silhouette dafür sorgten, dass sie Stück um Stück an die Mauer heranrückte. Wie der Kampf im Süden der Stadt vonstatten ging und es um Graf Raymond und die Seinen stand, wusste keiner der Männer zu sagen. Man focht getrennt, und ein jeder hatte alles zu geben.

Die Holzkonstruktion des Turmes erzitterte unter den Pfeilen, die in atemberaubend schneller Folge einschlugen. Bisweilen prallten sie von den gespannten Tierhäuten ab, meist blieben sie stecken, hin und wieder drang auch einer durch die schmalen Öffnungen, durch die die Turmbesatzung nach draußen spähte. Ihre Schilde hochhaltend, die Hände an den Griffen ihrer Schwerter, warteten Herzog Godefroy und seine Mitstreiter ab, bis der Turm nur noch wenige Schritte von der Mauer entfernt war.

Dann kam der Moment der Bewährung.

Zuerst fielen schwere Holzbalken herab und schlugen eine Verbindung zwischen dem Turm und den Zinnen. Sodann warfen sich die Kreuzfahrer, die im zweiten Stockwerk warteten, gegen die Frontverkleidung des Turmes, die sich mit lautem Knarren löste und einer Falltür gleich niederschlug. Indem sie auf den Balken landete, bildete sie eine Brücke, die den Turm der Angreifer mit den Mauern der Verteidiger verband – und der Nahkampf begann.

Der Augenblick, auf den der Herzog und seine Männer gewartet hatten, war gekommen, und es war der ungestüme Lethold de Tournaye, der allen anderen Kämpen voran über die Brücke stürmte, die Mauerkrone überwand und wie ein Blitz unter die überraschten Streiter des Kalifen fuhr. Sogleich folgten ihm weitere Ritter nach, und kaum hatten sie auf dem feindlichen Wehrgang einen Brückenkopf errichtet, überwand auch Herzog Godefroy die Kluft und sprang seinen Leuten bei. Sein Banner, das er über den Zinnen errichten ließ, signalisierte den Fußkämpfern außerhalb der Mauern, dass eine Bresche geschlagen war, und sie legten Dutzende von Sturmleitern an.

Sowohl über den Turm, durch den immer neue Kämpfer nachrückten, als auch an verschiedenen Mauerabschnitten gelangten Kreuzfahrer in die Stadt, nur einige zunächst, dann immer mehr – und unter denen, die die Nordmauer überwanden und in das Viertel der Juden einfielen, das sich nach Süden hin bis zum Tempelberg erstreckte, waren auch Eustace de Privas und seine rachsüchtige Meute.

Die fatimidischen Soldaten, dunkelhäutige Krieger aus den fernen Wüsten Afrikas, sowie die tapfere jüdische Bürgerwehr konnten nicht anders, als dem Druck der einfallenden Massen nachzugeben – und das Morden nahm seinen Lauf.

»Hört ihr das auch?«

Abrupt war Conn stehen geblieben und lauschte.

Das Einschlagen der Katapultgeschosse hatte ausgesetzt,

dafür waren von Norden her plötzlich andere Geräusche zu hören – entsetzte Schreie und das Geklirr von Waffen.

»Der Nordwall muss gefallen sein«, vermutete Chaya, die dicht hinter ihm ging und wie er ein weites Gewand mit einem Burnus trug, das sie vor neugierigen Blicken schützte.

»Dann möge Gott sich dieser Stadt und ihrer Bewohner erbarmen«, fügte Baldric hinzu, der am Ende der kleinen Gruppe ging und ihren Rücken sicherte.

Erst am Abend zuvor waren sie aus Acre eingetroffen, und nur Bahram hatten sie es zu verdanken, dass sie überhaupt noch in die Stadt gelangt waren. Indem er vorgab, ein Kaufmann aus Damaskus zu sein und neben seiner jüdischen Frau zwei fränkische Sklaven dabeizuhaben, war es ihm gelungen, das Vertrauen der Wächter zu gewinnen und durch das den Kreuzfahrern abgewandte Goldene Tor eingelassen zu werden, ehe es geschlossen wurde. In einer Herberge unweit des jüdischen Viertels hatten sie die Nacht verbracht, um noch vor Sonnenaufgang von Hörnerklang und den Einschlägen der Geschosse geweckt zu werden.

Der Angriff auf Jerusalem hatte begonnen – und den grässlichen Geräuschen nach, die durch die Gassen des Judenviertels drangen, waren die Kreuzfahrer auf dem Vormarsch.

Die Zeit schien plötzlich stillzustehen.

Conn roch den bitteren Gestank, der von Norden durch die Gassen zog und von Brand und Vernichtung kündete. Die Furcht, die die Stadt gefangen hielt, war fast körperlich zu spüren, nirgendwo war auch nur eine Menschenseele in der einsetzenden Dämmerung zu sehen. Zwar hatten die Einwohner des Viertels die Eingänge ihrer Häuser verbarrikadiert, aber nach allem, was er in Antiochia gesehen und erlebt hatte, glaubte Conn nicht, dass dies die Eroberer aufhalten würde.

Entschlossen nickte er seinen drei Begleitern zu, und sie hasteten weiter, an der Nordseite des Tempelberges entlang, der sich hoch über ihnen erstreckte, gekrönt von der goldenen Kuppel, an der sich der erste Strahl der Morgensonne brach.

Die Zeit drängte.

Conn wusste nicht, wie viel Berengar Eleanor de Rein verraten hatte, ehe er ihr wahres Wesen erkannt und sich von ihr abgewandt hatte, aber er nahm an, dass ihre Schergen wussten, wo der Eingang in die unterirdischen Kavernen zu suchen war. Und wer vermochte zu sagen, ob sie nicht bereits in der Stadt waren?

Die Suche nach der verborgenen Lade war ein Wettlauf mit dem Schicksal, und mit Hilfe von Berengars Aufzeichnungen hoffte Conn ihn zu gewinnen.

Wie Chaya ihm erklärt hatte, berichtete das Buch von Ascalon von der Geschichte der heiligen Lade, von den Tagen König Salomons bis hin zu jenen verzweifelten Stunden, da treue Priester sie vor den einfallenden Babyloniern versteckten; doch zwischen den Zeilen, versteckt in Zitaten des *tanach*, verbargen sich Hinweise auf den Verbleib der Lade. Für den, der sie zu deuten verstand, wiesen jene Worte den Weg zu ihrem Versteck. Der Wettlauf um den Besitz der Lade war der wahre Kampf, der an diesem Tage ausgetragen würde. Vielleicht, dachte Conn, war es nie um etwas anderes gegangen ...

»Die erste Anmerkung bezieht sich auf den Eingang zum Versteck«, verkündete er, die Schriftrolle in den Händen. »Zitiert wird eine Stelle aus dem siebenten Kapitel des Buches Genesis.«

»Das erste Buch Mose.« Chaya rief sich ins Gedächtnis, was sie darüber wusste. »Das siebte Kapitel handelt von der Arche, von Noah und von der großen Flut.«

»Genau das«, stimmte Conn zu und las weiter in den lateinischen Aufzeichnungen. »Berengar folgerte daraus, dass sich der Eingang zum Versteck am Wasser befinden müsse. Da Jerusalem weder am Meer noch an einem großen Fluss liegt, dachte er an eine Quelle oder ...«

»... eine Zisterne«, ergänzte Bahram und deutete die Straße hinab, die an der Mauer und den Felsen des Tempelberges entlangführte. »Mir folgen!«

Der Armenier übernahm die Führung, und sie beschleunigten ihre Schritte, nur um kurz darauf vor einer Tür zu stehen, die den Zugang zu einer in den Fels geschlagenen Öffnung verschloss. Die Gefährten tauschten Blicke. Keiner von ihnen wusste, ob dies die Pforte war, nach der sie suchten, auch wenn manches dafür sprach.

»Wir werden sehen«, sagte Baldric und griff unter seine Robe. Die Axt, die er hervorholte, hatte zwei Schneiden und war für den Einsatz auf dem Schlachtfeld geschmiedet worden, aber sie leistete auch hier zuverlässige Dienste. Nach nur zwei wuchtigen Schlägen brach der Riegel aus dem staubtrockenen Holz, und die Tür ließ sich öffnen.

Rasch wurden Fackeln entzündet, und die Gefährten drangen in die Dunkelheit ein, die jenseits der Öffnung lauerte. Conn ging voraus, gefolgt von Chaya und Bahram, Baldric bildete wie zuvor den Schluss.

Feuchte Luft drang ihnen entgegen. Nach wenigen Schritten mündete der Felsengang in eine geräumige Höhle, deren Boden jäh abfiel und von einer kniehohen Mauer begrenzt wurde. Jenseits davon klafften ungeahnte Tiefen – die Zisterne.

Conn trat vor bis zum Rand, aber der Schein der Fackel reichte nicht weit genug, um den Grund zu erfassen. Auch war unten kein Widerschein zu sehen, wie es der Fall gewesen wäre, wenn sich dort Wasser befunden hätte. Kurzerhand ließ Conn seine Fackel los, sodass sie fauchend in die Tiefe fiel – und rund sechzig Fuß tiefer auf trockenen Stein traf. Vor langer Zeit mochte dies tatsächlich eine Zisterne gewesen sein, doch sie wurde längst nicht mehr benutzt.

In den Fels geschlagene Stufen wanden sich am Rand der Grube in die Tiefe. Ihnen folgten die Gefährten, bis sie etwa auf halber Höhe auf eine schmale Öffnung stießen, die wenig mehr als ein Felsspalt zu sein schien, den eine Laune der Natur im Gestein geformt hatte. Unterhalb davon zeigte der verfärbte Fels an, dass das Wasser der Zisterne nie weiter gestiegen war als bis hierher.

Conn verharrte. Vergeblich versuchte er, das Dunkel jenseits des Spalts mit Blicken zu durchdringen.

»Was hast du?«, fragte Baldric.

»Ich denke, dass dies unser Weg ist.«

»Was bringt dich darauf?«

»Berengars nächster Hinweis. Er bezieht sich auf das zweite Kapitel des Buches Jona.«

»Ich kenne diese Stelle«, sagte Chaya, »mein Vater hat sie mir oft vorgetragen: ›Und der Herr bestellte einen großen Fisch‹, heißt es dort, ›um Jona zu verschlingen‹.«

»*Deus adiuva!*«

Schrecklich hallte der Schlachtruf der Lothringer durch die Gassen. Die Nordmauer war gefallen und Truppen in großer Anzahl in die Stadt eingedrungen, die nun durch die Häuserreihen stürmten und den wenigen Widerstand, auf den sie noch trafen, einfach hinwegfegten.

Die Verteidigung an der Nordseite der Stadt war zusammengebrochen. Nachdem sie den Angreifern über Wochen hinweg die Stirn geboten hatten, mussten die Soldaten der Garnison nun weichen und zogen sich zum Tempelberg zurück, der sich einer uneinnehmbaren Festung gleich im Osten der Stadt erhob – doch sie waren nicht die Einzigen, die sich in ihrer Furcht dorthin wandten. Auch die meisten Bewohner des jüdischen Viertels hatten es vorgezogen, nicht in ihren Häusern auszuharren, sondern auf dem Tempelberg Schutz zu suchen, zusammen mit vielen Muslimen, die sich dort eine letzte Zuflucht erhofften. Und kaum war das Tor von Sankt Stephan im Nordwesten der Stadt geöffnet, strömten tausende weiterer Kreuzfahrer in die Stadt. Auch ihr Ziel war die golden schimmernde Kuppel, die sich weithin sichtbar über der Stadt erhob und reichen Ruhm und Beute versprach.

Ein entsetzliches Schlachten setzte auf den Straßen ein, denn wem die fränkischen Krieger auch begegneten, der wurde ohne Rücksicht niedergemacht, ganz gleich ob es sich um Soldaten,

Knechte oder Bettler handelte. Ein Strom von Blut kroch von Norden her auf den Tempelberg zu, und je mehr die Kreuzfahrer mordeten, desto größer wurde ihr Hass und desto vernichtender der Rausch, in den sie sich steigerten.

Unter ihnen war auch Eustace de Privas, der an der Spitze all jener Kämpfer stand, die der Bruderschaft verblieben waren. Dies war der Tag, für den sie gelebt hatten und für den ihre Gemeinschaft gegründet worden war.

Der Auftrag, den Eleanor de Rein ihm erteilt hatte, stand dem Ritter aus der Provence so deutlich vor Augen, als hätte er sich selbst dazu entschlossen. Von der verderblichen Wirkung des Giftes, das sie ihm in kleinen Dosen verabreichte und ihn zum willfährigen Diener machte, ahnte er nichts. Am Tempelberg, so hatte sie ihm gesagt, musste es eine Pforte geben, die ins Innere des Berges führte, ein Zugang, verborgen in einer alten Zisterne.

Dort verbarg sich der Schlüssel zur Macht – und dorthin wollten auch Guillaumes Mörder.

31.

Tief unter den Felsen des Tempelberges war von dem Wahnsinn, der an der Oberfläche tobte, nichts zu bemerken. Es war, als gelte inmitten der dunklen, vom Odem einer großen Vergangenheit durchwehten Stollen eine andere Zeit und Wirklichkeit. Immer weiter waren Conn und seine Gefährten in den Berg vorgedrungen, dessen unzählige Stollen und Höhlen einen undurchschaubaren, über Jahrtausende hinweg entstandenen Irrgarten formten – ein Labyrinth, wie Bahram vielsagend feststellte.

Um sich in der verwirrenden Vielfalt von Kreuzungen und Abzweigungen zurechtzufinden, markierten die Gefährten jene Stollen, die sie beschritten, indem sie den Eingang mit ihren Fackeln schwärzten. Auf diese Weise gelangten sie immer tiefer hinein, auf Wegen, die staubbedeckt und seit Generationen nicht mehr beschritten worden waren, während sie Berengars Hinweisen folgten. Ohne die Vorarbeit des Mönchs, der die Rätsel entschlüsselt hatte, wäre es unmöglich gewesen, den Weg durch das Labyrinth zu finden.

Bisweilen ganze Bibelstellen, manchmal auch nur einzelne Worte bildeten verschlüsselte Hinweise, die den Weg wiesen. Wenn es im Buch Kohelet hieß, dass »der Verstand des Weisen zu seiner Rechten und der Verstand des Toren zu seiner Linken« sei, so war dies ein Hinweis darauf, welcher Gang zu wählen war, und wenn es beim Propheten Jesaja hieß, dass »die stolzen Augen des Menschen erniedrigt und des Mannes Hochmut gebeugt« werden, so leitete dies dazu an, einen Stollen zu nehmen, der so niedrig war, dass er nur in gebückter Haltung passiert werden konnte.

Die Textstellen des Buches und die Wirklichkeit des Labyrinths bildeten dabei eine so vollkommene Einheit, dass es unmöglich war zu sagen, was von beidem zuerst existiert hatte. Der in der Sterndeutung bewanderte Bahram nahm jene Zusammenhänge mit Gleichmut zur Kenntnis, spiegelten sie doch für ihn nur die vom Schöpfer gewollte Ordnung des Kosmos wider. Conn jedoch, der sich nie mit derlei Belangen befasst hatte, kam es wie ein Wunder vor. Selbst die kleinsten Dinge bekamen dadurch Sinn, und je weiter sie in das Labyrinth vordrangen, desto überzeugter wurde er, dass es nicht Zufall war, der sie alle hier zusammengeführt hatte, sondern Gottes Wille.

Ein Angelsachse und ein Normanne.

Ein Christ und eine Jüdin.

Ein Kreuzfahrer und ein Orientale.

Sie wollten ihren Weg fortsetzen, als Baldric sich plötzlich umwandte. Das Gesicht des Normannen hatte einen harten Ausdruck angenommen, das einzelne Auge verengte sich.

»Ich höre etwas«, sagte er.

Conn und die anderen lauschten.

Rasche Schritte auf steinernem Boden.

Das Geklirr von Rüstungen und Waffen.

»Wir sind nicht allein«, stellte Baldric wortkarg fest und zog sein Schwert, obschon es ihm in der Enge des Stollens nur bedingt von Nutzen sein würde. »Jemand ist uns auf den Fersen.«

»Los, weiter!«, drängte Conn, und sie nahmen den beschriebenen Felsengang und folgten ihm zu einer Höhle mit zwei Ausgängen. Beide waren mit in Stein gemeißelten hebräischen Schriftzeichen überschrieben.

»Was auch immer ihr tut, tut es rasch«, drängte Baldric grimmig, denn die Schritte wurden lauter. Auch waren jetzt aufgeregte Rufe zu vernehmen, die durch die Felsengänge hallten.

Rufe in französischer Sprache.

»Berengar verweist auf eine Stelle aus dem vierten Buch Mose, die von den Opfergaben der Stammesfürsten an das Heiligtum berichtet...«

»... je zwölf an der Zahl«, fügte Chaya hinzu, die die Stelle kannte, und deutete auf die Zeichen, die über dem linken Stollen angebracht waren. »Die Zwölf ist hier.«

»Dann geht«, knurrte Baldric und stellte sich so, dass er den Stollen, aus dem sie gekommen waren, gut im Blick hatte.

»Was hast du vor?«, fragte Conn.

»Sie aufhalten, so lange wie möglich«, verkündete der Normanne entschlossen.

»Nein!« Conn schüttelte den Kopf und zückte sein eigenes Schwert. »Dann bleibe ich ebenfalls.«

»Unsinn! Du bist der Einzige, der Berengars Aufzeichnungen lesen kann. Wenn du getötet wirst, ist unsere Suche gescheitert!«

»Aber sie werden dich töten!«

»Vielleicht – aber meine unsterbliche Seele wird endlich Erfüllung finden. Deshalb – und nur deshalb – bin ich nach Jerusalem gekommen.«

Conn schluckte. Es kostete ihn große Überwindung, nicht zu widersprechen, dennoch schwieg er. Zum einen, weil er seinen Adoptivvater nicht von seinem Entschluss würde abbringen können. Zum zweiten, weil eine innere Stimme ihm sagte, dass dies der Weg war, der für Baldric vorgezeichnet war. Seine Erlösung.

Erneut waren laute Rufe zu hören.

Die Verfolger waren nicht mehr weit entfernt.

»Geht«, drängte Baldric. »Möge der Herr euch begleiten.«

»*Shalom*, Baldric«, sagte Chaya. Dann wandte sie sich um und huschte in den Gang, der mit der Zahl Zwölf überschrieben war.

Conn schaute seinen Adoptivvater zweifelnd an. Baldric nickte ihm zu, und es lag so viel Kraft und Zuversicht in seinem Blick, dass Conn allen Trennungsschmerz überwand und Chaya folgte. Auch Bahram wollte gehen, nicht ohne den Stolleneingang noch mit Ruß zu schwärzen.

»Nein«, sagte Baldric kopfschüttelnd.

»Warum nicht?«

Der Normanne deutete in die Richtung, aus der die Geräusche drangen. »So haben sie uns gefunden«, sagte er düster.

Sie liefen, so schnell sie konnten, während sie hinter sich die Geräusche des Kampfes hörten: das Klirren von Klingen, Geschrei und hin und wieder die laute Stimme Baldrics, der seine Gegner verspottete, obschon sie in der Überzahl waren.

Conns Herzschlag raste.

Ein Teil von ihm wäre am liebsten sofort umgekehrt, um seinem Adoptivvater zur Hilfe zu eilen, während ein anderer Teil ihm sagte, dass er damit alles gefährdet hätte. Mit eisernem Willen zwang er sich, weiterzulaufen, Tränen ohnmächtiger Wut in den Augen.

Dann verstummten die Geräusche.

Der Kampf war zu Ende, und man brauchte kein Hellseher sein, um zu wissen, wie er ausgegangen war.

Im Laufen schloss Conn für einen Moment die Augen und sprach ein kurzes Gebet, empfahl die unsterbliche Seele Baldrics dem Himmel und hoffte, dass der alte Krieger nun endlich Befreiung von jener Schuld erfahren würde, die er den größten Teil seines Lebens herumgeschleppt hatte. Dann konnte er erneut Schritte hören, nicht mehr ganz so viele wie zuvor, aber nicht minder hastig.

»Zwei Gänge«, stieß Bahram hervor, während sie ihre Schritte noch beschleunigten. »Verfolger sich geteilt.«

Conn nickte – was immer also geschehen würde, sie hatten es mit weniger Gegnern zu tun als zuvor. Abzüglich derer, die den Kampf gegen Baldric mit dem Leben bezahlt hatten.

Unvermittelt gelangten sie in eine weitere Höhle, deren Decke vor Urzeiten kunstvoll bemalt gewesen sein mochte – jetzt waren nur noch spärliche Überreste der einstigen Pracht zu erkennen. Gleich drei Stollen zweigten aus der Kaverne ab, doch etwas war diesmal anders.

»Es gibt keine Textstelle, die sich darauf bezieht!«, stellte Conn fest, während er die Schriftrolle bis zum Ende entrollte.

»Dann müssen wir einen falschen Weg gegangen sein«, folgerte Chaya.

»Unmöglich.« Conn schüttelte den Kopf. »Wir haben jeden einzelnen Hinweis genau befolgt.«

»Und wenn Berengar sich geirrt hat?«, hakte die Jüdin nach.

»Nein«, sagte Conn noch einmal, allen Zweifeln zum Trotz, die sich wie ätzendes Gift in seinem Körper ausbreiteten. Hatten sie etwas übersehen und waren deshalb in einer Sackgasse gelandet? War es nötig, den Weg noch einmal zurückzugehen?

Er musste an die Verfolger denken, deren Stimmen und Schritte immer noch lauter wurden. Mit bebenden Händen hielt er die Schriftrolle ins flackernde Licht der Fackel und las, was Berengar geschrieben hatte. Es war die letzte Anmerkung, die er vorgenommen hatte, und in Conns Augen ergab sie keinen Sinn: *Signa litteraeque non finis, sed initium fidei bonae in unum deum.*

»Was heißt das?«, fragte Chaya drängend.

»Dass Zeichen und Buchstaben nicht das Ende, sondern der Anfang eines treuen Glaubens an den einen Gott sind«, erwiderte Conn. »Was soll das bedeuten? Ich verstehe es nicht!«

Die Rufe ihrer Verfolger wurden noch lauter. Unsteter Lichtschein war plötzlich im Stollen zu erkennen.

»Dort vorn ist Licht!«, rief jemand.

»Wir haben sie gleich!«

Conn rollte das Pergament hastig zusammen, schob es in seinen Gürtel und zog sein Schwert. Bahram tat nichts dergleichen.

»Worauf wartet Ihr?«, fuhr Conn ihn an, während er sich schützend vor Chaya stellte. »Sie werden gleich hier sein.«

»Ich nachdenke«, verkündete der Armenier ruhig.

»Worüber? Über Berengars Worte?« Conn lachte auf. »Glaubt Ihr, durch Nachdenken allein …?« Er verstummte, als sich die Züge des Orientalen plötzlich aufhellten. »Was habt Ihr?«

»Nicht ich«, widersprach Bahram schlicht. »Ihr selbst gerade die Lösung gefunden. Letztes Rätsel geht nicht um Zeichen oder Worte – sondern um Glauben. Das Berengar sagt.«

»Er hat recht, Conn«, stimmte Chaya zu. »Es könnte eine Glaubensprüfung sein. Man will wissen, ob wir uns unserer Sache wirklich sicher sind.«

Conn schürzte die Lippen, seine Blicke flogen zwischen der Stollenmündung und den drei Ausgängen hin und her. »Selbst wenn ihr recht hättet – welchen Gang sollen wir nehmen?«

»Ein jeder von uns einen Gang«, schlug Bahram vor.

Conn verzog das Gesicht. Der Gedanke, sich von Chaya zu trennen und sie auf diese Weise in noch größere Gefahr zu bringen, gefiel ihm nicht. Aber die Entschlossenheit in ihrem Gesicht signalisierte ihm, dass sie sich ohnehin bereits entschieden hatte.

»Es ist gut.« Sie nickte ihm zu. »Wir müssen glauben, Conn.«

»Da sind sie! Dort vorn!«

Der Lichtschein aus dem Stollen war noch heller geworden, lange Schatten eilten ihm voraus – Schatten, deren dunkle Silhouetten vor Waffen starrten.

Conn sah ein, dass sie keine andere Wahl hatten. Er küsste Chaya zum Abschied flüchtig auf den Mund und nickte Bahram zu – und jeder von ihnen nahm einen anderen Ausgang.

Conn rannte, so schnell er konnte.

Erst nach einigen Schritten wurde ihm klar, dass er das Pergament bei sich trug und die anderen deshalb ohne jeden Hinweis waren, dann wieder fiel ihm ein, dass Berengars Weisheit ohnehin erschöpft gewesen war. Würde sie ausreichen, um ans Ziel der Suche zu führen?

Ihre Verfolger immerhin hatten sich erneut aufteilen müssen. Den Schritten nach zu urteilen, die ihm hinterdreineilten, hatte Conn es nur noch mit zwei Gegnern zu tun, mit denen er im günstigen Falle fertig werden konnte – der Gedanke allerdings, dass ebenso viele hinter Chaya her waren, brachte ihn fast um den Verstand.

So rasch er es vermochte, setzte er einen Fuß vor den anderen, dabei musste er sich immer wieder ducken, weil der Stollen nicht hoch genug war, um aufrecht darin zu gehen. Die Fackel in seiner Hand fauchte, während er immer weiter hastete und leise gemurmelte Stoßgebete zum Himmel schickte.

Plötzlich endete der Gang.

Von einem Augenblick zum anderen fand Conn sich in einer Höhle wieder, deren Decke mit einem funkelnden Sternenhimmel bemalt war. Conn blieb keine Zeit, ihn zu bestaunen, denn schon im nächsten Moment war er nicht mehr allein.

Als er scharfen Atem und rasche Schritte hörte, hob er das Schwert und fuhr herum – nur um sich Bahram gegenüberzusehen, dessen Gang ebenfalls in die Kammer mündete. Und einen Herzschlag später langte auch Chaya bei ihnen an. Erleichtert schloss Conn sie in die Arme, während er Berengar in Gedanken Anerkennung zollte.

Der alte Fuchs hatte recht gehabt.

Um die letzte Hürde zu überwinden, war tatsächlich nichts als bloßer Glaube vonnöten gewesen.

»Conwulf! Chaya!«

Bahram war bereits in die Mitte der Kammer getreten, unter das künstliche Sternenzelt, das im Licht seiner Fackeln schimmerte. Ein steinerner Baldachin war dort errichtet worden, der etwas überdachte, das wie ein in den Boden eingelassener Sarkophag aussah.

Ein Sarkophag, in dessen Deckplatte ein Zeichen gemeißelt war, das sie alle kannten.

Das Siegel Salomons.

32.

Die Lade des Bundes.

Niemand von ihnen bezweifelte, dass sie sich in jenem steinernen Behälter befand, denn eine unerklärbare Kraft schien von dieser Kammer am Ende des Labyrinths auszugehen.

Conn bekreuzigte sich und senkte das Haupt, Chaya bedeckte das Gesicht mit den Händen und verbeugte sich, Bahram fiel auf die Knie – doch der Augenblick frömmiger Verehrung war schon im nächsten Moment vorüber. Das Stampfen von Schritten und metallisches Klirren erklangen – und ihre Verfolger stürzten aus allen drei Eingängen.

Es waren Ritter, Normannen und Provenzalen, und ihren Anführer erkannte Conn trotz der Kettenbrünne, die die untere Hälfte seines Gesichts bedeckte: Es war Eustace de Privas, Guillaume de Reins ergebener Mitverschwörer.

»Mörder!«, brüllte Eustace, hob den Speer, den er in seiner Rechten hielt, und schleuderte ihn auf Conn, der ohne Deckung stand.

Conn blieb keine Zeit zu reagieren.

Die Speerspitze raste auf ihn zu und wäre in seinen Brustkorb gefahren, hätte sich nicht jemand schreiend in die Bahn des tödlichen Geschosses geworfen.

Der entsetzte Schrei auf Chayas Lippen verstummte jäh, als sich der Speer in ihre Brust bohrte.

Die Wucht des Aufpralls riss sie nieder, und sie schlug hart auf dem Boden auf. Entsetzt starrte Conn auf den hölzernen Schaft, der aus ihrer zarten Gestalt ragte, auf das dunkle Blut, das ihre Robe tränkte. »Chaya!«

»Stirb, Mörder!«

Wütend darüber, dass sein Geschoss das eigentliche Ziel verfehlt hatte, riss Eustace de Privas sein Schwert heraus und drang damit auf Conn ein, dessen Kampferfahrung ihn sofort eine Verteidigungshaltung annehmen ließ. Eine ganze Meute von Angreifern fiel gleichzeitig über Bahram her, der nun seinerseits das Schwert gezückt hatte und sich seines Lebens erwehrte.

Einer der Angreifer beging den Fehler, die gekrümmte und wesentlich wendigere Klinge seines Gegners zu unterschätzen. Seine Schwerthand blieb herrenlos am Boden liegen, den Griff der Waffe noch umklammernd. Den blutigen Stumpf an sich pressend, flüchtete der Provenzale heulend zurück in den Stollen. Ein Kumpan, der sich davon ablenken ließ, bezahlte seine Unvorsicht mit dem Leben, als die Klinge des Armeniers durch seine Kehle fuhr.

Conn hatte ungleich mehr damit zu tun, sich seine Gegner vom Leib zu halten. Seine Fackel hatte er von sich geworfen, um sich auf das Führen des Schwertes konzentrieren zu können, doch nicht nur Eustace schlug mit wütenden Hieben auf ihn ein, sondern auch einer seiner Sektiererbrüder, der statt einer Klinge eine mit eisernen Spitzen versehene Keule führte. Nur mit Mühe konnte Conn ausweichen, als der unförmige Totschläger heranpfiff, und trug seinerseits eine Attacke vor, die jedoch wirkungslos abprallte. Wie einen verschreckten Hasen trieben seine Gegner ihn vor sich her, bis er mit dem Rücken gegen eine der Säulen stieß, die den steinernen Baldachin trugen.

Wieder schwang die Keule heran, Conn duckte sich. Die Waffe schlug nur wenige Handbreit über ihm in die Säule und riss kleine Gesteinsbrocken heraus, die auf ihn herabprasselten. Der Ritter – Helm und Rüstung nach ein italischer Normanne – lachte verächtlich und holte über dem Kopf zu einem weiteren Hieb aus. Dabei verlor er jedoch das Gleichgewicht und taumelte zurück. Eustace wollte in die Bresche springen und führte seine Klinge gegen Conns Hals, um ihm den Kopf vom Rumpf zu trennen, aber Conn stieß sein eigenes Schwert empor und parierte den wuchtigen Hieb. Gleichzeitig riss er das rechte Bein hoch und versetzte seinem anderen Gegner einen harten Tritt, sodass dieser endgültig die Balance verlor und vom Gewicht der Keule gezogen rückwärtstaumelte. Noch während er wieder Tritt zu fassen suchte, prallte er mit Wucht gegen die Höhlenwand und in die Stacheln seiner eigenen Waffe. Mit vor Schreck und Schmerz weit aufgerissenen Augen verharrte er und kippte nach vorn.

Eustace de Privas griff daraufhin erneut an, erbitterter noch als zuvor, obschon seine Augen, die zwischen Nasenschutz und Brünne hervorstarrten, seltsam ausdruckslos waren. Fast kam es Conn vor, als würde er gegen einen Toten fechten, so leidenschaftslos waren seine Bewegungen – und doch so präzise und kraftvoll, dass Conn alle Mühe aufbieten musste, um sie zu parieren.

Funken stoben, als die Klingen aufeinanderprallten, während Eleanors Scherge seinen Gegner quer durch die Kammer trieb und wieder zurück zu der Stelle, an der ihr Schlagabtausch begonnen hatte. Conns Muskeln bebten, seine Kräfte ließen nach, während Eustace kaum außer Atem war. In einem plötzlichen Ausfall schwang er sein Schwert nach Conns Beinen.

Conn begegnete dem Hieb, indem er seine Klinge so tief hielt, dass die Spitze fast den Boden berührte. Darauf jedoch schien Eustace nur gewartet zu haben, denn indem er sich nach vorn warf und Conn anrempelte, brachte er diesen aus dem Gleichgewicht. Conn geriet ins Straucheln. Eine weitere Attacke, die seiner Leibesmitte galt, konnte er abwehren, doch war sie mit derartiger Wucht geführt, dass sich das Schwert seinem Griff entrang und klirrend zu Boden fiel. Gleichzeitig stolperte Conn über etwas und stürzte – er fand sich neben dem Leichnam des anderen Kämpfers wieder, dem seine eigene Waffe zum Verhängnis geworden war.

»Für Guillaume!«, stieß Eustace hervor, als er über Conn erschien und mit aller Kraft zuhieb. Die beidhändig geführte Klinge stieß herab, und nur indem er sich blitzschnell zur Seite drehte, gelang es Conn, ihr zu entgehen.

Mit einem grässlichen Geräusch schnitt der Stahl in den leblosen Körper des toten Sektierers, um sich mit einem ekelerregenden Schmatzen zu lösen, als Eustace die Waffe wieder in die Höhe riss. Er wollte ein zweites Mal zuschlagen, aber Conn war bereits wieder auf den Beinen – und schwang mit aller Macht die Keule des Gefallenen.

Der Angriff traf Eustace überraschend. Zwar riss er sein Schwert herab, aber die Wucht des Hiebes durchdrang seine schwache Deckung, und die Stacheln bohrten sich durch das Kettengeflecht seiner Rüstung und in seinen Unterleib.

Eleanors Scherge krümmte sich, als wollte er die mörderische Waffe umarmen. Conn stieß den Schaft von sich, worauf sein Gegner in den Staub niederfiel, der sich rings um ihn blutig färbte. Conn hatte sich bereits abgewandt und nach dem nächsten Gegner umgesehen, aber es gab niemanden mehr. Keuchend stand Bahram inmitten fünf lebloser Körper, die Klinge seines Schwertes in grelles Rot getaucht, das der Schein der am Boden liegenden Fackeln grässlich schimmern ließ.

Der Kampf war beendet.

Atemlos stürzte Conn zu Chaya. Den Speer hatte sie herausgezogen, worauf nur noch mehr Blut aus der Wunde in ihrer Brust gedrungen war und ihr Gewand getränkt hatte. Erinnerungen wurden wach, als Conn neben ihr niederfiel und ihr Haupt in seinen Schoß bettete. Erinnerungen an Ereignisse, die sich, so schien es, vor undenklich langer Zeit in London ereignet hatten und die ihm nun wieder gegenwärtig waren.

»Chaya«, flüsterte er entsetzt, »was hast du nur getan?«

Obschon der Schmerz entsetzlich sein musste, rang sie sich ein Lächeln ab. »Habe dich gerettet... endlich.«

»Du hast mein Leben oft gerettet«, widersprach er. Tränen traten ihm in die Augen. Er spürte, wie das Leben aus ihr wich, und konnte nichts dagegen tun. »Viel öfter, als du ahnst.«

»So wie du das meine.« Erneut wollte sie lächeln, aber ein stechender Schmerz ließ sie zusammenfahren und verzerrte ihre anmutigen Züge. »Conn...«, hauchte sie.

»Ja?«

»Unser Sohn... Du musst dich um ihn kümmern, hörst du?«

»Das werde ich«, versprach Conn. Ungehemmt rannen Tränen über seine Wangen. »Ich schwöre es dir.«

Ihre Züge entspannten sich daraufhin. »Sei nicht traurig, Geliebter. Denn siehe, der Winter ist vergangen, der Regen ist vorbei, die Blumen zeigen sich im Lande...«

Conn schüttelte den Kopf. Er wollte nichts hören von Blumen und von Freude, wenn in seinem Herzen eisige Trauer herrschte. »Bitte geh nicht...«, flüsterte er mit brüchiger Stimme.

»Adonei segne und behüte dich, mein Geliebter«, sagte sie so leise, dass er sich dicht über sie beugen musste, um sie zu verstehen. »Er wende dir sein Angesicht zu und gebe dir Frieden...«

Sie hatte die Worte kaum zu Ende gesprochen, als ihr Blick leer wurde und ihr Körper schlaff, und er wusste, dass ihre Seele ihren Körper verlassen hatte.

Noch einen Augenblick lang kauerte er am Boden, wünschte auch ihr Frieden und küsste sie zum Abschied auf die Stirn – dann schrie er seinen Schmerz und seinen hilflosen Zorn so laut hinaus, dass sich seine Stimme überschlug und von den Wänden der Kammer widerhallte.

In seinem Gram griff er zu der Schriftrolle, die noch immer in seinem Gürtel steckte und deretwegen so viele Menschen ihr Leben gelassen hatten – geliebte Menschen, Freunde, Weggefährten, die er nie vergessen würde. Und noch ehe er sich anders besinnen oder Bahram ihn daran hindern konnte, hatte er das Pergament bereits in die Flamme der Fackel gehalten, die neben ihm am Boden lag.

Mit vor Tränen verschwimmenden Blicken betrachtete Conn das lodernde Schriftstück, und es erfüllte ihn mit einer gewissen Genugtuung, dass es niemandem mehr den Tod bringen würde. Er behielt es so lange in der Hand, wie er es wagen konnte, ohne sich zu verbrennen, dann warf er es von sich und schaute zu, wie das Buch von Ascalon vollends zu Asche zerfiel.

Es lag etwas Befreiendes darin, und auch wenn die Trauer in seinem Herzen dadurch nicht gemindert wurde, so dämpfte es doch die Verbitterung und den hilflosen Zorn.

»Conwulf?« Bahram war an ihn herangetreten und legte ihm die Hand auf die Schulter.

»Was?«, fuhr Conn ihn an.

Statt zu antworten, deutete der Armenier nur nach dem Sarkophag mit dem Siegel Salomons.

Die Lade.

Noch immer war sie hier, wartete seit Jahrhunderten darauf, dass jemand sie aus ihrem dunklen Versteck ans Licht holte. Nicht viel hätte gefehlt, und sie wäre in die Hände von Mächten geraten, die sie zum Krieg und zur Zerstörung, nicht aber dazu nutzen wollten, um Gott und die Menschen zu verbinden.

Darum allein ging es.

Nicht um Bekenntnisse, sondern um Gesinnung. Nicht darum, woran jemand glaubte, sondern um die Natur seiner Handlungen.

Das erkannte Conwulf in diesem Augenblick, in dem hoch über ihm, auf dem Tempelberg von Jerusalem, die siegreichen Kreuzfahrer mit Feuer und Schwert über die wehrlosen Bürger der Stadt herfielen und Juden wie Muslime zu hunderten töteten.

Auf der langen Pilgerschaft, die sie vom fernen Europa in die Heilige Stadt geführt hatte, hatten sie Gott gesucht, am Ende jedoch nur sich selbst gefunden, ihre menschliche Gier und ihre Rachsucht. Conn und seinen Gefährten hingegen war es vergönnt gewesen, eine wenn auch nur geringe Ahnung vom Himmelreich auf Erden zu erhaschen, von jener Harmonie, die unter den Kindern Gottes herrschen konnte und es eines fernen Tages vielleicht auch würde.

Chaya hatte am Ende fest daran geglaubt.

Berengar Trost darin gefunden.

Baldric sie noch erfahren.

Und sie verpflichtete Conn dazu, die Mission, die er sich selbst auferlegt hatte, zu Ende zu bringen. Und Bahram al-Armeni, sein einstiger Feind und Gegner auf dem Schlachtfeld, der ihm als einziger Gefährte verblieben war, würde ihm dabei helfen.

Dieses Versteck war nicht länger sicher.

Die Lade musste fortgeschafft werden, an einen anderen, weit entfernten Ort, wo sie vor Eiferern sicher war, wessen Glaubens sie auch sein mochten, bis die Menschen reif sein würden, dieses Geschenk von unschätzbarem Wert recht zu gebrauchen.

Irgendwann.

Eines fernen Tages, der, davon war Bahram überzeugt, schon jetzt in den Sternen stand.

EPILOG

Ascalon
Im 69. Jahr des Königreichs von Jerusalem

So ist es geschehen. Und niemand soll behaupten, Wichtiges wäre weggelassen und Unwichtiges hinzugefügt worden, nur um das Herz des Lesers zu erfreuen. Denn ich habe alles genauso aufgeschrieben, wie es mir von jenen berichtet wurde, die dabei gewesen sind.

Wohin Conwulf und Bahram die heilige Lade brachten, entzieht sich meiner Kenntnis, und ich werde auch nicht darüber spekulieren; jedoch wurde sie seit jenem dunklen Tag, da die Kreuzfahrer Jerusalem eroberten und mit Mörderhand über die Einwohner herfielen, nicht mehr gesehen. Manche behaupten, dass Gott sich abgewandt habe angesichts der Bluttaten, die die Streiter in seinem Namen verübten, doch ich bin weder in der Lage, dies zu bestätigen, noch will ich es bestreiten.

Was ich weiß, ist, dass Bahram al-Armeni niemals in seine Heimat Tal Bashir zurückgekehrt ist. Auch wurde er nicht jener Mann der Wissenschaft, der er stets hatte sein wollen. Nach den Ereignissen von Jerusalem kehrte er in den Dienst des Kalifen zurück, wo er versuchte, zwischen Muslimen und Christen zu vermitteln, um weiteres Blutvergießen zu verhindern. Er tat dies so voller Überzeugung, dass der Kalif ihn zum ersten christlichen Großwesir des Reiches ernannte.

Von Eleanor de Rein hat man nie wieder gehört. Manche

wollen gesehen haben, wie sie nach der Einnahme von Jerusalem durch die von Blut besudelten Straßen irrte, von Wahnsinn gezeichnet und immerzu Eustaces Namen murmelnd, den sie unter all den Toten zu finden hoffte; andere behaupten, sie hätte sich auf die Nachricht von Eustaces Niederlage hin selbst entleibt. Unstrittig ist jedoch, dass ihr niemals jene Macht zuteil wurde, die sie sich zugedacht hatte und für die sie bereit gewesen war, jeden Frevel zu begehen. Von der Geschichte vergessen, endete sie wie so viele, die dem Pilgerzug unlauteren Herzens und in dunkler Absicht gefolgt waren.

Von Caleb Ben Ezra ist bekannt, dass er nach dem Fall von Jerusalem nach Ascalon ging, zusammen mit dem Kinde Chayas und Conwulfs, das ihm anvertraut worden war. Auch Ascalon wurde schließlich von den Kreuzfahrern eingenommen, und mit ihnen gelangte auch Conwulf in die Stadt, die ihm fortan zur neuen Heimat wurde. Die große Pilgerfahrt, die ihren Teilnehmern so große Mühen abverlangt und so viele Opfer gefordert hatte, war zu Ende.

Der Knabe jedoch wuchs in der Obhut zweier Väter heran, die ihm nicht nur ihre Liebe schenkten, sondern auch all ihr Wissen und ihre Kenntnisse. Als Sohn zweier Welten lernte er den Umgang mit dem Schwert ebenso wie mit der Feder, hatte an der Wahrheit der Bibel ebenso teil wie an jener von Thora und Talmud, und so ist es kein Zufall, dass kein anderer als er es gewesen ist, der diese Geschichte niedergeschrieben hat, um sie der Nachwelt zu erhalten.

Solange mein Vater lebte, brachte ich es nicht über mich, jene Ereignisse, von denen er mir bis ins hohe Alter so häufig berichtete, in Zeichen zu fassen und sie der stillen Geduld des Pergaments anzuvertrauen. Nun jedoch, da er lange tot ist und auch ich selbst im Herbst meines Lebens stehe, fand ich endlich den Mut und die Kraft, all diese wundersamen Ereignisse in Worte zu fassen.

Was meine Mutter betrifft, so habe ich mein Wissen über sie vor allem von meinem Onkel; mein Vater hat nie sehr viel über sie gesprochen, sei es, weil es ihn zu sehr grämte oder weil er keiner Erinnerungen bedurfte, um ihrer zu gedenken. Gleichwohl hege ich die Zuversicht, dass er nun auf ewig mit ihr vereint ist.

Ein Christ und eine Jüdin.

In jenem Himmelreich, das allen gehört.

Baldric Ben Salomon
Anno Domini 1168

NACHWORT DES AUTORS

Zugegeben, es ist nicht sehr einfallsreich, die Arbeit an einem Roman mit einer Reise zu vergleichen, und ich stelle diesen Vergleich auch nicht zum ersten Mal an – aber er ist eben in einem Maße zutreffend, wie sich das nicht von vielen Vergleichen sagen lässt. Als Autor plant man diese Reise, legt ihr Ziel fest und ihre Länge, doch ahnt man bei der Abfahrt noch nicht, welche Unwägbarkeiten am Wegesrand warten und welchen Menschen man unterwegs begegnen wird. Und hat man das Ziel endlich erreicht, so ist man erfüllt von den Eindrücken, die die Reise hinterlassen hat ... So wie ich, während ich diese Zeilen schreibe.

Im Fall von DAS BUCH VON ASCALON reichen die Vorbereitungen eine ganze Weile zurück. Die Grundidee spukte mir bereits vor acht Jahren durch den Kopf, und ich legte sie damals dem Verlag zusammen mit einem weiteren Storyentwurf vor, der den Titel DIE BRUDERSCHAFT DER RUNEN trug. Stefan Bauer, damals wie heute mein Lektor bei Lübbe, riet mir in weiser Voraussicht, mich zunächst an Sir Walter Scott und am alten Schottland zu versuchen und DAS BUCH VON ASCALON noch ein wenig ruhen zu lassen – ein Rat, für den ich mich nachträglich nur bedanken kann. Wann immer ich Zeit und Inspiration dazu fand, arbeitete ich jedoch weiter an der Geschichte des jungen Conwulf, der unfreiwillig ins Mahlwerk der Geschichte gerät und vor dem Hintergrund von Ereignissen, deren Auswirkungen bis in unsere Tage zu spüren sind, einem Jahrtausende alten Geheimnis nachspürt – bis die Zeit endlich reif dafür war, auch diese Geschichte zu erzählen. Nach über achtjähriger Vorbereitung konnte die Reise beginnen, und ich möchte all jenen danken, die mir als Weggefährten zur Seite gestanden haben: Natürlich Stefan Bauer und Judith Mandt von Bastei Lübbe für ihre unermüdliche und freundschaftliche Unterstützung; meinem Agenten Peter Molden, dessen Zuspruch mich angespornt und ermutigt hat; Daniel Ernle für die wie immer großartige Arbeit, die Conns Reise auch stilistisch nachempfindet; Helmut Pesch für die wunderbare Karte, die es uns ermöglicht, das Itinerar der Figuren nachzuvollziehen; Simone Brack für das Durchsehen der fremdsprachigen Passagen sowie Susanne Witting für die wertvollen Hinweise zur jüdischen Kultur; und natürlich danke ich meiner wunderbaren Familie, meiner Frau Christine und meiner Tochter Holly, ohne die Reisen dieser Größe und dieses Umfangs nicht möglich wären und, mehr noch, die sich niemals scheuen, mich auf meinen Reisen zu begleiten.

Am Ziel des Weges angelangt, überwiegt ein Gefühl kreativer Erleichterung, mit der man auf die zurückgelegte Strecke blickt – und natürlich stellt sich die Frage, wie andere wohl empfinden werden, die sich auf denselben Pfad begeben. In diesem Sinne hege ich die Hoffnung, dass Sie, lieber Leser, diese Reise in eine andere, weit zurückliegende Zeit ebenso fasziniert hat wie mich.

Michael Peinkofer
Frühjahr 2011

Die Waringham-Saga geht weiter!

Rebecca Gablé
DER DUNKLE THRON
Historischer Roman
960 Seiten
mit zahlreichen
Abbildungen
ISBN 978-3-431-03840-8

London 1529: Nach dem Tod seines Vaters erbt der vierzehnjährige Nick of Waringham eine heruntergewirtschaftete Baronie – und den unversöhnlichen Groll des Königs Henry VIII. Dieser will sich von der katholischen Kirche lossagen, um sich von der Königin scheiden zu lassen. Bald sind die „Papisten", unter ihnen auch Henrys Tochter Mary, ihres Lebens nicht mehr sicher. Doch in den Wirren der Reformation setzen die Engländer ihre Hoffnungen auf Mary, und Nick schmiedet einen waghalsigen Plan, um die Prinzessin vor ihrem größten Feind zu beschützen: ihrem eigenen Vater …

Lübbe Ehrenwirth